BASTEI
LÜBBE

ISAAC ASIMOV

LUCKY STARR

Sechs Weltraum-Abenteuer in einem Band

BASTEI LÜBBE

BASTEI LÜBBE TASCHENBUCH
Band 23 200

Erste Auflage: Mai 1998
Zweite Auflage: Oktober 1998

Deutsche Lizenzausgabe 1998 by
Bastei-Verlag Gustav H. Lübbe GmbH & Co.,
Bergisch Gladbach
Originaltitel: Lucky Starr: Space Ranger, Lucky Starr and the Pirates of the Asteroids, Lucky Starr and the Oceans of Venus
Ins Deutsche übertragen von Jens Rösner
Lucky Starr and the big Sun of Mercury, Lucky Starr and the Moons of Jupiter, Lucky Starr and the Rings of Saturn
Ins Deutsche übertragen von Ekkehart Reinke
Lektorat: Stefan Bauer
Titelbild: Luis Royo/ Norma Agency, Barcelona
Umschlaggestaltung: QuadroGrafik, Bensberg
Satz: Fotosatz Steckstor, Rösrath
Druck und Verarbeitung: 44437
Groupe Hérissey, Évreux, Frankreich
Printed in France
ISBN 3-404-23200-3

INHALT

LUCKY STARR

WELTRAUMRANGER

1
Pflaumen vom Mars

David Starr blickte dem Mann gerade voll ins Gesicht; deswegen erkannte er, was passierte. Er sah ihn sterben.

Geduldig hatte David auf Dr. Henree gewartet und in der Zwischenzeit die Atmosphäre in International Citys neuestem Restaurant genossen. Dies sollte seine erste richtige Feier sein, wo er nun sein Diplom erhalten hatte und Vollmitglied des Council of Science war.

Warten machte ihm nichts aus. Dank des frisch aufgetragenen Chromsilikonanstriches glänzte das Café Supreme noch. Das gedämpfte Licht, gleichmäßig auf den Speiseraum verteilt, ging von keiner sichtbaren Quelle aus. Am Kopfende von Davids Tisch stand ein kleiner, von innen erleuchteter Würfel, in dem eine dreidimensionale Abbildung der Band zu sehen war, deren Klänge die sanfte Hintergrundmusik lieferten. Der Dirigentenstab des Bandleaders war ein zentimeterlanger Blitz, und die Tischplatte bestand natürlich aus Sanito, dem momentanen Höhepunkt moderner Kraftfeldtechnik, und war bis auf ein absichtliches Flackern ziemlich unsichtbar.

Davids ruhige braune Augen wanderten über die übrigen halb in Nischen verborgenen Tische, nicht aus Langeweile, sondern weil ihn Menschen mehr interessierten als alle technischen Tricks, die das Café Supreme anhäufen konnte. Tri-Television und Kraftfelder waren vor zehn Jahren Wunderdinge gewesen, inzwischen aber zum Allgemeingut geworden. Menschen hingegen veränderten sich nicht, aber selbst jetzt, zehntausend Jahre nach dem Bau der Pyramiden und fünftausend Jahre nach der ersten Atombombenexplosion, waren sie unlösbare Rätsel und unauslotbare Wunder.

Da lachte zum Beispiel ein junges Mädchen in einem hübschen Kleid zärtlich mit ihrem männlichen Begleiter, dann der Mann dort in mittleren Jahren in unbequemer Freizeitkleidung, der dem Kellnerroboter gerade den Menücode eintastete, während ihm seine Ehefrau und die beiden Kinder mit ernsten Gesichtern zusahen, und dann die beiden Geschäftsleute, die sich über ihren Nachtisch hinweg angeregt unterhielten.

Es geschah, als Davids Blick über die Geschäftsleute streifte. Einer der beiden, das Gesicht blutrot, versuchte mit zuckenden Bewegungen aufzustehen. Der andere streckte mit einem Aufschrei die Hand in einer unbestimmten Geste des Helfens aus, aber sein Begleiter war schon auf seinem Stuhl zusammengebrochen und begann unter den Tisch zu gleiten.

Beim ersten Anzeichen war David auf den Füßen, und nun fraßen seine langen Beine die Entfernung zwischen den Tischen mit drei Schritten auf. Er befand sich in der Nische. Mit einem Fingerdruck löste er einen elektronischen Kontakt in der Nähe des Fernsehwürfels aus, und ein violett fluoreszierendes Muster schob sich als Vorhang vor die offene Seite der Nische. Das würde keine Aufmerksamkeit erregen. Viele Gäste zogen es vor, sich dieser Art von Privatsphäre zu bedienen. Der Begleiter des Kranken fand jetzt erst seine Stimme wieder. Er sagte: »Manning ist schlecht. Es ist eine Art Anfall. Sind Sie Arzt?«

Davids Stimme klang sicher und beherrscht. Sie wirkte beruhigend. Er sagte: »Sitzen Sie jetzt still und sagen Sie nichts. Wir werden den Geschäftsführer holen, und was getan werden kann, wird geschehen.«

Er legte Hand an den Kranken, und obwohl dieser schwer gebaut war, hob er ihn wie eine Stoffpuppe hoch. Er schob den Tisch so weit es ging auf die eine Seite, wobei seine Finger auf unheimlich wirkende Weise durch zwei Zentimeter Kraftfeld voneinander getrennt waren. Er legte den Mann auf den Stuhl, lockerte den Magnosaum seiner Bluse und begann mit künstlicher Beatmung.

Was die Erholungschancen anging, gab sich David keinen Illusionen hin. Er kannte die Symptome: das plötzliche Anlaufen, der Verlust von Stimme und Atemvermögen, die paar Minuten Todeskampf und dann das Ende.

Der Vorhang schwirrte zur Seite. Mit bewunderungswürdiger Promptheit hatte der Geschäftsführer auf den Notruf, den David eingetippt hatte, noch bevor er seinen eigenen Tisch verlassen hatte, reagiert. Der Geschäftsführer war ein kleiner plumper Mann in enganliegender schwarzer Kleidung konservativen Zuschnitts. Sein Mienenspiel drückte Besorgnis aus.

»Hat jemand in diesem Flügel ...« Er schien in sich zusammenzusinken, als seine Augen den Anblick registrierten. Der am Leben gebliebene Gast sprach in schneller Hysterie. »Wir aßen gerade, als mein Freund einen Anfall hatte. Was den anderen Mann hier angeht, so weiß ich nicht, wer er ist.« David stellte seine zwecklosen Wiederbelebungsversuche ein. Er strich sein dichtes braunes Haar aus der Stirn. Er sagte: »Sind Sie der Geschäftsführer?«

»Ich bin Oliver Gaspere, Geschäftsführer des Cafés Supreme«, sagte der dicke Mann verwirrt. »Der Notruf von Tisch 87 geht, und als ich hinkomme, ist niemand da. Mir wird gesagt, ein junger Mann sei eben in die Nische von Tisch 94 gelaufen, ich gehe hinterher und finde dies.« Er wandte sich um. »Ich werde den Hausarzt rufen lassen.«

David sagte: »Einen Augenblick. Dazu besteht keine Veranlassung mehr. Der Mann hier ist tot.«

»Was!« schrie der andere Gast. Er stürzte vor und rief: »Manning!«

David Starr zerrte ihn zurück und preßte ihn fest gegen die unsichtbare Tischplatte. »Ganz ruhig, Mann, Sie können ihm doch nicht helfen, und jetzt ist nicht der richtige Zeitpunkt, um Krach zu schlagen.«

»Nein, nein«, stimmte Gaspere schnell zu. »Wir dürfen die übrigen Gäste nicht verstimmen. Aber sehen Sie, Sir, ein

Arzt muß trotzdem diesen bedauernswerten Mann untersuchen, um die Todesursache festzustellen. In meinem Restaurant kann ich keine Unregelmäßigkeiten dulden.«

»Es tut mir leid, Mr. Gaspere, aber ich gestatte nicht, daß der Mann, jedenfalls im Augenblick, von irgend jemandem untersucht wird.«

»Wovon reden Sie? Falls dieser Mann an einem Herzanfall gestorben ist ...«

»Bitte. Wir wollen lieber zusammenarbeiten und keine unnützen Debatten veranstalten. Wie heißen Sie, Sir?«

Der übriggebliebene Gast sagte mit dumpfer Stimme: »Eugene Forester.«

»Na gut, Mr. Forester, ich möchte genau wissen, was Sie und Ihr Begleiter eben gegessen haben.«

»Sir!« Der kleine Geschäftsführer starrte David an, seine Augen fielen ihm fast aus den Höhlen. »Unterstellen Sie etwa, daß etwas im Essen das hier verursacht hat?«

»Ich unterstelle gar nichts, ich stelle Fragen.«

»Sie haben kein Recht, Fragen zu stellen. Wer sind Sie denn überhaupt? Sie sind ein Niemand. Ich verlange, daß ein Arzt diesen armen Mann untersucht.«

»Mr. Gaspere, dies ist eine Angelegenheit des Wissenschaftsrats.«

Indem er den dehnbaren Metalliteärmel zurückschob, legte David die Unterseite seines Handgelenks frei. Einen Augenblick war da nur nackte Haut, aber dann verdunkelte sich eine Stelle zu einem Oval und wurde schwarz. Kleine gelbe Körnchen tanzten und blinkten im vertrauten Muster des Großen Bären und Orion.

Die Lippen des Geschäftsführers zitterten. Der Wissenschaftsrat war keine offizielle Regierungsbehörde, aber seine Mitglieder standen fast über der Regierung.

Er sagte: »Es tut mir leid, Sir.«

»Zu Entschuldigungen besteht keine Veranlassung. Mr. Forester, wollen Sie nun meine erste Frage beantworten?«

Forester murmelte: »Wir hatten das Spezial-Menü Nummer drei.«

»Alle beide?«

»So ist es.«

»Hat einer von Ihnen etwas dabei ausgetauscht?« fragte David. Er hatte die Karte an seinem eigenen Tisch studiert. Das Café Supreme servierte außerirdische Delikatessen, das Spezial-Menü Nummer drei war jedoch eine der mehr irdischen Mahlzeiten: Gemüsesuppe, Kalbskotelett, überbackene Kartoffeln, Erbsen, Eis und Kaffee.

»Ja, es wurde etwas ausgetauscht.« Forester zog die Brauen zusammen. »Manning bestellte gedämpfte Marspflaumen zum Nachtisch.«

»Und Sie nicht?«

»Nein.«

»Und wo sind die Marspflaumen jetzt?« David hatte selbst welche gegessen. Es handelte sich dabei um Obst, das in den riesigen Gewächshäusern auf dem Mars angebaut wurde; die Pflaumen waren saftig und ohne Kerne, und über ihrer Fruchtigkeit lag ein zarter Hauch von Zimtgeschmack.

»Er hat sie gegessen, was haben Sie denn gedacht?« sagte Forester.

»Wie lange, bevor er zusammengebrochen ist?«

»Etwa fünf Minuten, würde ich meinen. Wir waren noch nicht einmal mit unserem Kaffee fertig.« Der Mann bekam einen krankhaft blassen Gesichtsausdruck. »Waren sie vergiftet?«

David antwortete nicht. Er wandte sich an den Manager. »Was ist mit den Marspflaumen los?«

»Nichts ist mit ihnen los. Absolut nichts.« Gaspere griff in die Nischenvorhänge und rüttelte leidenschaftlich daran, dabei vergaß er aber nicht, in leisestem Flüsterton zu sprechen. »Es handelte sich um eine frische Ladung vom Mars, behördlich geprüft und für gut befunden. Allein an den letzten drei Abenden haben wir Hunderte von Portionen serviert. So was wie das hier ist bisher noch nicht vorgekommen.«

»Trotzdem sollten Sie besser Anweisung geben, die Marspflaumen von der Nachspeiseliste abzusetzen, bis wir sie noch einmal untersucht haben. Für den Fall, daß es nicht die Marspflaumen gewesen sind, bringen Sie mir doch mal eine Schachtel oder dergleichen, damit wir die Essensreste zur Untersuchung darin einsammeln können.«

»Sofort, sofort.«

»Und Sie werden natürlich mit niemandem darüber sprechen.«

Wenige Augenblicke später kehrte der Geschäftsführer zurück, dabei wischte er sich die Stirn mit einem federbauschigen Taschentuch. »Ich kann das nicht verstehen. Wirklich nicht«, sagte er.

David packte die gebrauchten Plastikteller, an denen noch Essenspartikel klebten, in die Schachtel, legte das, was noch von den Toastbrötchen übriggeblieben war, hinzu, verschloß die Kunststofftassen, in denen der Kaffee serviert worden war, wieder und stellte sie auf die Seite. Gaspere rieb sich hektisch die Hände und machte Anstalten, mit dem Finger den Kontakt am Tischrand zu drücken.

Davids Hand bewegte sich schnell, und der Geschäftsführer merkte mit Schrecken, daß sein Handgelenk fest in der Falle saß.

»Aber Sir, die Krümel!«

»Die werde ich ebenfalls nehmen.« Er benutzte sein Taschenmesser, um alle Teilchen zu sammeln. Die scharfe Stahlschneide glitt mit Leichtigkeit über das Nichts des Kraftfeldes. David bezweifelte innerlich die Zweckmäßigkeit von Kraftfeldtischplatten. Ihre völlige Durchsichtigkeit war einer entspannten Haltung alles andere als zuträglich. Der Anblick auf dem Nichts schwebender Teller und Bestecke mußte bei den Gästen einfach das Gefühl der

Anspannung hervorrufen. Deswegen mußte man das Feld absichtlich aus dem Schwingungsgleichgewicht bringen, was zu einem ständigen Funkensprühen und dadurch zur Illusion fester Materie führte.

In Restaurants waren sie beliebt, denn am Ende einer Mahlzeit brauchte man das Kraftfeld nur um ein paar Millimeter anzuheben, und schon waren übriggebliebene Speisereste und Tropfen vernichtet. Erst als David mit dem Einsammeln fertig war, erlaubte er Gaspere, die Ausdehnung zu betätigen. Er löste selbst den Sicherheitshebel mit einer Fingerbewegung und gestattete Gaspere, seinen Spezialschlüssel zu benutzen. Augenblicklich entstand eine neue, völlig saubere Oberfläche.

»Jetzt noch einen Augenblick, bitte.« David blickte auf das metallene Zifferblatt seiner Armbanduhr und schob dann einen Zipfel des Vorhangs zur Seite.

»Dr. Henree!« sagte er leise.

Der schlaksige Mann in besten Jahren saß genau da, wo vor fünfzehn Minuten Davids Platz gewesen war, er straffte sich und schaute sich überrascht um.

David lächelte. »Hier bin ich!« Er legte einen Finger an die Lippen.

Dr. Henree stand auf. Die Kleider hingen lose an ihm herab, und sein dünner werdendes Haar war sorgfältig gekämmt, damit es über einer kahlen Stelle zu liegen kam. Er sagte: »Mein lieber David, du bist schon da? Ich war der Überzeugung, du hättest dich verspätet. Stimmt etwas nicht?«

Davids Lächeln war nur von kurzer Dauer gewesen. Er sagte: »Schon wieder einer.«

Dr. Henree trat hinter den Vorhang, schaute auf den Toten und murmelte: »Du liebes bißchen.«

»So kann man es auch ausdrücken«, sagte David.

»Ich denke«, sagte Henree, indem er seine Brille abnahm und spielerisch mit seinem schwachen Ultraschallreiniger über die Gläser strich, bevor er sie wieder aufsetzte, »ich denke, wir schließen das Restaurant besser.«

Gaspere öffnete seinen Mund lautlos wie ein Fisch und klappte ihn wieder zu. Schließlich sagte er mit einem erstickten Keuchen: »Das Restaurant schließen? Es ist erst vor ein paar Wochen eröffnet worden. Das bedeutet den Ruin. Völligen Ruin!«

»Oh, doch nur für eine Stunde oder so. Sie müssen die Leiche fortschaffen und Ihre Küche unter die Lupe nehmen. Sicher sind Sie daran interessiert, daß wir den Lebensmittelvergiftungsverdacht ausräumen, falls wir dazu in der Lage sind. Wenn wir uns im Beisein Ihrer Gäste an die Arbeit machen würden, wäre es doch sicher noch weniger angenehm für Sie.«

»Schön, ich werde dafür sorgen, daß Ihnen das Restaurant zur Verfügung steht. Aber ich brauche eine Stunde Zeit, damit die anwesenden Gäste ihre Mahlzeit beenden können. Ich hoffe, es wird kein öffentliches Aufsehen geben.«

»Auf gar keinen Fall, das verspreche ich Ihnen.« Dr. Henrees zerfurchtes Gesicht hatte einen sorgenvollen Ausdruck angenommen. »David, würdest du das Hauptquartier anrufen und dich mit Conway verbinden lassen? Wir haben für solche Fälle einen genau festgelegten Verfahrensablauf. Er wird wissen, was zu tun ist.«

»Muß ich bleiben?« warf Forester plötzlich ein. »Mir wird schlecht.«

»Wer ist das, David?« fragte Dr. Henree.

»Der Begleiter des Verstorbenen. Sein Name ist Forester.«

»Ach so, nun Mr. Forester, ich fürchte, Ihnen wird hier schlecht werden müssen.«

Leer war das Restaurant kalt und abstoßend. Wortkarge Spezialisten waren erschienen und wieder verschwunden. Mit Akribie hatten sie die Küche Stäubchen für Stäubchen abgesucht. Jetzt waren nur noch Dr. Henree und David anwesend. Sie saßen in einer leeren Nische. Licht war keines eingeschaltet, und die Tritelevisionsgeräte waren einfach nur tote Glaswürfel.

Dr. Henree schüttelte den Kopf. »Wir werden nichts herausbekommen. Das weiß ich aus Erfahrung. Es tut mir leid, David. Dies ist nicht die angemessene Feier, die wir uns vorgestellt hatten.«

»Später ist noch genug Zeit zum Feiern. Du hast in deinen Briefen Fälle von Lebensmittelvergiftungen erwähnt, deswegen war ich auch darauf vorbereitet. Worauf ich aber nicht gefaßt war, ist die große Geheimhaltung, die notwendig zu sein scheint. Ich wäre vielleicht diskreter vorgegangen, wenn ich das gewußt hätte.«

»Nein, es ist zwecklos. Wir können dieses Problem nicht ewig geheimhalten. So nach und nach zeigen sich winzige undichte Stellen. Leute sehen, wie andere beim Essen sterben und hören von weiteren Fällen dieser Art; immer beim Essen. Es ist schlimm und wird schlimmer werden. Na, wir werden uns morgen darüber unterhalten, wenn du selbst mit Conway sprichst.«

»Halt mal!« David schaute tief in die Augen des älteren Mannes. »Da gibt es etwas, was dir mehr Sorgen macht als der Tod eines Mannes oder der Tod von tausend Leuten. Etwas, das ich nicht weiß. Was ist es?«

Dr. Henree seufzte. »Ich fürchte, David, die Erde schwebt in großer Gefahr. Die meisten Ratsmitglieder glauben aber nicht daran, und Conway ist nur zum Teil überzeugt. Ich bin mir aber sicher, daß diese Lebensmittelvergiftungen ein geschickter und brutaler Versuch sind, die Kontrolle über das wirtschaftliche und politische Leben auf der Erde zu erlangen. Bisher, David, gibt es nicht einmal den kleinsten Fingerzeig, wer hinter dieser Bedrohung steht und wie die Machenschaften durchgeführt werden. Der Wissenschaftsrat ist völlig hilflos.«

2
Der Brotkorb am Himmel

Der Vorsitzende des Wissenschaftsrats, Hektor Conway, stand an seinem Fenster in der obersten Etage des Science Tower, einem schlanken Gebäude, das den nördlichen Stadtteilen von International City ihr Gepräge verlieh. Die Stadt begann im letzten Tageslicht zu funkeln. Bald würde man die weißen Striche entlang der erhöhten Fußgängerwege erkennen können. In den Gebäuden würde das Licht in juwelengleichen glitzernden Mustern aufflammen, wenn die Fenster zum Leben erwachten. Beinahe genau in der Mitte seines Fensters lagen die entfernten Kuppeln der Kongreßhalle, zwischen die sich der Regierungspalast schmiegte.

Er befand sich allein in seinem Büro, das automatische Schloß war nur auf Dr. Henrees Fingerabdrücke eingestellt. Er merkte, wie etwas von seiner Niedergeschlagenheit von ihm wich. David Starr war hierher unterwegs, plötzlich und wundersamerweise erwachsen geworden, bereit, seinen ersten Auftrag als Mitglied des Rats entgegenzunehmen. Es kam ihm fast so vor, als ob sein eigener Sohn im Begriff stand, ihn zu besuchen. In gewisser Weise war dem auch so. David Starr war sein Sohn: seiner und der von Augustus Henree. Anfangs waren sie zu dritt gewesen, er, Gus Henree und Lawrence Starr. Wie gut er sich an Lawrence Starr erinnern konnte! Sie hatten zu dritt die Schule absolviert, sich gemeinsam für den Rat qualifiziert, ihre ersten Aufträge gemeinsam durchgeführt, und dann war Lawrence Starr befördert worden. Das war zu erwarten gewesen, er war von ihnen dreien mit Abstand der Brillanteste.

Er hatte also mehr oder weniger eine Dauerstellung auf der Venus erhalten, und das war gleichzeitig das erste Mal, daß die drei einen Auftrag nicht gemeinsam angegangen hatten. Frau und Kind hatte er mitgenommen. Barbara hieß seine Frau. Die wunderschöne Barbara Starr. Weder Henree noch er selbst hatten jemals geheiratet, und für keinen von ihnen gab es ein Mädchen, das in ihren Gedanken einen Vergleich mit Barbara standhielt. Als David geboren wurde, hieß es sofort Onkel Gus und Onkel Hektor, zuweilen kam er durcheinander und nannte seinen Vater Onkel Lawrence.

Und dann kam es auf dem Weg zur Venus zu diesem Piratenangriff. Es war ein vollständiges Massaker gewesen. Piratenschiffe machten praktisch keine Gefangenen im All, und bevor zwei Stunden um waren, hatte es mehr als hundert Tote gegeben. Unter ihnen waren auch Lawrence und Barbara.

Conway konnte sich genau an den Tag, ja an die Minute erinnern, in der die Nachricht im Science Tower eintraf. Patrouillenschiffe waren ins All gestartet, sie spürten die Piraten auf und griffen ihre Nester im Asteroidengürtel mit beispielloser Wut an. Ob sie gerade die Bösewichte schnappten, die das Venusschiff ausgeweidet hatten, konnte niemand mit Bestimmtheit sagen, die Macht der Piraten war von jenem Tag an gebrochen.

Und die Patrouillenschiffe fanden noch etwas anderes! Ein winziges Rettungsboot auf einer gefährlichen Umlaufbahn zwischen Venus und Erde, das einen unpersönlichen, automatischen Hilferuf aussandte. An Bord befand sich nur ein Kind. Ein verängstigter einsamer Vierjähriger, der stundenlang nichts anderes von sich gab, als: »Mutter hat gesagt, ich darf nicht weinen!« Es war David Starr gewesen. Seine Geschichte, aus der Sicht eines Kindes erzählt, war verworren, eine allzu leichte Ausdeutung des Vorgefallenen. Vor seinem geistigen Auge konnte Conway immer noch sehen, wie die letzten Minuten in dem ausgeweideten Schiff gewesen sein mußten: der sterbende Lawrence Starr im Kommandostand, während die Gesetzlosen sich den Zugang erzwangen; Barbara, einen Blaster in der Hand, drängte

David verzweifelt in das Rettungsboot, versuchte, die Koordinaten so gut sie konnte einzustellen, dann feuerte sie es ins All. Und dann?

Sie hatte eine Waffe in der Hand. So lange wie möglich mußte sie den Blaster gegen den Feind benutzt haben, um ihn schließlich, als es nicht mehr anders ging, gegen sich selbst zu richten. Conway tat die Vorstellung weh. Es tat weh, und wieder wünschte er, daß man ihm erlaubt hätte, die Patrouillenschiffe zu begleiten, damit er mit eigenen Händen hätte mithelfen können, die Asteroidenhöhlen in brennende Orkane atomarer Zerstörung zu verwandeln. Aber sie hatten gesagt, daß Ratsmitglieder zu wertvoll seien, als daß sie bei Polizeiaktionen aufs Spiel gesetzt werden dürften. Also war er daheim geblieben und hatte die Meldungen gelesen, die auf Tickerband aus seinem Telenews-Projektor kamen.

Augustus Henree und er adoptierten David Starr und hatten danach ihr ganzes Leben der Auslöschung dieser letzten furchtbaren Erinnerungen im All gewidmet. Sie ersetzten ihm Mutter und Vater, überwachten persönlich seine Schulzeit, bildeten ihn mit einem einzigen Ziel im Kopf aus: aus ihm zu machen, was Lawrence Starr einmal gewesen war.

Er hatte ihre Erwartungen übertroffen. Körperlich war er wie Lawrence, einsachtzig groß, zäh und hart, mit der kühlen Beherrschung und den schnellen Reaktionen eines Leistungssportlers; dazu verfügte er über den scharfen, klaren Verstand eines erstklassigen Wissenschaftlers. Und in seinem braunen, leicht gewellten Haar, in seinen offenen, weit auseinanderstehenden braunen Augen, in der angedeuteten Kerbe an seinem Kinn, die verschwand, wenn er lächelte, lag etwas, das an Barbara erinnerte.

Er war durch die Zeit seiner Ausbildung an der Akademie gestürmt und hatte dabei einen Funkenregen von Bestleistungen auf dem Sportplatz und in den Klassenzimmern hinter sich zurückgelassen.

Conway war beunruhigt gewesen. »Das ist nicht normal, Gus. Er übertrifft seinen Vater.«

Und Henree, der nicht an unnötiges Geschwätz glaubte, hatte nur an seiner Pfeife gezogen und gelächelt.

»Es gefällt mir nicht, daß ich das sagen muß«, hatte Conway gesagt, »du wirst mich nämlich auslachen, aber an der Sache ist etwas nicht ganz normal. Denk mal, das Kind ist zwei Tage im All umhergetrieben, und zwischen sich und der Sonnenstrahlung befand sich nur die dünne Wand des Rettungsbootes. Er war nur 70 Millionen Meilen von der Sonne entfernt, und zwar zu dem Zeitpunkt, als die Sonnenfleckentätigkeit ihr Maximum erreicht hatte.«

»Alles, was du damit sagst«, erwiderte Henree, »ist, daß David von Rechts wegen zu Asche verbrannt sein müßte.«

»Also, ich weiß nicht«, murmelte Conway. »Die Auswirkungen von Strahlungen auf lebendes Gewebe, zumal auf menschliches, birgt so seine Geheimnisse.«

»Selbstverständlich. Leicht machbar sind Experimente auf diesem Gebiet nun mal nicht.«

David hatte das College mit dem besten Notendurchschnitt aller Zeiten abgeschlossen. Es war ihm gelungen, an der Universität eigenständige Forschung in Bio-Physik zu betreiben. Er war der jüngste Mann, dem je eine Vollmitgliedschaft im Wissenschaftsrat verliehen worden war.

Was Conway anging, so war damit ein Verlust einhergegangen. Wie im Jahr zuvor, war er zum Ratsvorsitzenden gewählt worden. Das war eine Ehre, für die er sein Leben gegeben hätte, aber er wußte, daß die Wahl auf einen Würdigeren gefallen wäre, falls Lawrence Starr noch unter den Lebenden weilen würde.

Und er hatte so gut wie jeden Kontakt zum jungen David Starr verloren, denn Ratsvorsitzender zu sein, das forderte, daß man kein anderes Leben kannte, als mit den klemmenden Problemen der gesamten Milchstraße fertig zu werden.

Selbst bei den Abschlußfeierlichkeiten an der Universität hatte er David nur von Ferne gesehen, hatte in den letzten vier Jahren vielleicht viermal mit David gesprochen.

Deswegen klopfte ihm das Herz in fröhlicher Erwartung, als er hörte, wie sich die Tür öffnete. Er drehte sich um und beschleunigte seine Schritte, um sie beim Eintreten zu begrüßen.

»Gus, altes Haus.« Er streckte seine Hand aus und schüttelte die des anderen kräftig. »Und David, mein Junge!«

Eine Stunde verging. Es war richtig Nacht geworden, bevor sie von sich selbst zu sprechen aufhörten, und sich dem Universum zuwenden konnten.

David war es, der anfing: »Heute habe ich meinen ersten Vergiftungsfall gesehen, Onkel Hektor. Ich wußte genug darüber, um eine Panik zu verhindern. Ich wollte, ich wüßte genug, um Vergiftungen zu verhindern.«

Conway sagte nüchtern: »Dafür weiß keiner genug. Ich nehme an, Gus, es handelt sich wieder um ein Marsprodukt.«

»Das kann niemand sagen, Hektor. Aber eine Marspflaume war im Spiel.«

»Ich schlage vor«, bemerkte David Starr, »ihr weiht mich über alles ein, was ich wissen darf.«

»Es ist erstaunlich einfach«, kam es von Conway. »Erschreckend einfach. In den letzten vier Monaten sind ungefähr zweihundert Menschen plötzlich nach dem Genuß eines auf dem Mars gezüchteten Produktes gestorben. Es handelt sich um unbekanntes Gift, die Symptome treffen auf keine bekannte Krankheit zu. Es findet eine schnelle und vollständige Paralyse der das Zwerchfell und die Brustmuskulatur kontrollierenden Nerven statt. Das führt zu Lungenlähmung, was in fünf Minuten tödlich ist.

Es geht sogar noch weiter. In einigen Fällen, in denen wir die Opfer rechtzeitig in die Hände bekamen, haben wir es genau wie du mit künstlicher Beatmung versucht, sogar eiserne Lungen sind eingesetzt worden. Die Patienten sind trotzdem innerhalb von fünf Minuten gestorben. Das Herz war ebenfalls in Mitleidenschaft gezogen. Autopsien zeigen uns nichts, außer einem Nervenverfall, der unglaublich schnell vonstatten gehen muß.«

»Wie steht es mit dem Essen, das zur Vergiftung geführt hat?« fragte David.

»Fehlanzeige«, erwiderte Conway. »Die vergiftete Speise wird immer ganz verzehrt, dafür reicht die Zeit. Die gleiche Nahrung auf dem Tisch oder in der Küche ist harmlos. Wir haben es an Tiere verfüttert und sogar Freiwilligen zu essen gegeben. Die Mageninhalte der Toten haben keine gesicherten Erkenntnisse gebracht.«

»Woher weißt du denn, daß es sich überhaupt um Lebensmittelvergiftungen handelt?«

»Weil der Zufall des Todeseintritts jedesmal nach dem Genuß eines Marsproduktes, es handelt sich ausnahmslos um Kost vom Mars, mehr als ein bloßer Zufall ist.«

»Offensichtlich ist es nicht ansteckend«, sagte David gedankenverloren.

»Nein. Den Sternen sei Dank. Trotzdem ist es auch so schlimm genug. Bislang haben wir die Sache so gut es ging geheimgehalten, dabei werden wir von der Planetaren Polizeibehörde rückhaltlos unterstützt. Zweihundert Tote in vier Monaten ist bei der Gesamtbevölkerung der Erde eine vertretbare Zahl, aber sie könnte höher werden. Und falls die Erdbewohner herausfinden, daß jeder Happen Marsnahrung ihr letzter sein könnte, wären die Konsequenzen furchtbar. Selbst wenn wir dann vorrechnen, daß die Todesrate nur fünfzig pro Monat bei einer Bevölkerung von 5 Milliarden ist. Trotzdem wäre jeder fest davon überzeugt, daß er einer der fünfzig sein würde.«

»Ja«, kam es von David, »und das würde bedeuten, der Importmarkt für Marsprodukte bricht zusammen. Für die

Landwirtschaftssyndikate auf dem Mars wäre das eine Katastrophe.«

»Ach das!« Conway zuckte die Schultern und überging damit die Sorgen der Landwirtschaftssyndikate, als wäre das unerheblich. »Fällt dir nichts anderes auf?«

»Mir ist klar, daß die Landwirtschaft der Erde keine fünf Milliarden Menschen ernähren kann.«

»Genau das ist der Punkt. Ohne Versorgung von den Kolonieplaneten können wir nicht auskommen. Innerhalb von sechs Wochen gäbe es auf der Erde eine Hungersnot. Wenn die Leute aber vor Marslebensmitteln Angst haben, kann das nicht verhindert werden, und ich weiß wirklich nicht, wie lange wir die Angelegenheit noch hinauszögern können. Jeder neue Todesfall stellt eine neue Krise dar. Werden die Fernsehnachrichten diesesmal Wind bekommen? Kommt die Wahrheit ans Tageslicht? Und als wenn das nicht schon genug wäre, da ist auch noch Gus' Theorie.«

Dr. Henree lehnte sich zurück und stopfte seine Pfeife. »Ich bin fest davon überzeugt, David, daß diese Lebensmittelvergiftungsepidemie keine natürliche Ursache hat. Dafür ist sie zu weit verbreitet. Einmal passiert es in Bengalen, am nächsten Tag in New York und dann in Sansibar. Dahinter steckt System.«

»Ich sage dir ...«, setzte Conway an.

»Falls irgendeine Gruppe versuchen sollte, die Erde in ihre Gewalt zu bekommen, da gibt es doch gar keinen besseren Schachzug, als uns an der schwächsten Stelle zu packen, unserer Nahrungsmittelversorgung. Die Erde ist der bevölkerungsreichste Planet in der gesamten Milchstraße. Das ist verständlich, schließlich stammt die Menschheit ursprünglich von hier, aber genau dieser Umstand macht uns in gewisser Weise zur verwundbarsten Welt, da wir nicht autark sind. Unser Brotkorb hängt oben am Himmel: auf dem Mars, auf Ganymed und Europa. Wenn man die Importe unterbindet, auf irgendeine Weise, sei es durch

Piratenanschläge oder durch die viel subtilere Methode, derer man sich jetzt bedient, sind wir schnell hilflos. So einfach ist das.«

»Aber«, sagte David, »wenn dem so ist, würde die verantwortliche Gruppe sich dann nicht mit der Regierung in Verbindung setzen, um ein Ultimatum zu stellen?«

»Das sollte man annehmen, aber vielleicht warten sie, bis die Zeit reif ist. Oder vielleicht wenden sie sich auch direkt an die Farmer auf dem Mars. Die Siedler haben ihren eigenen Kopf, trauen der Erde nicht, und wer weiß, ob sie sich nicht mit den Verbrechern zusammentun, wenn sie ihre Existenz als bedroht ansehen. Vielleicht stecken die ...«, er zog angestrengt an der Pfeife, »sogar selbst ... Aber ich will keine Verdächtigungen aussprechen.«

»Und meine Aufgabe«, entfuhr es David, »was soll ich eurer Meinung nach tun?«

»Laß mich es ihm sagen«, brummte Conway. »David, wir möchten, daß du in die Zentrallabors auf dem Mond gehst. Du wirst Mitglied in dem Forschungsteam, das die Schwierigkeiten untersuchen soll. Im Augenblick bekommen sie Lebensmittelproben von allen Marsprodukten. Wir müssen dabei zwangsläufig auf vergiftete Ware stoßen. Die eine Probenhälfte wird an Ratten verfüttert, der Rest mit allen Mitteln, die uns zur Verfügung stehen, analysiert.«

»Ich verstehe. Und falls Onkel Gus recht hat, dann haben wir ein weiteres Team auf dem Mars, nehme ich an?«

»Sehr erfahrene Leute. Aber bist du bereit, morgen abend zum Mond zu fliegen?«

»Selbstverständlich. Aber wenn die Dinge so liegen, darf ich dann jetzt gehen und mich startklar machen?«

»Natürlich.«

»Und gibt es irgendwelche Einwände dagegen, wenn ich mein eigenes Schiff benutze?«

»Keineswegs.«

Allein im Zimmer, starrten die beiden Wissenschaftler lange Zeit auf die märchenhafte Lichterkette der Stadt hinunter, bevor einer von ihnen was sagte. Schließlich bemerkte Conway: »Wie sehr er Lawrence ähnelt! Aber er ist noch so jung, es wird gefährlich werden.«

»Glaubst du wirklich, daß es funktionieren wird?« kam es von Henree.

»Bestimmt!« Conway lachte. »Du hast doch seine direkte Frage nach dem Mars gehört. Er hat gar nicht die Absicht, zum Mond zu fliegen. So gut kenne ich ihn immerhin. Und das ist auch die beste Methode, ihn zu beschützen. In den amtlichen Unterlagen wird stehen, daß er zum Mond unterwegs ist, die Männer im Zentrallabor sind angewiesen, sein Eintreffen zu melden. Wenn er auf dem Mars ankommt, gibt es für deine Verschwörer, falls es sie gibt, keine Veranlassung, ihn für ein Ratsmitglied zu halten, und natürlich wird er sein Inkognito wahren, denn er glaubt, er müsse uns an der Nase herumführen.«

»Er ist hervorragend«, setzte Conway hinzu. »Vielleicht kann er etwas bewerkstelligen, zu dem wir nicht in der Lage wären. Glücklicherweise ist er noch jung und kann gelenkt werden. In ein paar Jahren wird das unmöglich sein. Er würde uns durchschauen.«

Conways Sprechanlage tickte leise. Er legte den Schalter um. »Was gibt es?«

»Private Mitteilung an Sie, Sir.«

»Für mich? Geben Sie her.« Er schaute Henree verwirrt an. »Das sind doch wohl nicht die Verschwörer, von denen du immer plapperst?«

»Mach auf, dann weißt du's«, schlug Henree vor.

Conway schlitzte den Umschlag auf. Einen Moment lang starrte er auf das Blatt. Dann lachte er etwas übertrieben, schnippte den geöffneten Zettel zu Henree hinüber und sank in seinem Stuhl zusammen.

Henree nahm ihn in die Hand. Er bestand nur aus zwei

hingekritzelten Zeilen. »Wie du willst! Also zum Mars.« Unterschrift: »David«.

Henree brüllte vor Lachen. »Schön hast du ihn gesteuert.« Conway konnte nicht anders, er mußte mitlachen.

3
Arbeitskräfte gesucht

Für einen geborenen Erdenbürger bedeutete die Erde bloß die Erde. Es handelte sich einfach nur um den dritten Planeten von der Sonne aus gerechnet, den Bewohnern der Milchstraße als Sol geläufig. In der offiziellen Geographie jedoch war die Erde mehr als das: In dieser Bezeichnung waren alle Himmelskörper des Sonnensystems eingeschlossen. Der Mars war genauso die Erde wie diese selbst. Männer und Frauen, die auf dem Mars lebten, waren genausogut Erdbewohner, als wohnten sie tatsächlich auf dem Heimatplaneten. Juristisch gesehen war das jedenfalls so. Sie nahmen an der Wahl zum Universal-Weltkongreß und an der des planetarischen Präsidenten teil.

Aber es ging nur bis hierher und nicht weiter. Die Erdbewohner auf dem Mars hielten sich für etwas Besseres, und ein Neuling hatte einiges durchzumachen, bis ein Farmboy vom Mars in ihm etwas anderes sah als einen der üblichen Touristen, die nicht weiter ins Gewicht fielen.

Als er das Amt für landwirtschaftliche Arbeitskräftevermittlung betrat, fand David Starr das beinahe sofort heraus. Ein kleiner Mann folgte ihm beim Betreten des Gebäudes auf dem Fuße. Ein wirklich kleiner Mann. Er war ungefähr 1,56 groß, und hätten sie sich von Angesicht zu Angesicht gegenübergestanden, dann wäre seine Nase in Höhe von Davids Brustbein gewesen. Sein Haar war blaßrot und straff zurückgekämmt, der Mund breit, er trug den Hemdkragen in typischer Manier offen, und außer einem zweireihigen Overall hatte er die hüfthohen, grellbunten Stiefel der Farmboys vom Mars an.

Als David sich auf den Schalter zu bewegte, über dem der Schriftzug »Farmarbeitsvermittlung« leuchtete, klapperten Schritte, und eine Tenorstimme rief laut: »Halt, halt, mach mal halblang, Junge.«

Der kleine Mann stand ihm gegenüber.

David sagte: »Kann ich irgend etwas für Sie tun?«

Der Kleine musterte ihn sorgfältig, Stück für Stück, streckte dann einen Arm aus und lehnte sich lässig gegen die Hüftpartien des Erdenbewohners. »Wann bist du denn von der Gangway gestiegen?«

»Was für eine Gangway?«

»Ziemlich dick für einen Erdie. Ist es dir dort zu eng geworden?«

»Ja, ich komme von der Erde.«

Der Kleine ließ seine Hände eine nach der anderen herunterfallen, so daß sie mit scharfem Klatschen gegen seine Stiefel schlugen. Unter Farmboys die typische Geste der Selbstbestätigung.

»In dem Falle«, sagte er, »schlage ich vor, daß du mal Wartestellung beziehst und einen Einheimischen seinen Geschäften nachgehen läßt.«

»Wie Sie wollen«, bemerkte David.

»Und falls du irgendwelche Einwände dagegen hast, kannst du dich an mich wenden, wenn wir hier fertig sind oder später. Ganz wie es beliebt. Ich heiße Bigman. Ich bin John Bigman Jones, aber du kannst dich überall in der Stadt nach mir als Bigman erkundigen.« Er legte eine Pause ein und fügte dann hinzu: »Das ist mein Spitzname, Erdie. Etwas dagegen einzuwenden?«

Mit ernster Betonung sagte David: »Nicht das geringste.«

»Recht so!« erwiderte Bigman und verschwand in Richtung Schalter, während David, der sich ein Lächeln nicht verkneifen konnte, sobald der andere ihm den Rücken gekehrt hatte, Platz nahm.

Er befand sich noch keine zwölf Stunden auf dem Mars, die Zeit hatte gerade gereicht, um sein Schiff unter falschem Namen in der großen unterirdischen Garage außerhalb der Stadt registrieren zu lassen, in einem der Hotels ein Zimmer zu belegen und einige Stunden durch die überkuppelte Stadt zu schlendern.

Sie hatten nur drei solcher Städte auf dem Mars.

Das war im Hinblick auf den Aufwand, der zur Erhaltung der enormen Kuppeln getrieben werden mußte und in bezug auf die Versorgung mit den riesigen Strömen von Energie, die nötig waren, um Temperatur und Schwerkraftverhältnisse wie auf der Erde zu erzeugen, nur allzu verständlich.

Diese hier, Wingard City, so genannt nach Robert Clark Wingard, dem ersten Mann, der seinen Fuß auf Marsboden gesetzt hatte, war die größte.

Sie unterschied sich nicht sehr von einer Stadt auf der Erde; es sah beinah so aus, als ob man ein Stück aus der Erde herausgeschnitten und auf einen anderen Planeten versetzt hatte; es war, als ob die Marsbewohner, die auch im günstigsten Fall noch 35 Millionen Meilen von der Erde entfernt waren, diesen Umstand vor sich selbst verbergen mußten. Im Stadtzentrum, wo die elliptische Kuppel 400 Meter hoch war, standen sogar zwanzigstöckige Gebäude.

Es fehlte nur eines: Es gab weder Sonne noch blauen Himmel. Die Kuppel selbst war durchsichtig, und wenn Sonnenlicht darauf fiel, wurde es gleichmäßig über die zehn Quadratmeilen große Oberfläche verteilt. Die Lichtintensität auf einem beliebigen Abschnitt der Kuppel war gering, so daß der ›Himmel‹ einem Stadtbewohner wie ein ganz schwaches

Gelb vorkommen mußte. Der Gesamteindruck hingegen entsprach ungefähr dem eines wolkenverhangenen Tages auf der Erde.

Wenn die Nacht anbrach, verblaßte die Kuppel und verwandelte sich in sternenloses Schwarz. Dann aber flammte die Straßenbeleuchtung auf, und Wingard City erweckte mehr denn je einen irdischen Eindruck. Im Inneren der Gebäude wurde Tag und Nacht Kunstlicht verwendet.

Plötzlich ertönte lautes Stimmengewirr, und David Starr schaute auf.

Bigman stand immer noch vor dem Pult und schrie: »Ich sage Ihnen, das ist Boykott. Beim Jupiter, ihr habt mich auf die schwarze Liste gesetzt.«

Der Mann hinter dem Pult schien verwirrt. Die Finger spielten ständig mit seinen buschigen Koteletten. Er sagte: »Wir führen keine schwarzen Listen, Mr. Jones ...«

»Mein Name ist Bigman! Was ist los? Haben Sie Angst, freundlich zu sein? In den ersten paar Tagen haben Sie mich Bigman genannt.«

»Wir haben keine schwarzen Listen, Bigman. Farmarbeiter sind nur nicht gefragt.«

»Was reden Sie da? Tim Jenkins hat vorgestern in zwei Minuten einen Job bekommen.«

»Jenkins hat Erfahrung als Raketenpilot.«

»Ich kann genausogut mit einer Rakete umgehen wie Tim.«

»Also, in den Unterlagen stehen Sie als Säer.«

»Und ich bin ein guter Sämann. Brauchen die etwa keinen Säer?«

»Sehen Sie, Bigman«, fuhr der Mann hinter dem Pult fort, »Ihr Name steht auf der Warteliste. Mehr kann ich nicht tun. Ich werde Ihnen Bescheid geben, wenn ich etwas für Sie habe.« Er konzentrierte seine Aufmerksamkeit auf die vor ihm liegende Liste und ging dabei demonstrativ unbeteiligt die Eintragungen durch.

Bigman wandte sich ab und rief über die Schulter: »In Ordnung, aber ich setze mich hierhin, und beim nächsten Stellenangebot, das Sie kriegen, schicken Sie mich hin. Falls die mich nicht wollen, sollen sie es mir selbst sagen. Mir, haben Sie verstanden! J. Bigman J. persönlich.«

Der Mann hinter dem Schalter schwieg. Murrend setzte sich Bigman auf einen Stuhl. David Starr stand auf und ging auf das Pult zu. Kein weiterer Farmboy war hinzugekommen, um ihm seinen Platz auf der Warteliste streitig zu machen. »Ich hätte gern Arbeit«, sagte er.

Der Mann sah auf und zog ein leeres Formular sowie einen Handdrucker zu sich heran. »Was für Arbeit?«

»Irgendeine Art von Landarbeit, was gerade da ist.«

Der Mann legte den Handdrucker hin. »Sind Sie auf dem Mars geboren?«

»Nein, Sir. Ich komme von der Erde.«

»Tut mir leid. Keine Stelle frei.«

David sagte: »Also hören Sie mal. Ich kann arbeiten, und ich brauche Arbeit. Heilige Milchstraße, gibt es ein Gesetz, wonach Erdbewohner nicht arbeiten dürfen?«

»Nein, aber ohne Erfahrung gibt es für Sie auf einer Farm nicht viel zu tun.«

»Ich brauch' trotzdem einen Job.«

»In der Stadt gibt es jede Menge Jobs. Gehen Sie zum Schalter nebenan.«

»Ich kann keinen Job in der Stadt gebrauchen.«

Der Mann hinter dem Pult sah David abschätzend an, und David konnte den Blick ohne Schwierigkeiten deuten. Männer reisten aus vielen Gründen zum Mars; einer davon bestand darin, daß die Erde zu unbequem geworden war. Wenn eine Fahndungsmeldung wegen eines Flüchtigen abgesetzt wurde, kämmte man die Städte auf dem Mars sorgfältig durch (schließlich gehörten sie zur Erde), aber auf den Farmen wurde ein gejagter Mann nie aufgespürt. Für die Landwirtschaftssyndikate war der beste Farmboy einer, der sich nicht traute, mal woanders hinzugehen. Über solche Leute hielten sie eine schützende Hand. Man legte keinen gesteigerten Wert darauf, sie an die halbwegs abgelehnten und mehr als nur halbwegs verachteten Erdbehörden zu verlieren.

»Name?« sagte der Schreiber, die Augen auf das Formular geheftet.

»Dick Williams«, gab David zurück. Es war der gleiche Name, unter dem er sein Schiff angedockt hatte.

Der Schreiber fragte nicht nach dem Ausweis. »Wo kann ich Sie erreichen?«

»Landis Hotel, Zimmer 212.«

»Haben Sie überhaupt Erfahrung mit niedrigen Schwerkraftverhältnissen?«

Die Befragung zog sich hin. Die meisten der Kästchen mußten frei bleiben. Der Schreiber seufzte, schob das Formular in einen Schlitz, automatisch wurde es auf Mikrofilm aufgenommen und fand auf diese Weise Eingang in die Zentralkartei der Vermittlungsstelle.

Er sagte: »Ich werde Ihnen Bescheid geben.« Aber hoffnungsvoll klang seine Stimme nicht.

David wandte sich ab. Er hatte nicht damit gerechnet, daß sich etwas Greifbares ergeben würde, aber wenigstens hatte er sich als einigermaßen ordnungsgemäßer Arbeit Suchender etabliert. Der nächste Schritt ...

Er fuhr herum. Drei Männer betraten das Arbeitsamt, und der kleine Bursche, Bigman, war wütend von seinem Stuhl aufgesprungen. Nun stand er ihnen gegenüber. Die Arme hielt er locker über seinen Hüften, obgleich David keine Waffe an ihm bemerkt hatte.

Die drei Männer verharrten, und einer der beiden, die den Schluß bildeten, lachte auf und sagte: »Sieht ganz so aus, als wäre es Bigman, die mörderische Maus. Vielleicht sucht er Arbeit, Boß.« Der Redner hatte ein Paar breite Schultern, die Nase war flach an den Schädel gedrückt. In seinem Mund steckte eine völlig zerkaute unangezündete Zigarre aus grünem Marstabak, außerdem brauchte er dringend eine Rasur.

»Still, Griswold«, sagte der vordere Mann. Er neigte zur Fettleibigkeit, war nicht sonderlich groß, und die weiche Haut auf Hals und Wangen wirkte aalglatt. Sein Overall war natürlich marstypisch, aber aus viel besserem Material als bei den anwesenden Farmboys. Seine Hüftstiefel wiesen ein Spiralenmuster in Rosa und Lila auf.

Auf allen seinen späteren Marsreisen sah David Starr niemals zwei Paar Stiefel mit gleichen Mustern. Er stieß auch nie auf Stiefel, die nicht schreiend bunt waren. Es war das Zeichen der Individualität unter den Farmboys.

Bigman trat auf die drei zu, sein kleiner Brustkasten schwoll an, das Gesicht wutverzerrt.

Er sagte: »Ich will meine Papiere von dir, Hennes. Sie stehen mir zu.«

Der dickliche Mann vorne war Hennes, leise sagte er: »Du hast keine Papiere verdient, Bigman.«

»Ohne anständige Papiere kann ich keinen Job kriegen. Ich habe zwei Jahre für dich gearbeitet und mein Soll erfüllt.«

»Du hast verflucht mehr als nur dein Soll erfüllt. Aus dem Weg.« Er stapfte an Bigman vorbei, näherte sich dem Pult und sagte: »Ich brauche einen erfahrenen Säer – einen guten. Ich will jemanden, der so groß ist, daß man ihn auch sehen kann. Muß einen kleinen Jungen ersetzen, den ich rausschmeißen mußte.«

Bigman war getroffen. »Beim All«, giftete er, »du hast recht, ich hab mehr als mein Soll erfüllt. Ich war im Dienst, als ich es nicht sein sollte, meinst du wohl. War lange genug auf Wache, um zu sehen, wie du Hals über Kopf um Mitternacht in die Wüste gefahren bist. Nur am nächsten Morgen wußtest du nichts mehr davon, außer daß ich rausgeflogen bin, nur weil ich darauf angespielt habe, und ohne Arbeitspapiere ...«

Hennes schaute verärgert über die Schulter. »Griswold«, sagte er, »schmeiß den Dummkopf raus.«

Bigman wich nicht zurück, obwohl Griswold ihn in Einzelteile zerlegen konnte. Er sagte mit hoher Stimme: »In Ordnung, aber einer nach dem anderen.«

Jetzt bewegte sich David Starr. Sein elastischer Gang wirkte täuschend langsam.

Griswold sagte: »Du stehst mir im Wege, Junge. Ich muß etwas Müll rauswerfen.«

Hinter Davids Rücken rief Bigman laut: »Geht schon in Ordnung, Erdie, laß ihn nur kommen.«

David überhörte das. Er sagte an Griswold gewandt: »Das scheint hier ein öffentliches Gebäude zu sein. Wir haben alle das Recht, hier zu sein.«

»Laß uns nicht streiten«, gab Griswold zurück. Er legte eine Hand rauh auf Davids Schulter, als ob er ihn zur Seite schleudern wollte.

Davids linke Hand schoß hoch und umklammerte das Handgelenk von Griswolds ausgestrecktem Arm, während seine Rechte die Schulter des Mannes durchdrückte. Griswold kreiselte zurück und krachte hart gegen die Plastiktrennwand, die den Raum unterteilte.

»Ich *will* mich aber streiten«, sagte David.

Mit einem Schrei war der Schreiber aufgesprungen. Andere Büroangestellte schwärmten auf die Öffnungen in der Trennwand zu, machten aber keine Anstalten einzugreifen.

Bigman lachte und klopfte David auf den Rücken. »Ganz ordentlich für einen Burschen von der Erde.«

Einen Augenblick lang schien Hennes wie erstarrt zu sein. Der andere Farmboy ließ seinen Mund lächerlich weit aufklappen. Er war klein und bärtig und hatte das teigige Gesicht eines Mannes, der zuviel Zeit unter der kleinen Sonne des Mars und nicht genügend unter den künstlichen Höhensonnen der Stadt zugebracht hatte.

Griswold kam langsam zu Atem. Er schüttelte den Kopf. Die Zigarre war auf den Boden gefallen, er trat sie zur Seite. Dann sah er auf, und seine Augen weiteten sich vor Wut. Er stieß sich von der Wand ab, ein kurzer Stahlschimmer blitzte auf und wurde wieder von seiner Handfläche verschluckt.

David wich zur Seite aus und hob den Arm. Ein kleiner abgewinkelter Zylinder, der normalerweise sicher zwischen Oberarm und Körper ruhte, schoß den Ärmel hinunter und landete in seiner griffbereiten Hand.

Hennes schrie auf: »Paß auf, was du tust, Griswold. Er hat einen Blaster.«

»Laß die Klinge fallen«, sagte David.

Griswold fluchte, aber das Metall klapperte zu Boden. Bigman schoß wie der Blitz vor und hob die Klinge. auf, wobei er glucksend über die unangenehme Lage des Stoppelgesichtigen lachte.

David streckte die Hand danach aus und warf einen kurzen Blick darauf. »Niedliches, harmloses Spielzeug für einen Farmboy«, bemerkte er. »Was sagt das Gesetz auf dem Mars über das Tragen von Kraftdolchen?«

Er wußte, daß es die bösartigste Waffe der Milchstraße war. Äußerlich war sie nicht mehr als ein kurzer Griff aus rostfreiem Stahl, ein kleines bißchen dicker als ein normaler Messergriff, der dennoch gut in der Hand lag. Im Inneren befand sich ein winziger Generator, der ein unsichtbares, 18 Zentimeter langes rasiermesserscharfes Kraftfeld aufbauen konnte, das alles, was aus normaler Materie bestand, durchtrennen konnte. Rüstungen waren dagegen sinnlos, und da es genausoleicht durch Knochen glitt wie durch Fleisch, war sein Stich fast unweigerlich tödlich.

Hennes trat zwischen sie und sagte: »Wo ist deine Blasterlizenz, Erdie? Steck ein, und wir lassen es dabei bewenden. Geh zurück, Griswold.«

»Moment mal«, wandte David ein, als Hennes sich abwandte. »Sie suchen doch einen Mann, oder nicht?«

Hennes drehte sich wieder um, seine Augenbrauen hoben sich amüsiert. »Ja, ich suche einen Mann.«

»In Ordnung, ich suche eine Stelle.«

»Ich brauche einen erfahrenen Säer. Bist du das?«

»Eigentlich nicht.«

»Hast du schon mal geerntet? Kannst du mit einem Sandbuggy umgehen? Mit einem Wort, deiner Kleidung nach zu urteilen ...« Dabei trat er einen Schritt zurück, als wolle er sich einen besseren Gesamteindruck verschaffen. »... bist du ein Erdbewohner, der zufällig gut mit einem Blaster umgehen kann. Ich kann dich nicht gebrauchen.«

»Nicht mal dann«, Davids Stimme sank zu einem Flüstern ab, »wenn ich Ihnen sagen würde, daß ich an Nahrungsmittelvergiftungen interessiert bin?«

Hennes' Gesicht veränderte sich nicht. »Ich verstehe nicht, worauf du hinauswillst«, sagte er dann.

»Strengen Sie sich mal an.« Er lächelte, von Humor konnte dabei keine Rede sein.

Hennes sagte: »Die Arbeit auf einer Marsfarm ist nicht von Pappe.«

»Ich bin auch nicht von Pappe«, gab David zurück.

Der andere betrachtete die durchtrainierte Gestalt vor sich. »Vielleicht bist du das wirklich nicht. Okay, wir geben dir Unterkunft und Verpflegung, du bekommst drei Sätze Kleidung und ein Paar Stiefel. Fünfzig Dollar im ersten Jahr, zahlbar am Ende des Jahres. Falls du das Jahr nicht durcharbeitest, verfallen die 50.«

»Hört sich vernünftig an. Was für Arbeit?«

»Die einzige, die du machen kannst. Mädchen für alles in der Küche. Falls du dazulernst, wirst du befördert, wenn nicht, bleibst du das ganze Jahr lang dort.«

»Gemacht. Was ist mit Bigman?«

Bigman hatte sie abwechselnd angestarrt und mäkelte: »Nein, für diesen Sandfloh arbeite ich nicht, und dir würde ich ebenfalls abraten.«

David sagte über die Schulter: »Wie wär's mit einer Kurzanstellung im Tausch gegen die Arbeitspapiere?«

»Na ja«, überlegte Bigman, »einen Monat vielleicht.«

Hennes sagte: »Ist er ein Freund von dir?«

»Ja. Ohne ihn komme ich nicht.«

»Dann nehme ich ihn auch. Einen Monat, und er soll den Mund halten. Keine Bezahlung, nur die Papiere. Los, raus hier, mein Sandbuggy steht vor der Tür.«

Die fünf verließen den Raum. David und Bigman bildeten den Schluß.

Bigman meinte: »Ich schulde dir einen Gefallen. Wann immer du willst.«

Der Sandbuggy war im Augenblick ohne Verdeck, aber David konnte die Nuten sehen, in die man die Scheiben einsetzen konnte, um sich vor den Stauborkanen auf dem Mars zu schützen. Die Räder waren breit, um das Absinken beim Überqueren weicher Verwehungen so gering wie möglich zu halten. Die Glasfläche war auf ein Minimum begrenzt und, wo vorhanden, derart mit dem umgebenden Metall verbunden, daß es den Anschein hatte, als ob beides zusammengeschweißt war.

Die Straßen waren mäßig belebt, aber niemand zollte dem sehr alltäglichen Anblick eines mit Farmboys besetzten Sandbuggys die geringste Aufmerksamkeit.

»Wir sitzen vorne, du und dein Freund, ihr könnt hinten Platz nehmen, Erdbewohner«, sagte Hennes.

Während er sprach, hatte er sich auf dem Fahrersitz niedergelassen. Die Bedienungseinrichtungen befanden sich in der Mitte der Frontpartie, die Scheiben waren darüber installiert. Griswold bezog auf dem Sitz rechts neben Hennes Position. Bigman kletterte auf den Rücksitz, und David kam hinterher. Jemand war hinter ihm. David drehte sich halb um, da rief Bigman plötzlich: »Paß auf!«

Da war der zweite von Hennes' Spießgesellen, der nun in der Wagentür kauerte, das teigige, bärtige Gesicht zu einer knurrenden Grimasse verzerrt. David bewegte sich schnell, aber es war viel zu spät.

Das letzte, was er sah, war die glitzernde Mündung einer Waffe, und dann vernahm er ein leises schwirrendes Geräusch. Zu fühlen war kaum etwas, eine ferne, weit entfernte Stimme sagte: »In Ordnung, Zukis. Hinten rein und aufgepaßt.« Die Worte hörten sich an, als kämen sie vom anderen Ende eines langen Tunnels. Dann war da noch ein letztes kurzlebiges Gefühl einer Vorwärtsbewegung und danach das vollständige Nichts.

David sank in seinem Sitz nach vorne, und die letzten Lebensgeister verflüchtigten sich.

4
Theorien

Verwaschene Lichtflecken flossen an David Starr vorüber. Langsam wurde er sich eines den ganzen Körper durchströmenden Prickelns bewußt. Dazu kam ein Druck im Rücken, der sich daraus erklärte, daß er mit dem Gesicht nach oben auf einer harten Matratze lag. Er wußte, daß das Prickeln die Nachwirkung der Betäubungspistole war. Hierbei handelte es sich um eine Waffe, deren Strahlung auf das Nervenzentrum im Kleinhirn wirkte.

Bevor die Lichtflecken zusammenwuchsen und bevor er sich seiner Umgebung vollständig bewußt war, fühlte er, wie an seiner Schulter gerüttelt wurde, und entfernt nahm er den Schmerz heftiger Ohrfeigen wahr. Das Licht ergoß sich in seine geöffneten Augen, und er brachte seinen prikkelnden Arm hoch, um den nächsten Schlag abzuwehren.

Bigman stand über ihn gebeugt, sein kleines frettchenhaftes Gesicht mit der runden stumpfen Nase darin, berührte fast das seine. »Bei Ganymed, ich dachte schon, sie hätten dich für immer erledigt«, sagte er.

David stemmte sich auf seinem schmerzenden Ellenbogen hoch. »Es fühlt sich fast so an, als hätten sie das tatsächlich getan«, sagte er. »Wo sind wir?«

»Im Farmgefängnis. Zu versuchen, hier herauszukommen, ist zwecklos. Die Türen sind abgeschlossen, die Fenster vergittert.« Er machte einen niedergeschlagenen Eindruck.

David fühlte unter seinen Armen nach. Man hatte seinen Blaster entfernt. – Logisch! Das war schließlich zu erwarten gewesen. »Haben sie dich auch betäubt, Bigman?« fragte er.

Bigman schüttelte den Kopf. »Zukis hat mich mit dem Knauf flachgelegt.« Mit sachtem Widerwillen betastete er eine Stelle an seinem Schädel. Dann blies er sich auf: »Aber vorher hab' ich ihm fast den Arm gebrochen.«

Draußen vor der Tür ertönten Schritte. David saß aufrecht da und wartete. Hennes trat ein, und in seiner Begleitung befand sich ein älterer Mann mit langem, müdem Gesicht. Hervorgerufen wurde dieser Eindruck durch die verblaßten blauen Augen unter buschigen grauen Brauen, die aussahen, als seien sie ständig zusammengezogen. Er trug Stadtkleidung, wie sie auf der Erde üblich war. Ihm fehlten sogar die Hüftstiefel.

Hennes redete erst Bigman an. »Los, ab zum Küchenbau, und beim ersten nicht erlaubten Niesen wirst du in Einzelteile zerlegt.«

Bigman knurrte, winkte David »seh dich später, Erdbewohner« zu und stolzierte mit klappernden Stiefeln hinaus.

Hennes schaute ihm nach und schloß die Tür wieder hinter sich ab. Er wandte sich an den Mann mit den grauen Augenbrauen. »Das ist er, Mr. Makian. Er nennt sich Williams.«

»Ihn zu betäuben, war ein Risiko, Hennes. Hätten Sie ihn umgebracht, wäre vielleicht eine wertvolle Spur im Kanalsand verlaufen.«

Hennes zuckte die Achseln. »Er war bewaffnet. Wir konnten kein Risiko eingehen. Jedenfalls ist er jetzt hier.«

Sie redeten über ihn, dachte David, als wäre er gar nicht anwesend oder nur ein lebloser Bestandteil des Bettes.

Makian hatte harte Augen, er wandte sich ihm zu. »Du da, mir gehört diese Ranch. Über hundert Meilen in allen Himmelsrichtungen heißt alles Makian. Ich bestimme hier, wer frei rumläuft und wer im Loch sitzt, wer arbeitet und wer hungert, sogar wer lebt oder stirbt. Hast du mich verstanden?«

»Ja«, sagte David.

»Antworte frei von der Leber weg, dann brauchst du keine Angst zu haben. Versuche etwas zu verheimlichen, und wir werden es auf die eine oder andere Weise aus dir rausholen. Dabei müßten wir dich vielleicht töten. Verstehst du mich immer noch?«

»Völlig.«

»Heißt du Williams?«

»Das ist der einzige Name, den ich auf dem Mars angeben werde.«

»Ist recht. Was weißt du über Nahrungsmittelvergiftung?«

David schwang seine Füße vom Bett. Er sagte: »Sehen Sie, meine Schwester ist an einem Marmeladenbrötchen gestorben. Sie war zwölf und hat tot dagelegen, die Marmelade noch im Gesicht. Wir haben den Arzt gerufen. Er sagte, daß es eine Nahrungsmittelvergiftung sei und ordnete an, von dem, was im Haus war, so lange nichts zu essen, bis er mit bestimmten Analysegeräten wiederkommen würde. Er ist nie wieder aufgetaucht. Statt dessen kam jemand anders. Jemand mit viel Einfluß. Er hatte Kriminalbeamte in Zivil dabei. Er ließ uns alles beschreiben, was vorgefallen war. Es sei ein Herzanfall, erklärte er uns. Wir antworteten, das sei lächerlich, weil meine Schwester nichts am Herzen hatte, aber er hörte uns nicht einmal zu. Wir würden Schwierigkeiten bekommen, sagte er, falls wir lächerliche Geschichten über Lebensmittelvergiftungen in Umlauf bringen würden. Dann hat er das Marmeladenglas eingesteckt. Er war sogar wütend auf uns, weil wir meiner Schwester die Marmelade von den Lippen gewischt hatten. Ich habe dann versucht, mit unserem Arzt zu sprechen, aber seine Sprechstundenhilfe hat ihn immer verleugnet. Ich bin dann in sein Büro eingebrochen und hab' ihn dort gefunden, aber er war nur bereit zu sagen, daß er eine Fehldiagnose gestellt habe. Er schien sich zu fürchten, darüber zu sprechen. Ich bin zur Polizei gegangen, aber die haben gar nicht zugehört. Die Marmelade, die die Männer mitgenommen haben, war das einzige, von dem meine Schwester an dem Tag gegessen hatte und der Rest der Familie nicht. Das Glas war frisch aufgemacht worden und stammte vom Mars. Wir sind altmodische Leute und essen gern herkömmliche Speisen. Die Marmelade war das einzige Marsprodukt im Haus. Über die Zeitungen versuchte ich herauszufinden, ob es anderswo noch Fälle von Lebensmittelvergiftungen gegeben hat. Es kam mir alles so verdächtig vor. Sogar nach International City bin ich gegangen. Ich habe meine Stelle aufgegeben und beschlossen, irgendwie herauszufinden, was meine Schwester getötet hat und wollte versuchen, jeden, der dafür verantwortlich sein konnte, zu erledigen. Überall Fehlanzeige, und dann kam auf einmal die Polizei mit einem Haftbefehl für mich. Damit hatte ich schon fast gerechnet und bin ihnen einen Schritt voraus gewesen. Zum Mars bin ich aus zwei Gründen gekommen. Einmal war es die Möglichkeit, nicht im Gefängnis zu landen – obwohl es nun nicht so aussieht –, und zweitens habe ich doch etwas herausgefunden. In den Restaurants von International City hat es einige merkwürdige Todesfälle gegeben. Und jedesmal in einem Restaurant, das Marsspezialitäten serviert. Deswegen kam ich zu dem Schluß, daß die Antwort auf dem Mars zu suchen ist.«

Makian fuhr mit seinem dicken Daumen den langen

Umriß seines Kinns entlang. »Die Geschichte hat Hand und Fuß, was meinen Sie dazu, Hennes?« sagte er.

»Ich finde, wir sollten uns die Unterlagen verschaffen und die Geschichte nachprüfen. Wir wissen nicht, wer der Mann ist.«

Makians Stimme klang beinahe streitsüchtig. »Sie wissen genau, daß wir das nicht tun können, Hennes. Ich will nichts unternehmen, wodurch dieser Mist bekannt werden könnte. Dadurch würde das gesamte Syndikat zusammenbrechen.« Er wandte sich David zu. »Ich werde Benson herschicken, er kann sich mit dir unterhalten. Benson ist unser Agronom.« Dann, wieder an Hennes gewandt: »Sie bleiben hier, bis Benson da ist.«

Es dauerte ungefähr eine halbe Stunde, bis Benson erschien. In der Zwischenzeit fläzte sich David auf dem Bett und ignorierte Hennes, der sich seinerseits ebenso verhielt.

Dann öffnete sich die Tür, und eine Stimme sagte: »Ich bin Benson.« Es war eine sanfte, zögernde Stimme, die zu einer rundgesichtigen Person um die Vierzig gehörte. Er hatte lichter werdendes sandfarbenes Haar und trug eine randlose Brille. Sein kleiner Mund verzog sich zu einem Lächeln.

»Und Sie sind Williams, nehme ich an«, fuhr Benson fort.

»Stimmt genau«, bestätigte David Starr.

Benson musterte den jungen Erdbewohner sorgfältig, als wolle er ihn mit Blicken analysieren. »Neigen Sie zu Gewalttätigkeiten?« fragte er.

»Ich bin unbewaffnet«, stellte David klar, »und um mich herum ist eine Farm voll von Männern, die gerne bereit sind, mich auszulöschen, falls ich mich danebenbenehme.«

»Stimmt auffallend. Würden Sie uns allein lassen, Hennes?«

Hennes sprang protestierend auf. »Das ist nicht ungefährlich, Benson.«

»Bitte, Hennes.«

Bensons milde Augen schauten über die Brillengläser hinweg.

Hennes knurrte vor sich hin, schlug verärgert mit einer Hand gegen den Stiefel und ging zur Tür hinaus. Benson schloß hinter ihm ab.

»Sie müssen das verstehen, Williams, im letzten halben Jahr bin ich hier ein wichtiger Mann geworden. Selbst Hennes hört auf mich. Daran habe ich mich noch nicht gewöhnt.« Er lächelte erneut. »Sagen Sie, Mr. Makian behauptet, Sie seien tatsächlich Zeuge bei einer dieser seltsamen Lebensmittelvergiftungen gewesen.«

»Meine Schwester.«

»Oha!« Benson errötete. »Das tut mir furchtbar leid. Mir ist klar, daß es ein schreckliches Thema für Sie sein muß, aber könnten Sie mir Einzelheiten erzählen? Es ist sehr wichtig.«

David wiederholte die Geschichte, die er Makian vorher schon erzählt hatte.

Benson hakte nach: »Und es ist so schnell gegangen?«

»Höchstens fünf oder sechs Minuten, nachdem sie gegessen hatte.«

»Schrecklich, schrecklich. Sie machen sich keine Vorstellung, wie beunruhigend das alles ist.« Er rieb sich nervös die Hände.

»Wie dem auch sei, Williams, ich möchte Ihnen den Hintergrund der ganzen Angelegenheit erklären. Sie haben das meiste ohnehin schon erraten, und irgendwie fühle ich mich wegen dem, was mit Ihrer Schwester passiert ist, Ihnen gegenüber verantwortlich. Bis wir das Rätsel gelöst haben, sind wir hier auf dem Mars alle dafür verantwortlich. Das mit den Vergiftungen geht jetzt schon seit Monaten so, müssen Sie wissen. Es sind nicht viele, aber es reicht aus, uns mit unserem Latein am Ende sein zu lassen.

Wir haben die vergifteten Produkte zurückverfolgt und

sind sicher, daß sie nicht von einer bestimmten Farm stammen. Aber eins steht fest, sie sind alle von Wingard City aus verschifft worden. Die beiden anderen Städte auf dem Mars sind bisher sauber geblieben. Das scheint darauf hinzudeuten, daß die Infektionsquelle in der Stadt zu suchen ist, Hennes geht von dieser Annahme aus. Er hat sich angewöhnt, in die Stadt zu fahren und auf eigene Faust Detektiv zu spielen. Herausgefunden hat er bislang aber nichts.«

»Verstehe. Das erklärt Bigmans Bemerkung«, sagte David.

»Eh?« Auf Bensons Gesicht zeichnete sich Verwirrung ab, dann glätteten sich seine Züge wieder. »Oh, Sie meinen den kleinen Kerl, der von morgens bis abends herumschreit. Ja, er hat Hennes einmal beim Wegfahren ertappt, woraufhin der ihn rausschmeißen ließ. Hennes ist ein äußerst impulsiver Mann. Ich jedenfalls glaube, daß er sich irrt. Natürlich geht das Gift durch Wingard City. Das ist schließlich ja der Umschlagplatz der gesamten Hemisphäre. Mr. Makian geht davon aus, daß die Infizierung vorsätzlich von Menschen betrieben wird. Er und einige Syndikatsmitglieder haben jedenfalls Mitteilungen empfangen, in denen angeboten wurde, ihre Farmen für lächerlich geringe Summen aufzukaufen. Gift wird darin nicht erwähnt, und es gibt auch keinen irgendwie gearteten Anhaltspunkt dafür, daß zwischen den Kaufangeboten und dieser schrecklichen Sache ein Zusammenhang besteht.«

David hörte gespannt zu. »Und wer macht diese Kaufangebote?« fragte er.

»Wie sollen wir das wissen? Ich habe die Briefe gesehen, es steht nur drin, daß das Syndikat für den Fall, daß es annehmen will, eine verschlüsselte Mitteilung auf einer bestimmten UKW-Frequenz abgeben soll. Das Preisangebot, so steht in den Noten, werde jeden Monat um zehn Prozent sinken.«

»Und die Briefe lassen sich nicht zurückverfolgen?«

»Leider nicht. Sie durchlaufen den normalen Postweg mit

einer Asteroidenmarke darauf. Wie soll man den Asteroidengürtel absuchen?«

»Ist die Planetarische Polizei unterrichtet worden?«

Benson lachte leise. »Glauben Sie vielleicht, daß Mr. Makian oder ein anderes Syndikatsmitglied für so etwas die Polizei rufen würde? Es ist eine persönliche Kriegserklärung. Sie machen sich über die Mentalität der Marsbewohner falsche Vorstellungen, Mr. Williams. Hier läuft man nicht zur Polizei, wenn man in Schwierigkeiten ist; es sei denn, man muß zugeben, daß es sich um etwas handelt, mit dem man selbst nicht mehr fertig wird. Ich habe vorgeschlagen, daß dem Wissenschaftsrat die Angelegenheit unterbreitet wird, selbst davon wollte Mr. Makian nichts wissen. Er sagte, der Rat arbeite erfolglos an dem Vergiftungsphänomen, und falls sie die verdammten Trottel seien, für die er sie halte, könne er ohne sie fertig werden. Und hier komme ich ins Spiel.«

»Sie arbeiten auch an den Vergiftungen?«

»Ja, ich bin der Agronom.«

»Das ist die Bezeichnung, die Mr. Makian Ihnen gegeben hat.«

»Oho. Genau gesagt ist ein Agronom jemand, der sich wissenschaftlich mit der Landwirtschaft beschäftigt. Ich bin in den Grundzügen der Fruchtbarkeitserhaltung, der Mehrfelderwirtschaft und dergleichen ausgebildet worden. Ich habe mich von jeher auf Marsprobleme spezialisiert. Von meiner Sorte gibt es nicht viele, deswegen kann man eine ziemlich gute Stellung bekommen, selbst wenn die Farmboys manchmal die Geduld mit einem verlieren und meinen, wir seien nur Deppen von der Uni ohne praktische Kenntnisse. Ich habe außerdem eine zusätzliche Ausbildung in Botanik und Bakteriologie. Mr. Makian hat mich deshalb zum Leiter des gesamten Forschungsprogramms für die Giftfälle auf dem Mars gemacht. Die übrigen Syndikatsmitglieder machen mit.«

»Was haben Sie herausgefunden, Mr. Benson?«

»Im Grunde genausowenig wie der Wissenschaftsrat, was nicht weiter verwunderlich ist, wenn man bedenkt, wie schlecht es um meine technische Ausrüstung und meine Hilfskräfte im Vergleich zum Rat steht. Aber ich habe bestimmte Theorien entwickelt. Der Vergiftungsvorgang läuft so schnell ab, daß es sich dabei nur um einen bakteriellen Giftstoff handeln kann. Zumindest wenn man den stattfindenden Nervenverfall und die anderen Symptome berücksichtigt. Ich tippe auf Marsmikroben.

Es gibt marseigenes Leben, wissen Sie. Als die ersten Menschen von der Erde hier heraufkamen, gab es einfache Lebensformen auf dem Mars. Da waren riesige Algenkulturen, deren blaugrüne Farbe mit Teleskopen gesichtet worden war, lange bevor es Raumfahrt gab. Es gab bakterielle Lebensformen, die auf den Algen lebten und sogar insektenartige Lebewesen, die sich frei bewegten, aber wie Pflanzen ihre eigene Nahrung produzierten.«

»Gibt es die immer noch?«

»Aber natürlich. Wir eliminieren sie vollständig, bevor wir das Gebiet für unsere Kulturen umwandeln und unsere eigenen Bakterienstämme ansetzen, die nötig sind, um den Pflanzenwuchs zu ermöglichen. Außerhalb der Anbaugebiete blüht und gedeiht das Marsleben aber immer noch.«

»Aber wie können Sie dann unsere Pflanzen beeinträchtigen?«

»Eine gute Frage. Sehen Sie, Marsfarmen sind nicht so wie die Anbaugebiete, die Sie von der Erde her kennen. Auf dem Mars sind die Farmen nicht für Sonne und Luft offen. Die Sonnenstrahlung hier reicht für Erdpflanzen nicht aus, und es regnet nicht. Aber es ist guter, fruchtbarer Boden, und es gibt ausreichend Kohlendioxyd, von dem die Pflanzen in erster Linie leben. Also werden die Pflanzen unter riesigen Glasdächern gehalten. Aussaat, Pflege und Ernte erfolgen fast vollautomatisch, von daher sind unsere Farmboys mehr

Maschinisten als alles andere. Die Farmen werden durch ein planetenweites Röhrensystem, das sich bis zu den Polkappen erstreckt, künstlich bewässert. Ich erzähle Ihnen das alles, damit Sie verstehen, wie schwierig es ist, die Pflanzen von außen zu infizieren. Die Felder sind zu allen Seiten hin bewacht und abgeschlossen, außer nach unten.

Damit will ich sagen, daß unter uns die berühmten Marshöhlen liegen, und in ihnen könnten sich intelligente Marsbewohner aufhalten.«

»Sie meinen Mars*menschen*?«

»Keine Menschen. Aber Organismen, die genauso intelligent wie Menschen sind. Ich habe Grund zu der Annahme, daß intelligente Marsbewohner existieren, die wahrscheinlich bestrebt sind, uns irdische Eindringlinge von ihrem Planeten zu vertreiben.«

5
Essen fassen!

»Was für Gründe?« wollte David wissen.

Benson machte einen peinlich berührten Eindruck. Er strich sich mit einer Hand langsam über den Kopf und glättete dabei seine spärlichen hellen Haarsträhnen, die jedoch nicht ausreichten, um die rosa Kopfhaut dazwischen zu verbergen. »Keine, mit denen ich den Wissenschaftsrat überzeugen könnte. Nichts, mit dem ich wenigstens Mr. Makian kommen könnte. Aber ich glaube, daß ich recht habe.«

»Wollen Sie mit mir darüber reden?«

»Nun, ich weiß nicht. Ehrlich gesagt ist es lange her, daß ich mich mit jemand anderem als mit Farmboys unterhalten habe. Sie haben offensichtlich studiert. In welchem Fach haben Sie Ihr Examen gemacht?«

»In Geschichte«, antwortete David prompt. »Meine Diplomarbeit befaßte sich mit Aspekten der Außenpolitik im frühen Atomzeitalter.«

»Oh!« Benson machte einen enttäuschten Eindruck. »Haben Sie überhaupt keine naturwissenschaftlichen Vorlesungen besucht?«

»Zwei in Chemie und eine in Zoologie.«

»Verstehe. Ich habe mir durch den Kopf gehen lassen, ob es nicht vielleicht möglich wäre, Mr. Makian dazu zu überreden, daß Sie mir in meinem Labor zur Hand gehen. Keine weltbewegende Arbeit, insbesondere, da Sie keine naturwissenschaftliche Ausbildung haben, aber es wäre besser als das, was Hennes Ihnen zu tun geben wird.«

»Danke, Mr. Benson. Aber was ist nun mit den Marsbewohnern?«

»Ach ja, das ist ganz einfach. Sie wissen es vielleicht nicht, aber unter der Oberfläche liegen ausgedehnte Höhlen, möglicherweise mehrere Meilen tief. Das wissen wir durch Meßdaten von Erdbeben oder besser gesagt, Marsbeben. Einige Forscher vertreten den Standpunkt, daß es sich dabei lediglich um das Ergebnis natürlicher Wassererosion aus der Zeit handelt, als es noch Ozeane auf dem Mars gab. Aber es sind Strahlungen aus dem Marsinneren aufgefangen worden, die von anderen Intelligenzen stammen müssen und nicht von Menschen herrühren können. Die Signale sind zu regelmäßig, als daß eine andere Erklärung möglich scheint. Wenn man mal in Ruhe darüber nachdenkt, ist es eigentlich verständlich. In der Frühzeit des Planeten gab es in ausreichender Menge Wasser und Sauerstoff, um Leben zu ermöglichen, aber da die Gravitation um drei Fünftel kleiner als die der Erde ist, sind beide Substanzen langsam ins All entwichen. Falls es intelligente Marsbewohner gegeben hat, dann hätten sie in der Lage sein müssen, das vorauszusehen. Vielleicht haben sie riesige Höhlen tief unter der Oberfläche angelegt, in die sie sich mit ausreichend Wasser und Luft zurückziehen konnten, um dort für alle Zeiten weiterzuleben, vorausgesetzt, sie halten ihre Bevölkerung auf einem konstanten Niveau. Nun nehmen Sie einmal an, diese Marsbewohner finden heraus, daß es auf der Oberfläche des Planeten wieder intelligente Lebewesen gibt – Lebewesen von einem anderen Planeten. Weiter angenommen, das paßt ihnen nicht, oder sie befürchten, daß wir sie bedrohen könnten – was wir Nahrungsmittelvergiftung nennen, könnte bakteriologische Kriegführung sein.«

»Ja, ich kann Ihren Ansatz nachvollziehen«, sagte David nachdenklich.

»Aber das Syndikat oder der Wissenschaftsrat, würden die das auch können? Na, ist nicht so wichtig. Ich werde dafür sorgen, daß Sie bald für mich arbeiten, und vielleicht gelingt es uns gemeinsam, sie doch noch zu überzeugen.«

Er lächelte und streckte eine weichliche Hand aus, die in David Starrs großer Faust verschwand.

»Ich glaube, man wird Sie nun herauslassen«, bemerkte Benson.

Sie ließen ihn heraus, und zum ersten Mal konnte David das Herzstück einer Marsfarm in Augenschein nehmen. Natürlich war es genau wie die Stadt überkuppelt. Darüber war sich David von dem Augenblick an, als er wieder zu sich gekommen war, klargewesen. Man konnte nicht erwarten, Luft atmen und unter Erdschwerkraft zu leben, ohne sich in einer mit Energie versorgten Kuppel zu befinden.

Selbstverständlich war der Dom viel kleiner als der über der Stadt. Die Höhe des Scheitelpunkts betrug höchstens dreißig Meter. Deutlich war die durchsichtige Struktur in allen Einzelheiten zu erkennen, weiß fluoreszierende Lampenketten überstrahlten das durchfallende Sonnenlicht. Der gesamte Überbau bedeckte ungefähr eine halbe Quadratmeile.

Aber nach dem ersten Abend hatte David nur noch wenig

Muße, seinen Beobachtungen nachzugehen. Die Farmglocke schien von Menschen zu wimmeln, und alle mußten dreimal am Tag abgefüttert werden. Ganz besonders abends, nachdem das Tagwerk verrichtet war, schien die Menge kein Ende nehmen zu wollen. Während die Farmboys sich mit Plastiktellern in den Händen an ihm vorbeibewegten, stand er stur hinter der Essensausgabe. David fand schließlich heraus, daß die Teller extra für den Gebrauch auf Marsfarmen angefertigt wurden. Durch die Körperwärme der Hände konnten sie verformt und, wenn nötig, um das Gericht herum abgedichtet werden, zum Beispiel dann, wenn man Mahlzeiten in die Wüste hinaus transportieren mußte. So gelangte kein Sand hinein, und die Wärme blieb erhalten. Innerhalb der Farmglocke konnte man die Teller wieder glätten und normal verwenden.

Die Farmboys schenkten David wenig Aufmerksamkeit. Nur Bigman, dessen zerbrechliche Gestalt zwischen den Tischen herumhuschte, um die Soßenflaschen und Gewürzständer auszuwechseln, winkte ihm zu. Für den kleinen Burschen war das ein sozial furchtbarer Abstieg gewesen, aber er nahm es gelassen hin.

»Es ist nur für einen Monat«, sagte er einmal in der Küche, als sie Eintopf zubereiteten und der Chefkoch für ein paar Minuten aus persönlichen Gründen verschwunden war, »die meisten Burschen wissen, was vorgefallen ist, und erleichtern mir das Leben. Natürlich gibt es da Griswold, Zukis und deren Haufen, eben die Ratten, die glauben, sie kämen zu etwas, wenn sie Hennes die Stiefel lecken. Aber was macht mir das schon aus, ist ja nur für ein paar Wochen.«

Bei anderer Gelegenheit sagte er: »Mach dir nichts draus, daß die Jungs sich nicht mit dir anfreunden. Sie wissen, daß du von der Erde bist, verstehst du, aber sie wissen nicht wie ich, daß du für einen Erdbewohner ganz in Ordnung bist. Hennes oder Griswold schnüffeln immer hinter mir her, damit ich nicht mit ihnen spreche, sonst wüßten sie besser Bescheid. Sie erfahren es aber schon noch.«

Aber es dauerte. Für David änderte sich nichts: ein Farmboy mit Teller, ein Schlag Kartoffelpüree, ein Löffel Erbsen und ein kleines Steak. (Fleisch gab es auf dem Mars viel seltener als pflanzliche Nahrung, weil es von der Erde importiert werden mußte.) Anschließend nahm sich der Farmboy selbst ein Stück Kuchen und eine Tasse Kaffee. Dann kam der nächste mit seinem Teller, wieder ein Schlag Kartoffelpüree, ein Löffel voll Erbsen und so weiter. Für sie, so schien es, war David Starr nur ein Erdbewohner mit einer Schöpfkelle in der einen und einer großzackigen Gabel in der anderen Hand. Er war noch nicht einmal ein Gesicht, sondern nur eine Schöpfkelle und eine Gabel.

Der Koch steckte den Kopf durch die Tür, seine kleinen Schweinsaugen blinzelten über den Hängebacken. »Hey, Williams, schwing die Keulen und bring Essen in die Sonderkantine.«

Makian, Benson und jene, die für besonders wert erachtet wurden, sei es aus Rücksicht auf ihre Stellung oder weil sie schon lange hier arbeiteten, aßen für sich in einem besonderen Raum. Sie saßen an Tischen, und das Essen wurde ihnen gebracht. David hatte das schon erlebt. Er füllte besondere Teller und schob sie auf einem Serviertisch in den Raum.

Er suchte sich still einen Weg durch die Reihen und fing mit den Tischen an, an denen Makian, Hennes und weitere Männer saßen. Bei Benson hielt er sich länger auf. Der nahm seinen Teller lächelnd entgegen und ließ ein »Wie geht's?« folgen, dann machte er sich mit Appetit über sein Essen her. David wischte mit beflissener Miene einige nicht vorhandene Krümel beiseite. Es gelang ihm, nahe an Bensons Ohr zu gelangen. Seine Lippen bewegten sich so gut wie gar nicht, als er sagte: »Hat sich auf der Farm schon mal jemand vergiftet?«

Benson fuhr beim plötzlichen Klang der Stimme zusammen und schaute schnell in Davids Richtung. Er sah ebenso schnell wieder weg und versuchte, dabei unbeteiligt zu wirken. Er schüttelte scharf verneinend den Kopf.

»Das Gemüse stammt vom Mars, oder?« murmelte David.

Eine neue Stimme ertönte im Raum. Es handelte sich um ein rauhes Gegröle vom anderen Ende.

»Beim All, du langer Erdesel, mach voran!«

Es war Griswold, immer noch mit stoppligem Gesicht. Muß sich wohl manchmal doch rasieren, dachte David bei sich, denn die Stoppeln wurden nie länger, aber andererseits war auch nicht zu bemerken, daß sie je kürzer wurden.

Griswold saß am letzten Tisch. Er murmelte immer noch vor sich hin und kochte vor Wut.

Er bleckte die Zähne. »Schaff den Teller rüber, Küchenbubi, zack, zack!«

David tat es, aber ohne sich zu beeilen, Griswold stach schnell mit der Gabel zu. David reagierte noch schneller. Die Gabel schlug laut krachend gegen das Hartplastiktablett.

Das Tablett mit einer Hand balancierend, faßte David Griswolds Ärmel. Sein Griff wurde fester. Die drei anderen am Tisch stießen die Stühle zurück und standen auf.

Davids Stimme war leise, eisig und tonlos, gerade laut genug, damit Griswold ihn hören konnte. »Laß fallen und bitte anständig um deine Portion, oder du kriegst sie auf einen Schlag.«

Griswold wand sich, aber David hielt ihn fest. Seine Knie im Rücken von Griswolds Stuhl hinderten den Farmboy, sich vom Tisch abzustoßen.

»Höflich fragen«, sagte David. Er war täuschend freundlich. »Wie ein Mann mit guter Kinderstube.«

Griswolds Atem ging schwer. Die Gabel entglitt seinen tauben Fingern. Er knurrte: »Gib mir das Tablett.«

»Ist das alles?«

»Bitte.«

Er spuckte das Wort förmlich aus.

David setzte das Tablett ab und gab die Faust, aus der das Blut gewichen war, frei. Griswold übernahm es mit der anderen Hand und griff nach der Gabel. Vor Wut wie von Sinnen, schaute er sich um, aber in den Augen, die ihm begegneten, las er nur Belustigung oder Gleichgültigkeit. Das Leben auf den Marsfarmen war hart, jeder Mann mußte für sich selbst sorgen.

Makian war aufgestanden. »Williams«, rief er.

David trat auf ihn zu. »Sir?«

Makian ging nicht direkt auf das ein, was soeben vorgefallen war, aber er stand einen Augenblick lang da, betrachtete David sorgfältig, ganz so, als würde er ihn zum erstenmal sehen, als ob ihm der Anblick gefalle. »Hättest du Lust, morgen beim Checkup mitzumachen?« fragte er.

»Beim Checkup, Sir? Was ist das?« Er überflog unauffällig den Tisch. Makians Steak war verschwunden, aber seine Erbsen waren übriggeblieben, und das Püree hatte er kaum angerührt. Er hatte anscheinend nicht Hennes' Mumm, der seinen Teller leergegessen hatte.

»Der Checkup ist die monatliche Fahrt durch die ganze Farm, um die Kulturen zu überprüfen. Das ist hier eine alte Sitte. Wir sehen nach, ob es Glasschäden gegeben hat, in welchem Zustand die Bewässerungsröhren und die Farmmaschinen sind und ob vielleicht gewildert worden ist. Dafür brauchen wir so viele gute Leute wie möglich.«

»Ich würde gern mitkommen, Sir.«

»Gut, das glaube ich dir.« Makian wandte sich an Hennes, der die ganze Zeit über mit kaltem, gefühllosem Blick zugehört hatte. »Mir gefällt die Art von dem Jungen, Hennes. Vielleicht können wir einen Farmboy aus ihm machen. Und, Hennes . . .« Seine Stimme wurde leise, und David, der sich entfernte, konnte nichts mehr verstehen. Aber dem schnellen, verstohlenen Blick Makians in Richtung von Griswolds Tisch konnte man entnehmen, daß es nicht besonders schmeichelhaft für den altgedienten Farmboy sein konnte.

David Starr nahm die Schritte in seinem Schlaftrakt wahr und reagierte, noch bevor er richtig wach war. Er ließ sich auf der entgegengesetzten Seite aus dem Bett gleiten und versteckte sich darunter. Er konnte einen kurzen Blick auf nackte Füße werfen, die im bleichen Schein der Flurlampen draußen weiß aufleuchteten. Die Restbeleuchtung wurde während der Schlafenszeit auf dem Farmgelände angelassen, um es nicht völlig dunkel werden zu lassen.

David wartete ab; erst hörte er, wie die Laken raschelten, als ein Händepaar vergeblich das Bett durchsuchte, dann ein Flüstern: »Erdbewohner! Erdbewohner! Wo beim All . . .«

David berührte einen der Füße und sah sich durch einen schnellen Schritt zurück und ein scharfes Luftholen belohnt.

Eine Pause entstand, dann befand sich auf einmal ein Kopf im Dunkel ohne Umrisse, diagonal neben dem seinen. »Erdbewohner? Bist du das?«

»Wo würde ich denn sonst schlafen, Bigman, mir gefällt es hier unter dem Bett.«

Der kleine Bursche schäumte vor Wut und flüsterte mißmutig: »Du hättest mich zu einem Schrei verleiten können, dann wäre ich bis über beide Ohren in Schwierigkeiten gewesen. Ich muß mit dir reden.«

»Jetzt hast du die Gelegenheit. « David kicherte leise und kroch wieder ins Bett zurück.

»Für einen von der Erde bist du ganz schön mißtrauisch«, fing Bigman an.

»Worauf du dich verlassen kannst«, gab David zurück. »Ich habe vor, lange zu leben.«

»Daraus wird nichts, wenn du nicht vorsichtig bist.«

»Nein?«

»Nein. Es ist dumm von mir, hierherzukommen. Wenn ich geschnappt werde, bekomme ich nie meine Papiere. Es ist nur, weil du mir beigestanden hast, als ich Hilfe gebrauchen konnte, und nun bin ich an der Reihe. Was hast du Griswold der Laus getan?«

»Nur eine kleine Unstimmigkeit in der Kantine.«

»Eine kleine Unstimmigkeit? Er war blind vor Wut. Hennes hatte alle Hände voll zu tun, um ihn zurückzuhalten.«

»Ist es das, was du mir sagen wolltest, Bigman?«

»Zum Teil. Kurz nach dem Zapfenstreich waren sie unter der Garage, hatten aber keine Ahnung, daß ich in der Nähe war, und ich habe es sie auch nicht wissen lassen. Na, jedenfalls hat Hennes Griswold zur Sau gemacht, erst, weil er vor den Augen des Alten etwas mit dir angefangen hat und dann, weil er nicht genug Mumm hatte, es durchzuziehen, als er einmal losgelegt hatte. Griswold war zu wütend, um vernünftig zu reden. Soweit ich es mitbekommen habe, hat er nur geschrien, daß er dir den Schädel einhauen würde. Hennes . . .« Er hielt inne. »Sag mal, hast du nicht behauptet, daß mit Hennes alles klar ist, was dich betrifft?«

»Es scheint so.«

»Diese Ausflüge um Mitternacht.«

»Du hast ihn doch bloß einmal gesehen.«

»Einmal reicht. Wenn das nichts Verbotenes war, warum kannst du mir dann nicht sagen, was los ist?«

»Das ist mir leider nicht möglich, Bigman, aber es scheint alles legal zu sein.«

»Falls es so ist, was hat er denn gegen dich? Warum ruft er seine Bluthunde nicht zurück?«

»Was meinst du damit?«

»Na, als Griswold sich ausgeschrien hatte, sagte ihm Hennes, er solle sich zurückhalten. Er meinte, du seist morgen beim Checkup dabei, und das wäre die passende Gelegenheit. Da habe ich mir gedacht, ich warn' dich lieber, Erdbewohner. Geh lieber nicht mit zum Checkup.«

Davids Stimme blieb ruhig. »Checkup ist wofür die passende Gelegenheit? Hat Hennes was gesagt?«

»Ich habe nicht länger zugehört. Sie gingen weg, und ich konnte nicht hinterher, ich wäre sonst ohne Deckung gewesen. Aber ich schätze, der Fall liegt klar auf der Hand.«

»Vielleicht. Aber nimm mal an, wir gehen auf Nummer Sicher und versuchen genau herauszufinden, was sie wollen.«

Bigman beugte sich nahe heran, so, als ob er trotz der Dunkelheit einen Hinweis aus Davids Gesicht ablesen wollte. »Wie meinst du das?«

»Na, was glaubst du? Ich werde beim Checkup dabeisein und den Boys Gelegenheit geben, es mir zu zeigen«, erwiderte David.

»Das kannst du nicht machen«, platzte Bigman heraus. »Gegen die kommst du beim Checkup nicht an. Über den Mars weißt du nichts, du armer Erdmensch, du.«

»Dann«, sagte David phlegmatisch, »könnte das glatt Selbstmord bedeuten, schätze ich. Warten wir's ab.« Er klopfte Bigman auf die Schulter, drehte sich um und schlief wieder ein.

6
Sand voraus!

Sobald die Hauptlampen angeschaltet wurden, setzte in der Farmglocke das Hin und Her des Checkup ein; wüster Lärm und hektische Betriebsamkeit herrschten. Reihenweise wurden Sandbuggys herausgeschafft, und jeder Farmboy kümmerte sich um sein Fahrzeug.

Makian befand sich mal hier, mal da, hielt sich aber nie zu lange an einer Stelle auf. Hennes teilte mit seiner tonlosen, durchdringenden Stimme die Gruppen ein und legte die Fahrwege durch die weitläufige Farm fest. Als er an David vorbeiging, blieb er stehen.

»Williams«, sagte er, »hast du immer noch vor, beim Checkup mitzumachen?«

»Das werde ich mir nicht entgehen lassen.«

»In Ordnung. Da du keinen eigenen Buggy hast, teile ich dir einen aus dem allgemeinen Fuhrpark zu. Von da ab wird es deine Aufgabe sein, ihn zu warten und in fahrbereitem Zustand zu halten. Jede Reparatur oder Beschädigung, die wir als vermeidbar ansehen, wird dir vom Lohn abgehalten. Verstanden?«

»Ist schon recht.«

»Ich teile dich Griswolds Gruppe zu. Ich weiß, daß ihr beide nicht miteinander auskommt, aber da draußen ist er unser bester Mann, und du bist ein Erdbubi ohne Erfahrung. Mir wäre es nicht recht, dich einem weniger guten aufzuhalsen. Kannst du einen Sandbuggy fahren?«

»Ich glaube, mit etwas Übung werde ich mit jedem fahrbaren Untersatz fertig.«

»So, wirst du das? Wir werden dir Gelegenheit geben, das zu beweisen.« Er stand im Begriff fortzugehen, als sein Blick hängenblieb. »Und was glaubst du, wohin du gehst?« bellte er. Bigman hatte gerade den Versammlungsraum betreten. Er trug neue Kleider, und seine Stiefel blitzten wie Spiegel. Die Haare waren straff gekämmt, und sein Gesicht sah blankgescheuert aus. »Zum Checkup, Hennes ... *Mister* Hennes«, er zog die Worte lang. »Ich stehe nicht unter Arrest und werde immer noch als ordentlicher Farmboy bezahlt, obwohl Sie mich in die Küche abkommandiert haben. Das heißt, ich darf beim Checkup mitmachen. Das bedeutet ebenfalls, daß ich ein Recht auf meinen alten Wagen und meine alte Gruppe habe.«

Hennes zuckte die Achseln. »Du steckst die Nase oft in die Vorschriften, und es steht da so drin, schätze ich. Aber noch eine Woche, Bigman, eine Woche. Wenn du deine Nase danach noch irgendwo auf Makians Gebiet zeigst, sorge ich dafür, daß ein richtiger Mann auf dir rumtrampelt und dich zu Mus verarbeitet.«

Hinter Hennes' Rücken vollführte Bigman eine Drohgebärde. Dann richtete er seine Aufmerksamkeit auf David. »Schon mal ein Nasenstück benutzt?«

»Richtig noch nicht. Ich habe natürlich schon mal davon gehört.«

»Davon gehört haben ist nicht dasselbe wie benutzen. Paß auf, ich zeige dir, wie man es macht. Nein, nein, nimm deine Daumen da raus. Sieh her, wie ich die Hände halte, so ist es richtig. Jetzt über den Kopf damit, und sorg dafür, daß die Riemen im Nacken nicht verdreht sind, sonst bekommst du hinterher Kopfschmerzen. Kannst du durchgucken?«

Der obere Teil von Davids Gesicht hatte sich in eine plastikumschlossene Monstrosität verwandelt, und der Doppelschlauch, der von beiden Seiten von den Sauerstoffzylindern an seinem Kinn vorbeiführte, verringerte weiter jede Ähnlichkeit mit einem menschlichen Wesen.

»Hast du beim Atmen Schwierigkeiten?« erkundigte sich Bigman.

David rang nach Luft. Er riß sich das Nasenstück herunter. »Wie schaltet man das ein? Es ist kein Ventil da.«

Bigman lachte. »Das ist die Revanche für den Schreck, den du mir gestern nacht eingejagt hast. Man braucht kein Ventil. Sobald die Wärme und der Druck deines Gesichtes einen Kontakt auslösen, speisen die Zylinder automatisch Sauerstoff ein, und sie stellen sich automatisch wieder ab, sobald du das Nasenstück abnimmst.«

»Dann stimmt damit etwas nicht. Ich ...«

»Ist alles in Ordnung. Um der Marsatmosphäre zu entsprechen, gibt es den Druck bei einem Fünftel des Normaldrucks ab. Wenn man gegen die normale Erdatmosphäre ankämpfen muß, kann man hier nichts einatmen. Da draußen in der Wüste geht es ganz leicht. Und die Sauerstoffmenge reicht auch, obwohl nur ein Fünftel des Drucks vorhanden ist. Du atmest ihn nämlich in reiner Form, bekommst also genausoviel wie gewohnt. Denk an eins: durch die Nase einatmen, aber durch den Mund ausatmen.

Wenn man durch die Nase ausatmet, beschlägt die Sichtscheibe, und das wäre nicht gut.«

Er stolzierte um Davids großen aufrechten Körper herum und schüttelte dabei den Kopf. »Weiß nicht, was ich zu deinen Stiefeln sagen soll. Schwarz-weiß! Du siehst aus wie ein Müllkutscher oder so.« Mit mehr als nur einem Anflug von Selbstgefälligkeit schaute er auf seine eigenen chartreuse und zinnoberroten Kreationen hinab.

»Ich komme zurecht, du gehst besser zu deinem Wagen. Es hat ganz den Anschein, als ob es gleich losgeht«, sagte David.

»Du hast recht. Also bleib locker. Paß auf den Gravitationswechsel auf. Er ist schwer auszuhalten, wenn man ihn nicht gewohnt ist. Und Erdbewohner ...«

»Was?«

»Halt die Augen offen. Du weißt, was ich meine.«

»Danke, werde ich.«

Die Sandbuggys stellten sich in Neunerkarrees auf. Insgesamt waren es mehr als hundert. Und bei jedem ließ ein Farmboy einen kritischen Blick über Reifen und Kontrollinstrumente schweifen. An jedem Fahrzeug waren handgemalte Aufschriften, die lustig sein sollten. Der für David aus der Garage geschobene Wagen war mit den Zeichen von einem halben Dutzend der Vorbesitzer übersät, es fing mit ›Mädchen aufgepaßt‹ rings um den geschoßförmigen Bug des Wagens an und hörte mit ›das ist kein Stauborkan, das bin ich‹ auf der hinteren Stoßstange auf.

David kletterte hinein und machte die Tür zu. Sie schloß dicht ab. Es war nicht einmal eine Fuge zu erkennen. Direkt über seinem Kopf befand sich ein mit zwei Filtern versehener Entlüftungsstutzen, der den Druckausgleich zwischen draußen und drinnen ermöglichte. Das Glas war nicht ganz klar. Es wies einen Nebelhauch auf, der von Dutzenden von Stauborkanen zeugte, in die der Wagen geraten war und dieser überstanden hatte. Die Bedienungsmechanik kam

David vertraut vor. Größtenteils handelte es sich um Standardinstrumente, wie sie bei Bodenfahrzeugen üblich waren. Die wenigen ungewohnten Knöpfe erklärten ihre Bedienung gleichsam von selbst.

Griswold kam vorbei und gestikulierte wütend in seine Richtung. Er öffnete die Tür.

»Klapp deine Windschutzscheibe runter, du Pfeife. Wir fahren nicht in einen Orkan!« brüllte er.

David suchte nach dem richtigen Knopf und fand ihn an der Lenkseite. Die Frontscheibe, die aussah, als sei sie an das Metall angeschweißt, teilte sich in zwei Hälften und versank in der Halterung. Die Sichtverhältnisse verbesserten sich. Natürlich, dachte er. Die Marsatmosphäre würde schwerlich genug Wind entfachen, um sie zu beeinträchtigen. Und jetzt war Sommer auf dem Mars. Kalt würde es nicht sein.

Eine Stimme rief: »Hallo, Erdbewohner!« Er sah hoch. Bigman winkte ihm zu. Er war ebenfalls in Griswolds Neunergruppe. David winkte zurück. Ein Kuppelabschnitt hob sich. Neun Wagen rumpelten unbeholfen hinein. Der Abschnitt schloß sich hinter ihnen. Minuten vergingen, dann öffnete er sich wieder, war leer, und die nächsten neun bewegten sich hinein. Direkt neben Davids Ohr klang urplötzlich und laut Griswolds Stimme. David drehte den Kopf und bemerkte einen kleinen Empfänger am Wagendach dicht hinter seinem Kopf. Die kleine grillartige Öffnung am oberen Ende der Längsseite war das Sprechmikrofon.

»Gruppe acht, fertig?«

Die Stimmen erklangen eine nach der anderen: »Nummer eins, fertig.« »Nummer zwei, fertig.« »Nummer drei, fertig.« Nach Nummer sechs entstand eine kurze Pause. Die dauerte nur wenig Sekunden. Dann rief David: »Nummer sieben, fertig.« Dann kam »Nummer acht, fertig.« Bigmans dünnes Stimmchen ertönte als letzte. »Nummer neun, fertig.« Der Kuppelabschnitt hob sich erneut, und die Wagen vor David setzten sich in Bewegung. David trat langsam auf den Resistor. Elektrizität strömte in den Motor, als er die Zündung einschaltete. Sein Sandbuggy machte einen Satz nach vorn und krachte beinahe ins Heck des vorausfahrenden Buggys. Er ließ den Resistor mit einem Ruck kommen und fühlte, wie der Wagen unter ihm erzitterte. Er rollte sanft weiter. Die Schleuse umgab sie wie ein kleiner Tunnel und schloß sich wieder.

Er hörte das Zischen der Luft, die aus der Schleuse in die eigentliche Kuppel gepumpt wurde. Er fühlte, wie sein Herz zu hämmern begann, aber seine Hände lagen ruhig auf dem Lenkrad.

Seine Kleidung bauschte sich auf, und die Luft entwich fauchend an der Linie, wo die Stiefel sich an die Schenkel schmiegten. Ein Kribbeln machte sich an Händen und Kinn bemerkbar. Er kam sich wie aufgebläht, aufgequollen vor. Wiederholt mußte er schlucken, um den wachsenden Schmerz in den Ohren zu mildem. Nach fünf Minuten bemerkte er, wie er im Bemühen, genug Sauerstoff zu bekommen, zu keuchen begann.

Die anderen stülpten sich die Nasenstücke über.

Er machte das gleiche, und diesmal strich der Sauerstoff leicht durch die Nasenlöcher. Er atmete tief durch und ließ die Luft aus dem Mund entweichen. Seine Arme und Füße kribbelten noch, aber das Gefühl begann zu verschwinden.

Und nun öffnete sich der Abschnitt vor ihm, und die platten, rötlichen Marsdünen glitzerten im schwachen Licht der Sonne. Als sich der Abschnitt hob, drang ein einstimmiger Schrei aus den Kehlen von acht Farmboys.

»Sand voraus!« Die vordersten Wagen rollten an. Das war der traditionelle Schlachtruf der Farmboys, in der dünnen Marsluft klang er fast wie ein feiner Sopranchor.

David ließ den Resistor einrasten und kroch über die Linie, die die Grenze zwischen Kuppelmetall und Marsboden darstellte.

Und dann traf es ihn mit Wucht!

Der plötzliche Schwerkraftwechsel kam ihm wie ein rasanter Fall aus 300 Meter Höhe vor. 120 seiner 180 Pfund verschwanden, als er die Linie überquerte, und sie verließen ihn durch die Magengrube. Er umklammerte das Lenkrad, während die Illusion von fallen, fallen, fallen, anhielt. Der Sandbuggy tanzte wild hin und her.

Der Klang von Griswolds Stimme verlor ihre Heiserkeit selbst in der unpassenden Dumpfheit, die ihr durch die dünne Luft aufgezwungen wurde, nicht. Unter diesen Bedingungen wurden Schallwellen nur schlecht geleitet. »Nummer sieben! Zurück in die Linie!«

David kämpfte mit der Lenkung, kämpfte mit seinen eigenen Halluzinationen, er kämpfte darum, klar sehen zu können. Er saugte Sauerstoff durch sein Nasenstück, und langsam ging das Schlimmste vorüber.

Er konnte sehen, wie Bigman ängstlich in seine Richtung schaute. Er nahm kurz seine Hand vom Lenkrad, um zu winken, dann konzentrierte er sich auf die Straße vor sich.

Die Marswüste war fast völlig flach und leer. Nicht einmal ein Busch war zu sehen. Dieses Gebiet war seit wer weiß wie vielen tausend oder Millionen Jahren tot und verlassen. Ihn überkam der Gedanke, er könne sich vielleicht irren. Vielleicht war der Wüstensand mit blaugrünen Mikroorganismen überzogen gewesen, bis die Menschen gekommen waren und sie abgeflammt hatten, um für ihre Farmen Raum zu schaffen.

Die Wagen vorne zogen dünne Staubfahnen hinter sich her, die langsam hochstiegen wie in einem Film, der in Zeitlupe ablief. Genauso langsam legte sich der Staub wieder.

Davids Wagen hing weit zurück. Er erhöhte seine Geschwindigkeit und bemerkte, daß etwas falsch lief. Die anderen vor ihm klebten am Boden, er selbst aber hüpfte wie ein Feldkaninchen. Bei jedem noch so unbedeutenden Geländefehler, bei jedem vorstehenden Steingrat hob sein

Wagen ab. Er trieb träge um Zentimeter hoch, und die Räder sangen schrill ohne Widerstand. Er setzte sanft wieder auf, und wenn die rasenden Räder Widerstand fanden, schoß er mit einem Ruck nach vorne.

Dieser Umstand kostete ihn Boden, und wenn er mehr Gas gab, um aufzuholen, verschlimmerten sich die Bocksprünge. Daran war natürlich die niedrige Gravitation schuld, aber den anderen gelang es, das auszugleichen. Er fragte sich, wie sie es anstellten. Es wurde kalt. Selbst während des Marssommers, so schätzte er, lag die Temperatur kaum über dem Gefrierpunkt. Er konnte direkt in die Sonne am Himmel schauen; eine zwergenhafte Sonne, die in einem dunkelroten Himmel hing. Er konnte drei oder vier Sterne erkennen. Die Luft war zu dünn, um sie zu verdecken und um das Licht so zu brechen, daß sich das Himmelblau der Erde bildete.

Wieder erscholl Griswolds Stimme. »Wagen eins, vier und sieben nach links. Wagen zwei, fünf und acht geradeaus. Wagen drei, sechs und neun nach rechts. Die Wagen zwei und drei übernehmen die Führung ihrer Gruppe.«

Griswolds Wagen, die Nummer eins, begann nach links abzubiegen, und David, dem Fahrzeug mit den Augen folgend, bemerkte die dunkle Linie am Rand des Horizontes. Nummer vier folgte Nummer eins, und David drehte das Rad scharf nach links.

Was folgte, kam für ihn überraschend. Sein Wagen fing blitzartig an zu schleudern, wobei ihm kaum Zeit blieb, sich dessen bewußt zu werden. Er riß verzweifelt am Lenkrad und drehte es in die entgegengesetzte Richtung. Er schaltete den Strom aus und fühlte, wie die Räder über den Boden rutschten, während der Wagen weitertaumelte. Vor ihm drehte sich die Wüste, so daß er nur noch ihre rostrote Farbe sah.

Dann hörte er im Empfänger Bigmans dünnen Schrei »Tritt auf den Notraster. Er liegt rechts von den Resistoren.«

David suchte verzweifelt nach dem Notraster, was immer das sein mochte, aber seine schmerzenden Füße fanden nichts. Die dunkle Linie am Horizont erschien vor ihm und verschwand wieder. Sie war jetzt viel schärfer und breiter. Selbst in diesem blitzartigen Augenblick wurde ihre Beschaffenheit erschreckend deutlich. Es war einer der langen, schnurgeraden Marskanäle. Wie die viel zahlreicheren auf dem Erdmond, gab es hier Risse auf der Planetenoberfläche, die sich gebildet hatten, als die Welt im Laufe der Jahrmillionen austrocknete. Sie waren bis zu dreißig Meter breit, und keine Menschenseele wußte, wie tief sie hinab reichten.

»Es ist ein dicker rosa Knopf«, schrie Bigman. »Tritt einfach überall drauf.« David tat wie ihm geheißen, und da war ein plötzliches leichtes Nachgeben unter seinen Zehen. Die rasche Bewegung seines Sandbuggys verwandelte sich in ein protestierendes Schleifen, das an ihm zerrte. Der Staub kam wolkenweise hoch, drückte ihm die Luft ab und vernebelte alles.

Er kauerte über dem Lenkrad und wartete. Der Wagen verlor eindeutig an Geschwindigkeit. Und schließlich kam er zum Stillstand.

Er lehnte sich zurück und atmete einen Augenblick lang ruhig durch. Dann legte er das Nasenstück ab, putzte die Innenseite, während die kalte Luft derweil in Nase und Augen biß und setzte es wieder auf. Seine Kleidung war vom Staub rötlichgrau und sein Kinn verkrustet. Er konnte den trockenen Geschmack auf den Lippen spüren, und das Innere des Wagens war vollkommen verschmutzt.

Die beiden Wagen seiner Abteilung hatten neben ihm angehalten. Griswold entstieg dem einen, das Nasenstück ließ sein stoppliges Gesicht abgrundtief häßlich erscheinen. David wurde die Vorliebe der Farmboys für Stoppeln und Bärte plötzlich klar. Sie dienten als Schutz gegen den dünnen kalten Marswind.

Griswold fauchte, wobei gelbe unregelmäßige Zähne sichtbar wurden. Er sagte: »Erdbewohner, die Reparaturkosten für den Wagen werden dir vom Gehalt abgezogen. Du hast gehört, was Hennes gesagt hat.«

David öffnete die Tür und kletterte heraus. Von draußen bot der Wagen einen noch zerstörteren Anblick, falls es überhaupt möglich war. Die Reifen hingen in Fetzen, und die riesigen Zähne, die offensichtlich die ›Notraster‹ waren, ragten heraus.

»Keinen Pfennig zieht ihr mir ab, Griswold. Mit dem Wagen hat etwas nicht gestimmt«, erwiderte David mit Bestimmtheit.

»Stimmt genau. Es war der Fahrer. Ein dummer, transusiger Fahrer, das hat an dem Wagen nicht gestimmt.«

Ein weiterer Wagen quietschte heran, und Griswold schaute sich danach um.

Seine Bartstoppeln schienen sich aufzurichten. »Verzieh dich bloß, du Wanze. Los, an die Arbeit.« Bigman sprang aus seinem Wagen. »Nicht, bevor ich mir die Kiste von dem Erdbewohner angesehen habe.«

Auf dem Mars wog Bigman weniger als 40 Pfund, und mit einem einzigen langen flachen Sprung stand er neben David. Er bückte sich kurz und straffte sich wieder. »Wo sind die Anpreßstangen, Griswold?« fragte er.

»Was sind Anpreßstangen, Bigman?« erkundigte sich David.

Die Worte sprudelten nur so aus dem kleinen Burschen hervor: »Wenn man diese Sandbuggys unter niedriger Gravitation fährt, werden dreißig Zentimeter dicke Träger auf jede Achse geflanscht. Bei hoher Geschwindigkeit nimmt man sie ab. Tut mir leid, Junge, aber ich habe nicht im Traum daran gedacht, es könnte das sein, was ...«

David unterbrach ihn. Er bleckte die Zähne. Das würde erklären, warum sein Wagen bei jeder Unebenheit abgehoben hatte, während die anderen am Boden geklebt hatten. Er wandte sich Griswold zu. »Hast du gewußt, daß die nicht montiert waren?«

Griswold fluchte. »Jeder ist für seinen eigenen Wagen verantwortlich. Wenn du nicht gemerkt hast, daß sie fehlen, ist das deine eigene Nachlässigkeit.«

Inzwischen waren alle Wagen erschienen. Um die drei hatte sich ein Kreis von bärtigen Männern gebildet. Sie waren still, aufmerksam und griffen nicht ein. Bigman wütete: »Du großer Quarzklotz, der Mann ist noch naß hinter den Ohren. Man kann nicht erwarten, daß ...«

»Ruhig, Bigman«, fuhr David dazwischen. »Das ist meine Sache. Ich frage dich noch mal, Griswold, hast du vorher davon gewußt?«

»Und ich habe dir gesagt, Erdie, in der Wüste muß jeder auf sich selbst aufpassen. Ich werde nicht deine Amme spielen.«

»Geht in Ordnung. Wenn das so ist, dann werde ich jetzt auf mich selbst aufpassen.«

David sah sich im Kreis um. Sie standen fast am Ende des Kanals. Drei Meter weiter, und er wäre ein toter Mann gewesen. »Allerdings wird du jetzt auch auf dich selber aufpassen müssen, weil nämlich ich deinen Wagen nehmen werde. Du kannst meinen zur Kuppel zurückfahren oder meinetwegen auch hierbleiben.«

»Beim Mars!« Griswolds Hand zuckte an seine Hüfte. Ein plötzlicher kehliger Aufschrei kam aus dem Kreis der Umstehenden.

»Fairer Kampf, fairer Kampf!«

Die Gesetze der Marswüste waren rauh, aber bei einer Übervorteilung wurde die Grenze gezogen. Das galt als abgemacht und wurde durchgesetzt. Nur durch solche stillschweigenden Vorsichtsmaßregeln konnte ein Mann vor einem Kraftdolchstich in den Rücken oder einem Blasterschuß in den Bauch geschützt werden.

Griswold starrte in die harten Gesichter rings um ihn.

»Wir tragen das in der Kuppel aus. An die Arbeit, Leute«, sagte er.

»Ich treff' dich in der Kuppel, wenn du willst«, sagte David. »Inzwischen tritt mal zur Seite.«

Er ging ohne Hast weiter, und Griswold trat einen Schritt zurück. »Du dummer Anfänger. Mit Nasenstücken auf dem Kopf können wir uns nicht schlagen. Hast du außer Stroh sonst noch was in deinem Kopf?«

»Dann nimm doch dein Nasenstück ab«, sagte David, »ich tue es auch. Halt mich in einem fairen Kampf auf, wenn du kannst.«

»Fairer Kampf!« kam es zustimmend von der Menge, und Bigman schrie: »Tu es oder laß es bleiben, Griswold.« Er sprang vor und riß dabei Griswold den Blaster von der Hüfte.

David legte die Hand an sein Nasenstück. »Fertig?«

»Ich zähle bis drei«, rief Bigman.

Die Männer schrien verwirrt durcheinander. Nun warteten sie gespannt auf die Dinge, die da kommen sollten. Griswold schaute wild um sich.

Bigman fing an zu zählen: »Eins ...«

Bei »drei« zog David sein Nasenstück ruhig ab und warf es einschließlich der daran befestigten Zylinder beiseite. Er stand ungeschützt da und hielt die Luft in der nicht zu atmenden Marsatmosphäre an.

7
Bigman macht eine Entdeckung

Griswold rührte sich nicht, und sein Nasenstück blieb, wo es war. Aus den Reihen der Zuschauer kam ein drohendes Knurren. David bewegte sich so schnell, wie er sich traute, stimmte seine Schritte auf niedrige Gravitation ab. Er sprang unbeholfen vor und erwischte Griswold an der Schulter. Er schlängelte sich zur Seite, um dem Knie des Farmboys zu entgehen: Mit einer Hand faßte er Griswolds Kinn, bekam das Nasenstück in den Griff und riß es ab. Mit dem Anflug eines dünnen Schreies langte Griswold danach. Er bekam sich wieder in die Gewalt und schloß den Mund, um einen Luftverlust zu vermeiden. Er riß sich los, wobei er etwas ins Taumeln geriet. Langsam umkreiste er David. Es war beinahe eine Minute vergangen, seit David das letzte Mal geatmet hatte. Seine Lungen begannen es zu spüren. Mit blutunterlaufenen Augen duckte sich Griswold und machte sich seitwärts an David heran. Sein Schritt war elastisch, die Bewegung elegant. Er war an niedrige Schwerkraftverhältnisse gewöhnt und konnte sich unter diesen Bedingungen gut bewegen. Das konnte er selbst wahrscheinlich nicht, mußte David sich grimmig eingestehen. Eine schnelle unbeherrschte Bewegung und dann lag er vielleicht hilflos auf dem Rücken.

Jede Sekunde vergrößerte die Anstrengung. David hielt sich außer Reichweite und beobachtete, wie sich Griswolds Gesicht immer mehr zur Grimasse verzerrte und Qualen verriet. Er würde den Farmboy am steifen Arm verhungern lassen müssen. Er selbst verfügte über die Lungen eines Leistungssportlers. Griswold aß und trank zuviel. Er erinnerte sich an den Kanal. Der Abgrund war etwa zwei Meter von ihm entfernt. Griswold manövrierte ihn darauf zu.

Er stoppte seinen Rückzug. In zehn Sekunden würde Griswold angreifen müssen. Er mußte es einfach.

Und Griswold griff an.

David ließ sich zur Seite fallen und bekam den anderen an der Schulter zu fassen. Infolge des Aufpralls schwang er mit, das Drehmoment verstärkte seinen Fausthieb, der Griswolds Kinnwinkel traf.

Griswold stolperte blindlings. Er ließ seinen Atem in

einem riesigen Schwall entweichen und füllte seine Lungen mit einem Gemisch aus Argon, Neon und Kohlendioxyd. Langsam brach er zusammen. Ein schrecklicher Anblick. Mit letzter Kraft versuchte er sich aufzurichten, es gelang ihm beinahe, er begann wieder zu fallen, er taumelte, im Bemühen, das Gleichgewicht zu erlangen, vorwärts …

In Davids Ohren röhrte ein konfuses Geschrei. Auf zittrigen Beinen, blind und taub gegen alles außer seinem Nasenstück auf dem Boden, ging er zum Wagen zurück. Er zwang seinen nach Sauerstoff lechzenden Körper dazu, sich langsam und mit Anstand zu bewegen und nahm seine Flaschen sorgfältig auf und rückte das Nasenstück zurecht. Dann tat er einen Atemzug, der in seine Lungen strömte wie ein Strom kalten Wassers in einen empfindlichen Magen.

Es dauerte eine geschlagene Minute, bis er etwas anderes tun konnte, außer zu atmen. Sein enormer Brustkasten hob und senkte sich mit großen schnellen Bewegungen. Er öffnete die Augen.

»Wo ist Griswold?«

Sie standen um ihn herum, alle, Bigman ganz vorne.

Bigman sah überrascht aus. »Hast du es nicht gesehen?«

»Ich habe ihn niedergeschlagen.« David spähte um sich. Griswold war nirgends zu sehen.

Bigman machte eine nach unten gerichtete Bewegung. »In den Kanal rein.«

»Was?« David runzelte unter dem Nasenstück die Stirn. »Das ist ein schlechter Witz.«

»Nein, nein.«

»Über die Kante wie ein Taucher.«

»Beim All, es war sein eigener Fehler.«

»Klarer Fall von Selbstverteidigung, Erdie.«

Sie redeten alle gleichzeitig.

»Moment mal, was ist passiert? Habe ich ihn runtergeworfen?« fragte David.

»Nein, Erdie«, sagte Bigman. »An dir hat es nicht gelegen.

Du hast ihn getroffen, und die Wanze ist zu Boden gegangen. Dann versuchte er wieder aufzustehen. Er ging wieder zu Boden, und als er versuchte, sein Gleichgewicht wiederzuerlangen, ist er irgendwie nach vorn gehüpft. Er war zu blind, um zu sehen, was vor ihm lag. Wir haben versucht, ihn aufzuhalten, aber die Zeit reichte nicht, dann ist er über den Abgrund. Wenn er nicht so sehr darauf versessen gewesen wäre, dich in Richtung auf die Kante zu drängen, um dich runterzuschmeißen, wäre es nicht passiert.«

David schaute die Männer an. Und sie ihn.

Schließlich streckte einer der Farmboys eine schwielige Faust aus. »Gute Show, Farmboy.«

Es war ganz ruhig gesprochen, es bedeutete Anerkennung, und es brach das Eis.

Bigman schrie triumphierend auf, sprang 1,80 Meter in die Luft und schwebte langsam zu Boden, wobei er seine Beine unter ihm auf eine Art und Weise bewegte, die kein Ballettänzer, gleichgültig, wie gut er unter Erdgravitationsbedingungen war, hätte vollbringen können. Die anderen drängten sich jetzt näher an ihn heran. Männer, die David stets nur als »Erdie«, »du da« oder überhaupt nicht angesprochen hatten, klopften ihm auf die Schulter und versicherten ihm, daß er ein Marsmensch sei, auf den man stolz sein konnte.

Bigman rief: »Männer, wir wollen mit dem Checkup weitermachen. Wir brauchen doch Griswold nicht dazu?«

»Nein!« schrien sie.

»Also, ab dafür.« Er sprang in seinen Wagen.

»Mach schon, Farmboy!« schrien sie David zu, der seinerseits in den Wagen kletterte, der vor 15 Minuten noch Griswold gehört hatte. Er setzte sich in Bewegung.

Wieder erscholl der Ruf »Sand voraus!« Er klang schrill und verweht durch die Marsatmosphäre.

Die Neuigkeit wurde über Sandbuggyfunk verbreitet und sprang über die leere Weite zwischen den glasumschlossenen Äckern. Während David sein Fahrzeug die Korridore zwischen den Glasmauern auf und ab bewegte, gelangte die Nachricht von Griswolds Ende in jeden Winkel des Farmgeländes.

Die acht übriggebliebenen Farmboys aus Griswolds ehemaliger Gruppe trafen sich im vergehenden rötlichen Licht der sinkenden Marssonne wieder und schlugen den gleichen Weg zur Farmkuppel ein, den sie am frühen Morgen gekommen waren. Als David zurückkam, war er bereits eine Berühmtheit.

An diesem Tag fand kein offizielles Abendessen statt. Man hatte vor der Rückfahrt draußen in der Wüste gegessen, deswegen versammelte man sich in weniger als einer halben Stunde nach Beendigung des Checkups vor dem Hauptgebäude und wartete.

Es bestand kein Zweifel, daß Hennes und der Alte inzwischen von dem Kampf Wind bekommen hatten. Es gab genügend ›Hennes-Leute‹, d.h. Männer, die man, seitdem Hennes Vormann geworden war, eingestellt hatte und deren Wohl und Wehe mit dem von Hennes verknüpft war. Sie hatten dafür gesorgt, daß die Nachricht in den entsprechenden Kreisen vernommen wurde. Deswegen harrten die Männer in freudiger Erwartung aus.

Nicht, daß sie etwa besonders großen Haß auf Hennes gehabt hätten. Er war tüchtig und kein Schinder. Aber er war nicht beliebt. Kalt und hochmütig, fehlte ihm die Gabe, mit den anderen locker in Gemeinschaft zu leben. Andere Vormänner vor ihm hatten diese Fähigkeit besessen. Auf dem Mars, wo es keine sozialen Unterschiede gab, war das ein ernster Mangel und zudem einer, den die Männer einfach nicht verzeihen konnten. Griswold selbst war alles andere als beliebt gewesen.

Alles in allem gab es auf einmal mehr freudige Aufregung, als die Makiansfarm in drei Jahren erlebt hatte. Und ein Marsjahr war nur um einen Monat kürzer als zwei Jahre auf der Erde.

Als David erschien, erhob sich ein beträchtliches Freudengebrüll, und ihm wurde der Weg freigegeben, obwohl eine kleine Gruppe am äußersten Rand verdrossen und feindselig dreinschaute.

Im Innern mußte man die Hochrufe gehört haben, denn Makian, Hennes, Benson und einige andere traten vor die Tür. David ging bis zum Fuß der Rampe, die zum Eingang hochführte, während Hennes ans Ende der Rampe kam, stehenblieb und hinabschaute. David sagte: »Sir, ich bin gekommen, um den heutigen Vorfall zu erklären.«

Hennes sagte ruhig: »Ein wertvoller Angestellter der Makianfarm ist heute im Lauf eines Streites mit dir getötet worden. Kann deine Erklärung diesen Umstand aus der Welt schaffen?«

»Nein, Sir. Aber Griswold ist in einem fairen Kampf geschlagen worden.«

Aus der Menge machte sich eine Stimme bemerkbar: »Griswold hat versucht, den Jungen umzubringen. Er hat vergessen, die Anpreßstangen an dem Wagen des Jungen anzubringen. Aus Versehen!«

Der sarkastische Nachsatz erntete vereinzeltes Gelächter aus der Menge. Hennes wurde blaß. Er ballte die Fäuste. »Wer behauptet das?«

Es trat Stille ein, und dann sagte eine dünne eingeschüchterte Stimme aus der ersten Reihe: »Bitte, Herr Lehrer, ich bin es nicht gewesen.« Bigman stand da, die Hände vor sich verschränkt, die Augen bescheiden niedergeschlagen.

Das Gelächter setzte wieder ein, und diesmal war es ein lautes Tosen.

Mit Mühe unterdrückte Hennes seine Wut. Er sagte, an David gewandt: »Behauptest du, daß man dir nach dem Leben getrachtet hat?«

David antwortete: »Nein, Sir. Ich behaupte nur, fair gekämpft zu haben, sieben Farmboys können dies bezeugen. Wer sich in einen fairen Kampf einläßt, muß doch gewillt sein, so gut wie es ihm möglich ist, daraus hervorzugehen. Beabsichtigen Sie neue Regeln einzuführen?«

Die Umstehenden stimmten ihm mit lautem Geschrei zu. Hennes sah sich um. Er rief: »Männer, es tut mir leid, daß ihr zu Handlungen aufgestachelt und verführt worden seid, die ihr bedauern werdet. Geht jetzt wieder an eure Arbeit, und zwar alle. Ihr könnt sicher sein, daß eure Haltung heute abend nicht vergessen werden wird. Was dich angeht, Williams, so werden wir uns die Sache überlegen. Das ist noch nicht ausgestanden.«

Er stampfte ins Hauptgebäude zurück, die übrigen folgten ihm nach kurzem Zögern. Früh am nächsten Morgen wurde David in Bensons Büro gerufen. Der Abend vorher hatte zu einer langen Feier geführt, die David weder hatte meiden können, noch war es ihm gelungen, sich von ihr zurückzuziehen. Deswegen mußte er ausgiebig gähnen, als er gebückt eintrat, um nicht mit dem Kopf an den Türbalken zu stoßen.

»Kommen Sie herein, Williams«, sagte Benson. Er trug einen weißen Kittel, und die Luft im Büro hatte den charakteristischen Tiergeruch nach Ratten und Hamstern. Er lächelte. »Sie sehen müde aus. Nehmen Sie Platz.«

»Danke«, erwiderte David, »was kann ich für Sie tun?«

»Es geht darum, was ich für Sie tun kann, Williams. Sie sind in Schwierigkeiten und könnten noch größere Schwierigkeiten bekommen. Sie wissen nicht, wie die Dinge auf dem Mars liegen. Mr. Makian hat die gesetzliche Handhabe, Sie erschießen zu lassen, falls er davon überzeugt ist, daß Griswolds Tod als Mord anzusehen ist.«

»Ohne Gerichtsverhandlung?«

»Das nicht, aber Hennes würde ganz leicht zwölf Farmboys auftreiben können, die so denken wie er.«

»Wenn er das versuchen würde, bekäme er mit den übrigen Farmboys doch Ärger, oder nicht?«

»Ich weiß. Das habe ich Hennes gestern abend ein ums andere Mal gesagt. Sie dürfen nicht glauben, daß Hennes und ich miteinander auskommen. Er ist mir zu diktatorisch, weitaus zu eingenommen von seinen eigenen Ideen, wie zum Beispiel dieser Detektivspielerei, von der ich Ihnen neulich erzählt habe. Und Mr. Makian stimmt völlig mit mir überein. Er muß Hennes natürlich alles, was direkt mit den Männern zu tun hat, überlassen, das ist der Grund, warum er gestern nicht eingegriffen hat. Aber hinterher hat er Hennes offen gesagt, er werde nicht ruhig dasitzen und zusehen, wie seine Farm wegen eines dummen Halunken zerstört wird. Hennes mußte versprechen, die Finger eine Weile von der Sache zu lassen. Trotzdem wird er das nicht so schnell vergessen, und Hennes hier zum Feind zu haben, ist schlimm.«

»Das werde ich riskieren müssen, oder?«

»Wir können das Risiko auf ein Minimum reduzieren. Ich habe Makian gefragt, ob ich Sie hier einsetzen darf. Sie könnten ganz nützlich sein, wissen Sie, selbst ohne naturwissenschaftliche Ausbildung. Sie können bei der Fütterung der Tiere helfen und die Käfige der Tiere sauberhalten. Ich könnte Ihnen beibringen, wie man sie betäubt und die Spritzen setzt. Das wäre nicht viel, aber Sie kämen Hennes nicht in die Quere, was verhindern würde, daß das Klima auf der Farm gestört wird. Das können wir uns jetzt überhaupt nicht leisten, wie Sie wissen sollten. Sind Sie einverstanden?«

»Das wäre ein ziemlicher sozialer Abstieg für jemanden, dem man gerade erst gesagt hat, daß er ein Farmboy aus echtem Schrot und Korn sei«, sagte David ausgesprochen ernst.

Der Wissenschaftler runzelte die Stirn. »Ach, hören Sie auf, Williams. Jetzt nehmen Sie mal nicht für bare Münze, was die Dummköpfe Ihnen erzählen. Farmboy! Oje! Das ist eine überkandidelte Bezeichnung für einen angelernten Landarbeiter und nichts weiter. Sie wären verrückt, wenn Sie auf deren von unten nach oben gekehrte Ansichten über Sozialstatus hören würden. Sehen Sie, wenn Sie mit mir arbeiten, leisten Sie vielleicht einen Beitrag zur Aufklärung der Vergiftungen; helfen, Ihre Schwester zu rächen. Deswegen sind Sie doch auf den Mars gekommen, war es nicht so?«

»Ich werde für Sie arbeiten«, sagte David.

»Gut.«

Bensons rundes Gesicht leuchtete in einem erleichterten Lächeln auf.

Bigman schaute vorsichtig durch die Tür. »Hey!« flüsterte er fast.

David wandte sich um und schloß die Käfigtür. »Hallo Bigman.«

»Ist Benson da?«

»Nein. Er ist den ganzen Tag weg.«

»Okay.« Bigman trat ein und bewegte sich so vorsichtig, als wolle er sogar jede zufällige Berührung seiner Kleidung mit irgendeinem Gegenstand im Labor vermeiden.

»Jetzt erzähl mir bloß nicht, du hättest etwas gegen Benson in der Hand.«

»Wer, ich? Er ist nur ein bißchen – du weißt schon.« Er tippte sich ein paarmal gegen die Stirn. »Was ist das für ein erwachsener Mann, der auf den Mars kommt, um mit kleinen Tieren herumzuspielen? Und täglich erzählt er uns, wie wir zu pflanzen und zu ernten haben. Was weiß er schon darüber? Wie man auf dem Mars Landwirtschaft betreibt, kann man nicht im College auf der Erde lernen. Er versucht nur etwas Besseres zu sein als wir hier. Verstehst du, was ich meine? Manchmal müssen wir ihn zurechtstutzen.«

Er schaute David finster an. »Und jetzt nimm dich mal zusammen. Dich hat er auch in ein Nachthemd gesteckt und läßt dich für eine Maus die Krankenschwester spielen. Warum läßt du das mit dir machen?«

»Nur für einige Zeit«, erklärte David.

»Na schön.« Bigman brütete einen Augenblick vor sich hin, dann streckte er linkisch die Hand aus. »Ich möchte auf Wiedersehen sagen.«

David ergriff sie. »Gehst du?«

»Mein Monat ist um. Habe jetzt meine Papiere, ich werde also woanders einen Job annehmen. Ich bin froh, dich getroffen zu haben, Erdie. Wenn deine Zeit hier vorüber ist, könnten wir uns vielleicht wieder treffen. Du wirst nicht unter Hennes arbeiten wollen.«

»Warte.« David gab die Hand des kleinen Burschen nicht frei. »Du gehst jetzt nach Wingard City, oder?«

»Ja, bis ich was gefunden habe.«

»Gut. Darauf habe ich seit Wochen gewartet. Ich kann nicht von der Farm weg. Bigman, wirst du einen Auftrag für mich erledigen?«

»Versteht sich. Um was geht es?«

»Es ist etwas riskant. Du wirst hierher zurückkommen müssen.«

»Geht in Ordnung. Ich habe keine Angst vor Hennes. Und außerdem gibt es für uns Treffpunkte, von denen er nichts weiß. Ich bin schon viel länger auf der Makianfarm als er.«

David zwang Bigman, sich zu setzen. Er kauerte sich neben ihn, und seine Stimme war nur ein Flüstern. »Paß auf, an der Ecke Canal Street und Phobos Street in Wingard City befindet sich eine Bibliothek. Ich möchte, daß du mir einige Bücher auf Mikrofilm aufnimmst und mir ein Lesegerät verschaffst. Informationen, die dir Zugang zu den richtigen Filmen verschaffen, sind in diesem versiegelten . . .«

Bigmans Hand zuckte wie eine Kralle vor, umschloß Davids rechten Ärmel und zerrte ihn hoch.

»Sag mal, was soll das?« wollte David wissen.

»Ich will etwas sehen«, sagte Bigman. Er hatte jetzt Davids Handgelenk freigelegt und hielt es, die Innenseite nach oben, fest. Er wartete atemlos.

David unternahm nichts dagegen. Er betrachtete arglos sein eigenes Handgelenk. »Was ist nun?«

»Das falsche«, brummelte Bigman.

»Im Ernst?« David befreite sein Handgelenk mühelos aus Bigmans Griff und zeigte seinen anderen Arm vor. Er hielt ihm beide unter die Nase. »Wonach suchst du?«

»Du weißt genau, wonach ich suche. Dein Gesicht ist mir von Anfang an bekannt vorgekommen. Konnte es aber nirgends unterbringen. Ich könnte mich selbst in den Hintern treten. Welcher Erdenbewohner würde schon hier auftauchen und in weniger als einem Monat als Farmboy eingestuft werden? Und es muß erst so weit kommen, daß du mich zur Bibliothek des Wissenschaftsrats schickst, bis mir ein Licht aufgeht.«

»Ich verstehe dich immer noch nicht, Bigman.«

»Ich glaube schon, David Starr.«

Im Hochgefühl des Triumphes schrie er den Namen fast heraus.

8
Nächtliche Zusammenkunft

»Ruhig, Mann«, sagte David.

Bigmans Stimme wurde leiser. »Ich habe dich oft genug auf Videoaufzeichnungen gesehen. Aber warum ist das Mal nicht auf deinem Handgelenk zu sehen? Ich habe gehört, alle Ratsmitglieder hätten eins.«

»Wo hast du das gehört? Und von wem weißt du, daß die

Bibliothek Ecke Canal und Phobos Street zum Wissenschaftsrat gehört?«

Bigman errötete. »Sieh nicht auf einen Farmboy herab. Ich hab' in der Stadt gelebt. Bin sogar zur Schule gegangen.«

»Entschuldigung, so habe ich es nicht gemeint. Wirst du mir trotzdem helfen?«

»Erst, wenn ich das mit deinem Handgelenk verstanden habe.«

»Das ist nicht schwer. Es handelt sich um eine farblose Tätowierung, die an der Luft dunkel wird, allerdings nur, wenn ich es will.«

»Wie das?«

»Das hängt mit Emotionen zusammen. Jede menschliche Gefühlsregung wird von einem bestimmten Hormonkomplex im Blut begleitet. Ein solcher Komplex, aber nur ein einziger, aktiviert die Tätowierung. Und ich kenne eben die passende Emotion.«

David unternahm nichts, was das Auge hätte wahrnehmen können, aber langsam erschien auf der Innenseite seines Handgelenks ein dunkler werdender Fleck. Die goldenen Punkte des Bären und des Orion leuchteten kurz auf, und dann verblaßte das Ganze wieder.

Bigmans Gesicht glühte, und seine Hände fielen zum gewohnheitsmäßigen Klatschen herab. David hielt seine Arme rauh auf. »Hey«, protestierte Bigman.

»Nicht aufregen, bitte. Machst du mit?«

»Klar mach ich mit. Heute abend bin ich mit dem Zeug, das du haben willst, wieder hier, und ich werde dir sagen, wo wir uns treffen können. Da draußen gibt es eine Stelle im zweiten Abschnitt.« Er fuhr im Flüsterton fort.

David nickte. »Also gut. Hier ist der Umschlag.«

Bigman griff danach und schob ihn zwischen Stiefelschaft und Oberschenkel. Er sagte noch: »An der Innenseite der teureren Hüftstiefel befindet sich eine Tasche, Mr. Starr. Wußten Sie das?«

»Weiß ich. Sieh auch nicht auf diesen Farmboy herab. Und, Bigman, mein Name ist nach wie vor Williams. Nun noch eins, die Ratsbibliothekare sind die einzigen, die den Umschlag gefahrlos öffnen können. Falls ein anderer es versucht, wird er sich dabei verletzen.«

Bigman richtete sich auf. »Kein anderer wird ihn öffnen. Es gibt Männer, die sind größer als ich; vielleicht glaubst du, ich wüßte das nicht, tu ich aber. Egal, größer oder nicht, niemand, und ich meine auch niemand, wird mir diesen Umschlag abnehmen können, ohne mich zu töten. Außerdem ist mir nicht in den Sinn gekommen, ihn selbst zu öffnen, falls du daran gedacht haben solltest.«

»Hab' ich«, sagte David. »Ich bemühe mich immer, alle Möglichkeiten zu durchdenken, aber an diese habe ich nicht sehr viel Zeit verschwendet.«

Bigman grinste, schlug eine angedeutete Grade an Davids Kinn vorbei und war verschwunden.

Es war Zeit zum Abendessen, als Benson zurückkam. Er machte einen bedrückten Eindruck, und seine fleischigen Wangen hingen traurig herab. »Wie geht es Ihnen, Williams«, sagte er ohne Elan.

David wusch sich gerade die Hände mit der Speziallösung, die zu diesem Zweck überall auf dem Mars benutzt wurde. Er hob die Hände in den Wirkungsbereich des Warmluftapparates, während das Waschwasser in die Tanks zurückgurgelte, in denen es gereinigt wurde, um danach in den Vorratsbehälter zurückzufließen. Auf dem Mars war Wasser teuer und wurde, wenn möglich, wieder und wieder aufbereitet.

David sagte: »Sie sehen müde aus, Mr. Benson.« Benson schloß sorgfältig die Tür hinter sich. Es sprudelte nur so aus ihm hervor. »Gestern sind sechs Menschen an Vergiftungen gestorben. Das ist bislang die höchste Tagesrate. Es wird immer schlimmer, und wir scheinen nichts dagegen tun zu können.«

Er betrachtete düster die Tierkäfige an der Wand. »Alle wohlauf, nehme ich an.«

»Alle wohlauf«, gab David zurück.

»Was kann ich schon tun? Jeden Tag fragt mich Makian, ob ich etwas entdeckt habe. Glaubt er denn, ich würde am Morgen unter meinem Kopfkissen etwas finden? Ich war heute in den Kornspeichern. Es war ein Weizenmeer, Tausende und aber Tausende von Tonnen, die nur darauf warten, auf die Erde verfrachtet zu werden. Ich habe hundert Proben entnommen, fünfzig Körner hier und fünfzig Körner dort. Ich habe mir jeden Winkel in jedem Silo vorgenommen. Ich habe Proben aus sechs Meter Tiefe nehmen lassen. Wozu soll das gut sein? Geht man davon aus, daß bei einer Milliarde Körner eins infiziert war, ist das in der jetzigen Situation großzügig geschätzt.« Er klopfte auf den Koffer, den er bei sich trug. »Glauben Sie, daß von fünfzigtausend Körnern, die ich hier habe, das eine in der Milliarde dabei ist? Die Chancen stehen eins zu zwanzigtausend.«

»Mr. Benson«, sagte David, »Sie haben mir erklärt, daß hier auf der Farm noch niemand gestorben ist, obwohl wir fast ausschließlich Marslebensmittel essen.«

»Jedenfalls ist mir kein solcher Fall bekannt.«

»Und wie steht es auf dem Mars ganz allgemein?«

Benson runzelte die Stirn. »Weiß ich nicht genau. Ich glaube aber nicht, sonst hätte ich davon erfahren. Natürlich ist das Leben hier auf dem Mars nicht so straff durchorganisiert wie auf der Erde. Und ein Farmboy wird normalerweise ohne Formalitäten beerdigt. Es werden nicht viele Fragen gestellt.« Dann kam es scharf aus Bensons Mund: »Warum wollen Sie das wissen?«

»Ich dachte, falls es sich um einen Marsvirus handelt, besteht die Möglichkeit, daß die Menschen hier besser daran gewöhnt sind als auf der Erde. Sie könnten immun sein.«

»Das ist kein schlechter Gedanke für einen Nichtwissenschaftler, es ist sogar eine gute Idee. Ich werde sie im Kopf behalten.«

Er langte hoch, um David auf die Schulter zu klopfen. »Gehen Sie essen, wir fangen mit dem Verfüttern der Proben morgen an.«

Als David ging, wandte sich Benson seinem Koffer zu und holte die sorgfältig beschrifteten Päckchen heraus. Eins von ihnen mochte das giftige Virus enthalten. Bis morgen würden diese Proben gemahlen, jedes kleine Pulverhäufchen sorgfältig gemischt und mit Akribie in zwanzig kleinere Proben aufgeteilt sein, einige, um verfüttert, andere, um analysiert zu werden.

Bis morgen! David lächelte grimmig vor sich hin und fragte sich, wo er morgen wohl sein würde. Er fragte sich sogar, ob er morgen überhaupt noch am Leben sein würde.

Wie ein riesenhaftes prähistorisches Ungeheuer lag die schlafende Kuppel auf der Marsoberfläche. Die Dauerbeleuchtung schimmerte blaß gegen das Kuppeldach. In der Stille der normalerweise nicht zu vernehmenden Vibrationen summte die Wetteranlage der Kuppel, mit deren Hilfe die Marsatmosphäre auf Erdwerte komprimiert und Feuchtigkeit und Sauerstoff eingespeist wurden, die ihrerseits von den wachsenden Pflanzen in den weitläufigen Gewächshäusern produziert wurden. David bewegte sich flink von Schatten zu Schatten, mit einer Vorsicht, die im wesentlichen unnötig war. Niemand sah zu. Das harte Material der Kuppel über ihm wurde schnell niedriger, als er Schleuse 17 erreichte; er streifte es mit den Haaren. Das innere Tor stand offen, er trat ein. Der Schein seiner Stifttaschenlampe strich über die Wände und entdeckte die Schalter. Sie waren nicht im einzelnen beschriftet, aber Bigmans Beschreibung war ausführlich genug gewesen. Er zog einen gelben Druckknopf heraus. Er hörte ein schwaches Klicken, dann trat eine Pause ein, auf die das Geräusch einströmender Luft folgte. Es war viel lauter als dasjenige, das er am Tag des Checkups vernommen hatte. Die Schleuse war klein, darauf ausgelegt, drei bis vier Leute aufzunehmen, nicht wie die großen, die auf neun Sandbuggys zugeschnitten waren; deswegen fiel der Luftdruck diesmal auch bedeutend schneller.

Er rückte das Nasenstück zurecht und wartete ab, bis das Zischen erstarb. Die Stille zeigte den Druckausgleich an. Erst danach zog er an dem roten Knopf. Die äußere Abdichtung hob sich, und David trat ins Freie.

Diesmal versuchte er nicht, einen Wagen zu steuern. Er ließ sich auf den harten kalten Boden sinken und wartete darauf, daß das magenumdrehende Gefühl verging, während er sich an den Schwerkraftwechsel gewöhnte. Das Ganze dauerte keine zwei Minuten. Noch ein paar Gravitationsanpassungen, dachte David grimmig bei sich, dann waren ihm auch ›Schwerkraftbeine‹ gewachsen, wie die Farmboys es nannten.

Er stand auf, schaute sich suchend um, und überraschte sich dabei, wie er vor lauter Faszination erstarrte.

Es war das erste Mal, daß er den Nachthimmel auf dem Mars zu Gesicht bekam. Die Sterne selbst waren die alten Bekannten von der Erde, sie standen in der ihm vertrauten Anordnung. Die Entfernung Erde – Mars, groß wie sie war, reichte nicht aus, sie in ihrer Stellung zueinander merklich zu verändern. Aber von der identischen Anordnung einmal abgesehen, wie sehr unterschieden sie sich in ihrer Helligkeit!

Die dünnere Marsluft schwächte ihren Glanz kaum ab, sondern ließ sie vielmehr hart und edelsteinhell erstrahlen. Natürlich gab es keinen Mond, wie man es von der Erde her gewohnt war. Die beiden Marssatelliten, Phobos und Deimos, waren nur kleine Dinger, fünf oder zehn Meilen im Durchmesser, einfach nur Berge, die frei im All schwebten.

Obwohl sie dem Mars viel näher standen als der Mond der Erde, erschienen sie nicht als Scheiben, sondern wirkten wie zwei gewöhnliche Sterne.

Er vergegenwärtigte sich, daß sie beide sehr wohl auf der anderen Marsseite sein konnten, trotzdem hielt er nach ihnen Ausschau. Tief am westlichen Horizont machte er noch etwas anderes aus. Langsam wandte er sich der Erscheinung zu.

Es handelte sich um das mit Abstand hellste Objekt am Himmel. Es war mit einem angedeuteten blau-grünen Hauch überzogen, dem an Schönheit nichts am Firmament gleichkam. Da war noch etwas zu sehen, etwa um den Durchmesser der geschrumpften Marssonne von dem anderen Objekt entfernt. Es war gelber, schimmerte aus seinem Inneren heraus, wurde aber von der viel größeren Leuchtkraft seines Nachbarn übertroffen.

David brauchte keine Sternenkarte, um das Doppelobjekt identifizieren zu können. Es handelte sich um Erde und Mond, den doppelten ›Abendstern‹ des Mars.

Er riß sich von dem Anblick los, wandte sich in Richtung der niedrigen Felserhebungen, die im Scheinwerferlicht seiner Taschenlampe sichtbar wurden, und begann zu gehen. Bigman hatte ihm eingeschärft, sich von diesen Felsen leiten zu lassen. Die Marsnacht war kalt, und David wurde sich bedauernd der Wärmekraft bewußt, die selbst die 130 Millionen Meilen entfernte Marssonne noch besaß.

Der Sandbuggy war unsichtbar oder im schlechten Sternenlicht jedenfalls beinahe unsichtbar. Das leise gleichmäßige Schnurren der Maschinen hörte er lange, bevor er das Gefährt sehen konnte.

»Bigman!« rief er. Der kleine Bursche hüpfte aus dem Buggy.

»Beim All! Ich dachte schon, du hättest dich verlaufen«, bemerkte Bigman.

»Warum läuft der Motor?«

»Das ist leicht zu beantworten. Wie soll ich sonst wohl verhindern, daß ich mich totfriere? Hören kann man uns aber nicht. Ich kenne mich hier aus.«

»Hast du die Filme?«

»Ob ich die Filme habe, fragt er. Ich weiß zwar nicht, was du in dem Brief geschrieben hast, aber mich haben fünf bis sechs Bücherwürmer wie Sternschnuppen umkreist. Es ging nur ›Mr. Jones hier, Mr. Jones da‹. Ich hab' gesagt, mein Name ist Bigman. Danach hieß es ›Mr. Bigman, bitte schön!‹ Na, jedenfalls«, Bigman nahm zum Zählen die Finger zur Hilfe, »ehe der Tag um war, hatten sie vier Filme für mich, zwei Lesegeräte, eine Kiste, so groß wie ich, die hab' ich noch nicht aufgemacht, und einen Sandbuggy als Leihgabe obendrein – oder als Geschenk vielleicht, was weiß ich –, um den ganzen Zinnober zu transportieren.«

David lächelte, sagte aber nichts. Er kletterte in den Wagen. Die Wärme war einladend. Schnell, um der flüchtigen Nacht zuvorzukommen, stellte er die Lesegeräte auf Projektion und legte in jedes einen Film ein. Direktes Ablesen wäre schneller und besser, aber selbst im warmen Inneren des Buggys mußte man das Nasenstück aufbehalten, und der gewölbte, über den Augen liegende Verschluß machte eine Direktbetrachtung unmöglich.

Der Sandbuggy kroch langsam durch die Nacht, dabei legten sie beinahe den gleichen Weg zurück, wie damals, als Griswolds Gruppe zum Checkup ausgerückt war.

»Ich begreife das nicht«, kam es von Bigman. Er hatte fünfzehn Minuten lang ohne Erfolg vor sich hingemurmelt und mußte seine Aussage gleich zweimal, und zwar erheblich lauter als zuvor, wiederholen, bevor der in Gedanken versunkene David reagierte.

»Was begreifst du nicht?«

»Was du da tust. Wo du hinwillst. Ich schätze, es geht

mich aber etwas an, denn von jetzt ab werde ich bei dir bleiben. Ich habe heute viel nachgedacht, Mr. St ... Williams, eine ganze Menge habe ich mir durch den Kopf gehen lassen. Mr. Makian ist seit einigen Monaten schlecht gelaunt, vorher war er gar kein so übler Bursche. Damals ist Hennes aufgekreuzt und ließ die Spielkarten neu austeilen. Und Schuljunge Benson ist plötzlich wer. Vorher war er ein Niemand, und auf einmal steht er mit den Großkopferten auf du und du. Um das Maß vollzumachen, kommst du hierher, und der Wissenschaftsrat stellt dir zur Verfügung, was dein Herz begehrt. Es ist eine große Sache, das ist mir klar, und ich will dabei mitmachen.«

»So, willst du das?« fragte David. »Hast du auf die Karten geachtet, die ich mir angesehen habe?«

»Sicher. Waren bloß alte Marskarten. Hab' ich tausendmal gesehen.«

»Und die schraffierten Stellen? Weißt du, was die zu bedeuten haben?«

»Das kann dir jeder Farmboy sagen. Darunter sollen Höhlen sein, aber ich glaube nicht dran. Mein Standpunkt ist der: Wie, beim All, kann jemand behaupten, in zwei Meilen Tiefe befinden sich Höhlen, wenn noch niemand unten gewesen ist, um es festzustellen? Erklär mir das mal.«

David hielt sich nicht damit auf, Bigman Seismographie auseinanderzusetzen. Statt dessen sagte er: »Schon mal was von Marsbewohnern gehört?«

Bigman legte los: »Klar, was für eine Frage ...«, dann quietschte der Sandbuggy und erzitterte, als die Hände des kleinen Burschen zuckend am Lenkrad arbeiteten. »Du meinst richtige Marsianer? Mars-Marsianer, keine Marsbewohner wie wir, Marsianer, die hier gelebt haben, bevor wir von der Erde gekommen sind?«

Sein dünnes Lachen ertönte durchdringend im Wageninneren, und als er wieder zu Atem gekommen war (es ist schwierig mit einem Nasenstück, gleichzeitig zu lachen und

Luft zu holen), sagte er: »Du hast mit diesem Kerl Benson geredet.«

David legte trotz Bigmans Schadenfreude nichts von seinem Ernst ab. »Warum sagst du das?«

»Wir haben ihn einmal dabei erwischt, wie er so ein Buch darüber gelesen hat und dann natürlich bis zum Gehtnichtmehr veräppelt. Hüpfende Asteroiden, hat der das vielleicht krummgenommen. ›Ignorante Bauern‹ hat er uns genannt, ich schlage also das Wort im Lexikon nach und erzähle den Jungs, was es bedeutet. Von schwerer Körperverletzung war eine Zeitlang die Rede, und eine Weile wurde Benson noch ein bißchen herumgeschubst. Uns gegenüber hat er danach nie wieder etwas über Marsmenschen erwähnt, hat sich nicht getraut. Schätze, er hat sich gedacht, dir als Erdbewohner könne er solchen Kometenwind aufbinden.«

»Bist du sicher, daß es Kometenwind ist?«

»Hundertprozentig. Was sollte es sonst sein? Seit Jahrhunderten gibt es Menschen auf dem Mars. Niemand hat je einen Marsbewohner gesehen.«

»Nimm mal an, sie sind zwei Meilen tief da unten in den Höhlen.«

»Die Höhlen hat auch noch niemand gesehen. Davon mal abgesehen, wie sollten die Marsbewohner da überhaupt hingekommen sein? Wir Menschen haben jeden Quadratzentimeter Marsoberfläche abgesucht, und es gibt bestimmt keine Wendeltreppen oder gar Fahrstühle nach da unten.«

»Bist du sicher? Ich habe neulich so etwas gesehen.«

»Was?« Bigman schaute über die Schulter nach hinten. »Nimmst du mich auf den Arm?« fragte er.

»Es war keine Wendeltreppe, sondern ein Loch. Und das war zwei Meilen tief.«

»Oh, du meinst die Spalten. Quatsch, das hat nichts zu bedeuten. Der Mars ist voll davon.«

»Genau, Bigman. Davon habe ich auch präzise Karten. Sieh her. Etwas ist seltsam daran, und den Unterlagen zufolge, die du mitgebracht hast, hat es noch niemand bemerkt. Kein einziger Spalt schneidet eine der Höhlen.«

»Was beweist das?«

»Es ergibt einen Sinn. Wenn du luftdichte Höhlen anlegen würdest, hättest du dann gerne ein Loch in der Decke? Und es gibt noch einen Zufall. Jede Spalte liegt nahe bei einer Höhle, ohne sie jedoch zu berühren, ganz so, als ob die Marsbewohner sie als Einstiegsstellen zu den von ihnen gebauten Höhlen benutzt hätten.«

Der Sandbuggy stoppte plötzlich. Im schwachen Schein der Lesegeräte, die immer noch zwei Karten gleichzeitig auf die flache weiße Oberfläche der eingebauten Schirme projizierten, blinzelte Bigman David auf dem Rücksitz düster an.

Er sagte: »Warte mal, warte mal eine hüpfende Sekunde. Wohin fahren wir eigentlich?«

»An die Spalte, Bigman. Ungefähr zwei Meilen weiter als die Stelle, an der Griswold rübergegangen ist. Dort liegt die Höhle unter der Makianfarm.«

»Und wenn wir dort sind?«

»Wenn wir dort sind, werde ich natürlich hinunterklettern«, sagte David ruhig.

9
Die Spalte hinab

»Meinst du das im Ernst?« erkundigte sich Bigman. »Du willst sagen«, er versuchte zu lächeln, »es gibt wirklich Marsbewohner?«

»Wenn ich ja sagen würde, nimmst du's mir ab?«

»Nein.« Er rang sich zu einer plötzlichen Entscheidung durch. »Aber das spielt keine Rolle. Ich habe gesagt, ich bin dabei, und jetzt mache ich keinen Rückzieher.« Der Wagen setzte sich wieder in Bewegung.

Die schwache Morgendämmerung des Marshimmels begann die grimmige Landschaft zu erhellen, als sich der Wagen der Spalte näherte. Sie waren bereits seit einer halben Stunde Schrittempo gefahren, die starken Suchscheinwerfer des Wagens tasteten sich durch die Dunkelheit. Das geschah für den Fall, so hatte Bigman es ausgedrückt, daß sie plötzlich auf die Spalte treffen sollten.

David kletterte aus dem Wagen und näherte sich dem gewaltigen Spalt. Bis hierher war das Licht noch nicht vorgedrungen. Vor ihm lag ein schwarzes unheildrohendes Loch im Boden, das sich nach beiden Seiten hin aus dem Sichtfeld verlor und dessen gegenüberliegender Rand sich grau abhob. Er richtete seine Taschenlampe nach unten, der Strahl endete im Nichts.

Bigman näherte sich von hinten. »Ist es hier, bist du sicher?«

David schaute sich um. »Laut Karte liegt diese Stelle einer Höhle am nächsten. Wie weit ist es bis zur nächsten Farmparzelle?«

»Bestimmt zwei Meilen.«

Der Mann von der Erde nickte. Es war unwahrscheinlich, daß Farmboys, außer vielleicht beim Checkup, bis an diese Stelle kamen.

»Zwecklos, länger zu warten«, meinte er.

Bigman sagte: »Wie willst du das überhaupt anstellen?«

David hatte bereits die Kiste, die Bigman in Wingard City in Empfang genommen hatte, aus dem Wagen gehoben. Er riß die Verpackung auf und nahm den Inhalt heraus. »Schon mal das hier gesehen?« fragte er.

Bigman schüttelte den Kopf. Mit Daumen und Zeigefinger spielte er an einem der Enden. Es handelte sich um ein seidig aussehendes Doppelseil, das im Abstand von fünfundvierzig Zentimetern Querverbindungen aufwies.

»Eine Strickleiter, nehme ich an«, sagte er.

»Ja«, erwiderte David, »aber keine aus Hanf. Es handelt sich um gesponnenes Silikon, leichter als Magnesium, zugfester als Stahl, und dabei ist sie gegen die auf dem Mars vorkommenden Temperaturen nicht anfällig. Meistens wird sie auf dem Mond eingesetzt, da sind die Gravitationsverhältnisse wirklich niedrig und die Berge ausgesprochen hoch. Auf dem Mars kann man nicht viel mit dem Ding anfangen, ist ja alles ziemlich flach hier. Es ist ein glücklicher Zufall, daß der Rat in der Stadt eine auftreiben konnte.«

»Was soll dir die Strickleiter nützen?« Bigman ließ sie der Länge nach durch die Finger laufen, bis er an eine dicke Metallbirne am Ende kam.

»Vorsicht«, bemerkte David warnend. »Ohne eingerasteten Sicherheitsbügel kann man sich ziemlich schwer daran verletzen.«

Er nahm Bigman die Strickleiter behutsam aus den Händen, umfaßte die Metallbirne mit seinen starken Händen und drehte in entgegengesetzte Richtungen. Die Folge war ein kleines scharfes Klicken, aber als er sie freigab, schien die Birne unverändert zu sein.

»Jetzt sieh mal.« Je näher es auf den Spalt zuging, desto mehr dünnte der Mutterboden des Mars aus. Die Kante der Klippe selbst bestand aus blankem Fels. David bückte sich und verband die Birne mit dem Rand des Abgrundes. Er ließ los, aber die Leiter blieb in einem seltsamen Winkel hängen.

»Heb sie hoch«, forderte er Bigman auf.

Der kleine Kerl sah ihn an, dann bückte er sich und zog. Einen Augenblick lang zeichnete sich auf seinem Gesicht Überraschung ab, denn die Birne blieb wie angewurzelt an ihrem Platz, dann zerrte er mit aller Kraft daran, aber es passierte immer noch nichts. »Was hast du gemacht?«

David lächelte. »Wenn der Sicherheitsbügel ausgeschaltet ist, setzt jeder Druck auf die Birnenspitze ein winziges, etwa fünfundzwanzig Zentimeter großes Kraftfeld in Gang, das in den Fels reicht. Die Feldenden dehnen sich dann nach allen Richtungen ungefähr fünfzehn Zentimeter aus und bilden so ein ›T‹: Die Feldkanten sind stumpf, nicht scharf, deswegen kann man durch seitliches Rütteln nichts ausrichten. Um die Birne loszubekommen, müßte man schon den Fels selbst herausbrechen.«

»Wie bekommt man sie ab?«

David ließ die dreißig Meter der Leiter durch die Hände gleiten und gelangte am anderen Ende an eine ähnliche Birne. Er verdrehte sie und preßte sie gegen den Fels. Sie hielt, und nach ungefähr fünfzehn Sekunden kullerte die erste Birne beiseite.

»Wenn man die eine Birne aktiviert«, sagte er, »wird die andere automatisch ausgeschaltet. Natürlich auch, falls man die Sicherung der aktivierten Birne betätigt«, er beugte sich vor und tat genau das, »schaltet man aus«, er richtete sich auf, »und die andere wird davon nicht betroffen.«

Bigman ging in die Hocke. Wo die beiden Birnen gewesen waren, befanden sich nun schmale, ungefähr zehn Zentimeter lange Einschnitte im Gestein. Sie waren zu schmal, um einen Fingernagel hineinstecken zu können.

»Ich habe Wasser und Lebensmittel für eine Woche mit«, sagte David. »Ich fürchte, mein Sauerstoffvorrat langt nur zwei Tage, aber warte trotzdem eine Woche. Falls ich dann nicht zurück bin, gibst du diesen Brief hier beim Hauptquartier des Rats ab.«

»Warte mal. Du glaubst doch nicht etwa wirklich an diese Märchenbuchmarsmenschen ...«

»Ich denke an eine Menge Sachen. Ich könnte abrutschen. Die Strickleiter könnte defekt sein. Ich könnte sie versehentlich an einer Stelle verankern, wo der Fels eine schwache Stelle hat. Alles mögliche könnte vorkommen. Kann ich mich auf dich verlassen?«

Bigman machte einen enttäuschten Eindruck. »Ich soll

also hier oben rumhocken, während du inzwischen Kopf und Kragen riskierst?«

»So läuft Teamwork nun einmal, Bigman. Das weißt du doch.«

Er beugte sich über den Spaltenrand. Vor ihnen schob sich die Sonne über den Horizont. Das Himmelsschwarz wurde zu Violett. Die Spalte jedoch blieb eine abweisende finstere Gruft. Die dünne Marsatmosphäre verteilte das Licht nicht besonders gut, und nur wenn die Sonne genau darüber stand, wurde die ewige Nacht aus der Spalte vertrieben.

Mit stoischer Ruhe warf David die Leiter hinab. Das Material erzeugte kein Geräusch, als es, von der Birne am oberen Rand des Grates festgehalten, auf den Fels traf. Sie konnten hören, wie die andere Birne in dreißig Meter Tiefe ein-, zweimal dumpf anschlug.

Um die Verankerung zu testen, rüttelte David am Seil, dann griff er mit den Händen nach der obersten Sprosse und sprang in die Gruft hinab. Mit weniger als der Hälfte der Fallgeschwindigkeit, wie sie auf der Erde normal gewesen wäre, hinabzusinken, ließ einen an schwebende Daunenfedern denken. Das war aber auch schon alles. Sein tatsächliches Gewicht lag nicht viel unter dem, was es auf der Erde betrug. Man mußte die beiden Sauerstoffbehälter auf dem Rücken hinzurechnen. Dabei handelte es sich um die größten, die auf der Farm aufzutreiben gewesen waren.

Sein Kopf lugte über den Felsrand. Bigman starrte ihn mit großen Augen an. »Verschwinde jetzt und nimm den Wagen mit«, sagte David. »Schaff die Projektoren und Filme zum Rat zurück und laß nur den Scooter hier.«

»Gemacht«, sagte Bigman. Alle Wagen führten vierrädrige Notplattformen mit sich, die aus eigener Kraft fünfzig Meilen weit kamen. Sie waren unbequem und boten gegen Kälte oder Stauborkane keinen Schutz. Trotzdem, wenn ein Sandbuggy meilenweit von zu Hause den Geist aufgab, waren die Scooter immer noch besser, als darauf warten zu müssen, bis man gefunden wurde.

David Starr schaute hinab. Es war zu dunkel, um das Leiterende zu erkennen. Die silbrige Oberfläche des Materials wurde zu einem glimmrigen Grau. Er ließ seine Beine frei in der Luft baumeln und ließ sich mit den Armen Sprosse für Sprosse die Felswand hinab. Dabei zählte er. Bei der achtzigsten Sprosse angekommen, langte er nach dem losen Ende und wickelte es auf, nachdem er einen seiner Arme durch die Sprosse gesteckt hatte. Dadurch waren beide Hände frei.

Als er die untere Birne im Griff hatte, langte er nach rechts und warf sie gegen den Fels. Sie blieb haften. Er zerrte heftig, aber sie saß fest. Schnell hangelte er sich von seiner bisherigen Position zum durchhängenden Ende der Strickleiter, die jetzt an ihrem neuen Anker schwang. Die eine Hand ließ er auf dem Teil der Leiter, den er gerade verlassen hatte, und wartete darauf, daß sie nachgab. Als das geschah, schleuderte er sie nach außen, damit die obere Birne weit entfernt von ihm herabfiel.

Er fühlte den leichten Pendeleffekt am eigenen Leibe, als die Birne, die vor dreißig Sekunden noch oben an der Klippenkante geklebt hatte, nun in ungefähr fünfundfünfzig Meter Tiefe hin- und herschlug. Er sah hoch. Man konnte einen breiten Streifen violetten Himmels erkennen, aber er wußte, daß er mit jeder Sprosse, die er hinabkletterte, schmaler und schmaler werden würde.

Tiefer hinab. Alle achtzig Sprossen stellte er eine neue Verankerung her, erst rechts von der vorherigen, dann wieder links. So hielt er die Gesamtrichtung nach unten ungefähr lotrecht.

Sechs Stunden waren vergangen, und David hielt wieder mal an, um einen Happen Nahrungsmittelkonzentrat und einen Schluck Wasser aus der Feldflasche zu sich zu nehmen. Er setzte die Füße auf eine Sprosse und entspannte die

Arme so gut es ging. Auf dem Weg nach unten war er nirgends auf einen horizontal verlaufenden Vorsprung gestoßen, der breit genug gewesen wäre, um sich darauf auszuruhen; zumindest soweit seine Taschenlampe reichte.

Das war aus verschiedenen Gründen schlecht. Es bedeutete, daß die Reise nach oben, einmal angenommen, es würde je wieder eine Reise nach oben geben, auf die langsame Tour durchgeführt werden mußte. Dabei klebte man die Birnen abwechselnd an eine gerade noch erreichbare Stelle über sich. Das war zu schaffen, auf dem Mond hatte man es getan. Auf dem Mars war die Schwerkraft doppelt so hoch wie auf dem Mond. Das Fortkommen würde sich schrecklich langsam gestalten, viel langsamer als die Reise hinab. Und die, stellte David grimmig fest, war schon langsam genug. Er konnte nicht viel mehr als eine Meile tief sein.

Unten war alles nachtschwarz. Über ihm war der mittlerweile dünne Strich Himmel heller geworden. David beschloß zu warten. Auf seiner Erdzeituhr war es nach elf Uhr, und damit konnte man auf dem Mars einiges anfangen. Hier betrug die Rotationsgeschwindigkeit nur eine halbe Stunde mehr als auf der Erde. Die Sonne würde bald genau über ihm stehen.

Er überlegte nüchtern, daß die Karten, auf denen die Marshöhlen verzeichnet waren, bestenfalls grobe Näherungswerte darstellten, die aus den Vibrationswellen unter der Planetenoberfläche abgeleitet worden waren. Selbst wenn die Fehler nur geringfügig waren, konnte er doch meilenweit vom wirklichen Einstieg in die Höhlen entfernt sein.

Und es bestand die Möglichkeit, daß es überhaupt keine Eingänge gab. Die Höhlen könnten völlig natürlich entstanden sein, wie die in Karlsbad auf der Erde beispielsweise, einmal abgesehen davon, daß die Marshöhlen sich über Hunderte von Meilen erstreckten.

Er wartete, beinahe in einen Dämmerzustand verfallend,

frei über dem Nichts hängend, nur von Dunkelheit und Stille umgeben. Er bewegte seine tauben Finger. Die Marskälte kroch sogar bis unter die Handschuhe. Während des Abstiegs hielt ihn die Anstrengung warm, wenn er Pausen einlegte, hielt die Kälte Einzug.

Er war drauf und dran, seine Kletterei fortzusetzen, um nicht auszukühlen, da nahm er den ersten Anflug von schwachem Licht wahr. Er sah hoch und konnte das langsam herabsickernde Gelb des Sonnenscheins sehen. In dem schmalen Streifen Himmel, der seinem Blick erhalten blieb, trat die Sonne über den Rand des Spaltes. Bis das Licht seine größte Helligkeit entwickelt hatte, vergingen zehn Minuten. So lange dauerte es, bis die brennende Kugel voll ins Sichtfeld gerückt war. Klein, wie sie für einen Erdenbewohner aussah, füllte ihr Durchmesser ein Viertel der Spaltöffnung. David wußte, daß das Licht eine Stunde oder weniger anhalten und die Dunkelheit danach für vierundzwanzig Stunden wiederkehren würde.

Während er hastig umherschaute, pendelte er an der Wand. Die Wand war keineswegs völlig glatt, sondern so, als hätte man mit einem sehr schartigen Messer in die Marskruste geschnitten. Die gegenüberliegende Wand lag jetzt bedeutend näher, als sie es an der Oberfläche getan hatte, aber David schätzte, daß er mindestens noch ein, zwei Meilen brauchen würde, bis man sie berühren konnte.

Aber wozu, es kam nichts dabei heraus. Absolut gar nichts!

Und dann sah er den schwarzen Fleck. David stieß scharf pfeifend den Atem aus. Schwarze Stellen gab es woanders auch. Überall, wo ein Felsvorsprung einen Schatten warf war es schwarz. Aber dieser Fleck war rechteckig. Er wies makellose oder zumindest makellos erscheinende rechte Winkel auf. Er *mußte* künstlich sein. Eine Art in den Fels getriebene Pforte.

Schnell angelte er nach dem unteren Leiterknoten, klebte

ihn so weit er konnte in Richtung auf den Fleck zu, bemächtigte sich der herabfallenden Birne und brachte sie weiter außen in gleicher Richtung an. Er wechselte sie, so schnell er konnte und hoffte dabei inständig, das Sonnenlicht möge lange genug halten, und daß der Fleck selbst keine Täuschung sei.

Die Sonne hattc auf ihrer Bahn den Spalt überquert und schien nun auf die Kante der Wand, an der David baumelte. Der Fels in seinem Gesichtskreis, bisher gelblich-rot, wurde nun wieder grau. Aber auf der gegenüberliegenden Seite war noch genug Licht vorhanden, er konnte gut sehen. Von dem Fleck befand er sich weniger als dreißig Meter entfernt, und jeder Knaufwechsel brachte ihn einen Meter näher heran.

Glitzernd wanderte das Sonnenlicht die gegenüberliegende Wand hinauf, und als er den Rand des Flecks erreichte, fiel die Dunkelheit ein. Seine behandschuhten Finger berührten den Rand der Einlassung im Fels. *Sie war glatt.* Die Linie wies weder Fehler noch Unvollkommenheiten auf. Das *mußte* das Werk von intelligenten Wesen sein.

Er brauchte die Sonne nicht mehr. Der kleine Lichtkegel seiner Taschenlampe würde reichen. Er pendelte die Leiter in die Einlassung, und als er den Knauf fallen ließ, fühlte er, wie dieser laut auf Felsgestein aufschlug. Ein horizontal verlaufender Sims!

Hurtig kletterte er hinab, ein paar Minuten später stand er auf dem Fels. Zum erstenmal seit mehr als sechs Stunden hatte er festen Boden unter den Füßen. Er fand den freien Knoten, stieß ihn in Hüfthöhe gegen den Fels, ließ die Leiter herabschwingen, schaltete die Sicherung ein und zog die Birne von der Wand. Zum erstenmal seit mehr als sechs Stunden waren beide Enden der Leiter frei.

David schlang die Strickleiter um Arm und Hüfte und ließ den Blick umherwandern. Der Einschnitt an der Wand war drei Meter breit und einsachtzig hoch. Mit ausgestreckter

Taschenlampe ging er vor und kam an eine glatte und ziemlich solide aussehende Steinplatte, die ihm ihrerseits den Zugang verwehrte. Es war ebenfalls das Werk intelligenter Wesen. Es mußte so sein. Aber es war gleichzeitig ein wirksames Hindernis gegen weitergehende Erkundungen.

In seinen Ohren entstand ein plötzlicher Schmerz. Abrupt drehte er sich um. Dafür gab es nur eine Erklärung. Um ihn herum erhöhte sich der Luftdruck irgendwie. Er bewegte sich wieder in Richtung Abgrund und war keineswegs überrascht, die Öffnung, durch die er gelangt war, von vorher nicht vorhandenem Felsgestein versperrt zu finden. Er war geräuschlos davorgeglitten.

Sein Herz schlug schnell. Offensichtlich befand er sich in einer Art Schleuse. Er nahm das Nasenstück vorsichtig ab und probierte die neue Luft. Sie fühlte sich in der Lunge gut an und war zudem warm.

Er ging auf die innere Steinplatte zu und wartete vertrauensvoll darauf, daß sie sich heben würde.

Genau das geschah, aber gut eine Minute vorher bemerkte David, wie seine Arme plötzlich gegen den Körper gepreßt wurden, so als ob man ihm ein Stahllasso übergeworfen und dann festgezurrt habe. Ihm blieb Zeit, einen Überraschungsschrei auszustoßen, und dann wurden seine Beine unter ähnlichem Druck zusammengepreßt.

Und so geschah es, daß David Starr nicht einmal den kleinen Finger rühren konnte, als sich die innere Tür öffnete und somit der Weg in die Höhle frei wurde.

10
Die Geburt des Space Rangers

David wartete ab. Die leere Luft anzureden hatte keinen Sinn. Wesen, die imstande waren, solche Höhlen zu bauen, und denen es möglich war, ihn auf so immaterielle Weise bewegungsunfähig zu machen, waren sehr wohl in der Lage, ihre Karten voll auszureizen.

Er fühlte, wie er abhob und langsam nach hinten kippte, bis sich sein Körper parallel zum Boden befand. Er versuchte, den Kopf zur Seite zu drehen, stellte aber fest, daß er fast nicht zu bewegen war. Die Fesseln waren allerdings nicht so straff wie jene, die um seine Glieder gespannt waren. Es fühlte sich mehr wie ein Korsett aus samtähnlichem Gummi an, das etwas nachgab, aber nicht viel.

Gleitend bewegte er sich ins Innere. Es war so, als ob er in warme köstliche Luft eintauchte. Als sein Kopf die Schleuse verließ, der letzte Teil seines Körpers, mit dem das geschah, senkte sich traumloser Schlaf auf ihn herab.

David Starr öffnete die Augen, ohne das Gefühl zu haben, daß die Zeit weiterlief, statt dessen spürte er Leben in seiner Nähe. Woher dieser Eindruck stammte, konnte er nicht sagen. Die Wärme wurde ihm als erstes bewußt. Sie glich der eines heißen Sommertages auf der Erde. Dann umgab ihn da noch ein schwacher rötlicher Lichtschimmer, der zum Sehen kaum ausreichte. Als er den Kopf drehte, konnte er die Wände eines kleinen Raumes erkennen. Nirgends eine Bewegung, nirgends Leben.

Und doch, irgendwo hier in der Nähe mußte eine kraftvolle Intelligenz am Werke sein. David fühlte es, ohne zu einer Erklärung fähig zu sein.

Vorsichtig versuchte er, eine Hand zu bewegen, und es gelang ohne weiteres. Verwundert richtete er sich auf und fand, daß er auf einer Oberfläche saß, die nachgab, deren

Beschaffenheit er aber auf Grund der Dunkelheit nicht feststellen konnte.

Die Stimme kam plötzlich. »Das Geschöpf ist sich seiner Umgebung bewußt ...« Der letzte Teil der Aussage war ein unzusammenhängendes Gemisch unverständlicher Geräusche. Es war David nicht möglich, den Standort der Stimme zu bestimmen. Sie kam von überall und nirgends.

Eine zweite Stimme erklang. Sie hörte sich anders an, obwohl der Unterschied nur ein feiner war. Es klang sanfter, weicher, irgendwie weiblicher. »Bist du gesund, Geschöpf?«

»Ich kann euch nicht sehen«, sagte David.

Die erste Stimme (David assoziierte sie mit der eines Mannes) meldete sich wieder. »Es ist, wie ich es gesagt habe ...« Wieder dieser Mischmasch. »Er ist nicht fähig, Geist zu sehen.«

Der letzte Satz kam verschwommen an, aber für Davids Ohr klang es wie »Geist zu sehen«.

»Ich kann Materie sehen«, sagte er, »aber hier ist kaum ausreichend Licht, um etwas erkennen zu können.«

Es herrschte Stille, ganz so, als ob sich die beiden im Hintergrund besprächen, dann wurde ein Gegenstand sanft in Davids Hand geschoben. Es handelte sich um seine Taschenlampe.

»Ist dies«, sagte die männliche Stimme, »im Hinblick auf Licht für dich von Bedeutung?«

»Ja, gewiß. Seht ihr nicht?« Er knipste sie an und ließ den Lichtkegel geschwind um sich tanzen. Im Raum waren keine Lebewesen zu sehen, außerdem war er ziemlich kahl. Der Gegenstand, auf dem er ruhte, war durchsichtig und ragte einen Meter zwanzig über dem Boden auf.

»Es ist, wie ich gesagt habe«, ließ sich die weibliche Stimme aufgeregt vernehmen. »Der Gesichtssinn des Geschöpfes wird durch Kurzwellenstrahlung aktiviert.«

»Aber der Hauptteil der Strahlung des Instruments liegt im Infrarotbereich. Danach habe ich mich gerichtet«, protestierte die andere Stimme. Die Beleuchtung wurde heller, und während die Stimme sprach, durchlief es erst Orange, dann Gelb und schließlich Weiß.

»Könnt ihr auch die Temperatur senken?« wollte David wissen.

»Aber sie ist sorgfältig deiner Körpertemperatur angepaßt.«

»Trotzdem, ich hätte es gerne etwas kühler.«

Zumindest waren sie kooperativ. Ein hochwillkommener kalter Windhauch strich erfrischend über David hinweg.

Er ließ die Temperatur auf ca. 22 Grad fallen, bis er ihnen bedeutete aufzuhören.

David sagte: »Ich glaube, ihr unterhaltet euch direkt mit meinem Verstand. Wahrscheinlich ist das der Grund, warum ich euch Weltenglisch sprechen höre.«

Die männliche Stimme sagte: »Der letzte Satz war unverständlich. Aber ganz gewiß kommunizieren wir. Wie sollte man das sonst anstellen?«

David nickte vor sich hin. Das erklärte die gelegentliche laute Störung. Wenn ein Eigenname gebraucht wurde, für den es keine entsprechende begleitende Vorstellung gab, die sein Verstand interpretieren konnte, wurde das nur als Störung empfunden. Geistiges Knistern oder Rauschen.

Die weibliche Stimme sagte: »Es gibt aus der Frühgeschichte unserer Rasse Legenden, demzufolge unsere Geister voreinander verschlossen waren und wir uns mit Hilfe von Symbolen verständigt haben. Aus deiner Frage kann ich keinen anderen Schluß ziehen, als daß es sich bei deinem Volk so verhält, Geschöpf.«

»So ist es«, bestätigte David. »Wie lange ist es her, seit ich in die Höhle gebracht worden bin?«

Die männliche Stimme schaltete sich ein: »Keine ganze Planetenumdrehung. Wir entschuldigen uns für die Unannehmlichkeiten, die wir dir bereitet haben, aber das war die erste Gelegenheit für uns, eines der Geschöpfe lebend zu untersuchen. Wir haben vorher schon einige geborgen, vor kurzem erst wieder eins, aber keines funktionierte, und die Informationsmenge, die man von ihnen erhalten konnte, war notwendigerweise begrenzt.«

David fragte sich, ob Griswold die kürzlich geborgene Leiche gewesen war. Vorsichtig fragte er: »Habt ihr eure Untersuchung an mir beendet?«

Die weibliche Stimme erwiderte rasch: »Du befürchtest, Schaden zu nehmen. In deinem Geist existiert die ausgeprägte Vorstellung, wir könnten so barbarisch sein, in deine Lebensfunktion einzugreifen, um an Wissen zu gelangen. Wie furchtbar!«

»Es tut mir leid, wenn ich euch beleidigt habe. Es ist nur, daß ich mit eurer Methode nicht vertraut bin.«

Die männliche Stimme sagte: »Wir wissen alles, was wir brauchen. Wir sind durchaus in der Lage, eine molekulare Feinuntersuchung deines Körpers vorzunehmen, ohne daß wir dich berühren müßten. Die Ergebnisse unserer Psychomechanismen sind sicher ausreichend.«

»Was sind diese Psychomechanismen, von denen Sie sprechen?«

»Du bist mit Geist-Materieumwandlung vertraut?«

»Ich fürchte nein.«

Es trat eine Pause ein. Dann sagte die männliche Stimme kurz angebunden: »Ich habe soeben dein Gehirn durchforscht. Nach seiner Beschaffenheit zu urteilen, fürchte ich, daß dein Verständnis für wissenschaftliche Prinzipien nicht ausreicht, um meine Erklärung zu verstehen.«

David fühlte sich zurechtgestutzt. »Ich bitte um Entschuldigung«, sagte er.

Die männliche Stimme fuhr fort: »Ich möchte dir einige Fragen stellen.«

»Fangen Sie an, Sir.«

»Wie war der letzte Teil deiner Aussage?«

»Es handelt sich dabei nur um eine respektvolle Anrede.«

Pause.

»O ja, ich verstehe. Entsprechend der Person, die du anredest, komplizierst du deine Verständigungssymbole. Ein seltsamer Brauch. Aber ich halte mich auf. Sag mir, Geschöpf, du strömst eine gewaltige Hitze aus. Bist du krank, oder kann das normal sein?«

»Es ist normal. Die toten Körper, die Sie untersucht haben, hatten zweifellos die Temperatur ihrer Umgebung. Aber solange unsere Körper funktionieren, halten sie eine konstante Temperatur, wie sie für uns am besten ist.«

»Dann stammen die nicht von diesem Planeten?«

David sagte: »Bevor ich diese Frage beantworte, darf ich fragen, wie Ihre Einstellung Geschöpfen wie mir gegenüber sein würde, falls wir von einem anderen Planeten stammten?«

»Ich kann dir versichern, daß du und Geschöpfe deiner Art für uns ohne Interesse sind, außer insoweit ihr unsere Neugier weckt. Aus deinem Verstand entnehme ich, daß du unsere Feindschaft fürchtest. Lasse solche Gedanken fallen.«

»Können Sie denn die Antwort auf Ihre Frage nicht in meinem Geist lesen? Weswegen befragen Sie mich noch speziell?«

»In Abwesenheit von präziser Verständigung kann ich nur Gefühlsregungen und allgemeine Einstellungen erkennen. Aber du bist ja ein Geschöpf und würdest das nicht verstehen. Zur präzisen Kommunikation muß die Verständigung eine Willensanstrengung beinhalten. Falls es deinen Geist beruhigt, kann ich dir sagen, wir haben allen Grund zu der Annahme, daß du zu einer Rasse gehörst, die nicht von diesem Planeten stammt. Zum einen ist die Zusammensetzung deines Körpergewebes völlig anders als die aller Lebewesen, von denen man weiß, daß sie auf der Oberfläche der Welt gelebt haben. Zum anderen legt deine Körperhitze den Schluß nahe, daß du von einer anderen Welt kommst, einer wärmeren Welt.«

»Sie haben recht. Wir kommen von der Erde.«

»Das letzte Wort verstehe ich nicht.«

»Vom Planeten eins näher an der Sonne als dieser.«

»So! Das ist hochinteressant. Zu der Zeit, als unsere Rasse sich vor einer halben Million Umläufe in die Höhlen zurückzog, wußten wir, daß auf deinem Planet Leben vorhanden war, allerdings wahrscheinlich keine intelligenten Formen. War deine Rasse damals schon intelligent?«

»Kaum«, erwiderte David. Eine Million Erdjahre waren vergangen, seit die Marsbewohner die Oberfläche ihres Planeten verlassen hatten.

»Das ist in der Tat interessant. Ich muß diesen Bericht sofort zum Hauptgeist tragen. Kommt ...«

»Laßt mich hier ... Ich würde gerne weiter mit diesem Geschöpf kommunizieren.«

»Wie du wünschst.«

»Erzähle mir von deiner Welt«, sagte die weibliche Stimme.

David redete frei von der Leber weg. Ihn überkam eine angenehme, beinahe wohlige Mattigkeit. Jedes Mißtrauen verflog, und es gab keinen Grund, warum er nicht wahrheitsgemäß umfassend antworten sollte. Diese Wesen waren freundlich und gut zu ihm. Die Informationen sprudelten nur so heraus.

Dann ließ sie seinen Verstand aus ihrem Griff, und er hielt schlagartig inne. Wütend sagte er: »Was habe ich erzählt?«

»Nichts, das Schaden anrichten könnte«, versicherte ihm die weibliche Stimme. »Ich habe bloß die Hemmungen deines Verstandes unterdrückt. Das zu tun ist ungesetzlich, und ich hätte es nicht gewagt, wäre ... hier. Aber du bist nur ein Geschöpf, und ich bin so neugierig. Ich wußte, dein Mißtrauen war zu tief verwurzelt, als daß du ohne meine Nachhilfe geredet hättest. Dabei ist dein Mißtrauen so fehl am Platz. Solange ihr nicht bei uns eindringt, würden wir euch Geschöpfen nie schaden.«

»Das haben wir doch bereits getan, oder etwa nicht?« fragte David. »Wir haben euren Planeten ringsum besetzt.«

»Du testest mich immer noch. Du mißtraust mir. Die Oberfläche des Planeten ist für uns ohne Belang. Dies ist unsere Heimat, und dennoch«, die weibliche Stimme schien beinahe wehmütig, »von Welt zu Welt zu reisen muß etwas Erregendes haben. Uns ist sehr wohl bekannt, daß es viele Planeten und Sonnen im All gibt. Wenn man sich vorstellt, daß Geschöpfe wie du das alles erleben. Es ist alles so interessant, daß ich immer und immer wieder dankbar dafür bin, daß wir deinen unbeholfenen Abstieg, um uns zu treffen, rechtzeitig bemerkt haben, damit wir eine Öffnung für dich machen konnten.«

»Was?« David konnte nicht anders, er mußte laut schreien, obwohl ihm klar war, daß die Schallwellen, die seine Stimmbänder produzierten, ungehört blieben und nur in Gedanken in seinem Kopf ertastet wurden.

»Sie haben die Öffnung gemacht?«

»Ich nicht allein ... hat dabei geholfen. Das war der Grund, weswegen uns die Möglichkeit gegeben wurde, dich zu untersuchen.«

»Aber wie haben Sie das bewerkstelligt?«

»Nun, indem wir es gewollt haben.«

»Ich verstehe nicht.«

»Das ist ganz einfach. Kannst du es nicht in meinem Geist sehen? Aber ich vergaß, du bist ein Geschöpf. Sieh mal, als wir uns in die Höhlen zurückzogen, waren wir gezwungen, viele Kubikmeilen zu vernichten, um unter der Oberfläche Platz für uns zu schaffen. Wir konnten die Materie nirgends aufbewahren, deshalb haben wir sie in Energie ... umgewandelt.«

»Halt, halt, ich kann Ihnen nicht folgen.«

»Du verstehst das nicht? In dem Fall kann ich dazu nur

sagen, daß die Energie so verwahrt ist, daß man sie mit einer geistigen Anstrengung abrufen kann.«

»Aber wenn die gesamte Materie, die einmal in diesen riesigen Höhlen gewesen ist, in Energie umgewandelt wurde ...«

»Das würde eine große Menge Energie ergeben, sicher. Wir leben seit einer halben Million Umläufe davon, und die Berechnungen gehen dahin, daß wir genug für weitere zwanzig Millionen Umläufe haben. Noch bevor wir in die Höhlen gegangen sind, haben wir unser Wissen dermaßen perfektioniert, daß wir Materie, soweit sie unseren persönlichen Gebrauch betrifft, aufgegeben haben. Wir sind rein geistige und energetische Wesen, wir sterben nie und werden nicht mehr geboren. Ich bin hier mit dir zusammen, aber da du Geist nicht mit den Sinnen wahrnehmen kannst, bist du dir meiner nicht bewußt, außer in deinem Verstand.«

»Aber bestimmt können sich Leute wie ihr das ganze Universum untertan machen.«

»Fürchtest du, daß wir mit armseligen Materiegeschöpfen, wie du eines bist, um das Universum wetteifern werden? Daß wir um einen Platz unter den Sternen kämpfen werden? Das ist dumm. Das gesamte Universum ist hier bei uns. Wir sind uns selbst genug.«

David schwieg. Dann faßte er mit einer langsamen Bewegung nach seinem Kopf, denn er hatte das Gefühl, wie feine, sehr feine Tastfühler seinen Geist sanft berührten. Es war das erste Mal, daß sich dieses Gefühl einstellte, und er wich vor so viel Intimität zurück.

Sie sagte: »Ich möchte mich wieder entschuldigen, aber du bist ein so interessantes Geschöpf. Dein Verstand sagt mir, die Geschöpfe deiner Art befinden sich in großer Gefahr, und du hast den Verdacht, daß wir vielleicht der Grund dafür sind. Ich kann dir versichern, Geschöpf, dem ist nicht so.«

Ihre Gedanken klangen ganz einfach. David hatte keine andere Möglichkeit, als ihnen zu glauben.

Er sagte: »Ihr Begleiter sagt, mein Gewebe sei chemisch völlig anders als das jeder Lebensform auf dem Mars. Darf ich fragen, inwiefern es sich unterscheidet?«

»Es ist aus einem stickstoffhaltigen Material zusammengesetzt.«

»Protein«, erläuterte David.

»Das Wort verstehe ich nicht.«

»Aus was besteht das marsianische Gewebe?«

»Aus ... Es ist völlig anders. Es befindet sich praktisch gar kein Stickstoff darin.«

»Sie können mir also keine Nahrung anbieten?«

»Ich fürchte nein. Jede organische Substanz unseres Planeten wäre giftig für dich. Wir könnten einfache, deiner Zusammensetzung entsprechende Verbindungen herstellen, von denen du vielleicht essen könntest, die komplexen stickstoffhaltigen Bausteine, aus denen die Masse deines Gewebes besteht, überschreitet aber ohne eingehende Forschungen unsere Möglichkeiten. Bist du hungrig, Geschöpf?«

Das Mitleid und die Anteilnahme in ihren Gedanken waren unverkennbar.

(David blieb hartnäckig dabei, sie als Stimme zu betrachten.)

»Im Augenblick habe ich meine eigene Nahrung«, sagte er.

»Es ist mir unangenehm, von dir einfach als Geschöpf zu denken. Wie heißt du?« Dann, als Nachsatz sozusagen, als hätte sie Angst, vielleicht nicht verstanden worden zu sein: »Wie identifizieren dich deine Mitgeschöpfe?«

»Ich werde David Starr genannt.«

»Das verstehe ich nicht, außer, daß darin eine Anspielung auf die Sonnen im Universum enthalten zu sein scheint. Nennt man dich so, weil du durch das All reist?«

»Nein. Viele meiner Leute reisen durchs All. ›Starr‹ hat

gegenwärtig keine bestimmte Bedeutung. Es handelt sich einfach um einen Klang, um mich zu identifizieren, genau wie eure Namen einfach Klänge sind. Wenigstens erzeugen sie keine Bilder. Ich kann sie nicht verstehen.«

»Schade. Du solltest einen Namen tragen, der deine Reise durch das All bezeichnet, wie du von einem Ende des Universums zum anderen ziehst. Wenn ich ein Geschöpf wäre, wie du es bist, erschiene es mir angemessen, ›Space Ranger‹ genannt zu werden.« Und so geschah es, daß David Starr von den Lippen eines lebenden Wesens, das er nicht sehen konnte und in seiner wahren Gestalt nie würde sehen können, den Namen hörte, unter dem er eines Tages im gesamten Milchstraßensystem bekannt sein würde.

11
Der Orkan

Eine tiefe, bedächtigere Stimme nahm in Davids Geist Gestalt an. Sie sagte ernst: »Ich grüße dich, Geschöpf. Es ist ein guter Name, den ... dir eben gegeben hat.«

Die weibliche Stimme sagte: »Ich mache Platz für euch ...«

Durch die Aufhebung einer hauchzarten Berührung in seinem Geist wurde David unmißverständlich gewahr, daß die Besitzerin der weiblichen Stimme nicht mehr in geistigem Kontakt mit ihm stand. Er blickte mißtrauisch umher. Erneut setzte ihm die Illusion zu, daß es Richtungen zu geben schien, aus denen diese Stimmen kamen; sein ungeübter Verstand versuchte immer noch, etwas, mit dem er nie zuvor in Berührung gekommen war, auf die alte unzureichende Art und Weise zu deuten. Natürlich kam die Stimme aus keiner Richtung. Sie war in seinem Geist.

Das Wesen mit der tiefen Stimme lotete die Schwierigkeit aus. Es sagte: »Die Unfähigkeit deiner Sinneseinrichtungen, mich auszumachen, verstört dich. Und ich möchte nicht, daß du verstört wirst. Ich könnte die äußere Erscheinung eines Geschöpfes, wie du es bist, annehmen, aber das wäre ein erbärmlicher und würdeloser Schwindel. Würde dies genügen?«

David Starr schaute zu, wie das Glitzern vor ihm in der Luft erschien. Es handelte sich um einen weichen Streifen aus blaugrünem Licht, ungefähr 2,10 Meter hoch und 30 Zentimeter breit.

Er sagte ruhig: »Das genügt durchaus.«

Die tiefe Stimme sagte: »Ausgezeichnet! Und nun laß dir erklären, wer ich bin. Ich bin der Administrator des ... Der Bericht über die Habhaftwerdung eines intakten Exemplares des neuen Oberflächenlebens erreichte mich auf dem Routineweg. Ich werde deinen Geist untersuchen.«

Das Amt des neuen Wesens war für David nichts weiter als ein Geräuschwirrwarr gewesen, aber ihm war der unverwechselbare Sinn für Würde und Verantwortung, der damit einherging, nicht entgangen. Dennoch sagte er fest: »Ich würde es entschieden vorziehen, wenn Sie sich aus meinem Geist heraushielten.«

»Deine sittsamen Skrupel sind sehr verständlich und lobenswert«, gab die tiefe Stimme zurück. »Ich sollte erklären, daß meine Untersuchung sich sehr sorgfältig nur auf die Randzonen beschränken wird. Ich werde peinlichst darauf bedacht sein, jedes Eindringen in deine Privatsphäre zu vermeiden.«

David spannte seine Muskeln nutzlos an. Minutenlang geschah nichts. Selbst die schwebende daunengleiche Berührung auf seinem Geist, die vorhanden gewesen war, als die weibliche Stimme darin geforscht hatte, war bei dieser erneuten und kundigeren Untersuchung nicht spürbar, und doch, David war sich bewußt, ohne zu wissen, wie er sich dessen überhaupt bewußt sein konnte, wie die Abteilungen seines Verstandes vorsichtig geöffnet und wieder geschlossen wurden, ohne daß es ihn schmerzte oder beunruhigte.

»Ich danke dir. Du wirst in Kürze freigelassen und auf die Oberfläche gebracht werden«, sagte die tiefe Stimme.

»Was haben Sie in meinem Verstand gefunden?« kam es trotzig von David.

»Genug, um deine Artgenossen zu bedauern. Wir vom Inneren Leben sind früher genauso wie ihr gewesen, deswegen bringen wir etwas Verständnis dafür auf. Dein Volk ist mit dem Universum nicht im Einklang. Du besitzt einen forschenden Verstand, der zu verstehen trachtet, was er dunkel fühlt, ohne über die wahren tiefgründigen Sinne zu verfügen, die dir allein die Wirklichkeit enthüllen könnten. In eurem fruchtlosen Suchen nach den Schatten, die euch umgeben, durchfahrt ihr das All bis an die äußersten Grenzen der Milchstraße. Es ist, wie ich gesagt habe ... hat dir einen passenden Namen gegeben. Ihr seid in der Tat eine Rasse von Space Rangern. Aber wozu dieses rastlose Umherziehen? Der wahre Sieg liegt im Innern. Um das konkrete Universum zu begreifen, müßt ihr erst davon geschieden sein, wie wir es sind. Wir haben uns von den Sternen abgewandt und uns selbst zugekehrt. Wir haben uns in die Höhlen unserer einen Welt zurückgezogen und unsere Körper aufgegeben. Für uns gibt es keinen Tod mehr, außer, wenn ein Geist ruhen möchte. Es gibt keine Geburt, außer, wenn ein Geist, der ruht, ersetzt werden muß.«

David antwortete: »Aber Sie sind nicht selbst genügsam. Einige von Ihnen leiden unter Neugier. Das Wesen, das vorher mit mir gesprochen hat, wollte etwas über die Erde wissen.«

»... ist vor kurzem geboren. Ihre Tage entsprechen keinen hundert Planetenumläufen um die Sonne. Ihre Kontrolle über ihr Gedankenmuster ist unvollkommen. Wir, die wir reifer sind, können uns leicht die verschiedenen Gestaltungsformen, in die eure Erdgeschichte hätte gewebt sein können, vorstellen. Wenige davon wären euch selbstverständlich, und nicht einmal in unendlich vielen Jahren können sie die möglichen Gedanken der Betrachtung eurer eigenen Welt erschöpfen. Dabei wäre jeder Gedanke genauso faszinierend und anregend wie der eine, der nun mal der Wirklichkeit entspricht. Mit der Zeit wird ... lernen, daß es so ist.«

»Aber trotzdem haben Sie sich die Mühe gemacht, meinen Geist zu untersuchen.«

»Um mich dessen zu versichern, was ich vorher nur vermutet habe. Deine Rasse verfügt über die Fähigkeit zu wachsen. Unter günstigen Umständen könnte es in einer Million Umläufe unseres Planeten geschehen – ein Augenblick im Leben der Milchstraße –, daß deine Rasse das Innere Leben erlangt. Das wäre gut. Meine Rasse würde einen Begleiter in der Ewigkeit haben, und wir würden gegenseitig Nutzen daraus ziehen können.«

»Sie sagen, wir könnten es erlangen«, sagte David vorsichtig.

»Deine Art hat bestimmt Neigungen, die mein Volk nie besaß. Aus deinem Geist kann ich unschwer erkennen, daß gegen das Wohl der Allgemeinheit gerichtete Tendenzen vorhanden sind.«

»Falls Sie von solchen Dingen wie Verbrechen und Kriegen sprechen, dann sehen Sie in meinem Geist, daß die überwältigende Mehrheit der Menschen die unsozialen Bestrebungen bekämpft. Und obwohl unser Fortschritt dagegen langsam ist, so ist er doch gewiß.«

»Das sehe ich. Ich sehe mehr. Ich sehe wohl, daß du eifrig um das Allgemeinwohl bemüht bist. Du hast einen starken gesunden Geist, und ich würde nicht traurig sein, wenn seine Essenz in einen der unseren verwandelt würde. Ich würde dir gerne bei deinem Streben behilflich sein.«

»Wie?« wollte David wissen.

»Dein Geist ist wieder voller Mißtrauen. Entspanne dich. Meine Hilfe würde sich nicht darin äußern, daß ich persönlich in die Belange deines Volkes eingreifen würde, das versichere ich dir. Solche Eingriffe wären für euch unverständlich und für mich würdelos. Laß mich statt dessen auf die zwei Unzulänglichkeiten zu sprechen kommen, derer du dir selbst innerlich am meisten bewußt bist.

Erstens, da du aus instabilen Bestandteilen zusammengesetzt bist, bist du ein Geschöpf ohne Dauerhaftigkeit. Du wirst nicht nur nach wenigen Planetenumläufen verfallen und dich auflösen, solltest du aber schon vorher einer von Tausenden verschiedenen Belastungen ausgesetzt werden, dann stirbst du. Zweitens bist du der Überzeugung, daß du am besten im geheimen arbeiten kannst, aber das ist gar nicht lange her, daß ein anderes Geschöpf deine wahre Identität entdeckt hat, obwohl du vorgegeben hattest, jemand anderes zu sein. Entspricht das, was ich gesagt habe, der Wahrheit?«

»Es stimmt«, bestätigte David. »Aber was können Sie dagegen tun?«

»Es ist bereits getan und befindet sich in deiner Hand«, sagte die tiefe Stimme.

Ein weichwebiges Etwas lag in David Starrs Hand. Seine Finger ließen es beinahe fallen, bevor sie sich noch vergegenwärtigt hatten, daß sie es hielten. Es war ein beinahe gewichtsloser Streifen ... woraus nur?

Die tiefe Stimme beantwortete geduldig den unausgesprochenen Gedanken. »Es ist nicht aus Stoff, Faser, Plastik oder Metall. Es handelt sich überhaupt nicht um Materie, so wie dein Geist Materie versteht. Es ist ... Lege es über deine Augen.«

David tat, wie ihm geheißen, und es sprang aus seinen Händen, als ob ihm ein primitives Eigenleben innewohnte, schmiegte sich weich und warm an die Konturen seiner

Stirn, von Augen und Nase an, und trotzdem hinderte es ihn nicht am Atmen oder dabei, die Glieder zu bewegen.

»Was ist geschehen?« fragte er.

Bevor er seinen Satz beendet hatte, stand ein Spiegel vor ihm. Er war geräuschlos und schnell wie ein Gedanke aus Energie entstanden. Er konnte sich nur dunkel darin erkennen. Sein Farmboykostüm samt Hüftstiefeln und breiten Rockaufschlägen erschienen unscharf durch einen schattenhaften Nebel, der ständig wechselte, als wäre es dünner Rauch, der zwar dahintreibt, sich aber nicht auflöst. Von der Oberlippe bis zum Scheitel verlor sich sein Kopf in einem Lichtschimmer, der flammte, ohne zu blenden, und durch den man nichts erkennen konnte. Während er hineinstarrte, verschwand der Spiegel und kehrte in den Energievorrat zurück, dem er kurzfristig entnommen worden war. David fragte zweifelnd: »Sehe ich für andere so aus?«

»Ja, falls sie nur über eine Sinnesausstattung verfügen wie du selbst.«

»Aber ich kann sehr gut sehen. Das bedeutet, daß die Lichtstrahlen in den Schild eindringen. Warum werden sie nicht reflektiert und enthüllen dabei mein Gesicht?«

»Sie werden reflektiert, wie du sagst, aber sie werden beim Durchdringen verändert und enthüllen nur, was du im Spiegel siehst. Um das genau zu erklären, müßte ich Begriffe benutzen, die du doch nicht verstehen würdest.«

»Und das übrige«, Davids Hände strichen bedächtig den ihn umgebenden Rauch entlang. Er fühlte nichts.

Die tiefe Stimme beantwortete seine unausgesprochene Frage.

»*Du* fühlst nichts. Aber was dir wie Rauch vorkommt, ist ein Schutzwall gegen kurzwellige Strahlung und für Gegenstände von mehr als Molekülgröße. Unüberwindbar.«

»Wollen Sie damit sagen, es handelt sich um einen persönlichen Kraftschild?«

»Das ist eine grobschlächtige Beschreibung, ja.«

David sagte: »Heilige Milchstraße, das ist unmöglich! Es ist eindeutig bewiesen, daß keine Maschine, die von einer einzelnen Person getragen werden kann, in der Lage ist, ein Kraftfeld zu produzieren, das klein genug ist, einen Menschen gegen Strahlung und körperliche Verletzung zu schützen.«

»Auf alle Wissenschaft, die deine Brüder zu entwickeln in der Lage sind, trifft das zu. Aber die Maske, die du trägst, ist keine Kraftquelle, sondern eine Energiespeichervorrichtung. Sie für wenige Augenblicke der Einstrahlung einer Sonne wie der unseren auszusetzen, genügt, um sie zu aktivieren. Darüber hinaus handelt es sich dabei um einen Mechanismus, durch den man Energie mittels Willensanstrengung abrufen kann. Da dein eigener Geist unfähig ist, diese Kraft zu beherrschen, haben wir sie der Eigentümlichkeit deines Verstandes angepaßt. Sie wird wie gewünscht in Aktion treten. Nimm die Maske jetzt ab.«

David hob die Hand in Augenhöhe, und die Maske fiel ab, als wolle sie auf seinen Willen reagieren. Danach lag sie als Streifen in seiner Handfläche.

Die tiefe Stimme sprach zum letzten Mal. »Und nun wirst du uns verlassen, Space Ranger.«

So sanft, wie man es sich nur vorstellen konnte, schwanden David die Sinne.

Ein langsames Hinüberwechseln in den Zustand des bewußten Denkens fand nicht statt. Alles geschah übergangslos. Ein Augenblick der Ungewißheit darüber, wo er sich befand, ein ›Wo-bin-ich?‹-Gefühl stellte sich nicht ein.

Er wußte mit Gewißheit, daß er mit eigenen Füßen auf der Marsoberfläche stand, sein Nasenstück trug und daraus Luft bezog. Genau hinter ihm befand sich die Kante des Spalts, an der er die Strickleiter verankert hatte, linker Hand davon, halb zwischen den Felsen verborgen, stand der Scooter, den Bigman zurückgelassen hatte.

Sogar die Art und Weise, in der er auf die Oberfläche

zurückgekehrt war, war ihm in allen Einzelheiten bewußt. Es handelte sich dabei nicht um Erinnerung, sondern um eine Information, die absichtlich in seine Erinnerung eingebracht worden war, wahrscheinlich ein letzter Hinweis, um ihn mit der Energieumwandlungsfähigkeit der Marsbewohner zu beeindrucken. Sie hatten für ihn einen Tunnel zur Oberfläche aufgelöst. Man hatte ihn gegen die Schwerkraft mit annähernd Raketengeschwindigkeit befördert, dabei hatten sie den nackten Fels vor ihm in Energie verwandelt und hinter ihm die Energie wieder zu Stein werden lassen, bis er auf der Oberfläche stand.

In seinem Kopf geisterten sogar Worte, die er nicht bewußt gehört hatte. Sie hatten den Klang der weiblichen Stimme aus der Höhle und besagten einfach dies: »Fürchte dich nicht, Space Ranger!«

Er machte einen Schritt nach vorn und bemerkte, daß die warme erdähnliche Umgebung, die man unten in der Höhle für ihn hergestellt hatte, nicht mehr vorhanden war. Er empfand die Kälte durch den Wechsel um so stärker, und der Wind wehte steifer, als er es je auf dem Mars erlebt hatte. Die Sonne stand tief im Osten. Als er in die Spalte hinabgestiegen war, war das ebenfalls so gewesen. Handelte es sich um den nächsten Sonnenaufgang? Er konnte die verflossene Zeit nicht abschätzen, war sich aber sicher daß sein Abstieg nicht mehr als zwei Morgendämmerungen zurücklag.

Der Himmel sah anders aus. Er schien blauer und die Sonne rötlicher zu sein. David runzelte nachdenklich die Stirn, dann zuckte er die Achseln. Er gewöhnte sich halt an die Marslandschaft, das war alles. Sie wurde ihm vertrauter, und aus Gewohnheit legte er die alten Erdmaßstäbe an.

Nun war es aber Zeit, sofort zur Farmkuppel zurückzukehren. Der Scooter war keineswegs so schnell und bequem wie ein Sandbuggy. Je weniger Zeit man darauf zubrachte, desto besser.

Er nahm eine grobe Peilung an der Felsformation vor und

kam sich wie ein alter Hase vor. Mit dieser Methode fanden die Farmboys ihren Weg durch ein Gelände, das wie eine weglose Wüstenei aussah. Sie peilten einen Felsen an, der wie eine ›Wassermelone auf einem Hut‹ ausschaute, fuhren darauf zu, bis sie auf gleicher Höhe mit einem Brocken waren, der einem ›Raumschiff mit zwei versetzten Triebwerken‹ ähnelte, und steuerten zwischen diesem und einem anderen, der wie eine ›Schachtel mit eingedrücktem Deckel‹ ausschaute, durch. Die Methode war primitiv, aber man bedurfte außer eines guten Gedächtnisses und bildlicher Vorstellungskraft, mit der die Farmboys reichlich gesegnet waren, keiner weiteren Instrumente.

David folgte dem Kurs, den Bigman als den schnellsten empfohlen hatte, ohne daß man Gefahr lief, sich zwischen weniger markanten Gesteinsformationen zu verlieren. Der Scooter bockte umher, hüpfte dabei verrückt über Vorsprünge und wirbelte bei jeder Richtungsänderung Staub auf. David ging mit den Schlägen mit, die Hacken fest in die dafür vorgesehenen Vertiefungen gestemmt, die Steuerseile aus Metall sicher in beiden Händen. Er unternahm nichts, um die Geschwindigkeit zu vermindern. Selbst wenn das Fahrzeug umkippen sollte, bestand kaum Gefahr, daß er unter den hiesigen Schwerkraftverhältnissen zu Schaden kommen könnte.

Es war ein anderes Ereignis, das ihn halten ließ, und zwar der komische Geschmack auf seiner Zunge sowie das Jucken am Unterkiefer und die ganze Wirbelsäule entlang. Im Mund machte sich ein schwaches Knirschen bemerkbar, und er schaute unwillig auf den Staubpilz, der hinter ihm wie Jetabgase hochschoß. Seltsam, der Staub schwebte an ihm vorbei und umgab ihn. Deswegen bekam er auch den Mund so voll.

Nach vorn und um ihn herum. *Heilige Milchstraße!* Der Gedanke, der ihn in diesem Augenblick überkam, legte sich wie eine würgende kalte Hand um Herz und Kehle.

Er drosselte die Geschwindigkeit und hielt auf einen Felsgrat zu. Dort konnte der Scooter keinen Staub aufwirbeln. Er hielt an und wartete ab, daß die Luft aufklarte. Das geschah aber nicht. Seine Zunge ging tastend im Mund hin und her und fuhr vor der nun zunehmenden Rauheit zurück, die von dem feinen Schmirgelstaub ausging. Er betrachtete die rötlichere Sonne und den blaueren Himmel mit anderen Augen. Die Staubanreicherung in der Luft war für die vermehrte Lichtbrechung verantwortlich, entzog der Sonne das Azur und übertrug es auf den Himmel insgesamt. Seine Lippen trockneten aus, und der Juckreiz verstärkte sich.

Es bestand kein Zweifel mehr, mit grimmiger Entschlossenheit warf er sich auf den Scooter und raste mit Höchstgeschwindigkeit über Felsen, Geröll und Staub hinweg.

Staub!

Staub!

Selbst auf der Erde waren die Menschen mit den Stauborkanen auf dem Mars bestens vertraut. Sie glichen nur vom Geräusch her den Sandstürmen in den Wüsten auf der Erde. Dies hier war der tödlichste Orkan, den man im bewohnten Sonnensystem kannte. Niemand, der wie David Starr es jetzt war, ohne Sandbuggy als Schutz, meilenweit vom nächsten Unterschlupf entfernt, hatte je in der gesamten Marsgeschichte einen Stauborkan überlebt. Unfähig, die Strecke zu schaffen, hatten sich Menschen im Todeskampf fünfzehn Meter vor einer Kuppel am Boden gewälzt, während Beobachter im Inneren es ohne Sandbuggy nicht wagten oder vermocht hätten, einen Rettungsversuch zu unternehmen.

David Starr war sich bewußt, daß ihn nur noch wenige Minuten von dem gleichen qualvollen Tod trennten. Schon kroch der Staub unbarmherzig zwischen Nasenstück und Gesichtshaut. In seinen tränenden, blinzelnden Augen konnte er ihn spüren.

12
Der fehlende Beweis

Die Ursachen für die Stauborkane auf dem Mars sind nicht genau bekannt. Genauso wie der Erdmond ist die Marsoberfläche zum großen Teil mit feinkörnigem Staub bedeckt. Im Gegensatz zum Mond verfügt der Mars jedoch über eine Atmosphäre, in der Staub aufgewirbelt werden kann. Normalerweise ist das nicht weiter schlimm. Die Marsatmosphäre ist dünn, und Winde halten nicht lange vor.

Aber manchmal – die Gründe sind im einzelnen nicht bekannt, stehen aber möglicherweise mit Elektronenbeschuß aus den Tiefen des Weltraums in Zusammenhang – lädt sich der Staub elektrisch auf, und die Partikel stoßen einander ab. Selbst ohne Windeinwirkung würden sie unter diesen Gegebenheiten dazu neigen, hochzusteigen. Jeder Schritt verursacht eine Wolke, die sich nicht wieder legt, sie schwebt vielmehr auf und verteilt sich in der Luft.

Wenn Wind dazukommt, kann man mit Fug und Recht von einem ausgewachsenen Stauborkan sprechen. Der Staub verdichtet sich nie so sehr, daß die Sicht beeinträchtigt würde, hierin liegt nicht die Gefahr. Es ist vielmehr die alles durchdringende Eigenschaft des Staubes, die tödliche Folgen zeitigt.

Überall dringen die Staubteilchen ein, so fein sind sie. Die Kleidung kann sie nicht abhalten, der Schutz, den ein Felsvorsprung bieten kann, wird bedeutungslos, selbst das Nasenstück mit seinem breiten, auf dem Gesicht anliegenden Dichtungsring kann nichts gegen einzeln eindringende Partikel ausrichten.

Tobt ein Orkan in voller Stärke, genügen zwei Minuten, um einen unerträglichen Juckreiz hervorzurufen, fünf Minuten sind ausreichend, um einen Menschen praktisch erblinden zu lassen, und fünfzehn Minuten sind tödlich. Sogar ein schwacher Sturm, so leicht, daß Menschen, die ihm ausgesetzt sind, ihn nicht einmal bemerken, ist in der Lage, freiliegende Hautpartien rot werden zu lassen. Das nennt man Staubbrand.

David Starr wußte das alles und noch einiges mehr. Ihm war klar, daß seine Haut sich rötete. Er hustete, ohne daß dadurch sein verkrusteter Schlund frei wurde. Er hatte versucht, den Mund fest zusammenzupressen und die Atemluft durch die kleinste Lücke, die er für menschenmöglich hielt, entweichen zu lassen. Es half nichts. Der Staub kroch weiter an seinen Zähnen vorbei. Der Scooter bockte unregelmäßig, als der Staub seinem Motor das gleiche antat, was er mit David machte.

Seine Augen waren inzwischen beinahe zugeschwollen. Die strömenden Tränen sammelten sich am unteren Dichtungsrand des Nasenstücks, wodurch die Sichtscheibe beschlug, aber durch diese konnte er ohnehin nichts mehr erkennen.

Nichts außer den aufwendig verarbeiteten Fugen einer Kuppel oder eines Sandbuggys hielt dem Staub stand. Nichts.

Nichts?

Während der Juckreiz ihn zum Wahnsinn trieb und trotz des schneidenden Hustens dachte er verzweifelt an die Marsbewohner. Würden sie gewußt haben, daß sich ein Stauborkan zusammenbraute? Könnten sie es gewußt haben? Falls sie es wußten, hätten sie ihn dann an die Oberfläche geschickt? Aus seinem Geist mußten sie gelesen haben, daß er nur einen Scooter als Transportmittel besaß. Sie hätten ihn mit Leichtigkeit kurz vor der Farmkuppel an die Oberfläche transportieren können, oder wenn sie gewollt hätten, auch gleich ins Innere der Kuppel.

Sie *mußten* gewußt haben, daß die Umstände auf einen Stauborkan hinausliefen. Er erinnerte sich, daß das Wesen mit der tiefen Stimme seine Entscheidung, ihn auf die Oberfläche zurückzuschicken, so abrupt getroffen hatte, als ob sie ausreichend Zeit lassen wollten, um David in den Orkan geraten zu lassen.

Doch die letzten Worte der weiblichen Stimme, die Worte, die er nicht mit Bewußtsein vernommen hatte und die deswegen – dessen war er sich sicher – in sein Gedächtnis eingepflanzt worden waren, während er durch den Fels getragen wurde, hatten gelautet: »Fürchte dich nicht, Space Ranger.«

Während er sich das noch durch den Kopf gehen ließ, fand er die Antwort. Eine Hand suchte in der Tasche, die andere griff nach dem Nasenstück. Das Nasenstück kam herunter, und die teilweise geschützte Nase und seine Augen bekamen eine frische, brennende und die Haut reizende Staubdusche.

Ihn überkam das unwiderstehliche Bedürfnis zu niesen, aber er kämpfte dagegen an. Unfreiwilliges Atmen würden seine Lungen mit Unmengen von Staub füllen. Das allein konnte tödlich sein.

Er hielt den Materiestreifen, den er aus der Tasche geholt hatte, hoch, ließ ihn sich um Augen und Nase schmiegen, dann klappte er das Nasenstück über das Ganze.

Jetzt erst nieste er. Das bedeutete, daß er nun große Mengen der nutzlosen Marsgase einatmete, aber es kam kein Staub. Er ließ tiefe Atemzüge folgen, wobei er soviel Sauerstoff wie möglich tankte, dann atmete er pustend aus und befreite sich dabei von dem Staub in der Mundhöhle. Um einer möglichen Sauerstoffeuphorie entgegenzuwirken, wechselte er mit bewußtem Einatmen durch den Mund ab.

Während die Tränen den Dreck aus den Augen wuschen und kein neuer Staub mehr hineingelangte, merkte er nach und nach, daß er wieder sehen konnte. Körper und Glieder waren durch das ihn umgebende Kraftfeld verschleiert, und er wußte, daß der obere Teil seines Kopfes im Schein der Maske unsichtbar war.

Sauerstoffmoleküle gelangten ohne Schwierigkeit durch den Schild, die Staubpartikel, so klein sie auch sein mochten, waren groß genug, um abgestoßen zu werden. David konnte den Vorgang mit bloßen Augen verfolgen. Jedes Staubkörnchen, das gegen den Schild traf, wurde aufgehalten, seine Bewegungsenergie in Licht umgewandelt. Dadurch wurde an der Aufprallstelle ein winziger Funke sichtbar. David stellte fest, daß sein ganzer Körper ein Meer solcher Funken war. Sie umdrängten sich gegenseitig und leuchteten um so heller, da die Marssonne, durch den Staub rot und rauchig-düster, den Boden zu seinen Füßen im Halbdunkel beließ.

David klopfte und bürstete über seine Kleider. Staubwolken erhoben sich, viel zu fein, um sichtbar zu sein, selbst wenn die Wolkigkeit des Schildes den Anblick nicht sowieso verhindert hätte. Der Staub verschwand, konnte aber nicht wieder zurück. Er befreite sich zusehends davon. Mit verzweifeltem Blick sah er sich den Scooter an und versuchte, den Motor zu starten. Er wurde nur mit einem kurzen, knirschenden Geräusch belohnt, dann war es still. Das war zu erwarten gewesen. Im Gegensatz zu den Sandbuggys hatten Scooter keine verkapselten Motoren, ja, konnten gar keine haben.

Er würde laufen müssen. Der Gedanke war nicht sonderlich furchteinflößend. Die Farmkuppel lag nur etwas über zwei Meilen entfernt, und er verfügte über reichlich Sauerstoff. Seine Flaschen waren randvoll. Die Marsbewohner hatten dafür gesorgt, bevor sie ihn zurückgeschickt hatten.

Er glaubte, sie jetzt zu verstehen. Sie *hatten* vom Herannahen des Stauborkans gewußt. Möglicherweise hatten sie sogar nachgeholfen. Bei ihrer langen Erfahrung mit dem Marswetter und ihrer fortgeschrittenen Technologie wäre es seltsam, falls sie nichts über Ursprünge und den Ablauf von Stauborkanen herausgefunden hätten. Als sie ihn in den Orkan geschickt hatten, wußten sie, daß er den vollkommenen Schutz bei sich trug. Vor der Prüfung, die ihm bevorstand, hatten sie ihn weder gewarnt, noch hatten sie auf die Verteidigung dagegen hingewiesen. Das ergab einen Sinn. Falls er der Mann war, der das Geschenk des Kraftschildes verdiente, würde er, ja mußte er, von selbst darauf kommen. Falls nicht, dann war er eben nicht der richtige.

David lächelte selbst dann noch grimmig, als ihn der Kontakt seiner Kleidung mit der geröteten Haut aufstöhnen ließ. Mit langen Schritten setzte er über den Mars. Die Marsbewohner waren bei der Art und Weise, in der sie sein Leben aufs Spiel gesetzt hatten, kühl und emotionslos vorgegangen, aber er konnte beinahe Sympathie für ihr Handeln empfinden. Sein Verstand hatte schnell genug funktioniert, um seinen Kopf zu retten, aber David weigerte sich, darauf stolz zu sein. Er hätte viel früher an die Maske denken müssen.

Der Kraftschild um ihn herum erleichterte sein Fortkommen. Er bemerkte, daß der Schild auch seine Füße umschloß, so daß seine Stiefelsohlen nie mit dem Marsboden in Berührung kamen, sondern etwa einen Zentimeter darüber schwebten. Die Federwirkung zwischen ihm und dem Planeten war elastisch, ganz so, als ob er auf vielen Sprungfedern stünde. Das, zusammen mit der geringen Anziehung, versetzte ihn in die Lage, die Distanz zwischen sich und der Kuppel mit Riesenschritten zu verschlingen.

Er hatte es eilig. Mehr als alles andere auf der Welt brauchte er jetzt ein heißes Bad.

Als David eine der Außenschleusen der Farmkuppel erreicht hatte, war die schlimmste Phase des Orkans vorüber, und die Lichtbilder auf seinem Kraftschild flackerten nur noch gelegentlich auf. Er konnte die Maske gefahrlos abnehmen.

Als sich die Schleuse vor ihm öffnete, setzte es zunächst nur erstaunte Blicke, dann erschollen die Schreie der diensttuenden Farmboys, die ihn nun umdrängten.

»Beim Jupiter, es ist Williams!«

»Wo bist du gewesen, Jung?«

Über dem verwirrten Gebrüll und gleichzeitig niederprasselnden Fragen konnte man den schrillen Ausruf vernehmen: »Wie bist du durch den Stauborkan gekommen?«

Die Frage drang durch, und für kurze Zeit wurde es still.

Jemand sagte: »Seht euch sein Gesicht an, wie eine geschälte Tomate.«

Das war übertrieben, aber es lag genug Wahrheit darin, um alle Anwesenden zu beeindrucken. Hände zerrten an seinem Kragen, der gegen die Marskälte eng um seinen Hals geschlungen war. Sie drängten ihn auf einen Stuhl und benachrichtigten Hennes.

Zehn Minuten später traf Hennes ein, er sprang von seinem Scooter und näherte sich mit einem aus Beunruhigung und Wut gemischten Gesichtsausdruck. Sichtbare Anzeichen irgendeiner Erleichterung über die Rückkehr eines seiner Angestellten war nicht zu bemerken.

Er bellte: »Was soll das Ganze bedeuten, Williams?«

David hob den Blick und sagte kühl: »Ich habe mich verirrt.«

»Oh, so nennst du das. Wie hast du denn das angestellt?«

»Ich wollte einen Spaziergang machen und bin zu weit gegangen.«

»Du dachtest, du mußt mal Luft schnappen, und da bist du zwei Marsnächte lang herumspaziert. Erwartest du, daß ich das glaube?«

»Fehlt ein Sandbuggy?«

Während Hennes noch mehr anlief, sagte einer der Farmboys hastig dazwischen: »Er ist fertig, Mr. Hennes. Er war im Stauborkan.«

»Sei kein Dummkopf. Wenn er draußen im Orkan gewesen wäre, säße er nicht lebendig vor uns«, stellte Hennes fest.

»Ja, weiß ich«, erwiderte der Farmboy, »aber schauen Sie ihn sich an.«

Hennes tat es. Die Rötung an Hals und Schultern war eine Tatsache, die man nicht so leicht vom Tisch wischen konnte. »Warst du im Orkan?« fragte er.

»Ich fürchte, ja«, sagte David.

»Wie hast du das überstanden?«

»Da war ein Mann«, sagte David, »ein Mann aus Rauch und Licht. Ihm machte der Staub nichts aus. Er nannte sich der Space Ranger.«

Die Männer drängten sich näher. Wütend wandte sich Hennes an sie, sein plumpes Gesicht arbeitete.

»Haut von hier ab!« schrie er. »Geht an die Arbeit. Und du, Jonnitel, schaff einen Sandbuggy her.«

Es dauerte beinahe eine Stunde, bis David gestattet wurde, das heiße Bad, nach dem er sich sehnte, zu nehmen. Hennes erlaubte niemandem, sich David zu nähern. In seinem Büro auf und ab laufend, hielt er mitten im Schritt inne, wirbelte in plötzlich aufflammender Wut herum und fragte David ein ums andere Mal: »Was ist mit diesem Space Ranger? Wo hast du ihn getroffen? Was hat er gesagt? Was hat er gemacht? Wie ist das mit dem Rauch und Licht, von dem du da faselst?«

Zu allem schüttelte David nur leicht den Kopf und antwortete: »Ich bin spazierengegangen. Hab' mich verlaufen. Ein Mann, der sich Space Ranger nannte, hat mich zurückgebracht.«

Hennes gab schließlich auf. Der Farmarzt trat in Aktion. David bekam sein heißes Bad. Sein Körper wurde mit Salben behandelt, und er bekam die passenden Hormonspritzen. Die Injektion von Soporit konnte er auch nicht verhindern. Er schlief fat schon, bevor die Nadel herausgezogen war.

Er wachte auf und fand sich zwischen sauberen, kühlen Laken im Krankenrevier wieder. Die Hautrötung war merklich zurückgegangen. Sie würden ihn wieder und wieder ins

Verhör nehmen, aber er brauchte sie nur noch eine kurze Zeitlang hinzuhalten.

Er war sich sicher, daß er jetzt die Antwort auf das Rätsel der Nahrungsvergiftungen hatte, beinahe die ganze Antwort. Ihm fehlte nur noch das eine oder andere Verbindungsglied und juristische Beweise natürlich.

Er spannte die Muskeln etwas an, als er vom Kopfende seines Bettes her leichte Schritte vernahm. Würde es so schnell weitergehen? Aber es war nur Benson, der sich in sein Blickfeld schob. Bensons wulstige Lippen waren zusammengepreßt, sein dünnes Haar in Unordnung, sein ganzes Gesicht ein sorgenvoller Anblick. Er trug etwas, das wie ein altmodisches ungeschlachtes Gewehr aussah.

»Sind Sie wach, Williams?« fragte er.

»Das sehen Sie doch«, reagierte David trocken.

Benson fuhr sich mit dem Handrücken über die schweißnasse Stirn. »Die wissen nicht, daß ich hier bin. Sollte ich auch wohl nicht, schätze ich.«

»Warum nicht?«

»Hennes ist davon überzeugt, daß Sie etwas mit den Giftanschlägen zu tun haben. Er hat Makian und mir damit in den Ohren gelegen. Er behauptet, daß Sie da draußen gewesen sind und nichts anderes zu Ihrer Verteidigung anführen könnten außer lächerlichen Märchengeschichten. Ganz gleich, was ich für Sie tue, ich fürchte, Sie stecken in furchtbaren Schwierigkeiten.«

»Was Sie für mich tun? Sie glauben also nicht an Hennes' Komplizentheorie?«

Benson beugte sich vor, und David konnte seinen Atem warm auf dem Gesicht spüren. Der Wissenschaftler flüsterte: »Nein, ich glaube es nicht. Schon deswegen nicht, weil ich davon überzeugt bin, daß Ihre Geschichte stimmt. Das ist der Grund für mein Kommen. Ich muß Sie über dieses Geschöpf, von dem Sie erzählt haben, befragen. Sie behaupten, es sei von Licht und Rauch umgeben gewesen.

Sind Sie sicher, daß es nicht doch eine Luftspiegelung gewesen ist, Williams?«

»Ich hab ihn gesehen«, beharrte David.

»Wie können Sie behaupten, es habe sich um einen Menschen gehandelt? Hat er englisch gesprochen?«

»Er hat nicht gesprochen, hatte aber die Gestalt eines Menschen.« Davids Augen hefteten sich auf Benson. »Glauben Sie, es war ein Marsbewohner?«

»Aha. « Bensons Lippen verzogen sich zu einem krampfhaften Lächeln. »Sie erinnern sich an meine Theorie. Ja, ich glaube, es war ein Marsbewohner. Mann, überlegen Sie. Denken Sie nach! Jetzt kommen sie ans Licht, und jedes bißchen Information könnte entscheidend sein. Uns bleibt so wenig Zeit.«

»Warum so wenig Zeit?« David richtete sich auf einem Ellenbogen auf.

»Natürlich, Sie wissen nicht, was während Ihrer Abwesenheit geschehen ist, aber ehrlich gesagt, Williams, wir sind allesamt der Verzweiflung nahe. « Er hielt das gewehrartige Ding hoch und sagte bitter: »Wissen Sie, was das hier ist?«

»Ich habe Sie früher schon damit gesehen.«

»Das ist meine Probenharpune, eigene Erfindung. Wenn ich in die Silos der Stadt gehe, habe ich das Ding dabei. Sie feuert eine kleine hohle Kapsel in ein Silo mit, sagen wir mal, Weizen ab. Sie ist mit einem Draht an der Harpune befestigt. Eine gewisse Zeit nach dem Abschuß erscheint am Kopfende der Kapsel eine Öffnung, dadurch wird das Innere mit Weizenkörnern gefüllt, danach schließt sich die Kapsel wieder. Ich hole sie ein und entnehme die Zufallsprobe. Wenn man die Kapselöffnungszeit variiert, kann man Proben aus verschiedenen Tiefen entnehmen.«

David sagte: »Das ist schlau ausgedacht, aber warum haben Sie die Harpune jetzt bei sich?«

»Weil ich mich frage, ob ich sie nach dem Gespräch mit Ihnen nicht doch besser in die Abfallanlage werfen soll. Es war meine einzige Waffe im Kampf gegen die Giftmischer. Bislang hat sie mir nichts genützt und wird es zukünftig gewiß auch nicht tun.«

»Was ist geschehen?« David faßte die Schulter des anderen und drückte fest zu. »Sagen Sie es mir.«

Benson stöhnte vor Schmerz. »Jedes Farmsyndikatsmitglied hat von denjenigen, die hinter den Giftanschlägen stecken, einen neuen Brief erhalten. Es besteht kein Zweifel, daß Brief und Giftanschläge von den gleichen Männern oder eher Wesen stammen. In den Briefen wird das jetzt zugegeben.«

»Was steht drin?«

Benson zuckte die Achseln. »Was bedeuten schon Einzelheiten? Es läuft darauf hinaus, daß wir bedingungslos kapitulieren sollen, oder die Anschläge werden vertausendfacht. Ich bin der Überzeugung, daß sie dazu imstande sind und es auch tun werden. Falls das geschieht, werden Erde und Mars, was sage ich, das gesamte System wird in Panik verfallen.«

Er stand auf. »Ich habe Makian und Hennes gesagt, daß ich Ihnen Glauben schenke und Ihr Space Ranger der Schlüssel zu der ganzen Anglegenheit ist, aber sie nehmen es mir nicht ab. Ich vermute, Hennes hat mich sogar im Verdacht, daß ich mit Ihnen unter einer Decke stecke.«

Er schien seinen eignen Problemen nachzuhängen.

»Wie lange haben wir noch, Benson?« fragte David.

»Zwei Tage. Nein, das war gestern. Jetzt sind es nur noch 36 Stunden.«

36 Stunden!

David würde schnell arbeiten müssen. Sehr schnell sogar. Aber vielleicht war es noch nicht zu spät. Ohne es zu ahnen, hatte Benson ihm das fehlende Stück in der Beweiskette in die Hand gegeben.

13
Der Rat greift ein

Zehn Minuten später ging Benson. Nichts von dem, was David ihm gesagt hatte, befriedigte ihn in Hinblick auf seine Theorie, nach der die Marsbewohner und die Giftanschläge zusammenhingen. Seine Unruhe wuchs zusehends.

»Ich möchte nicht, daß Hennes mich hier erwischt. Wir haben uns Beleidigungen an den Kopf geworfen«, setzte er erklärend hinzu.

»Wie steht es mit Makian? Der ist doch auf Ihrer Seite, oder?«

»Ich weiß es nicht. Er steht morgen vor dem Ruin. Ich bezweifle, daß er noch genügend Rückgrat besitzt, um dem Burschen entgegenzutreten. Also ich gehe jetzt besser. Falls Ihnen etwas einfällt, egal, was es auch ist, lassen Sie es mich wissen, werden Sie das tun?«

Er streckte die Hand aus. David ergriff sie flüchtig, dann war Benson verschwunden.

David saß aufrecht im Bett. Seit dem Aufwachen hatte seine eigene Unruhe beständig zugenommen. Seine Kleider lagen auf einem Stuhl am anderen Ende des Zimmers. Seine Stiefel standen aufrecht neben dem Bett. In Bensons Gegenwart hatte er es nicht gewagt, sie zu untersuchen.

Vielleicht, dachte er pessimistisch bei sich, hatte man sie in Ruhe gelassen. Die Hüftstiefel eines Farmboys waren tabu. Etwas aus den Hüftstiefeln zu entwenden, kam als unverzeihliches Verbrechen sofort nach dem Diebstahl eines Sandbuggys in der Wüste. Selbst im Tod wurden die Hüftstiefel zusammen mit dem Farmboy begraben, ohne daß man ihren Inhalt antastete.

David durchwühlte nacheinander die Innentaschen beider Stiefel, und seine Finger stießen dabei auf rein gar nichts. In der einen war ein Taschentuch gewesen, in der anderen einige Münzen. Zweifellos waren sie seine Kleider durchgegangen, damit hatte er gerechnet, aber offensichtlich hatten sie vor seinen Stiefeln nicht haltgemacht. Er hielt den Atem an, während er mit dem Arm auf den Grund des Stiefels tauchte. Das weiche Leder reichte ihm bis an dic Achselhöhle und wellte sich zusammen, als seine Finger in die Spitzen griffen. Eine Woge reiner Freude überrollte ihn, als er das weiche stoffartige Material der Marsmaske fühlte.

Vor dem Bad hatte er sie dort aus Prinzip versteckt, allerdings nicht mit dem Schlafmittel gerechnet. Es war reiner Zufall, daß sie die Stiefelspitzen vergessen hatten. In Zukunft würde er vorsichtiger sein müssen.

Er stopfte die Maske in eine Schafttasche und laschte sie zu. Er griff nach den Stiefeln; während er geschlafen hatte, waren sie von jemandem geputzt worden. Das war nett von dem Betreffenden gewesen und verdeutlichte den beinahe instinktiven Respekt, den Farmboys vor Stiefeln besaßen, vor jedermanns Stiefeln.

Seine Kleider hatten auch den Frischluftspender durchlaufen. Den glänzenden Plastikfasern, aus denen sie bestanden, haftete ein ladenneuer Geruch an. Die Taschen waren natürlich allesamt leer, ihr Inhalt lag in einem gedankenlos aufgetürmten Haufen unter dem Stuhl zusammen. Er ging die Sachen durch; es schien nichts zu fehlen. Sogar das Taschentuch und die Münzen aus seinen Schafttaschen waren da.

Er zog Unterwäsche und Socken, den einteiligen Overall und zuletzt die Stiefel an. Er schnallte gerade den Gürtel um, als ein Farmboy mit braunem Bart eintrat.

David schaute hoch und fragte kühl: »Was willst du, Zukis?«

Der Farmboy erwiderte: »Wo willst du denn hin, Erdie?« Seine kleinen Augen sprühten wild. David kam die Miene genauso vor wie damals, als er den Mann zum ersten Mal zu Gesicht bekommen hatte. David erinnerte sich an Hennes' Sandbuggy vor dem Arbeitsamt. Er selbst hatte gerade im Begriff gestanden, Platz zu nehmen, als sich das bärtige, wütende Gesicht auf ihn gerichtet hatte und die Waffe abgefeuert wurde, ehe er sich verteidigen konnte.

»Nirgends«, sagte David mit Bestimmtheit, »wofür ich deine Erlaubnis brauchen würde.«

»So ist das, wie? Du irrst dich, Mister, du bleibst hübsch wo du bist: Befehl von Hennes.« Zukis versperrte den Eingang. An seinem tiefsitzenden Gürtel hingen deutlich sichtbar zwei Blaster.

Zukis wartete. Sein schmieriger Bart teilte sich, als er nun gelbzähnig grinste. »Schätze, du hast es dir vielleicht anders überlegt, Erdie?«

»Vielleicht«, sagte David gleichmütig. Dann fügte er hinzu: »Jemand hat mich eben besucht. Wie war das möglich? Hast du nicht aufgepaßt?«

»Maul halten«, fletschte Zukis.

»Oder bist du bestochen worden, mal einen Augenblick woanders hinzusehen? Das könnte Hennes gar nicht gefallen.«

Zukis spuckte aus, wobei er Davids Stiefel um einen Zentimeter verfehlte.

»Würdest du dich von deinen Blastern trennen und das noch einmal versuchen?«

»Sieh dich vor, Erdie, falls du was zu essen haben willst.«

Er machte die Tür hinter sich zu und drehte den Schlüssel im Schloß.

Einige Minuten vergingen, dann hörte man ein metallisches Klappern an der Tür, als diese wieder geöffnet wurde. Zukis trug ein Tablett. Das Gelb von Saft und das Grün von etwas Blättrigem war zu erkennen.

»Gemüsesalat«, bemerkte Zukis. »Für dich gut genug.«

Über den einen Rand des Tabletts lugte ein schwarzer

Daumen hervor. Das andere Ende schwebte auf seinem Unterarm, so daß die Hand des Farmboys verborgen blieb.

David richtete sich auf, sprang zur Seite, zog die Beine an und hechtete auf die Matratze. Überrascht drehte sich Zukis um, aber David schraubte sich in die Luft, wobei der Federkern der Matratze ihm als zusätzliche Unterstützung diente.

Er stieß schwer mit dem Farmboy zusammen, ließ die Faust flach auf dem Tablett niedergehen, riß es dem anderen aus den Händen und schleuderte es zu Boden, während seine andere Hand sich im Bart des Farmboys festkrallte.

Heiser schreiend fiel Zukis um. Davids stiefelbewehrter Fuß landete auf der vorher unter dem Tablett verborgenen Hand des Farmboys. Als sich die gequetschten Finger öffneten und den entsicherten Blaster losließen, wurde der Aufschrei zu einem qualvollen Gekreische.

Davids Hand zuckte aus dem Bart und erwischte die unverletzte Hand des anderen, die nach dem zweiten Blaster tastete. Er riß sie rauh hoch, quer über die Brust des Liegenden hinweg, unter seinem Kopf hindurch und auf der anderen Seite wieder heraus.

»Ruhig«, sagte er eindringlich, »oder ich reiß' dir den Arm von der Schulter.«

Zukis gab nach, seine Augen rollten, und der Atem ging ihm in Stößen. »Was willst du?« schnaufte er.

»Warum hast du den Blaster unter dem Tablett versteckt?«

»Ich mußte mich doch schützen, oder etwa nicht? Falls du mich überfällst, wenn ich die Hände voll habe.«

»Warum hast du dann nicht jemand anderes mit dem Tablett hergeschickt und ihn selbst gedeckt?«

»Daran habe ich nicht gedacht«, wimmerte Zukis.

David zog etwas an, und Zukis' Mund verzog sich vor Schmerz. »Ich schlage vor, du sagst jetzt die Wahrheit, Freundchen.«

»Ich ... ich wollte dich töten.«

»Und was hättest du Makian erzählt?«

»Daß du versucht hast, zu fliehen.«

»War das deine Idee?«

»Nein. Das ist auf Hennes' Mist gewachsen. Hol dir Hennes. Ich habe nur Befehle ausgeführt.«

David ließ ihn los. Er hob den einen Blaster hoch und stubste den zweiten aus dem Holster. »Steh auf!«

Zukis wälzte sich auf die Seite. Er stöhnte, als er versuchte, sein Körpergewicht mit der gequetschten Rechten und der beinahe ausgekugelten linken Schulter hochzuhieven.

»Was hast du vor? Ich würde keinen unbewaffneten Mann erschießen, du etwa?«

»So, würdest du nicht?« erkundigte sich David mit einem sarkastischen Unterton.

Eine neue Stimme kam hinzu. »Laß die Waffe fallen, Williams«, sagte die Stimme scharf.

David drehte schnell den Kopf. Hennes stand mit gezücktem Blaster auf der Schwelle. Dahinter stand Makian mit grauem und zerfurchtem Gesicht. Hennes' Augen verrieten seine Absicht überdeutlich. Der Blaster war schußbereit.

David ließ die Waffe fallen, die er Zukis soeben entrissen hatte.

»Mit den Füßen herüberstoßen«, befahl Hennes.

David gehorchte.

»Was ist hier passiert?«

David sagte: »Sie wissen, was passiert ist. Zukis hat auf Ihren Befehl einen kleinen Mord versucht, und ich habe nicht stillgehalten und es über mich ergehen lassen.«

»Nein, Sir, Mr. Hennes. Nein, Sir. Stimmt nicht. Ich habe sein Mittagessen gebracht, da hat er mich überfallen. Ich hatte die Hände mit dem Tablett voll und keine Möglichkeit, mich zu wehren«, blubberte Zukis.

»Halt's Maul!« sagte Hennes mit Verachtung in der Stimme. »Darüber unterhalten wir uns später. Raus mit dir. Du bist in Null Komma nichts mit zwei Fesseln wieder da.«

Zukis machte sich davon.

Makian sagte sanft: »Warum Fesseln, Hennes?«

»Weil dieser Kerl ein gefährlicher Scharlatan ist, Mr. Makian. Sie erinnern sich, daß ich ihn mitgebracht habe, weil er etwas über die Giftanschläge zu wissen schien?«

»Ja, ja natürlich.«

»Er hat uns eine Geschichte über eine jüngere Schwester, die an Marsmarmelade gestorben ist, aufgetischt, wissen Sie das noch? Ich habe das nachgeprüft. Nicht allzu viele Todesfälle von der Art, wie der Mann es von seiner Schwester behauptet hat, sind den Behörden bekannt geworden. Weniger als 250, um genau zu sein. Es war einfach, sie alle zu überprüfen. Ich habe das veranlaßt. Es befand sich kein Fall mit einem zwölfjährigen Mädchen darunter, das an einem Bissen Marmelade gestorben ist.«

Makian war überrascht. »Wie lange wissen Sie das schon, Hennes?«

»Beinahe so lange, wie er hier ist. Aber ich habe der Sache ihren Lauf gelassen. Ich wollte sehen, worauf er aus war. Griswold habe ich zur Beobachtung angesetzt ...«

»Um mich zu töten, meinen Sie wohl«, fuhr David dazwischen.

»Daß du es so darstellen würdest, ist klar. Du hast ihn umgebracht, weil er dumm genug war, deinen Argwohn zu erregen. Dann hat er es fertiggebracht, sich bei Benson, der tauben Nuß, einzuschmeicheln. Dort konnte er dann aus nächster Nähe den Fortschritt unserer Untersuchungen der Giftanschläge überwachen. Dann, schließlich und endlich, ist er vor drei Tagen aus der Kuppel geschlüpft. Die Gründe dafür sagt er uns nicht. Wollen Sie wissen, warum er das getan hat? Er hat den Männern, die ihn angeworben haben, Bericht erstattet – denjenigen, die hinter alldem stecken. Es ist mehr als ein Zufall, daß das Ultimatum eintraf, während er fort war.«

»Und wo waren Sie?« erkundigte sich David schnell.

»Haben Sie etwa aufgehört, mir nachzuspionieren, als Griswold gestorben war? Falls ich aus den Gründen, die Sie vermuteten, unterwegs war, warum haben Sie dann keine Leute hinter mir hergeschickt?«

Makian machte einen verwirrten Eindruck. »Also ...«

Aber David unterbrach ihn. »Lassen Sie mich zu Ende reden, Mr. Makian. Ich vermute, daß Hennes in der Nacht, als ich ging, vielleicht gar nicht in der Kuppel war und an dem Tag und in der Nacht darauf ebenfalls nicht. Wo waren Sie, Hennes?«

Mit verzerrtem Mund trat Hennes einen Schritt vor. David ließ die hohle Hand in Gesichtshöhe. Er glaubte nicht, daß Hennes schießen würde, war aber darauf gefaßt, nötigenfalls die Schildmaske zu benutzen.

Makian legte seine unruhig Hand auf Hennes' Schulter. »Ich schlage vor, wir überlassen ihn dem Rat.«

»Was soll das mit dem Rat heißen?« warf David rasch ein.

»Geht dich einen feuchten Dreck an«, zischte Hennes.

Zukis kehrte mit den Fesseln zurück. Es handelte sich um bewegliche Kunststoffstäbe, die auf jede erdenkliche Weise gebogen und dann starr gemacht werden konnten. Sie waren ungleich stärker als Stricke oder Handschellen.

»Streck die Hände aus«, befahl Hennes.

Ohne etwas zu erwidern, tat David, wie ihm geheißen. Die Fesseln wurden zweimal um seine Gelenke gewickelt. Mit hämischem Blick zog Zukis brutal fest, dann entfernte er den Stift. Das hatte eine automatische Neuanordnung der Moleküle zur Folge. Der Kunststoff verhärtete sich, die bei der Neuanordnung entwickelte Energie ließ das Material handwarm werden. Um die Enkel wurde eine weitere Fessel gelegt.

David nahm still auf dem Bett Platz. In der einen Hand hielt er immer noch den Maskenschild. Makians Bemerkung über den Rat war David Beweis genug, daß er nicht lange gefesselt bleiben würde. In der Zwischenzeit war er es zufrieden, daß die Dinge ihren Lauf nahmen.

Er sagte noch einmal: »Was soll das mit dem Rat?«

Aber er hätte nicht zu fragen brauchen. Von draußen ertönte ein Schrei, und eine Gestalt warf sich wie von einem Katapult geschleudert durch die Tür und rief dabei: »Wo ist Williams?«

Es handelte sich um Bigman höchstpersönlich. In voller Lebensgröße, was nicht sehr viel war. Er hatte nur für Davids sitzende Gestalt Augen. Er sprach schnell und atemlos: »Ich habe nichts davon gehört, daß du in einen Stauborkan geraten bist, bis ich in der Kuppel gelandet bin. Zischende Ceres, du mußt gebraten worden sein. Wie bist du durchgekommen? Ich ... ich ...«

Er bemerkte zum ersten Mal Davids Lage und drehte sich wütend um. »Beim All, wer hat den Boy so gefesselt?«

Hennes war inzwischen wieder zu Atem gekommen. Eine Hand schoß vor und bekam Bigmans Overallkragen zu fassen. Mit einem brutalen Griff hob er den schmächtigen Körper vom Boden. »Ich habe dir gesagt, was passiert, wenn ich dich hier noch einmal erwische, du Wurm.«

»Laß los, du großmäuliger Sack! Ich habe das Recht, hier zu sein. Du hast genau anderthalb Sekunden, um mich loszulassen, oder du verantwortest dich vor dem Wissenschaftsrat«, schrie Bigman.

»Um Mars' willen, Hennes, lassen Sie ihn los«, sagte Makian.

Hennes ließ Bigman fallen. »Verschwinde hier!«

»Das könnte dir so passen. Ich bin ordentlicher Angestellter des Rats. Ich bin mit Dr. Silvers gekommen. Frag ihn mal.«

Er nickte mit dem Kopf in Richtung eines großen dünnen Mannes, der unmittelbar vor der Tür stand. Sein Name paßte zu ihm. Das Haar war silberweiß, und er trug einen Schnurrbart gleicher Farbe.

»Wenn Sie entschuldigen«, sagte Dr. Silvers, »ich würde die Angelegenheit jetzt gern selbst in die Hand nehmen. Die Regierung in International City auf der Erde hat den Ausnahmezustand für das Sonnensystem erklärt. Alle Farmen stehen ab sofort unter der Kontrolle des Wissenschaftsrats. Mir wurde aufgetragen, die Makianländereien zu übernehmen.«

»Ich habe so etwas erwartet«, murmelte Makian unglücklich.

»Nehmen Sie dem Mann die Fesseln ab«, befahl Dr. Silvers.

»Er ist gefährlich«, gab Hennes zu bedenken.

»Ich übernehme die volle Verantwortung.«

Bigman sprang auf und klappte die Hacken zusammen. »Los, Hennes.«

Hennes erblaßte vor Wut, sagte aber kein Wort.

Als Dr. Silvers Makian und Hennes in Makians Privaträumen wieder traf, waren drei Stunden vergangen.

Er sagte: »Ich werde alle Produktionszahlen dieser Farm der letzten sechs Monate durchgehen. Ich will Ihren Dr. Benson sehen. Es geht dabei um mögliche Fortschritte, die er vielleicht bei der Aufklärung der Giftanschläge gemacht hat. Wir haben sechs Wochen Zeit, um diese Nuß zu knacken. Nicht mehr.«

»Sechs Wochen«, explodierte Hennes. »Sie meinen einen Tag.«

»Nein, Sir. Falls wir die Antwort nicht haben, wenn das Ultimatum verstrichen ist, werden alle Lebensmittelexporte vom Mars gestoppt. Wir werden nicht klein beigeben, solange eine Chance vorhanden ist.«

»Beim All«, sagte Hennes. »Die Erde wird hungern.«

»Sechs Wochen lang nicht«, erwiderte Dr. Silvers. »So lange werden die rationierten Vorräte reichen.«

»Es wird zu Panik und Aufruhr kommen«, gab Hennes zu bedenken.

»Stimmt auffallend«, pflichtete Dr. Silvers grimmig bei. »Es wird äußerst unangenehm werden.«

»Sie werden die Farmsyndikate ruinieren«, stöhnte Makian.

»Sie werden so oder so ruiniert sein. Jetzt möchte ich mit Dr. Benson sprechen. Morgen mittag, Punkt zwölf, werden wir eine Viererkonferenz abhalten. Falls sich nicht irgendwo auf dem Mars oder in den Zentrallaboratorien auf dem Mond etwas ergibt, tritt das Embargo morgen um Mitternacht in Kraft. Dann werden Vorkehrungen für eine Marsgesamtkonferenz unter Beteiligung der verschiedenen Syndikatsmitglieder getroffen.«

»Warum?« wollte Hennes wissen.

»Weil«, setzte Dr. Silvers ihm auseinander, »Grund zu der Annahme besteht, daß, wer auch immer hinter diesem wahnwitzigen Verbrechen steckt, in engem Kontakt mit den Farmen stehen muß. Der oder die Verbrecher wissen viel zu gut über die Farmen Bescheid, um eine andere Schlußfolgerung zu ziehen.«

»Was ist mit Williams?«

»Ich habe ihn verhört. Er bleibt bei seiner Geschichte. Die ist, das räume ich ein, seltsam genug. Ich habe ihn in die Stadt schaffen lassen, dort wird er weiter vernommen, wenn nötig unter Hypnose.«

Das Türsignal leuchtete auf.

»Öffnen Sie, Mr. Makian«, sagte Dr. Silvers.

Makian gehorchte, als wäre er nicht mehr der Besitzer einer der größten Marsfarmen und auf Grund dieser Tatsache einer der reichsten und mächtigsten Männer im Sonnensystem.

Bigman trat ein. Er schaute herausfordernd in Hennes' Richtung. »Williams ist unter Bewachung auf dem Weg in die Stadt.«

»Gut«, erwiderte Dr. Silvers, die dünnen Lippen zusammengepreßt.

Eine Meile von der Farm entfernt hielt der Sandbuggy an. David Starr stieg mit angelegtem Nasenstück aus. Er winkte dem Fahrer zu; der lehnte sich heraus und sagte: »Denken Sie daran! Schleuse sieben! Wir werden einen unserer Leute dort haben, um Sie einzulassen.«

David lächelte und nickte nur. Er schaute dem Sandbuggy nach, der nun seine Reise zur Stadt fortsetzte, dann kehrte er zu Fuß zur Farmkuppel zurück.

Natürlich spielten die Ratsmänner mit. Sie hatten ihn bei seinem Wunsch, vor aller Augen zu gehen und heimlich zurückzukehren, unterstützt, aber keiner von ihnen, nicht einmal Dr. Silvers, kannte seine Gründe.

Er hatte die Stücke des Puzzles beisammen, aber er brauchte immer noch den Beweis.

14
Ich bin der Space Ranger

Hennes betrat das Schlafzimmer in einer Stimmung, in der sich Müdigkeit und Zorn die Waage hielten. Die Müdigkeit hatte einen einfachen Grund. Es ging auf drei Uhr morgens zu. In den letzten zwei Nächten hatte er nicht allzuviel Schlaf gehabt oder viel Entspannung während der letzten sechs Monate erfahren, so wie die Dinge lagen. Dennoch hatte er es für nötig gehalten, bei der Unterredung zwischen diesem Dr. Silvers vom Rat und Benson anwesend zu sein.

Dr. Silvers hatte das gar nicht gefallen, und darauf war ein Teil des Zorns, der Hennes durchfloß und zu ertränken drohte, zurückzuführen. Dr. Silvers! Kommt dieser alte Schwachkopf aus der Stadt angeschneit und denkt, er könnte in einer Nacht den Schwierigkeiten auf die Spur kommen, obwohl sich die gesammelte Schulweisheit von Mars und Erde seit sechs Monaten vergeblich daran die Zähne ausbeißt. Auf Makian hatte Hennes ebenfalls Wut, und zwar, weil dieser schlaff wie ein gut gefetteter Stiefel und zum Laufburschen dieses weißhaarigen Trottels geworden war. Makian! Seit zwei Jahrzehnten war er schon zu Lebzeiten eine Legende als der härteste Eigner der härtesten Farm auf dem Mars.

Dann war da noch Benson, der mußte sich überall in seine, Hennes', Pläne einmischen, zum Beispiel, als er Williams, diesen Grünschnabel, der in alles seine Nase stecken mußte, auf die schnellste und einfachste Art und Weise aus dem Weg räumen wollte. Und dann erst Griswold und Zukis, die waren beide zu dumm gewesen, die nötigen Schritte zu unternehmen, um Makian mit seiner Schlappheit und Benson und dessen Gefühlsduselei auf seine, Hennes', Seite zu ziehen.

Er brütete kurz über die Frage nach, ob es angebracht sei, eine Schlaftablette zu nehmen oder nicht. Heute nacht wollte er wegen der notwendigen geistigen Beweglichkeit, die der morgige Tag ihm abverlangen würde, ausruhen, andererseits könnte sein Zorn ihn um den Schlaf bringen.

Er schüttelte den Kopf. Nein. Für den Fall, daß sich die Lage im Verlauf der Nacht plötzlich änderte, durfte er keine drogenbedingte Hilflosigkeit riskieren.

Als Kompromißlösung warf er den Magnetschalter, der die Tür verriegelte, um. Er probierte die Tür sogar noch kurz, um sicherzugehen, daß die elektromagnetischen Schaltkreise arbeiteten. In der völlig konventionslosen Männerwelt der Farmkuppel wurden Privaträume so selten abgesperrt, daß es nicht ungewöhnlich war, wenn Isolationen durchscheuerten und Drähte freigelegt wurden, ohne daß es irgend jemandem über Jahre hinweg aufgefallen wäre. Seines Wissens war seine eigene Tür nicht mehr abgeschlossen gewesen, seit er die Stellung angetreten hatte.

Der Stromkreis funktionierte. Die Tür erzitterte nicht einmal, als er an ihr zerrte. So weit, so gut.

Er stieß einen tiefen Seufzer aus, setzte sich auf das Bett und zog die Stiefel aus. Müde rieb er sich die Füße, seufzte erneut und zuckte zusammen; es durchfuhr ihn so plötzlich, daß er vom Bett hochschoß, ohne daß ihm seine Bewegung bewußt wurde.

Sein starrer Blick drückte vollständige Verwirrung aus. Das konnte nicht wahr sein. *Das konnte einfach nicht wahr sein!* Das würde bedeuten, daß Williams' dumme Geschichte doch der Wahrheit entsprechen würde. Und es hieße, Bensons lächerliches Geplapper über Marsbewohner träfe am Ende zu ...

Nein, er weigerte sich, das zu glauben. Es wäre viel einfacher, sich einzureden, sein schlafbedürftiger Verstand erlaubte sich einen privaten Scherz mit ihm.

Aber die Dunkelheit des Raumes war von der kalten blauweißen, aber nicht blendenden Helligkeit erleuchtet. Im Lichtschein konnte er das Bett, die Wände, den Stuhl, die Kommode und sogar seine Stiefel dort stehen sehen, wo er sie abgestellt hatte. Und er konnte das menschenähnliche Geschöpf erkennen. Wo der Kopf sein sollte ein Lichtschein, und ansonsten waren scharfe Körperumrisse nicht auszumachen, statt dessen war da eine Art von Rauch.

Er spürte die Wand an seinem Rücken. Sein Zurückweichen war ihm nicht bewußt geworden.

Das Ding sprach, und die Worte klangen hohl und dröhnend, als ob ein Echo mitschwänge.

Es sagte: »Ich bin der Space Ranger!«

Hennes richtete sich auf. Die erste Verwirrung vorüber, zwang er sich zur Ruhe. Mit kontrollierter Stimme sagte er: »Was willst du?«

Der Space Ranger bewegte sich nicht und sagte kein Wort. Hennes heftete seine Augen wie gebannt auf die Erscheinung.

Der Vormann wartete, sein Brustkorb pumpte, und das Ding aus Licht und Rauch rührte sich immer noch nicht. Es könnte sich um einen Roboter handeln, der so programmiert war, daß er nur diese eine Aussage machte. Einen Augenblick lang fragte sich Hennes, ob dies der Fall sein könnte – und verwarf den Gedanken genauso rasch, wie er ihm in den Sinn gekommen war. Er stand neben der Kommode, und seine ganze Verwunderung ließ ihn diesen Umstand nicht vergessen. Langsam bewegten sich seine Hände.

Im Lichtschein des Dinges war seine Bewegung keineswegs unsichtbar, aber er achtete nicht darauf. Hennes' Hand lag leicht auf der Oberfläche des Sekretärs. Er täuschte eine harmlose Geste vor. Der Roboter, Marsbewohner, Mensch, was es auch sein mochte, dachte Hennes bei sich, würde das Geheimnis des Sekretärs nicht kennen. Es hatte sich im Zimmer versteckt, gewartet, aber den Raum nicht durchsucht. Oder falls es das doch getan hatte, dann handelte es sich um erstklassige Arbeit, da Hennes' hin und her schweifende Augen selbst jetzt nichts Ungewöhnliches im Zimmer entdecken konnten. Nichts lag an einer falschen Stelle, nichts irgendwo, wo es nichts zu suchen hatte, von dem Space Ranger selbst einmal abgesehen. Seine Finger berührten eine kleine Nute im Holz.

Es handelte sich um einen gebräuchlichen Mechanismus, nur wenige Farmmanager auf dem Mars hatten so etwas nicht. In gewisser Weise war es altmodisch, genauso altmodisch wie der importierte hölzerne Sekretär selbst, eine altertümliche Sitte, die auf die gesetzlosen Tage von einst zurückging, aber Traditionen sterben nun einmal langsam. Die kleine Nut bewegte sich ein bißchen unter seinem Fingernagel, und ein Stück der Holztäfelung an der Seite klappte auf. Darauf war Hennes vorbereitet, und seine

Hand griff blitzartig nach dem Blaster, den die Täfelung freigelegt hatte.

Er hielt den Blaster jetzt im Anschlag, und die ganze Zeit hatte das Geschöpf sich nicht bewegt.

Aus diesem Umstand schöpfte Hennes neue Zuversicht und wich zurück. Roboter, Marsbewohner oder Mensch, das Ding konnte einem Blaster nicht widerstehen. Das war eine kleine Waffe, und das Projektil, das sie verschoß, war beinahe lächerlich klein. Die altmodischen ›Kanonen‹ von einst feuerten Metallbohnen, die im Vergleich dazu groß wie Felsen waren. Aber das kleine Projektil eines Blasters war viel tödlicher. Einmal unterwegs, löste alles, was es aufhielt, eine kleine atomare Reaktion aus, die einen submikroskopischen Teil seiner Masse in Energie verwandelte, und bei dieser Umwandlung wurde das im Weg stehende Objekt, sei es aus Fels, Metall oder menschlicher Körpersubstanz, aufgezehrt. Dieser Vorgang wurde von einem Geräusch begleitet, das wie ein Fingerschnippen gegen ein Stück Gummi klang.

»Wer bist du? Was willst du?« fragte Hennes.

Wiederum sprach das Ding, und wiederum sagte es langsam: »Ich bin der Space Ranger!«

Hennes' Lippen verzogen sich in kalter Grausamkeit, als er abdrückte.

Das Projektil verließ die Mündung, raste genau auf das Ding aus Rauch zu, erreichte sein Ziel und stoppte. Es kam plötzlich zum Halten, ohne den Körper zu berühren, der noch einen Zentimeter vom Auftreffen entfernt lag. Selbst die Erschütterung des Aufpralls gelangte nicht über die Kraftfeldbarriere. Das Feld absorbierte die gesamte Wucht des Geschosses und verwandelte es in ein Lichtflackern.

Dieses Flackern war nicht zu sehen. Es ging im intensiven Flammenschein des zu Energie explodierenden Blasterprojektils unter, als es abrupt zum Stillstand kam, ohne daß umgebende Materie den Blitz abschirmte. Es war so, als ob für einen winzigen Sekundenbruchteil eine stecknadelkopfgroße Sonne im Raum stünde.

Mit einem wilden Aufschrei riß Hennes die Hände vor die Augen, als wolle er sie vor einem Schlag schützen. Es war zu spät. Minuten danach, als er es wagte, die Lider zu heben, meldeten ihm seine schmerzenden brennenden Augen nichts. Offen oder geschlossen, er sah nur schwarze und rote Kreise. Er konnte nicht sehen, wie der Space Ranger in rasende Bewegung verfiel, sich auf die Stiefel stürzte, die Schafttaschen mit fliegenden Fingern durchsuchte, den Magnetkreis der Tür aufbrach und Sekunden bevor die unvermeidliche Menschenmenge mit ihren verwirrten Alarmrufen die Szene betreten würde, hinausschlüpfte.

Hennes bedeckte immer noch mit der Hand die Augen, als er sie hörte. Er schrie los: »Schnappt das Ding. Fangt ihn! Es ist im Zimmer, legt ihn auf die Bretter, ihr marsverlassenen, dreckstiefeligen Feiglinge!«

»Es ist niemand im Zimmer«, riefen ein halbes Dutzend Stimmen gleichzeitig, und jemand setzte hinzu: »Riecht aber nach einem Blasterschuß.«

Eine feste befehlsgewohnte Stimme mischte sich ein: »Was stimmt nicht, Hennes?« Es war Dr. Silvers.

»Eindringlinge«, gab Hennes zur Antwort; dabei zitterte er vor Zorn und Enttäuschung. »Sieht ihn denn niemand? Was ist mit euch los? Seid ihr ...« Er brachte das Wort nicht über die Lippen. Seine blinzelnden Augen tränten, und verwischtes Licht begann sich soeben wieder einen Weg zu seiner Netzhaut zu bahnen. »Blind« brachte er nicht heraus.

»Wer war der Eindringling? Können Sie ihn beschreiben?« fragte Dr. Silvers.

Doch Hennes konnte nur hilflos mit dem Kopf schütteln. Wie sollte er es ihnen erklären? Konnte er denen von einem sprechenden Alptraum aus Rauch erzählen, an dem ein Blasterprojektil zu früh explodierte, ohne Schaden anzurichten, außer bei demjenigen, der gefeuert hatte?

Dr. Silvers kehrte mit dumpfer Niedergeschlagenheit in sein Zimmer zurück. Diese Störung, die ihn aus seiner Behausung getrommelt hatte, bevor er seine Schlafvorbereitungen abgeschlossen hatte, dieses ziellose Umherrennen der Männer, die sprachlose Unfähigkeit von Hennes, eine Erklärung abzugeben, das alles waren nur Nadelstiche. Sein Blick war auf morgen gerichtet.

Er hatte keine Siegeserwartung, hegte keine Hoffnung auf die Wirksamkeit des Embargos. Mochten die Lebensmittelexporte doch ruhig aufhören. Sollen doch sogar einige Wenige auf der Erde herausfinden, warum das geschah, oder sich dafür ihre eigenen Theorien austüfteln. Das Ergebnis könnte fürchterlicher sein als jeder Fall von Massenvergiftung.

Dieser junge David Starr legte Zuversicht an den Tag, aber bislang flößten dessen Taten ihm selbst keine ein. Seine Geschichte mit dem Space Ranger war nicht gut genug durchdacht. Sie war geeignet gewesen, bei Leuten wie Hennes Mißtrauen zu wecken, und hatte beinahe dazu geführt, daß der Junge sein Leben verloren hätte. Es war ein glücklicher Zufall für den Jüngling gewesen, daß er, Silvers, zum richtigen Zeitpunkt erschienen war. Er hatte es auch versäumt, die Gründe für eine solche Geschichte darzulegen. Er hatte nur seinen Plan, die Kuppel zu verlassen und heimlich zurückzukehren, erläutert. Als Silvers Starrs Brief erhalten hatte, den dieser kleine Kerl, der sich in ungeheurer Mißachtung der Realität selbst Bigman nannte, überbracht hatte, richtete er schnell eine Anfrage an das Ratshauptquartier auf der Erde. Von dort war die Bestätigung eingetroffen, David Starr sei in allen Einzelheiten zu gehorchen.

Aber wie konnte ein so junger Mann ...

Dr. Silvers hielt inne. Das war seltsam! Die Tür zu seinem Zimmer, die er in der Eile angelehnt gelassen hatte, stand immer noch einen Spalt offen, aber es drang kein Licht von drinnen auf den Flur. Aber er hatte es vor dem Hinausgehen nicht ausgeknipst. Er konnte sich an den Schein in seinem Rücken erinnern, als er den Flur entlang auf die Treppe zugehastet war. Hatte jemand für ihn das Licht in einer seltsamen Anwandlung von Sparsamkeit gelöscht? Das schien wenig wahrscheinlich.

Im Zimmer hörte man kein Geräusch. Er zog seinen Faser, riß die Tür auf und trat bestimmt an die Stelle, wo er den Lichtschalter wußte.

Eine Hand legte sich vor seinen Mund.

Er wand und drehte sich, aber der Arm war groß und muskulös, und die Stimme kam ihm vertraut vor.

»Geht schon in Ordnung, Dr. Silvers. Ich wollte bloß verhindern, daß Sie mich durch einen Überraschungsschrei verraten.«

Der Arm fiel herab. Dr. Silvers sagte: »Starr?«

»Ja. Schließen Sie die Tür. Es schien so, als ob Ihr Zimmer das beste Versteck sei, solange die Sache dauerte. Auf alle Fälle muß ich Sie sprechen. Hat Hennes gesagt, was passiert ist?«

»Nein, eigentlich nicht. Waren Sie darin verwickelt?«

Davids Lächeln ging in der Dunkelheit verloren.

»In gewisser Weise schon, Dr. Silvers. Hennes erhielt Besuch vom Space Ranger, und in der anschließenden Verwirrung gelang es mir, Ihr Zimmer zu erreichen, ohne daß mich, hoffe ich, jemand gesehen hat.«

Die Stimme des alten Wissenschaftlers wurde unwillkürlich laut. »Was sagen Sie da? Für Scherze bin ich nicht aufgelegt.«

»Ich mache keine Witze. Der Space Ranger existiert.«

»Das reicht nicht. Hennes war von der Geschichte nicht beeindruckt, und ich habe die Wahrheit verdient.«

»Ich bin mir sicher, Hennes ist mittlerweile davon beeindruckt, und Sie werden die Wahrheit erfahren, bevor der morgige Tag vorbei ist. Hören Sie mir in der Zwischenzeit einmal zu. Der Space Ranger existiert, wie ich sagte, und er ist unsere große Hoffnung. Das Spiel, das wir spielen, ist eine diffizile Angelegenheit, und obwohl ich weiß, wer hinter den Giftanschlägen steckt, könnte sich diese Erkenntnis als nutzlos erweisen. Es handelt sich nicht um ein, zwei Verbrecher, die es darauf abgesehen haben, durch eine kolossale Erpressung ein paar Millionen zu machen, es geht vielmehr um eine gut organisierte Gruppe, die beabsichtigt, die Kontrolle über das gesamte Sonnensystem an sich zu reißen. Es kann weitergehen, davon bin ich überzeugt, selbst wenn wir die Rädelsführer ausschalten, es sei denn, wir bringen genug Einzelheiten über die Verschwörung in Erfahrung, um sie im Ansatz zu stoppen.«

»Nennen Sie mir den Anführer«, sagte Silvers fordernd und mit grimmigem Tonfall, »und der Rat wird die notwendigen Details in Erfahrung bringen.«

»Auf keinen Fall schnell genug«, gab David genauso grimmig zurück. »Wir müssen die Antwort wissen, die ganze Antwort, und zwar in weniger als vierundzwanzig Stunden. Ein späterer Sieg wird den Tod von Millionen auf der Erde nicht verhindern können.«

»Wie sieht Ihr Plan aus?« wollte Dr. Silvers wissen.

»Theoretisch weiß ich, wer der Giftmischer ist und wie die Anschläge durchgeführt werden«, sagte David, »aber um mehr als ein glattes Ableugnen aus den Verbrechern herauszuholen, brauche ich einen handfesten Beweis. Ich werde ihn haben, bevor der Abend vorbei ist. Selbst dann müssen wir ihre Moral völlig brechen, um die notwendigen Informationen herauszubekommen. Dazu müssen wir den Space Ranger einsetzen. Mit dem moralischen Anknacksen hat er bereits angefangen.«

»Wieder der Space Ranger. Sie sind von dieser Sache wie behext. Falls es ihn gibt, falls dies nicht nur ein Trick von Ihnen ist, dem ich selbst zum Opfer fallen soll, wer ist er, und was ist er? Woher wissen Sie, daß er Sie nicht in die Irre führt?«

»Die Einzelheiten kann ich niemandem verraten. Ich weiß aber, daß er auf der Seite der Menschlichkeit steht, soviel sei gesagt. Ich traue ihm wie mir selber und übernehme die volle Verantwortung für ihn. In dieser Angelegenheit müssen Sie tun, was ich Ihnen sage, Dr. Silvers. Andernfalls habe ich keine andere Wahl, als ohne Sie weiterzumachen, davor muß ich Sie warnen. Das Spiel ist so wichtig, daß selbst Sie mir nicht im Wege stehen dürfen.«

An der festen Entschlossenheit, die in der Stimme lag, bestand kein Zweifel. In der Dunkelheit konnte Dr. Silvers den Ausdruck auf Davids Gesicht nicht erkennen, aber irgendwie war das auch nicht nötig. »Was möchten Sie, daß ich tue?«

»Morgen mittag treffen Sie sich mit Makian, Benson und Hennes. Nehmen Sie Bigman als persönliche Leibwache mit. Er ist klein, aber schnell und kennt keine Furcht. Lassen Sie das Hauptgebäude von Ratsleuten schützen, und ich würde Ihnen raten, sie für alle Fälle mit Repetierblastern und Gaskapseln auszurüsten. Zwischen 12.15 Uhr und 12.30 Uhr lassen Sie den Hintereingang unbewacht und unbeobachtet, ich bitte Sie, sich das zu merken. Lassen Sie sich keine Überraschung anmerken, egal, was geschieht.«

»Werden Sie anwesend sein?«

»Nein. Meine Anwesenheit wird nicht erforderlich sein.«

»Was wird geschehen?«

»Der Space Ranger wird einen Besuch abstatten. Er weiß genausoviel wie ich, und aus seinem Mund werden die Anschuldigungen für den Verbrecher viel niederschmetternder klingen.«

Dr. Silvers spürte gegen seinen Willen Hoffnung in sich aufkeimen. »Glauben Sie, daß wir Erfolg haben werden?«

Lange war es still. Dann sagte David Starr: »Wie soll ich das wissen? Ich kann es nur hoffen.«

Diesmal dauerte die Stille noch länger.

Dr. Silvers spürte einen winzigen Luftzug, als ob die Tür sich geöffnet hätte. Er wandte sich zum Lichtschalter. Der Raum wurde von Licht übergossen, und er stellte fest, daß er allein im Zimmer war.

15
Der Space Ranger greift ein

David Starr arbeitete so schnell, wie er es wagen konnte. Die Nacht war fast vorüber. Ein Teil der Spannung und Aufregung begann abzuflauen, und die vollständig Müdigkeit, von der Notiz zu nehmen er sich seit Stunden geweigert hatte, machte sich bemerkbar.

Seine kleine Bleistifttaschenlampe warf ihren flimmernden Schein hierhin und dorthin. Er hoffte ernsthaft, daß das, wonach er suchte, sich nicht hinter noch mehr verschlossenen Türen verbarg. Falls doch, würde er Gewalt anwenden müssen, und gerade jetzt kam es ihm nicht gelegen, Aufsehen zu erregen. Er konnte keinen Safe entdecken oder etwas, das wie ein Safe aussah. Das war gut und schlecht zugleich. Wonach er suchte, würde also greifbar sein, andererseits bestand die Möglichkeit, daß es sich überhaupt nicht im Raum befand.

Nach dem sorgfältig geplanten Manöver, in dessen Verlauf er den Schlüssel zu dem Raum erobert hatte, wäre das schade. Hennes würde sich nicht so schnell von den Nachwirkungen erholen.

David lächelte. Ganz am Anfang war er selbst beinahe so überrascht wie Hennes gewesen. Seine Worte »Ich bin der Space Ranger« waren die ersten gewesen, die er seit seinem Auftauchen aus den Marshöhlen durch das Kraftschild gesprochen hatte. Wie seine Stimme dort geklungen hatte, daran konnte er sich nicht erinnern. Unter dem Einfluß der Marsbewohner hatte er vielleicht einfach nur seine eigenen Gedanken wie die ihren gespürt.

Aber hier an der Oberfläche hatte ihn seine eigene Stimme wie ein Blitz getroffen. Ihre Hohlheit und dröhnende Tiefe waren völlig überraschend gewesen.

Natürlich erholte er sich davon und verstand beinahe augenblicklich. Obwohl der Schild Luftmoleküle durchließ, verlangsamte er sie wahrscheinlich. Eine solche Beeinträchtigung hatte natürlich Einfluß auf die Schallwellen.

David war darüber nicht grade traurig. Die Stimme, so wie sie war, würde hilfreich sein.

Der Schild hatte gut gegen den Blasterschuß gewirkt. Der Blitz war nicht völlig gestoppt worden, aber die Wirkung war nichts im Vergleich mit der auf Hennes gewesen.

Während sein müder Verstand diese Dinge durchging, durchsuchte er methodisch den Inhalt der Regale und Schränke.

Der Lichtkegel stand einen Augenblick lang still. David langte an anderen Gegenständen vorbei, um ein kleines Metallobjekt greifen zu können. Wieder und wieder drehte er es unter dem Lichtstrahl hin und her. Er schraubte an einem kleinen Kopf, der in verschiedene Stellungen einrastete und beobachtete, was anschließend geschah.

Sein Herz klopfte laut.

Das war der endgültige Beweis. Der Beweis für alle seine Spekulationen – die Spekulationen, die so vernünftig und lückenlos gewesen waren und dennoch auf nichts anderem als reiner Logik basierten. Jetzt war die Logik durch etwas aus Molekülen Bestehendem, durch etwas, das man berühren und fühlen konnte, bestätigt worden.

Er steckte es in die Tasche seiner Hüftstiefel zu der Maske und den Schlüsseln, die er früh am Abend aus Hennes' Stiefeln genommen hatte.

Er sperrte die Tür hinter sich ab und trat ins Freie. Die

Kuppel über ihm wurde sichtbar grauer. Bald würden sich die Hauptleuchten einschalten, der Tag offiziell beginnen. Der letzte Tag, entweder für die Giftmischer oder für die Zivilisation auf der Erde, wie sie jetzt bestand.

In der Zwischenzeit würde es Gelegenheit zum Schlafen geben.

Die Makiankuppel lag in frostiger Stille. Wenige der Farmboys konnten überhaupt erraten, was vorging. Daß es sich um etwas Ernstes handelte, stand natürlich eindeutig fest, aber es war unmöglich, mehr zu erkennen. Einige flüsterten hinter vorgehaltener Hand, daß Makian bei umfangreichen finanziellen Unregelmäßigkeiten erwischt worden sei, aber das wollte niemand so recht glauben. Das war noch nicht einmal logisch, denn warum hätte man deswegen eine ganze Armee herbeordert?

Fest stand, daß Uniformierte mit grimmigen Gesichtern das Hauptgebäude umkreisten und dabei Repetierblaster in der Armbeuge trugen. Auf dem Gebäudedach waren zwei Artilleriegeschütze in Stellung gebracht worden. Die nähere Umgebung war menschenleer. Sämtliche Farmboys, mit Ausnahme derer, die zur Wartung der lebensnotwendigen Einrichtungen benötigt wurden, waren in die Unterkünfte geschickt worden. Den wenigen davon Ausgenommenen war befohlen worden, sich streng auf ihren Arbeitsplatz zu beschränken.

Genau um 12.15 Uhr gingen die beiden Männer, die den Hinterausgang bewachten, auseinander, zogen sich zurück und ließen so die Gegend unbewacht. Um 12.30 Uhr kehrten sie zurück und nahmen ihre Runde wieder auf. Später gab einer der Artilleristen auf dem Dach zu Protokoll, daß er in der Zwischenzeit jemanden das Gebäude betreten sah. Er hatte nur einen kurzen, flüchtigen Blick erhaschen können, und seine Beschreibung ergab nicht viel Sinn, da er sagte, es habe sich anscheinend um einen brennenden Mann gehandelt.

Zu diesem Zeitpunkt gab es niemanden, der ihm Glauben schenkte.

Dr. Silvers war sich seiner Sache keineswegs sicher. Er wußte kaum, wie er die Konferenz eröffnen sollte. Er sah den vier Anwesenden, die um den Tisch herum saßen, in die Gesichter.

Makian. Der sah aus, als habe er seit einer Woche kein Auge mehr zugemacht. Hatte er wahrscheinlich auch nicht. Bisher hatte er noch kein einziges Wort von sich gegeben. Silvers fragte sich, ob der Mann sich seiner Umgebung überhaupt vollständig bewußt war.

Hennes. Der trug eine dunkel getönte Brille. Einmal nahm er sie kurz ab, und seine Augen waren blutunterlaufen und verrieten Zorn. Jetzt saß er da und murmelte vor sich hin.

Benson. Still und unglücklich. Dr. Silvers hatte am Abend vorher mehrere Stunden mit ihm verbracht, und er hatte überhaupt keine Zweifel daran, daß der Fehlschlag seiner Untersuchungen den Mann peinlich berührte und ihm schwer auf der Seele lag. Er hatte über Marsbewohner, echte Marsbewohner, geredet. Sie seien die Ursache für die Giftanschläge, aber Silvers wußte es besser und schenkte den Ausführungen keinerlei Beachtung.

Bigman. Der einzige Fröhliche in der Runde. Natürlich begriff er das Ausmaß der Krise nur zu einem Bruchteil. Offenkundig erfreut darüber, mit wichtigen Leuten am selben Tisch zu sitzen, lehnte er sich auf seinem Stuhl zurück und kostete seine Rolle voll aus.

Und da war noch der zusätzliche Stuhl, den Silvers an den Tisch gerückt hatte. Leer und wartend stand er da. Niemand machte eine Bemerkung darüber.

Irgendwie hielt Dr. Silvers die Unterhaltung in Gang. Er

machte allgemeine Bemerkungen und versuchte, seine eigene Ungewißheit zu verbergen. Genau wie der leere Stuhl, wartete auch er.

Um 12.16 Uhr schaute er hoch und stand langsam auf. Niemand machte den Mund auf. Bigman stieß seinen Stuhl zurück, und dieser fiel krachend um. Hennes' Kopf fuhr ruckartig herum, seine Hände umklammerten die Tischplatte, und seine Finger wurden vor Anstrengung weiß. Benson sah umher und begann zu wimmern. Nur Makian machte einen unbeteiligten Eindruck. Seine Augen hoben sich und registrierten anscheinend den Anblick wie ein weiteres unverständliches Vorkommnis in einer Welt, die zu groß und fremd für ihn geworden war.

Die Gestalt im Türrahmen sagte: »Ich bin der Space Ranger!«

Unter der hellen Raumbeleuchtung war der Lichtschein um seinen Kopf herum etwas gemildert, und der Rauch, der seinen Körper einhüllte, wirkte etwas ausgeprägter, als Hennes ihn am Vorabend erlebt hatte.

Der Space Ranger trat ein. Fast automatisch rückten die Sitzenden mit ihren Stühlen ab, wodurch rund um den Tisch ein freier Raum entstand, so daß der leere Stuhl einsam für sich allein stand.

Der Space Ranger setzte sich, sein Gesicht hinter dem Lichtschein unsichtbar, die rauchenden Arme vor sich auf der Tischplatte aufliegend und doch wieder nicht aufliegend. Zwischen Tisch und Armen war ein Zentimeter Abstand. »Ich bin gekommen, um mit Verbrechern zu sprechen«, sagte der Space Ranger.

Hennes war es, der die bleierne Stille, die folgte, unterbrach. In einem Ton, der vor Galle nur so troff, sagte er: »Redest du von Einbrechern?«

Für einen kurzen Augenblick griff er nach seiner dunklen Brille, nahm sie aber nicht ab. Seine Finger zitterten für jedermann sichtbar.

Der Space Ranger sprach mit monotoner, leiser und hohler Stimme. »Ich bin ein Einbrecher, das ist wahr. Hier sind die Schlüssel, die ich aus deinen Stiefeln genommen habe. Ich brauche sie nicht mehr.«

Metall blitzte über den Tisch auf Hennes zu.

Der Space Ranger fuhr fort. »Der Einbruch fand statt, um ein schwereres Verbrechen zu verhindern. Da ist zum Beispiel das Verbrechen des Vormannes, dem man vertraut, der von Zeit zu Zeit auf Einzelfahrten nach Wingard City geht, um nach Giftmischern zu suchen.«

Bigmans kleines Gesicht strahlte vor Schadenfreude. »He, Hennes«, rief er dem Vormann zu, »sieht ganz so aus, als wären sie dir auf die Schliche gekommen.«

Aber Hennes hatte nur Augen und Ohren für die Erscheinung auf der anderen Seite des Tisches. »Was ist daran verbrecherisch?«

»Das Verbrechen«, antwortete der Space Ranger, »besteht in einem schnellen Trip in Richtung der Asteroiden.«

»Warum? Aus welchem Grund?«

»Kommt das Ultimatum der Giftmischer nicht von den Asteroiden?«

»Beschuldigst du mich, hinter den Anschlägen zu stecken? Ich bestreite das. Ich will Beweise sehen. Das heißt, falls du glaubst, überhaupt Beweise zu brauchen. Vielleicht denkst du aber, daß deine Maskerade mich dazu zwingen könnte, etwas Falsches zuzugeben.«

»Wo bist du in den letzten zwei Nächten vor Eintreffen des Ultimatums gewesen?«

»Ich werde darauf nicht antworten. Ich spreche dir das Recht ab, Fragen zu stellen.«

»Dann werde ich die Frage für dich beantworten. Dort, wo sich die Reste der ehemaligen Piratenbanden im Asteroidengürtel aufhalten, befindet sich die Zentrale der riesigen Giftmischerorganisation. Das Gehirn der Organisation ist hier auf der Makianfarm.«

An dieser Stelle stand Makian unsicher auf, sein Mund zuckte.

Der Space Ranger bedeutete ihm mit einer herrischen Bewegung seines rauchigen Arms, sich wieder zu setzen und fuhr fort: »Du, Hennes, bist der Mittelsmann.«

Jetzt nahm Hennes die Brille ab. Sein aufgeschwemmtes, glatthäutiges Gesicht sah durch seine blutunterlaufenen Augen etwas mitgenommen aus und nahm einen harten Ausdruck an.

Er sagte: »Space Ranger oder wie du dich nennst, du langweilst mich. Wenn ich es recht verstanden habe, sollte diese Konferenz dazu dienen, Mittel und Wege zur Bekämpfung der Giftanschläge zu erörtern. Sie ist zu einem Forum für die dummdreisten Anschuldigungen eines Schauspielers geworden, ich gehe.«

Dr. Silvers langte über Bigman hinweg, um Hennes' Handgelenk festzuhalten. »Bitte, bleiben Sie, Hennes, ich will mehr über die Sache erfahren. Niemand wird Sie ohne ausreichende Beweise verurteilen.«

Hennes stieß Silvers' Hand beiseite und stand von seinem Stuhl auf.

»Ich sähe es zu gerne, wenn du abgeknallt würdest, Hennes, und genau das wird geschehen, wenn du durch die Tür da gehst«, sagte Bigman ruhig.

»Bigman hat recht«, bemerkte Silvers. »Da draußen stehen bewaffnete Männer mit der Anweisung, niemanden ohne meinen Befehl passieren zu lassen.«

Hennes' Fäuste schlossen und öffneten sich. »Ich werde kein weiteres Wort zu diesen ungesetzlichen Vorgängen mehr beisteuern. Sie alle sind Zeugen dafür, daß ich mit Gewalt am Gehen gehindert werde.« Er setzte sich wieder und verschränkte die Arme vor der Brust.

Der Space Ranger sprach wieder: »Und doch ist Hennes nur der Mittelsmann. Er ist ein zu großer Bösewicht, um der wirkliche Bösewicht zu sein.«

»Sie reden in Widersprüchen«, sagte Benson kaum hörbar.

»Das scheint nur so. Stellen Sie sich das Verbrechen vor. Man kann eine Menge über einen Verbrecher von der Art des Verbrechens, das er begeht, lernen. Erstens ist da die Tatsache, daß bislang nur verhältnismäßig wenig Leute gestorben sind. Wahrscheinlich hätten die Verbrecher das, was sie wollten, viel schneller mit großangelegten Giftanschlägen erreichen können, statt sechs Monate lang zu drohen und dabei zu riskieren, erwischt zu werden und mit leeren Händen dazustehen. Was bedeutet das? Es scheint, als ob der Anführer irgendwie gezögert hat, zu töten. Das paßt sicher nicht zu Hennes. Die meisten meiner Informationen habe ich von Williams erhalten, der jetzt nicht unter uns weilt. Von ihm weiß ich, daß Hennes seit seiner Ankunft auf der Farm mehrmals versucht hat, seinen Tod herbeizuführen.«

Hennes wurde seinen Vorsätzen untreu: »Das ist gelogen!« schrie er.

Ohne sich darum zu kümmern, fuhr der Space Ranger fort: »Also, Hennes hätte keine Skrupel zu töten. Wir müssen uns nach jemandem umschauen, der aus weniger hartem Holz geschnitzt ist. Aber was würde eine im Grunde weiche Person dazu bringen, Menschen zu töten, die er nie zu Gesicht bekommen hat und die ihm nie ein Leid zugefügt haben? Obwohl nur ein unbedeutender Prozentsatz der Erdbevölkerung vergiftet worden ist, gehen die Zahlen in die Hunderte. In fünfzig Fällen handelt es sich dabei um Kinder. Wahrscheinlich existiert ein starkes Verlangen nach Reichtum und Macht, das seinen Sanftmut überlagert. Was steckt hinter diesem Drang? Vielleicht ein frustriertes Leben, das ihn zu einem morbiden Haß gegen die Menschheit im allgemeinen getrieben hat, ein Verlangen, denjenigen, die ihn verachten, zu zeigen, welch großer Mann er in Wirklichkeit ist. Wir halten also nach einem Mann mit einem fortgeschrittenen Minderwertigkeitskomplex Ausschau. Wo stoßen wir auf solch einen Mann?«

Alle Anwesenden starrten den Space Ranger jetzt intensiv an. Selbst Makian schien jetzt wieder aufmerksamer. Benson runzelte gedankenverloren die Stirn, und Bigman hatte sein Grinsen vergessen.

Der Space Ranger sprach weiter: »Was nach Williams' Eintreffen auf der Farm passierte, ist als Hinweis von größter Wichtigkeit. Er wurde sofort als Spion verdächtigt. Seine Geschichte vom Vergiftungstod seiner Schwester wurde problemlos als Lüge entlarvt. Wie ich schon sagte, Hennes war für glatten Mord.

Der Anführer mit seinem empfindsameren Gemüt bevorzugte eine andere Methode. Er versuchte, den gefährlichen Williams zu neutralisieren, indem er sich mit ihm anfreundete und vorgab, Hennes feindlich gesonnen zu sein.

Wir wollen zusammenfassen. Was wissen wir über den Anführer der Giftmischer? Er ist ein Mann mit Skrupeln, der Williams freundlich und Hennes feindlich gesinnt schien. Ein Mann mit einem Minderwertigkeitskomplex, der von einem enttäuschten Leben herrührt, weil er sich von anderen unterschied, weniger männlich, kleiner ...«

Da war eine schnelle Bewegung. Ein Stuhl wurde vom Tisch weggestoßen, und eine Gestalt wich hurtig zurück, den Blaster im Anschlag.

Benson stand auf und rief: »Allmächtiger All! Bigman!«

Dr. Silvers brüllte konsterniert: »Aber ... aber ich sollte ihn doch als Leibwache mitbringen. Er ist bewaffnet.«

Einen Augenblick lang stand Bigman mit schußbereitem Blaster da und belauerte sie mit seinen kleinen scharfen Augen.

16
Die Lösung

Seine Stimme klang fest, als Bigman sagte: »Jetzt wollen wir mal lieber keine voreiligen Schlüsse ziehen. Es könnte sich so anhören, als ob der Space Ranger mich beschreiben würde, aber bislang hat er es nicht ausdrücklich gesagt.«

Sie betrachteten ihn lauernd. Keiner sprach ein Wort.

Plötzlich warf Bigman seinen Blaster hoch, fing ihn mit der Mündung zuerst und schmiß ihn auf den Tisch, von wo er geräuschvoll auf den Space Ranger zuschlitterte. »Ich behaupte, daß ich nicht der Gesuchte bin, und hier ist meine Waffe, um zu beweisen, daß ich es ernst meine.«

Der Space Ranger griff mit rauchvernebelten Fingern nach dem Blaster.

»Ich behaupte ebenfalls, daß du nicht der richtige Mann bist«, sagte er. Die Waffe schlitterte wieder in Bigmans Richtung zurück.

Bigman stürzte sich wie ein Habicht darauf, schob sie in das Holster zurück und setzte sich wieder. »Du redest jetzt wohl besser weiter, Space Ranger.«

»Es hätte Bigman sein können, aber es gibt viele Gründe, warum es unmöglich ist. Erstens hat sich die Feindschaft zwischen ihm und Hennes herausgebildet, lange bevor Williams auftauchte.«

»Aber hören Sie mal«, protestierte Dr. Silvers. »Falls der Anführer so tat, als ob er mit Hennes Krach habe, dann könnte das aus Gründen sein, die nicht nur mit Williams zu tun haben. Es könnte sich dabei um einen langfristigen Plan handeln.«

Der Space Ranger sagte: »Ausgezeichnet argumentiert, Dr. Silvers. Aber überlegen Sie sich einmal folgendes: Wer auch immer der Anführer ist, er muß das Vorgehen der Bande hundertprozentig unter Kontrolle haben. Er muß in der Lage sein, seine eigene Schwäche im Hinblick auf das Töten einer Gruppe aufzuzwingen, bei der es sich wahrscheinlich um die wild entschlossensten Desperados im Sonnensystem handelt. Es gibt nur eine Möglichkeit, wie er das bewerkstelligen kann, und zwar, indem er es so einrichtet, daß sie auf keinen Fall ohne ihn weitermachen können. Wie? Indem er den Giftnachschub und die Vergiftungsmethode kontrolliert. Bigman könnte sicherlich keins von beidem.«

»Woher wollen Sie das wissen?« fragte Dr. Silvers.

»Weil Bigman die Ausbildung fehlt, die ihn in die Lage versetzt, einen neuen Giftstoff zu entwickeln und herzustellen, der ansteckender ist als alles bisher Dagewesene. Er verfügt weder über die Laboreinrichtungen, noch hat er die botanische oder bakteriologische Ausbildung, die dafür notwendig ist. Er hat auch keinen Zugang zu den Getreidesilos in Wingard City. *Jedoch alles Dinge, die auf Benson zutreffen.*«

Der Agronom hob die Stimme zu einem schwächlichen Schrei, er schwitzte stark. »Was versuchen Sie da? Wollen Sie mich genauso testen, wie Sie es vorhin mit Bigman getan haben?«

»Ich habe Bigman nicht auf die Probe gestellt«, gab der Space Ranger zurück. »Ich habe ihn nie beschuldigt. Ich beschuldige dich, Benson. Du bist das Gehirn hinter dem Giftmischersyndikat und der Anführer.«

»Nein. Sie sind verrückt.«

»Keineswegs. Ich erfreue mich bester Gesundheit. Williams hatte dich als erster in Verdacht und hat ihn mir mitgeteilt.«

»Dazu hatte er keine Veranlassung. Ich bin völlig ehrlich zu ihm gewesen.«

»Zu ehrlich. Du hast den Fehler begangen, ihm zu erzählen, daß es deiner Meinung nach Marsbakterien sind, die auf Nutzpflanzen wachsen und die Ursache der Vergiftungen sind. Als Agronom mußtest du wissen, daß das unmöglich ist. Die Lebensformen auf dem Mars enthalten kein Protein und könnten sich genausowenig von Erdpflanzen ernähren, wie wir von Steinen leben könnten. Du hast also vorsätzlich gelogen, und das machte alles andere an dir verdächtig. Es führte dazu, daß Williams sich fragte, ob du nicht vielleicht einen Extrakt aus Marsbakterien hergestellt hast. Dieses Konzentrat würde giftig sein, meinst du nicht?«

Benson schrie wild auf. »Wie hätte ich das Gift denn verbreiten können. Sie reden wirres Zeug.«

»Du hattest Zugang zu den Makian-Lieferungen. Nach den ersten paar Vergiftungsfällen konntest du es einrichten, an Proben aus den Vorratssilos in der Stadt zu kommen. Du hast Williams erzählt, daß du sorgfältig Proben aus allen Behältern nimmst. Du hast ihm auch von dieser Harpunenkonstruktion erzählt, die du erfunden hast.«

»Aber was ist daran schlimm?«

»Eine ganze Menge. Gestern abend habe ich die Schlüssel von Hennes in die Hand bekommen. Ich habe sie dazu benutzt, an den einzigen Ort in der Farmkuppel zu gelangen, der ständig abgeschlossen bleibt – dein Labor. Dort habe ich das hier gefunden.« Er hielt einen kleinen metallenen Gegenstand gegen das Licht.

»Was ist das, Space Ranger?« fragte Dr. Silvers.

»Bensons Probensonde. Sie paßt auf seine Weizenharpune. Beachten Sie, wie die Sache funktioniert.«

Der Space Ranger drehte an einer kleinen Schraube am Ende. »Wenn man die Harpune abschießt«, sagte er, »wird dieser Sicherheitsbügel ausgelöst. Also! Sehen Sie her!«

Man konnte ein ganz leises Summergeräusch hören. Nach fünf Sekunden war es vorüber, und die Sondenkuppe stand offen. Sie blieb es eine Sekunde lang, dann schloß sie sich.

»So soll es auch funktionieren«, rief Benson. »Ich habe nie ein Geheimnis daraus gemacht.«

»Stimmt, hast du nicht«, sagte der Space Ranger ernst.

»Du und Hennes, ihr habt euch seit Tagen wegen Williams gestritten. Du hattest nicht den Nerv, ihn töten zu lassen. Als letzten Ausweg hast du die Harpune an Williams' Bett mitgenommen, um zu sehen, ob ihn der Anblick zu einer Handlung hinreißen würde, durch die er sich verrät. Das geschah nicht, aber Hennes wollte sowieso nicht länger warten. Zukis wurde losgeschickt, um ihn zu töten.«

»Aber was soll mit der Sonde nicht stimmen?« wollte Benson wissen.

»Lassen Sie mich es noch einmal vorführen. Aber diesmal achten Sie bitte auf die Ihnen zugewandte Seite der Sonde, Dr. Silvers.«

Dr. Silvers beugte sich über den Tisch nach vorn und schaute genau hin. Den Blaster wieder in der Hand, konzentrierte Bigman seine Aufmerksamkeit zu gleichen Teilen auf Benson und Hennes.

Makian war auf den Beinen, seine gegerbten Wangen gerötet.

Die Sonde war wieder zum Abschuß bereit, die kleine Öffnung öffnete sich wieder, und während sie diesmal die bezeichnete neutrale Seite betrachteten, schob sich auch dort die silbrige Schutzschicht zurück und gab die Sicht auf eine dunkel glitzernde flache Einbuchtung frei.

»Hier können Sie sehen, was passiert«, sagte der Space Ranger. »Jedesmal, wenn Benson eine Probe nimmt, werden ein paar Weizenkörner, Obststückchen oder ein Salatblatt mit dieser farblosen Gallert, einem giftigen Extrakt aus Marsbakterien, bestrichen. Es handelt sich zweifellos um Gift mit einfachem chemischen Aufbau, das durch die Lebensmittelweiterverarbeitung nicht angegriffen wird und zu guter Letzt in einem Brotlaib, einem Glas Marmelade oder einer Dose Babykost auftaucht. Ein raffinierter, teuflischer Trick.«

Benson trommelte mit den Fäusten auf den Tisch. »Eine Lüge, eine schmutzige Lüge.«

»Bigman«, sagte der Space Ranger, »knebele den Mann. Stell dich neben ihn und laß ihn sich nicht bewegen.«

»Also wirklich«, protestierte Dr. Silvers, »Sie haben da zwar etwas in der Hand, aber Sie müssen dem Mann gestatten, sich zu verteidigen.«

»Uns bleibt keine Zeit«, erwiderte der Space Ranger, »und Beweise, die sogar Sie befriedigen werden, folgen auf der Stelle.«

Bigman benutzte sein Taschentuch als Knebel. Benson wehrte sich, doch als der Griff von Bigmans Blaster laut auf seinen Schädel traf, hockte er in schweißnassem Schweigen da. »Das nächste Mal«, sagte Bigman, »ist es so fest, daß du k.o. gehst, vielleicht reicht es sogar für eine Gehirnerschütterung.«

Der Space Ranger stand auf. »Ihr habt alle Bigman verdächtigt oder wenigstens so getan, als ich von einem Mann gesprochen habe, der einen Minderwertigkeitskomplex hat, weil er klein ist. Es gibt außer Körpergröße noch andere Möglichkeiten, klein zu sein. Bigman kompensiert seinen Wuchs durch Aggressivität und lautstarkes Äußern seiner Ansichten. Die Männer respektieren ihn deswegen. Benson hingegen lebt hier auf dem Mars unter tatkräftigen Männern und sieht sich als ›Schreibtischfarmer‹ verachtet. Er glaubt, als Schwächling ignoriert zu werden. Männer, die er als ihm unterlegen betrachtet, schauen auf ihn herab. Das nur unter Zuhilfenahme der feigsten Art von Mord, die sich vorstellen läßt, kompensieren zu können, ist eine schlimmere Art, klein zu sein. Aber Benson ist geisteskrank. Aus ihm ein Geständnis herauszuholen, wäre schwierig, vielleicht unmöglich. Aber Hennes eignet sich fast genausogut als Informationsquelle, was die zukünftigen Pläne der Giftmischer angeht. Er könnte uns haargenau sagen, wo im Asteroidengürtel seine Kumpane zu finden sind. Er könnte uns sagen, wo der Giftvorrat für heute nacht Punkt zwölf aufbewahrt wird. Er könnte uns viel erzählen.«

»Ich könnte dir gar nichts erzählen, und ich werde dir nichts erzählen«, sagte Hennes höhnisch. »Falls ihr Benson und mich erschießt, laufen die Dinge genauso weiter, als wären wir noch am Leben. Also tu, was du nicht lassen kannst.«

»Würdest du reden«, fragte der Space Ranger, »falls wir versprechen, daß dir nichts geschieht?«

»Wer glaubt schon an eure Versprechen?« sagte Hennes. »Ich bleibe bei meiner Geschichte. Ich bin unschuldig. Uns umzubringen, hilft euch nicht weiter.«

»Du bist dir darüber im klaren, daß Millionen Männer, Frauen und Kinder sterben könnten, wenn du nicht redest?«

Hennes zuckte die Achseln.

»Also gut«, sagte der Space Ranger, »mir ist die Wirkungsweise des Marsgiftes, das Benson entwickelt hat, beschrieben worden. Wenn es erst einmal im Magen ist, wird es sehr schnell absorbiert, die Nervenbahnen zur Brustmuskulatur werden gelähmt, das Opfer kann nicht mehr atmen. Es kommt zu einem qualvollen Ersticken, das sich über fünf Minuten hinzieht, das heißt, natürlich erst, wenn das Gift im Magen angelangt ist.«

Während er sprach, zog der Space Ranger eine kleine Glaskapsel aus der Tasche. Er öffnete die Sonde und strich damit über die Kapsel, bis das glitzernde Glas mit einer klebrigen Schicht überzogen war.

»Wenn aber«, fuhr er fort, »das Gift zwischen Zähne und Lippen gebracht wird, sieht die Sache etwas anders aus. Es würde viel, viel langsamer absorbiert werden. Makian«, rief er plötzlich, »hier sitzt der Mann, der dich verraten und deine Farm mißbraucht hat, um die Giftanschläge auf Menschen und den Bankrott der Farmsyndikate in die Wege zu leiten. Nimm seine Arme und halt ihn fest.«

Er warf eine Fessel auf den Tisch. Mit einem Schrei, aus dem die lang aufgestaute Wut sprach, warf sich Makian auf Hennes. Für einen Augenblick gab ihm der Zorn etwas von der Kraft seiner Jugend zurück, und Hennes wehrte sich vergeblich.

Als Makian zurücktrat, saß Hennes auf dem Stuhl angeschnallt, seine Arme waren schmerzhaft auf den Rücken gebogen worden, und seine Hände steckten sicher in der Fessel.

Zwischen röchelnden Atemzügen sagte Makian: »Wenn du gesungen hast, wird es mir ein Vergnügen sein, dich mit bloßen Händen auseinanderzunehmen.«

Der Space Ranger ging jetzt um den Tisch herum, näherte sich langsam Hennes, wobei er die bestrichene Glaskapsel mit zwei Finger vor sich hielt. Hennes zuckte zurück. Am anderen Ende des Tisches wand sich Benson verzweifelt, aber Bigman brachte ihn mit einem Knuff zur Ruhe.

Der Space Ranger schnappte sich Hennes' Unterlippe und zog sie vor, dadurch lagen die Zähne frei. Hennes versuchte, den Kopf zurückzureißen, aber die Finger des Space Ranger drückten fest zu, was Hennes einen gedämpften Schrei entlockte.

Der Space Ranger ließ die Kapsel in den Zwischenraum von Zähnen und Lippe fallen.

»Ich glaube, es wird zehn Minuten dauern, bis du genug Gift absorbiert hast, um etwas zu spüren«, erklärte der Space Ranger. »Falls du vorher bereit bist zu reden, nehmen wir die Kapsel heraus und gestatten dir, den Mund auszuspülen. Andernfalls wird das Gift langsam anfangen zu wirken. Nach und nach wird es schwieriger und schmerzhafter werden zu atmen, und am Ende, in ungefähr einer Stunde, wirst du langsam ersticken. Und durch dein Sterben wirst du nichts erreicht haben, weil die Vorführung für Benson sehr lehrreich sein wird. Wir werden die Wahrheit dann aus ihm herausquetschen.«

Der Schweiß lief Hennes die Schläfen hinab. Tief aus seiner Kehle drangen erstickte Laute.

Der Space Ranger wartete geduldig.

»Ich rede«, schluchzte Hennes, »ich rede. Hol's raus! *Hol's raus!*«

Die Worte klangen dumpf durch seine verdrehten Lippen, aber ihre Bedeutung und der fürchterliche Schrecken in seinen Gesichtszügen sprachen eine deutliche Sprache.

»Gut! Sie machen sich besser Notizen, Dr. Silvers.«

Drei Tage waren vergangen, als Dr. Silvers David Starr wieder zu Gesicht bekam. Zwischenzeitlich hatte er wenig Unterstützung erfahren und war entsprechend müde, aber nicht zu müde, um David nicht freudig zu begrüßen. Bigman, der Silvers die ganze Zeit über nicht von der Seite gewichen war, verhielt sich ebenso überschwenglich.

»Es hat funktioniert«, sagte Silvers. »Sie haben sicher davon gehört. Es hat unglaublich gut geklappt.«

»Ich weiß«, sagte David lächelnd. »Der Space Ranger hat mir alles erzählt.«

»Sie haben ihn seitdem getroffen?«

»Nur so zwischen Tür und Angel.«

»Er verschwand beinahe sofort danach. Ich habe ihn in meinem Bericht erwähnt, das mußte ich natürlich tun. Ich bin mir dabei ganz bestimmt wie ein Idiot vorgekommen. Aber für alle Fälle habe ich Bigman hier und Makian als Zeugen.«

»Und mich ebenfalls«, versicherte David.

»Aber ja, natürlich. Nun, es ist vorüber. Wir haben die Giftvorratslager aufgestöbert und die Asteroiden gesäubert. Zwei Dutzend Mann werden lebenslänglich kriegen, und Bensons Arbeit wird sich am Ende als segensreich erweisen. Seine Experimente mit marsionischen Lebensformen sind auf ihre Art bahnbrechend. Es ist möglich, daß dabei eine ganz neue Art von Antibiotika herausspringt. Das könnte das Endergebnis seines Versuchs, die Erde mit Gift in die Knie zu zwingen, sein. Wenn dieser arme Dummkopf nach wissenschaftlichem Ruhm gestrebt hätte, wäre er ein großer Mann geworden. Hennes' Geständnis sei Dank dafür, daß er gestoppt wurde.«

»Dieses Geständnis ist sorgfältig geplant gewesen«, bemerkte David. »Der Space Ranger hat ihn schon am Abend zuvor in die Mache genommen.«

»Ach je, ich bezweifle, ob irgendein Mensch der Vergiftungsgefahr, der Hennes ausgesetzt war, widerstanden hätte. Was wäre eigentlich geschehen, falls Hennes wirklich unschuldig gewesen wäre? Das Risiko, das der Space Ranger eingegangen ist, war gewaltig.«

»Nicht sonderlich. Gift war gar nicht im Spiel. Benson wußte das. Glauben Sie etwa, Benson hätte seine mit Gift beschmierte Sonde als belastenden Beweis im Labor liegenlassen? Denken Sie vielleicht, er hätte Gift aufbewahrt, wo es durch Zufall gefunden werden konnte?«

»Aber das Gift an der Kapsel.«

»... war gewöhnliche Gallertmasse ohne Geschmack. Benson muß gewußt haben, daß es so etwas Ähnliches ist. Das ist auch der Grund, weswegen der Space Ranger nicht versucht hat, ein Geständnis aus ihm herauszuholen. Deswegen ließ er ihn knebeln, um eine Warnung zu verhindern. Hennes hätte auch von selbst darauf kommen können, wäre er nicht in panische Angst verfallen.«

»Also, ich lasse mich ins Weltall schießen«, bemerkte Dr. Silvers trocken.

Als er sich schließlich entschuldigte und ins Bett ging, rieb er sich immer noch das Kinn.

David wandte sich an Bigman.

»Und was hast du jetzt vor, Bigman?«

»Dr. Silvers hat mir eine feste Anstellung beim Rat angeboten«, erwiderte Bigman. »Aber ich werde sie wohl nicht annehmen.«

»Warum denn nicht?«

»Das kann ich dir sagen, Mr. Starr. Wenn ich es mir recht

überlege, habe ich vor, bei dir zu bleiben, egal wohin du von hier aus gehst.«

»Ich reise bloß zur Erde zurück.«

Sie waren allein, aber Bigman schaute sich dennoch um, bevor er sprach: »Mir scheint, du wirst außer zur Erde noch an viele andere Orte gehen . . . Space Ranger.«

»Was?«

»Klar. Ich wußte es in dem Moment, als ich dich mit all dem Licht und Rauch sah. Das ist auch der Grund, weswegen ich dich nicht ernstgenommen habe, als du mich als Giftmischer angeklagt hast.« Sein Gesicht war zu einem einzigen gigantischen Grinsen geworden.

»Weißt du eigentlich genau, wovon du da redest?«

»Klar doch. Dein Gesicht und deine Kleidung konnte ich nicht erkennen, aber du hattest Hüftstiefel an und Größe und Figur paßten genau.«

»Zufall.«

»Vielleicht. Die Stiefelform konnte ich nicht erkennen, aber ein bißchen war doch zu sehen, die Farben zum Beispiel. Und du bist der einzige Farmboy, von dem ich je gehört habe, der bereit war, einfach nur Schwarz und Weiß zu tragen.«

David Starr warf den Kopf zurück und lachte. »Du hast gewonnen. Willst du dich wirklich mit mir zusammentun?«

»Ich wäre stolz darauf«, antwortete Bigman.

David streckte die Hand aus, und Bigman schlug ein.

»Also gemeinsam«, sagte David, »einerlei, wo wir hingehen. «

LUCKY STARR

IM ASTEROIDENGÜRTEL

1
Das verlorene Schiff

Fünfzehn Minuten bis zum Start! Die *Atlas* wartete auf ihren Take-off. Die schlanken hochglanzpolierten Linien des Raumschiffs glitzerten im hellen Licht der Erde, das den Nachthimmel des Mondes erfüllte. Ein Vakuum umgab sie, und unter ihr befand sich der tote Bimssteinstaub der Mondoberfläche. Die Mannschaftsstärke betrug Null. An Bord war keine Menschenseele.

Der Vorsitzende des Wissenschaftsrates, Dr. Hector Conway, fragte: »Wie spät ist es, Gus?«

Er fühlte sich im Mondbüro des Rates unwohl. Unten auf der Erde würde er in der obersten Spitze der Nadel aus Stein und Stahl, dem Wissenschaftsturm, sitzen. Von dort aus wäre es ihm möglich gewesen, aus dem Fenster in Richtung International City zu sehen.

Hier oben auf dem Mond hatte man getan, was man konnte. Das Büro war mit Fensterattrappen versehen, hinter denen phantastisch gemalte Erdlandschaften lagen. Die Farbgebung war naturgetreu, und die in den Attrappen eingebauten Leuchtkörper strahlten hell und verblaßten im Verlaufe des Tages, täuschten so Morgen, Mittag und Abend vor. Während der Schlafzeiten schienen sie sogar in einem schwachen Dunkelblau.

Aber das reichte einem Erdbewohner wie Conway nicht. Er wußte nur zu gut, daß er hinter dem Glas nur bemalte Miniaturen finden und dahinter nur einen weiteren Raum oder vielleicht auf kahle Mondfelsen stoßen würde.

Dr. Augustus Henree, den Conway angesprochen hatte, schaute auf sein Handgelenk. Zwischen einigen Zügen an seiner Pfeife sagte er: »Es sind noch fünfzehn Minuten. Kein Grund, sich Sorgen zu machen. Die *Atlas* ist in hervorragendem Zustand. Ich habe sie gestern selbst überprüft.«

»Ich weiß.« Conways Haar war schlohweiß, und obwohl sie gleichaltrig waren, machte er einen betagteren Eindruck als der schlaksige schmalgesichtige Henree. »Ich mache mir wegen Lucky Sorgen.«

»Lucky?«

Conway lächelte, als hätte man ihn bei einer Dummheit ertappt. »Ich fürchte, ich verfalle auch in die Angewohnheit. Ich spreche von David Starr. Es liegt einfach daran, daß ihn alle Leute heutzutage Lucky nennen. Ist dir das noch nicht aufgefallen?«

»Lucky Starr, eh? Der Name paßt zu ihm. Aber warum gerade er? Ist das Ganze etwa seine Idee?«

»Genau. Einfälle dieser Art sind typisch für ihn. Als nächstes wird er sich wohl das Siriuskonsulat auf dem Mond vornehmen, denke ich mir.«

»Ich wünschte, er täte es wirklich.«

»Mach keine Witze. Manchmal kommt es mir so vor, als bestärkst du ihn auch noch in seiner Auffassung, alles im Alleingang zu unternehmen. Das ist der Grund, weswegen ich auf den Mond gekommen bin. Ihn will ich im Auge behalten, nicht das Raumschiff.«

»Wenn du deswegen hier bist, Hector, bist du aber nicht am Ball.«

»Na ja, ich kann ihm doch nicht wie eine Glucke hinterherlaufen. Bigman ist aber bei ihm. Ich habe dem kleinen Burschen zu verstehen gegeben, daß ich ihm das Fell bei lebendigem Leibe über die Ohren ziehen werde, falls Lucky sich dazu entschließen sollte, auf eigene Faust in das Siriuskonsulat einzudringen.«

Henree lachte.

»Glaub mir, er würde es tun«, brummte Conway vor sich hin. »Und was das Schlimmste daran wäre, er käme auch noch damit durch.«

»Na und?«

»Das wäre doch geradezu Wasser auf seine Mühle. Eines

Tages wird er dann ein zu großes Risiko eingehen. Wir können es uns nicht leisten, ihn zu verlieren, er ist viel zu wertvoll!«

John Bigman Jones schlurfte, seinen Bierkrug mit äußerster Sorgfalt balancierend, über den Boden aus festgestampftem Lehm.

Die Pseudo-Gravitationsfelder hatte man nicht über die eigentlichen Stadtgrenzen hinaus ausgedehnt, also mußte man sich hier draußen im Space Port unter Mondschwerkraftbedingungen so gut es ging selbst behelfen. Glücklicherweise war Bigman unter Marsgravitationsverhältnissen geboren und aufgewachsen. Dort betrug die Anziehungskraft sowieso nur zwei Fünftel der Erdgravitation, also war es gar nicht so schlimm. Im Augenblick wog er genau zwanzig Pfund. Auf dem Mars wären es fünfzig und auf der Erde hundertzwanzig gewesen.

Er langte bei dem Wachtposten an, der ihn mit amüsiertem Blick zugesehen hatte. Der Posten trug die Uniform der Mond-Nationalgarde und war an die Schwerkraftverhältnisse gewöhnt.

John Bigman Jones sagte: »He, steh da nicht so traurig herum. Ich hab' dir ein Bier mitgebracht. Geht auf meine Rechnung.«

Der Posten machte einen überraschten Eindruck und antwortete mit Bedauern in der Stimme: »Ich darf nicht. Nicht, wenn ich im Dienst bin, weißt du.«

»Na, so was. Schätze, ich kann es selbst verputzen. Ich bin John Bigman Jones. Du kannst mich Bigman nennen.« Er reichte dem Posten nur bis zum Kinn, und der Wächter war nicht besonders groß. Aber Bigman streckte ihm die Hand entgegen, als ob er dabei hinunterlangen müßte.

»Ich heiße Bert Wilson. Bist du vom Mars?« Der Wächter schaute auf Bigmans scharlachrote-resedagrüne Hüftstiefel.

Außer einem Farmboy vom Mars würde sich niemand mit solchen Dingern im All erwischen lassen.

Bigman schaute voller Stolz an sich hinab. »Darauf kannst du wetten. Ich hänge hier für etwa eine Woche fest. Allmächtiges All, der Mond ist vielleicht ein komischer Felsen. Geht von euch Burschen nie einer auf die Oberfläche?«

»Manchmal. Wenn wir müssen. Es gibt da nicht viel zu sehen.«

»Ich würde es gerne tun, ganz im Ernst. Ich kann es nicht ausstehen, wie in einem Hühnerstall eingesperrt zu sein.«

»Da hinten ist eine Schleuse nach draußen.«

Bigman folgte mit den Augen dem Daumen, der über die Schulter des Unteroffiziers deutete. Der Korridor (so weit von Lunar City entfernt, war er ziemlich schlecht ausgeleuchtet) verengte sich zu einer Nische in der Mauer.

Bigman sagte: »Ich habe keinen Druckanzug.«

»Selbst wenn du einen hättest, dürftest du nicht hinaus. Ohne Sondererlaubnis darf hier für einige Zeit keiner durch.«

»Warum das?«

Wilson gähnte. »Die haben da draußen ein Schiff, das zum Start fertiggemacht wird«, er schaute auf seine Uhr, »in ungefähr zwölf Minuten ist es soweit. Vielleicht entspannt sich die Lage, wenn es weg ist. Ich kenne die Zusammenhänge nicht.« Der Posten balancierte auf seinen Fußballen und sah zu, wie der letzte Schluck Bier durch Bigmans Kehle rann. »Hast du das Bier in Patsy's Port-Bar geholt?« fragte er. »Ist es voll da?«

»Völlig leer. Hör zu, ich mach dir 'nen Vorschlag: du brauchst fünfzehn Sekunden, um hinzukommen und dir eins zu genehmigen. Ich habe nichts zu tun. Ich werde hier stehenbleiben und pass' auf, daß nichts passiert, während du weg bist.«

Wilson schaute sehnsüchtig in Richtung Port-Bar. »Besser nicht.«

»Das mußt du selbst wissen.«

Anscheinend bemerkte keiner von beiden die Gestalt, die sich hinter ihnen durch den Korridor schob und an das riesige Schleusentor in der Mauernische, das den Weg ins Freie versperrte, gelangte.

Wilsons Füße trugen ihn ein paar Schritte in Richtung Bar, ganz so, als ob sie den Rest von ihm mitzerrten, dann sagte er: »Nee, besser nicht.«

Zehn Minuten bis zum Start.

Es war Lucky Starrs Idee gewesen. An dem Tag, als die Nachricht eintraf, daß die *T.S.S. Waltham Zachary* von Piraten ausgeweidet worden war, die Ladung weg, die Offiziere im All treibende vereiste Leichen und der größte Teil der Mannschaft gefangen, hatte er gerade in Conways Büro auf der Erde gesessen. Das Schiff hatte erbarmenswürdig sinnlosen Widerstand geleistet und war viel zu beschädigt gewesen, als daß es sich für die Piraten gelohnt hätte, es zu bergen. Aber alles, was nicht niet- und nagelfest gewesen war, hatten sie ausgebaut. Die Instrumente natürlich und sogar die Motoren hatten sie mitgenommen.

»Der Asteroidengürtel, dort ist der Feind«, sagte Lucky, »einhunderttausend Felsen.«

»Mehr als das.« Conway spuckte seine Zigarette aus. »Aber was sollen wir machen. Seitdem es das Terrestrische Imperium gibt, sind die Asteroiden etwas, mit dem wir nicht fertig werden können. Wir sind ein dutzendmal reingegangen, um die Nester auszuräuchern, und jedesmal sind genug übriggeblieben, um die Schwierigkeiten wieder losgehen zu lassen. Vor fünfundzwanzig Jahren, als ...«

Der weißhaarige Wissenschaftler hielt inne. Vor fünfundzwanzig Jahren waren Luckys Eltern im All getötet worden, ihn, einen kleinen Jungen, hatten sie vorher noch aussetzen können.

Luckys ruhige braune Augen zeigten keine Regung. »Das Problem besteht darin, daß wir nicht wissen, wo alle Asteroiden sind«, bemerkte er.

»Natürlich nicht. Hundert Schiffe würden hundert Jahre benötigen, um die notwendigen Informationen über Asteroiden ausreichender Größe zusammenzutragen. Und selbst dann würde die Anziehungskraft des Jupiters ständig die Umlaufbahnen der Asteroiden hier und dort verändern.«

»Wir könnten es dennoch versuchen. Wenn wir ein einzelnes Schiff losschicken, könnten die Piraten der Überzeugung sein, daß es sich dabei doch nicht um eine unmögliche Aufgabe handelt, und fürchten vielleicht eine echte kartographische Erfassung«, erwiderte Lucky, »falls bekannt würde, daß wir mit einer Vermessung anfangen, würde das Schiff angegriffen werden.«

»Und was weiter?«

»Nimm mal an, wir schicken ein automatisch gesteuertes Schiff ohne Mannschaft los.«

»Das wäre eine teure Angelegenheit.«

»Es könnte sich lohnen. Stell dir einmal vor, wir rüsten es mit Rettungsbooten aus, die automatisch das Schiff verlassen, wenn die Instrumente das Energiemuster eines sich nähernden hyperatomaren Motors aufzeichnen. Was glaubst du, werden die Piraten wohl machen?«

»Die Rettungsboote zu Schrott schießen, das Schiff entern und es zu ihrer Basis bringen.«

»Oder zu einer ihrer Basen. Richtig. Und wenn sie sehen, wie die Rettungsboote zu entkommen suchen, werden sie nicht im mindesten überrascht sein, das Schiff verlassen vorzufinden. Es würde sich schließlich um ein unbewaffnetes Forschungsschiff handeln. Da kann man nicht erwarten, daß sich die Besatzung verteidigt.«

»Ja, aber worauf willst du eigentlich hinaus?«

»Nimm weiterhin einmal an, das Schiff ist so präpariert,

daß es in die Luft fliegt, wenn seine Eigentemperatur zwanzig Grad über den Kältetiefpunkt ansteigt, was bestimmt geschieht, wenn es in einen Asteroiden-Hangar geholt wird.«

»Dann schlägst du also eine Art Tretmine vor?«

»Eine riesige Tretmine. Sie würde einen ganzen Asteroiden in tausend Fetzen reißen. Vielleicht würde sie Dutzende von Piratenschiffen zerstören. Darüber hinaus erfassen die Beobachtungsstationen auf Ceres, Vesta, Juno oder Pallas vielleicht den Blitz. Wenn wir dann noch überlebende Piraten lokalisieren könnten, würden wir möglicherweise ausgesprochen nützliche Informationen bekommen.«

»Verstehe.«

Und so begannen die Arbeiten an der *Atlas*.

Die schattenhafte Gestalt in der Nische zur Mondoberfläche arbeitete schnell und zielstrebig. Unter dem Nadelstrahl eines Mikrohitzestrahles gaben die versiegelten Kontrollhebel der Schleuse nach. Die metallene Abdeckscheibe wurde zurückgeschwenkt. Eifrige, schwarzbehandschuhte Finger arbeiteten fieberhaft. Dann kam die Scheibe wieder an Ort und Stelle und wurde mit einem weitgefächerten und kühleren Strahl aus der gleichen Hitzepistole festgeschweißt.

Die weitgeöffnete Höhlentür gähnte. Diesmal schwieg die Alarmsirene, die immer dann ertönte, wenn die Tür aufging, aber jetzt waren ihre Schaltkreise unter der Scheibe in Unordnung gebracht worden. Die Gestalt betrat die Schleuse, und die Tür schloß sich hinter ihr. Ehe er die Außentür, die ins Vakuum führte, öffnete, entrollte der Mann die selbsthaftende Plastikfolie, die er unter dem Arm getragen hatte. Er zwängte sich hinein, das Material umhüllte ihn vollständig und schmiegte sich an seinen Körper, nur von einem schmalen durchsichtigen Silikonstreifen in Augenhöhe unterbrochen. Ein kleiner, mit Flüssigsauerstoff gefüllter Zylinder war an seinem Gürtel festgeklemmt und mit einem kurzen Schlauch, der seinerseits zur Kopfhaube führte, verbunden. Es handelte sich um einen Notraumanzug, der für kurze Ausflüge auf luftleeren Oberflächen gedacht war. Wenn die Zeitdauer von einer halben Stunde überschritten wurde, bestand allerdings keine Dichtheitsgarantie mehr.

Überrascht drehte Bert Wilson den Kopf wie ein Automat. »Hast du das gehört?«

Bigman starrte den Wachmann mit offenem Mund an. »Ich habe nichts gehört.«

»Ich könnte schwören, das war eine sich schließende Schleusentür. Aber der Alarm ist nicht ausgelöst worden.«

»Sollte er das denn?«

»Klar. Man muß wissen, wenn eine Tür offen ist. Wenn Luft drin ist, läutet eine Glocke, und eine Lampe leuchtet, wenn ein Vakuum besteht. Sonst könnte jemand die andere Tür öffnen, und die ganze Luft aus einem Schiff oder Korridor blasen.«

»In Ordnung. Wenn kein Alarm ausgelöst wird, gibt es doch gar keinen Grund, sich Sorgen zu machen.«

»Da bin ich mir nicht so sicher.« Mit flachen Sprüngen, von denen jeder den Wachmann unter der minimalen Anziehungskraft des Mondes sechs Meter weiter brachte, eilte er den Korridor bis zur Schleusennische hinauf. Vor einer Schaltanlage an der Wand blieb er stehen und aktivierte drei voneinander unabhängige Lichtketten, die die Umgebung in helles Tageslicht tauchten.

Bigman setzte hinterher. Seine Sprünge waren unbeholfen, und er war beständig der Gefahr ausgesetzt, das Gleichgewicht zu verlieren und langsam schwebend auf der Nase zu landen.

Wilson hatte seinen Blaster in der Hand. Er untersuchte die Tür, drehte sich dann schnell wieder um und schaute den Korridor hinab. »Bist du ganz sicher, daß du nichts gehört hast?«

»Nichts«, gab Bigman zurück. »Ich habe natürlich auch nicht genau aufgepaßt.«

Fünf Minuten bis zum Start.

Bimssteinstaub schwebte hoch, als sich die Gestalt im Raumanzug im Zeitlupentempo der *Atlas* näherte. Das Schiff glitzerte im Lichtschein der Erde, aber auf der luftleeren Mondoberfläche drang die Helligkeit nicht einmal einen Zentimeter weit in den Schatten, den der Bergkamm warf, von dem der Raumhafen umsäumt war.

Mit drei langen Sprüngen bewegte sich die Gestalt über die erleuchtete Fläche hinweg in den Schlagschatten des Schiffes. Hand über Hand kletterte der Mann die Leiter hoch, dabei hechtete er sich nach oben, was ihm jedesmal zehn Sprossen auf einmal einbrachte. Er kam an das Schleusentor der Rakete. Ein kurzer Griff nach dem Bedienungshebel, schon stand es sperrangelweit offen, dann schloß es sich wieder.

Die *Atlas* hatte einen Passagier. Einen einzigen Passagier!

Der Posten stand vor dem Schleusentor im Korridor und nahm es mit zweifelnder Miene in Augenschein.

Bigman quasselte weiter. »Ich bin schon beinahe eine Woche hier«, sagte er. »Ich soll seine Extra-Touren im Auge behalten und aufpassen, daß er nicht in Schwierigkeiten gerät. Das ist vielleicht eine Aufgabe für 'nen alten Raumfahrthasen wie mich. Bisher keine Chance gehabt, mich zu verziehen.«

Der wütende Posten meinte: »Nun mach mal 'ne Pause, Freund. Hör mal, du bist ein netter Junge und so, aber ein anderes Mal, ja?«

Einen Augenblick starrte er den Bedienungsverschluß an. »Das ist aber komisch«, meinte er dann.

Bigman blies sich bedrohlich auf. Sein kleines Gesicht war rot angelaufen. Er packte den Posten am Ellenbogen und wirbelte ihn herum, wobei er sich selbst beinahe ums Gleichgewicht brachte.

»He, hast du eben ›Junge‹ zu mir gesagt?«

»Hör mal, verschwinde jetzt!«

»Eine Sekunde noch. Wir wollen mal etwas klarstellen. Glaub bloß nicht, ich ließe mich herumschubsen, nur weil ich kleiner als die meisten Leute bin. Hoch damit. Fang an. Heb die Fäuste, oder ich verteil' dir deine Nase über's Gesicht.«

Er tanzte schattenboxend herum.

Wilson schaute ihn verwundert an. »Was ist denn in dich gefahren? Hör auf, dich wie ein Irrer aufzuführen.«

»Angst?«

»Ich darf im Dienst nicht kämpfen. Außerdem, ich wollte deine Gefühle nicht verletzen. Ich muß nun einmal meine Pflicht tun, und deswegen hab' ich keine Zeit für dich!«

Bigman nahm die Fäuste herunter. »Eh, ich glaube, die Rakete hebt ab.«

Natürlich war im Vakuum nichts zu hören, aber der Boden unter den Füßen vibrierte leicht als Reaktion auf die Hammerschläge des Schubtriebwerks, das das Schiff vom Mond emporhob.

»Das wär's dann wohl.« Wilson legte die Stirn in Falten. »Schätze, es hat keinen Zweck, Meldung zu machen. Ist sowieso zu spät.«

Den Bedienungsverschluß hatte er ganz vergessen.

Start!

Der keramikvergossene Auspuffschacht gähnte unter der *Atlas,* und die Haupttriebwerke dröhnten ihre Wut hinein. Langsam, majestätisch hob das Schiff ab und gewann schwerfällig an Höhe. Die Geschwindigkeit nahm zu. Die Rakete bohrte sich in den schwarzen Himmel und schrumpfte, bis sie schließlich nur ein Stern unter vielen war, dann war sie verschwunden.

Dr. Henree schaute zum fünften Mal auf seine Uhr und

sagte dann: »Nun, sie ist weg. Sie muß inzwischen weg sein.« Er deutete mit dem Pfeifenstiel auf das Zifferblatt.

»Wir wollen mal bei der Hafenbehörde nachfragen«, bemerkte Conway.

Fünf Sekunden später sahen sie den leeren Raumhafen auf dem Videoschirm. Der Auspuffschacht stand immer noch offen. Selbst in der beinahe am absoluten Nullpunkt liegenden Temperatur der dunklen Mondseite dampfte er noch.

Conway schüttelte den Kopf: »Es war ein wunderschönes Schiff.«

»Ist es immer noch.«

»Ich stelle es mir als begraben und vergessen vor. In ein paar Tagen wird es ein geschmolzener Metallregen sein. Es ist ein dem Untergang geweihtes Schiff.«

»Wir wollen hoffen, daß es irgendwo eine Piratenbase gibt, die ebenfalls dem Untergang geweiht ist.«

Henree nickte düster mit dem Kopf.

Als sich die Tür öffnete, wandten sie sich beide um. Es war nur Bigman.

Er setzte ein Grinsen auf. »Junge, Junge, war das schön, wieder nach Luna City hereinzukommen. Man kann bei jedem Schritt, den man macht, merken, wie die Pfunde wieder draufkommen.« Er stampfte mit den Füßen auf und hüpfte zwei- oder dreimal hoch. »Sehen Sie«, sagte er, »versucht man das da draußen, schon donnert man gegen die Decke und macht sich selbst zum Hanswurst.«

Conway zog die Stirn kraus. »Wo ist Lucky?«

»Ich weiß, wo er ist. Ich weiß zu allen Zeiten, wo er ist«, erwiderte Bigman. »Sagen Sie, die *Altas* ist doch gerade gestartet?«

»Das ist mir bekannt«, sagte Conway. »Und wo ist Lucky?«

»In der *Atlas* natürlich. Was glauben Sie denn, wo er sein würde?«

2
Ungeziefer des Weltraums

Dr. Henree ließ die Pfeife aus der Hand fallen, sie kullerte über den Linolitboden. Er schenkte dem keine Beachtung.

»Was?«

Conway lief rot an, und sein Gesicht bildete einen farbenfrohen Kontrast zu seinen schlohweißen Haaren. »Soll das ein Scherz sein?«

»Er ist fünf Minuten vor dem Start an Bord gekommen. Ich habe mich mit dem Posten unterhalten, Wilson heißt er, und dafür gesorgt, daß er sich nicht einmischt. Ich mußte den Kerl zu einem Kampf herausfordern, und ich hätte ihm auch eine anständige Abreibung verpaßt«, er führte harte Zweierkombinationen in der Luft vor, »aber er hat sich gedrückt.«

»Du hast ihn einfach gehen lassen und uns nicht Bescheid gesagt?«

»Wie hätte ich das tun können? Ich muß machen, was Lucky sagt. Er meinte nur, daß er in allerletzter Minute und ohne daß es jemand erfährt, an Bord gehen müsse, sonst würden Sie und Dr. Henree ihn aufhalten.«

Conway stöhnte. »Er hat es getan. Beim All, Gus, ich hätte es besser wissen sollen. Statt dessen verlasse ich mich auf diesen Dreikäsehoch vom Mars. Bigman, du Dummkopf! Du weißt doch, daß das Schiff eine Zeitbombe ist.«

»Klar. Lucky weiß es auch. Er hat gesagt, ihr sollt keine Schiffe hinterherschicken, sonst wäre alles im Eimer.«

»Im Eimer, wie? Trotzdem werden in einer Stunde Leute auf seinen Fersen sein.«

Henree ergriff den Ärmel seines Freundes. »Vielleicht nicht, Hector. Wir wissen nicht, wie seine Pläne aussehen, aber wir können uns darauf verlassen, daß er aus allem mit heiler Haut herauskommt, wo er hineingerät. Laß uns nicht eingreifen.«

Vor Wut und Aufregung zitternd, ließ sich Conway zurücksinken.

Bigman sagte: »Er meint, wir sollen ihn auf Ceres treffen und dann noch, daß Sie sich beherrschen sollten, Dr. Conway.«

»Du ...«, fing Conway an, und Bigman machte sich eilig davon.

Die Marsumlaufbahn lag hinter ihm, und die Sonne war ein zusammengeschrumpftes Ding.

Lucky Starr liebte die Stille des Weltraumes. Seit er sein Examen gemacht hatte und dem Wissenschaftsrat beigetreten war, stellte das All und nicht so sehr irgendeine Planetenoberfläche seine Heimat dar. Bei der *Atlas* handelte es sich um ein komfortables Schiff. Es war für eine komplette Besatzung verproviantiert, und man hatte nur gerade so viel weggelassen, wie sich als Verbrauch vor Erreichen der Asteroiden erklären ließ. Die *Atlas* war darauf angelegt, auf jede erdenkliche Weise den Eindruck zu erwecken, daß sie bis kurz vor Eintreffen der Piraten voll bemannt gewesen war.

Lucky schwelgte also in Syntho-Steaks aus den Gerstenbeeten der Venus, Marsgebäck und knochenlosem Hühnchen von der Erde. Er werde fett werden, dachte er und beobachtete den Himmel. Er war nahe genug, um die größeren Asteroiden erkennen zu können. Da stand Ceres, der Größte von ihnen, ungefähr achthundert Kilometer im Durchmesser. Vesta befand sich auf der anderen Seite der Sonne, Juno und Pallas aber lagen im Blickfeld.

Falls er sich an das Schiffsteleskop setzen würde, hätte er Tausende, vielleicht Zehntausende mehr entdeckt. Es waren unendlich viel.

Früher hatte man angenommen, daß sich zwischen Mars und Jupiter ein Planet befunden habe, der vor Milliarden Jahren explodiert war und dessen Überreste nunmehr umhertrieben, dem war aber nicht so. Jupiter war der Übeltäter. Im Verlaufe der riesigen Zeiträume, in denen sich das Sonnensystem gebildet hatte, war das All Hunderte von Millionen Meilen im Umkreis von seiner Anziehungskraft in Mitleidenschaft gezogen worden. Der kosmische Schutt zwischen ihm und dem Mars konnte sich nie zu einem Planeten vereinigen, da Jupiter zog und zog. Statt dessen verschmolz der Schutt zu einer Unzahl kleiner Welten.

Da waren die vier größten, jede von ihnen hundert oder mehr Kilometer im Durchmesser. Dann fünfzehnhundert weitere, deren Durchmesser zwischen zehn und hundert Kilometer betrug. Dann kamen Tausende (niemand wußte, wieviel es genau waren), die zwischen einem und zehn Kilometer und Zehntausende solcher, deren Durchmesser weniger als einen Kilometer betrug, die aber immer noch so groß oder größer waren als die große Pyramide von Gizeh.

Sie waren so zahlreich, daß Astronomen sie das ›Gesindel des Weltraums‹ nannten.

Die Asteroiden verteilten sich auf die gesamte Fläche zwischen Mars und Jupiter, und jeder einzelne rotierte auf seiner ureigensten Umlaufbahn. Kein anderes der Menschheit bekanntes Sonnensystem verfügte über solch einen Asteroidengürtel.

Einerseits war es ein Glück gewesen. Die Asteroiden hatten ein Sprungbrett zu den Hauptplaneten dargestellt. Andererseits war es ein Unglück. Jeder Verbrecher, der in den Asteroidengürtel entkommen konnte, war vor Festnahme sicher, es sei denn, er hätte unwahrscheinliches Pech. Es gab einfach keine Polizeitruppe, die jeden einzelnen dieser fliegenden Berge absuchen konnte.

Die kleineren Asteroiden stellten Niemandsland dar. Auf den größeren, hauptsächlich auf Ceres, gab es gutbesetzte astronomische Observatorien. Auf Pallas befanden sich Beryllium-Minen, während Vesta und Juno wichtige Versorgungsstationen waren. Es blieben aber noch fünfzigtausend ausreichend große Asteroiden übrig, über die das Terrestrische Empire keinerlei Kontrolle ausübte. Einige waren groß genug, um ganze Flotten aufnehmen zu können. Andere hingegen zu klein, um mehr als einen einzelnen Schnellkreuzer und vielleicht einen Brennstoff-, Wasser- und Lebensmittelvorrat für sechs Monate zu beherbergen.

Und es war unmöglich, sie auf Karten zu erfassen. Selbst in den alten, voratomaren Zeiten, lange bevor es Raumfahrt gab, als nur fünfzehnhundert oder so bekannt gewesen waren – dabei hatte es sich um die größten gehandelt –, war eine kartographische Erfassung unmöglich gewesen. Die Umlaufbahnen waren mit Hilfe von Teleskopbeobachtungen sorgfältig berechnet worden, und dennoch wurden ständig Asteroiden ›verloren‹ oder ›wiederentdeckt‹.

Lucky schreckte aus seinen Tagträumen auf. Das hochempfindliche Ergometer fing Pulsationen aus den äußeren Bereichen auf. Mit einem Schritt stand er vor den Meßgeräten.

Die konstante Energieabstrahlung der Sonne, ob es sich nun um direkte oder auf dem Umweg über die indirekten relativ schwachen Reflexionen von den Planeten handelte, wurden von dem Instrument herausgefiltert. Was jetzt hereinkam, war die charakteristische Energiepulsation eines hyperatomaren Motors.

Lucky schaltete die Ergographverbindung ein, und das Energiemuster wurde als eine Reihe von Linien dargestellt. Er verfolgte die ausgeworfenen Papierstreifen, und seine Kinnmuskeln spannten sich.

Es hatte durchaus die Chance bestanden, daß die *Atlas* auf ein ganz normales Handelsschiff oder ein Passagierfahrzeug traf, aber dieses Energiemuster war damit nicht zu vergleichen. Das sich nähernde Schiff besaß Motoren modernster Bauart, die sich zudem von denen der terrestrischen Flotte radikal unterschieden.

Es vergingen fünf Minuten, bis er über ausreichend Datenmaterial verfügte, um Abstand und Richtung der Energiequelle berechnen zu können.

Er stellte seinen Visierschirm auf Teleskopbetrieb, sofort vermehrte sich das Glitzern des Sternfeldes. Sorgfältig suchte er die unendlichen bewegungslosen Sterne ab, bis seinen Augen eine flackernde Bewegung auffiel und die Anzeigen des Ergometers überall Null zeigten.

Es war ein Pirat. Kein Zweifel! Er konnte die Schiffsumrisse an der sonnenbeschienenen Hälfte und an der Backbordbefeuerung auf der im Schatten liegenden Seite erkennen. Das Schiff war schlank und anmutig und sah schnell und wendig aus. Außerdem wirkte es fremdartig.

Sirianischer Entwurf, dachte Lucky.

Er schaute zu, wie das Schiff auf dem Bildschirm größer wurde. War es ein solches Schiff gewesen, das seine Eltern an ihrem letzten Tag beobachtet hatten?

Er konnte sich nur schwach an Mutter und Vater erinnern, aber er hatte Bilder von ihnen gesehen und von Conway und Henree endlose Geschichten über Lawrence und Barbara Starr gehört. Sie waren unzertrennlich gewesen, der große ernste Gus Henree, der cholerisch-beharrliche Hector Conway und der bewegliche lachende Larry Starr. Sie hatten gemeinsam die Schulbank gedrückt, gleichzeitig Examen gemacht, waren zusammen dem Rat beigetreten und hatten ihre Aufträge als Team gelöst.

Dann war Lawrence Starr befördert worden und auf eine Dienstreise zur Venus geschickt worden. Er, seine Frau und ihr vierjähriger Sohn waren auf dem Weg zur Venus gewesen, als das Piratenschiff angriff.

Jahrelang hatte sich Lucky voller Traurigkeit vorgestellt, wie die letzten Stunden auf dem sterbenden Schiff abgelaufen sein mußten. Zuerst die Vernichtung der Haupttriebwerke am Heck des Schiffes, während Pirat und Opfer noch voneinander getrennt waren, dann die Sprengung der Luftschleusen und die Enterung. Mannschaft und Passagiere beeilten sich, in die Raumanzüge zu kommen, als die Schleusen eingedrückt wurden und die Luft zu entweichen begann. Die Mannschaft war bewaffnet und lauerte. Die Passagiere ohne viel Hoffnung in den Innenräumen zusammengepfercht. Weinende Frauen, schreiende Kinder.

Sein Vater befand sich nicht unter denen, die sich versteckten. Sein Vater war Ratsmitglied. Er war bewaffnet und hatte gekämpft. Dessen war sich Lucky sicher. Er hatte ein Bild vor Augen, eine kurze intensive Erinnerung, die sich in seinen Geist eingebrannt hatte. Da stand sein Vater, ein großer starker Mann mit hocherhobenem Blaster in der Hand und mit einem Gesichtsausdruck, der einen der wenigen Augenblicke kalter Wut in seinem Leben widerspiegeln mußte, während gleichzeitig die Tür zum Kommandostand in einer schwarzen Rauchwolke nach innen krachte. Und seine Mutter, mit nassem rußverschmierten Gesicht, das nichts desto trotz klar durch das Visier des Druckanzuges zu erkennen war, zwängte ihn in ein kleines Rettungsboot.

»Nicht weinen, David, alles wird gut werden.«

Dies waren die einzigen Worte seiner Mutter, an die er sich erinnern konnte. Dann war hinter ihm ein Donnergetöse zu hören gewesen, und er wurde an die Schottwand gedrückt.

Zwei Tage später fand man ihn in dem Rettungsboot, sie waren dem kalten, automatischen Hilferuf gefolgt.

Die Regierung hatte direkt im Anschluß daran einen ungeheuren Feldzug gegen die Piraten auf den Asteroiden in die Wege geleitet, und der Rat hatte dieser Aktion seine vollste Unterstützung zuteil werden lassen. Für die Piraten hatte sich herausgestellt, daß ein Angriff auf Schlüsselfiguren des Rats schlimme Folgen zeitigte. Diejenigen Asteroidenverstecke, die gefunden wurden, verwandelte man in Staub, und für zwanzig Jahre stellte die Bedrohung durch die Piraten nur eine unwesentliche Gefahr dar.

Aber Lucky fragte sich oft, ob man wohl dasjenige Schiff aufgespürt hatte, mit den Männern an Bord, die seine Eltern getötet hatten. Es gab keine Möglichkeit, das herauszufinden.

Und nun war das Piraterieproblem von neuem aufgeflammt, zwar nicht so spektakulär wie ehedem, dafür aber auf eine viel gefährlichere Weise. Heutzutage waren Piratenangriffe keine Einzelunternehmungen mehr. Es sah vielmehr ganz nach einer gezielten, gut durchorganisierten Attacke auf die terrestrischen Handelsverbindungen aus. Es steckte noch mehr dahinter: Aus der Art und Weise der Kriegführung schloß Lucky mit Sicherheit, daß sich ein einzelner Wille, eine bestimmte strategische Richtungsgebung unter allem verbarg. Er wußte, diesen einen Willen würde er finden müssen.

Er richtete den Blick wieder auf das Ergometer. Die Energieaufzeichnung war jetzt stark. Das andere Schiff befand sich inzwischen durchaus in der Reichweite, bei der es die Höflichkeitsgepflogenheiten des Alls angetan sein ließen, wechselseitig Identifikationssignale abzusetzen. Wenn man es recht betrachtete, dann war die Entfernung für Piraten, die etwas im Schilde führten, genau richtig.

Der Boden vibrierte unter Luckys Füßen. Dabei handelte es sich keineswegs um einen Blasterschuß vom anderen Schiff, sondern um den Rückstoß eines fliehenden Rettungsbootes. Die Energieimpulse waren stark genug geworden, um die Abschußautomatik auszulösen.

Ein weiteres Vibrieren, dann noch eins, fünf insgesamt.

Er spähte aufmerksam auf das näherkommende Schiff. Piraten schossen häufig die Rettungsboote zusammen, teils aus perversem Vergnügen, teils, um die Flüchtenden an einer Beschreibung des Schiffes zu hindern, wobei sie davon ausgingen, daß dies nicht bereits vorher durch Funk geschehen war.

Diesmal jedoch ignorierte das Schiff die Rettungsboote vollständig. Es kam auf Andockentfernung heran. Die magnetischen Enterhaken schossen vor, hefteten sich an den Rumpf der *Atlas*, und die beiden Fahrzeuge waren plötzlich wie aneinandergeschweißt, wobei ihre Bewegungen im All aufeinander abgestimmt waren. Lucky wartete.

Er hörte, wie sich die Schleuse öffnete und wieder schloß. Er vernahm das Hallen von Schritten und das Geräusch, wie Helme abgeschraubt wurden, dann Stimmen.

Er rührte sich nicht.

Im Türrahmen erschien eine Gestalt. Helm und Handschuhe fehlten, der Rest des Mannes steckte aber noch in dem eisverkrusteten Raumanzug. Raumanzüge hatten diese Angewohnheit, trat man von draußen, wo der beinahe absolute Nullpunkt herrschte, nach drinnen in die warme feuchte Luft eines Schiffes, begann das Eis zu schmelzen.

Erst als er zwei Schritte ins Innere des Kommandostandes getan hatte, bemerkte der Pirat Lucky. Er stand bewegungslos da, wobei seine Gesichtszüge zu einem fast komisch anmutenden Ausdruck von Überraschung einfroren. Lucky hatte ausreichend Zeit, das dünne schwarze Haar, die lange Nase und die bleiche, weiße, vom Nasenflügel bis zu den wölfischen Zähnen verlaufende Narbe, die die Oberlippe in zwei ungleiche Hälften spaltete, zu registrieren.

Die erstaunte Musterung des Piraten ließ Lucky ruhig über sich ergehen. Er befürchtete keineswegs, erkannt zu werden. Angehörige des Rats im aktiven Dienst arbeiteten stets, ohne öffentliches Aufsehen zu erregen. Im Hintergrund stand dabei die Überlegung, daß ein allzu bekanntes Gesicht die Verwendbarkeit des Betreffenden einschränken könne. Das Gesicht seines Vaters war erst nach seinem Tod über den Sub-Äther gegangen. Lucky dachte in einer flüchtigen Anwandlung von Bitterkeit, daß ein größeres Maß an Bekanntheit zu Lebzeiten vielleicht den Piratenangriff verhindert hätte. Aber das war Unsinn, soviel stand fest. Als die Piraten Lawrence Starr zu Gesicht bekommen hatten, war der Angriff zu weit fortgeschritten, als daß er noch hätte gestoppt werden können.

»Ich habe einen Blaster«, sagte Lucky. »Ich werde nur schießen, wenn du nach deinem greifst. Keine Bewegung!«

Der Pirat hatte den Mund geöffnet. Er ließ ihn wieder zuklappen.

»Wenn du nach den anderen rufen willst, dann tu's nur«, sagte Lucky.

Der Pirat beäugte ihn mißtrauisch und schrie dann laut, wobei er Luckys Blaster fest im Auge behielt: »Beim flimmernden All, hier ist ein Kerl mit 'ner Kanone.«

Die Antwort war ein Lachen, und eine Stimme rief: »Ruhig!«

Ein weiterer Mann betrat den Raum. »Geh zur Seite, Dingo«, sagte er.

Er hatte den Raumanzug ganz abgelegt und stellte mit seiner Erscheinung einen seltsamen Anblick an Bord eines Schiffes dar. Seine Kleidung hätte aus dem vornehmsten Geschäft in International City stammen können und besser auf eine Abendgesellschaft auf der Erde gepaßt. Sein Hemd hatte das seidige Aussehen, das man von bestem Plastex erwarten konnte. Der Schimmer war eher dezent als schreiend, und die fest an den Knöcheln anliegenden Breeches paßten farblich so gut dazu, daß man meinen konnte, es handele sich um einen Einteiler, wenn da nicht der verzierte Gürtel gewesen wäre. Er trug ein zum Gürtel passendes Armband und dazu ein flauschigs himmelblaues Halstuch. Sein kurzes braunes Haar war lockig und sah ganz so aus, als ob es ständig gepflegt würde.

Er war einen halben Kopf kleiner als Lucky, aber der Haltung konnte das junge Ratsmitglied entnehmen, daß jeder Schluß auf eine eventuelle Schwäche wegen geckenhafter Kleidung fehl am Platze war.

Mit angenehmer Stimme sagte der Neuankömmling: »Ich heiße Anton. Würden Sie Ihre Waffe weglegen?«

»Und dann erschossen werden?« erwiderte Lucky.

»Vielleicht werden Sie schließlich und endlich erschossen, im Augenblick jedenfalls nicht. Ich möchte Ihnen vorher einige Fragen stellen.«

Luckys Haltung veränderte sich keinen Deut.

»Ich halte mein Wort«, sagte Anton. Auf seinen Wangen zeichnete sich ein Anflug von Röte ab. »Das ist meine einzige Tugend, so wie Menschen Tugend verstehen, aber ich halte daran fest.«

Lucky legte den Blaster hin, und Anton nahm ihn in die Hand. Er reichte die Waffe dem anderen Piraten.

»Tu sie weg, Dingo, und dann verschwinde.« Er wandte sich Lucky zu. »Die anderen Passagiere sind mit den Rettungsbooten entkommen, stimmt's?«

»Das ist eine plumpe Falle, Anton«, bemerkte Lucky.

»Captain Anton bitte.« Er lächelte, aber seine Nasenflügel zitterten.

»Gut, es ist also eine Falle, Captain Anton. Es ist klar, daß Sie wußten, daß hier an Bord weder eine Besatzung noch Passagiere gewesen sind. Das wußten Sie, lange bevor Sie geentert haben.«

»Wußte ich das? Wie reimt sich das denn zusammen?«

»Sie haben sich dem Schiff ohne Funkkontakt oder einen Warnschuß genähert. Sie haben sich auch nicht besonders beeilt. Sie haben die Rettungsboote beim Ablegen nicht beachtet. Ihre Leute haben das Schiff sorglos betreten, ganz so, als ob sie keinerlei Widerstand erwarten. Der Mann, der mich zuerst gesehen hat, kam hier mit dem Blaster im Halfter hereinspaziert. Die Schlußfolgerung liegt demnach nahe.«

»Sehr gut. Und was machen Sie an Bord eines Schiffes ohne Besatzung und Passagiere?«

»Ich habe Sie gesucht, Captain Anton«, erwiderte Lucky grimmig.

3
Duell mit Worten

Antons Gesichtsausdruck veränderte sich nicht, als er sagte: »Und jetzt haben Sie mich gefunden.«

»Aber bisher nicht unter vier Augen, Captain.« Luckys Lippen wurden betont schmaler und preßten sich aufeinander.

Anton schaute sich schnell um. Ungefähr ein Dutzend seiner Leute mit mehr oder weniger abgelegten Raumanzügen drängten sich im Raum und starrten sie neugierig an.

Er errötete leicht, und seine Stimme gewann an Lautstärke. »Macht euch an die Arbeit, Gesindel. Ich will einen vollständigen Bericht über das Schiff. Und die Waffen bereit. Vielleicht sind noch mehr Leute an Bord versteckt, und falls sich jemand so wie Dingo überraschen läßt, wird er aus der Schleuse geworfen.«

Von draußen drang ein langsames, scharrendes Geräusch herein.

Antons Stimme verwandelte sich in eine Sirene: »Schnell, schnell!« Eine schlangenartige Bewegung, und schon hielt er einen Blaster in der Hand. »Ich zähle bis drei, dann knallt es! Eins ... zwei ...«

Sie waren verschwunden.

Er blickte wieder Lucky an. Seine Augen glitzerten, und er atmete schnell durch die verengten Nasenlöcher.

»Disziplin ist eine phantastische Sache«, schnaubte er.

»Die müssen Angst vor mir haben. Sie müssen sich mehr vor mir als vor der Gefangennahme durch die terrestrische Flotte fürchten. Dann ist ein Schiff ein Wille. Mein Arm ist mein Wille.«

Ja, dachte Lucky bei sich, ein Arm und ein Wille, aber wessen? Aber wirklich deiner?

Das jungenhafte freundliche und offene Lächeln war wieder auf Antons Gesicht zurückgekehrt. »Erzählen Sie mir jetzt, was Sie von mir wollen.«

Lucky deutete mit dem Daumen auf den immer noch schußbereiten Blaster in der Hand seines Gegenübers. Er lächelte genau wie dieser. »Beabsichtigen Sie zu schießen? Wenn ja, dann bringen Sie es hinter sich.«

Anton war beeindruckt. »Beim All! Sie sind ein eiskalter Junge. Ich schieße, wann es mir paßt. Ich halte das gern so. Wie heißen Sie?« Der Blaster blieb mit tödlicher Ruhe auf Lucky gerichtet.

»Williams, Captain.«

»Sie sind ein großer Bursche, Williams. Sie sehen kräftig aus. Aber trotzdem sitze ich hier, und ein Daumendruck von mir und Sie sind ein toter Mann. Das halte ich für äußerst aufschlußreich. Zwei Mann und ein Blaster sind das ganze Geheimnis der Macht. Haben Sie sich je über Macht Gedanken gemacht, Williams?«

»Ab und zu.«

»Darin besteht der alleinige Sinn des Lebens, glauben Sie nicht auch?«

»Vielleicht!«

»Ich merke, daß Sie zur Sache kommen wollen. Also fangen wir an. Warum sind Sie hier?«

»Ich habe von den Piraten gehört.«

»Wir sind die Männer von den Asteroiden, Williams. Keine andere Bezeichnung bitte.«

»Das soll mir recht sein. Ich bin hier, um mich den Männern von den Asteroiden anzuschließen.«

»Sie schmeicheln uns, aber mein Daumen ist immer noch am Abzug. Warum wollen Sie bei uns mitmachen?«

»Auf der Erde gibt es keine Zukunft mehr. Einer wie ich könnte Buchhalter oder Ingenieur werden. Ich würde vielleicht sogar Fabrikdirektor werden oder hinter einem Schreibtisch sitzen und meine Stimme auf der Hauptversammlung abgeben. Spielt alles keine Rolle. Was es auch ist, es wäre doch nur Routinekram. Ich wüßte von vorn bis hinten, wie mein Leben aussehen würde. Es gäbe keine Abenteuer und keine Ungewißheit.«

»Sie sind ein Philosoph, Williams. Nur weiter so.«

»Da sind die Kolonien, aber ich habe keine Lust, meine Tage als Farmboy auf dem Mars oder als Kesselreiniger auf der Venus zuzubringen. Was mich anzieht, ist ein Leben auf den Asteroiden. Dort ist es hart und gefährlich. Dort kann ein Mann zu Macht kommen, so wie Sie. Wie Sie richtig gesagt haben, Macht gibt dem Leben einen Sinn.«

»Deswegen haben Sie sich also als blinder Passagier auf ein leeres Schiff geschmuggelt?«

»Ich wußte nicht, daß es leer war. Ich mußte mich an Bord einschleichen. Weltraumreisen sind teuer, und heutzutage werden für die Asteroiden keine Pässe ausgestellt. Ich wußte, daß dieses Schiff zu einer kartographischen Expedition gehörte. Das hat sich herumgesprochen. Das Ziel waren die Asteroiden. Da habe ich einfach bis kurz vor dem Start gewartet. Das ist der Zeitpunkt, wenn jeder mit den Startvorbereitungen beschäftigt ist und die Schleusen noch geöffnet sind. Ich hatte einen Kumpel, der hat eine Wache aus dem Verkehr gezogen.

Ich bin davon ausgegangen, daß wir auf Ceres haltmachen würden. Das mußte der Ausgangshafen für jede Expedition zu den Asteroiden sein. Einmal dort angekommen, schien es mir nicht schwer, unbemerkt davonzukommen. Die Mannschaft würde aus Mathematikern und Astronomen bestehen. Wenn man denen die Brille wegnimmt, sehen sie eh nichts mehr. Halt ihnen einen Blaster unter die Nase, und schon sterben sie vor Angst. Erst mal auf Ceres, wollte ich irgendwie mit den Pi ..., den Männern von den Asteroiden, Kontakt aufnehmen. Ganz einfach.«

»Aber Sie haben eine Überraschung erlebt, als Sie an Bord gegangen waren. Ist es das?« fragte Anton.

»Das kann man wohl sagen. Niemand da, und bevor ich mir das noch recht durch den Kopf gehen lassen konnte, hob die Rakete auch schon ab.«

»Was steckt dahinter, Williams? Zu welchem Schluß sind Sie gekommen?«

»Ich weiß es nicht. Das geht über meinen Verstand.«

»Na, mal sehen, ob wir es herausbekommen. Sie und ich zusammen.« Er machte eine scharfe Bewegung mit dem Blaster und bellte: »Kommen Sie mit.«

Der Piratenkapitän ging voraus, verließ den Kommandostand und trat in den langen Zentralgang des Schiffes hinaus. Aus einer Tür weiter unten tauchte eine Gruppe von Männern auf. Sie murmelten einander kurze Kommentare zu und verfielen in Schweigen, als sie Antons Blick begegneten. »Herkommen«, befahl Anton.

Sie kamen näher. Einer wischte sich mit dem Handrücken über seinen angegrauten Schnurrbart und sagte: »Sonst ist niemand an Bord, Captain.«

»Gut. Was hältst du von dem Schiff?«

Sie waren zu viert, doch die Gruppe erweiterte sich, da sich mehr Leute hinzugesellten.

Antons Stimme bekam einen ungeduldigen Unterton. »Was haltet ihr von dem Schiff?«

Dingo bahnte sich einen Weg nach vorn. Er hatte seinen Raumanzug abgelegt. Sein Blick schien Lucky zu durchbohren. »Mir gefällt es nicht«, sagte er.

»Das Schiff gefällt dir nicht?« kam es scharf von Anton.

Dingo zögerte. Er machte die Arme gerade und reckte die Schultern nach hinten. »Es stinkt.«

»Ich könnte es mit einem Dosenöffner auseinandernehmen. Frag die anderen, ob sie anderer Meinung sind. Dieser Kasten wird mit Zahnstochern zusammengehalten. Würde keine drei Monate überstehen.«

Ein zustimmendes Gemurmel wurde laut. Der Mann mit dem grauen Schnäuzer meldete sich zu Wort: »Entschuldigung, Captain, aber die Verkabelung ist an einigen Stellen mit Isolierband bearbeitet. Pfuscharbeit. Die Isolierung ist schon fast durchgebrannt.

Die Schweißarbeiten wurden ziemlich eilig gemacht. Die Nähte stehen so weit heraus.« Er hielt einen dicken schmuddeligen Daumen empor.

»Wie steht's mit Reparaturen?« fragte Anton.

»Würde ein ganzes Jahr und länger dauern«, sagte Dingo. »Steht nicht dafür. Und überhaupt, hier könnten wir das sowieso nicht machen. Wir müßten es zu einem der Felsen bringen.«

Anton wandte sich an Lucky und erklärte mit eleganter Betonung: »Wir bezeichnen Asteroiden immer als ›Felsen‹, müssen Sie wissen.«

Lucky nickte.

Anton fuhr fort: »Augenscheinlich liegt meinen Männern nichts daran, mit diesem Schiff weiterzugondeln. Was meinen Sie, warum schickt die Erdregierung ein unbemanntes Schiff los und dazu noch so ein Wrack?«

»Die Angelegenheit wird immer verwirrender«, antwortete Lucky.

»Dann wollen wir unseren Rundgang mal zum Abschluß bringen.«

Anton ging voraus. Lucky hielt sich dicht hinter ihm, die Männer folgten schweigend im kurzen Abstand. Luckys Nacken kribbelte. Anton hielt den Kopf aufrecht und ohne Furcht, ganz so, als ob er von Lucky keinen Angriff befürchtete. Dazu hatte er auch keinerlei Veranlassung. Zehn bewaffnete Männer hingen an Luckys Fersen.

Sie warfen flüchtige Blicke in alle kleinen Räume, die auf absolute Platzersparnis im All ausgelegt waren. Da war das winzige Rechenzentrum, ein kleines Observatorium, das Fotolabor, die Brücke und die Schlafräume.

Durch eine enge spiralförmige Röhre, in der das Pseudo-Gravitationsfeld neutralisiert war, so daß je nach Bedarf, jede Richtung ›oben‹ oder ›unten‹ sein konnte, schlüpften sie ins Unterdeck. Lucky wurde bedeutet, daß er vorangehen solle. Anton kam so dicht hinter ihm her, daß er kaum Zeit hatte, auf die Seite zu krabbeln (durch die plötzliche Gewichtszunahme knickten seine Knie leicht ein), bevor der Piratenkapitän über ihm war. Harte, schwere Weltraumstiefel verfehlten sein Gesicht nur um Millimeter.

Lucky fand sein Gleichgewicht wieder und wirbelte ärgerlich herum. Anton aber stand ruhig da, sein Blaster zielte haargenau auf Luckys Herz.

»Bitte tausendmal um Verzeihung«, bemerkte er. »Glücklicherweise sind Sie recht beweglich.«

»Ja«, murmelte Lucky.

Auf dem Unterdeck befanden sich der Maschinenraum und die Energieaggregate; hinzu kamen die leeren Davits, in denen vorher die Rettungsboote gehangen hatten. Außerdem gab es hier noch die Tanks, die Wasser- und Nahrungsmittelvorräte, die Luftaufbereitungsanlage und die Atomschutzpanzerung.

»Also, was halten Sie von der Sache?« murmelte Anton. »Schäbig vielleicht, aber ich kann nichts sehen, das nicht funktioniert.«

»Das kann man nicht so einfach sagen«, gab Lucky zurück.

»Aber Sie müssen seit Tagen auf diesem Schiff gelebt haben.«

»Sicher, aber ich habe nicht viel Zeit darauf verwendet, es durchzuchecken. Ich habe nichts anderes getan, als darauf zu warten, daß wir irgendwo ankommen.«

»Verstehe. Also zurück nach oben.«

Wieder war es Lucky, der zuerst ›runter‹ mußte. Diesmal landete er leichtfüßig, und mit der Geschmeidigkeit einer Katze sprang er zwei Meter nach links.

Sekunden verstrichen, bis Anton aus der Röhre ploppte. »Nervös?« erkundigte er sich ironisch.

Lucky errötete.

Einer nach dem anderen tauchten die Piraten auf. Anton wartete nicht, bis alle zurück waren, vielmehr bewegte er sich wieder auf den Korridor zu.

»Also wissen Sie«, sagte er, »man sollte annehmen, daß wir das ganze Schiff abgesucht hätten. Die meisten Menschen würden es jedenfalls behaupten. Sie vielleicht nicht?«

»Nein«, meinte Lucky beherrscht, »würde ich nicht. Wir sind noch nicht auf dem Lokus gewesen.«

Antons Stimme umwölkte sich, und länger als nur für einen Augenblick war die Jovialität aus seinem Gesicht geschwunden. Statt dessen war es ein blitzartig auftauchendes Abbild verkniffenen weißen Zorns.

Dann verschwand dieser Ausdruck wieder. Er glättete eine störrische Haarlocke und musterte danach seinen Handrücken mit offensichtlichem Interesse. »Nun, gehen wir mal hin.«

Ein Gutteil der Männer pfiff durch die Zähne, und die übrigen gaben ihren Gefühlen auf die verschiedenste Art und Weise Ausdruck, als die entsprechende Tür aufschnappte.

»Sehr nett«, grummelte Anton. »Sehr nett. Richtig luxuriös, würde ich meinen.«

Das stimmte! Es gab mehrere abgetrennte Duschkabinen, insgesamt drei. Die Röhren waren dergestalt arrangiert, daß eine Leitung Seifenlauge (lauwarm) verströmte, die beiden anderen dienten zum Abspülen (heiß oder kalt). Es gab da noch ein halbes Dutzend Waschbecken in elfenbein-chrom, einschließlich Shampooständern, Föns und haarstrahldünnen Hautstimulatoren. Nichts von dem, was notwendig war, fehlte.

»Hier ist ganz gewiß nichts schäbig«, bemerkte Anton. »Das ist wie ein Reklamespot auf Sub-Äther, was, Williams? Wie erklären Sie sich das?«

»Ich bin ganz durcheinander.«

Antons Lächeln verschwand wie der flüchtige Blitz eines rasend schnellen Weltraumkreuzers vor der Sichtscheibe eines Helmes. »Ich nicht. Dingo, komm mal her.«

Der Piratenkapitän sagte, an Lucky gewandt: »Wissen Sie, das ist ganz einfach. Hier haben wir also ein Schiff mit niemandem an Bord auf die denkbar billigste Art und Weise zusammengeschustert, ganz so, als wäre es in größter Hast geschehen, aber mit einem Waschraum, der einfach der letzte Schrei ist. Warum? Ich glaube, einfach nur, damit man soviel Röhren wie möglich in diesem Waschraum unterbringen konnte. Und wozu das Ganze? Damit wir nicht auf die Idee kommen, daß eine oder zwei davon Attrappen sind ... Welche Röhre ist es, Dingo?«

Dingo trat mit dem Fuß gegen eine von ihnen.

»Von Treten war nicht die Rede, du blöde Mißgeburt. Nimm sie auseinander.«

Dingo tat, wie ihm geheißen, ein Mikro-Hitzestrahler blitzte kurz auf. Er zerrte Drähte hervor.

»Was ist das, Williams?« fragte Anton herrisch.

»Drähte«, gab Lucky kurzangebunden zurück.

»Das weiß ich, du Klotz.« Plötzlich brach er in Wut aus. »Was sonst noch? Ich werde dir sagen, was sonst noch. Diese Drähte da sind so angeschlossen, daß sie jedes Gramm Atomit an Bord zur Explosion bringen werden, sobald wir das Schiff auf unsere Basis verholen.«

Lucky schreckte hoch. »Wie wollen Sie das so genau wissen?«

»Bist du überrascht? Du hast nicht gewußt, daß dies hier eine einzige kapitale Falle ist? Du wußtest nicht, daß wir dieses Schiff zu unserer Base schleppen sollten, um es zu reparieren? Du hast nicht gewußt, daß wir uns samt der Base selbst in die Luft jagen sollten, bis nur noch heißer Staub übrig ist? Na hör mal, du bist doch als Köder hier und sollst dafür sorgen, daß wir auch richtig für dumm verkauft werden. Dein Pech ist nur, daß ich kein Dummkopf bin!«

Seine Mannschaft umringte sie nun, Dingo fuhr sich erwartungsvoll mit der Zunge über die Lippen.

Ruckartig brachte Anton den Blaster hoch, und in seinen Augen war keine Gnade, nicht ein Funken von Barmherzigkeit.

»Warten Sie, heilige Milchstraße! Ich weiß davon nichts. Sie haben kein Recht, mich ohne Veranlassung zu erschießen.« Er spannte sich zum Sprung an, zum letzten Kampf, bevor er sterben mußte.

»Kein Recht!« Antons Augen sprühten, aber plötzlich senkte er den Blaster. »Wie kannst du es wagen zu sagen, ich hätte kein Recht dazu. Auf diesem Schiff habe ich alle Rechte, die man sich nur vorstellen kann.«

»Sie können nicht einfach so einen guten Mann umbringen. Die Männer von den Asteroiden brauchen gute Leute. Werfen Sie nicht einfach ein Leben weg.«

Einige der Piraten begannen plötzlich zu murmeln.

»Mut hat er, Captain. Vielleicht könnten wir ihn gebrauchen ...«, wagte sich einer vor.

Die Stimme verstummte sofort, als Anton sich dem Sprecher zuwandte.

Anton drehte sich wieder um. »Was macht dich zu einem guten Mann, Williams? Beantworte mir diese Frage, und ich werde es mir überlegen.«

»Ich kann es mit jedem hier aufnehmen. Mit bloßen Fäusten oder jeder Waffe, egal welcher.«

»Ach ja?« Antons Zähne bleckten sich ohne sein Zutun. »Habt ihr das gehört, Männer?«

Ein zustimmendes Gebrüll war die Antwort.

»Es ist deine Herausforderung, Williams. Egal, welche Waffe, hast du gesagt. Gut! Überlebe, was gleich kommt, und du wirst nicht erschossen, sondern ich überlege mir, ob wir dich in die Mannschaft aufnehmen sollen.«

»Ich habe Ihr Ehrenwort, Captain?«

»Du hast mein Wort, und ich breche es nie. Die Mannschaft ist mein Zeuge. Falls du es überlebst.«

»Gegen wen kämpfe ich?« wollte Lucky wissen.

»Hier gegen Dingo. Ein guter Mann. Wer ihn schlägt, ist ein sehr guter Mann.«

Lucky musterte den riesigen Berg aus Muskeln und Sehnen, der sich vor ihm aufgebaut hatte. Seine kleinen Augen glitzerten erwartungsvoll, und Lucky mußte dem Captain wohl oder übel recht geben.

Aber mit fester Stimme sagte er: »Welche Waffen? Oder lieber mit bloßen Fäusten?«

»Waffen! Rückstoßrohre, um genau zu sein. Rückstoßrohre im offenen Weltraum.«

Einen Augenblick lang fand Lucky es schwer, die gebotene Ruhe zu bewahren.

Anton lächelte. »Hast du Angst, es könnte nicht der angemessene Test für dich sein? Keine Sorge. Dingo ist mit der Rückstoßpistole der beste Mann in unserer Flotte.«

Luckys Hoffnung sank auf den Nullpunkt. Duelle mit Rückstoßpistolen erforderten einen Fachmann. Das war eine Binsenweisheit! So wie er es am College gespielt hatte, war es eine sportliche Angelegenheit. Bei Profis wurde es tödlich!

Und er war kein Profi!

4
Duell mit Waffen

Die Piraten versammelten sich auf der Außenhaut der *Atlas* und auf ihrem eigenen Schiff sirianischen Entwurfs. Einige standen, wobei die Magnetfelder ihrer Stiefel sie festhielten. Andere hatten sich, um besser sehen zu können, losgelassen und hielten ihren Standort durch ein kurzes magnetisches Kabel, das am Schiffsrumpf befestigt war.

80 Kilometer voneinander entfernt waren zwei Tore aus Metallfolie aufgestellt worden. In zusammengelegtem Zustand an Bord waren sie nicht größer als ein Quadratmeter, aufgeklappt erstreckten sich dreißig Meter weit nach allen Seiten dünngewalzte Beryllium-Magnesium-Bogen. In ihrer Helligkeit nicht beeinträchtigt und in den Weiten des Weltraums von Einflüssen unbeeinträchtigt, wurden sie in Rotation versetzt, und die glitzernde Reflexion der Sonne auf ihrer glänzenden Oberfläche sandte Strahlen aus, die kilometerweit zu sehen waren.

»Ihr kennt die Regeln. « Antons Stimme erscholl lautstark in Luckys Ohren, und wahrscheinlich ging es Dingo ebenso.

Lucky konnte eine halbe Meile entfernt den Raumanzug seines Gegners als sonnenbeschienenen Fleck ausmachen. Das Rettungsboot, das sie beide hier abgesetzt hatte, flog jetzt eilig zum Piratenschiff zurück.

»Ihr kennt die Regeln«, sagte Antons Stimme. »Wer zu seinem eigenen Tor zurückgedrückt wird, hat verloren. Wird niemand zurückgedrückt, dann verliert derjenige, dessen Stoßpistole zuerst leer ist. Keine zeitliche Begrenzung. Kein Abseits. Ihr habt noch fünf Minuten. Die Stoßpistole darf bis zum Kommando nicht benutzt werden.«

Kein Abseits, dachte Lucky. Jetzt hatte sich Anton verraten. Stoßpistolen-Duelle durften als legale Sportart nicht mehr als hundertfünfzig Kilometer von einem Asteroiden entfernt abgehalten werden, dessen Durchmesser mindestens achtzig Kilometer betragen mußte. So war gewährleistet, daß immer eine fühlbare Anziehungskraft, sei sie auch noch so gering, auf die Spieler einwirkte. Nicht genug, um die Beweglichkeit zu beeinflussen, jedoch ausreichend, um einen Teilnehmer, der sich kilometerweit draußen im All mit einer leergeschossenen Pistole befand, zu retten. Selbst wenn man in dieser Lage nicht von einem Rettungsboot aufgefischt wurde, brauchte man sich nur ruhig zu verhalten, und in wenigen Stunden, schlimmstenfalls aber in ein bis zwei Tagen würde der Betreffende auf die Asteroidenoberfläche zurücktreiben.

Aber hier gab es hunderttausend Kilometer im Umkreis keinen Asteroiden von ausreichender Größe. Ein anständiger Stoß würde auf ewig seine Wirkung behalten. Es war mehr als wahrscheinlich, daß die Reise schließlich und endlich in der Sonne enden würde, lange nachdem der unglückliche Kämpfer aus Sauerstoffmangel erstickt war. Wurde ein Teilnehmer außerhalb bestimmter Grenzen getrieben, so galt es üblicherweise als abgemacht, daß die Begegnung bis zu seiner Rückkehr neutralisiert wurde.

›Kein Abseits‹ bedeutete ›auf Leben und Tod‹.

Über die vielen Kilometer zwischen Luckys im Helm eingebauten Sender und dem Piratenschiff hinweg erklang Antons Stimme scharf und klar. »Noch zwei Minuten. Schaltet eure Körpersignale ein«, sagte Anton.

Lucky hob die Hand und legte den Schalter auf seiner Brust um. Die farbige Metallfolie, die vorher mit einem Magnet an seinem Helm angebracht worden war, begann sich zu drehen. Es handelte sich um ein Tor in Kleinausgabe. Eben war Dingos Gestalt noch ein trüber Punkt gewesen, jetzt verwandelte er sich in ein flackerndes rotes Licht. Lucky wußte, daß sein eigenes Signal grün war. Die Tore strahlten perlweiß.

Selbst in diesem Augenblick war ein Teil seiner Gedanken

weit, weit weg. Ganz am Anfang hatte er versucht, Einwände zu erheben. »Wissen Sie, mir ist es recht so, verstehen Sie mich richtig«, hatte er gesagt. »Aber während wir da draußen herumalbern, könnte ein Regierungskreuzer ...«

Mit Verachtung in der Stimme hatte Anton geblafft: »Vergiß es. Kein Patrouillenschiff hat den Mumm, so tief zwischen die Felsen vorzustoßen. Wir haben hundert Schiffe in Rufweite, es gibt tausend Felsen, die uns aufnehmen können, falls wir flüchten müssen. Mach, daß du in deinen Anzug kommst.«

Hundert Schiffe! Tausend Felsen! Falls das stimmte, dann hatten sich die Piraten nie ganz in die Karten blicken lassen. Was ging hier vor?

»Noch eine Minute!« hörte man Antons Stimme durchs All.

Grimmig hob Lucky seine beiden Stoßpistolen. Dabei handelte es sich um ›L‹-förmige Objekte, die an elastischen Schläuchen an den Gaszylindern, die wie ein Rettungsring um seine Hüften gelegt worden waren, hingen. (Die Zylinder enthielten flüssiges Kohlendioxyd, das unter hohem Druck stand.) Vor Jahren waren die Verbindungsschläuche noch aus Metall gewesen. Das war haltbarer, aber gleichzeitig auch viel schwerer und hatte die Beweglichkeit und Treffgenauigkeit der Stoßpistolen beeinträchtigt. Bei Stoßduellen kam es auf flinkes Zielen und Feuern an. Als man ein mit Fluor veredeltes Silikon entwickelt hatte, das bei Weltraumtemperatur flexibel blieb und unter direkter Sonneneinstrahlung nicht klebrig wurde, begann man überall die leichtere Schlauchverbindung zu verwenden.

»Schießt, wenn ihr soweit seid!« rief Anton.

Eine von Dingos Stoßpistolen feuerte. Das flüssige Kohlendioxyd verbrodelte in einer heftigen Reaktion zu Gas und schoß aus der winzigen Mündung der Stoßpistole. Keine zwanzig Zentimeter von der Austrittsöffnung entfernt gefror das Gas zu einer Linie winziger Kristalle. Innerhalb einer halben Sekunde, nachdem der Abzug betätigt worden war, hatte sich eine kilometerlange Kristallspur gebildet. Während sie in die eine Richtung zeigte, wurde Dingo in die entgegengesetzte gedrückt. Ein Raumschiff und sein Antriebsstrahl in Miniaturausgabe.

Dreimal blitzte die ›Kristallspur‹ auf und verlor sich in der Ferne. Sie deutete genau von Lucky weg, jedesmal gewann Dingo an Geschwindigkeit und kam auf Lucky zu. Das Ganze erweckte einen trügerischen Eindruck. Für das Auge bestand die einzige sichtbare Veränderung in dem allmählichen Hellerwerden von Dingos Signalscheibe, Lucky wußte aber, daß der Abstand zwischen ihnen rasend schnell überbrückt wurde.

Was Lucky nicht wußte, war, welche Strategie er zu erwarten hatte und welche Verteidigungstaktik er anwenden mußte. Er wartete ab, um zu sehen, wie sich der Angriff des anderen entwickelte.

Inzwischen war Dingo groß genug geworden, um ihn als menschenähnliche Gestalt mit einem Kopf und vier Extremitäten erscheinen zu lassen. Er schwebte auf einer Seite vorbei und traf keine Anstalten, seine Zielrichtung zu verändern. Er schien es zufrieden zu sein, sich weit links von Lucky zu halten.

Lucky wartete immer noch ab. Das Durcheinander der Rufe, die in seinem Helm aufklangen, war verstummt. Sie kamen von den eingeschalteten Sprechgeräten der Zuschauer. Obwohl sie zu weit entfernt waren, um die Kämpfer sehen zu können, waren sie sehr wohl in der Lage, die Bewegungen der Signalscheiben und die Kohlendioxydspuren zu verfolgen. Sie warteten auf etwas, dachte Lucky.

Es geschah plötzlich.

Rechts von Dingo erschien ein Kohlendioxydstoß, dann noch einer, und seine Flugbahn veränderte sich in Richtung auf die Position des jungen Ratsmitglieds. Lucky riß die Stoßpistole hoch, jederzeit bereit, nach unten zu schießen, um den Nahkampf zu vermeiden. Am sichersten war es, dachte er, genau das zu tun und sich so langsam und so wenig wie möglich zu bewegen, um mit dem Kohlendioxyd hauszuhalten.

Aber Dingos Flug setzte sich nicht in Luckys Richtung fort. Er feuerte genau geradeaus, eine lange Spur stand im All, sie begann in der Ferne kleiner zu werden. Lucky beobachtete den Gegner aufmerksam, und viel zu spät erkannten seine Augen die Lichtspur.

Sicher, die von Dingo zuletzt abgefeuerte Kohlendioxydlinie kam auf ihn zu, aber sein Gegner hatte sich nach links bewegt und die Linie ebenso. Beide Bewegungen zusammen führten den Strahl genau auf Lucky zu, und die Spur traf ihn voll an der Schulter.

Für Lucky fühlte es sich wie ein harter Schlag an. Die Kristalle waren winzig, verteilten sich aber meilenweit und legten in der Sekunde viele Meilen zurück. Alle trafen seinen Anzug so schnell, daß ihm nicht einmal Zeit zu einem Blinzeln zu bleiben schien. Luckys Panzeranzug erzitterte, und der Aufschrei der Zuschauer erfüllte seinen Helm mit Lärm.

»Du hast ihn, Dingo!«

»Was für ein Treffer!«

»Wunderbar, einfach großartig!«

»Guck mal, wie der Clown kreiselt!«

Im Hintergrund gab es ein Gemurmel, das sich irgendwie nicht ganz so begeistert anhörte.

Lucky kreiselte, oder besser gesagt, seinen Augen kam es so vor, als ob der Himmel und alle Sterne kreiselten. Vor seiner Sichtscheibe wurden die Sterne zu weißen Schlieren, als ob sie nun gleichfalls aus Kohlendioxydkristallen bestehen würden.

Außer den vielen verschwommenen Schemen konnte er nichts erkennen. Einen Augenblick lang hatte es den Anschein, als habe der Treffer die Fähigkeit zu denken bei ihm ausgeschaltet.

Ein Stoß in der Magengegend und einer ins Kreuz schickten ihn immer noch kreiselnd mit atemberaubender Geschwindigkeit weiter und weiter in den Weltraum hinaus.

Er mußte sich etwas einfallen lassen, sonst spielte Dingo von einem Ende des Universums bis zum anderen Fußball mit ihm. Als erstes mußte die Drehung aufhören, damit er sich orientieren konnte. Er überschlug sich diagonal zur Körperachse, linke Schulter über rechte Hüfte. Er richtete seine Stoßpistole in die entgegengesetzte Richtung. Mit blitzschnellen Stößen pumpte er Ströme von Kohlendioxyd heraus.

Die Sterne wurden langsamer, bis ihre Drehbewegungen nur noch ein gemessenes Marschtempo hatten, wodurch aus ihnen präzise definierbare Fixpunkte wurden. Das Firmament war wieder so, wie er es kannte.

Ein Stern flimmerte und war zu hell. Lucky wußte, daß es sich um sein Tor handelte. Beinahe diametral entgegengesetzt dazu befand sich Dingos in bösem Rot leuchtende Signalscheibe. Lucky konnte sich nicht hinter das Tor begeben, dann war das Duell vorbei, und er hätte verloren. Jenseits oder ein Kilometer vor dem Torraum war das Spiel in der Regel beendet. Andererseits konnte er es sich auch nicht leisten, näher an seinen Gegner heranzukommen.

Er richtete seine Stoßpistole pfeilgrade über seinen Kopf, löste den Kontakt aus und hielt fest. Er zählte bis sechzig, bevor er den Kontakt losließ, und während der gesamten Minute spürte er auf dem Weg nach unten den Druck gegen den Helm.

Das war eine Verzweiflungstat, denn in einer einzigen Minute verbrauchte er den Kohlendioxydvorrat einer halben Stunde.

Außer sich schrie Dingo: »Du schäbiger Feigling! Miese Flasche!«

Die Schreie der Zuschauer schwollen ebenfalls an.

»Seht mal, wie er türmt.«

»Er ist an Dingo vorbei. Schnapp ihn dir, Dingo!«

»He, Williams. Kämpf wie ein Mann.«

Wieder konnte Lucky das blutrote Signal seines Feindes erkennen.

Er mußte in Bewegung bleiben. Etwas anderes konnte er nicht tun. Dingo war ein Profi, der einen vorbeiflitzenden zentimetergroßen Meteoriten treffen konnte. Was ihn selbst anging, dachte Lucky voller Reue, so würde er wahrscheinlich Schwierigkeiten haben, Ceres auf einen Kilometer zu treffen.

Er benutzte seine Stoßpistolen abwechselnd. Nach links, dann nach rechts; dann blitzartig nach rechts, wieder links und noch einmal nach rechts.

Das brachte nichts. Es war so, als ob Dingo im voraus wußte, wo es hinging. Er schnitt ihm den Weg ab und näherte sich erbarmungslos.

Lucky fühlte, wie ihm auf der Stirn der Schweiß ausbrach, und dann wurde ihm die Stille ringsumher bewußt. Er konnte sich nicht genau erinnern, seit wann das so war, aber sie hatte wie das Abreißen eines Fadens eingesetzt. Einen Augenblick vorher war da das Geschrei und die Lachsalven der Piraten gewesen, und gleich darauf diese Stille des Weltraums, in dem man nie ein Geräusch hören konnte.

War er aus dem Sendebereich des Schiffes getrieben? Unmöglich! Eingebaute Sender, selbst die primitivsten, reichten im All viele tausend Meilen. Er drehte die Regler auf seiner Brust auf Maximum.

»Captain Anton!«

Aber ihm antwortete nur Dingos rauhe Stimme. »Hör auf zu schreien, ich kann dich verstehen.«

»Auszeit! Mit meinem Radio stimmt etwas nicht.«

Dingo war inzwischen wieder nahe genug heran, um als menschliche Gestalt erkennbar zu sein. Eine blitzende Kristallspur, und er schwebte noch näher heran. Lucky wich zurück, aber der Pirat folgte dicht auf.

»Alles in Ordnung«, sagte Dingo. »Der Sender ist präpariert, das ist alles. Ich habe gewartet, lange gewartet. Hätte dich längst am Tor vorbeipusten können, aber ich wollte abwarten, bis der Sender ausfällt. Hab' nur 'nen kleinen Transistor abgeknipst, bevor du in den Anzug gestiegen bist. Mit mir kannst du dich immer noch unterhalten. Ein, zwei Meilen weit reicht er noch. Das heißt, ein Weilchen kannst du noch mit mir reden.« Sein eigener Witz schien ihm zu gefallen, er lachte bellend.

»Das verstehe ich nicht«, meinte Lucky.

In Dingos Stimme schwang abgrundtiefe Grausamkeit mit. »Du hast mich auf dem Schiff mit dem Blaster im Halfter erwischt. Du hast mich mattgesetzt. Mich wie einen Dummkopf aussehen lassen. Niemand legt mich so rein und macht den Molly mit mir, wenn der Captain dabei ist, und lebt anschließend noch lange. Ich spare dich nicht auf, damit dich jemand anders kaltmacht, ich erledige dich hier! Und zwar höchstpersönlich!«

Dingo war jetzt viel näher. Lucky konnte beinahe das Gesicht hinter der dicken Glasscheibe erkennen.

Seine Ausweichbewegungen gab er auf. Das konnte, so überlegte er, auf Dauer nur dazu führen, daß er ständig ausmanövriert wurde. Er dachte daran, schlicht und einfach die Flucht zu ergreifen, mit wachsender Geschwindigkeit davonzustoßen, bis der Gasvorrat zu Ende war.

Aber was geschah dann? Und würde er zufrieden sein, sein Leben als Feigling zu beschließen?

Er würde sich einfach wehren müssen. Er zielte mit der Stoßpistole auf Dingo, aber als die Kristallspur durch den Punkt ging, an dem Dingo eben noch gewesen war, war der Pirat längst verschwunden. Er versuchte es wieder und wieder, aber Dingo war ein tanzender Derwisch.

Und dann spürte Lucky den harten Aufprall des Strahls aus der Stoßpistole seines Gegners, und wieder begann er zu kreiseln. Verzweifelt bemühte er sich, der Spiralbewegung zu entrinnen, aber bevor er das bewerkstelligen konnte, merkte er die dröhnende Gewalt eines Körpers, der mit dem seinen zusammenprallte.

Dingo hielt Luckys Anzug fest umklammert.

Helm zu Helm. Visier an Visier. Lucky starrte auf die weiße Narbe, die Dingos Oberlippe in zwei Hälften teilte. Als der Pirat lächelte, zog sie sich zusammen.

»Hallo, Kumpel«, sagte er. »Freut mich, dich zu sehen.«

Als er den Haltegriff der Arme löste, schwebte Dingo einen Augenblick lang davon, oder es hatte zumindest den Anschein. Mit den Oberschenkeln hielt der Pirat Lucky fest um die Knie gefaßt, und mit der Kraft eines Gorillas verdammte er Lucky zur Bewegungsunfähigkeit. Mit seinen drahtigen Muskeln wand sich das junge Ratsmitglied ohne Erfolg einmal nach hier und dann wieder in die andere Richtung.

Dingos teilweiser Rückzug bezweckte nur, daß seine Hände freikamen. Er streckte einen Arm hoch, mit dem Stoßpistolenkolben voran. Er traf das Visier voll, und Luckys Kopf schlug unter dem plötzlichen schmetternden Aufprall ins Genick zurück. Der gnadenlose Arm kam wieder hoch, während der andere sich um Luckys Kopf legte.

»Halt die Birne still«, knurrte der Pirat. »Ich bring das hier zu Ende.«

Lucky wußte, daß dies buchstäblich der Wahrheit entsprach, falls er nicht schnell handelte. Glassit war stark und haltbar, würde Rammstößen mit einem Metallgegenstand nur begrenzte Zeit standhalten.

Er preßte den Ballen seiner behandschuhten Hand gegen Dingos Helm, drückte den Arm durch und schob den Kopf des Piraten zurück. Dingo tauchte mit dem Schädel zur Seite und schüttelte Luckys Arm ab. Zum zweitenmal krachte der Kolben gegen des Visier.

Lucky ließ beide Stoßpistolen los, es kümmerte ihn nicht, daß sie an ihren Verbindungsschläuchen herabbaumelten.

Mit sicherem Griff langte er nach Dingos Pistolenkabeln. Er ließ sie durch die Finger seiner Stahlhandschuhe gleiten. Seine Armmuskeln schwollen und zogen sich schmerzhaft zusammen. Er biß die Zähne zusammen und merkte, wie das Blut in den Schläfen zu pochen begann.

Während sich sein Mund in freudiger Erwartung verzog, vergaß Dingo alles um sich herum, außer dem nach oben gewandten Gesicht seines Opfers hinter der durchsichtigen Visierscheibe, das vor Angst verzerrt war, wie er annahm. Noch einmal krachte der Kolben auf das Glassit. Eine kleine sternförmige Bruchstelle erschien dort, wo das Metall getroffen hatte. Dann gab etwas anderes nach, und das Universum schien verrückt zu werden.

Zuerst ging der eine der Verbindungsschläuche an Dingos Stoßpistolen ab und fast augenblicklich danach der andere. Ein unkontrollierter Kohlendioxydstrom schoß aus den zerrissenen Schläuchen.

Die Schläuche peitschten wie wildgewordene Schlangen umher. Lucky wurde durch die unkontrollierten und wahnwitzigen Beschleunigungen erst an die eine, dann gegen die andere Anzugseite geschleudert.

Dingos Griff lockerte sich, und er schrie überrascht auf. Sie wurden beinahe voneinander getrennt, aber Lucky hielt sich grimmig an der Ferse seines Gegners fest.

Der Kohlendioxydstrom wurde schwächer, und Hand über Hand arbeitete sich Lucky am Bein des Piraten hoch.

Sie schienen jetzt im Raum stillzustehen. Die zufälligen Jetstöße hatten sie noch nicht einmal in ein spürbares Trudeln versetzt. Dingos Stoßpistolenschläuche, inzwischen tot und schlaff, behielten ihre letzte Position bei. Alles schien stillzustehen, still wie der Tod.

Aber das war Einbildung. Lucky war sich darüber im klaren, daß sie jede Sekunde mehrere Meilen in die Richtung zurücklegten, in die der letzte Jetstrahl sie beide befördert hatte. Sie trieben allein und verloren im Weltraum.

5
Der Einsiedler auf dem Felsen

Lucky befand sich nun auf Dingos Rücken, seine Oberschenkel umklammerten die Taille des anderen. Leise und grimmig sagte er: »Hörst du mich, Dingo, du kannst mich doch hören, oder? Ich weiß nicht, wo wir sind oder wo wir hintreiben, aber du weißt es auch nicht. Und deswegen brauchen wir uns jetzt gegenseitig. Bist du bereit, einen Handel abzuschließen? Da dein Sender bis zum Schiff reicht, kannst du herausfinden, wo wir sind, aber ohne Kohlendioxyd kommst du nicht zurück. Ich habe für uns beide genug, aber du mußt mich führen.«

»Scher dich zur Milchstraße, Bürschchen«, brüllte Dingo. »Wenn ich mit dir fertig bin, habe ich deine Stoßröhren.«

»Das möchte ich bezweifeln«, antwortete Lucky kühl.

»Willst du sie auch abmachen, du Gimpel? Dann mal los! Los doch, du verdammter Gimpel! Wozu soll das gut sein? Der Captain wird mich holen, egal, wo ich bin, während du längst mit eingeschlagenem Helm und gefrorenem Blut im Gesicht durch die Gegend treibst.«

»Nicht ganz, Freund. Du hast etwas im Rücken, verstehst du. Vielleicht kannst du es durch das Metall nicht fühlen, es ist aber da, darauf kannst du wetten.«

»Eine Stoßpistole. Na und? Solange wir aneinanderhängen, bedeutet das überhaupt nichts.« Aber seine Arme hielten in ihrem zappelnden Bemühen, Lucky in den Griff zu bekommen, inne.

»Ich bin kein Stoßpistolen-Duellist.« Ob dieses Umstandes schien Luckys Stimme vergnügt zu sein. »Aber trotzdem weiß ich mehr über Stoßpistolen als du. Der Schußwechsel findet auf Meilenabstand statt. Es gibt keinen Luftwiderstand, der den Gasstrom abbremst oder verwirbelt, dafür gibt es aber einen inneren Widerstand. Im Strom selbst treten immer Turbulenzen auf. Die Kristalle prallen gegeneinander und werden dabei langsamer. Die Gasspur wird breiter. Wird das Ziel verfehlt, verteilt sie sich im All und verschwindet, trifft sie schließlich doch noch, ist das immer noch, als ob dich ein Pferd tritt.«

»Wovon, beim All, faselst du da? Was soll das Geschwätz?« Der Pirat .wehrte sich mit der Kraft eines Bullen, und Lucky keuchte vor Anstrengung, während er ihn in die alte Position zurückzwang.

»Paß mal gut auf«, sagte Lucky. »Was glaubst du eigentlich, was passiert, wenn das Kohlendioxyd aus zehn Zentimetern Entfernung trifft, ohne daß die Turbulenzen den Strom verlangsamt haben oder der Jet aufgefächert ist? Du brauchst gar nicht zu raten, ich werd's dir erzählen. Es würde wie ein Schneidbrenner durch den Anzug gehen, und durch deinen Körper natürlich auch.«

»Du spinnst! Du quatschst Unsinn!«

Dingo fluchte wie ein Besessener, hielt seinen Körper aber plötzlich stocksteif.

»Dann versuch's doch«, sagte Lucky. »Beweg dich! Meine Stoßpistole liegt mit der Mündung fest an deinem Anzug und ich drücke ab. Versuch es doch.«

»Du foulst mich«, knirschte Dingo. »Das ist kein anständiger Sieg.«

»Ich habe einen Sprung im Visier. Die Männer werden wissen, wer hier nicht fair gewesen ist. Du hast eine halbe Minute, um es dir zu überlegen, Dingo.«

Die Sekunden vertickten, ohne daß einer sprach. Lucky ergriff Dingos Hand.

»Auf Wiedersehen, Dingo!« sagte er.

»Warte mal, warte!« brachte der Pirat mit belegter Stimme hervor. »Ich dehne nur gerade den Senderadius aus.« Dann rief er: »Captain Anton ... Captain Anton ...«

Es dauerte anderthalb Stunden, um wieder zum Schiff zu kommen.

Die *Atlas* schwebte wieder im Gefolge des Piratenschiffs durch den Weltraum. Die automatische Steuerung war auf manuelle Bedienung umgeschaltet worden, und eine dreiköpfige Prisenmannschaft überwachte die Antriebsaggregate. Wie zuvor hatte die *Atlas* eine Passagierliste von genau einem Mann – Lucky Starr.

Lucky stand in einer Kabine unter Arrest und bekam die Crew nur zu Gesicht, wenn er seine Mahlzeiten erhielt. Dabei handelte es sich um die Vorräte von Bord der *Atlas*, dachte Lucky. Oder zumindest um das, was davon noch übriggeblieben war. Ein Großteil der Lebensmittel und all jene Ausrüstungsgegenstände, die für das Manövrieren des Schiffes nicht unabdingbar notwendig waren, hatte man bereits auf das Piratenschiff hinübergeschafft.

Seine erste Mahlzeit brachten ihm drei Piraten gemeinsam. Es waren schlanke Männer, von der ungebrochenen Sonne des Weltraums tief gebräunt. Sie reichten ihm das Tablett, ohne etwas zu sagen, untersuchten die Kabine mit Sorgfalt, blieben stehen, während er die Dosen öffnete und den Inhalt erwärmte, dann trugen sie die Reste wieder weg.

»Setzt euch, Männer«, sagte Lucky. »Ihr braucht nicht zu stehen, während ich esse.«

Keine Antwort. Einer, es handelte sich um den dünnsten und hohlwangigsten der drei, seine Nase war einmal gebrochen worden und stand nun schief im Gesicht, und sein Adamsapfel zeichnete sich scharf ab, sah seine Kameraden an, als überlege er, ob er die Einladung annehmen solle. Die anderen zeigten aber keine Reaktion.

Schiefnase brachte ihm die nächste Mahlzeit allein. Er stellte das Tablett ab, ging zur Tür zurück und öffnete sie. Er spähte den Korridor entlang, machte wieder zu und sagte: »Ich heiße Martin Maniu.«

Lucky lächelte. »Bill Williams. Die beiden anderen reden nicht mit mir, wie?«

»Das sind Freunde von Dingo. Ich nicht. Vielleicht bist du

ein Regierungsspitzel, wie der Captain glaubt, vielleicht bist du auch keiner. Ich habe keine Ahnung. Aber was mich betrifft, ist jeder, der mit Dingo, der Ratte, macht, was du getan hast, in Ordnung. Er hält sich für schlau und liebt rauhe Scherze. Als ich neu war, hat er mich einmal in ein Stoßpistolenduell verwickelt. Er hat mich beinahe gegen einen Asteroiden geschossen. Und das ganz ohne Grund. Er hat behauptet, es sei ein Versehen gewesen, aber überleg mal, der macht doch mit einer Stoßpistole keine Fehler. Du hast dir eine Menge Freunde gemacht, Mister, als du die Hyäne am Hosenboden zurückgeschleift hast.«

»Das freut mich.«

»Aber nimm dich vor ihm in acht. Das wird er dir nie vergessen. Paß auf, daß du nie mit ihm allein bist, selbst in zwanzig Jahren nicht. Es ist nicht nur, daß du ihn besiegt hast, verstehst du, sondern weil du ihn mit der Story über Kohlendioxyd, das angeblich durch eine Dreizentimeterplatte aus Metall schneidet, geblufft hast. Alle lachen ihn aus, und das hat er satt. Er ist regelrecht krank, Mann. Das ist das Schönste, was je passiert ist. Mann, ich hoffe echt, daß der Boß dich mitmachen läßt.«

»Der Boß? Captain Anton?«

»Nein, der Boß. Der große Chef. Sag mal, das Essen hier an Bord ist wirklich klasse. Besonders das Fleisch.« Der Pirat schmatzte vernehmlich mit den Lippen. »Dieses Gerstenmus hängt dir bald zum Halse raus, besonders, wenn du selbst auch noch die Kessel überwachen mußt.«

Lucky kratzte die Essensreste von seinem Teller. »Wer ist der Kerl?«

»Wen meinst du?«

»Den Boß.«

Maniu zuckte die Achseln. »Beim All! Ich habe keine Ahnung. Du glaubst doch nicht etwa, einer wie ich würde ihn je zu Gesicht bekommen. Es ist jemand, von dem alle Welt redet. Ist doch klar, einer muß der Boß sein.«

»Kompliziert angelegte Organisation.«

»Mann, du machst dir keine Vorstellung davon, bis du selbst bei dem Verein mitmachst. Paß auf, als ich hier herauskam, war ich total abgebrannt. Ich wußte nicht, was ich tun sollte. Ich dachte, na, wir knallen ein paar Schiffe ab, und dann bekomme ich mein eigenes und das wär's dann gewesen. Das wäre bestimmt besser, als einfach zu verhungern, meinst du nicht auch?«

»Aber so ist es nicht gekommen?«

»Nein. Ich war noch nie bei einem Überfall dabei. Von uns hier ist kaum einer mal mitgeflogen. Nur einige wie Dingo. Er ist immer dabei. Gefällt ihm wohl, der Ratte. Hauptsächlich ziehen wir los, um ab und an ein paar Frauen aufzutun . . .« Der Pirat lächelte. »Ich bin verheiratet und habe ein Kind. Sollte man gar nicht meinen, oder? Klar, wir haben ein eigenes kleines Geschäft. Uns gehören ein paar Gerstenkessel. Ab und zu heuere ich zum Weltraumdienst an, so wie jetzt zum Beispiel. Das ist ein leichter Job. Wenn du mitmachst, könntest du ganz gut dabei fahren. Ein gutaussehender Bursche wie du findet in Null Komma nichts eine Frau und kann eine Familie gründen. Oder es gibt auch reichlich Abenteuer, falls du daran Spaß hast. O ja, Bill. Ich hoffe, daß der Boß dich nimmt.«

Lucky begleitete ihn zur Tür. »Wo segeln wir übrigens hin? Etwa zu einer der Basen?«

»Nur zu einem der Felsen, schätze ich. Zum nächstgelegenen. Du bleibst hier, bis Bescheid gesagt wird. Das machen sie gewöhnlich immer so.«

Während er die Tür schloß, fügte er noch hinzu: »Und sag den beiden anderen oder sonst irgend jemandem kein Wort darüber, daß ich mit dir geredet habe, okay, Kumpel?«

»Kannst dich darauf verlassen.«

Als er wieder allein war, schlug er bedächtig und leicht mit der Faust in die Handfläche seiner anderen Hand. Der Boß! War das eben nur Gerede gewesen? Kompletter

Unsinn? Oder hatte es etwas zu bedeuten? Und das übrige Gespräch?

Er würde warten müssen. Heilige Milchstraße! Wenn Conway und Henree nur geistesgegenwärtig genug sind, wenigstens noch eine Weile lang nicht einzugreifen.

Als sich die *Atlas* näherte, erhielt Lucky keine Gelegenheit, den ›Felsen‹ in Augenschein zu nehmen. Er bekam ihn überhaupt nicht zu Gesicht, bis er aus der Luftschleuse heraus ins All trat – Martin Maniu voran und ein zweiter Pirat hinterher – und den Asteroiden hundert Meter unter sich sah.

Der Asteroid war ein typischer Vertreter seiner Art. Lucky schätzte, daß er an seiner breitesten Stelle ungefähr zwei Meilen maß. Er war rechteckig und zerklüftet, ganz so, als hätte ein Riese die Spitze eines Berges abgerissen und sie dann in den Weltraum geschleudert. Die der Sonne zugekehrte Seite glitzerte bräunlich-grau. Man konnte die Rotation deutlich mit dem bloßen Auge erkennen, die Schatten wechselten und veränderten sich.

Als er die Schleuse verließ, stieß er sich nach unten in Richtung auf den Asteroiden ab, indem er die Beine gegen den Rumpf des Schiffes stemmte. Langsam schwebten die verwitterten Klippen auf ihn zu. Als er mit den Händen den Boden berührte, zwang die Bewegungsträgheit auch den Rest seines Körpers hinab, wobei er in verlangsamter Zeitlupe weiterdrehte, bis er sich an einem Vorsprung festhalten konnte und endlich zum Halten kam.

Er stand auf. Der Felsen erweckte fast so etwas wie die Illusion, es könne sich dabei um die Oberfläche eines Planeten handeln. Hinter der nächstgelegenen, hoch aufragenden Klippe lag jedoch nichts außer dem leeren Weltraum. Die Sterne, die sich durch die Rotation des Asteroiden deutlich zu bewegen schienen, waren harte grelle Glitzerpunkte. Das

Schiff, das man in eine Umlaufbahn um den Brocken gebracht hatte, stand bewegungslos über ihren Köpfen.

Ein Pirat ging voraus, auf eine zwanzig Meter entfernte Erhöhung im Fels zu, die sich durch nichts von ihrer Umgebung unterschied. Der Mann schaffte die Strecke mit zwei langen Schritten. Während sie warteten, glitt ein Teil der Erhöhung zur Seite, und eine Gestalt in einem Raumanzug trat aus der Öffnung.

»Okay, Einsiedel«, sagte einer der Piraten unfreundlich, »hier ist er. Du trägst jetzt die Verantwortung für ihn.«

Die neue Stimme, die nun in Luckys Kopfhörer erklang, war sanft und ziemlich müde. »Wie lange wird er bleiben, meine Herren?«

»Bis wir ihn abholen kommen. Und hör auf, Fragen zu stellen.«

Die Piraten drehten sich auf dem Absatz um und sprangen in die Höhe. Die Anziehungskraft des Brockens konnte sie nicht zurückhalten. Sie wurden zusehends kleiner, und nach einigen Minuten bemerkte Lucky einen kurzen Kristallblitz, als einer der beiden seine Flugrichtung mit Hilfe einer Stoßpistole korrigierte. Dabei handelte es sich um eine Miniausführung, die zur Standardausrüstung bei Raumanzügen gehört. Die Gasfüllmenge war in einer eingebauten Kohlendioxydpatrone untergebracht.

Minuten vergingen, dann glühten die Jetstrahler der Rakete auf, und das Schiff begann kleiner zu werden.

Lucky wußte, daß es sinnlos war, den Versuch zu unternehmen, die Flugrichtung, in der es verschwand, ausmachen zu wollen, ohne den genauen Stand der eigenen Position im All zu kennen. Und darüber wußte er, abgesehen davon, daß ihm bekannt war, sich irgendwo im Asteroidengürtel zu befinden, rein gar nichts.

Er war so sehr in Betrachtung versunken, daß ihn die sanfte Stimme des anderen Menschen auf dem Asteroiden beinahe aufschrecken ließ.

»Es ist herrlich hier draußen«, sagte er. »Ich komme so selten heraus, daß ich es manchmal vergesse. Sehen Sie!«

Lucky wandte sich nach links. Die kleine Sonne begann soeben über die scharfen Konturen des Asteroiden zu blinzeln. Einen Moment später war sie zu hell, als daß man hätte hineinsehen können, ein hell schimmerndes Zwanzig-Kredit-Stück. Der vorher nachtschwarze Himmel blieb stockfinster, und die Sterne strahlten wie vorher. Auf atmosphärelosen Welten war das immer so, es gab eben keinen Staub, der das Licht gebrochen und verteilt und dem Firmament ein tiefes verhüllendes Blau verliehen hätte.

Der Mann vom Asteroiden sagte: »In ungefähr fünfundzwanzig Minuten oder so geht sie wieder unter. Manchmal, wenn Jupiter ganz nahe steht, können Sie ihn als kleine Kugel mit vier Satelliten wie militärisch ausgerichtete Fünkchen erkennen. Aber das geschieht nur alle dreieinhalb Jahre. Jetzt ist die richtige Zeit dafür.«

»Diese Männer haben Sie Einsiedel genannt«, sagte Lucky geradeheraus. »Heißen Sie so? Gehören Sie dazu?«

»Sie meinen, ob ich ein Pirat bin? Nein. Aber ich bin bereit einzuräumen, daß ich vielleicht Beihilfe leiste. Mein Name ist auch nicht Einsiedel. Das ist einfach nur eine Bezeichnung, die sie für Einsiedler im allgemeinen verwenden. Ich heiße Joseph Patrick Hansen, wenn Sie gestatten, und da wir auf unbestimmte Zeit enge Nachbarn sein dürften, hoffe ich, daß wir gute Freunde werden.«

Er streckte eine metallgeschützte Hand aus, die Lucky ergriff.

»Ich bin Bill Williams«, gab er zurück. »Sie sagten eben, Sie seien Einsiedler, soll das etwa heißen, Sie leben immer hier?«

»Stimmt genau.«

Lucky musterte die armseligen Granit- und Siliciumsplitter und runzelte die Stirn. »Sieht nicht gerade einladend aus.«

»Trotzdem werde ich mir Mühe geben, es Ihnen so angenehm wie möglich zu machen.«

Der Einsiedler berührte eine Sektion des Steins oder Felsens, aus dem er gekommen war, und wiederum bewegte sich ein Teil davon. Lucky bemerkte, daß die Kanten mit Lastium oder einem vergleichbaren Material verkleidet worden waren, um Luftundurchlässigkeit zu gewährleisten.

»Wollen Sie nicht eintreten, Mr. Williams?« sagte der Einsiedler mit einer einladenden Geste.

Lucky folgte ihm. Die Steintür schloß sich hinter ihnen. Während das geschah, schaltete sich eine kleine Leuchtstofflampe an und vertrieb die Finsternis. Eine kleine Luftschleuse, nicht größer als notwendig, um zwei Männer aufzunehmen, wurde erkennbar.

Ein kleines Rotlicht flackerte auf, und der Einsiedler meinte: »Sie können Ihr Visier jetzt öffnen. Wir haben Sauerstoff.« Während er sprach, nahm er sein eigenes ab.

Lucky tat es ihm nach und atmete die frische saubere Luft tief ein. Nicht schlecht. Besser als an Bord, eindeutig besser.

Aber als sich die innere Tür öffnete, fielen Lucky beinahe die Augen aus dem Kopf.

6
Auf dem Asteroiden

Selbst unten auf der Erde hatte Lucky nur wenige Räume gesehen, die derartig luxuriös eingerichtet waren. Das Zimmer war zehn Meter lang, sechs Meter breit und zehn Meter hoch. Oben befand sich eine Galerie. Die Wände waren von oben bis unten mit Mikrofilmspulen bedeckt. Auf einem Podest stand ein Projektor, auf einem weiteren befand sich ein Modell der Milchstraße aus einem edelsteinähnlichen Material. Überall herrschte indirekte Beleuchtung.

Im gleichen Augenblick, als er den Fuß in das Zimmer setzte, spürte er den Zug von Pseudo-Grav-Motoren. Er entsprach nicht den Erdwerten. Nach dem Gefühl zu urteilen, schien es sich um einen Mittelwert aus Mars- und Erdstandard zu handeln. Ein wunderbares Gefühl von Leichtigkeit machte sich bemerkbar, gleichzeitig war genügend Anziehungskraft vorhanden, um eine vollständige Koordination der Muskeln zu ermöglichen.

Der Einsiedler hatte den Raumanzug ausgezogen und ihn über einem weißen Plastikbecken aufgehängt, in das der Reif beim Abschmelzen tropfen konnte, der sich, nachdem sie aus dem eisigen All in die warme, feuchte Luft des Raumes gekommen waren, als dicke Kruste auf dem Anzug abgelagert hatte.

Er war groß und hielt sich gerade, das Gesicht zeigte eine gesunde rosa Farbe und wies keine Furchen auf. Sein Haar hingegen war weitgehend weiß, die dichten Augenbrauen ebenfalls, und die Adern auf seinen Händen traten deutlich hervor. Er sagte mit höflicher Betonung: »Darf ich Ihnen beim Ablegen des Anzuges behilflich sein?«

Lucky erwachte aus seiner Träumerei. »Oh, es geht schon.« Er befreite sich schnell aus seiner Montur. »Sie haben hier eine ungewöhnliche Behausung.«

»Gefällt sie Ihnen?« Hansen gestattete sich ein Lächeln. »Es hat viele Jahre gedauert, um es so herzurichten. Und das ist noch nicht alles von meinem bescheidenen Heim.« Er schien von stillem Stolz ergriffen zu sein.

»Das kann ich mir denken«, erwiderte Lucky. »Es muß noch ein Kesselraum für Beleuchtung, Wärmeversorgung und für das Pseudo-Grav-Feld dasein. Sie müssen eine Luftaufbereitungsanlage und eine Umwälzpumpe, Wassertanks, Lebensmittelvorratslager und ähnliche Dinge haben.«

»Richtig.«

»Das Einsiedlerleben ist gar nicht schlecht.«

Der Einsiedler war offensichtlich stolz und gleichzeitig erfreut. »Das braucht es auch nicht zu sein«, meinte er. »Setzen Sie sich, Williams, nehmen Sie Platz. Hätten Sie gerne etwas zu trinken?«

»Nein, besten Dank. « Lucky ließ sich in einen Lehnstuhl sinken. Die scheinbar ganz normale Sitzfläche und die Rückenpolsterung verdeckten ein weiches diamagnetisches Feld, das unter seinem Gewicht gerade so viel nachgab, um sich jeder seiner Körperkonturen anzupassen. »Es sei denn, Sie könnten eine Tasse Kaffee auftreiben.«

»Nichts leichter als das!« Der alte Mann trat in eine Nische. Sekundenschnell war er mit einer duftverströmenden, dampfenden Tasse in den Händen wieder zurück. Für sich selbst hatte er ebenfalls eine mitgebracht.

Auf den entsprechenden Druck von Hansens Fuß entstand in der Lehne von Luckys Sessel eine Vertiefung, und der Einsiedler stellte die Tasse in der dafür vorgesehenen Einbuchtung ab. Währenddessen hielt er inne, um den Jüngeren anzustarren.

Lucky sah auf. »Ja?«

»Es ist nichts«, Hansen schüttelte den Kopf.

Sie sahen sich beide an. Die Lampen in den etwas entfernteren Teilen des großen Zimmers gingen aus, bis nur noch der Raum unmittelbar um die beiden Männer herum beleuchtet war.

»Und wenn Sie jetzt Nachsicht mit der Neugier eines alten Mannes haben«, begann der Einsiedler, »möchte ich Sie fragen, warum Sie hierher gekommen sind.«

»Ich bin nicht hergekommen. Ich bin hergebracht worden«, antwortete Lucky.

»Wollen Sie etwa sagen, daß Sie kein ...«, Hansen machte eine Pause.

»Nein, ich gehöre nicht zu den Piraten. Wenigstens noch nicht.«

Hansen stellte seine Tasse ab und setzte eine besorgte Miene auf. »Das verstehe ich nicht, vielleicht habe ich an Dinge gerührt, die ich besser nicht angesprochen hätte.«

»Machen Sie sich deswegen keine Gedanken. Ich werde bald dazugehören.«

Lucky trank seinen Kaffe aus, und dann erzählte er, wie er sich an Bord der *Atlas* geschlichen hatte, er berichtete der Reihe nach, dabei wählte er seine Worte mit Bedacht.

Hansen hörte gespannt zu. »Und sind Sie sich wirklich sicher, daß Sie das tun wollen, junger Mann, jetzt, wo Sie einen kleinen Einblick in diese Art von Leben bekommen haben?«

»Da bin ich mir ganz sicher.«

»Warum, um der Erde willen?«

»Das ist es, wegen der Erde und wegen dem, was sie mir angetan hat. Dort kann man nicht leben. Warum sind Sie hierher gekommen?«

»Das ist eine lange Geschichte, fürchte ich. Sie brauchen keine Angst zu kriegen, ich werde sie nicht erzählen. Ich habe diesen Asteroiden vor vielen Jahren gekauft, um meine Ferien dort zu verbringen, und mit der Zeit hat er mir immer besser gefallen. Nach und nach habe ich die Wohnfläche vergrößert und brachte Möbel und Mikrofilme von der Erde mit. Schließlich gelangte ich zu der Überzeugung, daß ich hier alles hatte, was mein Herz begehrte. Warum sollte ich also nicht für immer bleiben, fragte ich mich. Und ich bin hiergeblieben.«

»Klar, warum auch nicht? Sie sind clever. Da unten geht alles drunter und drüber. Zu viele Menschen, zu viele miese Jobs. Fast unmöglich, auf einen der Planeten zu kommen, und wenn man es schafft, bekommt man doch bloß Knochenarbeit angeboten. Ein Mann hat heutzutage keine Möglichkeiten mehr, außer er kommt auf die Asteroiden. Ich bin noch nicht alt genug, um mich wie Sie zur Ruhe zu setzen. Aber für einen jungen Burschen bietet sich hier ein ungebundenes und aufregendes Leben. Hier kann man noch der große Boß werden.«

»Diejenigen, die bereits Bosse sind, haben es gar nicht gern, wenn junge Springinsfelds mit der Vorstellung im Kopf herumlaufen, sie könnten auch ganz nach oben kommen. Anton zum Beispiel, ich habe ihn erlebt und weiß Bescheid.«

»Vielleicht, aber bisher hat er sein Wort gehalten«, sagte Lucky. »Er hat gesagt, wenn ich diesen Dingo schlage, hätte ich gute Aussichten, bei den Männern von den Asteroiden mitmachen zu dürfen. Es sieht ganz so aus, als ob mir die Chance dazu geboten würde.«

»Es sieht ganz so aus, als seien Sie hier, das ist alles. Was wird, wenn er mit dem Beweis in Händen zurückkommt, oder mit dem, was er einen Beweis nennt, daß Sie ein Regierungsmann sind?«

»Das wird er nicht.«

»Und wenn er es doch tut? Einfach nur, um Sie loszuwerden?«

Luckys Züge verdunkelten sich, und wieder schaute Hansen ihn interessiert an, dabei runzelte er etwas die Stirn. Lucky sagte: »Das würde er nie tun. Einen guten Mann kann er immer gebrauchen, das weiß er genau. Und überhaupt, warum lesen Sie mir eigentlich die Leviten? Sie sind doch selbst hier draußen und lassen sich mit denen ein.«

Hansen schlug die Augen nieder. »Das ist wahr. Ich sollte Ihnen nicht dreinreden. Das kommt nur daher, daß ich zu lange allein bin, dann neigt man dazu, zuviel zu reden, wenn jemand vorbeikommt, einfach nur, um das Geräusch von Stimmen zu hören. Schauen Sie, es ist Zeit zum Abendessen. Mir wäre es recht, wenn Sie und ich schweigend unsere Mahlzeit einnehmen würden, falls Ihnen das lieber ist. Oder sonst reden wir über Themen, die Ihnen lieber sind.«

»Ja, schönen Dank, Mr. Hansen. Und nichts für ungut.«

»Gut.«

Lucky folgte Hansen in eine kleine Küche. An den Wänden standen dicht an dicht Dosen mit Konzentratnahrung aller Art. Von den Markenzeichen, die Lucky vertraut waren, keine Spur, statt dessen war der Inhalt jeder Dose in buntkolorierten Radierungen, die Bestandteil des Metalls waren, beschrieben.

»Für gewöhnlich pflege ich Frischfleisch in einem besonderen Tiefkühlraum aufzubewahren«, sagte Hansen erläuternd. »Auf einem Asteroiden können Sie jede gewünschte Minustemperatur herstellen, müssen Sie wissen. Aber es ist zwei Jahre her, daß ich an solche Verpflegung kommen konnte.«

Er wählte ein halbes Dutzend Dosen aus den Regalen und dazu einen Behälter mit Milchkonzentrat. Auf seine Bitte hin nahm Lucky einen versiegelten Fünfliterkanister voll Wasser aus einem der unteren Regale.

Der Einsiedler deckte schnell den Tisch. Die Dosen waren von der selbsterhitzenden Sorte, die sich zu Speisegefäßen öffneten und denen das Besteck schon beigegeben war.

Indem er auf die Büchsen deutete, sagte Hansen mit einem amüsierten Unterton in der Stimme: »Da draußen habe ich ein ganzes Tal, das bis zum Rand mit diesen Dingern gefüllt ist, gebrauchten, versteht sich. Haben sich in zwanzig Jahren angesammelt.«

Das Essen war gut, wenn auch eigenartig. Es handelte sich um Speisen auf Hefe-Basis, wie sie nur das terrestrische Empire produzierte. Nirgendwo sonst in der Galaxis war der Druck durch Überbevölkerung so groß, die Menschenmilliarden so belastend, daß man Hefekulturen anlegen mußte.

Auf der Venus, wo die meisten Hefeprodukte wuchsen, konnte so gut wie jede Art von Nahrung imitiert werden: Steaks, Nüsse, Butter oder Zuckerstangen. Sie waren auch ebenso nahrhaft wie die echten Produkte. Lucky kam der

Geschmack aber nicht ganz venusianisch vor. Da war noch so ein scharfer Beigeschmack.

»Verzeihen Sie, daß ich meine Nase da reinstecke«, sagte er, »aber das kostete doch alles viel Geld, oder etwa nicht?«

»Aber ja doch, ich habe einiges. Investitionen auf der Erde zum Beispiel. Sogar ziemlich gute. Meine Schecks werden immer angenommen oder sind bis vor zwei Jahren wenigstens immer genommen worden.«

»Was ist damals passiert?«

»Die Versorgungsschiffe sind nicht mehr gekommen. Wegen der Piraten wurde es zu gefährlich. Das war ein böser Schlag. Von den meisten Dingen hatte ich noch einen ordentlichen Vorrat, aber ich kann mir lebhaft vorstellen, wie es bei den anderen ausgesehen haben muß.«

»Bei den anderen?«

»Die anderen Einsiedler. Es gibt Hunderte wie mich. Nicht alle haben es so gut wie ich. Nur ganz wenige können es sich leisten, sich ihre Welt so gemütlich einzurichten, aber sie verfügen über das Nötigste. Meistens sind es alte Leute wie ich, die Ehepartner sind gestorben, die Kinder erwachsen, die Welt verstehen sie nicht mehr, alles hat sich verändert, da kommen sie eben allein hierher. Wenn sie etwas im Sparstrumpf haben, können sie sich einen kleinen Asteroiden einrichten. Die Regierung nimmt nichts dafür. Jeder Asteroid mit weniger als fünf Meilen im Durchmesser ist frei. Wenn sie wollen, können sie sich einen Subäther-Empfänger kaufen und mit dem Universum in Verbindung bleiben. Falls nicht, haben sie vielleicht Mikrofilme oder sorgen dafür, daß ihnen von den Transportschiffen einmal im Jahr Nachrichtenüberspielungen mitgebracht werden, oder wenn sie es vorziehen, essen, ruhen und schlafen und warten aufs Sterben. Manchmal wünsche ich mir, ich hätte einige von ihnen kennengelernt.«

»Warum haben Sie es nicht gemacht?«

»Manchmal war mir danach, aber das sind keine Leute,

die man so ohne weiteres kennenlernt. Schließlich sind sie hierher gekommen, um allein zu sein, und wenn man es recht betrachtet, dann bin ich ja aus dem gleichen Grund hier.«

»Aber was haben Sie getan, als die Versorgungsschiffe nicht mehr kamen?«

»Zunächst gar nichts. Ich war fest davon überzeugt, daß die Regierung die Situation bereinigen würde, und Verpflegung hatte ich für viele Monate. Ich hätte mich wahrscheinlich ein ganzes Jahr lang behelfen können. Aber dann kamen die Piratenschiffe.«

»Und Sie haben sich ihnen angeschlossen?«

Der Einsiedler zuckte die Schultern. Seine Augenbrauen zogen sich zu einem besorgten Stirnrunzeln zusammen. Sie beendeten die Mahlzeit in tiefem Schweigen.

Am Ende räumte er Dosenteller und Bestecke zusammen und steckte sie in den Wandcontainer der Nische, die in die Küche führte. Lucky vernahm ein schwaches knirschendes Geräusch von Metall auf Metall, das schnell an Intensität abnahm.

»Das Pseudo-Grav-Feld bezieht die Abfallröhre nicht mit ein«, bemerkte Hansen. »Ein Luftzug genügt, und schon segelt alles in das Tal, von dem ich Ihnen erzählt habe, obwohl es eine Meile von hier weg ist.«

»Mir scheint«, gab Lucky zurück, »wenn Sie es mit etwas mehr Druck versuchen, dann wären Sie die Dosen komplett los.«

»Richtig. Ich nehme an, die meisten Einsiedler machen es auch so. Aber mir gefällt die Vorstellung nicht. Außerdem wäre es eine Vergeudung von Luft und Metall. Vielleicht können wir die Büchsen eines Tages wiederverwenden. Wer weiß? Und außerdem, die meisten Dosen verschwänden bestimmt auf Nimmerwiedersehen, aber einige würden die Asteroiden sicher wie kleine Monde umkreisen. Die Vorstellung, von meinem eigenen Abfall begleitet zu werden, erscheint mir reichlich würdelos. Wollen Sie rauchen? Nein? Etwas dagegen, wenn ich ...?«

Er zündete sich eine Zigarre an und redete weiter, nachdem er einen befriedigten Seufzer ausgestoßen hatte. »Für regelmäßigen Tabaknachschub können die Männer der Asteroiden nicht sorgen, deswegen ist dies hier zu einem seltenen Genuß für mich geworden.«

»Versorgen sie Sie mit allem übrigen?« fragte Lucky.

»Stimmt genau. Wasser, Maschinenteile und frischgeladene Batterien. Eine Hand wäscht die andere.«

»Was tun Sie dafür?«

Der Einsiedler betrachtete eingehend sein glühendes Zigarrenende. »Nicht viel. Sie benutzen diese Welt. Sie lassen ihre Schiffe hier einlaufen, und ich erstatte keine Meldung. Meine Behausung betreten sie nicht, und was sie auf dem Brocken anstellen, geht mich nichts an. Ich will es auch gar nicht wissen. Das ist sicherer so. Manchmal werden Leute abgesetzt, so wie Sie jetzt, und später wieder abgeholt. Ich glaube, manchmal landen sie, um kleinere Reparaturen durchzuführen. Dafür bringen sie mir Versorgungsgüter.«

»Sie versorgen aber nicht alle Einsiedler?«

»Das weiß ich nicht. Vielleicht.«

»Das wäre ein Haufen Nachschub. Wo kriegen sie das Zeug nur her?«

»Sie bringen Schiffe auf.«

»Aber nicht genug, um Hunderte von Einsiedlern und noch dazu sich selbst versorgen zu können. Ich meine, sie müßten dann verdammt viele Schiffe aufbringen.«

»Keine Ahnung.«

»Kümmert Sie das gar nicht? Sie führen hier ein angenehmes Leben, aber vielleicht stammt das Essen, das wir eben verspeist haben, von einem Schiff, dessen Crew mittlerweile als gefrorene Leichen um irgendeinen Asteroiden kreisen, als menschlicher Abfall sozusagen. Haben Sie daran mal gedacht?«

Der Einsiedler errötete, peinlich berührt. »Jetzt revanchieren Sie sich für meine Predigt von vorhin. Sie haben recht, aber was soll ich machen? Ich habe die Regierung nicht im Stich gelassen und verraten. Sie hat mich im Stich gelassen und verraten. Meine Investitionen auf der Erde werfen Steuern ab. Also warum werde ich nicht geschützt? Ich habe diesen Asteroiden in gutem Glauben bei der Terrestrischen Behörde für Außenweltbesiedlung angemeldet. Er gehört zum terrestrischen Empire. Ich habe einen begründeten Anspruch auf Schutz vor Piraten. Wenn sich in der Richtung nichts tut, wenn mein Lieferant glattweg sagt, er könne nichts mehr bringen, egal zu welchem Preis, was soll ich dann Ihrer Meinung nach anstellen?

Sie könnten sagen, ich solle zur Erde zurückkehren, aber wie kann ich das alles hier im Stich lassen? Dies ist meine eigene Welt: meine Mikrofilme mit den großen Klassikern, die ich so liebe. Ich besitze sogar eine Shakespeare-Ausgabe; eine Ablichtung eines echten alten gedruckten Buches. Ich habe zu essen, Getränke und meine Privatsphäre: So bequem könnte ich es nirgendwo sonst im Universum haben.

Aber Sie müssen nicht glauben, daß mir die Entscheidung leichtgefallen ist. Hier steht ein Sub-Äther-Sender. Ich könnte mich mit der Erde in Verbindung setzen. Ich besitze ein kleines Schiff, mit dem man es die kurze Strecke bis nach Ceres schaffen kann. Die Männer der Asteroiden wissen das, aber die trauen mir. Sie wissen ganz genau, daß ich keine Wahl habe. Wie ich Ihnen schon sagte, als wir uns getroffen haben, ich bin so eine Art Komplize.

Ich habe ihnen geholfen. Vor dem Gesetz macht mich das zum Piraten. Falls ich zurückgehe, steht mir Gefängnis, wahrscheinlich sogar die Hinrichtung bevor. Falls nicht, falls man mich laufen läßt, vorausgesetzt, ich stelle mich als Kronzeuge zur Verfügung, würden mir die Männer der Asteroiden das niemals vergessen. Sie würden mich aufstöbern, ganz gleich, wo ich mich verstecke, es sei denn, mir würde vom Staat lebenslanger Schutz gewährt.«

»Es sieht ganz so aus, als seien Sie arm dran«, stellte Lucky sarkastisch fest.

»So, finden Sie?« antwortete der Einsiedler. »Vorausgesetzt, ich bekomme die richtige Unterstützung, ist es durchaus möglich, daß mir völliger Schutz gewährt wird.«

Nun war Lucky an der Reihe: »Ich wüßte nicht, wie das gehen sollte.«

»Ich denke schon.«

»Ich verstehe Sie nicht.«

»Passen Sie auf, ich werde Ihnen als Gegenleistung für die Hilfe ein paar warnende Worte sagen.«

»Ich kann gar nichts für Sie tun. Wie lautet die Warnung?«

»Verschwinden Sie von diesem Asteroiden, bevor Anton und seine Leute wiederkommen.«

»Nicht ums Verrecken. Ich bin hierhergekommen, um bei denen mitzumachen, nicht, um nach Hause zu gehen.«

»Wenn Sie nicht verschwinden, werden Sie für immer hier bleiben, und zwar als Leiche. Die nehmen Sie in keine Mannschaft auf. Sie kommen nicht in Frage, Mister.«

Luckys Gesicht verzog sich vor Zorn. »Worüber, beim All, reden Sie da, Oldtimer?«

»Da ist es wieder. Wenn Sie wütend werden, sehe ich es ganz deutlich. Sie heißen nicht Bill Williams, mein Junge. In welchem Verhältnis stehen Sie zu Lawrence Starr vom Wissenschaftsrat? Sind Sie Starrs Sohn?«

7
Kurs Ceres

Luckys Augen verengten sich zu Schlitzen. Er merkte, wie sich die Muskeln seines rechten Armes unwillkürlich zusammenzogen, so, als wolle er an die Hüfte greifen. Dort befand sich aber kein Blaster. In Wirklichkeit rührte er sich nicht von der Stelle.

Er kontrollierte seine Stimme vollständig. »Wessen Sohn?« fragte er verständnislos. »Wovon reden Sie?«

»Ich bin ganz sicher.« Der Einsiedler beugte sich vor und ergriff mit ernster Miene Luckys Handgelenk. »Ich kannte Lawrence Starr sehr gut, er hat mir einmal geholfen, als ich dringend Hilfe brauchte. Sie sind ihm wie aus dem Gesicht geschnitten. Ich irre mich bestimmt nicht.«

Lucky zog seine Hand zurück. »Sie reden Unsinn.«

»Hör mal, mein Junge, es ist vielleicht wichtig für dich, deine Identität nicht preiszugeben, vielleicht traust du mir auch nicht. Geht in Ordnung, ich verlange gar nicht von dir, daß du mir traust. Ich habe mit den Piraten gemeinsame Sache gemacht und bestreite das nicht. Aber hör mir trotzdem zu. Die Männer der Asteroiden verfügen über eine gute Organisation. Vielleicht brauchen sie Wochen dazu, aber falls Anton dich in Verdacht hat, werden sie nicht eher Ruhe geben, bis sie dich auf Herz und Nieren geprüft haben. Auf Lügenmärchen fallen die nicht rein. Sie kommen hinter deine wahre Identität. Geh weg, ich rate dir gut, geh!«

»Wenn ich dieser Typ wäre, von dem Sie da reden, Oldtimer, würden Sie sich da nicht selbst in Schwierigkeiten bringen?« erkundigte sich Lucky. »Wenn ich Sie richtig verstehe, dann wollen Sie, daß ich Ihr Schiff nehme.«

»Ja.«

»Und was werden Sie unternehmen, wenn die Piraten zurückkommen?«

»Ich wäre nicht da. Verstehst du mich nicht? Ich will mit dir kommen.«

»Und alles das hier im Stich lassen?«

Der Alte zögerte. »Stimmt, das ist hart. Aber eine Chance wie diese wird sich mir nicht noch einmal bieten. Du bist ein einflußreicher Mann, das mußt du sein. Vielleicht bist du sogar ein Ratsmitglied. Du hast hier einen Geheimauftrag. Dir werden sie glauben. Du könntest mich beschützen, für mich bürgen. Du würdest verhindern, daß ich gerichtlich belangt werde und dafür sorgen, daß die Piraten mir nichts antun können. Für den Rat würde es sich lohnen, junger Mann. Ich würde alles, was ich über die Piraten weiß, erzählen. Ich wäre zur vollständigen Zusammenarbeit bereit.«

»Wo steht Ihr Schiff?« fragte Lucky kurz angebunden.

»Der Handel gilt also?«

Das Schiff war tatsächlich sehr klein. Durch einen engen Korridor gelangten sie zur Rakete. Sie mußten im Gänsemarsch gehen, und ihre Gestalten in den Raumanzügen wirkten grotesk.

»Ist Ceres nahe genug, um ihn mit einem Bordteleskop orten zu können?« wollte Lucky wissen.

»Ja, natürlich.«

»Könnten Sie ihn ohne Schwierigkeiten wiedererkennen?«

»Gewiß.«

»Dann wollen wir mal an Bord gehen.«

Die Stirnseite der luftleeren Höhle, in der die Rakete stand, öffnete sich in dem Moment nach außen, als die Triebwerke eingeschaltet wurden.

»Funkgesteuert«, erklärte Hansen.

Das Schiff war aufgetankt und hatte Vorräte an Bord. Es ließ sich problemlos steuern, als es von seinem Liegeplatz abhob. Die Leichtigkeit, mit der das Schiff in den Weltraum emporschwebte, war nur unter diesen praktisch gravitationslosen Bedingungen möglich. Zum ersten Mal konnte Lucky Hansens Asteroiden vom All aus sehen. Kurz bevor es im Dunkel verschwand, erhaschte er einen Blick auf das Tal der leeren Büchsen. Es wirkte heller als das Felsgestein ringsumher.

Hansen sagte: »Jetzt können Sie es mir ja ruhig sagen, sind Sie wirklich Lawrence Starrs Sohn?«

Lucky hatte einen gutgeladenen Blaster und ein anständiges Halfter entdeckt. Als er zu sprechen anfing, schnallte er es gerade um. »Mein Name«, sagte er, »ist David Starr. Die meisten nennen mich Lucky.«

Ceres ist ein Monster unter den Asteroiden. Er ist beinahe fünfhundert Meilen im Durchmesser, und auf seiner Oberfläche stehend wiegt ein durchschnittlicher Mann sogar ganze zwei Pfund. Er ist ziemlich rund, und jemand, der sich sehr nahe vor ihm im Weltraum befindet, könnte leicht zu dem Schluß gelangen, es handele sich bei Ceres um einen richtigen Planeten.

Trotzdem, wäre die Erde hohl, dann könnte man viertausend Körper von Ceres' Größe hineinwerfen, bis sie voll wäre.

Bigman stand auf der Oberfläche von Ceres, sein Körper war durch den Raumanzug unförmig vergrößert. Der Anzug war bis zum Geht-nicht-mehr mit Bleiplatten vollgestopft, an den Füßen trug er Pantinen, deren Sohlen aus dreißig Zentimeter dickem Blei bestanden. Das war seine eigene Idee gewesen, nützte aber so gut wie gar nichts. Er wog immer noch weniger als vier Pfund, und jede seiner Bewegungen drohte ihn ins All hinaufzubefördern.

Er befand sich seit Tagen auf Ceres. Nach der schnellen Reise mit Conway und Henree vom Mond hierher wartete er eben auf diesen Augenblick, wartete darauf, daß Lucky

Starr den Funkspruch absetzte, er werde in Kürze landen. Gus Henree und Hector Conway waren nervös gewesen, sie fürchteten, Lucky sei tot, machten sich deswegen Sorgen. Er, Bigman, hatte es besser gewußt. Lucky wurde mit allem fertig. Das hatte er ihnen gesagt. Als Luckys Nachricht schließlich kam, rieb er es ihnen noch einmal unter die Nase.

Aber trotzdem, wie er hier so auf dem gefrorenen Boden von Ceres mit nichts zwischen sich und den Sternen stand, gestand er sich seine Erleichterung ein.

Von seinem Standpunkt aus sah er direkt auf die Kuppel des Observatoriums, dessen entfernt liegender Ausläufer hinter dem nahe gelegenen Horizont verschwanden. Es war das größte Observatorium des terrestrischen Empires, und dafür gab es sehr einleuchtende Gründe.

In dem Teil des Sonnensystems, das innerhalb der Jupiterlaufbahn lag, verfügten die Planeten Venus, Erde und Mars über Atmosphären, und dieser Umstand machte sie zu – für astronomische Beobachtungen – ungeeigneten Basen. Die Luftschicht, selbst wenn sie nur so dünn war wie auf dem Mars, löschte alle feineren Einzelheiten. Sie ließ das Aussehen von Sternen verschwimmen und flackern und verdarb dadurch alles. Das größte atmosphärelose Objekt innerhalb der Jupiterbahn war der Merkur. Dieser Stern stand aber so nahe bei der Sonne, daß sich die Observatorien in seiner Dämmerzone auf die Beobachtungen der Sonne verlegt hatten. Dazu genügten relativ kleine Teleskope.

Der zweitgrößte Himmelskörper ohne Luftschichten war der Mond. Aber auch hier diktierten die Umstände eine Spezialisierung. So hatte sich die Wettervorhersage für die Erde in eine genaue, zu langfristigen Prognosen fähige Wissenschaft entwickelt. Man konnte aus einer Entfernung von einer Viertelmillion Meilen die gesamte Erdatmosphäre überblicken.

Das drittgrößte Objekt ohne Luft war Ceres. Und es war gleichzeitig das beste von allen. Die praktisch nicht vorhandenen Gravitationsverhältnisse gestatteten es, riesige Linsen und Spiegel zu gießen, ohne daß man befürchten mußte, daß sie zu Bruch gingen, selbst das Risiko des Nachgebens unter dem eigenen Gewicht konnte außer acht gelassen werden. Die Struktur der Teleskopröhre selbst bedurfte keiner besonderen Festigkeit. Ceres war beinahe dreimal so weit von der Sonne entfernt wie der Mond und das Licht nur ein Achtel so hell. Seine schnelle Rotation sorgte dafür, daß die Temperaturverhältnisse auf Ceres nahezu konstant blieben. Kurz gesagt, zur Beobachtung der Fixsterne und der äußeren Planeten war Ceres einfach ideal.

Gestern erst hatte Bigman den Saturn durch ein Zweitausendfünfhundert-Zentimeter-Reflexionsteleskop beobachtet. Das Schleifen des riesigen Spiegels hatte zwanzig Jahre peinlichst genauer und unaufhörlicher Arbeit gekostet.

»Wodurch sehe ich da?« hatte er gefragt.

Sie hatten ihn ausgelacht. »Sie sehen durch gar nichts.«

Vorsichtig hatten sie mit drei Mann die Steuerungseinrichtungen bedient, jeder einzelne tat etwas, das auf die Bewegungen der beiden anderen genau abgestimmt war. Schließlich waren sie mit ihrer Arbeit zufrieden gewesen. Die schwachen roten Lichter wurden noch schwächer, und in der nachtschwarzen Grube, um die sie herumsaßen, erwachte plötzlich ein weißer Lichtfleck zum Leben. Ein Griff, und die Scharfeinstellung war da.

Bigman pfiff überrascht durch die Zähne. Der Saturn!

Es war der Saturn, neunzig Zentimeter im Durchmesser, genau wie er ihn schon ein halbes dutzendmal im All gesehen hatte. Hell leuchteten die Drillingsringe, und er konnte drei murmelähnliche Monde erkennen. Dahinter befanden sich mehrere Sternnebel. Bigman hatte das Bedürfnis umherzugehen und wollte sehen, wie das Ganze aussah, wenn der Nachtschatten mittenhindurch schnitt, aber das Bild veränderte sich nicht, als er seine Position veränderte.

»Es handelt sich um ein Scheinbild«, hatte man ihm

gesagt, »das Ganze ist nur Einbildung. Egal, wo Sie sich hinstellen, Sie werden immer das gleiche sehen.«

Hier auf der Asteroidenoberfläche konnte Bigman den Saturn mit dem bloßen Auge erkennen. Er war nur ein weißer Punkt, aber heller als die anderen weißen Punkte, die Fixsterne darstellten. Von hier erschien er doppelt so hell wie von der Erde aus, aber schließlich war der Abstand von Ceres aus auch 300 Millionen Kilometer geringer. Die Erde lag auf der anderen Seite von Ceres in der Nähe der erbsengroßen Sonne. Mutter Erde bot keinen sehr eindrucksvollen Anblick, da die Sonne sie unweigerlich zwergenhaft erscheinen ließ.

Der Anruf flutete durch seinen auf Empfang gestellten Kopfhörer, und Bigmans Helm dröhnte, so laut kam der Ton durch. »He, Winzling, mach dich auf die Socken. Es kommt gerade ein Schiff an.«

Bigman schreckte auf, und mit zappelnden Gliedern hob es ihn in die Höhe. »Wen nennst du da Winzling?« schrie er zornig.

Der andere lachte nur. »Sag mal, was berechnest du für Flugstunden, Däumling?«

»Ich geb' dir gleich Däumling«, fauchte Bigman aufgebracht. Er hatte den Scheitelpunkt seiner Flugbahn überschritten und kam nun zögernd und langsam wieder herunter. »Wie heißt du, Schlaumeier? Spuck den Namen aus, und ich schlag dir die Nase ein, sobald ich aus dem Anzug bin.«

»Glaubst du, du kommst an meine Nase ran?« kam die spöttische Retourkutsche. Bigman wäre bestimmt in winzige Teile explodiert, hätte er nicht in diesem Augenblick das über den Horizont huschende Schiff erkannt.

In langen, unbeholfenen Sprüngen setzte er quer über die eingegebene Quadratmeile, die als Raumfahrthafen diente, dabei versuchte er genau abzuschätzen, wo das Schiff landen würde.

Mit zischenden Jets sank es wie eine Feder zur Oberfläche,

und als sich die Schleuse öffnete und Luckys große Gestalt in dem Schutzanzug zum Vorschein kam, machte Bigman vor Freude einen langen Satz, und dann waren sie wieder zusammen.

Conway und Henree waren in ihrer Begrüßung weniger stürmisch, aber nicht weniger erfreut. Alle beiden schüttelten feste Luckys Hand, so, als ob die durch einfache körperliche Berührung feststellen wollten, ob es mit Lucky in Lebensgröße auch seine Richtigkeit habe.

Lucky mußte lachen. »Aua, nun laßt es gut sein. Ich muß auch mal atmen. Was ist eigentlich los? Habt ihr denn nicht daran geglaubt, daß ich wiederkomme?«

»Hör mal zu«, fing Conway an, »das nächste Mal ziehst du uns besser zu Rate, bevor du einfach aus so einer verrückten Laune heraus losziehst.«

»Na gut, aber nur, wenn es nicht zu verrückt ist, sonst laßt ihr mich ja doch nicht weg.«

»Das laß mal unsere Sorge sein. Ich könnte dich dafür vom Weltraumdienst suspendieren. Ich könnte dich jetzt sofort unter Arrest stellen. Sogar aus dem Rat könnte ich dich schmeißen«, sagte Conway.

»Und was wirst du bei der großen Auswahl nun tun?«

»Nichts werde ich tun, du Riesendummkopf. Aber vielleicht schlage ich dir doch noch eines Tages den Schädel ein.«

Lucky wandte sich Augustus Henree zu. »Du wirst ihn doch davon abhalten, oder?«

»Ehrlich gesagt, ich werde ihm dabei helfen.«

»Dann muß ich wohl klein beigeben. Aber hier ist ein Herr, den ihr kennenlernen solltet.«

Bislang hatte Hansen sich im Hintergrund gehalten und sich augenscheinlich über den Austausch von unsinnigen Bemerkungen amüsiert. Die beiden älteren Ratsmitglieder hatten ihre Aufmerksamkeit so sehr auf Lucky konzentriert, daß sie den anderen überhaupt nicht bemerkten.

»Dr. Conway«, sagte Lucky, »Dr. Henree, dies hier ist Mr. Joseph P. Hansen, der Mann, dessen Schiff ich benutzt habe, um hierher zu gelangen. Seine Unterstützung war mir sehr wertvoll.«

Der alte Einsiedler schüttelte den beiden Wissenschaftlern die Hand.

»Ich nehme nicht an, daß Sie Dr. Conway und Dr. Henree schon einmal getroffen haben«, sagte Lucky, und der Einsiedler schüttelte den Kopf.

»Also«, fuhr er fort, »beide sind wichtige Leute im Wissenschaftsrat. Wenn Sie gegessen und sich etwas ausgeruht haben, werden sie sich mit Ihnen unterhalten und Ihnen auch behilflich sein, dessen bin ich sicher.«

Eine Stunde später saßen die beiden Ratsmitglieder mit ernsten Gesichtern Lucky gegenüber. Dr. Henree drückte den Tabak in seiner Pfeife mit dem kleinen Finger fest und begann, während er Luckys Bericht über seine Abenteuer mit den Piraten lauschte, mit ruhigen Zügen zu rauchen. »Hast du das Bigman schon alles erzählt?« fragte er.

»Ich habe gerade eine Zeitlang mit ihm geredet«, räumte Lucky ein.

»Und er ist nicht über dich hergefallen, weil du ihn nicht mitgenommen hast?«

»Begeistert war er nicht«, gab Lucky zu.

Conway hingegen machte sich ernsthaftere Gedanken. »Ein Schiff, wie die Sirier es bauen, was?« sagte er gedankenverloren.

»Daran besteht nicht der geringste Zweifel«, antwortete Lucky. »Soviel wissen wir wenigstens.«

»Die Information war das Risiko nicht wert«, stellte Conway trocken fest. »Eine andere Tatsache macht mir viel mehr Kopfzerbrechen. Es ist offensichtlich, daß die Sirier Kontakte im Wissenschaftsrat haben.«

Henree nickt ernst. »Das sehe ich auch so. Schlimme Sache.«

»Wie kommt ihr denn darauf?« wollte Lucky wissen.

»Heilige Milchstraße, Junge, das ist doch sonnenklar«, knurrte Conway. »Ich gebe zu, wir haben eine große Mannschaft an der Rakete eingesetzt, und selbst bei bestem Willen sind Unvorsichtigkeiten bei der Weitergabe von Informationen möglich. Fest steht aber, daß die Höllenmaschine und besonders die Art und Weise, wie der Zündmechanismus konstruiert war, nur Ratsmitgliedern bekannt war. Und zwar nur sehr wenigen Ratsmitgliedern. Irgendwo in dieser kleinen Gruppe befindet sich ein Spion, und ich hätte Stein und Bein geschworen, daß auf alle Verlaß ist.« Er schüttelte den Kopf. »Ich kann es immer noch nicht glauben.«

»Das brauchst du auch nicht«, meinte Lucky.

»Ach? Und warum nicht?«

»Die undichte Stelle zu den Siriern war zeitlich begrenzt. Die sirische Botschaft hat ihre Informationen von mir bekommen. «

8
Bigman greift ein

»Natürlich auf Umwegen, über einen ihrer uns bekannten Spione«, sagte er mit Nachdruck, als die beiden älteren Männer ihn schockiert anstarrten.

»Ich verstehe dich überhaupt nicht«, sagte Henree mit leiser Stimme. Conway war offenbar sprachlos.

»Es mußte sein. Ich mußte mich bei den Piraten anbiedern, ohne Verdacht zu erregen. Wenn sie mich auf einem Vermessungsschiff angetroffen hätten, wäre ich auf der Stelle erschossen worden. Finden sie mich aber auf einem verminten Schiff, dessen Geheimnis sie durch einen glücklichen Zufall herausbekommen haben, dann halten sie mich wirklich für einen blinden Passagier. Versteht ihr nicht? Auf einem Vermessungsschiff bin ich nur ein Besatzungsmitglied, das nicht rechtzeitig entkommen konnte. Auf einer fliegenden Bombe wäre ich ein armes Schwein, dem nicht klar ist, wo es sich versteckt hat.«

»Sie hätten dich so oder so erschießen können. Sie hätten deine List vielleicht durchschauen und in dir einen Spion sehen können. Tatsache ist, daß sie es um ein Haar getan haben.«

»Stimmt. Fast hätten sie es getan«, räumte Lucky ein.

Zu guter Letzt explodierte Conway. »Und was ist mit dem ursprünglichen Plan? Wir wollten doch eine ihrer Basen in die Luft jagen, oder etwa nicht? Wenn ich an die Monate denke, die wir auf den Bau der *Atlas* und an das Geld, das wir hineingesteckt haben, denke ...«

»Was hätte es schon gebracht, wenn wir einen ihrer Stützpunkte hätten hochgehen lassen? Wir haben an einen riesigen Raumhafen mit Piratenschiffen gedacht, aber in Wirklichkeit hat es sich dabei nur um Wunschvorstellungen gehandelt. Eine Organisation auf den Asteroiden muß dezentralisiert sein. Wahrscheinlich haben die Piraten nicht mehr als drei oder vier Schiffe in jedem Hafen. Für mehr gäbe es auch gar keinen Platz. Drei oder vier Schiffe in die Luft zu jagen, wäre vergleichsweise sehr bescheiden gewesen, falls es mir gelungen wäre, in ihre Organisation einzudringen.«

»Aber du hast es nicht geschafft«, stellte Conway sachlich fest. »Trotz des wahnwitzigen Risikos, das du eingegangen bist, hast du es nicht geschafft.«

»Leider war der Piratenkapitän, der die *Atlas* aufgebracht hat, zu mißtrauisch oder auch zu clever für uns. Ich werde versuchen, sie nicht noch einmal zu unterschätzen. Aber noch ist nicht alles verloren. Wir wissen mit Sicherheit, daß die vom Sirius dahinterstecken. Außerdem haben wir meinen Freund, den Einsiedler.«

»Der wird uns nicht helfen«, sagte Conway. »Nach dem, was du uns von ihm erzählt hast, ist ihm nur daran gelegen, so wenig wie möglich mit den Piraten zu schaffen zu haben. Was soll er schon wissen?«

»Vielleicht ist er in der Lage, uns mehr zu verraten, als ihm selbst bewußt ist«, erwiderte Lucky kühl. »Es gibt zum Beispiel eine Information, die er uns geben kann, die es mir ermöglichen würde, die Piraten von innen weiterzubekämpfen.«

»Du wirst nicht wieder da rausgehen«, sagte Conway hastig.

»Das habe ich auch nicht vor«, antwortete Lucky.

Conway kniff die Augen zusammen und fragte: »Wo ist Bigman?«

»Auf Ceres. Mach dir keine Sorgen. Eigentlich«, ein Schatten huschte über Luckys Gesicht, »sollte er längst hier sein. Die Verzögerung fängt an, mich ein wenig zu beunruhigen.«

John Bigman Jones benutzte seinen Sonderpaß, um an der Wache vor dem Tor zum Control-Turm vorbeizukommen. Während er im Laufschritt den Korridor entlangeilte, murmelte er vor sich hin.

Eine leichte Röte überspielte die Sommersprossen auf seinem stubsnäsigen Gesicht, und die rostfarbenen Haare standen ihm wie die Latten eines Gartenzaunes vom Kopf ab. Lucky hatte ihm schon des öfteren gesagt, daß er eine Turmfrisur züchte, um größer zu wirken. Bigman stritt das mit Entschiedenheit ab.

Als er durch die Lichtschranke trat, sprang die letzte Tür zum Turm auf. Er trat ein und schaute sich um. Drei Mann hatten Dienst. Der eine saß mit Kopfhörern am Sub-Äther-

Empfänger, der zweite stand am Rechencomputer, und der dritte befand sich vor der gewölbten Radarscheibe.

Bigman sagte: »Wer von euch Dummbeuteln hat mich Winzling genannt?«

Mit überraschten und verärgerten Mienen wandten sie sich gleichzeitig um.

Der Mann mit den Kopfhörern hielt das Gerät von seinem linken Ohr ab. »Wer, zum All, sind Sie? Wie konnten Sie überhaupt hereinkommen?«

Bigman stand aufrecht wie ein Zinnsoldat da und schob seinen kleinen Brustkasten vor. »Mein Name ist John Bigman Jones. Meine Freunde nennen mich Bigman. Alle anderen Mr. Jones. Winzling nennt mich niemand, ohne daß ihm irgend etwas passiert. Ich will wissen, wer diesen Fehler gemacht hat.«

Der Mann mit den Kopfhörern entgegnete: »Mein Name ist Lem Fisk, und Sie können mich nennen, wie Sie wollen, solange Sie es woanders tun und nicht hier. Verschwinden Sie, sonst komme ich herunter, pack Sie an einem Bein und werf Sie raus.«

Der Bursche am Rechencomputer sagte: »He, Lem, das ist dieser Knallkopf, der vorhin durch den Hafen gegeistert ist. Auf den Zeit zu verschwenden, ist völlig sinnlos. Laß die Wachen kommen, die sollen ihn hinauswerfen.«

»Quatsch«, antwortete Lem Fisk, »für den Kerl brauchen wir keine Wachen.«

Er legte die Kopfhörer ganz ab und stellte den Sub-Äther auf AUTOMATIC SIGNAL. »Na gut, Bürschchen, du bist hier hereingeschneit und hast uns auf nette Art eine nette Frage gestellt. Ich werde dir eine nette Antwort geben. Ich habe dich Winzling genannt, aber halt mal, dreh nicht durch. Ich hatte meine Gründe. Du bist so ein Baum von einem Kerl. So ein Mordsbursche und dabei noch brandgefährlich. Meine Jungs hier fangen an zu lachen, wenn ich dich Winzling nenne.«

Er langte in seine Gesäßtasche und holte eine Plastikschachtel mit Zigaretten hervor. Das Lächeln auf seinem Gesicht war höflich.

»Komm da runter«, schrie Bigman aufgebracht. »Komm hier runter und verteidige deinen Sinn für Humor mit den Fäusten.«

»Ganz schön wütend«, vermerkte Fisk und klickte dabei mit der Zunge. »Hier Junge, nimm 'ne Zigarette. Extra lang, siehst du. Fast so lang wie du. Da könnte es natürlich ein Durcheinander geben, wenn ich es mir recht überlege. Wir werden nicht in der Lage sein, festzustellen, ob du die Zigarette oder die Zigarette dich raucht.«

Die beiden anderen brachen in Gelächter aus.

Bigmans Gesicht war hochrot. Die Worte kamen ihm nur schwer über die Lippen. »Du willst also nicht kämpfen?«

»Ich rauche lieber. Schade, daß du mir nicht dabei Gesellschaft leistest.« Fisk lehnte sich zurück, wählte eine Zigarette aus und hielt sie hoch, als würde er ihre weiße Schlankheit bewundern. »Schließlich kann ich mich nicht dazu durchringen, mit Kindern zu kämpfen.«

Er grinste, führte die Zigarette an die Lippen und stellte fest, daß sie sich um nichts schlossen.

Daumen, Zeige- und Mittelfinger standen einige Millimeter auseinander, aber die Zigarette befand sich nicht mehr zwischen ihnen.

»Paß auf, Lem«, rief ein Mann am Radarschirm, »er hat ein Nadelpistole.«

»Ist keine Nadelpistole«, knurrte Bigman, »nur ein einfacher Brummer.«

Zwischen beiden Waffen bestand ein erheblicher Unterschied. Ein Brummerprojektil sah zwar wie eine Nadel aus, war aber zerbrechlich und explodierte nicht. Man benutzte sie zum Scheibenschießen oder für die Kleinwildjagd. Traf das Geschoß auf die Haut eines Menschen, entstand kein ernsthafter Schaden, aber es tat höllisch weh.

Fisks Grinsen hatte sich in Nichts aufgelöst. Er schrie: »Paß auf, du verrückter Dummkopf. Damit kann man jemanden blind machen.«

Bigman hielt den Brummer weiter auf Fisk gerichtet. Die dünne Mündung der Waffe ragte zwischen den Fingern hervor. »Ich werde dich nicht blind schießen«, sagte er, »aber ich kann es so einrichten, daß du einen Monat lang nicht auf deinem Hintern sitzen kannst. Und wie du vielleicht bemerkt hast, ziele ich gar nicht mal so schlecht. Und du da«, rief er über die Schulter in Richtung zu dem Mann am Rechencomputer, »rührst dich nicht in Richtung Alarmanlage, sonst bekommst du eine Brummernadel durch die Hand.«

»Was willst du?« fragte Fisk.

»Komm herunter und kämpfe.«

»Gegen einen Brummer?«

»Den stecke ich ein. Nur mit den Fäusten, ein fairer Kampf. Deine Kumpel können aufpassen.«

»Ich kann niemanden schlagen, der kleiner ist als ich.«

»Dann hättest du mich auch nicht beleidigen sollen.« Bigman hob den Brummer. »Ich bin nicht kleiner als du. Vielleicht sehe ich nach außen so aus, aber innerlich bin ich genauso groß wie du; vielleicht sogar größer. Ich zähle bis drei.« Beim Zielen kniff er die Augen zusammen.

»Heilige Milchstraße!« fluchte Fisk. »Ich komme runter. Jungs, ihr könnt bezeugen, daß ich dazu gezwungen worden bin. Ich werde versuchen, den verrückten Idioten nicht zu sehr zu verletzen.«

Er sprang von seinem Hochsitz auf. Der Mann am Rechencomputer übernahm seinen Platz am Sub-Äther.

Fisk war einen Meter und sechsundsiebzig, zwanzig Zentimeter größer als Bigman, dessen Figur mehr die eines Knaben als die eines Mannes war. Aber Bigmans Muskeln waren wie Stahlfedern, und seine Körperbeherrschung war vollkommen. Ausdruckslos wartete er auf den Angriff.

Fisk machte sich nicht die Mühe, sich zu decken. Er streckte einfach seine rechte Hand vor, ganz so, als wolle er Bigman am Kragen fassen und durch die noch offenstehende Tür werfen.

Bigman tauchte unter dem Arm durch. Seine Linke und Rechte klatschte mit schnellen Eins-zwei-Kombinationen gegen den Solarplexus des anderen, dabei tanzte er fast im gleichen Atemzug wieder außer Reichweite.

Fisk wurde grün im Gesicht und setzte sich auf den Boden, dabei hielt er sich den Magen und stöhnte.

»Steh auf, Großer«, sagte Bigman. »Ich warte auf dich.«

Durch den plötzlichen Wandel der Ereignisse schienen die beiden anderen Männer zu Säulen erstarrt zu sein.

Fisk kam langsam auf die Beine. Sein Gesicht glühte vor Haß, aber diesmal näherte er sich langsamer.

Bigman wich zurück.

Fisk stürzte sich auf ihn! Er verfehlte Bigman um fünf Zentimeter, Fisk schoß eine gefährliche Rechte ab. Einen Zentimeter vor Bigmans Kinn war Ende.

Bigman tanzte vor seiner Nase hin und her wie ein Korken im wildbewegten Wasser. Ab und an kam ein Arm hoch, um einen Hieb abzufälschen.

Mit unzusammenhängendem Gebrüll stürzte sich Fisk auf seinen, einer Stechmücke gleichenden Gegner. Bigman machte einen $chritt zur Seite und versetzte dem glattrasierten Gesicht seines Gegenübers eine schallende Ohrfeige. Das hörte sich an, als würde ein Meteor die obersten dichteren Luftschichten über einem Planeten treffen. Die Spuren von vier Fingern zeichneten sich rot auf Fisks Wange ab. Einen Augenblick lang stand Fisk wie benommen da. Wie eine zuschnappende Schlange ging Bigman in den Mann, beide Fäuste kamen hoch und krachten gegen Fisks Kinnlade. Fisk krümmte sich zusammen.

Bigman wurde sich plötzlich des anhaltenden Heulens der Alarmsirene in der Ferne bewußt.

Ohne auch nur eine Sekunde zu zögern, machte er auf dem Absatz kehrt und verschwand durch die Tür. Er schlängelte sich an drei völlig überraschten Wachen vorbei, die geräuschvoll den Korridor heraufpolterten, und weg war er!

»Und warum«, erkundigte sich Conway, »warten wir auf Bigman?«

Lucky sagte: »Also, ich sehe die Sache folgendermaßen: Was wir am dringendsten brauchen, sind weitere Informationen. Ich habe das versucht, aber es ist nicht alles so gelaufen, wie ich es mir erhofft hatte. Ich bin jetzt bekannt wie ein bunter Hund. Bigman hingegen kennen sie nicht. Er steht nicht offiziell mit dem Wissenschaftsrat in Verbindung. Mein Vorschlag lautet deswegen folgendermaßen: Wir könnten ihm ein Vergehen anhängen, muß natürlich echt wirken, versteht ihr, er macht sich dann mit dem Schiff des Einsiedlers in Richtung Ceres aus dem Staub ...«

»Ach, beim All«, stieß Conway gequält aus.

»Halt, hör doch erst mal zu! Er kehrt also zum Asteroiden des Einsiedlers zurück. Falls die Piraten dort sind, um so besser! Falls nicht, wird er die Rakete gut sichtbar stehen lassen und drinnen auf sie warten. Es ist ein bequemer Platz zum Warten.«

»Und wenn sie aufkreuzen«, spann Henree den Faden weiter, »werden sie ihn abknallen.«

»Das werden sie nicht tun. Deshalb nimmt er doch das Schiff des Einsiedlers. Sie müssen einfach herausbekommen, wo Hansen hin ist, von mir gar nicht zu reden. Sie müssen herausfinden, wo Bigman herkommt und wie er an das Schiff gelangt ist. Sie müssen das einfach wissen. Dadurch gewinnt er Zeit, um zu reden.«

»Etwa um zu erklären, wie er gerade Hansens Felsen unter all den anderen herausgepickt hat. Da müßte er sich einiges einfallen lassen.«

»Gar nichts müßte er sich einfallen lassen. Das Schiff des Einsiedlers war auf Ceres, was ja stimmt. Ich habe es so eingerichtet, daß es da draußen unbewacht steht, also können wir es kapern. Im Logbuch wird er die Raum-Zeit-Koordinatoren vom Heimatasteroiden des Schiffes finden. Für ihn wäre das nur irgendein Asteroid wie jeder andere, und er würde haste-was-kannste loszischen, bis sich auf Ceres die Gemüter wieder beruhigt haben.«

»Trotzdem, es ist riskant«, grummelte Conway.

»Das weiß Bigman. Und ich will euch mal sagen, es ist an der Zeit, Risiken einzugehen. Die Erde unterschätzt die Pirategefahr derartig, daß ...«

Er unterbrach seinen Redefluß, als er den Kommunikator blinken sah.

Mit einer ungeduldigen Handbewegung schaltete Conway den Codeentschlüsseler auf Betrieb und straffte sich plötzlich.

»Councilwellenlänge, und – eisige Ceres –, obendrein auch noch der Zerhackercode des Rates«, sagte er.

Die kleine Sichtscheibe oberhalb des Kommunikators zeigte die charakteristischen schnellen Veränderungen des Hell-dunkel-Lichtmusters.

Conway schob einen Metallstreifen, den er aus einem ganzen Bund in seiner Brieftasche ausgewählt hatte, in einen schmalen, in den Kommunikator eingelassenen Schlitz. Der Streifen diente als Entschlüssler. Der wichtigste Teil des Instrumentes bestand aus einem bestimmten Muster kleiner Tungstenkristalle, die in eine Aluminiummatrix eingebettet waren. Dadurch wurden die Sub-Äther-Signale auf eine bestimmte Art und Weise gefiltert. Conway justierte langsam den Entschlüssler, schob ihn tiefer hinein und zog ihn wieder heraus, bis er exakt dem Zerhacker am anderen Ende des Signals entsprach, der in seinem Aufbau ähnlich, aber in seiner Funktion genau entgegengesetzt war.

Der Augenblick der völligen Angleichung wurde durch

ein plötzliches Scharfwerden des Bildes auf dem Sichtschirm angekündigt.

Lucky richtete sich halb auf. »Bigman!« entfuhr es ihm. »Wo, beim All, steckst du?«

Bigmans kleines Gesicht grinste sie schelmisch aus der Ferne an. »Ich bin im Schiff des Einsiedlers, versteht sich. Hunderttausend Meilen von Ceres weg.«

Conway flüsterte außer sich vor Wut: »Ist das schon wieder einer von deinen Tricks? Ich dachte, du hast gesagt, er sei auf Ceres?«

»Das dachte ich auch«, erwiderte Lucky. »Was ist geschehen, Bigman?«

»Du hast gesagt, daß wir uns ranhalten müßten, da hab' ich die Angelegenheit mal selbst in die Hand genommen. Einer von den Schlaumeiern im Tower hat mir einen vom Pferd erzählt, da hab' ich ihn ein wenig verdroschen und bin gestartet«. Er lachte. »Ruf mal in der Wachstube an und erkundige dich, ob die da nach einem Typ suchen, dem man vorsätzliche Körperverletzung vorwirft.«

»Das war nicht gerade ein Geistesblitz von dir«, sagte Lucky ernst. »Du wirst dich schwertun, die Männer der Asteroiden davon zu überzeugen, daß du der gewalttätige Typ bist. Ich will deine Gefühle nicht verletzen, aber dafür bist du etwas klein geraten.«

»Ich leg' einfach ein paar von ihnen auf die Bretter«, gab Bigman zurück. »Sie werden es mir schon abkaufen. Aber deswegen habe ich mich nicht gemeldet.«

»Ja, aber warum dann?«

»Wie komme ich zu dem Asteroiden von dem Kerl?«

Lucky runzelte die Stirn. »Hast du im Logbuch nachgesehen?«

»Heilige Milchstraße! Ich hab' überall gesucht. Sogar unter der Matratze. Hier gib es nicht die Spur von Unterlagen über irgendwelche Koordinaten.«

Der Ausdruck von Unbehagen auf Luckys Gesicht verstärkte sich noch um einige Grade. »Das ist seltsam. Das ist sogar mehr als seltsam. Hör mal zu, Bigman«, seine Worte klangen schnell und bestimmt, »gleiche deine Geschwindigkeit der von Ceres an. Gib mir jetzt sofort deine Koordinaten zu Ceres und behalte sie bei, komme was da wolle. Ich rufe dich wieder zurück. Du stehst zu nahe bei Ceres, als daß dich ein Pirat angreifen würde, falls du aber weiter hinaustreibst, könntest du in böse Schwierigkeiten geraten. Hast du mich verstanden?«

»Roger. Hab verstanden. Laß mich nur eben meine Koordinaten ausrechnen.«

Lucky notierte sie und brach die Verbindung ab. »Beim All«, entfuhr es ihm, »wann werde ich endlich lernen, nichts als gegeben anzunehmen.«

»Wäre es nicht besser, du würdest Bigman zurückbeordern?« sagte Henree. »Die ganze Sache ist bestenfalls ein unausgegorener Plan, gib die Sache auf, jedenfalls solange du die Koordinaten nicht hast.«

»Aufgeben?« fragte Lucky ungläubig. »Den einen Asteroiden, von dem wir wissen, daß er eine Piratenbase ist, aufgeben? Kennst du noch einen anderen? Nur einen einzigen? Wir müssen diesen Asteroiden einfach finden. Das ist unsere einzige Spur, die uns an die Piraten heranbringt.«

Conway meldete sich zu Wort: »Gus, an dem, was er da sagt, ist etwas dran. Es handelt sich um eine Base.«

Lucky spielte an einer Wählscheibe des Intercoms und wartete.

»Hallo, Hallo«, ließ sich Hansens schlaftrunkene, aber nichtdestotrotz überraschte Stimme vernehmen.

»Lucky Starr an der Leitung, Mr. Hansen«, meldete sich Lucky munter. »Tut mir leid, daß ich Sie stören muß, aber mir wäre es lieb, wenn Sie so schnell wie möglich hier in Dr. Conways Zimmer kommen könnten.«

Der Einsiedler antwortete nicht sofort. »Selbstverständlich, aber ich kenne den Weg nicht.«

»Die Wache vor Ihrer Tür wird Sie hierherbegleiten. Ich setze mich mit dem Mann in Verbindung. Können Sie in zwei Minuten hier sein?«

»In zweieinhalb ließe es sich machen«, gab Hansen gut gelaunt zurück. Seine Stimme klang jetzt wacher.

»Fein!«

Hansen hielt sein Versprechen. Lucky wartete schon auf ihn.

Lucky nahm sich einen Augenblick Zeit, während er die Tür aufhielt. An den Wachposten gewandt, sagte er: »Hat es hier auf der Base einen Zwischenfall gegeben, früher am Abend, meine ich? Einen Überfall vielleicht?«

Der Wachmann machte ein überraschtes Gesicht. »Jawohl, Sir. Aber der verletzte Mann hat sich geweigert, Anzeige zu erstatten. Behauptet, es habe sich um einen fairen Kampf gehandelt.«

Lucky zog die Tür zu. »Das war naheliegend. Jeder normale Mensch würde es sich dreimal überlegen, ehe er auf eine Wachstube geht und zugeben müßte, daß ein Bursche von Bigmans Größe ihm eine Tracht Prügel verabreicht hatte. Ich werde später bei der zuständigen Stelle anrufen und die Vorwürfe trotzdem schriftlich festhalten lassen. Fürs Archiv ... Mr. Hansen.«

»Ja, Mr. Starr?«

»Ich hätte gerne eine Frage beantwortet, möchte aber nicht, daß alles über das Intercom geht. Sagen Sie, wie lauten die Koordinaten Ihres Asteroiden. Natürlich beide Angaben, Standard und Abweichung.«

Hansen starrte ihn an, und seine porzellanblauen Augen wurden rund. »Nun, vielleicht fällt es Ihnen schwer, es zu glauben, wissen Sie, aber ich bin nicht in der Lage, sie Ihnen zu geben.«

9
Der Asteroid, den es nicht gab

Lucky sah ihm direkt in die Augen. »Es ist schwer zu glauben, Mr. Hansen. Man sollte annehmen, daß Sie Ihre Koordinaten genausogut kennen wie jeder Planetenbewohner seine Postanschrift weiß.«

Der Einsiedler sah auf seine Fußspitzen hinab und erwiderte sanft: »Sie haben wohl recht. Es handelt sich ja wirklich um meine Wohnadresse. Trotzdem weiß ich sie nicht.«

Conway meldete sich zu Wort. »Falls dieser Mann absichtlich . . .«

Lucky unterbrach ihn. »Warte mal, wir wollen uns in Geduld fassen, wenn es sein muß. Mr. Hansen muß einfach eine Erklärung dafür haben.«

Sie warteten alle darauf, daß der Einsiedler sich äußerte.

Die Koordinaten der verschiedenen Himmelskörper im Milchstraßensystem stellten das A und O der Weltraumfahrt dar. Sie erfüllten die gleichen Aufgaben wie Längen- und Breitengrade auf der zweidimensionalen Oberfläche des Planeten. Da das All aber dreidimensional ist und die Himmelskörper sich in ihm auf jede nur erdenkliche Art und Weise bewegen, sind die notwendigen Koordinaten viel komplizierter.

Grundsätzlich gibt es eine Standard-Null-Position. Im Falle des Solarsystems war die Sonne gewöhnlich der Standard. Von diesem Standard ausgehend, sind drei Zahlen notwendig. Die erste Zahl gibt die Entfernung eines Objektes oder einer Position im Weltraum zur Sonne an. Die zweite und dritte Ziffer sind Winkelmessungen, die den Standort eines Objektes, bezogen auf eine gedachte Linie, die die Sonne mit dem Zentrum der Milchstraße verbindet, bezeichnen. Wenn nun drei solcher Koordinatensätze für drei verschiedene Zeiten, die weit genug auseinanderliegen müssen, bekannt sind, kann man die Umlaufbahn eines bewegten Körpers berechnen, und seine Position im Verhältnis zur Sonne ist jederzeit bekannt.

Schiffe konnten ihre eigenen Koordinaten zur Sonne selbst berechnen, oder falls das bequemer war, zum nächstgelegenen großen Himmelskörper, das blieb sich gleich. Bei der Lunaroute zum Beispiel, auf der Schiffe von der Erde zum Mond und wieder zurück reisten, war die Erde üblicherweise der ›Nullpunkt‹. Die Koordinaten der Sonne selbst konnte man berechnen, indem man sie in ein Verhältnis zum Zentrum der Milchstraße und dem galaktischen Großmeridian setzte. Aber das war nur für die Reise von Fixstern zu Fixstern von Bedeutung.

Einiges davon war dem Einsiedler möglicherweise durch den Kopf gegangen, als er nun dort mit den drei Ratsmitgliedern zusammensaß, die ihn aufmerksam musterten. Es war schwer zu sagen.

»Ja, ich kann es erklären«, sagte Hansen plötzlich.

»Wir warten«, antwortete Lucky.

»Ich habe die Koordinaten seit fünfzehn Jahren nicht mehr gebraucht. Seit zwei Jahren habe ich meinen Asteroiden überhaupt nicht verlassen, und bei den Ausflügen, die ich davor gemacht habe, eine oder zwei pro Jahr vielleicht, handelte es sich um kurze Stippvisiten auf Ceres oder Vesta, um Verpflegung zu besorgen. Dann habe ich immer Koordinaten benutzt, die ich für die betreffende Zeitspanne berechnet habe. Eine Tabelle habe ich nie erstellt, dazu bestand kein Anlaß. Ich war ja höchstens einen oder zwei Tage weg, drei, wenn es hochkam, und in der kurzen Zeit würde mein Felsen nicht weit abtreiben. Er schwimmt im Strom mit, wenn er weit von der Sonne entfernt ist, bewegt er sich etwas langsamer als Ceres und Vesta, wenn die Sonne nähersteht, ein wenig schneller. Kehrte ich dann zu der berechneten Position zurück, so war mein Felsen vielleicht zehntausend oder vielleicht sogar hunderttausend Meilen von seinem ursprünglichen Standort weggetrieben, aber das ist immer noch nahe genug, um ihn mit dem Schiffsteleskop orten zu können. Dann konnte ich den Kurs nach Augenmaß korrigieren. Solar-Standardkoordinaten habe ich einfach nie benutzt, es bestand keine Veranlassung dazu, das ist alles.«

»Sie behaupten also«, konstatierte Lucky, »daß Sie nicht in der Lage sind, jetzt sofort den Weg zu Ihrem Brocken zu finden. Oder haben Sie die Standkoordinaten vor dem Abflug berechnet?«

»Daran habe ich nicht einen Augenblick lang gedacht«, meinte der Einsiedler traurig. »Es ist schon so lange her, seit ich ihn zum letzten Mal verlassen habe, daß ich der Angelegenheit keine Beachtung geschenkt habe. Jedenfalls nicht so lange, bis Sie mich hierher zitiert haben.«

Aus Dr. Henrees Ecke kam es: »Halt, halt.« Er hatte sich eine neue Pfeife gestopft und zog kräftig daran. »Ich könnte mich irren, Mr. Hansen, aber als Sie damals Ihr Besitzrecht an dem Asteroiden geltend gemacht haben, mußten Sie Ihren Anspruch doch beim Terrestrischen Amt für die Außenwelt schriftlich niederlegen, ist das richtig?«

»Ja, aber das war eine reine Formalität.«

»Das mag schon sein, will ich gar nicht bestreiten. Aber dennoch wären die Koordinaten Ihres Asteroiden in den Akten vermerkt.«

Hansen dachte einen Augenblick lang nach, dann schüttelte er den Kopf. »Ich fürchte, nicht, Dr. Henree. Man hat nur die Standardkoordinate für den ersten Januar des betreffenden Jahres genommen. Das geschah nur, um den Asteroiden wie mit einer Codenummer zu versehen, für den Fall, daß die Eigentumsrechte umstritten sind. Darüber hinaus hatten sie keinerlei Interesse an der Sache, und mit nur einer Zahlenkombination kann man keine Umlaufbahn berechnen.«

»Aber Sie selbst mußten doch Umlaufwerte gehabt haben. Lucky hier hat uns erzählt, Sie hätten den Asteroiden anfangs als Aufenthaltsort für Ihren Jahresurlaub benutzt. Deshalb müssen Sie doch in der Lage gewesen sein, ihn Jahr für Jahr wiederzufinden.«

»Das war vor fünfzehn Jahren, Dr. Henree. Ich hatte die Werte, ja, und diese Werte befinden sich nun in meinen Unterlagen auf dem Felsen, im Kopf habe ich sie nicht.«

Luckys braune Augen waren noch dunkler geworden. »Das wäre im Augenblick alles, Mr. Hansen. Die Wache wird Sie in Ihr Zimmer zurückbringen, und wir werden Sie wissen lassen, wann wir Sie wieder brauchen. Und, Mr. Hansen«, fügte er hinzu, als der Einsiedler im Begriff stand sich zu erheben, »falls Ihnen die Koordinaten zufällig einfallen sollten, dann geben Sie uns bitte Bescheid.«

»Darauf gebe ich Ihnen mein Ehrenwort, Mr. Starr«, antwortete Hansen ernst.

Die drei waren wieder allein. Luckys Hand zuckte in Richtung des Kommunikators. »Stellen Sie mir eine Verbindung her«, befahl er.

Die Stimme des Mannes in der Zentralvermittlung antwortete ihm. »War die Nachricht eben für Sie, Sir? Ich konnte sie nicht entschlüsseln, deswegen dachte ich ...«

»Gut gemacht. Leitung bitte.«

Lucky stellte den Zerhacker an und benutzte Bigmans Koordinaten, um den Sub-Ätherstrahl ins Ziel zu lenken.

»Bigman«, sagte er, als das Gesicht des anderen erschien, »schlag noch einmal das Logbuch auf.«

»Hast du die Koordinaten, Lucky?«

»Noch nicht. Hast du das Log vor dir liegen?«

»Ja.«

»Kannst du irgendwo einen Schmierzettel entdecken? Ein loses Blatt, auf dem Berechnungen stehen?«

»Warte mal. Ja, hier ist es.«

»Halte den Zettel vor den Bildschirm, ich will ihn mir einmal ansehen.«

Lucky zog ein leeres Blatt zu sich herüber und schrieb die

Zahlen nieder. »In Ordnung, Bigman, nimm's wieder weg. Bleib wo du bist, hörst du. Hast du mich verstanden? Bleib wo du bist, bis du wieder von mir hörst, ganz gleich, was auch passiert. Ende.«

Er wandte sich den beiden älteren Männern zu. »Ich habe das Schiff nach Augenmaß vom Felsen des Einsiedlers bis zum Ceres geführt. Drei- oder viermal habe ich Kurskorrekturen vorgenommen, dabei habe ich das Schiffsteleskop und die Noniuseinrichtungen zur Beobachtung und für die Berechnungen benutzt. Hier sind sie.«

Conway nickte. »Ich nehme an, du willst jetzt zurückrechnen, um die Koordinaten des Asteroiden herauszubekommen.«

»Das geht ganz leicht, besonders, wenn wir das Ceresobservatorium zu Hilfe nehmen.«

Conway erhob sich schwerfällig. »Ich kann mir nicht helfen, du machst für meinen Geschmack zu viel davon her, aber ich will deiner Spürnase noch eine Weile folgen. Los, gehen wir ins Observatorium.«

Über Korridore und mit Hilfe von Fahrstühlen gelangten sie in die Nähe der Ceresoberfläche, eine halbe Meile über den Büros des Wissenschaftsrates auf diesem Asteroiden. Es war kühl hier, aber schließlich gaben sich die Leute vom Observatorium alle erdenkliche Mühe, die Temperatur so konstant wie möglich zu halten und der Oberflächentemperatur so weit anzugleichen, wie dem menschlichen Körper gerade noch zuzumuten war.

Langsam und mit Bedacht entschlüsselte ein blutjunger Techniker Luckys Berechnungen, indem er sie in einen Computer einspeiste und den Vorgang dabei die ganze Zeit über kontrollierte.

Dr. Henree saß auf einem nicht sonderlich bequemen Stuhl, sein dürrer Körper war in sich zusammengekauert. Er schien Wärme aus seiner Pfeife beziehen zu wollen, denn seine großknochigen Hände schwebten nahe über dem Pfeifenkopf.

»Ich hoffe, daß etwas dabei herausschaut«, ließ er sich vernehmen.

»Das will ich stark hoffen«, antwortete Lucky. Er lehnte sich in seinen Sessel zurück und hielt den Blick gedankenverloren auf die gegenüberliegende Wand gerichtet. »Sieh mal, Onkel Hector, vorhin hast du etwas über meine ›Spürnase‹ gesagt. Mit Spürnase hat das nichts zu tun, inzwischen nicht mehr. Diese Piratenvorkommnisse unterscheiden sich gänzlich von denen vor fünfundzwanzig Jahren.«

»Ihre Schiffe sind nicht mehr so leicht abzufangen oder aufzuhalten, wenn du das meinst«, bemerkte Conway.

»Stimmt, aber deswegen ist es doch um so merkwürdiger, daß sie ihre Aktivitäten auf den Asteroidengürtel beschränken, oder etwa nicht?« gab Lucky zurück. »Der Handelsverkehr wird nur hier zwischen den Asteroiden unterbrochen.«

»Sie sind einfach nur vorsichtig. Vor fünfundzwanzig Jahren, als ihre Schiffe bis zur Venus vorgestoßen sind, waren wir gezwungen, eine Offensive zu starten und sie zu vernichten. Jetzt halten sie sich an die Asteroiden, und die Regierung überlegt es sich dreimal, bevor sie zu kostspieligen Maßnahmen greift.«

»So weit, so gut«, sagte Lucky, »aber wie versorgen sie sich? Man ist immer davon ausgegangen, daß Piraten Überfälle nicht aus Spaß an der Freude unternehmen, sondern um an Schiffe, Lebensmittel, Wasser und Versorgungsgüter zu kommen. Man sollte annehmen, daß sie heutzutage mehr denn je darauf angewiesen sein müßten. Captain Anton hat sich mir gegenüber mit Hunderten von Schiffen und Tausenden von Welten gebrüstet. Vielleicht war das nur eine Lüge, um mich zu beeindrucken, aber er hat sich für das Stoßpistolenduell Zeit gelassen. Wir sind stundenlang im offenen Raum getrieben, als hätte er überhaupt keine Angst, daß von Regierungsseite eingegriffen werden könnte. Und Hansen hat gesagt, daß die Piraten sich der verschiedenen Einsiedlerwelten versichert haben und sie als Zwischenstationen benutzen. Wenn die Piraten mit allen oder wenigstens mit einem Großteil der Einsiedler Kontakt haben, setzt das eine große Organisation voraus.

Wo bekommen sie also die Vorräte her, um eine große Organisation zu unterhalten, und gleichzeitig begehen sie trotzdem weniger Überfälle als ihre Vorgänger vor fünfundzwanzig Jahren? Und ein Mitglied der Piratenmannschaft, dieser Martin Maniu, hat mir etwas über Ehefrauen und Familien erzählt. Er habe mit Zuchtkesseln zu tun, sagte er. Wahrscheinlich baut er Hefe an. Hansen hatte auf seinem Asteroiden Hefenahrung, und die stammt nicht von der Venus, *den* Geschmack kenne ich.

Wir wollen doch mal eins und eins zusammenzählen: Sie bauen ihren Nahrungsbedarf auf kleinen, in Asteroidenhöhlen verteilten Hefefarmen an. Kohlendioxyd gewinnen sie direkt aus Kalksteinfelsen, Wasser und Sauerstoff holen sie sich von den Jupitermonden. Maschinen und Antriebsaggregate werden vielleicht vom Sirius importiert oder bei gelegentlichen Überfällen erbeutet. Durch die Überfälle kommen sie an neue Rekruten, Männer wie Frauen.

Es läuft darauf hinaus, daß der Sirius hier eine von uns unabhängige Staatsmacht aufbaut. Man bedient sich unzufriedener Menschen, um eine weitverzweigte Gesellschaft aufzubauen, die wir nur schwer oder überhaupt nicht überwältigen können, falls wir zu lange damit zögern. Die Anführer, die Captain Antons, sind vor allem auf Macht aus und wären es durchaus zufrieden, den Siriern eine Hälfte des terrestrischen Imperiums zu überlassen, solange sie nur die andere behalten könnten.«

Conway schüttelte zweifelnd den Kopf. »Für die wenigen Informationen, die wir haben, ist das ein verdammt großes Sittengemälde. Ob wir die Regierung davon überzeugen können, möchte ich stark bezweifeln. Der Wissenschaftsrat kann nur bis zu einem gewissen Punkt selbständig handeln, weißt du. Leider verfügen wir nicht über eine eigene Flotte.«

»Das ist mir bekannt. Und genau deswegen brauchen wir mehr Informationen. Was wäre, wenn wir, während das Spiel gerade erst begonnen hat, ihre Hauptbasen aufspüren, ihre Anführer gefangennehmen, ihre Verbindungen zum Sirius aufdecken.«

»Nun, was dann?«

»Also, ich bin der Überzeugung, daß die Organisation dann erledigt wäre. Ich bin davon überzeugt, daß der durchschnittliche ›Mann von den Asteroiden‹, um mal ihre eigene Bezeichnung zu verwenden, keinen Schimmer davon hat, daß er zu einer Siriusmarionette gemacht werden soll. Wahrscheinlich hat er nur etwas gegen die Erde. Vielleicht ist er davon überzeugt, daß er schlechte Karten hatte, vielleicht ist er sauer, weil er keinen Job oder nicht die entsprechende Beförderung bekommen hat, kurzum, er ist möglicherweise zu der Ansicht gelangt, daß er nicht so gut vorangekommen ist, wie er sollte. Möglicherweise ist er von dem, was er für ein aufregendes Leben gehalten hat, angezogen worden. Vielleicht kommt das alles zusammen. Und dennoch kann man daraus nicht schließen, daß so ein Mann bereit wäre, sich auf die Seite der ärgsten Feinde der Erde zu schlagen. Wenn er dahinterkommt, daß seine Anführer ihn genau dazu mißbrauchen, wird sich die Piratenbedrohung in Luft auflösen.«

Lucky unterbrach sein eindringliches Flüstern, als der Techniker näherkam. Der Mann hielt ein durchsichtiges Band in der Hand, auf dem der Computerschlüssel eingestanzt war.

»Hören Sie mal, sind Sie sicher, daß die Zahlen, die Sie mir gegeben haben, auch richtig sind?«

»Ganz sicher, warum?« erwiderte Lucky.

Der Techniker schüttelte den Kopf. »Etwas stimmt da nicht. Die Schlußkoordinaten befördern Ihren Brocken in die verbotene Zone, die richtige Flugbahn schon eingerechnet. Es ist unmöglich, verstehen Sie.«

Luckys Augenbrauen fuhren in die Höhe. Was die verbotene Zone anging, so hatte der Mann sicher recht. Dort befand sich bestimmt kein Asteroid. Diese Zonen stellten Teile des Asteroidengürtels dar, in den Asteroiden, falls es sie gegeben hätte, Sonnenumlaufzeiten hätten, die einem geraden Bruchteil von Jupiters zwölfjähriger Umlaufbahn entsprachen. Das hätte zur Folge, daß Jupiter und der betreffende Asteroid sich alle paar Jahre um den gleichen Bruchteil im All nähergekommen wären. Die Anziehungskraft des Jupiters würde den Asteroiden langsam, aber sicher aus der Zone herausholen. Im Verlaufe der zwei Milliarden Jahre, die seit der Entstehung des Planeten vergangen waren, hatte Jupiter alle Asteroiden aus den verbotenen Zonen gezogen.

»Sind Sie sicher, daß Ihre Berechnungen stimmen?« wollte Lucky wissen.

Der Techniker zuckte die Achseln, als wolle er sagen: »Ich verstehe mein Handwerk.« Und meinte nur: »Wir können es mit dem Teleskop nachprüfen. Das Zweitausendfünfhunderter ist gerade besetzt, aber es eignet sich für Nahbetrachtungen sowieso nicht. Wir nehmen eins der kleineren. Würden Sie bitte mitkommen?«

Das eigentliche Observatorium war wie ein Heiligtum, in dem die Teleskope als Altäre fungierten. Männer waren in ihre Arbeit vertieft und unterbrachen ihre Tätigkeit auch nicht für einen Moment, als der Techniker und die drei Ratsmitglieder eintraten.

Der Techniker führte sie zu einem der Flügel, in die der riesige höhlenartige Raum unterteilt war.

»Charlie«, sagte er, an einen früh kahl werdenden jungen Mann gewandt, »kannst du mal eben Bertha anwerfen?«

»Wozu denn?« Charlie schaute von einer Reihe sternenübersäter Fotos auf, über die er bisher gebeugt gewesen war.

»Ich will seine Stelle mit diesen Koordinaten hier überprüfen.« Er hielt das Computerband hoch.

Charlie betrachtete den Streifen flüchtig und runzelte die Stirn. »Wozu denn? Das liegt in den verbotenen Zonen.«

»Würdest du das Teleskop bitte trotzdem einmal darauf einstellen?« erkundigte sich der Techniker. »Es handelt sich um eine Angelegenheit des Wissenschaftsrats.«

»Ach? Ja, natürlich, sofort.« Plötzlich war er bedeutend zuvorkommender. »Es dauert nicht lange.«

Er legte einen Schalter um, und eine flexible Membran hoch oben wölbte sich nach innen und schloß sich saugend um ›Berthas‹ Zylinder. Es handelte sich um ein Dreihundert-Zentimeter-Teleskop, wie es für Nahbeobachtungen benutzt wurde. Die Membran bildete einen luftdichten Abschluß, und darüber konnte Lucky das sanfte Schnurren der sich öffnenden Außenschleuse vernehmen. Fest mit der Membran verbunden, zeigte Berthas großes Auge, nun mehr dem Firmament ausgesetzt, nach oben.

»In der Hauptsache«, erklärte Charlie, »verwenden wir Bertha für Fotografien. Für vernünftige direkte Beobach-. tungen dreht sich Ceres zu schnell. Wir haben Glück, der Punkt, für den Sie sich interessieren, befindet sich über dem Kimm.«

Er nahm seinen Platz in der Nähe des Okulars ein, wobei er auf dem Teleskopschaft ritt, als handele es sich um den steifen Rüssel eines riesigen Elefanten. Das Teleskop stand in einem niedrigen Winkel, den der junge Astronom nun beträchtlich erhöhte. Sorgfältig justierte er die Schärfeneinstellung.

Man sah nur schwarze Leere.

Er hievte sich aus seinem Hochsitz und kletterte die Sprossenleiter herab. Auf seinen Fingerdruck hin öffnete sich eine Trennwand direkt unterhalb des Teleskopes, die den Blick auf eine schwarz gesäumte Grube freigab. Dort hinein konnte man eine Reihe von Spiegeln und Linsen richten, die das teleskopische Abbild scharfstellten und vergrößerten.

Man sah nur schwarzen Himmel.

»Das wär's«, sagte Charlie. Er benutzte eine Meßlatte als Zeigestock. »Der kleine Fleck da ist Metis, ein ziemlich großer Brocken. Der Durchmesser beträgt ungefähr 40 Kilometer, er ist aber Millionen von Kilometern entfernt. Hier können Sie einige Fleckchen sehen, die sich weniger als eine Million Kilometer von der Stelle entfernt befinden, an der Sie interessiert sind, aber sie liegen alle auf der gleichen Seite, jenseits der verbotenen Zonen. Die Sterne haben wir mittels Phasenpolarisation abgedeckt, sie würden sonst nur Verwirrung stiften.«

»Ich danke Ihnen«, sagte Lucky. Er schien betroffen.

»Nichts zu danken. Stehe Ihnen immer gerne zur Verfügung. «

Sie befanden sich bereits wieder im Fahrstuhl nach unten, als Lucky wieder etwas sagte. »Das kann einfach nicht wahr sein«, meinte er wie abwesend.

»Warum nicht?« antwortete Henree. »Deine Zahlen waren falsch.«

»Wie sollten sie? Ich bin doch auf Ceres gelandet.«

»Es könnte sein, daß du eine Zahl gemeint und aus Versehen eine andere geschrieben und dann die Kurskorrektur nach Augenmaß vorgenommen hast, ohne es auf dem Blatt zu verbessern.«

Lucky schüttelte den Kopf. »Das wäre mir nie passiert. Ich kann es ... warte mal. Heilige Milchstraße!« Er sah ihnen mit funkelnden Augen ins Gesicht.

»Was ist los, Lucky?«

»Es paßt zusammen! Beim All, es paßt genau! Wißt ihr, ich habe mich tatsächlich geirrt. Das Spiel hat nicht erst eben begonnen, es ist schon verdammt lange in Gang. Vielleicht ist es schon zu spät. Ich habe sie schon wieder unterschätzt.«

Der Fahrstuhl war im richtigen Stockwerk zum Halten gekommen. Die Schiebetür öffnete sich, und Lucky war mit schnellen Schritten draußen.

Conway eilte ihm hinterher, bekam seinen Ellenbogen zu fassen und wirbelte ihn herum. »Wovon redest du da eigentlich?«

»Ich fliege los. Denk erst gar nicht daran, mich aufhalten zu wollen. Und falls ich nicht wiederkomme, zwing die Regierung um der Erde willen dazu, großangelegte Sicherheitsvorkehrungen in die Wege zu leiten. Andernfalls könnten die Piraten innerhalb eines Jahres das gesamte Sonnensystem in ihrer Gewalt haben. Vielleicht sogar noch früher.«

»Warum?« fragte Conway aufgebracht. »Etwa weil du einen Asteroiden nicht hast lokalisieren können?«

»Genau.«

10
Der Asteroid, den es gab

Bigman hatte Conway und Henree an Bord von Luckys eigenem Schiff, der *Shooting Starr*, nach Ceres gebracht, ein Umstand, für den Lucky jetzt dankbar war. Das bedeutete, daß er mit ihr in den Weltraum starten, ihr Deck unter den Füßen, ihre Steueraggregate in Händen halten konnte.

Die *Shooting Starr* war ein zweisitziger Kreuzer, im Verlauf des Jahres nach Luckys Abenteuern unter den Farmboys auf dem Mars gebaut. Die äußere Erscheinung war so irreführend, wie es die moderne Wissenschaft bewerkstelligen konnte. Ihrer eleganten Linienführung nach zu schließen, erweckte sie fast den Eindruck einer Raumyacht, und in ihrer Gesamtlänge übertraf sie Hansens kleinen Kahn bestenfalls um das Doppelte. Kein Weltraumreisender würde in ihr etwas anderes gesehen haben als das Spielzeug eines reichen Mannes, schnell vielleicht, aber mit einer dünnen Außenhaut versehen, die harten Schlägen nicht gewachsen war. Gewiß handelte es sich dabei nicht um die Art von Fahrzeug, mit dem man sich in die gefährliche Nähe von Asteroidengürteln wagen würde.

Nahm man jedoch das Innere des Schiffes einmal genauer in Augenschein, wäre man möglicherweise zu einem etwas anderen Schluß gelangt. Die glitzernden hyperatomaren Motoren waren denen eines gepanzerten Weltraumkreuzers mit dem zehnfachen Gewicht der *Shooting Starr* ebenbürtig. Ihre Energiereserven waren enorm, und die Leistungsfähigkeit des Hystereseschutzschirms reichte aus, um selbst die großkalibrigsten Projektile zu schlucken, die ein Gegner – von einem Panzerschlachtschiff einmal abgesehen – abfeuern konnte. Ihre Angriffsqualitäten waren auf Grund des geringen Eigengewichtes nicht in der obersten Kategorie anzusiedeln, aber bezogen auf die Tonnage konnte die *Shooting Starr* jeden Gegner niederkämpfen.

Es war also nicht verwunderlich, daß Bigman sich vor Freude einfach nicht mehr zu lassen wußte, als er die Luftschleuse passiert und den Raumanzug in die Ecke geworfen hatte. »Beim All«, tönte er, »bin ich froh, von dem anderen Pott runter zu sein. Was machen wir mit dem Ding?«

»Ich lasse ein Schiff von Ceres kommen, das es einsammelt.«

Ceres lag knapp zweihunderttausend Kilometer hinter ihnen. Der Asteroid wirkte auf das menschliche Auge etwa halb so groß, wie der Mond von der Erde aus erschien.

Bigman fragte neugierig: »Wie wär's, wenn du mich mal aufklären würdest, Lucky? Wieso der plötzliche Sinneswandel? Das letzte, was ich mitbekommen habe, war, daß ich mutterseelenallein losziehen sollte.«

»Es gibt keine Koordinaten, auf die du hättest zufliegen können«, erwiderte Lucky. Voller Ingrimm berichtete er dem Kleinen über die Ereignisse der letzten Stunden.

Bigman pfiff durch die Zähne. »Wohin fliegen wir denn nun eigentlich?«

»Ich bin mir nicht sicher, aber zunächst suchen wir einmal nach der Stelle, an der sich der Asteroid des Einsiedlers jetzt befinden müßte.«

Er studierte die Zeiger und fügte hinzu: »Und wir werden uns schnell von hier absetzen.«

Und Lucky meinte *schnell*. Als die Beschleunigung zunahm, kletterte die Geschwindigkeit der *Shooting Starr* rapide. Bigman und Lucky wurden in ihre diamagnetisch gepolsterten Sitze gepreßt, und der wachsende Druck verteilte sich gleichmäßig über die gesamte Körperoberfläche. Die beschleunigungsgeregelte Luftentfernungsanlage erhöhte die Sauerstoffkonzentration in der Kanzel und ermöglichte so ein flacheres Atmen, ohne daß sich ein Zustand von Sauerstoffverknappung einstellte. Der g-Panzer (›g‹ ist die übliche wissenschaftliche Bezeichnung für Beschleunigung), den beide trugen, war leicht und beeinträchtigte ihre Bewegungsfreiheit nicht im mindesten. Unter dem Eindruck zunehmender Geschwindigkeit gewann das Korsett allerdings an Festigkeit und schützte so die Knochen und besonders die Wirbelsäule vor Brüchen. Ein Gürtel aus Nylotexgliedern bewahrte die Eingeweide vor unnötigem Schaden.

Die Kanzeleinrichtung war von Experten des Wissenschaftsrates in jeder Hinsicht dergestalt ausgelegt worden, der *Shooting Starr* eine um zwanzig bis dreißig Prozent höhere Beschleunigungskapazität als selbst dem modernsten Schiff der Flotte zu ermöglichen.

Selbst jetzt betrug die Beschleunigung, hoch wie sie war, nicht einmal die Hälfte von dem, wozu das Schiff tatsächlich fähig war.

Als die Geschwindigkeit abnahm, befand sich die *Shooting Starr* acht Millionen Kilometer von Ceres entfernt, und falls Bigman oder Lucky daran interessiert gewesen wären, nach dem Asteroiden Ausschau zu halten, hätten sie erkannt, daß er zu einem Lichtfleck geschrumpft war, der weniger hell als viele Fixsterne leuchtete.

»Sag mal, Lucky, was ich dich schon die ganze Zeit fragen wollte, hast du eigentlich deinen Glitzerschild dabei?«

Lucky nickte, und Bigman machte ein trauriges Gesicht.

»Also hör mal, du großer blöder Ochse«, schimpfte der kleine Kerl, »warum, beim All, hast du ihn denn nicht mitgenommen, als du auf Piratenjagd gegangen bist?«

»Ich hatte ihn dabei«, gab Lucky ruhig zur Antwort. »Ich trage ihn seit dem Tag, als die Marsbewohner ihn mir geschickt haben, bei mir.«

Wie Lucky und Bigman (aber sonst keine Menschenseele im Milchstraßensystem) wußten, handelte es sich bei den Marsbewohnern, auf die sich Lucky bezog, nicht um die Farmboys und Rancher auf dem Mars, sondern vielmehr um eine Rasse immaterieller Wesen, den direkten Nachkommen jener alten Intelligenzen, die den Mars in jenen Tagen bevölkert hatten, bevor der Planet seine Wasser- und Sauerstoffvorräte verloren hatte. Nachdem sie unter der Oberfläche riesige Höhlen gegraben hatten, indem sie kubikkilometerweise Felsgestein in Energie umwandelten und diese Energie zum zukünftigen Gebrauch lagerten, verbrachten sie ihre Tage jetzt in angenehmer Abgeschiedenheit. Weil sie ihre Körper aufgegeben hatten und nun mehr als reine Energie existierten, ahnte die Menschheit nicht, daß es sie gab. Nur Lucky Starr war bis in ihr Reich vorgedrungen, und als Andenken an diese Reise war er in den Besitz dessen gelangt, was Bigman ›Glitzerschild‹ nannte.

Bigmans Ärger nahm zu. »Na, wenn du ihn dabei hattest, warum hast du ihn nicht benutzt? Was ist mit dir los?«

»Du machst dir von dem Schild eine falsche Vorstellung,

Bigman. Er kann auch nicht alles. Er füttert mich nicht und wischt mir danach auch nicht den Mund.«

»Ich habe noch nichts gesehen, was er nicht könnte. Er kann 'ne ganze Menge.«

»In bestimmter Hinsicht stimmt das. Er kann jede Art von Energie absorbieren.«

»Wie die Energie eines Blastergeschosses zum Beispiel. Das willst du doch etwa nicht bestreiten, oder?«

»Nein, zugegeben, gegen Blaster wäre ich immun. Der Schild würde auch potentielle Energie aufsaugen, falls die Masse des betreffenden Körpers nicht zu klein oder zu groß wäre. Ein Messer oder eine gewöhnliche Kugel zum Beispiel ginge nicht hindurch, eine Kugel könnte mich allerdings vielleicht umwerfen. Aber ein vernünftiger Vorschlaghammer würde einfach durch den Schild rauschen, und selbst wenn er das nicht schaffen sollte, würde mich der Schwung ganz einfach zerschmettern. Und was noch schlimmer ist, Luftmoleküle gingen ohne weiteres durch, als gäbe es den Schild gar nicht, sie sind viel zu winzig, um aufgehalten zu werden. Ich erzähle dir das alles, damit du verstehst, daß ich so oder so gestorben wäre, wenn Dingo mir da draußen im All das Helmvisier geknackt hätte. Der Schild hätte auch nicht für eine Sekunde verhindern können, daß die Luft blitzartig aus meinem Anzug entweicht.«

»Wenn du ihn von Anfang an getragen hättest, wärst du nie in Schwierigkeiten gekommen. Wenn ich daran denke, wie du ihn auf dem Mars benutzt hast!« Bigman mußte bei dem Gedanken kichern. »Um dich herum hat alles geglitzert, wie ein Rauchschleier, aber mit Licht drin, man konnte dich nur als Dunstschwade erkennen. Alles, außer deinem Gesicht jedenfalls. Das bestand bloß aus weißem Licht.«

»Stimmt«, bemerkte Lucky trocken. »Damit hätte ich sie alle erschreckt. Dann hätten sie mit Blastern nach mir geschossen, und mir wäre nichts passiert. Sie wären so schnell wie möglich aus der *Atlas* geflohen, so ungefähr zehn Meilen weit und hätten sie dann in die Luft gejagt. Dann wäre ich mausetot gewesen. Du darfst nicht vergessen, der Schild ist nur ein Schild. Er verleiht mir keine Offensivkräfte.«

»Wirst du ihn nie wieder benutzen?« fragte Bigman.

»Erst, wenn es nötig ist. Vorher auf keinen Fall. Wenn ich ihn zu häufig anwende, wäre der Nutzen dahin. Seine Schwächen würden herauskommen, und ich wäre nichts weiter als ein Ziel für jeden, gegen den ich antreten muß.«

Lucky schaute auf die Instrumente. Ruhig sagte er: »Wieder zur Beschleunigung bereit?«

»He . . .«, weiter kam Bigman nicht.

Als er wieder in seinen Sitz zurückgedrückt wurde, merkte er, wie er um Luft ringen mußte und konnte nichts mehr sagen.

Die Röte stieg bis unter seine Augen, und er fühlte, wie sich die Haut nach hinten spannte, ganz so, als ob sie sich von seinen Knochen schälen wolle.

Diesmal beschleunigte die *Shooting Starr* mit voller Kraft.

Dieser Zustand dauerte fünfzehn Minuten. Gegen Ende war Bigman kaum noch bei Bewußtsein. Dann ließ die Beschleunigung nach, und die Lebensgeister kehrten zurück.

Lucky schüttelte den Kopf und schnappte nach Luft.

»He, das war überhaupt nicht komisch«, beschwerte sich Bigman.

»Ich weiß.«

»Was sollte das? Waren wir etwa nicht schnell genug?«

»Nicht ganz. Aber jetzt ist alles in Butter. Wir haben sie abgehängt.«

»Wen haben wir abgehängt?«

»Denjenigen, der uns verfolgt hat. Wir sind verfolgt worden, Bigman, und zwar von dem Augenblick an, in dem du den Fuß auf die alte *Shooter* gesetzt hast. Schau dir mal den Ergometer an.«

Bigman tat, wie ihm geheißen. Mit dem Ergometer auf der *Atlas* hatte dieser hier nur den Namen gemein. Der auf der *Atlas* war ein primitives Modell gewesen, das dazu dienen sollte, Motorenwärme aufzufangen, um im Bedarfsfall die Rettungsboote auszustoßen. Darin hatte die alleinige Funktion bestanden. Die Ergometer auf der *Shooting Starr* waren in der Lage, Energiemuster hyperatomarer Motoren von Schiffen, nicht größer als Rettungsboote, aufzuzeichnen und das auf eine Entfernung von mehr als zwei Millionen Meilen.

Selbst jetzt zitterte die blaue Tintenlinie auf dem Millimeterpapier noch ganz schwach, wenngleich auch nur gelegentlich.

»Das hat nichts zu bedeuten«, meinte Bigman.

»Eben hatte es schon was zu bedeuten. Überzeug dich selber.« Lucky wickelte das Papier, das schon an der Nadel vorbeigelaufen war, vom Zylinder ab. Die Ausschläge wurden größer und ließen sich besser deuten. »Siehst du das, Bigman?«

»Das könnte alles mögliche sein. Ein Ceresfrachter, zum Beispiel.«

»Nein. Einmal hat man versucht, uns zu folgen, und dabei hat sich der Betreffende nicht einmal so ungeschickt angestellt, was bedeutet, daß er selbst über einen ganz ordentlichen Ergometer verfügt. Und außerdem, hast du schon mal solch ein Energiemuster gesehen?«

»Noch keins, das ganz genau so aussieht, Lucky.«

»Weißt du, ich schon, und zwar bei dem Schiff, das die *Atlas* geentert hat. Dieses Ergometer hier ermöglicht eine viel bessere Energiemusteranalyse, aber die Ähnlichkeit läßt keinen Zweifel zu. Der Motor des Schiffes hinter uns ist eine sirische Konstruktion.«

»Es handelt sich um Antons Schiff, willst du sagen.«

»Das oder ein ähnliches. Spielt aber keine Rolle. Wir haben es abgeschüttelt.«

»Im Augenblick befinden wir uns genau an der Stelle, wo der Felsen des Einsiedlers sein sollte, er müßte jedenfalls im Umkreis von etwa hunderttausend Meilen zu erkennen sein.«

»Ist er aber nicht«, gab Bigman zurück.

»Stimmt auffallend. Der Gravitationsanzeiger meldet keine asteroide Masse in unserer Nähe. Wir befinden uns in dem, was die Astronomen eine verbotene Zone nennen.«

»Aha«, ließ Bigman sich wissend vernehmen. »Verstehe.«

Lucky lächelte. Es war nichts zu erkennen. Eine verbotene Zone im Asteroidengürtel unterschied sich im Aussehen, jedenfalls für das bloße Auge, in keiner Weise von einem mit Asteroiden übersäten Abschnitt des Gürtels. Der Anblick war der gleiche, es sei denn, in hundert Kilometer Entfernung oder so befand sich zufällig ein Asteroid in Sicht. Sterne oder Gegenstände, die wie Sterne aussahen, bedeckten das Firmament. Falls einige davon Asteroiden und keine Sterne sein sollten, gab es jedenfalls keine Möglichkeit, einen Unterschied festzustellen, es sei denn, man beobachtete stundenlang intensiv die Umgegend, um herauszufinden, welcher ›Stern‹ seine Stellung relativ zu den übrigen veränderte, oder man benutzte gleich ein Teleskop.

»Was machen wir denn nun?« wollte Bigman wissen.

»Wir schauen uns hier in der Gegend ein bißchen um, könnte ein paar Tage dauern.«

Der Kurs der *Shooting Starr* änderte sich jetzt ständig. Er führte von der Sonne weg, entfernte sich aus der verbotenen Zone und zeigte in Richtung der nächstgelegenen Asteroidenkonstellation. Die Nadeln der Gravitationsmesser tanzten unter der Einwirkung der Massen in der Ferne.

Auf dem Schirm glitt eine kleine Welt nach der anderen vorbei. Sie durften eine Umdrehung lang im Bild bleiben, dann wurde ihnen gestattet, wieder zu entschlüpfen. Die Geschwindigkeit der *Shooting Starr* war zu einem relativen Kriechen gedrosselt worden, dennoch liefen die Kilometer zu Hunderttausenden und Millionen durch. Die Stunden vergingen. Ein Dutzend Asteroide tauchte auf und verschwand wieder.

»Du mußt was essen«, sagte Bigman.

Aber Lucky begnügte sich mit Sandwiches und kurzen Nickerchen, während er und Bigman abwechselnd den Sichtschirm, die Gravitationsanzeiger und den Ergometer beobachteten. Dann, ein Asteroid war in Sicht, sagte Lucky mit gepreßter Stimme: »Ich gehe runter.«

Bigman war überrascht. »Ist das der Asteroid?« Er studierte die eckigen Umrisse. »Erkennst du ihn wieder?«

»Ich denke schon, Bigman. Auf jeden Fall wird er unter die Lupe genommen.«

Sie benötigten eine halbe Stunde, um das Schiff auf die Schattenseite des Asteroiden zu manövrieren.

»Halte die Position bei«, befahl Lucky. »Einer muß beim Schiff bleiben, und zwar bist du derjenige. Vergiß das nicht. Es könnte entdeckt werden, aber hier im Schatten mit abgeschalteten Lichtern und dem Motor auf niedrigster Leistung machen wir es ihnen so schwer wie möglich. Laut Ergometer befindet sich kein Schiff in unserer Nähe, stimmt's?«

»Richtig!«

»Das wichtigste, woran du denken mußt: Folge mir auf keinen Fall nach unten, egal, was passiert. Wenn ich fertig bin, komme ich zu dir rauf. Wenn ich in zwölf Stunden nicht zurück bin und mich nicht gemeldet habe, kehrst du mit einem Bericht nach Ceres zurück. Aber vorher machst du von diesem Asteroiden Fotos von allen Seiten.«

Bigmans Gesicht verzog sich zu einer düster-störrischen Miene. »Nein.«

»Hier ist der Bericht«, sagte Lucky ruhig. Er holte aus einer Innentasche eine Privatkapsel. »Diese Kapsel ist auf Dr. Conway eingestellt. Er ist der einzige, der sie öffnen kann. Er muß die Informationen bekommen, egal, was mit mir geschieht. Verstehst du das?«

»Was steht auf dem Zettel?« fragte Bigman, der keine Anstalten traf, danach zu greifen.

»Leider nur Theorien, fürchte ich. Ich habe niemandem gegenüber etwas darüber verlauten lassen, weil ich hergeflogen bin, um an die Fakten zu kommen, mit denen ich sie erhärten kann. Falls ich es nicht schaffe, müssen meine Vermutungen wenigstens durchkommen. Conway glaubt sie vielleicht, und möglicherweise kann er die Regierung dazu überreden, entsprechend zu handeln.«

»Ich werde es nicht machen«, sagte Bigman. »Ich werde dich nicht hier zurücklassen.«

»Bigman, wenn ich dir nicht trauen kann, ganz gleich, was mit dir oder mir wird, wirst du mir nicht von sehr großem Nutzen sein, falls ich das hier mit heiler Haut überstehe.«

Bigman streckte die Hand aus. Die Privatkapsel fiel hinein.

»In Ordnung.«

Lucky schwebte durch das Vakuum der Oberfläche des Asteroiden entgegen, dabei beschleunigte er den Fall, indem er die Stoßpistole an seinem Anzug benutzte. Er wußte, daß der Asteroid die richtige Größe hatte. Die Form stimmte ebenfalls im großen und ganzen. Er war zerklüftet genug, und der vom Sonnenlicht beschienene Teil hatte die richtige Farbe. Aber das alles hätte vielleicht auf jeden Asteroiden zutreffen können.

Und da war noch eine Eigentümlichkeit, die bestimmt nicht sehr oft kopiert wurde.

Seiner Hüfttasche entnahm er ein kleines Instrument, einem Kompaß nicht unähnlich. In Wirklichkeit handelte es sich um ein Handradargerät. Die Sendequelle im Inneren konnte Kurzwellen auf beinahe jede Entfernung abgeben. Bestimmte Frequenzen wurden zum Teil vom Felsgestein reflektiert und zum Teil durchgelassen.

War eine dicke Felsschicht vorhanden, aktivierte die Strahlungsreflektion eine Nadel auf der Skala. Bei dünner Gesteinsauflage, wie es beispielsweise bei einer darunter liegenden Höhle oder einem Hohlraum der Fall ist, wurde ein Teil der Strahlung reflektiert, aber ein weiterer Teil drang durch den Hohlraum und wurde von einer anderen Wand zurückgeworfen. Dadurch entstand eine Doppelreflexion, deren eine Komponente viel schwächer als die andere war. Als Reaktion auf solch eine Doppelreflexion antwortete die Nadel mit einem charakteristischen Doppelausschlag.

Während er mit Leichtigkeit über die steinigen Anhöhen setzte, beobachtete Lucky das Instrument. Zu dem gleichmäßigen Pulsieren der Nadel gesellte sich ein Zittern, und bald darauf war ein deutlicher Nebenausschlag zu erkennen. Der Asteroid war hohl. Man brauchte nur die Stelle zu finden, wo der Nebenausschlag am größten war, dort lag dann auch die Höhle der Oberfläche am nächsten. Dort würde die Schleuse sein.

Einige Augenblicke lang waren alle seine Sinne auf die Nadel gerichtet. Das Magnetkabel, das sich vom nahe gelegenen Horizont aus auf ihn zuschlängelte, nahm er nicht wahr.

Er bemerkte es nicht, bis Schlinge um Schlinge um seinen Körper schnappte, sich festklammerten und seine beinahe schwerelose Gestalt durch den Aufprall erst gänzlich von dem Asteroiden schleuderte und dann gegen den Felsboden schmetterte. Lucky blieb hilflos liegen.

11
Nahkampf

Drei Lichter tauchten am Horizont auf, sie bewegten sich auf den hilflos ausgestreckten Lucky zu. In der Dunkelheit der Asteroidennacht war es ihm nicht möglich, die zu den Lampen gehörigen Gestalten zu erkennen.

Auf einmal vernahm er den Klang einer Stimme im Ohr, es handelte sich um das rauhe, wohlbekannte Organ Dingos, des Piraten. »Wehe, du rufst deinen Kumpel da oben«, sagte er. »Ich hab' hier ein Ding, das kann deinen Richtstrahl empfangen. Versuchst du es doch, blase ich dich einfach aus dem Anzug, du Spitzel!«

Das letzte Wort spuckte er geradezu aus; die verächtliche Bezeichnung aller Gesetzesbrecher für jene, die sie als Spione der Strafverfolgungsbehörden ansehen.

Lucky hielt den Mund. Von dem Augenblick an, in dem er gefühlt hatte, wie sein Anzug unter dem Aufprall des Magnetkabels erzitterte, war ihm klar gewesen, daß er in eine Falle getappt war. Bigman anzufunken, bevor er mehr über die Beschaffenheit der Falle in Erfahrung gebracht hatte, hieße die *Shooting Starr* gefährden, ohne daß ihm dabei selbst in seiner mißlichen Lage geholfen wäre.

Dingo stand breitbeinig über ihm. Im Schein einer der Taschenlampen erhaschte Lucky einen flüchtigen Blick auf Dingos Helmvisier und die dickscheibige Brille, die seine Augen bedeckte. Lucky wußte, daß es sich dabei um Infrarotumsetzer handelte. Umsetzer waren in der Lage, gewöhnliche Wärmestrahlung in sichtbares Licht zu verwandeln. Selbst ohne Taschenlampen und trotz der dunklen Asteroidennacht waren sie imstande gewesen, ihn auf Grund der Energiebestrahlung seiner eigenen Heizschlangen zu beobachten.

»Was ist los, Spitzel, hast du Schiß?«

Er hob ein umfangreiches Bein mit einem noch klobigeren Metallschuh am Fuß und stampfte mit der Hacke wuchtig in Richtung Helmvisier. Lucky drehte den Kopf geschwind zur Seite, um den Stoß auf das stabilere Metall des Helms treffen zu lassen, aber Dingos Absatz blieb mitten in der Luft stehen. Der Pirat lachte triumphierend.

»Diesmal kommst du nicht so leicht davon, Spitzel.«

Als er seine beiden Spießgesellen anredete, veränderte sich sein Tonfall. »Hüpft über die Klippe und macht die Schleuse auf.«

Einen Augenblick lang zögerten die beiden Männer. Einer meinte dann: »Aber Dingo, der Captain hat doch gesagt, du solltest . . .«

»Mach, daß du verschwindest, sonst fang' ich vielleicht mit dem da an und hör bei euch auf.«

Mit dieser Drohung konfrontiert, setzten die beiden sich springend in Bewegung. Dingo richtete seine Aufmerksamkeit wieder auf Lucky. »Schätze, wir schaffen dich mal zur Schleuse.«

Er hielt immer noch das Griffende des Magnetkabels in Händen. Durch ein Knipsen am Schalter stellte er den Strom ab und entmagnetisierte es für einen Augenblick. Er ging einen Schritt zur Seite und zog das Kabel ruckartig in seine Richtung. Lucky wurde über den felsigen Boden des Asteroiden geschleift, hüpfte hoch wie ein Gummiball und kollerte halb aus der Kabelschlinge. Dingo knipste wieder am Schalter, und die verbliebenen Schlingen packten plötzlich und hielten Lucky fest.

Dingo ließ die Peitsche nach oben zucken. Lucky stieg mit empor, während Dingo geschickt manövrierte, um selbst die Balance zu halten. Lucky schwebte im All, und Dingo spazierte mit ihm durch die Gegend, als wäre er ein Kinderballon an einem Bindfaden.

Es vergingen fünf Minuten, dann waren die Lampen der beiden anderen wieder zu sehen. Das Licht schien auf einen dunklen Fleck, dessen regelmäßige Einfassung Beweis genug war, daß es sich dabei um eine geöffnete Luftschleuse handelte.

Von weitem rief Dingo schon: »Aufgepaßt, ich habe ein Paket abzuliefern.«

Wieder entmagnetisierte er das Kabel, ließ es nach unten zucken, wobei es ihn selbst zehn Zentimeter vom Boden abhob. Lucky wirbelte rasend schnell um seine eigene Achse und rollte dabei vollständig aus den Kabelschlingen.

Dingo hechtete in die Höhe und fing ihn. Mit der Geschicklichkeit eines Mannes, der seit langem an Schwerelosigkeit gewöhnt ist, vereitelte er Luckys Versuche, sich aus der Umklammerung zu befreien und schleuderte ihn schließlich in Richtung Schleusentor. Mit Hilfe eines schnellen Doppelschusses aus der Stoßpistole an seinem Anzug brachte er seinen eigenen Fall nach hinten zum Stillstand, richtete sich auf und konnte gerade noch sehen, wie Lucky sauber in die Schleuse trieb.

Was nun folgte, war im Schein der Taschenlampen deutlich zu sehen. Von dem Pseudo-Schwerkraftfeld, das im Inneren der Schleuse herrschte, gepackt, wurde Lucky urplötzlich mit lautem Geschepper und einer Gewalt, die ihm den Atem raubte, zu Boden geschleudert. In seinem Helm dröhnte Dingos bellendes Gelächter.

Die Außentür verriegelte sich, die innere ging auf. Lucky kam auf die Füße, dankbar für die normalen Gravitationsverhältnisse.

»Rein mit dir, Spitzel.«

Lucky zögerte beim Betreten des Asteroideninneren. Schnell ließ er seine Augen hin und her wandern, während sich gleichzeitig an den Rändern des Visiers Eisblumen bildeten. Was er sah, war nicht die heimelig beleuchtete Bibliothek des Einsiedlers Hansen, sondern vielmehr eine ungeheuer große, langgestreckte Halle, deren Dach von einer Anzahl Säulen getragen wurde. Das gegenüberliegende

Ende konnte er nicht erkennen. In regelmäßigen Abständen entlang der Wände befanden sich Öffnungen, die in Räume führten. Männer hasteten hin und her, in der Luft hing ein Ozon- und Maschinenölgeruch. Weit weg konnte er das charakteristische Summen von mit Sicherheit gigantischen hyperatomaren Motoren vernehmen.

Es lag ziemlich klar auf der Hand, daß es sich hier nicht um die Zelle eines Einsiedlers, sondern vielmehr um eine große industrielle Anlage *im Inneren* eines Asteroiden handelte.

Lucky nagte nachdenklich an seiner Unterlippe und fragte sich mutlos, ob dieses Wissen jetzt mit ihm zusammen sterben würde.

»Hier rein, Spitzel, mach, daß du da reinkommst.«

Der bezeichnete Raum war eine Vorratskammer, Regale und Kanister machten einen gut gefüllten Eindruck, aber außer den drei Piraten und ihm selbst war kein Mensch zu sehen.

»Hör mal, Dingo«, sagte einer der Piraten nervös, »warum zeigen wir ihm das eigentlich alles. Ich glaube nicht ...«

»Dann halt auch den Mund«, erwiderte Dingo und lachte dabei. »Keine Angst, der wird nichts von dem erzählen, was er hier zu sehen bekommt. Das garantiere ich. Aber vorher habe ich mit dem da noch ein Hühnchen zu rupfen. Zieht ihm den Anzug aus.« Während er sprach, machte er sich von seinem eigenen Druckanzug frei. Ohne ihn sah er gewaltig aus. Eine Hand rieb den behaarten Rücken der anderen. Er genoß die Situation.

»Captain Anton hat dir nie den Befehl gegeben, mich zu töten«, sagte Lucky mit fester Stimme. »Du versuchst nur, eine persönliche Fehde zu Ende zu bringen, und dabei handelst du dir bloß Schwierigkeiten ein. Für den Captain bin ich ein wertvoller Mann, das weiß er genau.«

Auf Dingos Gesicht lag ein Grinsen, als er sich auf den Rand einer mit kleinen Metallgegenständen gefüllten Tonne setzte. »Wenn man dir so zuhört, könnte man glatt meinen, du hättest recht. Aber du hast uns nicht für einen Augenblick an der Nase herumführen können. Was glaubst du denn, was wir gemacht haben, nachdem wir dich auf dem Felsen des Einsiedlers abgesetzt hatten? Wir haben beobachtet. Captain Anton ist kein Dummkopf. Er hat mich zurückgeschickt. ›Beobachte den Felsen und mach Meldung‹, hat er gesagt. Ich hab' gesehen, wie das Boot des Einsiedlers abhob. Ich hätte euch in Fetzen schießen können, aber der Befehl lautete, die Verfolgung aufzunehmen.

Vor Ceres habe ich anderthalb Tage lang Position bezogen, dann entdeckte ich, wie das Dingi des Einsiedlers wieder in den Weltraum auslief. Hab' ich einfach weitergewartet. Dann lief mir das andere Schiff, das zum Rendezvous kam, über den Weg. Der Mann im Dingi ging an Bord des anderen Schiffes, und als ihr losgeflogen seid, bin ich euch gefolgt.«

Lucky konnte nicht anders, er mußte lächeln. »Du hast *versucht,* uns zu folgen, willst du wohl sagen.«

Dingo wurde rot wie eine Tomate. »Okay«, giftete er, »ihr seid schneller gewesen. Leute eures Schlages können nun mal gut weglaufen. Na, und? Ich brauchte dir nicht nachzurennen. Bin einfach hierher und hab' gewartet. Ich wußte doch, wo ihr hin wolltet. Ich hab' dich doch gekriegt, oder etwa nicht?«

»Na schön, aber was hast du denn schon? Auf dem Felsen des Einsiedlers war ich unbewaffnet. Ich hatte nichts, womit ich mich hätte wehren können, der Einsiedler besaß einen Blaster. Ich mußte tun, was er wollte. Er wollte unbedingt auf Ceres zurück, mich hat er gezwungen mitzukommen, damit er, falls ihn die Männer von den Asteroiden abfangen, behaupten konnte, man habe mich entführt. Du hast eben selbst zugegeben, daß ich so schnell wie möglich wieder von Ceres verschwunden bin, um nach hier zurückzukehren.«

»Mit einem netten glänzenden Regierungsschiff.«

»Ich habe es gestohlen. Na und? Das heißt doch nur, daß

ihr jetzt noch ein Schiff für eure Flotte habt. Und zwar ein gutes.«

Dingo sah die beiden anderen Piraten an. »Der streut ganz schön mit Kometenstaub um sich, was?«

»Ich warne dich noch einmal, der Captain läßt es an dir aus, wenn mir etwas zustößt.«

»Nein, wird er nicht«, knurrte Dingo böse, »er weiß nämlich, wer du bist und ich auch, Mr. David Lucky Starr. Los, stell dich in die Mitte.«

Dingo stand auf. Zu seinen beiden Begleitern sagte er: »Schafft die Tonnen aus dem Weg: Dahinten in die Ecke damit.«

Sie brauchten nur einmal in sein drohendes blutrotes Gesicht zu sehen, dann gehorchten sie. Dingos muskelbepackter untersetzter Körper war leicht nach vorn gekrümmt, sein Kopf verzog sich zwischen die kraftstrotzenden Schultern, und seine dicken, irgendwie etwas krummen Beine waren fest auf dem Boden verankert. Die Narbe auf seiner Oberlippe zeichnete sich weiß ab.

»Es gibt einfache und schöne Methoden, um dich fertigzumachen. Spitzel kann ich nicht ausstehen, und Spitzel, die mich in einem Stoßpistolenduell foulen, kann ich erst recht nicht ausstehen. Deswegen werde ich dich in kleine Schnipsel zerlegen, bevor ich dich kaltmache.«

Im Vergleich zu dem Piraten wirkte Lucky hochaufgeschossen und dürr. »Bist du Manns genug, es allein mit mir aufzunehmen, Dingo, oder werden dir deine Freunde helfen?«

»Ich brauche keine Hilfe, du Filmgesicht.« Er lachte bösartig. »Aber wenn du versuchst wegzulaufen, werden sie dich daran hindern, und wenn du es immer wieder versuchst, dafür haben sie die Neutronenpeitschen, und die halten dich *bestimmt* auf.« Er hob die Stimme. »Und benutzt sie auch, ihr zwei, wenn es nötig ist.«

Lucky wartete darauf, daß der andere anfing. Ihm war

klar, daß die wahrscheinlich tödlichste Taktik darin bestand, sich auf einen Nahkampf einzulassen. Wenn der Pirat ihn mit seinen riesigen Armen um den Brustkorb zu packen bekam, waren mit an Sicherheit grenzender Wahrscheinlichkeit gebrochene Rippen die Folge.

Die rechte Faust angewinkelt, stürmte Dingo vor. Lucky blieb, solange er sich traute, wie angewurzelt stehen, tat dann einen raschen Schritt nach rechts, ergriff den ausgestreckten linken Arm seines Gegners, zog an, nutzte dabei die Vorwärtsbewegung des anderen aus, und erwischte den Knöchel des Piraten mit dem Fuß.

Dingo flog mit ausgestreckten Armen nach vorn und krachte schwer zu Boden. Blitzartig war er wieder auf den Beinen, allerdings hatte er eine Schramme auf der Wange, und kleine Lichter wahnsinniger Wut tanzten in seinen Augen.

Er donnerte auf Lucky los, dieser zog sich leichtfüßig in Richtung auf die Fässer zurück.

Lucky stützte sich auf dem Deckelrand ab und schwang die Beine hoch. Dingo bekam sie voll auf die Brust, das stoppte ihn für einen Augenblick. Lucky wirbelte außer Reichweite und kam wieder frei in der Mitte des Raumes zu stehen.

Einer der Piraten rief: »He, Dingo, hör auf, herumzuspielen.«

»Ich bring ihn um, ich bring ihn um«, keuchte Dingo.

Aber er war jetzt vorsichtiger. Seine kleinen Äuglein verschwanden beinahe hinter dem Fett und dem Knorpelgewebe, das seine Augäpfel umgab. Lucky genau beobachtend, schlich er sich vor und wartete auf den Moment, in dem er zuschlagen konnte.

»Was ist los, Dingo«, erkundigte sich Lucky. »Hast du Angst vor mir? Für eine Großschnauze bekommst du aber verdammt schnell das Flattern.«

Wie Lucky erwartet hatte, antwortete Dingo mit einem

unzusammenhängenden Gebrüll und stürzte sich schwerfüßig und frontal auf ihn. Diesem Stierangriff auszuweichen, bereitete Lucky keinerlei Schwierigkeit. Schnell und hart fuhr seine Handkante Dingo ins Gesicht.

Lucky hatte gesehen, daß viele Männer mit diesem speziellen Hieb bewußtlos geschlagen worden waren; mehr als einen hatte er daran sterben sehen. Aber Dingo torkelte nur. Er schüttelte die Wirkung ab und wandte sich knurrend um.

Seine Füße setzten mit der ganzen Sohle auf dem Boden auf, als er sich dem tänzelnden Lucky näherte. Luckys Faust zuckte vor und traf Dingos zerschrammten Backenknochen. Es floß Blut, aber Dingo versuchte weder den Schlag zu parieren, noch zuckte er mit der Wimper, als der Treffer landete.

Lucky schlängelte sich davon und schlug den Piraten noch zweimal mit voller Wucht.

Dingo kümmerte sich nicht darum. Er marschierte vorwärts, immer vorwärts.

Plötzlich, völlig unerwartet, ging er zu Boden wie ein Mann, der stolpert. Aber während er fiel, schossen seine Arme vor, und eine Hand schloß sich um Luckys rechten Knöchel.

»Jetzt hab' ich dich«, flüsterte Dingo.

Er griff hoch, um Luckys Hüften zu packen, und einen Augenblick später rollten sie gemeinsam und fest ineinander verkrallt über den Boden.

Lucky fühlte den wachsenden, alles umfassenden Druck; der Schmerz züngelte wie eine heranbrausende Flammenwand durch seinen Körper. Dingos Atem rasselte dicht an seinem Ohr.

Die Rechte konnte Lucky bewegen, sein linker Arm befand sich jedoch in dem betäubenden Griff, den Dingo um Luckys Brust aufrechthielt. Mit dem Rest seiner schwindenden Kräfte hob Lucky die rechte Faust. Der Hieb traf auf höchstens zehn Zentimeter Entfernung. Genau an der Stelle, wo Kinn und Hals ineinander übergehen, schlug es bei Dingo mit einer derartigen Wucht ein, daß Lucky der Arm davon überall schmerzte.

Einen Moment lang lockerte sich die Umklammerung, Lucky hechtete sich zappelnd aus Dingos mörderischen Klauen und kam auf die Füße.

Dingo brauchte länger, um auf die Beine zu kommen. Er hatte einen glasigen Blick, und aus seinem Mundwinkel sickerte frisches Blut.

»Die Peitsche!« murmelte er schwerfällig.

Gänzlich ohne Vorwarnung wandte er sich einem der Piraten zu, der bislang wie ein zur Salzsäure erstarrter Zuschauer dagestanden hatte. Er zerrte ihm die Waffe aus der Hand und schickte ihn zu Boden.

Lucky versuchte sich zu ducken, aber die Neutronenpeitsche sauste blitzend durch die Luft. Sie erwischte ihn an der rechten Körperhälfte, und die Nerven der betroffenen Gegend standen eine Flut des Schmerzes aus. Luckys Körper wurde stocksteif, und er ging wieder zu Boden.

Einen Augenblick lang vermittelten ihm seine Sinne nur ein wirres Durcheinander, und mit dem bißchen Bewußtsein, das ihm verblieben war, erwartete er jede Sekunde den Tod. Verschwommen hörte er einen der Piraten sagen: »Hör mal, Dingo, der Captain hat doch gesagt, es soll wie ein Unfall aussehen. Er ist ein Ratsmitglied und ...«

Mehr bekam Lucky nicht mit.

Als er wieder zu sich kam, war dieser Vorgang von beispiellosen Schmerzen auf der gesamten Körperseite begleitet. Es fühlte sich an, als ob Tausende von Nadeln in ihm staken. Aber ihm wurde ebenfalls bewußt, daß er wieder in seinem Druckanzug steckte. Sie standen gerade im Begriff, ihm seinen Helm aufzuschrauben. Die Lippen verquollen, und mit schwer gezeichnetem Kinn stand Dingo dabei und glotzte ihn böse an.

Auf der Schwelle ließ sich eine Stimme vernehmen.

Hastig betrat ein Mann den Raum, die Worte sprudelten nur so aus seinem Mund.

Lucky konnte hören, wie er sagte »... für Posten zwo vier sieben. Es ist so schlimm, daß ich nicht mal alle Erfordernisse im Auge behalten kann. Ich kann nicht mal unsere Umlaufbahn so stabilisieren, daß die Koordinatenkorrekturen für ...«

Die Stimme erstarb. Lucky drehte den Kopf und konnte einen kurzen Blick auf einen kleinen grauhaarigen Mann mit Brille werfen, der jetzt halb im Türrahmen stand und mit einer Mischung aus Ungläubigkeit und Erstaunen die Unordnung, die sich seinen Augen offenbarte, betrachtete.

»Raus mit dir«, brüllte Dingo.

»Aber ich muß doch die Anweisungen haben ...«

»Später!«

Der kleine Mann verschwand, und sie setzten Lucky den Helm auf.

Sie schafften ihn wieder durch die Schleuse auf eine Oberfläche, die nunmehr in den schwachen Schein der weit entfernten Sonne getaucht war. Auf einer ziemlich ebenen Felsplatte wartete ein Katapult. Seine Funktion gab Lucky keine Rätsel auf. Eine automatische Winde zog gerade einen großen Metallhebel zurück, der sich immer langsamer bog, bis seine ursprüngliche Krümmung an der Spitze in eine gänzlich horizontale Position gezwungen worden war. An dem gekrümmten Hebel waren leichte Gurte angebracht, die nun um Luckys Taille gelegt wurden.

»Lieg still«, sagte Dingo. Seine Stimme klang weit entfernt, und es knisterte in der Leitung. Lucky wurde sich bewußt, daß mit seinem Helmempfänger etwas nicht stimmte. »Du verbrauchst nur unnötig Sauerstoff. Nur, um dich fröhlicher zu stimmen, wir schicken Schiffe hoch, um deinen Freund abzuschießen, bevor er Gelegenheit hat, auf Touren zu kommen, falls ihm nach Weglaufen zumute ist.«

Eine Sekunde später fühlte Lucky das scharfe Zittern des

gelösten Hebels. Mit unglaublicher Gewalt sauste er wieder in seine ursprüngliche Stellung. Die Gurtschnallen öffneten sich ohne Schwierigkeiten, und mit einer Geschwindigkeit von einem Kilometer pro Minute oder mehr wurde er wie ein Bolzen wegkatapultiert, und es gab kein Schwerkraftfeld, das seinen Flug verlangsamt hätte. Da war ein kurzer Moment, in dem er den Asteroiden und die zu ihm aufschauenden Piraten sehen konnte, während er hinsah, schrumpfte das Ganze sehr schnell.

Er untersuchte seinen Anzug. Er wußte bereits, daß man an seinem Helmempfänger herumgefummelt hatte. Genau, der Sensorknopf baumelte lose herunter. Das bedeutete, daß er mit seiner Stimme nicht mehr als einige Meilen überbrücken konnte. Die Stoßpistole an seinem Anzug hatten sie ihm gelassen. Er probierte sie aus, aber es rührte sich nichts. Den Gasvorrat hatten sie entweichen lassen.

Er war einigermaßen hilflos. Da war nur dieser eine gefüllte Sauerstoffzylinder auf seinem Rücken, der zwischen ihm und einem langsamen, unangenehmen Tod stand.

12
Duell der Schiffe

Mit einem Gefühl der Beklemmung in der Brust nahm Lucky eine Bestandsaufnahme der Situation vor. Er war sich einigermaßen sicher, daß er die Pläne der Piraten durchschaute. Auf der einen Seite wollten sie ihn loswerden, denn offensichtlich wußte er zuviel. Andererseits mußte ihnen daran gelegen sein, daß er unter solchen Umständen tot geborgen wurde, die den Wissenschaftsrat daran hinderten, eindeutig zu beweisen, daß er von Piraten getötet worden war.

Die Piraten hatten schon einmal den Fehler begangen, ein Ratsmitglied zu töten. Die Wut darüber hatte sich anschließend für sie als fatal erwiesen. Diesmal würden sie vorsichtiger zu Werke gehen.

Sie werden die *Shooting Starr* stürmen, dachte Lucky bei sich, um Bigman am Absetzen eines Hilferufes zu hindern. Dann konnten sie eine Flakgranate in den Rumpf jagen. Das würde eine gute Imitation eines Meteoriteneinschlages abgeben. Um das Ganze noch echter aussehen zu lassen, konnten sie ihre eigenen Ingenieure an Bord schicken, und sie ein bißchen an den Schutzschildaktivatoren herumfummeln lassen. Dadurch würde es so aussehen, als ob ein mechanischer Defekt dafür verantwortlich gewesen wäre, daß der Schild sich nicht aufgebaut hatte, als der Meteorit auftauchte.

Seine Flugbahn durch den Weltraum würden sie genau kennen, das wußte Lucky mit Bestimmtheit. Es gab nichts, was ihn von seinem ursprünglichen Abschußwinkel ablenken könnte. War er erst mal mit Sicherheit tot, dann würden sie ihn einsammeln und in eine Kreisbahn um die zertrümmerte *Shooting Starr* schicken. Der Suchexpedition (und vielleicht war es sogar eines der Piratenschiffe, das einen anonymen Bericht über den Fund senden würde) würde sich nur eine Schlußfolgerung aufdrängen. Bigman, im Kommandostand bis zum letzten Augenblick steuernd, war auf seinem Posten gestorben. Lucky hingegen hatte sich in seinen Raumanzug gezwängt und dabei in der Aufregung den Sensorknopf seines Senders beschädigt. Deswegen hatte er nicht um Hilfe rufen können. Den Gasvorrat seiner Stoßpistole hätte er in einem verzweifelten und sinnlosen Versuch, an einen sicheren Ort zu gelangen, verbraucht. Und dann war er gestorben.

Aber so lief die Sache nicht. Weder Conway noch Henree würden auch nur einen Moment lang annehmen, daß Lucky nur an sein eigenes Überleben gedacht hatte, während Bigman treu bei den Steuereinrichtungen geblieben war. Für einen toten Lucky Starr bedeutete es aber einen schwachen Trost zu wissen, daß der Plan zum Scheitern verurteilt war. Schlimmer noch, nicht nur Lucky Starr würde sterben, sondern die Informationen in seinem Kopf wären auf ewig verloren.

Einen Augenblick lang machte ihn der Zorn auf sich selbst ganz krank; er hätte vor seinem Weggang alle seine Vermutungen an Conway und Henree weitergeben müssen, und außerdem hätte er mit dem Abfassen der Privatkapsel nicht warten dürfen, bis er an Bord der *Shooting Starr* gegangen war. Doch dann bekam er sich wieder in die Gewalt. Ohne Fakten hätte ihm doch niemand geglaubt.

Schon allein aus diesem Grund mußte er machen, daß er zurückkam.

Er mußte es einfach schaffen!

Aber wie sollte er das anstellen? Was nützt schon ›ich muß einfach‹, wenn man allein und hilflos im All treibt und nichts weiter besitzt als einen Sauerstoffvorrat von wenigen Stunden?

Sauerstoff!

Da ist mein Sauerstoff, dachte er. Jeder außer Dingo hätte die Sauerstoffflasche bis auf einen winzigen Rest geleert, damit der Tod schnell eintrat. Aber wie Lucky Dingo kannte, hatte der den Zylinder randvoll gepumpt, einfach nur, um die Qual zu verlängern.

Ausgezeichnet! Er würde das ins Gegenteil kehren. Er würde den Sauerstoff zu etwas anderem verwenden. Falls es nicht klappte, würde der Tod trotz Dingo nur um so früher eintreten.

Aber es mußte klappen.

Während er durch den Weltraum wirbelte, war der Asteroid von Zeit zu Zeit in seinem Gesichtskreis aufgetaucht. Anfangs sah er wie ein schrumpfender Felsen aus, dessen sonnenbeschienenen Höhenzüge sich zackig über die Schwärze des Weltraums krümmten. Dann war er zu einem hellen Stern mit punktförmiger Lichtquelle geworden. Der strahlende Glanz verflüchtigte sich jetzt sehr schnell. Wenn der Asteroid erst einmal so blaß geworden war, daß er nur noch wie irgendeiner der unzähligen Sterne aussah, war alles vorbei. Bis das geschah, würden nur noch wenige Minuten vergehen.

Seine unbeholfenen metallumhüllten Finger nestelten bereits an der beweglichen Schlauchverbindung, die vom Lufteinlaß knapp unterhalb der Sichtscheibe zu dem Vorratsbehälter auf seinem Rücken führte. Er drehte angestrengt an dem Zapfen, der den Luftschlauch fest mit dem Zylinder verband.

Der Zapfen gab nach. Er wartete, bis sein Helm und der Raumanzug sich mit Luft gefüllt hatten. Normalerweise sickerte der Sauerstoff langsam aus dem Zylinder, ungefähr in der Menge, in der er von den Lungen verbraucht wurde. Das Kohlendioxyd und die Wasserrückstände, die infolge des Atmungsprozesses anfielen, wurden in der Hauptsache von den Chemikalien, die sich in dem mit Ventilen versehenen Kanister, der auf der Innenseite der Brustplatte des Anzuges befestigt war, absorbiert. Das Ergebnis war, daß der Sauerstoff auf einem Druckniveau gehalten wurde, das einem Fünftel der Erdatmosphäre entsprach. Das war genau richtig, denn die Luftzusammensetzung der Erde enthielt sowieso vier Fünftel Kohlendioxyd, das zum Atmen überflüssig war.

Für eine höhere Konzentration bestand jedoch Spielraum genug, man konnte den normalen Atmosphärendruck etwas überschreiten, ohne daß sich die Gefahr einer Sauerstoffvergiftung ergab. Lucky ließ den Sauerstoff in den Anzug strömen.

Nachdem das geschehen war, schloß er das Ventil unter der Sichtscheibe völlig und nahm den Zylinder ab.

Der Zylinder war selbst eine Art Stoßpistole. Sicher, es

handelte sich dabei um eine ungewöhnliche Stoßpistole. Jemand, den es ins All verschlagen hatte und der den kostbaren Sauerstoff, der zwischen ihm und dem Tod stand, ins All blies, beging eine reine Verzweiflungstat. Oder er handelte dabei mit einer bestimmten Absicht.

Lucky knackte das Druckverminderungsventil und ließ einen Sauerstoffschwall entweichen. Diesmal zeichnete sich keine Kristallspur ab. Im Gegensatz zu Kohlendioxyd gefror Sauerstoff nun wirklich erst bei extrem niedrigen Temperaturen, und ehe es ausreichend Wärme abgegeben hatte, um zu gefrieren, hatte es sich bereits im All verteilt. Gasförmig oder von fester Konsistenz, Newtons drittes Bewegungsgesetz blieb trotzdem wirksam. Während das Gas in die eine Richtung drückte, wurde Lucky durch eine natürliche Gegenbewegung in die entgegengesetzte Richtung getrieben.

Sein sich Drehen um die eigene Achse wurde geringer. Er paßte sorgfältig den Augenblick ab, bis er den Asteroiden voll voraus hatte, bevor er das Trudeln völlig beendete.

Er trieb immer noch vom Brocken weg. Der war jetzt auch nicht mehr wesentlich heller als die ihn umsäumenden Sterne. Möglicherweise hatte er sich bei der Wahl seines Zieles geirrt, aber daran wollte er jetzt nicht denken.

Er konzentrierte sich vollständig auf den Lichtpunkt, den er für den Asteroiden hielt, und ließ den Sauerstoff aus dem Zylinder in die entgegengesetzte Richtung schießen. Würde der Vorrat ausreichen, um seine Fahrtrichtung noch einmal ändern zu können? Im Augenblick ließ sich das nicht sagen.

Egal, er würde für alle Fälle eine gewisse Menge Gas einbehalten müssen. Er würde es benötigen, um in der Nähe des Asteroiden manövrieren zu können, um auf die Schattenseite zu kommen, Bigman und das Schiff zu finden, das hieß ...

Das hieß, falls die Piraten das Schiff noch nicht in die Flucht geschlagen oder gar vernichtet hatten.

Lucky kam es so vor, als ob das Zittern in seinen Händen durch den ausströmenden Sauerstoff schwächer wurde. Entweder war der Zylinder gleich leer, oder aber die Gastemperatur sank ab. Er hielt ihn so nahe wie möglich an seinen Körper gepreßt, so daß er dadurch etwas Wärme bezog. In der Regel war es die Temperatur des Raumanzuges, die die Sauerstoffzylinder so weit aufwärmte, daß ihr Inhalt atembar wurde, und die Kohlendioxydbehälter für die Stoßpistolen wurden mit ausreichend Wärme versorgt, um den Inhalt in einem flüssigen Zustand zu halten. Im Vakuum des Weltraumes konnte Wärme nur durch Abstrahlung verlorengehen, dabei handelte es sich in jedem Fall um einen langsam ablaufenden Prozeß, aber der Sauerstoffbehälter hatte inzwischen genügend Zeit gehabt, mit der Temperatur herunterzugehen. Er umschlang den Zylinder mit den Armen, preßte ihn an die Brust und wartete.

Es waren nur fünfzehn Minuten vergangen, aber Lucky kamen sie wie Stunden vor, bis er zu der Überzeugung kam, daß der Asteroid zusehends heller wurde. Näherte er sich dem Brocken wieder? Oder war das alles nur Einbildung? Weitere fünfzehn Minuten verstrichen, und jetzt war er entschieden heller als zuvor. Lucky empfand so etwas wie Dankbarkeit für den Zufall, daß man ihn von der Lichtseite des Asteroiden aus ins All katapultiert hatte, so konnte er jetzt sein Ziel wenigstens erkennen.

Das Atmen wurde zusehends anstrengender. Die Gefahr einer Kohlendioxydvergiftung bestand nicht, denn das Gas wurde sofort chemisch gebunden. Aber mit jedem Atemzug verringerte sich sein kostbarer Sauerstoffvorrat, der sich in seinem Anzug befand. Er versuchte, so flach wie möglich zu atmen, dann schloß er auch noch die Augen, um sich auszuruhen. Schließlich konnte er ja im Augenblick nichts weiter unternehmen, bis er den Asteroiden erreicht und passiert hatte. Dort hinten auf der Nachtseite wartete Bigman vielleicht auf ihn.

Sollte es ihm gelingen, mit seinem defekten Sprechfunkgerät aus nächster Nähe Kontakt aufzunehmen, ehe er ohnmächtig wurde, dann bestand noch Aussicht auf Rettung.

Für Bigman waren die Stunden langsam und quälend verstrichen. Er brannte darauf zu landen, traute sich aber nicht. Er sagte sich immer wieder, falls der Feind tatsächlich vorhanden war, dann hätten sie sich inzwischen längst zu erkennen gegeben. Dann wieder gelangte er zu der bitteren Erkenntnis, daß eben genau dieses anhaltende Schweigen und die absolute Stille des Alls für eine Falle sprachen und Lucky in Gefangenschaft geraten war.

Er legte Luckys Privatkapsel vor sich und fragte sich, was sie wohl enthalten mochte. Wenn es doch nur eine Möglichkeit gäbe, das Ding aufzubrechen und die dünne Mikrofilmspule zu lesen. Wenn ihm das gelang, konnte er eine Meldung zur Ceres absetzen, und sobald das erledigt war, stünde es ihm frei, mit Karacho auf den Asteroiden herabzudonnern. Er würde sie alle in Fetzen schießen und Lucky aus dem Dreck ziehen, egal, in was für Schwierigkeiten sich sein Partner auch befinden mochte.

Aber das ging nicht! Erstens wagte er nicht auf Sub-Äther zu gehen. Die Piraten konnten zwar seinen Code nicht entschlüsseln, das war klar, aber sie würden den Funkstrahl orten, und ihm war befohlen worden, die Position des Schiffes nicht preiszugeben.

Außerdem war es zwecklos, sich über das Öffnen einer Privatkapsel überhaupt Gedanken zu machen. Ein Solarhochofen konnte das Ding zum Schmelzen bringen und es zerstören, ein Atomschlag reichte, um sie zu vernichten; aber nichts auf der Welt war in der Lage, die Kapsel zu öffnen, außer der Person, auf die sie abgestimmt war.

Über die Hälfte der zwölf Stunden war verstrichen, als urplötzlich die Gravitationssensoren losschrillten.

Bigman riß sich aus seinen nutzlosen Tagträumereien und blickte wie gebannt auf das Ergometer. Die Signalimpulse mehrerer Schiffe verschmolzen zu komplizierten Kurvenmustern, die sich schlangengleich von einer Konstellation in die nächste verwandelten.

Der Schutzschild der *Shooting Starr* hatte die ganze Zeit über in ausreichender Stärke vor sich hin geglimmt, um den üblichen ›Schutt‹ (so nannte man in der Weltraumfahrt Meteoriten von einem Zoll oder noch weniger Durchmesser) abhalten zu können, und sprang jetzt auf volle Stärke. Bigman vernahm, wie das sanfte Schnurren der Kraftanlage zu einem Kreischen anschwoll. Er ließ die Nahdistanz-Sichtgeräte eins nach dem anderen aufflackern.

Ihm schwirrte der Kopf. Die Schiffe stiegen von der Oberfläche des Asteroiden auf, sonst waren nirgendwo welche zu entdecken. Also mußten sie Lucky geschnappt haben, wahrscheinlich war er tot. Es war ihm gleichgültig, wie viele da auf ihn zukamen. Er würde sie alle erwischen, jedes einzelne.

Er riß sich zusammen. Der erste Sonnenstrahl wurde von einem der Sichtgeräte aufgefangen. Er richtete das Fadenkreuz auf ein Ziel. Dann drückte er auf einen Schalter, der wie eine Klaviertaste aussah, und das Piratenschiff glühte, von einer unsichtbaren Energiesalve getroffen, auf.

Das Glühen kam nicht durch eine Einwirkung auf den Rumpf, sondern durch die Energieabsorption des Abwehrschildes des feindlichen Schiffes zustande. Das Glühen wurde heller und heller. Als der Feind sich zur Flucht wandte und die Entfernung zwischen ihnen vergrößerte, nahm der Lichtschein wieder ab.

Ein zweites und drittes Schiff tauchten auf. Ein Projektil bewegte sich auf die *Shooting Starr* zu. Im leeren Weltraum gab es keinen Blitz, es verursachte auch kein Geräusch, aber die Sonne beleuchtete es, und es sah wie ein kleiner Lichtfleck aus. Im Sichtgerät wurde es zu einem kleinen Kreis, wuchs dann zusehends, um dann schließlich aus dem Bildschirmausschnitt zu verschwinden.

Bigman hätte ausweichen, die *Shooting Starr* aus der Schußbahn flitzen lassen können, aber er dachte sich, »laß' es ruhig einschlagen«. Er wollte, daß sie merkten, worauf sie sich eingelassen hatten. Die *Shooting Starr* sah vielleicht wie ein Spielzeug für Reiche aus, aber mit ein paar Schleudern würden sie sein Schiff nicht außer Gefecht setzen können.

Das Projektil schlug ein und kam an dem Absorberschild der *Shooting Starr* träge zum Stillstand. Bigman war klar, daß sein Schutzschild für den Bruchteil einer Sekunde aufgeblitzt haben mußte. Das Schiff selbst schwankte sanft, als es dem Teil der Aufprallwucht, der durch den Schutzschild gedrungen war, ausgesetzt wurde.

»Das wollen wir denen jetzt mal heimzahlen«, murmelte Bigman vor sich hin. Die *Shooting Starr* hatte keine Projektile, Sprenggranaten oder dergleichen, aber dafür war sie mit einer Batterie unterschiedlicher und zudem starker Energiewerfer bestückt. Seine Hand schwebte über den Blasterknöpfen, da sah er auf dem Sichtgerät etwas, was sein kleines entschlossenes Gesicht in eine finstere Miene verwandelte. Der Gegenstand sah wie ein Mann in einem Raumanzug aus.

Es ließ sich nicht von der Hand weisen, daß ein Mann in einem Raumanzug einem Schiff gefährlicher werden konnte, als es die besten Waffen eines anderen Raumschiffes je vermochten. Ein feindliches Schiff kann man mit Schwerkraftsensoren spielend leicht orten, selbst wenn es meilenweit von einem entfernt war, mit Ergometern ließ sich das sogar über Tausende von Meilen bewerkstelligen. Ein einzelner Mann in einem Raumanzug dagegen ist mit Schwerkraftsensoren nur auf hundert Meter feststellbar, Ergometer können gar nichts ausrichten.

Ein Absorberschild verhielt sich um so effektiver, je größer die Geschwindigkeit des Projektils war. Riesige, mit enormer Geschwindigkeit heransausende Metallbrocken konnten wie nichts zum Stillstand gebracht werden. Ein einzelner Mann hingegen, der mit ungefähr zehn Kilometern pro Stunde einherschwebte, wurde von der Existenz eines solchen Absorberschildes überhaupt nicht beeinflußt, sah man einmal davon ab, daß sich sein Anzug minimal aufheizte.

Wenn man ein Dutzend Männer gleichzeitig gegen ein Schiff vorgehen ließ, mußte die Besatzung ihr Handwerk schon verstehen, um alle Angreifer zu erledigen. Es reichte völlig, wenn zwei oder drei nahe genug herankamen und es ihnen gelang, mit den Handwaffen die Schleuse aufzuschmelzen, in dem Falle war das betreffende Schiff ernsthaft angeschlagen.

Und jetzt sah Bigman hier ein kleines Pünktchen, das sich als die Vorhut eines solchen Selbstmördertrupps entpuppen konnte. Er richtete eines der Nebengeschütze. Der einsame Mann tauchte mitten im Fadenkreuz auf, Bigman stand gerade im Begriff abzudrücken, da fing sein Helmempfänger plötzlich zu summen an. Im ersten Augenblick war er überrascht. Die Piraten hatten ohne Vorwarnung angegriffen und hatten nicht versucht, sich mit ihm in Verbindung zu setzen, ihn zur Übergabe aufzufordern oder Verhandlungen anzubieten oder dergleichen.

Er zögerte, und dann wurde das Geräusch zu einem Wort: »Bigman ... Bigman ... Bigman ...«

Bigman sprang auf und vergaß für einen Augenblick den Mann im Raumanzug, die Piraten, die Schlacht, eben einfach alles. »Lucky! Bist du das?«

»Bin nahe beim Schiff ... Raumanzug ... Luft ... fast aufgebraucht.«

»Heilige Milchstraße!« Weiß wie eine Wand manövrierte Bigman die *Shooting Starr* näher an die Gestalt im All heran, die Gestalt, die er beinahe vernichtet hätte.

Bigman schaute Lucky ins Gesicht. Sein Freund hatte den Helm abgenommen und schnappte wie ein Fisch auf dem Trockenen nach Luft. »Am besten legst du dich etwas hin, Lucky.«

»Später vielleicht«, antwortete Lucky. Er kletterte aus seinem Anzug. »Haben sie schon angegriffen?«

Bigman nickte bestätigend. »Macht aber nichts, an der alten *Shooter* beißen sie sich die Zähne aus.«

»Die haben bessere Zähne, als sie uns bisher gezeigt haben«, meinte Lucky. »Wir müssen sehen, daß wir hier wegkommen, und das ein bißchen plötzlich. Die werden ihre schweren Schiffe herschicken, und selbst unsere Energiereserven reichen nicht bis in alle Ewigkeit.«

»Wo sollen die denn die schweren Schiffe herzaubern?«

»Das da unten ist ein großer Stützpunkt, vielleicht sogar die Base überhaupt, wer weiß!«

»Willst du etwa behaupten, das da unten sei gar nicht der Felsen des Einsiedlers?«

»Ich meine bloß, daß wir verschwinden müssen.«

Lucky übernahm die Steuerung, sein Gesicht war immer noch ganz bleich, kein Wunder nach dem, was er durchgemacht hatte. Zum ersten Mal bewegte sich der Felsen auf dem Bildschirm, selbst als der Angriff stattfand, hatte Bigman befehlsgemäß seine Position eingehalten.

Der Felsen wurde zusehends größer.

Bigman protestierte. »Wenn wir machen müssen, daß wir hier wegkommen, warum landen wir denn dann?«

»Wir landen ja gar nicht.« Lucky schaute unverwandt auf den Bildschirm, während er mit einer Hand die schwere Strahlenkanone der *Shooting Starr* gefechtsklar machte. Er stellte die Feuerkraft der Waffe so ein, daß der Strahl auch wirklich eine große Fläche abdeckte, dabei aber nur die Energieintensität eines gewöhnlichen Hitzestrahles hatte.

Aus Gründen, die Bigman sich nicht erklären konnte, wartete er, dann drückte er ab. Ein blendender Lichtschein hüllte die Oberfläche des Asteroiden ein, eine Minute lang glühte sie rot auf, dann versank alles in völlige Finsternis.

»Und jetzt nichts wie weg«, sagte Lucky, und während von unten ein neues Geschwader aufstieg, nahm die Beschleunigung zu.

Eine halbe Stunde später, den Asteroiden hatten sie weit hinter sich gelassen, alle Abfangschiffe waren abgehängt, sagte Lucky: »Jetzt will ich mit Ceres sprechen, gib mir Conway.«

»Okay, Lucky. Ich habe übrigens die Koordinaten des Asteroiden. Soll ich sie durchgeben? Wir können eine Flotte hinschicken und ...«

»Das würde nichts nützen«, meinte Lucky. »Ist auch gar nicht notwendig.«

Bigman riß die Augen erstaunt auf. »Du willst doch nicht etwa behaupten, du hättest den Felsen mit einem einzigen Schuß zerstört?«

»Natürlich nicht. Ich hab' ihn kaum angekratzt. Hast du Ceres?«

»Ich habe Schwierigkeiten«, erwiderte Bigman mit einem beleidigten Unterton in der Stimme. Er wußte, daß Lucky jetzt seine schweigsame Tour hatte und kein Sterbenswörtchen verraten würde. »Warte, ja, hier sind sie, he, was ist denn das ... Sie geben generellen Vollalarm!«

Das bedurfte keiner weiteren Erklärung. Die Durchsage war klar verständlich und nicht verschlüsselt. »An alle Flottenverbände außerhalb der Marsbahn! Ceres wird von feindlichen Streitkräften angegriffen, es handelt sich vermutlich um Piraten ... an alle Flottenverbände ...«

»Heilige Milchstraße!« entfuhr es Bigman.

»Was wir auch unternehmen, sie sind uns immer einen Schritt voraus«, sagte Lucky gepreßt durch die Zähne. »Wir müssen machen, daß wir zurückkommen! So schnell wie möglich!«

13
Attacke!

Die Schiffe kamen in tadelloser Formation aus der Tiefe des Weltraumes. Eine komplette Staffel griff das Observatorium direkt an. Wie nicht anders zu erwarten, konzentrierten sich die Verteidigungskräfte von Ceres auf diesen Punkt.

Der Angriff wurde nicht mit vollem Einsatz geflogen. Ein Schiff nach dem anderen ging im Sturzflug runter und feuerte Energiestrahlen gegen den augenscheinlich undurchdringlichen Absorberschild. Keiner der Angreifer unternahm den riskanten Versuch, die unterirdischen Kraftwerke, deren Standort ihnen offensichtlich bekannt war, unter Beschuß zu nehmen. Die Regierungsschiffe stiegen auf, und die Bodenbatterien eröffneten das Feuer. Am Ende wurden zwei Piratenschiffe zerstört, als ihre Absorberschilde zusammenbrachen. Sie verglühten wie Fackeln. In der anschließenden Verfolgungsaktion wurde beinahe noch ein weiteres Schiff, dessen Energievorrat fast vollständig aufgezehrt war, genommen. Im letzten Augenblick wurde es – wahrscheinlich von der eigenen Besatzung – in die Luft gejagt.

Selbst während des Angriffs vermuteten einige der Verteidiger, daß es sich um ein Täuschungsmanöver handeln würde. Später wußten sie es natürlich mit Gewißheit. Während das Observatorium unter Beschuß geriet, landeten etwa hundert Meilen entfernt drei Schiffe auf dem Asteroiden. Die Piraten gingen von Bord und griffen mit Handwaffen und tragbaren Strahlenkanonen die Schleusen des Wohnbezirkes an. Die Angreifer fuhren auf pfeilschnellen ›Raumschlitten‹.

Die Schleusen hielten dem Beschuß nicht lange stand, und bald schwärmten Piraten in Raumanzügen durch die Korridore, aus denen die Atmosphäre rasch entwich. Auf den oberen Korridoren befanden sich Fabriken und Büroräume, deren Personal beim ersten Alarm evakuiert worden war. An ihre Stelle waren Mitglieder der örtlichen Milizeinheiten getreten. Sie trugen Raumanzüge und leisteten tapfer Widerstand, waren den Kommandoeinheiten der Piraten aber nicht gewachsen.

In der Tiefe des Asteroiden, wo sich die beschaulichen Wohnräume von Ceres befanden, hallten die Gänge vom Kampflärm wider. Hilferufe wurden abgesetzt. Und dann, ebenso schnell wie sie gekommen waren, zogen sich die Piraten wieder zurück.

Nach ihrem Verschwinden zogen die Bewohner von Ceres Bilanz. Es hatte fünfzehn Tote gegeben, und es kamen noch viele Verletzte hinzu – dem standen fünf tote Piraten gegenüber. Der Sachschaden war beträchtlich.

»Und ein Mann fehlt«, erklärte Conway Lucky wütend, als dieser später dazukam. »Allerdings steht er nicht auf der Einwohnerliste. So konnten wir seinen Namen aus dem Bericht heraushalten.«

Nach dem Angriff war Ceres der Mittelpunkt einer fast hysterisch zu nennenden Aufregung, so kam es Lucky, nachdem er gelandet war, jedenfalls vor. Es war der erste Feindangriff auf eines der wichtigsten terrestrischen Zentren seit über zwanzig Jahren gewesen. Bevor er die Landeerlaubnis erhalten hatte, mußte er drei Kontrollen über sich ergehen lassen.

Er saß zusammen mit Conway und Henree im Büro des Wissenschaftsrates und sagte bitter: »Hansen ist also verschwunden? Das ist es also, worauf es hinausläuft.«

»Eins muß ich dem alten Einsiedler lassen«, bemerkte Henree, »Mut hat er. Als die Piraten durchgebrochen waren, bestand er darauf, einen Raumanzug und einen Blaster zu bekommen und mit der Miliz zusammen hochzugehen.«

»An Milizleuten bestand doch kein Mangel«, sagte Lucky.

»Wenn er unten geblieben wäre, hätte er uns damit einen viel größeren Dienst erwiesen. Warum habt ihr ihn nicht daran gehindert? Konnte jemandem wie ihm unter den gegebenen Umständen denn gestattet werden, etwas Derartiges zu tun?« In Luckys normalerweise beherrschter Stimme schwang eine gehörige Portion Unmut mit.

»Wir waren nicht bei ihm«, erwiderte Conway ungeduldig. »Der Posten, den wir für ihn abgestellt hatten, mußte sich zum Milizdienst melden. Hansen bestand darauf mitzukommen, und der Posten gelangte zu der Ansicht, daß er auf diese Weise zwei Fliegen mit einer Klappe schlagen könne, nämlich gleichzeitig gegen die Piraten kämpfen und dabei den Einsiedler bewachen zu können.«

»Er hat den Einsiedler aber nicht bewacht.«

»Das kann man dem Mann unter den gegebenen Umständen wohl kaum anlasten. Das letzte, was der Posten von Hansen sah, war, wie er einen Piraten angegriffen hat. Dann war auf einmal nichts mehr von ihm zu sehen, und die Piraten traten den Rückzug an. Hansens Leiche ist nicht gefunden worden, die Piraten müssen ihn also lebend oder tot mitgenommen haben.«

»Bestimmt«, sagte Lucky. »Aber jetzt laßt euch mal etwas gesagt sein. Ich will euch mal genau verdeutlichen, was für einen Bock wir da geschossen haben. Ich bin fest davon überzeugt, daß der ganze Angriff nur ein Ziel hatte, nämlich Hansen zu kapern.«

Henree griff nach seiner Pfeife.

»Weißt du, Hector«, meinte er, zu Conway gewandt, »ich bin fast geneigt, Lucky hierin recht zu geben. Der Angriff auf das Observatorium war zu schlecht geflogen, er diente offensichtlich nur dazu, uns abzulenken. Das einzige, was sie erreicht haben, ist, Hansen in ihre Gewalt zu bekommen.«

Conway schnaubte verächtlich. »Aber eine undichte Stelle ist es doch nicht wert, dreißig Schiffe aufs Spiel zu setzen.«

»Das ist es ja gerade«, sagte Lucky hitzig. »Im Augenblick kann das doch sehr wohl der Fall sein. Ich habe euch doch von dem Asteroiden berichtet, auf dem ich gewesen bin, diese Art von Großfabrik. Mal angenommen, die sind fast so weit, den entscheidenden Schlag zu führen? Vielleicht kennt Hansen das genaue Datum? Vielleicht weiß er, wie die Sache ablaufen soll?«

»Warum hat er es uns dann nicht gesagt?« hakte Conway nach.

»Vielleicht«, gab Henree zu bedenken, »vielleicht hat er mit seinem Wissen hinter dem Berg gehalten, um sich damit Straflosigkeit zu erkaufen. Du mußt doch zugeben, Hector, daß unter diesen Voraussetzungen jede Zahl von Schiffen das Risiko wert ist. Und du mußt ebenfalls zugeben, daß Lucky vermutlich recht hat, wenn er meint, daß die Piraten kurz davor sind, den großen Wurf zu riskieren.«

Lucky blickte scharf von einem zum anderen. »Warum sagst du das, Onkel Gus? Was ist passiert?«

»Sag du es ihm, Hector«, kam es von Henree.

»Warum sollten wir ihm überhaupt etwas sagen«, knurrte Conway. »Ich habe seine Einzelaktionen langsam satt. Er würde bestimmt zum Ganymed fliegen wollen.«

»Was gibt es denn auf Ganymed?« erkundigte sich Lucky sachlich. Soweit ihm bekannt war, spielte sich auf Ganymed nichts ab, was für irgend jemanden von Interesse sein könnte. Es war der größte Jupitermond, aber gerade die Nähe des Jupiters erschwerte Raumschiffen das Manövrieren so sehr, daß sich Raumfahrt in seiner Nähe nicht lohnte.

»Nun sag es ihm schon!« drängte Henree.

»Gut«, sagte Conway schließlich resignierend. »Die Sache sieht so aus: Wir wußten schon, daß Hansen ein wichtiger Mann ist. Der Grund, weswegen wir ihn nicht schärfer bewacht haben und nicht persönlich anwesend waren, ist folgender: Zwei Stunden vor dem Piratenangriff kam eine Meldung vom Wissenschaftsrat herein, die besagte, daß es

Anzeichen für die Tatsache gibt, daß auf Ganymed sirianische Einheiten gelandet sind.«

»Was für Anzeichen?«

»Gebündelte Subäthersignale sind abgehört worden. Das Ganze ist eine lange Geschichte, aber der Kern der Sache besteht darin, daß mehr durch Zufall einige Codefetzen aufgefangen wurden. Die Spezialisten sind der Meinung, es handele sich um einen sirianischen Code, auf Ganymed gibt es keine terrestrischen Einrichtungen, die in der Lage wären, ein derartig kompaktes Signalbündel zu senden. Als die Piraten angriffen, wollten Gus und ich gerade mit Hansen zur Erde fliegen, das ist alles. Das ist auch nach wie vor unsere Absicht. Jetzt, wo die Sirianer mitmischen, könnte es jederzeit zum Krieg kommen.«

»Verstehe«, sagte Lucky, »aber bevor wir uns auf den Weg zur Erde machen, möchte ich noch gerne eine Sache nachprüfen. Haben wir Filmaufzeichnungen von dem Piratenangriff? Man kann wohl nicht davon ausgehen, daß die Verteidigungssysteme auf Ceres in einem derartig desorganisierten Zustand waren, daß keine Aufnahmen zustande gekommen sind, oder?«

»Die Filme sind vorhanden. Inwiefern versprichst du dir etwas davon?«

»Das sag' ich dir, wenn ich sie mir angesehen habe.«

Ranghohe Flottenoffiziere projizierten die streng geheimen Filme des Angriffs, der später als ›Ceres-Scharmützel‹ in die Geschichte eingehen sollte.

»Siebenundzwanzig Schiffe haben das Observatorium angegriffen. Stimmt das?« erkundigte sich Lucky.

»Ja«, erwiderte einer der Kommandeure. »Genau siebenundzwanzig.«

»Schön, und jetzt wollen wir mal sehen, ob ich das übrige auch richtig mitbekommen habe. Zwei der Piratenschiffe wurden während des Angriffs und eines bei der anschließenden Verfolgung abgeschossen. Die anderen vierundzwanzig sind entkommen, aber Sie haben eine oder mehrere Aufnahmen von jedem während der Flucht.«

Der Kommodore konnte sich ein Lächeln nicht verkneifen. »Wenn Sie etwa sagen wollen, daß irgendwelche Schiffe auf Ceres gelandet sind und sich immer noch hier verborgen halten, dann irren Sie sich.«

»Was diese siebenundzwanzig Schiffe angeht, mögen Sie vielleicht recht haben. Aber drei Schiffe sind auf Ceres gelandet, und ihre Besatzungen haben die Massey-Luftschleuse angegriffen. Wo sind die Aufnahmen davon?«

»Unglücklicherweise gibt es von denen keine Bilder«, mußte der Kommodore mit unbehaglichem Gesichtsausdruck zugeben. »Da sind wir übertölpelt worden. Aber vom Rückzug dieser drei Schiffe haben wir ebenfalls Aufnahmen, die haben Sie gesehen.«

»Das haben Sie, aber auf dem Film waren nur zwei Schiffe zu sehen. Die Augenzeugen haben berichtet, daß drei Schiffe gelandet sind.«

»Drei sind aufgestiegen und haben sich zurückgezogen«, sagte der Kommodore steif.

»Aber Sie haben nur von zweien Bilder?«

»Nun ... ja.«

»Ich danke Ihnen.«

Wieder im Büro, meinte Conway: »Und was soll das nun wieder heißen, Lucky?«

»Ich dachte, Captain Antons Schiff wäre vielleicht an einer aufschlußreichen Stelle gewesen. Der Film beweist, daß dem so war.«

»Und wo hat es gesteckt?«

»Nirgends. Das ist es ja gerade, was es so interessant macht. Sein Schiff ist das einzige, das ich auf Anhieb wiedererkennen würde, aber an dem Überfall war kein Schiff beteiligt, das auch nur im entferntesten so ausgesehen hat.

Das ist seltsam, denn Anton muß einer ihrer besten Leute sein, sonst hätte man ihm den *Atlas*-Auftrag nicht gegeben. Eine andere Erklärung ergibt keinen Sinn, wenn es stimmt, daß Ceres von dreißig Schiffen angegriffen worden ist und wir nur Bildmaterial von neunundzwanzig haben. Das fehlende dreißigste Schiff war Antons!«

»So weit kann ich noch selber rechnen«, bemerkte Conway trocken. »Aber was soll das?«

Lucky lächelte. »Der Angriff auf das Observatorium war ein Ablenkungsmanöver. Das räumen inzwischen sogar unsere Abfangschiffe ein. Die drei Schiffe, die den Angriff gegen die Schleuse geführt haben, sind die wichtigsten, sie müssen Anton unterstanden haben. Zwei von ihnen haben sich später bei der Flucht dem restlichen Geschwader angeschlossen, ein Ablenkungsmanöver im Ablenkungsmanöver könnte man das nennen. Das dritte Schiff, Antons eigenes, das einzige, das wir nicht gesehen haben, hat dann mit der Hauptaufgabe weitergemacht. Es ist auf einer völlig anderen Flugbahn verschwunden. Beobachter haben es abheben sehen, aber dann hat es derartig stark die Richtung geändert, daß unsere eigenen Schiffe es bei ihrer stürmischen Verfolgung der feindlichen Hauptmacht noch nicht einmal vor die Kameras bekommen haben.«

»Du wirst uns jetzt gleich sagen, daß es in Richtung Ganymed gedüst ist«, bemerkte Conway mißmutig.

»Ist denn ein anderer Schluß überhaupt zulässig? Wie gut sie auch organisiert sein mögen, die Erde und ihre Kolonien können die Piraten nicht aus eigener Kraft angreifen. Aber sie können eine falsche Fährte legen, genug terrestrische Schiffe binden, die den endlosen Asteroidengürtel entlangpatroullieren, so daß die Sirianer in der Lage sind, unsere Restverbände zu vernichten. Andererseits können die Sirianer nicht gut in acht Lichtjahren Entfernung von ihrem eigenen System einen Krieg vom Zaun brechen, es sei denn, sie erhalten von seiten der Asteroiden Unterstützung. Schließlich machen acht Lichtjahre acht Trillionen Kilometer aus. Antons Schiff rast jetzt zum Ganymed, um den Sirianern zu versichern, daß diese Hilfe kommen wird und gleichzeitig das Stichwort für den Kriegsbeginn zu geben. Natürlich ohne Vorwarnung, versteht sich.«

»Wären wir doch nur eher über ihre Ganymed-Base gestolpert«, murmelte Conway.

»Ohne die beiden Ausflüge ins Asteroidengebiet von Lucky hätten wir selbst mit Informationen über Ganymed nichts über den Ernst der Lage gewußt«, gab Henree zu bedenken.

»Ich weiß. Ich muß mich bei dir entschuldigen, Lucky. Aber jetzt haben wir nur noch herzlich wenig Zeit, um etwas zu unternehmen. Wir müssen im Zentrum zuschlagen. Ein Geschwader muß zu dem Asteroiden, von dem Lucky uns erzählt hat ...«

»Nein«, sagte Lucky, »das bringt nichts.«

»Und warum nicht, wenn ich fragen darf?«

»Wir wollen doch keinen Krieg anfangen, selbst wenn wir ihn gewinnen sollten. Das haben die doch vor. Sieh mal, Onkel Hector, der Pirat, dieser Dingo, hätte mich auf dem Asteroiden niederstrahlen können. Statt dessen hatte er Befehl, mich ins All treiben zu lassen. Eine Zeitlang war ich der Ansicht, das sei deshalb geschehen, um meinen Tod wie einen Unfall aussehen zu lassen. Inzwischen bin ich davon überzeugt, daß sie es darauf angelegt hatten, den Wissenschaftsrat wütend zu machen. Sie wollten laut ausposaunen, daß sie ein Ratsmitglied umgebracht haben, statt damit hinter dem Berg zu halten und wollten uns so zu einem verfrühten Angriff verleiten. Eines der Motive für das ›Ceres-Scharmützel‹ war vielleicht, noch eine zusätzliche Provokation zu schaffen.«

»Und wenn wir den Krieg mit einer siegreichen Schlacht beginnen?«

»Hier, auf dieser Seite der Sonne? Und die Erde lassen wir

dann auf der anderen Sonnenseite ohne wichtige Teile der Flotte allein sehen, wie sie fertig wird, wie? Während derweil sirianische Schiffe ebenfalls auf der anderen Sonnenseite lauern? Ich könnte mir vorstellen, daß wir für unseren Sieg teuer bezahlen müßten. Am besten fahren wir, wenn wir keinen Krieg anfangen, sondern einen verhindern.«

»Aber wie?«

»Bis Antons Schiff Ganymed erreicht hat, wird sich nichts tun. Mal angenommen, wir fangen ihn ab und verhindern das Treffen?«

»Die Chancen, ihn abzufangen, sind minimal«, gab Conway zu bedenken.

»Nicht, wenn ich das mache. Die *Shooting Starr* ist schneller und verfügt über bessere Ergometer als sämtliche Schiffe der Flotte.«

»Wenn du das machst?« rief Conway.

»Flottenverbände zu schicken wäre zu gefährlich. Die Sirianer auf Ganymed wären nicht sicher, ob es sich dabei nicht doch um einen Angriff auf sie handelt. Sie wären gezwungen, Gegenmaßnahmen zu ergreifen, und das würde bedeuten, daß wir genau in den Krieg geschlittert wären, den wir gerade vermeiden wollen. Die *Shooting Starr* würde einen harmlosen Eindruck auf sie machen. Ein einzelnes Schiff, da würden sie nichts unternehmen.«

»Du bist übereifrig, Lucky«, sagte Henree. »Anton hat zwölf Stunden Vorsprung. Das kann selbst die *Shooting Starr* nicht aufholen.«

»Du irrst dich. Sie kann es wohl. Und wenn ich sie erst einmal geschnappt habe, denke ich, daß ich die Asteroiden zur Kapitulation zwingen kann. Ohne sie werden die Sirianer nicht angreifen, also wird es auch keinen Krieg geben, Onkel Gus.«

Sie starrten ihn an.

»Ich bin schon zweimal zurückgekommen«, setzte Lucky ernst hinzu.

»Das war jedesmal ein kleines Wunder«, knurrte Conway.

»Die beiden Male wußte ich nicht, worauf ich mich eingelassen hatte. Ich mußte mich jedesmal erst vortasten. Diesmal weiß ich Bescheid. Ich weiß hundertprozentig Bescheid. Hört mal, ich lasse jetzt die *Shooting Starr* warmlaufen, und währenddessen kümmere ich mich beim Observatorium um die notwendigen Startformalitäten. Ihr zwei hängt euch an den Sub-Äther und versucht, den Koordinator auf der Erde . . .«

»Laß das mal meine Sorge sein, Bürschchen, ich habe schon Politik betrieben, da warst du noch gar nicht auf der Welt«, winkte Conway ab. »Und, Lucky, du wirst doch auch gut auf dich selbst aufpassen, versprichst du mir das?«

»Tue ich das nicht immer, sagt selber, Onkel Gus? Onkel Hector?«

Er schüttelte ihnen freundlich die Hände, dann war er aus dem Raum verschwunden.

Bigman stapfte ungehalten durch den Ceresstaub.

»Ich habe meinen Anzug schon an, bin fix und fertig«, sagte er.

»Du kannst leider nicht mit, Bigman«, antwortete Lucky. »Tut mir leid.«

»Aber warum denn nicht?«

»Weil ich eine Abkürzung fliegen werde, um zum Ganymed zu kommen.«

»Na und? Was für eine Abkürzung meinst du überhaupt?«

Lucky lächelte gequält. »Quer durch die Sonne, wenn du es genau wissen willst!«

Er ging auf die Startbahn hinaus, wo die *Shooting Starr* schon auf ihn wartete, und ließ Bigman mit offenem Mund stehen.

14
Durch die Sonne zum Ganymed

Eine dreidimensionale Karte des Sonnensystems würde wie ein ziemlich flacher Teller aussehen, mit der Sonne, dem beherrschenden Gestirn, in der Mitte. Sie ist wirklich beherrschend, denn in ihr sind 99,8 Prozent der gesamten Materie des Sonnensystems konzentriert. Mit anderen Worten, sie wiegt fünfhundertmal soviel wie alles andere im Sonnensystem zusammengenommen.

Die Planeten umkreisen die Sonne. Alle kreisen in beinahe derselben Ebene, und diese Ebene nennt man Ekliptik. Auf Reisen von einem Planeten zum anderen folgen die Raumschiffe gewöhnlich der Ekliptik. Dabei bleiben sie im Bereich der Subätherstrahlen der planetarischen Radioverbindungen und können auf dem Weg zu ihrem Ziel bequem Zwischenaufenthalte einlegen. Manchmal, wenn es ein Schiff besonders eilig hat oder nicht entdeckt werden möchte, weicht es von der Ekliptik ab, vor allem dann, wenn es auf Kurs zur anderen Seite der Sonne ist.

Das, dachte Lucky, könnte auch Antons Absicht sein. Antons Schiff würde sich dann vom ›Teller‹, der das Sonnensystem darstellte, erheben, einen gewaltigen Bogen über die Sonne hinaus schlagen und sich dann auf der anderen Seite in der Nähe von Ganymed wieder auf den ›Teller‹ herabsenken. Zweifellos war Anton in diese Richtung gestartet, denn sonst hätten die Verteidigungskräfte von Ceres ihn ja filmen können. Für Menschen war es beinahe eine Selbstverständlichkeit, zuerst einmal alle raumnautischen Messungen entlang der Ekliptik anzustellen. Und bis man auf den Gedanken gekommen war, auch andere Sektoren des Weltalls unter die Lupe zu nehmen, war Anton bestimmt schon zu weit entfernt, um noch entdeckt zu werden.

Aber, ließ sich Lucky durch den Kopf gehen, vermutlich

würde Anton die Ekliptik nicht auf Dauer verlassen. Anfänglich hatte er es vielleicht darauf angelegt, daß dieser Eindruck aufkam, aber er würde wieder eintauchen. Eine solche Taktik brachte viele Vorteile mit sich. Der Asteroidengürtel erstreckte sich rings um die Sonne, und zwar dergestalt, daß sich die Felsbrocken gleichmäßig über die gesamte Kreisbahn verteilten. Wenn Anton im Gürtel blieb, konnte er ungefähr bis hundert Millionen Kilometer vor Ganymed zwischen den Asteroiden bleiben. Die terrestrische Regierung hatte praktisch die Regierungsgewalt über die Asteroiden aufgegeben, und wenn man einmal von den Routen zu den vier großen Felsen absah, drangen Regierungsschiffe nie in dieses Gebiet vor. Und sollte das doch einmal geschehen, dann war Anton immer in der Lage, von einer der nahe gelegenen Asteroidenbasen Verstärkung herbeizuholen.

Ja, Anton würde im Asteroidengürtel bleiben, sagte Lucky sich. Zum Teil, weil er davon überzeugt war und teils, weil er eigene Pläne verfolgte, hob Lucky die *Shooting Starr* in einem flachen Bogen aus der Ekliptik.

Die Sonne war der Schlüssel zu allem. Sie war der Schlüssel des gesamten Systems. Sie stellte so etwas wie eine Straßensperre und eine Umleitung für jeden Raumfahrer dar. Wollte ein Schiff von einer Seite des Systems zur anderen, war man gezwungen, der Sonne in einem weiten Bogen auszuweichen. Kein Passagierschiff kam näher als sechzig Millionen Meilen an sie heran, das entsprach in etwa der Entfernung Venus – Sonne. Selbst dann waren noch Kühlaggregate nötig, eine unabdingbare Notwendigkeit für die Bequemlichkeit der Passagiere.

Natürlich war es technisch möglich, Schiffe zu bauen, die sich für die Reise zum Merkur eigneten, jenem Planeten, dessen Distanz von der Sonne zwischen neunundsechzig und fünfundvierzig Millionen Kilometer schwankte, je nach Umlaufbahn. Man landete gewöhnlich dann, wenn der Planet seine sonnenfernste Stellung bezogen hatte. Bei weniger als dreißig Millionen Meilen schmolzen bereits verschiedene Metalle.

Trotzdem wurden manchmal Spezialschiffe zur Sonnenbeobachtung gebaut. Die Hüllen solcher Schiffe wurden dann von einem starken elektrischen Feld durchdrungen, das ein Phänomen hervorrief, das man ›Pseudoverflüssigung‹ nannte, dabei handelte es sich um eine Veränderung der Moleküle der äußeren Haut, die zu einer beinahe totalen Hitzereflexion führte, so daß nur ein ganz geringer Teil der Solarstrahlung ins Schiffsinnere drang. Von außen glichen solche Schiffe richtigen Spiegeln. Dennoch drang genug Hitze ein, um die Temperatur im Inneren der Schiffe über den Siedepunkt von Wasser klettern zu lassen, obwohl die Entfernung zur Sonne immer noch fünf Millionen Meilen betrug, und dabei handelte es sich bereits um den nächsten je verzeichneten Abstand. Selbst wenn es Menschen möglich war, derartige Temperaturen zu überleben, waren sie noch lange nicht imstande, die Kurzwellenstrahlung, die auf diese Entfernung aus der Sonne flutete und in das Schiff eindrang, zu überstehen. Diese Strahlen konnten jede Form des Lebens in Sekundenschnelle töten.

Im vorliegenden Fall lag der Nachteil der Sonnenposition für die Weltraumfahrt besonders deutlich auf der Hand, denn Ceres befand sich auf der einen Seite der Sonne, während Erde und Jupiter beinahe diametral entgegengesetzt auf der anderen Seite kreisten. Wenn man sich im Asteroidengürtel befand, betrug die Entfernung von Ceres zum Ganymed etwa eine Milliarde Meilen. Hätte man die Sonne außer acht lassen und quer durch das Sonnensystem fliegen können, würde die Gesamtdistanz nur etwa sechshundert Millionen Meilen betragen, was einer Ersparnis von ungefähr vierzig Prozent entsprochen hätte.

Lucky hatte vor, soviel wie möglich von dieser Ersparnis Gebrauch zu machen.

Er holte alles aus der *Shooting Starr* heraus und kam praktisch überhaupt nicht mehr aus seinem Gravitationsanzug heraus. Er trug ihn beim Essen und Schlafen und war ständig den Auswirkungen der Beschleunigungskräfte ausgesetzt. Er gestattete sich pro Stunde nicht mehr als fünfzehn Minuten Ruhe.

Er zog hoch über den Umlaufbahnen von Mars und Erde dahin, aber da gab es nichts zu beobachten, selbst wenn man das Schiffsteleskop zu Hilfe nahm. Die Erde befand sich auf der anderen Seite der Sonne, und der Mars stand augenblicklich beinahe in einem rechten Winkel zu seinem eigenen Kurs.

Die Sonne war bereits so groß, wie sie von der Erde aussah und er konnte sie nur durch extrem stark polarisierende Bildschirme betrachten. Es würde nicht mehr lang dauern, dann mußte man die stroboskopischen Zusatzeinrichtungen einschalten.

Die Radioaktivitätsanzeiger knatterten bereits ab und zu. Innerhalb der Erdumlaufbahn erreichte die Kurzwellenstrahlung sehr respektable Werte. Innerhalb der Venusbahn würde er besondere Sicherheitsvorkehrungen treffen müssen – zum Beispiel das Tragen eines bleibeschichteten Semiraumanzuges.

Was mich betrifft, dachte Lucky, so wird Blei nicht ausreichen, wenn ich noch näher an die Sonne herankomme, nichts Stoffliches würde als Schutz genügen.

Zum ersten Mal seit seinem Abenteuer auf dem Mars im letzten Jahr holte Lucky aus einer an seiner Hüfte befestigten Spezialtasche das fadenscheinig aussehende, halbtransparente Objekt hervor, das ihm die Energiewesen auf dem Mars zum Geschenk gemacht hatten.

Er hatte es längst aufgegeben, darüber nachzudenken, nach welchem Prinzip das Ding funktionierte. Es war das Produkt einer Forschung, die bereits eine Million Jahre in voller Blüte gestanden hatte, bevor die Menschheit überhaupt an so etwas gedacht hatte, außerdem hatten die Marsbewohner dabei völlig andere Wege beschritten. Es war ihm ebenso unbegreiflich, wie ein Raumschiff einem Steinzeitmenschen unbegreiflich vorkommen mußte. Es war ganz und gar unmöglich, ein zweites Exemplar herzustellen, aber es funktionierte! Allein darauf kam es an!

Er zog es über den Kopf. Es schmiegte sich seinen Schädelkonturen an, als verfüge es über ein seltsames Eigenleben. Im gleichen Augenblick war er von einem Lichtschimmer umgeben. Sein ganzer Körper glitzerte, als wäre er über und über in Phosphor getaucht worden, das war auch der Grund dafür, weswegen Bigman ›Glitzerschild‹ dazu sagte. Über seinem Gesicht wirkte es wie ein undurchsichtiges irisierendes Tuch, das seine Gesichtszüge vollständig verbarg, ohne daß es andererseits das einfallende Licht von seinen Augen abhielt.

Es handelte sich um einen Energieschild, den die Marsbewohner Luckys Bedürfnissen entsprechend angefertigt hatten. Das heißt, der Schild war für jede Art der Energie undurchdringlich, abgesehen von solcher, wie sie sein Körper brauchte. Dazu gehörte eine gewisse Menge Licht, das innerhalb des sichtbaren Spektrums lag, und ebenfalls ein bestimmtes Wärmequantum, damit er sich wohl fühlte. Gase diffundierten völlig problemlos, so daß Lucky ohne Schwierigkeiten atmen konnte, zudem wurden heiße Gase gleichzeitig abgekühlt.

Als Luckys Schiff die Venusumlaufbahn passiert hatte, immer noch mit Kurs auf die Sonne, behielt er den Energieschild ständig an. Der Nachteil war, daß er, solange er den Schild trug, weder essen noch trinken konnte, aber die ihm auferlegte Fastenzeit würde höchstens einen Tag währen.

Er schoß nun mit viel größerer Geschwindigkeit durch das All als je zuvor in seinem Leben. Neben der geschoßartigen Schubkraft der hyperatomaren Motoren machte sich jetzt auch noch die unvorstellbar große Anziehungskraft des gigantischen Schwerkraftfeldes der Sonne bemerkbar. Er legte im Augenblick mehrere Millionen Kilometer in der Stunde zurück.

Er schaltete das Elektrofeld ein, das die äußere Hülle des Schiffes in einen pseudoflüssigen Zustand versetzte, und war im stillen dankbar dafür, daß er bei dem Bau der *Shooting Starr* darauf bestanden hatte, diese Vorrichtung zu bekommen. Die Bimetallthermometer, die bereits Temperaturen von über vierzig Grad angezeigt hatten, begannen wieder langsam zu sinken. Die Bildschirme verdunkelten sich, als Metalljalousien sich vor das dicke Glassit schoben, um sie vor Schaden zu bewahren und ein Anschmelzen durch die Sonnenhitze zu verhindern.

Als er die Merkurbahn erreicht hatte, waren die Strahlenmeßgeräte völlig verrückt geworden. Das Knattern hörte nicht mehr auf. Lucky legte seine schimmernde Faust vor die Einfallfenster, und der Krach legte sich. Bis hinunter zu den härtesten Gammastrahlen wurde die Strahlung, die das Schiff durchdrang und erfüllte, von der körperlosen Aura aufgehalten, die ihn umgab.

Die Temperatur, die inzwischen auf etwa fünfundzwanzig Grad Celsius gesunken war, stieg trotz der reflektierenden Spiegelaußenhaut der *Shooting Starr* wieder an. Sie kletterte auf über sechzig und zeigte weiter steigende Tendenz. Die Gravimeter wiesen aus, daß die Sonne nur noch zehn Millionen Meilen entfernt war.

Die Flüssigkeit in dem flachen Wassernapf, den Lucky auf den Tisch gestellt hatte und von dem während der letzten Stunde ständig Dampf aufgestiegen war, brodelte jetzt fröhlich vor sich hin. Das Thermometer überschritt den Siedepunkt.

Wie ein Windhund hetzte die *Shooting Starr* im Abstand von fünf Millionen Meilen an der Sonne vorbei. Näher würde sie ihr nicht kommen. Wenn man es recht betrachtete, so befand sich das Schiff bereits innerhalb des Einflußgebietes der flüchtigsten Sonnenatmosphäre, Korona genannt. Da die Sonne gänzlich aus Gasen bestand (allerdings handelt es sich dabei um Gase, die selbst unter extremsten Laborbedingungen auf der Erde nicht zu stabilisieren wären), besaß sie keine Oberfläche im eigentlichen Sinne, ihre ›Atmosphäre‹ war sozusagen Teil der Sonnenmasse selbst. Indem Lucky also durch die Korona flog, durchquerte er in gewissem Sinne die Sonne, wie er es Bigman gesagt hatte.

Jetzt überkam ihn die Neugier. Kein Mensch war vor ihm der Sonne so nahe gewesen, und aller Wahrscheinlichkeit nach würde es auch nie wieder jemand wagen. Und falls doch, dann dürfte sich niemand unterstehen, ungeschützten Auges einen Blick direkt auf die Sonne zu riskieren. Auf diese Entfernung wäre selbst ein kurzes Aufblicken, der immensen Strahlung wegen, für einen Menschen augenblicklich tödlich.

Er aber trug den Energieschild vom Mars! Die Frage war, bot er gegen die Strahlung auf nur fünf Millionen Meilen Entfernung noch ausreichend Schutz? Sein Instinkt sagte ihm, das er kein Risiko eingehen sollte, aber das Verlangen war übermächtig.

Der Hauptbildschirm des Schiffes war mit einer stroboskopischen Wabenschaltung ausgestattet. Es war technisch möglich, vierundsechzig voneinander unabhängige Facetten nacheinander zu öffnen, die dann alle vier Sekunden jeweils für genau eine millionstel Sekunde den Blick auf die Sonne freigaben. Dem Auge (oder einer Kamera) würde es so vorkommen, als ob der Blick ständig und durchgehend frei sei, in Wirklichkeit würde jede Glasfacette nur den viermillionsten Teil der Sonnenbestrahlung abbekommen. Aber selbst dann waren spezialangefertigte, beinahe blinde Linsen unumgänglich.

Luckys Finger bewegten sich unaufhaltsam, wie unter einem inneren Zwang, auf die Schaltkonsole zu. Der Gedanke, die Gelegenheit verstreichen zu lassen, war ihm unerträglich. Er benutzte die Gravimeter, um die Bildschirmstellung genau auf die Sonne auszurichten.

Dann wandte er das Gesicht ab und schaltete ein. Eine Sekunde verging, dann noch eine weitere. Er bildete sich ein, daß es in seinem Genick wärmer wurde; halb und halb rechnete er damit, den Strahlentod zu sterben. Es geschah nichts.

Langsam drehte er sich um.

Den sich ihm bietenden Anblick würde er im Leben nicht mehr vergessen. Eine strahlende gleißende Fläche mit zahlreichen Falten und Runzeln darauf füllte den Bildschirm. Es war ein Teil der Sonne. In der Totalen konnte er die Sonne nicht sehen, das war ihm klar, aus dieser Entfernung war sie zwanzigmal so groß wie von der Erde aus betrachtet und bedeckte vierhundertmal soviel Himmelsfläche.

Auf dem Bildschirm waren ein paar Sonnenflecken zu erkennen, die sich schwarz vom hellen Hintergrund abhoben. Weißglühende Fasern schraubten sich spiralförmig hinein und verloren sich. Es gab turbulente Felder, die sich, während er hinsah, über den Bildschirm bewegten. Diese Bewegung war nicht auf die Eigenrotation der Sonne zurückzuführen, die selbst an ihrem Äquator nicht mehr als vierzehnhundert Meilen in der Stunde betrug, sondern lag an der enormen Geschwindigkeit der *Shooting Starr*.

Während er hinsah, stiegen ihm rote Feuerblumen aus brennendem Gas entgegen. Sie wirkten vor dem gleißenden Hintergrund richtiggehend dunkel und verwandelten sich in schwarze Schmauchpilze, als sie weit genug von der Oberfläche entfernt waren und dabei abkühlten.

Lucky schaltete auf einen anderen Schirmausschnitt und erwischte den Rand der Sonne. Jetzt zeichneten sich die brennenden Gaswolken (dabei handelte es sich um die sogenannten Protuberanzen, die aus riesigen Wasserstoffböen bestehen) scharf karmesinrot gegen den schwarzen Himmel ab. Wie in Zeitlupe züngelten sie hinaus ins All, verteilten sich und nahmen die phantastischsten Formen an. Lucky wußte, daß jede einzelne zwölf Planeten von der Größe der Erde einhüllen, und daß die Erde in den Sonnenflecken, den er vor sich hatte, geworfen werden könnte, ohne daß man auch nur das mindeste davon bemerkt hätte.

Er schottete das Stroboskop mit einer plötzlichen Bewegung ab. Niemand konnte die Sonne so aus nächster Nähe betrachten, ohne von der Bedeutungslosigkeit der Erde und aller menschlichen Angelegenheiten seelisch niedergedrückt zu werden.

Die *Shooting Starr* war halb um die Sonne herum und sank nun schnell hinter die Umlaufbahnen von Merkur und Venus. Die Geschwindigkeit verringerte sich. Der Schiffsbug stand entgegengesetzt zur Flugrichtung, und die starken Hauptmotoren wirkten nun als Bremsen.

Als er die Venusbahn passiert hatte, legte Lucky den Energieschild ab und steckte ihn wieder in seine Hüfttasche. Das Kühlsystem arbeitete auf Hochtouren, um die überschüssige Hitze abzubauen. Das Trinkwasser war immer noch unangenehm heiß, und die Konserven, in denen sich die Flüssigkeit in Gas verwandelt hatte, waren verformt.

Die Sonne schrumpfte zusammen. Lucky sah hinein. Jetzt sah sie wie eine ebenmäße glühende Kugel aus. Die Unregelmäßigkeiten, die brodelnden Flecken und die wogenden Protuberanzen waren nicht mehr zu erkennen. Nur die Korona, die im Weltraum stets, auf der Erde nur während Sonnenfinsternissen sichtbar war, stach nach allen Seiten Millionen Meilen weit hervor. Lucky erschauderte unwillkürlich bei dem Gedanken, daß er soeben da hindurchgeflogen war.

Die Erde passierte er in fünfzehn Millionen Meilen Abstand. Durch das Teleskop erkannte er die vertrauten Umrisse der Kontinente, die durch die zerklüfteten weißen

Wolkenbänke lugten. Er spürte einen Stich von Heimweh und dann um so stärker den Entschluß, Krieg und Vernichtung von den wimmelnden Milliarden von Menschen, die den Planeten bevölkerten, fernzuhalten, der immerhin die Wiege aller menschlichen Wesen war, die jetzt das weite Sonnensystem bewohnten.

Dann verschwand auch die Erde in der Ferne.

Am Mars vorbei und wieder mit Kurs auf den Asteroidengürtel, zielte Lucky immer noch auf das Jupitersystem, jenes Sonnensystem ›en miniature‹ innerhalb des eigentlichen Sonnensystems. In seiner Mitte befand sich Jupiter selbst, jener Planet, der größer war, als alle anderen Planeten zusammengenommen. Vier riesige Monde umkreisten ihn, drei davon, Io, Europa und Callisto, hatten ungefähr die Größe des Erdmondes. Ganymed, der vierte im Bunde, war um ein Vielfaches größer. Ganymed war sogar größer als Merkur und beinahe so groß wie Mars. Außerdem gab es da noch eine Unzahl kleinerer Monde, in der Größenordnung von einigen hundert Kilometern Durchmesser bis hinunter zu unbedeutenden Felsbrocken.

Im Schiffsteleskop wuchs Jupiter zu einer gelben Kugel mit den charakteristischen schwach-orangefarbigen Streifen. Einer von ihnen wuchs sich zu dem, was früher als der ›Rote Fleck‹ bezeichnet worden war, aus. Drei der Hauptmonde, einschließlich Ganymed, standen auf dieser Seite, der vierte befand sich hinter Jupiter.

Lucky hatte den größten Teil des Tages mit dem Hauptbüro des Rates auf dem Mond in vorsichtiger Funkverbindung gestanden. Die Taster seines Ergometers durchforschten die Tiefen des Alls. Viele Schiffe wurden so registriert, aber Lucky hielt nur nach dem einen mit dem sirianischen Motorenmuster Ausschau. Er würde es mit Sicherheit sofort erkennen.

Und es entging ihm nicht. Auf eine Entfernung von dreißig Millionen Kilometer erregten die ersten schwachen

Ausschläge sein Mißtrauen. Er änderte den Kurs, um die entsprechende Richtung nehmen zu können, und bald darauf zeichneten sich die charakteristischen Kurven deutlicher ab. Auf hunderttausend Kilometer konnte er es als kleinen Lichtpunkt durch das Teleskop ausmachen. Auf zehntausend Kilometer waren Form und Umrisse zu erkennen. Es war Antons Schiff. Auf tausendfünfhundert Kilometer (Ganymed lag von beiden Schiffen immer noch achtzig Millionen Kilometer entfernt) setzte Lucky den ersten Funkspruch ab. Dabei handelte es sich um die Aufforderung an Anton, beizudrehen und sein Schiff Kurs auf die Erde nehmen zu lassen.

Auf hundert Meilen erhielt Lucky seine Antwort – einen Energiestoß, der die Generatoren aufjaulen ließ und die *Shooting Starr* dermaßen durchschüttelte, als wäre sie mit einem anderen Schiff zusammengestoßen.

Luckys Gesichtszüge nahmen einen besorgten Ausdruck an.

Antons Schiff war besser bestückt, als er vermutet hatte.

15
Ein Teil der Antwort

Eine Stunde lang versuchten sich die beiden Schiffe gegenseitig auszumanövrieren, aber keiner konnte sich dabei einen Vorteil verschaffen. Lucky verfügte über das schnellere und bessere Schiff, dafür besaß Captain Anton eine Mannschaft. Jeder Mann konnte sich voll auf eine spezielle Aufgabe konzentrieren. Einer konnte zielen, ein zweiter feuern und ein dritter konnte dabei die Reaktorkammern im Auge behalten, während Anton sich auf den Kampf konzentrieren konnte.

Lucky hingegen mußte alles selbst tun und sich deswegen hauptsächlich auf Wortgefechte verlegen.

»Sie können nicht einfach zum Ganymed donnern, Anton, und Ihre Freunde werden es nicht wagen, sich offen zu zeigen, solange sie nicht genau wissen, was eigentlich gespielt wird ... Sie sind erledigt, Anton, wir kennen Ihre Pläne ... Hat gar keinen Zweck, noch zu versuchen, auf Ganymed Bescheid zu sagen, Anton, wir stören den Subäther von Ihnen bis zum Jupiter. Da kommt nichts mehr durch ... Regierungsschiffe sind schon auf dem Weg hierher, Anton. Ihr letztes Stündlein hat geschlagen. Viel Zeit haben Sie nicht mehr, es sei denn, Sie ergeben sich ... Geben Sie auf, Anton, geben Sie endlich auf.«

Und das alles, während Lucky im Zick-Zack-Kurs durch einen Feuerhagel flog, wie er ihn schlimmer noch nie erlebt hatte. Es gelang ihm auch beileibe nicht, allen Feuerstößen auszuweichen. Die Energievorräte der *Shooter* begannen unter der Belastung Wirkung zu zeigen. Lucky hätte sich gerne der Illusion hingegeben, daß Antons Schiff im gleichen Maße in Mitleidenschaft gezogen wurde, aber er selbst gab nur wenige Salven auf Anton ab und traf dabei so gut wie nie.

Er wagte nicht, den Blick vom Schirm zu nehmen. Terrestrische Kampfschiffe, die sich auf dem Weg hierher befanden, würden noch Stunden brauchen, bis sie zur Stelle waren. Falls Anton bis dahin die Energiereserven der *Shooting Starr* niedergekämpft hatte, sich absetzen und einen gehörigen Vorsprung in Richtung Ganymed herausholen konnte, während der angeschlagenen *Shooting Starr* nichts übrigblieb, als hinterherzuschleichen, ohne daß Aussicht bestand, Anton einzuholen ... oder falls auf dem Schirm plötzlich eine Piratenflotte auftauchte ...

Lucky wagte nicht, diesen Gedanken zu Ende zu spinnen. Vielleicht hatte er einen Fehler begangen, das Abfangmanöver nicht doch von Regierungsschiffen durchführen zu lassen. Nein, dachte er, nur die *Shooting Starr* war in der Lage gewesen, Anton noch fünfzig Millionen Meilen vor Ganymed zu stellen. Nur die Geschwindigkeit seines Schiffes oder, was noch wichtiger war, nur die Ergometer der *Shooter* hatten diese Aufgabe bewältigen können. In diesem Abstand zu Ganymed war es durchaus zu verantworten, andere Einheiten herbeizurufen, um die Sache zu beenden. Kam man noch näher an Ganymed heran, dann wurde eine Flottenoperation riskant.

Plötzlich erwachte Luckys ständig auf Empfang geschalteter Bildschirm zum Leben. Antons Gesicht füllte den gesamten Schirm. Der Pirat lächelte sorglos. »Du bist Dingo also schon wieder durch die Lappen gegangen.«

»Wieder! Sie geben also zu, daß er bei dem Stoßpistolenduell auf Ihre Anweisung gehandelt hat!«

Ein auf Luckys Schiff gerichteter Energiestrahl verdichtete sich plötzlich zu einem Feuerstoß von mörderischer Stärke. Mit einer Beschleunigung, die ihn fast vom Sitz schleuderte, wich Lucky gerade noch aus.

Anton lachte. »Du darfst dich nicht zu sehr auf mich konzentrieren. Eben hätten wir dich beinahe mit einem Pfefferminzschlag erwischt. Natürlich hat Dingo auf Befehl gehandelt. Wir wußten schon genau, was wir zu tun hatten, das kannst du mir glauben. Dingo wußte nicht genau, wer du warst, dafür war mir alles um so klarer, und das beinahe von Anfang an.«

»Schade, daß Ihnen das Wissen nichts genutzt hat«, antwortete Lucky.

»Dingo hat es nichts genutzt. Es wird dich vielleicht erheitern zu erfahren, daß er, ich will mich mal so ausdrücken, hingerichtet worden ist. Fehler zu machen ist eine schlimme Sache. Aber dieses Gerede führt hier draußen zu nichts. Ich wollte nur klarstellen, daß mir das Ganze einen Riesenspaß gemacht hat, aber jetzt ist es an der Zeit, daß ich mich auf den Weg mache.«

»**Sie** können doch nirgends hin«, sagte Lucky.

»Ich werde es mal mit Ganymed versuchen.«

»Man wird Sie abfangen.«

»Wer? Die Flotte vielleicht? Ich kann nichts sehen, was wie ein Regierungsschiff aussieht. Keins von ihnen wird mich jetzt noch einholen können.«

»Ich kann Sie aufhalten.«

»Du hast mich zwar gefunden, aber was willst du jetzt mit mir anstellen? Deiner Taktik nach zu urteilen, bist du allein an Bord. Wenn ich das von Anfang an gewußt hätte, hätte ich mich gar nicht erst so lange mit dir aufgehalten. Du kannst nicht gegen ein vollbemanntes Schiff antreten.«

»Ich kann Sie rammen und so vollständig vernichten«, sagte Lucky im Flüsterton.

»Du gehst dabei mit drauf, vergiß das nicht.«

»Das würde keine Rolle spielen.«

»Ich bitte dich, das ist doch Pfadfinderlatein. Gleich sagst du uns wohl auch noch den Fahneneid auf, was?«

Mit lauter Stimme sagte Lucky: »Männer an Bord des Schiffes, hört mich an! Falls euer Captain den Versuch macht, Kurs auf Ganymed zu nehmen, werde ich das Schiff rammen. Das wäre der sichere Tod für euch alle, es sei denn, ihr ergebt euch. Ich verspreche euch allen eine faire Gerichtsverhandlung. Wenn ihr mit uns zusammenarbeitet, garantiere ich euch, daß ich alles in meiner Macht Stehende tun werde, damit ihr glimpflich davonkommt. Laßt nicht zu, daß Anton euer Leben für seine sirianischen Kumpane wegwirft.«

»Red nur weiter, Regierungsbubi, mach nur so weiter«, höhnte Anton. »Ich lass' meine Männer alles mithören. Die wissen genau, was für eine Gerichtsverhandlung ihnen blüht, und wie es mit den Aussichten auf Strafminderung steht, darüber haben sie ebenfalls festumrissene Vorstellungen. Eine Enzymgiftspritze und aus, das ist alles, was sie zu erwarten haben.« Antons Hände deuteten schnell den Injektionsvorgang an. »Das ist es, was sie bekommen werden. Sie haben keine Angst vor dir. Wiedersehen, Regierungsbubi.«

Die Nadeln auf Luckys Gravimeter zuckten nach unten, als Antons Schiff Fahrt aufnahm und davonflog. Lucky beobachtete seinen Bildschirm. Wo bleiben die Regierungsschiffe nur?

Er beschleunigte ebenfalls. Die Gravimeternadel kletterte wieder in die Höhe.

Die Distanz zwischen den beiden Schiffen schmolz dahin. Antons Schiff legte Fahrt zu; die *Shooting Starr* tat dasselbe. Luckys Schiff verfügte über das bessere Beschleunigungsvermögen.

Anton lächelte genau wie zuvor. »Noch fünfzig Meilen«, sagte er. »Fünfundvierzig«. Nach einer kurzen Pause: »Vierzig. Hast du schon dein letztes Vaterunser aufgesagt, Regierungsbubi?«

Lucky antwortete nicht. Für ihn gab es keinen Ausweg. Er würde den Piraten rammen müssen. Ehe er Anton entwischen ließ, ehe er es zuließ, daß die Erde mit Krieg überzogen wurde, würde er den Piraten aufhalten müssen, selbst wenn er dafür mit seinem eigenen Leben bezahlen mußte. Die Schiffe näherten sich auf einem flachen spiralförmigen Tangentialkurs.

»Dreißig«, kommandierte Anton gelangweilt. »Du jagst hier niemandem einen Schrecken ein. Am Schluß stehst du als Trottel da. Dreh ab und mach, daß du wegkommst, Starr.«

»Fünfundzwanzig«, erwiderte Lucky fest. »Sie haben noch fünfzehn Minuten, um sich zu ergeben oder zu sterben.« Er selbst, mußte er sich eingestehen, hatte dieselbe Zeitspanne, um entweder das Spiel zu gewinnen oder ebenfalls zu sterben.

Hinter Anton erschien auf einmal ein Gesicht auf dem Bildschirm. Der Mann legte einen Finger an die blutleeren zusammengepreßten Lippen. Luckys Augen hätten vielleicht alles verraten, deswegen schaute er weg.

Beide Schiffe rasten jetzt mit Höchstbeschleunigung dahin.

»Was liegt an, Starr?« erkundigte sich Anton. »Schiß? Herzklopfen?« Seine Augen flackerten, und sein Mund war halb geöffnet.

Lucky wurde plötzlich klar, daß Anton an der Sache Spaß hatte, diese Erkenntnis wurde ihm zur sicheren Erkenntnis. Anton betrachtete das Ganze als ein Spiel, für den Piraten war es eine Möglichkeit, seine Macht zu demonstrieren. In diesem Augenblick war Lucky sich bewußt, daß Anton sich niemals ergeben würde. Er würde sich eher rammen lassen, als klein beizugeben. Und Lucky wußte, daß er selbst dem Tod nicht würde entrinnen können.

»Fünfzehn Meilen«, sagte Lucky.

Es war Hansen, der da hinter Anton stand. Der Einsiedler! Und da war etwas in seiner Hand.

»Zehn Meilen«, sagte Lucky. Dann: »Sechs Meilen. Ich werde euch rammen! Beim All, ich werde euch rammen!«

Das war ein Blaster! Hansen hielt einen Blaster in der Hand.

Luckys Atem ging schwer. Wenn Anton sich jetzt umdrehte . . .

Aber Anton ließ sich Luckys Mienenspiel nicht einen Augenblick lang entgehen, das wollte er einfach nicht verpassen. Er wartete darauf, daß sich auf Luckys Gesicht die Furcht abzumalen begann und dann langsam immer deutlicher zutage treten würde. Lucky konnte es ganz klar in den Zügen seines Gegenübers erkennen. Anton hätte sich selbst auf ein viel lauteres Geräusch hin, als es das vorsichtige Heben eines Blasters verursacht, nicht umgedreht.

Anton erwischte es voll im Rücken. Der Tod kam viel zu schnell, um das intensive Lächeln von Antons Gesicht verschwinden zu lassen, und obwohl das Leben seine Züge verließ, blieb der Ausdruck grausamer Freude erhalten. Anton fiel nach vorne auf den Bildschirm. Einen Augenblick lang kam sein Gesicht vor der Kamera zu liegen, überlebensgroß, und starrte Lucky aus toten, bösen Augen an.

Lucky konnte Hansen rufen hören: »Alle Mann zurück an die Wand. Wollt ihr etwa alle draufgehen? Wir ergeben uns. Kommen Sie rüber, und nehmen Sie uns fest, Starr!«

Lucky verließ seine Anflugbahn um zwei Grad, gerade genug, um die Kollision zu vermeiden.

Seine Ergometer registrierten jetzt sehr deutlich die Maschinenausstrahlungen näherkommender Regierungsschiffe. Endlich.

Die Bildschirme an Bord von Antons Schiff zeigten nur weißen Schnee, das war das Zeichen der Aufgabe.

Es war beinahe eine Binsenweisheit, daß die Flotte nie besonders begeistert davon war, wenn der Wissenschaftsrat die Nase in Angelegenheiten steckte, die die Militärs als ihre ureigenste Domäne betrachteten. Das galt natürlich in besonderem Maße, wenn die Aktion überaus erfolgreich gewesen war. Lucky wußte das genau. Deswegen war er auf die schlecht verborgene Mißbilligung des Admirals durchaus vorbereitet.

»Dr. Conway hat die Angelegenheit hinreichend erklärt, Starr«, meinte der Admiral trocken, »und ich muß Ihnen meine Anerkennung aussprechen. Sie müssen sich aber im klaren sein, daß die Flotte sich schon seit geraumer Zeit über die sirianische Gefahr ein Bild gemacht und sich eine wohl durchdachte Strategie zurechtgelegt hat. Diese Alleingänge des Rates könnten eines Tages gefährlich werden. Das könnten Sie Dr. Conway gegenüber vielleicht einmal durchblicken lassen. Der Koordinator hat mich nun gebeten, in den nächsten Phasen des Kampfes gegen die Piraten mit dem Rat zusammenzuarbeiten, aber«, er blickte eigensinnig drein, »Ihrem Vorschlag, den Angriff auf Ganymed hinauszuzögern, kann ich mich nicht anschließen. Ich denke, die Flotte ist sehr gut selbst in der Lage, Entscheidungen zu treffen, wenn es um Kampfhandlungen und den Sieg geht.«

Der Admiral war Mitte Fünfzig und durchaus nicht gewohnt, sich mit irgend jemandem von gleich zu gleich zu beraten, von einem jungen Dachs, der noch nicht einmal halb so alt war wie er, ganz zu schweigen. Man konnte es seinem kantigen Gesicht mit dem grauborstigen Oberlippenbart überdeutlich ansehen.

Lucky war hundemüde. Jetzt, wo Antons Schiff im Schlepp und die Mannschaft in Gewahrsam genommen war, machte sich die Anstrengung bemerkbar. Er brachte es dennoch fertig, sehr respektvoll zu antworten. »Ich denke, wenn wir zuerst die Asteroiden ausräuchern, dann werden die Sirianer auf Ganymed ganz von selbst aufhören, uns Kopfzerbrechen zu bereiten.«

»Heilige Milchstraße, Mann, was meinen Sie mit ›ausräuchern‹? Das versuchen wir nun seit fünfundzwanzig Jahren, und zwar ohne Erfolg. Die Asteroiden zu säubern ist so, als wolle man einen Sack Flöhe hüten. Was die sirianische Base anlangt, so wissen wir wenigstens, wo sie sich befindet, außerdem haben wir recht genaue Vorstellungen über ihre Stärke.« Er gestattete sich ein flüchtiges Lächeln. »Oh, dem Rat fällt es vielleicht schwer, sich vorzustellen, daß die Flotte ebenfalls weiß, was sie tut. Möglicherweise sogar besser als der Rat. Ich weiß zum Beispiel, daß die mir zur Verfügung stehenden Streitkräfte ausreichen, den Feind auf Ganymed zu schlagen. Wir sind auf den Einsatz vorbereitet.«

»Das steht für mich völlig außer Zweifel, ich bin auch felsenfest davon überzeugt, daß Sie den Feind auf Ganymed vernichten können. Aber die Einheiten dort auf Ganymed stellen nicht die gesamten sirianischen Streitkräfte dar. Sie mögen vielleicht für eine Schlacht vorbereitet sein, aber sind Sie es auch für einen langen verlustreichen Krieg?«

Das Gesicht des Admirals lief puterrot an. »Ich bin gebeten worden, mit Ihnen zusammenzuarbeiten, aber das kann ich nicht auf Kosten der Sicherheit der Erde tun. Unter keinen Umständen kann ich meine Zustimmung zu einem Plan geben, der darauf hinausläuft, unsere Flotten einheiten im Asteroidengebiet aufzusplittern, während sich ein sirianisches Expeditionskorps in unserem Sonnen system befindet.«

»Bekomme ich eine Stunde Zeit?« unterbrach Lucky den Redefluß des Admirals. »Eine Stunde, um mit Hansen zu reden, Sie wissen schon, der Gefangene von Ceres, den ich auf dieses Schiff geschafft habe, kurz bevor Sie an Bord gekommen sind, Sir?«

»Wozu soll das denn gut sein?«

»Geben Sie mir bitte eine Stunde, ich werde versuchen, es Ihnen zu zeigen.«

Die Lippen des Admirals wurden zu einem dünnen harten Strich. »Eine Stunde könnte kostbar sein. Eine Stunde könnte unbezahlbar sein ... Na gut, fangen Sie an, aber ein bißchen dalli. Mal sehen, was dabei herauskommt.«

»Hansen!« rief Lucky laut, ohne seine ruhigen Augen dabei auch nur für einen Moment von dem Admiral abzuwenden.

Der Einsiedler erschien aus der Schlafraumsektion. Er machte einen müden Eindruck, aber trotzdem gelang es ihm, Lucky ein Lächeln zu schenken. Sein Aufenthalt an Bord des Piratenschiffes hatte seinem Selbstvertrauen offenbar nichts anhaben können.

»Ich habe bereits Ihr Schiff bewundert, Mr. Starr. Eine tolle Blechbüchse, alles was recht ist.«

»Also, jetzt hören Sie mal beide zu«, fuhr der Admiral dazwischen, »keine langen Vorreden, wenn ich bitten darf. Starr, kommen Sie zur Sache, Ihr Schiff wollen wir fürs erste mal aus dem Spiel lassen.«

»Die Situation ist folgende, Mr. Hansen«, sagte Lucky,

»mit Ihrer unschätzbaren Hilfe, für die ich Ihnen danken möchte, ist es uns gelungen, Anton aufzuhalten. Im Klartext bedeutet das, daß wir den Zeitpunkt des Ausbruches von Feindseligkeiten mit den Sirianern hinausgezögert haben. Wir müssen die Gefahr vollständig aus der Welt schaffen, und wie Ihnen der Admiral versichern wird, haben wir nur sehr wenig Zeit zur Verfügung.«

»Wie kann ich helfen?« wollte Hansen wissen.

»Indem Sie meine Fragen beantworten.«

»Mit dem größten Vergnügen, aber ich habe Ihnen bereits alles gesagt, was ich wußte. Es tut mir leid, daß meine Informationen sich als so unzureichend erwiesen haben.«

»Aber trotzdem haben die Piraten Sie für gefährlich gehalten. Sie haben schließlich allerhand riskiert, um Sie aus unserer Gewalt zu befreien.«

»Dafür habe ich keine Erklärung zur Hand.«

»Ist es möglich, daß Sie über eine Information verfügen, von der Sie gar nicht annehmen, daß sie wichtig ist? Irgend etwas, was tödlich für sie sein könnte?«

»Nicht, daß ich wüßte.«

»Nun, man hat Ihnen Vertrauen entgegengebracht. Nach dem, was Sie mir erzählt haben, sind Sie ein wohlhabender Mann mit gut angelegtem Vermögen auf der Erde. Mit Sicherheit sind Sie reicher als der durchschnittliche Einsiedler. Trotzdem haben die Piraten Sie gut behandelt. Oder sagen wir einmal so, man hat Sie nicht schlecht behandelt. Man hat Sie nicht ausgeplündert. Wenn man es recht betrachtet, dann bleibt festzustellen, daß man Ihr Luxusheim völlig in Ruhe gelassen hat.«

»Aber bedenken Sie, Mr. Starr, ich habe den Piraten dafür ja auch geholfen.«

»Nicht sonderlich. Sie sagten, daß Sie ihnen gestattet haben, auf Ihrem Brocken zu landen, manchmal Leute zurückzulassen, und das ist auch schon so ziemlich alles gewesen. Wenn man Sie einfach abgeknallt hätte, hätten sie das alles auch haben können, und Ihre Unterkunft hätten sie sozusagen als Dreingabe bekommen. Darüber hin aus hätten die Piraten nicht fürchten müssen, daß Sie zum Informanten wurden. Zu guter Letzt sind Sie es ja geworden, stimmt's?«

»So ist es aber gewesen, ich habe Ihnen die Wahrheit erzählt.« Hansen konnte Lucky nicht in die Augen sehen, während er sprach.

»Doch, schon, was Sie mir erzählt haben, entspricht der Wahrheit, allerdings handelt es sich dabei nicht um die ganze Wahrheit. Ich bleibe dabei, die Piraten müssen einen guten Grund gehabt haben, Ihnen dermaßen vertrauen zu können. Sie mußten gewußt haben, daß es für Sie den Tod bedeuten mußte, zur Regierung zu gehen.«

»Auch das habe ich Ihnen schon gesagt«, antwortete Hansen mit Nachsicht in der Stimme.

»Sie haben gesagt, daß Sie sich durch die Hilfestellung für die Piraten kompromittiert hätten, aber man hat Ihnen vertraut, bevor Sie damit begonnen hatten, ihnen zu helfen. Sonst wären Sie beim ersten Mal umgelegt worden. Jetzt lassen Sie mich raten. Ich würde annehmen, daß Sie, bevor Sie ein Einsiedler geworden sind, selbst Pirat gewesen sind, Hansen, und daß Anton und Männer seines Schlages das gewußt haben. Was sagen Sie dazu?«

Hansens Gesicht wurde kalkweiß.

»Was sagen Sie dazu, Hansen?« wiederholte Lucky.

Hansens Stimme klang ganz sanft, als er jetzt sagte: »Sie haben recht, Mr. Starr. Ich bin einmal Mitglied einer Piratenmannschaft gewesen. Das war vor langer Zeit. Ich habe versucht, es zu vergessen. Ich habe mich auf die Asteroiden zurückgezogen und alles in meiner Macht Stehende getan, um für die Erde so gut wie tot zu sein. Als im Sonnensystem eine neue Gruppe von Piraten entstand und mich mit hineinzog, blieb mir keine andere Wahl, als ihr Spiel mitzumachen.

Als Sie bei mir landeten, bot sich mir zum ersten Mal die Chance zu verschwinden; meine erste Chance, um mich dem Gesetz zu stellen, wenn man es richtig betrachtet. Was für mich sprach, war der Umstand, daß ich mein Leben riskiert hatte, um ein Ratsmitglied zu retten. Das war der Grund, warum ich so scharf darauf war, die Angreifer der Ceres zu bekämpfen. Da wollte ich mir noch einen Pluspunkt verdienen. Am Ende habe ich dann noch Anton getötet, Ihnen das Leben zum zweitenmal gerettet, und darüber hinaus der Erde eine Atempause verschafft, in der, wie Sie mir sagen, vielleicht ein Krieg verhindert werden kann. Ich bin Pirat gewesen, ja, Mr. Starr, aber das ist aus und vorbei, und ich schätze, ich habe es wiedergutgemacht.«

»Gut«, räumte Lucky ein, »jedenfalls, was das betrifft. Aber jetzt sagen Sie endlich, gibt es noch irgend etwas, das Sie uns bisher verheimlicht haben?«

Hansen schüttelte den Kopf.

»Bisher haben Sie uns auch nicht gestanden, daß Sie Pirat gewesen sind.«

»Das war doch nun wirklich nicht von Bedeutung. Außerdem haben Sie es doch auch herausgefunden. Ich habe gar nicht versucht, es abzustreiten.«

»Gut, dann wollen wir jetzt mal sehen, ob es sonst noch Sachen gibt, die Sie nicht ableugnen werden. Verstehen Sie, Sie haben uns immer noch nicht die ganze Wahrheit gesagt.«

Hansen machte einen überraschten Eindruck.

»Was soll denn noch sein?«

»Die Tatsache, daß Sie nie aufgehört haben, ein Pirat zu sein. Die Tatsache, daß Sie ein Mann sind, von dem in meiner Gegenwart nur ein einziges Mal die Rede war, und zwar seitens eines Besatzungsmitgliedes an Bord von Antons Schiff, kurz nach meinem Stoßpistolenduell mit Dingo. Die Tatsache, daß Sie der sogenannte Boß sind. Sie, Mr. Hansen, sind der Drahtzieher hinter den Operationen der Piraten der Asteroiden.«

16
Die ganze Antwort

Hansen sprang wie von der Tarantel gestochen von seinem Stuhl auf. Sein Atem ging pfeifend durch die halbgeöffneten Lippen.

Der Admiral, der kaum weniger überrascht war, rief: »Heilige Milchstraße, Mann! Ist das Ihr Ernst?«

»Setzen Sie sich, Hansen«, sagte Lucky, »wir wollen einmal sehen, ob alles zusammenpaßt. Falls ich mich irre, dann müßte in der Geschichte irgendwo eine Ungereimtheit auftauchen, oder etwa nicht? Es fängt alles mit Captain Antons Landung auf der *Atlas* an. Obwohl sein Verstand in der verkehrten Richtung operierte, war er doch ein fähiger und intelligenter Mann. Er mißtraute mir und meiner Geschichte. Er machte also eine dreidimensionale Aufnahme von mir (das dürfte kein Problem gewesen sein, selbst wenn ich es nicht bemerkt habe) und schickte das Foto zum Boß, um sich Anweisungen zu holen. Dem Boß kam es so vor, als ob er mich erkennen würde. Wenn Sie, Hansen, der Boß waren, ist das logisch, denn schließlich haben Sie mich ja tatsächlich erkannt, als wir uns begegnet sind.

Der Boß gab also Anweisung, daß ich zu töten sei. Anton amüsierte sich damit, mich zu diesem Zweck in ein Stoßpistolenduell mit Dingo zu schicken. Dingo erhielt eindeutig Anweisung, mich zu liquidieren. Das hat Anton in seiner letzten Unterhaltung mit mir offen zugegeben. Aber als ich dann zurückkam und zudem noch Antons Ehrenwort hatte, daß ich eine Chance bekäme, falls ich überleben sollte, mußten Sie höchstpersönlich eingreifen. Ich wurde also auf Ihren Asteroiden geschickt.«

»Aber das ist doch der helle Wahnsinn«, platzte Hansen heraus. »Ich habe Ihnen nichts zuleide getan. Ich habe Ihnen die Haut gerettet und Sie zu Ceres gebracht.«

»Stimmt, das haben Sie getan und sind auch noch mitgekommen. Ich hatte mir vorgenommen, in die Piratenorganisation zu gelangen, um mir dort die notwendigen Informationen zu verschaffen. Sie verfielen auf die gleiche Idee, mit umgekehrten Vorzeichen, versteht sich, und waren dabei auch noch viel erfolgreicher als ich. Sie haben mich zur Ceres gebracht und sind gleich selbst mitgekommen. Sie merkten, wie unvorbereitet wir waren, und wie sehr wir die Piratenorganisation unterschätzten. Das bedeutete, daß Sie mit Volldampf zu Werke gehen konnten. Der Ceresüberfall erscheint in diesem Licht jetzt auch sinnvoll. Ich könnte mir vorstellen, daß Sie irgendwie mit Anton in Verbindung getreten sind. Taschensender für den Subätherbereich gibt es, und intelligent gemachte Codeverschlüsselungen kann man sich ausdenken. Sie sind nicht in den oberen Korridor gegangen, um gegen die Piraten zu kämpfen, sondern um mit ihnen zu verschwinden. Man hat Sie nicht getötet, sondern ›gefangengenommen‹. Das war ganz schön seltsam. Falls Ihre Geschichte gestimmt hätte, wären Sie für die Piraten ein gefährlicher Mitwisser gewesen. Die hätten Sie abknallen sollen, sobald Sie sich zeigten. Aber nein, man hat Ihnen kein Haar gekrümmt. Statt dessen brachten die Piraten Sie an Bord von Antons Flaggschiff und nahmen Sie zum Ganymed mit. Sie waren noch nicht einmal gefesselt oder unter Bewachung. Sie konnten sich ohne Schwierigkeiten leise an Anton heranmachen und ihn niederschießen.«

»Aber ich habe ihn doch erschossen«, rief Hansen laut und mit Verzweiflung in der Stimme, »warum in aller Welt hätte ich ihn erledigen sollen, wenn ich der bin, der Sie behaupten?«

»Weil Anton wahnsinnig war. Er war bereit, sich eher von mir rammen zu lassen, als klein beizugeben oder das Gesicht zu verlieren. Sie hingegen trugen sich mit großen Plänen und hatten nicht im mindesten Lust zu sterben, nur um Antons Eitelkeit zu befriedigen. Ihnen war klar, daß selbst für den Fall, daß wir Anton daran hindern konnten, mit Ganymed Verbindung aufzunehmen, sich die ganze Sache bestenfalls nur etwas hinausgezögert hätte. Wenn wir Ganymed später doch angreifen würden, fände sich schon irgendwann eine Gelegenheit zu flüchten und Ihre wahre Identität wieder aufleben zu lassen. Was bedeutete dabei schon Antons Leben und der Verlust eines Schiffes?«

»Wo bleiben die Beweise?« fragte Hansen. »Das sind doch Spekulationen, sonst nichts! Wo sind die Beweise?«

Der Admiral, der die ganze Zeit von einem zum anderen geschaut hatte, raffte sich zu einem Entschluß auf. »Sehen Sie mal, Starr, dieser Mann gehört mir. Wir werden die Wahrheit schon aus ihm herausholen.«

»Nur keine unnötige Hast, Admiral. Meine Stunde ist noch nicht um ... Spekulationen, Hansen? Dann wollen wir mal weitermachen. Ich habe also versucht, Ihren Felsen wiederzufinden, aber Sie wußten die Koordinaten nicht, was komisch war, selbst wenn man Ihnen Ihre detaillierten Erklärungen abnimmt. Ich berechnete also die Koordinaten aus der Flugbahn, die uns von Ihrem Felsen nach Ceres gebracht hat, und dabei stellte sich heraus, daß die Werte eine Stelle im Bereich der verbotenen Zonen bezeichneten. Dort konnte sich, wenn alles mit rechten Dingen zuging, kein Asteroid befinden. Da ich mir aber hundertprozentig sicher war, daß meine Berechnungen stimmten, war mir klar, daß sich Ihr Felsen gegen die Naturgesetze dort befinden mußte.«

»Was? Was soll los sein?« sagte der Admiral verwirrt.

»Ich will damit andeuten, daß ein Asteroid nicht unbedingt in der vorgeschriebenen Bahn fliegen muß, wenn er nur klein genug ist. Man kann so einen Asteroiden mit hyperatomaren Motoren bestücken und ihn *aus seiner Umlaufbahn bewegen, wie ein Raumschiff*. Wie wollen Sie sonst erklären, daß sich ein Asteroid in der verbotenen Zone aufhält?«

»So etwas einfach zu behaupten bedeutet nicht, daß es sich auch tatsächlich so verhält«, unterbrach Hansen ungehalten. »Ich weiß wirklich nicht, warum Sie mir das antun, Starr. Wollen Sie mich auf die Probe stellen? Ist das Ganze ein Trick von Ihnen?«

»Kein Trick, Mr. Hansen. Ich bin zu Ihrem Felsen zurückgeflogen. Ich hatte damit gerechnet, daß Sie ihn nicht weit fortbewegen würden. Ein manövrierbarer Asteroid hat gewisse Vorteile. Ganz gleich wie oft man ihn entdeckt oder wie oft man seine Koordinaten feststellt und die Umlaufbahn berechnet, es wird immer möglich sein, Verfolger oder Beobachter dadurch abzuschütteln, daß man die Umlaufbahn verändert. Andererseits geht man mit einem beweglichen Asteroiden auch gewisse Risiken ein. Ein Astronom, der ihn bei einem Stellungswechsel zufällig gerade beobachtet, würde sich vielleicht wundern, weshalb ein Asteroid die Ekliptik verläßt oder in die verbotene Zone wandert. Oder falls er mit dem Teleskop nahe genug herankommt, könnte er sich auch die Frage stellen, warum ein Asteroid Auspuffgase hinter sich herzieht.

Ich könnte mir vorstellen, daß Sie Ihren Brocken bereits einmal bewegt haben, um Antons Schiff auf halber Strecke zu treffen, damit ich auf Ihrem Asteroiden angelandet werden konnte. Ich war mir ganz sicher, daß Sie so kurz darauf nicht schon wieder eine große Verlegung vornehmen würden. Vielleicht nur gerade so weit, um in der nächsten Asteroidenwolke unterzutauchen. Also bin ich zurückgeflogen und habe mich in der Gegend nach einem Asteroiden umgesehen, der ungefähr die richtige Größe und Form hatte. Ich habe ihn auch gefunden. Ich bin auf einen Asteroiden gestoßen, der in Wirklichkeit Base, Fabrik und Versorgungslager in einem war. Ich konnte auch die Geräusche von riesigen Hyperatommotoren hören, die durchaus imstande waren, den ganzen Brocken zu bewegen. Es handelte sich um eine vom Sirius importierte Anlage, glaube ich.«

»Aber das war doch nicht mein *Felsen*«, erwiderte Hansen.

»Nein? Aber Dingo wartete dort schon auf mich. Er hat damit angegeben, daß er mir gar nicht hatte folgen müssen, sondern genau gewußt habe, wohin ich fliegen würde. Der einzige Ort, von dem er wissen konnte, daß ich ihn ansteuern würde, war Ihr Felsen. Darauf schließe ich, daß sich auf der einen Seite desselben Felsens Ihre Wohnanlage und auf der entgegengesetzten die Piratenbase befindet.«

»Nein, stimmt nicht«, schrie Hansen. »Ich überlasse alles der Beurteilung durch den Admiral. Tausende von Asteroiden sehen so wie meiner aus, und für die beiläufig fallengelassene Bemerkung eines Piraten bin ich nicht verantwortlich.«

»Es gibt aber noch einen Beweis, der Ihnen vielleicht triftiger erscheint«, fuhr Lucky fort. »Es gab auf dieser Piratenbase ein Tal zwischen zwei Felsvorsprüngen, das mit leeren Büchsen angefüllt war.«

»Leere Büchsen!« schrie der Admiral. »Was bei allen Kometen der Milchstraße hat das mit der Sache zu tun, Starr?«

»Hansen pflegte seine leeren Dosen auf die Oberfläche seines Asteroiden zu befördern. Er meinte, der Gedanke, von seinem eigenen Müll umkreist zu werden, behage ihm nicht. Wahrscheinlich war der wirkliche Grund der, daß ihn sein eigener Abfall verraten könnte. Ich habe das Dosental bei unserem Abflug mit eigenen Augen gesehen. Als ich mich der Piratenbase näherte, habe ich es wieder gesehen. Das war der ausschlaggebende Grund, weswegen ich dort zu Kundschaftszwecken gelandet bin und nichts anderes. Sehen Sie sich den Mann hier doch einmal an, Admiral, und dann sagen Sie mir, ob ich die Wahrheit sage oder nicht.«

Hansens Gesicht war wutverzerrt. Das war nicht mehr derselbe Mann. Jede Spur von Güte war verschwunden. »In Ordnung, na und? Was soll ich tun?«

»Ich will, daß Sie sich mit Ganymed in Verbindung setzen.

Ich bin felsenfest davon überzeugt, daß Sie das früher bereits getan haben. Man wird Sie dort kennen. Erzählen Sie denen, daß die Asteroiden sich der Erde ergeben haben und uns gegebenenfalls gegen den Sirius zu Hilfe kommen werden.«

Hansen brach in Gelächter aus. »Warum sollte ich das tun? Sie haben mich, aber die Asteroiden haben Sie nicht. Die können Sie nicht durchforsten.«

»Wenn wir Ihren Brocken erobern, dann sind wir sehr wohl in der Lage. Dort befinden sich doch wohl alle notwendigen Aufzeichnungen, oder etwa nicht?«

»Versuchen Sie doch, ihn zu finden«, erwiderte Hansen rauh. »Versuchen Sie nur ruhig, ihn in einem Wald von Asteroiden zu orten. Sie haben doch selbst eben gesagt, daß er sich bewegen kann.«

»Das wird einfach sein, denken Sie an das Dosental«, sagte Lucky.

»Nur zu. Nehmen Sie jeden Brocken unter die Lupe, bis Sie das Tal gefunden haben. Dazu werden Sie eine Million Jahre brauchen.«

»Nein, höchstens einen Tag oder so. Als ich von der Piratenbase gestartet bin, habe ich mir die Zeit genommen, das Tal mit einem Hitzestrahl zu beschießen. Das hat die Büchsen zum Schmelzen gebracht, die dann wieder zu einem glitzernden großflächigen Metallfilm erstarrt sind. Rosten kann das Ganze nicht, schließlich gibt es auf dem Felsen keine Atmosphäre, also wird die Oberfläche genauso bleiben wie die Tore für ein Stoßpistolenduell. Sie fängt Sonneneinstrahlung auf und reflektiert sie gebündelt. Alles, was das Observatorium auf Ceres tun muß, ist, den Himmel in Quadrate aufzuteilen und dann nach einem Asteroiden zu suchen, der ungefähr zehnmal so hell ist, wie es seiner Größe entspricht. Ich habe sie mit der Suche anfangen lassen, bevor ich überhaupt losgeflogen bin, um Anton abzufangen.«

»Das ist gelogen.«

»Ach, tatsächlich? Lange, bevor ich die Sonne erreichte, empfing ich eine Subäthermeldung mit einer Fotografie. Hier ist sie.« Lucky zog das Foto unter dem Löschblatt auf dem Schreibtisch hervor. »Der helle Punkt mit der Pfeilmarkierung ist Ihr Felsen.«

»Glauben Sie vielleicht, Sie könnten mir damit Angst einjagen?«

»Ich hätte Angst, wenn ich Sie wäre. Die Ratsschiffe sind schon dort gelandet.«

»Was?« brüllte der Admiral.

»Wir durften keine Zeit verlieren, Sir«, sagte Lucky. »Wir fanden Hansens Wohngebäude auf der einen Seite des Asteroiden und außerdem die Verbindungsstollen zur Piratenbasis. Ich habe hier einige subätherübertragene Dokumente, aus denen die Koordinaten Ihrer wichtigsten Neben- und Hilfsbasen hervorgehen. Außerdem habe ich auch noch Aufnahmen der Basen hier. Na, wie gefällt Ihnen das, Hansen?«

Hansen brach zusammen. Sein Mund öffnete sich, und ein hilfloses Gestammel kam heraus.

»Ich habe dieses ganze Theater durchgezogen, um Ihnen zu zeigen, daß Sie verspielt haben. Sie haben restlos verloren. Ihnen bleibt nichts mehr, außer dem nackten Leben. Ich verspreche Ihnen gar nichts, aber falls Sie tun, was ich von Ihnen verlange, können Sie wenigstens Ihre Haut retten. Rufen Sie Ganymed.«

Hansen starrte hilflos auf seine Hände.

Der Admiral schien das eben Gehörte noch nicht richtig verarbeitet zu haben: »Der Rat hat die Asteroiden gesäubert? Der Rat hat *das* getan? Sie haben die Admiralität nicht davon in Kenntnis gesetzt?«

Lucky sagte bloß: »Also wie steht's, Hansen?«

»Was macht das jetzt noch für einen Unterschied«, erwiderte Hansen resignierend, »ja gut, ich rufe Ganymed.«

Conway, Henree und Bigman waren auf dem Raumhafen, als Lucky von der Erde zurückkehrte, und begrüßten ihn. Sie aßen gemeinsam im Glassaal im höchsten Stockwerk des Planetenrestaurants. Da die Wände des Saales aus gebogenem einseitig polarisiertem Glas bestanden, konnten sie über die warmen Lichter der Stadt schauen, die sich langsam in der Ebene verloren.

»Nur ein Glück, daß der Rat in der Lage war, die Piratenbasen zu besetzen, ehe die Flotte dazu kam«, meinte Henree, »mit einer militärischen Aktion wäre uns nicht gedient gewesen.«

Conway nickte zustimmend. »Da hast du recht. Die Basen hätten nur für die nächste Piratenbande bereitgestanden. Die meisten Leute dort hatten gar keine Ahnung davon, daß sie mit den Sirianern Seite an Seite kämpften. Das waren ganz gewöhnliche Leute, die einfach besser leben wollten als bisher. Ich denke, wir können die Regierung dazu bewegen, eine allgemeine Amnestie zu erlassen, das heißt außer für diejenigen, die persönlich an Überfällen und Kaperungen teilgenommen haben, aber das waren nicht viele.«

»Es sieht in der Praxis sogar so aus«, sagte Lucky, »wenn wir ihnen bei der Entwicklung der Asteroiden helfen, wenn wir den Ausbau der Hefefarmen finanzieren und Wasser, Sauerstoff und Energie zur Verfügung stellen, bauen wir damit einen Schutzwall für die Zukunft. Der beste Schutz gegen kriminelle Elemente auf den Asteroiden ist ein friedliches und wohlhabendes Gemeinwesen. Auf diese Weise kommen wir zu friedlichen Zuständen dort.«

»Lüg dir doch nicht selber in die Tasche«, sagte Bigman streitsüchtig. »Es gibt nur so lange Frieden, bis die Sirianer meinen, es sei wieder mal an der Zeit, etwas zu unternehmen.«

Lucky legte eine Hand auf die krausgezogene Stirn des kleinen Mannes und gab ihm einen spielerischen Schubs. »Bigman, ich glaube fast, dir tut es in der Seele leid, daß wir einen Krieg ausgelassen haben. Was ist mit dir los? Freust du dich nicht über ein bißchen Ruhe und Frieden?«

»Also weißt du, Lucky«, sagte Conway, »du hättest uns aber auch besser auf dem laufenden halten können.«

»Das hätte ich auch gerne getan«, erwiderte Lucky, »aber es war unumgänglich, daß ich mich allein mit Hansen befassen mußte. Dafür hatte ich gewichtige persönliche Gründe.«

»Aber wann hast du ihn zum ersten Mal in Verdacht gehabt? Was hat ihn verraten, Lucky?« wollte Conway wissen. »Etwa, daß sein Asteroid in die verbotenen Zonen getappt ist?«

»Das hat das Faß nur zum Überlaufen gebracht«, räumte Lucky ein.

»Daß er kein Einsiedler war, wußte ich bereits eine Stunde nachdem ich ihm begegnet war. Von diesem Augenblick an war mir klar, daß er für mich der wichtigste Mann im Universum war.«

»Wie wäre es, wenn du uns das einmal näher erläutern würdest?«

Conway stand gerade im Begriff, den letzten Bissen zum Mund zu führen, er kaute genüßlich.

»Hansen hat in mir den Sohn von Lawrence Starr wiedererkannt«, sagte Lucky. »Er sagte, daß er meinen Vater einmal getroffen habe, und das muß auch stimmen. Schließlich stehen Ratsmitglieder nicht im Rampenlicht der Öffentlichkeit, und deshalb muß er meinen Vater persönlich kennengelernt haben, sonst ergibt der Umstand, daß er die Ähnlichkeit in unseren Gesichtszügen erkennen konnte, keinen Sinn.

Aber bei dieser Sache sind zwei Aspekte seltsam. Erstens ist ihm die Ähnlichkeit besonders deutlich aufgefallen, als ich wütend wurde. Das hat er selbst gesagt. Aber nach allem, was ihr beide, Onkel Gus und du, Onkel Hector, mir über meinen Vater erzählt habt, ist Vater nur ganz selten wütend geworden. ›Lachend‹ ist die Bezeichnung, die ihr normalerweise benutzt, wenn ihr von Vater redet. Und zweitens hat Hansen keinen von euch beiden wiedererkannt, als er euch auf Ceres getroffen hat. Selbst eure Namen sagten ihm nichts.«

»Was soll daran so ungewöhnlich sein?« erkundigte sich Henree.

»Vater und ihr wart immer zusammen oder etwa nicht? Wie hätte Hansen Vater treffen sollen, ohne daß ihr dabei gewesen wäret? Und dann hat er ihn auch noch zu einem Zeitpunkt getroffen, als er gerade wütend war und unter Begleitumständen, die Hansen sein Gesicht dermaßen eingeprägt haben, daß er sich fünfundzwanzig Jahre danach noch an die Ähnlichkeit erinnern konnte.

Dafür gibt es nur eine Erklärung. Mein Vater war nur auf seiner letzten Reise zur Venus von euch getrennt, und Hansen war bei dem Mord anwesend. Und er war damals auch kein einfaches Mannschaftsmitglied. Einfache Besatzungsmitglieder werden nicht so reich, daß sie sich einen Luxusasteroiden einrichten, und Mittel darauf verwenden können, fünfundzwanzig Jahre nach den Strafaktionen der Regierung im Asteroidengürtel eine neue und noch größere Organisation aufzubauen. Er muß der Kapitän des angreifenden Freibeuterschiffes gewesen sein. Damals muß er so um die dreißig gewesen sein; ein Alter, in dem man durchaus schon Kommandant sein kann.«

»Allmächtiges All!« sagte Conway bloß.

»Und du hast ihn nicht einfach abgeknallt?« rief Bigman aufgebracht dazwischen.

»Wie sollte ich? Es ging doch um viel wichtigere Dinge als eine persönliche Abrechnung. Er hat meinen Vater und meine Mutter ermordet, stimmt, aber ich mußte nichtsdestotrotz höflich zu ihm sein. Wenigstens zunächst.«

Lucky hob die Kaffeetasse an die Lippen und nahm sich Zeit, einen Blick auf die Stadt zu werfen.

Dann sagte er: »Hansen wird den Rest seines Lebens im Merkurgefängnis zubringen, und das ist eine schlimmere

Strafe als ein schneller Tod. Und die Sirianer haben sich von Ganymed zurückgezogen, das bedeutet Frieden. Das ist eine bessere Belohnung für mich, als es Hansens Tod wäre, selbst wenn er zehnmal hingerichtet worden wäre; und auch für das Andenken meiner Eltern ist es besser so.«

LUCKY STARR

AUF DER VENUS

1
Durch die Wolken der Venus

Lucky Starr und John Bigman Jones stießen sich von der gravitationslosen Raumstation Nr. 2 ab und schwebten auf den interplanetaren Kreuzer, der mit geöffneten Luftschleusen auf sie wartete, zu. Obwohl ihre Gestalten in den unförmigen Raumanzügen, die sie trugen, klobig aussahen, wirkten ihre Bewegungen elegant, was an der jahrelangen Gewöhnung an die Schwerelosigkeit lag.

Während er hochstieg, reckte Bigman den Kopf und schaute noch einmal auf die Venus hinunter. Seine Stimme klang laut in Luckys Sendeanlage auf. »Beim All! Nun schau dir doch mal diesen Felsen an.« Jeder einzelne der hundertsiebenundfünfzig Zentimeter Bigmans war durch den erregenden Anblick angespannt.

Bigman war auf dem Mars geboren und aufgewachsen und noch nie so nahe bei der Venus gewesen. Er war an rötliche Planeten und felsige Asteroiden gewöhnt. Er hatte sogar schon die blau-grüne Erde besucht. Aber das war jetzt etwas, das völlig weiß und grau aussah.

Die Venus nahm mehr als die Hälfte des Himmels ein. Sie war nur dreitausend Kilometer von der Raumstation entfernt, auf der sie sich befanden. Auf der gegenüberliegenden Seite des Planeten befand sich noch eine Raumstation.

Diese beiden Stationen, die als Andockhäfen für Schiffe im Venusverkehr fungierten, umflogen wie zwei Welpen, die beständig ihren eigenen Schwänzen nachjagten, den Planeten einmal in drei Stunden.

Und dennoch konnte man von den Raumstationen aus, so nahe sie dem Planeten auch sein mochten, nicht die geringste Kleinigkeit von der Venusoberfläche erkennen. Kontinente, Meere, Wüsten, Berge oder grüne Täler, nichts war zu sehen. Nur eine weiße Fläche, eine blendend weiße Fläche, unterbrochen von wechselnden grauen Linien, bot sich dem Auge des Betrachters.

Das Weiße war die durcheinanderquirlende Wolkendecke, die unablässig über der Venus schwebte, die grauen Linien markierten die Grenzgebiete, in denen sich die Wolkenbänke trafen und aufeinander stießen. An diesen Grenzen trieben Dampfschwaden hinab, und unterhalb dieser grauen Linien, auf der verhüllten Oberfläche der Venus, regnete es.

»Völlig zwecklos, zur Venus zu schauen, Bigman«, sagte Lucky Starr. »In der nächsten Zeit wirst du noch genug von der Venus zu sehen bekommen, du solltest lieber der Sonne ›Auf Wiedersehen‹ sagen.«

Bigman schnaubte verächtlich durch die Nase. Seinen an Marsverhältnisse gewöhnten Augen kam die Sonne, schon von der Erde aus, aufgebläht und überhellt vor. Von der Venus her gesehen, war die Sonne ein aufgedunsenes Monster, zweieinviertelmal so hell wie auf der Erde und viermal so intensiv leuchtend wie die vertraute Sonne von Bigmans Marsheimat. Was ihn betraf, so war er recht froh darüber, daß die Wolkenbänke der Venus die Sonne verdeckten. Er war froh darüber, daß die Raumstation ihre Diopter immer so stellte, daß das Sonnenlicht abgehalten wurde.

»Also, du verrückter Marsmensch«, kam es von Lucky, »machst du endlich, daß du hineinkommst?«

Mit einer lässigen Handbewegung hatte sich Bigman an der Einfassung der Luftschleuse zum Stillstand gebracht. Er sah immer noch angestrengt auf die Venus hinab. Die sichtbare Hälfte des Planeten war voll der Sonnenstrahlung ausgesetzt, aber von Osten her kroch der Nachtschatten heran und näherte sich schnell, während die Raumstation auf ihrer Umlaufbahn dahinraste.

Lucky, der immer noch nach oben schwebte, bekam nun seinerseits die Schleuseneinfassung zu packen, und mit der anderen behandschuhten Faust griff er jetzt nach Bigmans Hosenboden.

Unter der herrschenden Schwerelosigkeit trudelte Bigmans kleine Gestalt langsam ins Innere, während Luckys Körper nach draußen schnellte.

Luckys Armmuskeln zogen sich zusammen, und schon schwebte er in einer federleichten fließenden Bewegung hoch und in das Innere der Schleuse. Im Augenblick hatte Lucky keinen Grund, guter Stimmung zu sein, aber er konnte sich ein Lächeln nicht verkneifen, als er Bigman – alle viere von sich gespreizt – mitten in der Luft hängen sah, während er sich mit einer Fingerspitze gegen das innere Schleusentor stemmte, um das Gleichgewicht halten zu können. Nachdem Lucky hindurch war, schloß sich die äußere Schleuse.

»Hör mal, du Weihnachtsmann, eines schönen Tages lass' ich dich einfach im Stich, dann kannst du dir einen anderen Dummen ...«, protestierte Bigman.

Luft zischte in die kleine Kammer, und die Innenschleuse schwang auf. Zwei Männer schwebten schnell hindurch, wobei sie sich an Bigmans baumelnden Füßen vorbeischlängelten.

Der vordere, ein untersetzter Bursche mit dunklem Schopf und einem erstaunlich großen Schnurrbart, sagte: »Gibt es irgendwelche Schwierigkeiten, meine Herren?«

Der zweite Mann – er war größer und schlanker als sein Begleiter und trug einen nicht minder riesigen Schnäuzer im Gesicht – fragte: »Können wir Ihnen behilflich sein?«

Bigman ließ sich von oben herab vernehmen: »Sie können uns helfen, indem Sie uns Platz machen, damit wir aus unseren Anzügen klettern können.« Er hatte sich inzwischen auf das Deck geschwungen und schälte sich, während er sprach, aus seinem Raumanzug. Lucky hatte sich währenddessen bereits von seinem befreit.

Die Männer gingen durch den inneren Schleusendurchlaß. Die Außenhaut der Raumanzüge war durch die Kälte des Weltraumes abgekühlt und überzog sich nun mit einer

Reifschicht, als die Luftfeuchtigkeit der Innenräume des Kreuzers sich auf sie legte. Bigman warf sie über die gekachelten Ständer, wo sie abtropfen konnten.

»Also, dann wollen wir mal sehen«, sagte der dunkelhaarige Mann. »Sie beide sind William Williams und John Jones, ist das richtig?«

»Ich bin Williams«, sagte Lucky. Inzwischen war es ihm zur lieben Gewohnheit geworden, unter normalen Umständen diesen Decknamen zu benutzen. Es war üblich, daß Wissenschaftsratsmitglieder in jeder Situation öffentliches Aufsehen vermieden. Und jetzt, wo die Lage auf der Venus dermaßen verwirrend und undurchsichtig war, empfahl sich Geheimhaltung ganz besonders.

»Unsere Papiere sind in Ordnung, möchte ich annehmen, und unser Gepäck befindet sich an Bord«, fuhr Lucky fort.

»Alles in bester Ordnung«, meinte der Dunkelhaarige. »Ich bin George Reval, der Pilot, und dies hier ist Tor Johnson, mein Copilot. In ein paar Minuten fliegen wir los. Wenn sie irgend etwas brauchen sollten, lassen Sie es uns wissen.«

Die beiden Passagiere wurden in ihre kleinen Kabinen geführt, und Lucky mußte innerlich seufzen. Außer auf seinem eigenen Schiff, der *Shooting Starr*, die jetzt im Hangar der Raumstation angedockt war, fühlte er sich auf keinem anderen Schiff völlig wohl.

Mit tiefer Stimme sagte Tor Johnson: »Ich möchte Sie übrigens warnen, wenn wir erst einmal die Umlaufbahn der Raumstation verlassen haben, befinden wir uns nicht mehr im freien Fall. Die Anziehungskräfte werden sich dann bemerkbar machen. Falls Sie raumkrank werden ...«

»Raumkrank«, rief Bigman entrüstet, »Sie komischer Planetenkutscher, ich konnte schon als Baby Schwerkraftveränderungen aushalten, mit denen Sie jetzt noch nicht einmal fertig würden.« Er drückte sich mit den Fingerspitzen von der Wand ab, vollführte einen langsamen Salto, berührte die Wand erneut und stand schließlich mit den Füßen einen

Zentimeter über dem Boden da. »Versuchen Sie *das* irgendwann, wenn Sie sich richtig stark vorkommen.«

»Hören Sie mal«, bemerkte der Copilot grinsend, »für eine halbe Portion sind Sie aber reichlich frech, mein Freund, wo bringen Sie das alles unter?«

Augenblicklich lief Bigman rot an. »Halbe Portion! Du Dünnbrettbohrer ...«, brüllte er los, aber Luckys Hand lag schon auf seiner Schulter, und Bigman behielt den Rest für sich. »Wir sehen uns auf der Venus wieder«, murmelte der kleine Marsbewohner düster vor sich hin.

Tor grinste immer noch. Dann folgte er seinem Chef in die Kanzel des Schiffes am vorderen Ende.

Bigman, dessen Wut sofort verflogen war, fragte Lucky neugierig: »Sag mal, diese Bärte sind aber komisch. Hab' noch nie so große Dinger gesehen, du etwa?«

»Das ist bloß ein venusischer Brauch, Bigman. Soweit ich weiß, läßt sich praktisch jeder hier so einen wachsen.«

»Ach, so ist das?« Bigman strich sich über seine bartlose Oberlippe. »Ich möchte mal gerne wissen, wie ich damit aussehen würde.«

»Mit einem Ding von der Größe?« erkundigte sich Lucky lächelnd. »Dein Gesicht würde dahinter verschwinden.«

Er duckte sich unter Bigmans Hieb weg. Im gleichen Augenblick erzitterte das Deck unter ihren Füßen, die *Venus Marvel* hob von der Raumstation ab. Der Kreuzer hielt mit dem Bug auf die spiralförmige Bahn zu, die ihn ›herunter‹ zur Venus bringen würde.

Während der Planetenkreuzer Geschwindigkeit aufnahm, fühlte Lucky Starr, wie eine längst überfällige Entspannung in ihm aufkam. Seine braunen Augen blickten gedankenverloren, und sein intelligentes, feingeschnittenes Gesicht wirkte gelöst. Er war hoch aufgeschossen und schlank, aber unter dem schlanken Äußeren verbargen sich stahlharte Muskeln.

Das Leben hatte Lucky schon vieles beschert, Gutes und

auch Schlechtes. Er war noch ein Kind gewesen, als er seine Eltern bei einem Piratenüberfall verloren hatte, ganz hier in der Nähe der Venus, auf die er nun zuflog. Er war von den beiden besten Freunden seines Vaters, Hector Conway, seines Zeichens Chef des Wissenschaftsrates, und Augustus Henree, Abteilungsdirektor in derselben Organisation, aufgezogen worden.

Luckys Erziehung und Ausbildung war auf ein einziges Ziel ausgerichtet gewesen: Eines Tages sollte er dem Wissenschaftsrat beitreten, jener Organisation, deren Macht und Funktion sie zur wichtigsten und dabei doch am wenigsten bekannten Körperschaft im Milchstraßensystem machte. Erst vor einem Jahr, nachdem er das Examen auf der Akademie bestanden hatte, war er zum Vollmitglied ernannt worden und hatte seitdem sein ganzes Sinnen und Trachten auf die Förderung der Geschicke der Menschheit und die Vernichtung der Feinde der Zivilisation gerichtet. Er war das jüngste Ratsmitglied und würde es wahrscheinlich auch noch die nächsten Jahre bleiben.

Aber trotzdem hatte er bereits seine ersten siegreichen Schlachten geschlagen. Er war in den Wüsten des Mars und im Zwielicht der Asteroiden gegen das Verbrechen angetreten und hatte dabei triumphiert.

Aber der Kampf gegen das Böse ist kein kurzfristig angelegter Konflikt. Hier auf der Venus war jetzt der Schauplatz neuerlicher Schwierigkeiten, Schwierigkeiten, die besonders beunruhigend waren, da die Einzelheiten im Verborgenen lagen.

Der Chef des Wissenschaftsrates, Hector Conway, hatte an der Lippe genagt und gesagt: »Ich bin mir nicht sicher, ob es sich um eine sirianische Verschwörung gegen die Solare Konföderation oder einfach nur um gewöhnliches Gangstertum handelt. Unsere Männer vor Ort nehmen die Angelegenheit allerdings ernst.«

»Hast du schon einen von unseren Einsatzspezialisten

hingeschickt?« erkundigte sich Lucky. Es war noch gar nicht so lange her, daß er von seinem Auftrag im Asteroidengürtel zurückgekehrt war. Er hörte mit großem Interesse zu.

»Doch, habe ich«, gab Conway zurück, »ich habe Evans hinbeordert!«

»Lou Evans?« fragte Lucky, dabei leuchteten seine dunklen Augen vor Freude. »Er war einer meiner Zimmergenossen auf der Akademie. Er ist wirklich gut.«

»Ach, ist er das? Die Venusdienststelle wünscht, daß er abgelöst wird, und daß wir eine Untersuchung wegen Korruptionsverdacht gegen den Mann einleiten sollen.«

»Was?« Lucky sprang entsetzt auf. »Onkel Hector, das ist unmöglich.«

»Hast du Lust hinzufliegen und dir die Sache einmal persönlich anzusehen?«

»Und ob! Große Sterne und kleine Asteroiden! Bigman und ich sind unterwegs, sobald wir die *Shooting Starr* startklar haben.«

Und nun schaute Lucky auf der letzten Etappe ihrer Reise gedankenverloren durch das Bullauge. Der Nachtschatten war über die Venus gekrochen, und eine Stunde lang gab es nur Dunkelheit zu sehen. Die riesige Masse der Venus verdeckte sämtliche Sterne.

Dann tauchten sie wieder ins Sonnenlicht, die Aussicht blieb jedoch grau in grau. Sie befanden sich zu nahe am Planeten, um ihn in seiner Gesamtheit sehen zu können. Selbst um die Wolkendecke ausmachen zu können, waren sie schon zu nahe. Sie flogen in Wirklichkeit gerade durch diese Wolkenbänke.

Bigman, der soeben ein großes Sandwich mit Huhn und Salat verputzt hatte, wischte sich über die Lippen und sagte: »Beim All, ich hätte nicht im mindesten Lust, ein Schiff durch diesen ganzen Dreck zu fliegen.«

Die Flügel des Kreuzers waren ausgeschwenkt worden, um sich die Vorteile der dichter werdenden Atmosphäre zunutze zu machen. Man konnte den Unterschied in der Flugruhe am eigenen Leibe feststellen. Die Windböen waren spürbar, ebenso das Steigen und Durchsacken in den Luftlöchern.

Schiffe, die im All verkehrten, sind ungeeignet für die Tücken und Fährnisse, die sich in dichterer Atmosphäre einstellen. Aus diesem Grunde benötigten Planeten wie Erde und Venus, die von dichten Luftschichten eingehüllt sind, Raumstationen. Bei diesen Raumstationen legen die ausschließlich für das Weltall konstruierten Schiffe an. Von diesen Raumstationen aus verkehren planetare Kreuzer mit Schwenkflügeln, die dann ihrerseits die tückischen Turbulenzen bis zur Oberfläche des betreffenden Planeten überwinden.

Bigman, der imstande war, ein Schiff mit verbundenen Augen vom Pluto zum Merkur zu steuern, wäre beim ersten Anzeichen sich verdichtender Atmosphäre verloren gewesen. Selbst Lucky, der während seiner intensiven Ausbildung an der Akademie Planetenkreuzer geflogen war, hätte sich inmitten der alles verdeckenden Wolken, von denen sie umgeben waren, nicht nach der Aufgabe gedrängt.

»Bis die ersten Entdecker auf der Venus gelandet sind«, sagte Lucky, »hat die Menschheit nichts weiter gesehen, als die Peripherie dieser Wolkenbänke, und das war alles. Die hatten damals merkwürdige Vorstellungen von diesem Planeten.«

Bigman antwortete nicht. Er inspizierte den Celloplexautomaten, um ganz sicher zu sein, ob nicht doch noch ein Sandwich mit Huhn und Salat irgendwo versteckt war.

Lucky redete weiter. »Die konnten damals nicht genau sagen, wie schnell die Venus sich um ihre Achse drehte, oder ob sie sich überhaupt drehte. Selbst über die Zusammensetzung der Atmosphäre wußten sie nichts Genaues. Ihnen war bekannt, daß es hier Kohlendioxyd gab, aber bis spät in das zwanzigste Jahrhundert hinein waren die Astronomen der

Überzeugung, daß es auf der Venus kein Wasser gibt. Als die ersten Schiffe hier landeten, stellte die Menschheit fest, daß dem nicht so ist.«

Er verstummte. Ganz gegen seinen Willen schweiften Luckys Gedanken wieder zu dem verschlüsselten Raumspruch, den er unterwegs, zehn Millionen Meilen von der Erde entfernt, erhalten hatte. Der Absender war Lou Evans gewesen, sein alter Klassenkamerad, dem er über Subäther mitgeteilt hatte, daß er sich auf dem Weg zur Venus befände.

Die Antwort war kurz, geradeheraus und eindeutig gewesen. Sie lautete: »Bleib, wo du bist!«

Das war alles! Es paßte gar nicht zu Evans. In Luckys Augen bedeutete eine Nachricht wie diese Ärger, großen Ärger, deshalb war er auch nicht ›geblieben, wo er war‹. Statt dessen hatte er den Energiepegel bis zum Anschlag geschoben und die Beschleunigung bis zu einem Punkt getrieben, der einem den Atem nahm.

»Ist schon ein komischer Gedanke, wenn man sich vorstellt, daß die Menschen einmal vor langer Zeit auf der Erde eingepfercht waren«, sagte Bigman jetzt. »Konnten einfach nicht wegkommen, egal, was sie auch versucht haben. Hatten keine Ahnung, wie es auf dem Mars, dem Mond oder sonstwo aussieht. Die Vorstellung läßt es mir kalt den Rükken runterlaufen.«

Genau zu diesem Zeitpunkt durchbrachen sie die Wolkenbänke, und sogar Luckys schwermütige Gedanken lösten sich bei dem, was sich seinen Augen darbot, in nichts auf.

Der Übergang war abrupt. Einen Augenblick zuvor waren sie von einer scheinbar ewigwährenden Milchigkeit umgeben gewesen; im nächsten Moment war die Luft rings um sie herum klar und durchsichtig. Dort unten war alles in ein helles, strahlendes Licht getaucht. Über ihnen hingen die grauen Unterseiten der Wolkenbänke.

»He, schau mal, Lucky!«

Soweit das Auge reichte, erstreckte sich unter ihnen wie

ein durchgehender Teppich die grün-blaue Vegetation der Venus.

Auf der Oberfläche gab es weder Höhenzüge noch Mulden. Alles war völlig plan, ganz so, als ob alles mit einer gigantischen atomgetriebenen Fräse eingeebnet worden sei.

Es gab auch nichts zu sehen, was einer normalen Erdlandschaft entsprochen hätte. Weder Straßen noch Häuser oder Städte und Flüsse waren zu erkennen.

»Daran ist das Kohlendioxyd schuld«, sagte Lucky. »Davon ernähren sich die Pflanzen. Auf der Erde gibt es nur den dreihundertsten Teil eines Prozentes davon in der Luft, aber hier liegt der Kohlendioxydanteil bei fast zehn Prozent.«

Bigman hatte jahrelang auf den Marsfarmen gelebt und kannte sich mit Kohlendioxyd aus. »Aber warum ist es hier so hell, wo die Wolken doch so dicht sind?«

Lucky lächelte. »Du vergißt, daß die Sonne mehr als doppelt so hell scheint wie auf der Erde.« Als er nun wieder aus dem Bullauge sah, wurde sein Lächeln schwächer und verflüchtigte sich schließlich ganz.

»Komisch«, murmelte er.

Plötzlich wandte er sich von dem Bullauge ab. »Bigman, los, komm mit mir in die Kanzel.«

Mit zwei Sätzen hatte er die Kabine verlassen. Zwei weitere Schritte brachten ihn zum Cockpit. Die Tür war nicht abgesperrt. Er riß sie auf. Beide Piloten, George Reval und Tor Johnson saßen auf ihren Plätzen und starrten unverwandt auf die Instrumente. Keiner von beiden drehte sich bei ihrem Eintreten um.

Lucky sagte: »Männer ...«

Keine Reaktion.

Er berührte Johnsons Schulter, woraufhin der Copilot irritiert zusammenzuckte und Luckys Hand abschüttelte.

Das junge Ratsmitglied packte Johnson an beiden Schultern und rief: »Schnapp dir den anderen, Bigman!«

Der Kleine tat das bereits. Er stellte keine überflüssigen Fragen, sondern kniete sich mit der Aggressivität eines Leichtgewichtboxers in die Aufgabe.

Lucky stieß Johnson von sich. Der Mann stolperte rückwärts, straffte sich dann und stürmte auf Lucky los. Lucky duckte einen wilden Hieb ab und traf den Kinnwinkel des anderen mit einer rechten Geraden. Johnson ging zu Boden. Fast im selben Augenblick brachte Bigman bei George Reval einen fachgerechten Armhebel an, der Pilot flog durch die Luft und schlug lang hin. Er bekam keine Luft mehr.

Bigman zerrte die beiden aus der Kanzel und sperrte die Tür hinter ihnen ab. Als er zurückkam, sah er, wie Lucky fieberhaft an den Steuerhebeln arbeitete.

Erst jetzt verlangte er nach einer Erklärung. »Was ist passiert?«

»Der Anflugwinkel stimmte nicht«, antwortete Lucky. »Ich habe die Oberfläche genau beobachtet, sie kam uns zu schnell entgegen, tut es immer noch.«

Er bemühte sich verzweifelt, den Hebel zu finden, der den Anflugwinkel beeinflußt. Die blaue Oberfläche der Venus war jetzt viel näher. Sie raste ihnen geradezu entgegen.

Lucky schaute auf das Druckmanometer. Dieses Gerät maß das Gewicht der Luft über ihnen. Je höher die Anzeige kletterte, desto näher waren sie der Oberfläche. Der Anstieg auf der Skala verlangsamte sich jetzt. Luckys Faust schloß sich enger um die Gabelrute, er preßte die Zinken zusammen. Das mußte es sein. Er traute sich nicht, den Druck allzuschnell zu verstärken, dabei könnten die Schwenkflügel in dem tosenden Sturm, den sie durchflogen und der ihr Schiff umpeitschte, einfach abgerissen werden. Aber inzwischen waren es bis zur Nullhöhe nur noch hundertfünfzig Meter.

Luckys Nasenflügel waren gebläht, und die Muskelstränge zeichneten sich auf seinem Nacken ab, als er die Flügel gegen den Wind stellte.

»Die Flugkurve flacht ab«, stöhnte Bigman. »Die Flugkurve flacht ab ...«

Aber es war einfach nicht genug Platz vorhanden. Das Blau-Grün kam ihnen entgegen, bis es die Bullaugen völlig ausfüllte. Und dann traf die *Venus Marvel*, mit Lucky Starr und Bigman Jones an Bord, mit viel zu hoher Geschwindigkeit und in einem zu steilen Winkel auf der Oberfläche der Venus auf ...

2
Unter dem Meeresdom

Wäre die Venusoberfläche so beschaffen gewesen, wie sie auf den ersten Blick aussah, dann wäre die *Venus Marvel* zerschellt und zu Asche verbrannt. Lucky Starrs Laufbahn wäre in diesem Augenblick beendet gewesen.

Glücklicherweise handelte es sich bei der Vegetation, die sich in ihrer Üppigkeit dem Auge bot, weder um Gras oder Gestrüpp, sondern um Seetang. Die flache Ebene war keine Oberfläche aus Erde und Felsgestein, sondern aus Wasser. Dem Wasser des Ozeans, der die ganze Venus bedeckte.

Trotzdem schlug die *Venus Marvel* mit einem Donnerschlag auf dem Ozean auf, fetzte sich einen Weg durch den verfilzten Algenteppich und schoß kochend in die Tiefe. Lucky und Bigman schleuderte es gegen das Schott.

Ein normales Flugzeug wäre vielleicht zerschmettert worden, die *Venus Marvel* jedoch war für das Eintauchen in Wasser bei hoher Geschwindigkeit konstruiert worden. Die Nähte waren dicht und die Hülle stromlinienförmig. Zwar rissen die Tragflächen ab, Lucky hatte weder die Zeit gehabt, sie einzuziehen, noch hätte er gewußt, wie das funktionierte, auch stöhnte die gesamte Konstruktion unter dem

Aufprall auf, aber das Schiff blieb alles in allem seetüchtig.

Hinab, immer tiefer hinab tauchte es durch die grünschwarze Finsternis des Venusozeans. Das wolkengedämpfte Licht von oben wurde durch die dichte Seetangdecke auf der Wasseroberfläche so gut wie ganz abgehalten. Die künstliche Schiffsbeleuchtung schaltete sich nicht ein; sie war durch den Aufprall anscheinend beschädigt worden.

Lucky schwirrte der Kopf. »Bigman«, rief er.

Keine Antwort. Er streckte suchend die Arme aus. Seine Hände berührten Bigmans Gesicht.

»Bigman!« rief er noch einmal. Er tastete nach der Brust des kleinen Marsbewohners und fühlte, daß das Herz regelmäßig schlug. Lucky überkam eine Woge der Erleichterung.

Er hatte nicht die leiseste Ahnung, was mit dem Schiff geschah. Es war ihm aber klar, daß er nie im Leben imstande sein würde, diesen Kasten in völliger Dunkelheit zu manövrieren. Er konnte nur darauf hoffen, daß der Wasserwiderstand das Schiff zum Halten bringen würde, bevor es auf dem Meeresboden aufschlug.

Er suchte in seiner Brusttasche nach der Stifttaschenlampe. Dabei handelte es sich um einen kleinen, ungefähr zehn Zentimeter langen Plastikstab, der, wenn man ihn mit dem Daumen aktivierte, einen brauchbaren, nach vorne gerichteten Lichtstrahl warf, wobei der Lichtkegel sich erweiterte, ohne daß man von einem spürbaren Nachlassen der Helligkeit hätte sprechen können.

Lucky tastete erneut nach Bigman und untersuchte ihn behutsam. Der Marsbewohner hatte an der Schläfe eine Beule, aber soweit Lucky feststellen konnte, war nichts gebrochen.

Bigman blinzelte und stöhnte.

»Ganz ruhig, Bigman«, flüsterte Lucky. »Uns passiert schon nichts.« Als er nun in den Gang hinaustrat, war er sich dessen aber durchaus nicht sicher.

Die Piloten mußten am Leben sein und sich kooperationsbereit zeigen, falls das Schiff seinen Heimathafen je wiedersehen sollte.

Sie hatten sich aufgerappelt und blinzelten in den Taschenlampenkegel, als Lucky durch die Tür kam.

»Was ist passiert?« stöhnte Johnson. »Ich saß vor den Instrumenten, und eine Minute später ...« In seinen Augen war keine Feindseligkeit, sondern nur Schmerz und Verwirrung zu lesen.

Die *Venus Marvel* befand sich wieder halbwegs in ihrem Normalzustand. Sie war zwar schwer angeschlagen, aber die Suchscheinwerfer an Bug und Heck waren wieder in Gang gebracht worden, und die Notbatterien waren so weit zurechtgeflickt worden, daß sie wenigstens soviel Energie abgaben, um die Durchführung der notwendigsten Manöver zu gewährleisten. Das Mahlen der Schiffsschraube konnte man schwach vernehmen, der Planetenkreuzer erfüllte in ausreichendem Maße seine dritte Funktion. Hier handelte es sich also um ein Fahrzeug, das sich nicht nur im Weltraum oder in der Atmosphäre, sondern auch unter Wasser bewegen konnte.

George Reval betrat die Kanzel. Er machte einen niedergeschlagenen Eindruck und schien sich zu schämen. Auf der Wange hatte er eine tiefe Schramme, die Lucky ausgewaschen, desinfiziert und anschließend mit Koagulum besprüht hatte.

»Wir hatten ein paar kleinere Lecks, aber die habe ich abgedichtet«, sagte Reval. »Die Tragflächen sind weg, und die Hauptbatterien sind hin. Es werden intensive Reparaturarbeiten nötig sein, aber ich denke, wir sind noch einmal mit einem blauen Auge davongekommen. Sie haben gute Arbeit geleistet, Mr. Williams.«

Lucky nickte kurz. »Wie wäre es, wenn Sie mir jetzt einmal erzählen würden, was eigentlich vorgefallen ist?«

Reval errötete. »Ich weiß es nicht. Ist mir überhaupt nicht recht, es zugeben zu müssen, aber ich weiß es wirklich nicht.«

»Und Sie?« fragte Lucky an Johnson gewandt.

Tor Johnson, gerade damit beschäftigt, mit seinen riesigen Händen den Sender wieder klarzukriegen, schüttelte den Kopf.

»Den letzten klaren Gedanken, an den ich mich erinnern kann, hatte ich in der Wolkenbank. Danach kann ich mich an nichts mehr erinnern, bis ich vorhin in Ihre Taschenlampe gesehen habe«, kam es von Reval.

»Nehmen Sie oder Johnson irgendwelche Medikamente?« wollte Lucky wissen.

Johnson sah von seiner Arbeit auf, er wirkte verärgert. »Nein, nichts dergleichen.«

»Aber weswegen sind Sie dann ausgerastet, und auch noch Sie alle beide zur gleichen Zeit?«

»Ich wünschte, ich wüßte es«, sagte Reval. »Sehen Sie, Mr. Williams, wir beide sind keine Amateure. Unsere Personalakten als Planetenkreuzerpiloten sind erstklassig.« Er stöhnte. »Oder sie *sind* es bis heute wenigstens *gewesen*, wir werden jetzt sicher Flugverbot bekommen.«

»Das wollen wir mal abwarten«, meinte Lucky.

»So, jetzt mal was anderes«, sagte Bigman gereizt. »Was bringt es schon, wenn wir durchkauen, was aus und vorbei ist? Wo befinden wir uns jetzt? Wohin fahren wir?«

Tor Johnson antwortete: »Wir sind weit vom Kurs abgekommen. Soviel kann ich Ihnen verraten. Es wird fünf oder sechs Stunden dauern, bis wir in Aphrodite sind.«

»Beim fetten Jupiter und all seinen kleinen Satelliten!« rief Bigman, während er voller Abscheu die Schwärze durch das Bullauge betrachtete. »Fünf oder sechs Stunden in diesem schwarzen Dreck?«

Mit einer Bevölkerung von mehr als einer viertel Million ist Aphrodite die größte Stadt auf der Venus.

Obwohl die *Venus Marvel* noch eine Meile entfernt war, schimmerte die See durch die Lichter von Aphrodite bereits hellgrün. In der gespenstischen Beleuchtung konnte man die dunklen, schlanken Umrisse der Rettungsschiffe, die man ihnen entgegengeschickt hatte, nachdem der Funkkontakt erst einmal hergestellt worden war, deutlich erkennen. Als stumme Begleiter glitten sie dahin.

Für Lucky und Bigman war es das erste Mal, daß sie eine der überkuppelten Unterwasserstädte auf der Venus sahen. In ihrer Verblüffung über den wundervollen Anblick, der sich ihnen bot, hätten sie beinahe das Unangenehme, das sie gerade hinter sich gebracht hatten, vergessen.

Aus der Ferne wirkte die Stadt wie eine smaragdgrüne Märchenlandblase, die wegen des Wassers, das sich zwischen ihnen und der Stadt befand, glitzerte und zitterte. Undeutlich konnten sie Gebäude und die spinnennetzartige Struktur der Pfeiler, die die Stadtkuppel gegen die Wassermassen, die sich darüber auftürmten, abstützten, erkennen.

Die Blase gewann zusehends an Größe und strahlte in immer hellerem Glanz, als sie sich ihr weiter näherten. Das Grün wurde immer heller. Aphrodite wurde weniger unwirklich, weniger märchenhaft, aber dafür immer großartiger.

Schließlich glitten sie in eine riesige Luftschleuse, groß genug, um eine kleine Frachterflotte oder einen mächtigen Schlachtkreuzer aufzunehmen. Sie warteten, bis das Wasser abgepumpt war. Dann wurde die *Venus Marvel* aus der Schleuse bugsiert und mit einem Hebefeld in die Stadt verholt.

Lucky und Bigman schauten zu, während ihr Gepäck ausgeladen wurde, verabschiedeten sich mit einem ernsten Händedruck von Reval und Johnson und nahmen einen Skimmer zum Bellevue Hotel von Aphrodite.

Bigman schaute aus dem gewölbten Fenster ihres Skimmers, der leichtgängig zwischen den Pfeilern und über den Dächern der Stadt entlangflog, wobei seine Kreiselflügel sich würdig drehten.

»Das ist also die Venus«, stellte Bigman fest. »Mir ist allerdings nicht ganz klar, ob sich der ganze Aufwand auch wirklich lohnt. Ich werde nie vergessen, wie der Ozean auf uns zugekommen ist!«

»Ich fürchte, das war nur der Anfang«, erwiderte Lucky.

Bigman sah seinen großen Freund an; ihm schien nicht wohl in seiner Haut zu sein. »Glaubst du wirklich?«

Lucky zuckte die Achseln. »Kommt darauf an. Wollen mal sehen, was Evans uns zu erzählen hat.«

Der Grüne Salon des Bellevue Hotels von Aphrodite machte seinem Namen alle Ehre. Die Lichteffekte waren so angelegt, daß Mobiliar und Gäste so aussahen, als hielten sie sich unter Wasser auf. Die Decke hatte die Form einer umgekehrten Schüssel, unter der sich, von raffiniert angebrachten Hebearmen gehalten, ein kugelförmiges Aquarium langsam drehte. Dem Wasser des Aquariums waren Seetangsträhnen beigegeben, und dazwischen wanden sich farbenprächtige ›Seeschleifen‹, eine der schönsten tierischen Lebensformen, die der Planet zu bieten hatte.

Bigman war zuerst eingetroffen und hatte nichts anderes im Sinn, als eine Mahlzeit einzunehmen. Der Umstand, daß es keinen Menüwählautomaten gab, ärgerte ihn, die Anwesenheit eines leibhaftigen Kellners irritierte ihn, und als ihm eröffnet wurde, jeder Gast im Grünen Salon habe sich an die von der Geschäftsleitung vorgesehene Speisefolge zu halten, erfüllte ihn der Umstand mit Unwillen. Die Vorspeise stellte sich als wohlschmeckend heraus, was ihn etwas versöhnte, die nachfolgende Suppe war sogar exzellent.

Dann setzte die Musik ein, die gewölbte Decke erwachte

nach und nach zu glitzerndem Leben, und die Aquariumkugel begann sich langsam zu drehen.

Bigmans Unterkiefer klappte herunter; sein Essen hatte er komplett vergessen.

»Jetzt sieh dir das mal an«, sagte er.

Lucky schaute sich das Schauspiel an. Die Seeschleifen waren von unterschiedlicher Länge, einige kaum fünf Zentimeter lang und dabei schmal wie Schnürsenkel, andere hingegen waren kräftige breite Bänder, die über einen Meter lang sein mochten. Alle waren flach, so flach wie ein Blatt Papier. Sie bewegten sich, indem sie ihre Körper in einer Folge von Wellen kräuselten, die sie der Länge nach durchliefen.

Zudem fluoreszierte jede Seeschleife dabei auch noch; sie flimmerten alle in bunten Farbtönen. Es war eine phantastische Vorführung. An den Seiten aller Seeschleifen verliefen kleine glühende Lichtspiralen: karmesinrot, rosa und orange; ein paar vereinzelte blaue und violette Farbtupfer waren auch darunter. Unter den Größeren fanden sich ein oder zwei leuchtend weiße Farbgebungen. Alle waren mit dem hellgrünen Schein der Außenbeleuchtung übergossen. Während sie so dahinschwammen, überlappten und vermengten sich die Farben. Dem überwältigten Betrachter erschien es, als ob sie regenbogenbunte Spuren hinter sich ließen, die in das Wasser übergingen und dort funkelten. Die Farbkaskaden verblaßten, und noch intensivere Tönungen traten an ihre Stelle.

Bigman wandte sich seinem Nachtisch nur widerwillig zu. Der Kellner hatte ›Geleekeimlinge‹ dazu gesagt, und anfangs hatte der kleine Bursche das Gericht mißtrauisch gemustert. Die Geleekeimlinge waren weiche, orangefarbige Ovale, die ein wenig aneinanderklebten, sich aber mit dem Löffel ohne weiteres zerteilen ließen. Im ersten Moment schmeckten sie auf der Zunge trocken und schienen kein Aroma zu haben, aber dann schmolzen sie ganz plötzlich zu einer dicken gallertartigen Flüssigkeit, die einfach ein Hochgenuß war.

»Beim All«, meinte der überraschte Bigman. »Hast du den Nachtisch schon probiert?«

»Was ist?« fragte Lucky geistesabwesend.

»Probier doch mal den Nachtisch. Schmeckt wie dicker Ananassirup, aber tausendmal besser ... Was ist los?«

»Wir bekommen Gesellschaft.«

»Ach, was soll's.« Bigman machte eine Bewegung, als wolle er sich auf seinem Stuhl umdrehen, um die übrigen Gäste in Augenschein zu nehmen.

»Nicht so hastig«, sagte Lucky leise, und das ließ Bigman erstarren.

Er vernahm die leisen Schritte von irgend jemandem, der sich ihrem Tisch näherte. Er versuchte, etwas aus den Augenwinkeln zu erkennen. Sein Blaster war in seinem Zimmer, aber er hatte einen Kraftdolch im Gürtel. Der sah wie ein Spielzeug aus, konnte aber, wenn nötig, einen Mann in der Mitte durchtrennen. Er spielte intensiv damit herum.

Eine Stimme in Bigmans Rücken sagte: »Darf ich mich zu euch setzen, Leute?«

Bigman wandte sich auf seinem Stuhl um, den Kraftdolch hielt er in der Handfläche verborgen, bereit, einen schnellen nach oben gerichteten Stoß zu führen. Aber der Mann sah alles andere als gefährlich aus. Er war fett, aber vorteilhaft gekleidet. Er hatte ein Mondgesicht, und sein ergrauendes Haar war sorgfältig über eine haarlose Stelle gekämmt, konnte seine beginnende Kahlköpfigkeit jedoch nicht vertuschen. Seine Augen waren klein, blau und schienen voll von Freundlichkeit dreinzublicken. Er trug natürlich den der Venusmode entsprechenden riesigen, graumelierten Schnurrbart.

»Aber ja doch, nehmen Sie nur Platz«, sagte Lucky ruhig. Er schien sich ausschließlich auf die Kaffeetasse in seiner rechten Hand zu konzentrieren.

Der Dicke setzte sich. Seine Hände ruhten auf der Tischplatte. Ein Handgelenk war entblößt, die Innenfläche der anderen Hand deckte es leicht ab. Einen kurzen Augenblick lang verdunkelte sich ein kleiner ovaler Fleck an seinem Handgelenk und wurde schwarz. Innerhalb des Punktes tanzten und glitzerten kleine Körnchen in der vertrauten Anordnung des Großen Bären und des Orions. Dann verschwand die Tätowierung wieder, und was zurückblieb, war nur ein unverdächtiges fettes Handgelenk und darüber das runde Gesicht des Dicken.

Dieses Identifikationsmerkmal des Wissenschaftsrates konnte weder gefälscht noch nachgeahmt werden. Wie man es auf Abruf durch Willensanstrengung erscheinen ließ, gehörte zu den am besten gehüteten Geheimnissen des Rates.

»Ich heiße Mel Morriss«, stellte der Dicke sich vor.

»Das hatte ich mir schon gedacht«, erwiderte Lucky. »Man hat Sie mir beschrieben.«

Bigman lehnte sich auf seinem Stuhl zurück und steckte den Kraftdolch wieder ein. Mel Morriss war der Chef der Ratssektion auf der Venus. Bigman hatte schon von ihm gehört. Einerseits war er jetzt erleichtert, andererseits aber auch ein kleines bißchen enttäuscht. Er hatte mit einem Kampf gerechnet – vielleicht den Inhalt der Kaffeetasse dem Dicken ins Gesicht, den Tisch umkippen, und von da ab war alles erlaubt.

»Die Venus scheint ein ungewöhnlicher und schöner Ort zu sein«, sagte Lucky.

»Sie haben sich unser Fluoreszensaquarium angesehen?«

»Das ist eine echte Attraktion«, bemerkte Lucky.

Das Ratsmitglied von der Venus lächelte und hob den Zeigefinger. Der Kellner brachte ihm eine Tasse Kaffee. Morriss ließ sie einen Augenblick abkühlen, dann sagte er sanft: »Ich schätze, Sie sind etwas enttäuscht, mich hier anzutreffen. Sie haben sicher auf andere Gesellschaft gehofft, nehme ich an.«

»Ich hatte mich auf eine zwanglose Unterhaltung mit einem Freund gefreut«, erwiderte Lucky kühl.

»Sie haben Ratsmitglied Evans mitteilen lassen, daß Sie ihn hier treffen wollten«, stellte Morriss fest.

»Wie ich sehe, wissen Sie das bereits.«

»Stimmt. Evans steht bereits seit geraumer Zeit unter ständiger Beobachtung. Mitteilungen an ihn werden abgefangen.«

Die beiden unterhielten sich im Flüsterton. Selbst Bigman hatte Schwierigkeiten, sie zu verstehen, wie sie so da saßen, sich anschauten, ihren Kaffee tranken und ihre Worte betont emotionslos austauschten.

»Darin haben Sie falsch gehandelt«, bemerkte Lucky.

»Sprechen Sie als sein Freund?«

»Ja, das tue ich.«

»Und ich nehme an, als Freund hat er Sie davor gewarnt, auf die Venus zu kommen.«

»Das wissen Sie also auch, wenn ich Sie richtig verstehe?«

»Stimmt auffallend. Und Sie hatten einen beinahe tödlichen Unfall bei der Landung, richtig?«

»Richtig. Wollen Sie etwa andeuten, daß Evans so etwas befürchtet hat?«

»Befürchtet hat? Heilige Milchstraße, Starr, Ihr Freund Evans hat diesen Unfall *arrangiert*!«

3
Hefe!

Luckys Gesichtsausdruck blieb unbeteiligt. Er verriet seine Besorgnis noch nicht einmal durch ein Aufblitzen in den Augen.

»Einzelheiten, bitte«, sagte er bloß.

Morriss lächelte wieder. Ein Teil seines Mundes war dabei von seinem albernen Schnäuzer verdeckt. »Nicht hier, so leid es mir tut.«

»Dann sagen Sie mir, wo wir reden können.«

»Einen Augenblick.« Morriss blickte auf seine Uhr. »In ungefähr einer Minute geht die Show los. Die Gäste werden im Meereslicht tanzen.«

»Meereslicht?«

»Die Kugel da oben wird dunkelgrün leuchten. Die Leute werden aufstehen und auf die Tanzfläche gehen. Wir werden mit ihnen zusammen aufstehen und unauffällig den Saal verlassen.«

»Es klingt fast so, als ob wir uns im Augenblick in Gefahr befänden.«

»*Sie* sind in Gefahr«, erwiderte Morriss ernst. »Ich kann Ihnen versichern, daß meine Männer Sie seit Ihrer Landung nicht aus den Augen gelassen haben.«

Plötzlich ertönte eine joviale Stimme. Sie schien aus dem kristallenen Mittelteil des Tisches zu kommen. Offensichtlich drang sie aus dem Mittelteil von jedem Tisch, da alle Gäste ihre Aufmerksamkeit dorthin lenkten.

Sie sagte: »Meine Damen und Herren, herzlich willkommen im Grünen Salon. Haben Sie gut gespeist? Die Geschäftsleitung beehrt sich, Ihnen zu Ihrer zusätzlichen Unterhaltung jetzt die magnetonischen Rhythmen von Tobe Tobias und seinen ...«

Während der Ansager sprach, erloschen die Lichter, und seine letzten Worte gingen in aufbrandenden erstaunten Ausrufen der anwesenden Gäste unter, die zum größten Teil gerade erst von der Erde eingetroffen waren.

Das Kugelaquarium an der Decke war plötzlich leuchtend smaragdgrün, und die Seeschleifen glühten um so farbenprächtiger. Die Kugel nahm ein facettenartiges Aussehen an, so daß von ihr bei jeder Drehung schwebende Schatten ausgingen, die eine fast hypnotische Wirkung hervorriefen. Der

Klang der Musik, die aus den seltsam tieftönenden Lautsprechern einer Reihe magnetonischer Instrumente stammte, wurde lauter. Die Töne wurden von unterschiedlich geformten Stäben hervorgerufen, die in kunstvollen Mustern durch die magnetischen Felder bewegt wurden, die jedes Instrument umgaben.

Männer und Frauen erhoben sich zum Tanzen. Man hörte das Rascheln der vielen Bewegungen und das Gemurmel von leisem Flüstern und Gelächter. Eine Berührung am Ärmel brachte erst Lucky und dann auch Bigman auf die Beine.

Lucky und Bigman folgten Morriss wortlos. Eine grimmig dreinblickende Gestalt nach der anderen schloß sich ihnen an. Es hatte beinahe den Anschein, als ob sie aus den Kulissen hervorgezaubert würden. Sie hielten sich alle in gebührendem Abstand, so daß sie keine Aufmerksamkeit erregten, aber Lucky war sicher, daß jeder einzelne von ihnen die Hand in der Nähe des Blastergriffes hatte.

Es war kein Zweifel möglich: Mel Morriss und die Venussektion des Wissenschaftsrates nahmen die Situation sehr ernst.

Lucky sah sich anerkennend in Morriss' Appartement um. Es war nicht besonders luxuriös, dafür aber ungemein behaglich eingerichtet. Wer sich hier aufhielt, konnte sehr leicht vergessen, daß sich hundert Meter über ihm eine durchsichtige Kuppel befand, hinter der sich eine hundert Meter hohe Wassersäule des an dieser Stelle flachen kohlesäurehaltigen Ozeans auftürmte, und darüber hundert Kilometer fremdartiger, nicht atembarer Atmosphäre.

Was Lucky besonders Freude bereitete, war der Anblick einer Sammlung von Buchfilmen, die aus einer Nische hervorquollen.

»Sie sind Biophysiker, Dr. Morriss?« fragte Lucky. Die akademische Anrede kam ihm wie ganz von selbst über die Lippen.

»Ja«, bestätigte Morriss.

»Ich habe mich auf der Akademie selbst mit Biophysik befaßt«, fuhr Lucky fort.

»Ich weiß«, erwiderte Morriss. »Ich habe Ihre Arbeit gelesen. Eine gute Leistung. Ach übrigens, darf ich Sie David nennen?«

»So heiße ich zwar mit Vornamen«, gab Lucky zu, »aber alle Welt nennt mich Lucky.«

Mittlerweile hatte Bigman einen der Filmständer geöffnet, ein Stück Film abgespult und es gegen das Licht gehalten. Er schüttelte sich und stellte die Rolle wieder an ihren Platz.

Angriffslustig sagte er, sich an Dr. Morriss wendend: »Sie sehen mir aber ganz und gar nicht wie ein Forscher aus.«

»Das kann ich mir denken«, antwortete Morriss, ohne sich gekränkt anzuhören, »das ist manchmal von Nutzen, müssen Sie wissen.«

Lucky wußte genau, was er damit meinte. In diesen Zeiten, in denen die Naturwissenschaften praktisch alle menschlichen Lebens- und Kulturbereiche berührten, konnten sich die Wissenschaftler nicht länger in ihren Laboratorien verkriechen. Genau aus diesem Grund hatte man den Wissenschaftsrat gegründet. Ursprünglich war er nur als Beratungsgremium der Regierung bei Fragen galaktischer Tragweite gedacht gewesen, für deren Beurteilung nur ausgebildete Naturwissenschaftler die Befähigung mitbrachten. Mit der Zeit war diese Organisation aber mehr und mehr zu einer Behörde zur Verbrechensbekämpfung und Spionageabwehr geworden. Die Organisation brachte zusehends Regierungsaufgaben unter ihre Kontrolle. Auf Grund ihrer Anstrengungen würde eines Tages vielleicht in der Milchstraße ein Reich entstehen, in dem alle Menschen in Ruhe und Frieden leben könnten.

Deswegen ergab sich der Umstand, daß Ratsmitglieder viele Aufgaben, die mit einer wissenschaftlichen Tätigkeit nichts mehr zu tun hatten, erfüllen mußten. Da war es für ihre Erfolgsaussichten besser, wenn sie nicht unbedingt wie Wissenschaftler aussahen – solange sie dabei über den Verstand eines Wissenschaftlers verfügten.

»Würden Sie bitte damit beginnen, Sir, mich über die Einzelheiten der Schwierigkeiten hier aufzuklären?« begann Lucky.

»Wieviel hat man Ihnen auf der Erde denn schon erzählt?«

»Nur das Allernötigste. Ich würde es vorziehen, mich durch den zuständigen Mann vor Ort ins Bild setzen zu lassen.«

Morriss lächelte ziemlich ironisch. »Sich vom zuständigen Mann vor Ort ins Bild setzen zu lassen? Diese Einstellung wird in der Regel von Leuten im Zentralbüro nicht gepflegt. Die schicken gewöhnlich ihre eigenen Feuerwehrmänner, und dann tauchen Männer wie Evans auf.«

»Und solche wie ich«, ergänzte Lucky.

»Ihr Fall liegt etwas anders. Wir alle wissen von Ihren Erfolgen auf dem Mars im letzten Jahr und von der sauberen Arbeit, die Sie gerade erst im Asteroidengürtel geleistet haben.«

»Sie hätten mit ihm zusammensein sollen, dann könnten Sie vielleicht behaupten, Bescheid zu wissen«, krähte Bigman.

Lucky errötete. Hastig sagte er: »Laß das jetzt, Bigman, wir wollen jetzt keine von deinen Räubergeschichten hören.«

Sie saßen alle in großen, auf der Erde hergestellten weichen und bequemen Sesseln. Etwas an dem Klang ihrer reflektierenden Stimmen war ein deutlicher Hinweis für Luckys erfahrene Ohren, daß das Appartement schallisoliert und abhörsicher war.

Morriss zündete sich eine Zigarette an, bot erfolglos auch

seinen Gästen eine an. »Wieviel wissen Sie über die Venus, Lucky?«

Lucky lächelte. »Das Übliche, was man in der Schule lernt. Kurz gefaßt: Die Venus ist der zweite Planet von der Sonne aus gerechnet und ungefähr einhundertacht Millionen Kilometer von ihr entfernt. Sie ist der der Erde am nächsten stehende Planet, sie kommt bis auf etwa zweiundvierzig Millionen Kilometer an den Heimatplaneten heran. Sie ist ein wenig kleiner als die Erde und verfügt über eine Anziehungskraft von etwa fünf Sechstel der Erde. Sie umkreist die Sonne in ungefähr siebeneinhalb Monaten, und ihr Tag dauert so um die sechsunddreißig Stunden. Die Oberflächentemperatur liegt etwas über der der Erde, aber nicht sehr viel, das liegt an der Wolkendecke. Die Wolken sind auch dafür verantwortlich, daß es hier keine nennenswerten Unterschiede in den Jahreszeiten gibt. Die Venus ist von Ozeanen bedeckt, die ihrerseits wiederum vom Seetang überzogen sind. Die Atmosphäre setzt sich aus Kohlendioxyd und Stickstoff zusammen und eignet sich nicht zum Atmen. Wie war ich, Dr. Morriss?«

»Mit Auszeichnung bestanden«, erwiderte der Biophysiker, »aber mir ging es mehr um die gesellschaftlichen Verhältnisse auf der Venus als um ihre physikalische Beschaffenheit.«

»Nun, das ist schwieriger. Mir ist natürlich bekannt, daß die Menschen hier in Kuppelstädten, die sich in den flachen Gewässern des Venusozeans befinden, leben, und ich kann mit eigenen Augen sehen, daß das Leben in Venusstädten technologisch auf ziemlich hohem Niveau steht, viel weiter entwickelt als zum Beispiel auf dem Mars.«

»He!« schrie Bigman.

Morriss richtete seine kleinen sprühenden Augen auf den Marsbewohner. »Sind Sie anderer Meinung als Ihr Freund?«

Bigman zögerte mit seiner Antwort. »Na, das vielleicht

nicht, aber deswegen braucht er es doch nicht gleich so hinauszuposaunen.«

Lucky lächelte und redete weiter: »Die Venus ist ein recht gut entwickelter Planet. Ich glaube, es gibt hier etwa fünfzig Städte, und die Gesamtbevölkerung bewegt sich in der Größenordnung von ungefähr sechs Millionen. Ihre Hauptexportartikel sind getrockneter Seetang – ich habe mir sagen lassen, daß es sich dabei um ein ausgezeichnetes Düngemittel handelt – und dehydrierte Hefebarren für die Tierfütterung.«

»Immer noch recht eindrucksvoll«, bemerkte Morriss zu Luckys Ausführungen. »Wie hat Ihnen Ihr Essen im Grünen Salon gemundet, meine Herren?«

Wegen des plötzlichen Themawechsels hielt Lucky inne, dann antwortete er: »Sehr gut, warum fragen Sie?«

»Das werden Sie gleich merken. Was haben Sie gegessen?«

»Das kann ich so genau gar nicht beantworten. Es handelte sich um das Stammgericht. Wenn ich raten müßte, würde ich sagen, zuerst hatten wir eine Art Gulasch mit einer ziemlich interessanten Sauce und einer Gemüsesorte, die ich nicht kannte. Es gab einen Früchtesalat, glaube ich, und davor eine pikante Tomatensuppe.«

»Und als Nachtisch Geleekeimlinge«, unterbrach Bigman.

Morriss lachte schallend. »Wissen Sie, Sie irren sich auf der ganzen Linie«, sagte er. »Sie haben weder Fleisch noch Früchte und auch keine Tomaten gegessen. Noch nicht einmal Kaffee haben Sie getrunken. Sie haben nur eine einzige Sache gegessen. Eine einzige Sache. Hefe!«

»Was?« quietschte Bigman.

Einen Augenblick lang war auch Lucky überrascht, er kniff die Augen zusammen und sagte: »Meinen Sie das im Ernst?«

»Natürlich. Das ist die Spezialität des Grünen Salons. Sie lassen aber nie etwas darüber verlauten. Erdbewohner würden sich sonst weigern, es zu essen. Später hätte man Sie aber eingehend danach befragt, wie Ihnen dies oder jenes Gericht geschmeckt hat, ob Sie Verbesserungsvorschläge machen könnten und so weiter. Der Grüne Salon ist die wertvollste Experimentalstation auf der Venus.«

Bigman verzog sein kleines Gesicht zu einer Grimasse und schrie: »Ich werde sie verklagen. Ich mache einen Ratsfall aus der Sache. Die können mir doch nicht einfach Hefe vorsetzen, ohne es mir zu sagen, als sei ich ein Pferd oder eine Kuh ... oder ein ...«

Er beendete seine Rede mit einem verwirrten Gestotter.

»Ich nehme an«, sagte Lucky, »daß die Hefe etwas mit der Verbrechenswelle auf der Venus zu tun hat.«

»Sie nehmen an?« fragte Morriss trocken. »Dann haben Sie unsere Berichte nicht gelesen. Das überrascht mich nicht. Die Erde glaubt, wir übertreiben. Ich kann Ihnen jedoch versichern, daß dem nicht so ist. Und es handelt sich bei der Angelegenheit nicht um eine simple Welle von Verbrechen. Hefe, Lucky, es geht um Hefe! Darum dreht sich auf diesem Planeten alles.«

Ein Wägelchen mit Eigenantrieb, auf dem drei Tassen mit dampfendem Kaffee und eine blubbernde Espressomaschine standen, kam in das Wohnzimmer gerollt. Das Wägelchen stoppte erst vor Lucky, dann bei Bigman. Morriss langte nach der dritten Tasse, führte sie an die Lippen und wischte sich anschließend behaglich über den großen Schnurrbart.

»Er wird Zucker und Sahne beigeben, wenn Sie es wünschen, meine Herren«, fügte der Mann von der Venus erklärend hinzu.

Bigman sah auf und schnüffelte. An Morriss gewandt, fragte er scharf: »Hefe?«

»Nein. Diesmal handelt es sich um echten Kaffee, ich schwöre es.«

Eine Zeitlang tranken sie schweigend in kleinen Schlukken, dann sagte Morriss: »Sie müssen wissen, Lucky, die Venus zu unterhalten ist ein teurer Spaß. Unsere Städte müssen Sauerstoff aus dem Meer gewinnen, dafür braucht man riesige Elektrolysestationen. Jede Stadt bedarf enormer Kraftstrahlen, um die Kuppeln gegen den Druck von aber Millionen Tonnen von Wasser abzustützen. Aphrodite verbraucht pro Jahr mehr Energie als ganz Südamerika, verfügt aber nur über ein Tausendstel der Bevölkerung. Selbstredend will diese Energie erst einmal verdient sein. Wir müssen exportieren, um Kraftwerke, Spezialmaschinen, Atombrennstoff und dergleichen bezahlen zu können. Der einzige Rohstoff, über den die Venus verfügt, ist Seetang, davon haben wir allerdings unbegrenzte Mengen. Einiges exportieren wir als Dünger, aber das löst unsere Probleme wohl nicht. Den Großteil unseres Tangs verwenden wir als Ausgangsbasis für Hefekulturen, für zehntausendundeine Variante von Hefekulturen, versteht sich.«

Bigman kräuselte die Lippen: »Das Umwandeln von Seetang in Hefe bringt Sie aber auch nicht viel weiter.«

»Waren Sie mit Ihrer letzten Mahlzeit etwa nicht zufrieden?« wollte Morriss wissen.

»Bitte, fahren Sie fort, Dr. Morriss«, schaltete Lucky sich wieder ein.

»Natürlich hat Mr. Jones nicht ganz unre ...«

»Sagen Sie Bigman zu mir!«

Morriss bedachte den kleinen Marsbewohner mit einem nüchternen Blick. »Wie Sie wollen. Bigmans Geringschätzigkeit für Hefe im allgemeinen ist durchaus angebracht. Unsere wirtschaftlich wichtigsten Sorten eignen sich nur für die Tierfütterung. Aber selbst das ist in höchstem Maße nützlich. Hefegemästete Schweine sind billiger und schmecken besser als andere. Hefe hat einen hohen Kalorienwert, viel Protein, Spurenelemente und Vitamine. Wir verfügen auch noch über andere Hefearten von höherer Qualität, die zur Anwendung gelangen, wenn Nahrungsmittel für eine längere Zeitdauer gelagert werden müssen und gleichzeitig nur wenig Platz zur Verfügung steht. Bei langen Weltraumreisen werden zum Beispiel häufig sogenannte H-Rationen verwendet. Und dann gibt es noch die sogenannten Spitzenqualitätshefen, dabei handelt es sich um äußerst teure und anfällige Kulturen, die für die Speisen im Grünen Salon verwendet werden und mit denen wir normale Nahrungsmittel nachahmen oder verbessern können. Von diesen Sorten befinden sich noch keine im Stadium der Massenproduktion, aber eines Tages werden wir soweit sein. Ich stelle mir vor, Lucky, daß Sie die ganze Tragweite des Problems erfassen.«

»Ich denke schon.«

»Ich nicht«, sagte Bigman angriffslustig.

Morriss tat sich nicht schwer, die Sache schnell zu erklären. »Wir hier auf der Venus werden bei diesen Spitzenqualitäten eine Monopolstellung haben. Keine Welt wird darüber verfügen. Ohne unsere Erfahrungen auf dem Gebiet der Zymosekulturen ...«

»Worin?«

»In Hefekulturen. Ohne unsere Erfahrungen wäre keine andere Welt in der Lage, solche Hefekulturen zu entwickeln oder sie am Leben zu erhalten, nachdem sie sie erworben hätten. Sie sehen also, daß die Venus einen enorm profitablen Handel mit Hefearten als Luxusartikel innerhalb des Milchstraßensystems aufziehen könnte. Das wäre nicht nur für Venus von Bedeutung, sondern auch für die Erde, was sage ich, für die gesamte Solare Konföderation. Als ältestes galaktisches System sind wir auch das am übervölkertste. Wenn wir zu einer Tauschrate ein Pfund Hefe gegen eine Tonne Weizen kommen könnten, dann wäre uns geholfen.«

Lucky hatte Morriss' Vortrag geduldig zugehört, dann sagte er: »Aus genau dem gleichen Grund wäre jeder fremden Macht, die ein Interesse daran hat, der Erde zu schaden, daran gelegen, das Hefemonopol der Venus zu beseitigen.«

»Das ist Ihnen also klar, wie? Ich wünschte, ich könnte auch den Rest des Rats von dieser ständigen und immer gegenwärtigen Gefahr überzeugen. Sollte es gelingen, einige in der Entwicklung befindliche Hefekulturen sowie etwas von dem Know-how zu stehlen, wäre das eine Katastrophe.«

»Okay«, sagte Lucky, »dann kommen wir jetzt zum Kernpunkt: Haben solche Diebstähle bereits stattgefunden?«

»Bis jetzt noch nicht«, erwiderte Morriss grimmig. »Aber seit sechs Monaten haben sich hier kleinere Diebereien, eigenartige Unfälle und seltsame Zwischenfälle gehäuft. Einige sind bloß ärgerlich oder sogar komisch, wie der Fall des alten Mannes, der Halbkreditstücke unter Kinder verteilt hat und nachher zur Polizei gerannt kam und Stein und Bein geschworen hat, er sei beraubt worden. Als sich dann Zeugen fanden, die aussagten, daß er sein Geld unters Volk geworfen habe, wurde er vor Wut beinahe wahnsinnig und behauptete weiterhin, daß er so etwas nie getan habe. Es ist aber auch zu ernsteren Zwischenfällen gekommen. Da hat zum Beispiel ein Kranführer einen Halbtonnenballen Seetang zum falschen Zeitpunkt ausgeklinkt und dabei zwei Männer getötet. Später hat er steif und fest behauptet, bei ihm habe es vorübergehend ausgesetzt.«

Bigman stieß einen aufgeregten Quietscher aus: »Lucky, die beiden Piloten behaupten doch auch, daß es bei *ihnen* ausgesetzt habe.«

Morriss nickte. »Ja, und ich bin beinahe froh, daß das passiert ist, solange Ihnen beiden dabei nichts zugestoßen ist. Der Rat auf der Erde ist so vielleicht eher bereit zu glauben, daß an der Sache etwas dran ist.«

»Ich nehme an«, sagte Lucky, »Sie glauben an Hypnose.«

Morriss verzog den Mund zu einem grimmigen, freudlosen Lächeln. »Hypnose ist eine Untertreibung, Lucky. Haben Sie je von einem Hypnotiseur gehört, der in der Lage gewesen wäre, Einfluß auf große Entfernung über Personen auszuüben, die sich dazu nicht bereit erklärt haben? Ich sage Ihnen, Lucky, auf der Venus gibt es eine Person oder mehrere Personen, die die Macht besitzen, andere geistig völlig zu beherrschen. Sie sind dabei, diese Macht anzuwenden, ihre Fähigkeiten zu trainieren, Fortschritte bei ihrer Anwendung zu machen. Mit jedem Tag, der vergeht, wird es schwieriger werden, sie zu bekämpfen. Vielleicht ist es sogar schon zu spät!«

4
Das angeklagte Ratsmitglied

Bigmans Augen funkelten. »Wenn Lucky erst mal loslegt, ist es nie zu spät. Wo fangen wir an, Lucky?«

»Bei Lou Evans«, sagte Lucky ruhig. »Ich warte schon die ganze Zeit darauf, daß Sie seinen Namen erwähnen, Dr. Morriss.«

Morriss zog die Augenbrauen zusammen, sein Mondgesicht umwölkte sich. »Sie sind mit ihm befreundet. Sie werden Partei für ihn ergreifen wollen, das ist mir klar. Die Geschichte hört sich nicht gerade schön an. Kann sie auch gar nicht, schließlich ist ein Ratsmitglied darin verwickelt, der außerdem noch Ihr Freund ist.«

»Ich handele dabei nicht nur aus Sentimentalität, Dr. Morriss. Ich habe Lou Evans so gut gekannt, wie ein Mensch den anderen überhaupt nur kennen kann. Ich weiß, daß er dem Wissenschaftsrat oder der Erde niemals schaden könnte.«

»Dann hören Sie zu und bilden sich Ihr eigenes Urteil. Was Evans' Dienstauftrag hier auf der Venus angeht, muß festgestellt werden, daß er nichts ausgerichtet hat. Er wurde als ›Feuerwehrmann‹ bezeichnet – das hört sich nett an, bedeutet aber nichts.«

»Nichts für ungut, Dr. Morriss«, unterbrach Lucky den Wissenschaftler, »aber haben Sie etwas gegen sein Kommen gehabt?«

»Nein, natürlich nicht. Aber ich habe einfach keinen Sinn darin gesehen. Wir hier sind auf der Venus alt geworden, wir kennen uns hier aus, haben die Erfahrung. Was verspricht man sich davon, einen jungen Burschen frisch von der Erde herzuschicken, was kann so einer denn schon ausrichten?«

»Ein neuer Ansatz wirkt manchmal Wunder.«

»Unsinn. Ich sage Ihnen, Lucky, es liegt nur daran, daß die im Hauptquartier auf der Erde unsere Schwierigkeiten auf die leichte Schulter nehmen. Der Grund, weswegen sie Evans hergeschickt haben, bestand einzig und allein darin, ihn sich hier einmal flüchtig umsehen zu lassen, nichts festzustellen, zurückzukehren und denen zu erzählen, daß an der Sache nichts dran ist.«

»Ich kenne mich mit dem Rat zu gut aus, um das glauben zu können. Und Sie wissen es auch besser.«

Aber der verärgerte Venusbewohner ließ sich nicht beirren. »Na, jedenfalls, vor drei Wochen verlangte dieser Evans Einblick in geheime Unterlagen über den Hefeanbau. Die Leute von der Industrie verwahrten sich dagegen.«

»Verwahrten sich dagegen?« hakte Lucky ungläubig nach. »Es handelte sich dabei doch um den Wunsch eines Ratsmitgliedes.«

»Ist schon richtig, aber die Hefeleute sind Geheimniskrämer. Man äußert solche Wünsche einfach nicht. Das gilt sogar für Ratsmitglieder. Sie fragten Evans, wozu er die Informationen haben wollte. Er lehnte es ab, seine Gründe zu nennen. Sie leiteten seine Bitte an mich weiter, und ich habe die Sache abgeschmettert.«

»Mit welcher Begründung?« wollte Lucky wissen.

»Mir wollte er seine Gründe auch nicht nennen, aber solange ich das ranghöchste Ratsmitglied auf der Venus bin, hat kein Mitarbeiter meiner Organisation irgendwelche Geheimnisse vor mir. Aber dann tat Ihr Freund Evans etwas, womit ich nicht gerechnet hatte. Er hat die Unterlagen gestohlen. Er hat seine Stellung als Ratsmitglied dazu mißbraucht, in das Hefekulturensperrgebiet einzudringen und hat es mit Mikrofilmen im Stiefel wieder verlassen.«

»Dafür hatte er sicher triftige Gründe.«

»Die hatte er«, sagte Morriss, »die hatte er. Bei den Mikrofilmen ging es um Düngeformeln für die Ernährung einer neuen und besonders schnell wachsenden Hefeart. Zwei Tage später mischte ein Arbeiter bei der Herstellung der Nährsubstanz etwas Quecksilber unter. Die Hefekultur starb ab, und sechs Monate Arbeit waren umsonst. Der Arbeiter schwor, daß er das nicht getan habe, aber er war es gewesen. Wir haben ihn einer Psychosondierung unterzogen. Wie Sie sehen, hatten wir inzwischen eine ziemlich genaue Vorstellung von dem, was wir zu erwarten haben. Bei dem Mann hatte es ausgesetzt. Dem Feind ist es bisher noch nicht gelungen, Hefekulturen zu stehlen, aber er kommt seinem Ziel immer näher.«

Der Blick von Luckys braunen Augen war hart. »Ich bin mir über die naheliegende Theorie im klaren. Lou Evans ist zum Feind übergelaufen, wer immer es auch sein mag.«

»Die Sirianer«, platzte Morriss heraus. »Da bin ich mir sicher.«

»Vielleicht«, räumte Lucky ein. Die Bewohner der Siriusplaneten waren seit Jahrhunderten die erbittertsten Feinde der Erde. Es war leicht, sie zu beschuldigen. »Vielleicht. Wir wollen einmal annehmen, Lou Evans sei tatsächlich zu ihnen übergelaufen und hat sich bereit erklärt, ihnen Informationen zu verschaffen, die es ihnen erlauben, in den Hefefabriken Unruhe zu stiften. Erst im kleinen, was den Weg für größere Aktionen ebnet.«

»Ja, das ist meine Theorie. Haben Sie eine andere anzubieten?«

»Wäre es nicht denkbar, daß auch Ratsmitglied Evans irgendwie beherrscht wird?«

»Höchst unwahrscheinlich, Lucky. Wir haben inzwischen viele Fälle in den Akten. Jemand, der unter mentaler Herrschaft gestanden hat, war länger als eine halbe Stunde weggetreten, und bei allen lag unter der Psychosondierung eine eindeutige Indikation für eine Periode totaler Amnesie vor. Evans hätte zwei Tage lang unter mentaler Herrschaft stehen müssen, um das zu tun, was er getan hat, und bei ihm gibt es keine Spuren von Amnesie.«

»Er wurde untersucht?«

»Worauf Sie sich verlassen können. Wenn jemand mit Geheimmaterial gefaßt wird, und zwar auf frischer Tat, wie in diesem Fall, müssen Maßnahmen in die Wege geleitet werden. Dabei wäre es mir hundertmal egal, ob es sich um ein Ratsmitglied handelt oder nicht. Er ist untersucht worden, und ich habe ihn höchstpersönlich unter Bewährungsauflagen freigelassen. Als er gegen die Auflagen verstieß, indem er Nachrichten über seine eigene Anlage abgesetzt hat, haben wir seinen Zerhacker angezapft und dafür gesorgt, daß er es nicht wieder tut – oder zumindest nicht, ohne daß wir wissen, was er sendet oder empfängt. Die Nachricht, die er an Sie abgesetzt hat, ist seine letzte gewesen. Danach ist uns der Geduldsfaden gerissen. Jetzt steht er unter Arrest. Ich bereite gerade meinen Bericht an die Zentrale vor, etwas, was ich schon längst hätte tun sollen, und verlange darin seine Ablösung von seinem Posten und ein Verfahren wegen Korruption oder sogar wegen Verrat.«

»Bevor Sie das tun ...«, sagte Lucky.

»Ja?«

»Lassen Sie mich mit ihm sprechen.«

Morriss stand auf und lächelte ironisch. »Wollen Sie das wirklich? Natürlich, ich werde Sie zu ihm bringen. Er ist hier in diesem Gebäude. Wenn ich es mir recht überlege, möchte ich sogar, daß Sie sich seine Ausflüchte anhören.«

Sie stiegen eine Rampe hinauf, stumme Wachposten klappten die Hacken zusammen und salutierten.

Bigman starrte sie neugierig an. »Ist das hier ein Gefängnis oder was?«

»Auf dieser Ebene ist es so eine Art Gefängnis«, antwortete Morriss. »Auf der Venus bauen wir die Gebäude so, daß sie vielen Zwecken dienen können.«

Sie betraten einen kleinen Raum, und plötzlich brach Bigman ohne Vorwarnung in schallendes Gelächter aus.

Unfähig, ein Lächeln zu unterdrücken, erkundigte sich Lucky: »Was ist los, Bigman?«

»Ni... nichts Besonderes«, prustete der Kleine mit feuchtschimmernden Augen. »Es ist nur, Lucky, du siehst mit deiner kahlen Oberlippe so komisch aus. Nach den vielen Bärten, die ich gesehen habe, siehst du richtig entstellt aus. Du wirkst wie jemand, dem einer mit einer Luftpistole den Bart, den du haben müßtest, von der Lippe gepustet hat.«

Morriss mußte über diese Bemerkung grinsen. Er strich mit dem Handrücken selbstgefällig über seinen eigenen angegrauten Bart.

Luckys Lächeln wurde breiter. »Komisch«, meinte er, »ich dachte von dir gerade dasselbe, Bigman.«

»Wir werden hier warten«, sagte Morriss. »Sie bringen Evans gerade hoch.« Seine Finger wanderten von einem kleinen Druckknopfsignal weg.

Lucky sah sich im Raum um. Er war kleiner als der von Morriss und zugleich unpersönlicher. Das Mobiliar bestand aus mehreren gepolsterten Sesseln und einem Sofa, einem niedrigen und zwei höheren Tischen, die in der Nähe der falschen Fenster standen, das war alles. Hinter jedem der falschen Fenster befand sich eine geschickt gestaltete Unterseelandschaft. Auf einem der hohen Tische stand ein Aquarium; auf dem anderen zwei Teller. Auf dem einen waren kleine getrocknete Erbsen und in dem anderen befand sich eine schwarze, schmierige Substanz.

Bigmans Blick wanderte automatisch hinter Luckys durch den Raum.

Plötzlich meinte er: »Sag mal, Lucky, was ist das denn?«

Halb laufend näherte er sich dem Aquarium, er bückte sich und spähte in seine Tiefen. »Sieh dir das mal an, bitte.«

»Das ist nur einer von den V-Fröschen, die sich die Männer hier als Haustiere halten«, sagtc Morriss. »Dieser hier ist ein ziemliches Prachtexemplar. Haben Sie noch nie einen gesehen?«

»Nein«, gab Lucky zur Antwort. Er stellte sich zu Bigman an das Aquarium, das ungefähr sechzig Zentimeter hoch und breit und neunzig tief war. Das Wasser wurde von federartigen Tangbüscheln kreuz und quer durchzogen.

»Der beißt doch nicht oder so, wie?« erkundigte sich Bigman. Er rührte mit dem Finger im Wasser und beugte sich noch näher über das Becken, um besser hineinsehen zu können.

Luckys Kopf tauchte neben Bigmans auf. Der V-Frosch starrte sie irgendwie weihevoll an. Es handelte sich um ein kleines Tier von etwa zwanzig Zentimeter Länge, mit einem dreieckigen, spitz zulaufenden Kopf, an dem ein Paar vorstehender schwarzer Augen saßen. Das Tierchen besaß sechs ausgepolsterte kleine Füße, die es eng an den Körper gezogen hatte. An jedem der Füßchen waren drei lange Zehen, die nach vorn zeigten, und eine, die nach hinten gerichtet war. Die Haut war grün, wie die eines Frosches, den Rückenkamm entlang verliefen gekräuselte, schnell vibrierende Flossen. Statt eines Maules hatte das Tier einen kräftigen, gekrümmten papageienartigen Schnabel.

Während Lucky und Bigman ihn betrachteten, begann der V-Frosch an die Oberfläche zu steigen. Seine Füße blieben auf dem Boden des Aquariums, aber die Beine dehnten sich wie ausziehbare Stelzen, als die zahlreichen Beinglieder sich gerade ausrichteten. Kurz bevor der Kopf aus dem Wasser kam, hielt das Tier ein.

Morriss war neben sie getreten und sagte, während er das kleine Tier wohlwollend betrachtete: »Er kommt nicht gern aus dem Wasser. In der Luft ist zuviel Sauerstoff. Sie lieben Sauerstoff, aber nur in Maßen. Sie sind freundliche, angenehme Dinger.«

Bigman war entzückt. Auf dem Mars gab es praktisch überhaupt keine einheimischen Tiere, und Lebewesen wie diese hier stellten für ihn etwas absolut Neues dar. »Wo leben sie?« wollte er wissen.

Morriss steckte den Finger ins Wasser und streichelte dem V-Frosch über den Kopf. Der V-Frosch ließ das zu und schloß seine dunklen Augen mit rhythmischen Abständen, was man, soweit das überhaupt festzustellen war, als Ausdruck des Wohlbefindens deuten konnte.

»Im Seetang findet man sie in ziemlichen Mengen an«, sagte Morriss. »Dort bewegen sie sich, als befänden sie sich in einem Wald. Mit ihren langen Zehen können sie sich an einzelnen Stengeln festhalten, und ihre Schnäbel sind imstande, die zähesten Büschel zu zerreißen. Wahrscheinlich könnten sie einem Menschen damit ganz ordentlich in den Finger hacken, aber ich habe noch nie gehört, daß sie einen Menschen gebissen hätten. Ich bin ganz erstaunt, daß Sie noch nie einen zu Gesicht bekommen haben. Im Hotel haben sie ganze Sammlungen ausgestellt, richtige Familiengruppen. Haben Sie die nicht gesehen?«

»Dazu hatten wir wohl kaum die Zeit«, bemerkte Lucky trocken.

Bigman trat schnell an den anderen Tisch, nahm eine Erbse, tauchte sie in die schwarze Schmiere und kam damit zurück.

Er hielt den Bissen verheißungsvoll hoch, und der Schnabel des V-Frosches durchbrach mit unglaublicher Vorsicht die Wasseroberfläche und nahm den Leckerbissen aus Bigmans Fingern. Bigman krähte vor Freude.

»Habt ihr das gesehen?«

Morriss lächelte freundlich, wie über das erfolgreiche Kunststück eines kleinen Kindes. »Diese kleinen Racker. Das könnten sie den ganzen Tag lang verputzen. Sehen Sie nur, wie er schluckt.«

Der V-Frosch mampfte vor sich hin. Ein kleines schwarzes Tröpfchen perlte seitlich aus dem Schnabel, und sofort fuhren die Beine des Tierchens wieder ein, und es bewegte sich in die Tiefe. Der Schnabel öffnete sich, und das schwarze Tröpfchen war verschwunden.

»Was ist das für Zeug?« fragte Lucky.

»In Wagenschmiere getauchte Erbsen«, gab Morriss zur Antwort. »Schmiere ist eine große Delikatesse für sie, etwa wie Zucker für uns. In ihrer natürlichen Umgebung finden sie so gut wie keinen reinen Kohlenwasserstoff. Sie lieben sie so sehr, daß ich nicht überrascht wäre, wenn sie sich fangen ließen, nur um an das Zeug zu kommen.«

»Wie werden sie eigentlich gefangen?«

»Wenn die Ernteschiffe Seetang aufnehmen, findet man natürlich immer V-Frösche in den Netzen. Andere Tiere auch, versteht sich.«

»He, Lucky«, meinte Bigman eifrig, »wir zwei sollten uns auch einen ...«

Er wurde durch zwei straff eintretende Wachposten unterbrochen. Zwischen ihnen stand ein junger hochaufgeschossener blonder Mann.

Lucky richtete sich auf. »Lou! Lou, altes Haus!« Er streckte ihm lächelnd die Hand entgegen.

Einen Moment lang hatte es den Anschein, als würde der andere darauf eingehen. Ein freudiges Aufflackern zeichnete sich in den Augen des Neuankömmlings ab.

Aber schnell wie es gekommen war, verschwand es wieder. Er hielt die Arme steif und unpersönlich am Körper. »Hallo, Starr«, sagte er bloß.

Lucky ließ seine Hand sinken. »Seit unserer Abschlußprüfung habe ich dich nicht mehr gesehen.« Er legte eine Pause ein. Was konnte man als nächstes zu einem alten Freund sagen?

Das blonde Ratsmitglied schien sich der Unmöglichkeit der Situation bewußt zu sein. Den ihn flankierenden Wachen kurz zunickend, sagte er mit Galgenhumor in der Stimme: »Seit damals hat sich einiges verändert.« Und dann, seine dünnen Lippen zuckten krampfhaft: »Warum bist du gekommen? Warum bist du nicht geblieben, wo du warst? Ich habe dich doch darum gebeten.«

»Ich kann doch nicht einfach wegbleiben, wenn ein Freund in Schwierigkeiten ist, Lou.«

»Warte gefälligst, bis man dich um Hilfe bittet.«

»Ich glaube, Sie verschwenden Ihre Zeit, Lucky«, meinte Morriss. »Sie sehen in ihm immer noch ein Ratsmitglied, ich würde vorschlagen, ihn als Verräter zu betrachten.«

Der fette Venusbewohner zischte das Wort durch zusammengepreßte Zähne wie einen Peitschenhieb heraus. Evans errötete langsam, sagte aber nichts.

»Ich will erst bis ins kleinste gehende Beweise sehen, bis ich es zulasse, daß man diese Bezeichnung in Zusammenhang mit Ratsmitglied Evans benutzt.« Lucky betonte das Wort ›Ratsmitglied‹ besonders.

Lucky nahm Platz. Lange Zeit betrachtete er seinen Freund nüchtern. Evans konnte ihm nicht in die Augen sehen.

»Dr. Morriss, veranlassen Sie, daß die Wachen den Raum verlassen«, sagte Lucky. »Ich werde die Verantwortung für Evans übernehmen.«

Zu Lucky gewandt, hob Morriss leicht die Brauen, dann überlegte er einen Moment und machte den Wachen ein Zeichen.

»Wenn du nichts dagegen hast, Bigman, dann möchte ich dich jetzt bitten, nebenan zu warten«, sagte Lucky.

Bigman nickte und verließ den Raum.

»Wir sind jetzt nur noch zu dritt«, sagte Lucky sanft an

Evans gewandt. »Du, Dr. Morriss und ich. Drei Mitglieder des Wissenschaftsrates. Ich schlage vor, wir fangen ganz von vorne an. Stimmt es, daß du Geheimmaterial über die Hefeaufzucht aus dem Archiv entfernt hast?«

»Das habe ich getan«, gab Evans zu.

»Dann mußt du einen Grund dafür gehabt haben. Welchen?«

»Hör mir mal genau zu. Ich habe die Dokumente gestohlen. *Gestohlen* habe ich gesagt. Ich bin bereit, das zuzugeben. Was willst du noch? Ich hatte keinen triftigen Grund dafür. Ich habe es einfach so getan. Also laß es gut sein. Laß mich in Ruhe.« Seine Lippen zitterten.

»Sie wollten ja seine Verteidigung hören, Lucky«, meldete Morriss sich wieder zu Wort. »Das ist sie. Er hat keine.«

»Ich gehe davon aus, daß dir bekannt ist, daß sich kurz nachdem du die Unterlagen an dich genommen hast, in der Hefefabrik ein Unfall ereignet hat. Es ging um die Hefeart, von der in den Akten die Rede war«, fuhr Lucky fort.

»Das weiß ich alles«, erwiderte Evans.

»Hast du eine Erklärung dafür?«

»Nein, ich habe keine Erklärung dafür.«

Lucky beobachtete Evans genau. Er versuchte, hinter der Maske den gutmütigen, humorvollen, nervenstarken Jungen, den er von der Akademie her kannte, zu entdecken. Was die äußere Erscheinung betraf, entsprach der Mann, der vor Lucky stand, seiner Erinnerung vollkommen, wenn man einmal von dem frisch gewachsenen Schnurrbart, den er sich nach Venussitte hatte wachsen lassen, absah. Dieselbe langgliedrige Statur, die kurzgeschnittenen blonden Haare, das eckige vorspringende Kinn und der durchtrainierte, schmalhüftige Körper, aber sonst? Evans' Augen wanderten unstet durch den Raum; seine Lippen waren ausgetrocknet und zitterten; seine Fingernägel zerkaut und abgenagt.

Lucky kämpfte mit sich, bevor er die nächste brutale Frage stellen konnte. Schließlich sprach er mit einem

Freund, einem Mann, den er gut gekannt hatte, dessen Loyalität er nie im Leben in Zweifel gezogen hätte, für dessen Verläßlichkeit er ohne nachzudenken seine Hand ins Feuer gelegt hätte.

»Hast du dich kaufen lassen, Lou?« fragte Lucky.

»Kein Kommentar«, erwiderte Evans mit schleppender, tonloser Stimme.

»Lou, ich frage dich noch einmal. Aber zunächst möchte ich, daß du weißt, daß ich auf deiner Seite stehe, egal, was du angestellt hast. Wenn du im Dienst für den Wissenschaftsrat Unrecht begangen hast, muß es einen Grund dafür geben. Nenne uns diesen Grund. Vielleicht bist du unter Drogen gesetzt oder mit Hilfe von physischem oder psychischem Druck dazu gezwungen worden. Vielleicht wirst du erpreßt, oder jemand, der dir nahesteht, wird bedroht. Sag es uns doch. Um der Erde willen, Lou, selbst wenn du dich von Geld oder Machtangeboten hast locken lassen, selbst wenn es etwas so Primitives ist, sag es uns. Es gibt keinen Fehler, den du gemacht hast, der nicht zumindest durch Offenheit wiedergutgemacht werden könnte. Also, was ist?«

Einen Augenblick lang wirkte Lou Evans bewegt. Er hob seine blauen Augen und blickte den Freund schmerzerfüllt an. »Lucky«, fing er an, »ich …«

Das Nachgeben in seinem Blick schien zu sterben, und er rief laut: »Kein Kommentar, Starr.«

Die Arme vor der Brust verschränkt, sagte Morriss: »Das wär's gewesen, Lucky. Das ist die Haltung, die er einnimmt. Aber er verfügt über Informationen, die wir haben wollen, und ich schwöre bei der Venus, daß wir sie so oder so aus ihm herausholen werden.«

»Warten Sie …«, begann Lucky.

»Wir können es uns nicht leisten, noch länger zu warten«, unterbrach Morriss. »Wir haben keine Zeit mehr. Nicht eine Minute. Diese sogenannten Unfälle werden immer ernster, je näher sie ihrem Ziel kommen. Wir müssen die Angelegenheit *jetzt* erledigen.« Seine fleischige Faust krachte gerade auf die Stuhllehne, als die Sprechanlage schrill zu klingeln begann.

Morriss runzelte die Stirn. »Notruf! Was, beim All ...«

Er hob den Hörer ab und hielt ihn ans Ohr.

»Morriss hier. Was gibt es? ... *Was?* ... *Was?*«

Er legte auf, und sein Gesicht hatte eine teigig-weiße, ungesunde Farbe angenommen, als er sich nun Lucky zuwandte.

»An Schleuse dreiundzwanzig ist ein hypnotisierter Mann«, würgte er hervor.

Luckys schlanker Körper spannte sich wie eine Stahlfeder. »Was meinen Sie mit ›Schleuse‹? Sprechen Sie von der Kuppel?«

Morriss nickte bestätigend, und es gelang ihm herauszubringen: »Ich sagte doch, daß die Unfälle ernster werden. Diesmal ist es die Meereskuppel. Dieser Mann könnte ... jede Sekunde ... den Ozean in das Innere von Aphrodite lassen!«

5
»Achtung, Wasser!«

Aus dem dahinjagenden Gyrocar heraus konnte Lucky einige kurze Blicke auf die mächtige Kuppelkonstruktion hoch über ihnen werfen. Um eine Stadt unter Wasser zu bauen und funktionstüchtig zu erhalten, bedurfte es einer Anzahl technologischer Wunderleistungen, ging es Lucky durch den Kopf.

Im Sonnensystem gab es vielerorts überkuppelte Städte. Die ältesten und berühmtesten befanden sich auf dem Mars.

Aber man mußte sich vergegenwärtigen, daß die Schwerkraft dort nur vierzig Prozent der Erdgravitation betrug, und daß über den Venuskuppeln riesige Wassermassen lagerten. Obwohl man darauf geachtet hatte, die Städte in den flachen Gewässerausläufen anzulegen, so daß die Kuppelspitzen bei Ebbe beinahe über den Wasserspiegel ragten, mußte dennoch ein Wasserdruck von mehreren Millionen Tonnen abgestützt werden.

Lucky neigte genau wie die meisten Erdbewohner (und wie die meisten Venusbewohner auch, wenn man es recht betrachtete) dazu, die technischen Errungenschaften auf diesem Gebiet als selbstverständlich anzusehen. Jetzt aber, wo Lou Evans in seinen Arrest zurückgekehrt und die mit seiner Person verknüpften Probleme fürs erste auf die lange Bank geschoben worden waren, stellte Luckys beweglicher Verstand verschiedene Überlegungen an und verlangte begierig nach Informationen über dieses neue Problem.

»Wie wird die Kuppel abgestützt, Dr. Morriss?« fragte er.

Der fette Mann von der Venus hatte sich wieder etwas gefaßt. Das von ihm gelenkte Gyrocar eilte auf den bedrohten Sektor zu. Seine Stimme klang immer noch gepreßt und grimmig.

»Diamagnetische Kraftfelder in Stahlgerüsten«, sagte er. »Es sieht so aus, als ob Stahlträger die Kuppel stützen. Dem ist aber nicht so. Stahl ist einfach nicht stark genug. Die Kraftfelder tun die Arbeit.«

Lucky warf einen Blick nach unten auf die Stadt; die Straßen wimmelten vor Menschen und Betriebsamkeit. »Hat es früher schon einmal Vorfälle dieser Art gegeben?«

»Heiliger Weltraum«, stöhnte Morriss, »nicht so wie dieser hier ... Wir sind in fünf Minuten da.«

»Gibt es für solche Fälle Vorkehrungen gegen Katastrophen?« fragte Lucky unbeirrt weiter.

»Natürlich. Wir haben ein Alarmsystem und automatische Feldjustierungen, die so narrensicher sind wie menschenmöglich. Außerdem ist die ganze Stadt in Abschnitten errichtet. Wenn es in einem Kuppelabschnitt nicht klappt, gehen Transitschotte nieder, die noch von Hilfsfeldern unterstützt werden.«

»Dann wird die Stadt also gar nicht vernichtet, selbst wenn es einen Wassereinbruch gibt. Habe ich recht? Weiß die Bevölkerung das auch?«

»Selbstverständlich. Die Leute wissen, daß sie geschützt sind, aber trotzdem, Mann, ein Gutteil der Stadt würde zerstört. Dabei wird es zwangsläufig Tote geben, und der Sachschaden wird ungeheure Ausmaße annehmen. Und noch schlimmer ist, daß, wenn man erst einmal eine Person so steuern kann, so etwas zu tun, dann ist der Feind auch in der Lage, jemanden dazu zu bringen, es wieder zu tun.«

Der dritte Passagier im Gyrocar, Bigman, starrte Lucky gebannt an. Der große Erdbewohner war in Gedanken versunken, seine Brauen zu einem intensiven Stirnrunzeln zusammengezogen.

Auf einmal grunzte Morriss: »Wir sind da!« Der Wagen verlor schnell an Geschwindigkeit und blieb schlagartig stehen.

Bigman sah auf seine Uhr, sie zeigte zwei Uhr und fünfzehn Minuten, aber das hatte nichts zu sagen. Die Venusnacht betrug achtzehn Stunden, und hier unter der Kuppel gab es weder Tag noch Nacht.

Die künstliche Beleuchtung strahlte hell wie immer. Die Gebäude ragten gut sichtbar empor, wie immer. Wenn die Stadt anders als sonst wirkte, dann lag das am Verhalten der Einwohner. Sie wimmelten aus allen Himmelsrichtungen der Stadt in Richtung Unglücksstelle. Die Nachricht über den Zwischenfall hatte sich durch Mund-zu-Mund-Propaganda mit rätselhafter Geschwindigkeit verbreitet, und die Menschen strömten, von morbider Neugier getrieben, in

Scharen herbei, als wollten sie zu einer Show oder Zirkusparade.

Polizeikräfte hielten die brodelnde Menge zurück und bahnten Morriss und seinen beiden Begleitern einen Weg. Ein milchiges Transitschott, das den von der drohenden Sintflut gefährdeten Stadtteil abtrennte, hatte man bereits herabgelassen.

Morriss geleitete Lucky und Bigman durch eine große Tür. Die Geräuschkulisse hinter ihnen klang nun gedämpfter und erstarb schließlich völlig. Im Inneren des Gebäudes trat ein Mann auf Morriss zu.

»Dr. Morriss ...«, fing er an.

Morriss blickte auf und ließ eine schnelle Einführung vom Stapel. »Lyman Turner, Chefingenieur. David Starr vom Rat. Bigman Jones.«

Auf ein Signal vom anderen Ende des Raumes hin flitzte er los, wobei sein schwerer Körper sich erstaunlich schnell bewegte. Als er sich in Bewegung setzte, rief er noch über die Schulter: »Turner wird sich um Sie beide kümmern.«

Turner brüllte ihm hinterher: »Einen Augenblick noch, Dr. Morriss!« Der Dicke kümmerte sich nicht darum.

Lucky gab Bigman ein Zeichen, und der kleine Mann vom Mars schoß wie ein Pfeil hinter dem Ratsmitglied von der Venus her.

»Wird er Dr. Morriss zurückholen?« erkundigte Turner sich besorgt. Dabei streichelte er einen rechteckigen Kasten, der an einem Lederriemen von seiner Schulter baumelte. Turners Gesicht war eingefallen, er hatte rötlich braune Haare, eine auffallend gebogene Hakennase, reichlich Sommersprossen und einen breiten Mund. Sein Gesicht spiegelte die Sorgen, die er sich machte, wider.

»Nein«, antwortete Lucky. »Vielleicht wird Morriss da draußen gebraucht. Ich habe meinem Freund nur zu verstehen gegeben, daß er sich in seiner Nähe halten solle.«

»Ich wüßte nicht, wozu das gut sein sollte«, murmelte der

Ingenieur vor sich hin. »Ich wüßte nicht, wozu das gut sein sollte.« Er steckte sich eine Zigarette in den Mund und hielt Lucky die Packung geistesabwesend hin. Luckys Ablehnung nahm er zunächst nicht wahr, so daß Turner einige Augenblicke hindurch mit der Schachtel in der ausgestreckten Hand dastand. Er war mit seinen Gedanken allein.

»Ich nehme an, Sie evakuieren den bedrohten Abschnitt?« erkundigte Lucky sich.

Aufgeschreckt zog Turner seine Packung zurück, um dann fest an seiner Zigarette zu ziehen. Er ließ sie zu Boden fallen und trat sie mit dem Absatz aus.

»Das ist er bereits«, sagte er, »aber ich weiß nicht ...«, seine Stimme verlor sich.

»Das Trennschott ist doch in Position, oder nicht?« fragte Lucky.

»Ja, ja?« murmelte der Ingenieur.

Lucky wartete eine Sekunde, dann sagte er: »Aber Sie sind noch nicht zufrieden. Was wollten Sie Dr. Morriss unbedingt sagen?«

Der Ingenieur sah Lucky hastig an, hob die Schulter, um den schwarzen Kasten, der an dem Riemen hing, etwas höher zu rücken und antwortete: »Nichts, vergessen Sie's.«

Sie standen ganz allein in einer Ecke des Raumes. Jetzt betraten ihn Männer in Druckanzügen, die Helme unter dem Arm, sie wischten sich den Schweiß von der Stirn. Satzfetzen erreichten sie:

»... nur noch dreitausend Leute. Wir nehmen jetzt alle Zwischenschleusen ...«

»... wir kommen nicht an ihn heran. Haben alles versucht. Seine Frau spricht jetzt über Funk mit ihm, bittet ihn, es sein zu lassen ...«

»Verflucht noch mal, er hält den Hebel in der Hand. Er braucht nur zu ziehen, und wir sind ...«

»Wenn wir doch nur nahe genug an ihn herankommen könnten, um ihn mit einem Blaster zu erwischen! Wenn wir nur sicher sein könnten, daß er uns nicht zuerst sieht und ...«

Turner schien alldem mit einer grausigen Faszination zu lauschen, aber er blieb in der Ecke stehen. Er zündete sich noch eine Zigarette an und drückte sie prompt mit der Schuhsohle aus.

Wild brach es aus ihm hervor: »Sehen Sie sich nur mal den Pöbel da draußen an. Die haben ihren Spaß an der Sache. Wie aufregend! Ich habe keine Ahnung, was ich tun soll. Ich sage Ihnen, ich weiß es nicht.« Er zog den schwarzen Kasten in eine bequeme Stellung hoch, indem er die Schulter anhob, und hielt ihn fest an sich gepreßt.

»Was ist das?« fragte Lucky mit Bestimmtheit.

Turner sah hinab, starrte den Kasten an, als sähe er ihn heute zum ersten Mal und sagte dann: »Mein Computer. Ein tragbares Modell, das ich selbst entwickelt habe.« Für einen kurzen Moment verdrängte ein gewisser Stolz die Sorge aus seiner Stimme. »Im ganzen Sonnensystem gibt es so etwas nicht noch einmal. Ich trage ihn immer bei mir. So weiß ich immer ...« Er unterbrach sich erneut.

Mit harter Stimme sagte Lucky: »In Ordnung, Turner, was tun Sie jetzt? Reden Sie, sofort!«

Die Hand des jungen Ratsmitgliedes legte sich leicht auf Turners Schulter, dann wurde der Griff ein kleines bißchen fester, aber wirklich nur ein kleines bißchen.

Der Ingenieur hob die Augen, er war überrascht, aber die Augen seines Gegenübers hielten seinen Blick fest. »Wie war doch noch Ihr Name?« fragte er.

»Ich bin David Starr.«

Turners Augen leuchteten auf. »Der Mann, den sie ›Lucky‹ Starr nennen?«

»Stimmt auffallend.«

»Na schön, ich werde es Ihnen sagen, aber ich muß leise sprechen. Es ist gefährlich.« Er begann zu flüstern, und Lucky senkte den Kopf, um ihn besser verstehen zu können.

Die hin und her eilenden Männer, die eintraten oder den Raum verließen, schenkten ihnen keinerlei Beachtung.

Turner redete jetzt wie am Schnürchen, ganz so, als wäre er froh, alles, was ihn bedrückte, loszuwerden. »Die Kuppelwände sind doppelt, müssen Sie wissen. Alle Wandungen bestehen aus Transit, dem festesten und haltbarsten Kunststoffmaterial auf Silikonbasis, das wir kennen. Unterstützt wird es durch Kraftstreben. Die Konstruktion verträgt ungeheuren Druck. Transit ist absolut korrosionsfest. Es verwittert nicht. Es gibt keine Lebensform, die darauf wächst. Es kann sich auch nicht auf Grund von chemischen Abläufen im Venusmeer verändern. Zwischen den einzelnen Doppelwandungen befindet sich komprimiertes Kohlendioxyd. Das dient dazu, die Druckwelle abzuschwächen, falls die äußere Wand nachgeben sollte. Die Innenwandung ist selbstverständlich stark genug, den Druck allein auszuhalten. Und dann ist da noch eine Wabenunterteilung zwischen den Wandungen, so daß nur kleine Abschnitte des Zwischenraumes im Schadensfalle geflutet werden.«

»Ganz schön ausgeklügeltes System«, meinte Lucky.

»Zu ausgeklügelt«, erwiderte Turner bitter. »Ein Erdbeben, oder besser gesagt, ein Venusbeben könnte die Kuppel vielleicht zerreißen, sonst kann ihr nichts etwas anhaben. Und in dieser Venusgegend kommen keine Venusbeben vor.« Er hielt inne, um sich schon wieder eine Zigarette anzuzünden. Seine Finger zitterten. »Darüber hinaus ist jeder Quadratmeter der Kuppel mit Instrumenten verkabelt, die ständig den Feuchtigkeitsgrad zwischen den Wandungen messen. Beim kleinsten Haarriß irgendwo gehen die Nadeln hoch. Selbst wenn der Riß nur unter dem Mikroskop sichtbar wäre, zeigen die Instrumente es an. Dann läuten die Glocken, und die Sirenen fangen an zu heulen. Alle Welt schreit dann: ›Achtung, Wasser!‹«

Er grinste falsch. »Achtung, Wasser! Das ist zum Lachen. Ich bin zehn Jahre im Geschäft, und während dieser Zeit haben die Instrumente ganze fünfmal ausgeschlagen. Jedesmal haben die Reparaturen nicht länger als eine Stunde gedauert. Sie kleben ganz einfach eine Taucherglocke an die betreffende Stelle der Kuppel, pumpen das Wasser raus, schweißen das Transit, klatschen noch eine Ladung von dem Zeug auf die Stelle und lassen das Ganze abkühlen. Danach ist die Kuppel fester als zuvor. Achtung, Wasser! Bisher ist nicht einmal ein Tropfen durchgesickert.«

»Ich habe mir ein Bild gemacht«, antwortete Lucky, »kommen Sie jetzt zur Sache.«

»Es geht um übersteigertes Selbstvertrauen, Mr. Starr. Wir haben den gefährdeten Abschnitt abgeschottet, aber die Frage ist, wie stark ist das Schott? Wir sind immer davon ausgegangen, daß die Außenwandung allmählich nachgibt und nur an einer Stelle etwas leckspringt. Das Wasser würde dann hereinrieseln, und uns war immer klar, daß wir ausreichend Zeit hätten, uns darauf einzustellen. Kein Mensch hat damit gerechnet, daß eines Tages eine Schleuse sperrangelweit geöffnet würde. Das Wasser würde wie ein dicker Eisenträger mit zwei Kilometer pro Sekunde herunterkommen. Es würde den Transitabschnitt darunter mit der Wucht eines vollbeschleunigten Raumschiffes treffen.«

»Sie meinen, die Wandung würde nicht halten?«

»Ich meine, daß niemand sich bisher mit dem Problem beschäftigt hat. Niemand hat die beteiligten Kräfte je in einen Computer eingegeben – bis vor einer halben Stunde. Dann habe ich mich mal damit befaßt, nur um mir die Zeit zu vertreiben, während rings um mich herum der Teufel losgewesen ist. Ich hatte ja meinen Computer, den habe ich immer dabei. So habe ich also ein paar Prämissen aufgestellt und mich an die Arbeit gemacht.«

»Die Kuppel hält also nicht?«

»Ich bin mir nicht sicher. Ich weiß nicht, wie gut einige meiner Annahmen sind, aber ich glaube nicht, daß sie halten wird, Aphrodite ist verloren. Die ganze Stadt, alles. Sie und ich plus einer Viertelmillion Menschen. Alle. Die Menge da draußen, die sich an dem Spektakel so begeistert und ergötzt, sie wird in dem Augenblick zum Tode verurteilt sein, in dem die Hand des Mannes den Hebel umlegt.«

Lucky starrte seinen Gesprächspartner schreckerfüllt an. »Wie lange wissen Sie das schon?«

Der Mann sprudelte die Worte in der Absicht, sich selbst zu verteidigen, nur so hervor: »Eine halbe Stunde. Aber was soll ich denn machen? Wir können eine Viertelmillion Menschen nicht in Taucheranzüge stecken! Ich dachte daran, mit Morriss zu sprechen, vielleicht könnte man einige der wichtigen Leute in der Stadt schützen, oder aber auch ein paar Frauen und Kinder. Ich wüßte nicht, wen ich zum Überleben auswählen sollte, aber vielleicht sollte man etwas unternehmen. Was meinen Sie?«

»Ich bin mir nicht sicher.«

Mit gehetzter Stimme redete der Ingenieur weiter: »Ich habe mir schon überlegt, ob ich nicht selbst einen Taucheranzug anziehen und mich aus dem Staub machen könnte. Die Stadt regelrecht verlassen, meine ich. In Augenblicken wie diesen, sind sowieso keine richtigen Wachen an den Ausgängen postiert.«

Lucky wich von dem zitternden Ingenieur zurück, seine Augen zogen sich zu schmalen Schlitzen zusammen: »Heilige Milchstraße, ich habe Tomaten auf den Augen gehabt!«

Er wandte sich ab und verließ eilig den Raum, sein Verstand kreiste um einen einzigen verzweifelten Gedanken.

6
Zu spät!

In dem Durcheinander fühlte sich Bigman völlig hilflos. Er hatte sich so gut es ging an die Rockschöße des rastlosen Morriss gehängt, er fand sich damit beschäftigt, von Gruppe zu Gruppe zu traben und dabei atemlosen Unterhaltungen zu folgen, deren Inhalt er auf Grund seiner Unkenntnis über die Verhältnisse auf der Venus nicht immer begriff.

Morriss hatte keine ruhige Minute. Jede Sekunde bescherte ihm einen neuen Gesprächspartner, einen neuen Bericht, erforderte eine neue Entscheidung. Seitdem Bigman hinter Morriss herrannte, waren erst zwanzig Minuten vergangen, aber es waren bereits ein Dutzend Pläne ausgebrütet und wieder verworfen worden.

Gerade kam ein Mann aus dem bedrohten Abschnitt zurück. Schweratmend sagte er: »Sie haben die Spionstrahlen auf ihn gerichtet, wir können ihn jetzt sehen. Er sitzt bloß da und hält den Hebel fest. Wir haben seine Frau mit ihm sprechen lassen, erst über Funk, dann über die Lautsprecheranlage und schließlich von draußen mit einem Megaphon. Ich glaube nicht, daß er sie hört. Bewegen tut er sich jedenfalls nicht.«

Bigman biß sich auf die Lippen. Was würde Lucky jetzt unternehmen, wenn er hier wäre. Im ersten Moment hatte Bigman daran gedacht, hinter den Mann zu kommen – Poppnoe hieß er – und ihn niederzuschießen. Aber darauf war jeder im ersten Augenblick verfallen. Der Gedanke war sofort verworfen worden.

Der Mann, der bei dem Hebel saß, hatte sich eingeschlossen; die Kontrollkammern der Kuppel waren so angelegt, daß man mit ihnen keinen Unfug treiben konnte. Jeder Einstieg war sorgfältig verkabelt, wobei die Alarmanlagen durch ein internes Aggregat gespeist wurden. Diese Vorsichtsmaßnahme arbeitete nun umgekehrt – zu Aphrodites Verderben, statt zu ihrem Schutz.

Beim ersten Schrillen, dem Aufleuchten des ersten Warnsignals, dessen war Bigman sich sicher, würde der Hebel umgelegt sein und das Venusmeer auf Aphrodite hereinstürzen. Solange die Stadt noch nicht völlig evakuiert war, konnte man das nicht riskieren.

Jemand anderer hatte Giftgas vorgeschlagen, aber Morriss hatte, ohne sich zu einer Erklärung herbeizulassen, den Kopf geschüttelt. Bigman glaubte zu wissen, was der Mann von der Venus dabei gedacht haben mußte. Der Mann da oben am Schalthebel war weder krank oder verrückt oder auch nur böswillig, sondern stand unter Gedankenkontrolle. Diese Tatsache bedeutete, daß man es mit zwei Feinden zu tun hatte.

Wenn man nur den Mann am Hebel nahm, dann war es durchaus möglich, daß er bis jenseits des Punktes, an dem er körperlich noch dazu in der Lage wäre, den Hebel zu bedienen, durch das Gas geschwächt wurde, aber bevor das eintrat, würde sich diese Schwäche in seinem Verstand widerspiegeln, und diejenigen, die Gewalt über ihn hatten, würden die Armmuskulatur ihres Werkzeuges schon schnell genug betätigen.

»Worauf warten die überhaupt noch?« stöhnte Morriss mit leiser Stimme, während ihm der Schweiß in Bächen die Wangen herunterlief. »Wenn ich doch nur eine Atomkanone auf den Punkt richten könnte.«

Bigman wußte, warum auch das unmöglich war. Eine Atomkanone, die man aus nächster Entfernung auf den Mann abfeuern wollte, mußte genug Wucht haben, sich einen Weg durch eine Viertelmeile Stahl und Beton zu bahnen und würde dabei die Kuppel genug beschädigen, um genau die Katastrophe herbeizuführen, die sie zu verhindern suchten.

Wo ist Lucky überhaupt? dachte er und sagte laut: »Wenn

ihr an den Burschen nicht herankommt, wie steht es dann mit den Steuereinrichtungen?«

»Wie meinen Sie das?« erkundigte Morriss sich.

»Ich denke daran, den Hebel zu manipulieren. Man braucht doch Energie, um die Schleuse zu manipulieren, oder etwa nicht? Was passiert, wenn man den Strom abschaltet?«

»Ein netter Gedanke, Bigman. Aber jede Schleuse verfügt vor Ort über ein eigenes Notaggregat.«

»Kann es denn nicht von irgendwoher abgedreht werden?«

»Wie denn? Er ist da drinnen hermetisch abgeschlossen, und jeder Quadratmeter ist mit Alarmanlagen vollgepfropft.«

Bigman sah nach oben, und vor seinem geistigen Auge erschien der mächtige Ozean über ihnen. »Dies ist eine eingeschlossene Stadt, wie auf dem Mars. Wir müssen überall hin Luft pumpen. Tun Sie das nicht auch?«

Morriss führte ein Taschentuch an die Stirn und wischte sich mit langsamen Bewegungen den Schweiß ab. Er glotzte den kleinen Marsbewohner an. »Die Luftschächte?«

»Ja, es muß einfach einer zu der Stelle, wo die Schleuse ist, führen, oder etwa nicht?«

»Natürlich.«

»Und gibt es nicht irgendwo auf der Strecke eine Stelle, wo man einen Draht losreißen oder durchschneiden könnte, oder sonst *irgendwas*?«

»Warten Sie mal eine Sekunde. Anstelle des Gases müßte man eine Mikrobombe durch den Schacht schieben ...«

»Das ist nicht sicher genug«, unterbrach ihn Bigman ungeduldig. »Schicken Sie einen Mann los. Für eine Unterwasserstadt benötigen Sie doch große Schächte, oder nicht? Würde ein Mann da nicht durchpassen?«

»So groß sind sie nun auch wieder nicht«, gab Morriss zu bedenken.

Bigman schluckte krampfhaft. Seine nächste Bemerkung kostete ihn einige Überwindung. »So groß bin ich nun auch wieder nicht, ich könnte vielleicht durchpassen.«

Und Morriss sagte, indem er mit weit aufgerissenen Augen auf den Dreikäsehoch vom Mars herabstarrte: »Bei der Venus! Sie könnten. Sie könnten wirklich! Kommen Sie mit!«

Der Betrieb, der auf den Straßen von Aphrodite herrschte, ließ den Schluß zu, daß kein Mann, keine Frau und kein einziges Kind im Bett war und schlief. Direkt vor der Transittrennwand und rings um das ›Rettungshauptquartier‹ verstopften die Leute alle Straßen, füllten sie langsam mit schwarzen Massen schnatternder Menschen. Man hatte Ketten gespannt, und dahinter patrouillierten Polizisten mit Betäubungsgewehren rastlos auf und ab.

Als Lucky aus dem Rettungshauptquartier raste, als ginge es um sein Leben, wurde er urplötzlich von eben diesen Ketten aufgehalten. Hunderte von verschiedenen Eindrücken drangen auf ihn ein. Da war das gleißende Zeichen aus Lucitröhren, hoch oben an Aphrodites Himmel angebracht, ohne daß man die Befestigungen erkennen konnte; es drehte sich langsam und man konnte *Willkommen in Aphrodite, der Perle der Venus,* lesen.

Ganz in der Nähe marschierte eine lange Reihe von Männern vorbei. Sie trugen die unterschiedlichsten Gegenstände bei sich – vollgestopfte Aktentaschen, Schmuckkästchen und über den Arm geworfene Kleidungsstücke. Nacheinander kletterten sie in Tauchgleiter. Es war klar, wer und was sie waren: Flüchtlinge aus dem bedrohten Sektor, die durch die Schleuse kamen und das mit sich führten, was ihnen wichtig war und sie tragen konnten. Die Evakuierung war offensichtlich in vollstem Gange. Bei der Gruppe befanden sich weder Frauen noch Kinder.

Lucky rief einem Polizisten mit lauter Stimme zu: »Steht hier irgendwo ein Tauchgleiter, den ich mir nehmen kann?«

Der Polizist sah hoch. »Tut mir leid, Sir, im Augenblick werden alle gebraucht.«

»Ratsangelegenheit«, erwiderte Lucky ungeduldig.

»Ich kann es auch nicht ändern. Jeder Tauchgleiter in der Stadt wird für diese Burschen da gebraucht. « Sein Daumen richtete sich auf die vorbeimarschierende Gruppe.

»Es ist aber wichtig. Ich muß hier raus.«

»In dem Falle werden Sie zu Fuß gehen müssen«, meinte der Polizist trocken.

Lucky knirschte frustriert mit den Zähnen. Es war gar nicht daran zu denken, zu Fuß oder auf Rädern durch diese Menschenmenge zu kommen. Das ging nur durch die Luft, und es mußte jetzt *gleich* geschehen.

»Gibt es nicht irgend etwas, was ich nehmen kann? Irgend etwas?« Man konnte nicht behaupten, daß er noch den Polizisten anredete, vielmehr sprach er zu seinem ungeduldigen Selbst. Daß der Feind ihn so einfach ausgetrickst hatte, machte ihn rasend vor Wut.

Aber der Polizist antwortete ihm ironisch: »Es sei denn, Sie wollen mit einem Hopper vorliebnehmen.«

»Ein Hopper? Wo steht das Ding?« Luckys Augen leuchteten auf.

»Ich habe doch nur Spaß gemacht«, erwiderte der Polizist.

»Aber *ich* nicht. Wo steht der Hopper?«

Im Keller des Gebäudes, aus dem sie gekommen waren, standen mehrere. Sie waren in Einzelteile zerlegt. Vier Mann wurden dienstverpflichtet, um die bestaussehende Maschine draußen zusammenzusetzen. Die Menschenmenge in der Nähe sah neugierig zu, und einige riefen spaßeshalber: »Hüpf, Hopper, hüpf!«

Das war der alte Schlachtruf bei den Hopperrennen. Vor fünf Jahren war das Ganze eine Modekrankheit gewesen, die sich über das gesamte Sonnensystem erstreckt hatte; es ging dabei um Wettrennen über verwinkelte, hindernisübersäte Strecken. Solange sich diese Torheit gehalten hatte, waren die Venusbewohner voll bei der Sache gewesen. Wahrscheinlich hatte die Hälfte aller Haushalte aus Aphrodite Hopper in ihren Kellern gehabt.

Lucky überprüfte den Mikroreaktor, er war aktiv. Er warf den Motor an und versetzte das Gyroskop in Rotation. Sofort richtete der Hopper sich auf und stand starr auf seinem einen Bein.

Hopper sind wahrscheinlich die groteskesten Fortbewegungsmittel, die je erfunden wurden. Sie bestehen aus einem geschwungenen Chassis, das gerade groß genug ist, einem Mann an den Steueraggregaten Platz zu bieten, dann sind da noch ein Rotor mit einer vierblättrigen Luftschraube und ein einziger Metallfuß mit einem Gummipuffer darunter. Das Ganze sieht aus wie ein großer Stelzvogel, der schlafen gegangen ist und eines seiner Beine unter dem Körper versteckt hat.

Lucky betätigte den Sprungknopf, und prompt zog sich das Standbein des Hoppers zusammen. Das Chassis sank herab, bis es höchstens noch zwei Meter über dem Boden war, während das Bein sich gleichzeitig durch die kurz hinter dem Armaturenbrett eingelassene Röhre schob. Mit einem lauten Klicken wurde das Bein zum Zeitpunkt der größten Federspannung losgeschnellt, und der Hopper sprang zehn Meter in die Höhe.

Die Rotationsblätter über dem Hopper hielten ihn viele Sekunden lang auf dem Scheitelpunkt der Flugbahn in Schwebestellung. In dieser Zeit konnte sich Lucky einen Eindruck über die Menge unter ihm verschaffen. Von seinem Standpunkt aus gesehen, erstreckten sich die Menschenmassen über eine halbe Meile nach außen, was bedeutete, daß er mehrere Hüpfer machen mußte. Dabei wurden wertvolle Minuten vergeudet.

Der Hopper schwebte nun wieder Richtung Erde, dabei war sein langes Bein ganz ausgefahren. Die Menge unter ihm versuchte, auf die Seite zu gehen, aber das war nicht notwendig. Vier Druckluftdüsen bliesen die Leute weit genug zur Seite, und das Bein setzte harmlos auf dem Boden auf. Der Fuß traf auf Beton und zog sich wieder zusammen. Für den Bruchteil einer Sekunde sah Lucky in die überraschten Gesichter der Menschen in seiner Nähe, dann schoß der Hopper wieder in die Höhe.

Lucky mußte sich eingestehen, daß Hopperrennen eine aufregende Sache waren. Als Jugendlicher hatte er an mehreren teilgenommen. Ein gewiefter ›Hopperjockey‹ war in der Lage, mit seinem seltsamen Roß die unmöglichsten Kapriolen zu schlagen und dabei noch Stellen zum Aufsetzen zu finden, die gar nicht vorhanden zu sein schienen. Hier in den überkuppelten Städten auf der Venus mußten die Rennen im Vergleich zu den halsbrecherischen Wettkämpfen auf dem felsigen und unebenen Untergrund auf der Erde ziemlich zahm gewesen sein.

Mit vier Sprüngen hatte Lucky die Menschenansammlung hinter sich gebracht. Er stellte den Motor ab, und nach einer Reihe kleinerer Sprünge kam der Hopper zum Stillstand. Lucky sprang ab. Fliegen war wahrscheinlich immer noch unmöglich, aber nun konnte er irgendein Bodenfahrzeug auftreiben.

Aber er würde weitere Zeit verlieren.

Bigman war außer Atem und legte eine Pause ein, um Luft zu schöpfen. Die Dinge hatten einen rasanten Verlauf genommen; er war mit einer Woge mitgerissen worden, die ihn immer noch weiterwirbelte.

Vor zwanzig Minuten hatte er Morriss seinen Vorschlag unterbreitet. Jetzt steckte er in einer Röhre, die seinen Körper fest umschloß und ihn in Finsternis tauchte.

Wieder kroch er auf den Ellenbogen ein Stück weiter, tiefer in den Schacht hinein. Von Zeit zu Zeit mußte er anhalten, um die kleine Taschenlampe einzuschalten, deren gebündelter Strahl die milchigen Wände zeigte, die sich vor ihm im Nichts verengten. In einem seiner Ärmel trug er eine hastig hingekritzelte Skizze des Schachtsystems.

Morriss hatte ihm die Hand geschüttelt, ehe Bigman halb kletternd, halb grinsend in die Öffnung auf einer Seite der Pumpenstation gestiegen war. Die Schaufelblätter des riesigen Ventilators hatte man angehalten, der Luftzug war versiegt.

»Ich hoffe, daß ihn *das* nicht aktiv werden läßt«, hatte Morriss gemurmelt, und dann hatten sie sich die Hand gegeben.

Bigman hatte gegrinst, was hätte er auch sonst tun sollen, und dann war er in die Dunkelheit gekrochen, während die anderen weggegangen waren. Niemand hatte es für nötig befunden, das Offensichtliche zu erwähnen. Bigman würde sich auf der falschen Seite der Transitschranke befinden, der Seite, von der sich die anderen nun zurückzogen. Falls der Hebel an der Kuppelschleuse zu irgendeinem Zeitpunkt betätigt würde, zermalmte das eindringende Wasser die Schachtanlage und das Mauerwerk, durch das die Röhren verliefen, als handele es sich dabei um eine Konstruktion aus Pappe.

Während er sich mühselig dahinschlängelte, fragte sich Bigman, ob er gleich das Dröhnen des Wassers hören oder ob die hereinströmende See sich irgendwie bemerkbar machen würde, bevor es ihn erreichte. Er hoffte inständig, daß dem nicht so war. Er wollte nicht eine einzige Sekunde der Vorwarnung haben. Falls die Wassermassen einbrachen, wollte er es schnell hinter sich haben.

Er bemerkte, daß die Wand sich zu krümmen begann. Er hielt an, um auf seine Karte zu schauen; der Strahl seiner kleinen Lampe erhellte den Raum ringsherum mit einem kaltschimmernden Schein. Es handelte sich um die zweite vermerkte Krümmung auf der für ihn gezeichneten Karte; ab jetzt würde der Schacht nach oben führen.

Bigman brachte sich in Seitenlage und schaute um die Biegung. »Bei allen Marswüsten!« murmelte er. Die Muskulatur seiner Oberschenkel schmerzte, als er nun die Knie gegen die Röhrenwände stemmte, um ein Abrutschen in die Tiefe zu verhindern. Zentimeterweise krallte er sich den sanften Anstieg empor.

Morriss hatte die Skizze nach den hieroglyphischen Karten gezeichnet, die man ihm vom städtischen Bauamt von Aphrodite aus über einen Sichttransmitter vorgehalten hatte. Er war den gewundenen bunten Linien gefolgt und hatte Fragen über die Bezeichnungen und Symbole gestellt.

Bigman kam an eine der Verbundstreben, die diagonal in den Schächten verspannt waren. Die Strebe war ihm willkommen, da er sie greifen und mit den Händen umfassen konnte, um so den Druck von seinen Ellenbogen und Knien zu nehmen. Er stopfte die Karte wieder in den Ärmel und klammerte sich mit der Linken an die Strebe. Mit der rechten Hand drehte er die Lampe so herum, daß ihr Ende eine Seite der Strebe berührte.

Die Energie des eingebauten Mikroreaktors, der normalerweise Elektrizität in die kleine Birne der Taschenlampe speiste und die Energie in kaltes Licht verwandelte, konnte, wenn man sie entsprechend umstellte, ein begrenztes Kraftfeld am entgegengesetzten Ende aufbauen. Dieses Kraftfeld durchtrennte augenblicklich alles, was aus gewöhnlicher Materie bestand und ihm in die Quere kam. Bigman schaltete um und wußte, daß das eine Ende der Strebe gelöst war.

Er nahm die andere Hand. Er hielt seinen Schneider an das andere Ende der Verspannung. Noch eine Berührung, und weg war sie. Nun hielt er die Strebe in Händen. Bigman nestelte sie mühselig an seinem Körper vorbei, und als sie bei seinen Füßen angekommen war, ließ er sie fallen. Sie geriet ins Rutschen und klapperte den Luftschacht hinab.

Das Wasser kam immer noch nicht. Der keuchende und robbende Bigman war sich dessen vage bewußt. Er gelangte an zwei weitere Streben, es folgte eine weitere Krümmung. Dann wurde der Weg wieder flacher, und zuletzt kam er an eine Gruppe von Stauplatten, genau da, wo sie auf der Karte eingezeichnet waren. Die Strecke, die er zurückgelegt hatte, betrug wahrscheinlich weniger als zweihundert Meter, aber wie lange hatte er dafür gebraucht?

Und das Wasser kam immer noch nicht.

Die Stauplatten, Metallstreifen, die abwechselnd an beiden Seiten der Schachtwand herausragten, um den Luftstrom zu verwirbeln, waren sein letzter Orientierungspunkt. Mit einer raschen Bewegung des Lampenendes trennte er die Streifen einen nach dem anderen ab, und jetzt mußte er genau zwei Meter und siebzig von dem letzten Streifen an gerechnet abmessen, dazu benutzte er wieder seine Lampe. Sie war genau zehn Zentimeter lang, er brauchte sie also bloß siebenundzwanzigmal aneinanderzulegen.

Zweimal glitt sie ihm aus den Händen, und zweimal mußte er bis zu der schwach eingeritzten Markierung, welche die Stelle zeigte, an der sich zuvor der letzte Stauplattenstreifen befunden hatte, zurückkrabbeln. Er rutschte dabei auf allen vieren und fluchte leise vor sich hin: »Bei allen Wüsten des Mars!«

Beim dritten Anlauf kam er mit dem siebenundzwanzigmaligen Umlegen genau hin. Er hielt einen Daumen auf die Stelle. Morriss hatte ihm gesagt, daß der entsprechende Punkt beinahe direkt über seinem Kopf sein würde. Bigman schaltete seine Lampe ein und fuhr mit dem Finger die gewölbte Innenseite des Schachtes entlang, dazu mußte er sich auf den Rücken legen.

Er nahm wieder den Schneideknauf und hielt ihn, so gut er das in der Dunkelheit abschätzen konnte, einen halben Zentimeter von der eigentlichen Berührungsstelle (das Kraftfeld sollte nicht zu weit hindurchschneiden). Er führte eine Kreisbewegung aus. Ein herausgetrenntes Metallstück fiel ihm entgegen, er schob es zur Seite.

Er richtete die Lampe auf die freigelegte Verkabelung und schaute sich die Sache genau an. Ein paar Zentimeter weiter befand sich das Innere eines Raumes, der keine dreißig Meter von dem Mann an der Schleuse entfernt war. Saß er immer noch da? Offensichtlich hatte er den Hebel noch nicht betätigt (worauf wartete er eigentlich), oder Bigman hätte bereits ganz schön unter Wasser gestanden, wäre mausetot. War er etwa irgendwie gestoppt worden? Befand er sich vielleicht schon in Gewahrsam?

Ein saures Lächeln breitete sich auf Bigmans Gesicht aus, er dachte daran, daß er sich möglicherweise umsonst durch das Innere eines Metallwurms gewunden hatte.

Er folgte den Drähten. Hier sollte doch irgendwo ein Relais sein. Sachte zupfte er an den Drähten, erst an einem, dann an einem zweiten. Einer bewegte sich, und eine kleine schwarze, sichelförmige Verschalung wurde sichtbar. Bigman seufzte erleichtert. Er klemmte die Stablampe zwischen die Zähne, so hatte er beide Hände frei.

Behutsam, sehr behutsam bog er die beiden Hälften der Verschalung in entgegengesetzte Richtungen. Die Magnoklammer gab nach, die beiden Hälften gingen auseinander und gaben den Inhalt frei. Dieser bestand aus einem Unterbrecherrelais: zwei glitzernde Kontaktenden; das eine war in seinen Feldkollektor eingeschlossen und von dem anderen nur durch einen kaum wahrnehmbaren Abstand getrennt. Wurde der richtige Impuls ausgelöst, wie zum Beispiel das Umlegen eines kleinen Hebels, würde der Feldkollektor die nötige Spannung aufbauen, die dann ihrerseits den anderen Kontakt herunterziehen würde, Strom am Kontaktpunkt vorbeischicken und so eine der Schleusen in der Kuppel öffnen. Das Ganze würde sich im millionsten Bruchteil einer Sekunde abspielen.

Bigman schwitzte und erwartete halbwegs, daß der letzte Moment jetzt, *jetzt* kommen würde, wo er seine Aufgabe fast ausgeführt hatte. Er fummelte in seiner Westentasche und holte ein Stück Isolierplastik hervor. Durch die Körperwärme war es bereits weich geworden. Er knetete die Masse einen Augenblick und plazierte sie vorsichtig an dem Punkt, an dem die beiden Kontakte sich fast berührten. Er hielt so lange fest, bis er bis drei gezählt hatte, dann nahm er sie wieder ab.

Jetzt konnten die Kontakte ruhig schließen, dazwischen befand sich nunmehr ein dünner Film dieser Plastikmasse, durch den der Strom nicht fließen konnte.

Der Hebel durfte jetzt umgelegt werden: Die Schleuse würde sich nicht öffnen.

Lachend krabbelte Bigman zurück, bahnte sich einen Weg an den Überbleibseln der Prallplatten vorbei, kam an den Streben, die er abgetrennt hatte, vorbei, schlitterte die Gefällestücke hinab ...

In dem Wirrwarr, der jetzt die ganze Stadt beherrschte, suchte Bigman verzweifelt nach Lucky. Der Mann an dem Hebel befand sich in Gewahrsam, die Transitsperre war aufgehoben worden, und die Bevölkerung flutete in ihre Behausungen zurück, die sie aufgegeben hatten. (Die meisten waren wütend darüber, daß die Stadtverwaltung es überhaupt zugelassen hatte, daß dies alles passieren konnte.) Für diejenigen, die auf die Katastrophe gewartet hatten, war die Beseitigung der Furcht das Startsignal für ein ausgelassenes Volksfest.

Am Schluß erschien Morriss aus dem Nichts und legte eine Hand auf Bigmans Ärmel. »Lucky ruft nach Ihnen.«

Überrascht sagte Bigman: »Von wo?«

»Aus meinem Zimmer im Ratsbüro. Ich habe ihm schon erzählt, was Sie gemacht haben.«

Bigman lief vor Freude rot an. Lucky würde stolz auf ihn sein. »Ich will mit ihm sprechen.«

Luckys Miene auf dem Bildschirm sah jedoch grimmig

aus. »Meine Glückwünsche, Bigman, du bist toll gewesen, habe ich gehört.«

»War gar nichts dabei«, erwiderte Bigman grinsend. »Aber wo hast du bloß gesteckt?«

»Ist Dr. Morriss da? Ich kann ihn nicht sehen.«

Morriss quetschte sein Gesicht vor den Bildschirm. »Hier bin ich.«

»Nach allem, was ich gehört habe, konnten Sie den Mann am Hebel festsetzen.«

»Stimmt. Wir haben es dank Bigman geschafft«, sagte Morriss.

»Dann lassen Sie mich mal raten. Als Sie sich ihm genähert haben, hat er gar nicht versucht, den Hebel zu ziehen. Er hat sang- und klanglos aufgegeben.«

»Ja«, antwortete Morriss mit gerunzelter Stirn. »Wieso können Sie es erraten?«

»Weil der Zwischenfall an der Schleuse ein Ablenkungsmanöver gewesen ist. Der wirkliche Schaden sollte an diesem Ende der Stadt eintreten. Als mir das klar geworden war, bin ich verschwunden. Ich habe versucht, hierher zu kommen. Ich sah mich gezwungen, dazu einen Hopper zu benutzen, um durch die Menge zu gelangen. Das letzte Stück fuhr ich in einem Wagen.«

»Und?« fragte Morriss gespannt.

»Ich bin zu spät gekommen!«

7
Fragen

Der Tag neigte sich seinem Ende zu. Die Menschenmassen hatten sich aufgelöst. Die Atmosphäre in der Stadt konnte als ruhig, beinahe sogar verschlafen bezeichnet werden. Nur ab und zu traf man auf kleine Zweier- oder Dreiergrüppchen, die immer noch über die Ereignisse der letzten paar Stunden diskutierten.

Und Bigman war verärgert.

Er hatte den Ort der eben gebannten Gefahr zusammen mit Morriss verlassen und war zum Hauptquartier des Wissenschaftsrates gerast. Dort hatte Morriss sich mit Lucky beraten, bei dieser Konferenz hatte Bigman keinen Zutritt gehabt, und der Mann von der Venus war ärgerlich und mit grimmiger Miene wieder herausgekommen. Lucky blieb ruhig, aber wenig mitteilsam.

Selbst als die beiden allein waren, sagte Lucky bloß: »Los, wir fahren zum Hotel zurück. Ich brauche Schlaf und du auch nach deinem kleinen Spielchen heute.«

Er summte den Ratsmarsch leise vor sich hin, wie er es immer tat, wenn er völlig in Gedanken versunken war. Er gab einem vorbeifahrenden Taxi ein Zeichen. Der Wagen hielt automatisch an, als der Anblick einer ausgestreckten Hand mit gespreizten Fingern von den photoelektrischen Suchern registriert wurde.

Lucky schubste Bigman vor sich in den Wagen. Um die Koordinaten des Bellevue Hotels einzugeben, drehte er die Wählscheibe, dann warf er die richtige Anzahl von Münzen ein und überließ alles weitere dem Computer. Mit einer Fußbewegung stellte er die Fahrtgeschwindigkeit auf ›langsam‹ ein.

Das Taxi schwebte mit einer angenehm gleitenden Bewegung los. Bigman hätte es sowohl tröstlich als auch entspannend empfunden, wenn er sich in einem weniger kribbelnd-neugierigen Gemütszustand befunden hätte.

Der kleine Marsbewohner riskierte einen Blick in Richtung seines großen Freundes. Aber Lucky schien nur an Ruhe und Nachdenken interessiert zu sein. So sah es wenigstens aus, denn er hatte sich mit geschlossenen Augen in den Polstern zurückgelehnt. Er ließ sich von den Fahrtbewegungen wiegen, während das Hotel sich ihnen zu nähern schien und schließlich zu einem großen Schlund wurde, der sie aufnahm, als das Taxi automatisch den Eingang zum Empfangsdock der Hotelgarage fand.

Bigman erreichte den Punkt, an dem er platzte, erst, als sie beide in ihrem Zimmer waren. »Lucky, was geht eigentlich vor? Ich werde noch verrückt bei dieser Geheimnistuerei.«

Lucky zog sich das Hemd aus und sagte: »Wenn du es recht betrachtest, dann ist alles nur eine Frage der Logik. Was für Unfälle haben sich vor dem heutigen Tag als Folge von geistiger Kontrolle ereignet? Von welchen Arten hat Morriss gesprochen? Da ist der Mann, der Geld verschenkt. Einer, der einen Tangballen fallen läßt. Ein Mann hat Gift unter eine Hefenährlösung gemischt. In allen Fällen wurde eine kleine Handlung begangen, aber es war eine *Handlung*. Es wurde etwas *getan*.«

»Na, und?« erwiderte Bigman.

»Also, womit haben wir es heute zu tun gehabt? Das war ja schließlich keine Kleinigkeit, im Gegenteil, es war eine große Sache. Aber es wurde nicht gehandelt. Es war das genaue Gegenteil davon: Ein Mann legt die Hand um einen Kuppelschleusenhebel, und dann sitzt er da und tut überhaupt nichts. Nichts!«

Lucky verschwand im Badezimmer, und Bigman konnte das Geräusch der Nadelbrause und Luckys gedämpftes Schnaufen unter den belebenden Strahlen vernehmen. Schließlich ging er hinterher, wobei er wild vor sich hin murmelte.

»He«, schrie er laut.

Lucky, dessen muskulöser Körper unter den wirbelnden Warmluftstößen trocknete, fragte: »Verstehst du es nicht?«

»Beim All, Lucky, gib dich doch nicht so geheimnisvoll, ja? Du weißt, daß ich das hasse.«

»Aber es gibt nichts Geheimnisvolles. Unsere geheimnisvollen ›Freunde‹ haben ihre Taktik vollständig geändert, und dafür muß es einen Grund geben. Ist dir nicht klar, warum man einen Mann an einen Schleusenhebel setzt und nichts tun läßt?«

»Ich habe doch schon gesagt, daß ich es nicht weiß.«

»Na gut, was ist denn dadurch erreicht worden?«

»Nichts.«

»Nichts? Heilige Milchstraße! Nichts? Denen gelingt es, die halbe Bevölkerung von Aphrodite und praktisch jeden, der hier etwas zu sagen hat, in Null Komma nichts aus dem gefährdeten Gebiet zu jagen, dich, Morriss und mich. Der größte Teil der Stadt liegt verlassen da, einschließlich des Hauptquartiers, und ich bin ein derartiger Dussel, daß mir erst ein Licht aufgeht, als Turner, der Chefingenieur, beiläufig erwähnt, wie einfach es sei, aus der Stadt zu kommen, wo die Polizeikräfte sich in einem so unorganisierten Zustand befinden.«

»Ich verstehe es immer noch nicht. Also hilf mir, Lucky, sonst werde ich ...«

»Langsam, Junge.« Luckys große Hand griff nach Bigmans drohend erhobener Faust. »Die Sache sieht so aus: Ich bin so schnell ich konnte zum Ratshauptquartier zurück und habe festgestellt, daß Lou Evans bereits verschwunden war.«

»Wo haben sie ihn hingeschafft?«

»Wenn du vom Rat sprichst, die haben ihn nirgends hingeschafft. Er ist entkommen. Er schlug einen Wachmann nieder, besorgte sich eine Waffe, benutzte seine Handgelenkstätowierung, um an ein Unterwasserschiff zu kommen und entkam in den Ozean.«

»War es *das*, wohinter sie in Wirklichkeit her waren?«

»Augenscheinlich. Die Bedrohung der Stadt war einzig und allein ein Täuschungsmanöver. Sobald Evans sicher auf offener See war, haben sie den Mann an der Schleuse aus ihrer geistigen Kontrolle entlassen, und natürlich hat er daraufhin aufgegeben.«

Bigmans Mund arbeitete. »Bei allen Wüsten des Mars! Die ganze Aktion in den Lüftungsschächten war umsonst. Ich habe mich selbst zum größten Hanswurst aller Zeiten gemacht.«

»Nein, Bigman, hast du nicht«, sagte Lucky ernst. »Du hast gute Arbeit geleistet, erstklassige Arbeit, und der Rat wird davon zu hören bekommen.«

Der kleine Mann vom Mars errötete, und einen Moment lang ließ aufkommender Stolz in ihm keinen Platz für irgendeine andere Regung. Diese Gelegenheit benutzte Lucky, um ins Bett zu schlüpfen.

Dann sagte Bigman: »Aber Lucky, das bedeutet ... ich meine, wenn Ratsmitglied Evans mit Hilfe eines Tricks der Manipulatoren entkommen ist, dann ist er doch schuldig, oder etwa nicht?«

»Nein«, antwortete Lucky erregt, »das ist er *nicht*.«

Bigman wartete ab, aber Lucky hatte zu dem Thema weiter nichts zu sagen, und sein Instinkt sagte ihm, die Sache besser auf sich beruhen zu lassen. Erst nachdem er sich ebenfalls ausgezogen und gewaschen hatte und nun zwischen den kühlen Plastexlaken lag, versuchte er es erneut.

»Lucky?«

»Ja, Bigman.«

»Was tun wir als nächstes?«

»Wir verfolgen Lou Evans.«

»*Wir?* Was ist mit Morriss?«

»Ich habe bei dieser Sache jetzt das Sagen. Ich habe veranlaßt, daß Conway von der Erde aus entsprechende Anordnungen erteilt.«

Bigman nickte in der Dunkelheit. Das erklärte, warum er selbst nicht an der Konferenz hatte teilnehmen dürfen. Er konnte tausendmal Luckys Freund sein, aber er war deswegen noch lange kein Ratsmitglied. Und in einer Situation, in der Lucky sich gezwungen sah, sich über ein anderes Ratsmitglied hinwegzusetzen und dazu die Vorgesetzten auf der Erde zu seiner Unterstützung einschalten mußte, waren Nichtratsmitglieder als Zeugen ausgesprochen unerwünscht. Aber nun rührte sich in ihm die alte Lust zu handeln. Es ging in den Ozean hinaus, dem riesigsten und fremdartigsten Ozean, den es im inneren Planetensystem gab. Aufgeregt fragte er: »Wann hauen wir ab?«

»Sobald sie mit unserem Schiff fertig sind. Aber vorher besuchen wir noch Turner.«

»Den Ingenieur? Wozu denn?«

»Ich habe die Unterlagen über alle Leute, die in die Unfälle, hinter denen die Anwendung geistiger Manipulation steckt, in dieser Stadt bis heute verwickelt waren. Ich will noch mehr über den Mann an der Schleuse wissen. Turner ist derjenige, der wahrscheinlich am besten über ihn Bescheid weiß. Aber ehe wir Turner besuchen ...«

»Ja?«

»Vorher werden wir eine Runde schlafen, du marsianische Erdnuß. Halt jetzt die Klappe.«

Turners Wohnung stellte sich als eine Wohnung in einem ziemlich großen Wohnblock heraus, der für Leute bestimmt zu sein schien, die es in der Verwaltungshierarchie weit gebracht hatten. Als sie das Vestibül mit seinen Holztäfelungen und dreidimensionalen Seelandschaften sahen, pfiff Bigman leise durch die Zähne. Lucky ging voraus, trat in den Aufzug und drückte Turners Appartementnummer.

Der Aufzug trug sie fünf Stockwerke empor, glitt dann horizontal von einem Energiestrahl gelenkt weiter und kam vor dem rückwärtigen Eingang von Turners Appartement zum Stillstand. Sie stiegen aus, und der Aufzug verschwand sirrend hinter der nächsten Ecke.

Bigman sah dem Automaten verwundert nach. »Also, so ein Ding habe ich vorher noch nie gesehen.«

»Haben die hier auf der Venus erfunden«, antwortete Lucky. »Sie fangen jetzt an, die auch auf der Erde in die neuen Hochhäuser einzubauen. Bei den älteren Häusern ist das nicht möglich, es sei denn, man konstruiert sie völlig um, damit jede Wohnung einen eigenen Aufzugsterminal bekommt.«

Lucky berührte die Meldetaste, die sofort rot aufleuchtete. Die Tür öffnete sich, und eine Frau stand vor ihnen und musterte sie. Sie war klein und zart, jung und recht hübsch. Sie hatte blaue Augen, und ihr blondes Haar lag in einer weichen Welle zurückgekämmt und reichte, der Venusmode entsprechend, über die Ohren.

»Mr. Starr?«

»Stimmt genau, Mrs. Turner«, antwortete Lucky. Er zögerte bei der Anrede etwas; für eine Ehefrau war sie fast ein wenig zu jung.

Aber sie lächelte ihn freundlich an. »Wollen Sie nicht nähertreten? Mein Mann erwartet Sie schon, aber er hat nicht mehr als zwei Stunden Schlaf bekommen, deshalb ist er nicht ganz ...«

Sie gingen hinein, und die Tür schloß sich hinter ihnen.

»Es tut uns leid, daß wir so früh stören müssen, es handelt sich um eine Notsituation, aber ich glaube nicht, daß wir Mr. Turner lange in Anspruch nehmen müssen.«

»Ach, das ist völlig in Ordnung. Ich verstehe Sie.« Sie schritt übertrieben geschäftig durch das Zimmer und rückte Dinge zurecht, die bereits so, wie sie standen, an Ort und Stelle waren.

Bigman sah sich neugierig um. Die Wohnung machte einen eindeutig farbenfroh, von Zierat überladen, weiblichen Eindruck, beinahe zerbrechlich. Als er die Augen ihrer Gastgeberin auf sich gerichtet sah, sagte er beinahe verlegen: »Sie haben es sehr schön hier, Miss ... äh... Ma'am.«

Auf ihren Wangen zeichneten sich Grübchen ab, dann sagte sie: »Ich danke Ihnen. Ich bezweifle zwar, ob Lyman von der Art und Weise, wie ich alles eingerichtet habe, sonderlich begeistert ist, aber er beschwert sich nie, und ich liebe nun einmal Krimskrams und Nippes, Sie nicht?«

Lucky ersparte Bigman darauf zu antworten, indem er sagte: »Leben Sie und Mr. Turner schon sehr lange hier?«

»Erst seitdem wir verheiratet sind. Noch nicht einmal ein Jahr. Es ist ein wunderschönes Appartementhaus, so ziemlich das schönste in ganz Aphrodite. Wir verfügen über von der Außenwelt völlig unabhängige technische Anlagen: eigene Garagendocks, hausinternes Kommunikationsnetz. Es gibt sogar Kammern unter den Fußböden. Stellen Sie sich bloß vor! Kammern! Nicht, daß jemand sie je benutzt, noch nicht einmal gestern abend. Wenigstens glaube ich, daß niemand sie benutzt hat, aber genau kann ich das nicht sagen, weil ich die ganze Aufregung verschlafen habe. Können Sie sich das vorstellen? Ich habe nicht einmal etwas davon gehört, bis Lyman nach Hause gekommen ist.«

»Das war vielleicht, besser so«, bemerkte Lucky. »Sie haben eine Menge Furcht und Schrecken verpaßt.«

»Ich habe eine Menge Spannung verpaßt, wollen Sie wohl sagen«, protestierte sie. »Alle im Haus waren mitten im Gewühl, und ich habe geschlafen. Einfach alles verschlafen habe ich. Kein Mensch hat mich geweckt. Ich finde das schrecklich.«

»Was war schrecklich?« ließ sich eine neue Stimme vernehmen. Lyman Turner betrat den Raum; sein Haar stand ihm wirr vom Kopf, sein gutmütiges Gesicht wies Falten auf, und der Schlaf stand ihm noch in den Augen. Seinen geliebten Computer hatte er unter dem Arm. Als er sich setzte, stellte er ihn unter seinen Stuhl.

»Daß ich die ganze Aufregung verschlafen habe«, sagte seine junge Frau. »Wie geht es dir, Lyman?«

»Den Umständen entsprechend ganz gut. Aber mach dir nichts draus, daß du alles verpaßt hast. Ich bin heilfroh darüber ... Hallo, Starr. Tut mir leid, daß ich Sie habe warten lassen.«

»Ich bin gerade erst gekommen«, antwortete Lucky.

Mrs. Turner flog auf ihren Gatten zu und küßte ihn flüchtig auf die Wange. »Es ist wohl besser, wenn ich euch Männer jetzt allein lasse.«

Turner tätschelte ihre Schulter, und als sie ging, folgten seine Augen ihr liebevoll. »Nun, meine Herren, es tut mir leid, daß Sie mich in diesem Zustand antreffen, aber ich habe in den letzten Stunden allerhand mitgemacht«, sagte er.

»Das kann ich mir lebhaft vorstellen. Wie steht es jetzt mit der Kuppel?«

Turner rieb sich die Augen. »Wir verdoppeln die Wachen an den Schleusen, und wir sorgen dafür, daß die Steuerungsinstrumente etwas weniger integriert sind. Das stellte den technischen Entwicklungstrend des letzten Jahrhunderts so ziemlich auf den Kopf. Wir verlegen Stromleitungen zu verschiedenen Punkten in der Stadt, damit wir in der Lage sind, die Stromzufuhr von weitem unterbrechen zu können, falls sich so ein Fall wieder ereignen sollte. Und natürlich verstärken wir die Transitschotte, die die einzelnen Stadtabschnitte abdichten sollen ... Raucht einer von Ihnen?«

»Nein«, antwortete Lucky.

»Würden Sie mir eine Zigarette aus dem Spender herüberschmeißen, das Ding da, das wie ein Fisch aussieht. Ja, das da. Auch eine Idee meiner Frau. Es ist einfach unmöglich, sie zu bremsen, wenn es um diese lächerlichen Spielzeuge geht, aber was soll's, sie hat nun einmal Spaß daran.« Er errötete ein bißchen. »Ich bin noch nicht lange verheiratet und verwöhne sie immer noch zu sehr, fürchte ich.«

Lucky betrachtete neugierig den seltsamen Fisch, der aus einem steinartigen, grünen Material modelliert worden war und in dessen Maul eine brennende Zigarette zum Vorschein gekommen war, nachdem er auf die Rückenflosse gedrückt hatte.

Das Rauchen schien Turner zu entspannen. Er saß mit

übereinandergeschlagenen Beinen da, ein Fuß fuhr in langsamem Rhythmus über die Computertasche.

»Gibt es etwas Neues über den Mann, der das alles angefangen hat? Der Mann an der Schleuse?«

»Er steht unter Beobachtung, anscheinend ein Verrückter.«

»Hat er früher schon Anfälle geistiger Verwirrung gehabt? Gibt es Unterlagen darüber?«

»Nichts dergleichen. Das habe ich als erstes nachgeprüft. Als Chefingenieur untersteht mir das Kuppelpersonal, müssen Sie wissen.«

»Das ist mir bekannt. Deswegen bin ich zu Ihnen gekommen.«

»Also ich wünschte, ich könnte Ihnen helfen, aber der Mann war bloß ein ganz gewöhnlicher Angestellter. Er arbeitet seit ungefähr sieben Monaten bei uns und hat in der Zeit nie Anlaß zur Klage gegeben. Wenn man es genau nimmt, dann sieht seine Akte sogar ausgezeichnet aus: ruhig, bescheiden, fleißig.«

»Sieben Monate nur?«

»Ja, stimmt.«

»Ist der Mann Ingenieur?«

»Er ist als Ingenieur eingestuft, aber in Wirklichkeit besteht seine Arbeit im Bewachen der Schleuse. Schließlich geht viel Verkehr aus der Stadt rein und raus. Die Schleuse muß geöffnet und wieder geschlossen werden, Seefrachtbriefe müssen ausgestellt werden, und die Bücher wollen geführt sein. Zum Betreiben der Kuppel gehört allerhand, technische Arbeiten sind längst nicht alles.«

»Besaß der Mann Berufserfahrung als Ingenieur?«

»Er hatte nur einen Kurs am College besucht. Dies war seine erste Arbeitsstelle. Ist noch ein ziemlich junger Mann.«

Lucky nickte. Beiläufig sagte er: »Soweit ich gehört habe, hat es in der Stadt in letzter Zeit eine ganze Reihe seltsamer Unfälle gegeben.«

»Ja, tatsächlich?« Turners mißtrauische Augen musterten Lucky scharf, dann zuckte er die Schultern. »Ich habe nur selten Gelegenheit, mir die Zeitungsbänder anzusehen.«

Die Sprechanlage summte. Turner hob den Hörer ab und hielt ihn einen Moment ans Ohr. »Das ist für Sie, Starr.«

Lucky nickte. »Ich habe hinterlassen, wo ich zu finden bin.« Er nahm den Hörer, machte aber keine Anstalten, den Bildschirm einzuschalten oder die Lautstärke über Ohrmuschelniveau zu drehen. »Starr hier.«

Dann hängte er ein und stand auf. »Wir müssen uns jetzt verabschieden, Turner.«

Turner stand nun ebenfalls auf und meinte: »Schön, falls ich Ihnen in Zukunft behilflich sein kann, melden Sie sich jederzeit bei mir.«

»Ich danke Ihnen. Bitte empfehlen Sie uns Ihrer Gattin.«

Als sie wieder auf der Straße standen, fragte Bigman: »Was ist los?«

»Unser Schiff ist seeklar«, sagte Lucky und winkte einem Wagen.

Sie stiegen ein, und wieder war es Bigman, der das Schweigen brach. »Hast du durch Turner etwas herausgefunden?«

»Das eine oder andere«, erwiderte Lucky kurz angebunden.

Bigman rutschte unbehaglich hin und her und wechselte das Thema. »Ich hoffe, wir finden Evans.«

»Das hoffe ich auch.«

»Bei allen Marswüsten, er ist in der Klemme. Je mehr ich darüber nachdenke, desto schlimmer sieht es für den Jungen aus. Schuldig oder nichtschuldig, es ist schon 'ne üble Sache, wenn ein Vorgesetzter einen Antrag auf Dienstenthebung wegen Korruption stellt.«

Luckys Kopf fuhr herum, und er sah auf Bigman hinunter. »Morriss hat wegen Evans nie einen Bericht zum Hauptquartier geschickt. Ich dachte, du hättest das bei der Unterredung mit ihm gestern mitbekommen.«

»Er hat keinen Bericht abgeschickt?« wiederholte Bigman ungläubig. »Wer ist es denn gewesen?«

»Heilige Milchstraße!« rief Lucky. »Das ist doch wohl klar. Lou Evans hat es selbst getan und Morriss' Namen benutzt.«

8
Ratsmitglied gesucht!

Lucky steuerte das wendige Unterseeboot zunehmend sicherer. Er gewöhnte sich mehr und mehr an die Steuerung und entwickelte gleichzeitig ein Gefühl für die sie umgebende See.

Die Männer, die ihnen das Schiff übergaben, hatten ihm voller Besorgnis einen Einweisungskurs nahegelegt, aber Lucky hatte bloß gelächelt und sich auf einige wenige gezielte Fragen beschränkt, während Bigman in Bigmanüblicher Großmäuligkeit ausrief: »Es gibt nichts, was sich bewegt, womit Lucky und ich nicht fertig würden.« Großmäuligkeit hin, Angeberei her, was der Kleine sagte, traf weitgehend zu.

Das Schiff, es hieß *Hilda,* trieb jetzt mit abgeschalteten Maschinen dahin. Mit geschmeidiger Leichtigkeit durchdrang es den tintenschwarzen Venusozean. Sie lasen ihren Kurs von den Instrumenten ab. Bisher hatten sie den starken Suchscheinwerfer des Schiffes noch nicht benutzt. Die Radaranlage konnte sie viel besser mit Informationen über den finsteren Abgrund, der vor ihnen lag, versorgen, als es die Scheinwerfer je vermocht hätten.

Zusammen mit den Radarimpulsen wurden spezielle Mikrowellen ausgesandt, die mit maximaler Stärke von der

Aluminiumlegierung, aus der die Außenhaut eines Unterwasserschiffes bestand, reflektiert wurden. Ihre Reichweite betrug Hunderte von Meilen.

Die Mikrowellen streckten ihre Energiesuchfühler in diese und jene Richtung aus und suchten dabei nach einem Metall von bestimmter Beschaffenheit; fanden sie es, dann hasteten sie auf dem Weg, den sie gekommen waren, wieder zurück.

Bislang war noch kein Reflexinpuls zurückgelaufen, und die *Hilda* ging in den Schlamm nieder; über ihr stand eine siebenhundert Meter hohe Wassersäule. Vom sanften, durch die mächtigen Strömungen des venusumspannenden Ozeans hervorgerufenen Schaukeln abgesehen, lag die *Hilda* regungslos im Schlick.

In der ersten Stunde war sich Bigman der Mikrowellen und dem Objekt ihrer Suche kaum bewußt gewesen. Das Schauspiel, das man durch die Bullaugen verfolgen konnte, hatte ihn völlig gefangengenommen.

Das Leben in der Tiefsee auf dem Planeten Venus ist phosphorisierend. Die schwarzen Tiefen des Ozeans sind mit Lichtern gesprenkelt, dichter als der Himmel mit Sternen. Die Lichter sind größer, heller als jene am Firmament, und, was das wichtigste ist: sie *bewegen* sich. Bigman drückte seine Nase an der dicken Scheibe platt und starrte gebannt hinaus.

Einige Lebensformen sahen wie kleine runde Kleckse aus, die sich langsam kräuselnd fortbewegten. Andere wiederum wirkten wie dahinschnellende Linien. Wieder andere waren wie Seeschleifen, wie Lucky und Bigman sie im Grünen Salon gesehen hatten.

Nach einiger Zeit gesellte sich Lucky hinzu. »Wenn ich mich an meine Xenozoologie recht erinnere ...«

»Deine *was*?«

»Die Wissenschaft der außerterrestrischen Tiere, Bigman. Ich habe gerade ein Buch über Lebensformen auf der Venus durchgeblättert. Ich habe es auf deine Koje gelegt für den Fall, daß du einmal hineinsehen möchtest.«

»Vergiß es, mir reicht es, wenn du es mir erzählst.«

»In Ordnung, wir können mit den kleinen Dingern dort anfangen. Ich glaube, dabei handelt es sich um eine Schule von Knöpfen.«

»Knöpfe?« wiederholte Bigman. »Klar, ich verstehe, was du meinst.«

Durch das Bullauge konnte man eine ganze Ansammlung gelber Lichtovale, die sich über den schwarzen Hintergrund bewegten, erkennen. Ein jedes hatte schwarze Zeichen in Form zweier kurzer paralleler Linien. Sie bewegten sich rasch in kurzen Intervallen, schwebten für einen Augenblick bewegungslos, um sich dann wieder zu bewegen. Die vielen Dutzend, die man sehen konnte, bewegten und ruhten alle gleichzeitig, so daß Bigman den seltsamen Eindruck gewann, als bewegten sich die Knöpfe selbst überhaupt nicht, sondern daß das Schiff sie alle halbe Minute überholte.

»Sie laichen gerade, glaube ich«, sagte Lucky. Er schwieg eine ganze Weile, dann sagte er: »Die meisten Sachen geben mir Rätsel auf. Aber warte mal! Das da muß ein Purpurlappen sein. Siehst du ihn? Das dunkelrote Ding mit den unregelmäßigen Umrissen? Er ernährt sich von Knöpfen. Paß mal genau auf.«

Unter die gelben Lichtflecken kam Bewegung, sie hatten den herabstoßenden Räuber bemerkt, aber ein Dutzend Knöpfe wurden von dem wütenden Rot des Purpurlappens ausgelöscht. Dann war der Lappen auf einmal die einzige Lichtquelle im Sichtbereich des Bullauges. Die Knöpfe waren in alle Richtungen davongestoben.

»Der Lappen hat die Form eines großen Pfannkuchens mit umgeklappten Rändern«, bemerkte Lucky, »jedenfalls steht es so in dem Buch. Er besteht aus kaum etwas anderem als Haut und einem kleinen Gehirn im Körperzentrum. Er ist nur drei Zentimeter dick. Man kann es an einem Dutzend Stellen durchreißen, ohne daß es ihm etwas ausmacht. Schau mal, wie unregelmäßig dieser hier vor uns geformt ist. Ein Pfeilfisch hat wahrscheinlich ein bißchen an ihm herumgeknabbert.«

Der Purpurlappen bewegte sich jetzt und schwebte aus ihrem Sichtfeld. Außer einem oder zwei sterbenden gelben Schimmern war dort, wo er gewesen war, nicht mehr viel übrig. Ganz allmählich kamen die Knöpfe wieder.

»Der Purpurlappen legt sich einfach auf den Meeresboden, dabei hält er sich mit seinen Rändern am Schlick fest und verdaut alles, was er unter sich bedeckt hat. Es gibt auch noch eine andere Sorte, die Orangelappen, die sind bedeutend angriffslustiger. Obwohl sie nur dreißig Quadratzentimeter im Durchmesser und nicht viel dicker als ein Blatt Papier sind, können sie einen Wasserstrahl abschießen, der einen ausgewachsenen Mann umwirft. Die größeren Exemplare sind noch gefährlicher.«

»Wie groß werden die denn?« fragte Bigman.

»Ich habe nicht die geringste Ahnung. In dem Buch steht, es gäbe gelegentlich Berichte über ungeheure Monster – Pfeilfische, über einen Kilometer lang und Lappen, die ganz Aphrodite abdecken können. Aber das sind alles unbestätigte Berichte.«

»Über einen Kilometer lang! Ich *wette*, daß das unbestätigte Berichte sind.«

Lucky hob die Augenbrauen. »So unwahrscheinlich ist das nun auch wieder nicht. Was wir hier sehen, sind Küstenwasserexemplare. Der Venusozean ist an einigen Stellen mehr als fünfzehn Kilometer tief. Es ist also für allerhand Dinge Platz da.«

Bigman sah seinen Freund zweifelnd an. »Hör mal, du versuchst, mir einen Haufen Weltraumstaub zu verhökern.«

Er wandte sich abrupt ab und ging weg. »Ich glaube, ich werde mir das Buch doch einmal ansehen.«

Die *Hilda* fuhr weiter und bezog eine neue Position, während die Mikrowellen losjagten und suchten. Dann ging es weiter. Immer weiter. Langsam suchte Lucky das Unterwasserplateau, auf dem Aphrodite stand, ab.

Er wartete mit grimmiger Miene vor den Instrumenten. Hier irgendwo *mußte* sein Freund Lou Evans sein. Evans' Schiff war weder im Weltraum noch in der Atmosphäre flugfähig, und tiefer als zwei Meilen konnte er auch nicht tauchen, also *mußte* er sich auf die Gewässer rings um das Aphroditeplateau beschränken.

In dem Moment, als er das *mußte* zum zweiten Mal in Gedanken wiederholte, bemerkte er das Aufleuchten auf der Instrumententafel. Das Mikrowellen-Feedback steuerte den Richtungssucher auf einen bestimmten Punkt ein, und der Echo-Blip erhellte den gesamten Empfangs- und Bildschirm. Im gleichen Moment war Bigmans Hand auf Luckys Schulter. »Das ist es! Das ist es!«

»Möglich«, pflichtete Lucky bei. »Aber vielleicht ist es bloß ein anderes Schiff oder nur ein Wrack.«

»Stell seine Position fest, Lucky. Bei allen Marswüsten, stell die Position fest!«

»Mach ich ja, Junge, wir fahren doch schon.«

Bigman konnte die Beschleunigung spüren und hörte das Summen der Schraube.

Lucky beugte sich über Sender und Entschlüsselungsgerät, seine Stimme klang eindringlich. »Lou! Lou Evans! Hier spricht Lucky Starr! Bestätigen! Lou! Lou Evans!«

Die Worte gingen wieder und wieder über den Äther. Je mehr die Entfernung zwischen den beiden Schiffen abnahm, desto heller wurde das Mikrowellenecho.

Keine Antwort.

»Das Schiff, das wir anfunken, bewegt sich nicht, Lucky. Vielleicht handelt es sich *tatsächlich* um ein Wrack. Wenn es das Ratsmitglied wäre, würde er entweder antworten oder versuchen zu entkommen, oder was meinst du?«

»Pst!« machte Lucky. Als er jetzt in das Mikrophon sprach, hörte sich seine Stimme ruhig und dringlich an: »Lou, es hat keinen Zweck, daß du versuchst, dich zu verstecken. Ich kenne die ganze Wahrheit. Ich weiß, warum du in Morriss' Namen die Botschaft mit der Bitte um deine Ablösung zur Erde geschickt hast. Ich weiß auch, wen du für den Feind hältst. Lou Evans! Bestätigen ...«

Der statisch aufgeladene Empfänger knisterte. Durch den Decoder drangen Geräusche und wurden zu verständlichen Worten: »Bleib weg, wenn du das alles weißt, bleib weg!«

Lucky grinste erleichtert. Bigman jauchzte laut auf.

»Du hast ihn«, schrie der kleine Mann vom Mars.

»Wir kommen und holen dich«, sagte Lucky in die Sprechanlage. »Halte durch, wir, du und ich, wir werden sie fertigmachen.«

Worte kamen langsam zurück: »Du verstehst nicht ... ich versuche gerade ...« Dann, es hörte sich fast wie ein Kreischen an: »Um der Erde willen, Lucky, bleib wo du bist! Komm nicht näher!«

Mehr kam nicht über den Sender. Unaufhaltsam preschte die *Hilda* auf Evans' Position zu. Die Stirn runzelnd, lehnte sich Lucky zurück. »Wenn der *dermaßen* Angst hat, warum flieht er dann nicht?« murmelte Lucky vor sich hin.

Bigman hörte gar nicht hin. In seiner Stimme schwang Begeisterung, als er sagte: »Phantastisch, Lucky, ganz phantastisch, wie du ihn zum Reden gebracht hast.«

»Das war kein Bluff, Bigman«, gab Lucky grimmig zurück. »Ich habe den Schlüssel zu dem ganzen Durcheinander. Du hättest ihn übrigens auch, wenn du nur mal einen Moment nachdenken würdest.«

»Worauf willst du hinaus?« fragte Bigman unsicher.

»Kannst du dich an den kleinen Raum erinnern, in dem wir mit Dr. Morriss gewartet haben, bis sie Lou Evans gebracht haben? Erinnerst du dich noch an das Allererste, was passierte?«

»Nein.«

»Du fingst zu lachen an. Du hast gesagt, ich sähe seltsam und verstümmelt ohne Schnäuzer aus. Und mir ging es mit dir genauso. Das habe ich auch gesagt. Erinnerst du dich?«

»O ja, na klar doch.«

»Hast du dich einmal gefragt, warum das so war? Wir hatten stundenlang nur Männer mit Schnauzbärten gesehen. Woher kam es, daß wir beide zur gleichen Zeit denselben Gedanken hatten?«

»Ich weiß es nicht.«

»Nimm mal an, dieser Gedanke wäre jemandem gekommen, der über telepathische Fähigkeiten verfügt. Nimm weiter an, daß diese Überraschung von seinem Verstand in den unseren übergegangen ist.«

»Willst du damit sagen, daß die Gehirnmanipulierer, oder einer von ihnen, mit uns zusammen im Zimmer war?«

»Würde das die Dinge nicht erklären?«

»Aber das ist unmöglich. Der einzige andere Mensch war Dr. Morriss ... Lucky! Du willst doch nicht behaupten, Dr. Morriss ist es?«

»Morriss hat uns doch die ganze Zeit über angesehen. Warum sollte er plötzlich darüber erstaunt sein, daß wir keine Schnäuzer haben?«

»Na also, hat sich vielleicht jemand versteckt?«

»Nicht versteckt«, antwortete Lucky. »Im Zimmer befand sich noch ein Lebewesen, und es war gut zu sehen.«

»Nein«, rief Bigman. »O nein.« Er brach in schallendes Gelächter aus. »Bei allen Marswüsten, du meinst doch nicht etwa den V-Frosch?«

»Warum nicht?« erwiderte Lucky ruhig. »Wir sind wahrscheinlich die ersten Männer ohne Schnauzbart gewesen, die er je zu Gesicht bekommen hat. Das hat ihn überrascht.«

»Aber das ist unmöglich.«

»Ist es das wirklich? Es gibt sie in der ganzen Stadt. Die Leute sammeln sie, sie sind ganz vernarrt in die Tierchen. Die Frage ist, lieben sie die V-Frösche wirklich? Oder ist es nicht vielmehr so, daß die V-Frösche auf telepathische Wege Liebe bei den Menschen hervorrufen, damit sie gefüttert und gepflegt werden?«

»Beim All, Lucky!« meinte Bigman. »Es ist doch nicht verwunderlich, daß die Leute sie mögen. Sie sind niedlich. Man braucht Menschen nicht zu hypnotisieren, damit sie V-Frösche leiden können.«

»Hast du den Frosch spontan gemocht, Bigman? Es gab nichts, was dich dazu veranlaßt hat!«

»Ich bin todsicher, daß nichts mich dazu veranlaßt hat, ihn zu mögen. Er gefiel mir einfach.«

»Er gefiel dir einfach? Es dauerte keine zwei Minuten, da hast du den ersten V-Frosch, den du zu Gesicht bekommen hast, schon gefüttert. Erinnerst du dich daran?«

»Da ist doch nichts dabei, oder?«

»Ah, aber womit hast du ihn gefüttert?«

»Was er gern mag. Erbsen mit Wagenschm ...« Die Stimme des Kleinen erstarb.

»Genau. Dieses Fett roch nach Wagenschmiere. Wie bist du dazu gekommen, die Erbse in das Zeug zu tauchen? Fütterst du Haustiere immer mit Wagenschmiere? Hast du je ein Tier gekannt, das Wagenschmiere frißt?«

»Bei allen Marswüsten!« sagte Bigman leise.

»Liegt es nicht auf der Hand, daß der V-Frosch etwas haben wollte, und da du gerade verfügbar warst, hat er dich dazu gekriegt, ihm etwas zu geben ... daß du nicht ganz dein eigener Herr warst?«

»Darauf wäre ich im Leben nicht gekommen«, murmelte

Bigman, »aber wenn du es einem erklärst, hört sich die Sache so einfach an. Ich fühle mich schrecklich.«

»Warum?«

»Die Gedanken eines Tieres in meinem Kopf zu haben, ist eine Vorstellung, die mir widerwärtig ist. Ist irgendwie unsauber, ungesund.« Sein kleines, koboldhaftes Gesicht verzog sich zu einer Grimasse des Abscheus.

»Unglücklicherweise ist das Ganze mehr als nur ›unsauber‹«, bemerkte Lucky.

Er wandte sich wieder den Instrumenten zu.

Das Intervall zwischen der Lotpeilung und dem Echo verriet, daß die beiden Schiffe knapp einen Kilometer voneinander entfernt waren.

Mit überraschender Plötzlichkeit zeigte der Radarschirm den Schatten von Evans' Schiff.

Luckys Stimme ging über den Sender. »Evans, wir können dich jetzt sehen. Kannst du manövrieren? Ist dein Schiff angeschlagen?«

Die Antwort war eindeutig gefühlsbewegt: »Die Erde ist mein Zeuge, Lucky, ich habe mein Bestes versucht, dich zu warnen. Du sitzt in der Falle! Genau wie ich!«

Als sollte der Klageruf des Ratsmitgliedes noch unterstrichen werden, wurde das Unterwasserschiff *Hilda* im gleichen Moment von einem Schlag getroffen, der sie auf die Seite legte und die Hauptaggregate außer Gefecht setzte.

9
Das Ding aus der Tiefe

Im nachhinein wirkten die Ereignisse in Bigmans Erinnerung, als hätte er sie durch ein verkehrt herum gehaltenes Teleskop betrachtet. Ein weitentfernter Alptraum verwirrender Ereignisse.

Durch den plötzlichen Schlag war er gegen das Schott geschleudert worden. Alle viere von sich gestreckt, lag er keuchend da; dieser Zustand dauerte in Wirklichkeit wahrscheinlich nur wenig mehr als eine Sekunde, kam ihm aber viel länger vor.

Der immer noch an den Instrumenten stehende Lucky rief: »Die Hauptgeneratoren sind ausgefallen.«

Bigman bemühte sich, auf dem geneigten Deck wieder auf die Beine zu kommen. »Was ist passiert?«

»Wir sind getroffen worden. Wie schlimm es uns erwischt hat, kann ich nicht sagen.«

»Die Beleuchtung funktioniert«, stellte Bigman fest.

»Ich weiß. Die Notgeneratoren haben sich eingeschaltet.«

»Wie steht es mit dem Hauptantrieb?«

»Ich bin mir nicht sicher. Ich versuche das gerade zu überprüfen.«

Irgendwo unter und hinter ihnen husteten die Maschinen heiser. Das sanfte Schnurren hatte aufgehört; an seine Stelle war dieses schwindsüchtige, rasselnde Geräusch getreten, das Bigman die Zähne zusammenbeißen ließ.

Die *Hilda* schüttelte sich wie ein waidwundes Tier und richtete sich wieder auf. Die Maschinen verstummten erneut. Der Empfänger gab ein klagendes Echo von sich, und jetzt bekam Bigman seine Sinne so weit in die Gewalt, daß er versuchte, in die Nähe des Radiosenders zu kommen.

»Starr«, tönte es. »Lucky Starr! Hier spricht Evans. Bestätigen.«

Lucky war zuerst am Gerät. »Hier Lucky, was hat uns da getroffen?«

»Ist ganz egal«, konnte man die müde Stimme sagen hören. »Es wird dich nicht mehr belästigen. Es wird ihm genügen, dich hier hocken und sterben zu lassen. Warum bist du nicht weggeblieben? Ich habe dich doch so gebeten.«

»Ist dein Schiff außer Gefecht, Evans?«

»Ist seit zwölf Stunden außer Betrieb, kein Licht, kein Strom ... gerade noch ein bißchen Saft, um das Radio in Gang zu halten, aber damit ist es auch bald zu Ende. Luftfilter zerstört, der Sauerstoffvorrat geht zur Neige. Leb wohl, Lucky.«

»Kannst du raus?«

»Die Schleusenmechanik funktioniert nicht, ich habe zwar einen Taucheranzug, aber wenn ich versuche, mich durchzuschweißen, würde ich zerschmettert.«

Bigman wußte, worauf Evans anspielte und erschauderte. Schleusen an Unterwasserschiffen waren so konstruiert, daß das Wasser langsam in die Ausgleichskammer eindrang. Wenn man versuchte, eine Schleusentür auf dem Meeresgrund aufzuschweißen, um sich aus dem Schiff zu befreien, bedeutete das, daß der Wassereintritt unter Hunderten von Tonnen Druck zustande kam. Selbst in einem Stahlanzug würde ein Mensch wie eine leere Konservendose unter der Einwirkung eines Preßlufthammers zerquetscht werden.

»Wir können noch manövrieren«, sagte Lucky. »Ich komme dich holen. Wir gehen Schleuse an Schleuse.«

»Danke, aber wozu? Wenn du dich rührst, wirst du wieder getroffen; und selbst wenn nicht, dann macht es kaum einen Unterschied, ob ich hier schnell sterbe oder bei euch drüben etwas langsamer.«

Wütend erwiderte Lucky: »Wenn es sein muß, werden wir sterben, aber nicht eine Sekunde *eher*, als unbedingt sein muß. Jeder muß eines Tages sterben, das ist nicht zu verhindern. *Aufgeben* aber ist nicht zwangsläufig.«

An Bigman gewandt sagte er: »Mach, daß du in den Maschinenraum kommst, und stell fest, wie groß der Schaden ist. Ich will wissen, ob er zu beheben ist.«

Bigman konnte fühlen, wie das Schiff mühselig über den Meeresgrund kroch, und auch das heisere Knirschen der Motoren konnte er hören. Er befand sich im Maschinenraum, wo er mit Greifern, die glücklicherweise noch funktionierten, am ›heißen‹ Mikromeiler herumfummelte. Einmal hörte er ein entferntes Dröhnen. Die *Hilda* stöhnte daraufhin auf, und ein Zittern lief durch ihre Verbände, als hätte ein großes Geschoß hundert Meter neben ihnen auf dem Meeresboden eingeschlagen.

Er merkte, wie das Schiff abstoppte, das Motorengeräusch sank zu einem rauhen Murmeln ab. Vor seinem geistigen Auge sah er, wie der Schleusenkammervorbau der *Hilda* ausgefahren wurde und sich hermetisch an den Rumpf des anderen Schiffes preßte. Sein Gefühl sagte ihm, daß das Wasser zwischen den beiden Schiffen aus der Röhre abgepumpt wurde, tatsächlich konnte er sehen, wie die Beleuchtung im Maschinenraum schwächer wurde, als der Energieabfluß aus den Notgeneratoren gefährlich stieg. Lou Evans würde trockenen Fußes von seinem Schiff zur *Hilda* kommen können, ohne eines künstlichen Schutzes zu bedürfen. Bigman stieg auf die Brücke hinauf und fand Lou Evans und Lucky. Evans' Gesicht wirkte unter den blonden Bartstoppeln müde und erschöpft. Es gelang ihm, Bigman ein wackeliges Lächeln zu schenken.

Lucky sagte gerade: »Erzähl weiter, Lou.«

»Am Anfang war es nur eine wilde Spekulation, Lucky. Ich habe alle diese Leute, die in die seltsamen Unfälle verwickelt waren, durchleuchtet. Die Gemeinsamkeit, auf die ich dabei stieß, war, daß sie alle in V-Frösche vernarrt waren. Das sind mehr oder weniger alle Venusbewohner, aber die

Betreffenden hielten sich jede Menge dieser Viecher in der Wohnung. Aber ich traute mich nicht so recht, diese Theorie vorzubringen, ohne einige Tatsachen in Händen zu halten, ich hätte wie ein Trottel dagestanden. Wenn ich es nur getan hätte ... na, jedenfalls faßte ich den Plan, die V-Frösche dadurch zu überführen, daß sie Wissen von etwas verrieten, was nur in meinem eigenen Kopf vorhanden war und ansonsten nur ganz wenigen Leuten bekannt sein konnte.«

»Und da hast du dich für die Hefeunterlagen entschieden«, stellte Lucky fest.

»Das lag nahe. Ich mußte etwas in die Hand bekommen, das nicht allgemein bekannt war, oder wie hätte ich sonst einigermaßen sicher sein können, daß sie ihr Wissen von mir bezogen? Die Hefeunterlagen waren ideal. Als ich auf legalem Wege nicht drankam, habe ich einige Dokumente gestohlen. Ich lieh mir vom Hauptquartier einen der V-Frösche, stellte ihn samt seinem Aquarium neben mich und sah mir die Unterlagen an. Einiges habe ich sogar laut vorgelesen. Als keine zwei Tage später in der Hefefabrik ein Unfall stattfand, bei dem es genau um die Sachen ging, die ich vorgelesen hatte, war ich restlos davon überzeugt, daß die V-Frösche hinter dem ganzen Schlamassel steckten. Allerdings ...«

»Allerdings was?« wollte Lucky wissen.

»Allerdings war ich nicht schlau genug gewesen«, fuhr Evans fort. »Ich habe sie in meinen Kopf gelassen. Ich hatte regelrecht den roten Teppich ausgerollt und sie eingeladen hereinzuspazieren, und dann konnte ich sie nicht wieder loswerden. Die Wachen kamen und schnüffelten nach den Unterlagen. Es war bekannt, daß ich im Gebäude gewesen war, also wurde ein sehr höflicher Agent vorbeigeschickt, um mich zu verhören. Ich habe die Unterlagen anstandslos wieder herausgegeben und versuchte meine Handlungsweise zu erklären. Ich konnte es nicht.«

»Du konntest es nicht? Wie meinst du das?«

»Ich konnte es nicht. Ich war physisch nicht dazu in der Lage. Die richtigen Worte kamen nicht über meine Lippen. Ich war außerstande, auch nur ein einziges Wort über die V-Frösche zu sagen. Ich bekam sogar ständig Anstöße, mich selbst zu töten, die konnte ich aber niederkämpfen. Sie bekamen mich nicht dazu, etwas zu tun, das meinem Wesen derartig fremd ist. Da dachte ich, wenn es mir nur gelänge, die Venus zu verlassen, wenn es möglich wäre, weit genug von den V-Fröschen wegzukommen, könnte ich ihre Macht über mich brechen. Also tat ich das einzige, von dem ich annahm, daß es zu meiner augenblicklichen Abberufung führen würde: Ich schickte die Korruptionsklage gegen mich selbst ab und unterschrieb mit ›Morriss‹.«

»Genau«, sagte Lucky grimmig, »soviel hatte ich mir schon gedacht.«

»Wie ist das möglich?« Evans sah überrascht aus.

»Morriss hat uns kurz nach unserer Ankunft in Aphrodite seine Version deiner Geschichte erzählt. Am Schluß sagte er, daß er dabei sei, seinen Bericht für das Hauptquartier abzufassen. Er hat nichts davon gesagt, daß er bereits einen geschickt hätte – nur daß er einen vorbereitete. Es war aber eine Nachricht übermittelt worden, das wußte ich. Wer außer Morriss kannte den Ratscode und die Einzelheiten des Falles? Niemand außer dir.«

Evans nickte und sagte bitter: »Und statt mich abzuberufen, haben sie dich geschickt. Ist es so?«

»Ich habe darauf bestanden, Lou. Ich konnte nicht glauben, daß das mit der Korruptionsanschuldigung gegen dich mit rechten Dingen zuging.«

Evans vergrub das Gesicht in den Händen. »Das war das Schlimmste, was du tun konntest, Lucky. Als du gefunkt hast, du würdest kommen, bat ich dich doch wegzubleiben, oder etwa nicht? Ich konnte dir nicht sagen, warum, dazu war ich nicht in der Lage. Aber die V-Frösche müssen aus meinen Gedanken gemerkt haben, was für ein großartiger

Bursche du bist. Sie konnten meine Meinung über deine Fähigkeiten ablesen und machten sich daran, dich sterben zu lassen.«

»Sie hätten es beinahe geschafft«, murmelte Lucky.

»Diesmal *werden* sie es schaffen. Das tut mir herzlich leid, aber ich konnte mir selbst nicht helfen. Als sie den Mann an der Kuppel-Schleuse paralysierten, war ich nicht imstande, dem Impuls, zu fliehen und aufs Meer zu gehen, zu widerstehen. Und wie nicht anders zu erwarten, bist du mir gefolgt. Ich war der Köder, du das Opfer. Wieder habe ich versucht, dich abzuhalten, aber ich konnte keine Erklärung mitliefern. Ich konnte es nicht erklären ...«

Er atmete einmal tief durch. »Aber jetzt kann ich darüber sprechen. Sie haben die geistige Sperre in meinem Kopf aufgehoben. Schätze, wir sind den geistigen Energieaufwand, den sie aufbringen müssen, nicht mehr wert, weil wir in der Falle sitzen, so gut wie tot sind und sie uns nicht mehr fürchten.«

Bigman hatte mit wachsender Verwirrung zugehört. Jetzt meldete er sich zu Wort: »Bei allen Marswüsten, was geht hier eigentlich vor? *Warum* sind wir so gut wie tot?«

Evans, das Gesicht immer noch in den Händen verborgen, antwortete nicht. Nachdenklich und mit gerunzelter Stirn sagte Lucky: »Wir liegen unter einem Orangelappen, einem Orangelappen im King-size-Format.«

»Ein Lappen, der groß genug ist, um das Schiff zu bedekken?«

»Ein Lappen mit einem Durchmesser von drei Kilometern«, sagte Lucky. »Drei Kilometer! Was das Schiff beinahe zu Bruch gehen ließ, und das, was uns fast zum zweiten Mal getroffen hat, als wir uns auf Evans' Schiff zubewegten, war ein Wasserstrahl. Sonst gar nichts. Ein Wasserstrahl, mit der Wucht einer Wasserbombe.«

»Aber wie konnten wir unter den Lappen geraten, ohne es zu merken?«

»Evans glaubt, daß das Ungetüm unter dem Einfluß der V-Frösche steht, und ich gebe ihm darin recht. Es könnte seine Fluoreszenz dadurch mindern, indem es die Lichtzellen auf der Haut zusammenzieht. Einen Zipfel seines Mantels könnte es angehoben haben, um uns hineinzulassen, und nun sitzen wir drin.«

»Und wenn wir uns rühren oder versuchen, uns den Weg freizuschießen, brennt uns der Lappen wieder eins drauf, und ein Lappen zielt nie daneben.«

Lucky dachte einen Augenblick nach, dann sagte er plötzlich: »Aber ein Lappen schießt doch vorbei! Er hat uns verfehlt, als wir die *Hilda* auf dein Schiff zugesteuert haben, und dabei haben wir nur ein Viertel der möglichen Fahrt gemacht.« Er wandte sich Bigman zu und kniff dabei die Augen zusammen. »Bigman, sind die Hauptgeneratoren zu flicken?«

Bigman hatte die Maschinen fast vergessen. Er erholte sich und meinte: »Oh ... Das Gehäuse des Mikromeilers ist nicht abgerissen worden, demnach kann alles wieder instand gesetzt werden, vorausgesetzt, ich finde das nötige Werkzeug.«

»Wie lange wird es dauern?«

»Stunden wahrscheinlich.«

»Dann mach dich an die Arbeit. Ich gehe ins Meer.«

Evans sah perplex auf und fragte ungläubig: »Wie meinst du das?«

»Ich kümmere mich um diesen Lappen.« Lucky stand bereits vor dem Spind mit den Taucheranzügen und war damit beschäftigt, zu überprüfen, ob die winzigen Kraftfeldversteifungen in Ordnung und mit ausreichend Reserven gespeist waren. Er sah nach, ob die Sauerstofflaschen gefüllt waren.

Es war trügerisch friedlich draußen in der absoluten Dunkelheit. Die Gefahr schien weit weg zu sein. Lucky wußte jedoch, daß sich unter ihm der Meeresboden und über ihm in einem Umkreis von drei Kilometern eine geschlossene Glocke aus gummiartigem Fleisch befand.

Die Pumpe seines Tauchanzuges schickte einen Wasserstrahl nach unten, und er trieb langsam, die Waffe einsatzbereit in der Faust, nach oben. Über den Unterwasserblaster, den er in der Hand hielt, konnte man nur staunen. Auf der Erde, dem Heimatplaneten, war die Menschheit schon erfinderisch gewesen, aber es schien fast so, als ob die Notwendigkeit, sich den grausamen Umweltbedingungen eines fremden Planeten anpassen zu müssen, diese Fähigkeit noch verhundertfachte.

In der Vergangenheit hatte sich der neue Kontinent Amerika stürmisch in einer Pracht entwickelt, die die alte europäische Welt nie hatte nachvollziehen können. Und jetzt zeigte die Venus der Erde *ihre* Fähigkeiten. Das waren zum Beispiel die Stadtkuppeln. Nirgends auf der Erde hätte man Kraftfelder und Stahl so geschickt miteinander verbinden können. Der Taucheranzug, den er trug, wäre niemals in der Lage gewesen, den Tonnendruck des Wassers auch nur für einen kurzen Moment auszuhalten, wären die Mikrofelder nicht, die die innere Verstärkung des Anzuges bewirkten. In vielerlei Hinsicht war der Anzug, den er trug, ein technologisches Wunderwerk. Die Rückstoßeinrichtung zur Fortbewegung, die ausgeklügelte Sauerstoffzufuhr, die handgerechten Steuergeräte, das alles war bewunderungswürdig.

Und erst die Waffe, die er in der Hand hielt!

Konzentriert richteten sich seine Gedanken auf das Ungeheuer über ihm. Das war ebenfalls eine Erfindung der Venus. Eine Erfindung der Venusevolution. Könnte es solche Wesen auf der Erde geben? Auf dem Lande sicher nicht. Lebendes Gewebe konnte ein größeres Gewicht als vierzig Tonnen unter den Schwerkraftverhältnissen auf der Erde nicht aushalten. Die riesigen Brontosaurier im Mesozoikum der Erdgeschichte besaßen Beine wie Baumstämme, mußten sich aber dennoch im Sumpf aufhalten, damit das Wasser ihnen Auftrieb gab.

Das war die Antwort: die Auftriebskraft des Wassers. Im Meer konnten Lebewesen beliebiger Größe existieren. Auf der Erde gab es die Wale, Tiere, die größer waren als irgendein Saurier, der jemals gelebt hatte. Aber der ungeheuerliche Lappen über ihnen mußte an die zweihundert Millionen *Tonnen* wiegen, schätzte Lucky. Er hätte gerne gewußt, wie alt das Ungetüm war. Wie viele Jahre mußte ein Wesen leben, um so schwer wie zwei Millionen Wale zu werden? Hundert? Tausend Jahre? Wer sollte das wissen?

Aber schiere Größe konnte auch gefährlich werden. Selbst im Meer. Je größer ein Lebewesen wurde, desto langsamer wurden seine Reaktionen. Nervenimpulse brauchten ihre Zeit, um anzukommen.

Evans war davon überzeugt gewesen, daß das Untier sie deswegen nicht mit einem zweiten Wasserstrahl getroffen hatte, nachdem es sie mit dem ersten Schuß angeschlagen hatte, weil es an ihrem künftigen Schicksal nicht weiter interessiert war, oder genauer gesagt, die V-Frösche, die den Riesenlappen kontrollierten, waren nicht mehr an ihnen interessiert. Aber das stimmte vielleicht gar nicht! Es konnte vielmehr so sein, daß das Ungeheuer Zeit brauchte, um seinen enormen Wassersack vollzusaugen. Es benötigte auch zum Zielen Zeit.

Darüber hinaus konnte das Monster kaum in bester Verfassung sein. Es war an größere Tiefen gewöhnt, dort, wo die Wasserschicht über ihm sechs oder mehr Meilen betrug. Hier, wo sie waren, mußten seine Fähigkeiten notwendigerweise eingeschränkt sein. Es hatte die *Hilda* beim zweiten Versuch verfehlt, das lag wahrscheinlich daran, daß es sich vom ersten Schuß noch nicht genügend erholt hatte.

Aber jetzt wartete das Ungeheuer nur darauf, der Wassersack füllte sich langsam, und es sammelte, so gut es in dem flachen Wasser ging, von dem es umgeben war, neue Kräfte.

Und er, Lucky, ein Mensch von 180 Pfund, trat gegen ein Monster von zweihundert Millionen Tonnen an und würde es besiegen müssen.

Lucky schaute nach oben. Er konnte nichts erkennen. Er berührte einen Kontakt am Innenfutter des linken Mittelfingers seines kraftfeldverstärkten Metallhandschuhs. Sofort schoß ein reinweißer Lichtstrahl aus der Metallfingerspitze. Er drang nach oben und verlor sich im Nichts. War da das andere Ende des Monsterkörpers, oder reichte sein Lichtstrahl nicht weiter?

Das Monster hatte dreimal geschossen. Einmal, und Evans' Schiff war ein Trümmerhaufen gewesen. Beim zweitenmal war Luckys Schiff ordentlich durchgerüttelt worden. (Aber der Schaden war nur halb so schlimm, wurde das Monster etwa schwächer?) Der dritte Schuß war zu früh abgegeben worden und vorbeigegangen.

Lucky hob die Waffe. Es handelte sich um ein klobiges Gerät mit einem dicken Griff. In diesem Griff war ein hundert Meilen langer Draht und ein winziger Generator untergebracht, der enorme Voltzahlen produzieren konnte. Er richtete sie nach oben und drückte ab.

Erst passierte nichts – aber Lucky wußte, daß der haarfeine Draht auslief und durch den kohlensäurereichen Ozean nach oben schoß. Er traf, und da sah Lucky die Wirkung. Denn in dem Augenblick, als der Draht Kontakt herstellte, fuhr ein hochgespannter Stromstoß mit Lichtgeschwindigkeit hinauf und traf das Hindernis mit der Gewalt eines Blitzschlages. Der haarfeine Draht glühte hell auf und verwandelte alles in verdampfenden Schaum. Es war mehr als Dampf, denn das fremdartige Wasser brodelte und sprudelte infernalisch, als das gelöste Kohlendioxyd als Gas austrat. Lucky merkte, wie er in den entfesselten wilden Strömungen auf und ab tanzte.

Über dem Ganzen, über dem Dampfen und Sprudeln, über dem Rauschen des Wassers und der dünnen Feuerlinie, die nach oben führte, stand ein explodierender Feuerball. Dort, wo der Draht ins Fleisch gedrungen war, war ein Brandfleck wütender Energie entstanden. Er sengte ein drei Meter großes und ein ebenso tiefes Loch in den lebenden Berg über ihm.

Lucky lächelte grimmig. In Relation zu der ungeheuren Körpermasse des Ungeheuers war das nur ein Nadelstich, aber der Lappen würde es schon spüren, wenn nicht sofort, dann aber in spätestens zehn Minuten. Die Nervenimpulse mußten erst den langen Weg um den ganzen Körper herum zurücklegen. Wenn dann der Schmerzreflex in dem kleinen Gehirn des Lebewesens ankam, würde es von dem hilflosen Schiff auf dem Meeresgrund abgelenkt werden, und sich seinem Peiniger zuwenden.

Aber das Monster wird mich nicht finden, dachte Lucky grimmig. In zehn Minuten würde er die Stellung gewechselt haben. In zehn Minuten ...

Lucky dachte diesen Gedanken nie zu Ende. Es war noch nicht einmal eine Minute nach seinem Angriff vergangen, da schlug das Ungetüm auch schon zurück, als Luckys geschockte und gemarterte Sinne ihm meldeten, daß er hinabgetrieben wurde, hinab, hinab, immer tiefer hinab, inmitten eines reißenden Strudels wirbelnden Wassers ...

10
Der Berg aus Fleisch

Der Schock brachte Luckys Sinne aus dem Gleichgewicht. Ein normaler Taucheranzug aus Metall wäre verbogen und zerschmettert worden. Jeder normale Mann wäre bewußtlos zum Meeresboden hinabgetragen und dort zermalmt worden.

Lucky aber wehrte sich verzweifelt. Er kämpfte gegen die übermächtige Strömung an, und es gelang ihm, den linken Arm bis zur Brust zu heben, um die Drehschalter zu überprüfen, die ihm den Zustand seiner Anzugsaggregate anzeigten.

Er stöhnte. Die Anzeigen waren leblos, ihr fein ersonnenes Innenleben dahin. Aber sein Sauerstoffvorrat schien nicht in Mitleidenschaft gezogen zu sein (seine Lungen hätten ihm einen etwaigen Druckabfall schon gemeldet), sein Anzug hatte offensichtlich auch keine undichten Stellen bekommen. Er konnte nur hoffen, daß die Rückstoßmechanik noch funktionierte.

Es hatte überhaupt keinen Zweck zu versuchen, mit roher Gewalt einen Weg aus dem Mahlstrom suchen zu wollen. Dazu fehlte ihm mit ziemlicher Sicherheit die Kraft. Er würde warten und auf einen wesentlichen Umstand setzen müssen. Der Wasserstrom verlor auf seinem Weg nach unten rasch an Geschwindigkeit. Wasser gegen Wasser bedeutete hohen Reibungsverlust. An den Rändern des Strahls würden die Turbulenzen zunehmen und sich nach innen fressen. Der Strahl mochte am Blasrohr des Ungeheuers vielleicht um die hundertfünfzig Meter im Durchmesser betragen, aber auf dem Meeresgrund nur noch fünfzehn Meter, das hing von der Anfangsgeschwindigkeit und der Entfernung bis zum Meeresboden ab.

Diese Ausgangsgeschwindigkeit würde ebenfalls abgenommen haben. Das hieß natürlich nicht, daß die Endgeschwindigkeit etwas war, das man mit einer Handbewegung abtun konnte. Lucky hatte ihre Gewalt am eigenen Leibe zu spüren bekommen.

Alles hing davon ab, wie weit entfernt er sich vom Zentrum des Strahls befand, oder andersherum ausgedrückt, wichtig war, wie gut das Monster ins Schwarze getroffen hatte.

Je länger er abwartete, desto besser standen seine Chancen, vorausgesetzt, er wartete nicht zu lange. Die metallbehandschuhten Hände am Rückstoßauslöser, ließ Lucky sich in die Tiefe drücken. Er versuchte gelassen abzuwarten und richtig zu raten, wie weit er sich noch vom Meeresboden befand, dabei rechnete er die ganze Zeit mit dem letzten Aufprall, den er nie spüren würde.

Dann, als er bis zehn gezählt hatte, riß er die Düsen an seinem Anzug auf. Die kleinen, hochtourigen Propeller auf beiden Seiten seiner Schulterblätter mahlten knirschend, als sie Wasser im rechten Winkel zur Hauptströmung auswarfen. Lucky fühlte, wie sein Körper im Fallen eine neue Richtung einschlug.

Falls er sich genau im Zentrum befand, würde alles nichts nützen. Die Energie, die er pumpen konnte, reichte nicht aus, um gegen den mächtigen Druck nach unten etwas auszurichten. Wenn er sich aber ein gehöriges Stück vom Zentrum entfernt befand, hätte sich seine Geschwindigkeit inzwischen erheblich vermindert, und vielleicht waren die Randturbulenzen nicht mehr weit.

Gerade, als ihm dieser Gedanke kam, merkte er, wie sein Körper mit Übelkeit erregender Gewalt gebeutelt und umhergeschleudert wurde; Lucky wußte, daß er in Sicherheit war.

Er ließ seine Düsen weiterlaufen, dabei richtete er ihren Schub jetzt nach unten und deutete mit dem Finger in Richtung Meeresboden. Er kam gerade noch rechtzeitig, um zu sehen, wie der Schlick keine fünf Meter unter ihm explodierte und rings umher alles mit Schlamm vernebelte.

Er hatte sich aus dem Strahl gekämpft, als nur noch wenige Sekunden zur Verfügung standen.

Er eilte jetzt so schnell wie seine Motoren es zuließen wieder nach oben. Er hatte es verzweifelt eilig. In der Dunkelheit seines Helmes (Dunkelheit in der Dunkelheit in der Dunkelheit) preßten sich seine Lippen zu einer schmalen Linie zusammen.

Er tat sein Bestes, nicht nachzudenken. Während der paar Sekunden im Mahlstrom hatte er sich Gedanken genug gemacht. Er hatte den Feind unterschätzt. Er war davon ausgegangen, daß der Riesenlappen auf ihn geschossen hatte, aber das stimmte nicht. Es waren die V-Frösche an der Wasseroberfläche, die dem Körper des Lappens über sein Gehirn Befehle gaben. Die V-Frösche hatten auf ihn gezielt. Sie hatten es nicht nötig, dem Schmerzempfinden des Lappens zu folgen, um zu wissen, daß er getroffen war. Sie brauchten bloß in Luckys Gedanken zu lesen, und sie brauchten sich nur auf die seinen Gedanken zugrunde liegenden Motive zu konzentrieren.

Es handelte sich demnach nicht mehr darum, dem Monster Nadelstiche zuzufügen, damit es sich von der *Hilda* verzog und die unterseeische Abschüssigkeit hinunter wieder schwerfällig in die Tiefe zu verschwinden, die es gezeugt hatte. Das Ungeheuer mußte getötet werden.

Und zwar schnell!

Die *Hilda* konnte keinen zweiten Treffer verkraften und Luckys Anzug ebensowenig. Die Instrumente waren bereits hinüber, als nächstes gingen vielleicht die Steuerelemente zu Bruch. Oder die winzigen Kraftfeldgeneratoren der Flüssigsauerstoffbehälter konnten Schaden nehmen.

Lucky trieb weiter und weiter der Oberfläche entgegen, hoch zur einzigen Stelle, an der er in Sicherheit war. Obwohl er das Blasrohr des Monsters nie zu Gesicht bekommen hatte, war es vernünftig, davon auszugehen, daß es sich dabei um eine ausfahrbare bewegliche Röhre handelte, die in verschiedene Richtungen zeigen konnte. Aber das Ungeheuer würde wohl kaum in der Lage sein, sie gegen seine eigene Unterseite zu richten. Einmal würde es sich so selber Schaden zufügen, und außerdem würde der Druck des verschossenen Wassers es verhindern, daß das Blasrohr sich so stark abwinkelte.

Lucky mußte also nach oben, nahe an die Unterseite des

Tieres, dorthin, wo seine Wasserwaffe ihm nichts anhaben konnte; und er mußte es schaffen, bevor das Monster seinen Wassersack für einen neuen Schuß volltanken konnte.

Lucky richtete seine Lampe nach oben. Er tat das nur widerstrebend, instinktiv fühlte er, daß er so eine gute Zielscheibe abgab. Sein Verstand sagte ihm, daß seine Instinkte fehlgeleitet waren. Bei dem Sinn, der für die schnelle Reaktion des Monsters auf seinen Angriff verantwortlich gewesen war, handelte es sich nicht um die Fähigkeit zu sehen.

Fünfzehn Meter oder auch etwas weniger über ihm brach sich das Licht auf einer rauhen graugetönten Oberfläche, die von tiefen Riefen durchzogen war. Lucky machte kaum Anstalten, seine Fahrt zu vermindern. Die Haut des Ungeheuers war gummiartig, sein eigener Anzug hingegen hart. Während er sich das gerade überlegte, stieß er mit dem Tier zusammen und merkte, wie das fremde Fleisch unter seiner Aufwärtsbewegung nachgab.

Eine ganze Weile lang atmete Lucky aus Erleichterung tief durch. Zum ersten Mal, seit er das Schiff verlassen hatte, fühlte er sich einigermaßen sicher. Dieses Gefühl hielt jedoch nicht lange vor. Jeden Augenblick konnte das Wesen (oder die kleinen Herrscher über die Gedanken, die über das Monster Gewalt hatten, konnten es) wieder das Schiff angreifen. Das durfte er auf keinen Fall zulassen.

Lucky ließ den Strahl seiner Fingerlampe durch die Umgegend huschen. Dabei hatte er ein Gefühl, das sich aus Erstaunen und Übelkeit zusammensetzte.

An vielen Stellen befanden sich auf der Unterseite des Monsters Löcher von zwei Meter Durchmesser, in die, wie Lucky am Strom der Luftbläschen und festen Partikel sehen konnte, Wasser rauschte. In größeren Abständen voneinander lagen Schlitze, die sich gelegentlich zu drei Meter langen Spalten öffneten und schäumendes Wasser schwallweise abgaben.

Anscheinend ernährte sich das Monster auf diese Art. Es

gab in dem Teil des Ozeans, den es mit seiner Körpermasse abdeckte, Verdauungssäfte ab, saugte dann kubikmeterweise Wasser auf, um die darin enthaltenen Nährstoffe aufzunehmen und schied danach Wasser, Abfall und die eigenen Exkremente aus.

Es war klar, daß es nicht mehr lange über ein und derselben Stelle des Ozeans bleiben konnte, sonst machte die Anhäufung seiner eigenen Abfallprodukte den Lebensraum ungesund. Aus freien Stücken hätte es sich nicht so lange hier aufgehalten, aber die V-Frösche zwangen es dazu ...

Ohne sein eigenes Dazutun bewegte Lucky sich ruckartig hin und her. Überrascht richtete er die Lampe auf einen Punkt ganz in der Nähe. In einem Augenblick nackten Entsetzens wurde ihm die Bedeutung der tiefen Scharten, die er bereits an der Unterseite des Monsters bemerkt hatte, bewußt. Eine dieser Riefen verlief genau neben ihm und führte tief in den Körper hinein. Die beiden Seiten der Furche scheuerten gegeneinander, das Ganze war offensichtlich ein Zerkleinerungsmechanismus, mit dem das Monster Partikel, die zu groß waren, um direkt durch die Nahrungsporen zu wandern, zerstückelte.

Lucky wartete nicht. Er konnte seinen ramponierten Anzug nicht gegen die phantastische Muskelkraft des Ungeheuers aufs Spiel setzen. Die äußere Schale seines Taucheranzuges hielt möglicherweise stand, aber Teile der sensiblen Mechanik vielleicht nicht.

Er drehte die Schultern, so daß die Anzugdüsen direkt auf den Körper des Monsters gerichtet waren, dann schaltete er auf volle Leistung. Mit einem lauten Schmatzlaut kam er los, drehte er sich um und wandte sich zurück. Er vermied es, die Haut noch einmal zu berühren, hielt sich aber in ihrer Nähe und ließ sich von ihr auf seinem Weg leiten. Er schwamm weiter, nach oben, weg von den Randpartien des Untieres, in Richtung Zentrum.

Plötzlich gelangte er an eine Stelle, wo die Unterseite des

Monsters wie eine Wand aus Fleisch wieder in die Tiefe deutete und die sich in beiden Richtungen jenseits seiner Lampe verlor. Diese Mauer zitterte und bebte und bestand offensichtlich aus dünnerem Gewebe.

Es war das Blasrohr.

Lucky war sich sicher, daß es sich hierbei um das Blasrohr handelte, eine gigantische Einbuchtung, von einem Ende zum anderen hundert Meter lang, aus der die Wut reißenden Wassers hervorbrechen konnte. Vorsichtig schlug Lucky einen Bogen; zweifelsohne befand er sich hier am sichersten Platz, an dem man sein konnte, aber dennoch suchte er sich mit äußerster Vorsicht einen Weg.

Er wußte, wonach er suchte, und deshalb ließ er das Blasrohr in Ruhe. Er bewegte sich nach wie vor in der Richtung, wo der Fleischberg immer noch nach oben wuchs. Dann hatte er den Gipfelpunkt dieser umgedrehten Schüssel erreicht, und da war es!

Anfangs wurde Lucky sich nur eines langgezogenen Rumpelns gewahr, das im Ton fast zu tief war, um es richtig hören zu können. In Wirklichkeit war es die Vibration, die seine Aufmerksamkeit erregte und nicht so sehr das Geräusch. Dann betrachtete er eingehend, wie der Körper des Monsters an dieser Stelle anschwoll. Hier zuckte und schlug es, eine riesige Masse, die zehn Meter hinabhing und vielleicht den Umfang des Blasrohres hatte.

Das *mußte* das Zentrum des Lebewesens sein, sein Herz, oder was als Herz diente, mußte hier sein. Dieses Herz mußte mit ungeheurer Kraft schlagen. Lucky wurde ganz schwindelig, als er versuchte, sich den Vorgang vorzustellen. Diese Schläge mußten jedesmal fünf Minuten dauern, während dabei Tausende von Kubikmetern Blut (oder was immer das Wesen hatte) durch Gefäße gepumpt werden mußten, die groß genug waren, um die *Hilda* in ihnen fahren zu lassen. Dieser Herzschlag mußte ausreichen, um das Blut einen Kilometer und wieder zurück fließen zu lassen.

Was mußte das für ein Mechanismus sein, dachte Lucky. Wenn man doch bloß eines dieser Wesen lebend fangen und seine Physiologie studieren könnte!

Irgendwo in dieser Schwellung mußte sich auch das, was das Monster an Gehirn besaß, befinden. Gehirn? Vielleicht war das, was als Gehirn durchging, nichts weiter als ein Nervenbündel, ohne das das Monster ganz gut leben konnte.

Vielleicht! Aber ohne Herz konnte es nicht leben. Es hatte gerade einen Schlag beendet. Die Zentralschwellung hatte sich beinahe zu nichts zusammengezogen. Jetzt entspannte sich der Herzmuskel, um in fünf oder mehr Minuten wieder zu schlagen, und die Schwellung begann sich wieder auszudehnen und zu wachsen, während Blut hineinlief.

Lucky hob die Waffe und richtete den Lichtstrahl voll auf das riesige Herz, dann ließ er sich in die Tiefe sinken. Es war vielleicht besser, nicht in allernächster Nähe zu sein, andererseits wagte er nicht vorbeizuschießen.

Einen Augenblick lang überkam ihn so etwas wie Bedauern. Vom wissenschaftlichen Standpunkt aus betrachtet, war es fast ein Verbrechen, dieses größte aller Wesen, das die Natur hervorgebracht hatte, zu töten.

War das sein eigener Gedanke oder einer, den die V-Frösche an der Wasseroberfläche ihm aufgezwungen hatten?

Er wagte nicht, noch länger zu zögern. Er drückte den Griff seiner Waffe. Der Draht schoß heraus. Er traf, und Lucky wurde von dem hellen Schein, mit dem die nahe gelegene Herzwand des Monsters durchgebrannt wurde, geblendet.

Minutenlang kochte das Wasser im Todeskampf des Fleischberges. Die ganze Körpermasse wand sich in gigantischen Zuckungen. Hilflos wurde Lucky hin und her geworfen.

Aber der Tod, wenn er eintritt, dringt schließlich auch in

das letzte Gramm, selbst wenn es sich um ein Leben von hundert Millionen Tonnen Gewicht handelt. Schließlich war das Wasser ruhig.

Lucky schwamm langsam, ganz langsam, beinahe zu Tode erschöpft, in die Tiefe.

Er rief die *Hilda*. »Es ist tot. Schickt das Richtungssignal.«

Lucky ließ sich von Bigman aus dem Taucheranzug helfen, und es gelang ihm sogar, ein Lächeln zustande zu bringen, als der kleine Mann vom Mars besorgt zu ihm aufsah.

»Ich dachte, ich würde dich nie wiedersehen, Lucky«, sagte Bigman und schluckte hörbar.

»Wenn du zu heulen anfängst, dreh den Kopf zur Wand. Ich bin nicht aus dem Meer an Bord gekommen, um hier drinnen naß zu werden. Wie steht es mit den Hauptgeneratoren?«

»Die kriegen wir schon hin«, ließ Evans sich vernehmen, »aber es wird noch etwas dauern. Das Hin- und Hergeschleudertwerden jetzt eben am Schluß hat eine der Schweißarbeiten wieder ruiniert.«

»Also«, sagte Lucky, »wir müssen weitermachen.«

Er setzte sich mit einem müden Seufzer. »Es ist nicht so gelaufen, wie ich mir das vorgestellt hatte.«

»Wieso?« wollte Evans wissen.

»Mein Plan war, das Monster mit Nadelstichen dazu zu bringen, sich von uns wegzubewegen. Das hat nicht geklappt, ich mußte es töten. Jetzt sieht es so aus, daß sein Körper wie ein eingefallenes Zelt rings um die *Hilda* liegt.«

11
Zur Oberfläche

»Soll das etwa heißen, daß wir in der Falle sitzen?« fragte Bigman zu Tode erschreckt.

»So kann man es ausdrücken«, meinte Lucky kühl. »Du könntest auch sagen, daß wir in Sicherheit sind, wenn dir das lieber ist. Bestimmt sind wir hier sicherer als irgendwo sonst auf der Venus. Niemand kann uns physisch etwas zu Leide tun, mit dem toten Fleischberg über uns. Und wenn wir die Generatoren repariert haben, werden wir uns einfach hindurchfräsen. Bigman, mach, daß du an die Generatoren kommst, Evans, wir wollen uns mal einen Kaffee eingießen und die ganze Angelegenheit durchgehen. Es ist gut möglich, daß sich die Gelegenheit zu einem ruhigen Plausch nicht noch einmal bietet.«

Lucky begrüßte diese Erholungspause, diesen Augenblick, in dem es nichts weiter zu tun gab, als zu reden und nachzudenken.

Aber Evans machte einen verstörten Eindruck. Rings um seine porzellanblauen Augen hatten sich Falten gebildet.

»Du siehst besorgt aus«, meinte Lucky.

»Ich mache mir auch Sorgen. Was, beim All, stellen wir jetzt an?«

»Darüber habe ich mir schon so meine Gedanken gemacht. Mir scheint, die einzige Möglichkeit ist, die V-Frosch-Story jemandem zu erzählen, der nicht von ihnen kontrolliert werden kann.«

»Und wer sollte das sein?«

»Niemand auf der Venus, das ist sicher.«

Evans starrte seinen Freund an. »Willst du damit etwa sagen, daß jeder auf der Venus kontrolliert wird?«

»Das nicht, aber jeder könnte kontrolliert werden. Schließlich gibt es verschiedene Wege, wie ein menschlicher Verstand von diesen Wesen beherrscht werden kann.«

Lucky ließ einen Arm über die Rückenlehne des Drehstuhls, der für den Piloten gedacht war, herabbaumeln und legte die Beine übereinander. »Einmal gibt es die völlige Kontrolle über einen Menschen, die für kurze Zeit aufrechterhalten werden kann. *Völlige* Kontrolle! In dieser Zeit kann ein Mensch dazu gebracht werden, Dinge zu tun, die im krassen Widerspruch zu seinen natürlichen Regungen stehen. Dinge, die das eigene und das Leben anderer gefährden: die Piloten des Küstenkreuzers zum Beispiel, als Bigman und ich auf der Venus gelandet sind.«

»Das ist nicht die Art, mit der ich zu kämpfen hatte«, bemerkte Evans grimmig.

»Ich weiß. Das hat Morriss nicht gesehen. Er dachte, daß du nicht manipuliert warst, einfach, weil du keinerlei Anzeichen von Bewußtseinstrübung gezeigt hast. Aber es gibt noch eine zweite Form der Kontrolle, und unter der hast du gelitten. Sie ist weniger intensiv, der Betreffende behält sein Erinnerungsvermögen. Da der Zustand weniger stark ausgeprägt ist, kann die Person nicht gezwungen werden, gegen seine Natur zu handeln; du könntest zum Beispiel nicht zum Selbstmord gezwungen werden. Die V-Frösche machen mit Dauer wett, was sie an Intensität verlieren. Nun, es muß noch eine dritte Form der Kontrolle geben.«

»Und die wäre?«

»Eine Kontrolle, die noch weniger intensiv als die zweite Variante ist. Eine Manipulation, die derartig schwach ausgeprägt ist, daß das Opfer sie gar nicht merkt, aber trotzdem intensiv genug, um es den V-Fröschen zu gestatten, den Verstand des Betreffenden zu durchstöbern und Informationen daraus abzuzapfen. Da wäre zum Beispiel Lyman Turner.«

»Der Chefingenieur von Aphrodite?«

»Stimmt genau. Der ist so ein Fall. Siehst du auch,

warum? Überleg mal, da saß gestern ein Mann in der Kuppel, mit dem Schleusenhebel in der Hand, der die ganze Stadt gefährdete, und dabei war er auf allen Seiten derartig gut geschützt, dermaßen von Alarmeinrichtungen umgeben, daß sich niemand nähern konnte, ohne daß er es gemerkt hätte, bis Bigman sich einen Weg durch die Luftschächte gebahnt hatte. Ist das nicht seltsam?«

»Nein, wieso ist das seltsam?«

»Der Mann hatte den Posten erst seit ein paar Monaten. Er war noch nicht einmal ein richtiger Ingenieur. Seine Aufgabe war mehr die eines Büroangestellten oder Laufburschen. Woher hatte er das nötige Wissen, um sich so verschanzen zu können? Wie war es nur möglich, daß er das Kraftfeldsystem in dem Kuppelabschnitt so von Grund auf kannte?«

Evans spitzte die Lippen und pfiff unhörbar. »He, da ist etwas dran.«

»Turner ist nichts aufgefallen. Kurz bevor wir an Bord der *Hilda* gingen, habe ich ihn genau darüber befragt. Ich habe ihm natürlich nicht gesagt, worauf ich hinauswollte. Er hat mir von sich aus über die mangelnde Erfahrung dieses Burschen berichtet, aber die Ungereimtheit an der Sache ist ihm nicht aufgefallen. Aber wer würde über die notwendigen Informationen verfügen? Wer sonst, als der Chefingenieur. Wer sollte besser Bescheid wissen als er?«

»Stimmt. Stimmt!«

»Na gut, mal angenommen, Turner stand unter sehr leichter Kontrolle. Die Informationen könnten aus seinem Kopf genommen worden sein. Er könnte auch ganz sanft dazu gebracht werden, in der Situation keinen Ausweg sehen zu können. Siehst du, worauf ich hinaus will? Und dann Morriss …«

»Morriss auch?« Evans war entgeistert.

»Möglicherweise. Er ist felsenfest davon überzeugt, daß die Sirianer hinter den Hefekulturen her sind, eine andere Erklärung hat er nicht. Handelt es sich dabei jetzt um eine echte Fehlbeurteilung, oder wird er raffiniert dazu überredet? Er war bereit, dich zu verdächtigen, Lou – ein bißchen zu schnell bereit. Ein Ratsmitglied sollte etwas weniger bereit sein, ein anderes zu verdächtigen.«

»Beim All! Wer ist dann sicher, Lucky?«

Lucky musterte seine leere Kaffeetasse und sagte: »Auf der Venus keiner. Darauf will ich ja gerade hinaus. Wir müssen die Geschichte und die Wahrheit von hier wegbringen.«

»Und wie sollen wir das anstellen?«

»Da sagst du was, wie sollen wir es anstellen?« Lucky brütete vor sich hin.

»Wir können von hier nicht weg. Die *Hilda* ist ein Wasserfahrzeug, dafür ist sie gebaut. Sie kann nicht in der Atmosphäre fliegen, vom Weltraum mal ganz zu schweigen. Wenn wir zur Stadt zurückkehren, um uns was Passendes zu suchen, lassen die uns nie mehr raus.«

»Ich denke, du hast recht«, pflichtete Lucky bei, »aber wir brauchen die Venus gar nicht selbst zu verlassen. Nur unser Wissen muß von hier weg, das reicht völlig.«

»Wenn du auf unseren Bordfunk anspielst, das kannst du getrost vergessen. Der Apparat auf diesem Pott funktioniert ausschließlich nur auf der Venus. Das ist kein Subäthergerät, die Erde können wir also nicht erreichen. Wir kämen noch nicht einmal über die Wasseroberfläche damit. Alles ist so konstruiert, daß die Trägerwelle an der Unterseite der Oberfläche reflektiert wird, dadurch bekommen sie eine größere Reichweite. Aber selbst wenn wir gerade nach oben senden könnten, kämen wir nicht bis zur Erde.«

»Ich glaube nicht, daß wir das müßten«, meinte Lucky. »Zwischen hier und der Erde befindet sich etwas, das völlig genügt.«

Einen kurzen Moment lang rätselte Evans herum, dann sagte er: »Meinst du die Raumstationen?«

»Na klar. Zwei Raumstationen umkreisen die Venus. Die Erde mag ja zwischen dreißig und vierzig Millionen Meilen entfernt sein, aber von uns bis zu den Stationen sind es höchstens zweitausend Meilen. Ich bin sicher, daß es dort auch keine V-Frösche gibt. Morriss hat gesagt, daß sie Sauerstoff in der Luft nicht mögen, und es ist unwahrscheinlich, wenn man die wirtschaftlichen Gesichtspunkte, unter denen Raumstationen unterhalten werden, einmal berücksichtigt, daß man spezielle Kohlendioxydkammem für V-Frösche eingerichtet hat. Wenn es uns also gelingt, eine Nachricht an die Stationen abzusetzen und die sie dann an unser Hauptquartier auf der Erde weiterfunken, haben wir es geschafft.«

»Genau, Lucky«, rief Evans begeistert. »Das ist der Ausweg. Ihre geistigen Kräfte reichen unmöglich zweitausend Meilen durch das All ...« Aber dann verfinsterten sich seine Züge wieder. »Nein, es geht doch nicht. Unser Sender reicht nicht über die Wasseroberfläche.«

»Von hier vielleicht nicht. Aber mal angenommen, wir tauchen auf und senden von da direkt nach oben.«

»An die Oberfläche willst du?«

»Ja, na und?«

»Aber *sie* sind da. Die V-Frösche.«

»Das weiß ich.«

»Wir werden kontrolliert werden.«

»Werden wir das?« fragte Lucky. »Bisher haben sie noch niemanden angegangen, der über sie Bescheid wußte, der gewußt hat, was er zu erwarten hat und der sich entschlossen hat, sich dagegen zu wehren. Die meisten Opfer hatten nicht den geringsten Verdacht. Was dich angeht, du hast sie richtiggehend eingeladen, in deinen Verstand zu kommen, um deine eigenen Worte zu benutzen. Also, was mich betrifft, so bin ich nicht ahnungslos, und ich habe auch nicht die Absicht, ihnen eine Einladung zu schicken.«

»Du schaffst es nicht, hör auf mich. Du hast keine Ahnung, wie das ist.«

»Hast du einen anderen Vorschlag?«

Ehe Evans antworten konnte, trat Bigman durch die Tür

und rollte sich die Ärmel herunter. »Alles fertig«, meinte er. »Ich garantiere, daß die Generatoren funktionieren.«

Lucky nickte und ging an die Instrumente, während Evans, den Blick immer noch voller Zweifel, auf seinem Platz sitzenblieb.

Da war das Summen der Turbinen wieder. Es klang voll und wie Musik in ihren Ohren. Das gedämpfte Geräusch war herrlich, und unter den Füßen konnten sie dieses seltsame Gefühl von Spannung und Bewegung spüren, das es auf Raumschiffen nie gab.

Die *Hilda* lief durch die Wasserblase, die unter dem zusammengesunkenen Körper des Riesenlappens gefangen worden war, und nahm Geschwindigkeit auf.

Bigman war nicht wohl in seiner Haut. »Wieviel Platz haben wir?« wollte er wissen.

»Ungefähr einen Kilometer«, gab Lucky zur Antwort.

»Was ist, wenn wir es nicht schaffen?« murmelte Bigman. »Was ist, wenn wir einfach hineinrasseln und wie eine Axt im Baum stecken bleiben?«

»Wir legen den Rückwärtsgang ein und versuchen es noch einmal«, versicherte Lucky ihm.

Es war eine Zeitlang still an Bord, dann sagte Evans mit leiser Stimme: »Hier unter dem Lappen eingeschlossen zu sein, ist, als ob man in einer Kammer sitzt.« Er murmelte halb zu sich selbst.

»In einer was?« fragte Lucky.

»In einer Kammer«, wiederholte Evans abwesend. »Auf der Venus bauen sie welche. Es sind kleine Kuppeln aus Transit, Kammern genannt, die unterhalb des Meeresbodens liegen, so ähnlich, wie Atombunker auf der Erde. Falls die Kuppel bei einem Venusbeben zum Beispiel zu Bruch geht, sollen sie angeblich gegen die eindringenden Wassermassen Schutz bieten. Diese Kammern sind meines Wissens noch nie benutzt worden, aber die besser ausgestatteten Appartementhäuser werben immer damit, daß sie über Bunker für den Notfall verfügen.«

Lucky hörte ihm zu, sagte aber nichts.

Die Tonlage der Maschinen wurde schriller.

»Haltet euch fest!« schrie Lucky.

Die *Hilda* erzitterte in allen Nähten, und die plötzliche, fast unwiderstehliche Geschwindigkeitsabnahme zwang Lucky mit aller Gewalt gegen die Instrumentenkonsole. Bei Bigman und Evans färbten sich die Knöchel weiß, und sie zerrten sich die Handgelenke, als sie sich mit aller ihnen zu Gebote stehenden Kraft festklammerten.

Das Schiff wurde langsamer, kam aber nicht zum Stillstand. Die Motoren gaben ihr letztes und die Generatoren protestierten quietschend, was Lucky ihnen gut nachfühlen konnte, aber die *Hilda* pflügte durch Haut, Muskeln, Sehnen und leere Blutgefäße und nutzlose Nervenstränge, die sechzig Zentimeter dicken Kabeln ähneln mußten. Lucky hielt, das Kinn vorgestreckt und mit grimmiger Miene, den Geschwindigkeitsknüppel fest am Anschlag, um gegen den zerreißenden Widerstand anzukommen.

Die Minuten zogen sich endlos hin, doch dann waren sie durch, und die Maschinen jubelten auf. Sie waren durch das Monster hindurch und befanden sich wieder im offenen Meer.

Geräuschlos gleitend stieg die *Hilda* durch das trübe, kohlensäurehaltige Wasser des Venusozeans empor. Sie schwiegen alle drei. Dieses Schweigen schien ihnen durch die Kühnheit, mit der sie die wirkliche Bastion der feindlichen Lebensform auf der Venus in Angriff nahmen, auferlegt worden zu sein. Seit sie durch den Lappen hindurch waren, hatte Evans noch kein Wort gesagt. Lucky hatte die Schiffsinstrumente auf Automatik gestellt und saß auf dem Drehstuhl für den Piloten; seine Finger trommelten leise gegen die Kniescheibe. Selbst der unbändige Bigman hatte sich finster zum Heckbullauge mit seinem bauchigen, weitwinkeligen Blickfeld zurückgezogen.

Plötzlich rief er: »Lucky, sieh mal da.«

Mit wenigen Schritten stand Lucky neben ihm. Sie schauten gemeinsam hinaus, keiner sagte ein Wort. Die Hälfte des Sichtfeldes bestand aus dem Widerschein kleiner phosphorisierender Lebewesen, aber in einer anderen Richtung stand eine Wand, eine monströse Wand, die in wechselnden Farben aufleuchtete.

»Glaubst du, das ist der Lappen, Lucky?« fragte Bigman. »Als wir herkamen, hat es nicht so geleuchtet, und überhaupt, jetzt, wo er tot ist, würde er doch sowieso nicht mehr leuchten, oder?«

»In gewisser Weise ist es schon der Lappen«, sagte Lucky nachdenklich. »Ich glaube, der halbe Ozean findet sich hier ein, um am Festmahl teilzunehmen.«

Bigman schaute noch einmal hin, und ihm wurde ein wenig schlecht. Natürlich! Da unten lagen hundert Millionen Tonnen Fleisch herum, man brauchte sich nur zu bedienen. Das Licht, das sie sehen konnten, mußte von den kleinen Lebewesen des Küstengebietes ausgehen, die gekommen waren, um sich an dem toten Monster gütlich zu tun.

Wesen flitzten an den Bullaugen vorbei, sie schwammen alle in dieselbe Richtung. Von allen Seiten kamen sie sternförmig auf den Kadaver zu, den die *Hilda* zurückgelassen hatte und der wie ein Gebirge aussah.

Pfeilfische aller Größen waren besonders zahlreich vertreten. Sie hatten eine weiße Phosphorlinie auf dem Rücken, der die Wirbelsäule kennzeichnete (in Wirklichkeit handelte es sich dabei gar nicht um eine richtige Wirbelsäule, sondern bloß um einen glatten Stab, der aus einer hornartigen Substanz bestand). An einem Ende der weißen Linie befand sich ein blaßgelbes V; dort befand sich der Kopf. Für Bigman schien es, als schwärmte ein nicht zu zählender Schwarm beweglicher Pfeile am Schiff vorbei, aber vor seinem geistigen Auge konnte er ihre gierigen, riesigen nadelgesäumten Kiefer sehen.

»Heilige Milchstraße!« entfuhr es Lucky.

»Bei allen Marswüsten!« murmelte Bigman. »Der übrige Ozean wird bald leer sein. Jedes vermaledeite Vieh im Meer kommt hierher geschwommen.«

»So wie sich diese Pfeilfische vollschlagen, ist der Lappen in zwölf Stunden verschwunden«, bemerkte Lucky.

Vom anderen Ende hörten sie Evans' Stimme. »Lucky, ich muß mit dir reden.«

»Klar, was gibt es, Lou?« Lucky wandte sich um.

»Als du das erste Mal den Vorschlag machtest, zur Oberfläche aufzutauchen, hast du mich gefragt, ob ich einen besseren Vorschlag hätte.«

»Ich weiß. Du hast mir keine Antwort gegeben.«

»Jetzt tue ich es. Wenn man will, dann halte ich sie sozusagen in der Hand; wir fahren zur Stadt zurück.«

»He, was soll das denn?« rief Bigman.

Lucky brauchte diese Frage nicht zu stellen. Seine Nasenflügel bebten, und innerlich tobte er vor Wut über sich selbst. Statt sich an das Bullauge zu stellen, hätte er sich mit Herz und Seele auf das konzentrieren sollen, was vor ihnen lag.

Denn in Evans' geballter Faust befand sich Luckys eigener Blaster, und in Evans' zusammengekniffenen Augen stand eiserne Entschlossenheit.

»Wir kehren in die Stadt zurück«, wiederholte Evans.

12
Zur Stadt?

»Was hast du, Lou?« fragte Lucky.

Evans machte mit dem Blaster eine ungeduldige Bewegung. »Stell die Maschinen auf ›Volle Kraft zurück‹, Neigungswinkel nach unten und den Bug in Richtung Stadt. Nein, du nicht, Lucky. Du läßt jetzt mal Bigman an die Instrumente, dann stellst du dich neben ihn, damit ich euch beide und die Instrumente gleichzeitig im Auge behalten kann.«

Bigman hatte die Arme halb erhoben und sah Lucky an. Lucky behielt die Hände unten.

»Wie wäre es, wenn du mir mal sagst, was in dich gefahren ist«, sagte Lucky ohne Betonung.

»Nichts ist in mich gefahren«, erwiderte Evans. »Überhaupt nichts. Es dreht sich vielmehr um das, was in dich gefahren ist. Du bist rausgegangen und hast das Monster getötet, und dann kommst du zurück und fängst an, davon zu faseln, daß wir an die Oberfläche müßten. Warum?«

»Ich habe meine Gründe genannt.«

»Ich glaube dir nicht. Wenn wir nach oben kommen, werden die V-Frösche unseren Verstand übernehmen. Ich habe in der Hinsicht Erfahrung gesammelt, und deswegen weiß ich auch, daß die V-Frösche *deinen* Verstand schon haben.«

»*Was?*« explodierte Bigman. »Hast du 'nen Dachschaden?«

»Ich weiß, was ich tue«, antwortete Evans unbeirrt. Er beobachtete Lucky mißtrauisch. »Wenn du die Sache einmal leidenschaftslos betrachtest, Bigman, wirst du auch merken, daß Lucky unter V-Frosch-Einfluß stehen muß. Vergiß nicht, er ist auch mein Freund. Ich kenne ihn schon länger als du, Bigman, und es fällt mir schwer, das hier zu tun, aber es gibt keine andere Möglichkeit. Ich muß es tun.«

Bigman schaute unsicher von einem zum anderen, dann fragte er leise: »Haben die V-Frösche dich wirklich, Lucky?«

»Nein.«

»Was hättest du denn gedacht, was er sagen würde?« wollte Evans wissen. »Natürlich haben sie ihn. Um das Monster zu erschlagen, mußte er bis zur Oberfläche jagen. Er ist bestimmt ziemlich nahe an die Oberfläche gekommen, wo die V-Frösche lauern, er war nahe genug, sie konnten ihn sich schnappen. Sie haben ihn das Monster töten lassen. Warum auch nicht? Sie machen doch ein prima Geschäft, wenn sie die Herrschaft über das Monster gegen die Kontrolle über Lucky tauschen. Lucky kommt also zurück an Bord und quatscht wirres Zeug über die Notwendigkeit, auftauchen zu müssen, wo wir mitten unter ihnen sind, und in der Falle sitzen ... die einzigen Leute, die die Wahrheit kennen, wären hilflos.«

»Lucky?« quengelte Bigman, und am Tonfall konnte man erkennen, daß er Gewißheit haben wollte.

»Du irrst dich, Lou«, bemerkte Lucky ruhig. »Was du da machst, ist die Folge deiner eigenen Gefangenschaft. Du hast früher schon unter ihrem Einfluß gestanden, und die V-Frösche kennen deinen Verstand gut. Sie können jederzeit, wenn es ihnen paßt, hinein. Vielleicht haben sie ihn nie völlig verlassen. Du tust nur, was man dich zu tun zwingt.«

Evans packte den Blaster fester. »Tut mir leid, Lucky, aber so läuft nichts. Wir wollen jetzt in die Stadt zurück.«

»Falls du nicht kontrolliert wirst, Lou – wenn dein Wille frei ist –, dann würdest du mich niederschießen, sollte ich versuchen, uns an die Oberfläche zu bringen, oder?«

Evans antwortete nicht.

»Du wirst es tun müssen«, sagte Lucky. »Es wäre deine Pflicht dem Rat und der ganzen Menschheit gegenüber. Solltest du aber unter Kontrolle stehen, ist es durchaus möglich, daß man dir befiehlt, mich zu bedrohen, aber ich bezweifle, ob man dich zwingen kann, mich zu töten. Einen Freund

und Ratsmitgliedskollegen einfach zu ermorden, würde zu sehr gegen deine Grundeinstellung verstoßen – also gib mir meinen Blaster.«

Lucky ging mit ausgestreckter Hand auf den anderen zu.

Starr vor Entsetzen schaute Bigman zu.

Evans wich zurück. Mit rauher Stimme sagte er: »Ich warne dich, Lucky. Ich werde schießen.«

»Und ich sage, du wirst nicht schießen. Du wirst mir den Blaster geben.«

Evans stand nun mit dem Rücken zur Wand. Seine Stimme überschlug sich hysterisch. »Ich schieße, ich schieße!«

»Lucky, bleib stehen!« schrie Bigman.

Doch Lucky war bereits stehengeblieben und wich zurück. Langsam, ganz langsam ging er zurück.

Evans' Augen waren plötzlich ohne Leben, er stand nun wie eine aus Stein gemeißelte Statue da, den Finger fest am Abzug. Mit kalter Stimme sagte er: »Zurück zur Stadt.«

»Bring das Schiff auf Stadtkurs, Bigman«, sagte Lucky.

Bigman trat schnell an die Instrumente. »Jetzt ist er völlig durch den Wind, oder?« murmelte er.

»Ich habe befürchtet, daß so etwas passiert«, antwortete Lucky. »Sie haben ihn auf intensive Manipulation geschaltet, um sicherzugehen, daß er auch wirklich schießt. Und er wird auch schießen, das ist gar keine Frage. Er ist jetzt ohne Bewußtsein. Später wird er sich an nichts mehr erinnern.«

»Kann er uns verstehen?« Bigman dachte an die beiden Küstenkreuzerpiloten, die sie auf die Venus gebracht hatten und die für ihre Umwelt überhaupt kein Interesse gezeigt hatten.

»Ich glaube nicht«, sagte Lucky, »aber er hält die Instrumente im Auge, und falls wir vom Kurs abweichen, wird er abdrücken. Mach dir darüber keine Illusionen.«

»Was machen wir denn nun?«

Aus Evans' fahlen kalten Lippen kamen wieder Worte: »Zurück zur Stadt, schnell!«

Bewegungslos sprach Lucky leise und schnell mit Bigman, dabei starrte er die ganze Zeit auf die nicht schwankende Mündung des Blasters in der Hand seines Freundes.

Mit einem kaum wahrnehmbaren Kopfnicken bestätigte Bigman, daß er verstanden hatte.

Die *Hilda* fuhr auf dem Kurs, den sie gekommen war, zur Stadt zurück.

Ratsmitglied Evans stand mit kreidebleichem, strengem Gesicht am Schott; seine gnadenlosen Augen wanderten zwischen Lucky, Bigman und den Instrumenten hin und her. Sein Körper, der von denen, die seinen Verstand kontrollierten, zu absolutem Gehorsam stocksteif gefroren worden war, empfand noch nicht einmal das Bedürfnis, den Blaster von einer Hand in die andere zu wechseln.

Lucky spitzte die Ohren, um das leise Geräusch des Richtungsstrahls von Aphrodite hören zu können, der beständig auf dem Richtungssucher der *Hilda* ertönte. Der Funkstrahl ging auf einer bestimmten Wellenlänge vom höchsten Punkt der Kuppel aus in alle Himmelsrichtungen. Dadurch wurde es genauso leicht, Aphrodite zu finden, als befände sich die Stadt in Sicht und läge nur hundert Meter entfernt.

Am Klang des leise summenden Funkstrahls merkte Lucky genau, daß sie sich der Stadt nicht auf direktem Kurs näherten. Dabei handelte es sich wirklich nur um eine Klangnuance, die dem Ohr nicht ohne weiteres auffallen mußte.

Der manipulierte Evans bemerkte es vielleicht überhaupt nicht. Lucky hoffte es jedenfalls inständig.

Lucky bemühte sich, dem starren leeren Blick von Evans zu folgen, wenn dieser die Instrumente prüfte. Er war sich sicher, daß die Augen des Mannes auf dem Tiefenanzeiger ruhten. Dabei handelte es sich um eine große Scheibe, die einfach bloß den Wasserdruck maß. Von Evans' Standort aus konnte man ohne Schwierigkeiten erkennen, daß die *Hilda* nicht mit dem Bug nach oben zeigte.

Lucky fühlte die Gewißheit, daß Evans ohne zu zögern schießen würde, falls der Tiefenanzeiger in die falsche Richtung ausschlug.

Obwohl er sich nach Kräften bemühte, so wenig wie möglich über ihre Lage nachzudenken, um den wartenden V-Fröschen nicht zu gestatten, mehr spezifische Gedanken als unbedingt nötig aufzufangen, konnte er dennoch nicht umhin, sich zu fragen, warum Evans sie nicht einfach niederschoß. Sie waren unter dem Riesenlappen zum Sterben verurteilt gewesen, aber jetzt sollten sie einfach nur wie eine Hammelherde nach Aphrodite zurückgetrieben werden. Oder würde Evans sie in dem Moment abknallen, wenn es den V-Fröschen gelang, die letzten Skrupel ihres Opfers zu überwinden?

Das Richtfunksignal änderte die Tonlage noch ein bißchen. Lucky schaute wieder schnell auf Evans. Bildete er sich das bloß ein, oder regte sich ein Funke (mit menschlichen Gefühlen hatte es nichts zu tun, aber da war etwas) in Evans' Augen?

Sekundenbruchteile später handelte es sich offensichtlich um mehr als Einbildung, denn Evans' Bizeps zog sich etwas zusammen, und sein Arm hob sich ein wenig.

Gleich würde er schießen!

Und genau in dem Augenblick, als Lucky dieser Gedanke durchfuhr und sich seine Muskeln unfreiwillig und nutzlos gegen das kommende Geschoß zusammenzogen, krachte die *Hilda* in etwas hinein. Evans hatte nicht damit gerechnet und fiel nach hinten. Der Blaster rutschte ihm aus der Hand.

Lucky handelte sofort. Die gleiche Wucht, die Evans nach hinten geworfen hatte, beförderte ihn nach vorne. Er fing die Bewegung ab und stürzte sich auf den anderen, griff nach dessen Handgelenk und hielt es mit eisernem Griff umklammert.

Aber Evans war alles andere als ein Schlappschwanz und kämpfte mit der infernalischen Wut, die ihm aufgezwungen worden war. Er zog die Knie an, bekam Lucky um die Oberschenkel zu packen und stemmte ihn hoch. Das immer noch gierende Schiff unterstützte zufälligerweise Evans' Aktion mit seinem Schlingern, und das gefangene Ratsmitglied saß auf einmal oben.

Evans' Faust kam krachend nieder, aber Lucky konnte den Hieb mit der Schulter abblocken. Er hob nun seinerseits die Knie und nahm Evans unterhalb der Hüften in die Schere. Evans' Gesicht verzog sich vor Schmerz. Er wand sich, aber Lucky ging mit und kam wieder obenauf zu liegen. Er richtete sich auf, und dabei verstärkte er den Schenkeldruck noch weiter.

»Ich weiß nicht, ob du mich hören oder verstehen kannst, Lou ...«, keuchte Lucky.

Evans ging darauf nicht ein. Mit einer letzten verzweifelten Kraftanstrengung hievte er sich und Lucky hoch und durchbrach den Haltegriff.

Lucky rollte sich auf dem Boden ab und kam leichtfüßig wieder auf die Beine. Er bekam Evans' Arm zu fassen, als dieser sich ebenfalls aufrappelte, und zog ihn über seine Schulter. Ein Ruck, und Evans krachte auf die Bretter. Er blieb regungslos liegen.

»Bigman!« rief Lucky schwer atmend und sich mit einer schnellen Bewegung die Haare aus der Stirn streichend.

»Hier bin ich«, sagte der kleine Bursche grinsend, dabei wedelte er leicht mit dem Blaster in der Luft. »Ich stehe Gewehr bei Fuß, für alle Fälle.«

»Schon gut, steck den Blaster weg, Bigman, und sieh dir Lou mal an. Stell fest, ob er sich etwas gebrochen hat. Dann kannst du ihn fesseln.«

Lucky machte sich jetzt an den Instrumenten zu schaffen, und mit unendlicher Vorsicht manövrierte er die *Hilda* rückwärts aus den Überresten des Riesenlappenkadavers heraus.

Luckys riskantes Spiel hatte sich ausgezahlt. Er hatte darauf gesetzt, daß die V-Frösche mit ihrer Konzentration auf geistige Belange keine rechte Vorstellung von der tatsächlichen Größe des Lappens haben würden, daß ihnen mit ihrem Mangel an Erfahrung, was Unterwasserverkehr anging, die Bedeutung der leichten Kursabweichung, die Bigman vorgenommen hatte, nicht aufgehen würde. Die Strategie hatte Lucky mit Bigman in dem kurzen Augenblick abgesprochen, als sie, mit Evans' Blaster im Rücken, wieder Kurs auf die Stadt hatten nehmen müssen.

»Nimm Kurs auf den Lappen«, hatte er gesagt.

Der Kurs der *Hilda* änderte sich erneut. Der Bug zeigte nach oben.

Evans lag auf seiner Koje, er sah Lucky beschämt ins Gesicht. »Es tut mir leid.«

»Wir verstehen, Lou. Du brauchst nicht darüber nachzugrübeln«, bemerkte Lucky leichthin. »Aber vorläufig können wir dich nicht losbinden, das verstehst du doch, oder?«

»Sicher, macht ruhig noch ein paar Knoten mehr rein, ich habe es verdient. Ihr könnt mir glauben, an das meiste kann ich mich gar nicht mehr erinnern.«

»Hör mal, Junge, du solltest jetzt besser mal eine Runde schlafen«, Lucky gab Evans einen spielerischen Schlag auf die Schulter. »Wenn es sein muß, wecken wir dich, sobald wir auftauchen.«

Einige Minuten später sagte er ruhig zu Bigman: »Sammle alle Blaster und sonstige Waffen, die du auf dem Schiff finden kannst, ein. Geh die Vorratslast, die Spinde und alles andere durch.«

»Was hast du vor?«

»Ich werde alles über Bord gehen lassen«, sagte Lucky.

»Was?«

»Du hast mich schon verstanden. Vielleicht erwischt es

dich, oder sie bekommen mich in ihre Gewalt. Falls das geschehen sollte, dann möchte ich nicht, daß sich so etwas wie vorhin noch einmal ereignen kann. Und gegen die V-Frösche kann man mit herkömmlichen Waffen sowieso nichts ausrichten.«

Nacheinander verschwanden die beiden Blaster und die Elektropeitschen, die zu den Taucheranzügen gehörten, durch den Müllschlucker. Die Klappe des Müllschluckers befand sich in der Wand direkt neben der Bordapotheke, und die Waffen wurden über den Einwegeventilmechanismus ins Meer gespuckt.

»Ich fühle mich ganz nackt«, murmelte Bigman vor sich hin. Er starrte durch das Bullauge, als hege er die Hoffnung, noch einen Blick auf die verschwundenen Waffen erhaschen zu können. Ein schwacher Phosphorschein huschte vorbei, es war ein Pfeilfisch. Sonst war nichts zu erkennen.

Die Nadel des Wasserdruckanzeigers fiel langsam. Zu Anfang waren sie auf neunhundert Meter gewesen, jetzt standen sie bei etwas weniger als sechshundert.

Bigman peilte weiterhin intensiv durch das Bullauge.

Lucky sah ihn flüchtig an. »Wonach suchst du?«

»Ich dachte, es würde heller werden, wenn wir näher an die Oberfläche steigen.«

»Das möchte ich bezweifeln«, erwiderte Lucky. »Der Tang deckt die Oberfläche dicht ab. Bis wir auftauchen, wird es dunkel bleiben.«

»Glaubst du, wir könnten auf ein Ernteschiff stoßen, Lucky?«

»Ich hoffe nicht.«

Sie waren jetzt vierhundertfünfzig Meter unter der Wasseroberfläche.

Bigman versuchte es lässig klingen zu lassen, aber es war ihm anzumerken, daß er sich nur bemühte, seinen Gedanken eine andere Richtung zu verleihen. »Sag mal, Lucky, wie kommt es eigentlich, daß sich so viel Kohlendioxyd in der

Venusatmosphäre befindet? Ich meine, wo es doch so viele Pflanzen hier gibt? Pflanzen sollen doch Kohlendioxyd in Sauerstoff verwandeln, oder etwa nicht?«

»Auf der Erde, ja. Aber soweit ich mich an meine Vorlesung über Xenobotanik erinnern kann, haben die Venuspflanzen einen ganz eigentümlichen Trick. Die Pflanzen auf der Erde geben ihren Sauerstoff an die Umwelt ab. Venuspflanzen hingegen speichern den Sauerstoff in hoch konzentrierter Form in ihrem Gewebe.« Seine Stimme klang abwesend, ganz so, als ob auch er redete, um sich vor tiefschürfenderen Gedanken zu schützen. »Das ist auch der Grund, warum kein Tier auf der Venus atmet. Was sie an Sauerstoff brauchen, beziehen sie aus ihrer Nahrung.«

»Weißt du Näheres darüber?« erkundigte sich Bigman, ehrlich überrascht.

»Wahrscheinlich befindet sich in der Nahrung zuviel Sauerstoff, sonst wären sie nicht so scharf auf sauerstoffarmes Futter, wie diese Wagenschmiere, die du dem V-Frosch gegeben hast. Das ist jedenfalls meine Überzeugung.«

Sie waren nur noch zweihundertachtzig Meter tief.

»Übrigens, hast du gut gesteuert, Bigman, ich meine, wie du den Lappen gerammt hast.«

»Kleinigkeit«, antwortete Bigman, aber das Lob in Luckys Worten ließ ihn vor Freude erröten.

Er schaute auf den Druckmanometer. Noch hundertfünfzig Meter bis zur Oberfläche.

Und dann setzte ein knirschendes und kratzendes Geräusch von oben ein, das sanfte Emporgleiten geriet ins Stocken, die Maschinen arbeiteten schwerer, und dann wurde es draußen vor dem Bullauge plötzlich hell. Der wolkenverhangene Himmel ließ sie blinzeln, und rings umher schwappte Wasser zwischen Tangfasern.

»Es regnet«, sagte Lucky. »Ich fürchte, nun bleibt uns nichts anderes übrig, als still dazusitzen und zu warten, bis die V-Frösche kommen.«

»Nun ... nun ... hier sind sie!« sagte Bigman leer.

Und schon schob sich ein V-Frosch vor das Bullauge. Die langen Beine eng an den Körper gezogen und mit den gegenständigen Zehen ein Tangbüschel fest umklammernd, schaute er aus großen feuchten Augen ernst ins Innere des Schiffes.

13
Begegnung der Geister

Die *Hilda* tanzte auf den hohen Wogenkämmen des Venusozeans. Das Prasseln des starken, anhaltenden Regens trommelte in wildem Rhythmus auf die Außenhaut. Bigman, dem Marsbewohner, waren Regen und Meere fremd, aber in Lucky erweckten sie Erinnerungen an zu Hause.

»Schau dir den V-Frosch an, Lucky, schau ihn dir an!«

»Ich sehe ihn«, antwortete Lucky ruhig.

Bigman putzte die Scheibe mit dem Ärmel blank und ertappte sich plötzlich selbst dabei, wie er, um besser sehen zu können, mit plattgedrückter Nase am Glas hing.

Dann dachte er bei sich, he, ich sollte besser nicht so nahe herangehen. Er machte einen Satz zurück und steckte mit Bedacht die kleinen Finger beider Hände in die Mundwinkel und zog sie in die Breite. Er streckte die Zunge heraus, schielte und wackelte mit den Fingern in der Luft.

Der V-Frosch sah ihn ernst an. Seit er zum erstenmal aufgetaucht war, hatte er noch keinen Muskel bewegt. Er schwang nur würdig mit dem Wind. Ihm schien das Wasser, das um ihn herum aufspritzte, nichts auszumachen, er schien es nicht einmal wahrzunehmen.

Bigman verzog sein Gesicht zu einer noch furchterregenderen Grimasse und machte »A-ah-ah« zu dem Wesen.

Luckys Stimme sagte hinter ihm: »Was machst du da, Bigman?«

Bigman fuhr erschreckt zusammen, ließ die Hände sinken, und sein Gesicht bekam wieder den ihm eigenen koboldhaften Ausdruck. Grinsend meinte er: »Habe dem V-Frosch nur mal gezeigt, was ich von ihm halte.«

»Und er hat dir nur mal gezeigt, was er von dir hält!«

Bigmans Herz setzte einen Schlag aus. Die eindeutige Mißbilligung in Luckys Worten war unüberhörbar. In einer kritischen Situation wie dieser, in einem dermaßen gefährlichen Augenblick, schnitt er, Bigman, Grimassen wie ein Clown. Er schämte sich.

»Ich weiß nicht, was über mich gekommen ist, Lucky«, maulte er.

»*Sie* schon«, erwiderte Lucky vorwurfsvoll. »Versteh das endlich. Die V-Frösche suchen bei dir nach schwachen Stellen. Sie werden jede Möglichkeit ausnutzen, um in dein Gehirn zu kriechen, und wenn sie sich erst mal dort eingenistet haben, dann ist es gut möglich, daß es deine Kräfte übersteigt, sie wieder aus deinem Kopf zu vertreiben.«

»Ja, Lucky«, murmelte Bigman.

»Was kommt als nächstes?« Lucky sah sich an Bord um. Evans schlief, er warf sich auf seiner Koje hin und her, als hätte er einen Anfall, das Atmen schien ihm schwerzufallen. Luckys Augen ruhten nur einen kurzen Augenblick auf ihm, dann sah er woanders hin.

Beinahe furchtsam sagte Bigman: »Lucky?«

»Was ist?«

»Willst du die Raumstation nicht anrufen?«

Einen Augenblick lang starrte Lucky seinen kleinen Partner verständnislos an. Dann glätteten sich die Falten zwischen seinen Augen langsam und er flüsterte: »Heilige Milchstraße! Ich habe es vergessen, Bigman, ich hatte es völlig vergessen! Ich habe nicht ein einziges Mal daran gedacht.«

Bigman deutete mit dem Daumen über die Schulter, er zeigte auf das Bullauge, durch das der V-Frosch immer noch wie eine Eule hineinsah. »Willst du damit sagen, der da ...?«

»Ich meine sie alle. Beim All, da draußen sind vielleicht Tausende!«

Bigman schämte sich etwas für seine Gefühle. Er war nämlich froh darüber, daß Lucky den Wesen genauso wie er auf den Leim gegangen war. Das nahm ihm einiges von der Schuld, die sonst an ihm hängengeblieben wäre. Wenn man es recht betrachtete, dann hatte Lucky keinen Grund ... Bestürzt gebot Bigman seinen Gedanken Einhalt. Er steigerte sich selbst in eine Aversion gegen Lucky. Das war nicht er. *Sie* waren das!

Brutal verbannte er alle Gedanken aus seinem Kopf und konzentrierte sich auf Lucky, dessen Finger jetzt mit der Wählscheibe des Sendegerätes beschäftigt waren. Er stellte sie mit der Sorgfalt ein, die nötig war, um den Weltraum trennscharf zu erreichen.

Und dann flog Bigmans Kopf unter dem Eindruck des plötzlich einsetzenden neuen Klangs zurück.

Es war eine tonlose Stimme, ohne Ausdruck. Sie sagte: »Spiele nicht mit deiner Maschine des weitreichenden Klangs. Wir wünschen es nicht.«

Bigman drehte sich um. Die Kinnlade sackte ihm herunter, und sein Mund blieb eine Weile offen stehen. »Wer hat das gesagt? Wo kommt das her?«

»Ganz ruhig, Bigman. Das ist in deinem Kopf.«

»Nicht der V-Frosch!« sagte Bigman verzweifelt.

»Heilige Milchstraße, was soll es sonst sein?«

Bigman wandte sich wieder um und starrte erneut aus dem Bullauge die Wolken, den Regen und den sich wiegenden V-Frosch an.

Schon einmal in seinem Leben hatte Lucky gefühlt, wie der Wille fremder Wesen sich seinen Gedanken aufzwang. Das war damals gewesen, als er die körperlosen Energiewesen, die in den Tiefen unter der Marsoberfläche lebten, getroffen hatte. Dort hatte seine Gedankenwelt offen wie auf einem Präsentierteller gelegen, aber der Gedankeneinbruch war schmerzlos, ja sogar angenehm gewesen. Ihm war seine eigene Hilflosigkeit bewußt gewesen, aber gleichzeitig war ihm alle Furcht genommen worden.

Womit er es nun zu tun hatte, war etwas anderes. Die geistigen Fühler in seinem Schädel hatten sich den Weg mit Gewalt gebahnt, und er empfand sie als schmerzhaft. Es erfüllte ihn mit Haß und Widerwillen.

Luckys Hand war vom Sender geglitten, und er verspürte keinen Drang, sie wieder auf die Tastatur zu legen. Er hatte es wieder vergessen.

Die Stimme ließ sich ein zweites Mal vernehmen. »Vibriere mit dem Mund.«

»Du meinst, ich soll sprechen?« sagte Lucky. »Kannst du unsere Gedanken hören, wenn wir den Mund halten?«

»Nur sehr schwach und undeutlich. Es ist sehr schwierig, es sei denn, wir haben euren Geist sorgfältig erforscht. Wenn ihr sprecht, sind eure Gedanken deutlicher, und wir können sie hören.«

»Wir verstehen euch ohne Schwierigkeiten.«

»Ja, wir können unsere Gedanken kräftig und mit Nachdruck übermitteln. Ihr könnt das nicht.«

»Habt ihr alles, was ich bisher gesagt habe, verstanden?«

»Ja.«

»Was wollt ihr von mir?«

»Wir haben in deinen Gedanken eine Organisation deiner Mitlebewesen entdeckt, sie ist weit weg von hier, auf der anderen Himmelsseite. Du nennst es den Rat. Wir wollen mehr darüber wissen.«

Lucky fühlte innerlich einen kleinen Funken Befriedigung. Jetzt war wenigstens eine Frage beantwortet. Solange er nur er selbst, also ein Individuum war, gab der Feind sich damit zufrieden, ihn zu töten. Aber während der letzten Stunden hatte der Feind entdeckt, daß er der Wahrheit schon viel zu nahe gekommen war, und das beunruhigte sie.

Wären andere Mitglieder des Rates ebenso leicht in der Lage, der Wahrheit auf die Spur zu kommen? Was war das für eine Organisation?

Lucky konnte die Neugier des Feindes gut verstehen, eine neue Vorsicht, ein plötzlich aufgeflammtes Verlangen, etwas mehr in Erfahrung zu bringen, bevor man ihn tötete. Kein Wunder, daß der Feind Evans daran gehindert hatte, ihn zu erschießen, selbst als er hilflos gewesen und der Blaster auf ihn gerichtet war, sie hatten einen Augenblick zu lange gewartet.

Aber Lucky begrub weitere Gedanken zu dem Thema. Sie konnten, so hatten sie jedenfalls gesagt, unausgesprochene Gedanken vielleicht nicht deutlich verstehen. Aber es war ebenso möglich, daß sie logen.

Plötzlich sagte er: »Was habt ihr gegen mein Volk?«

Die ton- und gefühllose Stimme antwortete: »Was nicht stimmt, können wir nicht beantworten.«

Lucky reagierte darauf, indem er die Zähne fester zusammenbiß. Hatten sie seinen letzten Gedanken über ihr Lügen mitbekommen? Er würde vorsichtig, sehr vorsichtig sein müssen.

»Wir haben keine gute Meinung von deinem Volk«, fuhr die Stimme fort. »Ihr beendet Leben. Ihr eßt Fleisch. Es ist schlecht, intelligent zu sein und Fleisch zu essen. Jemand, der Fleisch ißt, muß Leben beenden, und ein intelligenter Fleischfresser richtet mehr Schaden als ein dummer an, da ihm mehr Wege einfallen, um Leben zu beenden. Ihr habt kleine Röhren, die imstande sind, das Leben von vielen auf einmal zu beenden.«

»Wir töten aber keine V-Frösche.«

»Ihr würdet es tun, wenn wir euch ließen. Ihr tötet euch sogar selbst in großer Anzahl, oder einzeln.«

Lucky vermied es, zu der letzten Bemerkung etwas zu sagen. Statt dessen sagte er: »Was wollt ihr eigentlich von meinem Volk?«

»Ihr werdet auf der Venus immer zahlreicher«, antwortete die Stimme. »Ihr breitet euch aus und nehmt Platz weg.«

»Das geht aber nur in begrenztem Umfang«, argumentierte Lucky. »Wir können Städte nur in Küstennähe bauen. Die Tiefe wird euch immer gehören, das sind neun Zehntel des Meeres. Außerdem könnten wir euch helfen. Wenn ihr das Wissen über den Geist habt, dann haben wir das Wissen über die Materie. Ihr habt doch unsere Städte und die Maschinen aus glänzendem Metall gesehen, die durch die Luft und durch das Wasser zu Welten auf der anderen Seite des Himmels gelangen können.«

»Wir brauchen nichts. Wir leben und denken. Wir haben keine Angst und kennen keinen Haß. Was sollten wir sonst noch haben wollen? Was sollten wir mit euren Städten, eurem Metall und den Schiffen anfangen? Wie sollte sich unser Leben dadurch verbessern?«

»Dann habt ihr also vor, uns alle zu töten?«

»Wir haben kein Verlangen, Leben zu beenden. Es genügt uns völlig, wenn wir euren Willen beherrschen und wissen, daß ihr keinen Schaden anrichten könnt.«

Lucky hatte plötzlich die Vision (war es seine eigene, oder von draußen hervorgerufen?) einer auf der Venus lebenden Menschenrasse, die unter der Herrschaft der überlegenen Ureinwohner stand und allmählich von der Verbindung mit der Erde abgeschnitten wurde, deren Nachkommen mehr und mehr zu selbstzufriedenen geistigen Sklaven wurden.

Mit einer Zuversicht, von der er selbst nicht restlos über zeugt war, sagte er: »Menschen können es nicht zulassen, daß man sie geistig manipuliert.«

»Es ist die einzige Lösung, und du mußt uns dabei helfen.«

»Das werde ich nicht.«

»Dir bleibt keine Wahl. Du mußt uns von diesen Ländern jenseits des Himmels erzählen, von der Art und Weise, wie dein Volk organisiert ist, davon, was sie gegen uns unternehmen werden, und wie wir uns dagegen schützen können.«

»Es gibt keine Methode, mit der ihr mich dazu zwingen könnt.«

»Es gibt sie nicht?« fragte die Stimme. »Überlege einmal. Falls du uns die Informationen, die wir benötigen, nicht gibst, werden wir dich bitten, mit deiner Maschine aus glänzendem Metall wieder in die Tiefe hinabzutauchen, und dort auf dem Meeresboden wirst du deine Maschine dem Wasser öffnen.«

»Und sterben?« erkundigte sich Lucky grimmig.

»Die Beendigung eurer Leben wäre notwendig. Wir wären nicht sicher, wenn du dich mit dem Wissen, das du hast, unter deine Brüder mischst. Du könntest mit ihnen reden und sie dazu veranlassen, Gegenmaßnahmen zu ergreifen. Das wäre nicht gut.«

»Dann habe ich nichts zu verlieren, wenn ich euch nichts sage.«

»Du hättest sehr viel zu verlieren. Solltest du dich weigern, uns unsere Frage zu beantworten, würden wir uns gewaltsam zu deinem Geist Zugang verschaffen müssen. Das wäre nicht die beste Lösung. Dabei könnten uns wertvolle Informationen entgehen. Um diese Gefahr so gering wie möglich zu halten, wären wir gezwungen, deinen Verstand Stück für Stück auseinanderzunehmen, und das wäre unangenehm für dich. Es wäre für dich und für uns viel besser, wenn du uns aus freien Stücken helfen würdest.«

»Nein.« Lucky schüttelte den Kopf.

Eine Pause trat ein. Dann fing die Stimme wieder an:

»Obgleich dein Volk die Tendenz hat, Leben zu beenden, fürchtet es sich davor, sein eigenes Leben beendet zu bekommen. Diese Furcht werden wir dir ersparen, wenn du uns hilfst. Wenn du auf den Meeresboden hinabsinkst, um dein Leben zu beenden, werden wir alle Furcht von deinem Geist nehmen. Solltest du dich hingegen entschließen, uns nicht zu helfen, dann werden wir dein Lebensende trotzdem erzwingen, die Furcht davor aber nicht wegnehmen, sondern sie sogar noch verstärken.«

»Nein«, sagte Lucky jetzt lauter.

Wieder trat eine Pause ein, diesmal dauerte sie länger. Dann sagte die Stimme: »Wir brauchen dein Wissen nicht, weil wir um unsere eigene Sicherheit fürchten, sondern um nicht unangenehme Maßnahmen ergreifen zu müssen. Wenn wir nur in den Besitz ungenauen Wissens über die Methoden, mit denen wir uns gegen dein Volk jenseits des Himmels schützen können, gelangen sollten, dann werden wir gezwungen sein, die Bedrohung dadurch zu beenden, daß wir das Leben aller deiner Brüder auf dieser Welt zu Ende bringen. Wir werden den Ozean in alle ihre Städte lassen, wie wir es bereits einmal fast getan haben. Das Leben deines Volkes wird wie eine Kerze verlöschen. Es wird ausgeblasen werden, und das Lebenslicht wird nie wieder brennen.«

»Bringt mich dazu!« Lucky lachte wild auf.

»Wozu sollen wir dich bringen?«

»Bringt mich zum Sprechen. Bringt mich dazu, das Schiff zu tauchen. Bringt mich zu irgendwas.«

»Glaubst du etwa, wir könnten das nicht?«

»Ich weiß ganz bestimmt, daß ihr es nicht könnt.«

»Dann schau dich einmal um, und sieh, was wir schon zustande gebracht haben. Das gefesselte Wesen ist in unserer Hand. Das Wesen, das neben dir gestanden hat, befindet sich in unserer Hand.«

Lucky fuhr herum. Während der ganzen Zeit, die gesamte

Unterhaltung hindurch, hatte er Bigmans Stimme nicht ein einziges Mal vernommen. Es war so, als habe er Bigmans Vorhandensein völlig vergessen. Und jetzt mußte er mitansehen, wie der kleine Marsbewohner mit verzerrten Gliedmaßen zusammengesunken zu seinen Füßen lag.

Lucky ließ sich auf die Knie fallen; ein ungeheures, mit Furcht vermischtes Gefühl der Verzweiflung dörrte ihm die Kehle aus. »Habt ihr ihn getötet?«

»Nein, er lebt. Er hat noch nicht einmal große Schmerzen. Aber wie du siehst, sind wir nun allein. Es gibt niemanden, der dir helfen könnte. Sie konnten uns nicht widerstehen, und du kannst es auch nicht.«

Lucky war kalkweiß im Gesicht, als er jetzt sagte: »Nein. Ihr werdet mich nicht dazu kriegen, etwas zu tun.«

»Deine letzte Chance. Triff deine Wahl. Entscheidest du dich dafür, uns zu helfen, damit dein Leben ruhig und friedlich für dich zu Ende gehen kann? Oder wirst du dich weigern, uns behilflich zu sein, so daß es in Schmerz und Kummer enden muß, und später folgt vielleicht doch noch das Ende des Lebens für alle deine Brüder in den Städten unter dem Meer. Was soll es sein? Antworte!«

Während er sich allein und ohne Freunde darauf vorbereitete, gegen die Hammerschläge einer geistigen Macht anzutreten, die er nicht kannte und von der er nicht wußte, wie sie zu bekämpfen war, außer ihr mit unbeugsamer Sturheit zu begegnen, hallten diese Worte wie ein sich vielfach wiederholendes Echo durch seinen Kopf.

14
Kampf der Geister

Wie errichtet man einen Verteidigungswall gegen einen geistigen Angriff? Lucky hatte das Bedürfnis, sich zu widersetzen, aber es gab keine Muskeln, die er hätte anspannen können, keine Möglichkeit, Gewalt mit Gewalt zu vergelten. Er konnte nur so bleiben, wie er war, mußte all jenen Impulsen, die seinen Willen überfluteten und von denen er nicht mit Sicherheit sagen konnte, ob sie seine eigenen waren, widerstehen.

Und wie sollte er feststellen, ob es seine eigenen waren? Was wollte er selbst gerne tun? Was wollte er *selbst* am liebsten tun?

Nichts drang in seinen Verstand. Dort herrschte absolute Leere. Sicher *mußte* doch etwas da sein. Er war doch nicht ohne einen Plan hier heraufgekommen. Hier herauf?

Dann war er also aufgetaucht. Ursprünglich war er unten gewesen. Tief unten in den Tiefen seines Verstandes, dachte er. Das war es. Er befand sich an Bord eines Schiffes. Es war vom Meeresboden hochgetaucht. Jetzt schwamm es an der Oberfläche. Gut. Was nun?

Warum an der Wasseroberfläche? Er konnte sich dunkel daran erinnern, daß es unten sicherer war.

Unter großen Schwierigkeiten senkte er den Kopf, schloß die Augen und öffnete sie dann wieder. Seine Gedanken waren wie Sirup. Er mußte irgendwohin eine Nachricht absetzen ... irgendwo ... über irgend etwas.

Er mußte eine Nachricht absetzen.

Nachricht absetzen.

Und er brach durch! Es war so, als ob er sich meilentief in seinem Inneren irgendwo, mit schmerzender Schulter, gegen eine Tür gestemmt und diese nachgegeben habe. Seine Absicht stand ihm blitzartig klar vor Augen, und er erinnerte sich an etwas, das er vergessen hatte. Das Bordfunkgerät und die Raumstation, natürlich.

Mit heiserer Stimme sagte er: »Ihr habt mich nicht. Hört ihr mich? Ich kann mich erinnern, und ich werde mich immer wieder erinnern.«

Keine Antwort.

Er schrie laut und unzusammenhängend. Sein Gehirn beschäftigte sich am Rande mit dem Gleichnis eines Mannes, der sich gegen eine Überdosis Schlaftabletten sträubt. Halte deine Muskeln in Bewegung, dachte er. Lauf weiter, lauf weiter.

In seinem Fall mußte er seinen Verstand in Bewegung halten, er mußte dafür sorgen, daß seine geistigen Muskeln in Betrieb blieben. Tu etwas. Tu etwas, wenn du aufhörst, dann haben sie dich.

Er schrie weiter, und die Rufe wurden zu Worten: »Ich werde es tun. Ich werde es tun.«

Was tun? Er konnte fühlen, wie es ihm wieder entglitt. Fieberhaft wiederholte er sich: »Raumstation anfunken ... Raumstation anfunken ...«, aber das Geräusch begann seine Bedeutung zu verlieren.

Er war jetzt auf den Beinen. Sein Körper drehte sich schwerfällig, ganz so, als ob seine Gelenke aus Holz und dabei noch festgenagelt wären. Aber er drehte sich. Er sah den Sender an. Einen Augenblick lang konnte er ihn klar und deutlich erkennen, dann begann das Gerät zu schwanken und wurde im Nebel undeutlich. Er kniete seinen Geist hinein, da wurde das Bild wieder klar. Er konnte den Sender erkennen, den Sucherknopf und den Wellenlängenkondensator. Er erinnerte sich daran und verstand ihre Funktion.

Er machte einen schleifenden Schritt darauf zu, und ein Gefühl, als ob sich rotglühende Nägel in seine Schläfen bohrten, überwältigte ihn.

Er taumelte und fiel auf die Knie, dann stand er unter Qualen wieder auf. Durch seine vom Schmerz getrübten

Augen konnte er den Sender immer noch erkennen. Erst bewegte sich das eine, dann das andere Bein.

Das Sendegerät schien hundert Meter entfernt zu sein, es sah verschwommen aus und war von blutrotem Nebel umgeben. Das Hämmern in Luckys Kopf nahm bei jedem Schritt zu. Er bemühte sich, den Schmerz einfach zu ignorieren und nur den Sender anzusehen, nur an den Sender zu denken. Er zwang seine Beine, sich zu bewegen. Sie wurden von einem gummiartigen Widerstand behindert, der sie umwob und ihn zu Boden zog.

Schließlich streckte er einen Arm aus, und als seine Finger gerade noch zehn Zentimeter vom Sucherkopf entfernt waren, wußte Lucky, daß sein Widerstandswille erschöpft war. Er konnte sich noch so sehr anstrengen, er war außer stande, seinen Körper noch näher an den Sender heranzubringen.

Es war vorbei. Es war zu Ende.

Die *Hilda* bot einen Anblick der Lähmung. Evans lag bewußtlos auf seiner Koje; Bigman war auf dem Deck zusammengesackt, und obgleich Lucky sich störrisch auf den Beinen hielt, war das einzige Lebenszeichen, das von ihm ausging, seine zitternden Fingerspitzen.

Die kalte Stimme in Luckys Kopf sprach wieder in ihrer gleichförmigen, monotonen Art: »Du bist hilflos, aber im Gegensatz zu deinen Begleitern wirst du das Bewußtsein nicht verlieren. Du wirst diesen Schmerz so lange aushalten müssen, bis du dich entschließt, das Schiff tauchen zu lassen, uns sagst, was wir zu wissen wünschen und dein Leben beendest. Wir haben viel Zeit. Du hast keine Chance, uns zu widerstehen. Du kannst nicht gegen uns kämpfen. Es gibt nichts, womit du uns bestechen könntest, nichts, womit du uns bedrohen könntest!«

Durch die nicht enden wollende Folter hindurch fühlte

Lucky eine Regung in seinem unbeweglichen, schmerzdurchtränkten Gehirn – dort tat sich etwas.

Keine Bestechung? Keine Drohung?

Keine Bestechung?

Selbst angesichts des halbbewußtlosen Zustandes, in dem er sich befand, entzündete sich der Funke in seinem Geist.

Den Sender gab er auf, wandte seine Gedanken davon ab, und im selben Augenblick hob sich der Schmerzvorhang ein wenig. Lucky machte einen torkelnden Schritt vom Sendegerät weg, und der Vorhang lüftete sich noch ein bißchen. Er wandte sich völlig ab.

Lucky bemühte sich, nicht zu denken. Er versuchte automatisch und ohne Vorbedacht zu handeln. Sie konzentrierten sich darauf, ihn nicht an den Sender zu lassen. Sie durften sich der anderen Gefahr, der sie ausgesetzt waren, nicht bewußt werden. Der erbarmungslose Feind durfte seine Absichten nicht ableiten und ihn an der Ausführung hindern. Er würde schnell machen müssen. Sie durften ihn nicht aufhalten.

Sie *durften* es einfach nicht!

Er war an den Apothekenschrank gelangt und riß die Türchen auf. Klar erkennen konnte er nichts, und Lucky verlor wertvolle Sekunden mit Herumnesteln.

Die Stimme sagte: »Wie lautet deine Entscheidung?« und der brüllende Schmerz begann sich wieder auf das junge Ratsmitglied zu senken.

Lucky hatte gefunden, was er gesucht hatte – es handelte sich um ein klobiges Glas mit bläulichem Silikon. Seine Finger wühlten sich durch etwas, das sich wie Lagen abschirmender Watte anfühlte, und suchten nach dem kleinen Haken, der das paramagnetische Mikrofeld, das den Deckel des Glases festhielt und es luftdicht abschloß.

Die kleine Unebenheit spürte er kaum, als er mit einem Fingernagel den Haken zu fassen bekam. Er konnte kaum sehen, wie der Deckel sich in eine Richtung drehte und herunterfiel. Nur undeutlich nahm er wahr, wie er mit dem typischen Geräusch, das Metastik auf Metall erzeugt, auf den Boden fiel. Verschwommen konnte er erkennen, daß das Glas offen war, und wie durch einen Schleier hob er den Arm in Richtung Müllschlucker.

Der Schmerz war mit voller Gewalt zurückgekehrt.

Sein linker Arm hatte die Klappe des Müllschluckers angehoben; seine rechte Hand kam zitternd mit dem kostbaren Glas bis vor den zehn Zentimeter breiten Schlitz.

Sein Arm bewegte sich eine Ewigkeit lang. Sehen konnte er nichts mehr. Ein roter Dunst überdeckte alles.

Er merkte, wie sein Arm mit dem Glas in der Hand gegen die Wand traf. Er drückte, aber es ging nicht weiter vorwärts. Die Finger an seiner linken Hand krochen von dort, wo sie die Öffnung des Müllschluckers festgehalten hatten, herunter und berührten das Glas.

Es jetzt noch fallen zu lassen, wagte er nicht. Falls das geschehen würde, würde er im Leben nicht mehr die Kraft finden, es noch einmal aufzuheben.

Er hielt es mit beiden Händen umklammert, und beide Hände zogen mit vereinten Kräften daran. Langsam kam es nach oben, während Lucky dem Abgrund der Bewußtlosigkeit immer näher schwebte.

Und dann war das Glas verschwunden!

Eine Million Meilen entfernt, so schien es, konnte er das Pfeifen der Druckluft hören, und er wußte, daß das Glas in den warmen Venusozean gespuckt worden war.

Einen Augenblick lang schwankte der Schmerz, und dann, mit einem einzigen großen Schlag, war er wie weggeblasen. Lucky richtete sich vorsichtig auf und trat von der Wand zurück. Gesicht und Körper waren in Schweiß gebadet, und in seinem Kopf drehte sich noch alles.

So schnell es seine immer noch unsicheren Beine zuließen, trat er an die Sendeanlage, und diesmal konnte ihn nichts aufhalten.

Evans saß, den Kopf in den Armen vergraben, auf einem Stuhl. Er trank in großen Schlucken Wasser und sagte immer wieder: »Ich kann mich an nichts erinnern. Ich kann mich an nichts erinnern.«

Mit freiem Oberkörper wischte sich Bigman mit einem feuchten Lappen über Brust und Kopf, und ein unsicheres Lächeln trat auf sein Gesicht. »Ich schon. Ich kann mich an alles erinnern. Erst stand ich da und hörte, wie du dich mit der Stimme unterhalten hast, Lucky, und im nächsten Augenblick lag ich ohne Vorwarnung auf dem Boden. Ich konnte nichts fühlen, konnte meinen Kopf nicht bewegen, ich konnte noch nicht einmal blinzeln, aber ich konnte alles rings um mich herum hören. Ich konnte die Stimme hören, und auch was du gesagt hast, Lucky. Ich habe gesehen, wie du auf den Sender ...«

Er atmete vernehmlich aus und schüttelte den Kopf.

»Beim ersten Mal habe ich es nicht geschafft, weißt du«, sagte Lucky still.

»Das konnte ich nicht erkennen, du bist aus meinem Blickfeld gegangen, und mir blieb nichts weiter übrig, als dazuliegen und zu warten, bis ich dich senden hören konnte. Nichts geschah, und ich dachte die ganzer Zeit, daß sie dich jetzt auch erwischt hätten. In Gedanken konnte ich uns alle drei als atmende Leichen sehen. Es war alles gelaufen, und ich konnte nicht einmal mit dem Daumennagel schnippen. Alles, wozu ich imstande war, war Luft zu holen. Dann kamst du wieder an meinen Augen vorbei, und ich wollte gleichzeitig lachen, weinen und laut losbrüllen, aber alles, was ich konnte, war still daliegen. Ich konnte dich undeutlich erkennen, Lucky, wie du dich an der Wand festgeklammert hast. Ich hatte keinen Schimmer, was in Venus Namen du da getan hast, aber ein paar Minuten später war der Spuk vorbei. Junge, Junge!«

Müde sagte Evans: »Und wir nehmen jetzt auch wirklich Kurs auf Aphrodite, Lucky, ist ein Irrtum ausgeschlossen?«

»Wir sind auf Kurs, es sei denn, die Instrumente schwindeln, aber das glaube ich nicht«, erwiderte Lucky. »Wenn wir zurück sind und die Zeit dafür erübrigen können, werden wir uns alle kurz in medizinische Behandlung begeben.«

»Schlafen!« stellte Bigman klar. »Mehr will ich nicht. Zwei Tage durchschlafen, mehr will ich gar nicht.«

»Das sollst du auch haben«, versicherte Lucky.

Mehr als den beiden anderen war Evans das Erlebnis unter die Haut gegangen. Das konnte man ziemlich deutlich daran erkennen, wie er sich hinter den eigenen Armen versteckte und wie er auf dem Stuhl hockte, ja beinahe ängstlich kauerte. »Stellen sie denn überhaupt nichts mehr mit uns an?« Auf dem Wort *sie* lag eine leichte Betonung.

»Das kann ich nicht garantieren«, sagte Lucky, »aber der schlimmste Teil der Angelegenheit ist in gewisser Weise überstanden. Ich habe die Raumstation erreicht.«

»Bist du auch ganz sicher? Kein Zweifel möglich?«

»Überhaupt kein Zweifel möglich. Sie haben mich mit der Erde verbunden, und ich habe mit Conway persönlich gesprochen. Der Teil ist geregelt.«

»Dann ist *alles* geregelt«, krähte Bigman vergnügt. »Die Erde ist gewarnt. Jetzt wissen sie dort, was mit den V-Fröschen los ist.«

Lucky lächelte, sagte aber nichts.

»Eins noch, Lucky«, sagte Bigman, »erzähl mir, was passiert ist. Wie bist du ihnen entkommen? Bei allen Marswüsten! Was hast du nur getan?«

»Nichts, an was ich nicht schon viel früher hätte denken müssen, dann wäre uns eine ganze Menge unnötiger Schwierigkeiten erspart geblieben. Die Stimme hat uns gesagt, daß alles, was sie brauchen, ihr Leben und die Möglichkeit nachzudenken sei. Daran erinnerst du dich doch,

Bigman? Später sagte sie, daß wir nichts hätten, womit wir sie bestechen oder bedrohen könnten. Erst in diesem Moment ging mir auf, daß du und ich es besser wußten.«

»Ich weiß es besser?« fragte Bigman naiv.

»Selbstverständlich tust du das. Keine zwei Minuten, nachdem du deinen ersten V-Frosch zu Gesicht bekommen hast, hast du gemerkt, daß Leben und Nachdenken nicht alles ist, was sie brauchen. Auf dem Weg zur Oberfläche habe ich dir erklärt, daß die Pflanzen auf der Venus den Sauerstoff speichern, damit Venustiere ihren Sauerstoff aus der Nahrung beziehen können und nicht atmen müssen. Ich habe sogar gesagt, daß sie wahrscheinlich zuviel Sauerstoff aufnehmen und daß das der Grund ist, warum sie sauerstoffarme Kost wie Kohlenwasserstoff so lieben. Wagenschmiere zum Beispiel. Erinnerst du dich nicht mehr daran?«

Bigmans Augen wurden immer größer: »Sicher, klar doch!«

»Überlege dir doch bloß mal, wie sie hinter Kohlenwasserstoffverbindungen her sein müssen. Das muß so ähnlich wie das Verlangen von Kindern nach Süßigkeiten sein.«

Wieder sagte Bigman: »Sicher, klar doch.«

»Also, die V-Frösche hatten uns geistig in ihrer Gewalt, aber um diese Kontrolle aufrechterhalten zu können, mußten sie sich konzentrieren. Was ich tun mußte, war sie abzulenken, oder wenigstens diejenigen in der Nähe unseres Schiffes, deren Kräfte am stärksten auf uns wirkten. Also habe ich das Naheliegendste über Bord gehen lassen.«

»Aber was denn, los Lucky, mach's doch nicht so spannend.«

»Ich habe ein offenes Glas Vaseline aus dem Apothekenschrank hinausgeworfen. Reiner Kohlenwasserstoff, viel hochprozentiger als Wagenschmiere. Sie konnten einfach nicht widerstehen. Selbst wo so viel auf dem Spiel stand, konnten sie der Versuchung nicht widerstehen. Diejenigen, die dem Glas am nächsten waren, tauchten danach. Andere, die weiter entfernt waren, standen in geistiger Verbindung, und ihre Gedanken konzentrierten sich augenblicklich auf Kohlenwasserstoff. Die Kontrolle über uns ging ihnen dabei verloren, und ich konnte die Meldung absetzen. Das war alles.«

»Na schön«, meinte Evans, »dann sind wir mit denen ja wohl fertig.«

»Was das angeht«, erwiderte Lucky, »bin ich mir gar nicht so sicher. Da sind noch ein paar Dinge . . .«

Er drehte sich um, die Stirn in Falten gelegt und die Lippen aufeinandergepreßt.

Durch das Bullauge schimmerte die Kuppel in unbeschreiblicher Schönheit; bei ihrem Anblick hüpfte Bigman das Herz. Er hatte etwas gegessen und sogar eine Runde geschlafen, und nun rumorte sein rühriger Geist wie eh und je. Lou Evans hatte sich im beachtlichen Maße von seiner Niedergeschlagenheit erholt. Nur Lucky hatte noch immer seinen müden Gesichtsausdruck.

»Ich sage dir, die V-Frösche sind demoralisiert, Lucky«, verkündete Bigman voller Überzeugung. »Sieh mal, wir haben hundert Meilen Ozean, oder wenigstens beinahe hundert Meilen, hinter uns, und sie haben uns nicht einmal belästigt. Hab' ich nicht recht?«

»Im Augenblick frage ich mich bloß, warum wir keine Antwort von der Kuppel bekommen.«

Jetzt war Evans an der Reihe, die Stirn zu runzeln. »So lange sollten sie nicht brauchen.«

Bigman schaute von einem zum anderen. »Ihr glaubt doch nicht etwa, daß in der Stadt etwas nicht stimmt, oder?«

Lucky machte eine Handbewegung, die Schweigen bedeutete. Eine leise schnell sprechende Stimme kam durch den Lautsprecher.

»Identifizieren Sie sich bitte.«

»Hier ratsgechartertes Unterseeschiff *Hilda* aus Aphrodite mit Kurs auf Aphrodite. Kommandant David Starr an der Leitung.«

»Sie werden warten müssen.«

»Bitte, aus welchem Grund?«

»Alle Schleusen sind im Augenblick in Betrieb.«

Evans zog die Stirn in Falten und murmelte: »Lucky, das ist unmöglich.«

»Wann wird eine frei sein?« erkundigte sich Lucky. »Geben Sie mir die Position, und weisen Sie mich mit Ultrasignal ein.«

»Sie werden warten müssen.« Die Leitung blieb offen, aber der Mann am anderen Ende sagte nichts mehr.

»Hol Ratsmitglied Morriss an die Leitung, Lucky«, schlug Bigman entrüstet vor. »Das wird ihnen Feuer unter dem Hintern machen.«

Zögernd sagte Evans: »Morriss glaubt, ich sei ein Verräter. Nimmst du an, daß er sich entschieden haben könnte, daß du mit mir gemeinsame Sache machst, Lucky?«

»Wenn dem so wäre«, gab Lucky zurück, »dann würde er alles daransetzen, uns in die Stadt hineinzuholen. Nein, ich glaube vielmehr, daß der Mann im Kontrollraum geistig gesteuert wird.«

»Um uns daran zu hindern, in die Stadt zu gelangen?« fragte Evans ungläubig. »Meinst du das im Ernst?«

»Ja, das meine ich im Ernst.«

»Es gibt auf Dauer keine Möglichkeit, uns am Betreten der Stadt zu hindern, es sei denn, sie ...« Evans wurde leichenblaß, mit zwei Schritten war er am Bullauge. »Lucky, du hast recht! Sie bringen eine Blasterkanone in Stellung! Sie werden uns aus dem Wasser blasen!«

Bigman stand ebenfalls am Bullauge. Ein Irrtum war ausgeschlossen. Ein Kuppelabschnitt hatte sich zur Seite bewegt, und dahinter konnte man – durch das Wasser betrachtet wirkte es etwas unwirklich – eine gedrungene Röhre erkennen.

Bigman sah mit fasziniertem Schrecken zu, wie die Mündung herunterkam und genau auf sie zielte. Die *Hilda* war unbewaffnet. Sie würde niemals imstande sein, schnell genug Fahrt aufzunehmen und der Vernichtung zu entgehen. Es schien keinen Ausweg zu geben.

15
Der Feind?

Aber selbst als Bigman fühlte, wie sich ihm der Magen in Erwartung des unmittelbar bevorstehenden Todes zusammenzog, konnte er hören, wie Lucky mit ruhiger Stimme kräftig in das Mikrophon sprach:

»Unterseeschiff *Hilda* mit Petroleum an Bord ... Unterseeschiff *Hilda* mit Petroleum an Bord ... Unterseeschiff *Hilda* ...«

Am anderen Ende machte sich eine aufgeregte Stimme bemerkbar. »Hier Clement Heber im Schleusenstand. Was stimmt da nicht? Ich wiederhole. Was stimmt da nicht? Hier Clement Heber ...«

»Sie fahren den Blaster wieder ein, Lucky«, schrie Bigman.

Lucky atmete in einem Zuge aus, aber nur dadurch verriet er seine innere Anspannung. In das Mikrophon sagte er: »Unterseeschiff *Hilda* meldet sich zum Einlaufen in Aphrodite. Bitte weisen Sie Schleuse zu. Wiederhole. Bitte weisen Sie Schleuse zu.«

»Sie können Schleuse fünfzehn nehmen. Folgen Sie dem Richtungssignal. Hier scheint einige Verwirrung zu herrschen.«

Lucky stand auf und sagte zu Evans: »Lou, übernimm die

Schiffsführung, und bring die *Hilda* so schnell du kannst in die Stadt.« Er bedeutete Bigman, ihm in den anderen Raum zu folgen.

»Was ... was ...« Bigman sprudelte wie eine undichte Wasserpistole.

Lucky seufzte und meinte dann: »Ich dachte mir schon, daß die V-Frösche versuchen würden, uns aus der Stadt auszusperren, deswegen hatte ich den Petroleumtrick parat. Aber ich hätte nie damit gerechnet, daß es so schlimm werden könnte und sie eine Kanone auf uns richten würden. Das machte es wirklich schwierig. Ganz so sicher war ich mir nicht, ob das mit dem Petroleum funktionieren würde.«

»Aber wie hat es denn funktioniert?«

»Wieder mal Kohlenwasserstoff. Petroleum ist Kohlenwasserstoff. Meine Meldung ist über die Lautsprecheranlage gegangen, und die V-Frösche, die die Wachen unter Kontrolle hatten, waren abgelenkt.«

»Wie kommt es, daß sie wußten, was Petroleum ist?«

»Ich habe es mir mit größtmöglicher Vorstellungskraft bildlich vorgestellt. Sie können Gedanken lesen, wenn man das geistige Bild durch lautes Sprechen verstärkt, weißt du. Aber das ist jetzt nicht so wichtig.« Seine Stimme senkte sich zu einem Flüstern. »Wenn sie bereit sind, uns zu vernichten, wenn sie zu einer dermaßen rohen Gewalttat bereit sind, dann stehen sie mit dem Rücken zur Wand, und wir ebenfalls. Wir müssen die Sache schnellstens zu Ende bringen, und wir müssen das Richtige tun. Ein Fehler, zu diesem Zeitpunkt, könnte sich fatal auswirken.«

Er holte einen Stift aus der Hemdtasche hervor und schrieb geschwind etwas auf ein Stück Folie.

Er hielt es Bigman vor die Nase. »Das tust du, wenn ich das Stichwort gebe.«

Bigmans Augen wurden groß. »Aber Lucky ...«

»Psst! Du darfst nie mit Worten darauf zu sprechen kommen.«

Bigman nickte. »Aber bist du dir auch sicher, daß du recht hast?«

»Ich hoffe.« Luckys markantes Gesicht war von Sorge gezeichnet. »Die Erde weiß über die V-Frösche jetzt Bescheid, also werden sie niemals gegen die Menschheit gewinnen können, aber hier auf der Venus können sie noch jede Menge Schaden anrichten. Das müssen wir irgendwie verhindern. Hast du nun verstanden, was du zu tun hast?«

»Ja.«

»In diesem Fall ...« Lucky wickelte die Folie um den Finger und knetete sie mit seinen kräftigen Fingern zusammen. Die entstandene Kugel steckte er wieder in die Hemdtasche.

»Wir sind in der Schleuse, Lucky. In fünf Minuten werden wir in der Stadt sein«, rief Lou Evans ihnen von vorne zu.

»Gut«, meinte Lucky bloß. »Bring Morriss an die Leitung.«

Sie waren wieder im Hauptquartier des Rates in Aphrodite, es war sogar der gleiche Raum, dachte Bigman, in dem sie Lou Evans zum ersten Mal getroffen hatten, der gleiche Raum, in dem er zum ersten Mal einen V-Frosch gesehen hatte. Bei dem Gedanken, wie die geistigen Tentakel in sein Gehirn gekrochen waren, ohne daß es ihm bewußt gewesen war, erschauderte er.

Das war jetzt auch der einzige Unterschied, den das Zimmer aufwies. Das Aquarium war verschwunden, ebenso die Gefäße mit Erbsen und Wagenschmiere; die hochbeinigen Tische standen leer vor dem künstlichen Fenster.

Sobald sie den Raum betreten hatten, wies Morriss mit Gesten auf diesen Umstand hin. Seine dicken Wangen hingen schwer herab, und der Streß stand ihm deutlich im Gesicht geschrieben. Sein weicher Händedruck wirkte unsicher.

Vorsichtig stellte Bigman das, was er in den Händen gehalten hatte, auf eine der Tischplatten. »Vaseline«, bemerkte er dazu.

Lou Evans nahm Platz, Lucky ebenfalls.

Morriss hingegen blieb stehen. »Ich habe alle V-Frösche aus dem Gebäude entfernen lassen. Mehr konnte ich nicht tun. Ich kann schließlich die Leute nicht darum bitten, ihre Haustiere abzuschaffen, ohne ihnen einen triftigen Grund dafür zu nennen. Und den Grund konnte ich verständlicherweise nicht preisgeben.«

»Es wird schon genügen«, sagte Lucky. »Aber ich möchte, daß ihr während der gesamten Besprechung die Augen auf den Kohlenwasserstoff gerichtet haltet. Denkt immer fest daran, daß er vorhanden ist.«

»Glauben Sie, das hilft?« wollte Morriss wissen.

»Ich denke schon.«

Morriss blieb genau vor Lucky stehen. Seine Stimme klang wie ein plötzlich losschlagendes Getöse. »Starr, ich kann es einfach nicht glauben. Es gibt seit Jahren V-Frösche in der Stadt. Sie sind beinahe so lange hier, wie die Stadt existiert.«

»Sie müssen immer daran denken ...«, fing Lucky an.

»Daß ich unter ihrem Einfluß stehe?« Morriss lief rot an. »Dem ist nicht so, das streite ich ab.«

»Es besteht überhaupt keine Veranlassung, sich zu schämen, Dr. Morriss«, erwiderte Lucky mit Betonung. »Evans stand tagelang unter ihrer Beeinflussung, und Bigman und ich sind auch manipuliert worden. Es ist möglich, daß man ganz ehrlich nichts davon weiß, daß einem ständig das Gehirn angezapft wurde.«

»Dafür gibt es keinerlei Beweise, aber lassen wir das«, sagte Morriss wütend. »Mal angenommen, Sie hätten recht. Es erhebt sich die Frage, was wir tun können. Wie bekämpfen wir sie? Männer gegen sie in den Krieg zu schicken bringt nichts. Schaffen wir eine Flotte herbei, die die Venus vom Weltraum aus bombardiert, erzwingen sie vielleicht, daß die Kuppelschleusen geöffnet werden, und ersäufen so aus Rache alle Städte auf der Venus. Es wäre sowieso unmöglich, jeden einzelnen V-Frosch auf diesem Planeten zu töten. Ihnen stehen zweitausend Millionen Kubikkilometer Ozean zur Verfügung, in denen sie sich verstecken können. Und wenn sie wollen, können sie sich sehr schnell vermehren. Daß Sie mit Ihrer Meldung zur Erde durchgekommen sind, ist wichtig, das will ich ohne weiteres zugeben, aber uns bleiben dennoch viele wichtige Probleme zu lösen.«

»Da haben Sie recht«, räumte Lucky ein, »aber es sieht so aus, daß ich denen da auf der Erde nicht die ganze Geschichte erzählt habe. Das konnte ich nicht, bevor ich nicht sicher war, daß ich die Wahrheit kannte. Ich ...«

Das Sprechanlagensignal leuchtete auf, und Morriss bellte: »Was ist los?«

»Lyman Turner ist für jetzt bestellt, Sir«, kam die Antwort.

»Eine Sekunde.« Der Mann von der Venus wandte sich an Lucky und sagte leise: »Sind Sie sicher, daß wir ihn hier haben wollen?«

»Sie waren doch mit ihm wegen der Verstärkung der Transitschotts hier in der Stadt verabredet, oder nicht?«

»Schon, aber ...«

»Turner ist ein Opfer. Die Tatsache sollte doch wohl klar auf der Hand liegen. Außer uns ist er der hochgestellte Offizielle, der ganz sicher wie ein Opfer aussieht. Wir sollten ihn kommen lassen, glaube ich.«

»Schicken Sie ihn herauf«, sagte Morriss in die Sprechanlage.

Turners ausgemergeltes hakennäsiges Gesicht war ein einziges Fragezeichen, als er den Raum betrat. Die Stille im Zimmer und die Art und Weise, wie ihn die Anwesenden anstarrten, hätte selbst einen bedeutend weniger sensiblen Mann mit dunklen Vorahnungen erfüllt.

Er ließ seine Computertasche von der Schulter und setzte sie auf den Boden. »Stimmt irgend etwas nicht, meine Herren?«

Langsam und behutsam brachte Lucky ihm das Wesentliche bei.

Turners schmale Lippen öffneten sich. Mit schwacher Stimme sagte er: »Sie meinen, mein Gehirn ...«

»Wie hätte der Mann an der Schleuse sonst so genau wissen können, wie er sich die Eindringlinge vom Leibe halten sollte? Er war nicht speziell ausgebildet und eingewiesen, aber dennoch hat er sich elektronisch perfekt verbarrikadiert.«

»Daran habe ich noch nie gedacht. Daran habe ich noch nie gedacht.«

Turners Worte waren ein beinahe unzusammenhängendes Gemurmel. »Wie konnte ich das nur übersehen?«

»Die wollten, daß Sie es übersehen«, entgegnete Lucky.

»Ich schäme mich deswegen.«

»Da sind Sie in bester Gesellschaft, Turner. Ich, Dr. Morriss, Ratsmitglied Evans ...«

»Aber was unternehmen wir denn nun dagegen?«

»Genau diese Frage hat Dr. Morriss gerade gestellt, als Sie kamen«, sagte Lucky. »Dazu ist eine gemeinsame Anstrengung von uns allen nötig. Einer der Gründe, warum ich vorgeschlagen habe, daß Sie in diese Runde kommen sollten, ist der, daß wir vielleicht Ihren Computer benötigen.«

»Beim Ozean der Venus, das will ich aber auch hoffen«, sagte Turner eifrig. »Falls ich etwas tun könnte, um die Scharte wieder auszuwetzen ...« Dann faßte er sich mit der Hand an die Stirn, als befürchtete er, einen fremden Kopf, der nicht sein eigener war, auf den Schultern zu haben.

»Sind wir jetzt wir selbst?« wollte er wissen.

»Wir werden es so lange sein, wie wir uns auf die Vaseline da konzentrieren«, warf Evans ein.

»Das verstehe ich nicht. Warum sollte das nützen?«

»Es hilft. Im Augenblick ist es nicht so wichtig, warum«, meinte Lucky. »Ich möchte mit dem weiterkommen, was ich gerade sagen wollte, als Sie kamen.«

Bigman drehte sich zur Wand und stützte sich mit den Händen auf der Tischplatte auf, wo das Aquarium früher gestanden hatte. Während er lauschte, starrte er müßig das offene Glas auf dem anderen Tisch an.

»Können wir uns sicher sein, daß die V-Frösche die wirkliche Gefahr sind?« fragte Lucky.

»Also, das ist Ihre Theorie«, entgegnete Morriss überrascht.

»Oh, zugegeben, sie sind die unmittelbaren Werkzeuge, um menschliche Gehirne zu kontrollieren, aber sind sie der wirkliche Feind? Sie treten mit ihren Geisteskräften gegen die Erdbewohner an und beweisen sich als ernstzunehmende Gegner, einzelne V-Frösche andererseits machen einen recht unbedarften Eindruck ...«

»Wie das?«

»Nun, der V-Frosch, den Sie hier in diesem Zimmer hatten, war nicht clever genug, sich aus unseren Köpfen herauszuhalten. Er übermittelte sein Erstaunen über die Tatsache, daß wir keine Schnurrbärte trugen. Er befahl Bigman, ihm in Wagenschmiere getunkte Erbsen zu geben. War das etwa klug? Er hat sich sofort verraten.«

Morriss zuckte die Achseln. »Vielleicht sind nicht alle V-Frösche intelligent.«

»Nein, da steckt mehr dahinter. An der Meeresoberfläche waren wir ihrer geistigen Gewalt hilflos ausgeliefert. Und dennoch, weil ich bestimmte Dinge geraten hatte, versuchte ich es mit einem Glas Vaseline, und es wirkte. Es hat sie in alle Winde zerstreut. Man muß bedenken, daß ihr gesamter Schlachtplan auf dem Spiel stand. Sie mußten uns unbedingt daran hindem, daß wir unser Wissen über sie an die Erde weitergeben. Als wir versuchten, nach Aphrodite hineinzukommen, hätten sie uns beinahe wieder erwischt. Die Kanone war gerade auf ihr Ziel gerichtet, als die bloße Erwähnung von Petroleum ihre Pläne zunichte machte.«

Turner rutschte auf seinem Stuhl herum. »Ich verstehe

jetzt, was Sie mit dem Petroleum meinen, Starr. Alle Welt weiß, wie verrückt V-Frösche auf jede Art von Schmiere sind. Ihr Verlangen ist einfach zu stark für sie.«

»Für Wesen, die ausreichend intelligent sind, sich auf einen Kampf mit Menschen einzulassen, zu stark? Würden Sie den Endsieg für ein Steak oder ein Stück Torte aufgeben, Turner?«

»Natürlich würde ich das nicht, aber das beweist noch lange nicht, daß ein V-Frosch es nicht doch tut.«

»Das tut er nicht, zugegeben. Der Verstand der V-Frösche ist uns fremd, und wir können nicht davon ausgehen, daß, was bei uns so abläuft, bei ihnen genauso abläuft. Trotzdem ist der Umstand, daß sie von Kohlenwasserstoff abgelenkt werden, verdächtig. Es veranlaßt mich dazu, V Frösche eher mit Hunden als mit Menschen zu vergleichen.«

»Wieso?« fragte Morriss.

»Denken Sie einmal nach. Einen Hund kann man so abrichten, daß es den Anschein hat, als täte er anscheinend intelligente Dinge. Ein Wesen, das noch nie einen Hund zu Gesicht bekommen oder noch nie von Hunden gehört hätte und zuschauen würde, wie zum Beispiel ein Blindenhund seinen Herrn in den Tagen, als es noch keine Son-O-Taps gab, führte, hätte sich die Frage gestellt, ob der Hund nicht intelligenter als sein Herr ist. Wäre es aber mit einem Markknochen vorbeigegangen und hätte bemerkt, daß die Aufmerksamkeit des Hundes augenblicklich abgelenkt wird, hätte es die wahren Zusammenhänge vermutet.«

Turners blasse Augen traten beinahe aus den Höhlen. »Wollen Sie etwa sagen, daß die V-Frösche nur Werkzeuge in den Händen von Menschen seien?«

»Hört sich das wahrscheinlich an, Turner? Wie Dr. Morriss vor ein paar Minuten sagte, es gibt die V-Frösche seit Jahren in der Stadt, aber erst in den letzten Monaten machten sie Schwierigkeiten. Und es fing mit harmlosen Sachen an, wie zum Beispiel der Mann, der auf der Straße mit Geld um sich wirft. Es sieht fast so aus, als ob einige Leute gelernt haben, wie man sich die natürlichen telepathischen Fähigkeiten der V-Frösche zunutze macht und sie dazu verwendet, anderen Menschen Gedanken und Befehle aufzuzwingen. Es ist, als ob diese Leute das zunächst üben mußten, daß sie lernen mußten, wo die Grenzen ihrer Werkzeuge liegen, ihre Kontrollfähigkeit entwickeln mußten, bis die Zeit reif war, große Sachen tun zu können. Am Schluß waren es vielleicht gar nicht die Hefekulturen, auf die sie es abgesehen hatten, sondern etwas viel Größeres; möglicherweise Kontrolle über die Solare Konföderation, ja sogar über das gesamte Milchstraßensystem.«

»Ich kann das alles einfach nicht glauben«, sagte Morriss.

»Dann will ich Ihnen noch ein weiteres Beweisstück liefern. Als wir da draußen auf dem Ozean waren, sprach eine Geisterstimme – höchstwahrscheinlich die eines V-Frosches – zu uns. Sie versuchte uns zur Preisgabe bestimmter Informationen und danach zum Selbstmord zu zwingen.«

»Ja, und?«

»Die Stimme kam über einen V-Frosch an, aber sie stammte nicht von einem V-Frosch. Sie gehörte einem menschlichen Wesen.«

Evans setzte sich bolzengerade auf und starrte Lucky ungläubig an.

Lucky lächelte. »Selbst Lou glaubt mir nicht, aber es ist so. Die Stimme verwendete seltsame Begriffe, wie ›Maschinen aus schimmerndem Metall‹ statt ›Schiffe‹. Wir sollten glauben, daß V-Frösche mit solchen Begriffen nicht vertraut seien, und die Stimme mußte uns einreden, daß wir uns einbildeten, allgemeine Ausdrücke zu hören, die die gleiche Sache bedeuteten. Aber dann hat sich die Stimme vergessen. Ich kann mich daran erinnern, was sie sagte. Ich erinnere mich Wort für Wort: ›Das Leben deines Volkes wird wie eine Kerze verlöschen. Es wird ausgeblasen werden, und das Lebenslicht wird nie wieder brennen‹.«

Unbeirrt sagte Morriss wiederum: »Ja, und?«

»Sehen Sie es denn immer noch nicht? Wie sollten V-Frösche Begriffe wie ›Verlöschen einer Kerze‹ oder ›das Lebenslicht wird nie wieder brennen‹, verwenden? Wenn die Stimme vorgibt, die eines V-Frosches zu sein, der die Vorstellung eines Schiffes nicht kennt, wie sollte er dann über einen Begriff wie Feuer verfügen?«

Sie alle sahen es nun, aber Lucky war nun nicht mehr zu bremsen. »Die Venusatmosphäre besteht aus Stickstoff und Kohlendioxyd. Sauerstoff kommt nicht vor. Das ist uns allen bekannt. In der Venusatmosphäre kann nichts brennen. Flammen kann es nicht geben. In einer Million Jahren kann kein V-Frosch überhaupt ein Feuer gesehen haben, und keiner von ihnen kann wissen, um was es sich dabei handelt. Selbst wenn man einräumen würde, daß einige von ihnen vielleicht Flammen und Feuer in den Kuppelstädten gesehen haben, könnten sie dennoch nicht wissen, was Feuer eigentlich ist, genausowenig, wie sie unsere Schiffe verstanden haben. So wie ich die Sache sehe, stammten die Gedanken, die wir empfangen haben, nicht von den V-Fröschen, sondern von einem Mann, der die V-Frösche bloß als Kanal benutzte, um unsere Gehirne von seinem aus zu erreichen.«

»Aber wie sollte das zu machen sein?« fragte Turner.

»Ich weiß es nicht«, entgegnete Lucky. »Ich wünschte, ich wüßte wie. Ganz gewiß braucht man einen blendenden Verstand, um einen solchen Weg zu finden. Der Betreffende müßte viel über die Funktionsweise des Nervensystems und die damit in Zusammenhang stehenden elektrochemischen Abläufe wissen.« Lucky schaute Morriss kalt an. »Dabei könnte es sich zum Beispiel um einen Mann handeln, der Biophysiker ist.«

Alle Augen richteten sich auf das Ratsmitglied von der Venus, aus dessen rundem Gesicht das Blut vollständig wich, bis sein angegrauter Schnäuzer sich von der blassen Haut kaum noch abzuheben schien.

16
Der Feind!

»Wollen Sie etwa damit sagen ...«, mehr brachte Morriss nicht heraus, seine Stimme wurde zu einem Krächzen und verstummte dann ganz.

»Ich will überhaupt nichts Abschließendes sagen«, meinte Lucky diplomatisch. »Ich habe nur eine Andeutung gemacht.«

Morriss schaute sich hilflos um, sein Blick wanderte nacheinander zu allen vier Männern im Zimmer, und mußte feststellen, daß jedes Augenpaar das seine mit gebannter Faszination musterte.

»Das ist verrückt, völliger Wahnsinn«, würgte er heraus. »Ich bin der erste gewesen, der dies alles gemeldet hat ... diese ... diese ... Schwierigkeiten auf der Venus. Seht euch den ersten Bericht an das Hauptquartier an, da steht mein Name drauf. Warum sollte ich den Rat verständigen, wenn ich ein ... Und wie steht es mit meinem Motiv? He, los, sagt mir, was für ein Motiv ich haben sollte?«

Ratsmitglied Evans schien es nicht wohl in seiner Haut zu sein. Aus einem schnellen Blick, den er auf Turner warf, schloß Bigman, daß diese Art von ratsinterner Streiterei in Gegenwart eines Außenstehenden nicht nach Lous Geschmack war.

Dennoch sagte Evans: »So würde sich Dr. Morriss' Versuch, mich in ein schlechtes Licht zu setzen, erklären, ich war ein Außenseiter und hätte auf die Wahrheit stoßen können. Ich hatte bestimmt schon die Hälfte herausgefunden.«

Morriss atmete schwer. »Ich bestreite, jemals so etwas getan zu haben. Die ganze Angelegenheit ist irgendeine Verschwörung gegen mich, und für jeden von Ihnen, der sich daran beteiligt, wird es am Ende böse aussehen. Ich verlange Gerechtigkeit.«

»Wollen Sie damit andeuten, daß Sie eine Verhandlung vor dem Rat wünschen?« erkundigte Lucky sich. »Wollen Sie Ihren Fall vor dem Zentralkomitee des Rates vertreten?«

Worauf Lucky anspielte, war natürlich der vorgeschriebene Verfahrensablauf für eine Verhandlung gegen ein wegen Hochverrats gegen den Rat und die Solare Konföderation angeklagtes Ratsmitglied. In der Geschichte des Rates hatte noch niemals jemand vor einem solchen Gericht erscheinen müssen.

Das bloße Erwähnen dieses Gerichtes genügte, um was an Beherrschung in Morriss noch vorhanden war, zu beseitigen. Brüllend sprang er auf und stürzte sich blindwütig auf Lucky.

Lucky rollte sich geschmeidig über die Armlehne und gab Bigman dabei gleichzeitig ein Zeichen.

Das war das Signal, auf das Bigman die ganze Zeit gewartet hatte. Bigman schickte sich an, die Befehle zu befolgen, die Lucky ihm an Bord der *Hilda* gegeben hatte, als sie durch die Schleuse in die Kuppel von Aphrodite fuhren.

Ein Blasterblitz schoß hervor. Er war auf geringe Wirkung eingestellt, aber seine ionisierende Strahlung rief den stechenden Geruch von Ozon hervor.

Die Situation blieb einen Augenblick, wie sie war. Alle Bewegungen hörten auf. Morriss befand sich in der Nähe des umgefallenen Stuhls; er machte keine Anstalten aufzustehen. Bigman verharrte an seinem Platz wie eine kleine Statue, den Blaster im Hüftanschlag, ganz so, als wäre er beim Schießen zur Salzsäule erstarrt.

Das Ziel des Blastergeschosses lag zerstört und in Trümmern auf dem Boden.

Lou Evans fand als erster wieder Worte, aber es reichte nur zu einem scharfen Ausruf: »Was beim All ...«

Lyman Turner flüsterte: »Was haben Sie gemacht?«

Von seiner Eskapade noch ganz außer Atem, brachte Morriss nichts heraus, sondern rollte nur stumm mit den Augen in Richtung Bigman.

»Guter Schuß, Bigman«, kommentierte Lucky. Der Kleine grinste.

Lyman Turners schwarzes Computergehäuse war nur noch ein Haufen Schrott und größtenteils nicht mehr zu gebrauchen.

Turners Stimme wurde lauter. »Mein Computer! Sie *Idiot*! Was haben Sie bloß getan?«

»Nur, was wir tun mußten, Turner«, sagte Lucky streng.

Er kümmerte sich um Morriss, half dem Dicken auf die Beine und sagte: »Ich möchte mich herzlich bei Ihnen entschuldigen, Dr. Morriss, aber ich mußte absolut sicher gehen, daß Turners Aufmerksamkeit vollständig abgelenkt wurde. Dazu mußte ich Sie benutzen.«

»Sie meinen, Sie verdächtigen mich nicht des ... des ...«

»Nicht für eine Sekunde«, antwortete Lucky. »Das habe ich nie getan.«

Morriss entfernte sich, seine Augen sprühten vor Wut. »Ich denke, Sie sollten eine Erklärung dafür abgeben, Starr.«

»Ehe diese Zusammenkunft stattfand, habe ich mich nicht getraut, irgend jemandem etwas davon zu erzählen, daß sich meiner Meinung nach hinter den V-Fröschen ein Mensch verbirgt. Das konnte ich noch nicht einmal in meiner Meldung zur Erde anklingen lassen. Hätte ich es dennoch getan, dann würde der wirkliche Feind möglicherweise verrückt genug sein, etwas zu unternehmen – zum Beispiel die Städte unter Wasser setzen – und dann hätte über unseren Köpfen immer noch die Gefahr, daß sich so etwas jederzeit wiederholen könnte, geschwebt, das war mir sonnenklar. Solange derjenige aber nicht wußte, daß ich über den Verdacht gegen die V-Frösche hinausging, hoffte ich, daß der Betreffende nichts unternehmen und auf Zeitgewinn spekulieren würde, schlimmstenfalls würde er versuchen, nur mich und meine Freunde zu töten.

Bei dieser Zusammenkunft konnte ich das Thema deswegen anschneiden, weil ich davon überzeugt war, daß die fragliche Person zugegen ist. Und dennoch traute ich mich nicht, unvorbereitet gegen ihn vorzugehen. Ich hatte Angst, er könne uns trotz des Kohlenwasserstoffes unter seine geistige Kontrolle bringen, und daß seine Handlungen dann drastische Formen annehmen würden. Ich war gezwungen, ihn gründlich abzulenken, um sicherzugehen, daß er wenigstens für ein paar Sekunden vom äußeren Handlungsablauf zu sehr abgelenkt war, um über seine V-Frosch-Werkzeuge die starken Gefühlsregungen, die möglicherweise aus Bigmans und meinem Kopf entwichen, entdecken zu können. Klar, in diesem Gebäude gibt es keine V-Frösche, aber er könnte durchaus imstande sein, V-Frösche in anderen Teilen der Stadt zu mißbrauchen, wie er es mit anderen V-Fröschen auf der Meeresoberfläche meilenweit von Aphrodite gekonnt hat.

Also, um ihn abzulenken, habe ich Sie, Dr. Morriss, beschuldigt. Ich konnte Sie vorher nicht warnen, weil ich wollte, daß Ihre Gefühlsregungen echt wirkten ... und das sind sie auch in bewunderungswürdiger Weise gewesen. Ihr Angriff auf mich war alles, was noch gefehlt hatte.«

Morriss holte ein großes Taschentuch aus der Ärmeltasche und wischte sich die schweißschimmernde Stirn ab. »Das war eine reichlich drastische Taktik, Lucky, aber ich sehe es ein, glaube ich. Also Turner ist unser Mann, oder?«

»Ja, er ist es.«

Turner rutschte auf den Knien herum und wühlte in den geschmolzenen und zerborstenen Scherben seines Computers. Mit haßerfülltem Blick sah er auf und stieß hervor: »Ihr habt meinen Computer zerstört.«

»Ich möchte bezweifeln, daß es sich um einen Computer gehandelt hat«, meinte Lucky. »Dafür war er ein zu unzertrennlicher Begleiter von Ihnen. Als ich Sie zum ersten Mal traf, hatten Sie ihn dabei. Sie sagten mir damals, daß Sie ihn dazu brauchten, die Stärke der Innenschotts im Verhältnis zur Wucht des drohenden Wassereinbruchs zu berechnen. Jetzt haben Sie ihn wahrscheinlich dabei, um neue Berechnungen bei Ihrer Unterredung mit Dr. Morriss über die Stärke eben dieser Innenschotts vornehmen zu können.«

Lucky legte eine Pause ein, aber dann fuhr er mit harter Ruhe in der Stimme fort: »Aber ich habe Sie an dem Morgen nach dem drohenden Wassereinbruch in Ihrer Wohnung aufgesucht. Ich hatte lediglich vor, Ihnen einige Fragen zu stellen, von denen Sie ganz genau wußten, daß es dabei keine Berechnungen anzustellen gab. Aber trotzdem hatten Sie Ihren Computer dabei. Sie konnten es einfach nicht übers Herz bringen, ihn im Nebenzimmer zu lassen. Er mußte bei Ihnen sein, zu Ihren Füßen, warum?«

Turner sagte verzweifelt: »Er war eine Eigenkonstruktion. Ich war vernarrt in das Ding. Ich habe ihn stets bei mir getragen.«

»Vernarrt oder nicht, ich schätze, das Gerät wog um die zwanzig Pfund, das ist ziemlich schwer. Könnte es sein, daß es sich um die Maschine gehandelt hat, mit der Sie ständigen Kontakt zu den V-Fröschen gehalten haben?«

»Wie wollen Sie das beweisen?« schoß Turner zurück. »Sie sagten doch, daß ich selber ein Opfer war. Jeder in diesem Raum kann das bezeugen.«

»Stimmt«, erwiderte Lucky, »der Mann, der sich trotz seiner Unerfahrenheit so gekonnt in der Kuppelschleuse verbarrikadiert hat, bekam seine Informationen von Ihnen. Aber wurde dieses Wissen aus Ihrem Kopf entwendet, oder haben Sie es freiwillig weitergereicht?«

Morriss fuhr wütend dazwischen. »Lucky, lassen Sie mich die Frage direkter stellen. Turner, sind Sie für die Epidemie geistiger Kontrolle verantwortlich oder nicht?«

»Natürlich bin ich es nicht«, rief Turner. »Sie können auf das bloße Gerede eines jungen Dummkopfes, der sich einbildet, er braucht nur ein paar Vermutungen anzustellen, die dann als Beweise gelten, nur weil er im Rat ist, nichts geben.«

»Sagen Sie, Turner, erinnern Sie sich an den Abend, als der Mann, den Hebel in der Hand, in der Kuppelschleuse saß? Erinnern Sie sich noch deutlich daran?«

»Ziemlich deutlich, wieso?«

»Können Sie sich noch erinnern, wie Sie zu mir gekommen sind und mir sagten, falls die Schleuse geöffnet würde, die inneren Transitschotts nicht standhalten und ganz Aphrodite absaufen würde? Sie hatten ziemliche Angst. Sie waren beinahe in Panik.«

»Ja, war ich. Ich habe immer noch Angst. So wie die Dinge liegen, besteht auch Veranlassung, in Panik zu verfallen. Es sei denn, man ist der tapfere Lucky Starr«, setzte er mit höhnisch verzogenen Lippen hinzu.

Lucky überging die letzte Bemerkung. »Sind Sie mit dieser Information zu mir gekommen, um noch etwas zu der bereits bestehenden Verwirrung beizutragen, um sicherzugehen, daß wir alle samt und sonders lange genug abgelenkt wären, damit Sie Lou Evans aus der Stadt schaffen, und er draußen im Meer in aller Ruhe getötet werden konnte? Mit Evans war nicht gut Kirschen essen, und er hatte zu viel über die V-Frösche in Erfahrung gebracht. Vielleicht haben Sie auch darauf spekuliert, mich aus Aphrodite und von der Venus zu ängstigen.«

»Das ist doch alles lächerlich. Die Innenschotts *sind* unzureichend. Fragen Sie Morriss. Der hat meine Berechnungen bereits gesehen.«

Widerstrebend mußte Morriss nicken. »Ich fürchte, Turner hat in diesem Punkt recht.«

»Macht nichts«, bemerkte Lucky. »Das wollen wir mal als erledigt betrachten. Die Gefahr war echt, und Turner brach aus gutem Grund in Panik aus ... Sie sind verheiratet, Turner.«

Turners flackernder Blick ruhte auf Lucky, dann sah er wieder weg. »Ja, und?«

»Ihre Frau ist hübsch und bedeutend jünger als Sie. Sie sind noch nicht einmal ein Jahr verheiratet.«

»Was wollen Sie damit denn beweisen?«

»Daß Sie wahrscheinlich eine tiefe Zuneigung zu ihr empfinden. Um ihr einen Gefallen zu tun, ziehen Sie gleich nach der Heirat in ein teures Appartement; Sie gestatten ihr, es nach ihrem eigenen Geschmack einzurichten, obwohl Sie selbst einen ganz anderen haben. Sicher würden Sie ihre Sicherheit nicht vernachlässigen, oder etwa doch?«

»Ich verstehe das alles nicht, wovon reden Sie überhaupt?«

»Ich glaube, Sie wissen ganz genau, wovon ich rede. Das eine Mal, wo ich Ihre Frau getroffen habe, erzählte sie mir, daß sie die ganze Aufregung vom Vorabend einfach verschlafen habe. Darüber schien sie sehr enttäuscht zu sein. Sie sagte mir ebenfalls, in was für einem guten Appartementhaus sie wohnte. Es besäße sogar ›Kammern‹. Unglücklicherweise sagte mir das damals noch nichts, sonst hätte ich vielleicht schon da und dort die wahren Zusammenhänge durchschaut. Es war erst viel später, auf dem Meeresgrund, als Lou Evans ganz nebenbei die Kammern erwähnte und mir sagte, wozu sie da sind. ›Kammer‹ ist eine auf der Venus gebräuchliche Bezeichnung für Spezialbunker, die so ausgelegt sind, daß sie die volle Wucht eines Wassereinbruches bei einem Beben, das die Kuppel zerstört, aushalten können. Wissen Sie nun, wovon ich rede?«

Turner sagte kein Wort.

»Wenn Sie vor einer totalen Katastrophe solche Angst hatten, warum haben Sie an dem Abend nicht an Ihre Frau gedacht. Sie haben davon geredet, man müsse die Menschen retten und die Stadt evakuieren. Haben Sie dabei je an Ihre

Frau gedacht? Im Untergeschoß Ihres Wohnhauses befinden sich Kammern. Es hätte keine zwei Minuten gedauert, und sie wäre in Sicherheit gewesen. Sie hätten sie nur anzurufen brauchen und sie warnen müssen. Aber das taten Sie nicht. Sie haben sie einfach weiterschlafen lassen.«

Turner murmelte etwas vor sich hin.

»Sagen Sie bloß nicht, Sie hätte es vergessen. Das ist absolut unglaubwürdig. Sie hätten alles vergessen können, aber nicht die Sicherheit Ihrer Frau. Lassen Sie mich mal eine andere Erklärung versuchen. Sie haben sich um Ihre Frau gar keine Sorgen gemacht, weil Sie genau wußten, daß keine wirkliche Gefahr vorhanden war, weil Sie wußten, daß die Schleuse in der Kuppel sich nie öffnen würde.« Luckys Stimme klang hart vor Wut. »Sie wußten, daß die Schleuse sich nicht öffnen würde, weil Sie selbst den Mann am Hebel geistig kontrollierten. Ihre Zuneigung zu Ihrer Frau ist es nämlich, die Sie verraten hat. Sie konnten sich nicht dazu durchringen, ihren Schlaf nur deswegen zu stören, um Ihren Bluff echter aussehen zu lassen.«

Plötzlich sagte Turner: »Ohne Anwalt sage ich kein Wort mehr. Was Sie da vorbringen, sind keine Beweise.«

»Es reicht aber aus, um eine große Ratsuntersuchung zu rechtfertigen ... Dr. Morriss, würden Sie ihn bitte in Gewahrsam nehmen lassen, er soll unter Bewachung zur Erde gebracht werden. Bigman und ich werden mitfliegen. Wir werden dafür sorgen, daß er sicher dort ankommt.«

Als sie wieder im Hotel waren, meinte Bigman besorgt: »Bei allen Marswüsten, Lucky, ich sehe nicht, wie wir gegen Turner Beweise zusammenbekommen sollen. Alle deine Schlußfolgerungen hören sich überzeugend an, aber vor dem Gesetz sind das keine Beweise.«

Lucky hatte eine warme Hefemahlzeit im Bauch und konnte sich zum ersten Mal, seit er und Bigman die Wolkenbänke, die die Venus umgaben, durchstoßen hatten, entspannen. »Ich glaube nicht, daß der Rat ein gesteigertes

Interesse an juristischen Beweisen oder an Turners Hinrichtung hat.«

»Lucky! Warum denn nicht? Der Saukerl ...«

»Ich weiß. Er ist ein mehrfacher Mörder. Er hatte ganz bestimmt diktatorische Ambitionen, also auch ein Verräter. Aber wichtiger als diese Dinge ist der Umstand, daß er ein geniales Werk geschaffen hat.«

»Meinst du etwa seine Maschine?«

»Genau die meine ich. Wahrscheinlich haben wir das einzige existierende Exemplar zerstört, und wir werden ihn brauchen, um eine neue Maschine zu bauen. Es gibt viele Fragen, auf die wir eine Antwort wissen möchten. Wie hat Turner die V-Frösche manipuliert? Als er Lou Evans umgebracht haben wollte, hat er da den V-Fröschen genaue Anweisungen gegeben, hat er ihnen Stückchen für Stückchen vorgekaut, was sie zu tun hätten, hat er ihnen befohlen, den Riesenlappen zu rufen? Oder hat er nur gesagt: ›Tötet Evans‹ und hat es den V-Fröschen überlassen, wie dressierte Hunde die Aufgabe so zu lösen, wie sie glaubten, daß es am besten sei?

Kannst du dir vorstellen, wozu man solch ein Instrument überall einsetzen kann? Da bietet sich uns ein völlig neuer Weg, Geisteskrankheiten zu bekämpfen, ein neuer Weg, verbrecherische Impulse zu bekämpfen. Es könnte sogar möglicherweise dazu eingesetzt werden, in Zukunft Kriege zu verhindern, oder, falls uns ein Krieg aufgezwungen wird, dazu, unsere Feinde schnell und ohne Blutvergießen zu besiegen. So wie das Instrument in der Hand eines einzelnen von Ehrgeiz zerfressenen Mannes eine Gefahr darstellte, kann es in den Händen des Rates sehr nützlich und segensreich sein.«

»Glaubst du, der Rat kriegt ihn dazu, noch so eine Maschine zu bauen?«

»Ich denke schon, und für die nötigen Sicherheitsmaßnahmen wird ebenfalls gesorgt werden. Wenn wir ihm eine

Amnestie und die Wiederherstellung seines Rufes anbieten und die Alternative dazu in lebenslanger Haft ohne die Möglichkeit, seine Frau je wiederzusehen besteht, glaube ich schon, daß er einverstanden sein wird, uns zu helfen. Und natürlich würde man die Maschine als erstes dazu benutzen, Turners eigenes Gehirn zu untersuchen; so könnte man dazu beitragen, ihn von seinen unnatürlichen Machtgelüsten zu heilen und dabei gleichzeitig der Menschheit einen erstklassigen Verstand erhalten.«

Am nächsten Tag würden sie die Venus verlassen und Kurs auf die Erde nehmen. Lucky dachte mit einem angenehmen Gefühl des Heimwehs an den wunderbaren blauen Himmel auf seinem Heimatplaneten, er dachte an die frische Luft draußen, die natürlichen Lebensmittel und an die Weitläufigkeit und Entfaltungsmöglichkeit eines Lebens auf dem Festland. »Denk immer daran, Bigman, es ist leicht, die Gesellschaft dadurch zu ›schützen‹, daß man einen Verbrecher hinrichtet, aber das macht die Opfer auch nicht wieder lebendig. Wenn man ihn statt dessen heilen kann und ihn dazu einsetzt, das Leben der Gesellschaft besser und strahlender zu gestalten, wieviel mehr hat man dann erreicht!«

LUCKY STARR

IM LICHT DER MERKURSONNE

Vorwort

Dieser Roman wurde im Jahre 1956 geschrieben. Die Beschreibung des Planeten Merkur stand im Einklang mit dem astronomischen Wissen der damaligen Zeit.

Seitdem hat uns aber die schnelle Entwicklung der Radartechnologie und der Raumfahrt grundlegend neue Erkenntnisse über das Sonnensystem beschert.

So galt im Jahre 1956 noch als sicher, daß Merkur der Sonne stets dieselbe Seite zuwendet. Man mußte also annehmen, daß eine Halbkugel ständig im Sonnenlicht liegt, während die andere in ewiger Finsternis verharrt und nur schmale Grenzregionen abwechselnd Sonne und Schatten hatten.

Nach der Auswertung von Radarstudien kamen die führenden Astronomen dann 1965 zu einem neuen überraschenden Ergebnis. Während die Umlaufzeit des Merkur um die Sonne – 88 Tage – bestätigt wurde, stellte sich heraus, daß sich der Planet nicht in 88 Tagen, wie bis dahin angenommen, sondern in 59 Tagen um die eigene Achse dreht.

Das bedeutet, daß die gesamte Oberfläche des Merkur zu irgendeiner Zeit von der Sonne beschienen wird. Eine ›dunkle Seite‹ gibt es also nicht.

Ich hoffe, daß Ihnen der Roman trotzdem gefallen wird, wenn auch einige Voraussetzungen sich dank neuer wissenschaftlicher Erkenntnisse geändert haben.

Isaac Asimov
November 1970

1
Die Geister der Sonne

Lucky Starr und sein kleiner Freund John Bigman Jones folgten dem jungen Ingenieur über die Rampe zu der Luftschleuse, durch die man auf den Planeten Merkur gelangte.

Wenigstens kommen wir schnell zur Sache, dachte Lucky.

Sie waren erst vor einer Stunde auf dem Merkur gelandet. Gerade genügend Zeit, um sein Raumschiff, die *Shooting Starr*, im unterirdischen Hangar zu parken. Bisher hatte er nur einige Techniker kennengelernt, die alle Landungsformalitäten erledigt hatten und nun sein Schiff warteten.

Ja, und dann natürlich Scott Mindes, den Chefingenieur von ›Projekt Licht‹. Es kam ihm so vor, als habe der junge Mann ihn schon sehnlich erwartet. Mindes schlug ihm sofort einen Ausflug auf die Oberfläche vor.

Es gebe dort Sehenswürdigkeiten zu besichtigen ...

Daran glaubte Lucky natürlich nicht. Das Gesicht des Chefingenieurs verriet quälende Sorge. Unruhig zuckte der Mund über dem schmalen Kinn. Die Augen mieden Luckys kühlen, forschenden Blick.

Dennoch war Lucky auf den Vorschlag, die Oberfläche zu besichtigen, ohne Widerspruch eingegangen. Bisher wußte er nicht mehr von den Schwierigkeiten auf dem Merkur, als daß sie für den Wissenschaftsrat ein kitzliges Problem darstellten. Er war bereit, sich Mindes' Führung anzuvertrauen. Man würde sehen ...

Bigman Jones war wie immer hocherfreut, daß er Lucky begleiten durfte. Er wäre ihm auch in die Hölle gefolgt, ohne nach dem Grund zu fragen.

Aber als sie alle drei in ihre Anzüge schlüpften, war es Bigman, der bedeutungsvoll die Augenbrauen hob und mit kaum merklichem Kopfnicken auf die Schulterhalfter an Mindes' Anzug aufmerksam machte. Lucky nickte kühl zurück. Auch er hatte bemerkt, daß aus dem Halfter der Kolben eines großkalibrigen Blasters ragte.

Der junge Ingenieur betrat als erster die Oberfläche Merkurs. Lucky folgte, und Bigman kam zuletzt.

In der fast schwarzen Finsternis verloren sie einander sofort aus den Augen. Man sah nur Sterne. Hell und hart leuchtend hingen sie im kalten, luftleeren Raum.

Bigman gewöhnte sich rasch an die veränderten Bedingungen. Merkur glich in vielem seinem Heimatplaneten Mars. Fast die gleiche Anziehungskraft, und auch die Marsnächte waren dunkelschwarz, während die Sterne fast genauso hell und hart glänzten.

Hell tönte seine Stimme in ihren Empfängern: »He, ich fange an, etwas zu erkennen!«

Jetzt begann auch Lucky, Umrisse wahrzunehmen. Er war verwundert. Eigentlich konnte das Sternenlicht doch nicht ausreichen! Aber es lag ein schwach leuchtender Nebel über der Landschaft und tauchte die scharfen Felskanten in ein milchiges Licht. Der Anblick erinnerte Lucky an die zwei Wochen dauernden Nächte auf dem Mond. Die gleiche wüste, rauhe, abweisende Landschaft. Seit Jahrmillionen kein Wind und kein Regen! In dieser wasserlosen Welt war das nackte Felsgestein einer Kälte preisgegeben, die jede menschliche Vorstellungskraft überstieg.

Ja, auch auf dem Mond hatte Lucky nachts dieses milchige Licht wahrgenommen. Dort stammte es allerdings von der Erde. 16mal so hell wie der Vollmond auf die Erde – strahlte die Vollerde auf den Mond!

Aber hier am Nordpol des Merkurs, wo das Sonnenobservatorium lag, gab es keinen anderen Planeten, mit dem man den Schimmer erklären konnte.

»Ist es Sternenlicht?« fragte Lucky schließlich – und wußte doch schon, daß dies unmöglich war.

Scott Mindes antwortete in müdem Ton: »Es ist der Schein der Sonnenkorona.«

»Große Galaxis!« rief Lucky und lachte unterdrückt auf. »Die Sonnenkorona! Natürlich! Daß ich darauf nicht gekommen bin!«

»Worauf gekommen?« wunderte sich Bigman. »Was soll das heißen? He, Mindes, raus mit der Sprache!«

»Drehen Sie sich um!« forderte Mindes sie auf.

Sie taten es, und der Anblick war überwältigend. Lucky pfiff anerkennend durch die Zähne. Bigman stieß einen Ruf der Überraschung aus. Nur Mindes blieb stumm.

Vor ihnen hob sich der Horizont scharf gegen einen glühenden Himmel ab. Jede Einzelheit war klar und deutlich zu erkennen. Nach oben allmählich schwächer werdend, reichte das Glühen bis zu einem Drittel des Zenits. Es war ein bleiches, unwirkliches, zuckendes Licht von magisch wirkender Kraft.

»Das ist die Korona, Mr. Jones«, sagte Mindes.

So leicht ließ sich Bigman nicht beeindrucken. Bevor er bereit war, über ein Weltwunder zu staunen, wies er im Gefühl der eigenen Bedeutung den anderen scharf zurecht: »Bitte, merken Sie sich: man nennt mich Bigman!« Erst dann nahm er von der Korona Notiz: »Ach, so, die Protuberanzen! Offengestanden, hatte ich mir die Korona nicht so hell vorgestellt.«

»Sie reicht zwei Millionen Kilometer über den Sonnenrand hinaus – wenn nicht noch weiter«, erklärte Mindes. »Und der Merkur ist nur 48 Millionen Kilometer von der Sonne entfernt. Sie stammen vom Mars, nicht wahr?«

»Auf dem Mars geboren und aufgewachsen«, antwortete Bigman.

»Sie müssen bedenken, daß die Sonne vom Merkur aus 36mal so groß erscheint wie vom Mars. Folglich ist auch ihre Korona 36mal größer und heller als auf dem Mars.‹.

Lucky nickte. Auf der Erde war die Korona nur bei totaler Sonnenfinsternis sichtbar. Mit großer Spannung sah er dem Erlebnis des Sonnenaufgangs auf dem Merkur entgegen. Sie würde neunmal so groß erscheinen wie auf der Erde. Ohne Zweifel ein majestätischer Anblick!

Als Mindes ihnen Sehenswürdigkeiten zu zeigen versprach, hatte er wahrlich nicht übertrieben.

»Man nennt dieses Licht«, fuhr Mindes fort, und seine Stimme klang bitter, »den weißen Geist der Sonne.«

»Das gefällt mir«, meinte Lucky. »Eine sehr treffende Bezeichnung.«

»Das gefällt Ihnen?« sagte Mindes erregt. »Nun, mir gefällt es ganz und gar nicht. Es gibt bereits zuviel Gerede über Geister auf diesem Planeten. Ein Unglücksbringer, dieser Merkur! Alles geht hier schief. In den Bergwerken ...« Er brach ab.

Ich will jetzt nicht drängen, dachte Lucky.

Laut sagte er: »Sie wollten uns doch noch ein besonderes Phänomen zeigen?«

»O ja. Dazu müssen wir noch ein Stück weitergehen. Nicht weit, und die Schwerkraft ist ja niedrig. Aber achten Sie darauf, wo Sie hintreten! Wir haben hier keine Straßen, und das Koronaglühen verursacht optische Täuschungen. Ich schlage vor, wir schalten die Helmlampen an.«

Er selber tat es schon, während er noch sprach. Über die Gesichtsscheibe schoß ein Lichtstrahl nach vorn und verwandelte den Boden in ein wirres Muster aus Gelb und Schwarz. Zwei weitere Lichtstrahlen folgten, und dann bewegten sich die drei Gestalten auf ihren dickisolierten Stiefeln vorwärts. Im luftleeren Raum verursachten ihre Schritte keinerlei Geräusch. Aber jeder spürte die feinen Schwingungen an der Luftbewegung im Raumanzug.

Während des Gehens kam Mindes auf trübe Gedanken. Mit leiser, angespannter Stimme beklagte er sich über den Planeten. »Ich hasse den Merkur! Seit sechs Monaten bin ich hier, das sind zwei Merkurjahre, und ich habe die Nase voll. Ursprünglich hatte ich angenommen, daß ich nicht länger für meine Aufgabe brauchen würde. Aber jetzt ist die geplante Zeit vorbei, und nichts wurde erreicht. Nichts! An diesem Planeten ist alles faul. Er ist der kleinste Planet im Sonnensystem und steht der Sonne am nächsten. Und er kehrt ihr ewig dieselbe Seite zu.«

Sein Arm deutete zurück. »Dort drüben beginnt die Halbkugel, die niemals ein Sonnenstrahl erreicht – die einzige im ganzen Sonnensystem. Nein, wirklich, hier ist alles trostlos.«

Er blieb vor einem zwei Meter breiten, flachen Graben stehen, dem Überbleibsel eines Merkurbebens vor Äonen von Jahren – einem Graben, der sich wegen der Abwesenheit von Regen und Wetter nie verändern würde. Dann sprang er ungeschickt hinüber – ein Erdenmensch, der auch auf dem Merkur ständig in der künstlichen Schwerkraft in der Kuppel des Observatoriums lebte.

Bigman schnalzte geringschätzig mit der Zunge, als er Mindes springen sah. Er und Lucky überwanden den Graben leichtfüßig. Sie verlängerten nur ein wenig ihren normalen Schritt.

Nach weiteren 400 Metern sagte Mindes plötzlich: »Von hier aus können wir es sehen. Wir kommen gerade zurecht.«

Beim Stehenbleiben wankte er und mußte die Arme ausstrecken, um das Gleichgewicht zu bewahren. Bigman und Lucky stoppten geschickt mit einem kleinen Sprung, der einen Steinwirbel auslöste.

Mindes' Helmlampe erlosch. Mit ausgestrecktem Arm wies er nach vorn. Auch Lucky und Bigman schalteten ihre Lampen aus, und vor ihnen in der Finsternis war ein kleiner, unregelmäßig geformter Fleck von blendendem Weiß zu sehen.

Es war Sonnenschein, viel intensiverer Sonnenschein, als Lucky je auf der Erde gesehen hatte.

»Von hier aus sieht man ihn am besten«, erklärte Mindes. »Es ist der Gipfel des Schwarz-und-Weiß-Berges.«

»Heißt der wirklich so?« fragte Bigman.

»Ja, natürlich. Sie sehen doch warum, oder? Er steht dicht

an der Schattenlinie, der Grenze zwischen Tag- und Nachtseite, gemeinhin Terminator genannt.«

»Das weiß ich auch.« Bigman wirkte ungehalten. »Glauben Sie, ich sei dumm?«

»Nein, ich will es Ihnen nur auseinandersetzen. Beim Sonnenumlauf des Merkur wandert die Schattenlinie an den beiden Polen kaum. Anders am Äquator. Da bewegt sie sich 44 Tage lang insgesamt 1100 Kilometer in einer Richtung und in den nächsten 44 Tagen wieder 1100 Kilometer zurück. Hier beträgt die Bewegung kaum 800 Meter in 44 Tagen. Deshalb wurde ja an dieser Stelle auch das Observatorium errichtet. Sonne und Sterne scheinen am Himmel stillzustehen. Jedenfalls steht der Schwarz-und-Weiß-Berg so, daß höchstens einmal in 88 Tagen die obere Hälfte im Sonnenlicht liegt. Danach zieht sich die Sonne langsam nach oben zurück.«

»Und jetzt«, warf Lucky ein, »liegt nur noch der Gipfel im Licht.«

»Nicht mehr als die höchsten 50 bis 60 Zentimeter, und auch das wird bald vorbei sein. Erst nach einem oder zwei Erdentagen kehrt das Licht langsam zurück.«

Noch während er sprach, schrumpfte der grellweiße Fleck zu einem Punkt zusammen, der wie ein heller Stern glänzte.

Die drei Männer warteten.

»Schauen Sie mal woanders hin«, riet Mindes, »damit Ihre Augen sich wieder an die Dunkelheit gewöhnen.«

Langsam schlichen die Minuten dahin. Dann forderte er sie auf: »Es ist soweit – sehen Sie sich jetzt den Berg an!«

Lucky und Bigman gehorchten und sahen eine ganze Weile gar nichts. Und dann war es, als ergösse sich Blut über die Landschaft. Zuerst war es nur eine Andeutung von schwachem Rot. Dann erkannte man den zerklüfteten Berg. Der Gipfel erschien dem Auge hellrot. Je tiefer der Blick wanderte, um so dunkler wurde das Rot, bis es langsam in Schwärze überging.

»Was ist das?« erkundigte sich Bigman.

»Die Sonne ist untergegangen, auch auf dem Berggipfel«, antwortete Mindes. »Über dem Horizont sind nur noch die Korona und die Protuberanzen verblieben. Unter Protuberanzen versteht man ungeheure Fontänen glühender, hellroter Wasserstoffgase, die aus der Sonne viele tausend Kilometer weit in den Weltraum schießen.«

Wieder nickte Lucky. Auch die Protuberanzen konnte man von der Erde aus wegen der dichten Atmosphäre nur bei totaler Sonnenfinsternis oder mit sinnreich konstruierten Apparaten beobachten.

»Sie nennen es den roten Geist der Sonne«, fügte Mindes mit leiser Stimme hinzu.

»Das ergibt zwei Geister«, stellte Lucky fest, »einen weißen und einen roten. Laufen Sie deshalb mit einem Blaster bewaffnet umher, Mr. Mindes?«

»Was?« rief Mindes wild. »Wovon sprechen Sie überhaupt?«

»Es wird Zeit, uns den wahren Grund zu nennen, warum Sie uns hierhergeführt haben«, sagte Lucky. »Bestimmt nicht allein wegen der Sehenswürdigkeiten, wie Sie es nannten. Sonst würden Sie sich auf einem unbewohnten Planeten nicht beim Spaziergang mit einem Blaster bewaffnen.«

Diesmal dauerte es lange, ehe Mindes antwortete. Schließlich sagte er: »Sie sind David Starr, nicht wahr?«

»Das stimmt.« Lucky war die Ruhe selbst.

»Dann sind Sie ein Mitglied des Wissenschaftsrates. Der Mann, den sie Lucky Starr nennen.«

Mitglieder des Wissenschaftsrates scheuten jede Art von Publicity, und deshalb brauchte Lucky einige Überwindung, ehe er zugab: »Auch das stimmt.«

»Dann irre ich mich nicht. Sie sind einer der Spitzenagenten des Rates. Und Sie haben den Auftrag, Nachforschungen über das Projekt Licht anzustellen.«

Lucky preßte die Lippen aufeinander. Es paßte ihm nicht,

daß sein Auftrag allgemein bekannt wurde. »Vielleicht – vielleicht auch nicht«, antwortete er ausweichend. »Warum haben Sie mich hierhergeführt?«

»Ich weiß, daß ich recht habe.« Mindes keuchte vor Erregung. »Und ich brachte Sie hierher, um Ihnen die Wahrheit zu sagen, bevor Ihnen die anderen alle möglichen Lügen erzählen werden.«

»Worüber?«

»Über die Mißerfolge, die das Projekt Licht heimsuchen – wie ich dieses Wort hasse!«

»Aber Sie hätten mir alles, was Sie auf dem Herzen haben, auch in der Kuppel sagen können. Warum sind wir hier?«

»Aus zwei Gründen«, sagte der Ingenieur. Er atmete schnell und erregt. »Erstens geben mir alle die Schuld an den Fehlschlägen. Sie meinen, ich würde mit dem Projekt nicht fertig werden, ich vergeudete nur Steuergelder. Deshalb wollte ich Sie allein sprechen. Verstehen Sie? Ich wollte unter allen Umständen verhindern, daß Sie sich zuerst mit den anderen unterhalten.«

»Warum hält man Sie für ungeeignet?«

»Sie denken, ich sei zu jung.«

»Wie alt sind Sie denn?«

»22.«

Lucky Starr, der nicht viel älter war, fuhr fort: »Und Ihr zweiter Grund?«

»Sie sollten ein Gefühl für den Merkur bekommen. Ich wollte, daß Sie es spüren ... in sich aufnehmen ... das ...« Er verstummte.

In seinem Raumanzug stand Lucky groß und aufrecht auf dem lebensfeindlichen Boden des Merkur, und das Metall auf seiner Schulter spiegelte das milchige Licht der Korona, ›dem weißen Geist der Sonne‹.

Er sagte: »Nun gut, Mindes. Angenommen, ich akzeptiere Ihre Behauptung, Sie seien unschuldig am Fehlschlag des Projekts Licht. Wer ist dann der Schuldige?«

Der Ingenieur murmelte Unverständliches. Erst langsam gelang es ihm, Worte zu formen. »Ich weiß es nicht … Zumindest …«

»Ich verstehe Sie nicht«, unterbrach Lucky.

»Sehen Sie«, brach es im Ton höchster Verzweiflung aus Mindes hervor. »Ich habe selber Nachforschungen angestellt. Während der Wach- und der Schlafperioden versuchte ich, den Schuldigen herauszufinden. Ich habe genau den Zeitpunkt jedes Unfalls notiert, zum Beispiel wenn Kabel rissen oder Umformungsschirme zerbrachen. Und das einzige, was ich mit Sicherheit herausfand, war …«

»War was?«

»Kein Besatzungsmitglied der Kuppel kann unmittelbar dafür verantwortlich sein. Kein einziger. Es leben dort genau 52 Personen, und bei den letzten sechs Unfällen hatte jeder einzelne ein wasserdichtes Alibi. Kein einziger hielt sich zu dieser Zeit in der Nähe der Unfallorte auf.« Seine Stimme klang schrill.

»Wie erklären Sie sich dann die Unfälle?« fragte Lucky. »Merkurbeben? Sonneneinwirkung?«

»Geister!« schrie der Ingenieur und schwang wild die Arme. »Es gibt einen weißen Geist und einen roten Geist. Sie haben beide gesehen. Es gibt aber auch zweibeinige Geister. Ich habe sie mit eigenen Augen gesehen, aber wer wird mir das jemals glauben?« Er war kaum noch zu verstehen. »Ich sage Ihnen … ich sage Ihnen …«

»Geister!« unterbrach ihn Bigman. »Sind Sie verrückt?«

Auf einmal brüllte Mindes wie rasend: »Und Sie glauben mir auch nicht! Aber ich werde es beweisen! Ich werde den Geist wegblastern! Und mit ihm die Idioten, die mir nicht glauben wollen. Ich zerblastere sie alle! Alle!«

Er lachte kreischend. Dann zog er blitzschnell seine Waffe aus der Halfter. Bevor Bigman eingreifen konnte, hatte er auf Lucky angelegt und drückte auf den Abzug. Die unsichtbaren Strahlen schossen aus der Mündung …

2
Verrückt oder nicht?

Auf der Erde hätte Lucky keine Chance gehabt, dem Tod zu entgehen.

Zwar hatte er bemerkt, wie sich Mindes' Stimme zu hysterischem Kreischen steigerte. Und er war durchaus darauf gefaßt, daß den wilden Verwünschungen des Ingenieurs eine heftige Handlung folgen würde. Aber an einen Angriff mit dem Blaster hatte er nicht gedacht.

Als Mindes zur Halfter griff, warf sich Lucky zur Seite. Auf der Erde hätte ihm das wenig genutzt. Es wäre zu spät gewesen.

Auf dem Merkur lagen die Dinge jedoch anders. Die Anziehungskraft des Merkur beträgt nur zwei Fünftel der Erdschwerkraft. Daher warf Luckys blitzschneller Hechtsprung seinen auch im Raumanzug extrem leichten Körper – nur zwei Fünftel seines Erdgewichts – ihn, unerwartet weit zur Seite. Mindes versuchte, die Waffe entsprechend herumzuschwenken. Aber da er an die niedrige Schwerkraft nicht gewöhnt war, stolperte er.

Der Energiestrahl des Blasters verfehlte Lucky daher um eine Handbreit, traf nackten Fels und bohrte ein 30 Zentimeter tiefes Loch in das weltraumkalte Gestein.

Mindes gewann festen Stand und wollte erneut auf Lucky zielen. Aber da flog Bigman heran. Sein langer, flacher Hechtsprung hatte jene natürliche Anmut eines Marsbewohners, der von Kindesbeinen an geringe Schwerkraft gewöhnt ist.

Mindes wurde zu Boden gerissen. Er schrie auf und verstummte dann. War er beim Aufprall bewußtlos geworden? Oder war seine übermächtige Erregung in Apathie umgeschlagen?

Bigman glaubte an keine der beiden Möglichkeiten. »Er

verstellt sich nur«, rief er aufgeregt. »Der Dreckskerl stellt sich tot.« Er hatte der schlaffen Hand des gestürzten Ingenieurs den Blaster entwunden, und jetzt richtete er die Mündung auf den Kopf des Mannes.

»Laß das sein, Bigman!« befahl Lucky scharf.

Bigman zögerte. »Er wollte dich töten, Lucky.« Bestimmt wäre der kleine Marsbewohner nicht halb so zornig gewesen, wenn der todbringende Angriff ihm selber gegolten hätte. Doch schließlich ließ er widerwillig die Waffe sinken und trat zurück.

Lucky kniete neben Mindes nieder und musterte dessen bleiche, verzerrte Züge durch die Sichtscheibe im Licht seiner Helmlampe. Dann prüfte er das Druckventil an Mindes' Anzug, um sich zu vergewissern, daß sich durch den Sturz keine Schraube gelockert hatte. Schließlich packte er ihn am Handgelenk und am Fußknöchel, warf ihn sich über die Schulter und stand auf.

»Zurück zur Kuppel!« sagte er. »Ich fürchte, unser Problem ist etwas komplizierter, als der Chef annimmt.«

Bigman gab einen zustimmenden Laut von sich und folgte Lucky auf dem Fuße. Dessen langer Schritt zwang ihn, den Kleineren, zu einer Art Trab. Den Blaster hielt er so, daß er im Notfall Mindes töten konnte, ohne Lucky zu verletzen.

Der ›Chef‹ war niemand anders als Hector Conway, Vorsitzender des Wissenschaftsrates. Privat nannte Lucky ihn Onkel Hector. Denn als Luckys Eltern bei einem Piratenangriff nahe der Venusbahn getötet wurden, hatte sich Hector Conway zusammen mit Augustus Henree des verwaisten Jungen angenommen.

Als biete er ihm einen netten Urlaub an, hatte Conway vor einer Woche Lucky lässig gefragt: »Hättest du Lust, den Merkur zu besuchen, Lucky?«

»Was ist da los, Onkel Hector?« fragte Lucky.

»Nichts Besonderes«, antwortete Conway stirnrunzelnd, »außer der üblichen schäbigen Politik. Wir finanzieren da ein ziemlich kostspieliges Projekt, reine Grundlagenforschung, die vielleicht nie zu praktischen Anwendungsmöglichkeiten führt, weißt du, unter Umständen aber auch revolutionäre Fortschritte erbringen kann. Ein Glücksspiel – wie alle diese Projekte.«

»Kenne ich das Projekt?«

»Ich glaube kaum. Es ist noch ganz neu. Jedenfalls hat Senator Swenson es als Musterbeispiel dafür gebrandmarkt, wie das Geld des Steuerzahlers verschleudert wird. Du kennst ja diese Redensarten. Er drängte auf eine Untersuchung, und einer seiner Leute reiste auch prompt vor einigen Monaten zum Merkur.«

»Senator Swenson? Ich verstehe.« Lucky nickte.

Das war kein neues Lied. Im Laufe der letzten Jahrzehnte hatte der Wissenschaftsrat mehr und mehr die Führung des Kampfes gegen alle Gefahren übernommen, die der Erde von innerhalb und außerhalb des Sonnensystems drohten.

Im Zeitalter der galaxisweiten Zivilisation, in dem die Menschheit sich über die Planeten aller Sonnen der Milchstraße ausgebreitet hatte, waren nur noch die Wissenschaftler in der Lage, die anstehenden Probleme wirksam zu lösen. Tatsächlich war es sogar so, daß nur die besonders ausgebildeten Gelehrten des Rates über die entsprechenden Fähigkeiten verfügten.

Doch gab es genügend Mitglieder der Erdregierung, die die wachsende Macht des Wissenschaftsrates fürchteten. Andere bedienten sich dieser Furcht, um ihre Karriere zu fördern. Unter dieser Gruppe stach Senator Swenson hervor. Er richtete seine Angriffe gewöhnlich gegen die ›leichtfertige Vergeudung‹ von Geldmitteln für Forschung, was ihm nicht wenig Ruhm eingebracht hatte.

»Wer leitet das Projekt auf dem Merkur?« fragte Lucky. »Jemand, den ich kenne?«

»Es trägt, nebenbei bemerkt, den Namen Projekt Licht. Und der Leiter ist ein Ingenieur namens Scott Mindes. Ein heller Kopf, aber doch der falsche Mann für diesen Posten. Und was das schlimmste ist: seitdem Swenson die Sache aufs Tapet brachte, geht bei Projekt Licht alles mögliche schief.«

»Wenn du willst, übernehme ich den Fall, Onkel Hector.«

»Gut. Meiner Ansicht nach sind diese Unfälle und Fehlschläge im Grunde bedeutungslos. Aber wir müssen vermeiden, daß Senator Swenson uns damit in Mißkredit bringt. Du mußt herausfinden, was er im Schilde führt. Und sieh dich vor seinem Abgesandten vor! Er heißt Urtel, und ihm geht der Ruf eines fähigen und gefährlichen Burschen voraus.«

So hatte es also angefangen. Nur ein paar Nachforschungen, um politische Schwierigkeiten zu vermeiden. Weiter nichts. So war Lucky ziemlich sorglos am Nordpol des Merkur gelandet. Doch schon zwei Stunden später fand er sich auf der falschen Seite einer Blastermündung.

Während er sich mit dem bewußtlosen Mindes auf dem Rücken abschleppte, dachte Lucky: Es geht um mehr, als um bloße politische Streitigkeiten.

Dr. Karl Gardoma kam aus dem kleinen Krankenzimmer und trat Lucky und Bigman mit ernstem Gesicht entgegen. Er wischte seine kräftigen Hände mit einem flaumigen Kunststoff ab, den er danach in den Abfallbehälter warf. Sein dunkles, fast braunhäutiges Gesicht mit den starken Augenbrauen drückte tiefe Besorgnis aus. Sogar das kurz geschnittene schwarze Haar, das wie eine Bürste steif nach oben stand, schien zu dem Ausdruck großer Sorge beizutragen.

»Nun, Doktor?« sagte Lucky.

»Er schläft«, sagte Dr. Gardoma. »Ich habe ihm Beruhigungsmittel gegeben. Beim Aufwachen wird er wieder in Ordnung sein. Ich weiß allerdings nicht, ob er sich noch klar an das Vorgefallene erinnern wird.«

»Hat er früher schon ähnliche Anfälle gehabt?«

»Auf dem Merkur nicht, Mr. Starr. Ich kenne seine Vorgeschichte nicht. Aber Tatsache ist, daß er in den Monaten hier unter großem Streß stand.«

»Warum?«

»Er fühlt sich für die Unfälle verantwortlich, die den Fortschritt des Projekts Licht in Frage stellten.«

»Ist er dafür verantwortlich?«

»Nein, natürlich nicht. Aber versetzen Sie sich in seine Lage! Er muß natürlich annehmen, daß jeder ihm den Schwarzen Peter zuspielt. Projekt Licht ist von höchster Bedeutung. Es hat bereits riesige Geldsummen und eine Menge Arbeitskraft verschlungen. Mindes hat zehn Ingenieure unter sich, die alle fünf bis zehn Jahre älter sind als er, und hat die Verantwortung für eine riesige Ausrüstung.«

»Wie kommt es, daß er bei seiner Jugend zum Leiter gemacht wurde?«

Der Arzt lächelte. Es war ein grimmiges Lächeln, und doch verlieh es ihm ein sympathisches, fast charmantes Aussehen, wozu die ebenmäßigen weißen Zahnreihen viel beitrugen.

»Subäther-Optik, Mr. Starr«, sagte er, »ist ein völlig neuer Wissenschaftszweig. Nur junge Leute, die frisch von der Schule kommen, wissen darüber gut Bescheid.«

»Das hört sich so an, als wüßten Sie auch einiges darüber.«

»Nur, was Mindes mir davon erzählte. Wir reisten im selben Schiff zum Merkur, wissen Sie, und der Mann faszinierte mich. Er übertrug seine Begeisterung für dieses Projekt auf mich. Wissen Sie, worum es geht?«

»Ich weiß nichts.«

»Nun, es hat mit dem Hyperraum zu tun, der jenseits der Grenzen des uns bekannten Weltraums liegt. Dort gelten unsere Naturgesetze nicht mehr. Ein Beispiel: Im Weltraum kann es keine schnellere Fortbewegung geben als die Lichtgeschwindigkeit, so daß eine Reise zur nächsten benachbarten Sonne mindestens vier Jahre dauern würde. Im Hyperraum ist dagegen jede Geschwindigkeit möglich ...« Der Arzt hielt inne und lächelte schuldbewußt. »Das ist Ihnen natürlich alles bekannt«

»Wahrscheinlich ist es den meisten Menschen bekannt, daß erst die Entdeckung des Hyperraums den Flug zu den Sternen ermöglicht hat«, sagte Lucky trocken. »Aber was hat das mit dem Projekt Licht zu tun?«

»Nun«, sagte Dr. Gardoma, »im normalen Weltraum breitet sich das Licht gradlinig nach allen Seiten aus. Es kann allenfalls durch gewaltige Schwerkraftfelder abgelenkt werden. Dagegen läßt es sich im Hyperraum so leicht biegen wie ein Wollfaden. Man kann es auf einen Brennpunkt lenken, streuen und sogar wieder zurücksenden. So lautet jedenfalls die Hyperoptik-Theorie.«

»Und Scott Mindes soll diese Theorie hier überprüfen, nehme ich an.«

»Ganz recht.«

»Warum hier?« wollte Lucky wissen. »Ich meine, warum gerade auf dem Merkur?«

»Weil kein anderer Planet in unserem Sonnensystem so konzentriertes Sonnenlicht empfängt. Es wäre hundertmal so teuer, das Projekt auf der Erde durchzuführen – ganz davon abgesehen, daß man sich auf die dann erzielten Ergebnisse hundertmal weniger verlassen könnte. Das hat mir jedenfalls Mindes gesagt.«

»Nur daß es jetzt so viele Pannen gab.«

Dr. Gardoma schnaubte. »Das sind keine Pannen! Mr. Starr, man muß unbedingt etwas dagegen unternehmen.

Wissen Sie, was ein Erfolg des Projekts Licht bedeuten würde?« Ein visionärer Glanz stand in seinen Augen. »Die Erde wäre nicht länger der Sklave der Sonne. Raumstationen würden das Sonnenlicht auffangen, es durch den Hyperraum leiten und gleichmäßig über die Erde verteilen. Wüstenhitze und Polarkälte verschwinden. Wir kontrollieren die Jahreszeiten nach unserem Belieben. Wir schaffen das Wetter, das wir haben wollen, indem wir das Sonnenlicht entsprechend leiten. Wenn wir wollen, können wir uns ewigen Sonnenschein leisten oder Nächte von jeder gewünschten Dauer. Die Erde wäre ein Paradies mit Klimaanlage.«

»Bis dahin dürfte einige Zeit vergehen, schätze ich.«

»Sicher, aber wir stehen ja erst am Anfang ... Hören Sie, vielleicht bin ich auf einem ganz falschen Dampfer, aber sind Sie nicht der David Starr, der den Fall der Lebensmittelvergiftungen auf dem Mars löste?«

Lucky zog die Augenbrauen zusammen. Mit schneidender Stimme sagte er: »Wie kommen Sie darauf?«

»Ich bin schließlich Arzt«, erwiderte Dr. Gardoma. »Deshalb interessierte mich dieser Fall außerordentlich. Zuerst glaubte man ja an eine Krankheitsepidemie. Dann tauchten Gerüchte auf. Ein junger Ratsangehöriger habe die Hauptrolle bei der Lösung des Rätsels gespielt, und man hörte auch Namen.«

»Lassen wir es dabei«, sagte Lucky schroff. Wie immer wollte er lieber anonym arbeiten. Es war nur hinderlich, wenn man ihn kannte. Zuerst Mindes, jetzt Gardoma!

»Aber wenn Sie dieser Starr sind«, beharrte Dr. Gardoma, »dann wurden Sie hoffentlich mit dem Auftrag hergeschickt, diesen sogenannten Pannen Einhalt zu gebieten.«

Lucky überhörte das einfach. Ohne auf ihn einzugehen, fragte er: »Wann kann ich Scott Mindes sprechen, Dr. Gardoma?«

»Frühestens in zwölf Stunden.«

»Und wird er dann bei klarem Verstand sein?«

»Davon bin ich überzeugt.«

Eine neue, kehlige Stimme mischte sich ein: »Wirklich, Gardoma? Und liegt das vielleicht daran, daß, wie Sie genau wissen, Ihr Schützling Mindes nie unzurechnungsfähig gewesen ist?«

Beim Klang dieser Stimme fuhr Dr. Gardoma herum. Er machte keinen Versuch, seine Abneigung gegen den Sprecher zu verbergen. »Was suchen Sie hier, Urtel?«

»Ich halte Augen und Ohren offen«, sagte der Neuankömmling. »Ihnen wäre es natürlich lieber, ich schliefe.«

Lucky und Bigman musterten Urtel voller Neugier. Er war ein kräftiger Mann. Nicht sonderlich hochgewachsen, aber mit breiten Schultern und starker Muskulatur. Ein blauschwarzer Bartschatten bedeckte seine Wangen. Sein selbstbewußtes Auftreten wirkte unangenehm arrogant.

»Es ist mir ganz egal, ob Sie wachen oder schlafen, aber bitte nicht in meinem Büro!« sagte Dr. Gardoma entschieden.

»Und warum nicht in Ihrem Büro?« empörte sich Urtel. »Sie sind als Arzt verpflichtet, Ihre Patienten zu empfangen. Vielleicht bin ich einer.«

»Was haben Sie für Beschwerden?«

»Wie steht's denn mit diesen beiden Herren? Was haben sie für Beschwerden? Na, ich sehe schon, der eine leidet an Hormonmangel.« Und dabei warf er Bigman Jones einen verächtlichen Blick zu.

In einem atemlosen Augenblick wurde Bigman leichenblaß. Dann schien er zu wachsen. Langsam erhob er sich, die Augen weit aufgerissen und starr. Seine Lippen bewegten sich, als wollten sie das Wort ›Hormonmangel‹ bilden, als müsse er sich noch davon überzeugen, daß er dieses Wort wirklich gehört habe.

Dann schoß Bigmans ein Meter fünfundfünfzig kleiner, aber muskulöser Körper mit der Schnelligkeit einer zustoßenden Kobra auf den breiten, hämisch grinsenden Mann zu.

Doch Lucky war noch schneller. Mit beiden Händen packte er Bigman an den Schultern. »Ruhig, Bigman!«

Der kleine Marsmensch versuchte, sich zu befreien. »Du hast ihn doch gehört, Lucky, du hast ihn gehört!«

»Nicht jetzt, Bigman.«

Urtels Lachen klang rauh, wie das Gekläff eines Hundes. »Lassen Sie ihn los, Menschenskind! Mit einem Finger klatsche ich den kleinen Burschen an die Wand!«

Bigman heulte auf und wand sich in Luckys hartem Griff.

»Ich würde an Ihrer Stelle jetzt den Mund halten, Urtel«, sagte Lucky mit Nachdruck, »oder es passiert Ihnen etwas Schreckliches. Und dann kann Ihnen auch Ihr Freund, der Senator, nicht mehr helfen.«

Seine Stimme hatte einen stählernen Klang, und seine braunen Augen wurden zu Gletschereis.

Einen Herzschlag lang funkelte Urtel Lucky trotzig an. Dann wandte er den Blick ab. Er murmelte dabei etwas, das so klang wie: »Man wird doch wohl noch mal einen Spaß machen dürfen!« Bigman atmete ruhiger. Als Lucky ihn losließ, nahm der Marsmensch wieder Platz, aber er bebte noch vor schier unbändigem Zorn.

Dr. Gardoma hatte den Zwischenfall gespannt beobachtet. Jetzt sagte er: »Sie kennen Urtel, Mr. Starr?«

»Vom Hörensagen. Jonathan Urtel, Senator Swensons Sonderagent!«

»Nun, so könnte man ihn bezeichnen«, sagte der Arzt.

»Ich kenne Sie auch!« trumpfte Urtel auf. »David Starr. Oder Lucky Starr, wie Sie sich gern nennen. Sie sind der Weltraumagent des Wissenschaftsrats – ein wahrer Wunderknabe. Gift auf dem Mars. Piraten auf den Asteroiden, Telepathie auf der Venus. Ist die Liste Ihrer Fälle vollständig?«

»Sie ist es«, bestätigte Lucky tonlos.

Urtel grinste triumphierend. »Im Büro des Senators weiß

man über den Wissenschaftsrat gut Bescheid. Und ebensogut bin ich über die Vorgänge auf Merkur informiert. Zum Beispiel weiß ich, daß Sie einem Mordversuch knapp entgangen sind. Deswegen wollte ich Sie übrigens sprechen.«

»Ach, wirklich?«

»Um Sie zu warnen, in aller Freundschaft zu warnen. Vermutlich hat der Arzt Ihnen die Ohren vollgesäuselt, was für ein feiner Kerl dieser Mindes ist. Der Anschlag auf Sie? Im Zustand völliger Unzurechnungsfähigkeit, die durch unerträglichen Streß verursacht wurde! So hat er es Ihnen doch dargestellt, oder? Sie sind dick befreundet, Mindes und er.«

»Ich habe nur gesagt ...«, begann Dr. Gardoma.

»Jetzt rede ich«, unterbrach ihn Urtel. »Hören Sie genau zu, Starr! Scott Mindes ist ungefähr so harmlos wie ein zwei Tonnen schwerer Asteroid, der auf ein Raumschiff rast. Als Mindes mit dem Blaster auf Sie schoß, war er keineswegs vorübergehend unzurechnungsfähig. Er wußte genau, was er tat. Er wollte Sie kaltblütig töten, Starr, und wenn Sie sich nicht sehr vorsehen, wird es ihm beim zweitenmal auch gelingen. Und ich wette meinen Weltraumanzug gegen die Hüftstiefel Ihres kleinen Freundes vom Mars, daß er es wieder versuchen wird!«

3
In einem Zimmer wartet der Tod

Das nun folgende Schweigen bedrückte alle außer Urtel, der vergnügt in die Runde schaute.

Schließlich fragte ihn Lucky: »Aber welchen Grund sollte Mindes haben?«

»Weil er Angst hat«, antwortete Urtel gelassen. »Er ist hier Leiter eines Projekts, in das der Wissenschaftsrat leichtsinnigerweise viele Millionen investiert hat. Und er bringt nichts zustande. Seine Experimente klappen nicht. Er nennt es Pech. In Wirklichkeit ist es seine Unfähigkeit. Eines Tages wird er zur Erde zurückkehren und darüber jammern, daß der Merkur ein Unglücksplanet ist. Und dann luchst er dem Rat neue Investitionen für ein anderes sinnloses Projekt ab – oder vielmehr, er stiehlt sie dem Steuerzahler aus der Tasche. Jetzt kamen Sie zum Merkur, um die Angelegenheit zu untersuchen, und da bekommt er es natürlich mit der Angst zu tun, daß der Rat gegen seinen Willen ein Zipfelchen der Wahrheit erfährt ... Das ist der Grund.«

»Wenn man Ihnen Glauben schenken darf«, sagte Lucky langsam, »so sind Sie ihm gründlich auf die Schliche gekommen.«

»Ja, und bald werde ich auch die Beweise in Händen haben.«

»Aber dann sind Sie es doch, vor dem Mindes Angst haben müßte! Dann müßte er nicht mich, sondern Sie töten.«

Ein genüßliches Grinsen erschien auf Urtels Lippen, und seine fleischigen Wangen ließen sein Gesicht breiter als lang erscheinen. Dann sagte er mit Betonung: »Er hat es bereits versucht. Das ist die reine Wahrheit. Aber ich habe im Dienste des Senators schon manchen Sturm erlebt. Ich kann auf mich aufpassen.«

»Scott Mindes hat noch nie bewußt versucht, Sie oder irgend jemand anderen zu töten«, widersprach Dr. Gardoma. Sein Gesicht war weiß wie die Wand. »Und das wissen Sie ganz genau!«

Urtel würdigte ihn keiner Antwort. Statt dessen wandte er sich an Lucky. »Und behalten Sie auch den guten Doktor im Auge! Er ist, wie gesagt, mit Mindes dick befreundet. An Ihrer Stelle würde ich mich von ihm nicht einmal gegen Kopfschmerzen behandeln lassen. Mit Pillen und Spritzen kann man leicht ...« Er beendete den Satz nicht, sondern schnipste vielsagend mit den Fingern.

Mit unterdrückter Erregung sagte Dr. Gardoma: »Eines Tages wird Sie jemand umbringen ...«

»Ja?« meinte Urtel gleichmütig. »Vielleicht denken Sie daran, es selbst zu versuchen?« Schon halb im Gehen wandte er sich an Lucky: »Oh, ehe ich's vergesse, der alte Peverale möchte Sie gern sprechen. Er bedauert es außerordentlich, daß er Sie nicht offiziell willkommen heißen konnte. Er ist wirklich ganz aus dem Häuschen. Also gehen Sie zu ihm, und streicheln Sie ihm beruhigend über sein greises Haupt ... Und noch einen Rat von mir, Starr. Legen Sie von jetzt an keinen Schutzanzug an, bevor Sie ihn nicht genau auf etwaige Risse untersucht haben! Sie verstehen, was ich meine?« Und damit ging er endlich.

Es dauerte eine ganze Weile, bis Gardoma sich so weit gefaßt hatte, daß er wieder normal sprechen konnte. »Er bringt mich jedesmal von neuem auf die Palme, dieser gemeine Lügner ...«

»Er ist ein mächtig schlauer Bursche«, bemerkte Lucky trocken. »Ganz offenbar gehört es zu seiner Angriffstaktik, seinem Gegner Dinge ins Gesicht zu sagen, die den mit Sicherheit in Rage bringen. Ein wütender Gegner aber ist nur noch halb so stark ... Und, Bigman, das gilt auch für dich. Du kannst nicht auf jeden losgehen, nur weil er andeutet, daß du keine ein Meter achtzig groß bist!«

»Lucky«, beklagte sich der kleine Marsmensch, »er sagte, ich litte an Hormonmangel.«

»Auch in solchem Fall mußt du dich beherrschen und einen günstigen Augenblick abwarten, um ihn nachhaltig vom Gegenteil zu überzeugen.«

Bigman ließ ein aufsässiges Gemurmel hören und schlug mit der Faust gegen seine silber- und purpurglänzenden Hüftstiefel. Nur ein Farmboy vom Mars trug diese farbenprächtigen, verzierten Hüftstiefel, aber der würde auch nie auf sie verzichten. Bigman besaß ein Dutzend Paare, eins auffallender als das andere.

»Gut«, sagte Lucky, »dann werden wir jetzt Dr. Peverale unsere Aufwartung machen. Er ist Leiter des Observatoriums, nicht wahr?«

»Leiter der gesamten Kuppel«, berichtigte der Arzt. »Doch leider ist er schon ein bißchen senil und hat die Dinge nicht mehr im Griff. Was Urtel betrifft, so haßt Peverale ihn mindestens ebensosehr wie wir, aber er kann ja nichts gegen ihn ausrichten. Gegen den Senator kommt er nicht an.« Trübsinnig fügte er hinzu: »Ob der Wissenschaftsrat dem Senator gewachsen ist?«

»Ich glaube schon«, antwortete Lucky. »Denken Sie bitte daran: Ich will Mindes sprechen, sobald er aufwacht.«

»Abgemacht. Und passen Sie gut auf sich auf!«

Lucky blickte ihn überrascht an. »Ich soll gut auf mich aufpassen? Was meinen Sie damit?«

Dr. Gardoma errötete. »Nur eine Redensart. Eine Angewohnheit von mir. Es bedeutet nichts Besonderes.«

»Ach so. Nun, bis später! Komm mit, Bigman, und mach endlich ein freundliches Gesicht!«

Dr. Lance Peverale schüttelte beiden Männern mit einer für sein Alter erstaunlichen Kraft die Hand. Seine Augen, die sich dunkel von den dichten weißen Augenbrauen abhoben, verrieten, daß er Sorgen hatte. Das dichte Haar zeigte noch kein Weiß, sondern ein mit der natürlichen Farbe gemischtes Eisengrau. Nur die tiefen Falten und die lederartige Haut der Wangen unter den hervorstehenden Wangenknochen gaben sein wahres Alter preis.

Er sprach langsam und freundlich. »Ich bin untröstlich, meine Herren, daß Sie schon kurz nach Ihrer Ankunft ein so unangenehmes Abenteuer erlebt haben. Und ich bin schuld daran!«

»In keiner Weise, Mr. Peverale«, widersprach Lucky.

»Doch, doch, ich bin schuld. Hätte ich Sie, wie es meine

Pflicht war, offiziell begrüßt ... aber wir beobachteten gerade einen ungewöhnlichen Protuberanzenausbruch, und so ließ ich mich durch wissenschaftlichen Eifer dazu hinreißen, die Pflichten des Gastgebers grob zu vernachlässigen.«

»Auf jeden Fall sei Ihnen verziehen«, sagte Lucky. Dabei warf er einen leicht amüsierten Seitenblick auf Bigman, der mit offenem Mund dem feierlichen Wortfluß des alten Herrn lauschte.

»Mein Verhalten ist unverzeihlich«, beharrte der Astronom, »aber es beruhigt mich, daß Sie es so milde beurteilen. Ich habe angeordnet, daß Ihr Quartier vorbereitet wird!« Er hakte sich bei beiden ein und führte sie durch die gut beleuchteten, aber schmalen Flure der Kuppel. »Wir sind ein wenig beengt, besonders, seitdem Mindes mit seinen Technikern hier ist – und einige andere Leute. Aber Sie werden sich wenigstens frisch machen und vielleicht schlafen können. Sicherlich haben Sie auch Hunger. Man wird Ihnen eine Mahlzeit servieren. Morgen mache ich Sie dann mit den anderen Herren bekannt, und Sie werden die Güte haben, uns den Grund Ihres Besuchs zu erläutern. Mir persönlich genügt allerdings die Tatsache, daß der Wissenschaftsrat Sie entsandt hat. Wir werden zu Ihren Ehren ein kleines Bankett veranstalten.«

Der Fußboden begann sich zu senken. Die Wohnräume lagen bereits unter der Oberfläche des Merkurs.

»Das ist sehr freundlich von Ihnen«, sagte Lucky. »Vielleicht werde ich auch Gelegenheit bekommen, das Observatorium zu besichtigen.«

Das schien Peverale zu freuen. »In dieser Hinsicht verfügen Sie nur über mich. Sie werden die Zeit nicht bereuen, die Sie für diese Besichtigung erübrigen. Unsere größten Beobachtungsgeräte befinden sich auf einer beweglichen Plattform, die mit dem Fortschreiten des Terminators synchron geschaltet ist. Auf diese Weise behalten wir, unabhängig von der Umdrehung des Merkurs, einen bestimmten Teilabschnitt der Sonne ständig im Blickfeld.«

»Wunderbar! Aber nun eine Frage, Dr. Peverale. Was halten Sie von Dr. Mindes? Ich bitte Sie um eine offene, ehrliche Antwort ohne diplomatische Ausflüchte.«

Peverale zog die Brauen zusammen. »Sind Sie auch Subtemporalingenieur?«

»Nicht direkt«, wich Lucky aus, »aber ich habe Sie nach Ihrer Meinung über Dr. Mindes gefragt.«

»Das ist wahr. Nun« – der Astronom wirkte jetzt bekümmert – »er ist ein angenehmer junger Mann, sehr tüchtig, meine ich, aber nervös, sehr nervös. Er nimmt schnell übel, ist leicht zu verletzen. Das trat deutlich zutage, als sein Projekt nicht den erwartet glatten Verlauf nahm, und darum ist es ein wenig schwierig, mit ihm auszukommen. Ich bedaure das, denn im Grunde ist er wirklich ein angenehmer Mensch. Solange er hier in der Kuppel ist, bin ich natürlich sein Vorgesetzter, aber ich mische mich nicht in seine Obliegenheiten ein. Sein Projekt steht in keiner Verbindung mit unserer Observatoriumsarbeit.«

»Und Ihre Ansicht über Jonathan Urtel?«

Der alte Astronom blieb einen Augenblick stehen. »Was ist mit ihm?«

»Nun, was halten Sie von ihm?«

»Über diesen Mann möchte ich lieber nicht sprechen«, sagte Peverale zugeknöpft.

Eine Zeitlang setzten sie ihren Weg schweigend fort. Das Gesicht des Astronomen hatte sich verfinstert. »Halten sich sonst noch irgendwelche Fremde in der Kuppel auf?« fragte Lucky. »Wir haben Sie und Ihre Mitarbeiter, Mindes und seine Helfer und Urtel. Noch jemand anders?«

»Der Arzt natürlich. Dr. Gardoma.«

»Sie zählen ihn nicht zu Ihren Mitarbeitern?«

»Nein, denn er ist Mediziner und nicht Astronom. Er verrichtet Dienste für uns, die kein noch so teurer Apparat leisten kann. Er kümmert sich um unsere Gesundheit. Er ist übrigens neu hier.«

»Wie neu?«

»Er löste den alten Arzt ab, nachdem der sein Dienstjahr hinter sich gebracht hatte. Dr. Gardoma kam mit demselben Schiff wie Mindes und sein Team.«

»Einjährige Dienstzeit? Ist das hier bei dem Arzt so üblich?«

»Bei den meisten Mitarbeitern. Natürlich erschweren diese dauernden Ablösungen ein kontinuierliches Arbeiten. Kaum hat man einen Mann richtig eingearbeitet, verliert man ihn auch schon wieder. Aber schließlich ist das Leben auf dem Merkur kein Zuckerschlecken, sondern recht hart, und deshalb ist die begrenzte Aufenthaltsdauer berechtigt.«

»Wie viele Neue sind in den letzten sechs Monaten hier eingetroffen?«

»20 ungefähr. Die genaue Zahl steht in den Büchern. Aber 20 dürfte so ziemlich stimmen.«

»Sie sind wahrscheinlich schon erheblich länger hier.«

Der Astronom lachte. »Viele Jahre! Ich vermeide es nachzuzählen. Auch mein Stellvertreter, Dr. Cook, lebt schon sechs Jahre hier. Natürlich machen wir öfter Ferien ... Hier sind Ihre Unterkünfte, meine Herren! Wenn Sie irgendwelche Wünsche haben, lassen Sie es mich unverzüglich wissen.«

Bigman schaute sich um. Es war ein kleines Zimmer mit zwei Wandklappbetten, zwei Faltstühlen, einem Tisch, der auch als Schreibtisch diente, einem winzigen Schrank und einem Waschraum.

»He«, meinte er, »schon ein Fortschritt gegenüber dem Raumschiff, wie?«

»Nicht übel«, stimmte Lucky zu. »Wahrscheinlich eins der besseren Zimmer.«

»Na und? Er wird ja wohl wissen, wer du bist.«

»Das glaube ich nicht, Bigman. Er hielt es ja sogar für möglich, daß ich Techniker bin. Er weiß von mir nur, daß der Wissenschaftsrat mich entsandt hat.«

»Aber die anderen kennen dich doch alle«, sagte Bigman.

»Nicht alle! Mindes, Gardoma und Urtel ... Bigman, willst du nicht als erster duschen? Ich bestelle inzwischen das Essen und lasse uns das Wichtigste aus der *Shooting Starr* bringen.«

»Mir recht«, sagte Bigman fröhlich.

Unter der Dusche begann Bigman laut zu singen. Wie auf einem wasserlosen Planeten üblich, war das kostbare Naß streng rationiert. Ein Schild an der Wand gab die erlaubte Menge für ein Duschbad an und warnte streng davor, mehr zu verbrauchen. Für Bigman, der fast sein ganzes Leben auf dem Mars verbracht hatte, war das eine Selbstverständlichkeit. Wasser war ihm heilig, und er hätte auch ohne besondere Ermahnung nie einen Tropfen verschwendet. Um so reichlicher verbrauchte er, immer noch singend, die schmutzlösende Seife.

Danach stellte er sich vor den Heißlufttrockner, ließ sich die Haut von den scharfen Strahlen trockener Luft massieren und klatschte sich kräftig auf Rumpf und Gelenke, um die belebende Wirkung noch zu erhöhen.

»He, Lucky«, rief er, »steht das Essen schon auf dem Tisch? Ich habe einen Mordshunger!«

Er hörte, wie Lucky drüben leise mit jemandem sprach, konnte aber nicht verstehen, was er sagte.

»He, Lucky«, wiederholte er, als er aus dem Duschraum kam. Auf dem Tisch standen zwei Platten mit heißem Roastbeef und dampfenden Kartoffeln. Allerdings belehrte ihn der etwas scharfe Duft, der von dem Fleisch aufstieg, daß es nicht echt war, sondern von den Hefekulturen der Venus stammte.

Lucky hatte das Essen noch nicht angerührt, sondern saß

auf dem Bett und unterhielt sich über den Hausanschluß mit Dr. Peverale, dessen Gesicht auf dem Empfangsschirm zu sehen war.

»Dann war es also allgemein bekannt, welches Zimmer wir beziehen würden?« fragte Lucky gerade.

»Nicht gerade allgemein«, war die Antwort. »Aber ich habe den Auftrag, Ihr Zimmer herzurichten, über die Sprechanlage gegeben. Vermutlich haben einige Leute zugehört. Ich sah aber keinen Grund zur Geheimhaltung. Im übrigen stehen uns nur sehr wenige Räume für Ehrengäste zur Verfügung, und die kennt sowieso jeder.«

»Ich verstehe. Vielen Dank, Sir.«

»Stimmt etwas nicht?«

»Es ist alles in Ordnung«, sagte Lucky lächelnd und beendete das Gespräch. Sein Lächeln verschwand und machte einem nachdenklichen Gesichtsausdruck Platz.

»Alles in Ordnung, daß ich nicht lache!« stieß Bigman hervor. »Was ist passiert, Lucky? Mir kannst du nicht weismachen, daß alles in Ordnung ist.«

»Du hast recht. Etwas ist faul. Ich habe eben unsere Ausrüstung geprüft. Da sind zum Beispiel diese Isolieranzüge für die Sonnenseite.«

Bigman nahm einen der Anzüge aus einer Wandnische. Er war für seine Dicke erstaunlich leicht, was nicht mit der geringen Schwerkraft des Merkur zusammenhing. Denn innerhalb der Kuppel wurde künstlich für irdische Gravitationsverhältnisse gesorgt.

Er schüttelte den Kopf. Wie immer, bei Anzügen, die aus den Lagern stammten, anstatt nach seinen Maßen gefertigt zu sein, mußte er alle Paßteile auf das Minimum reduzieren, und selbst dann war der Anzug höchst unbequem und erfüllte seinen Zweck mehr schlecht als recht. Seufzend fügte er sich darein. Das war der Nachteil daran, daß er nicht besonders groß war. In Gedanken nannte er es immer so, nie anders als: ›nicht besonders groß‹. Auf die Idee, daß er mit seinen ein Meter fünfundfünfzig ausgesprochen klein war, kam er nie.

»Bei den Wüsten des Mars, sie haben wirklich gut für uns gesorgt«, sagte er. »Alles ist da: Bett, Dusche, Essen und Anzüge.«

»Und damit nicht genug«, erwiderte Lucky ernst. »In diesem Zimmer wartet auch der Tod. Sieh einmal her!«

Lucky hob einen Ärmel des größeren Anzugs in die Höhe. Das Kugelgelenk der Schulter ließ sich mühelos bewegen, aber dort, wo es in den Rumpf überging, klaffte ein winziger, kaum sichtbarer Spalt. Lucky zerrte ihn mit den Fingern auseinander, sonst hätte ihn Bigman gar nicht bemerkt.

Es war ein Schnitt! Offenbar absichtlich verursacht! Die Isolierung lag frei.

»Am Innenfutter ist ein ähnlicher Schnitt«, sagte Lucky. »Dieser Anzug hätte gerade so lange gehalten, bis ich die Sonnenseite erreicht hätte, und dann hätte er mich umgebracht.«

4
Krach beim Bankett

»Urtel!« rief Bigman wild, und sein kleiner Körper bebte vor Zorn. »Dieser Dreckskerl . . .«

»Warum gerade Urtel?« fragte Lucky.

»Er warnte uns doch vor den Anzügen, Lucky! Erinnerst du dich?«

»Natürlich. Deshalb habe ich sie mir ja so genau angesehen.«

»Sicher. Er steckt dahinter. Wir sollen den beschädigten Anzug finden und ihn für einen feinen Kerl halten. Fall nicht darauf herein, Lucky! Er ist ein . . .«

»Nun mal langsam, Bigman! Keine voreiligen Schlüsse! Man kann es auch anders sehen. Angenommen, er hat nicht gelogen. Angenommen, Mindes versuchte, Urtels Anzug zu beschädigen und Urtel entdeckte es gerade noch rechtzeitig. Was lag da für ihn näher, als uns zu warnen! Vielleicht ist es doch Mindes' Werk.«

»Beim Mars, Lucky, das kann nicht sein. Dieser Bursche Mindes ist bis zur Halskrause mit Schlaftabletten vollgepumpt, und bis zu dem Zwischenfall mit dem Strahler waren wir andauernd mit ihm zusammen.«

»Na schön. Aber«, gab Lucky zu bedenken, »wer sagt uns denn, daß Mindes voller Beruhigungsmittel ist und in tiefem Schlaf liegt?«

»Gardoma sagt es ...«, begann Bigman und verstummte.

»Genau. Gardoma sagt es! Aber gesehen haben wir Mindes nicht. Wir wissen nur, was Dr. Gardoma sagte, und der ist Mindes' bester Freund.«

Bigman schwenkte sofort um. »Die beiden stecken unter einer Decke«, rief er überzeugt. »Rasende Kometen ...«

»Einen Augenblick, Bigman, jetzt ras du mal nicht so. Ich erwäge doch nur die verschiedenen Möglichkeiten. Nichts davon ist bisher erwiesen.« In seiner Stimme klang leichter Ärger an. Dann fuhr er ruhiger fort: »Ein dutzendmal hast du dich beklagt, daß ich dir nicht alle meine Überlegungen gleich auf die Nase binde, sondern lieber warte, bis ich klar sehe. Jetzt weißt du, warum, du schießwütiger Schwachkopf! Kaum entwickle ich eine Theorie, bist du schon mit Volldampf auf dem Kriegspfad.«

»Tut mir leid, Lucky. Sprich weiter!«

»Okay. Urtel zu verdächtigen, liegt natürlich nahe. Keiner kann ihn leiden. Nicht einmal Dr. Peverale. Du hast ja erlebt, wie er bei der bloßen Nennung des Namens reagierte. Wir haben Urtel erst einmal gesehen, und schon kannst du ihn nicht ausstehen ...«

»Das kannst du laut sagen«, bestätigte Bigman.

»... und ich bin auch nicht gerade begeistert von ihm. Aber jeder konnte die Löcher in den Anzug schneiden, in der Hoffnung, daß der Verdacht hinterher auf Urtel fallen würde. Und entdeckt hätte man die Messerschnitte in jedem Fall. Spätestens sobald sie den Träger des Anzugs umgebracht hätten.«

»Das ist mir alles klar, Lucky.«

»Doch wir dürfen nicht vergessen«, fuhr Lucky ruhig fort, »daß Mindes bereits versucht hat, mich mit einem Blaster zu erledigen. Wenn das ein ernsthaft gemeinter Anschlag auf mein Leben war, dann paßt eine so hinterhältige Sabotage wie das hier nicht zu seinem Typ. Und was Dr. Gardoma betrifft, so kann ich mir einfach nicht vorstellen, daß er sich nur aus Freundschaft zu Mindes an einem Mordanschlag auf ein Ratsmitglied beteiligt.«

»Und was schließt du daraus?« rief Bigman voll Ungeduld.

»Bisher gar nichts«, sagte Lucky. »Höchstens, daß wir schlafen gehen sollten.« Er klappte die Betten herunter, zog die Überdecken ab und begab sich in den Duschraum.

Achselzuckend sah ihm Bigman nach.

Scott Mindes saß aufrecht im Bett, als Lucky und Bigman am nächsten Morgen sein Zimmer betraten. Er war bleich und sah müde aus.

»Hallo«, sagte er. »Karl Gardoma hat mir berichtet, was passiert ist. Ich kann Ihnen gar nicht sagen, wie leid mir das alles tut.«

Lucky ging mit einem Achselzucken darüber hinweg. »Wie fühlen Sie sich?«

»Wie durch den Wolf gedreht, aber sonst okay – wenn Sie verstehen, was ich meine. Ich werde zu dem Bankett kommen, das der alte Peverale heute abend gibt.«

»Ist das ratsam?«

»Ich will Urtel das Feld nicht kampflos überlassen«, erklärte Mindes, und der Gedanke an den verhaßten Mann rötete vorübergehend seine Wangen. »Er wird doch jedem einreden, daß ich verrückt sei. Dasselbe gilt für Dr. Peverale.«

»Dann zweifelt Dr. Peverale auch an Ihrer Zurechnungsfähigkeit?« fragte Lucky leise.

»Nun ... Hören Sie, Starr, als die Unfälle sich häuften, fuhr ich zweimal zur Erkundigung mit einem kleinen Raketenauto auf die Sonnenseite. Ich hielt es für meine Pflicht. Es ist mein Projekt. Und zweimal habe ich ... habe ich etwas gesehen.«

Als Mindes schwieg, drängte ihn Lucky: »Was haben Sie gesehen, Dr. Mindes?«

»Ich wünschte, ich könnte es genau sagen. Ich sah es beidemal nur aus der Ferne. Etwas, das sich bewegte. Etwas, das wie ein Mensch aussah. Etwas, das einen Raumanzug trug. Keinen unserer Isolieranzüge, die extra für die Sonnenseite konstruiert sind. Es sah mehr nach einem ganz gewöhnlichen Raumanzug aus. Gewöhnliches Metall, wissen Sie.«

»Haben Sie versucht, näher heranzukommen?«

»Ja, aber dann war es verschwunden. Und auf den Fotos war es nicht zu entdecken. Nur helle und dunkle Flecken, die alles oder nichts bedeuten können. Aber da war etwas, das weiß ich bestimmt. Es bewegte sich so sorglos in der Sonne, als gebe es weder Hitze noch Strahlung. Manchmal blieb es sogar minutenlag in der Sonne stehen. Und genau das machte mich so sicher.«

»Was ist daran so ungewöhnlich? Daß es minutenlang stehenblieb, meine ich?«

Mindes lachte auf. »Auf Merkurs Sonnenseite wagt niemand stehenzubleiben. Trotz des Isolieranzugs tut man seine Arbeit so schnell man kann, um sobald wie möglich wieder aus der Sonne zu verschwinden. Auch wenn die

Temperaturen hier in der Nähe des Terminators nicht so furchtbar hoch sind. Aber die Strahlung! Je weniger man sich ihr aussetzt, um so besser. Die Isolieranzüge bieten nämlich keinen vollkommenen Schutz gegen Gammastrahlen. Wenn eine Pause nötig ist, begibt man sich grundsätzlich in den Schatten des nächsten Felsens.«

»Wie erklären Sie sich Ihre Begegnung?«

Mindes' Antwort war nur ein Flüstern. »Ich glaube, daß es kein Mensch war.«

»Sie wollen doch damit nicht sagen, daß Sie einen zweibeinigen Geist gesehen haben?« platzte Bigman heraus, bevor Lucky ihn zum Schweigen bringen konnte.

Aber Mindes schüttelte nur den Kopf. »Habe ich diesen Ausdruck neulich gebraucht? Ich glaube, ich erinnere mich ... Nein, ich glaube, es ist ein Merkurianer.«

»Was?« schrie Bigman. Das übertraf ja alles!

»Wer anders könnte Hitze und Strahlung so gut vertragen?«

»Aber warum trägt er dann überhaupt einen Raumanzug?« gab Lucky zu bedenken.

»Ich weiß es nicht.« Eine rastlose Unruhe beherrschte Mindes. Seine Augen flackerten. »Aber etwas existiert dort. Als ich nach meinen beiden Begegnungen zur Kuppel zurückkam, habe ich mich jeweils genau erkundigt. Alle Männer hatten ein Alibi, kein Raumanzug fehlte. Leider gibt Dr. Peverale keine Genehmigung zu einer Aufklärungsexpedition. Er meint, dazu fehle es uns an der nötigen Ausrüstung.«

»Haben Sie ihm alles berichtet?«

»Er hält mich für übergeschnappt, da bin ich sicher. Er meint, ich hätte mich von Spiegeleffekten täuschen lassen, und das Wesen da draußen bestehe nur in meiner Einbildung. Aber ich habe mich nicht getäuscht, Starr!«

»Haben Sie sich an den Wissenschaftsrat gewandt?« fragte Lucky.

»Wie könnte ich? Dr. Peverale versagt mir jede Unterstützung. Urtel würde mich für verrückt erklären, und ihm würde man Glauben schenken. Wer würde mich überhaupt anhören?«

»Ich«, sagte Lucky.

Mit einem Ruck setzte sich Mindes im Bett auf. Seine Hand fuhr hoch, als wolle er Lucky am Ärmel packen. Dann hielt er inne und fragte mit erstickter Stimme: »Dann werden Sie Nachforschungen anstellen?«

»Das werde ich«, versprach Lucky, »auf meine Art.«

Als Lucky und Bigman zum Bankett kamen, saßen die anderen schon am Tisch. Während der Begrüßung und Vorstellung war zu spüren, daß die Stimmung gespannt war.

Dr. Peverale saß am Kopf der Tafel. Die dünnen Lippen waren aufeinandergepreßt. Die eingefallenen Wangen bebten. Nur mit Mühe bewahrte er seine Würde. Zu seiner Linken räkelte sich der breitschultrige Urtel. Seine dicken Finger spielten mit dem oberen Rand des Weinglases.

Scott Mindes saß mehr zum Ende der Tafel hin. Er sah geradezu beklagenswert jung und müde aus. Sein Blick hing an Urtel, ebenso böse wie angstvoll. Neben ihm, aufmerksam und hellwach, Dr. Gardoma, bereit einzugreifen, wenn Mindes das Temperament durchgehen sollte.

Sonst waren noch mehrere leitende Herren des Observatoriums anwesend.

Hanley Cook, der zweithöchste im Rang, beugte seinen langen, hageren Körper vor und begrüßte Lucky mit einem festen Händedruck.

Dann nahmen Lucky und Bigman zur Rechten von Dr. Peverale Platz, und die Salate wurden gereicht.

Urtel riß sofort die Unterhaltung an sich. Mit rauher Stimme sagte er: »Wir haben uns gerade gefragt, ob der junge Herr Mindes Ihnen nicht von den wunderbaren

Ergebnissen seiner für die Erde so bedeutenden Experimente berichten sollte.«

»Das werde ich nicht tun«, gab Mindes kurz zurück. »Ich entscheide selber, wann und worüber ich spreche, wenn Sie nichts dagegen haben.«

»Ach, kommen Sie, Scott«, sagte Urtel und grinste breit, »seien Sie doch nicht so schüchtern! Na schön, dann werd' *ich* das eben übernehmen!«

Wie zufällig legte Dr. Gardoma dem jungen Ingenieur eine Hand auf die Schulter, worauf Mindes einen Ausruf der Entrüstung verschluckte und schweigend zuhörte.

»Ich muß Sie warnen, Starr«, begann Urtel, »es wird ziemlich happig ...«

Lucky unterbrach ihn: »Ich weiß einigermaßen über das Experiment Bescheid. Es ist durchaus möglich, daß aus unserer Erde einmal ein vollklimatisierter Planet wird.«

Urtel zog eine Grimasse. »Wirklich? Sie sind ein großer Optimist. Dem armen Scott ist nicht einmal das erste Experiment gelungen. Wenigstens sagt er das, nicht wahr, Scott?«

Mindes wollte aufspringen, aber Dr. Gardoma drückte ihn auf den Stuhl zurück.

Bigmans Augen wanderten von einem Sprecher zum anderen und blieben mit unverkennbarem Mißfallen an Urtel haften. Aber er sagte nichts.

Das Gespräch geriet vorübergehend ins Stocken, als der Hauptgang serviert wurde. Danach versuchte Dr. Peverale verzweifelt, es in weniger explosive Bahnen zu lenken. Eine Weile gelang ihm das auch. Aber dann wandte sich Urtel, in der Hand die Gabel mit einem großen Stück Roastbeef, an Lucky: »Demnach befürworten Sie also das Projekt, an dem Mindes hier arbeitet, ja?«

»Ich halte es für eine vernünftige Sache.«

»Als Mitglied des Wissenschaftsrats müssen Sie das tun. Was aber, wenn ich Ihnen sage, daß die hiesigen Experimente Humbug sind? Daß man sie ebensogut auf der Erde durchführen könnte, und zwar für ein Prozent der Kosten, wenn der Wissenschaftsrat nur das geringste Interesse daran hätte, dem Steuerzahler unnötige Kosten zu ersparen! Was würden Sie dazu sagen?«

»Dasselbe, was ich Ihnen auf alle Ihre Behauptungen entgegnen würde«, antwortete Lucky gelassen. »Ich würde sagen, Mr. Urtel, daß Sie wahrscheinlich lügen. Denn Sie sind ein unerhört begabter Lügner, und ich glaube, es macht Ihnen richtig Spaß zu lügen.«

Betretenes Schweigen senkte sich nach diesen Worten über die Tafel. Sogar Urtel hatte es die Sprache verschlagen. Vor Überraschung klappte ihm der Unterkiefer herab, und seine Augen schienen aus den Höhlen zu treten. Plötzlich sprang er, wie von der Tarantel gestochen, in die Höhe und ließ seine geballte Rechte hart neben Luckys Teller auf den Tisch knallen.

Dabei donnerte er: »Mir soll doch kein Lakai des Rates ...«

In diesem Augenblick handelte Bigman. So blitzschnell, daß kein Auge seinen Bewegungen folgen konnte. Aber Urtels Satz endete in einem erschrockenen Schrei.

Aus der Hand, die er auf den Tisch gehämmert hatte, ragte das stählerne Heft eines Vibromessers.

Dr. Peverale schob seinen Stuhl scharrend zurück. Die Teilnehmer des Banketts stießen Rufe der Bestürzung aus. Sogar Lucky schien verblüfft. Nur Bigman bewahrte völlige Ruhe.

Dann erhob Bigman seine Tenorstimme, und helles Entzücken erklang daraus. »Spreizen Sie Ihre Finger, Sie schmieriges Ölfaß! Spreizen Sie die Finger, und rutschen Sie auf Ihren Stuhl zurück!«

Einen Augenblick lang starrte Urtel seinen kleinen Quälgeist verständnislos an, und dann spreizte er ganz langsam die Finger. Die Hand war unverletzt. Sie wies nicht den kleinsten Kratzer auf. In der Kunststoff-Tischplatte zitterte das Vibromesser. Knapp drei Zentimeter der fluoreszierend schimmernden Klinge, die nicht aus fester Materie, sondern aus einem dünnen Kraftfeld bestand, waren zu sehen. Das Messer hatte sich, von unfehlbar sicherer Hand geführt, genau zwischen Zeige- und Mittelfinger in die Platte gebohrt. Urtel riß seine Hand plötzlich so heftig zurück, als wäre die Platte glühend heiß.

Mit unverhohlenem Vergnügen über seinen Triumph sagte ihm Bigman: »Und das nächste Mal, Sportsfreund, wenn Sie wieder die Hand gegen Lucky oder mich erheben, schneide ich sie glatt ab. Na, was sagen Sie dazu? Aber sagen Sie es ja höflich!« Er griff nach dem Messer, schaltete die Klinge aus und schob es in die unauffällige Scheide am Gürtel.

»Ich wußte nicht, daß mein Freund bewaffnet ist«, sagte Lucky und runzelte leicht die Stirn. »Sicherlich bedauert er, das Bankett gestört zu haben. Aber ich glaube, für Mr. Urtel wird dieser Zwischenfall eine Lehre sein.«

Jemand lachte, und Mindes lächelte verkniffen.

Mit flackernden Augen sah Urtel von einem zum anderen. »Ich werde das nicht vergessen. Offenbar kann der Senator hier auf wenig Unterstützung rechnen. Ich werde ihn darüber informieren lassen. Und ich werde hierbleiben. So leicht wird man mich nicht los.« Er verschränkte herausfordernd die Arme vor der Brust.

Nach und nach kam die Unterhaltung wieder in Gang.

Lucky wandte sich an Dr. Peverale. »Wissen Sie, Sir, daß Sie mir sehr bekannt vorkommen?«

»Wirklich?« Der Astronom lächelte gequält. »Ich glaube nicht, daß wir uns schon begegnet sind.«

»Waren Sie mal auf Ceres?«

»Ceres?« Der alte Astronom blickte Lucky überrascht an. Er hatte sich offensichtlich von seinem Schrecken über die Episode mit dem Vibromesser noch nicht ganz erholt. »Auf diesem Asteroid befindet sich das größte Observatorium im gesamten Sonnensystem. Ich habe als junger Mann dort gearbeitet und besuche es immer noch häufig.«

»Dann habe ich Sie dort vielleicht einmal gesehen.«

Dabei schweiften Luckys Gedanken zu der aufregenden Jagd nach Captain Anton und den Piraten zurück, die ihre Schlupfwinkel auf den Asteroiden gehabt hatten. Besonders deutlich kam ihm jener Tag zu Bewußtsein, als die Piratenschiffe das Territorium des Rates auf Ceres direkt angriffen. Das tollkühne Unternehmen hätte fast zu ihrem Sieg geführt.

Aber Dr. Peverale schüttelte in gutmütiger Ablehnung den Kopf. »Ich würde mich bestimmt erinnern, wenn ich dort das Vergnügen gehabt hätte, Ihre Bekanntschaft zu machen. Nein, nein, Sie müssen sich irren.«

»Schade«, sagte Lucky.

»Ganz meinerseits. Es war damals ein schlechtes Jahr für mich. Ich war wegen eines Magenleidens in Krankenhausbehandlung und konnte so den aufregenden Piratenangriff nicht miterleben. Ich erfuhr erst durch die Unterhaltung der Krankenschwestern davon.«

Dr. Peverale hatte seine gute Laune wiedergefunden. Während der automatische Servierwagen den Nachtisch auftrug, blickte er in die Runde und sagte: »Meine Herren, es wurde hier über das Projekt Licht diskutiert.«

Er hielt inne, schenkte allen ein gütiges Lächeln und fuhr fort: »Es ist nicht gerade ein erfreuliches Gesprächsthema, aber ich habe viel über die Zwischenfälle nachgedacht, die uns soviel Kummer bereiteten. Es scheint mir jetzt ein günstiger Zeitpunkt, Ihnen das Ergebnis meiner Überlegungen bekanntzugeben. Wir haben Dr. Mindes unter uns. Wir haben ein vortreffliches Essen genossen. Ich denke, ich habe Ihnen sehr interessante Dinge zu eröffnen.«

Urtel brach das erwartungsvolle Schweigen. »Sie, Dr. Peverale?« frage er voll Grimm.

»Warum nicht?« erwiderte der Astronom in mildem Ton.

»Ich habe schon oft in meinem Leben interessante Dinge verkünden dürfen. Und ich werde jetzt aussprechen, was ich denke. « Seine Stimme nahm einen feierlichen Klang an. »Ich glaube, ich kenne jetzt die ganze Wahrheit. Ich weiß, wer die Sabotageakte am Projekt Licht verübt – und warum er es tut.«

5
Gefahr vom Sirius?

Befriedigt schaute der freundliche alte Astronom in die Runde. Alle Blicke hingen an seinen Lippen. Unauffällig musterte Lucky die Gesichter der Bankettgäste. Die Herren nahmen Dr. Peverales Ankündigung sehr verschieden auf. Urtels fleischiges Gesicht drückte nur Verachtung aus. Dr. Gardoma legte bedenklich die Stirn in Falten. Mindes blickte düster vor sich hin. Die Stimmung der übrigen zeigte alle Schattierungen zwischen mildem Interesse und neugieriger Anteilnahme.

Einer fiel Lucky besonders auf. Es war Hanley Cook, Dr. Peverales Stellvertreter. Er betrachtete gelangweilt seine Fingerspitzen. Sein Gesichtsausdruck war abweisend, fast angeekelt. Doch als er den Blick hob, wirkte er völlig gleichgültig.

Lucky nahm sich vor, mit diesem Mann ins Gespräch zu kommen. Dann widmete er seine Aufmerksamkeit wieder Dr. Peverale.

»Natürlich ist der Saboteur keiner von uns«, sagte der Leiter des Observatoriums gerade. »Davon ist auch Dr. Mindes überzeugt, der in dieser Richtung Nachforschungen betrieb. Dessen hätte es kaum bedurft. Denn ich weiß, daß niemand in unserem Kreis sich zu derartigen verbrecherischen Handlungen hergeben würde. Dennoch muß es sich bei dem Saboteur um ein intelligentes Wesen handeln. Denn es geht bei seinen Zerstörungen mit großer Zielstrebigkeit gegen das Projekt Licht vor. Mit Zufall oder bloßer Böswilligkeit ist das nicht zu erklären. Daher ...«

In großer Erregung unterbrach ihn Bigman: »He, meinen Sie vielleicht, daß es auf dem Merkur Leben gibt? Ist der Kerl ein Merkurianer?«

Der Einwurf rief verschiedene Kommentare und einiges Gelächter hervor. Bigman wurde rot. »Was wollen Sie?« verteidigte sich der kleine Marsmensch. »Hat Dr. Peverale das nicht eben selber angedeutet?«

»Nicht ganz«, berichtigte Dr. Peverale freundlich.

»Auf dem Merkur existiert keinerlei Leben irgendwelcher Art«, erklärte einer der Astronomen mit Nachdruck. »Dessen sind wir völlig sicher.«

»Völlig sicher?« zweifelte Lucky. »Wie weit haben Sie den Merkur denn erforscht?«

Etwas unsicher antwortete der Astronom: »Es wurden mehrere Entdeckungsfahrten unternommen!«

Lucky lächelte. Er war auf dem Mars intelligenten Wesen begegnet, von deren Vorhandensein niemand etwas ahnte. Er hatte auf der Venus halbintelligente Wesen kennengelernt, wo kein Mensch Derartiges vermutete. So leicht konnte man ihn nicht davon überzeugen, daß es auf irgendeinem Planeten keinerlei Leben oder Intelligenz gäbe.

Deshalb bohrte er weiter: »Wie viele Entdeckungsfahrten? Wie gründlich wurde geforscht? Wie viele Quadratkilometer wurden abgesucht?«

Statt zu antworten, hob der Astronom die Brauen und verdrehte die Augen, als wolle er sagen, es sei nutzlos, mit dem Manne zu diskutieren.

Dr. Peverale ergriff wieder das Wort. »Mein lieber Starr, alle Expeditionen erbrachten das gleiche negative Ergebnis. Wir räumen zwar ein, daß das Vorhandensein von Leben auf dem Merkur noch nicht völlig ausgeschlossen werden kann, meinen aber, es ist mehr als unwahrscheinlich. Bleiben wir also bei der gut gesicherten Annahme, daß die menschliche Rasse das einzige von Intelligenz beseelte Leben in der Milchstraße darstellt. Jedenfalls das einzige, das uns bekannt ist.«

Lucky, der an die Geistwesen des Mars dachte, hätte ihm widersprechen können. Aber er schwieg lieber und ließ den alten Mann weiterreden.

Es war Urtel, der den nächsten Einwurf machte. Er hatte inzwischen sein Selbstbewußtsein wiedererlangt, und er rief dem Redner zu: »Worauf wollen Sie eigentlich hinaus?«

Als Nachsatz fügte er, typisch für ihn, ironisch hinzu: »Falls Sie überhaupt auf etwas hinauswollen!«

Dr. Peverale antwortete Urtel nicht direkt. Er sah von einem Tischgast zum anderen, vermied es aber absichtlich, den Abgesandten des Senators anzublicken. Dann sagte er langsam: »Entscheidend ist, daß Menschen nicht nur auf der Erde leben. Sie leben auch in vielen anderen Sonnensystemen.« In seinem Gesicht ging eine auffallende Veränderung vor. Er wurde bleich. Die Wangen sanken ein, und die Nasenlöcher weiteten sich, als packe ihn unbändiger Zorn. »Zum Beispiel leben Menschen auf den Siriusplaneten. Wie, wenn unter ihnen die Saboteure zu suchen wären?«

»Aber warum gerade sie?« wollte Lucky wissen.

»Und warum nicht? Sie haben die Erde schon früher angegriffen.«

Das stimmte. Vor gar nicht langer Zeit hatte sich Lucky Starr selber an der Abwehr einer Invasionsflottille vom Sirius beteiligt, die auf Ganymed gelandet war. Die Angreifer hatten das Sonnensystem wieder verlassen, ohne es auf eine Entscheidungsschlacht ankommen zu lassen. Andererseits gehörte es vielerorts auf der Erde fast zum guten Ton, dem Sirius für alle Katastrophen die Schuld zu geben!

»Ich war dort!« betonte Dr. Peverale mit Nachdruck. »Erst

vor fünf Monaten besuchte ich das Siriussystem. Die Einreise war äußerst kompliziert, weil dort weder Einwanderer noch Besucher erwünscht sind. Ich bekam das Visum schließlich nur, weil gerade eine interstellare Astronomenkonferenz stattfand. Ich war entschlossen, mir selber ein Bild zu machen. Und ich darf sagen, daß mir das über Erwarten gründlich gelang.«

Er räusperte sich und fuhr fort: »Die Planeten des Sirius sind nur dünn bevölkert und völlig dezentralisiert. Sie leben in einzelnen Großfamilien, die kaum Kontakt miteinander halten. Jede hat ihre eigene Energieversorgung. Jede besitzt ihr eigenes Heer mechanischer Sklaven – anders kann man sie nicht bezeichnen –, von Sklaven in Gestalt positronischer Roboter, die sämtliche Arbeiten verrichten.

Die Siriusmenschen bilden eine Art kriegerischer Aristokratie. Jeder von ihnen kann zum Beispiel einen Raumkreuzer steuern. Sie werden nicht eher Ruhe geben, bis sie die Erde zerstört haben.«

Bigman rutschte unruhig auf seinem Stuhl herum.

»Beim Mars, sie sollen es nur wagen! Mehr sage ich nicht dazu.«

»Sie werden angreifen, sobald sie ihre Vorbereitungen abgeschlossen haben«, sagte Dr. Peverale. »Und wenn wir nicht bald entscheidende Gegenmaßnahmen ergreifen, werden sie uns besiegen. Was haben wir ihnen denn entgegenzusetzen? Eine Milliardenbevölkerung, gut, aber wie viel Prozent können ein Raumschiff fliegen? Wir sind sechs Milliarden Kaninchen gegen eine Million Wölfe. Die Erde ist auf fremde Hilfe angewiesen, und das von Jahr zu Jahr mehr. Unsere Ernährungsgrundlagen sind Getreide vom Mars und Hefe von der Venus. Bodenschätze beziehen wir von den Asteroiden, und solange die Bergwerke in Betrieb waren, bekamen wir sie auch vom Merkur.«

Er wandte sich an Lucky. »Auch ein voller Erfolg des Projektes Licht führt nur zu neuer Abhängigkeit von den Raumstationen, die der Erde dann das Sonnenlicht liefern. Merken Sie denn nicht, wie verwundbar uns das macht, Starr? Ein sirianisches Kommandounternehmen gegen die Vorposten des Sonnensystems könnte Panik und Hungersnöte auf der Erde hervorrufen, ohne daß es zu größeren Kampfhandlungen kommen müßte.«

Dr. Peverale hob die Stimme. »Und können wir irgend etwas zur Vergeltung unternehmen? Ganz gleich, wie viele wir töten, die überlebenden Sirianer bleiben autark und einsatzbereit. Sie können den Krieg jederzeit fortsetzen.«

Der alte Mann hatte zum Schluß mit überzeugender Leidenschaft gesprochen. Zweifellos meinte er jedes Wort ernst. Er mußte seine Befürchtungen allen mitteilen, sonst wäre er daran erstickt – so schien es.

Luckys Blick richtete sich auf Dr. Peverales Stellvertreter. Hanley Cook stützte den Kopf in die Hand. Sein Gesicht war gerötet, aber nicht aus Zorn oder Mißbilligung, sondern eher aus Verlegenheit, wie Lucky zu erkennen glaubte.

»Aber was wollten sie denn damit erreichen?« fragte Scott Mindes skeptisch. »Wenn es ihnen auf dem Sirius so gut geht, was haben sie dann auf der Erde verloren? Was könnten sie uns wegnehmen? Angenommen, sie erobern die Erde, dann müssen sie doch noch für uns sorgen ...«

»Unsinn!« Der alte Astronom brauste auf. »Warum sollten sie? Sie haben es nicht auf die Bevölkerung der Erde abgesehen, sondern auf ihren Reichtum. Uns würden sie verhungern lassen. Das entspräche genau ihrer Politik.«

»Aber, aber«, wandte Dr. Gardoma ein. »Das glaube ich nun doch nicht.«

»Nicht aus Grausamkeit«, präzisierte Dr. Peverale, »sondern aus politischen Gründen. Sie verachten uns. Sie sehen in uns kaum mehr als Tiere. Die Sirianer sind sehr rassebewußt. Seit der ersten Besiedlung des Siriussystems durch Erdkolonisten haben sie sich einer sorgfältigen Auslese unterworfen, mit dem Erfolg, daß sie frei von den meisten

Krankheiten und von verschiedenen Merkmalen und Eigenschaften sind, die sie für untragbar halten.«

Er hob die Hand. »Sie sehen alle gleich aus, während die Menschen der Erde sich in Körperbau, Größe, Hautfarbe und vielem anderen unterscheiden. Die Sirianer betrachten uns als minderwertig. Deshalb nehmen sie auch keine Auswanderer mehr auf. Unsere Regierung mußte alle Beziehungen spielen lassen, sonst hätte man mich nicht einmal an der Konferenz teilnehmen lassen. Die Astronomen aller anderen Sonnensysteme waren ihnen willkommen, nur keiner von der Erde.«

Dr. Peverale schloß: »Ein Menschenleben bedeutet ihnen ohnehin wenig. Sie sind maschinenorientiert. Ich habe sie beim Umgang mit den Robotern beobachtet. Sie kümmern sich mehr um ihre Roboter als um andere Sirianer. Ein Roboter ist ihnen hundertmal mehr wert als ein Mensch von der Erde. Sie verwöhnen die Roboter. Sie lieben sie. Für ihre Roboter ist ihnen das Beste gerade gut genug.«

»Nun ja«, murmelte Lucky, »Roboter sind ja auch teuer. Deshalb muß man sie pfleglich behandeln.«

»Das mag zutreffen«, sagte Dr. Peverale, »aber wer gewohnt ist, sich intensiv um das Wohlergehen von Maschinen zu kümmern, wird allmählich gleichgültig gegenüber Menschen.«

Lucky Starr hatte die Ellbogen auf dem Tisch. Jetzt lehnte er sich vor. Tiefer Ernst spiegelte sich in seinen dunklen Augen. Das angenehme, noch immer leicht jungenhafte Gesicht war voll gespannter Aufmerksamkeit. »Dr. Peverale«, sagte er, »wenn die Sirianer rassebewußt sind und durch Zuchtwahl eine einseitig Auslese anstreben, so schaufeln sie sich, auf lange Sicht gesehen, ihr eigenes Grab. Denn gerade die Verschiedenartigkeit der Menschen bringt den Fortschritt. Daher ist die Erde auf dem Gebiet wissenschaftlicher Forschung immer noch führend und nicht der Sirius. Erdmenschen haben die Planeten des Sirius besiedelt.

Wir und nicht unsere Vettern vom Sirius machen jedes Jahr auf allen Gebieten neue Entdeckungen. Auch die positronischen Roboter, von denen Sie sprachen, wurden auf der Erde erfunden und entwickelt.«

»Ja«, antwortete der Astronom, »aber die Erdmenschen machen von diesen Robotern keinen Gebrauch. Sie würden unsere Wirtschaft durcheinanderbringen, und wir stellen ja Wohlstand und Sicherheit von heute über die Sicherung des Morgen. Unser wissenschaftlicher Fortschritt macht uns ständig schwächer, während Sirius ihn zur Stärkung seiner Macht benutzt. Das ist der Unterschied. Und darin liegt eine große Gefahr.«

Dr. Peverale ließ sich in seinen Sessel gleiten und blickte grimmig auf einen imaginären Punkt auf der Tischplatte. Der automatische Servierwagen räumte die Tafel ab.

Lucky zeigte auf ihn. »Das ist auch eine Art Roboter, wenn Sie so wollen!«

Geräuschlos setzte der automatische Servierwagen seine Arbeit fort. Er glitt auf einem diamagnetischen Feld dahin, so daß seine sanft geschwungene Unterseite nie den Boden berührte. Die schlanken Greifarme nahmen Teller und Geschirr geschickt von den Tischen und stellten sie auf seiner glatten Oberseite ab oder verstauten sie in einem seitlich angebrachten Schrank.

»Das ist ein ganz einfacher Automat«, schnaufte Dr. Peverale. »Er hat kein Positronengehirn. Er kann nur immer die gleichen mechanischen Arbeiten ausführen.«

»Sie behaupten also«, sagte Lucky, »daß es Sirianer sind, die Projekt Licht sabotieren?«

»Allerdings.«

»Und aus welchem Grund sollten sie das tun?«

Dr. Peverale zuckte die Achseln. »Vielleicht ist es Teil eines größeren Plans. Ich weiß nicht, was es in anderen Teilen des Sonnensystems für Probleme gibt. Vielleicht handelt es sich hier um die ersten mehr zufälligen Tests für die bevorstehende große Invasion, für den endgültigen Angriff. Projekt Licht ist von geringer Bedeutung. Was allein zählt, ist die Gefahr vom Sirius. Ich wünschte, ich könnte dem Wissenschaftsrat, die Regierung und das Volk endlich davon überzeugen.«

Hanley Cook räusperte sich. Dann ergriff er zum erstenmal das Wort. »Die Sirianer sind Menschen wie wir. Wenn sie sich auf dem Merkur aufhalten, dann sagen Sie mir, wo?«

»Das herauszufinden«, antwortete Dr. Peverale, »wäre eine Aufgabe einer Forschungsexpedition, einer gut vorbereiteten und erstklassig ausgerüsteten Expedition.«

»Hören Sie«, sagte Mindes, und seine Augen blitzten vor innerer Erregung, »ich war auf der Sonnenseite, und ich schwöre ...«

»Eine gut vorbereitete und erstklassig ausgerüstete Expedition«, wiederholte der alte Astronom mit fester Stimme. »Ihre Einmann-Ausflüge beweisen gar nichts, Mindes.«

Der Ingenieur stammelte etwas Unverständliches und verstummte dann verlegen.

Lucky wandte sich plötzlich an Urtel. »Ihnen scheint das gegen den Strich zu gehen, Urtel. Was sagen Sie zu Dr. Peverales Theorie?«

Der Agent des Senators hob die Augen und begegnete Luckys Blick haßerfüllt und in unverhohlener Feindschaft. Er hatte offenbar den Streit zu Beginn des Banketts nicht vergessen – und würde es auch in Zukunft nicht tun.

»Ich behalte meine Meinung für mich«, sagte er. »Ich will nur so viel sagen: mich hält hier aber keiner zum Narren!«

Er preßte die Lippen aufeinander und sagte kein weiteres Wort. Lucky wartete noch einen Augenblick, dann wandte er sich an Peverale. »Ich frage mich, ob wir überhaupt eine vollständige Expedition brauchen, Sir. Vorausgesetzt, die Sirianer befinden sich auf dem Merkur, müßten wir doch durch logisches Nachdenken ihr Versteck ermitteln können, oder?«

»Sprich weiter, Lucky!« krähte Bigman. »Zeig es ihnen!«

»Wie meinen Sie das?« fragte Peverale.

»Nun, welcher Ort wäre denn für die Sirianer am besten geeignet? Wenn sie monatelang in gewissen Abständen Projekt Licht durch Sabotageakte störten, haben sie bestimmt einen nahe gelegenen Stützpunkt gewählt. Andererseits wollen sie natürlich eine vorzeitige Entdeckung vermeiden. Nun, wo wäre ein solcher Ort zu finden, in der Nähe und doch gut getarnt? Mir scheint, es wäre töricht, den Stützpunkt auf der Sonnenseite des Merkur zu errichten. Zu heiß, zu viel Strahlung, zu unwirtlich.«

Cook knurrte: »Nicht unwirtlicher als auf der Schattenseite.«

»Nein, nein«, rief Lucky, »das ist ein Irrtum. Die Sonnenseite ist lebensfeindlich. Menschen sind für den Aufenthalt dort nicht geschaffen. Dagegen weist die Nachtseite gewohnte Bedingungen auf. Sie ist einfach ein dem Weltraum ausgesetztes Gebiet, und an Weltraumbedingungen ist der Mensch ja nun inzwischen gewöhnt. Es ist dunkel und luftleer, aber nicht dunkler als irgendwo im Raum, wohin das Sonnenlicht nicht dringt, und bestimmt nicht luftleerer. Der Mensch hat gelernt, im Weltraum zu leben. Folglich kann er auch auf der Schattenseite des Merkur existieren.«

»Sprechen Sie weiter, Mr. Starr!« drängte Dr. Peverale, dessen Greisenaugen interessiert aufblitzten. »Nur weiter!«

»Aber es ist alles andere als einfach, einen Stützpunkt aufzubauen, der monatelang als Unterschlupf dienen soll. Sie müssen ein oder mehrere Raumschiffe haben, um eines Tages zum Sirius zurückzukehren. Oder falls sie von einem Schiff abgeholt werden sollen, brauchen sie große Vorräte an Lebensmitteln und Wasser, nicht zu vergessen eine Energiequelle. Das erfordert eine Menge Platz, und doch müssen sie sich vor Entdeckung sicher glauben. Da bleibt nur ein möglicher Ort übrig.«

»Wo, Lucky?« fragte Bigman, der vor Aufregung nicht

mehr ruhig sitzen konnte. Er glaubte Lucky unbesehen jedes Wort. »Wo?«

»Nun«, erklärte Lucky, »kurz nach meiner Ankunft erwähnte Dr. Mindes mir gegenüber die stillgelegten Bergwerke. Und vor wenigen Minuten sprach auch Dr. Peverale darüber und bemerkte, daß früher darin gearbeitet wurde. Daraus schließe ich, daß es auf diesem Planeten leere Schächte und Stollen geben muß. Und sie dürften sich entweder hier oder am Südpol befinden, weil die Polargebiete als einzige keine extremen Temperaturschwankungen aufweisen. Habe ich recht?«

Cook zögerte. »Ja, Bergwerke gibt es hier. Vor dem Bau des Observatoriums bildete die Kuppel die Werkzentrale.«

»Dann sitzen wir praktisch also über einem großen leeren Loch im Merkur. Nur dort können die Sirianer ohne Angst vor Entdeckung ihren Stützpunkt eingerichtet haben. Und nur von dort droht uns Gefahr.«

Zustimmung erklang von allen Seiten, bis sich Urtels kehlige Stimme vernehmen ließ. »Alles schön und gut«, sagte er. »Aber was folgt daraus? Was gedenken Sie zu unternehmen?«

»Bigman und ich«, war Luckys Antwort, »haben die Absicht, sobald wie möglich in das Bergwerk vorzudringen. Wenn sich dort jemand aufhält, werden wir ihn finden.«

6
Vorbereitungen

Dr. Gardomas Frage klang scharf. »Wollen Sie sich etwa allein hineinwagen?«

»Warum denn nicht?« mischte sich Urtel ein. »Leichter kann man den Helden kaum spielen. Natürlich gehen sie allein. Da unten ist nichts, niemand hält sich dort verborgen, und das wissen die beiden ganz genau.«

»Haben Sie keine Lust mitzukommen?« fragte Bigman. »Wenn Sie Ihr großes Maul zurücklassen, paßt Ihnen vielleicht sogar der Anzug.«

»Bei Ihnen ist allerdings zu befürchten, daß Ihnen der Anzug zu eng sein könnte«, grollte Urtel.

»Es hat keinen Sinn, allein zu gehen«, sagte Dr. Gardoma, »wenn ...«

Lucky fiel ihm ins Wort. »Eine vorläufige Untersuchung kann keinen Schaden anrichten. Möglicherweise hat Urtel recht. Vielleicht ist wirklich niemand da unten. Falls es aber brenzlig wird – wir bleiben in Verbindung mit Ihnen in der Kuppel und hoffen, daß wir mit den Sirianern fertig werden, auf die wir stoßen. Bigman und ich haben schon manche gefährliche Situation gemeistert.«

»Außerdem«, setzte Bigman hinzu, und sein Gnomengesicht verzog sich zu einem Grinsen, »lieben Lucky und ich gefährliche Situationen.«

Lächelnd erhob sich Lucky. »Wenn Sie uns jetzt entschuldigen wollen ...«

Sofort sprang auch Urtel auf, verließ die Tafel und stapfte davon. Lucky sah ihm gedankenvoll nach. Als Hanley Cook an Lucky vorbei wollte, hielt dieser ihn am Ellbogen fest.

Cook sah besorgt zu ihm auf. »Ja, bitte? Was gibt es, Mr. Starr?«

»Kann ich Sie gleich in unserem Zimmer sprechen?« fragte Lucky in ruhigem Ton.

»Ich bin in 15 Minuten dort. Reicht das?«

»Ausgezeichnet. «

Cook war beinahe pünktlich. Still trat er in ihr Zimmer. Die besorgte Miene schien ein Teil seiner Persönlichkeit zu sein. Er war Ende Vierzig, hatte ein kantiges Gesicht und hellbraunes Haar, durch das sich die ersten grauen Fäden zogen.

Lucky entschuldigte sich: »Ich hatte ganz vergessen, Ihnen zu sagen, wo unser Zimmer ist. Tut mir leid.«

Cook sah ihn überrascht an. »Aber ich wußte doch, welches Zimmer man Ihnen angewiesen hat.«

»Na schön. Jedenfalls danke ich Ihnen für Ihr Kommen.«

»Oh«, machte Cook, hielt kurz inne und beeilte sich dann hinzuzufügen: »Keine Ursache.«

»Ich habe eine kleine Beanstandung bei den Isolieranzügen für die Sonnenseite, die hier bereitlagen«, erklärte Lucky.

»Die Isolieranzüge? Wir haben doch nicht etwa den dazugehörigen Informationsfilm vergessen?«

»Nein, nein. Den hab ich mir angesehen. Es ist etwas ganz anderes!«

»Stimmt irgend etwas daran nicht?« wunderte sich Cook.

»Ob irgend etwas daran nicht stimmt?« krähte Bigman. »Sehen Sie sich das an!« Und er breitete die Ärmel aus, um ihm die Schnitte zu zeigen.

Zuerst schaute Cook verständnislos drein. Dann schoß ihm das Blut zu Kopf, und seine Augen weiteten sich vor Entsetzen. »Ich verstehe das nicht ... das ist doch unmöglich ... hier in der Kuppel!«

»Hauptsache, wir bekommen schnell Ersatz«, sagte Lucky.

»Aber wer sollte das getan haben? Das müssen wir herausbekommen.«

»Ich möchte nicht, daß wir Dr. Peverale damit behelligen.«

»Nein, nein«, sagte Cook sofort, als habe er das nie in Erwägung gezogen.

»Es wird sich schon irgendwann aufklären. Vor allem aber brauchen wir jetzt neue Anzüge.«

»Selbstverständlich. Ich sorge dafür. Klar, daß Sie mich

sprechen wollten. Großer Weltraum ...« Er brach ab, sprang auf und wandte sich zum Gehen.

Aber Lucky hielt ihn auf. »Bleiben Sie noch! Das war ja nur eine Kleinigkeit. Es gibt noch Wichtigeres zu besprechen. Übrigens, bevor wir zum Thema kommen – Sie scheinen Dr. Peverales Ansichten über die Sirianer nicht zu teilen, stimmt's?«

Zwei steile Falten erschienen auf Cooks Stirn. »Dazu möchte ich nichts sagen.«

»Ich habe Sie während seiner Ansprache beobachtet. Ich hatte den Eindruck, daß Sie sie mißbilligten.«

Cook setzte sich wieder. Seine knochigen Finger verkrampften sich. »Er ist ein alter Mann«, sagte er. »Schon seit Jahren hat er etwas gegen die Sirianer. Er ist fast psychopathisch. Ich glaube, er sieht sie schon unter seinem Bett. Er macht sie für alles verantwortlich. Wenn nur eine Fotoplatte überbelichtet ist, sind die Sirianer daran schuld. Seitdem er im Siriussystem war, ist es noch schlimmer geworden – wegen der schlechten Erfahrungen, die er dort gemacht haben will.«

»Was ist ihm denn da zugestoßen?«

»Nichts Schlimmes, nehme ich an. Sie haben einfach eine Art Quarantäne über ihn verhängt. Er wohnte in einem abgesonderten Haus. Einmal waren sie ihm zu höflich, dann wieder zu grob. Wahrscheinlich konnte es ihm keiner recht machen. Dann drängten sie ihm noch einen positronischen Roboter zur Bedienung auf.«

»Hatte er auch dagegen etwas einzuwenden?«

»Er behauptet, sie hätten es nur getan, um ihm ja nicht zu nahe zu kommen. Wissen Sie, er nimmt einfach alles persönlich.«

»Waren Sie mit ihm da?«

Cook schüttelte den Kopf. »Sirius ließ nur einen Vertreter der Erde zu, und er ist der Dienstältere. Es wäre besser gewesen, ich hätte die Konferenz besucht. Er ist zu alt, wirklich – zu alt.« Cook sprach in mürrischem Ton. Plötzlich blickte er hoch. »Das ist natürlich alles vertraulich.«

»Völlig klar«, beruhigte ihn Lucky.

»Und Ihr Freund?« sagte Cook unsicher. »Ich meine, er ist sicher vertrauenswürdig, aber er ist auch ein wenig ... äh ... hitzköpfig.«

»He«, rief Bigman und versteifte sich.

Lucky legte ihm freundschaftlich die Hand auf den Kopf und strich ihm das Haar in die Stirn. »Hitzköpfig ist das richtige Wort«, gab er zu. »Sie sahen es ja beim Bankett. Wenn man ihn reizt, geht ihm die Zunge leicht durch. Dann benutzt er lieber die Faust als den Kopf. Dann kann ich ihn auch nicht immer rechtzeitig stoppen. Damit muß man sich abfinden. Aber wenn ich ihn ausdrücklich bitte, über eine Sache nicht zu sprechen, dann ist er verschwiegen wie eine Auster. Mehr brauche ich dazu nicht zu sagen.«

»Ich danke Ihnen«, sagte Cook.

»Damit komme ich auf meine ursprüngliche Frage zurück«, sagte Lucky. »Teilen Sie im gegenwärtigen Fall Dr. Peverales Theorie über die Sirianer als Saboteure?«

»Nein. Woher sollen sie von Projekt Licht Kenntnis haben? Und wenn, was würde sie es kümmern? Ich halte es für ausgeschlossen, daß sie Raumschiffe und Menschen herschicken und die Gefahr einer ernsten Krise mit dem Sonnensystem heraufbeschwören, nur um ein paar Kabel zu zerschneiden. Ich muß hinzufügen, daß sich Dr. Peverale seit einer ganzen Weile beleidigt fühlt ...«

»Warum?«

»Nun, Mindes und seine Gruppe haben sich hier eingerichtet, als er gerade auf dem Sirius weilte. Er fand sie bei seiner Rückkehr vor. Natürlich kam das nicht ganz unerwartet für ihn. Die Pläne bestanden seit Jahren. Aber als es wirklich soweit war, versetzte es ihm doch einen Schock.«

»Versuchte er, Mindes wieder loszuwerden?«

»O nein, nichts dergleichen. Er trat ihm sogar freundschaftlich entgegen. Nur kam ihm dadurch schmerzlich zu Bewußtsein, daß er eines vielleicht nicht weit entfernten Tages selber abgelöst wird. Ich glaube, er sträubt sich mit Händen und Füßen gegen diesen Gedanken. Er sonnt sich zu gern in seiner Stellung, wo er bei jeder Gelegenheit über die Sirianer herziehen kann. Das ist sein Thema, wissen Sie.«

Lucky nickte und fragte dann: »Sagen Sie, waren Sie jemals auf Ceres?«

Der plötzliche Themawechsel schien Dr. Cook zu überraschen. »Gelegentlich ja. Warum?«

»Mit Dr. Peverale? Oder allein?«

»Gewöhnlich mit ihm zusammen. Er besucht Ceres häufiger als ich.«

Lucky lächelte. »Waren Sie dort, als die Piraten im vergangenen Jahr Ceres angriffen?«

Auch Cook lächelte. »Nein, nur der alte Mann. Wir haben die Geschichte zur Genüge zu hören bekommen. Er ist praktisch nie krank, und ausgerechnet dieses eine Mal hatte es ihn erwischt. Er bekam von den Ereignissen überhaupt nichts zu sehen, worüber er sich mächtig ärgerte.«

»Ja, so spielt das Leben ... Kommen wir jetzt zur Hauptsache! Ich möchte Dr. Peverale nicht damit behelligen. Wie Sie schon sagten, ist er ein alter Mann. Sie sind sein Stellvertreter und sehr viel jünger ...« Lucky lächelte wieder.

»Ja, natürlich. Was kann ich für Sie tun?«

»Es handelt sich um die Bergwerke. Ich nehme an, daß irgendwo in der Kuppel Aufzeichnungen, Karten und Lagepläne aufbewahrt werden. Dokumente, aus denen wir den Verlauf der wichtigsten Schächte ersehen können. Wir können ja dort nicht aufs Geratewohl herumirren.«

»Ich glaube bestimmt, daß es so was gibt«, bestätigte Cook.

»Und Sie können die Pläne besorgen? Und sie vielleicht mit uns zusammen prüfen?«

»Ja, natürlich.«

»Nun, Dr. Cook, ich hoffe, daß die Bergwerke noch gut erhalten sind. Ich meine, Ihres Wissens besteht doch keine Einsturzgefahr oder ähnliches?«

»O nein, das ist meiner Ansicht nach völlig unmöglich. Wir haben teilweise direkt über den Schächten gebaut und überzeugten uns vor der Errichtung des Observatoriums gründlich von ihrem Zustand. Die Schächte sind hervorragend abgestützt und völlig sicher, besonders unter der geringen Schwerkraft des Merkur.«

»Wie kam es denn überhaupt zur Schließung der Bergwerke?« wollte Bigman wissen.

»Eine gute Frage«, sagte Cook, und ein kleines Lächeln erhellte sein melancholisches Gesicht. »Es gibt zwei Erklärungen. Welche wollen Sie hören: die Wahrheit oder die sensationelle Legende?«

»Beide«, verlangte Bigman ohne Zögern.

Cook bot Zigaretten an. Als Lucky und sein Freund ablehnten, zündete er sich selbst eine an. »Also zuerst die Wahrheit! Der Merkur hat eine beachtliche Dichte, und so bestand die Hoffnung, daß er einen reichen Vorrat an Schwermetallen birgt: Blei, Silber, Quecksilber, Platin. Das stellte sich als richtig heraus. Die Vorräte waren nicht ganz so gewaltig wie erhofft, aber durchaus ergiebig. Leider erwies sich die Förderung als unwirtschaftlich. Der Abbau auf dem Merkur, verbunden mit dem teuren Erztransport zur Erde oder gar zum Mond zur Veredelung ließ den Endpreis unerträglich in die Höhe schnellen.«

Cook nahm einen tiefen Lungenzug. »Ganz anders stellt es die sensationelle Legende dar. Als das Observatorium vor 50 Jahren errichtet wurde, bereiteten die Bergwerke noch einen Haufen Sorgen, obwohl man bereits dabei war, einige Schächte stillzulegen. Die ersten Astronomen hörten allerlei Geschichten von den Bergleuten, die sie jedem Neuankömmling weitererzählten. Sie gehören heute zum Sagenschatz des Merkur.«

»Und was waren das für Geschichten?« fragte Bigman.

»Anscheinend kamen einige Bergleute unter Tage ums Leben.«

»Beim Mars!« rief Bigman ungeduldig. »Man kommt auch anderswo ums Leben. Niemand ist unsterblich.«

»Aber diese Männer erfroren!«

»So?«

»Und das war eigentlich unerklärlich. Denn die Schächte und Stollen wurden zu jener Zeit gut geheizt, und die Heizanlage war stets in Betrieb. Die Gerüchte um den seltsamen Erfrierungstod wurden, wie das so geht, immer mehr ausgeschmückt, und eines Tages war es soweit. Die Männer waren nur noch bereit, in Gruppen die Hauptstollen zu betreten, und weigerten sich, in Nebenstollen zu arbeiten. Das führte zur Schließung der Bergwerke.«

Lucky nickte. »Besorgen Sie uns jetzt die Unterlagen?«

»Auf der Stelle. Und auch neue Isolieranzüge.«

Man traf Vorbereitungen wie für eine größere Expedition. Die Isolieranzüge kamen, wurden getestet und zur Seite gelegt. Schließlich brauchten sie vorerst ja nur gewöhnliche Raumanzüge für die Nachtseite.

Gleich darauf trafen die Karten der Bergwerke ein. Mit Hilfe Cooks legte Lucky einen Weg ins Innere fest, wobei er sich vornehmlich an die Hauptschächte hielt.

Bigman blieb es vorbehalten, sich um das Verstauen von Nahrungsbrei und Wasser in die Zusatzeinheiten zu kümmern. (Beides konnte man später auch im Raumanzug zu sich nehmen.) Er überzeugte sich vom Funktionieren der Energieeinheiten und dem richtigen Druck in den Sauerstoffbehältern. Schließlich prüfte er den einwandfreien Zustand von Abfallaufbereiter und Feuchtigkeits-Umwandler.

Indessen begab sich Lucky für kurze Zeit zu seinem Schiff, der *Shooting Starr*. Auf dem Weg nach oben hatte er ein kleines Paket bei sich, über dessen Inhalt er nicht mit Bigman sprach. Bei der Rückkehr brachte er statt des Pakets zwei kleine Gegenstände mit, die wie dicke Gürtelschnallen aussahen. Sie waren aus stumpfglänzendem Stahl, leicht gebogen und wiesen in der Mitte ein glasig-rotes Rechteck auf.

»Was ist das?« fragte Bigman.

»Mikroergometer«, erklärte Lucky. »Versuchsmodelle. Du weißt schon, wie die Ergometer im Raumschiff, nur daß die am Boden befestigt sind.«

»Was spüren diese Apparate auf?«

»Ihre Reichweite ist viel geringer als die 160 000 Kilometer der Raumschiff-Ergometer. Aber auf 16 Kilometer sollen sie Atomenergie anzeigen. Schau her, Bigman! So setzt man sie in Betrieb. Siehst du?«

Mit dem Daumennagel drückte Lucky auf einen schmalen Seitenschlitz des Apparates. Ein Metallhaken wurde eingezogen und sprang dann wieder heraus. Gleich darauf begann das rote Rechteck zu glühen. Lucky hielt das kleine Ergometer in verschiedene Richtungen. In einer bestimmten Stellung glühte das rote Rechteck hell auf.

»Das«, erklärte Lucky, »ist wahrscheinlich die Richtung, in der sich das Kraftwerk der Kuppel befindet. Wir können den Apparat nun so einstellen, daß er von dem Kraftwerk keine Notiz mehr nimmt. Es ist ein bißchen schwierig.« Dabei arbeitete er angestrengt an zwei winzigen, fast unsichtbaren Kontrollen.

Und er lächelte dabei. Sein sympathisches, junges Gesicht strahlte vor Vergnügen. »Weißt du, Bigman, immer wenn ich Onkel Hector besuche, schenkt er mir die neuesten Erfindungen des Wissenschaftsrates. Er meint, bei unseren gefährlichen Unternehmungen brauchten wir sie bestimmt einmal. Ich glaube allerdings, er benutzt uns einfach als Tester für seine neuen Geräte. Aber dies hier könnte sich wirklich als nützlich erweisen.«

»Wie denn, Lucky?«

»Erstens, Bigman, falls sich wirklich Sirianer in den Bergwerken aufhalten, dann haben sie mit Sicherheit ein kleines Kernkraftwerk. Sie brauchen es unbedingt. Als Wärmeerzeuger, für Wasserelektrolyse und so weiter. Dieses Ergometer wird es aus gehöriger Entfernung melden. Und zweitens . . .«

Er schwieg unvermittelt, und Bigman preßte enttäuscht die Lippen aufeinander. Er wußte, was das plötzliche Schweigen bedeutete. Lucky verfolgte Gedankengänge, von denen er später behaupten würde, er habe sie noch nicht in Worte fassen können.

»Ist ein Ergometer für mich bestimmt?« fragte er.

»Na, klar«, antwortete Lucky und warf ihm eins zu. Bigman fing es geschickt auf.

Als sie in ihren Raumanzügen, die Helme unter dem Arm, aus dem Quartier kamen, trafen sie Hanley Cook, der schon wartete.

»Ich werde Sie zum nächsten Schachteinstieg bringen«, sagte er.

»Vielen Dank«, erwiderte Lucky.

In der Kuppel näherte man sich dem Ende der Schlafzeit. Wo immer Menschen wohnen, halten sie nach dem Vorbild ihrer Heimat Erde einen gleichmäßigen Wechsel von Wach- und Schlafzeiten ein, auch wenn es in ihrer Umgebung weder Tag noch Nacht gibt. Lucky hatte den Beginn ihrer Expedition mit Absicht so gelegt, daß ihnen kein Schwarm neugieriger Zuschauer zum Einstieg folgen konnte. Dabei hatte sie auch Dr. Peverale unterstützt.

Die weiten Gänge der Kuppel lagen verlassen. Matt schimmerte die Nachtbeleuchtung. In der fast körperlich greifbaren Stille klangen ihre Schritte unnatürlich laut.

Plötzlich blieb Cook stehen. »Das ist Eingang zwei.«

Lucky nickte. »Okay. Auf baldiges Wiedersehen.«

»Das hoffe ich auch.«

Während Lucky und Bigman ihre Helme aufsetzten und die Schrauben entlang der paramagnetischen Nähte fest anzogen, öffnete Cook mit dem ihm eigenen düsteren Ernst das Schloß der Einstiegluke. Lucky atmete die komprimierte Luft fast lustvoll ein, so sehr war er bereits an sie gewöhnt.

Gefolgt von Bigman, stieg Lucky in die Luftschleuse. Hinter ihnen schloß sich die Wand.

»Fertig, Bigman?« vergewisserte sich Lucky.

»Kannst dich drauf verlassen, Lucky.« Lucky hörte Bigmans Antwort in seinem Kopfhörer. Sein kleiner Begleiter war nur ein Schatten in dem äußerst trüben Licht der Schleuse.

Dann öffnete sich die gegenüberliegende Wand. Sie spürten, wie die Luft ins Vakuum verpuffte und gingen durch die Öffnung.

Ein Griff an die Außenkontrollen, und die Wand schloß sich wieder hinter ihnen, um sie endgültig von der letzten Lichtquelle abzuschneiden.

In völliger Dunkelheit standen sie in dem verlassenen, totenstillen Bergwerk des Merkur.

7
In den Merkurminen

Sie schalteten ihre Anzuglampen an, und die Dunkelheit wich ein kurzes Stück zurück. Der scharf begrenzte Lichtstrahl enthüllte einen Abschnitt des Tunnels, der weiter entfernt mehr und mehr in stockfinsterer Schwärze ertrank. Die Lichtstrahlen waren, wie immer im Vakuum, scharf begrenzt. Entschlossen traten der große Mann von der Erde und sein kleiner Begleiter vom Mars ihren Weg in die Tiefen des Merkur an.

Neugierig betrachtete Bigman den Tunnel im Licht ihrer Scheinwerfer und fand, daß er denen, die er auf dem Mond gesehen hatte, sehr ähnelte. Mit Hilfe von Großblastern und Desintegrationsverfahren hatte man ein schnurgerades, glattgeformtes Gewölbe geschaffen. Die gerundeten Wände verschmolzen mit der Felsdecke. Der Schacht war von ovalem Querschnitt und oben und unten leicht abgeplattet, was ihn besonders stabil machte.

Durch die Luft in seinem Raumanzug vernahm Bigman das Geräusch der eigenen Schritte. Luckys Schritte spürte er dagegen nur als ein leichtes Vibrieren im Fels. Man konnte es nicht als Geräusch bezeichnen. Aber für einen Menschen, der den größten Teil seines Lebens im luftleeren oder fast luftleeren Raum verbracht hatte, machte das kaum einen Unterschied. Er konnte das Vibrieren des festen Gesteins ›hören‹, wie ein normaler Erdenmensch das Vibrieren der Luft hört, das man ›Schall‹ nennt.

In Abständen kamen sie an Felssäulen vorbei, die man stehengelassen hatte, um den Tunnel gegen das Gewicht des darüberliegenden Gesteins abzustützen. Auch das war wie in den Mondbergwerken, nur daß es hier mehr und dickere Säulen gab. Verständlich, denn die Schwerkraft des Merkur, so gering sie auch war, war immer noch zweieinhalbmal so groß wie die des Mondes.

Von dem Hauptschacht, durch den sie wanderten, zweigten Seitenstollen ab. Lucky schien es nicht eilig zu haben. Denn er blieb an jeder Öffnung stehen und verglich ihre Lage mit den Angaben auf der Karte.

Überall sah man die Spuren einstiger menschlicher Tätigkeit, und dieser Anblick stimmte Bigman melancholisch. Da waren noch die Bolzen, an denen einmal Leuchtplatten gehangen und die Gänge taghell erleuchtet hatten. Er erkannte die schwachen Spuren, wo früher paramagnetische Relais die Erzloren gezogen hatten. In den vereinzelten seitlichen Ausbuchtungen mußten sich Speiseräume für die Arbeiter oder Labors für die Untersuchungen von Gesteinsproben befunden haben.

Alle diese Einrichtungen waren abmontiert und verschwunden. Nur nackter Fels war geblieben. Aber Bigman gab sich nicht lange trüben Gedanken hin. Viel mehr mißfiel ihm, daß sich hier unten nichts ereignete. Schließlich war er nicht hergekommen, um spazierenzugehen.

»Lucky«, sagte er, »das Ergometer zeigt nichts an.«

»Ich weiß, Bigman. Umschalten.«

Lucky sagte es leichthin, ohne jede Betonung, aber Bigman wußte sofort, was er meinte. Er drehte den Schaltknopf seines Sprechgeräts bis zu jener Marke, die den Stromkreis für den Zerhacker einschaltete. Der Zerhacker gehörte nicht zur Standardausrüstung des Anzugs, aber für Lucky und Bigman war er zur Selbstverständlichkeit geworden. Bigman hatte das Zusatzgerät wie gewohnt in ihren Anzügen angebracht.

Sein Herz schlug ein wenig schneller. Wenn Lucky eine Sprechverbindung mit ihm wünschte, die kein Dritter abhören konnte, dann mußte Gefahr im Verzuge sein.

»Was ist los, Lucky?« fragte er.

»Zeit, daß wir uns unterhalten.« Luckys Stimme klang ein wenig fremd – so, als käme sie aus allen Richtungen zugleich. Das lag an den unvermeidlichen Verzerrungen des Zerhackers.

»Das hier ist nach der Karte Tunnel 7a«, sagte Lucky. »Er führt fast geradeaus zu einem der Vertikalschächte, durch die man an die Oberfläche gelangt. Da gehe ich jetzt hin.«

»Was?« fragte Bigman erstaunt. »Warum denn, Lucky?«

Lucky lachte leise. »Um an die Oberfläche zu kommen. Warum sonst?«

»Aber zu welchem Zweck?«

»Ich will oben zum Hangar, in dem die *Shooting Starr* steht. Als ich das letzte Mal beim Schiff war, habe ich den neuen Isolieranzug hingebracht.«

Bigman verdaute das und sagte dann langsam: »Soll das heißen, daß du zur Sonnenseite willst?«

»Ja. Genau das habe ich vor. Verlaufen kann ich mich ja nicht, weil ich nur auf das Koronalicht am Horizont zuzugehen brauche. Ganz einfache Sache.«

»Laß den Quatsch, Lucky, ich bitte dich! Ich dachte immer, die Sirianer stecken in den Bergwerken. Hast du das nicht selber beim Bankett bewiesen?«

»Nein, Bigman, bewiesen habe ich nichts. Ich habe nur so gesprochen, als sei es schon bewiesene Tatsache.«

»Und warum hast du mich nicht vorher in deinen Plan eingeweiht?«

»Das haben wir schon einmal diskutiert. Ich will nicht noch mal darauf eingehen. Ich kann einfach nicht riskieren, daß zur Unzeit dein Temperament mit dir durchgeht. Hätte ich dir gesagt, daß unser Ausflug in die Bergwerke nur ein Vorwand ist und Cook hätte dich aus irgendeinem Grunde gereizt, dann wärst du doch mit der Wahrheit herausgeplatzt.«

»Das hätte ich bestimmt nicht getan, Lucky. Du willst einfach alles für dich behalten, bis du ganz klar siehst.«

»Das trifft natürlich auch zu«, bestätigte Lucky. »Jedenfalls haben wir nun folgende Lage. Ich wollte, daß mich jeder in den Schächten der Bergwerke glaubt. Niemand sollte auch nur auf die Idee kommen, daß ich die Absicht habe, die Sonnenseite zu besuchen. Um ganz sicherzugehen, durfte ich auch dich nicht einweihen.«

»Kannst du mir wenigstens jetzt sagen, was du auf der Sonnenseite willst? Oder ist das noch ein Geheimnis?«

»Soviel kann ich dir sagen, ich habe den starken Verdacht, daß jemand aus der Kuppel hinter den ganzen Sabotageakten steckt. Ich glaube nicht an die Theorie mit den Sirianern.«

Bigman war enttäuscht. »Du meinst, es ist niemand hier unten in den Schächten?«

»Ich kann mich natürlich irren. Aber ich bin derselben Ansicht wie Dr. Cook. Es ist einfach zu unwahrscheinlich, daß die Sirianer all die Anstrengungen unternehmen, die ein geheimer Stützpunkt auf dem Merkur erfordert, nur um so ein bißchen Sabotage zu treiben. Wenn sie das wollten, wäre es doch viel bequemer, einen Erdenmenschen durch Bestechung dazu zu verleiten. Überhaupt, wer hat denn die Isolieranzüge aufgeschlitzt? Das kann man doch nun wirklich nicht den Sirianern in die Schuhe schieben. Nicht einmal Dr. Peverale behauptet, daß es Sirianer in der Kuppel gibt.«

»Dann suchst du also einen Verräter, Lucky?«

»Ich suche den Saboteur. Vielleicht ist es ein Verräter im Solde des Sirius. Oder er arbeitet auf eigene Kappe. Ich hoffe, auf der Sonnenseite die Antwort zu finden. Wenn alles gutgeht, wird mein Tarnmanöver mit dem Besuch der Bergwerke den Schuldigen so täuschen, daß er nicht daran denkt, auf Tauchstation zu gehen oder eine Falle für mich vorzubereiten.«

»Was glaubst du denn zu finden?«

»Das weiß ich, wenn ich es finde.«

»Okay«, sagte Bigman. »Du hast mich überzeugt, Lucky. Machen wir uns auf den Weg!«

»Halt mal«, rief Lucky, ernsthaft verblüfft. »Heilige Galaxis! Ich sagte, *ich* gehe. Wir haben nur einen Isolieranzug im Schiff. »Du bleibst hier, mein Junge.«

Erst jetzt wurde Bigman bewußt, daß Lucky in den letzten Minuten ständig ›ich‹ statt des gewohnten ›wir‹ gesagt hatte. Im Vertrauen auf ihre lange Zusammenarbeit hatte er das ›ich‹ unwillkürlich in ›wir‹ übersetzt.

»Lucky!« rief er, von Enttäuschung und Empörung fast überwältigt, »warum soll ich hierbleiben?«

»Weil die Männer in der Kuppel davon überzeugt werden sollen, daß wir beide hier unten sind. Du nimmst die Karte und schlägst den Weg ein, den wir besprochen haben – oder einen ähnlichen. Jede Stunde meldest du dich bei Cook. Gib ihm deinen Standpunkt durch und was du gerade siehst.

Einfach die Wahrheit! Du brauchst ihm nichts vorzulügen – nur mußt du ihm klarmachen, daß ich bei dir bin.«

Bigman überlegte. »Ja, gut, aber wenn jemand mit dir sprechen will?«

»Dann sagst du einfach, ich hätte zu tun. Oder du schreist plötzlich, du hättest einen Sirianer vorbeiflitzen sehen und müßtest das Gespräch abbrechen, um dich zu vergewissern, ob es wirklich einer war. Denk dir irgend etwas aus! Wichtig ist nur, daß sie mich hier unten vermuten. Klar?«

»All right. Heiliger Mars, du gehst also zur Sonnenseite und hast das ganze Vergnügen allein, während ich hier unten im Dunkeln rumstolpere und Theater spielen muß!«

»Laß bloß den Kopf nicht hängen, Bigman! Vielleicht haust wirklich jemand in den Bergwerken. Meine Idee braucht ja nicht unbedingt richtig zu sein.«

»Ach was, ich möchte wetten, daß du recht hast. Hier unten ist nichts zu finden.«

Lucky konnte der Gelegenheit zu einem Scherz nicht widerstehen. »Da sind die rätselhaften Fälle von Erfrierungstod, von denen Cook erzählte. Vielleicht kannst du sie aufklären.«

Bigman fand die Bemerkung gar nicht komisch. »Ach, halt den Mund!«

Sie schwiegen ein paar Sekunden. Dann legte Lucky seinem Freund die Hand auf die Schulter. »All right, das war ein schlechter Scherz, Bigman. Tut mir leid. Aber nun, wirklich, Kopf hoch! In Null Komma nichts sind wir wieder beisammen. Das weißt du doch!«

Bigman stieß Luckys Hand weg. »Schon gut. Schmiere mir ruhig Honig ums Maul! Du sagst, ich soll hierbleiben, also bleibe ich hier. Aber du wirst schon sehen, was du davon hast. Wahrscheinlich bekommst du einen Sonnenstich, weil ich nicht auf dich aufpassen kann, du großer Ochse.«

Lucky lachte. »Ich werde vorsichtig sein.« Er wandte sich

zum Gehen. Aber er hatte noch keine zwei Schritte in den Tunnel 7a gemacht, als Bigman ihn zurückrief: »Lucky!«

Lucky blieb stehen. »Was ist?«

Bigman räusperte sich. »Hör mal! Sei ein bißchen vorsichtig, ja? Du weißt, ich bin nicht bei dir, um dir im Notfall aus der Klemme zu helfen.«

»Jetzt kommst du mir vor wie Onkel Hector«, sagte Lucky. »Wie wär's denn, wenn du erst mal deine eigenen Ratschläge befolgtest?«

Das war so ihre Art, die Sympathie, die sie füreinander empfanden, auszudrücken. Lucky winkte zum Abschied und stand noch einen Augenblick im Licht von Bigmans Helmlampe. Dann wandte er sich ab und ging los.

Bigman sah ihm nach, wie er allmählich von den Schatten aufgesogen wurde, um dann endgültig hinter einer Biegung des Tunnels zu verschwinden.

Plötzlich empfand er die absolute Stille und die Dunkelheit doppelt stark. Einen anderen hätte das Gefühl der Verlassenheit und völligen Einsamkeit überwältigt.

Aber doch nicht einen John Bigman Jones! Er schob das Kinn vor, biß die Zähne zusammen und marschierte mit festem Schritt den Haupttunnel entlang.

15 Minuten später rief Bigman die Kuppel zum erstenmal. Er war ziemlich ärgerlich.

Wie hatte er nur jemals glauben können, daß Lucky ernsthaft mit abenteuerlichen Begegnungen in den Schächten rechnete? Würde er regelmäßige Funkkontakte verabredet haben, wenn er wirklich an Sirianer geglaubt hätte? Die hätten doch alles mitangehört!

Sie unterhielten sich zwar über Richtstrahl, aber unverschlüsselt. Und kein Richtstrahl war so eng gebündelt, daß man ihn nicht mit Geduld und Geschick auffangen konnte.

Er fragte sich, warum Cook eigentlich keine Einwände

erhoben hatte. Fast gleichzeitig schoß in ihm der Verdacht hoch, daß auch Cook nicht an die Sirianer glaubte. Nur Bigman, der Überschlaue, war darauf hereingefallen!

Bei diesem Gedanken hätte er vor Wut über sich selbst in den Felsen beißen können.

Er peilte Cook an und gab das verabredete Codezeichen für »Alles klar« durch.

Unverzüglich kam Cooks Antwort. »Alles klar?«

»Beim Mars, ja! Lucky ist sechs Meter vor mir, und bisher hat sich hier nichts geregt. Hören Sie, wenn ich das nächste Mal das Signal ›alles klar.‹ durchgebe, brauchen Sie nicht noch mal rückzufragen, ob wirklich alles klar ist!«

»Geben Sie mir Lucky Starr!«

»Wozu denn?« Bigman bemühte sich, gleichgültig zu sprechen. »Beim nächstenmal.«

Nach kurzem Zögern war Cook einverstanden. »Gut.«

Bigman nickte grimmig. Ein nächstes Mal würde es nicht geben. Er würde nur das Codezeichen ›alles klar‹ senden, und damit hatte es sich. Allerdings ... wie lange sollte er eigentlich im Dunkeln umherwandern, bis Lucky von sich hören ließ? Eine Stunde? Zwei? Sechs? Was, wenn er nach sechs Stunden noch keine Nachricht hatte? Wie lange sollte er dann hier bleiben? Wie lange konnte er bleiben?

Und wenn Cook Genaueres wissen wollte? Lucky hatte ihm empfohlen, einfach irgendwelche Beobachtungen zu erfinden. Wenn er, Bigman, sich verplapperte und versehentlich Luckys Ausflug zur Sonnenseite verriet? Lucky würde ihn nie wieder ins Vertrauen ziehen! Bei keiner Gelegenheit!

Er verdrängte diese unangenehmen Gedanken. Es hatte keinen Sinn, den Teufel an die Wand zu malen.

Wenn es nur irgendeine Abwechslung gäbe! Etwas anderes außer Dunkelheit und luftleeren Raum, dem schwachen Vibrieren des Gesteins unter seinen Schritten und dem Geräusch des eigenen Luftholens.

Er blieb stehen, um seinen Standort zu bestimmen. Die Nummern und Buchstaben der Nebenstollen waren scharf in die Wände eingekerbt, und die Zeit hatte den Zeichen nichts anhaben können. Das machte die Orientierung leicht.

Allerdings erschwerten die niedrigen Temperaturen den Umgang mit der steifgefrorenen Karte. Er richtete seine Lampe auf die Schalter vor seiner Brust, um den Feuchtigkeitsregler zu bedienen. Die Gesichtsscheibe im Helm war innen durch den Atem schon stark beschlagen. Wahrscheinlich hatte seine Erregung die Innentemperatur merklich erhöht.

Er drehte am Feuchtigkeitsregler. Dann neigte er den Kopf zur Seite, als spitze er die Ohren.

Und genau das tat er auch. Er lauschte dem Rhythmus der schwachen Bodenvibrationen, die ihm erst jetzt auffielen, weil seine eigenen Schritte verstummt waren.

Er hielt den Atem an und stand so bewegungslos wie die Steinwand des Tunnels.

»Lucky?« hauchte er in sein Mikrofon. »Lucky?« Mit der rechten Hand hatte er den Zerhacker eingeschaltet. Kein anderer als Lucky konnte sein Flüstern deuten, und bald würde er Luckys Antwort hören. Widerwillig gestand sich Bigman ein, wie sehr er sich nach dieser Stimme sehnte.

»Lucky?« wisperte er noch einmal.

Weiterhin vibrierte der Boden, aber es kam keine Antwort.

Bigman atmete schneller, zuerst vor Spannung, dann mit der wilden erregten Freude, die immer Besitz von ihm ergriff, wenn er drohende Gefahren spürte.

Da war noch jemand in den Tunnelschächten des Merkur – und es war nicht Lucky!

Aber wer? Ein Sirianer? Hatte Lucky beim Bankett unwillkürlich doch das Richtige gesagt?

Vielleicht.

Bigman zog seinen Blaster und schaltete die Helmlampe aus.

Hatten sie ihn entdeckt? Kamen sie jetzt, um ihn einzufangen?

Das Vibrieren konnte nicht von mehreren Wesen stammen, nicht einmal von zwei oder drei. Die deutlich vonein ander abgesetzten ›Geräusche‹ deuteten unverkennbar auf den Schritt eines einzelnen, der in gleichmäßigem Rhythmus näherkam.

Und mit einem einzelnen nahm es Bigman jederzeit und an jedem Ort auf!

Bigman streckte die Hand aus und berührte die Wand, die ihm näher kam. Sofort waren die Schwingungen deutlicher zu spüren. Aus dieser Richtung kam der Unbekannte also!

Mit der Hand immer an der Wand entlang tastend, schob sich Bigman ruhig in der Dunkelheit vorwärts. Die Schwingungen verrieten ihm durch ihren gleichmäßigen Takt, daß der andere sich keiner Gefahr bewußt war. Entweder glaubte er, allein im Bergwerk zu sein, wie es bis vor wenigen Sekunden Bigman von sich angenommen hatte, oder er verfolgte Bigman, hatte aber keine Ahnung von den physikalischen Verhältnissen im Vakuum.

Bigmans eigene Schritte erzeugten kaum noch Vibrationen, denn er schlich wie eine Katze. Die des anderen blieben gleichmäßig stark. Bigman war sich jetzt ganz sicher, daß der andere völlig ahnungslos näherkam.

An der nächsten Kreuzung wandte er sich nach rechts und schlich, die Fingerspitzen an der Wand, dem anderen entgegen.

Und dann blitzte vor ihm in einiger Entfernung ein blendend heller Lichtstrahl auf, der langsam über den Boden auf Bigman zukroch. Bigman lehnte sich eng an die Wand und erstarrte.

Und da verschwand das Licht. Der andere war an dem Tunnel, in dem Bigman sich befand, vorbeigegangen. Er bewegte sich in anderer Richtung weiter.

Auf leisen Sohlen eilte Bigman vorwärts. Er würde die

Kreuzung der Tunnelgänge finden und dann im Rücken des anderen sein.

Und schließlich würde er ihn stellen. Er, Bigman, als Vertreter der Erde, und der Feind als Vertreter – wessen?

7
Der Feind im Tunnel

Bigman hatte richtig kalkuliert. Als er an die Kreuzung kam, sah er das Licht des anderen vor sich auf und ab tanzen. Ein klarer Beweis, daß dieser nichts von einem Verfolger ahnte.

Bigman hielt den Blaster schußbereit in der Hand. Wahrscheinlich hätte er bereits geschossen, wenn ihn nicht eine Überlegung daran hinderte: Tote reden nicht, und tote Feinde geben ihr Geheimnis nicht mehr preis.

Mit katzenhafter Geduld folgte er dem Licht, kam allmählich näher und versuchte, sich über die Natur seines Feindes klarzuwerden.

Den Blaster auf den Feind gerichtet, stellte er den Schalter seines Funkgeräts auf allgemeinen Sprechverkehr bei kurzer Entfernung ein. Zwar war es möglich, daß der Feind Bigmans Sendefrequenzen nicht empfangen konnte. Möglich schon, aber sehr unwahrscheinlich!

Doch auch im anderen Falle konnte sich Bigman leicht bemerkbar machen. Ein Strahlerschuß gegen die Wand war stets ein überzeugendes Argument. Ein Strahler verbreitete unweigerlich Respekt. Seine Sprache war einfach, aber für jedermann verständlich.

»Stopp!« sagte Bigman und bemühte sich, stählerne Härte in seine Tenorstimme zu legen. »Bleib da stehen, wo du bist, und dreh dich nicht um! Du stehst vor einem schußbereiten Blaster!«

Dabei schaltete er seine eigene Lampe ein und sah in ihrem Schein, daß der Feind zu einer Salzsäule erstarrte und keinen Versuch unternahm herumzuwirbeln. Daraus schloß Bigman, daß er seine Botschaft empfangen hatte.

»Dreh dich jetzt um, aber langsam!«

Während die Gestalt gehorchte, hielt Bigman den Blaster im Lichtkegel seiner Lampe, so daß der Feind die großkalibrige Waffe gut sehen konnte.

Zu allem Überfluß sagte Bigman drohend: »Dieser Blaster ist scharf geladen. Ich habe mit ihm schon Menschen erschossen, und ich bin ein todsicherer Schütze.«

Ganz offensichtlich hörte und verstand der Feind jedes Wort, denn sein Kopf fuhr herum, und sein Arm zuckte hoch, als wolle er damit die tödliche Gefahr abwehren.

Inzwischen betrachtete Bigman aufmerksam den Anzug des Feindes. Er sah durchaus konventionell aus. Benutzten die Sirianer solche bekannten Modelle? »Bist du auf meiner Radiofrequenz?« fragte Bigman knapp.

Als er die Antwort im Kopfhörer vernahm, gab es ihm einen Ruck. Obwohl das Gerät die Stimme verzerrte, erkannte er sie sofort. Sie sagte: »Frequenz Paula Wilhelm, stimmt's?«

Noch nie im Leben hätte Bigman lieber geschossen. Er brauchte seine ganze Selbstbeherrschung, um den Wunsch zu unterdrücken. Als Folge davon sprang die Mündung plötzlich in die Höhe, und die Gestalt vor ihm duckte sich rasch zur anderen Seite.

»Urtel!« rief Bigman.

Eben noch überrascht, war er jetzt tief enttäuscht. Kein Sirianer! Nur Urtel!

Und bohrendes Mißtrauen: Was machte Urtel hier?

»Ja, Sie haben recht, ich bin Urtel. Sie können Ihre Erbsenbüchse wieder einstecken.«

»Wann ich den Blaster wegstecke, entscheide ich selber«, sagte Bigman. »Was tun Sie hier?«

»Die Bergwerksschächte des Merkur sind doch wohl nicht Ihr Privateigentum.«

»Solange ich den Blaster in der Hand halte, sind sie es, Sie fetter Angeber!« Bigman überlegte fieberhaft. Wie sollte er dieses giftige Stinktier behandeln? Wenn er ihn in die Kuppel zurückbrachte, würde bekannt werden, daß Lucky nicht in den Bergwerken war. Bigman könnte ihnen zwar weismachen, daß Lucky sich in einem anderen Tunnel aufgehalten hatte. Aber das würde entweder Mißtrauen oder Besorgnis erregen, wenn Lucky sich nicht bald meldete. Und welchen Verbrechens sollte er Urtel bezichtigen? Jeder durfte schließlich die Stollen betreten. Andererseits konnte er den Mann nicht ewig mit gezogenem Strahler in Schach halten.

Bigman kam zu keinem Entschluß.

Ja, wenn Lucky hier wäre, würde er wissen ...

Als könne Urtel seine Gedanken lesen, fragte er ihn plötzlich: »Wo ist denn eigentlich Starr?«

»Das geht Sie überhaupt nichts an«, antwortete Bigman. Ein Gedanke schoß ihm durch den Kopf. »Sie haben uns verfolgt, stimmt's?« Und seine Hand mit dem Strahler schob sich näher an Urtel heran, als könne er dem anderen so eine wahrheitsgemäße Antwort entlocken.

Im Strahl von Bigmans Lampe folgte der hinter der Helmscheibe verborgene Kopf des anderen den Blaster. »Und wenn es so wäre?« sagte Urtel.

Auch so kam er nicht weiter.

»Sie waren in einem Nebenstollen«, fuhr Bigman fort. »Sie wollten in unseren Rücken gelangen.«

»Na und?« Urtels Stimme klang so entspannt, als fühle er sich vor der Mündung der Strahlwaffe saumäßig wohl. »Aber wo ist denn nun Ihr Freund? Hier in der Nähe?«

»Zerbrechen Sie sich darüber nicht den Kopf! Es genügt, wenn ich es weiß.«

»Ich mache mir aber Gedanken um ihn. Rufen Sie ihn doch mal! Ihr Sender ist auf kurze Entfernung eingeschaltet, sonst würde ich Sie nicht so klar empfangen. Sie haben doch nichts dagegen, wenn ich meine Trinkdüse öffne? Ich habe Durst.« Langsam hob er die Hand.

»Vorsicht!« mahnte Bigman.

»Nur einen Schluck!«

Bigman beobachtete ihn scharf. Er schloß die Möglichkeit aus, daß Urtel durch Schaltung eine Waffe auslösen konnte. Aber wenn der andere plötzlich seine Lampe auf die höchste Helligkeitsstufe brachte und ihn blendete! Oder wenn er ... nun, was auch immer ... Während Bigman noch unentschlossen verharrte, hatte Urtel einen Schaltknopf gedreht, und nun war ein Schluckgeräusch zu vernehmen.

»Angst gehabt?« fragte Urtel kühl.

Bigman fand keine passende Antwort.

Urtels Stimme wurde schneidend. »Rufen Sie endlich Ihren Freund! Rufen Sie Starr!«

Unwillkürlich reagierte Bigmans Hand. Sie bewegte sich zur Schalttafel, hielt aber gleich wieder inne.

Urtel lachte. »Jetzt hätten Sie beinahe Ihren Sender umgeschaltet, wie? Sie brauchen Fernübertragung. Er ist also gar nicht in unserer Nähe, nicht wahr?«

»Lassen Sie den Unsinn!« rief Bigman hitzig. Ärger nagte an ihm. Diese vollgefressene Giftschlange Urtel war raffiniert. Da stand er wehrlos vor seinem Strahler und war ihm trotzdem überlegen. Kein Zweifel, Urtel war jederzeit Herr der Lage. Dagegen wurde Bigmans Position mit jeder Sekunde schwächer. Ihm waren die Hände gebunden. Er konnte weder schießen noch die Waffe in die Halfter schieben, weder weggehen noch bleiben. Eine unhaltbare Lage.

Wieder beschlich ihn die Versuchung: Warum eigentlich nicht schießen?

Aber da wußte er schon, daß er nicht schießen durfte. Er würde später keinen vernünftigen Grund dafür angeben können. Und selbst wenn es ihm gelang, sich herauszureden, würde der gewaltsame Tod von Senator Swensons bestem Mann ungeheures Aufsehen erregen und dem Wissenschaftsrat schweren Schaden zufügen. Und auch Lucky!

Wenn Lucky doch nur hier wäre …

Und dann tat sein Herz einen schnelleren Schlag. Denn der Lichtstrahl des anderen hob sich ein wenig, und Bigman hörte Urtel sagen: »Nein, ich habe mich doch geirrt. Sie hatten recht. Da kommt er ja …«

Bigman wirbelte herum. »Lucky …«

Normalerweise hätte Bigman sich nicht umgedreht, sondern ruhig abgewartet, bis Lucky ihm den Arm um die Schultern gelegt hätte. Aber die Erregung gestattete ihm keine normale Handlung. Seine Lage war unmöglich. Mit allen Fasern seines Herzens strebte er nach einer Lösung.

Er hatte nur Zeit, einmal den Namen seines Freundes zu rufen, dann ging er schon unter dem Anprall eines Körpers zu Boden, der doppelt so schwer war wie er.

Ein paar Sekunden lang klammerte er sich noch an den Blaster. Aber dann zerrten starke Finger an seiner Hand und verdrehten ihm die Finger. Bigman bekam kaum noch Luft. Der Überraschungsangriff hatte ihn völlig verwirrt. Er mußte die Waffe loslassen. Sie schlitterte über den Boden.

Plötzlich fühlte Bigman, daß der massige Urtel nicht mehr auf ihm lag. Er wälzte sich herum und versuchte, auf die Beine zu kommen. Doch da blickte er in die Mündung seiner eigenen Waffe, die Urtel auf ihn richtete.

»Ich habe zwar einen eigenen Blaster«, sagte Urtel finster, »aber ich denke, ich benutze lieber Ihren. Keine Bewegung! Bleiben Sie so! Auf allen vieren. So ist's recht.«

Nie im Leben hatte sich Bigman so geschämt. Sich so austricksen zu lassen! Ja, er hatte es verdient zu sterben. Und er wollte auch lieber tot sein, als Lucky in die Augen blicken und gestehen zu müssen: »Er schaute auf einen Punkt hinter meinem Rücken und sagte: ›Da kommt er ja …‹ Da drehte ich mich um und …«

»Schießen Sie doch, wenn Sie den Nerv dazu haben!« sagte er mit erstickter Stimme. »Schießen Sie! Aber dann wird Lucky Ihnen keine Ruhe lassen, bis er Sie für den Rest des Lebens in ein Zuchthaus auf dem kleinsten und kältesten Asteroiden gebracht hat.«

»Ach ja? Das wird Lucky tun? Wo ist er denn?«

»Suchen Sie ihn doch!«

»Ich finde ihn schon. Denn Sie werden mir sagen, wo er ist. Und auch, warum Sie in die Bergwerke gestiegen sind. Was sucht er hier?«

»Die Sirianer. Sie haben es doch von ihm selber gehört.«

»Unsinn!« knurrte Urtel. »Daran mag vielleicht dieser senile Schwachkopf Peverale glauben, aber doch nicht Ihr Freund! Nicht mal, wenn er so wenig Gehirn hätte wie Sie. Er kam aus einem anderen Grund her, und den werden Sie mir verraten.«

»Warum sollte ich?«

»Um Ihr erbärmliches Leben zu retten.«

»Damit kriegen Sie mich nicht zum Reden«, sagte Bigman, sprang auf die Füße und ging einen Schritt auf Urtel zu.

Der wich so weit zurück, bis er mit dem Rücken gegen die Wand stand. »Noch eine Bewegung, und ich schieße Sie nieder. Mit Vergnügen sogar. So wichtig sind mir die Informationen nun auch wieder nicht, die Sie mir geben können. Sie würden mir nur ein wenig Zeit ersparen, mehr nicht. Wenn ich mich deswegen fünf Minuten mit Ihnen abgeben muß, ist das schon zuviel. Ich will Ihnen sagen, was ich glaube. Das wird Sie und Ihren Zinnsoldaten-Helden Starr lehren, daß Sie mich nicht zum Narren halten können. Ihr bringt doch höchstens ein paar armselige Messertricks gegen einen unbewaffneten Mann zustande.«

Aha, dachte Bigman, *das* hat ihn also doch schwer getroffen! Ich habe ihn vor den Jungen tüchtig blamiert, und jetzt will er, daß ich vor ihm zu Kreuze krieche.

»Wenn Sie so weiterquatschen«, sagte er verächtlich,

»dann schießen Sie mich lieber über den Haufen. Ich möchte eher totgeschossen als totgequatscht werden.«

»Fordern Sie mich nicht heraus, Kleiner! Wissen Sie überhaupt, was gespielt wird? Senator Swenson ist dabei, den Wissenschaftsrat zu zerbrechen. Und Sie sind doch nur eine ganz kleine Nummer. Eine Null hinterm Komma. Ihr Freund Starr ist auch kaum wichtiger. Ein Handlanger! Ich dagegen komme jetzt ganz groß raus. Wir haben den Rat da, wo wir ihn hinhaben wollten. Die Menschen der Erde wissen jetzt, daß der Rat vor Korruption stinkt, daß seine Beamten das Geld der Steuerzahler zum Fenster rausschmeißen oder es sich in die eigene Tasche stecken ...«

»Das ist eine verdammte dreckige Lüge!« unterbrach ihn Bigman.

»Überlassen wir das ruhig dem Volk zu entscheiden. Sobald wir einmal die faulen Propagandaballons des Rates angestochen haben, wird man schon sehen, wie das Volk darüber denkt.«

»Versuchen Sie es nur!«

»Keine Sorge, wir sind fest entschlossen. Und der Erfolg ist uns sicher. Unser Beweis Nummer eins: Ihr beide in den Bergwerkstunnels. Ich weiß, warum ihr hier seid! Die Sirianer! Ha! Starr hat Peverale dazu angestiftet, diese Geschichte zum besten zu geben. Oder falls nicht, dann hat er sie eben für seine Zwecke benutzt. Ich werde Ihnen sagen, was ihr beide hier unten vorhabt! Ihr wollt so tun, als ob Sirianer hier gewesen wären. Ihr wollt hier ein gefälschtes Sirianerlager aufbauen, um die Leute hinters Licht zu führen. ›Ich habe sie ganz allein vom Merkur verjagt‹, wird Starr dann prahlen. ›Ich, Lucky Starr, der Superheld!‹ Die Ingenieure bauschen die Sache dann ordentlich auf, und der Rat läßt das Projekt Licht sanft einschlafen. Sie haben rausgemolken, was zu holen war, und kommen mit reiner Weste aus der Sache heraus ... So denken sie. Aber es wird anders kommen, weil ich Starr auf frischer Tat ertappen werde.

Danach wird er weniger wert sein als das Schwarze unter dem Fingernagel, er und der ganze Rat!«

Bigman platzte beinahe vor Wut. Am liebsten wäre er mit bloßen Fäusten auf den anderen losgegangen. Aber irgendwie brachte er es fertig, sich zu beherrschen. Er wußte jetzt, warum Urtel so geschwätzig war. Der Mann wußte viel weniger, als er vorgab. Er versuchte, Bigman in Siedehitze zu bringen, bis er mit der Wahrheit herausplatzte.

Aber er, Bigman, würde den Spieß umdrehen! Mit leiser Stimme forderte Bigman seinen Feind heraus. »Du aufgeblasener Schlappsack bestehst doch nur aus Gift und Galle! Wenn man dich irgendwo anpiekt, fällst du zusammen, und dein mickriges wahres Selbst kommt zum Vorschein. Du bist doch bloß ein aufgeblasener bedeutungsloser Wicht.«

»Jetzt reicht es mir aber!« schrie Urtel.

Bigman überschrie ihn noch mit seiner hohen durchdringenden Stimme. »Schieß doch, du feiger Verbrecher! Beim Bankett hast du dir beinah in die Hosen gemacht. Und wenn du mir jetzt Mann gegen Mann mit nackten Fäusten gegenüber ständest, würdest du vor lauter Angst weglaufen.«

Bigman wartete gespannt, daß sich Urtel in verständlicher Wut eine Blöße gäbe. Dann würde Bigman ihn unvermutet anspringen. Wahrscheinlich würde er den Tod dabei finden, und doch bestand für ihn eine kleine Chance ...

Aber Urtel hielt sich zurück. Er blieb kühl. »Wenn du nicht mit der Sprache herauskommst, bringe ich dich um. Mir kann dabei nichts passieren. Ich rede mich vor den anderen auf Notwehr heraus, und alle werden mir glauben.«

»Aber nicht Lucky!«

»Der steckt selber in größten Schwierigkeiten. Wenn ich mich erst mal mit ihm befaßt habe, nimmt niemand mehr ein Stückchen trocken Brot von ihm.« Urtels Hand mit dem Strahler lag ruhig. »Na, willst du versuchen zu fliehen?«

»Vor dir etwa?« fragte Bigman höhnisch.

»Wie du willst«, sagte Urtel kalt.

Bigman stand lauernd da. Er sagte kein Wort mehr. Urtels Arm versteifte sich. Sein Helm neigte sich ein wenig zur Seite. Es sah aus, als ob er den anderen anvisiere. Aber auf diese kurze Entfernung konnte er ihn sowieso nicht verfehlen. Bigman zählte die Sekunden. Er versuchte den richtigen Augenblick für den verzweifelten Sprung um sein Leben auszurechnen. Seine Lage ähnelte der Luckys, als Mindes auf ihn angelegt hatte.

Aber hier war weit und breit kein Helfer, der Urtel überrumpeln konnte, wie Bigman Mindes überrumpelt hatte. Und Urtel war auch nicht mit dem Nervenbündel Mindes zu vergleichen. Er würde nur überlegen lachen und ihn erneut aufs Korn nehmen.

Bigmans Muskeln spannten sich für den entscheidenden Sprung. Aber er gab sich selbst nur noch fünf Sekunden dann würde er unweigerlich tot sein.

8
Finsternis und Licht

Vor Anspannung begannen Bigmans Wadenmuskeln zu zittern, während sein übriger Körper unbeweglich blieb. Und da gellte plötzlich dieser heisere Schrei äußerster Überraschung in seinen Ohren!

Die beiden Männer standen sich in einer finsteren, grauen Welt gegenüber, jeder nur vom Scheinwerfer des anderen in helles Licht getaucht. Außerhalb dieser Lichtinsel war nichts wahrzunehmen. Aber plötzlich war da eine Bewegung, deren Ursache und Herkunft Bigman nicht enträtseln konnte.

Seine erste Reaktion, sein erster Gedanke war: Lucky!

War Lucky zurückgekommen? Hatte er auf irgendeine Art

das Steuer herumgerissen und die Lage in den Griff bekommen?

Aber da war schon wieder diese Bewegung, und nun erkannte Bigman, daß es nicht Lucky sein konnte.

Es war vielmehr so, als habe sich oben ein Teil der Felswand gelöst und segele nun langsam mit jener für die geringe Schwerkraft des Merkur charakteristischen Trägheit nach unten.

Ein steinerner, irgendwie flexibler Strang traf Urtels Schulter und wickelte sich darum. Ein anderer umschnürte bereits seinen Leib. Und schon ließ sich der nächste Strang herab, langsam wie in einer unwirklichen Zeitlupenwelt. Er legte sich um Urtels Arm, berührte das Metall seines Anzugs in Höhe der Brust, und sofort waren Arm und Brust unlösbar miteinander verbunden. Es war, als berge dieser träge und äußerlich spröde Stein die unwiderstehliche Kraft einer Boa constrictor.

Urtels erste Reaktion war schiere Überraschung gewesen. Jetzt klang namenloses Entsetzen aus seiner Stimme.

»Kalt«, krächzte er heiser. »Sie sind so kalt!«

In Bigmans Hirn herrschte wirbelnder Aufruhr. Es war so schwierig, die veränderte Lage zu begreifen. Einer der Stränge aus dem Gestein umklammerte Urtels Unterarm und Handgelenk. Unbeweglich, wie festgenietet, ruhte der Strahler darin.

Ein letzter Strang schwebte herab. Die Stränge sahen äußerlich alle wie das umgebende Gestein aus, so daß sie erst in dem Augenblick sichtbar wurden, wenn sie sich aus der Wand lösten.

Untereinander waren die Stränge verbunden wie ein Organismus, aber nirgends war ein Rumpf, ein ›Körper‹ zu erkennen. Sie ähnelten einer steinernen Krake, die nur aus Fangarmen bestand.

Plötzlich durchzuckte Bigmans Hirn ein erhellender Gedanke.

Er stellte sich vor, wie der Fels im Laufe der äonenlangen Entwicklung des Merkur allmählich Leben entwickelt hatte. Eine völlig andere Art von Leben als alles, was man auf der Erde kannte. Ein Leben, das einzig und allein durch Wärme existierte.

Warum sollte es das nicht geben? Die Fangarme konnten auf der Suche nach einer Spur von Wärme immer weiter von Ort zu Ort kriechen. Vor seinem geistigen Auge sah Bigman sie auf den Nordpol des Merkur zukriechen, als sich hier Menschen einzurichten begannen. Erst waren es die Bergwerke, dann die Kuppel des Observatoriums, die sie mit nie versiegender Wärme versorgten.

Auch Menschen konnten zu ihren Opfern werden. Warum nicht? Jedes Menschenwesen ist eine Wärmequelle. Wahrscheinlich war ab und zu ein einzelner Bergmann in ihre Falle geraten. Gelähmt vor Entsetzen und plötzlicher Kälte, hatte er nicht einmal um Hilfe rufen können. Innerhalb weniger Minuten war seine Energiereserve schon zu schwach, um auch nur ein Radiosignal zu senden. Und dann war er tot, zu Eis erstarrt!

So gewann Cooks wilde Geschichte vom rätselhaften Tod in den Stollen nachträglich eine plausible Erklärung.

All dies schoß Bigman durch den Kopf, während er reglos dastand und mit der neuen Situation fertig zu werden versuchte.

Urtel keuchte und stöhnte. »Ich ... kann nicht ... Hilfe! ... Hilfe! ... es ist ... so kalt ... wie Eis ...«

»Aushalten!« rief Bigman. »Ich komme!«

Kein Gedanke mehr daran, daß dieser Mann eben noch sein Feind gewesen war, der ihn kaltblütig umbringen wollte. Der kleine Mann vom Mars wußte nur noch eins: Hier befand sich ein Mensch hilflos in der Gewalt von etwas Nichtmenschlichem.

Seitdem die ersten Menschen die Erde verließen und sich in Raumschiffen in die Gefahren und Geheimnisse des Weltalls wagten, hatte sich ein strenges, wenn auch ungeschriebenes Gesetz entwickelt. Alle Feindseligkeiten zwischen Menschen mußten in dem Augenblick eingestellt werden, wo sich ein Mensch dem gemeinsamen Feind, den außermenschlichen und unmenschlichen Kräften anderer Welten, gegenübersah.

Vielleicht gehorchte nicht jeder diesem Gesetz. Für Bigman war es selbstverständliches Gebot.

Mit einem Satz war er an Urtels Seite und versuchte, seinen Arm zu befreien.

»Hilf mir ...«, murmelte Urtel.

Bigman griff nach dem Strahler, den Urtel noch in der Hand hielt. Dabei wich er dem Fangarm aus, der Urtels Faust umklammert hatte. Ihm fiel auf, daß sich der Fangarm nicht wie ein Schlangenleib krümmte, sondern abschnittsweise gebogen war, als bestehe er aus starren Teilen.

Bigmans andere Hand, die unwillkürlich nach Urtels Anzug tastete, traf plötzlich auf einen der Fangarme. Erschrocken zog er sie zurück. Die Kälte stach wie ein eisiger Dolch verzehrend in seine Hand.

Verzweifelt zerrte Bigman an dem Strahler. Mit Gewalt wollte er ihn Urtel aus der Faust winden. Dabei bemerkte er zunächst nicht die fremdartige Berührung auf seinem Rükken – ein Eisstrang lag auf ihm und ließ ihn nicht mehr frei. Als er sich losreißen wollte, war es zu spät. Der Fangarm hatte nach ihm gegriffen und hielt ihn jetzt unentrinnbar umklammert. Die beiden Männer schienen miteinander verwachsen, so fest waren sie zusammengekettet.

Der körperliche Schmerz der Kälte wurde immer stärker, und Bigman rüttelte wie ein Besessener an dem Strahler. Bekam er ihn endlich frei?

Dann hörte er Urtel murmeln: »Alles sinnlos ...«, und er erschrak.

Urtel taumelte und fiel dann langsam zu Boden, wobei er Bigman mit sich riß.

Bigmans Körper war schon steif. Er verlor jede Empfindung. Er wußte nicht einmal, ob er noch an der Mündung des Strahlers zerrte oder nicht. Wenn ja, gab die Waffe allmählich nach? Oder bildete er sich das nur ein?

Seine Lampe wurde dunkel, als die gefräßigen, wärmehungrigen Fangarme die Energie aus dem Anzug saugten.

Der Tod durch Erfrieren konnte nicht mehr fern sein.

Nachdem Lucky sich von Bigman getrennt hatte, zog er sich in der stillen Kabine des *Shooting Starr* den Isolieranzug an, trat auf die Oberfläche des Merkur hinaus und wandte das Gesicht dem ›weißen Geist der Sonne‹ zu.

Viele Minuten stand er bewegungslos, ganz im Bann der milchigen, weiß schimmernden Sonnenkorona.

In die Betrachtung des einmaligen Phänomens versunken, fing er an, seine Glieder zu bewegen. Der Isolieranzug funktionierte besser als ein gewöhnlicher Raumanzug. Durch seine Leichtigkeit vermittelte er Lucky zeitweise das Gefühl, überhaupt keinen Schutzanzug zu tragen. Ein beunruhigendes Gefühl im luftleeren Raum! Aber Lucky schüttelte es bald ab und beobachtete aufmerksam den Himmel.

Die Sterne waren ebenso zahlreich und hell wie im offenen Raum, aber er schenkte ihnen kaum Beachtung. Er suchte etwas anderes. Nach Erdzeit waren zwei Tage vergangen, seitdem er unter diesem Himmel gestanden hatte. In diesen zwei Tagen hatte der Merkur ein Vierundvierzigstel seines Kreislaufs um die Sonne zurückgelegt. Das bedeutete, daß im Osten über acht Grad des Himmels neu aufgetaucht und im Westen über acht Grad untergegangen waren. Das bedeutete vor allem: Es waren neue Sterne zu sehen.

Auch neue Planeten. Venus und Erde mußten inzwischen über dem Horizont sichtbar sein.

Und da waren sie! Venus stand höher am Himmel – ein

glitzernder weißer Edelstein, viel heller als auf der Erde. Denn dort stand sie zwischen Sonne und Erde. Und wenn sie der Erde am nächsten war, kehrte sie ihr die dunkle Seite zu. Auf dem Merkur dagegen sah man die Venus im vollen Sonnenlicht.

Im Augenblick war die Venus 53 Millionen Kilometer vom Merkur entfernt. Die beiden Planeten näherten sich zu gewissen Zeiten bis auf 32 Millionen Kilometer, und wer scharfe Augen besaß, sah die Venus dann als kleine Scheibe.

Doch schon jetzt strahlte die Venus fast so hell wie die Korona. Bei einem Blick auf den Boden glaubte Lucky, einen doppelten Schatten zu werfen. Einen verschwommenen (von der Korona) und einen scharfen (von der Venus). Vielleicht konnte man unter idealen Bedingungen sogar einen dreifachen Schatten beobachten. Den dritten würde dann die Erde werfen.

Auch die Erde fand er ohne Schwierigkeiten. Sie stand tief am Horizont, überstrahlte zwar alle anderen Sterne und Planeten, wirkte aber im Vergleich zu der herrlichen Venus fast blaß. Das lag daran, daß sie wegen des größeren Abstands weniger Licht von der Sonne empfing und durch ihre geringere Wolkendecke auch weniger Licht reflektierte. Schließlich war sie doppelt so weit vom Merkur entfernt wie die Venus.

Aber in einer Hinsicht bot sie einen unvergleichlich fesselnderen Anblick. Während die Venus in reinem Weiß erglänzte, schimmerte die Erde grünlich-blau.

Und außerdem glänzte in ihrer Nähe, knapp über dem Horizont, das kleinere gelbliche Licht des Erdmondes. Von allen sonnennahen Planeten aus, boten Erde und Mond ein einzigartiges Schauspiel. Ein Doppelplanet, der majestätisch durch den Himmel zog, in enger Nachbarschaft umkreiste der kleinere den größeren, in einer Bewegung, die aussah, als taumele er von einer Seite auf die andere.

Lucky ließ sich von dem Anblick länger fesseln, als ratsam

war. Doch er konnte die Augen einfach nicht davon losreißen. Sein abenteuerliches Leben führte ihn immer wieder weit von seinem Heimatplaneten weg, aber darum liebte er ihn nur um so mehr. Alle die Billiarden menschlicher Wesen in der Milchstraße stammten ursprünglich von der Erde. Ja, bis vor gar nicht langer Zeit war die Erde ihre einzige Heimat gewesen. Auf ihr hatte sich fast die gesamte Geschichte der Menschheit abgespielt. Wie konnte da ein Mensch ungerührt an einem fremden Himmel das Licht der heimatlichen Erde betrachten?

Endlich gelang es Lucky, den Blick vom Himmel zu wenden. Es galt, verschiedenes zu erledigen.

Mit festem Schritt ging er auf das Licht der Korona zu. Wegen der geringen Schwerkraft achtete er darauf, die Beine dicht über dem Boden zu halten. Den Blick hielt er nach unten gerichtet, und mit Hilfe seiner eingeschalteten Helmlampe gefährliche Hindernisse rechtzeitig zu erkennen.

Er hatte eine ungefähre Vorstellung von dem, was er entdecken würde. Doch sie beruhte nur auf seiner mehr instinktiven Ahnung und nicht auf irgendwelchen Tatsachen. Lucky schreckte davor zurück, solche unbestimmten Ahnungen mit anderen Leuten zu besprechen, ja, er vermied es sogar, selber lange daran zu denken. Die Gefahr war groß, daß man sich sonst an die Idee gewöhnte, sie schließlich als bewiesene Tatsache ansah und andere Möglichkeiten gar nicht mehr erwog.

Das hatte er mehr als einmal bei dem überschwenglichen Bigman erlebt, der schnell zu überzeugen war und überstürzt zu handeln pflegte. Vage Möglichkeiten pflegten sich in Bigmans Phantasie allzu rasch in feststehende Tatsachen zu verwandeln ...

Er lächelte ein wenig beim Gedanken an den kleinen Kampfhahn. Oft benahm er sich unklug, nie kühl abwägend. Aber immer erwies er sich als treue Seele. Und Furcht kannte er gar nicht. Lucky verließ sich lieber auf den kleinen

Bigman als auf eine ganze Flotte schwergepanzerter Raumkreuzer mit einer Besatzung von Riesen.

Während er mit flachen Schritten über das Gelände eilte, vermißte er den Marsbewohner mit dem Gnomengesicht sehr. Gewaltsam schüttelte er dieses Gefühl des Unbehagens ab, indem er sich mit seinen aktuellen Problemen beschäftigte.

Es gab leider viel zu viel Widersprüchliches.

Da war zuerst Mindes selbst, nervös, unsicher und ohne Selbstbewußtsein. Es stand immer noch nicht fest, in wie weit sein Angriff auf Lucky einem vorübergehenden Anfall von Bewußtseinstrübung oder berechnender Überlegung zuzuschreiben war.

Dann Gardoma, Mindes' Freund. War er ein Idealist, der sich ganz dem Traum vom Projekt Licht hingab, oder unterstützte er Mindes aus rein praktischen Erwägungen? Wenn ja, aus welchen?

Urtel stand im Mittelpunkt aller Schwierigkeiten. Er war darauf aus, den Rat zu vernichten, und der Hauptstoß seines Angriffs richtete sich gegen Mindes. Doch durch seine Überheblichkeit zog er überall Haß auf sich. Mindes haßte ihn natürlich, und Gardoma ebenfalls. Dr. Peverales Haß war kaum geringer, äußerte sich aber zurückhaltender. Er hatte mit Lucky nicht einmal über den Mann sprechen wollen.

Beim Bankett schien Cook jedes Gespräch mit Urtel ängstlich zu vermeiden, ja, er hatte ihn nicht einmal angesehen. Fürchtete Cook die scharfe Zunge und die groben Angriffe Urtels, oder hatte er andere Gründe?

Cook hatte auch von Peverale keine hohe Meinung. Er schämte sich für den alten Mann, wenn der seinen Vorurteilen gegenüber Sirius freien Lauf ließ.

Und dann war noch eine ganz andere Frage zu beantworten. Wer hatte Luckys Isolieranzug aufgeschlitzt?

Es war so vieles zu beachten. Lucky hatte zwar eine Theorie, die alle Faktoren berücksichtigte, aber sie war noch reichlich vage. Er durfte sich nicht auf sie verlassen, sondern mußte nach allen Seiten offen bleiben.

Das Gelände stieg an. Automatisch veränderte er den Schritt. So vertieft war er in seine Überlegungen, daß ihn der Anblick, der sich oben auf der Anhöhe bot, völlig überrumpelte. Der oberste Rand der Sonne hatte sich über den gezackten Horizont geschoben – nicht die Sonne selbst, sondern nur ein kleiner Ausschnitt ihrer Protuberanzen.

Diese Protuberanzen waren flammendrot, und genau in der Mitte flossen lodernde Feuerströme mit quälender Langsamkeit nach oben und zur Seite.

Scharf abgehoben gegen den felsigen Horizont des Merkur, weder durch eine Atmosphäre noch durch Staub verdunkelt, boten die Protuberanzen der Sonne einen Anblick von unglaublicher Schönheit. Die Flammenzungen schienen direkt aus der dunklen Masse des Merkur herauszuschießen. Es war, als stehe der Horizont in Flammen oder als sei plötzlich ein riesiger Vulkan ausgebrochen.

Aber natürlich konnte der Merkur etwas so Gewaltiges wie diese Protuberanzen nicht hervorbringen. Die eine Flammenzunge, die Lucky beobachtete, war groß genug, um hundert Erdbälle oder 5000 Planeten von der Größe Merkurs zu verschlingen. Das gewaltige atomare Feuer beleuchtete auch Luckys Umgebung, so daß er seine Helmlampe ausschaltete.

Die den Protuberanzen direkt zugewandten Felsformationen waren in rötliches Licht getaucht, alle anderen waren kohlrabenschwarz. Es sah aus, als habe jemand mit gewaltigen Pinselstrichen breite rote Streifen auf einen grundlosen Schacht gemalt. Ja, das war der ›rote Geist der Sonne‹ – treffender konnte man das atemraubende Naturschauspiel nicht bezeichnen.

Luckys Hand warf einen tiefschwarzen Schatten auf seine Brust. Das Gelände wurde schwierig, weil die Lichterscheinungen, die auch die kleinste Unebenheit scharf herausmeißelten, das Auge in bezug auf die Eigenschaften des Bodens narrten.

Lucky schaltete wieder seine Helmlampe ein und ging weiter auf die Protuberanzen am Horizont zu. Mit jedem Kilometer, den er zurücklegte, stieg die Sonne zehn Bogenminuten höher.

Das bedeutete, daß nach etwa einem Kilometer die Sonne selbst sichtbar werden und er sich auf der Sonnenseite des Merkur befinden würde.

Lucky konnte nicht ahnen, daß Bigman zu diesem Zeitpunkt der Erfrierungstod drohte. Nur ein Gedanke beherrschte ihn: Dort drüben auf der Sonnenseite lauerte die Gefahr! Aber dort mußte auch die Lösung aller Probleme zu finden sein.

9
Die Sonnenseite

Nun wurden weitere Protuberanzen sichtbar. Immer heller strahlte ihr flammendes Rot. Die Korona verschwand zwar nicht (weil es keine Atmosphäre gab, die das helle Licht verteilen und alle anderen Lichterscheinungen verdecken konnte), aber sie wirkte bedeutungslos und matt. Alle Sterne waren am Himmel und würden, wie Lucky wußte, auch nach dem Sonnenaufgang kein bißchen verblassen. Aber wer achtete dann noch auf sie?

Lucky lief mit gleichmäßig langen Schritten weiter. Dieses Tempo hätte er ohne Ermüdung stundenlang beibehalten können. In seinem jetzigen Hochgefühl wäre ihm das selbst unter den Schwerkraftbedingungen der Erde möglich gewesen.

Und dann – ohne Warnung und ohne verräterrischen Glanz – stand plötzlich die Sonne am Himmel!

Genauer gesagt: Es war ein haardünner Streifen Sonne, ein unerträglich blendender Lichtstreifen über dem zerklüfteten Horizont. Man konnte meinen, ein überirdischer Maler habe die grauen Umrisse der Felsen mit gleißendem Weiß nachgezogen.

Lucky sah sich um. Auf dem unregelmäßigen Boden hinter ihm spiegelten sich die Protuberanzen in rötlichen Flekken. Aber vor ihm erstreckte sich bis zu seinen Füßen eine weiße schimmernde Linie, die alle Kristallformationen hell aufblitzen ließ.

Er setzte seinen Weg fort, und der feine Lichtstreifen wuchs und wuchs und wurde immer breiter.

Der Sonnenrand war deutlich sichtbar. In der Mitte, ein wenig über dem Horizont, fiel er in sanft geschwungener Kurve zu den Seiten ab. Für jemand, der die Sonne meist von der Erde aus sah, war die Kurve erstaunlich flach.

Das Sonnenlicht überstrahlte auch nicht die Protuberanzen, die wie flammendrote Locken über ihren Rand fielen. Natürlich gab es überall auf der Sonne Protuberanzen, aber sichtbar waren nur die an ihrem Rand.

Und über allem wölbte sich die Korona.

Trotz des phantastischen Anblicks fand Lucky noch Zeit, über das Wunderwerk der Technik zu staunen, das sein Isolieranzug darstellte.

Ein einziger Blick auf den Sonnenrand mit ungeschütztem Auge, und er wäre für immer erblindet. Schon die Intensität des sichtbaren Lichts war schlimm genug. Aber die harten ultravioletten Strahlen, die durch keine Atmosphäre gefiltert wurden, hätten sein Augenlicht sofort zerstört. Und etwas später auch sein Leben.

Doch die Molekularstruktur des Glases in der Gesichtsplatte des Isolieranzugs war so genial konstruiert, daß sie um so weniger Licht passieren ließ, je heller die einfallenden

Strahlen waren. Nur der Bruchteil eines Prozents vom Sonnenlicht drang durch die Platte. Und so konnte er gefahrlos, ja fast ohne das geringste Unbehagen die Sonne betrachten. Zu gleicher Zeit jedoch ließ das Glas das Licht der Korona und der Sterne unvermindert durch.

Der Isolieranzug bot auch in anderer Hinsicht guten Schutz. Er war mit Blei und Wismut imprägniert, was sein Gewicht nur unbeträchtlich erhöhte, aber Ultraviolett- und Röntgenstrahlung abwies. Der ganze Anzug war positiv geladen, so daß er die ebenfalls positiv geladenen Protonen der kosmischen Strahlung größtenteils ablenkte. Und die war trotz des schwachen Merkur-Magnetfeldes wegen der großen Sonnennähe bedeutend.

Und natürlich schützte ihn der Anzug vor der Hitze. Nicht nur durch seine isolierende Zusammensetzung, sondern durch die spielgelartig reflektierende Außenseite, eine pseudoflüssige Molekularschicht, die man durch Knopfdruck aktivieren konnte.

Bei all diesen prächtigen Eigenschaften war es wirklich schade, daß der Isolieranzug sich nicht zum Standardmodell für alle denkbaren Bedingungen des Weltraums eignete. Lucky wußte auch, woran es lag. Wenn es sich nicht vorwiegend um Hitze- und Strahlungsschutz handelte, war der Anzug wegen seiner Strukturschwäche unpraktisch. Ihm fehlte es an bestimmten Metallegierungen.

Lucky war nun bereits anderthalb Kilometer tief in den Bereich der Sonnenseite eingedrungen und spürte keinerlei übermäßige Hitze.

Das überraschte ihn nicht. Wer sein Wissen um das Weltall allerdings nur aus schnell fabrizierten Subäther-Reißern bezog, mußte die Sonnenseite eines jeden Planeten ohne Lufthülle unweigerlich für eine einheitlich glühendheiße Landschaft halten.

Aber das war eine unhaltbare Verallgemeinerung. Im Grunde hing es davon ab, wie hoch die Sonne stand. An diesem Punkt des Merkur zum Beispiel, wo nur ein kleiner Teil der Sonne über dem Horizont sichtbar wurde, erreichte verhältnismäßig wenig Hitze den Boden. Und die verteilte sich auch noch über eine weite Fläche, da die Strahlen fast horizontal auftrafen.

Das ›Wetter‹ veränderte sich, je weiter man auf die Sonnenseite kam. In den Gebieten, wo die Sonne hoch am Himmel stand, galten tatsächlich die Gesetze der reißerischen Weltraumabenteuer.

Aber hier war noch überall Schatten zu finden. Im luftleeren Raum bewegten sich Licht- und Wärmewellen in gerader Richtung. Das heißt, daß sie beide nicht in die Schattenregionen gelangten, abgesehen von unwesentlichen Reflexionserscheinungen. Da mochte die Sonne noch so glühend heiß vom Himmel brennen, im Schatten war es immer eiskalt und rabenschwarz.

Lucky kamen die Schatten jetzt immer mehr zu Bewußtsein. Vorhin, als sich der obere Rand des Sonnenballs über den Horizont schob, hatte mit Ausnahme einiger heller Flecken fast alles im Schatten gelegen. Je höher die Sonne stieg, um so mehr wuchsen die hellen Lichtflecken zusammen und verdrängten die Schatten auf kleine Inseln hinter Anhöhen und Felsen.

Einmal wich Lucky absichtlich vielleicht hundert Meter von seiner Richtung ab, um für eine volle Minute in den Schatten zu tauchen, den ein Felsblock warf. Da war es genauso wie auf der Nachtseite des Planeten. In der Sonne war ihm die Hitze nicht bewußt geworden. Hier fühlte er sehr deutlich, wie es kälter wurde. Kaum war er im Schatten, sah er nicht mehr die Hand vor Augen und mußte seine Helmlampe einschalten.

Auch der Boden unterschied sich stark von dem, der im strahlenden Sonnenlicht lag. Denn auf der Sonnenseite hatte der Merkur eine Art Atmosphäre. Keine Atmosphäre wie die der Erde. Also keinen Stickstoff, Sauerstoff, Kohlenwasserstoff oder Wasserdampf – nichts dergleichen! Aber hier brachte die Hitze an vielen Stellen das Quecksilber zum Sieden. Schwefel wurde flüssig. Ähnlich veränderten noch weitere Elemente ihren Aggregatszustand. Schwache Dämpfe hafteten an der überhitzten Oberfläche, die im Schatten wieder gefroren.

Einmal strich Lucky mit der behandschuhten Hand über die dunkle Oberfläche eines Felsens und sah dann im Schein seiner Helmlampe grauen Quecksilberreif an seinen Fingern glitzern. Er schmolz in der Sonne schnell und hing in Tropfen am Handschuh, bis er schließlich verdampfte.

Allmählich spürte Lucky die Hitze. Doch er fühlte keine Besorgnis. Wenn die Hitze unerträglich wurde, konnte er ja notfalls wieder Zuflucht im Schatten suchen und sich abkühlen.

Da waren kurzwellige Strahlen möglicherweise schon etwas gefährlicher, doch erst bei längerem Verweilen. Wer lange auf dem Merkur arbeitete, fürchtete diese Strahlung, der er ständig ausgesetzt war. Und dabei fiel Lucky ein, was Mindes bei seiner Begegnung mit dem Saboteur besonders beeindruckt hatte. Der war in der Sonne stehengeblieben!

Ganz klar, daß Mindes sich darüber wunderte. Wenn man für lange Zeit den Strahlen ausgesetzt war, war es blanker Wahnsinn, diese Zeit auch noch freiwillig zu verlängern! In Luckys Fall würde es sich nur um kurzzeitige Bestrahlung handeln – das hoffte er wenigstens.

Er überquerte schwärzliche Geländestreifen, die sich düster von der im allgemeinen rötlichgrauen Oberfläche des Merkur abhoben. Das rötliche Grau war ihm vertraut. Er kannte es vom Mars: verschiedene Silikate mit einem Zusatz von Eisenoxyd, das die Rötung verursachte.

Der schwarze Boden gab einige Rätsel auf. Nicht weil er entschieden heißer war als seine Umgebung. Schwarz nimmt nun einmal mehr Wärme auf.

Lucky bückte sich beim Laufen und fand, daß die

schwarzen Stellen eher krümlig als kiesig waren. Er nahm etwas mit dem Handschuh auf und sah es ich genauer an. Es konnte Graphit sein, aber ebensogut auch Eisen oder Kupfersulfid. Es konnte alles mögliche sein, aber er hätte jede Wette darauf gehalten, daß es sich um eine Art von unreinem Eisensulfid handelte.

Schließlich blieb er im Schatten eines Felsens stehen und überlegte. Seiner Schätzung nach hatte er in anderthalb Stunden ungefähr 25 Kilometer zurückgelegt, denn die Sonne stand jetzt zum größten Teil über dem Horizont. Er trank ein wenig vom flüssigen Nahrungsvorrat des Anzugs. Und das Trinken beschäftigte ihn im Augenblick mehr als die Zahl der zurückgelegten Kilometer.

Irgendwo links und rechts von ihm mußten Kabel von Mindes' Projekt Licht liegen. Wo genau, spielte jetzt keine Rolle. Sie bedeckten Hunderte von Quadratkilometern, und es war sinnlos, auf der Suche nach dem Saboteur ziellos zwischen ihnen herumzuirren.

Mindes hatte es versucht, erwartungsgemäß ohne Erfolg. Wenn das, was er gesehen hatte, wirklich der Saboteur gewesen war, konnte der natürlich aus der Kuppel gewarnt worden sein. Mindes hatte kein Hehl daraus gemacht, daß er sich zur Sonnenseite begeben wollte.

Im Gegensatz zu Lucky. Diesmal würde es keine Warnung geben, hoffte er.

Und er besaß ein äußerst nützliches Instrument, auf das Mindes hatte verzichten müssen. Lucky zog das kleine Ergometer aus der Tasche, hielt es vor sich hin und ließ den Strahl seiner Helmlampe darauffallen.

Sobald das Gerät aktiviert war, hielt er es ins Sonnenlicht. Sofort glühte das rote Signallämpchen mit unglaublicher Intensität auf. Das war die Kurzwellenstrahlung der Sonne. Er drehte an einer Stellschraube.

Das Leuchten verschwand.

Lucky trat ins Sonnenlicht und suchte den Horizont nach

allen Richtungen ab. Wo – wenn überhaupt – gab es hier außer der Sonne eine atomare Kraftquelle? Er fand natürlich eine Anzeige, die die Kuppel betraf. Deren Stärke nahm zu, als er das Ergometer mehr nach unten richtete. Das Kraftwerk der Kuppel lag fast anderthalb Kilometer unter der Oberfläche, und von seinem Standort aus bedeutete das eine Neigung von 20 Grad.

Langsam drehte er sich im Kreis, das Gerät vorsichtig mit den beiden Zeigefingern haltend, damit der undurchlässige Anzug nicht etwa eine verräterische Strahlung blockierte. Er drehte sich einmal, zweimal und ein drittes Mal.

Er hatte den Eindruck, in einer bestimmten Richtung habe die Anzeige ganz kurz aufgeleuchtet – im hellen Sonnenlicht kaum erkennbar. Vielleicht hatte ihm die Einbildung nur einen Streich gespielt.

Er versuchte es noch einmal.

Und diesmal war kein Irrtum möglich!

Lucky merkte sich die Richtung der Anzeige und ging dann darauf zu. Es konnte natürlich sein, daß er nur auf radioaktives Erz stoßen würde.

Etwa anderthalb Kilometer weiter erblickte er zum erstenmal ein Kabel von Mindes.

Eigentlich war es ein ganzes Kabelnetz, das halb im Boden vergraben war. Nachdem er ihm ein paar hundert Meter gefolgt war, erreichte er eine viereckige Metallplatte, die etwa 1,20 Meter im Quadrat maß. Sie war auf Hochglanz poliert. Die Sterne spiegelten sich auf ihr wie in einem klaren See.

Er brauchte sich bestimmt nur an die richtige Seite zu stellen, und er würde in das Spiegelbild der Sonne blicken. Während er noch überlegte, fiel ihm auf, daß die Platte sich bewegte, aus der horizontalen in eine mehr vertikale Lage. Neugierig blickte er auf, um festzustellen, ob sie das tat, um die Sonne zu reflektieren.

Groß war sein Erstaunen, als er wieder auf die Platte sah.

Das eben noch spiegelblanke Quadrat war nicht mehr klar. Es hatte sich in eine stumpfe, schwarze Fläche verwandelt, so stumpf, daß nicht einmal das grelle Licht der Merkursonne ausreichte, sie zum Glänzen zu bringen.

Und dann löste sich vor seinen Augen das stumpfe Schwarz allmählich auf.

Die Platte war wieder hell.

Während sie sich immer mehr in eine senkrechte Lage aufrichtete, durchlief ihre Oberfläche noch dreimal diesen seltsamen Zyklus. Zuerst unglaublich klare Spiegelung dann völlige Schwärze. Lucky begriff schnell, was da vor ging. Während der Schwärze wurde das Licht absorbiert. Während der hellen Perioden wurde es reflektiert.

Ihm blieb keine Zeit zu untersuchen, ob die Phasen in gleichmäßigem oder in absichtlich unregelmäßigem Rhythmus aufeinanderfolgten. Es war auch zweifelhaft, ob seine Kenntnisse von den Gesetzen der Hyperoptik überhaupt ausreichten, um dem Sinn des Ganzen auf den Grund zu kommen.

Wahrscheinlich gab es Hunderte oder sogar Tausende solcher Platten, alle durch ein Netzwerk von Kabeln miteinander verbunden und von dem kleinen Kraftwerk in der Kuppel gespeist. Sie absorbierten und reflektierten das Sonnenlicht nach festgelegtem Rhythmus bei wechselnden Richtungswinkeln zur Sonne. Vermutlich wurde dadurch Lichtenergie auf irgendeine Weise kontrolliert durch den Hyperraum geleitet.

Und wahrscheinlich verhinderten zerrissene Kabel und zerschlagene Platten den vollen Erfolg des Projektaufbaus!

Lucky zog wieder das Ergometer zu Rate. Die Anzeige war jetzt schon heller. Er ging in dieser Richtung weiter.

Heller! Immer heller! Was es auch sein mochte, dem er folgte, es veränderte jedenfalls seinen Standort. Der Ursprung dieser Gammastrahlen hatte keinen festen Platz auf der Merkuroberfläche.

Und das bedeutete, daß es sich nicht um ein radioaktives Erzlager handeln konnte.

Es bewegte sich. Es mußte ein Mensch sein – oder etwas, das Menschenhand geschaffen hatte.

Zuerst sah Lucky die Gestalt nicht größer als einen sich bewegenden Fleck, der sich schwarz vom blendendhellen Boden abhob. Es geschah, als Lucky gerade nach einem langen Marsch in der Sonne einen schattigen Platz suchte, wo aufgestaute Hitze abfließen konnte.

Statt dessen beschleunigte er nun den Schritt. Er schätzte die Außentemperatur auf nahezu hundert Grad, knapp unter dem Siedepunkt des Wassers. In seinem Anzug war es glücklicherweise erheblich kühler.

Wenn die Sonne im Zenit stünde statt am Horizont – schoß es ihm durch den Kopf –, würde selbst dieser moderne Isolieranzug nicht mehr ausreichen.

Die Gestalt schenkte ihm keine Beachtung. Sie setzte unbeirrt ihren Weg fort. Nach ihrer Gangart zu urteilen, wurde sie mit der niedrigen Schwerkraft lange nicht so gut fertig wie Lucky. Sie schien sich eher schwerfällig dahinzuschleppen, kam aber überraschend schnell von der Stelle.

Sie trug keinen Isolieranzug. Schon von weitem stellte Lucky fest, daß seine Außenhaut aus Metall bestand.

Im Schatten eines Felsbrockens gönnte sich Lucky eine Pause. Doch bevor er richtig ausgekühlt war, zwang er sich zum Weitergehen.

Der Gestalt schien die Hitze überhaupt nichts auszumachen. Seitdem Lucky sie gesichtet hatte, traf sie keinerlei Anzeichen, einen Schatten aufzusuchen, obwohl sie mehrmals nur wenige Meter entfernt an einem vorbei kam.

Lucky nickte nachdenklich. Es paßte alles zusammen.

Er rannte weiter. Allmählich wurde die Hitze bedrückend. Aber jetzt galt es durchzuhalten.

Aus dem langsamen Dauerlauf heraus beschleunigte er zu einem Spurt. Er holte das letzte an Muskelkraft aus seinem Körper und flog in Riesensätzen von vier, fünf Metern dahin.

Und er rief: »He! Du da! Stehenbleiben!«

Seine Stimme war scharf und voll Autorität. Er hoffte, daß der andere sie über einen Kopfhörer empfangen würde. Sonst wäre ihm nichts anderes übriggeblieben, als Zuflucht zur Zeichensprache zu nehmen.

Da blieb die Gestalt stehen und drehte sich langsam um. Luckys Nasenflügel blähten sich. Er nickte befriedigt.

Bis jetzt jedenfalls hatte sich seine Vermutung bestätigt. Denn die Gestalt war kein Mensch.

Sie hatte überhaupt nichts Menschliches an sich!

10
Der Saboteur

Die Gestalt war groß, noch größer als Lucky. Sie maß bestimmt über zwei Meter und war entsprechend breit. Sie bestand aus schimmerndem Metall, das dort, wo die Sonne es traf, hell glänzte, und im Schatten tiefschwarz blieb.

Aber unter dem Metall war kein Fleisch und Blut, sondern nur weiteres Metall: Getriebe, Röhren und Schläuche, Elektronik und ein Mikromeiler, der die Gestalt mit Energie versorgte und die Strahlung produzierte, die Lucky mit seinem Taschenergometer entdeckt hatte.

Die Glieder des Wesens waren monströs, breitbeinig stand es da, während es Lucky ansah. Anstelle der Augen besaß es zwei dunkelrot glühende Fotozellen. Der Mund war nicht mehr als ein Metallschlitz in der unteren Gesichtshälfte.

Es war ein mechanischer Mensch, ein Roboter. Für Lucky

genügte ein Blick, um zu erkennen, daß der Roboter aus keiner irdischen Werkstatt stammte. Zwar hatte man den positronischen Roboter auf der Erde erfunden, aber ein derartiges Modell war dort nie gebaut worden.

Der Mund des Roboters öffnete und schloß sich unregelmäßig, als spreche er.

»Ich kann im luftleeren Raum keine Schallwellen hören, Roboter«, sagte Lucky streng. Es kam ihm darauf an, durch ein entschiedenes Auftreten seine Stellung als Mensch und damit als Herr und Meister nachzuweisen. »Schalte auf Sprechfunk um!«

Und jetzt bewegte sich der Mund des Roboters nicht mehr. Aber in Luckys Kopfhörer ertönte eine rauhe, unausgeglichene Stimme, die die Wörter abgehackt aussprach. »Was tun Sie hier, Sir?« sagte sie. »Warum sind Sie hier?«

»Die Fragen stelle ich!« entgegnete Lucky scharf. »Warum bist du hier?«

Ein Roboter war nicht imstande zu lügen. Er antwortete: »Ich habe Befehl, in bestimmten Abständen Gegenstände zu zerstören.«

»Befehl von wem?«

»Ich habe Befehl, diese Frage nicht zu beantworten.«

»Bist du ein sirianisches Modell?«

»Ich wurde auf einem Planeten der Sirianischen Konföderation gebaut.«

Lucky zog zweifelnd die Brauen hoch. Die Stimme des Wesens klang äußerst unangenehm. Die wenigen irdischen Roboter, die Lucky Gelegenheit gehabt hatte, in Testlabors zu sehen, waren alle mit Stimmaggregaten bestückt gewesen, die sowohl in direktem Schall, als auch über Radio genauso angenehm und natürlich klangen wie eine geschulte menschliche Stimme. Bestimmt hätten die Sirianer diese Vorrichtung eher noch weiterentwickelt.

Aber zunächst gab es Dringenderes zu tun. »Ich muß ein Schattengebiet finden«, sagte Lucky. »Komm mit!«

»Ich führe Sie zum nächsten Schatten«, antwortete der Roboter sofort. Und schon trabte er los. Seine Metallbeine bewegten sich ungleichmäßig.

Lucky folgte dem Wesen. Er hätte den Schatten auch allein gefunden, blieb aber hinter dem Roboter, um seine Gangart zu beobachten. Was von weitem schwerfällig und ungeschickt ausgesehen hatte, erwies sich aus der Nähe als deutliches Hinken. Dieser Roboter hinkte also, und er hatte eine rauhe, abgehackte Stimme! Zwei Mängel, die um so mehr auffielen, weil er sonst das Bild eines großartigen technischen Wunderwerks bot.

Vielleicht war der Roboter nicht an die Hitze und Strahlung auf dem Merkur angepaßt, dachte Lucky. Vermutlich hatte ihn die Strahlung beschädigt. Lucky war Wissenschaftler genug, um ein gewisses Bedauern darüber zu empfinden. Es war eine Schande, daß ein so vollkommenes Werk solche Schäden davongetragen hatte!

Voll Bewunderung betrachtete Lucky die Maschine. Unter diesem massiven Schädel aus Chromstahl verbarg sich ein hochempfindlicher, eiförmiger Schwamm aus Platin-Iridium von der ungefähren Größe des menschlichen Gehirns. Darin entstanden Trillionen von Trillionen Positronen, jedes mit der Lebensdauer einer Millionstelsekunde, in der sie vorprogrammierten Wegen folgten, die, etwas vereinfacht, dem Denkprozeß des menschlichen Gehirns entsprachen.

Ingenieure hatten diese Positronenwege für die Bedürfnisse des Menschen geschaffen und ihnen die ›Drei Gesetze der Robotik‹ eingegeben.

Das erste Gesetz lautete: *Ein Roboter darf keinem menschlichen Wesen Schaden zufügen oder durch Untätigkeit zulassen, daß ihm Schaden zugefügt wird*! Dieses Gesetz war unumstößlich und hatte Vorrang vor allen anderen.

Das zweite Gesetz: *Ein Roboter muß den Befehlen eines Menschen gehorchen, es sei denn, solche Befehle stehen im Widerspruch zum ersten Gesetz.*

Das dritte Gesetz: *Ein Roboter muß seine eigene Existenz schützen, solange dieser Schutz nicht dem ersten oder zweiten Gesetz widerspricht.*

Lucky wurde aus seinen träumerischen Gedanken gerissen, als er sah, wie der Roboter plötzlich stolperte. Fast wäre er gestürzt. Und doch war der Boden eben, und es gab nicht das kleinste Hindernis, an dem sein Fuß hängengeblieben sein konnte. Eine dünne Schattenlinie hätte jede Unebenheit verraten.

Nein, der Boden war völlig plan. Irgend etwas hatte den Schritt des Roboters gehemmt und ihn seitlich einknicken lassen. Er schlug wild mit den Armen um sich und gewann das Gleichgewicht wieder. Dann setzte er seinen Weg zu dem Schattenfleck fort, als sei nichts geschehen.

Für Lucky stand es nun fest, daß der Roboter nicht in Ordnung war. Sie erreichten gemeinsam den Schatten, und Lucky schaltete die Helmlampe ein.

»Du handelst falsch, wenn du notwendige Einrichtungen zerstörst«, sagte er. »Damit fügst du Menschen Schaden zu.«

Das Gesicht des Roboters blieb natürlich völlig ausdruckslos. Mit unveränderter rauher Stimme antwortete er: »Ich führe nur Befehle aus.«

»Das ist das zweite Gesetz«, belehrte ihn Lucky ernst. »Du darfst aber keine Befehle ausführen, wenn du damit menschlichen Wesen schadest. Das wäre ein Verstoß gegen das erste Gesetz.«

»Ich habe keinen Menschen gesehen. Ich habe keinem Menschen Schaden zugefügt.«

»Du hast Menschen Schaden zugefügt, die du nicht gesehen hast. Das sage ich dir.«

»Ich habe keinem Menschen Schaden zugefügt«, beharrte der Roboter stur, und Lucky runzelte die Brauen über diese gedankenlose Wiederholung. Trotz seiner großartigen Erscheinung konnte der Roboter kein Modell der neuesten Fertigung sein.

»Ich bekam den Befehl, Menschen auszuweichen. Ich wurde immer gewarnt, wenn Menschen hierher kamen. Aber vor Ihnen hat man mich nicht gewarnt.«

Aus dem Schatten heraus blickte Lucky auf die glitzernde Landschaft des Merkur mit der rötlich-grauen Oberfläche, die nur gelegentlich von dem krümligen schwarzen Stoff unterbrochen wurde, der für diese Gegend des Planeten typisch war. Er dachte an Mindes, der den Roboter zweimal zu Gesicht bekam, ihn aber nicht zu stellen vermochte. Seine Geschichte war glaubwürdig.

Glücklicherweise war Lucky nun das Kunststück gelungen – dank der Geheimhaltung seines Ausflugs und mit Hilfe des Ergometers.

»Wer hat dir befohlen, Menschen auszuweichen?« fragte Lucky plötzlich in scharfem Ton.

Dabei rechnete er kaum damit, den Roboter zu übertölpeln. Das Gehirn eines Roboters ist mechanisch. Man kann es in keine Falle locken, und man kann es nicht austricksen. Genausowenig, wie man seine Helmlampe dadurch ein- und ausschalten konnte, daß man so tat, als drücke man den entsprechenden Knopf, ohne es wirklich zu tun.

»Ich habe Befehl, diese Frage nicht zu beantworten«, sagte der Roboter. Und dann fuhr er langsam, mit knarrender Stimme fort, als spreche er die Worte gegen seinen Willen aus: »Ich will nicht, daß Sie weiter solche Fragen stellen! Sie verwirren mich.«

Es wird dich noch mehr verwirren, wenn du das erste Gesetz übertrittst! dachte Lucky.

Entschlossen trat er aus dem Schatten ins Sonnenlicht.

Der Roboter folgte ihm. »Wie ist deine Seriennummer?« fragte Lucky.

»RL – 726.«

»Sehr gut, RL – 726. Ist dir klar, daß ich ein Mensch bin?«

»Ja.«

»Ich vertrage die Sonnenhitze auf dem Merkur nicht.«

»Ich auch nicht«, sagte der Roboter.

»Das habe ich schon gemerkt«, sagte Lucky und dachte daran, daß der Roboter vor ein paar Minuten fast gestürzt wäre. »Trotzdem verträgt ein Mensch die Hitze noch viel schlechter als ein Roboter. Verstehst du das?«

»Ja.«

»Na gut, dann hör mal zu! Ich befehle dir, deine Zerstörungstätigkeit einzustellen. Ich befehle dir weiterhin, mir zu sagen, wer dich mit der Zerstörung der Einrichtungen beauftragte.«

»Ich habe Befehl ...«

»Wenn du mir nicht gehorchst«, sagte Lucky mit erhöhter Stimme, »bleibe ich so lange hier in der Sonne, bis ich tot bin. Dann hast du das erste Gesetz gebrochen, weil du zugelassen hast, daß ich sterbe, obwohl du es verhindern konntest.«

Lucky wartete mit grimmiger Miene. Die Aussage eines Roboters galt natürlich vor keinem Gericht als Beweis. Wenn der Roboter jedoch das sagte, was er erwartete, würde er ihm immerhin bestätigen, daß er auf der richtigen Spur war.

Aber der Roboter sagte gar nichts. Er schwankte. Ein Auge erlosch plötzlich (ein weiterer Defekt!) und flackerte dann wieder auf. Seine Stimme kreischte unverständliches Zeug. Dann stammelte er wie ein Betrunkener: »Ich werde Sie in Sicherheit bringen.«

»Ich würde mich wehren«, sagte Lucky kalt, »und du müßtest mich verletzen. Wenn du aber meine Frage beantwortest, gehe ich freiwillig in den Schatten. Dann hast du mir das Leben gerettet, und mir ist nicht das geringste passiert.«

Schweigen.

»Wirst du mir jetzt sagen«, fragte Lucky, »wer dir den Befehl gab, die Einrichtungen zu zerstören?«

Da plötzlich stürzte der Roboter auf Lucky zu. Es sah aus, als greife er ihn an. Doch einen halben Meter vor Lucky hielt er inne. »Ich habe Ihnen doch gesagt, daß Sie mir diese Frage nicht stellen sollen!«

Seine Hände fuhren hoch, als wolle er Lucky packen.

Lucky beobachtete ihn mit finsterem Gesicht, aber ohne jede Besorgnis. Nie würde ein Roboter Hand an einen Menschen legen!

Und richtig, der Roboter stoppte die Bewegung. Statt Lucky anzufassen, hob er eine seiner mächtigen Hände und legte sie sich an den Kopf. So sah ein Mann aus, der Kopfschmerzen hat.

Kopfschmerzen!

Ein Gedanke schoß Lucky durch den Kopf. Ewige Galaxis!

Er war blind gewesen, sträflich blind.

Nicht die Beine des Roboters waren es, die versagten. Nicht seine Stimme oder seine Augen. Was hätte die Hitze bei ihnen ausrichten können? Es war – anders konnte es gar nicht sein – das Positronengehirn selbst, das Schaden genommen hatte. Das empfindliche Positronengehirn, das der direkten Sonnenstrahlung auf dem Merkur ausgesetzt war – wie lange schon? Vielleicht Monate?

Dieses Gehirn mußte bereits teilweise funktionsunfähig sein. Bei einem Menschen hätte man von Anzeichen eines geistigen Zusammenbruchs gesprochen. Das erste Stadium auf dem Weg zum Wahnsinn.

Ein verrückt gewordener Roboter! Von Hitze und Strahlung in den Wahnsinn getrieben!

Wie lange würde ein defektes Positronengehirn noch die drei Gesetze befolgen?

Da stand Lucky Starr und drohte einem Roboter mit seinem eigenen Tod, während eben dieser halbverrückte Roboter mit ausgestreckten Armen auf ihn zuging!

Die verzwickte Lage, in der Lucky den Roboter gebracht hatte, konnte den Ausbruch des Wahnsinns noch beschleunigen.

Vorsichtshalber trat Lucky ein paar Schritte zurück und fragte: »Fühlst du dich auch wohl?«

Der Roboter gab keine Antwort, sondern beschleunigte seine Schritte.

Lucky überlegte. Wenn er imstande ist, das erste Gesetz zu brechen, steht er dicht vor der völligen Auflösung. Ein Positronengehirn ist dazu nur fähig, wenn es sich in einem völlig chaotischen Zustand befindet.

Andererseits hatte der Roboter monatelang gut funktioniert.

Vielleicht hielt er noch weitere Monate stand.

Um Zeit zu gewinnen, sprach Lucky weiter auf den Roboter ein.

Er fragte: »Hast du Kopfschmerzen?«

»Schmerzen?« sagte der Roboter. »Ich weiß nicht, was das Wort bedeutet.«

»Mir wird heiß«, sagte Lucky. »Wir ziehen uns lieber in den Schatten zurück.«

Keine Rede mehr davon, in der Sonne auszuharren, bis er tot wäre! Er setzte sich in Bewegung, fast schon im Laufschritt. Die Stimme des Roboters rasselte. »Man hat mich angewiesen, jede Störung der mir erteilten Befehle zu verhindern.«

Seufzend griff Lucky nach seinem Blaster. Es war ein Jammer, wenn er gezwungen wurde, den Roboter zu vernichten. Er war ein technisches Meisterwerk, und der Wissenschaftsrat konnte Nutzen daraus ziehen, wenn er ihn untersuchte. Es widerstrebte Lucky, ihn zu zerstören, bevor er von ihm die gewünschten Informationen erfahren hatte.

»Stopp!« befahl Lucky. »Keinen Schritt weiter!«

Doch der Roboter stürzte sich auf ihn. Mit ruckartigen Bewegungen griffen die Metallarme nach ihm. Lucky warf sich blitzschnell zur Seite. Die geringe Schwerkraft des Merkur kam ihm zustatten. Um Haaresbreite entkam er dem mörderischen Zugriff.

Wenn er auf diese Weise den Roboter in den Schatten locken könnte ...

Vielleicht würde die Kühle die in Unordnung geratenen positronischen Regelkreise in geordnetere Bahnen zurückbringen. Der Roboter würde vielleicht ruhiger werden, und dann brauchte Lucky ihn nicht zu zerstören.

Wieder sprang Lucky zur Seite, und wieder stürmte der Roboter haarscharf an ihm vorbei. Seine Metallbeine wirbelten schwarzen Staub auf, der sofort wieder zu Boden fiel, weil keine Luft ihn in der Schwebe hielt. Es war eine gespenstische Verfolgungsjagd – besonders unheimlich, weil die wilden, stampfenden Schritte von Mensch und Roboter in dem luftleeren Raum keine Geräusche verursachten.

Luckys Zuversicht wuchs. Die Bewegungen des Roboters wurden immer ruckartiger. Mehr und mehr verlor das Positronengehirn die Kontrolle über die Getriebe und Relais, die seine Gliedmaßen bewegten.

Dennoch machte der Roboter den deutlichen Versuch, ihn nicht in den Schatten zu lassen. Also wollte er ihn zweifellos töten. Doch Lucky brachte es nicht über sich, den Strahler zu benutzen.

Er blieb plötzlich stehen. Auch der Roboter stoppte. In 1,50 Meter Entfernung standen sie einander gegenüber, in einem jener schwarzen Flecken von Eisensulfid. Der schwarze Untergrund vermehrte die Hitze. Lucky fühlte eine nahende Schwäche. Der Roboter stand so, daß er ihm den Zugang zum Schatten versperrte.

»Aus dem Weg!« rief Lucky. Schon fiel ihm das Sprechen schwer.

»Man hat mich angewiesen, alles, was die mir erteilten Befehle stören könnte, zu unterbinden«, sagte der Roboter. »Sie haben gestört!«

Lucky blieb keine Wahl. Er hatte sich verrechnet. Er hatte sich darauf verlassen, daß die drei Gesetze der Robotik unter allen Umständen gültig blieben. Zu spät erkannte er seinen Irrtum, und nun blieb ihm nur eine Möglichkeit: Um das eigene Leben zu retten, mußte er den Roboter zerstören.

Traurig hob er den Blaster.

Und fast im gleichen Augenblick wurde ihm bewußt, daß er einen zweiten Fehler begangen hatte. Er hatte zu lange gezögert. Erschöpfung und aufgestaute Hitze hatten seinen Körper zu einem unvollkommenen Werkzeug gemacht, genauso funktionsuntüchtig wie die Maschinerie des Roboters. Sein Arm hob sich nur träge, und seinem verschwimmenden Blick erschien der Roboter plötzlich doppelt so groß.

Lucky nahm nur noch eine huschende Bewegung wahr, und diesmal konnte er nicht mehr rechtzeitig ausweichen. Der Strahler wurde ihm aus der Hand geschlagen und flog davon. Eine metallene Hand schloß sich unwiderstehlich um seinen Arm, und ein Arm aus Metall legte sich um seine Hüfte.

Auch unter günstigen Umständen wäre Lucky den stählernen Muskeln des Metallmannes nicht gewachsen gewesen. Kein Mensch besaß soviel Kraft. Jetzt schmolz auch jeder Widerstandswille in ihm. Er hatte nur noch einen Gedanken, nur ein Gefühl: Die Hitze ist unerträglich!

Der Roboter verstärkte seinen Griff und bog Lucky nach hinten wie eine Gummipuppe. Mit schwindendem Bewußtsein dachte Lucky noch an die strukturelle Schwäche seines Isolieranzugs. Ein normaler Raumanzug hätte ihn vielleicht sogar gegen die Kraft eines Roboters geschützt. Ein Isolieranzug vermochte das nicht. Jeden Augenblick konnte ein Segment nachgeben und aufplatzen.

Luckys freier Arm fiel kraftlos herab. Die Finger stießen in den schwarzen Sand.

Dann schoß ihm ein Gedanke durch den Kopf. Verzweifelt versuchte er, seine Muskeln zu einem letzten Aufbäumen gegen den anscheinend unvermeidlichen Tod unter den Händen eines verrückt gewordenen Roboters zu zwingen.

11
Vorspiel zu einem Duell

Während Lucky ein Opfer der Hitze wurde, hatte Bigman einige Stunden zuvor dem Kältetod ins Auge gesehen. Er hing so hilflos im Griff der steinernen Stränge wie Lucky im stählernen Griff des Roboters. Doch es gab einen Unterschied. Bigman blieb ein Fünkchen Hoffnung, solange sich seine erstarrende Hand um den Strahler klammerte, der allerdings in Urtels Faust festgefroren schien.

Und jetzt gelang es Bigman tatsächlich, den Strahler loszureißen. Es geschah so plötzlich, daß seine klammen Finger ihn vor Überraschung fast fallen ließen.

»Himmlischer Mars!« murmelte er und hielt fest.

Hätte er gewußt, wo die Fangarme verwundbar waren, dann hätte er die Waffe auf diese Stelle gerichtet und abgedrückt. Dann konnten weder Urtel noch er selber verletzt werden. Aber so einfach war das Problem nicht. Aber so, wie es aussah, mußte er alles auf eine Karte setzen, und das war keine gute.

Mühsam verstellte er mit dem Daumen den Kontrollknopf für die Intensitätskontrolle immer wieder nach unten. Dabei kämpfte er gegen eine immer stärker werdende Müdigkeit, die ihn zu überwältigen drohte, und es war schon einige Minuten her, seit Urtel sein letztes Lebenszeichen von sich gegeben hatte.

Jetzt hatte Bigman die niedrigste Intensität eingestellt. Da ergab sich eine neue Schwierigkeit. Er mußte den Abzug des Blasters mit dem Zeigefinger erreichen, ohne daß ihm die Waffe entglitt.

Ewiger Weltraum! Er durfte sie auf keinen Fall fallenlassen.

Schließlich fand sein Zeigefinger den Abzug und zog durch.

Der Blaster wurde warm. Bigman sah das düsterrote Glühen an der Mündung. Es würde die Waffe ruinieren, denn ein Blaster war nicht als Hitzestrahler gedacht. Aber zum Teufel damit!

Mit letzter Kraft schleuderte Bigman den Blaster so weit er nur konnte.

Die Wirklichkeit begann um ihn zu versinken. Langsam tauchte er in die Bewußtlosigkeit ein.

Dann spürte er das erste schwache Glühen von Wärme. Das schwer arbeitende Aggregat seines Anzugs ließ Spuren wohliger Hitze in seinen Körper dringen. Bigman stieß einen schwachen Freudenruf aus. So gering die Wärme war, die er empfing, sie zeigte doch an, daß die wärmesaugenden Fangarme nicht mehr die ganze Energie für sich beanspruchten.

Er konnte die Arme bewegen. Versuchsweise hob er ein Bein hoch. Er war frei! Die Fangarme waren weg.

Im Schein der wieder helleuchtenden Helmlampe sah er die Stelle, wo der Blaster gelandet war. Die Stelle, ja, aber den Blaster nicht. Dort gewahrte er nur eine Masse träge durcheinanderkriechender Fangarme.

Mit zitternden Händen griff Bigman jetzt nach Urtels Blaster, stellte ihn ebenfalls auf niedrigste Intensität und warf ihn noch weiter als den ersten. Wenn dessen Energie erschöpft war, würde sich das Wesen auf den zweiten stürzen.

»He, Urtel!« rief Bigman laut. »Hören Sie mich?«

Keine Antwort.

Mit aller verbliebenen Kraft zog er die Gestalt im Raumanzug hinter sich her. Urtels Helmlampe glomm noch, und die Anzeige seines Energieaggregats stand ein wenig über Null. Bald würde die Temperatur im Innern seines Raumanzugs wieder normal sein.

Bigman rief die Kuppel. Eine andere Möglichkeit hatte er nicht. In ihrem geschwächten Zustand und mit der wenigen verbliebenen Energie in den Raumanzügen würden sie eine zweite Begegnung mit dem Merkurwesen nicht lebend überstehen. Irgendwie würde er es schon schaffen, vor den anderen Luckys augenblicklichen Aufenthalt zu verschweigen.

Bemerkenswert schnell waren die Retter aus der Kuppel zur Stelle.

Mit einer warmen Mahlzeit und zwei Tassen Kaffee im Magen, vom Licht und der wohltuenden Wärme der Kuppel umgeben, erholte sich Bigman rasch, und das schaurige Abenteuer war nur noch eine unangenehme Erinnerung.

Dr. Peverale bemühte sich um ihn, halb wie eine fürsorgliche Mutter, halb wie ein nervöser alter Mann. Sein eisengraues Haar war zerwühlt. »Sind Sie auch wieder ganz in Ordnung, Bigman? Keine üblen Nachwirkungen?«

»Mir geht's so gut wie nie«, behauptete Bigman. »Die Frage ist, Doc, wie geht es Urtel?«

»Auf dem Wege der Besserung.« Die Stimme des Astronomen wurde abweisend. »Dr. Gardoma hat ihn untersucht und meint, er werde sich rasch erholen.«

»Gut«, sagte Bigman.

»Machen Sie sich etwa Gedanken um ihn?« fragte Dr. Peverale mit einigem Erstaunen.

»Und wie, Doc. Ich brauche ihn noch.«

Dr. Hanley Cook kam herein. Er zitterte beinahe vor Aufregung. »Wir haben Leute in die Stollen geschickt, die ein paar dieser Wesen einfangen sollen. Sie haben Heizkissen bei sich. Als Köder, verstehen Sie?« Er wandte sich an Bigman. »Was haben Sie für ein Glück gehabt, daß Sie entkamen!«

Bigman sah ihn empört an, und seine Stimme klang schrill, als er heftig erwiderte: »Das war kein Glück, das war

Köpfchen! Ich dachte mir, daß sie furchtbar scharf auf Wärme sind, weil das ihr wichtigster Energiespender zu sein schien. Also gab ich ihnen Wärme.«

Während Dr. Peverale sich zurückzog, blieb Cook bei Bigman und entwickelte allerhand Theorien über die Wesen. »Man muß sich das mal vorstellen! Demnach waren die alten Legenden über den Kältetod doch wahr. Wirklich wahr! Eine tolle Sache! Steinerne Fangarme, die wie Schwämme energiespendende Wärme aufsaugen, wo immer sie sie finden. Haben Sie die Wesen auch wirklich genau gesehen, Bigman?«

»Natürlich. Ganz genau. Wenn sie eins fangen, werden Sie schon merken, daß meine Beschreibung exakt ist.«

»Was für eine Entdeckung!«

»Wie kommt es, daß man sie nicht schon früher entdeckt hat?« fragte Bigman.

»Nach Ihrem Bericht passen sich diese Lebewesen ihrer Umgebung meisterhaft an. Schutz durch Mimikry. Außerdem überfallen sie nur einzeln gehende Menschen. Vielleicht«, seine Worte überstürzten sich, und er knetete aufgeregt seine Finger, »vielleicht veranlaßt sie ein Instinkt oder sogar eine Art primitiver Intelligenz, sich versteckt zu halten. Ich bin da ziemlich sicher. Es gehört eine gewisse Intelligenz dazu, sich so lange vor uns zu verbergen. Sie wußten, daß ihre einzige Sicherheit im Verborgenen lag. Also griffen sie nur an, wenn sie einen Mann ganz allein trafen. Dann betraten 30 Jahre oder länger überhaupt keine Menschen mehr die Bergwerke. Und obwohl sie nun ihrer ergiebigsten Wärmespender beraubt waren, unterlagen sie nie der Versuchung, in die Kuppel selbst vorzudringen. Erst als nach so langer Zeit wieder Menschen im Stollen erschienen, war *diese* Versuchung zu groß, und eins der Wesen griff an, obwohl die Männer zu zweit waren. Das wurde ihnen zum Verhängnis. Denn jetzt sind sie entdeckt!«

»Warum begeben sie sich denn nicht auf die Sonnenseite,

wenn sie Energie haben wollen und so intelligent sind?« fragte Bigman.

»Vielleicht ist es ihnen da zu heiß«, antwortete Cook auf der Stelle.

»Aber sie haben sich auf den Blaster gestürzt, und der war rotglühend.«

»Vielleicht vertragen sie die harte Strahlung auf der Sonnenseite nicht. Oder vielleicht lebt auf der Sonnenseite ein anderes Volk dieser Wesen. Wer weiß! Vielleicht beziehen die Wesen der Nachtseite ihre Energie aus radioaktivem Erz und dem Licht der Korona.«

Bigman zuckte die Achseln. Er sah wenig Sinn in solchen theoretischen Überlegungen.

Auch Cook wechselte das Thema. Er sah Bigman nachdenklich an und rieb sich mit einem Finger rhythmisch am Kinn. »Sie haben also Urtel das Leben gerettet.«

»Allerdings.«

»Nun, vielleicht ist es gut so. Wäre Urtel umgekommen, hätte man die Schuld auf Sie geschoben. Senator Swenson hätte Ihnen, Lucky Starr und dem Wissenschaftsrat verdammt ungemütliche Stunden bereitet. Was immer Sie auch vorgebracht hätten, Sie wären nun einmal bei Urtels Tod dabeigewesen, und das hätte Swenson genügt.«

»Hören Sie«, sagte Bigman, der ungeduldig auf und ab schritt, »wann kann ich Urtel sprechen?«

»Wenn Dr. Gardoma Ihnen grünes Licht dafür gibt.«

»Dann rufen Sie ihn an, und sagen Sie ihm, er soll es tun!«

Cooks Blick ruhte nachdenklich auf dem kleinen Marsbewohner. »Was haben Sie vor?«

Und da Bigman gewisse Vorbereitungen treffen mußte, die die Schwerkraft betrafen, weihte er Cook teilweise in seine Pläne ein.

Dr. Gardoma öffnete die Tür und forderte Bigman durch ein Kopfnicken zum Eintreten auf. »Sie können ihn haben, Bigman«, flüsterte er. »Ich will ihn nicht.« Er ging, und wieder waren Bigman und Urtel allein.

Jonathan Urtel war ein wenig bleich im Gesicht, aber das war auch das einzige, was an sein furchtbares Abenteuer erinnerte. Überdies fiel die Blässe kaum auf, weil sie zum großen Teil vom dunklen Schimmer der Bartstoppeln überdeckt wurde. Er grinste angriffslustig. Es sah aus, als fletsche er die Zähne. »Ich bin noch ganz, falls Sie das wissen wollten.«

»Genau deshalb bin ich gekommen. Und um Ihnen eine Frage zu stellen. Glauben Sie immer noch an den Unsinn, daß Lucky in den Stollen einen falschen sirianischen Stützpunkt errichten wollte?«

»Ich habe sogar vor, es zu beweisen.« .

»Sie Dreckskerl, Sie wissen ganz genau, daß das eine Lüge ist, und Sie wollen natürlich gefälschte Beweise vorlegen – jawohl, gefälschte! Nun erwarte ich zwar nicht gerade, Sie würden mir auf den Knien danken, daß ich Ihnen das Leben rettete ...«

»Moment mal!« Urtel wurde zornrot im Gesicht. »Ich erinnere mich nur, daß mich das Ding zuerst überraschte – reiner Zufall. Was dann geschah, weiß ich nicht. Was Sie sagen, hat keinerlei Gewicht.«

Wutentbrannt schrie Bigman: »Sie dreckiger Weltraummüll, Sie haben laut um Hilfe gebrüllt!«

»Haben Sie einen Zeugen? Ich erinnere mich an nichts.«

»Was glauben Sie wohl, wer Sie gerettet hat?«

»Ich glaube gar nichts. Vielleicht hat das Ding mich losgelassen und ist weiter gekrochen. Vielleicht gab es das Ding überhaupt nicht, und mir ist nur ein Stein auf den Kopf gefallen, so daß ich bewußtlos wurde. Wenn Sie sich einbilden, ich würde mich an Ihrer Schulter ausweinen und Ihnen versprechen, daß ich in Zukunft Ihren korrupten Freund in

Ruhe ließe, dann werden Sie eine große Enttäuschung erleben. Das wär's dann wohl. Auf Wiedersehen!«

»Sie vergessen eins«, sagte Bigman. »Sie haben versucht, mich zu ermorden.«

»Wo sind Ihre Zeugen? Und wenn Sie jetzt nicht verschwinden, schmeiße ich Sie achtkantig raus, Sie Zwerg.«

Bigman wappnete sich mit heroischer Geduld. »Ich schlage Ihnen einen Handel vor, Urtel. Sie stoßen alle möglichen Drohungen aus, weil Sie einen Zentimeter größer und ein halbes Pfund schwerer sind als ich. Aber als ich zum erstenmal hinlangte, da haben Sie gewinselt.«

»Ja, weil Sie ein Vibromesser hatten und ich unbewaffnet war. Das vergessen Sie gern!«

»Und ich sage, Sie sind ein Feigling. Los, schlagen wir uns! *Gleich jetzt*! Ohne Waffen. Oder fühlen Sie sich noch zu schwach?«

»Zu schwach für Sie? Nicht mal nach zwei Jahren im Krankenhaus!«

»Dann kämpfen Sie! Vor Zeugen! Wir können ins Kraftwerk gehen. Ich habe das schon mit Hanley Cook vereinbart.«

»Cook muß Sie wirklich hassen. Wie steht's mit Peverale?«

»Der wurde nicht erst gefragt. Und Cook haßt mich keineswegs.«

»Er scheint jedenfalls nur darauf zu warten, daß Sie ums Leben kommen. Aber das Vergnügen werde ich ihm nicht machen. Warum soll ich mich mit einer halben Portion herumschlagen?«

»Feige, wie?«

»Ich sagte, warum? Sie wollten mir doch einen Handel vorschlagen.«

»Richtig. Wenn Sie gewinnen, verrate ich kein Wort von dem, was im Tunnel wirklich passiert ist. Wenn ich gewinne, lassen Sie in Zukunft den Wissenschaftsrat in Ruhe.«

»Ein eigenartiger Handel. Weshalb sollte ich mir um irgendeine Aussage von Ihnen Gedanken machen?«

»Sie haben Angst zu verlieren, wie?«

»Heiliger Weltraum!« Der Ausruf sprach Bände.

»Nun?« fragte Bigman lauernd.

»Sie halten mich wohl für einen Idioten? Wenn ich vor Zeugen mit Ihnen kämpfe, wird man mich hinterher wegen Mordes belangen. Ich brauche Sie doch nur mit dem kleinen Finger anzutippen, und Sie fallen aus den Pantinen. Suchen Sie sich eine andere Selbstmordmethode aus!«

»All right. Wieviel wiegen Sie mehr als ich?«

»Hundert Pfund«, sagte Urtel verächtlich.

»Ja, hundert Pfund Fett«, quietschte Bigman, und seine gnomenhaften Gesichtszüge verzerrten sich zu einer wütenden Grimasse. »Hören Sie, wir werden unter den Schwerkraftbedingungen des Merkur kämpfen. Dann haben Sie nur noch 40 Pfund Gewichtsvorteil. Und Sie verlieren andererseits nicht die Kontrolle über Ihren Körper. Ist das ein fairer Vorschlag?«

»Allmächtiger Weltraum, ich möchte Ihnen zu gern eins auf Ihr großes Maul geben. Danach wird Sie Ihre eigene Mutter nicht wiedererkennen.«

»Ich gebe Ihnen die Chance. Abgemacht?«

»Bei Erde und Mond, abgemacht! Ich werde versuchen, Sie nicht umzubringen, aber mehr kann ich nicht versprechen. Sie wollten es nicht anders haben! Sie haben mich ja geradezu darum angebettelt!«

»Ganz recht. Also, vorwärts! Gehen wir!« Bigman konnte es kaum erwarten. Vor Aufregung hopste er während des Gesprächs hin und her und übte sich mit flinken vogelähnlichen Bewegungen im Schattenboxen. Er freute sich so sehr auf das Duell, daß er keinen Gedanken an Lucky verschwendete oder auch nur im entferntesten etwas von dessen Todesnot ahnte. Woher sollte er auch wissen, daß Lucky in ein weit gefährlicheres Duell verstrickt war als er.

In dem unterirdischen Kraftwerk standen gewaltige Generatoren und andere schwere Geräte, aber es gab dort auch einen Raum für gesellige Zusammenkünfte des Personals. Hier war man im ältesten Teil der Kuppel. Hier hatten in den ersten Tagen, bevor noch ein Stollen in den Merkurboden gebohrt war, die Bauingenieure zwischen den Maschinen ihre Betten aufgeschlagen. Jetzt wurde der Raum gelegentlich für dreidimensionale Filmvorstellungen benutzt. Heute aber sollte er als Kampfring dienen. Etwas skeptisch stand Cook mit einem halben Dutzend Technikern am Rand.

»Mehr kommen nicht?« fragte Bigman.

»Mindes und seine Leute sind auf der Sonnenseite«, erklärte Cook. »Zehn Männer jagen im Bergwerk nach Ihren Strängen, und die übrigen müssen die Instrumente bedienen.« Sein Blick glitt argwöhnisch über Urtel. »Wissen Sie wirklich, worauf Sie sich einlassen, Bigman?«

Urtel stand mit nacktem Oberkörper wartend da. Brust und Schultern waren stark behaart. Selbstbewußt ließ er seine athletischen Muskeln spielen.

Bigman sah gleichgültig an dem Gegner vorbei und fragte Cook: »Ist mit der Schwerkraft alles vorbereitet?«

»Wir können sie jederzeit umschalten. Ich habe die Leitungen so geschaltet, daß die übrige Kuppel unbeeinflußt bleibt. Ist Urtel einverstanden?«

»Sicher.« Bigman lächelte. »Alles klar, mein Freund!«

»Hoffentlich«, meinte Cook nachdrücklich.

Da rief Urtel auch schon: »Wann fangen wir denn endlich an?« Er musterte die wenigen Zuschauer und fragte: »Will jemand auf den kleinen Affen wetten?«

Mit einem unbehaglichen Grinsen betrachtete einer der Techniker Bigman, der sich inzwischen den Oberkörper freigemacht hatte. Er wirkte überraschend drahtig, aber der Größenunterschied gab dem bevorstehenden Duell einen grotesken Anstrich.

»Ich wette lieber nicht«, sagte der Techniker.

»Sind Sie bereit?« fragte Cook.

»Ich ja«, antwortete Urtel.

Cook fuhr sich mit der Zunge über die blassen Lippen und legte den Haupthebel herum. Sofort änderte sich der Klang des gleichmäßigen Dröhnens, das von den Generatoren kam.

Die plötzliche Schwerkraftverringerung ließ Bigman und alle anderen schwanken. Auch Urtel kam aus dem Gleichgewicht, fing sich aber schnell wieder und trat bedächtig in die Mitte des freien Kampfraums. Er hielt es nicht für nötig, die Arme anzuheben, sondern wartete in völlig entspannter Haltung die Dinge ab.

»Na, los doch, du halbe Portion«, stichelte er.

12
Duell mit Folgen

Elastisch tänzelte Bigman auf Urtel zu. Seine Beine bewegten sich, als habe er Sprungfedern darin.

Und gewissermaßen hatte er auch welche. Da die Anziehungskraft des Merkur der des Mars fast genau entsprach, fühlte er sich unter diesen Bedingungen wie zu Hause. Seinen kühlen, grauen Augen entging nicht das kleinste Zukken von Urtels Muskeln, als dieser sich anstrengte, auf den Beinen zu bleiben.

Wer sich unter ungewohnten Schwerkraftbedingungen bewegte, hatte unweigerlich Schwierigkeiten, auch nur das Gleichgewicht zu halten.

Bigman war unaufhörlich in Bewegung. Er tänzelte von einer Seite zur anderen, sprang unberechenbar hin und her, was seinen Gegner ziemlich in Verwirrung brachte.

»Was soll das sein?« knurrte Urtel verärgert. »Ein Marswalzer?«

»So ungefähr«, sagte Bigman. Seine Rechte schoß vor, und die bloßen Knöchel seiner Faust bohrten sich in Urtels Körper. Es gab ein klatschendes Geräusch. Der große Mann taumelte.

Die Zuschauer hielten den Atem an. Einer rief: »Bravo, Junge!«

Bigman stemmte die Arme in die Hüften und wartete ruhig ab, bis Urtel sich wieder vor ihm aufbaute.

Darüber vergingen etwa fünf Sekunden. Aber jetzt hatte Urtel einen großen roten Fleck am Körper, und der Zorn trieb ihm das Blut in die Wangen.

Er holte weit aus und schlug mit der Rechten zu, ohne die Faust ganz zu schließen. Es sah aus, als wolle er einem lästigen Insekt für immer den Garaus machen.

Aber Bigman duckte ab. Nicht mehr als nötig. Nur um Zentimeter verfehlte ihn Urtels Schwinger, so gut hatte Bigman seinen Körper in der Gewalt. Urtel aber wurde vom Schwung seines fehlgegangenen Schlags mitgerissen und drehte sich um die eigene Achse.

Bigman pflanzte ihm eine Fußsohle auf den Hosenboden und stieß kräftig zu. Den Rückstoß fing er, auf einem Bein hüpfend, sicher ab. Urtel aber fiel in einer grotesken Zeitlupenbewegung vornüber.

Die Zuschauer lachten.

Einer rief: »Hab' mir's überlegt. Möchte jetzt doch auf den Kleinen wetten!«

Urtel schien das alles nicht zu hören. Er baute sich wieder vor Bigman auf. Speichel rann aus den Winkeln des dicklippigen Mundes zum Kinn hinunter.

»Schwerkraft umschalten!« verlangte er mit heiserer Stimme. »Wieder auf normal stellen!«

»Was ist los, Dickwanst?« reizte ihn Bigman. »40 Pfund Gewichtsvorteil. Reicht das noch nicht?«

»Ich bring' ihn um«, brüllte Urtel. »Ich bring' den Kerl um!«

»Na, los doch!« Bigman breitete spöttisch die Arme aus, als warte er sehnlich auf ihn.

Aber Urtel ließ sich zu keiner Unvorsichtigkeit hinreißen. Er umkreiste Bigman mit unbeholfenen Schritten. »Nur Geduld«, warnte er. »Gleich hab' ich mich an die veränderte Schwerkraft gewöhnt. Dann pack' ich zu und reiß ihm ein Ohr oder sonstwas ab.«

»Das möchte ich erleben!«

Die Zuschauer waren still geworden. Es herrschte die Stille vor dem Sturm. Urtel stand gebückt da, der mächtige Körper wie ein Bierfaß, mit pendelnden Armen und weit gespreizten Beinen. Er schien sich den veränderten Bedingungen tatsächlich anzupassen.

Verglichen mit ihm war Bigman ein schmales Handtuch. Zwar bewegte er sich anmutig wie ein Tänzer, aber er war doch so mitleiderregend klein!

Doch er schien sich seiner Sache völlig sicher. Mit einem kräftigen Absprung schnellte er sich hoch in die Luft, und als Urtel mit den Fäusten nach ihm schlug, hob Bigman die Füße an und landete im Rücken seines Gegners, der sich nicht so schnell drehen konnte.

Es gab lauten Beifall, Bigman grinste.

Mit einer pirouettenartigen Wendung tauchte er unter den kräftigen Armen des Gegners weg. Dann landete er einen harten Handkantenschlag auf Urtels muskulösem Oberarm. Urtel unterdrückte mit Mühe einen Aufschrei und wirbelte herum.

Bigman fuhr fort, Urtel auf alle möglichen Arten zu piesacken, um ihn aus der Reserve zu locken. Aber Urtel durchschaute seine Taktik und ließ sich zu keinem unbedachten Angriff verleiten.

Der kleine Mann vom Mars war ständig in Bewegung. Ran an den Gegner und schnell wieder weg! Seine blitzschnellen Schläge schienen nur harmlose Wischer zu sein, hatten aber doch schmerzhafte Wirkung.

Dennoch empfand Bigman allmählich so etwas wie Respekt vor Urtel. Der Dicke konnte allerhand einstecken.

Wie ein großer Bär hielt er die Stellung gegen die Angriffe eines Jagdhundes. Bigman war dieser Jagdhund, der in sicherer Entfernung lauerte, plötzlich vorstieß, zuschnappte und sich knurrend wieder aus der Reichweite der Bärenpranken zurückzog.

Urtel sah jetzt auch wie ein Bär aus – mit dem breiten, haarigen Körper, den kleinen, blutunterlaufenen Augen, dem kantigen Gesicht und dem strubbeligen Kinn.

»Schlag doch zu, Feigling!« reizte ihn Bigman. »Die Zuschauer wollen auch mal von dir etwas sehen!«

Urtel schüttelte langsam den Kopf. »Komm erst näher ran!« sagte er.

»Sicher«, sagte Bigman und stieß blitzschnell vor. Mit einer gestochenen Geraden traf er Urtel am Kinnwinkel, tauchte unter seinen Armen weg und war schon wieder außer Reichweite, als Urtel zuschlug.

Urtel kam zu spät. Er bremste den nutzlosen Schlag ab. Er schwankte etwas. »Versuch das noch mal!« grollte er.

Bigman ließ sich das nicht zweimal sagen. Wieder schoß er wie eine Rakete auf den Gegner zu, brachte einen Treffer an, tauchte diesmal unter dem anderen Arm weg, brachte sich in Sicherheit und quittierte die lauten Beifallsrufe des Publikums mit einer artigen kleinen Verbeugung.

»Versuch's noch mal!« sagte Urtel schwerfällig.

»Na klar«, sagte Bigman. Und wieder kam er vorwärts.

Aber diesmal ließ sich Urtel nicht überrumpeln. Oberkörper und Arme blieben unbeweglich, als er den rechten Fuß vorstreckte.

Bigman versuchte auszuweichen. Ohne Erfolg. Urtels Tritt traf ihn am Knöchel. Der Schmerz war höllisch, und Bigman schrie auf.

Doch er verlor die Übersicht nicht. Rasch drehte er sich in den Rücken des Gegners und versetzte ihm von hinten einen kräftigen Stoß.

Inzwischen aber hatte sich Urtel an die veränderte Schwerkraft gewöhnt und flog nicht mehr hilflos nach vorn. Während Bigman noch auf schmerzendem Fuß herumhinkte, kam Urtel wieder zu festem Stand.

Mit einem wilden Schrei griff er an. Bigman drehte sich auf dem heilgebliebenen Fuß um seine Achse. Doch diesmal war er nicht schnell genug. Eine mächtige Pranke packte ihn an der rechten Schulter. Eine zweite schien ihm den Ellbogen zu zerquetschen. Urtel zwang ihn zu Boden und warf sich über ihn.

Im Publikum wurden Rufe des Mitleids laut. Cook war leichenblaß geworden und schrie: »Stoppt den Kampf!« Seine Stimme brach. Niemand kümmerte sich um ihn.

Urtel erhob sich und stemmte den Mann vom Mars in die Höhe, als wöge er nicht mehr als eine Feder. Bigmans Gesicht war schmerzverzerrt. Zappelnd versuchte er, ein Bein auf den Boden zu bekommen.

»Du bist dir wohl mächtig schlau vorgekommen, als du mich zu einem Kampf bei geringer Schwerkraft überredet hast, wie?« flüsterte Urtel dem kleinen Mann zu. »Bist du immer noch dieser Ansicht?«

Doch Bigman hatte anderes zu tun, als sich eine Antwort zu überlegen. Er mußte mindestens einen Fuß auf den Boden bekommen ... In diesem Augenblick fühlte er, daß sein rechter Fuß auf Urtels Knie ruhte. Das mußte genügen.

Mit aller Kraft stieß er sich ab und warf den Körper nach hinten.

Urtel wurde mitgerissen. Aber es bestand kaum Gefahr für ihn. Doch dann machte er einen Fehler. Im Eifer, festen Stand zu gewinnen, spannte er die Muskeln zu stark an. Das hatte bei der niedrigen Schwerkraft zur Folge, daß er nun zur entgegengesetzten Richtung, also nach hinten, kippte.

Und Bigman, der genau dies hatte erreichen wollen, warf sich herum und legte sein ganzes Gewicht auf Urtel.

Der stürzte um wie ein gefällter Baum. Das Ganze geschah so schnell, daß die Zuschauer die Einzelheiten gar nicht mitbekamen. Beinahe wäre Bigman ganz freigekommen.

Wie eine Katze war er wieder auf den Beinen, aber seinen rechten Arm hielt Urtel trotz des schweren Sturzes eisern fest. Mit der Linken hämmerte Bigman auf Urtels Handgelenk und stieß gleichzeitig mit dem Knie nach dem Ellbogen des Gegners.

Urtel heulte auf. Er fürchtete, ihm werde der Arm gebrochen. Er warf sich herum, und dabei mußte er den Griff um Bigman lockern.

Der nutzte die Chance raketenschnell. Durch einen kräftigen Ruck befreite er den rechten Arm vollends, ließ aber dabei Urtels Handgelenk nicht los. Mit der Rechten packte er Urtel am Oberarm. Die Situation hatte sich völlig umgedreht.

Urtel bemühte sich, wieder auf die Beine zu kommen. Indessen beugte Bigman den Oberkörper nach hinten. Seine Rückenmuskeln spannten sich.

Und dann hob er langsam den schweren Körper Urtels vom Boden hoch. Eine derartig eindrucksvolle Leistung war nur unter niedriger Schwerkraft möglich.

Bigmans Muskeln waren zum Zerreißen gespannt, als er Urtel, so hoch es ging, stemmte und ihn dann mit einer letzten Kraftanstrengung von sich stieß. In einer Parabel schwebte Urtel zu Boden, grotesk langsam für die Augen der Erdmenschen.

Während die Techniker gebannt auf das Geschehen starrten, ereignete sich ein plötzlicher Gravitationswechsel. Von einer Sekunde zur anderen herrschten Schwerkraftbedingungen wie auf der Erde. Das war zuviel für Bigman. Unter dem mehr als verdoppelten Gewicht gab sein verletzter

Knöchel nach, und er ging in die Knie. Aber den Zuschauern erging es nicht besser. Erstaunte Rufe und Angstschreie ertönten. Keiner konnte sich auf den Beinen halten.

Bigman bekam kaum mit, was mit Urtel geschah. Der Gravitationswechsel erwischte ihn gerade im höchsten Punkt seiner parabolischen Flugkurve und hatte zur Folge, daß er wie ein Stein zu Boden fiel. Dabei schlug er mit dem Kopf auf die vorstehende Strebe eines Generators. Es gab einen scharfen Laut wie bei einem Knochenbruch.

Mit Mühe rappelte Bigman sich auf. In seinem Kopf summte es. Schwankend versuchte er sich zu orientieren.

Dann sah er, daß Urtel in verdrehter Haltung reglos am Boden lag. Neben ihm kniete Cook.

»Was ist los?« rief Bigman. »Was ist mit der Schwerkraft passiert?«

Andere stellten die gleiche Frage. Bigman kam es vor, als habe von allen nur Cook klaren Kopf und Übersicht behalten. »Zum Teufel mit der Schwerkraft«, rief Cook. »Urtel hat es erwischt!«

»Ist er verletzt?« fragte jemand.

»Wenn's das nur wäre«, antwortete Cook und stand auf. »Ich fürchte, er ist tot.«

Unsicher kamen sie heran und bildeten einen Kreis um den Verunglückten.

»Lassen Sie Dr. Gardoma holen!« sagte Bigman, aber er vernahm kaum die eigene Stimme. In seinem Kopf hatte eine verblüffende Idee Gestalt gewonnen.

»Das wird ernste Konsequenzen haben«, sagte Cook. »Sie haben ihn umgebracht, Bigman.«

»Nicht ich habe das getan«, verteidigte sich Bigman. »Es war der plötzliche Gravitationswechsel.«

»Das wird schwer zu beweisen sein. Sie haben ihn zu Boden geworfen.«

»Keine Sorge«, sagte Bigman. »Ich drücke mich vor keiner Verantwortung.«

Cook fuhr sich mit der Zunge über die Lippen und schaute ihn nicht an. »Ich hole jetzt Gardoma.«

Gardoma kam fünf Minuten später. Seine Untersuchung Urtels war schnell vorüber. Cook hatte sich nicht geirrt.

Der Arzt erhob sich und sagte ernst: »Tot. Schädelbruch. Wie ist es geschehen?«

Mehrere Zeugen begannen auf einmal zu sprechen, aber Cook brachte sie mit einer Handbewegung zum Schweigen. Er sagte: »Eine Schlägerei zwischen den verfeindeten Bigman und Urtel ...«

»Zwischen Bigman und Urtel!« Dr. Gardoma war außer sich. »Wie konnte man das zulassen? Sind Sie verrückt geworden? Wie sollte denn Bigman gegen einen so überlegenen Geg ...«

»Nun mal langsam!« unterbrach ihn Bigman. »Ich bin heil geblieben.«

»Genauso ist es«, fiel Cook schnell ein. Er wollte seine Hände in Unschuld waschen. »Der Tote ist Urtel. Und Bigman war es schließlich, der die Schlägerei angezettelt hat. Das geben Sie doch hoffentlich zu, oder?«

»Selbstverständlich«, sagte Bigman. »Außerdem bestand ich darauf, daß der Kampf unter Merkur-Gravitation stattfinden solle.«

Dr. Gardoma riß die Augen auf. »Merkur-Gravitation! Hier?« Er sah auf seine Füße herab, als könne er seinen Sinnen nicht trauen.

»Jetzt nicht mehr«, erklärte Bigman. »Urplötzlich wechselte das Pseudo-Grav-Feld auf Erd-Schwerkraft, und das im ungeeignetsten Augenblick. Bamm! Ohne Vorwarnung! Das war's, was Urtel umgebracht hat. Ich kann überhaupt nichts dafür.«

»Was hat den Gravitationswechsel ausgelöst?« fragte Gardoma.

Alle schwiegen.

Dann begann Cook zögernd: »Vielleicht ein Kurz ...«

»Unsinn«, unterbrach ihn Bigman, »der Hebel ist hochgestellt. Der stellt sich nicht von allein!«

Wieder herrschte Schweigen, und jetzt war es bedrückkend. Ein Techniker räusperte sich. »Vielleicht stieß in der Aufregung jemand mit der Schulter an den Hebel und drückte ihn hoch, ohne es zu merken.«

Ein paar Männer nickten beifällig. Einer sagte: »Allmächtiger Weltraum, es ist nun mal passiert!«

»Ich muß einen Bericht über den Vorfall schreiben«, sagte Cook. »Bigman ...«

»Ha«, meinte der kleine Marsbewohner ruhig, »werde ich wegen Totschlags festgenommen?«

»N-nein«, antwortete Cook unschlüssig. »Sie bleiben vorläufig auf freiem Fuß. Aber ich muß diesen Bericht schreiben, und es kann sein, daß Sie später doch festgenommen werden.«

»So, so. Besten Dank für die Warnung. « In diesem Augenblick fiel Bigman sein Freund Lucky ein. Seit der Rückkehr aus den Bergwerken hatte er nicht an ihn gedacht. Nun würde Lucky, wenn er wieder in der Kuppel auftrat, gleich mit neuen Unannehmlichkeiten überrascht werden.

Aber bei diesem Gedanken spürte der kleine Marsbewohner eher ein lustvolles Kribbeln, denn er war sich seiner Sache sicher ... und nebenbei würde er Lucky beweisen, daß er auch nicht ohne war.

Eine bekannte Stimme rief: »Bigman!«

Alle schauten auf. Peverale kam die Rampe von den oberen Stockwerken herabgeschritten. »Großer Weltraum! Bigman, sind Sie da unten? Und Cook?« Er fügte in nörgelndem Ton hinzu: »Was geht hier eigentlich vor sich?«

Niemand brachte eine Antwort heraus. Der Blick des alten Astronomen fiel auf Urtels Leiche. »Ist er tot?« fragte er, ein wenig erstaunt.

Danach schien Peverale, zu Bigmans nicht geringer Überraschung, jedes Interesse an dem Vorfall zu verlieren. Ohne auf Antwort zu warten, wechselte er das Thema.

»Wo ist Lucky Starr?« fragte er Bigman.

Bigman öffnete den Mund, aber es kam kein Ton heraus. Schließlich stammelte er: »Warum fragen Sie?«

»Ist er immer noch unten im Stollen?«

»Hm ...«

»Großer Weltraum! Ist er auf der Sonnenseite, Mann?«

»Ich weiß nicht, warum Sie fragen«, murmelte Bigman.

»Mindes ist mit seinem Düsen-Flitzer unterwegs«, sagte Peverale ungeduldig. »Er streift durch das Gelände, wo seine Kabel verlegt sind. Das macht er von Zeit zu Zeit.«

»So?«

»Ja! Und entweder ist Mindes verrückt geworden, oder er hat da draußen wirklich Lucky Starr gesehen.«

»Wo?« rief Bigman erschrocken.

Dr. Peverale preßte ärgerlich die Lippen aufeinander. »Also, dann stimmt es. Er ist da drüben! Nun, offenbar hatte Ihr Freund Lucky Starr erhebliche Schwierigkeiten mit einem Maschinenmenschen, einem Roboter ...«

»Mit einem Roboter!«

»Und Mindes hat um Verstärkung gebeten. Er meldete soeben, daß Lucky Starr tot ist!«

13
Vorspiel einer Verhandlung

Als sich die stählernen Arme des Roboters unwiderstehlich um ihn schlossen, war Lucky auf das Schlimmste gefaßt. Er erwartete zu sterben. Aber eine Weile verging, und er lebte immer noch. Da schöpfte er ein wenig Hoffnung.

Konnte es sein, daß der Roboter nicht fähig war, ihn zu töten, weil ihm als oberstes Gebot einprogrammiert war, daß er nie einem Menschen Schaden zufügen dürfe? Daß auch sein teilweise zerstörtes Positronengehirn diesem Befehl gehorchen mußte?

Doch gleich darauf verwarf Lucky diese Hoffnung. Denn er merkte, daß der Roboter den Druck seiner Arme in gewissen Abständen verstärkte.

Er schrie aus vollem Hals: »Laß mich los!« Dabei hob er seine freie Hand aus dem schwarzen, krümligen Boden. Er hatte noch eine letzte Chance, wenn sie auch winzig klein war.

Er tastete nach dem Kopf des Roboters. Er konnte nicht hinschauen, denn die stählernen Arme preßten ihn gegen die Brust des Roboters. Seine Hand glitt über die glatte Oberfläche des metallenen Kopfes. Zweimal, dreimal, viermal. Dann ließ er die Hand sinken.

Mehr konnte er nicht tun.

Dann ... Spielte ihm die Einbildung einen Streich? Oder ließ der eiserne Griff des Roboters wirklich nach? Stellte sich Merkurs große Sonne endlich auf seine Seite?

»Roboter!« schrie er.

Der Roboter gab nur ein Geräusch von sich – es klang wie das Knirschen rostiger Zahnräder.

Kein Zweifel mehr, die Umklammerung wurde schwächer. Es war an der Zeit, die Rettung zu beschleunigen. Er mußte aktivieren, was in dem Positronengehirn vom Gesetz der Robotik noch unzerstört war.

»Du darfst keinem menschlichen Wesen Schaden zufügen!« stieß Lucky keuchend hervor.

»Ich darf nicht ...« Der Roboter stammelte nur noch. Plötzlich brach die rauhe Stimme ab, und unvermittelt stürzte der Roboter zu Boden.

Aber der Griff löste sich nicht. War es eine Art Totenstarre?«

»Roboter!« befahl Lucky. »Laß mich los!«

Ruckweise gaben die Arme des Roboters nach. Zwar nicht ganz, aber wenigstens bekam Lucky die Beine frei. Und er konnte auch den Kopf bewegen.

Und er wiederholte seine Frage: »Wer gab dir den Befehl für die Zerstörungen?«

Er befürchtete jetzt keine unkontrollierte Reaktion des Roboters mehr. Er war sich bewußt, daß er selber das Positronengehirn zerstört hatte. Aber vielleicht blieb in den letzten Augenblicken vor der völligen Auflösung noch ein Überrest des zweiten Gesetzes in Kraft. Deshalb wiederholte er, so eindringlich er konnte: »Wer hat dir befohlen, die Einrichtungen zu zerstören?«

Der Roboter gab nur noch ein undeutliches Geräusch von sich: »Rrrk ... rrkk ...« Dann riß die Sprechfunkverbindung ab. Noch zweimal öffnete und schloß der Maschinenmensch den Mund, als wolle er jetzt in höchster Not sich mit normalen Schallwellen verständlich machen.

Und dann war es aus.

Der Roboter war tot.

Lucky war gerettet. Aber er war noch benommen. Ihm fehlte die Kraft, sich ganz aus der Umklammerung des toten Roboters zu befreien. Seine Sprechfunkanlage war bei dem Kampf zerdrückt worden.

Er mußte erst wieder zu Kräften kommen. Dazu galt es, sich aus der direkten Strahlung der großen Merkursonne zu entfernen, und zwar so schnell wie möglich. Das hieß, daß er den Schatten des nahe gelegenen Felsens erreichen mußte, in den er schon während seines Duells mit dem Roboter hatte gelangen wollen.

Jeder Muskel, jeder Knochen tat ihm weh. Mühsam rappelte er sich auf. Und dann kroch er auf den Schatten zu, Zentimeter um Zentimeter. Dabei schleppte er den Roboter, den er nicht losgeworden war, mit sich. Ewigkeiten vergingen. Ungerührt schaute das Universum zu.

Keuchend gewann Lucky in diesem quälend langsamen Wettlauf mit dem Tod Boden. Alle Kraft hatte ihn verlassen. In seinen Beinen war überhaupt kein Gefühl mehr. Und der Roboter schien mehrere Zentner zu wiegen.

Da half ihm auch nicht mehr die niedrige Schwerkraft des Merkur. Die Arbeit überstieg einfach seine geschwächten Kräfte. Nur noch der Wille trieb ihn vorwärts.

Zuerst erreichte er mit dem Kopf den ersehnten Schatten. Es wurde dunkel um ihn. Er wartete. Sein Atem flog. Dann nahm er die letzten Kräfte zusammen. Seine Beinmuskeln spannten sich zum Zerreißen. Und er kroch weiter.

Noch ein Zentimeter, und noch einer ...

Dann hatte er es geschafft!

Er war im Schatten. Ein Bein des Roboters ragte noch in die Sonne und glänzte hell. Sein reflektierendes Licht war das letzte, was Lucky sah, bevor er ohnmächtig wurde.

Nach einer langen Zeitspanne kehrten die Sinne mühsam zurück.

Als er endgültig wach wurde, lag er auf einem weißen Bett und bemühte sich, die Bruchstücke seiner Erinnerung zu einem zusammenhängenden Bild zu vereinigen. Sein Gedächtnis lieferte Momentaufnahmen von herbeieilenden Menschen, die vage Erinnerung an eine Fahrt in einem Düsenfahrzeug, an Bigmans erregte Stimme und an das besorgte Gesicht eines Arztes.

Danach wieder Leere. Und dann die sanfte Stimme Dr. Peverales, der ihm vorsichtig einige Fragen stellte. Lucky erinnerte sich gut, daß er fähig gewesen war, ihm zusammenhängende Berichte zu erstatten. Das bedeutete, daß er die Krise überwunden hatte. Er schlug die Augen auf.

Über ihm schwebte Dr. Gardomas ernstes Gesicht. Der Arzt hielt eine Spritze in der Hand. »Wie fühlen Sie sich?« fragte er.

Lucky lächelte mühsam. »Wie sollte ich mich wohl fühlen?«

»Sie sind wahrscheinlich fix und fertig. Sie haben allerhand hinter sich. Daß Sie noch am Leben sind, ist ein kleines Wunder. Sie verdanken es nur Ihrer fabelhaften Konstitution.«

Bigman hatte bisher angstvoll und mitleidig etwas abseits gestanden. Jetzt trat er in Luckys Gesichtskreis. »Wenn es nach diesem verdammten Mindes gegangen wäre«, sprudelte es aus ihm heraus, »hättest du es nicht geschafft. Warum hat dieser Vollidiot Lucky nicht sofort in Sicherheit gebracht, als er das Roboterbein in der Sonne glitzern sah? Worauf wartete er eigentlich? Wollte er Lucky sterben lassen?«

Dr. Gardoma legte die Spritze beiseite und wusch sich die Hände. Er kehrte Bigman den Rücken zu, als er die Antwort auf dessen drängende Fragen gab: »Scott Mindes glaubte felsenfest, daß Lucky tot sei. Und in dieser Situation hatte er nur den einen Gedanken: ›Bleib von der Leiche weg! Sonst hält man dich womöglich noch für den Mörder!‹ Schließlich hatte er ja schon einmal Lucky beinahe umgebracht, und diesen Vorfall hatte inzwischen bestimmt keiner vergessen.«

»Trotzdem begreife ich sein Verhalten nicht. Der Roboter . . .«

»Mindes stand in letzter Zeit dauernd unter Streß. Er sandte einen Hilferuf aus. Das war das Beste, was er unter diesen Umständen tun konnte.«

»Laß nur, Bigman«, sagte Lucky. »Ich war ja nicht mehr in Lebensgefahr. Ich habe mich im Schatten ausgeruht und gesund geschlafen. Jetzt geht es mir schon viel besser. Was ist mit dem Roboter, Gardoma? Hat man ihn geborgen?«

»Wir brachten ihn in die Kuppel. Aber leider ist sein Gehirn völlig durchgeschmort. Aus den Überresten lassen sich keine Erkenntnisse mehr gewinnen.«

»Sehr schade«, sagte Lucky.

Der Arzt hob die Stimme. »Jetzt reicht es, Bigman. Lassen Sie ihn in Ruhe! Er muß schlafen!«

»He ...«, protestierte Bigman.

»Lassen Sie es gut sein, Gardoma«, sagte Lucky. »Er soll hierbleiben. Ich möchte mit ihm unter vier Augen sprechen.«

Dr. Gardoma schien unschlüssig. Dann zuckte er die Achseln. »Sie brauchen unbedingt Schlaf. Aber ich genehmige Ihnen eine halbe Stunde. Danach muß er gehen.«

»Ist klar.«

Sobald sie allein waren, packte Bigman Lucky an den Schultern und schüttelte ihn. »Du dummer Affe«, keuchte er mit halb erstickter Stimme, »wenn die Hitze den Roboter nicht im letzten Augenblick erwischt hätte ...«

Lucky lächelte lustlos. »Nein, Bigman, Zufall war das nicht. Wenn ich mich auf ein Happy-End wie in einer Weltraum-Oper im Fernsehen verlassen hätte, wäre ich jetzt ein toter Mann. Um mich zu retten, mußte ich den Roboter töten. Und genau das habe ich getan.«

»Ja, aber wie?«

»Sein Schädel war auf Hochglanz poliert, um soviel wie möglich von der Sonneneinstrahlung zu reflektieren. Im Laufe der Zeit war die Temperatur aber so hoch angestiegen, daß sein Positronengehirn halbverrückt, wenn auch nicht ganz gelähmt war. Zu meinem Glück besteht ein Teil des Merkurbodens aus einer krümligen schwarzen Substanz Es gelang mir, etwas davon auf seinen Helm zu schmieren.«

»Zu welchem Zweck?«

»Schwarz reflektiert die Sonnenstrahlen nicht, sondern absorbiert sie. Dadurch stieg die Temperatur seines Positronengehirns sehr schnell über die kritische Grenze. Es schmorte fast sofort durch. Dennoch ... es war ein knappes Entkommen. Aber sprechen wir nicht mehr davon! Was ist inzwischen hier passiert? Falls überhaupt etwas passierte!«

»Und ob! Du wirst staunen!« Und Bigman begann zu

berichten. Lucky hörte aufmerksam zu, und im Laufe der Erzählung wurde sein Gesicht immer ernster.

Zum Schluß standen düstere Wolken auf seiner Stirn. Er war ausgesprochen ärgerlich. »Warum hast du überhaupt mit Urtel gekämpft?« wollte er wissen. »Das war doch eine große Dummheit!«

»Lucky«, widersprach Bigman empört, »das war Strategie! Du behauptest immer, ich stürze mich nur Hals über Kopf in irgendwelche Abenteuer und sei zu taktischen Überlegungen nicht fähig. Aber das war eiskalt berechnet. Ich wußte genau, daß ich ihn bei geringer Schwerkraft besiegen könnte ...«

»Mir scheint, du hättest beinahe verloren. Du hast den Fußknöchel verbunden.«

»Da bin ich ausgerutscht. Pech! Aber schließlich habe ich gewonnen! Wir hatten vorher einen Handel abgeschlossen. Er hätte nämlich dem Wissenschaftsrat die Hölle heiß machen können. Aber er versprach, es zu unterlassen wenn ich gewinnen sollte.«

»Und du hast dich auf sein Wort verlassen?«

»Nun ...« Bigman wurde unsicher.

Lucky fuhr fort: »Du sagst, du hast ihm das Leben gerettet. Er wußte es, und doch veranlaßte ihn das nicht zur Aufgabe seines Plans. Hast du wirklich geglaubt, er würde zugänglicher sein, nachdem er einen Boxkampf gegen dich verloren hat?«

»Nun ...«, setzte Bigman noch einmal an.

»Eher würde er doch nach dieser öffentlichen Demütigung vor Rachelust schnauben ... Ich will dir was sagen, Bigman. Du wolltest weiter nichts, als ihn verprügeln, weil er sich über dich lustig gemacht hat. Der sogenannte Handel, den du mit ihm abgeschlossen hast, war nur ein Deckmantel für dich. Es ging dir allein um das Vergnügen der Schlägerei. Habe ich recht?«

»Ach, Lucky, beim Mars ...«

»Irre ich mich etwa?«

»Ich wollte die Vereinbarung treffen ...«

»Aber in erster Linie wolltest du den Boxkampf. Und jetzt sieh dir den Schlamassel an, in den du uns gebracht hast!«

Bigman schlug die Augen nieder. »Es tut mir leid.«

Sofort bereute Lucky seine harten Worte. »Ach, große Galaxis, Bigman, ich bin ja nicht böse auf dich! Ich mache mir doch auch selber Vorwürfe. Immerhin habe ich den Roboter falsch eingeschätzt und hätte es beinahe mit dem Leben bezahlt. Ich sah, daß er nicht mehr richtig funktionierte, kam aber nicht darauf, daß die Hitze sein Positronengehirn beschädigt hatte. Nachher war es fast zu spät ... Nun, man soll aus Fehlern lernen. Die Frage ist, wie wir mit der Angelegenheit Urtel fertig werden.«

Bigmans Lebensgeister hoben sich merklich. »Auf jeden Fall sind wir den Dreckskerl los.«

»Das stimmt«, gab Lucky zu. »Aber wie steht es mit Senator Swenson?«

»Hmm.«

»Wie sollen wir den Vorgang darstellen? Gegen den Wissenschaftsrat wird eine Untersuchung eingeleitet. Ein Mann, der dem Rat nahesteht, ja, fast zu seinen Mitgliedern gehört, zettelt einen Boxkampf an und tötet dabei den Agenten, der die Untersuchung durchführt. Das sieht nicht gut aus.«

»Es war ein Unglücksfall. Das Pseudo-Grav-Feld ...«

»Das wird uns kaum helfen. Ich muß mit Peverale sprechen und ...«

Bigman errötete. »Ach, dieser alter Kerl«, sagte er hastig, »der kümmert sich nicht um die Angelegenheit.«

Lucky richtete sich halb auf. »Was meinst du damit: Er kümmert sich nicht um die Angelegenheit?«

»Tut er wirklich nicht«, bekräftigte Bigman mit Nachdruck. »Er kam rein, sah Urtel tot am Boden liegen, und es berührte ihn überhaupt nicht. Er fragte nur kurz: ›Ist er tot?‹ – und damit hatte es sich.«

»Das war alles?«

»Das war alles. Dann fragte er noch, wo du wärst, und berichtete, Mindes habe sich gemeldet und mitgeteilt, daß ein Roboter dich getötet habe.«

Lucky sah Bigman scharf an. »Das war alles?«

»Das war alles«, wiederholte Bigman unbehaglich.

»Und was geschah danach? Komm, komm, Bigman! Du willst nicht, daß ich mit Peverale spreche. Warum nicht?«

Bigman wich Luckys Blick aus.

»Raus mit der Sprache, Bigman!«

»Ich muß mich vor Gericht verantworten oder so was.«

»Eine Gerichtsverhandlung!«

»Peverale sagt, es sei Mord, und das werde auf der Erde böses Blut machen. Er meint, es müsse festgestellt werden, wen die Verantwortung trifft.«

»Na schön. Wann ist die Verhandlung?«

»Ach, Lucky, ich wollte es dir gar nicht sagen. Dr. Gardoma sagt, man müsse jede Aufregung von dir fernhalten.«

»Führ dich nicht wie eine Glucke auf, Bigman! Wann ist die Verhandlung?«

»Morgen um zwei Uhr nachmittags, System-Standardzeit. Aber du brauchst dir keine Sorgen zu machen, Lucky!«

»Ruf Gardoma rein!« verlangte Lucky.

»Warum?«

»Tu, was ich dir sage!«

Bigman ging hinaus, und als er zurückkam, war Dr. Gardoma mit ihm.

»Es bestehen doch keine Bedenken«, sagte Lucky, »daß ich morgen nachmittag um zwei Uhr aufstehe, oder?«

Dr. Gardoma zögerte. »Es wäre mir lieber, wenn Sie noch einige Zeit länger im Bett blieben.«

»Was Ihnen lieber wäre, ist mir gleich. Umbringen wird es mich doch wohl nicht, wie?«

»Es würde Sie auch nicht umbringen, wenn Sie gleich jetzt

aufständen, Mr. Starr«, sagte Dr. Gardoma gekränkt. »Aber ich halte es nicht für ratsam.«

»Also gut, das ist geklärt. Jetzt benachrichtigen Sie Dr. Peverale, daß ich der Verhandlung gegen Bigman beiwohnen werde. Sie wissen darüber Bescheid, nicht wahr?«

»Ja.«

»Jeder außer mir weiß es, stimmt's?«

»Sie waren nicht in der Verfassung ...«

»Sie sagen Dr. Peverale, daß ich an der Verhandlung teilnehme und daß er nicht anfangen soll, bevor ich da bin!«

»Ich sage es ihm«, versprach Gardoma, »und Sie legen sich jetzt besser schlafen. Kommen Sie, Bigman!«

»Einen Moment!« rief Bigman. Er eilte an Luckys Bett und sagte beschwörend: »Reg dich bitte nicht auf, Lucky! Ich habe die ganze Situation im Griff.«

Lucky hob die Augenbrauen.

Bigman platzte beinahe vor Selbstbewußtsein. »Ich werde dich überraschen, verdammt noch mal«, sagte er wichtig. »Ich kann beweisen, daß ich an Urtels Tod unschuldig bin. Ich habe den Fall gelöst.« Er klopfte sich stolz an die Brust. »Ja, ich habe ihn gelöst. Ich! Bigman! Ich weiß, wer dafür verantwortlich ist, daß sich Urtel das Genick brach.«

»Wer denn?« fragte Lucky.

Aber Bigman rief sofort: »Nein, ich sage noch nichts! Ich will dir zeigen, daß ich mehr im Kopf habe als Schlägereien. Diesmal läuft es so, wie ich es will. Ich werde es dir und allen zeigen. Wir sehen uns bei der Verhandlung.«

Der kleine Mann vom Mars grinste vor lauter Vorfreude, wobei viele Lachfalten auf seinem Gnomengesicht auftauchten. Dann machte er einen angedeuteten Tanzschritt und folgte Dr. Gardoma mit stolzgeschwellter Brust triumphierend durch die Tür.

14
Die Verhandlung

Am nächsten Tag erschien Lucky kurz vor zwei Uhr nachmittags in Dr. Peverales Büro.

Alle anderen hatten sich bereits eingefunden. Dr. Peverale saß hinter einem alten, mit Akten bedeckten Schreibtisch. Er nickte Lucky freundlich zu. Der grüßte in ernstem Tonfall: »Guten Tag, Sir.«

Es war fast wie am Abend des Banketts. Cook machte wie üblich einen gehetzten, hohläugigen Eindruck. Er saß in einem großen Lehnstuhl zur Rechten von Dr. Peverale, während Bigman auf der anderen Seite in einem ebenso großen Sitzmöbel fast versank.

Auch Mindes war da. Sein schmales, düsteres Gesicht zuckte nervös. Er hatte die Hände gefaltet. Aber von Zeit zu Zeit hob er eine Hand und trommelte mit den Fingern unruhig auf seinem Oberschenkel. Neben ihm saß Dr. Gardoma und schoß unter den schweren Augenlidern einen mißbilligenden Blick auf Lucky ab. Ebenfalls anwesend waren sämtliche Abteilungsleiter der Astronomen.

Der einzige Unterschied zu der Bankettgesellschaft war das Fehlen des toten Urtel.

Dr. Peverale eröffnete sofort in seiner milden Art die Versammlung: »Lassen Sie mich zu Anfang ein paar Worte zu Mr. Starr sprechen. Ich erfuhr, daß Bigman unsere heutige Konferenz als Gerichtsverhandlung bezeichnete. Ich darf Ihnen versichern, daß dies nicht zutrifft. Sollte es je zu einer Gerichtsverhandlung kommen, was ich nicht hoffe, so wird sie unter Leitung erfahrener Richter und mit dem gesetzlich vorgeschriebenen Rechtsbeistand auf der Erde stattfinden. Unsere heutige Aufgabe besteht lediglich darin, einen Bericht für den Wissenschaftsrat zu erstellen.«

Dr. Peverale ordnete einige der Papiere, die in wildem

Durcheinander auf dem Schreibtisch lagen, und fuhr fort: »Lassen Sie mich erklären, warum ein umfassender Bericht nötig ist. Als Ergebnis von Mr. Starrs tollkühner Expedition zur Sonnenseite wurde der Saboteur, der Dr. Mindes' Projekte bisher lahmzulegen verstand, ein für allemal ausgeschaltet. Er entpuppte sich als ein Roboter sirianischer Bauart. Mr. Starr ...«

»Ja?« sagte Lucky.

»Wegen der außerordentlichen Bedeutung dieser Angelegenheit nahm ich mir die Freiheit, Sie sofort nach Ihrer Ankunft zu befragen, obwohl Sie nicht voll bei Bewußtsein waren.«

»Ich erinnere mich sehr gut«, sagte Lucky.

»Wären Sie jetzt bereit, einige Ihrer damaligen Antworten für das Protokoll zu bestätigen?«

»Ja.«

»Erste Frage: Sind noch weitere Roboter beteiligt?«

»Der Roboter hat nichts darüber verraten. Aber ich glaube nicht, daß es andere gibt.«

»Jedenfalls hat er nicht ausdrücklich erklärt, der einzige Roboter auf dem Merkur zu sein?«

»So ist es.«

»Dann kann es doch noch andere geben.«

»Ich glaube es nicht.«

»Das ist Ihre Meinung. Jedenfalls hat der Roboter die Anwesenheit weiterer Roboter nicht bestritten.«

»Nein, das hat er nicht.«

»Hat er den Stützpunkt der sirianischen Eindringlinge verraten?«

»Er sagte kein Wort zu diesem Thema. Sirianer wurden von ihm nicht mal erwähnt.«

»Aber der Roboter war ein sirianisches Fabrikat, nicht wahr?«

»Das gab er selber zu.«

»Aha.« Dr. Peverale lächelte freudlos. »Das ist für mich

der klare Beweis, daß Sirianer auf dem Merkur gelandet sind und hier gegen uns arbeiten. Wir müssen den Wissenschaftsrat davon in Kenntnis setzen. Ferner müssen wir den Merkur planmäßig absuchen, und falls es den Sirianern gelingt, uns zu entkommen und den Planeten unbehelligt zu verlassen, wird man sich in Zukunft wenigstens der Gefahr, die uns vom Sirius droht, deutlicher bewußt sein.«

Mit unsicherer Stimme warf Cook ein: »Wir dürfen bei alldem aber die eingeborenen Lebensformen des Merkur nicht übersehen, Dr. Peverale. Auch über sie muß der Rat informiert werden.« Er wandte sich an die Versammlung. »Eins dieser Wesen wurde gestern gefangen und . . .«

Der alte Astronom unterbrach ihn ungeduldig. »Ja, Dr. Cook, auch darüber wird dem Rat Bericht erstattet werden. Nichtsdestotrotz steht das Problem der Sirianer weiterhin an oberster Stelle. Sie bilden eine unmittelbare Gefahr, hinter der alle anderen Probleme zurücktreten müssen. Zum Beispiel schlage ich vor, daß Dr. Mindes sein Projekt so lange stilllegt, bis die Sicherheit der Erdmenschen auf dem Merkur völlig gewährleistet ist.«

»Moment mal!« rief Mindes dazwischen. »Wir haben eine Menge Geld, Zeit und Arbeit investiert . . .«

»Ich sagte schon, nur so lange, bis der Merkur sicher ist. Ich habe keineswegs die endgültige Aufgabe des Projekts Licht angeregt. Und wegen der Gefahren, die uns auf dem Merkur am meisten bedrohen, muß Urtels Beschützer, Senator Swenson, daran gehindert werden, durch Aufbauschen nebensächlicher Ereignisse Obstruktion zu treiben.«

»Sie wollen also«, nahm Lucky das Wort, »dem Senator Bigman als Schlachtopfer liefern, fest verschnürt und gebunden. Und während er über Bigman herfällt, kann auf dem Merkur die Jagd auf Sirianer ungehindert weitergehen.«

Der Astronom hob die schneeweißen Augenbrauen. »Als Schlachtopfer, Mr. Starr? Wir wollen nur die Tatsachen aufhellen.«

»Na dann machen Sie schon weiter!« rief Bigman, der unruhig auf seinem Sessel hin und her rutschte. »Ich liefere Ihnen die Tatsachen!«

»Gut«, sagte Dr. Peverale. »Gut, dann fangen Sie an! Sie spielten ja die Hauptrolle bei den Ereignissen. Erzählen Sie mit Ihren eigenen Worten, was sich zwischen Ihnen und Urtel abgespielt hat! Lassen Sie nichts aus, aber fassen Sie sich bitte kurz! Und vergessen Sie nicht, daß alles auf Mikrotonfilm festgehalten wird.«

»Wollen Sie mich vereidigen?« fragte Bigman.

Peverale schüttelte den Kopf. »Nein, dies ist keine offizielle Gerichtsverhandlung.«

»Wie Sie wünschen.« Und mit überraschender Gelassenheit erzählte nun Bigman seine Geschichte. Er begann mit Urtels höhnischen Bemerkungen über seine geringe Größe, schilderte dann den Vorfall im Bergwerksstollen und schloß mit dem Duell.

Er verschwieg nur Urtels Drohungen gegen Lucky Starr und den Wissenschaftsrat.

Es folgte Dr. Gardoma. Er bestätigte den Wortwechsel bei Urtels erster Begegnung mit Bigman und schilderte für das Protokoll nochmals den Zwischenfall beim Bankett. Dann beschrieb er, wie er Urtel nach der Rettung aus dem Bergwerk ärztlich behandelt hatte.

»Urtel erholte sich rasch von den Folgen der Unterkühlung«, erzählte er. »Ich fragte ihn nicht nach Einzelheiten seines Abenteuers, und er kam von sich aus auch nicht mit der Sprache heraus. Er erkundigte sich allerdings nach Bigman. Und als ich ihm sagte, daß Bigman es heil überstanden hatte, war aus seiner Reaktion sein unverändert großer Haß auf Bigman deutlich abzulesen. Er dachte gar nicht daran, Bigman dankbar zu sein, der ihm ja das Leben gerettet hatte. Allerdings war Urtel wohl ein Mann, dem solche Gefühle wie Dankbarkeit ohnehin fremd waren.«

»Das ist nur Ihre persönliche Meinung«, warf Dr. Peverale

hastig ein. »Ich empfehle, das nicht ins Protokoll aufzunehmen. Es würde die Tatsachen nur verwirren.«

Als nächster Zeuge kam Dr. Cook dran. Er konzentrierte sich auf die Geschichte des Zweikampfs. »Bigman bestand auf den Kampf. Mehr ist zur Vorgeschichte nicht zu sagen. Ich dachte mir nichts Böses dabei, weil die Auseinandersetzung ja unter niedrigen Schwerkraftbedingungen und vor Zeugen stattfinden würde. Wir konnten jederzeit eingreifen, wenn es gefährlich werden sollte. Hätte ich das Duell verboten, so bestand die viel größere Gefahr, daß sie sich ohne Zeugen geschlagen hätten. Natürlich hat der Kampf, dessen Austragung mir harmlos erschien, das denkbar schlimmste Ende genommen, aber damit war beim besten Willen vorher nicht zu rechnen. Allerdings, Dr. Peverale, hätte ich Ihren Rat einholen müssen – das gebe ich zu.«

Dr. Peverale nickte. »Das hätten Sie allerdings tun müssen. Tatsache ist also, daß das Duell auf Bigmans Wunsch stattfand und daß er eine Austragung unter niedriger Schwerkraft forderte, nicht wahr?«

»Ja, das ist richtig.«

»Und er kündigte Ihnen an, daß er unter diesen Umständen Urtel töten werde.«

»Wörtlich sagte er: ›Ich werde den Dreckskerl umbringen.‹ Aber das war nur so eine Redensart. Ich glaube nicht, daß er Urtel wirklich töten wollte.«

Dr. Peverale wandte sich an Bigman. »Haben Sie dazu noch eine Erklärung abzugeben?«

»Ja. Und da Dr. Cook gerade im Zeugenstand ist, möchte ich ihn ins Kreuzverhör nehmen.«

Dr. Peverale zeigte sich überrascht. »Ich wiederhole, dies ist keine Gerichtsverhandlung!«

»Hören Sie«, sagte Bigman hastig. »Urtels Tod war kein Unfall. Es war ein Mord. Lassen Sie mich meine Beweise vortragen!« Für einen Augenblick herrschte tiefes Schweigen. Dann sprachen alle durcheinander.

Bigmans Stimme war schrill und durchdringend. »Ich will Dr. Hanley Cook ins Kreuzverhör nehmen.«

»Ich schlage vor, Dr. Peverale, Sie geben Bigman grünes Licht«, bemerkte Lucky Starr kalt.

Der alte Astronom bot ein Bild völliger Verwirrung. »Aber wirklich, nein ... das geht doch nicht ... Bigman kann nicht ...« Er kam ins Stottern und schwieg dann abrupt.

»Erstens, Dr. Cook«, begann Bigman das Kreuzverhör, »woher wußte Urtel, welchen Weg Lucky und ich im Bergwerk einschlagen würden?«

Cook wurde rot. »Es ist mir nicht bekannt, daß er das wußte.«

»Er verfolgte uns nicht auf direktem Wege. Er benutzte einen parallel verlaufenden Stollen. Daher merkten wir nichts von unserem heimlichen Schatten. Das Kunststück konnte ihm nur gelingen, weil er genau wußte, welchen Weg wir einschlagen würden. Lucky und ich haben den Weg zusammen mit Ihnen festgelegt. Lucky hat Urtel nichts davon verraten, ebensowenig wie ich. Wer war der Verräter?«

Cook warf wilde Blicke um sich, als suche er einen Fluchtweg. »Ich weiß es nicht.«

»Ist das nicht ganz klar?«

»Nein. Vielleicht hat er uns belauscht.«

»Er kann nicht die Zeichen auf einer Karte belauschen, Dr. Cook ... Doch gehen wir weiter. Ich kämpfte mit Urtel. Wäre es bei der niedrigen Merkur-Schwerkraft geblieben, würde er heute noch leben. Aber es blieb nicht dabei. Plötzlich gab es einen Gravitationswechsel zu Erdbedingungen. Ausgerechnet in einem Augenblick, wo dieser Wechsel für ihn tödlich werden mußte. Wer hat den Wechsel herbeigeführt?«

»Ich weiß es nicht.«

»Sie waren als erster bei Urtel. Was wollten Sie? Sich vergewissern, daß er tot war?«

»Ich protestiere gegen diese Unterstellung! Dr. Peverale ...« Cooks Gesicht war flammendrot, als er sich hilfesuchend zu seinem Chef umwandte.

»Wollen Sie behaupten, daß Dr. Cook Urtel ermordet hat?« fragte Dr. Peverale erschüttert.

»Sehen Sie, der plötzliche Gravitationswechsel warf mich glatt zu Boden«, sagte Bigman. »Als ich mich wieder aufraffte, waren die meisten ebenfalls dabei aufzustehen. Einige lagen sogar noch. Ganz klar, wenn Ihnen plötzlich 75 bis 100 Pfund auf die Schultern plumpsen, können Sie nicht gleich leichtfüßig aufspringen. Nur Dr. Cook konnte es. Er war als einziger sofort auf den Beinen. Mehr noch: Er war bereits zu Urtel geeilt und beugte sich über ihn.«

»Und was wollen Sie damit beweisen?« fauchte Cook.

»Daß Sie der Schwerkraftwechsel nicht zu Boden warf. Und warum nicht? Weil Sie auf diesen Augenblick gefaßt waren. Sie wußten, wann er eintreten würde, und stellten sich darauf ein. Und woher wußten Sie Bescheid? Weil Sie selber den Hebel umlegten!«

Cook wandte sich Dr. Peverale zu. »Das ist Verleumdung! Das ist Wahnsinn!«

Aber Dr. Peverale sah seinen Stellvertreter voller Entsetzen an.

»Lassen Sie mich den ganzen Ablauf rekonstruieren«, fuhr Bigman fort. »Cook steckte mit Urtel unter einer Decke. Nur durch ihn kann Urtel unseren geplanten Weg durch die Stollen erfahren haben. Sicherlich tat ihm Cook nicht ganz freiwillig diesen Gefallen. Ich denke, daß Urtel ihn erpreßte. Jedenfalls konnte Cook seinen Peiniger nur loswerden, indem er ihn ermordete. Als ich sagte, daß ich den Dreckskerl bei niedriger Schwerkraft umbringen könne, da muß ihm die Idee gekommen sein. Während des Kampfes stand er dann wartend am Hebel. Das ist alles.«

»Hören Sie auf!« schrie Cook mit erstickter Stimme. »Das ist ... das ist doch ...«

»Sie brauchen sich nicht auf meine Angaben allein zu verlassen«, fuhr Bigman ungerührt fort. »Sie werden unter Urtels Sachen irgendwelche Dokumente finden – Schriftstücke, Tonbänder oder Filme –, die ihm Macht über Cook verliehen. Sonst wäre Cook nicht zum Mörder geworden. Suchen Sie unter Urtels Habseligkeiten! Sie werden bestimmt etwas finden, das meine Theorie bestätigt.«

»Bigman hat recht«, sagte Lucky.

Dr. Peverale war noch unschlüssig. »Das ist wahrscheinlich die einzige Möglichkeit, jedoch ... wenn man bedenkt ...«

Dr. Hanley Cook wurde immer kleiner. Er erinnerte Lucky an einen Ballon, dem man die Luft abläßt. Bleich, zitternd und zusammengesunken sagte er mit schwacher Stimme: »Warten Sie! Ich gestehe alles!«

Jedes Augenpaar im Raum war nun auf Cook gerichtet.

Hanley Cooks eingefallene Wangen glänzten vor Schweiß. Wie ein reuiger Sünder hob er die zitternden Hände, als wolle er um Vergebung betteln. Mit leiser Stimme erzählte er stockend: »Kurz nach seiner Ankunft auf dem Merkur suchte Urtel mich auf. Er sagte, er führe im Auftrag von Senator Swenson eine Untersuchung im Observatorium durch. Es gebe Beweise für Unfähigkeit und Geldverschwendung. Es sei klar, daß Dr. Peverale pensioniert werden müsse. Er sei ein alter Mann und der Verantwortung nicht mehr gewachsen. Und er meinte, ich sei der logische Nachfolger.«

Dr. Peverale hatte wie versteinert gelauscht. Jetzt schrie er empört: »Cook!«

»Ich gab Urtel recht«, sagte Cook düster. »Denn Sie sind zu alt. In Wirklichkeit leite ich ja bereits das Observatorium, damit Sie Zeit haben, Ihrem Sirius-Verfolgungswahn zu frönen.« Er wandte sich direkt an Lucky. »Urtel machte mir einen Vorschlag. Ich solle ihm bei seinen Nachforschungen helfen. Als Gegenleistung werde er dafür sorgen, daß ich der nächste Direktor würde. Ich glaubte ihm. Wir alle wissen ja, über welche Macht Senator Swenson verfügt.«

Cook schluckte krampfhaft, ehe er weitersprach. »Ich versorgte Urtel mit allen möglichen Informationen. Oft schwarz auf weiß und unterschrieben. Er sagte, er brauche das alles für die zu erwartenden gerichtlichen Untersuchungen. Und dann ... und dann zeigte er sein wahres Gesicht. Er begann mich zu erpressen. Es stellte sich heraus, daß er in Wirklichkeit gegen das Projekt Licht und den Wissenschaftsrat Material sammelte. Ich sollte meine Stellung dazu mißbrauchen, um für ihn zu spionieren. Er drohte, mit den Dokumenten, die ich ihm bereits übergeben hatte, zu Dr. Peverale zu gehen, falls ich mich weigerte. Das hätte das Ende meiner Laufbahn bedeutet.«

Wieder mußte Cook eine Pause einlegen. »Ich mußte also für ihn spionieren. Gezwungenermaßen beschrieb ich ihm den Weg, den Starr und Bigman im Bergwerk einschlagen wollten. Ich hielt ihn über Mindes' Tätigkeit ständig auf dem laufenden. Je mehr ich seinem Drängen nachgab, um so mehr lieferte ich mich ihm aus. Nach einer Weile wurde mir klar, daß er mich am Ende fallenlassen würde, trotz allem, was ich für ihn getan hatte. Das entsprach seinem Charakter. Ich konnte seine Pläne nur vereiteln, indem ich ihn tötete. Ich wußte nur nicht, wie ich das bewerkstelligen sollte ...«

Seine Stimme überschlug sich. »Da kam mir Bigman mit seinem Plan, bei niedriger Schwerkraft gegen Urtel zu kämpfen, gerade zupaß. Er war so felsenfest davon überzeugt, daß er Urtel durch die Luft wirbeln würde! Ich dachte, dann könnte ich ... Die Chancen standen zwar nur 1:100, vielleicht 1:1000, aber ich hatte ja nichts zu verlieren. Also stellte ich mich an den Schalthebeln auf und wartete auf eine günstige Gelegenheit. Sie kam, und Urtel stürzte sich zu Tode. Der perfekte Mord! Jeder würde an einen Unfall glauben. Selbst wenn es für Bigman brenzlig wurde, dachte ich, würde ihn der Wissenschaftsrat schon nicht im Stich lassen. Niemand käme zu Schaden außer Urtel, und der hatte sein Schicksal hundertfach verdient. Ja, so war es.«

In das betretene Schweigen, das seinen Worten folgte, sprach Dr. Peverale heiser: »Unter diesen Umständen, Cook, betrachten Sie sich als vom Dienst suspendiert und unter Ar...«

»He, langsam, langsam!« rief Bigman dazwischen. »Das ist ja erst das halbe Geständnis. Nun mal ehrlich, Cook, Sie hatten doch schon vorher einmal einen Mordversuch an Urtel verübt, oder?«

»Einen Mordversuch ... vorher?« Cook sah aus trüben Augen verständnislos zu ihm auf.

»Ja, was war denn mit dem aufgeschlitzten Isolieranzug? Urtel hatte uns davor gewarnt. Also mußte man ihm auch schon einen untergeschoben haben. Er stellte es so dar, als sei Mindes der Übeltäter. Aber Urtel war ja ein verlogener Drecksack, und man durfte ihm buchstäblich kein Wort glauben. Der langen Rede kurzer Sinn: Sie versuchten, Urtel durch diese Manipulation zu ermorden. Aber er entdeckte die Schlitze im Ärmel und zwang Sie, den Anzug in unserem Zimmer aufzuhängen. Und dann warnte er uns.

Wir sollten annehmen, er stehe auf unserer Seite, und Mindes sei ein Schurke. War es nicht so?«

»Nein!« schrie Cook. »Nein! Mit dem Isolieranzug hatte ich nichts zu tun, gar nichts!«

»Na, hören Sie, Sie wollen uns doch nicht glauben machen ...«

Lucky Starr war aufgesprungen und griff ein. »Schon gut, Bigman. Cook hatte wirklich nichts mit dem beschädigten Isolieranzug zu tun. Du kannst es ihm glauben. Der Mann, der die Ärmel aufschlitzte, ist derselbe, der den Roboter mit einem Zerstörungsauftrag in Marsch setzte.«

Ungläubig starrte Bigman seinen Freund an.

»Du meinst die Sirianer, Lucky?«

»Keine Sirianer«, sagte Lucky. »Es gibt keine Sirianer auf dem Merkur. Es sind nie welche hiergewesen.«

15
Die Entlarvung

Dr. Peverales tiefe Stimme war voller Mißbilligung. »Keine Sirianer? Sind Sie sich dessen bewußt, was Sie da behaupten?«

»Vollkommen. « Lucky Starr trat an Dr. Peverales Schreibtisch und setzte sich so auf eine Kante, daß er der Versammlung das Gesicht zuwandte. »Dr. Peverale wird mir zustimmen, wenn ich die Gründe für meine Behauptung dargelegt habe.«

»Ich Ihnen zustimmen? Glauben Sie nur das nicht!« entgegnete der alte Astronom scharf und verzog wütend sein Gesicht. »Es lohnt sich kaum, darüber zu diskutieren ... Außerdem müssen wir Cook in Arrest nehmen.« Er machte Miene aufzustehen.

Lucky drückte ihn sanft in seinen Sessel. »Schon gut, Sir. Bigman wird dafür sorgen, daß Cook keine Dummheiten macht. «

»Ich werde mich ganz ruhig verhalten«, versprach der verzweifelte Cook kaum hörbar. Für alle Fälle zog Bigman seinen Sessel dicht neben Cooks Sitz.

»Dr. Peverale«, sagte Lucky, »denken Sie mal an den Abend des Banketts und an Ihre eigenen Worte, als Sie über sirianische Roboter sprachen ... Übrigens, Dr. Peverale, Sie wußten doch schon seit langer Zeit, daß sich ein Roboter auf dem Planeten aufhielt, nicht wahr?«

»Wie meinen Sie das?« fragte der Astronom unsicher.

»Dr. Mindes kam zu Ihnen und erzählte von menschenähnlichen, sich bewegenden Gestalten, die er gesehen hatte. Sie trügen so etwas wie Raumanzüge aus Metall und könnten die Sonnenstrahlung besser vertragen als richtige Menschen.«

»Ja, aber wenn es Roboter gewesen wären, hätte ich das erkannt«, warf Mindes ein.

»Sie sind mit Robotern nicht so vertraut wie Dr. Peverale«, sagte Lucky und wandte sich wieder dem alten Astronomen zu. »Ich bin sicher, daß Sie aus Mindes' Erzählungen sofort auf die Existenz von Robotern sirianischen Fabrikats auf diesem Planeten schlossen.«

Der Astronom nickte bedächtig.

»Ich dagegen«, fuhr Lucky fort, »dachte bei Mindes' Geschichte ebensowenig an Roboter wie er selbst. Nach dem Bankett jedoch, wo Sie, Dr. Peverale, sich ausführlich über Sirius und seine Roboter ausgelassen hatten, kam mir der Gedanke, daß hier die Lösung des Problems liegt. Sie müssen das gleiche angenommen haben.«

Wieder nickte Dr. Peverale langsam. »Mir war klar«, sagte er, »daß wir gegen einen Übergriff der Sirianer machtlos wären. Deshalb wollte ich Mindes dazu bringen, daß er seine Ein-Mann-Expeditionen einstellte.«

Mindes erblaßte und murmelte zornig etwas vor sich hin.

»Sie haben den Wissenschaftsrat nicht davon informiert?« fragte Lucky.

Dr. Peverale zögerte. »Ich hatte Angst, man würde mir nicht glauben und mich vielleicht sogar von meinem Posten entfernen. Offengestanden, ich wußte mir keinen Rat. Mit Urtel konnte ich mich nicht zusammentun. Er hatte für nichts Interesse als für seine eigenen Pläne. Dann kamen Sie, Starr.« Seine Stimme wurde sicherer, seine Rede fließender. »In Ihnen sah ich endlich den ersehnten Verbündeten. Zum erstenmal wagte ich es, offen über Sirius, seine Gefährlichkeit und seine Roboter zu sprechen.«

»Ja«, sagte Lucky, »und erinnern Sie sich noch, wie Sie das Verhältnis der Sirianer zu ihren Robotern beschrieben? Sie gebrauchten das Wort ›Liebe‹. Sie erzählten, daß die Sirianer ihre Roboter verwöhnten, daß sie sie liebten, daß ihnen nichts zu gut sei für ihre Lieblinge. Sie sagten, in den Augen der Sirianer sei ein Roboter so viel wert wie hundert Erdmenschen.«

»Natürlich«, sagte Dr. Peverale. »Das ist wahr.«

»Nun, wenn die Sirianer ihre Roboter so in ihr Herz geschlossen haben, würden sie dann einen ohne Isolieranzug und ohne Schutz gegen kosmische Strahlung allein auf den Merkur schicken? Würden sie einen ihrer geliebten Roboter dem unausweichlichen, quälend langsamen Hitzetod aussetzen?«

Dr. Peverales Lippen bebten, aber er schwieg.

»Ich bin kein Sirianer«, sagte Lucky, »und der Roboter bedrohte mein Leben. Dennoch brachte ich es nicht übers Herz, ihn mit dem Blaster zu erledigen. Wie ist es dann möglich, daß ein Sirianer einen Roboter so grausam opfert?«

Dr. Peverale suchte nach Worten: »Die ungeheure Bedeutung der Mission ...«

»Geschenkt! Ich bestreite ja nicht die Möglichkeit, daß die Sirianer einen Roboter auf dem Merkur absetzen, damit er hier Sabotageakte verübt. Aber, große Galaxis, dann hätten sie als erstes sein Positronengehirn gegen kosmische Strahlung isoliert! Dazu braucht man einen Roboter gar nicht zu lieben. Man würde es schon aus praktischen Gründen tun. Er wäre doch länger einsatzbereit.«

Die Versammlung gab ihre Zustimmung zu Luckys Beweisführung zu erkennen.

»Aber«, stotterte Dr. Peverale, »wenn es nicht die Sirianer waren, wer denn sonst ...?«

»Nun«, sagte Lucky ruhig. »Prüfen wir doch mal die Indizien! Nummer eins: Mindes begegnet dem Roboter zweimal. Beidemal verschwindet der Roboter, als Mindes sich ihm nähert. Später erklärte mir der Roboter, ihm sei jeweils befohlen worden, den auftauchenden Menschen aus dem Wege zu gehen. Offenbar war er auch vor Mindes gewarnt worden, der ja den Saboteur zu finden hoffte. Nun leuchtet es ein, daß die Warnung von einer Person in der Kuppel übermittelt worden sein muß. Meinetwegen erging an den Roboter keine Warnung. Ich hatte ja auch laut angekündigt, daß ich nur das Bergwerk erforschen wollte.«

Die Zuhörer hielten den Atem an. Lucky fuhr fort: »Indiz Nummer zwei: Als der Roboter im Sterben lag, fragte ich ihn noch einmal nach dem Mann, der ihm die Befehle erteilte. Er konnte nur antworten: ›Rrk ... Rrkh ...‹ Dann funktionierte sein Sprechfunk nicht mehr. Aber er bewegte noch den Mund. Und es sah aus, als wolle er einen Namen sprechen, der aus zwei Silben bestand.«

»Urtel!« rief Bigman dazwischen. Vor Aufregung standen ihm die blaßroten Haare zu Berge. »Der Roboter versuchte, den Namen Urtel auszusprechen! Dieser Dreckskerl war also der Saboteur! Das paßt alles zusammen! Das paßt wie die Faust aufs Auge ...«

»Kann sein«, sagte Lucky, »kann sein. Wir werden schon sehen. Ich dachte an etwas anderes. Ich glaubte, der Roboter wollte ›Erdmensch‹ sagen.«

»Kann aber auch sein«, sagte Dr. Peverale trocken, »daß es gar nichts bedeutete. Sie sagten ja, der Roboter war schon halbtot.«

»Vielleicht. Aber nun kommen wir zu Indiz Nummer drei, und sofort sehen wir klar. Nämlich: der Roboter war ein sirianisches Fabrikat. Und wer von den Bewohnern des Doms hatte die Möglichkeit, in den Besitz eines sirianischen Roboters zu kommen? Ist irgendeiner von uns jemals auf einem Planeten des Sirius gewesen?«

Dr. Peverales Augen wurden schmal. »Ja, ich.«

»Genau«, sagte Lucky Starr, »und niemand sonst. Da haben Sie die Antwort!«

Ein Tumult brach aus. Aber Lucky sorgte bald für Ruhe. Seine Stimme klang befehlsgewohnt, und sein Gesichtsausdruck war von entschlossenem Ernst. »Als Mitglied des Wissenschaftsrates übernehme ich mit sofortiger Wirkung die Befehlsgewalt auf dem Merkur. Dr. Peverale ist seines Postens als Direktor enthoben. Ich habe Verbindung mit dem Hauptquartier des Rates auf der Erde aufgenommen, und zur Stunde ist ein Raumschiff nach hier unterwegs. Alle notwendigen Maßnahmen werden durchgeführt werden.«

»Ich bitte um Gehör!« rief Dr. Peverale.

»Sie werden ausreichend Gelegenheit erhalten, sich zu verteidigen«, sagte Lucky. »Aber erst will ich Ihnen sagen, was gegen Sie vorliegt. Sie sind hier der einzige, der je Gelegenheit hatte, einen sirianischen Roboter zu stehlen. Dr. Cook erwähnte neulich, daß man Ihnen während Ihres Aufenthalts im Siriussystem einen Roboter für persönliche Dienstleistungen zur Verfügung stellte. Stimmt das?«

»Ja, aber ...«

»Wahrscheinlich lotsten Sie ihn damals bei einer günstigen Gelegenheit in Ihr Raumschiff, ohne daß die Sirianer etwas merkten. Vermutlich dachte man dort nicht im Traum daran, daß jemand ein so grauenhaftes Verbrechen wie den Diebstahl eines Roboters begehen würde. Deshalb war man in dieser Hinsicht nicht sehr wachsam.«

Mehrere Mitglieder der Versammlung nickten. Was Lucky ausführte, leuchtete allen ein.

»So gesehen, ergibt es einen Sinn, wenn der Roboter ›Erdmensch‹ zu antworten versuchte, als ich ihn zuletzt nach seinem Herrn und Meister fragte. Sie, Dr. Peverale, waren der einzige Erdmensch im Sirius-System. Vermutlich kannte Sie der Roboter unter dieser Bezeichnung von dem Augenblick an, als er in Ihre Dienste trat. Und für ihn blieben Sie immer der ›Erdmensch‹.«

Bigman lauschte Lucky mit offenem Munde. Er war hingerissen.

»Und schließlich, wer wußte besser als Sie, wann jemand einen Forschungstrip zur Sonnenseite unternahm? Wer konnte leichter den Roboter durch Radiosignale benachrichtigen, wann er sicher war und wann er sich in Deckung halten sollte?«

»Ich bestreite das alles«, sagte Dr. Peverale mit schmalen Lippen.

»Das hat keinen Sinn«, erwiderte Lucky. »Wenn Sie weiterhin behaupten, unschuldig zu sein, wird der Wissenschaftsrat die Behörden des Sirius um Auskünfte bitten. Der Roboter nannte mir seine Seriennummer. Sie lautete RL–726. Wenn die sirianischen Behörden antworten, der Ihnen zur Verfügung gestellte Roboter, der bei Ihrer Abreise auf Nimmerwiedersehen verschwand, habe die Nummer RL–726 gehabt, sind Sie überführt.«

Dr. Peverales Augenlider flatterten, als Lucky mit erhobener Stimme schloß: »Aber dann sieht es ganz schlimm für Sie aus. Ihr Verbrechen – Diebstahl eines Roboters – wurde im Sirius-System begangen. Wir haben einen Auslieferungsvertrag mit den Planeten des Sirius. Wir wären also gezwungen, Sie den dortigen Behörden zur Aburteilung zu überstellen. Deshalb, Dr. Peverale, würde ich Ihnen zu einem offenen Geständnis raten. Stellen Sie sich reumütig den Gerichten der Erde! Beharren Sie aber darauf, unschuldig zu sein, riskieren Sie ein Verfahren auf dem Sirius. Die Anklage wird lauten, daß Sie einen der heißgeliebten Roboter gestohlen und grausam zu Tode gefoltert haben!«

Der würdige Dr. Peverale bot einen kläglichen Anblick. Mit leerem Blick starrte er auf die Versammlung. Dann sackte er zusammen und fiel langsam zu Boden.

Dr. Gardoma eilte zu ihm und fühlte ihm den Puls. »Er lebt«, verkündete er. »Aber er muß schleunigst ins Bett geschafft werden.«

Zwei Stunden später war Dr. Lance Peverale wieder bei vollem Bewußtsein. Vom Bett aus gab er ein volles Geständnis zu Protokoll. Zeugen waren Dr. Gardoma und Lucky Starr. Das Hauptquartier des Wissenschaftsrats hörte über Funk mit.

Rasch blieb der Planet Merkur unter ihnen zurück. Längst hatten die Sonderagenten des Wissenschaftsrates die Zügel in die Hand genommen.

Lucky war nun frei von jeder Verantwortung, aber er fühlte sich noch immer im Bann der Ereignisse. Düster brütend saß er im Raumschiff.

»Was ist los, Lucky?« erkundigte sich Bigman, dem die bedrückte Stimmung seines Freundes nicht entgangen war.

»Mir tut der alte Peverale leid«, antwortete Lucky. »Auf seine Art meinte er es gut. Die Sirianer sind eine Gefahr, wenn auch nicht so akut, wie er glaubte.«

»Der Rat hätte ihn doch wohl nicht an die Sirianer ausgeliefert, oder?«

»Wahrscheinlich nicht. Aber nur die Angst vor einer Auslieferung brachte ihn dazu, ein Geständnis abzulegen. Es war ein gemeiner Trick von mir, doch ich mußte ihn anwenden. Auch aus patriotischen Gründen darf man sich nicht zu einem Mordversuch hinreißen lassen. Das gleiche gilt für Cook. Selbst wenn Urtel ein ungewöhnlicher Schurke war, bleibt Cooks Handeln ein Verbrechen.«

Bigman war noch neugierig. »Was hatte der alte Knabe eigentlich gegen Projekt Licht, Lucky?«

»Das hat Peverale schon beim Bankett deutlich erklärt. Überhaupt wurde eigentlich an jenem Abend schon alles klar. Weißt du noch, wie er darüber klagte, daß die Erde durch die Einfuhr von Lebensmitteln und Bodenschätzen immer abhängiger von anderen würde? Seiner Ansicht nach verschärft Projekt Licht diese Lage noch. Es hinge dann von den Raumstationen ab, ob und wieviel Sonnenlicht sie zugeteilt bekommt. Er wünschte sich eine in jeder Hinsicht autarke Erde. So, meinte er, könne sie am besten der sirianischen Drohung begegnen.«

Luckys Stirn klärte sich, als er Bigman die weiteren Gründe für Peverales Vorgehen auseinandersetzte. »Offenbar war er nicht mehr ganz richtig im Kopf. So bildete er sich ein, durch Sabotage das Projekt Licht, die Sache der Autarkie zu fördern. Vielleicht hatte er ursprünglich nur beabsichtigt, den gestohlenen Roboter als ein dramatisches Beispiel für den technischen Vorsprung der Sirianer vorzuführen. Als er bei seiner Rückkehr jedoch Projekt Licht im besten Schwung vorfand, machte er aus dem Roboter einen Saboteur.«

Bigman nickte, und Lucky schloß: »Dann kam Urtel. Nun befürchtete Peverale, Urtel werde bei seinen Untersuchungen alles aufdecken und ihn bloßstellen. Also schlitzte er einen Isolieranzug auf und schmuggelte ihn in Urtels Zimmer. Doch der entdeckte die todbringende Beschädigung. Kann sein, daß er wirklich Mindes im Verdacht hatte.«

»Ja, du hast recht, Lucky. Mir fällt jetzt alles wieder ein. Als wir den alten Knaben kennenlernten, war er so sauer auf Urtel, daß er nicht mal über ihn sprechen wollte.«

»Genau. Und er schien doch gar keinen Grund für solche Abneigung zu haben, wie zum Beispiel Mindes ihn hatte. Ich dachte mir gleich, es müsse da eine verborgene Ursache geben.«

»Hast du da schon Verdacht geschöpft?«

»Nein, das war später. Als wir den aufgeschlitzten Isolieranzug in unserem Zimmer fanden. Ich dachte sofort an Peverale. Er kannte unser Zimmer. Er hatte die beste Gelegenheit, den Anzug reinzuhängen. Und er konnte den Isolieranzug gleich verschwinden lassen, wenn er seinen Zweck erfüllt und mich getötet hatte. Ich fragte mich nur: Was hat er für einen Grund, mich umzubringen? Ich wußte kein Motiv dafür.«

Lucky schüttelte in der Erinnerung den Kopf. »Mein

Name sagte ihm offenbar nichts. Er fragte mich bei der Vorstellung, ob ich wie Mindes ein Subtemporalingenieur sei. Dagegen hatte Mindes schon von mir gehört und versuchte, mich als Helfer zu gewinnen. Auch Dr. Gardoma kannte mich – in Verbindung mit dem Vergiftungsskandal auf dem Mars. Und Urtel wußte selbstverständlich alles über mich. Ich fragte mich, ob ich für Dr. Peverale wirklich so ein Unbekannter war, wie er tat.«

Bigman hörte gebannt zu, als Lucky weitersprach: »Mir fiel zum Beispiel Ceres ein, wo du und ich die Schlacht gegen die Piraten miterlebten. Dort befindet sich das größte Observatorium des Sonnensystems. Konnte nicht auch Peverale dagewesen sein? Ich fragte ihn danach, aber er bestritt, mir dort begegnet zu sein, obwohl er Ceres kannte. Cook erzählte uns ja später, daß der Alte häufig Dienstreisen nach Ceres unternommen habe. Ohne daß ich ihn darum bat, erklärte Peverale des längeren, daß er während des Piratenangriffs krank zu Bett gelegen habe, und Cook bestätigte das auch. Damit hatte sich Peverale verraten. In seinem Eifer hatte er zuviel ausgeplaudert.«

Der kleine Marsmensch starrte ihn verständnislos an. »Da komme ich nicht mit.«

»Ganz einfach. Wenn Peverale so oft auf Ceres geweilt hatte, warum baute er gerade für die Zeit des Piratenangriffs ein Alibi auf? Warum ausgerechnet für diesen Zeitpunkt und nicht irgendeinen anderen? Daraus schloß ich zweierlei: Er kannte den Zeitpunkt meines Aufenthaltes auf Ceres. Und er kannte mich!«

Bigman klatschte begeistert in die Hände.

»Wenn er mich aber kannte, warum wollte er mich ebenso wie Urtel töten? Er hatte uns beiden beschädigte Isolieranzüge untergeschoben, wie du weißt. Nun, wir waren beide Agenten, die Nachforschungen auf dem Merkur anstellen sollten. Wovor hatte Peverale Angst? Als er dann beim Bankett vom Sirius und seinen Robotern erzählte, fiel bei mir die Klappe. Mindes' Berichte von der Sonnenseite erschienen plötzlich glaubwürdig. Und ich wußte, daß nur die Sirianer oder Dr. Peverale einen Roboter auf den Merkur geschmuggelt haben konnten. Wahrscheinlich war es Dr. Peverale, dachte ich, und sein ständiges Gerede über die sirianische Gefahr ist nichts weiter als ein Tarnmanöver. Damit war er gedeckt, falls jemand den Roboter fing und die Sabotageakte dann aufhörten. Es würde ihm sogar noch den Vorwand für weitere Anti Sirius-Propaganda liefern.«

»Aber du hast handfeste Beweise gebraucht«, warf Bigman ein.

»Ja, genau. Sonst hätte Senator Swenson sich nur darüber ausgelassen, daß ich die Unfähigkeit und Verschwendungssucht des Wissenschaftsrats vertuschen wolle. Da Urtel dauernd um uns herumstrich, wagte ich die Angelegenheit mit keinem zu besprechen. Nicht mal mit dir, Bigman.«

Bigman war beleidigt. »Wann wirst du mir endlich Vertrauen schenken, Lucky?«

»Sobald ich mich darauf verlassen kann«, sagte Lucky, »daß du keine Schlägereien mehr mit Männern vom Zaun brichst, die doppelt so schwer sind wie du.« Er lächelte, und das nahm der kritischen Bemerkung jede Spitze. »Jedenfalls nahm ich mir vor, den Roboter auf der Sonnenseite zu fangen, als handfesten Beweis meiner Thesen. Da er aber starb, mußte ich Peverale zum Geständnis zwingen.«

»Wie steht Senator Swenson jetzt da?« fragte Bigman.

»Ich denke, die Partie zwischen uns steht remis. Er kann kein großes Geschrei über Urtels Tod erheben. Denn wir haben Dr. Cook als Zeugen für Urtels schmutzige Methoden. Wir können ihm aber auch nicht ans Leder, weil die beiden führenden Köpfe des Merkur-Observatoriums wegen schwerer Verfehlungen von ihren Posten abgelöst werden mußten. Die Entscheidung ist somit vertagt.«

»Beim heiligen Mars!« stöhnte Bigman. »Dann sitzt uns also dieser Kerl weiter im Nacken.«

Lucky schüttelte den Kopf. »Nein, Senator Swenson brauchen wir kaum zu fürchten. Er ist rücksichtslos und geht immer aufs Ganze. Aber das hat auch sein Gutes. Es bewahrt uns davor, träge zu werden, und der Wissenschaftsrat kommt nie in Versuchung, mehr auszugeben als nötig.«

Lucky blickte nachdenklich vor sich hin. »Ja, der Wissenschaftsrat braucht Kritik, scharfe Kritik, genauso wie Kongreß und Regierung. Wenn der Rat außerhalb jeder Kritik stände, würde ein diktatorisches Regime auf der Erde entstehen. Und das möchte ich unter keinen Umständen erleben.«

»Das mag schon sein«, sagte Bigman, noch nicht ganz zufriedengestellt, »aber deshalb kann ich Swenson noch lange nicht leiden.«

Lachend zauste Lucky das struppigrote Haar des kleinen Marsbewohners. »Ich auch nicht. Aber was kümmert er uns? Sieh, da vor uns liegen Millionen von Sternen. Wer weiß, welchen wir nächste Woche ansteuern – und welche Abenteuer uns dort erwarten!«

LUCKY STARR

AUF DEN JUPITERMONDEN

1
Gefahr auf Jupiter 9

Jupiter zeigte sich als fast vollkommener Kreis sahnigen Lichts, halb so groß wie der Mond von der Erde aus gesehen, aber nur ein Siebentel so hell. Das machte die weite Entfernung von der Sonne. Dennoch bot er einen schönen, eindrucksvollen Anblick.

Lucky Starr betrachtete ihn nachdenklich. Im Kontrollraum brannte kein Licht. Im matten Schimmer des Jupiter, der mitten im Bildschirm stand, waren Lucky und sein Gefährte nur schattenhaft zu erkennen. »Wenn Jupiter hohl wäre«, sagte Lucky zu Bigman, »könnte er 1300 Planeten von der Größe der Erde aufnehmen und wäre immer noch nicht ganz voll. Er ist schwerer als alle anderen Planeten zusammen.«

John Bigman Jones, der auf die Anrede Bigman größten Wert legte, aber nur 1,55 Meter maß, wenn er sich ein bißchen reckte, war gegen alles eingestellt, was groß war, mit Ausnahme von Lucky. »Und was haben wir davon?« fragte er. »Man darf nicht in seine Nähe kommen, geschweige denn auf ihm landen.«

»Vielleicht werden wir wirklich nie auf Jupiter landen«, sagte Lucky, »aber sobald die Antigrav-Schiffe fertig sind, wird nicht mehr viel an einer Landung fehlen.«

»Dazu werden sie uns brauchen«, sagte Bigman und schnitt im Halbdunkel eine Grimasse, »sonst sind die Siria- ner eher da.«

»Abwarten, Bigman!«

Bigman schlug ungeduldig mit der kleinen Faust in die linke Handfläche. »Bei den Sanddünen des Mars, Lucky, wie lange sollen wir hier noch warten?«

Sie befanden sich an Bord von Luckys Schiff, der *Shooting Starr*, in einer Umlaufbahn um Jupiter. Die Geschwindigkeit hatten sie der von Jupiter 9 angepaßt, dem äußeren Mond des Riesenplaneten.

Der Trabant hing scheinbar bewegungslos in einer Entfernung von 1600 Kilometern zur Oberfläche im Raum. Sein offizieller Name war Adrastea, aber abgesehen von dem innersten und größten waren Jupiters Monde besser unter ihren Nummern bekannt. Der Durchmesser von Jupiter 9 betrug nur 143 Kilometer. Er war kaum mehr als ein Asteroid, aber er sah von hier größer als der 24 Millionen Kilometer entfernte Jupiter aus. Eine unregelmäßig geformte Gesteinsmasse, grau und abstoßend im schwachen Sonnenlicht. Aber Lucky und Bigman waren solchen Anblick vom Asteroidengürtel her gewöhnt, wo sie hundert ähnliche Himmelskörper gesehen hatten.

Und doch war Jupiter 9 etwas Besonderes. Denn unter seiner Oberfläche arbeiteten tausend Menschen mit einem Kostenaufwand von Milliarden von Dollars am Bau von Raumschiffen, die nicht mehr den Gesetzen der Schwerkraft unterlagen.

Lucky ließ den Blick nicht von Jupiter. Selbst aus dieser Entfernung – drei Fünftel des Abstands zwischen Venus und Erde zur Zeit ihrer größten Annäherung – konnte man mit bloßem Auge auf der Scheibe des Jupiter die verschieden gefärbten Zonen unterscheiden. Es waren ein helles Rosa und ein Grünblau, die so wirkten, als habe ein Kind die Finger in Wasserfarbe getaucht und auf dem Planeten verschmiert.

Bei diesem wunderschönen Anblick hätte Lucky fast Jupiters Gefährlichkeit vergessen. Mit erhobener Stimme wiederholte Bigman seine Frage: »He, Lucky, wie lange müssen wir hier noch warten?«

»Das weißt du doch, Bigman. Bis Commander Donahue uns abholt!«

»Das weiß ich. Aber warum müssen wir überhaupt auf ihn warten?«

»Weil er es so will.«

»Ach ja? Für was hält sich denn der Kerl?«

»Er ist Chef des Antigrav-Projekts«, antwortete Lucky geduldig.

»Trotzdem brauchst du dich nicht von ihm rumkommandieren zu lassen.«

Bigman hatte höchsten Respekt vor Luckys Rang. Als Vollmitglied des Wissenschaftsrats, jener verdienstvollen Organisation, die uneigennützig gegen die Feinde der Erde innerhalb und außerhalb des Sonnensystems kämpfte, konnte Lucky auch gegen hochgestellte Persönlichkeiten seinen Standpunkt durchsetzen.

Aber im Augenblick wollte Lucky das nicht. Jupiters Gefahren waren allgemein bekannt. Er war ein giftiger Planet von unerträglicher Schwerkraft. Aber die Lage auf Jupiter 9 war noch gefährlicher, weil Lucky nichts Genaues über ihn wußte. Und bis sich das änderte, wollte Lucky äußerste Vorsicht walten lassen.

»Nur Geduld, Bigman!« mahnte er.

Bigman schaltete murrend die Lampen an. »Wir wollen doch nicht den ganzen Tag nur den Jupiter angaffen oder?«

Er ging zu dem kleinen Lebewesen von der Venus hinüber, das in seinem Aquarium in einer Ecke der Pilotenkanzel auf und ab hüpfte. Fast zärtlich sah er ihm zu, den breiten Mund zu einem vergnügten Lächeln verzogen. Der V-Frosch stimmte Bigman immer fröhlich – ja, eigentlich jeden Menschen.

Der V-Frosch lebte in den Ozeanen der Venus, ein kleines Wesen, das manchmal nur aus Augen und Beinen zu bestehen schien. Er war grün, froschähnlich und nur 15 Zentimeter lang. Die großen Augen quollen aus dem Kopf und ähnelten schimmernden Brombeeren. Der scharfe stark gebogene Schnabel öffnete und schloß sich in unregelmäßigen Abständen. Im Augenblick hatte er seine sechs Beine eingezogen und saß auf dem Boden des Aquariums. Aber als Bigman gegen die Oberseite klopfte, entfalteten sie sich wie Zollstöcke und wurden zu langen Stelzen.

Es war ein häßliches, kleines Ding, aber Bigman hatte es gern. So ging es jedem. Dem V-Frosch konnte niemand widerstehen.

Sorgfältig prüfte Bigman den Zylinder, der das Wasser für den V-Frosch mit Kohlenstoffdioxyd anreicherte, und vergewisserte sich, daß die Wassertemperatur bei 35 Grad lag. (Über den warmen Meeren der Venus lag nämlich eine Stickstoff- und Kohlenstoffdioxydatmosphäre, die natürlich auch das Wasser anreicherte. Freier Sauerstoff, wie es ihn auf der Venus nur in den von Menschen bewohnten Kuppelbauten am Grunde der seichten Meere gab, hätte dem V-Frosch das Leben sehr ungemütlich gemacht.)

»Glaubst du, daß er genügend zu fressen hat?« fragte Bigman. Und als hätte der V-Frosch die Bemerkung gehört, öffnete sich sein Schnabel. Er biß eine grüne Ranke des Venuskrauts ab, das auf dem Boden des Aquariums wuchs, und begann langsam zu kauen.

»Bis wir auf Jupiter 9 landen, reicht es«, sagte Lucky. Dann schauten beide Männer auf, als das Krächzen des Funksignals ertönte.

Lucky betätigte einige Schalter, und auf dem Bildschirm erschien das ernste Gesicht eines älteren Mannes.

»Donahue hier«, sagte eine energische Stimme.

»Ja, Commander«, meldete sich Lucky. »Wir haben Sie erwartet.«

»Dann machen Sie die Schleusen für das Andocken klar!«

Im Gesicht des Commanders stand – klar und unübersehbar wie mit Riesenlettern – Sorge, Sorge und Beunruhigung.

Lucky hatte in den vergangenen Wochen so manches sorgenvolle Männergesicht zu sehen bekommen. So zum Beispiel bei Hector Conway, dem Vorsitzenden des Wissenschafsrates. Lucky war für ihn fast wie ein Sohn, und der Ältere sah keinen Grund, ihm seine Sorgen zu verhehlen.

Conways rosiges, gewöhnlich selbstsicheres und freundliches Gesicht mit dem Schopf weißer Haare sah tiefbekümmert aus, als er Lucky zu sich rief: »Ich wollte schon seit Monaten mit dir sprechen.«

»Gibt es Schwierigkeiten?« fragte Lucky ruhig. Er war vor einem knappen Monat vom Merkur zurückgekehrt und hatte sich seitdem meist in seinem New Yorker Apartment aufgehalten. »Du hast ja nicht angerufen.«

»Ich wollte deinen wohlverdienten Urlaub nicht stören«, sagte Conway mit rauher Stimme. »Ich wünschte, ich brauchte es auch jetzt noch nicht.«

»Was ist los, Onkel Hector?«

Der Blick der alten Augen des Ratsvorsitzenden bohrte sich in die ruhigen, braunen Augen des großen, geschmeidigen jungen Mannes, als suchten sie dort Trost. »Sirius!« sagte er dumpf.

Lucky war sofort hellwach. Wollte der große Feind endlich angreifen?

Vor Jahrhunderten hatten Expeditionen von der Erde im Stil kühner Pioniere die Planeten der nächsten Sonnen kolonisiert. Auf diesen Welten außerhalb des Sonnensystems hatten sich neue Gesellschaftsformen entwickelt. Unabhängige Staaten, die sich kaum noch ihrer Abstammung von der Erde erinnerten.

Die ältesten und stärksten dieser Staaten entstanden auf den Planeten Sirius. Eine weit fortgeschrittene Technologie konnte sich schier unerschöpflicher Bodenschätze bedienen. Es war kein Geheimnis, daß die Sirianer in ihrem Glauben, die Elite der Menschheit zu sein, die Absicht hatten, eines Tages alle Menschen überall in der Welt zu beherrschen. Und deshalb sahen sie die Erde, ihre alte Mutterwelt, als ihren größten Feind an.

In der Vergangenheit hatten sie die Feinde der Erde im Sonnensystem kräftig unterstützt, aber noch keine offene Kriegshandlung gewagt.

Und jetzt?

»Was ist mit Sirius?« fragte Lucky.

Conway lehnte sich zurück. Seine Finger trommelten leicht auf den Tisch. »Sirius wird mit jedem Jahr stärker«, sagte er. »Wir wissen das. Aber seine Planeten sind unterbevölkert. Sie haben nur ein paar Millionen Einwohner. In unserem Sonnensystem wohnen immer noch mehr Menschen als in der ganzen übrigen Milchstraße zusammen. Wir besitzen mehr Raumschiffe und haben mehr Wissenschaftler. Noch sind wir ihnen überlegen. Aber, beim heiligen Weltraum, wir werden den Vorsprung nicht mehr lange halten, wenn sich die Dinge weiter so entwickeln.«

»Und wie kommt das?«

»Durch sirianische Spionage. Der Rat ist im Besitz sicherer Beweise dafür, daß der Sirius über den neuesten Stand unserer Antigrav-Forschung informiert ist.«

»Was?!« Lucky erschrak heftig. Das Antigrav-Projekt war eins der geheimsten. Einer der Gründe, warum man den Bau der Raumschiffe auf einen äußeren Jupitermond verlegt hatte, war der Wunsch nach bestmöglicher Geheimhaltung gewesen. »Große Galaxis, wie konnte das geschehen?«

Conway lächelte bitter. »Das ist ja die Frage! Wie konnte das geschehen? Sie erfahren die allerneuesten Forschungsergebnisse, aber wir wissen nicht, auf welche Weise. Wir haben versucht, die wichtigen Daten in jeder Art zu schützen. Niemand arbeitet an dem Projekt, der nicht aufs schärfste durchgeprüft wurde. Wir trafen alle erdenklichen Vorsichtsmaßnahmen. Aber die Spionage ging weiter. Einschließlich des falschen Spielmaterials, das wir absichtlich einschleusten. Das hat unsere Spionageabwehr einwandfrei festgestellt. Wir haben Daten unter den peinlichsten Sicherheitsmaßnahmen eingegeben, und doch wurden sie auf dem Sirius bekannt.«

»Was verstehst du unter peinlichsten Sicherheitsmaßnahmen?«

»Wir filterten sie so, daß niemand über den Gesamtstand des Programms informiert war. Nicht einmal, wenn sechs Leute zusammenarbeiteten, konnten sie sich einen vollständigen Überblick verschaffen. Und trotzdem erfuhr man auf dem Sirius alles. Das würde bedeuten, daß sehr viele Beteiligte, gemeinsam operierend, Spionage betreiben, und so etwas ist einfach undenkbar.«

»Oder daß doch ein einzelner Zugang zu allen Daten hat«, warf Lucky ein.

»Das ist genauso unmöglich. Es muß irgendeine neue Methode geben. Sind dir die Konsequenzen klar? Wenn es dem Sirius neuerdings möglich ist, unsere Gedanken zu lesen, ist unsere ganze Sicherheit gefährdet. Wir können dann kein funktionierendes Verteidigungssystem mehr gegen ihn aufbauen. Wir könnten nicht einmal mehr Pläne gegen ihn entwerfen, ohne daß sie sofort davon erfahren.«

»Einen Augenblick, Onkel Hector! Große Galaxis, überleg doch mal, was du da sagst! Sie lesen unsere Gedanken? Wie soll man das verstehen?« Lucky sah den älteren Mann eindringlich an.

Der Vorsitzende des Rates errötete. »Beim heiligen Weltraum, Lucky, ich bin am Verzweifeln. Ich sehe keine andere Möglichkeit, als daß die Sirianer eine Art von Gedankenlesen, von Telepathie entwickelt haben.«

»Du scheinst dich dieser Überlegung zu schämen. Warum? Ich setze voraus, daß Telepathie möglich ist. Zumindest kennen wir doch eine funktionierende Methode. Die V-Frösche von der Venus.«

»Ganz recht«, sagte Conway. »Ich habe selber schon daran gedacht. Aber sie haben ja keine V-Frösche! Ich kenne die Erkenntnisse der V-Frosch-Forschung. Man braucht Tausende von V-Fröschen dazu. Und sie müssen gemeinsam dazu beitragen, um Gedankenlesen möglich zu machen. Aber die Haltung von mehreren tausend V-Fröschen außerhalb der Venus bringt fast unüberwindliche Schwierigkeiten mit sich und wäre leicht zu entdecken. Ohne V-Frösche ist Telepathie ein Ding der Unmöglichkeit.«

»Ein Ding der Unmöglichkeit nach unserem bisherigen Wissensstand«, erinnerte Lucky ruhig. »Aber vielleicht sind uns die Sirianer auf dem Gebiet der Telepathie weit voraus.«

»Ohne V-Frösche?«

»Ja, auch ohne V-Frösche.«

»Das glaube ich nicht!« rief Conway heftig. »Ich kann nicht glauben, daß die Sirianer ein Problem gelöst haben, an dessen Bewältigung der Wissenschaftsrat völlig scheiterte.«

Lucky war fast geneigt, den Stolz des alten Mannes auf seine Organisation zu belächeln. Aber es steckte mehr als Stolz hinter seiner Haltung. Der Wissenschaftsrat vereinigte in seinen Reihen den größten Zusammenschluß intellektueller Fähigkeiten der gesamten Milchstraße. Seit einem vollen Jahrhundert hatte es keine bedeutende wissenschaftliche Errungenschaft gegeben, die ihren Ursprung nicht in ihm gehabt hätte.

Dennoch konnte es sich Lucky nicht versagen, Conway einen kleinen Seitenhieb zu versetzen. Er sagte: »In Robotik sind sie uns voraus.«

»Grundsätzlich nicht«, gab Conway sofort zurück. »Nur in den Anwendungsformen. Erdmenschen erfanden das Positronengehirn, das den modernen Maschinenmenschen überhaupt erst möglich machte. Vergiß das nicht! Der Erde gebührt das Verdienst der gesamten Grundlagenforschung. Auf dem Sirius baut man nur mehr Roboter als auf der Erde und«, er zögerte, »hat dabei einige technische Einzelheiten verbessert.«

»Was ich auf Merkur höchst unangenehm erfuhr«, sagte Lucky grimmig.

»Ja, ich weiß, Lucky. Du warst in einer schrecklichen Klemme.«

»Das ist vorbei. Betrachten wir die aktuelle Lage! Sirius

betreibt mit Erfolg Spionage, und wir können ihn nicht daran hindern.«

»Ja.«

»Und das Antigrav-Projekt ist davon am meisten betroffen.«

»Ja.«

»Nun, Onkel Hector, dann ahne ich schon, was du von mir willst. Ich soll zu Jupiter 9 reisen und sehen, ob ich den Sirianern den Spaß verderben kann.«

Conway nickte düster. »Genau darum wollte ich dich bitten. Ich weiß, es ist unfair. Aber ich bin so sehr daran gewöhnt, in dir mein Trumpf-As zu sehen. Den Mann, den ich mit jedem Problem betrauen kann. Bei dem ich sicher sein darf, daß er es lösen wird. Aber was sollst du diesmal ausrichten? Der Rat hat alles versucht. Wir fanden keinen feindlichen Agenten, keine undichte Stelle, ja, nicht einmal eine denkbare Möglichkeit zu spionieren. Wie können wir da von dir neue Aufschlüsse erwarten?«

»Nicht von mir allein. Ich werde Helfer haben.«

»Bigman?« Der Vorsitzende mußte lächeln.

»Nicht ihn allein. Eine Frage! Haben nach deiner Kenntnis die Sirianer Wind von unserer V-Frosch-Forschung auf der Venus bekommen?«

»Nein«, sagte Conway entschieden. »Nach meiner Kenntnis ist das keinem gelungen.«

»Dann bitte ich dich, mir einen V-Frosch zuzuteilen.«

»Einen V-Frosch! Einen einzigen V-Frosch?«

»Ganz recht.«

»Aber was soll dir das nutzen? Das Mentalfeld eines einzelnen V-Frosches ist bedauerlich schwach. So wirst du keine Gedanken lesen können.«

»Stimmt. Aber ich könnte vielleicht irgendwo den Hauch einer starken Gefühlswelle aufspüren.«

»Vielleicht ja«, sagte Conway nachdenklich. »Aber was nützt dir das?«

»Ich kann es noch nicht sagen. Aber es bleibt ein Vorteil gegenüber den früheren Ermittlungen. Das Aufspüren einer unerwarteten Emotion bei irgend jemandem kann mir einen Hinweis liefern, den Verdacht in eine bestimmte Richtung lenken und die Nachforschungen in erfolgversprechende Bahnen leiten. Außerdem ...«

»Ja?«

»Wenn jemand über telepathische Fähigkeiten verfügt, entweder auf natürliche Weise oder durch künstliche Hilfsmittel erworben, könnte es sein, daß ich etwas mehr erfasse als eine Gefühlswelle. Nämlich einen tatsächlichen Gedanken, einen bestimmten, klaren Gedanken. Und das, bevor der Betreffende fähig ist, seine Gedanken vor mir abzuschirmen. Du verstehst, was ich meine?«

»Er könnte umgekehrt deine Emotionen erfassen.«

»Theoretisch ja. Aber ich gehe ja darauf aus, ich lausche systematisch auf Gefühlswellen. Das tut der andere nicht.«

Conways Augen leuchteten auf. »Es ist eine schwache Hoffnung. Aber beim Weltraum, es ist immerhin eine Hoffnung! Ich besorge dir deinen V-Frosch ... Aber noch eins, David«, nur in Augenblicken von größter Bedeutung sprach er Lucky bei seinem wahren Vornamen an, »sei dir bitte über den Ernst der Lage im klaren! Wenn wir nicht herausfinden, was die Sirianer treiben, dann haben sie uns wirklich überflügelt. Und das bedeutet: Der Krieg steht bevor! Die Frage heißt nur noch: Krieg oder Frieden?«

»Ich weiß«, sagte Lucky leise.

2
Der Commander wird wütend

Und so kam es, daß Lucky Starr, der Mann von der Erde, und Bigman, der auf dem Mars geboren und aufgewachsen war, sich jenseits des Asteroidengürtels in den äußeren Bezirken des Sonnensystems befanden. Und aus demselben Grund begleitete sie ein Wesen von der Venus, beileibe kein Mensch, sondern ein kleines Tier, das Gedanken lesen und Gedanken beeinflussen konnte.

Jetzt warteten sie, 1600 Kilometer über Jupiter 9, darauf, daß eine biegsame Verbindungsröhre zwischen der *Shooting Starr* und dem Schiff des Commanders angebracht wurde. Die Röhre verband die Luftschleusen beider Schiffe miteinander und bildete so einen Übergang, den man ohne Raumanzug benutzen konnte. Von beiden Schiffen strömte Luft herein. Ein weltraumerfahrener Mensch konnte nun, da die Schwerkraft aufgehoben war, mit einem einzigen Abstoßen durch die Röhre gleiten. Dabei brauchte er seinen Körper an den Windungen nur mit einem kleinen Ellbogenstoß in die gewünschte Richtung zu lenken.

Als erstes erschienen die Hände des Commanders in der Öffnung zur Luftschleuse. Sie packten den Rand, und gleich darauf hüpfte der Commander wie ein Laubfrosch heraus und landete sicher und ohne zu stolpern im künstlichen Schwerkraftfeld der *Shooting Starr* (oder Pseudograv Feld, wie es gemeinhin bezeichnet wurde). Das Manöver war ausgeführt, und Bigman, der alle Weltraumtechniken zu bewundern pflegte, nickte anerkennend.

»Guten Tag, Ratsmitglied Starr«, sagte Donahue ohne jede Freundlichkeit. Im Weltraum sagte man nicht ›Guten Morgen, guten Abend oder gute Nacht‹, weil es, genaugenommen, diese Tageszeiten nicht gab.

»Guten Tag, Commander«, antwortete Lucky. »Unsere

Landung auf Jupiter 9 scheint sich zu verspäten. Sind irgendwelche Schwierigkeiten aufgetreten?«

»Schwierigkeiten? Das hängt davon ab, wie man es sieht. Ich habe mit dem Hauptquartier des Rats deswegen Verbindung aufgenommen. Aber man sagte mir, ich müsse mit Ihnen persönlich verhandeln. Deshalb bin ich hier.«

Commander Donahue war ein drahtiger Mann, der unter einer inneren Spannung zu stehen schien. Sein Gesicht zeigte tiefe Falten, und seine einstmals brünetten Haare waren ergraut. Blaue Adern traten auf seinen Handrücken hervor, und er stieß seine Worte so schnell heraus wie ein Maschinengewehr seine Geschosse.

»Mit mir verhandeln, Sir? Worüber?« fragte Lucky.

»Nur über eine Sache, Ratsmitglied. Ich möchte, daß Sie umkehren und zur Erde zurückreisen.«

»Warum, Sir?«

Der Commander vermied es, Lucky anzusehen, als er erwiderte: »Unsere Männer wurden x-mal überprüft, und zwar bis ins letzte. Sowie sich ihre absolute Redlichkeit herausgestellt hatte, begann die nächste Überprüfung. Das geht an die Moral! Sie haben die Nase voll. Ihnen würde es nicht anders ergehen. Meine Männer sind die dauernde Bespitzelung endgültig satt. Und ich stehe in dieser Angelegenheit völlig auf ihrer Seite. Unser Agravschiff geht seiner Vollendung entgegen. Das ist ein denkbar ungeeigneter Zeitpunkt, um sie schon wieder zu belästigen. Sie drohen bereits mit Streik.«

Lucky blieb kühl. »Ihre Männer mögen sich als loyal erwiesen haben. Aber die undichte Stelle besteht weiterhin.«

Donahue zuckte die Achseln. »Dann muß sie woanders sein. Sie muß ...« Er brach den Satz ab, und als er weiter sprach, klang seine Stimme unvermittelt viel freundlicher. »Was ist das denn?«

Bigman folgte seinem Blick und erklärte: »Das ist unser V-Frosch, Commander. Und ich bin Bigman.«

Der Commander achtete kaum auf ihn, sondern näherte sich dem V-Frosch und schaute gebannt in das Aquarium. »Das ist ein Lebewesen von der Venus, nicht wahr?«

»Ganz recht«, sagte Bigman.

»Ich habe schon davon gehört, aber bisher noch nie eins zu Gesicht bekommen. Netter kleiner Hüpfer, wie?«

Lucky empfand so etwas wie ein grimmiges Vergnügen. Ihm kam es durchaus nicht merkwürdig vor, daß der Commander eine ernste und umstrittene Diskussion plötzlich unterbrach, um hingebungsvoll ein kleines Wasserlebewesen von der Venus zu beobachten.

Das Wesen begegnete Donahues Blick mit seinen schwarzen Brombeeraugen, wiegte sich auf den ausziehbaren Beinen und klappte seinen Papageienschnabel mehrmals auf und zu. Seine Überlebenstechnik war im ganzen bekannten Universum einzigartig. Es besaß keine Waffen zur Verteidigung und keinerlei Schutz durch so etwas wie einen noch so dünnen Panzer. Keine Krallen, keine Zähne, keine Hörner. Zwar konnte es zubeißen, aber sein Biß tat keinem Wesen, das größer war, im mindesten weh.

Und doch gedieh es fröhlich auf dem grasbewachsenen Boden der Venusmeere, und keiner der gefräßigen Räuber der Ozeantiefen tat ihm etwas zuleide. Der Grund war einfach: die V-Frösche konnten Gefühle vermitteln. Instinktiv brachten sie alle anderen Lebewesen dazu, sie gern zu haben, ihnen freundschaftliche Gefühle entgegenzubringen und nie den Wunsch zu haben, sie zu verletzen. So überlebten sie. Nein, sie taten mehr. Sie vermehrten sich reichlich.

Im Augenblick erfüllte dieser eine V-Frosch ganz offensichtlich Donahue mit freundschaftlichen Gefühlen. Der alte Soldat deutete mit dem Zeigefinger auf den V-Frosch hinter Glas und bewegte ihn dann nach unten. Mit lachendem Gesicht beobachtete er, wie der V-Frosch den Kopf zur Seite legte, die Beine in den Körper zog und langsam auf den Grund seines Aquariums sank.

»Könnten wir vielleicht ein paar davon für Jupiter 9 bekommen, Starr?« fragte er. »So ein kleines Haustierchen zu haben, wäre wunderbar. Da würde sich mancher schon beinahe wie daheim fühlen.«

»Das ist kaum zu machen«, erklärte Lucky. »Die Haltung von V-Fröschen ist nämlich recht schwierig. Sie müssen ständig in einem mit Kohlenstoffdioxyd angereicherten Wasser leben, wissen Sie. Sauerstoff dagegen wirkt auf sie wie ein leichtes Gift. Das macht die Sache so kompliziert.«

»Meinen Sie, man könne sie nicht in einem offenen Aquarium halten?«

»Das geht eigentlich nur auf der Venus, wo Kohlenstoffdioxyd spottbillig ist und wo man sie jederzeit wieder im Meer aussetzen kann, wenn sie krank zu werden drohen. Im Raumschiff oder auf einem Planeten ohne Atmosphäre kann man ja die Luft nicht ständig mit Kohlenstoffdioxyd anreichern. Deshalb muß man sie dort in einem ringsum abgeschlossenen Aquarium unterbringen.«

»Oh.« Der Commander war sichtlich enttäuscht.

»Um auf unser ursprüngliches Thema zurückzukommen«, sagte Lucky scharf, »ich muß Ihren Vorschlag einer Rückkehr zur Erde ablehnen. Ich habe einen Auftrag, und den führe ich durch.«

Es dauerte ein paar Sekunden, ehe der Commander sich von dem Bann lösen konnte, den der V-Frosch über ihn ausübte. Sein Gesicht verdunkelte sich. »Ich fürchte, Sie mißverstehen die ganze Situation.« Er wandte sich mit einer plötzlichen Bewegung zu Bigman um. »Denken Sie nur zum Beispiel an Ihren Helfer!«

Der kleine Marsbewohner reckte den Kopf und spannte sich. »Ich habe Ihnen bereits einmal gesagt, daß mein Name Bigman ist.«

»Der Name paßt schlecht«, sagte der Commander. »Sie sind wirklich nicht besonders groß.«

Und obwohl Lucky ihm sofort beruhigend die Hand auf

die Schulter legte, platzte Bigman nun heraus. »Größe besteht nicht immer nur im Äußerlichen, Mister. Mein Name ist Bigman, und für Sie und jeden anderen bin und bleibe ich ein großer Mann. Größe wird nicht mit dem Zollstock gemessen. Und wenn Sie mir nicht glauben ...« Ungeduldig ruckelte er mit der rechten Schulter. »Laß mich los, Lucky, ja? Dieser Kerl hier ...«

»Warte bitte noch eine Minute, Bigman«, bat Lucky. »Ich möchte den Commander zu Ende anhören.«

Donahue war bei Bigmans plötzlichem Angriff erschrokken zusammengezuckt. Er versuchte zu begütigen: »Ich wollte sie mit meiner Bemerkung nicht beleidigen. Wenn ich Sie gekränkt haben sollte, tut es mir leid.«

»Mich gekränkt?« krähte Bigman schrill. »Mich? Sie müssen eins wissen: Ich verliere nie die Ruhe. Und da Sie sich entschuldigt haben, ist die Sache vergessen.« Er zog sich den Gürtel fester und klatschte dann mit beiden Händen laut gegen seine orange- und purpurroten Hüftstiefel, die an seine Vergangenheit als Farmboy auf dem Mars erinnerten und ohne die er sich nie in der Öffentlichkeit zeigte – es sei denn, er vertauschte sie mit einem anderen, ebenso farbenprächtigen Paar.

»Ich will ganz offen zu Ihnen sein, Ratsmitglied.« Damit wandte sich Donahue wieder an Lucky. »Ich habe hier auf Jupiter 9 fast tausend Männer unter mir, und es sind lauter harte Burschen. Andere kann man hier auch nicht gebrauchen. So fern der Heimat und bei so schwerer Arbeit! Sie gehen große Risiken bei ihren Jobs ein. Klar, daß sie ihre eignen Ansichten über das Leben haben, und es sind die Ansichten harter Männer. Um nur ein Beispiel zu nennen: Neuankömmlinge haben es bei ihnen schwer. Sie werden schikaniert und hart angefaßt. Viele, die bei uns anfingen, hielten es nicht lange aus und ließen sich wieder zurückschicken. Manche wurden bei den Streichen sogar verletzt. Wer sich aber durchbiß, der wird allgemein respektiert.«

»Sind diese Methoden offiziell gestattet?« erkundigte sich Lucky.

»Nein. Aber ich drücke ein Auge zu. Man muß die Männer irgendwie bei Laune halten. Wir können es uns nicht erlauben, ihnen ihre groben Scherze zu untersagen. Gute Leute sind hier kaum zu ersetzen. Wer hat denn schon Lust, auf einem Jupitermond zu arbeiten! Außerdem erfüllt die rauhe Behandlung der Neulinge einen nützlichen Zweck. Auf diese Weise trennt sich schnell die Spreu vom Weizen. Deshalb machte ich meine Bemerkung über Ihren Freund.«

Der Commander hob zum Zeichen der Versöhnung die Arme. »Bitte, mißverstehen Sie mich nicht! Ich gebe gern zu, daß er innerlich ein Riese ist und unheimlich begabt und alles, was sie wollen. Aber ist er dem gewachsen, was ihn erwartet? Und sind Sie es, Ratsmitglied?«

»Sie meinen das Schikanieren der Neulinge?«

»Es wird verdammt hart, Ratsmitglied«, sagte Donahue. »Die Männer wissen, daß Sie kommen. Irgendwie spricht sich so was herum.«

»Ja, ich weiß«, murmelte Lucky.

Der Commander zog eine Grimasse. »Jedenfalls ist ihnen zu Ohren gekommen, daß Sie erneut mit Ermittlungen beginnen wollen. Sie müssen sich auf einen ungemütlichen Empfang gefaßt machen. Die Männer sind übelgelaunt und werden es Sie entgelten lassen, Ratsmitglied Starr. Ich fordere Sie auf, nicht auf Jupiter 9 zu landen um des Projektes willen, um meiner Männer willen und zu Ihrem Besten. So, das wär's – ein ehrliches Wort!«

Mit Erstaunen sah Bigman, welche Veränderung bei diesen Worten mit Lucky vor sich ging. Sein ruhiger Gleichmut schien dahin. In seinen dunkelbraunen Augen lag eine ungewohnte Härte, und die straffen Züge seines schmalen, hübschen Gesichts drückten etwas aus, das Bigman kaum von ihm kannte: heftigen Zorn. Jeder Muskel in Luckys hochgewachsenem Körper schien gespannt.

»Commander Donahue«, sagte Lucky mit schneidender Stimme, »ich bin Mitglied des Wissenschaftsrats und daher nur dem Ratsvorsitzenden und dem Präsidenten der Föderation des Sonnensystems verantwortlich. Als Ranghöherer kann ich Ihnen bindende Befehle erteilen. Ihre eben ausgesprochene Warnung sehe ich als Beweis Ihrer Unfähigkeit an. Unterbrechen Sie mich bitte nicht! Lassen Sie mich ausreden! Sie haben Ihre Männer offenbar nicht unter Kontrolle. Sie sind also Ihrer Aufgabe nicht gewachsen. Und jetzt merken Sie sich: Ich werde auf Jupiter 9 landen, und ich werde meine Nachforschungen anstellen!«

Lucky machte eine Pause, während der andere nach Luft schnappte und kein Wort herausbrachte. »Haben Sie mich verstanden, Commander?« fragte Lucky scharf.

Das Gesicht des Commanders war verzerrt und kaum wiederzuerkennen. Mit Mühe brachte er eine Antwort zustande. »Das bringe ich vor den Wissenschaftsrat! Ich lasse mir so etwas nicht von irgendeinem arroganten jungen Grünschnabel bieten, sei er nun Ratsmitglied oder nicht. Meine Leistungen in der Menschenführung können sich mit denen jedes anderen Offiziers messen. Außerdem werde ich meine Warnung an Sie zu Protokoll geben. Und falls Sie auf Jupiter 9 verletzt werden, stelle ich mich gern dem Kriegsrecht. Ich werde keinen Finger rühren, um Ihnen zu helfen! Im Gegenteil hoffe ich ... hoffe ich, daß man Ihnen die Flötentöne beibringt, Sie ...«

Wieder versagte ihm die Stimme. Er machte auf der Stelle kehrt und begab sich zur offenen Luftschleuse, die immer noch durch die Röhre mit seinem eigenen Schiff verbunden war. Beim Hineinklettern überwältigte ihn die Wut. Er griff mit einer Hand daneben und stolperte kläglich.

Hingerissen beobachtete Bigman, wie als letztes die Hakken des Commanders seinem Blick entschwanden. Dessen

Wut war so intensiv gewesen, daß der kleine Mann vom Mars sie beinahe körperlich gespürt hatte, so als durchströmten Hitzewellen sein Hirn.

»He«, rief Bigman, »der Kerl hat sich aber aufgeregt! Du hast ihn richtig auf die Palme gebracht.«

Lucky nickte. »Ja, er war ziemlich wütend.«

»Hör mal, vielleicht ist *er* der Spion. Er weiß am meisten und hätte die beste Gelegenheit.«

»Er ist aber auch mit Sicherheit am genauesten durchleuchtet worden. Also steht deine Theorie auf schwachen Füßen. Aber jedenfalls hat er uns bei einem kleinen Experiment geholfen. Deshalb werde ich mich bei unserem nächsten Wiedersehen entschuldigen.«

»Entschuldigen?« Bigman war entsetzt. Er glaubte fest, daß Entschuldigungen stets dem Gegner vorbehalten bleiben müßten. »Warum?«

»Komm, Bigman, glaubst du wirklich, ich habe das alles ernst gemeint, was ich ihm ins Gesicht warf?«

»Du warst gar nicht wütend?«

»Nicht richtig.«

»Du hast die Wut nur gespielt?«

»So kann man es nennen. Ich wollte ihn wütend machen. Es klappte. Ich habe es am eigenen Leibe gespürt.«

»Am eigenen Leibe?«

»Du nicht! Hast du nicht gemerkt, wie seine Wut aus ihm herausquoll und auf dich übersprang?«

»Beim heiligen Mars! Der V-Frosch!«

»Natürlich, wer sonst? Er fing die Wut des Commanders auf und strahlte sie auf uns ab. Ich mußte herauskriegen, ob ein einzelner V-Frosch das schafft. Wir haben das zwar schon auf der Erde getestet, aber nur im Labor. Aber dies war ein realer Test, und nun bin ich überzeugt.«

»Großartig – wie ein Richtstrahler.«

»Genau. Jetzt haben wir eine Waffe, wenigstens eine einzige Waffe!«

3
Im Antigrav-Korridor

»Das ist stark.« Bigman rieb sich die Hände. »Damit sind wir auf der Siegerstraße.«

»Langsam«, mahnte ihn Lucky. »Immer sachte, mein Freund! Mit dieser Waffe kann man kein Ziel treffen. Sie läßt uns die starken Gemütsbewegungen anderer spüren, aber sie zeigt uns nie den Schlüssel des Geheimnisses. Es ist damit vergleichbar, Augen zu haben. Wir sehen etwas, wissen aber nie, ob wir gerade das wirklich Wichtige sehen.«

»Du wirst es schon machen«, sagte Bigman zuversichtlich.

Der Abstieg auf Jupiter 9 erinnerte Bigman stark an ähnliche Manöver im Asteroidengürtel. Wie Lucky ihm auf der Reise auseinandergesetzt hatte, waren die meisten Astronomen der Ansicht, daß Jupiter 9 ursprünglich ein Asteroid gewesen war. Ein ziemlich großer Asteroid, den die ungeheure Anziehungskraft des Jupiter vor vielen Millionen Jahren eingefangen hatte.

Ja, Jupiter hatte so viele ehemalige Asteroiden eingefangen, daß sich hier, etwa 24 Millionen Kilometer von dem Riesenplaneten entfernt, eine Art von Mini-Asteroidengürtel im Gefolge Jupiters gebildet hatte.

Die vier größten dieser Asteroidenmonde mit einem Durchmesser zwischen 65 und 160 Kilometern waren Jupiter 12, 11, 8 und 9. Außerdem gab es mindestens hundert weitere Satelliten von mehr als anderthalb Kilometern Durchmesser, die man nicht einmal zu numerieren für nötig befunden hatte.

Man hatte ihre Umlaufbahnen erst in den letzten zehn Jahren aufgezeichnet. Das war, als man auf Jupiter 9 das Antigrav-Forschungszentrum zu errichten begann. Wegen der häufigen Reisen hin und her mußte man sich wohl oder übel mit diesen Sterntrümmern bekannt machen.

Sie näherten sich dem Jupitermond, bis er den ganzen Himmel einnahm und zu einer unwirklichen Welt voller Felsgipfel und Steinkanäle wurde. Kein Luftzug hatte in den Jahrmilliarden seines Bestehens diese zackige Oberfläche geglättet. Bigman, dem das alles wieder in den Sinn kam, fragte: »Warum, zum großen Weltraum, nennt man diesen Mond eigentlich Jupiter 9? Nach dem Sternenatlas ist er gar nicht der neunte von ihnen. Jupiter 12 steht dem Planeten viel näher.«

Lucky lächelte. »Du bist so ein richtiger verwöhnter Mensch der modernen Zeit, Bigman. Nur weil du auf dem Mars geboren bist, glaubst du, daß die Menschheit schon seit der Schöpfung im All hin und her gondelt. Du mußt dir immer vor Augen halten, daß erst vor tausend Jahren das erste Raumschiff gebaut wurde.«

»Das weiß ich doch«, sagte Bigman, unangenehm berührt. »Ich habe die Schule besucht und bin nicht ungebildet. Gib nur nicht so an mit deinem Superhirn!«

Luckys Lächeln verbreiterte sich. Mit zwei Fingerknöcheln klopfte er an Bigmans Schädel. »Ist da wirklich etwas drin?« Bigmans Faust schoß auf Luckys Körper zu, aber Lucky fing sie auf halbem Wege ab und packte den kleinen Kerl, daß er sich nicht mehr rühren konnte.

»Es ist ganz einfach, Bigman. Bevor die Weltraumfahrt möglich wurde, waren die Menschen an die Erde gefesselt. Damals wußten sie über Jupiter nur das, was ihnen ihre Fernrohre verrieten. Die Monde wurden in der Reihenfolge ihrer *Entdeckung* numeriert, verstehst du?«

»Ach so«, sagte Bigman und riß sich los. »Arme Urahnen!« Er lachte wie immer, wenn er sich vorstellte, daß es Menschen gab, die ihr ganzes Leben auf einem einzigen Planeten verbrachten und sehnsuchtsvoll zu den Sternen am Firmament aufblickten.

Lucky dozierte weiter. »Die vier großen Jupitermonde heißen 1, 2, 3 und 4. Aber man benutzt meistens ihre Namen: Io, Europa, Ganymed und Callisto. Der innerste, ein kleiner Mond, heißt Jupiter 5. Die äußeren zählen bis Nummer 12. Was darüber hinausgeht, wurde erst im Zeitalter der Raumfahrt entdeckt, als die Menschen den Mars und den Asteroidengürtel erreichten ... Aber jetzt aufgepaßt! Fertigmachen zur Landung!«

Es war erstaunlich, daß einem eine Welt von 157 Kilometern Durchmesser jemals als winzig erscheinen konnte. Natürlich war sie winzig, wenn man sie mit Jupiter oder auch nur der Erde verglich.

Aber wenn man erst einmal diese Welt betrat, wenn man erlebte, wie sein Raumschiff in einer großen Schleuse landete, wie es von riesigen Greifarmen bei fast völliger Schwerelosigkeit, aber auch gegen die Trägheit der Materie in eine mächtige Höhle geschleppt wurde, die hundert Schiffe von der Größe der *Shooting Starr* aufnehmen konnte, dann erschien sie einem alles andere als klein.

Und wenn man später an einer Bürowand auf einer Karte von Jupiter 9 das weitverzweigte Netz unterirdischer Gewölbe und Straßen betrachtete, dann kam sie einem plötzlich richtig groß vor.

Die Karte zeigte sowohl den horizontalen wie den vertikalen Grundriß der Arbeitszone auf Jupiter 9. Und obwohl dazu nur ein geringer Teil des Mondes gehörte, sah Lucky, daß die Straßen mehr als drei Kilometer tief ins Innere führten und daß andere sich dicht unter der Oberfläche 150 Kilometer lang hinzogen.

»Ein kolossales Unternehmen«, sagte er leise zu dem Lieutenant, der neben ihm stand.

Lieutenant Augustus Nevsky nickte kurz. Seine Uniform blitzte vor Sauberkeit. Er hatte einen kleinen blonden Bürstenschnurrbart, und seine weit auseinanderstehenden Augen schauten ständig geradeaus in die Weite – als befände er sich dauernd in Habtachtstellung.

»Wir dehnen uns noch aus«, sagte er voll Stolz.

Als Lucky und Bigman vor einer Viertelstunde ihr Schiff verlassen hatten, war er auf sie zugekommen und hatte sich als ihr von Commander Donahue zugeteilter persönlicher Führer vorgestellt.

»Führer?« wiederholte Lucky amüsiert. »Sie meinen wohl: Aufpasser, Lieutenant? Sie sind ja bewaffnet.«

Das Gesicht des Lieutenant war eine undurchdringliche Maske. »Meine Bewaffnung ist Vorschrift für einen Offizier im Dienst. Sie werden bald selber merken, daß Sie hier einen Führer brauchen.« Aber er schien sich zu entspannen, und er zeigte beinahe menschliche Regungen, als er seine Besucher das große Projekt loben hörte. »Natürlich ermöglicht das Fehlen einer nennenswerten Schwerkraft einige technische Leistungen, die auf der Erde nicht zu erreichen wären«, erklärte er. »Die Untergrund-Korridore brauchen praktisch keinerlei Pfeiler oder Stützen.«

Lucky nickte. »Ich habe gehört, daß das erste Grav-Schiff fast startbereit ist.«

Der Lieutenant gab zunächst keine Antwort. Sein Gesicht war wieder glatt und ausdruckslos. Dann kündigte er steif an: »Ich bringe Sie jetzt in Ihre Quartiere. Der schnellste Weg führt durch einen Agrav-Kor . . .«

»He, Lucky«, fiel ihm Bigman mit erregter Stimme ins Wort. »Sieh dir das an!«

Lucky drehte sich um. Es war aber nur eine junge Katze mit rauchgrauem Fell und jenem Gehabe feierlicher Würde, das Katzen häufig zur Schau tragen. Bigman streichelte sie, und sie machte schmusend einen Buckel und schnurrte zufrieden.

»Der Commander sagte uns, die Männer hier seien ganz vernarrt in Haustiere. Gehört sie Ihnen, Lieutenant?«

Der Offizier errötete, als Lucky ihn das fragte. »Sie gehört uns allen. Es gibt noch einige Katzen hier. Sie kommen manchmal in den Raumtransportern zu uns. Wir haben auch ein paar Kanarienvögel, einen Papagei, weiße Mäuse und Goldfische. Leider nicht so was wie das da.« Und als er einen schnellen Blick auf den V-Frosch warf, den Lucky samt Aquarium unter dem Arm hielt, blitzte etwas wie Neid in seinen Augen auf.

Aber Bigman hatte nur Augen für die Katze. Auf dem Mars gab es keine eingeborenen Tiere, und das weiche Fell der Katzen von der Erde hatte noch immer den Reiz der Neuheit für ihn.

»Er mag mich, Lucky.«

»Es ist eine Sie«, berichtigte der Lieutenant, aber Bigman hörte gar nicht hin. Die Katze streckte den Schwanz steil in die Luft. Nur die Schwanzspitze hing ein wenig herunter. So machte sie ein paar Schritte, drehte sich und bot Bigmans sanft streichelnder Hand ihre andere Körperseite dar.

Dann hörte sie plötzlich auf zu schnurren. Bigman spürte die unerwartete Anwandlung eines fieberhaften Heißhungers.

Das brachte ihn einen Augenblick lang aus der Fassung. Aber nun sah er, wie sich die Katze duckte und in der von jahrmillionenalten Instinkten diktierten lauemden Haltung des anschleichenden Jägers verharrte.

Ihre grünen Schlitzaugen starrten den V-Frosch an.

Aber ebenso schnell verging der Katze ihr gieriger Appetit. Auf weichen Sohlen schritt sie aufrecht zu Lucky hin, der das Aquarium hielt, und schaute, zufrieden schnurrend, den V-Frosch neugierig an. Auch die Katze liebte den V-Frosch. Wie konnte es anders sein!

Lucky wandte sich an den Lieutenant. »Sie sagten gerade, der schnellste Weg in unser Quartier führe durch den Antigrav-Korridor. Würden Sie uns bitte erklären, was das bedeutet?«

Der Lieutenant hatte ebenfalls verzückt den V-Frosch angesehen. Er mußte sich erst einen Augenblick konzentrieren, bevor er antwortete: »Ja. Es ist ganz einfach. Wir haben hier auf Jupiter 9 künstliche Schwerkraftfelder – wie auf jedem Asteroiden und in den Raumschiffen. Sie befinden sich an den beiden Enden der Hauptkorridore, so daß man sich in jeder Richtung hinunterfallen lassen kann. Es ist, als falle man auf der Erde in ein tiefes Loch.«

Lucky nickte. »Und wie schnell fällt man?«

»Eine gute Frage. Normalerweise wirkt die Anziehungskraft gleichmäßig auf jeden fallenden Körper ein und beschleunigt so den Fall immer mehr …«

»Ja, eben«, meinte Lucky trocken.

»Aber nicht, wenn sie durch Antigrav kontrolliert wird. Antigrav – oder wie wir hier meist kurz sagen: Agrav bedeutet ja keine Schwerkraft, nicht wahr. Man kann Agrav dazu benutzen, Schwerkraft aufzuheben, zu speichern oder zu übertragen. Der Trick ist, gleichmäßig schnell zu fallen – ohne Beschleunigung, wie beim freien Fall. Die Schwerkraftfelder an beiden Enden lassen sogar eine Verlangsamung des Falles zu. So ein Agrav-Korridor mit seinen zwei Pseudograv-Feldern ist im Grunde eine ganz einfache Sache. Wir benutzten das Prinzip als Zwischenstufe zu einem Agrav-Schiff mit nur einem einzigen Schwerkraftfeld. Das Ingenieurviertel, wo Zimmer für Sie bereitgestellt wurden, ist kaum zwei Kilometer entfernt, und der direkte Weg geht durch Korridor A-2. Gehen wir?«

»Sofort, wenn Sie uns erklären, wie man mit Agrav umgeht!«

»Das ist kein Problem.« Der Lieutenant gab jedem von ihnen ein leichtes rucksackähnliches Gestell, das man sich über die Schultern hängte und an der Taille zuschnürte. Dabei erklärte er ihnen in schnellen Worten die wenigen Schalthebel. Und dann rief er: »Wenn Sie mir jetzt folgen wollen, Gentlemen, der Korridor ist gleich hier entlang!«

Bigman blieb am Korridor-Eingang zögernd stehen. Er hatte keine Beklemmungen im Weltraum, und er fürchtete sich nicht vor dem Fallen. Aber in seinem bisherigen Leben hatte er sich daran gewöhnt, Schluchten unter marsianischen oder geringeren Schwerkraftbedingungen zu überspringen. Hier war das Pseudograv nach Erdmaßstab aufgebaut, und unter dessen Einfluß wirkte der Korridor wie ein hell erleuchtetes senkrechtes Loch, obwohl er in Wirklichkeit, wie Bigman sich verstandesgemäß sagte, parallel zur Oberfläche des Mondes, nur eben etwas tiefer verlief.

»Also, das ist die Hauptverkehrsstraße zum Ingenieurviertel«, erklärte der Lieutenant. »Kämen wir von der anderen Seite, hätten wir die Empfindung, ›unten‹ sei hier. Wir können sogar unterwegs mit ein paar einfachen Schaltgriffen ›oben‹ und ›unten‹ die Plätze wechseln lassen.«

Er sah Bigmans Zögern und setzte hinzu: »Man lernt es schnell, und nach kurzer Zeit wird es einem zur zweiten Natur.« Er trat in den Korridor, fiel aber nicht hinunter. Es sah aus, als stehe er auf einer unsichtbaren Plattform.

»Haben Sie Ihre Schalter auf Null gedreht?« fragte er ernst.

Bigman tat es, und sofort verließ ihn alle Erdschwere. Auch er trat in den Korridor.

Jetzt drehte der Lieutenant den mittleren Schalter seiner Kontrollen scharf, und schon sank er mit steigender Geschwindigkeit. Lucky folgte ihm. Bigman wäre sogar unter zwei Grav den ganzen Korridor hinuntergesaust und am Ende der Straße zerschmettert liegengeblieben, um Lucky nicht alleinzulassen. Also holte er tief Atem und ließ sich auch fallen.

»Wenn Sie auf Null schalten«, rief der Lieutenant, »bleibt Ihre Geschwindigkeit gleich. Sie werden sich schnell daran gewöhnen.«

In regelmäßigen Abständen fielen sie an Wandtafeln mit grünen Leuchtbuchstaben vorbei. Sie lasen: BLEIBEN SIE

AUF DIESER SEITE! Einmal schoß wie ein Blitz ein Mann in entgegengesetzter Richtung an ihnen vorbei. Auch er fiel! Nur viel schneller als sie.

»Kommen oft Zusammenstöße vor, Lieutenant?« erkundigte sich Lucky.

»Kaum«, erwiderte der Lieutenant. »Schon mit geringer Erfahrung gewöhnt man sich an, auf andere Passanten zu achten, die überholen wollen oder die man selber überholen will. Der Prozeß des Beschleunigens oder Abstoppens ist ja kinderleicht. Natürlich rammen sich die Burschen manchmal absichtlich. Das ist ein beliebter, etwas rauher Spaß, der zuweilen mit einem gebrochenen Schlüsselbein endet.« Er warf einen schnellen Blick auf Lucky. »Unsere Jungs lieben rauhe Späße.«

»Ich weiß. Der Commander warnte mich davor.«

Bigman schaute mit großen Augen in den hell erleuchteten Tunnel, durch den er gleichmäßig fiel, und rief plötzlich voller Begeisterung: »He, Lucky, das macht ja ungeheuren Spaß!« Und damit drehte er den Schalter seiner Kontrollplatte auf die positive Seite der Skala.

Sofort fiel er schneller. Bald war sein Kopf in Höhe von Luckys Füßen. Und von da an sauste er mit steigender Geschwindigkeit in die Tiefe.

»Aufhören, Sie Blödmann!« schrie Lieutenant Nevsky erschrocken. »Den Schalter auf negativ stellen!«

Und Lucky fügte ein gebieterisches: »Abstoppen, Bigman!« hinzu.

Als sie ihn wieder eingeholt hatten, ließ der Lieutenant seinem Ärger freien Lauf. »Machen Sie das nie wieder! Es gibt in diesen Korridoren alle möglichen Sperren und Vorsprünge, und wer sich da nicht auskennt, rennt sich leicht den Kopf ein, wenn er gerade an nichts Böses denkt.«

»Hier, Bigman, halte du den V-Frosch!« sagte Lucky. »Das wird dich vielleicht lehren, dich wie ein verantwortungsbewußter Mitmensch zu benehmen.«

»O Lucky«, sagte Bigman beschämt. »Ich wollte es nur mal ausprobieren ...«

»Schon gut. Es ging ja alles in Ordnung.« Und Bigman strahlte wieder.

Bigman blickte nach unten. Ein gleichmäßiger Fall ist noch lange nicht dasselbe wie ein Fall im Weltraum. Im All schien sich nichts zu bewegen. Das Raumschiff mochte mit einer Stundengeschwindigkeit von mehreren 100 000 Kilometern dahinjagen, den Insassen blieb das Gefühl, auf der Stelle zu verharren. Denn die fernen Sterne bewegten sich nicht. Hier aber wurde einem die Geschwindigkeit der Fortbewegung stark bewußt. Die Lampen, die Öffnungen und die verschiedenen Befestigungen an den Korridorwänden rasten nur so an einem vorbei.

Im Weltraum erwartete man kein Oben und Unten. Hier gab es auch keins, aber man begriff es nicht. Solange Bigman runter auf seine Füße schaute, schien alles in Ordnung zu sein: da war eben ›unten‹, und ihm war, als falle er mit dem Kopf voran nach ›oben‹. Schnell richtete er den Blick wieder auf die Füße, um das unangenehme Gefühl loszuwerden.

»Beugen Sie sich nicht so weit vor, Bigman!« warnte ihn der Lieutenant. »Dank Agrav fallen Sie zwar in senkrechter Haltung. Aber wenn Sie sich zu weit vorbeugen, geraten Sie unweigerlich ins Trudeln.«

Bigman richtete sich gehorsam auf.

»Das Trudeln ist nicht weiter schlimm«, belehrte der Lieutenant. »Wer an Agrav gewöhnt ist, kann es jederzeit abbrechen. Für Anfänger kann es aber unangenehm werden. Wir bremsen jetzt ab. Bringen Sie den Zeiger ins Negativfeld, und lassen Sie ihn etwa bei minus 5 stehen!«

Noch während er sprach, verlangsamte sich sein Fall, und im Nu schwebte er über ihnen. Seine Füße hingen in Bigmans Augenhöhe.

Bigman drehte am Schalter und bemühte sich angestrengt, mit dem Lieutenant wieder auf gleicher Höhe zu kommen. Während sein Fall langsamer wurde, tauschten ›oben‹ und ›unten‹ wieder die Plätze. Jetzt stand er wirklich auf dem Kopf!

»He«, rief er, »mir steigt das Blut zu Kopf!«

»An den Korridorwänden sind Griffe angebracht«, erläuterte der Lieutenant in knappem Ton. »Haken Sie mit der Fußspitze ein, und lassen Sie dann den Körper frei schwingen!«

Er machte es ihnen vor. Sein Körper schwang im Bogen herum. Mit der Hand bremste er die Wendung um 180 Grad an der Wand ab.

Lucky machte es ihm nach. Bigman angelte wild mit seinen kurzen Beinen, und nach einer Weile gelang es auch ihm, sich mit der Fußspitze einzuhaken. Er wirbelte schneller herum als erwartet und prallte etwas hart mit dem Ellbogen gegen die Wand. Aber die Wendung war vorschriftsmäßig vollzogen.

Wenigstens war der Kopf wieder oben. Und jetzt fiel er nicht mehr, sondern er stieg! Es war, als hätte man ihn als lebende Kanonenkugel abgeschossen, so daß er, gegen die Kräfte der Schwerkraft langsamer werdend, emporsauste. Aber die Hauptsache war, er hatte den Kopf wieder oben!

Während dieses gemächlichen Steigens blickte Bigman noch einmal mit einem unangenehmen Vorgefühl auf seine Füße und dachte erschrocken: *Gleich fallen wir wieder*. Plötzlich erschien ihm der Korridor als ein unendlich tiefer Brunnenschacht, und sein Magen verknotete sich.

Da kam die Stimme des Lieutenants: »Schalter bitte auf Null!« Als sie es taten, schwebten sie wie in einem gut funktionierenden Fahrstuhl langsam empor, bis sie eine Kreuzung erreichten. Hier stoppte der Lieutenant elegant, indem er die Fußspitze an eine Haltestange schob. »Das Ingenieursviertel, Gentlemen«, verkündete er.

»Und«, fügte Lucky Starr leise hinzu, »da ist auch schon das Empfangskomitee!«

Denn da standen mindestens 50 Männer wartend im Gang.

»Die Männer sind bekannt für ihre rauhen Späße«, erinnerte Lucky den Lieutenant. »Vielleicht haben sie jetzt gerade Lust auf solchen Spaß.«

Er trat mit festem Schritt in den kreuzenden Korridor hinaus. Bigmans Nasenflügel blähten sich vor freudiger Erwartung. Dankbar spürte er die festen Pseudograv Kräfte und den soliden Boden unter den Füßen. Er hielt das Aquarium mit dem V-Frosch fest unterm Arm und war knapp hinter Lucky, als sie den wartenden Männern von Jupiter 9 entgegentraten.

4
Die Einweihungs-Zeremonie

Lieutenant Nevsky gab sich große Mühe, seiner Stimme Autorität zu verleihen. Die Hand am Kolben seines Blasters, rief er: »Was habt ihr Männer hier zu suchen?«

Aus der Schar erhob sich ein unterdrücktes Stimmengewirr, das bald verstummte. Schweigend richteten die Männer ihre Blicke auf den einzelnen, der einen Schritt vor der Schar stand.

Er war der Anführer. Er lächelte. Sein Gesicht legte sich in freundliche Falten. Sein glattes, in der Mitte gescheiteltes Haar hatte einen leichten Stich ins Rötliche. Er hatte breite Backenknochen und zermalmte einen Kaugummi.

Wie alle trug er Kleidung aus synthetischem Fiberstoff. Aber er stach dadurch ab, daß er Hemd und Hose mit großen, wuchtigen Messingknöpfen verziert hatte. Vier vorn am Hemd, je einer an den beiden Hemdtaschen, vier seitlich an jedem Hosenbein – zusammen 14 Knöpfe. Irgendeinen nützlichen Zweck schienen sie nicht zu haben. Sie waren wohl nur zur Schau da.

»Also, Summers«, wandte sich der Lieutenant an ihn, »was habt ihr hier zu suchen?«

Summes sprach mit sanfter, überredender Stimme. »Ach, wissen Sie, Lieutenant, wir dachten, es gehöre sich, den neuen Mann gebührend zu empfangen. Er ist doch gekommen, um uns alle kennenzulernen und uns jede Menge Fragen zu stellen. Da wollten wir ihn uns doch gleich mal ansehen.«

Dabei sah er Lucky Starr an, und in seinem Blick lag so eisige Kälte, daß die Wirkung des freundlichen Tons völlig aufgehoben wurde.

»Sie sollten jetzt an Ihren Arbeitsplätzen sein«, sagte der Lieutenant.

»Haben Sie ein Herz für uns, Lieutenant!« antwortete Summers. Dabei kaute er weiter auf seinem Gummi, ganz langsam und lässig. »Wir haben bis eben gearbeitet. Jetzt wollten wir den Neuen nur mal begrüßen.«

Der Lieutenant war sich über seinen nächsten Schritt offenbar unschlüssig. Zweifelnd blickte er auf Lucky.

»Welche sind unsere Zimmer, Lieutenant?« fragte Lucky.

»Zimmer 2A und 2B, Sir. Sie müssen ...«

»Ich finde sie schon. Bestimmt wird mich einer dieser Männer hinbringen. Und nun, Lieutenant Nevsky, nach dem Sie uns hierher begleitet haben, ist Ihre Aufgabe beendet. Auf Wiedersehen!«

»Ich kann Sie nicht allein lassen!« flüsterte Lieutenant Nevsky erschrocken.

»Ich denke doch!«

»Warum denn nicht, Lieutenant?« mischte sich Summers mit breitem Grinsen ein. »Eine kleine Begrüßung wird dem Jungen schon nicht schaden.« Gelächter flackerte bei den Männern in seinem Rücken auf. »Und außerdem hat er Sie ja ausdrücklich aufgefordert zu gehen.«

Bigman näherte sich Lucky und flüsterte ihm zischend zu: »Lucky, laß mich den V-Frosch dem Lieutenant geben! Ich kann nicht kämpfen, wenn ich ihn halten muß.«

»Du hältst ihn weiter! Ich will ihn hier haben ... Guten Tag, Lieutenant. Wegtreten!«

Der Lieutenant zögerte. In einem Ton, der bei aller Höflichkeit stahlhart war, sagte Lucky: »Das ist ein Befehl, Lieutenant!«

Lieutenant Nevskys Gesicht wurde soldatisch starr. »Jawohl, Sir.«

Doch überraschenderweise ging er immer noch nicht, sondern betrachtete ein paar Sekunden lang den V-Frosch unter Bigmans Arm, der jetzt genüßlich an einem Farnwedel kaute. »Passen Sie gut auf den Kleinen auf!« Er machte kehrt, war nach zwei Schritten im Antigrav-Korridor und verschwand mit einem Blitzstart.

Lucky wandte sich um und trat den Männern entgegen. Er gab sich keinen Illusionen hin. Bitterböse Mienen starrten ihm entgegen. Sie meinten es ernst. Er mußte ihnen die Stirn bieten und ihnen beweisen, daß er es nicht minder ernst meinte. Sonst würde sein Auftrag an ihrer feindseligen Haltung scheitern. Er mußte sie irgendwie auf seine Seite ziehen.

Summers' Grinsen wurde zu einem wölfischen Zähnefletschen. »So, mein Freund, der Junge in Uniform ist weg. Jetzt können wir uns unterhalten. Ich heiße Red Summers. Wie heißen Sie?«

Lucky erwiderte lächelnd: »Mein Name ist David Starr. Mein Freund hier heißt Bigman.«

»Mir ist so, als habe man immer von einem Lucky gesprochen, als die Gerüchte von Ihrer bevorstehenden Ankunft umgingen.«

»Meine Freunde nennen mich Lucky.«

»Lucky – glücklich – ist das nicht süß? Wollen Sie glücklich bleiben?«

»Können Sie mir dafür einen guten Rat geben?«

»Zufälligerweise ja, Lucky Starr.« Plötzlich verzerrte sich sein Gesicht zu einer Grimasse des Zorns. »Verschwinden Sie von Jupiter 9.«

Aus den Reihen kam vielstimmige, rauhkehlige Zustimmung, und mehrere riefen im Sprechchor: »Weg mit ihm! Weg mit ihm!«

Sie rückten dabei langsam vor, aber Lucky wich keinen Zentimeter. »Ich habe gewichtige Gründe für meinen Aufenthalt auf Jupiter 9.«

»In diesem Fall werden Sie leider nicht glücklich bleiben«, sagte Summers.

»Sie sind ein Grünschnabel und ein Weichling dazu. Grünschnäbeln und Weichlingen ergeht es schlimm auf Jupiter 9. Wir machen uns Sorgen, daß Ihnen etwas zustößt.«

»Ich glaube kaum, daß mir etwas zustoßen wird.«

»Sie glauben es kaum – so?« sagte Summers lauernd. »Armand, komm her!«

Aus den Reihen der Männer hinter ihm löste sich ein riesenhafter Mann mit rundem Schädel, kräftigem Körperbau, breiten Schultern und einer Brust wie ein Faß. Er überragte Lucky, der immerhin 1,80 Meter groß war, noch um einen halben Kopf. Hochmütig schaute er auf das junge Mitglied des Wissenschaftsrates hinab und grinste, wobei er gelbliche, weit auseinander stehende Zähne entblößte.

Die übrigen Männer setzten sich auf den Fußboden. Sie tauschten gutgelaunte Bemerkungen aus und benahmen sich genau wie Zuschauer, die auf den Beginn eines Fußballspiels warten. »He, Armand«, rief einer lachend, »sieh dich vor, daß du nicht versehentlich auf das Kleinkind trittst!«

Bigman fuhr auf und blickte wütend in die Richtung, aus der die Stimme gekommen war. Er konnte den Sprecher aber nicht ausmachen.

»Sie können immer noch abhauen, Starr«, sagte Summers.

»Ich denke nicht daran«, erwiderte Lucky. »Schon gar nicht jetzt. Wie ich sehe, soll hier gleich ein amüsantes Spiel beginnen.«

»Sehr amüsant sogar, aber nicht für Sie. Jetzt hören Sie mal zu, Starr! Wir haben uns auf Ihren Empfang gut vorbereitet, seitdem wir erfuhren, daß Sie im Anflug sind. Wir haben genug von diesen Zinnfiguren der Erde. Wir wollen keine mehr hier sehen. Ich habe Leute in den verschiedenen Etagen verteilt. Sie werden uns benachrichtigen, wenn der Commander auf die Idee kommen sollte, sich in unser Spielchen einzumischen. Sollte es dazu kommen, dann, beim Jupiter, werden wir streiken. Habe ich recht, Männer?«

»Jaaaa«, kam die vielstimmige Antwort.

»Der Commander weiß das«, fuhr Summers fort, »und deshalb wird er nicht eingreifen. Wir werden Zeit haben, Sie unseren üblichen Einweihungszeremonien zu unterziehen. Danach werde ich Sie nochmals fragen, ob Sie nicht doch lieber abreisen wollen. Falls Sie dann noch bei Bewußtsein sind, versteht sich.«

»Sie machen viel Lärm um nichts«, sagte Lucky tadelnd. »Was könnte ich Ihnen schon Böses tun?«

»Sie werden uns bestimmt nichts Böses tun«, sagte Summers. »Dafür garantiere ich.«

Bigman mischte sich ein. Mit seiner hohen, kicksenden Stimme rief er: »He, Kerl, Sie sprechen mit einem Ratsmitglied! Haben Sie sich schon mal überlegt, was für Folgen das für Sie hat, wenn Sie sich mit dem Wissenschaftsrat anlegen?«

Summers sah ihn an, stemmte die Fäuste in die Hüften und lachte so unbändig, daß er den Kopf in den Nacken legen mußte. »He, Männer, habt ihr gehört, das kleine Ding kann sprechen! Ich hab' mir die ganze Zeit überlegt, was es sein könnte. Es scheint, daß Lucky Schnüffler sein kleines Brüderchen mitgebracht hat, das auf ihn aufpassen soll.«

Bigman wurde weiß wie ein Leichentuch. Aber während die Wände vor allgemeinem Gelächter widerhallten, beugte sich Lucky blitzschnell zu ihm und flüsterte ihm durch die fast geschlossenen Lippen zu: »Bigman, du hältst eisern den V-Frosch fest! Das ist deine einzige Aufgabe! Ich nehme mir Summers vor. Und bei der großen Galaxis, Bigman, hör auf, Zorn auszustrahlen! Der V-Frosch reflektiert im Augenblick nichts anderes als deinen Zorn!« Bigman schluckte. Er war beeindruckt.

»Nun, Ratsmann Schnüffler«, sagte Summers leise, »können Sie sich unter Agrav bewegen?«

»Habe es gerade bewiesen, Mr. Summers.«

»Gut, dann werden wir Sie jetzt testen und sehen, ob es stimmt. Wir können hier keinen dulden, der nicht alle Feinheiten von Agrav kennt. Es wäre zu gefährlich. Stimmt's, Männer?«

Und wieder erscholl es aus vielen Kehlen: »Jaaaa!«

»Armand hier«, sagte Summers und ließ seine Hand auf Armands breiter Schulter ruhen, »ist unser bester Lehrer. Sie wissen alles über Agrav-Manöver, wenn er Ihnen seine Lektion erteilt hat. Das heißt: falls Sie ihm nicht in die Quere kommen. So, und nun schlage ich vor, daß Sie in den Agrav-Korridor gehen. Armand kommt gleich nach.«

»Und wenn ich es nicht tue?« fragte Lucky.

»Dann werfen wir Sie hinein, und Armand springt hinterher.«

Lucky nickte. »Das klingt deutlich. Sind irgendwelche Regeln zu beachten, wenn ich meine Lektion bekomme?«

Diese Worte erregten wildes Gelächter. Aber Summers gebot mit erhobenem Arm Ruhe. »Sie müssen nur Armand aus dem Wege gehen, Ratsmann. Das ist die einzige Regel, die mir einfällt. Wir schauen alle von hier aus zu. Wenn Sie vor Beendigung der Lektion versuchen, aus dem Agrav-Korridor zu kriechen, werfen wir Sie wieder rein. Und die Männer in den anderen Etagen passen auch auf!«

»Bei den Sandstürmen des Mars«, rief Bigman, »Ihr Mann wiegt 50 Pfund mehr als Lucky, und außerdem ist er ein Agrav-Experte!«

Summers mimte Überraschung. »*Nein*! Daran hab' ich gar nicht gedacht. Was für eine Schande!« Die Männer lachten. »Los jetzt, Starr! Rein in den Korridor, Armand! Mit Gewalt, wenn er nicht will!«

»Nicht nötig«, rief Lucky. Er drehte sich um und trat in den offenen Schacht des breiten Agrav-Korridors. Als seine Füße im Leeren schwebten, stieß er sich leicht mit einer drehenden Bewegung von der Wand ab. An der jenseitigen Wand stoppte er die Drehung. Nun stand er, das Gesicht den Männern zugekehrt, mitten in der Luft.

Sein Manöver rief einige gemurmelte Bemerkungen hervor. Armand nickte beifällig, und zum erstenmal ließ er seine Stimme, einen rollenden Baß, vernehmen. »He, Mister, das war nicht übel.«

Summers preßte die Lippen aufeinander. Waagerechte Falten erschienen auf seiner Stirn. Er stieß Armand heftig in den Rücken. »Du sollst hier nicht quatschen, du Idiot! Geh rein und besorg es ihm!«

Armand setzte sich langsam in Bewegung. »He, Red«, protestierte er, »wir wollen es nicht übertreiben.«

Summers' Gesicht verzerrte sich vor Wut. »Rein mit dir! Und mach, was ich dir gesagt habe! Du weißt, was das für einer ist. Wenn wir ihn nicht abservieren, schicken sie uns immer neue.« Zum Schluß wurden seine Worte zu einem heiseren Flüstern, das nur aus nächster Nähe zu verstehen war.

Armand trat in den Korridor und stand Lucky von Angesicht zu Angesicht gegenüber.

Lucky Starr erschien fast geistesabwesend. Tatsächlich konzentrierte er sich auf die leichten Gefühlswellen, die der

V-Frosch abstrahlte. Einige unterschied er ganz deutlich und konnte sie sogar einem bestimmten Urheber zuordnen. Red Summers' Gefühle waren am leichtesten zu identifizieren: eine Mischung von Angst, kleinlichem Haß und begieriger Erwartung des erhofften Triumphes.

Armand verströmte eine gewisse nervöse Hochspannung ...

Von Zeit zu Zeit spürte Lucky nadelfeine Ausbrüche von Erregung, und manchmal erkannte er auch den Erzeuger der Welle – nämlich immer dann, wenn der betreffende Mann gerade einen feuernden oder drohenden Zuruf machte.

Natürlich mußte er alles aus dem ständigen Fluß von Bigmans großem Zorn herausfiltern.

Aber jetzt sah er in Armands kleine Augen. Der Riese hüpfte auf und ab, 20 Zentimeter nach oben, 20 Zentimeter nach unten. Dabei bedienten seine Finger den Schalter auf dem Kontrollbrett vor der Brust.

Lucky war sofort auf dem Posten. Sein Gegner wechselte die Richtung der Anziehungskraft andauernd ab, indem er den Schalter hin- und herdrehte. Wollte er Lucky auf diese Weise in Verwirrung bringen?«

Es kam Lucky schmerzlich zu Bewußtsein, daß all seine Weltraumerfahrung nicht ausreichte, sich gekonnt in der typischen Agrav-Schwerelosigkeit zu bewegen. Denn dies war nicht die absolute Schwerelosigkeit des Alls, sondern eine, die man nach Belieben variieren konnte.

Und plötzlich fiel Armand, als sei er auf eine Falltür getreten – nur mit dem Unterschied, daß er nach oben fiel!

Als Armands kraftvolle Beine an Luckys Kopf vorbei schwebten, spreizte er sie, als wolle er Luckys Kopf in die Beinschere nehmen.

Automatisch zuckte Lucky mit dem Kopf zurück. Die Folge war, daß seine Beine vorwärts schossen. Sein Körper drehte sich um den Schwerpunkt. Einen Augenblick lang war er aus dem Gleichgewicht und schlenkerte hilflos herum. Das erregte stürmisches Gelächter unter den Männern.

Lucky erkannte seinen Fehler. Er hätte die drohende Beinschere durch Benutzung der Schwerkraft vermeiden müssen. Sobald sich Armand aufwärts bewegte, hätte Lucky mit Hilfe des Kontrollschalters mit ihm hochsteigen oder sich rasch abwärtsfallen lassen sollen. Jetzt mußte er die Anziehungskraft einsetzen, um wieder ins Gleichgewicht zu kommen. Bei Schwerkraft Null würde er endlos weiter trudeln.

Aber bevor seine Finger den Schalter berührten, unterbrach Armand seinen Aufstieg und kam mit Tempo herunter. Beim Vorbeisausen stieß er Lucky scharf den Ellbogen gegen die Hüfte.

Armand fiel weiter. Seine dicken Finger umklammerten jetzt Luckys Fußknöchel und zogen ihn nach unten. Dann streckte er die Arme aus und packte Lucky bei den Schultern. Sein Atem streifte Luckys Haar, als er ihm zuraunte: »Sie müssen noch viel üben, Mister!«

Lucky hob seine Arme und sprengte durch energischen Gegendruck den Griff des Gegners.

Dann entschwebte er mit einer Schalterdrehung nach oben. Er stieß sich dabei mit den Füßen von Armands Schultern ab. So beschleunigte er den eigenen Aufstieg und verlangsamte den Armands. Ihm selber kam es allerdings vor, als stürze er mit dem Kopf voran nach unten, und dieses Gefühl verkrampfte ihn und schien seine Reaktionen zu verlangsamen. Oder lag die Verzögerung an seinen Agrav-Kontrollen? Fast hatte er diesen Eindruck. Doch er war sich nicht sicher. Dafür fehlte es ihm an Erfahrung im Umgang mit diesem Gerät.

Jetzt stürzte sich Armand mit Gebrüll auf ihn. Er nutzte sein größeres Körpergewicht geschickt aus und versuchte, Lucky hart an die Wand zu drängen.

Lucky riß die rechte Hand aus seinem Zugriff los, um an

den Schalter zu gelangen. Er wollte die Richtung wechseln. Beim Aufstieg plante er einen Kniestoß, der Armand ins Taumeln bringen sollte.

Aber Armand sauste als erster in die neue Richtung los, und es war Lucky, den ein Stoß ins Taumeln brachte.

Schon kam Armand wieder heruntergeschossen. Er stieß sich von der Wand ab, prallte gegen Lucky und drückte ihn gegen die andere Wand. Lucky schlug um sich, rutschte an der Wand entlang, wobei er sich einige blaue Flecke holte, und konnte schließlich einen Fußknöchel an einer der vielen Metallstangen einhaken. Sein Körper schwang in den offenen Korridor.

»Reicht's Ihnen, Mister?« flüsterte Armand ihm keuchend zu. »Haben Sie genug? Sie brauchen Red nur zu sagen, daß Sie abreisen wollen. Ich möchte Sie nicht allzu sehr verletzen.«

Lucky schüttelte den Kopf. Dabei dachte er, wie seltsam es war, daß Armands Schwerefeld schnellere Wirkungen auslöste als seins. Er war sicher, daß er seinen Schalter eher betätigt hatte als Armand seinen.

Mit einer plötzlichen Drehung stieß Lucky seinem riesigen Gegner den Ellbogen in die Magengrube. Armand stöhnte. In dem Bruchteil einer Sekunde zog Lucky die Beine an und streckte sie wieder. Die beiden Männer flogen auseinander, und Lucky war frei.

Als Armand ihn einholte, wechselte Lucky im letzten Augenblick die Richtung. In den nächsten Minuten konzentrierte er sich auf Ausweichmanöver. Immer besser verstand er es jetzt, mit den Kontrollen umzugehen. Aber nun war es klar: sie funktionierten mit Verzögerung. Er entging Armands ständigen Angriffen nur durch elegante Drehungen mit Hilfe der Fußstreben.

Jetzt schwebte er leicht wie eine Feder auf der Stelle, und Armand schoß an ihm vorbei. Lucky drehte am Agrav-Schalter, und diesmal tat sich gar nichts. Die Richtung des

Schwerefelds änderte sich nicht mehr, und er konnte nicht beschleunigen.

Gleich darauf fiel Armand über ihn her. Mit einem tierischen Laut packte er Lucky und schleuderte ihn gegen die Wand. Dem wurde schwarz vor Augen.

5
Bigman greift zum Nadelstrahler

Bigman setzte volles Vertrauen in Luckys Fähigkeiten, auch mit überlegenen Muskelmännern fertig zu werden. Er hatte keine Angst um ihn. Er ärgerte sich nur über die parteiischen Zuschauer.

Summers war dicht an den Rand des Korridoreingangs getreten. Neben ihm stand ein hagerer Bursche mit dunklem Teint und berichtete wie ein Sportreporter mit heiserer Stimme, was sich vor seinen Augen abspielte.

Als Armand das erste Mal Lucky gegen die Wand drückte, erhob sich Beifall. Bigman zog verächtlich die Mundwinkel herab. Natürlich stellte dieser Dummkopf von Möchtegern-Reporter die Kampfsituation immer etwas günstiger für seinen Favoriten dar.

Warte nur, wenn Lucky die Agravtechnik erst richtig beherrscht, dachte Bigman. Dann wird er diesen Armand in kleine Stücke reißen! Bigman hatte nicht die geringsten Zweifel daran.

Aber dann schrie der dunkelhäutige Bursche mit über schlagender Stimme: »Armand hat ihn im Schwitzkasten! Jetzt bereitet er sein nächstes Manöver vor. Füße gegen die Wand! Anziehen! Abstoßen! Und jetzt, und jetzt! Er kracht ihn gegen die Wand! Wunderbar! Großartig!

In diesem Augenblick fühlte Bigman erste Beklemmungen. Er schob sich langsam zum Korridoreingang hin. Niemand nahm von ihm Notiz. In diesem Fall erwies sich seine geringe Körpergröße als Vorteil. Leute, die ihn nicht näher kannten, sahen in ihm keine Gefahr. Sie übersahen ihn einfach.

Bigman schaute in den Korridor. Er sah, wie Lucky sich von der Wand abdrehte. In der Nähe lauerte Armand.

»Lucky!« schrie Bigman schrill. »Vorsicht!«

Sein Schrei ging im Lärm unter. Dafür hörte Bigman, wie der dunkelhäutige Mann ein paar Worte zu Summers sagte.

Sie lauteten: »Gib dem Schnüffler wieder ein bißchen Saft, Red, damit es etwas spannender wird!«

Summers antwortete grollend. »Es soll aber nicht spannend werden! Ich will, daß Armand ihm endlich den Rest gibt.«

Im ersten Augenblick ging Bigman die Bedeutung dieses Wortwechsels nicht auf. Aber dann verstand er. Mit scharfem Blick erkannte er, daß Summers an einem kleinen Gegenstand vor seiner Brust hantierte. Worum es sich handelte, war nicht zu sehen.

»Bei den Sandwüsten des Mars!« rief Bigman fast atemlos. Er sprang zurück. »Sie! Summers! Sie heimtückischer Schuft!«

Bigman dankte seinem guten Instinkt, daß er entgegen Luckys Wunsch einen Nadelstrahler bei sich trug. Lucky hielt nicht viel von dieser Waffe, weil ein genaues Zielen fast unmöglich war. Aber Bigman hätte eher zugegeben, keine 1,80 Meter groß zu sein, als seine Scharfschützen Talente in Zweifel ziehen zu lassen.

Als Summers auf Bigman Anruf nicht reagierte, ballte Bigman die Faust um die Waffe. Nur wenig mehr als ein Zentimeter der nadelspitz zulaufenden Mündung ragte zwischen Zeige- und Mittelfinger seiner rechten Hand her vor. Dann drückte er fest zu.

Gleichzeitig zuckte 15 Zentimeter vor Summers' Nase ein

Lichtblitz auf, und es gab einen leisen Knall. Das war alles nicht sehr eindrucksvoll. Es werden ja nur Luftmoleküle ionisiert. Aber Summers fuhr zusammen. Und der V-Frosch übermittelte getreulich seinen großen Schreck.

»Alle bleiben auf ihren Plätzen!« schrie Bigman. »Keine Bewegung! Keine Bewegung, ihr Schwachköpfe!« Wieder knallte der Nadelstrahler. Diesmal über Summers' Kopf hinweg, wo es alle genau sehen konnten.

Wenige Menschen verstanden, mit Nadelstrahlern umzugehen. Man bekam auch nur unter Schwierigkeit einen Waffenschein dafür. Aber jeder kannte die Wirkung der Waffe, wenn auch meist nur von Fernsehspielen.

Es war, als hätten sämtliche 50 Männer gleichzeitig den Atem angehalten.

Bigman wurde gleichsam von einem kalten Sprühregen der Todesangst von 50 erschreckten Männern überschüttet. Er zog sich zurück, bis er die Wand im Rücken spürte.

»Alle mal herhören!« rief er. »Wer von Ihnen wußte, daß dieser Schuft Summers die Agrav-Schalter meines Freundes außer Betrieb gesetzt hat? Dieser Kampf ist eine Schiebung!«

Zwischen den Zähnen stieß Summers voll Verzweiflung hervor: »Sie irren sich! Sie irren sich bestimmt!«

»Wirklich? Summers, Sie sind unerhört mutig, wenn Sie mit 50 Mann auf zwei Männer losgehen. Wollen wir mal sehen, wie mutig Sie sich vor der Mündung eines Nadelstrahlers benehmen! Sie wissen ja, wie schwer es ist, damit zu zielen. Ich könnte leicht jemand treffen.«

Wieder drückte er die Faust zusammen. Diesmal war der Abschußknall ohrenbetäubend, und der Lichtblitz blendete alle. Nur Bigman hatte rechtzeitig für eine Sekunde die Augen geschlossen.

Summers ließ einen erstickten Aufschrei hören. Doch er war unverletzt. Nur der oberste Hemdknopf war verschwunden.

»Gut gezielt«, sagte Bigman, »ich muß mich selber loben.

Aber soviel Glück hält nicht ewig an. Bewegen Sie sich lieber nicht, Summers! Erstarren Sie zur Steinsäule! Sonst treffe ich beim nächstenmal daneben. Und ein Loch in der Haut tut erheblich mehr weh als ein zerblasener Knopf.«

Summers schloß die Augen. Auf seiner Stirn glänzte ein dünner Schweißfilm. Bigman schätzte die Entfernung und drückte zweimal ab.

Puff! Klack! Zwei weitere Knöpfe verschwanden.

»Beim Mars, mein Glückstag! Und Ihr Glück, daß sich niemand gerührt hat. Na, noch einen – zum guten Schluß.«

Diesmal schrie Summers vor Schmerzen auf. Plötzlich war ein Riß in seinem Hemd, und man sah die verbrannte Haut darunter.

»Ach«, sagte Bigman, »knapp daneben! Na, nun bin ich nervös und werde die nächsten beiden Knöpfe bestimmt auch verfehlen ... Es sei denn, Sie wollten mir etwas gestehen, Summers.«

»Ich gebe alles zu«, rief Summers. »Ich habe manipuliert.«

Bigman schüttelte den Kopf. »Na, so was? Ihr Mann hat den Vorteil des höheren Gewichts. Ihr Mann hat die größere Erfahrung. Und trotzdem mußten Sie noch schummeln. Sie wollen wohl nicht das geringste riskieren, wie? Lassen Sie fallen, was Sie da in der Hand halten ... Und von euch anderen bewegt sich keiner! Von jetzt an wird im Korridor fair gekämpft, verstanden? Keiner rührt sich von der Stelle, bis einer aus dem Korridor herauskommt!«

Er machte eine Pause und musterte die erstarrten Gesichter, während sich seine Faust mit dem Nadelstrahler langsam von einer Seite zur anderen bewegte. »Aber sollte es euer Knorpelheini sein, der zurückkommt, wäre ich ziemlich enttäuscht. Und in meiner bitteren Enttäuschung kann ich für nichts garantieren. Kann sein, daß ich dann die Beherrschung verliere und wie ein Wilder in die Menge schieße. Und ehe ihr mich stoppen könnt, habe ich bestimmt zehnmal abgedrückt. Wenn ihr also lebensmüde seid, dann drückt mal schön die Daumen, daß euer Knilch gegen Lucky Starr gewinnt!«

So wartete Bigman mit klopfendem Herzen, den Nadelstrahler in der Rechten und das Aquarium mit dem V-Frosch unter dem linken Arm. Am liebsten hätte er Summers befohlen, den Zweikampf zu beenden und die beiden Gegner aus dem Agrav-Korridor zu holen. Aber er fürchtete Luckys Zorn. Er wußte, daß Lucky ein Mann war, der niemals aufgab.

Ab und zu flog schattenhaft eine Gestalt durch seinen Gesichtskreis, dem eine zweite folgte. Dann hörte man das dumpfe Geräusch, mit dem ein menschlicher Körper gegen die Korridorwand schlug. Noch einmal – und noch einmal. Dann wieder Stille.

Eine Gestalt zog vorüber, die andere folgte. Die Hand der zweiten krallte sich um den Fußknöchel der ersten.

Dann schien der Kampf beendet. Der Sieger sprang aus dem Korridor in die Seitenstraße. Der Verlierer folgte. Kaum war er dem Korridor entronnen, so brach er wie ein nasser Sack zusammen.

Bigman stieß einen Schrei aus. Der Mann, der auf beiden Beinen vor ihm stand, war Lucky! Sein Gesicht war voller Abschürfungen. Aber Armand lag besinnungslos zu seinen Füßen.

Sie hatten einige Mühe, Armand wieder zu sich zu bringen. Auf seinem Schädel hatte sich eine Beule von der Größe einer kleinen Grapefruit gebildet, und ein Auge war so geschwollen, daß er auf ihm nichts mehr sehen konnte. Mit blutender Unterlippe brachte er ein gequältes Grinsen zustande und sagte: »Beim Jupiter, der Junge ist eine Wildkatze!«

Schwerfällig kam er auf die Beine, und tapsig wie ein Bär umarmte er Lucky. »Als er mit den Agrav-Kontrollen erst richtig zurechtkam, war es, als kämpfte ich gegen zehn Männer. Er ist schwer in Ordnung!«

Zu Bigmans Überraschung feierten die Männer begeistert den Sieger. Zuerst strahlte der V-Frosch allgemeine Erleichterung ab, dann stürmischen Jubel.

Armands Grinsen wurde noch breiter. Mit dem Handrücken wischte er sich das Blut ab. »Der Ratsmann ist ein echter Kerl. Wer noch etwas gegen ihn sagt, der bekommt es von jetzt an mit mir zu tun. Wo ist Red?«

Red Summers war verschwunden. Und mit ihm das Instrument, das er vorhin auf Bigmans Geheiß hatte fallenlassen.

»Hören Sie, Mr. Starr«, sagte Armand, »ich muß Ihnen was sagen. Ich wollte den Kampf nicht. Aber Red meinte, wir müßten Sie loswerden, oder Sie würden uns alle in Schwierigkeiten bringen.«

Lucky erhob die Hand. »Das ist ein großer Irrtum. Hört zu, ihr alle! Wer ein loyaler Mann der Erde ist, hat von mir nichts zu befürchten. Das verspreche ich euch. Der Kampf ist vorbei. Er wird auf keinem Protokoll verzeichnet werden. Es war eine spannende Angelegenheit, aber jetzt können wir sie vergessen. Nichts ist passiert. Ist das klar?«

Sie klatschten und jubelten ihm zu. Man hörte Rufe: Der Mann ist richtig!« Und: »Hoch der Wissenschaftsrat!«

Lucky wollte sich gerade zum Weggehen umwenden, als Armand sagte: »He, warten Sie noch!« Er atmete tief ein und deutete mit einem dicken Zeigefinger auf den V-Frosch. »Was ist das?«

»Ein Tier von der Venus«, sagte Lucky. »Und unser Haustier.«

»Es ist niedlich.« Der Riese betrachtete das kleine Wesen mit glänzenden Augen. Die anderen Männer drängten heran, besahen sich das Tier und äußerten sich entzückt darüber. Andere schüttelten Lucky die Hand und versicherten ihm, sie hätten von Anfang an auf seiner Seite gestanden.

Bigman mochte das Gedränge und Geschiebe nicht. Schließlich verlor er die Geduld und rief laut: »Laß uns jetzt auf unsere Zimmer gehen, Lucky, oder ich schwöre dir, ich bring ein paar dieser Kerle um!«

Sofort trat tödliches Schweigen ein, und die Männer machten Platz für Lucky und Bigman.

Lucky zuckte zusammen, als Bigman seine verletzte Wange in ihrem Quartier mit kaltem Wasser wusch.

Dann sagte er: »Vorhin war unter den Männern die Rede von einem Nadelstrahler, der während meines Kampfes irgendeine Rolle gespielt hat. Ich habe die Geschichte nicht ganz mitgekriegt. Am besten, du erzählst sie mir, Bigman.«

Widerstrebend klärte Bigman ihn auf.

»Ich habe natürlich gemerkt, daß meine Agrav-Kontrollen nicht mehr funktionierten«, sagte Lucky nachdenklich. »Aber ich dachte an ein mechanisches Versagen. Erst recht, als nach meinem zweiten Niederschlag wieder alles klappte. Ich hatte keine Ahnung, daß du inzwischen diese Auseinandersetzung hattest.«

Bigman grinste. »Beim großen Weltraum, Lucky, du glaubst doch nicht, daß ich dem Kerl einen so gemeinen Trick durchgehen lasse?«

»Deshalb brauchst du aber nicht gleich mit einem Nadelstrahler um dich zu schießen!«

»Nur so konnte ich die Kerle auf Vordermann bringen«, erwiderte Bigman gekränkt. »Soll ich vielleicht mit dem Finger drohen und ihnen zurufen: ›Seid bitte nicht so unartig!‹ Außerdem mußte ich ihnen einen fürchterlichen Schreck einjagen.«

»Warum?« fragte Lucky scharf.

»Bei den Sandwüsten des Mars, Lucky, als die Mogelei im Gange war, ging es dir mächtig dreckig. Ich konnte nicht wissen, ob du noch genügend Kraft hattest, dich wieder aufzurappeln. Deshalb wollte ich Summers eigentlich dazu zwingen, den Kampf abzubrechen.«

»Das wäre sehr unvorteilhaft gewesen, Bigman. Wir hätten nichts dadurch erreicht. Die meisten Männer hätten angenommen, dein Vorwurf, Summers spiele falsch, wäre nur eine miese kleine Ausrede.«

»War klar, daß du so denkst. Aber ich war zu nervös.«

»Du hattest keinen Grund. Als die Kontrollen wieder funktionierten, ging alles ganz glatt. Armand merkte, daß er zu früh triumphiert hatte. Sobald er sah, daß ich noch fit war, war es mit seiner Kampfmoral vorbei. Typisch für Männer, die an leichte Siege gewöhnt sind. Wenn es einmal bei ihnen nicht gleich klappt, sind sie durcheinander und verlieren.«

»Ja, Lucky«, sagte Bigman und grinste unverschämt.

Lucky überlegte schweigend. »Mir gefällt der Ton nicht, mit dem du ›ja, Lucky‹ sagst – und dein Grinsen gefällt mir erst recht nicht. Heraus mit der Sprache! Du hast doch noch mehr angestellt!«

»Nun ...« Bigman hatte Luckys wunde Stelle mit flüssiger Salbe überdeckt und trat jetzt zurück, um sein Werk kritisch zu betrachten. »Mir war es wichtig, daß du gewinnst, daran ist doch nichts auszusetzen, oder?«

»Nein.«

»Deshalb kündigte ich an, falls Armand als Sieger aus dem Kampf hervorginge, würde ich ein Massaker unter ihnen anrichten.«

»Doch nicht im Ernst!«

»Vielleicht doch. Jedenfalls nahmen sie meine Drohung ernst. Besonders nachdem sie mitangesehen hatten, wie ich dem Dreckskerl vier Knöpfe vom Hemd zerblasen hatte. Also hatten wir da 50 Kerle, die sämtlich, einschließlich Summers, mit allen Fasern hofften, daß du gewinnst und Armand eine Niederlage erleidet.«

»Das war's also«, sagte Lucky.

»Na, ich konnte ja nichts dafür, daß der V-Frosch dabei war und alle diese Wünsche auf euch abstrahlte, oder?«

»Ja, besonders auf Armand. Deshalb also hatte er urplötzlich keine Kampfmoral mehr.« Lucky schien betrübt.

»Überleg doch mal, Lucky! Zweimal wurdest du durch Hinterlist aufs Kreuz gelegt. Es war kein fairer Kampf!«

»Ja, ich weiß. Kann sogar sein, daß ich diese Hilfe dringend nötig hatte.«

Die Türleuchte flammte kurz auf, und Lucky hob die Augenbrauen. »Wer mag das sein?« Er drückte auf eine Taste, und die Tür glitt auf.

Draußen stand ein stämmiger Mann mit schütterem Haar, der sie aus chinablauen Augen unverwandt anblickte. In einer Hand hielt er ein merkwürdig geformtes Stück schimmernden Metalls, das er in seinen geschmeidigen Fingern unentwegt drehte. Manchmal verschwand das Objekt und wanderte blitzschnell vom Daumen zum kleinen Finger, als wäre es ein beseeltes Etwas. Bigman sah fasziniert zu.

»Mein Name ist Harry Norrich«, sagte der Mann. »Ich bin Ihr Nachbar.«

»Guten Tag«, grüßte Lucky.

»Sie sind Lucky Starr und Bigman Jones, nicht wahr? Darf ich Sie für ein paar Minuten zu mir herüberbitten? Ich lade Sie zu einem Drink ein.«

»Das ist nett von Ihnen«, sagte Lucky. »Wir kommen gern.«

Norrich drehte sich etwas steif und führte sie den Korridor entlang bis zur nächsten Tür. Manchmal berührte er die Wand mit den Fingerspitzen. Lucky und Bigman folgten. Der Kleine hatte den V-Frosch unterm Arm.

»Kommen Sie rein, Gentlemen!« Norrich trat zur Seite, um ihnen den Vortritt zu lassen. »Nehmen Sie bitte Platz! Ich habe schon eine Menge von Ihnen gehört.«

»Was denn?« fragte Bigman.

»Von Luckys Kampf mit dem großen Armand und von

Bigmans Schießkünsten mit dem Nadelstrahler. Es ist das Thema des Tages. Bis morgen früh wird es wohl der letzte auf Jupiter 9 erfahren haben. Auch deswegen habe ich Sie zu mir gebeten. Ich wollte mit Ihnen darüber sprechen.«

Vorsichtig füllte er zwei Gläschen mit einem rötlichen Schnaps und bot sie den beiden Freunden an. Lucky nahm ihm sein Glas nicht gleich aus der Hand, sondern griff einige Zentimeter daneben. Nichts geschah. Erst jetzt griff Lucky wirklich zu. Er stellte das Gläschen ab.

»Was haben Sie da auf Ihrem Arbeitstisch?« wollte Bigman wissen.

In Norrichs Zimmer standen die üblichen Möbel. Außerdem nahm eine Art Arbeitstisch nebst Sitzbank eine ganze Wand ein. Auf dem Tisch lagen mehrere Metallteile verstreut, und in der Mitte stand ein seltsames, unregelmäßig geformtes Gebilde von etwa 15 Zentimeter Höhe.

»Dieses Ding?« Norrichs Hand glitt über den Tisch, suchte ein wenig und fand dann das Gebilde. »Es ist ein 3 D.«

»Ein was?«

»Ein dreidimensionales Puzzlespiel. Die Japaner kannten so etwas schon vor Jahrtausenden, haben aber nie etwas daraus entwickelt. Diese Puzzles bestehen aus einer Reihe verschieden geformter Teile, die in einer bestimmten Weise zusammengesetzt werden müssen, um ein Gebilde zu ergeben. Dies hier ist zum Beispiel das Modell eines Agrav-Generators. Ich habe es selber entworfen und hergestellt.«

Er nahm ein Stück Metall auf und schob es sorgfältig in eine seitliche Öffnung des Gebildes. Das Stück paßte genau.

»Jetzt das nächste Teil.« Seine linke Hand strich fast zärtlich über das Gebilde, während die rechte unter den verstreuten Teilen auf dem Tisch herumsuchte, eins auswählte, es hochhob und ebenfalls nahtlos dem Gebilde zufügte.

Interessiert kam Bigman näher. Plötzlich knurrte es drohend unter dem Tisch. Er prallte erschrocken zurück.

Ein Hund kam unter dem Tisch hervor, stellte sich auf die Hinterbeine und legte die Vorderpfoten auf die Bank.

Es war ein großer deutscher Schäferhund. Ruhig sah das Tier Bigman an. »Hören Sie«, sagte Bigman nervös, »ich habe ihn nicht absichtlich getreten.«

»Keine Sorge«, beruhigte Norrich. »Das ist nur Mutt. Ehe der jemanden beißt, muß man ihm Schlimmeres zufügen, als ihm auf die Pfoten zu treten. Mutt ist mein Hund. Mein Führhund!«

»Ihr Führhund?«

»Mr. Norrich ist blind, Bigman«, erklärte Lucky leise.

6
Der Tod greift ein

Bigman senkte den Kopf. »Oh, entschuldigen Sie.«

»Kein Grund«, sagte Norrich heiter. »Ich habe mich daran gewöhnt und komme gut zurecht. Ich bin Cheftechniker und leite die Abteilung für Experimentalkonstruktionen. Ich bin nicht auf fremde Hilfe angewiesen, im täglichen Leben so wenig wie bei meinen 3-D-Puzzles.«

»Kann mir vorstellen, daß die Puzzles viel Nutzen bringen«, bemerkte Lucky.

»Sie können diese Dinger wirklich allein zusammensetzen, ohne sie zu sehen?« staunte Bigman.

»Es ist nicht so schwierig, wie es Ihnen vorkommen mag. Ich habe jahrelange Erfahrung darin. Und da ich sie selber herstelle, kenne ich natürlich alle Tricks. Hier ist ein ganz einfaches Puzzle, Bigman. Sieht aus wie ein Ei. Können Sie es auseinandernehmen?«

Bigman nahm das Leichtmetall-Ei in die Hand und drehte es nach allen Seiten. Die Teile paßten fugenlos ineinander.

Norrich erzählte inzwischen weiter: »Ich brauche Mutt nur, wenn ich durch die Korridore gehe.« Liebevoll kraulte er das Ohr des Hundes, und der ließ sich das gerne gefallen. Dann gähnte das Tier schläfrig, wobei es ein scharfes weißes Gebiß und eine rosarote, sehr bewegliche Zunge entblößte. Lucky spürte, wie der V-Frosch die tiefe Zuneigung Norrichs zu seinem Hund übermittelte.

»Die Agrav-Korridore kann ich nicht benutzen«, sagte Norrich, »ich wüßte ja nie, wann ich verlangsamen muß. Deshalb benutze ich die normalen Straßen, und Mutt führt mich. Die Wege dauern länger, aber dafür hält man den Körper in gesunder Bewegung. Ich glaube, daß Mutt und ich Jupiter 9 besser kennen als jeder andere, nicht wahr, Mutt? ... Haben Sie es auseinandergekriegt, Bigman?«

»Nein. Es ist immer noch in einem Stück.«

»Das kann doch nicht wahr sein! Kommen Sie, geben Sie es mir!«

Bigman reichte ihm das Ei, und Norrichs geschickte Finger strichen suchend über die Oberfläche. »Sehen Sie dieses kleine Quadrat hier? Da muß man draufdrücken. Dann schiebt es sich ein Stück hinein. Jetzt packt man das Teil, das auf der anderen Seite herauskommt und dreht es im Uhrzeigersinn halb herum. Nun kann man es ganz herausziehen. Sehen Sie? Der Rest ist einfach. Es zerlegt sich beinahe von selbst. Dieses Teil ... dann dies ... dann dies ... und so weiter. Man legt die Teile nebeneinander auf den Tisch. Es sind nur acht. Beim Zusammensetzen geht man in umgekehrter Reihenfolge vor. Zuletzt das Schlüsselstück. Drehung. Reindrücken. Dann sitzt wieder alles fest.«

Skeptisch besah sich Bigman die einzelnen Teile. Er beugte sich dich über sie.

Lucky brachte das Gespräch auf ein anderes Thema. »Wie Sie wissen, Mr. Norrich, wartete eine Art Empfangskomitee auf mich. Sie erwähnten, daß Sie zu meinem Kampf mit Armand etwas zu sagen hätten.«

»Ja, Ratsmann, ja. Ich möchte, daß Sie den Vorfall richtig beurteilen. Ich bin seit Beginn des Agrav-Projekts auf Jupiter 9, und ich kenne die Männer. Manche gehen zurück, wenn ihr Vertrag abläuft, manche verlängern und bleiben. Neue Leute treffen ständig ein. Aber in gewisser Weise sind sie sich alle gleich. Sie sind sehr unsicher.«

»Warum?«

»Aus mehreren Gründen. Erstens ist die Arbeit gefährlich. Wir hatten Dutzende von schweren Unfällen, die mehrere hundert Männer das Leben kosteten. Ich verlor vor fünf Jahren das Augenlicht und konnte noch von Glück reden. Denn leicht hätte ich auch hopsgehen können. Zweitens sind die Männer hier völlig isoliert, fern von Freunden, fern von ihrer Familie, soweit sie eine haben.«

»Ich könnte mir vorstellen«, sagte Lucky, »daß das einigen nur recht ist.«

Dabei lächelte er schief. Denn es war kein Geheimnis, daß von Zeit zu Zeit Männer, die mit dem Gesetz in Konflikt gekommen waren, Arbeit auf den Pionierwelten suchten und fanden. Es wurden dauernd Männer gebraucht, die willens waren, unter riesigen Kuppeldächern in einer künstlichen Atmosphäre in künstlichen Schwerefeldern zu arbeiten. Da wurden gewöhnlich nicht viele Fragen gestellt.

Das war kein schlechtes Prinzip. Denn die Männer arbeiteten ja zum Nutzen der Erde, und zwar unter schwierigen Bedingungen. Man konnte es als eine Art tätiger Reue für frühere Vergehen betrachten.

Norrich nickte bestätigend. »Ich sehe, daß Sie Bescheid wissen, und das ist gut so. Abgesehen von Offizieren und qualifizierten Ingenieuren ist schätzungsweise die Hälfte aller Männer auf der Erde kriminell in Erscheinung getreten, und die meisten übrigen haben nur Glück gehabt, daß die Polizei sie nie erwischte. Ich glaube, daß kaum einer unter fünf Männern hier seinen richtigen Namen angegeben hat. Natürlich werden solche Männer unruhig, wenn ein Prüfer nach dem anderen erscheint. Sie suchen alle nach sirianischen Spionen, das wissen wir. Aber jeder befürchtet, daß bei dieser Gelegenheit seine Vergangenheit ans Tageslicht kommt und er auf die Erde zurückgeschickt wird, um dort eine Gefängnisstrafe zu verbüßen. Natürlich will jeder irgendwann einmal zurück zur Erde, aber unerkannt und nicht in Handschellen. Nur deshalb konnte Red Summers sie so leicht aufputschen.«

»Und stellt Summers etwas Besonderes dar, daß sie ihn als Anführer anerkennen? War er ein berüchtigter Verbrecher?«

Bigman sah kurz von seinem 3-D auf und fragte säuerlich: »Ein Mörder vielleicht?«

»Nein«, entgegnete Norrich mit Nachdruck. »Sie müssen Summers verstehen. Er hatte ein unglückliches Leben. Ein zerrüttetes Elternhaus, eine freudlose Kindheit. Dann geriet er in schlechte Gesellschaft. Er machte auch mit dem Gefängnis Bekanntschaft. Ja, das stimmt.

Aber es handelte sich nur um kleinere Betrügereien. Wäre er auf der Erde geblieben, hätte er aber sein ganzes Leben verpfuscht. Als er nach Jupiter 9 kam, begann er ein neues Leben. Als gewöhnlicher Arbeiter traf er hier ein. Aber er bildete sich weiter. Er lernte Fertigungsmethoden unter niedriger Schwerkraft, Kraftfeldmechanik und die gesamte Agrav-Technik. Er wurde befördert, rückte in verantwortliche Stellungen auf und bewährte sich auf der ganzen Linie. Er ist beliebt und geachtet. Viele bewundern ihn. Jetzt weiß er ein ehrenhaftes und verantwortungsbewußtes Leben zu schätzen. Und er fürchtet nichts mehr, als sein altes Leben auf der Erde wiederaufnehmen zu müssen.«

»Genau«, sagte Bigman. »Er hat so große Abneigung dagegen, daß er sich nicht gescheut hätte, Lucky in einem manipulierten Kampf zu töten.«

»Ja«, gab Norrich stirnrunzelnd zu. »Ich habe gehört daß er mit einem Subphasen-Oszillator die Steuersysteme des Ratsmanns außer Betrieb gesetzt hat. Das war dumm von ihm. Aber er war in einer Panikstimmung. Glauben Sie mir, im Grunde hat der Mann ein gutes Herz. Als mein alter Mutt einging ...«

»Ihr alter Mutt?« unterbrach Lucky.

»Ja, ich hatte früher schon einen anderen Führhund, der auch auf den Namen Mutt hörte. Er kam bei einem Kraftfeldkurzschluß zusammen mit zwei Männern ums Leben. Er hatte da nichts zu suchen. Aber jeder Hund geht nun mal dann und wann auf Abenteuer aus. Auch mein jetziger Hund tut es, wenn ich ihn nicht brauche. Aber er kommt immer zurück.« Er beugte sich hinab und klopfte zärtlich die Flanken des Tiers. Mutt schloß genüßlich ein Auge, und sein Schwanz schlug rhythmisch auf den Fußboden.

»Als nun der alte Mutt tot war, sah es eine Weile so aus, als könne ich keinen Ersatz bekommen. Sie hätten mich zurückschicken müssen. Ohne Hund bin ich hier aufgeschmissen. Führhunde sind eine Rarität. Es gibt lange Wartelisten. Die Verwaltung von Jupiter 9 dachte gar nicht daran, meinetwegen Druck hinter die Angelegenheit zu setzen. Sie wollten die Tatsache, daß sie einen Blinden als Bauingenieur beschäftigten, nicht unbedingt an die große Glocke hängen. Die Kongreßfraktion, die Sparsamkeit auf ihre Fahnen geschrieben hat, hätte solche Extravaganz mit Sicherheit groß ausgeschlachtet. Da klemmte sich Summers dahinter. Er ließ ein paar Verbindungen spielen, die er auf der Erde besaß, und schaffte es, daß ich Mutt bekam. Es geschah sicherlich etwas außerhalb der Legalität, sozusagen auf dem Schwarzen Markt. Jedenfalls setzte Summers seine gute Stellung aufs Spiel, um einem Freund einen Gefallen zu tun. Das werde ich ihm nie vergessen. Bitte, denken Sie daran, wenn Sie Maßnahmen gegen ihn planen! Lassen Sie Gnade vor Recht ergehen!«

»Ich plane überhaupt keine Maßnahmen gegen ihn«, erklärte Lucky. »Ich hatte nie die Absicht. Auch vor unserem

Gespräch nicht. Allerdings werde ich beim Rat Summers wirklichen Namen und die Akte über sein Vorleben anfordern. Ich bin sicher, daß da einiges vorliegt.«

»Tun Sie das!« forderte Norrich ihn auf. »Sie werden feststellen, daß er kein schlechter Kerl ist.«

»Ich hoffe es. Aber ich habe eine Frage. Wie kommt es, daß von den führenden Offizieren auf Jupiter 9 nicht der geringste Versuch gemacht wurde, den Kampf zu unterbinden? Finden Sie das nicht merkwürdig?«

Norrich lachte kurz auf. »Durchaus nicht. Ich glaube, Commander Donahue hätte sogar Ihr Tod kaltgelassen, abgesehen von den Scherereien, die er gehabt hätte, um die Begleitumstände zu vertuschen. Er hat größere Sorgen am Hals als Sie und Ihre Nachforschungen.«

»Größere Sorgen?«

»Sicher. Es ist so: Jedes Jahr wird ein neuer Projektleiter eingesetzt und der alte abgelöst. Sie kennen das Army-Prinzip der Rotation. Donahue ist unser sechster Commander, und er ist bei weitem der beste, den wir hatten. Das muß ich ehrlich sagen. Er hat der Bürokratie mächtig auf die Finger geklopft und es stets vermieden, aus Jupiter 9 eine Kaserne zu machen. Er hat den Männern viele Freiheiten eingeräumt und auch ein Auge zugedrückt, wenn sie es mal ein bißchen toll trieben. Das kam der Arbeit ungemein zugute. Jetzt steht das erste Agrav-Schiff kurz vor dem Start. Manche sagen, es sei nur eine Sache von einigen Tagen.«

»So weit ist man schon?«

»Könnte sein. Aber das Entscheidende ist, daß Commander Donahue in weniger als einem Monat zur Ablösung ansteht. Jede Verzögerung des Arbeitsprozesses würde dazu führen, daß der Start erst unter Donahues Nachfolger stattfindet. Dieser Nachfolger würde dann mitfliegen und ein berühmter Mann werden. Während sein Name in die Geschichtsbücher eingeht, würde Donahue im Dunkeln bleiben.«

»Kein Wunder, daß er dich nicht auf Jupiter 9 haben wollte, Lucky«, sagte Bigman böse.

Lucky zuckte die Achseln. »Reg dich nicht auf, Bigman!«

Aber der war nicht zu bremsen. »Dieser Dreckskerl! Wenn's nach ihm ginge, könnte Sirius die Erde erobern. Hauptsache, er darf mit dem blöden Raumschiff fliegen.« Er hob die geballte Faust. Sofort knurrte Mutt drohend.

»Was tun Sie da, Bigman?« fragte Norrich scharf.

»Was?« Bigman war verblüfft. »Gar nichts!«

»Haben Sie eine drohende Geste gemacht?«

Bigman nahm sofort den Arm herunter. »Halb so schlimm!«

»Sie müssen etwas vorsichtig sein, wenn Mutt dabei ist. Er wurde abgerichtet, mich zu beschützen ... Warten Sie, ich führe es Ihnen mal vor. Kommen Sie jetzt auf mich zu, als ob Sie mich schlagen wollten!«

Lucky widersprach. »Das ist nicht nötig. Wir ...«

»Bitte«, sagte Norrich. »Es ist ganz ungefährlich. Ich halte Mutt schon rechtzeitig zurück. Ich möchte es wirklich mal ausprobieren. Die Männer hier gehen derartig rücksichtsvoll mit mir um, daß ich gar nicht mehr weiß, ob er noch so scharf ist, wie er sein sollte. Los, greifen Sie mich an, Bigman!«

Bigman ging zögernd auf ihn los und hob den rechten Arm, als wollte er ihn schlagen. Sofort legte Mutt die Ohren an. Seine Augen wurden zu schmalen Schlitzen. Er entblößte die scharfen Fänge. Die Muskeln der Hinterbeine spannten sich zum Sprung, und aus seiner Kehle drang ein heiseres Knurren.

Bigman zog sich hastig zurück, und Norrich kommandierte: »Platz, Mutt!« Der Hund gehorchte. Klar und deutlich empfand Lucky die Spannung und nachfolgende Erleichterung Bigmans und den liebevollen Stolz Norrichs.

»Na, wie kommen Sie mit dem 3-D-Ei zurecht, Bigman?« fragte Norrich.

»Ich hab's aufgegeben«, antwortete der kleine Marsbewohner resigniert. »Zwei Teile bekam ich zusammen. Dann war ich am Ende meines Lateins.«

Norrich lachte. »Reine Übungssache. Schauen Sie!«

Er nahm die beiden von Bigman zusammengesetzten Teile und sagte: »Kein Wunder. Sie haben sie falsch zusammengesetzt.« Er drehte das eine Teil herum, fügte sie wieder zusammen, und verfuhr so nach und nach mit den übrigen Teilen, bis er sieben zusammen hatte. Sie bildeten ein Ei mit einem Loch in der Mitte. Er griff zum achten Teil, dem Schlüsselstück, steckte es in das Loch, drehte es im entgegengesetzten Sinne des Uhrzeigers halb herum, drückte es vollends hinein und sagte: »Fertig!«

Dann warf er das eiförmige Gebilde in die Luft und fing es wieder auf. Bigman schämte sich seiner Ungeschicklichkeit.

Lucky erhob sich. »Nun, Mr. Norrich, wie sehen uns bald wieder. Ich werde nicht vergessen, was Sie mir über Summers und die anderen erzählt haben. Vielen Dank für den Drink.« Der stand immer noch auf dem Tisch. Lucky hatte ihn nicht angerührt.

»Habe mich gefreut, Sie kennenzulernen«, sagte Norrich, stand auf und schüttelte ihnen die Hand.

Lucky konnte lange nicht einschlafen. Er lag im dunklen Zimmer mehr als hundert Meter unter der Oberfläche von Jupiter 9, hörte aus dem Nebenzimmer Bigmans leichtes Schnarchen und ging in Gedanken viele Male die Ereignisse des Tages durch.

Er war beunruhigt! Irgend etwas war geschehen, was nicht hätte geschehen dürfen. Oder es war etwas nicht geschehen, was hätte geschehen sollen ...

Aber die Müdigkeit verhinderte, daß er das Problem klar erkannte. Es war auch so unwirklich. Es war nahe daran, alles zu durchschauen. Aber wenn er die Wahrheit am Zipfel zu fassen meinte, entschlüpfte sie ihm wieder.

Am nächsten Morgen konnte er sich an nichts mehr erinnern.

Lucky stand nach dem Duschen unter dem Warmluftventilator, um sich abzutrocknen. Von nebenan hörte er Bigmans Stimme.

»He, Lucky, ich habe den Kohlenstoffdioxyd-Zylinder für den V-Frosch aufgefüllt und frischen Tang ins Becken gegeben. Du nimmst ihn doch mit zu unserem Treffen mit dem verdammten Commander, nicht wahr?«

»Auf jeden Fall, Bigman.«

»Dann ist alles klar. Wie wär's denn, wenn ich dem Commander mal sage, was ich von ihm halte?«

»Na, na, Bigman!«

»Schon gut. Ich geh jetzt unter die Dusche.«

Wie alle Menschen des Sonnensystems, die auf einem anderen Planeten als der Erde groß geworden waren, war Wasser für Bigman ein heißbegehrter Luxus. Eine ausgiebige Dusche gehörte zu seinen schönsten Erlebnissen. Lucky machte sich schon auf eine längere Katermusik gefaßt, die Bigman für einwandfreien Tenorgesang hielt.

Bald schwelgte der Kleine in einer Melodie, die kaum wiederzuerkennen war, so falsch und so schrill sang er. Lucky hatte sich gerade fertig angezogen, als das Telefon summte.

Lucky schaltete auf Sprechbereitschaft. »Starr hier.«

»Starr!« Auf dem Bildschirm erschien Commander Donahues faltenreiches Gesicht. Mit den fest aufeinandergepreßten Lippen machte er auf Lucky einen feindseligen Eindruck. »Ich habe da etwas von einem Kampf zwischen Ihnen und einem unserer Männer läuten hören.«

»Ja.«

»Ich sehe, Sie sind unverletzt.«

Lucky lächelte. »Heil und gesund.«

»Sie wissen, daß ich Sie gewarnt habe.«

»Ich habe mich nicht beschwert.«

»Das ist wahr. Aber im Interesse des Projekts möchte ich Sie fragen, ob Sie die Absicht haben, darüber einen Bericht anzufertigen.«

»Falls sich kein direkter Zusammenhang mit dem Problem herausstellt, dessentwegen ich hier bin, werde ich den Vorfall nirgend erwähnen.«

»Gut!« Donahue war sichtlich erleichtert. »Gilt das auch für unsere Besprechung heute morgen? Falls sie auf Tonband aufgenommen wird, hätte ich es doch lieber ...«

»Es besteht kein Grund, über die Sache noch zu diskutieren, Commander.«

»Sehr gut!« Der Commander fiel in einen nahezu herzlichen Ton. »Ich erwarte Sie dann in einer Stunde.«

Im Unterbewußtsein hörte Lucky, daß Bigman die Dusche abgestellt hatte und sein Gesang in ein Summen übergegangen war. Jetzt brach auch das Summen ab, und es herrschte Stille.

»Ja, Commander, gut ...«, sagte Lucky, als Bigman einen wilden, unartikulierten Schrei ausstieß.

»Lucky!«

Lucky sprang auf und war mit zwei Schritten an der Verbindungstür. Bigman war aber noch eher da. Seine Augen waren schreckgeweitet. »Lucky! Der V-Frosch! Er ist tot! Man hat ihn umgebracht!«

7
Es muß ein Roboter gewesen sein

Das Plastikbecken des V-Froschs war zertrümmert, das Wasser auf den Fußboden geflossen. Die Farnwedel, an denen er zuletzt geknabbert hatte, bedeckten den kleinen Körper fast.

Der V-Frosch war sehr, sehr tot.

Der tote V-Frosch konnte keine freundschaftlichen Gefühle mehr in seinem Betrachter hervorrufen. Statt dessen spürte Lucky starken Ärger. Vornehmlich ärgerte er sich über sich selbst, weil er es zugelassen hatte, daß man ihm seinen Trumpf wegnahm.

Bigman, der frisch von der Dusche kam und nur Shorts anhatte, ballte und öffnete seine Fäuste wie im Krampf. »Ich bin schuld, Lucky. Es ist mein Fehler. Ich habe so laut unter der Dusche gegrölt, daß ich nicht hörte, wie jemand reinkam.«

Der Ausdruck ›jemand kam rein‹ war nicht ganz angemessen. Der Eindringling war nicht einfach reingekommen, er hatte sich den Eintritt gewaltsam erzwungen. Das Schloß war weggeschmolzen. Er mußte mit einem Energieprojektor von ziemlich großem Kaliber zu Werke gegangen sein.

Lucky ging ans Telefon. »Commander Donahue?«

»Ja, was ist los? Irgendwas passiert?«

»Wir sehen uns in einer Stunde.« Lucky trennte die Verbindung und trat zu dem bekümmerten Bigman. »Die Schuld liegt bei mir, Bigman«, sagte er düster. »Onkel Hector meinte, die Sirianer hätten die Telepathiekräfte des V-Frosches noch nicht erkannt, und leichtsinnigerweise verließ ich mich darauf. Ich habe die Sirianer unterschätzt. Einer von uns hätte den V-Frosch zu jeder Sekunde im Auge behalten müssen.«

Lieutenant Nevsky holte sie ab. In strammer Haltung stand er vor der Tür, als Lucky und Bigman auf den Gang traten.

»Ich bin sehr froh, Sir, daß Sie heil aus dem Kampf hervorgegangen sind«, sagte er mit leiser Stimme. »Sie wissen ja, daß ich nur auf Ihren ausdrücklichen Befehl den Kampfplatz verließ.«

»Vergessen Sie es, Lieutenant«, sagte Lucky geistesabwesend. Er dachte an den gestrigen Abend, als kurz vor dem

Einschlafen ein wichtiger Gedanke am Rand seines Bewußtseins aufgetaucht und sofort wieder verschwunden war. Er wollte und wollte ihm nicht wieder einfallen. Darum zwang sich Lucky, sich jetzt mit anderen Dingen zu beschäftigen.

Sie betraten den Agrav-Korridor. Er war von vielen Männern belebt, die unbefangen und reibungslos in beiden Richtungen dahinflogen. Es war die typische Atmosphäre kurz vor Beginn eines Werktags. Obwohl es für die Männer, die unter der Mondoberfläche arbeiteten, weder Tag noch Nacht gab, hatte man die übliche 24-Stunden-Einteilung beibehalten. Die Menschen verpflanzten den gewohnten Erdrhythmus auf alle Welten, die sie besiedelten. Auch wenn sie in Schichten rund um die Uhr arbeiteten, wurde doch die Mehrzahl zur ›Tagesschicht‹ von neun bis fünf Uhr, solare Standardzeit, eingeteilt.

Es war jetzt kurz vor neun, und in den Agrav-Korridoren herrschte geschäftiges Treiben, weil die Männer sich an ihre Arbeitsplätze begaben. Das Gefühl, es sei früher Morgen, beherrschte alle, als stände wirklich die Sonne tief am östlichen Horizont und als läge glitzernder Tau auf den Gräsern.

Als Lucky und Bigman das Konferenzzimmer betraten, saßen bereits zwei Männer am Tisch. Der eine war Commander Donahue, dessen Gesicht seine mühsam beherrschte Erregung verriet.

Er stand auf und stellte ohne jede Freundlichkeit den anderen Herrn vor. Es war James Panner, Chefingenieur und Projektleiter auf der zivilen Seite. Panner war ein stämmiger Mann mit dunklem Teint, tiefliegenden dunklen Augen und einem Stiernacken. Er trug ein Hemd mit offenem Kragen und keinerlei Abzeichen, die auf seinen Rang hinwiesen.

Lieutenant Nevsky grüßte militärisch und zog sich zurück. Commander Donahue wartete ab, bis sich die Tür geschlossen hatte, ehe er begann: »Wir vier sind jetzt unter uns. Also kommen wir zur Sache!«

»Wir vier? Sie vergaßen, die Katze zu erwähnen«, sagte Lucky. Dabei streichelte er das kleine Tier, das sich mit den Vorderpfoten auf der Tischplatte festkrallte und ihn mit ernsten Augen ansah. »Ist das dieselbe Katze, der ich gestern begegnete?«

Der Commander zog die Brauen zusammen. »Vielleicht. Vielleicht auch nicht. Wir haben eine ganze Menge Katzen auf dem Satelliten. Aber wir sind ja nicht zusammengekommen, um über Haustiere zu sprechen.«

»Im Gegenteil, Commander«, widersprach Lucky. »Wir sollten mit diesem Thema beginnen. Nur deshalb erwähnte ich die Katze. Erinnern Sie sich noch an mein Haustier, Sir?«

»Das Tierchen von der Venus«, sagte der Commander mit plötzlicher Wärme in der Stimme. »Sicher erinnere ich mich. Es war ...« Er brach plötzlich ab, denn es kam ihm zu Bewußtsein, daß er fast ins Schwärmen geraten wäre.

»Dieses Tierchen von der Venus«, erklärte Lucky, »besaß besondere Fähigkeiten. Es konnte Gefühle wahrnehmen. Es konnte Gefühle übertragen. Und es konnte sogar Gefühle hervorrufen!«

Während der Commander staunend die Augen aufriß, sagte Panner mit rauher Stimme: »Das Gerücht habe ich schon einmal gehört, Ratsmann. Ich lachte darüber.«

»Kein Grund zum Lachen. Es ist die reine Wahrheit. Im Grunde hatte ich um diese Besprechung nur gebeten, damit wir Vorbereitungen für folgende Aktion treffen: Ich wollte jeden, der am Projekt mitwirkt, in Gegenwart des V-Frosches befragen. Es ging mir dabei um eine Gefühlsanalyse.«

Der Commander hatte sich von seinem Erstaunen noch nicht erholt. »Was würden Sie damit beweisen?«

»Ich weiß es nicht. Vielleicht gar nichts. Jedenfalls wollte ich es versuchen.«

Panner lehnte sich vor. »Sie wollten es versuchen? Warum sprechen Sie in der Vergangenheit, Ratsmann Starr?«

Lucky sah die beiden Projektleiter mit tiefernstem Aus druck an. »Mein V-Frosch ist tot.«

»Heute morgen umgebracht worden«, fügte Bigman wutschnaubend hinzu.

»Wer hat ihn umgebracht?« fragte der Commander.

»Wir haben keine Ahnung.«

Der Commander lehnte sich zurück. »Damit werden Ihre Nachforschungen also ausgesetzt, bis Sie einen neuen V-Frosch erhalten.«

»Darauf werde ich nicht warten«, antwortete Lucky entschieden. »Die Tatsache, daß jemand den V-Frosch umbrachte, spricht für sich. Sie macht die ganze Angelegenheit noch dringlicher.«

»Was soll das heißen?«

Drei Augenpaare starrten Lucky an. Auch Bigman war überrascht.

»Wie gesagt, war der V-Frosch imstande, Gefühle hervorzurufen«, sagte Lucky. »Sie selbst, Commander Donahue, haben das an sich erlebt. Können Sie sich noch an Ihre Gefühle erinnern, als Sie gestern den V-Frosch an Bord meines Schiffs zum erstenmal erblickten? Sie standen unter starkem Streß. Aber als Sie den V-Frosch entdeckten ... wissen Sie noch, was Sie da für ein Gefühl hatten, Sir?«

»Das kleine Wesen war mir auf der Stelle sympathisch«, gab der Commander zögernd zu.

»Können Sie rückblickend sagen, warum?«

»Nein. Er war eigentlich ziemlich häßlich.«

»Und trotzdem war er ihnen sympathisch, ob Sie wollten oder nicht. Hätten Sie ihm ein Leid zufügen können?«

»Ich glaube nicht.«

»Sie hätten es bestimmt nicht gekonnt. Niemand konnte es, der Gefühle besitzt. Und doch brachte es jemand fertig. Einer hat ihn getötet.«

»Wollen Sie uns dieses Paradox erklären?« fragte Panner.

»Das ist leicht getan. Ich sagte: niemand mit Gefühl. Wer besitzt denn keine Gefühle? Ein Roboter! Man muß also annehmen, daß es auf Jupiter 9 einen Roboter gibt, einen mechanischen Menschen, der einem wirklichen Menschen zum Verwechseln ähnlich sieht.«

»Sie meinen einen Androiden?« explodierte Commander Donahue. »Unmöglich! So was gibt es nur im Märchen.«

»Sie sind offenbar nicht darüber unterrichtet, Commander, welchen hohen Grad an Vollkommenheit die Sirianer bei der Herstellung von Robotern erreicht haben«, sagte Lucky. »Ich könnte mir vorstellen, daß sie einen Mann auf Jupiter 9 zum Modell genommen haben, einen völlig integeren Mann, und nach diesem Modell einen Roboter bauten, den sie an seiner Stelle einschmuggelten. Sie wären in der Lage, einen solchen Androiden mit besonderen Apparaten zu bestücken, die aus ihm den perfekten Spion machen. Zum Beispiel kann er vielleicht im Dunkeln sehen oder Dinge durch dicke Materie hindurch erkennen. Zweifellos wäre er auch mit Geräten ausgestattet, um Informationen durch den Subäther zu übermitteln.«

Der Commander schüttelte den Kopf. »Lächerlich! Der V-Frosch kann ohne weiteres von einem Menschen getötet worden sein. Von einem Mann, der in seiner Verzweiflung keinen anderen Ausweg sah. Gegenüber einem solchen Mann hätten auch die besonderen Fähigkeiten eines V-Frosches versagt. Haben Sie einmal daran gedacht?«

»Ja«, sagte Lucky. »Aber was könnte einen Mann so zur Verzweiflung treiben, daß er sich dazu hinreißen läßt, einen harmlosen V-Frosch zu töten? Ja, wenn der V-Frosch alles andere als harmlos wäre, sondern im Gegenteil eine furchtbare Gefahr für ihn darstellte! Diese Gefahr kann nur in der Fähigkeit des Tieres liegen, die Gefühle des Täters wahrzunehmen und zu übertragen. Angenommen, diese Gefühle hätten den Täter sofort als Spion entlarvt.«

»Wie wäre das möglich?« fragte Panner.

Lucky wandte sich an ihn. »Wie aber, wenn der Täter überhaupt keine Gefühle besitzt? Würde ihn die Entdekkung dieses Mangels nicht als Roboter entlarven? ... Oder überlegen wir mal andersherum. Warum tötete er nur den V-Frosch? Er riskierte viel, als er bei uns einbrach. Doch er hatte Glück. Einer von uns war gerade in der Duschkabine, der andere telefonierte. Beide waren wir auf nichts Böses gefaßt. Warum tötete er dann nicht uns statt des V-Frosches? Oder uns und den V-Frosch obendrein?«

»Wahrscheinlich hatte er keine Zeit mehr«, sagte der Commander.

»Es gibt einen anderen Grund, der mehr einleuchtet«, sagte Lucky. »Kennen Sie die drei Gesetze der Robotik? Die Verhaltensregeln, die allen Robotern einprogrammiert sind?«

»So ungefähr dem Sinne nach«, sagte der Commander. »Wörtlich zitieren kann ich sie nicht.«

»Wenn Sie gestatten«, sagte Lucky, »möchte ich es tun. Sie werden dann gleich merken, warum. Das erste Gesetz lautet: Ein Roboter darf keinem Menschen Schaden zufügen oder zulassen, daß ein Mensch Schaden erleidet. Das zweite Gesetz: Ein Roboter muß jeden Befehl eines Menschen ausführen, ausgenommen, wenn er dabei gegen das erste Gesetz verstoßen würde. Das dritte Gesetz: Ein Roboter muß sich gegen seine Zerstörung zur Wehr setzen ausgenommen, wenn er bei dieser Verteidigung gegen das erste oder zweite Gesetz verstoßen würde.«

Panner nickte. »Sehr schön, Ratsmann. Aber was wollen Sie damit beweisen?«

»Man kann einem Roboter befehlen, den V-Frosch zu töten, da es sich um ein Tier handelt. Um einen Befehl auszuführen – zweites Gesetz –, wird ein Roboter sogar die Gefahr der eigenen Zerstörung auf sich nehmen, weil Selbstschutz nur das dritte Gesetz ist. Aber den Befehl, Bigman oder mich zu töten, würde er nie ausführen, da er gegen das erste und höchste Gesetz verstößt. Ein menschlicher Spion hätte uns beide und den V-Frosch getötet, ein Roboterspion nur den V-Frosch. Sämtliche Indizien deuten in eine Richtung, Commander.«

Minutenlang blieb der Commander regungslos sitzen und brütete vor sich hin. Die Falten in seinem Gesicht vertieften sich. Dann fragte er: »Was schlagen Sie vor? Wollen Sie jeden Mann, der am Projekt arbeitet, röntgen?«

»Nein«, antwortete Lucky sofort. »So einfach geht das nicht. Es wird nicht nur hier, sondern auch anderswo spioniert. Wenn hier ein humanoider Roboter im Einsatz ist, dann mit Sicherheit auch an den anderen Orten. Je mehr von ihnen wir schnappen, um so besser. Ideal wäre es, wenn wir sie alle kriegten. Darum müssen wir beim Aufspüren des Roboterspions auf Jupiter 9 so unauffällig wie möglich vorgehen. Sonst warnen wir den Feind, und er wird seine Roboterspione vorübergehend abziehen, um sie später erneut einzusetzen.«

»Dann formulieren Sie Ihren Vorschlag!«

»Ich bin dafür, langsam vorzugehen. Hat man eine Person im Verdacht, ein Roboter zu sein, so gibt es Mittel und Wege, sie zu überführen, ohne daß sie es merkt. Ich spreche hier aus Erfahrung.

Zum Beispiel weiß ich, daß Sie kein Roboter sind, Commander. Denn gestern entdeckte ich, daß Sie Gefühle haben. Ich habe absichtlich Ihren Zorn erregt, um meinen V-Frosch zu testen. Ich möchte mich nachträglich dafür entschuldigen.«

Donahue verfärbte sich. »Ich ... ein Roboter?«

»Wie gesagte, ich bediente mich Ihrer nur, um meinen V-Frosch zu testen.«

»Dann sind Sie also bei mir noch im Zweifel, Ratsmann«, bemerkte Panner trocken. »Ich habe ja Ihren V-Frosch nie zu Gesicht bekommen.«

»Das stimmt«, sagte Lucky ruhig. »Sie sind noch nicht außer Verdacht. Ziehen Sie sich das Hemd aus!«

»Was?« rief Panner empört. »Warum?«

»So«, sagte Lucky milde, »jetzt sind Sie außer Verdacht. Denn ein Roboter hätte diesen Befehl auf der Stelle ausgeführt.«

Der Commander schlug mit der Faust auf den Tisch. »Nun ist es aber genug! Die Sache muß ein Ende haben. Sie werden keinen meiner Männer testen oder in anderer Weise belästigen. Ich habe auf diesem Satelliten einen Auftrag zu erfüllen, Ratsmann Starr. Ich soll ein Agrav-Schiff in den Weltraum befördern, und ich werde es in den Weltraum befördern. Meine Männer sind genügend durchleuchtet worden. Keiner von ihnen ist ein feindlicher Spion. Ihre Robotergeschichte ist ein Hirngespinst. Ich glaube kein Wort davon.«

Donahue fuhr sich mit fünf Fingern durch die Haare. »Ich habe Ihnen schon gestern erklärt, Starr, daß ich Ihnen nicht gestatten werde, die Männer auf diesem Satelliten zu beunruhigen und ihre Moral zu untergraben. Ihre Antwort bestand darin, mir Beleidigungen ins Gesicht zu schleudern. Jetzt behaupten Sie, daß Sie nur Ihr Tierchen testen wollten. Das ist nicht weniger beleidigend für mich. Ich sehe deshalb keinen Grund, warum ich mit Ihnen zusammenarbeiten sollte, und ich weigere mich, es zu tun. Und jetzt sage ich Ihnen, was ich in der Zwischenzeit veranlaßt habe.«

Er sah Lucky mit einem Ausdruck heimlichen Triumphs an. »Ich habe jede Verbindung mit der Erde unterbrochen und über Jupiter 9 das Ausnahmerecht verhängt. Das bedeutet, daß ich von jetzt an Militärdiktatur auf diesem Mond ausübe. Haben Sie mich verstanden?«

Luckys Augen wurden schmal. »Als Mitglied des Wissenschaftsrates stehe ich im Rang über Ihnen.«

»Und wie gedenken Sie sich durchzusetzen? Meine Männer haben ihre Befehle erhalten, und sie werden mir gehorchen. Falls Sie auf irgendeine Weise, sei es durch Wort oder Tat, die Durchführung meiner Befehle zu verhindern suchen, werden Sie notfalls mit Gewalt festgenommen und unter Arrest gestellt.«

»Und wie lauten Ihre Befehle?«

»Morgen um sechs Uhr nachmittags, solare Standardzeit«, sagte Commander Donahue, »wird das erste Agrav-Schiff der Welt zu seinem Jungfernflug von Jupiter 9 nach Jupiter 1, dem Mond Io, starten. Nach unserer Rückkehr – ich wiederhole: nach unserer Rückkehr, Ratsmann Starr, und nicht eine Stunde eher – dürfen Sie mit Ihren Ermittlungen anfangen. Und wenn Sie dann Verbindung mit der Erde aufzunehmen wünschen, um mich vor ein Kriegsgericht zu bringen, stehe ich Ihnen zur Verfügung.«

Commander Donahue sah Lucky Starr fest ins Auge.

Lucky wandte sich an Panner. »Ist das Schiff startbereit?«

»Ich denke, ja«, antwortete Panner.

»Wir starten morgen«, wiederholte Donahue von oben herab. »Nun, wie ist es, Ratsmann Starr, sind Sie einverstanden, oder muß ich Sie unter Arrest stellen?«

Die Stille, die diesen Worten folgte, war zum Schneiden dick, Bigman hielt buchstäblich den Atem an. Die Finger des Commanders waren immer in Bewegung. Seine Nase war weiß und wirkte spitzer als sonst. Panner fummelte einen Kaugummi aus der Hemdtasche, entfernte mit einer Hand die Kunststoffhülle und steckte den Gummi in den Mund.

Und dann faltete Lucky lässig die Hände, lehnte sich weit zurück und verkündete: »Ich werde gern mit Ihnen zusammenarbeiten, Commander.«

8
Schach dem Blinden

Bigman war außer sich. »Lucky! Du läßt es dir gefallen, daß er deine Nachforschungen einfach unterbindet?«

»Nicht direkt, Bigman. Wir werden ebenfalls an Bord des Agrav-Schiffs sein und dort unsere Ermittlungen fortsetzen.«

»Nein, Sir«, widersprach der Commander klipp und klar. »Sie werden nicht an Bord sein. Glauben Sie das keinen Augenblick!«

»Wer soll mitfliegen, Commander?« fragte Lucky. »Sie sind dabei, nehme ich an.«

»Ich. Dann Panner als Chefingenieur. Zwei meiner Offiziere, fünf weitere Ingenieure und fünf Mann Besatzung. Die Auswahl wurde schon vor einiger Zeit getroffen. Ich und Panner als die verantwortlichen Leiter des Projekts. Die fünf Ingenieure steuern das Schiff. Die übrigen als Anerkennung für hervorragende Leistungen während der Arbeit am Projekt.«

»Was verstehen Sie unter hervorragenden Leistungen?« fragte Lucky nachdenklich.

»Das beste Beispiel«, beeilte sich Panner zu erklären, »ist wohl Harry Norrich, der ...«

Bigman horchte überrascht auf. »Sie meinen den Blinden?«

»Sie kennen ihn also?«

»Wir lernten ihn gestern abend kennen«, sagte Lucky.

»Nun«, sagte Panner, »Norrich ist von Anfang an dabei. Er verlor sein Augenlicht, als er sich zwischen zwei Kontaktstellen warf, um ein Kraftfeld zu unterbrechen. Er verbrachte fünf Monate im Hospital, aber sein Augenlicht war nicht mehr zu retten. Durch seine Heldentat verhinderte er ein riesiges Unglück. Ohne ihn wäre ein Teil des Satelliten von der Größe eines Berges in den Raum hinausgeblasen worden. Er rettete 200 Männern das Leben. Und er rettete damit das gesamte Projekt. Denn nach einem derartigen. Unglücksfall gleich zu Beginn hätte der Kongreß wohl kaum noch weitere Mittel für den Fortgang der Arbeiten bewilligt. Das sind die Leistungen, von denen der Commander sprach. Leistungen, durch die sich ein Mann einen Ehrenplatz bei der Jungfernreise des Agrav-Schiffs erwerben konnte.«

»Wirklich schade, daß Norrich dem Jupiter so nahe kommen wird und ihn doch nicht sehen kann. « Bigmans Augen verengten sich. »Wie kommt er nur an Bord zurecht?«

»Wir nehmen Mutt auch mit«, sagte Panner. »Er ist ein gut erzogener Hund.«

»Das wollte ich nur wissen«, rief Bigman hitzig. »Wenn ihr Burschen einen Hund mitnehmen könnt, dann könnt ihr auch Lucky und mich mitnehmen.«

Commander Donahue sah ungeduldig auf seine Armbanduhr. Dann legte er die Handflächen auf die Tischplatte, als wolle er aufstehen und gehen. »Damit wäre unsere Besprechung beendet, Gentlemen.«

»Nicht ganz«, erwiderte Lucky. »Eine kleine Sache bleibt zu klären. Bigman drückte es etwas grob aus. Aber er hat recht. Er und ich werden beim Start des Agrav-Schiffs an Bord sein.«

»Nein«, sagte Commander Donahue hart. »Unmöglich!«

»Ist das zusätzliche Gewicht von zwei Personen zuviel für das Schiff?«

Panner lachte. »Wir könnten einen ganzen Berg einladen, und das Schiff würde genauso manövrierfähig sein!«

»Oder fehlt es Ihnen an Platz?«

Der Commander starrte Lucky böse an. »Ich habe es nicht nötig, Ihnen Gründe anzugeben. Sie werden nicht mit an Bord kommen, und damit basta! Ist das klar?«

In seinen Augen las Lucky Genugtuung. Offenbar war

dies die Revanche für die scharfe Zurechtweisung, die ihm Lucky an Bord der *Shooting Starr* erteilt hatte.

»Sie sollten uns lieber doch mitnehmen, Commander«, sagte Lucky ruhig.

Donahue lächelte tückisch. »Warum? Soll ich auf Anordnung des Wissenschaftsrats meines Postens enthoben werden? Sie werden bis zu unserer Rückkehr keine Verbindung mit der Erde aufnehmen können, und danach können Sie mich von meinen Pflichten entbinden, wenn Sie wollen.«

»Ich glaube, Sie haben die Sache nicht richtig durchdacht, Commander«, antwortete Lucky. »Man könnte Sie ja auch rückwirkend vom heutigen Tage an Ihrer Stellung entheben. Und ich versichere Ihnen, man wird es tun. In den Verlautbarungen der Regierung wird dann nicht Ihr Name als Kommandant des Agrav-Schiffs auf seinem ersten Flug erscheinen, sondern der Name Ihres Nachfolgers, wer immer es sein mag. Ja, aus den offiziellen Bulletins wird hervorgehen, daß Sie überhaupt nicht an Bord waren!«

Commander Donahue erbleichte. Er sprang auf, und einen Augenblick sah es so aus, als wolle er sich auf Lucky stürzen.

»Nun«, frage Lucky, »wie lautet Ihre Entscheidung, Commander?«

Donahues Stimme war kaum wiederzuerkennen, als er endlich antwortete: »Sie können mitfliegen.«

Den Rest des Tages verbrachte Lucky im Archiv. Er studierte aufmerksam die Personalakten verschiedener beim Projekt beschäftigter Männer. Währenddessen wurde Bigman von Panner in den Labors herumgeführt und besichtigte auch einige große Werkshallen.

Erst als sie nach dem Abendessen in ihre Zimmer zurück kamen, konnten sie ohne Zeugen miteinander sprechen. Aber Lucky tat den Mund nicht auf. Das war nichts Besonderes, denn der junge Ratsmann war noch nie besonders gesprächig gewesen. Aber Bigman bemerkte eine schmale Falte zwischen seinen Augen und wußte, daß Lucky Sorgen hatte.

»Wir machen wohl keine Fortschritte, was, Lucky?«

Lucky schüttelte den Kopf. »Jedenfalls keine nennenswerten.«

Er hatte aus der Bücherei einen Buchfilm mitgebracht. Bigman erspähte den Titel: *Fortgeschrittene Robotik*. Lucky spulte das Filmband vorschriftsmäßig in das Lesegerät ein.

Bigman wurde unruhig. »Wirst du den ganzen Abend mit dem Buch beschäftigt sein, Lucky?«

»Ich fürchte, ja.«

»Hast du etwas dagegen, wenn ich indessen Norrich einen nachbarlichen Besuch abstatte?«

»Geh nur!« Lucky hatte das Lesegerät aufgesetzt und lehnte sich mit locker gekreuzten Armen in seinem Sessel zurück.

Bigman ging und schloß die Tür hinter sich. Draußen verharrte er eine Zeitlang. Er war nervös. Er hätte seinen Plan zuerst mit Lucky besprechen sollen, soviel war ihm klar. Aber die Versuchung war zu groß ...

Eigentlich unternehme ich ja gar nichts, sagte er sich. Ich will nur etwas nachprüfen. Wenn ich mich irre, hab' ich mich eben geirrt. Warum damit extra Lucky belästigen? Aber wenn meine Vermutung sich als richtig erweist, dann bringe ich Lucky eine wirklich wichtige Nachricht!

Er klingelte. Sofort öffnete sich die Tür. Und da saß Norrich an einem Schachtisch mit ungewöhnlichen Figuren auf dem Brett. Seine blinden Augen waren auf die Tür gerichtet.

»Ja?« fragte er.

»Bigman hier«, meldete sich der kleine Mann vom Mars.

»Bigman! Treten Sie ein! Nehmen Sie Platz! Ist Ratsmann Starr auch mitgekommen?«

Die Tür schloß sich, und Bigman sah sich in dem hell

erleuchteten Zimmer um. Sein Mund wurde schmal. »Nein, er ist noch beschäftigt. Ich aber habe für heute von Agrav die Nase voll. Dr. Panner hat mich überall herumgeführt. Nur habe ich kaum etwas verstanden.«

Norrich lächelte. »Ach, das geht vielen so. Aber einige Grundbegriffe sind wirklich nicht schwer zu verstehen.«

»Nein? Macht es Ihnen etwas aus, sie mir zu erklären?« Bigman setzte sich in einen breiten Sessel und beugte sich vor, um unter Norrichs Werkbank zu schauen. Da lag Mutt. Er hatte den Kopf zwischen den Vorderpfoten, und mit einem Auge blickte er zu Bigman hoch.

Ich muß Norrich zum Reden bringen, dachte Bigman. Ich muß ihn zum Reden bringen, bis ich den schwachen Punkt herausfinde.

»Sehen Sie«, begann Norrich und hielt eine der runden Figuren vom Schachbrett in die Höhe. »Schwerkraft ist eine Form von Energie. Ein Gegenstand wie dieser, den ich hier in der Hand habe, der unter dem Einfluß eines Schwerefeldes ist, aber festgehalten wird, besitzt sogenannte potentielle Energie. Lasse ich ihn los, so verwandelt sich die potentielle Energie in Bewegung – oder kinetische Energie, wie man das nennt. Unter dem Einfluß der Schwerkraft fällt er schneller und immer schneller.« Dabei ließ er die Figur los, so daß sie herunterfiel.

»Bums«, machte Bigman. Die Figur fiel auf den Fußboden und rollte ein Stück weiter.

Norrich faßte mit der Hand nach unten, als wolle er sie aufheben. »Würden Sie sie mir geben, Bigman? Ich weiß nicht, wohin sie gerollt ist.«

Bigman unterdrückte seine Enttäuschung. Er hob die Figur auf und gab sie Norrich.

»Nun, das war der Stand der Dinge bis vor kurzem. Potentielle Energie konnte in kinetische Energie umgewandelt werden und in sonst gar nichts. Natürlich konnte man kinetische Energie nutzen. Zum Beispiel nutzte man die

Niagarafälle zur Erzeugung von Strom. Aber das ist eine andere Geschichte. Im Weltraum führt Schwerkraft unweigerlich zu Bewegung. Etwas anderes gibt es nicht!«

Er machte eine bedeutungsvolle Pause, ehe er im Lehrerton fortfuhr: »Denken Sie an die Jupitermonde! Wir sind auf Jupiter 9, ziemlich weit draußen. Genau 24 Millionen Kilometer. In bezug auf den Jupiter haben wir eine ungeheure Menge an potentieller Energie. Eine Reise zu Jupiter 1, dem Mond Io, der nur 456 000 Kilometer vom Jupiter entfernt ist, ist praktisch ein einziger Sturz über diese vielen Millionen Kilometer hinweg. Wir erreichen dabei gewaltige Geschwindigkeiten, die wir ständig abbremsen müssen, indem wir einen Hyperatommotor in entgegengesetzter Richtung einsetzen. Das verschlingt natürlich enorme Energie. Und falls wir unser Ziel auch nur um ein Geringes verfehlen, besteht die Gefahr, daß wir unseren Sturz fortsetzen. Das Endziel kann dann nur der Planet Jupiter selbst sein – und Jupiter bedeutet für uns sofortigen Tod. Gelingt uns die weiche Landung auf dem Mond Io, bleibt immer noch das Problem, wie wir zu Jupiter 9 zurückkommen sollen. Denn wir müssen uns all die vielen Millionen Kilometer gegen die Schwerkraft des Jupiter gleichsam erheben. Der Energiebedarf, den Reisen zwischen den Jupitermonden erfordert, ist unerschwinglich.«

»Und Agrav?« warf Bigman ein.

»Ah! Da ändert sich das Bild! Mit einem Agrav-Konverter kann man potentielle Energie nicht nur in kinetische, sondern auch in andere Formen von Energie umwandeln. Im Agrav-Korridor zum Beispiel wird die Schwerkraft in einer Richtung dazu benutzt, um das Schwerefeld in der entgegengesetzten Richtung aufzuladen. Die Leute, die in der einen Richtung fallen, liefern also während dieses Vorgangs die Energie für die Leute, die nach der anderen Richtung fallen. Indem man während des Fallens einen bestimmten Prozentsatz an Energie abgibt, erreicht man, daß der eigene Fall nicht schneller wird, sondern gleichmäßig bleibt. Man kann mit jeder gewünschten Geschwindigkeit unterhalb der natürlichen Fallgeschwindigkeit fallen. Sie verstehen, was ich meine?«

Dessen war sich Bigman zwar nicht ganz sicher, aber er forderte den anderen auf: »Weiter!«

»Im Weltraum ist es anders. Dort gibt es kein zweites Schwerefeld, an das man Energie abgeben könnte. Statt dessen verwandelt man sie dort in hyperatomische Feldenergie und speichert sie dann. Mit dieser Methode kann ein Raumschiff von Jupiter 9 auf Io mit jeder gewünschten Geschwindigkeit unterhalb der natürlichen Fallgeschwindigkeit fallen, ohne Energie zum Abbremsen zu verbrauchen. Der einzige Energieverbrauch entsteht, wenn man die eigene Geschwindigkeit kurz vor der Landung der Umlaufgeschwindigkeit des Io angleicht. Die Sicherheit des Raumschiffs ist hundertprozentig gewährleistet, weil man seine Geschwindigkeit immer unter vollkommener Kontrolle hat. Wenn nötig, kann man die Anziehungskraft des Jupiter völlig aufheben.«

Norrich holte tief Atem. »Der Rückflug zu Jupiter 9 erfordert jedoch auch bei Agrav Energie. Das ist nicht zu vermeiden. Aber jetzt hat man ja genügend im hyperatomischen Feldkondensator gespeichert. So nutzt man also praktisch die Energie aus Jupiters Schwerefeld zum Antrieb des Schiffs in entgegengesetzter Richtung aus.«

»Hört sich gut an«, bemerkte Bigman. Er wurde unruhig. Immer noch war er keinen Schritt weitergekommen. Plötzlich kam ihm eine Idee. »Womit spielen Sie denn da rum?«

»Das ist ein Schachspiel«, sagte Norrich. »Können Sie Schach?«

»Ein bißchen. Lucky hat es mir beigebracht. Aber es macht keinen Spaß, mit ihm zu spielen, weil er jedesmal gewinnt.« Dann fragte er unbefangen: »Wie bringen Sie es denn fertig, Schach zu spielen?«

»Sie meinen, weil ich blind bin?«

»Hmmm.«

»Schon gut. Die Frage verletzt mich nicht. Ich will es Ihnen erklären. Es ist kinderleicht. Das Brett ist magnetisch, und die Figuren bestehen alle einer leicht magnetisierten Legierung, so daß sie feststehen, wenn ich einen Zug gemacht habe, und auch nicht gleich durcheinanderkollern, wenn ich unabsichtlich eine berühre. Hier, probieren Sie es mal selber aus, Bigman!«

Bigman faßte eine Figur und hob sie vom Brett. Zuerst fühlte es sich an, als klebe sie in dickem Sirup fest, aber nach einem Zentimeter war sie frei.

»Sie erkennen auch«, sagte Norrich, »daß es nicht die üblichen Schachfiguren sind.«

»Sie sehen mehr wie Würfel aus«, meinte Bigman.

»Ja, damit ich sie nicht so leicht umwerfen kann. Aber sie sind nicht gleich. Jede hat eine besondere Form, die ich durch Tasten erfühle und der normale Spieler mit den Augen erkennt. Sehen Sie sie sich genau an! Innerhalb einer Minute kennen Sie sich mit den Figuren aus und können damit spielen.«

Bigman hatte keine Schwierigkeiten, sie auseinanderzuhalten.

Die kreisförmig angeordneten erhabenen Punkte kennzeichneten offensichtlich die Dame, während das kleine Kreuz auf einer anderen Figur den König markierte. Die Figuren mit den schräg eingekerbten Rillen waren die Läufer. Ein Kreis von Vierecken bedeutete Türme, die abstehenden Pferdeohren deuteten auf Springer, und die Bauern hatten einfach oben abgerundete Köpfe.

Bigman war sprachlos. »Und was machen Sie im Augenblick?« fragte er nach einer Weile. »Spielen Sie gegen sich selber?«

»Nein, ich versuche, ein Schachproblem zu lösen. Was Sie vor sich sehen, ist die Ausgangsstellung. Die Aufgabe lautet:

Matt in drei Zügen. Es gibt nur eine einzige Lösung, wie Weiß das erreichen kann, und ich versuche, sie herauszuknobeln.«

»Wie unterscheiden Sie denn Weiß und Schwarz?«

Norrich lachte. »Wenn Sie genau hinschauen, sehen Sie, daß die weißen Figuren ringsherum eine Rille aufweisen und die schwarzen glatt sind.«

»Ach so. Aber Sie müssen sich doch die Stellung auswendig merken?«

»Das ist nicht weiter schwer«, sagte Norrich. »Dazu brauche ich noch nicht einmal ein fotografisches Gedächtnis. Ich kann ja jederzeit mit der Hand über das Brett hinweg streichen und die Stellung der Figuren fühlen. Die einzelnen Felder sind ebenfalls durch kleine Rillen voneinander abgegrenzt, sehen Sie?«

Bigman atmete schwer. An die Felder auf dem Schachbrett hatte er gar nicht gedacht. Norrich sagte die Wahrheit. Da waren quadratische Rillen. Bigman kam sich allmählich selber wie ein Schachspieler vor, der dicht davor steht, mattgesetzt zu werden.

»Kann ich Ihnen zugucken?« fragte er mit schriller Stimme. »Vielleicht finde ich die richtigen drei Züge.«

»Aber gern«, sagte Norrich bereitwillig. »Ich wünschte, Sie würden mir helfen. Ich sitze jetzt seit einer halben Stunde an dem Problem und bin allmählich frustriert.«

Eine Minute, zwei Minuten lang herrschte Schweigen. Dann stand Bigman vorsichtig auf. Er bewegte sich katzengleich, um das geringste Geräusch zu vermeiden. Nun zog er eine kleine Scheinwerferlampe aus der Tasche und bewegte sich auf Zehenspitzen mit ganz kurzen Schritten auf eine der Wände zu. Norrich saß über das Schachbrett gebeugt und rührte sich nicht. Bigman warf einen raschen Blick zu Mutt hinüber. Aber der Hund lag still.

Bigman erreichte die Wand und legte mit angehaltenem Atem eine Hand sachte und geräuschlos auf den Lichtschalter. Das Licht ging aus, und das Zimmer lag in tiefer Dunkelheit. Bigman hatte sich gemerkt, wo Norrich saß. Er hob die Taschenlampe.

Da hörte er einen gedämpften Laut und gleich darauf Norrichs Stimme. Überraschung und ein wenig Ärger klangen aus seiner Frage: »Warum haben Sie das Licht ausgemacht, Bigman?«

»Jetzt hab' ich Sie!« rief Bigman triumphierend. Er richtete den Strahl der Lampe voll auf Norrichs breites Gesicht. »Sie sind gar nicht blind, Sie Spion!«

9
Das Agrav-Schiff

Norrich entgegnete warnend: »Ich weiß nicht, was Sie im Schilde führen, Mann, aber beim großen Weltraum, machen Sie keine unüberlegten Bewegungen, oder Mutt wird Sie anspringen!«

»Sie wissen genau, was ich vorhabe«, sagte Bigman, »denn Sie sehen sehr gut, daß ich meinen Nadelstrahler gezogen habe. Und ich glaube, Sie haben inzwischen gehört, was für ein sicherer Schütze ich bin. Wenn Ihr Hund mich anspringt, ist er erledigt.«

»Tun Sie Mutt nichts zuleide! Bitte!«

Die deutlich herauszuhörende Angst in Norrichs Stimme machte Bigman stutzig. »Halten Sie ihn zurück! Dann kommen Sie mit mir, und keinem wird etwas passieren. Wir gehen zu Lucky. Sollten wir jemandem auf dem Korridor begegnen, dann sagen Sie nur Guten Tag, nichts weiter. Ich bleibe immer neben Ihnen, Sie verstehen?«

»Ich kann nicht ohne Mutt weggehen«, sagte Norrich.

»Und ob Sie das können! Es sind nur fünf Schritte über

den Korridor. Selbst wenn Sie wirklich blind wären, könnten Sie das schaffen – ein Kerl wie Sie, der 3-D-Puzzles erfindet und was nicht noch alles!«

Als die Tür aufging, nahm Lucky das Lesegerät vom Kopf ab und grüßte: »Guten Tag, Norrich. Wo haben Sie denn Mutt gelassen?«

Bevor der andere ein Wort sagen konnte, antwortete Bigman an seiner Stelle. »Mutt haben wir in Norrichs Zimmer gelassen, denn Norrich braucht ihn gar nicht. Stell dir vor, Lucky, Norrich ist ebensowenig blind wie wir beide!«

»Was?«

»Ihr Freund irrt sich, Mr. Starr«, wandte Norrich ein. »Ich möchte damit sagen ...«

»Ruhe!« fuhr ihm Bigman über den Mund. »Ich rede hier! Und Sie sprechen nur, wenn Sie gefragt werden.«

Lucky faltete die Arme über der Brust. »Erlauben Sie, Mr. Norrich, daß ich mir erst anhöre, was Bigman auf dem Herzen hat. Und du, Bigman, könntest den Nadelstrahler wieder einstecken.«

Bigman zog eine Grimasse, gehorchte aber sofort. »Hör mal, Lucky«, begann er, »ich habe diese Kerl von Anfang an im Verdacht gehabt. Seine 3-D-Puzzles haben mir zu denken gegeben. Er war einfach zu geschickt. Ich fragte mich gleich, ob er nicht ein Spion sein könnte.«

»Jetzt bezichtigen Sie mich schon zum zweitenmal, ein Spion zu sein«, rief Norrich empört. »Ich lasse mir das nicht länger gefallen!«

Aber Bigman achtete nicht auf Norrichs Protest. »Stell dir vor, Lucky, einen angeblich Blinden als Spion einzusetzen, das ist doch ein schlauer Schachzug! So einer sieht mehr als andere, weil die Leute sich bei ihm nicht vorsehen. Niemand würde Geheimakten vor ihm verbergen. Er könnte direkt auf ein hochwichtiges Dokument starren, und man würde denken: ›Ach, es ist ja nur der arme Norrich, der nichts mehr sehen kann.‹ Oder wahrscheinlich würde man sich überhaupt nichts mehr dabei denken. Beim Sand des Mars, es wäre verteufelt clever eingefädelt!«

Norrichs Erstaunen wuchs von Sekunde zu Sekunde. »Aber ich bin blind. Wenn es um die 3-D-Puzzles und das Schachspielen geht, so habe ich schon erklärt ...«

»O ja, Sie haben erklärt«, unterbrach ihn Bigman voll Verachtung. »In Erklärungen sind Sie groß. Darauf sind Sie wohl schon jahrelang geeicht. Wie kommt es, daß Sie Licht anhaben, wenn Sie ganz allein in Ihrem Zimmer sitzen? Ja, Lucky, als ich vor einer halben Stunde zu ihm reinkam, war das Licht an. Er hat es nicht etwa meinetwegen angeschaltet. Der Schalter war viel zu weit von seinem Platz entfernt. Warum wohl!«

»Warum nicht?« entgegnete Norrich. »Für mich macht es nichts aus, ob das Licht brennt oder nicht. Deshalb lasse ich es immer an, solange ich auf bin weil mich häufig jemand besucht, so wie Sie vorhin.«

»All right«, sagte Bigman. »Das beweist, daß er es versteht, sich für alles eine Erklärung auszudenken. Wie er Schach spielt, woran er die Figuren erkennt – alles. Einmal hätte er sich beinahe verraten. Eine Schachfigur war ihm aus der Hand gefallen, und er bückte sich, um sie aufzuheben. Im letzten Moment fiel ihm ein, daß er das nicht tun durfte, und da bat er mich, sie für ihn aufzuheben.«

»Im allgemeinen höre ich, wo ein Gegenstand hinfällt. Aber die Figur rollte noch am Boden rum.«

»Machen Sie ruhig so weiter, immer eine Erklärung nach der anderen!« forderte Bigman ihn höhnisch auf. »Es hilft Ihnen doch nichts. Denn eine Sache können Sie nicht wegerklären. Lucky, ich habe ihn getestet. Ich schaltete das Licht aus und leuchtete ihm mit meiner Taschenlampe voll ins Gesicht. Einer, der nicht blind ist, würde die Augen zumachen oder die Hand hochheben oder aufspringen. So wollte ich ihn ertappen. Aber er verriet sich schon vorher. Sowie das Licht ausging, fällt der arme Kerl aus seiner Rolle und fragt mich: ›Warum haben Sie das Licht ausgemacht?‹ ... Woher konnte er wissen, daß ich das Licht ausgemacht hatte? Lucky, woher konnte er das wissen?«

»Aber ...«, begann Norrich.

Doch Bigman ließ ihn nicht zu Worte kommen. »Schachfiguren und 3-D-Puzzles lassen sich ertasten. Aber nicht das Licht! Das hat er gesehen.«

»Ich denke, wir geben jetzt Mr. Norrich Gelegenheit, sich dazu zu äußern«, schlug Lucky vor.

»Vielen Dank«, sagte Norrich. »Die Sache ist so. Ich bin völlig blind, Ratsmann, aber Mutt sieht gut. Wenn ich abends das Licht ausschalte, macht das für mich, wie gesagt, keinen Unterschied, wohl aber für Mutt. Für ihn ist es das Signal, sich zum Schlafen hinzulegen, und er geht dann gleich in seine Ecke. Nun hörte ich Bigman auf Zehenspitzen zu der Wand mit dem Lichtschalter schleichen. Er gab sich große Mühe, kein Geräusch zu verursachen. Aber wenn man fünf Jahre blind ist, hört man auch den leisesten Hauch. Dann merkte ich, daß Bigman stehengeblieben war, und einen Augenblick später, daß Mutt in seine Ecke ging. Es gehört nicht viel Intelligenz dazu, um zu folgern, was geschehen war. Bigman am Lichtschalter Mutt auf dem Weg zu seiner Schlafecke. Demnach mußte mein Gast das Licht ausgeschaltet haben.« Der Ingenieur wandte sein Gesicht, als warte er auf eine Antwort.

»Ja, das leuchtet mir ein«, sagte Lucky. »Ich denke, wir sollten uns bei Ihnen entschuldigen.«

Bigmans Gnomengesicht verzog sich. »Aber, Lucky ...«

Lucky schüttelte den Kopf. »Laß nur, Bigman! Man sollte sich nie an eine Theorie klammem, die als falsch entlarvt wurde. Hoffentlich verstehen Sie, Mr. Norrich, daß Bigman nur tat, was er für seine Pflicht hielt.«

»Er hätte mich lieber fragen sollen, bevor er diese Eigenmächtigkeiten beging«, antwortete Norrich kühl. »Ich kann jetzt wohl gehen? Sie haben nichts dagegen?«

»Sie können gehen. Offiziell ersuche ich Sie darum, gegenüber niemandem eine Andeutung dieses Vorfalls zu machen. Das ist sehr wichtig.«

»Ich meine allerdings, daß es eine unrechtmäßige Festnahme war«, sagte Norrich. »Aber lassen wir das dahingestellt. Ich werde keinem etwas sagen.« Er ging zur Tür, fand den Öffnungsmechanismus ohne Schwierigkeiten und verließ das Zimmer.

Bigman sprach sofort auf Lucky ein: »Er hat uns reingelegt. Du durftest ihn nicht gehen lassen.«

Lucky stützte das Kinn mit der rechten Hand. Ein nachdenklicher Ausdruck trat in seine ruhigen, braunen Augen. »Nein, Bigman, er ist nicht der Mann, den wir suchen.«

»Aber er muß es sein, Lucky! Auch wenn er wirklich blind sein sollte, so spräche das nur gegen ihn. Bestimmt, Lucky!« Bigman war schon wieder aufs äußerste erregt. Seine kleinen Hände waren zu Fäusten geballt. »Er brachte es fertig, den V-Frosch zu töten, weil er ihn nicht sehen konnte.«

Wieder schüttelte Lucky den Kopf. »Nein, Bigman. Ein V-Frosch beeinflußt auch die Gefühle von Menschen, die ihn nicht sehen können. Es ist ein direkter telepathischer Kontakt. Um diese Tatsache kommen wir nicht herum.« Langsam fuhr er fort: »Es muß ein Roboter gewesen sein und Norrich ist kein Roboter.«

»Woher weißt du das so ge...« Mitten im Wort brach Bigman ab.

»Ich merke, du hast dir die Frage schon selber beantwortet. Wir spürten seine Gefühle bei unserem ersten Besuch, als der V-Frosch dabei war. Norrich besitzt Gefühle. Also ist er kein Roboter. Also ist er auch nicht der Mann, den wir suchen!« Doch während er noch sprach, breiteten sich die Schatten einer schweren Sorge auf seinen Gesichtszügen aus. Er warf den Buchfilm über fortgeschrittene Robotik heftig auf den Boden. Seine Lektüre schien ihm keinen verwertbaren Hinweis geliefert zu haben.

Das erste Agrav-Schiff der Welt sollte auf den Namen *Jupitermond* getauft werden. Es glich keinem der vielen Raumschiffe, die Lucky in seinem Leben gesehen hatte. Es war so groß wie ein Luxusliner. Aber Mannschaft und Passagiere waren im Vorderteil ungewöhnlich eng zusammengepfercht, weil neun Zehntel des Raumschiffs von dem Agrav-Konverter und den hyperatomischen Kraftfeld-Kondensatoren eingenommen wurden. Aus dem Mittelteil des Rumpfes ragten gekrümmte Tragflächen, die entfernt an Fledermausflügel erinnerten, fünf nach der einen, fünf nach der anderen Seite.

Lucky hatte sich sagen lassen, daß diese Flächen die Kraftlinien des Schwerefelds durchschnitten und dabei die Schwerkraft in hyperatomische Energie umwandelten. So prosaisch sich das anhören mag, so verliehen sie dennoch dem Schiff ein fast unheimliches Aussehen.

Noch ruhte das Schiff in einer riesigen Grube, die man auf Jupiter 9 ausgeschachtet hatte. Man hatte den Deckel aus Stahlbeton zur Seite geschoben. Das Ganze stand unter den normalen Schwerkraftbedingungen von Jupiter 9 und war dem luftleeren Raum auf der Oberfläche des Satelliten ausgesetzt.

Dennoch hatte sich das gesamte Personal des Projekts, fast tausend Mann, in diesem künstlichen Amphitheater versammelt. Noch nie hatte Lucky so viele Männer in Raumanzügen auf einmal gesehen.

Das große Ereignis erzeugte eine erwartungsvolle, erregte Stimmung. Viele wurden von einer nahezu hysterischen Ruhelosigkeit erfaßt, die sie zu mancherlei Schabernack veranlaßte, wie man ihn nur bei so niedrigen Schwerkraftbedingungen treiben konnte.

In Luckys Kopf hielt sich zäh der grimmige Gedanke: Einer dieser Männer in Raumanzügen ist überhaupt kein Mensch! Aber welcher mochte es sein? Und woran sollte er ihn erkennen?

Commander Donahue hielt vor den Männern eine kurze Festansprache. Schweigend und gegen ihren Willen beeindruckt lauschten sie alle. Indessen betrachtete Lucky einen kleinen Himmelskörper in der Nähe des Planeten Jupiter. Es war kein Stern, sondern nur ein längliches Lichtpünktchen, ganz leicht gekrümmt wie der Nagel des kleinen Fingers, doch war die Krümmung nur für gute Augen sichtbar. Und hätte Jupiter 9 eine Lufthülle besessen, so hätte sie die feingekrümmte Lichtkurve zu einem formlosen Lichtfleck verzerrt.

Lucky wußte, daß dies Ganymed war, Jupiter 3, der größte Begleiter des Jupiter und ein würdiger Mond für den Riesenplaneten. Ganymed war fast dreimal so groß wie der Erdmond, fast so groß wie der Mars und größer als Merkur. Sobald eine Agrav-Flotte in Dienst gestellt war, würde Ganymed rasch zu einem bedeutenden Stützpunkt im Sonnensystem werden.

Commander Donahue taufte jetzt das Schiff. Seine Stimme klang vor Erregung heiser. Dann begaben sich die Zuhörer in Gruppen von fünf oder sechs Mann durch die verschiedenen Druckschleusen in das luftgefüllte Innere des Satelliten.

Nur die Männer, die die Reise an Bord des Jupitermond mitmachen sollten, blieben da. Einer nach dem anderen kletterte die Rampe zur Einstiegsschleuse hoch, allen voran Commander Donahue.

Lucky und Bigman folgten als letzte. Als sie durch die Schleuse kamen, wandte sich Commander Donahue betont unfreundlich ab.

Bigman beugte sich zu Lucky und fragte knapp: »Hast du gesehen, daß Red Summers an Bord ist?«

»Es ist mir nicht entgangen.«

»Das ist der Kerl, der versucht hat, dich umzubringen.«

»Ich weiß, Bigman.«

In majestätischer Langsamkeit hob das Raumschiff ab. Die Anziehungskraft von Jupiter 9 betrug nur ein Achtzigstel der auf der Erde. Trotzdem wog das Schiff immer noch mehrere hundert Tonnen. Aber nicht dies war der Grund für die geringe Startgeschwindigkeit.

Selbst im Zustand der Schwerelosigkeit hätte das Schiff seine Massenträgheit behalten. Es wäre genauso schwierig gewesen, diese Masse in Bewegung zu setzen. Dasselbe würde später während des Fluges für eine Richtungsänderung oder einen Stopp gelten.

Zuerst langsam, dann allmählich immer schneller blieb die Grube zurück. Unter ihnen schrumpfte Jupiter 9 zusammen und wurde auf den Bildschirmen als gezackter grauer Felsen sichtbar. Die Sternbilder erschienen am schwarzen Himmel, und Jupiter war eine bunte Murmel.

James Panner trat zu den beiden Freunden und legte ihnen seine Arme auf die Schultern. »Darf ich Sie zum Essen in meine Kabine einladen, Gentlemen? Vorläufig wird es hier im Beobachtungsraum nicht viel zu sehen geben.« Sein breiter Mund zog sich zu einem Grinsen auseinander, das die Sehnen seines dicken Nackens anschwellen ließ, bis es aussah, als säße sein Kopf direkt auf den Schultern.

»Vielen Dank«, sagte Lucky. »Das finde ich sehr nett von Ihnen.«

»Na ja«, sagte Panner, »der Commander lädt Sie bestimmt nicht ein, und die anderen Männer sind auch nicht gut auf Sie zu sprechen. Ich möchte nicht, daß Sie sich ausgeschlossen fühlen. Es wird eine lange Reise werden.«

»Sind Sie denn gut auf mich zu sprechen, Dr. Panner?« fragte Lucky trocken.

»Natürlich. Sie haben mich doch schon getestet, und, wie Sie wissen, bestand ich die Prüfung.«

Panners Kabine war so klein, daß die drei kaum reinpaßten. Offenbar hatte man die Aufenthaltsräume in diesem ersten Agrav-Schiff so eng wie nur möglich konstruiert. Panner öffnete drei Dosen der Schiffsration, jener konzentrierten Nahrung, die auf allen Raumschiffen mitgeführt wurde.

Lucky und Bigman fühlten sich fast wie zu Hause. Der Geruch der heißgemachten Rationen, das Gefühl der Enge, hinter der man die unendliche Leere des Alls wußte, und das stete vibrierende Summen der hyperatomischen Motoren trugen dazu bei. Diese Motoren wandelten Kraftfeldenergie in Rückstoßkraft um oder versorgten die arbeitenden Geräte des Schiffs mit der nötigen Energie.

Wenn je der Glaube des Altertums an Sphärenmusik buchstäblich wahr wurde, dann in dem Summen der Hyperatommotoren, die die Grundlage des Raumflugs bildeten.

»Wir haben jetzt die Fluchtgeschwindigkeit für Jupiter 9 überschritten«, erläuterte Panner. »Das bedeutet, daß wir ohne Gefahr, wieder zurückzufallen, manövrieren können.«

»Und das bedeutet auch«, fügte Lucky hinzu, »daß wir uns im freien Fall auf den Planeten Jupiter zu bewegen.«

»Ja, ein freier Fall von 24 Millionen Kilometern. Sobald wir die vorgesehene Reisegeschwindigkeit erreicht haben, schalten wir auf Agrav um.« Dabei zog Panner eine Uhr aus der Tasche. Es war eine große Scheibe aus glänzendem, glattem Metall. Er drückte auf einen kleinen Knopf. Nun erschienen Leuchtziffern auf der Scheibe. Eine kreisförmige weiße Linie rahmte die Zahlen ein. Aus dem Weiß wurde ein flammendes Rot, das sich zu einem geschwungenen Bogen wand. Das Rot verschwand, und der Bogen wurde weiß.

»Steht die Umschaltung auf Agrav schon so bald auf dem Programm?« fragte Lucky.

»Es dauert nicht mehr lange«, antwortete Panner. Er legte die Uhr auf den Tisch. Schweigend begannen sie zu essen.

Nach einer Weile nahm Panner die Uhr hoch. »Nicht mehr ganz eine Minute. Die Sache geht automatisch vor sich.« Die

Stimme des Chefingenieurs war ruhig, aber seine Hand mit der Uhr zitterte ein wenig.

»Jetzt!« sagte Panner. Im selben Augenblick trat Stille ein. Völlige Stille.

Das Summen der Hyperatommotoren hatte aufgehört. Die Energie, die für die Beleuchtung des Schiffs und die Aufrechterhaltung der künstlichen Schwerkraft benötigt wurde, lieferte nun Jupiters Schwerkraftfeld.

»Auf die Sekunde genau!« verkündete Panner. »Perfekt gelungen!« Er steckte die Uhr weg. Auf seinem breiten Gesicht erschien ein zurückhaltendes Lächeln. Man sah ihm seine Erleichterung an. »Jetzt sind wir wirklich in einem Agrav-Raumschiff auf hundertprozentiger Agrav-Fahrt.«

Auch Lucky lächelte. »Meinen Glückwunsch! Ich bin sehr froh, daß ich an Bord bin.«

»Kann ich mir vorstellen. Sie haben sich ja auch mächtig darum bemüht. Armer Donahue!«

»Es tut mir leid, daß ich dem Commander so hart zusetzen mußte«, sagte Lucky in ernstem Ton, »aber er ließ mir keine Wahl. So oder so, ich mußte die Reise mitmachen.«

Panner hörte den Ernst, mit dem Lucky sprach. Seine Augen verengten sich. »Sie mußten?«

»Ja, so ist es! Denn ich bin fast sicher, daß sich in diesem Augenblick an Bord des Schiffes auch der Spion befindet, nach dem wir fahnden.«

10
In der Falle

Panner starrte ihn verständnislos an. »Warum?«

»Die Sirianer wollen mit Sicherheit erfahren, wie das Schiff im Einsatz funktioniert. Bisher hatte ihre Spionage vollen Erfolg. Warum sollten sie sie nicht an Bord des Schiffs fortsetzen?«

»Demnach behaupten Sie, daß einer der 14 Männer an Bord des *Jupitermond* ein Roboter ist?«

»Genau das meine ich.«

»Aber die Männer wurden schon vor langer Zeit für diese Reise ausgewählt.«

»Die Sirianer waren über alles im Bilde. So wie sie jede Einzelheit des Projekts erfuhren, wußten sie auch, wann und nach welchen Kriterien die Auswahl stattfand. Sie haben ihren Androiden so programmiert, daß er auf jeden Fall zu den Ausgewählten gehörte.«

»Sie trauen ihnen ja eine Menge zu!«

»Allerdings«, sagte Lucky. »Aber es gibt noch eine andere Möglichkeit.«

»Welche?«

»Daß der humanoide Roboter sich als blinder Passagier eingeschmuggelt hat.«

»Sehr unwahrscheinlich«, meinte Panner.

»Aber doch möglich! In dem allgemeinen Durcheinander vor der Ansprache des Commanders kann er sich leicht an Bord geschlichen haben. Ich versuchte, das Schiff zu überwachen. Aber es war unmöglich. Da außerdem neun Zehntel des Schiffsraums von den Maschinen eingenommen werden, hat er viel Platz, sich zu verstecken.«

Panner überlegte. »Nicht so viel, wie Sie denken.«

»Jedenfalls müssen wir das Schiff durchsuchen. Sind Sie dazu bereit, Dr. Panner?«

»Ich?«

»Ja, natürlich. Sie als Chefingenieur kennen die Maschinenräume besser als jeder andere. Wir kommen mit Ihnen.«

»Na, hören Sie mal, das wäre vergebliche Liebesmüh.«

»Wenn wir keinen blinden Passagier aufstöbern, sind wir trotzdem einen Schritt weiter, Dr. Panner. Wir können dann unsere Suche auf die Männer konzentrieren, die legal an Bord kamen.«

»Nur wir drei?«

»Wen sollen wir noch zur Hilfe heranziehen, wenn jeder, den wir auffordern, der gesuchte Roboter sein kann?« gab Lucky ruhig zu bedenken. »Ich wünsche darüber keine weitere Diskussion, Dr. Panner. Ich möchte nur wissen, ob Sie uns bei der Durchsuchung des Schiffs helfen wollen. Ich frage Sie in meiner Eigenschaft als Mitglied des Wissenschaftsrates.«

Zögernd erhob sich Panner. »Dann muß ich ja wohl.«

Mit Hilfe von Handgriffen kletterten sie den engen Schacht zum ersten Maschinendeck hinunter. Unten herrschte gedämpftes, indirektes Licht, so daß die gewaltigen Motoren keinen Schatten warfen.

Kein Geräusch, nicht einmal das leiseste Summen verriet, daß hier gewaltige Energien und Naturkräfte eingefangen, umgewandelt und gespeichert wurden. Bigman war entsetzt, daß ihm nichts bekannt vorkam. Die normalen Geräte in einem Raumschiff etwa von der Klasse ihrer *Lucky Starr* waren hier nicht zu finden.

»Alles ist völlig verkleidet«, stellte er resigniert fest.

Panner nickte und sagte leise: »Wir haben größtmöglicher Automation den Vorzug gegeben. Bedienung durch den Menschen ist so gut wie überflüssig.«

»Und bei Reparaturen?«

»Es dürfte keine geben«, sagte der Chefingenieur. »Jeder Stromkreis, jedes Gerät, jeder Motor ist doppelt vorhanden. Fällt irgendein Teil aus, dann schaltet sich selbständig das entsprechende Ersatzaggregat ein.«

Panner ging voraus. Er führte sie durch die engen Gänge. Er bewegte sich langsam und vorsichtig, als erwarte er, daß sich jeden Augenblick irgend jemand auf ihn stürze.

Sie durchsuchten Deck für Deck. Methodisch stiegen sie durch den senkrechten Schacht von Stockwerk zu Stockwerk, zwängten sich in die Seitengänge, und Panner ließ mit der Übersicht des Experten keinen Winkel undurchsucht.

Endlich erreichten sie das letzte Deck und blieben vor den riesigen Schwanzdüsen stehen, durch die beim normalen Flug die Hyperatommotoren mittels Rückstoß das Schiff vorantrieben.

Bigman hatte eine Idee. »He, Leute, im Innern der Düsen!«

»Nein«, sagte Panner.

»Warum nicht? Ein Roboter könnte sich gut drin verstekken.«

»Bis vor einer Stunde«, erklärte ihm Lucky, »haben die Hyperatommotoren noch gearbeitet. Nein, die Düsen kommen nicht in Frage.«

»Also«, sagte Panner, »im Maschinenraum hält sich niemand und nichts verborgen.«

»Sie sind ganz sicher?«

»Ja. Wir haben jeden Fleck durchsucht. Und so wie ich vorging, konnte uns keiner entgehen und sich etwa hinten rum wegschleichen. Wir hätten ihn entdeckt.«

Ihre Stimmen riefen ein leises Echo in den Schächten hervor.

»Beim großen Mars«, rief Bigman, »nun haben wir es tatsächlich mit den 14 Männern der regulären Besatzung zu tun.«

»Einige können wir schon abhaken«, wandte Lucky ein. »Drei der Männer verrieten Gefühle: Commander Donahue, Harry Norrich und Red Summers. Bleiben also elf.«

»Sie vergessen mich«, sagte Panner. »Ich habe einen Befehl nicht ausgeführt. Also nur noch zehn.«

»Damit kommen wir auf einen interessanten Punkt«, sagte Lucky. »Verstehen Sie etwas von Robotik?«

»Ich?« sagte Panner. »Hatte nie im Leben mit einem Roboter etwas zu schaffen.«

»Da haben wir's«, sagte Lucky. »Auf der Erde wurde der Positronenroboter erfunden. Menschen der Erde waren es, die die meisten Verbesserungen des Modells austüftelten. Aber abgesehen von wenigen Spezialisten weiß der Techniker der Erde nicht über Robotik Bescheid. Einfach deshalb, weil wir kaum Roboter zum Dienst heranziehen. In der Schule wird Robotik nicht gelehrt, und in der Praxis wird sie nicht gebraucht. Ich kenne gerade die drei Gesetze, und damit hat sich's. Commander Donahue konnte nicht einmal die drei Gesetze zitieren. Die Sirianer dagegen sind dank ihrer roboter-orientierten Wirtschaft wahrscheinlich Meister der ausgefeiltesten Robotiktechnik. Nun, ich habe mich gestern und heute eingehend mit einem Buchfilm über fortgeschrittene Robotik beschäftigt, den ich in der Bücherei fand. Es war, nebenbei bemerkt, das einzige vorhandene Buch über diesen Gegenstand.«

»So?« machte Panner.

»Mir wurde klar, daß die drei Gesetze nicht so einfach sind, wie wir annehmen ... Aber wir wollen jetzt zurückgehen. Dabei können wir die einzelnen Maschinendecks zur Sicherheit nochmals überprüfen.« Und schon schritt er durch das unterste Deck und musterte mit scharfen Blicken alle Einrichtungen.

Dabei dozierte Lucky weiter. »Zum Beispiel könnte jemand auf den Gedanken kommen, es genüge, jedem an Bord einen albernen Befehl zu erteilen und zu sehen, ob er ihn ausführt oder nicht. Tatsächlich war ich bis gestern dieser Meinung. Aber sie trifft nicht unbedingt zu. Es ist theoretisch möglich, das Positronengehirn eines Roboters so zu programmieren, daß er nur solche Befehle ausführt, die zu seinem üblichen Arbeitsbereich gehören. Alle anderen Befehle, die außerhalb dieses Bereichs liegen, würde er nur dann ausführen, wenn ihnen ein bestimmtes Codewort vorangeht oder die Person, die den Befehl erteilt, sich in einer festgelegten Art ausweist. Das bedeutet, daß ein Roboter seinen echten Herren uneingeschränkt gehorcht, sich Fremden gegenüber aber durchaus bockig verhalten kann.«

Panner hatte schon die Leitersprossen erfaßt, um zum nächsten Deck hochzusteigen. Jetzt ließ er sie los und wandte sich zu Lucky um.

»Sie wollen damit sagen, meine Weigerung, auf Ihren Befehl das Hemd auszuziehen, habe nichts zu bedeuten?«

»Ich sagte, so kann es sein, Dr. Panner. Denn in jenem Augenblick das Hemd auszuziehen, gehörte nicht zu Ihren üblichen Arbeitspflichten, und mein Befehl wurde vielleicht nicht in der vorgeschriebenen Form ausgesprochen.«

»Dann behaupten Sie also, ich sei ein Roboter?«

»Nein. Ich halte das sogar für unwahrscheinlich. Die Sirianer werden sich kaum den Chefingenieur ausgesucht haben, als sie einem Mann des Projektbaus durch einen Roboter ersetzten. Ein Roboter, der diese Position erfolgreich ausfüllen wollte, müßte mehr über Antigrav wissen, als auf dem Sirius bekannt war. Andernfalls wäre es für die Sirianer überhaupt nicht notwendig gewesen, einen Spion einzusetzen.«

»Danke«, sagte Panner mit säuerlicher Miene und wandte sich wieder dem Aufstiegsschacht zu. Da ließ ihn Bigmans Stimme neuerlich herumfahren.

»Halt! Panner!« Der kleine Marsianer hielt den Nadelstrahler schußbereit in der Hand. »Einen Moment mal, Lucky«, fuhr er fort. »Woher weißt du eigentlich, daß er ein Antigrav-Experte ist? Wir nehmen es doch nur an. Bewiesen hat er es uns bisher nicht. Als der Jupitermond auf Antigrav umschaltete, wo war er denn da? Saß auf seinem dicken Hintern mit uns in seiner Kabine – oder stimmt das vielleicht nicht?«

»Mir ist dieser Gedanke auch gekommen, Bigman«, antwortete Lucky. »Und das war ein Grund, warum ich Panner mit hier nach unten brachte. Er kennt sich offensichtlich mit den Maschinen aus. Ich habe ihn bei der Durchsuchung beobachtet. Sein Vorgehen hat mich davon überzeugt, daß er ein hochqualifizierter Fachmann ist.«

»Genügt Ihnen das, Marsianer?« fragte Panner mit kaum unterdrücktem Ärger.

Bigman steckte den Nadelstrahler ein, und wortlos begann Panner den Aufstieg.

Im nächsthöheren Deck wiederholten sie die Durchsuchung.

Panner nahm das Gespräch wieder auf. »Es bleiben also zehn Verdächtige übrig: zwei Armeeoffiziere, fünf Ingenieure und vier Facharbeiter. Wie wollen Sie weiter vorgehen? Jeden einzeln röntgen? Oder was sonst?«

Lucky schüttelte den Kopf. »Das wäre zu gefährlich. Es ist bekannt, daß sich die Sirianer gegen solche Untersuchungen durch einen cleveren Trick absichern. Sie benutzen Roboter manchmal als Geheimkuriere oder zur Ausführung von Arbeiten, die unbedingt geheim bleiben müssen. Nun kann natürlich ein Roboter ein Geheimnis nicht für sich behalten, wenn ein Mensch ihn in der richtigen Art danach fragt. Um dagegen gewappnet zu sein, installieren die Sirianer in dem Roboter eine Sprengladung, die in dem Augenblick zündet, wo jemand versucht, dem Roboter das Geheimnis zu entlocken.«

»Das heißt, der Roboter würde explodieren, wenn Sie ihn röntgen ließen.«

»Die Wahrscheinlichkeit ist ziemlich groß. Seine Identität ist sein größtes Geheimnis. Und die Sprengladung könnte bei jedem Versuch, diese Identität zu enthüllen, in die Luft gehen – bei jedem Versuch, den die Sirianer sich vorstellen konnten. Mit dem V-Frosch hatten sie nicht gerechnet. Seine Gegenwart hätte also keine Zündung ausgelöst. Deshalb mußten sie ihrem Roboter sofort den Auftrag zur Tötung des V-Froschs erteilen. Es war für sie auf jeden Fall die beste

Art, den Roboter vor Entdeckung und Zerstörung zu schützen.«

Mit einem Hauch von Spott fragte Panner: »Wenn der explodierende Roboter nun in der Nähe befindliche Menschen verletzt, verstößt er dann nicht gegen das erste Gesetz?«

»Nein. Denn er löst ja die Explosion nicht selber aus. Der Sprengsatz wird durch den Ton einer bestimmten Frage oder den Anblick einer bestimmten Tätigkeit gezündet und nicht durch irgendeine Handlung des Roboters.«

Sie kletterten zum nächsten Deck empor.

»Ja, was wollen Sie denn nun unternehmen, Ratsmann?« fragte Panner.

»Ich weiß es nicht«, gestand Lucky frei heraus. »Ich muß den Roboter irgendwie dazu bringen, sich selber zu verraten. Die drei Gesetze, sosehr sie auch modifiziert und verfälscht sein mögen, behalten ihre Gültigkeit. Man muß nur tief genug in die Wissenschaft der Robotik eingedrungen sein, um zu wissen, wie man sich der drei Gesetze zu seinem Vorteil bedient. Wenn ich den Roboter zu einer Handlung verleiten könnte, die beweist, daß er kein menschliches Wesen ist, ohne dadurch einen eventuell angebrachten Sprengsatz auszulösen; wenn ich die drei Gesetze so geschickt handhaben könnte, daß sie miteinander in einen unlösbaren Konflikt geraten, so daß der Roboter völlig gelähmt ist; wenn ich ...«

»Von mir können Sie in dieser Richtung keine Hilfe erwarten, Ratsmann«, unterbrach ihn Panner ungeduldig. »Wie ich Ihnen schon sagte, verstehe ich nichts von Robotik.« Plötzlich wirbelte er herum. »Was ist das?«

Bigman folgte seinen Blicken. »Ich habe nichts gehört.«

Wortlos zwängte sich Panner an ihnen vorbei. Zwischen den gewaltigen Metallröhren auf beiden Seiten sah er fast zwergenhaft aus.

Dicht gefolgt von den beiden anderen, drang er so weit

vor, wie es ging. Dann murmelte er: »Zwischen den Feldgleichrichtern könnte sich jemand versteckt halten. Lassen Sie mich noch mal vorbei!«

Lucky blickte unter gerunzelter Stirn in einen Wald von miteinander verschlungenen Kabeln, die sie von allen Seiten einschlossen. »Hier ist niemand«, sagte er.

»Ich möchte mich vergewissern«, sagte Panner mit gespannter Stimme. Er öffnete eine Klappe in der Wand, die ihm am nächsten war, und griff vorsichtig hinein, wobei er mißtrauisch über die Schulter blickte.

»Keine Bewegung!« rief er.

»Hier ist nichts!« sagte Bigman gereizt.

Panner entspannte sich. »Ich weiß. Ich wollte, daß Sie sich nicht bewegen. Sonst hätte ich Ihnen womöglich einen Arm abgeschnitten, als ich das Kraftfeld einschaltete.«

»Welches Kraftfeld?«

»Ich habe ein Kraftfeld quer über den Gang kurzgeschlossen. Sie können hier nicht mehr heraus. Sie sind genauso eingeschlossen, als säßen Sie hinter einer meterdicken Stahlwand.«

»Bei den Sandstürmen des Mars, Lucky«, brüllte Bigman, »er ist der Roboter!« Seine Hand zuckte an seinen Gürtel.

Panner rief sofort: »Lassen Sie die Hände von Ihrem Nadelstrahler! Wie wollen Sie je herauskommen, wenn Sie mich umbringen?« Er blickte sie starr an. Seine Augen funkelten. Die breiten Schultern waren hochgezogen. »Vergessen Sie nicht: Energie kann ein Kraftfeld zwar durchbrechen, aber Materie kommt nicht durch, nicht einmal Luftmoleküle. Sie sitzen da drin luftdicht. Wenn Sie mich töten, sind Sie lange erstickt, ehe mal jemand durch Zufall sich hierher verirrt.«

»Ich hab's doch gesagt, daß er der Roboter ist«, tobte Bigman in schierer Verzweiflung.

Panner lachte auf. »Falsch! Ich bin kein Roboter. Aber wenn es einen gibt, dann weiß ich, wer es ist.«

11
Landung auf Io

»Wer denn?« fragte Bigman.

Aber es war Lucky, der die Antwort gab. »Offenbar glaubt er, es sei einer von uns beiden.«

»Besten Dank«, sagte Panner. »Haben Sie vielleicht eine andere Erklärung? Sie sprachen von einem blinden Passagier. Sie behaupteten, jemand habe sich heimlich an Bord von Jupitermond geschlichen. Sie haben wirklich Nerven! Es gibt allerdings zwei Männer, die sich gewaltsam Zutritt zum Schiff verschafft haben. Ich war Zeuge! Sie beide meine ich!«

»Da haben Sie recht«, meinte Lucky ruhig.

»Und Sie haben mich hier runtergelockt, damit sie sich jede Einzelheit des Maschinenraums ansehen konnten. Dabei versuchten Sie, mich mit Ihrem Gerede über Roboter abzulenken. Ich sollte nicht merken, wie Sie sozusagen mit der Lupe das ganze Schiff erforschten.«

»Dazu haben wir das Recht«, sagte Bigman. »Dieser Mann ist Lucky Starr!«

»Er behauptet, Lucky Starr zu sein. Wenn er wirklich ein Mitglied des Wissenschaftsrats ist, dann kann er es beweisen. Und er weiß auch, auf welche Weise. Wenn ich nur einen Funken Verstand gehabt hätte, dann hätte ich vorher darauf bestanden.«

»Dafür ist es noch nicht zu spät«, sagte Lucky gelassen. »Können Sie es von dort aus erkennen?« Er hob einen Arm, öffnete die Hand und krempelte den Ärmel auf.

»Ich komme nicht näher heran«, sagte Panner mißtrauisch.

Lucky gab keine Antwort. Er ließ die Tatsachen sprechen. Die Haut an der Innenseite des Handgelenks unterschied sich scheinbar in nichts von der Haut seines übrigen Körpers. Aber vor Jahren hatte sie eine äußerst komplizierte

Hormonbehandlung erfahren. Durch eine konzentrierte Willensanstrengung Luckys färbte sich jetzt allmählich eine ovale Stelle am Gelenk dunkel und wurde schließlich schwarz. Mittendrin blitzten kleine gelbe Punkte auf und formten sich zu den bekannten Sternbildern des Großen Bären und des Orion.

Panner schnappte nach Luft, als sei er am Ersticken. Nur wenige Menschen erhielten die Gelegenheit, dieses Zeichen des Rats mit eigenen Augen zu sehen, aber jeder kannte es seit Kindesbeinen – das untrügliche Kennzeichen eines Mitglieds vom Wissenschaftsrat, das niemand fälschen oder nachahmen konnte.

Da blieb Panner keine Wahl. Schweigend und beschämt schaltete er das Kraftfeld ab und trat zurück.

Wütend kam Bigman heraus. »Ich sollte Ihnen den Schädel einschlagen, Sie linker Hu ...«

Lucky hielt ihn zurück. »Ruhe, Bigman! Der Mann hatte das gleiche Recht, uns zu verdächtigen, wie wir, als wir ihn im Verdacht hatten. Reg dich ab!«

Panner zuckte die Achseln. »Es schien ganz logisch.«

»Das gebe ich zu. Und nun denke ich, daß wir einander endlich volles Vertrauen schenken dürfen.«

»Ja, vielleicht«, sagte der Chefingenieur spitz. »Sie haben sich ausgewiesen. Aber was ist mit diesem kleinen Lautsprecher, den Sie bei sich haben? Wer identifiziert ihn?«

Bigman kreischte empört auf. Lucky trat sofort dazwischen. »Ich!« rief er. »Und ich bürge für ihn ... So, und jetzt schlage ich vor, daß wir uns ins Passagierdeck zurückbegeben, ehe man uns vermißt und einen Suchtrupp ausschickt. Alle Vorgänge im Maschinenraum bleiben natürlich streng unter uns!«

Als wäre nichts geschehen, setzten sie ihren Aufstieg fort.

Die Kabine, die man ihnen zugewiesen hatte, bestand aus einem doppelstöckigen Bett und einem Waschbecken, dessen Hahn kaum mehr als ein paar spärliche Wassertropfen hergab.

Bigman saß mit untergeschlagenen Beinen auf dem oberen Bett, während sich Lucky mit einem feuchten Schwamm Hals und Schultern abrieb. Aus Vorsicht vor etwaigen Lauschern hinter den Wänden unterhielten sie sich nur im Flüsterton.

»Hör mal, Lucky, was hältst du von dieser Idee? Ich mache mich an jeden Mann an Bord heran ... es sind zehn, bei denen wir noch im Zweifel sind, nicht wahr? Also, ich denke mir, ich provoziere einen nach dem anderen zu einer Schlägerei, indem ich ihnen ein paar Schimpfworte an den Kopf werfe oder so was. Dann würde doch der Kerl, der nicht die Faust ballt und zuschlägt, der Roboter sein, oder nicht?«

»Durchaus nicht. Es kann ja sein, daß er Disziplin im Leibe hat und sich lieber zurückhält. Oder ihm fällt ein, wie gut du mit dem Nadelstrahler umzugehen weißt. Oder er will einen Konflikt mit dem Wissenschaftsrat vermeiden. Oder es widerstrebt ihm, einen Mann zu schlagen, der kleiner ist als er.«

»Ach, komm, Lucky.« Bigman schwieg eine Zeitlang, dann sagte er nachdenklich: »Ich überlege mir gerade: wieso bist du dir so sicher, daß der Roboter an Bord ist? Meiner Ansicht nach kann er auch auf Jupiter 9 geblieben sein. Es wäre doch möglich!«

»Das weiß ich auch. Trotzdem habe ich das bestimmte Gefühl, daß der Roboter hier im Schiff ist. Ja, so ist es. Nur ein bestimmtes Gefühl, und ich habe keine Ahnung, woher es kommt.« Luckys Augen verdunkelten sich, während der angestrengt nachdachte. Gegen das Bett gelehnt, fuhr er sich mit den Fingerknöcheln über die Zähne. »Am Tag unserer Landung auf Jupiter 9, da geschah es.«

»Was geschah da?«

»Wenn ich es nur wüßte! Einmal stand es schon klar vor meinen Augen. Oder jedenfalls bildete ich es mir ein. Das war vor dem Einschlafen in jener ersten Nacht. Aber dann entwischte es mir wieder. Und ich kann mich nicht mehr daran erinnern! Wäre ich auf der Erde, würde ich mich einer Psychoanalyse unterwerfen. Große Milchstraße, das wäre der beste Weg!«

Er trommelte mit den Fingerspitzen auf das Bettgestänge. »Ich habe alles mögliche versucht. Ganz konzentriert daran gedacht. Dann wieder völlig abgeschaltet. Im Maschinenraum mit Panner habe ich drauflos geschwatzt. Ich dachte, wenn man jeden Aspekt dieser Angelegenheit ausdiskutiert, müßte es mir wieder einfallen. Pustekuchen!«

Er reckte sich. »Aber das Gefühl bleibt. Deshalb bin ich so völlig sicher, daß sich der Roboter unter den Männern an Bord befindet. Mein Unterbewußtsein sagt es mir. Wenn ich nur einen Anhaltspunkt hätte! Dann würde alles klar. Nur der kleinste Anhaltspunkt!«

Es klang nach Verzweiflung.

Bigman hatte Lucky noch nie so niedergeschlagen gesehen. Bekümmert sagte er: »Wir gehen wohl am besten schlafen.«

»Du hast recht.«

Minuten später flüsterte Bigman in die Dunkelheit: »He, Lucky, woher weißt du so genau, daß ich nicht der Roboter bin?«

Lucky flüsterte zurück: »Weil die Sirianer niemals einen Roboter mit einem so häßlichen Gesicht bauen würden.« Dann hob er den Arm, um das heranfliegende Kopfkissen abzuwehren.

Die Tage vergingen. Auf halbem Wege zum Jupiter kamen sie durch den inneren Gürtel kleiner Monde, von denen nur

Jupiter 6, 7 und 10 numeriert waren. Jupiter 7 war als heller Stern sichtbar, während die anderen so weit entfernt blieben, daß sie unter den vielen bekannten Sternbildern nicht hervortraten.

Jupiter selbst erschien jetzt so groß wie der Mond, wie man ihn von der Erde aus sieht. Und weil das Schiff die Sonne fast genau im Rücken hatte, blieb Jupiter die ganze Zeit in der ›Voll‹-Phase. Seine gesamte sichtbare Oberfläche lag im Sonnenlicht. Nicht der kleinste Schatten trübte das Bild.

Wenn er jetzt auch so groß wie der Mond erschien, war er doch keineswegs so hell. Seine von dichter Atmosphäre eingehüllte Oberfläche reflektierte zwar achtmal soviel Licht wie die luftleere Felsen- und Staub-Oberfläche des Mondes. Doch erhielt Jupiter pro Quadratkilometer nur ein Siebenundzwanzigstel des Lichts, das der Mond erhielt. Das alles trug dazu bei, daß er den Männern an Bord des Agrav-Schiffes nur ein Drittel so hell erschien wie der Mond einem Erdbewohner.

Doch sein Anblick war bedeutend aufregender. Die Klimazonen waren jetzt deutlich zu erkennen. Bräunliche Streifen mit weichen, ausgefransten Rändern vor einem sahnigweißen Untergrund. Auch das strohfarbene Oval, das man den Großen Roten Fleck nennt, war leicht auszumachen. Es erschien an einem Rand, wanderte über das Gesicht des Planeten und verschwand wieder am anderen Rand.

»He, Lucky«, fragte Bigman, »Jupiter sieht aus, als sei er nicht ganz rund. Ist das eine optische Täuschung?«

»Keineswegs«, sagte Lucky. »Jupiter ist wirklich nicht ganz rund, sondern an den Polen etwas abgeplattet. Genauso wie die Erde. Davon hast du doch gehört, nicht wahr?«

»Sicher. Aber festgestellt habe ich es noch nie.«

»Natürlich nicht. Bedenke mal! Der Erdumfang mißt am Äquator 40 000 Kilometer. Da sich die Erde in 24 Stunden einmal um ihre Achse dreht, rotiert jeder Punkt am Äquator mit fast 1700 Stundenkilometern Geschwindigkeit. Als Folge der Zentrifugalkraft beträgt der Erddurchmesser am Äquator 43 Kilometer mehr als der Durchmesser von Pol zu Pol. Der Unterschied ist sehr gering, ungefähr ein Drittel Prozent. So kommt es, daß die Erde vom Weltraum aus wie eine vollkommene Kugel wirkt.«

»Ach so!«

»Nun zum Jupiter! Sein Äquatorumfang beträgt 440 000 Kilometer, elfmal soviel wie der Erdumfang. Aber er dreht sich in nur zehn Stunden um seine Achse – genaugenommen, sind es noch fünf Minuten weniger. Jeder Punkt am Äquator rotiert also mit 44 8000 Stundenkilometern Geschwindigkeit. Das ist 28mal so schnell wie auf der Erde! Die Zentrifugalkraft ist dementsprechend viel stärker, besonders weil die äußeren Schichten des Jupiters aus viel leichterer Materie bestehen als die der Erde. Daher beträgt der Durchmesser des Jupiter am Äquator rund 9500 Kilometer mehr als der Durchmesser von Pol zu Pol. Das ist ein Unterschied von glatt 15 Prozent – was natürlich deutlich zu erkennen ist.«

Bigman starrte in die abgeplattete, schimmernde Kugel, die Jupiter hieß, und murmelte ergriffen: »Oh, beim Mars!«

Die Sonne blieb weiterhin in ihrem Rücken, so daß man sie während ihres Flugs zum Jupiter nie zu sehen bekam. Sie kreuzten die Umlaufbahn von Callisto oder Jupiter 4, dem äußeren der großen Jupitermonde. Callisto umkreiste Jupiter in einer Entfernung von 2,4 Millionen Kilometern und war so groß wie Merkur, aber da er sich fast an der entgegengesetzten Seite seiner Umlaufbahn befand, erschien er nicht größer als eine Erbse neben dem Planeten und tauchte gerade in seinen Schatten ein.

Dafür stand Ganymed – oder Jupiter 3 – näher. Seine

Scheibe war ein Drittel so groß wie der Mond von der Erde aus. Er war gerade dreiviertel voll, zeigte ein blasses Weiß und keinerlei Oberflächenkonturen.

Lucky und Bigman wurden von den übrigen Besatzungsmitgliedern kaum beachtet. Nicht ein einziges Mal richtete der Commander das Wort an sie. Ja, er blickte sie nicht mal an, sondern schaute, wenn er ihnen begegnete, glatt an ihnen vorbei. Wenn Norrich, durch die Leine mit dem Schäferhund Mutt verbunden, an ihnen vorbeikam, nickte er freundlich, wie stets, wenn er fühlte, daß jemand in der Nähe war. Doch sobald Bigman den Gruß erwiderte, verschwand der freundliche Ausdruck von Norrichs Zügen. Mit einem Ruck an der Leine trieb er Mutt zur Eile und machte, daß er wegkam.

Deshalb aßen die beiden auch immer allein in ihrer Kabine.

»Was bilden die sich eigentlich alle ein?« murrte Bigman bei einer Gelegenheit. »Sogar dieser Kerl Panner macht sich immer an etwas zu schaffen, wenn wir in der Nähe sind, und tut, als sähe er uns nicht.«

»Ja, Bigman, das hat zwei Gründe. Erstens: Wenn der Commander offen zu erkennen gibt, daß wir bei ihm in Ungnade gefallen sind, wird sich keiner seiner Untergebenen unseretwegen in die Nesseln setzen wollen. Zweitens sind unsere Begegnungen mit einigen Männern ja nicht gerade harmonisch verlaufen.«

»Stell dir vor, Lucky, heute traf ich Red Summers, den Dreckskerl! Stand direkt vor ihm, als er gerade aus dem Maschinenraum kam.«

»Und was geschah? Du hast doch nicht etwa ...«

»Nichts. Ich stand da und wartete ab, ob er sich an mir vergreifen würde. Ich hoffte es stark. Aber er lächelte nur und ging im Bogen um mich herum.«

Alle waren auf Beobachtungsstation an dem Tag der Jupiterfinsternis. Es war keine echte Finsternis, denn der Schatten Ganymeds fiel nur auf einen kleinen Teil der Jupiter-Oberfläche. Ganymed stand knapp eine Million Kilometer entfernt und wirkte halb so groß wie der Erdmond. Jupiters Entfernung betrug etwa das Doppelte. Aber er war jetzt zu einer riesigen Kugel angeschwollen. Drohend und einschüchternd schwamm er hinter Ganymed, 14mal so groß wie sein Mond.

Ganymed begann seinen Durchgang vor Jupiter etwas unter dessen Äquator. Langsam schienen die beiden Himmelskörper miteinander zu verschmelzen. Als Ganymed einen kleinen Teil der Jupiter-Oberfläche bedeckte, wurde es dort dunkler. Denn der Satellit besaß bedeutend weniger Atmosphäre als der Planet und reflektierte deshalb weniger Licht. Aber auch so wäre sein Durchgang zum Ereignis geworden.

Die meisten Blicke zog der schwarze Halbkreis auf sich, den Ganymed hinter sich herzog. Wie sich die Männer atemlos vor Aufregung zuflüsterten, war es der Schatten, den Ganymed auf den Planeten warf.

Der Schatten bewegte sich mit Ganymed weiter, holte aber allmählich auf. Der schwarze Halbkreis wurde zur Sichel. Die Sichel wurde schmaler und schmaler. Als dann Jupiter, Ganymed und *Jupitermond* in einer geraden Linie vor der Sonne standen, verschwand der Schatten völlig. Ganymed, der ihn auf Jupiter warf, verbarg ihn auch gleichzeitig.

Kurz danach, als Ganymed weiterwanderte, erschien der Schatten wieder als schmale Sichel, aber diesmal vor dem Satelliten. Die schmale Sichel wuchs ständig und war wieder ein Halbkreis geworden, als sie mit Ganymed zusammen den Rand des Jupiter erreichte.

Der ganze Satellitendurchgang hatte drei Stunden gedauert.

Jupitermond erreichte die Umlaufbahn von Ganymed, als der Satellit sich auf der anderen Seite seiner Sieben-Tage Rotation um Jupiter befand.

Der große Augenblick wurde an Bord gebührend gefeiert. Gewöhnliche bemannte Raumschiffe hatten schon früher Ganymed erreicht und waren auf ihm gelandet – nur wenige allerdings. Doch noch niemand war von dort aus näher an Jupiter herangekommen. Und nun wagte es *Jupitermond.*

An Europa – oder Jupiter 2 – flog das Schiff im Abstand von etwa 150 000 Kilometern vorbei. Es war der kleinste von Jupiters großen Monden. Sein Durchmesser betrug nur 3150 Kilometer. Damit war er etwas kleiner als der Erdmond, aber wegen der geringen Entfernung wirkte er doppelt so groß. Auf seiner Oberfläche hoben sich dunkle Streifen ab, die an Gebirgszüge erinnerten. Und es waren auch wirklich welche. Das bewies ein Blick durch ein Fernrohr des Raumschiffs.

Die Berge waren denen auf Merkur ähnlich. Dagegen entdeckte man nirgends Krater wie auf dem Erdmond. Die hellglänzenden Flecke konnten Eisflächen sein.

Und weiter stürzten sie Jupiter entgegen. Die Umlaufbahn von Europa lag nun schon hinter ihnen.

Io war der innerste von Jupiters großen Monden, an Größe ziemlich genau dem Erdmond gleich. Überdies war er nur 477 000 Kilometer vom Jupiter entfernt. Das war nicht viel mehr als die Entfernung von der Erde zum Mond.

Aber damit endeten auch die Ähnlichkeiten. Während die verhältnismäßig geringe Schwerkraft der Erde dem Mond einen gemächlichen Umlauf von vier Wochen Dauer gestattete, flog Io trotz einer etwas längeren Umlaufbahn, von Jupiters gewaltiger Schwerkraft angetrieben, in nur 42 Stunden einmal um den Riesenplaneten.

Während der Mond mit etwas mehr als 1600 Stundenkilometern um die Erde kreiste, sauste Io mit fast 39 000 Stundenkilometern um Jupiter. Entsprechend schwieriger war die Landung.

Doch die Manöver des Agrav-Schiffs gelangen perfekt. Es setzte sich vor Io und schaltete im genau richtigen Augenblick Agrav ab.

Schlagartig setzte wieder das Dröhnen der Hyperatommotoren ein und erfüllte das Schiff nach den langen Wochen völliger Stille mit einer Lärmorgie.

Jupitermond wurde durch die beschleunigende Wirkung des Io-Schwerfelds noch einmal aus der Richtung geschleudert und lenkte dann in eine Umlaufbahn im Abstand von knapp 16 000 Kilometer von Io ein. Die Kugel des Satelliten erfüllte nun den gesamten Himmel.

Sie kreisten von Ios Tag- zu seiner Nachtseite und sanken tiefer und tiefer. Dann wurden die fledermäuseähnlichen Agravflügel eingezogen, damit sie in der wenn auch dünnen Atmosphäre des Io nicht abgerissen würden.

Endlich hörten sie das schrille Pfeifen, das die erste Berührung des Schiffs mit dem äußersten Bereich der Io-Atmosphäre ankündigte.

Geschwindigkeit und Höhe nahmen immer mehr ab. Ein Schub aus den Seitendüsen wendete das Heck des Schiffs dem Satelliten zu. Dann traten die hyperatomgetriebenen Bremsdüsen in Tätigkeit und verlangsamten weiterhin den Abstieg. Endlich hörte das Fallen auf. Mit einem kaum spürbaren Ruck setzte *Jupitermond* weich auf der Oberfläche des Io auf.

An Bord brach ein wilder Freudentaumel aus. Dieselben Männer, die Lucky und Bigman während der gesamten Reise geflissentlich aus dem Wege gegangen waren, klopften ihnen jetzt in überströmendem Jubel auf die Schultern.

Eine Stunde später kletterten die Männer des *Jupitermond,* alle in Raumanzügen, einer nach dem anderen auf die nachtdunkle Oberfläche von Io hinaus. Als erster betrat Commander Donahue den Boden des Satelliten.

16 Männer – die ersten Menschen, die auf Io gelandet waren.

Berichtigung, dachte Lucky. Nur 15 Männer.

Und ein Roboter!

12
Verloren im Io-Schnee

Sie waren kaum auf festem Boden, als sie wie angewurzelt stehenblieben. Der Anblick Jupiters hatte sie in Bann geschlagen. Niemand sprach ein Wort. Die Kopfhörer in den Helmen blieben still. Dies überstieg alle Worte.

Jupiter war eine Riesenkugel, die ein Achtel des Himmels einnahm. Ein Drittel davon lag, wie abgeschnitten, in der Schwärze der Nacht. Wäre er voll gewesen, so hätte er 2000mal soviel Licht zurückgestrahlt wie der Erdmond.

Die hellen Zonen und die dunklen Gürtel waren jetzt nicht mehr einfach bräunlich. Aus der Nähe entfalteten sie ihren ganzen Farbenreichtum: rosa, grün, blau und pur purrot, alles unvorstellbar hell. Die Ränder der einzelnen Zonen waren gezackt und veränderten ihre Form ständig, als tobten auf der Jupiter-Oberfläche gigantische Stürme, wie es ja auch höchstwahrscheinlich der Fall war. Ios klare, dünne Atmosphäre trug ein übriges dazu bei, auch die kleinste Einzelheit jener sich unentwegt ändernden farbigen Planeten-Oberfläche klar hervortreten zu lassen.

Besonders nachhaltig drängte sich der Große Rote Fleck ins Blickfeld. Er erweckte den Eindruck eines gashaltigen Trichters, der sich langsam im Kreise drehte.

So standen sie und starrten lange Zeit auf Jupiter, der

immer am gleichen Platze blieb. Die Sterne wanderten, aber Jupiter blieb an seiner Stelle, dort tief am westlichen Himmel. Das kam, weil Io während seines Umlaufs dem Jupiter stets dieselbe Seite zuwandte. Auf fast der halben Oberfläche von Io ging der Jupiter nie auf, und auf fast der anderen Hälfte ging er nie unter. In den Zwischenregionen, die etwa ein Fünftel der Io-Oberfläche ausmachten, blieb Jupiter für immer am Horizont, halb sichtbar, halb verborgen.

»Hier müßte eine Sternwarte her«, flüsterte Bigman auf der Wellenlänge, die Lucky zugeteilt worden war.

»Schon bald wird hier eine gebaut werden«, erwiderte Lucky. »Und vieles andere mehr.«

Bigman berührte Luckys Helmscheibe, um seine Aufmerksamkeit zu erregen, und deutete auf eine andere Gestalt. »Da ist Norrich. Der arme Kerl! Er kann nichts von diesen Wundern sehen!«

»Ich hatte ihn schon bemerkt«, antwortete Lucky. »Er hat Mutt bei sich.«

»Ja. Beim heiligen Mars, sie tun allerhand für diesen Norrich! Der Hund hat einen besonders für ihn angefertigten Raumanzug. Als du dir Notizen während der Landung machtest, sah ich zu, wie sie ihn dem Tier anzogen. Sie mußten allerhand Tests durchführen, um sich zu vergewissern, ob er überhaupt Norrich noch gehorchte, wenn der auch in den Raumanzug geklettert war. Offenbar ging alles glatt.«

Lucky nickte. Einem plötzlichen Impuls folgend, ging er rasch auf Norrich zu. Ios Schwerkraft lag knapp über der des Erdmonds, und so hatten er und Bigman überhaupt keine Schwierigkeiten.

Mit ein paar langen, flachen Schritten überbrückte er den Abstand. Lucky schaltete auf die Wellenlänge des blinden Ingenieurs und rief ihn an.

Wenn man eine Stimme im Kopfhörer empfängt, kann man natürlich nicht die Richtung des Sprechers bestimmen.

Hilflos starrten Norrichs erloschene Augen in die Runde. »Wer ist da?«

»Lucky Starr. « Er stand dem Blinden jetzt gegenüber und erkannte durch das Helmfenster den Ausdruck unaussprechlicher Freude auf Norrichs Gesicht. »Sind Sie glücklich, hier zu sein?«

»Glücklich? So kann man es nennen. Ist Jupiter sehr schön?«

»Sehr. Soll ich Ihnen den Anblick beschreiben?«

»Nein. Das ist nicht nötig. Ich habe ihn oft im Fernrohr gesehen, als ... als ich noch gesunde Augen hatte, und ich sehe ihn jetzt im Geiste vor mir. Es ist nur ... ich weiß nicht, ob Sie mich verstehen werden. Wir gehören jetzt zu den wenigen Menschen, die als erste eine neue Welt betreten. Ist Ihnen klar, daß wir dadurch zu einer auserlesenen Gruppe gehören?«

Er streckte die Hand nach unten aus, um Matt den Kopf zu streicheln, berührte aber natürlich nur den Metallhelm des Hundes. Durch das gekrümmte Helmfenster sah Lucky die hechelnde Zunge und die Augen des Hundes, die unruhig hin und her wanderten, als verstörten die ungewohnte Umgebung und die Stimme seines Herrn ohne dessen normalen Körper das Tier.

»Armer Mutt!« sagte Norrich leise. »Die niedrige Schwerkraft macht ihn ganz konfus. Ich darf nicht mehr lange mit ihm hier draußen bleiben.«

Dann aber fuhr er im Hochgefühl des einmaligen Erlebnisses fort: »Denken Sie an die Billionen von Menschen, die in der Milchstraße leben! Wie verschwindend wenige davon dürfen sich glücklich preisen, einmal die ersten Menschen in einer fremden Welt gewesen zu sein! Die meisten kennt man noch beim Namen. Armstrong und Aldrin waren die ersten Menschen auf dem Mond, Ching der erste Mensch auf dem Mars, Lubell und Smitz die ersten auf der Venus. Zählen Sie sie zusammen! Rechnen Sie noch die ersten Menschen auf sämtlichen Asteroiden und auf allen Planeten außerhalb des Sonnensystems dazu! Es bleiben doch immer nur sehr, sehr wenige. Und jetzt gehören wir zu diesen wenigen Auserwählten! Ich gehöre zu ihnen!«

Er breitete die Arme aus, als wolle er den ganzen Satelliten umarmen. »Und auch das verdanke ich Summers. Er hat eine neue Technik entwickelt, den Bleikontaktpunkt herzustellen – damit wurden zwei Millionen Dollar und ein ganzes Jahr Arbeit eingespart, und er war nicht mal ein gelernter Mechaniker! Für diese Leistung bot man ihm als Belohnung die Teilnahme an diesem Flug an. Sie haben gehört, was er damals antwortete. Er sagte, daß ich das viel eher verdient hätte. Man erwiderte ihm, er habe wohl recht, aber ich sei doch blind! Da erinnerte er sie, wie es zu meiner Erblindung gekommen war, und fügte hinzu, ohne mich ginge er nicht an Bord. Daraufhin wurden wir beide eingeladen. Ich weiß, daß Sie beide nichts von Summers halten, aber ich verdanke ihm ungeheuer viel.«

Da ertönte in allen Kopfhörern die Stimme des Commanders: »An die Arbeit, Männer! Jupiter läuft uns nicht weg. Den könnt ihr später noch zur Genüge betrachten.«

In den nächsten Stunden wurde das Schiff entladen. Man schlug Zelte auf und stapelte Ausrüstungsgeräte. Man errichtete vorläufige luftdichte Räume für mögliche Benutzung als sauerstoffversorgtes Hauptquartier außerhalb des Schiffs.

Dennoch warfen die Männer weiterhin manchen staunenden Blick zum Himmel, und niemand verwehrte es ihnen. Zufälligerweise waren gerade die drei anderen großen Jupitermonde sichtbar.

Europa stand am nächsten. Der Satellit erschien nur wenig kleiner als der Erdmond. Er stand als Halbmond dicht über dem östlichen Horizont.

Der etwas kleinere Ganymed stand als Halbmond ziemlich hoch am Himmel.

Callisto, nur ein Viertel so groß wirkend wie der Erdmond, stand in der Nähe des Jupiter und war wie der Planet im dritten Viertel. Alle drei zusammen gaben nicht so viel Licht her wie der Vollmond der Erde, und neben dem Jupiter schrumpften sie zur Bedeutungslosigkeit.

So etwas Ähnliches äußerte Bigman zu Lucky.

Der betrachtete nachdenklich den östlichen Horizont. Dann blickte er seinen kleinen Freund vom Mars an und sagte: »Du meinst also, Jupiter sei das Größte?«

»Hier oben bestimmt«, sagte Bigman mit Überzeugung.

»Dann warte mal ab!«

In der dünnen Atmosphäre von Io gab es keine Dämmerung. Nichts kündigte das bevorstehende Ereignis an. Über den eisbedeckten Kämmen der niedrigen Hügel blitzte es diamantengleich auf. Sieben Sekunden später erhob sich die Sonne über den Horizont.

Sie war wie eine kleine Perle, ein glänzender weißer Kreis. Aber diese Zwergsonne verbreitete unvergleichlich mehr Licht als der Riese Jupiter.

Sie hatten das Fernrohr gerade rechtzeitig aufgestellt, um das Verschwinden von Callisto hinter dem Jupiter zu beobachten. Die übrigen beiden Satelliten würden ihm folgen. Io drehte sich in 42 Stunden um Jupiter, wobei er ihm immer die gleiche Hälfte zuwandte. Das bedeutete, daß die Sonne und die Sterne in 42 Stunden einmal um den Himmel über Io zu kreisen schienen.

Io hatte von allen Satelliten die größte Geschwindigkeit. bei dem Rennen um Jupiter überholte er daher ständig die anderen Monde. Am häufigsten Callisto, den entferntesten und langsamsten. Daher umkreiste Callisto den Io-Himmel in zwei Tagen. Bei Ganymed dauerte es vier und bei Europa sieben Tage. Alle bewegten sich von Ost nach West und verschwanden nacheinander hinter dem Planeten.

Der Durchgang des Callisto vor dem Jupiter, den sie als erstes beobachten konnten, hatte große Aufregung verursacht. Sogar Mutt schien davon angesteckt. Er hatte sich inzwischen immer mehr an die niedrige Schwerkraft gewöhnt, und Norrich ließ ihn manchmal für einige Zeit von der Leine los. Dann stolzierte er grotesk schwerfällig umher und versuchte vergeblich, die zahlreichen seltsamen Dinge, die es hier gab, zu beschnuppern. Als Callisto endlich über die schimmernde Kugel des Jupiter hinweggewandert war und bald hinter ihm verschwinden sollte, senkte sich tiefes Schweigen über die Männer. Da setzte sich auch Mutt und starrte, während er die Zunge heraushängen ließ, zum Himmel hinauf.

Und nun galt aller Aufmerksamkeit der Sonne. Sie bewegte sich scheinbar schneller als die Monde des Jupiter. Sie holte Europa ein, dessen Sichel dabei zu einer dunklen Neumondscheibe wurde, und zog hinter ihm vorbei. Dieser Durchgang dauerte 30 Sekunden. Als die Sonne wieder zum Vorschein kam, wurde aus Europa wieder eine Sichel, deren Spitzen jetzt zur anderen Seite zeigten.

Ganymed war hinter Jupiter verschwunden, bevor die Sonne ihn einholte, und Callisto war inzwischen, nachdem er hinter Jupiter wieder zum Vorschein gekommen war, am Horizont untergegangen.

Nun näherte sich die Sonne Jupiter.

Hingerissen beobachteten die Männer, wie die Sonne am Himmel höher stieg. Entsprechend wurde Jupiters sonnenbeschienene Fläche kleiner. Er wurde zum ›Halbmond‹, schrumpfte ins letzte Viertel und war schließlich nur noch eine große Sichel. Dabei war natürlich die helle Seite immer der Sonne zugekehrt.

In der dünnen Atmosphäre des Io zeigte der Sonnenhimmel ein tiefes Purpurrot, und nur die lichtschwachen Sterne verblaßten völlig. Vor diesem Hintergrund brannte die riesenhafte Jupitersichel, deren farbenreiche Atmosphäre sich der unerbittlich näherrückenden Sonne entgegenwölbte.

Es war, als schleudere ein kosmischer Schütze Davids Kieselstein gegen Goliaths Stirn.

Als die Sonne den Planeten fast zu berühren schien, wurde das Licht auf Jupiter zu einem gelblichen, gekrümmten Faden.

Und dann schob sich die Sonne hinter Jupiter, und die Männer brachen in Begeisterungsschreie aus. Sie hatten ihre Helmfenster mit Tüchern verhängt. Aber jetzt war das nicht mehr notwendig, denn das Sonnenlicht wurde so dunkel, daß es mit freiem Auge zu ertragen war. Doch gänzlich verschwand es nicht. Zwar war die Sonne nun hinter Jupiter und damit verdeckt, aber ihre Strahlen drangen, wenn auch trübe, immer noch durch die dichte und tiefe Wasserstoff- und Helium-Atmosphäre des Riesenplaneten.

Jupiter selbst war jetzt unsichtbar. Dafür flammte seine Atmosphäre auf. Sie brach und beugte die Sonnenstrahlen, die sie durchdrangen, und am Rand des dunklen Planeten erschien eine gekrümmte Schicht von milchigem Licht. Die Schicht wuchs nach den Seiten. Und als die Sonne weiter hinter Jupiter wanderte, vereinigten sich die beiden Spitzen, und es entstand so etwas wie ein funkelnder Diamantring am Himmel, in dem 2000 Erdmonde Platz gefunden hätten.

Je weiter die Sonne hinter Jupiter kreiste, um so trüber wurde der Lichtring. Immer mehr verblaßte sein Schimmer, bis er völlig erlosch. Nun war der Himmel tiefschwarz und gehörte, abgesehen von der bleichen Sichel Europas, allein den Sternen.

»So wird es jetzt fünf Stunden lang bleiben«, sagte Lucky zu Bigman. »Danach wird sich, wenn die Sonne hinter Jupiter hervortritt, alles in umgekehrter Reihenfolge wiederholen.«

»Und das geschieht alle 42 Stunden?« fragte Bigman voll Ehrfurcht.

»Alle 42 Stunden«, bestätigte Lucky.

Am folgenden Tag kam Panner auf sie zu und rief: »Wie geht es Ihnen? Wir sind fast fertig.« Mit einer Armbewegung umfaßte er dieses Tal des Io, das mit allen möglichen Bauten und Geräten übersät war. »Wir treten bald die Rückreise an, müssen Sie wissen. Das meiste von diesem Zeug lassen wir hier.«

»Tatsächlich?« wunderte sich Bigman.

»Warum nicht? Es gibt kein Leben auf dem Satelliten und so gut wie keine Wettereinflüsse. Gegen die Ammoniak-Atmosphäre hat alles einen Schutzanstrich erhalten, und der hält das Zeug bis zum Eintreffen einer zweiten Expedition in bestem Zustand.« Er senkte die Stimme: »Hört noch jemand auf Ihrer Wellenlänge mit, Ratsmann?«

»Mein Empfänger hat keinen entdeckt.«

»Wollen Sie einen Spaziergang mit mir machen?« Und schon ging er voran und führte sie aus dem flachen Tal die leichte Steigung zu den umgebenden Hügeln hinauf. Die beiden folgten ihm.

»Ich muß Sie um Verzeihung bitten, wenn mein Benehmen an Bord Ihnen unhöflich vorkam«, sagte Panner. »Ich hielt es so für besser.«

»Wir nahmen es Ihnen nicht übel«, versicherte Lucky.

»Ich versuchte auf eigene Faust zu ermitteln, wissen Sie. Und dabei erschien es mir sicherer, wenn es so aussah, als stecke ich nicht mit Ihnen unter einer Decke. Ich war mir ziemlich sicher, daß ich nur scharf aufpassen müsse, dann würde ich den Betreffenden schon erwischen, wenn er sich anders als ein Mensch benähme. Sie verstehen, was ich meine? Doch leider klappte es nicht.«

Sie hatten die erste Anhöhe erklommen, und Panner

blickte ins Tal zurück. »Sehen Sie sich den Hund an!« sagte er amüsiert. »Er hat sich tadellos mit der niedrigen Schwerkraft abgefunden.«

Mutt hatte wirklich in den letzten Tagen eine Menge dazugelernt. Sein Körper bog und streckte sich abwechselnd, als er in flachen Sieben-Meter-Sprüngen dahinjagte, und man meinte, ihm anzusehen, was für ein Vergnügen er dabei empfand.

Panner stellte sein Radio auf die Wellenlänge, die für den Sprechverkehr Norrichs mit Mutt reserviert worden war, und rief: »He, Mutt, he, mein Junge, he, Mutt!« und pfiff dem Hund.

Der Hund hörte ihn natürlich und sprang hoch in die Luft. Auch Lucky schaltete diese Wellenlänge ein und hörte freudiges Bellen. Panner schwenkte den Arm, und der Hund rannte auf sie zu. Plötzlich blieb er stehen und blickte zurück, als überlege er, ob es recht sei, seinen Herrn alleinzulassen. Dann kam er langsam näher.

Die Männer setzten ihren Weg fort. »Wenn die Sirianer einen Roboterspion konstruieren«, sagte Lucky, »dann kann man sich darauf verlassen, daß sie ein Meisterwerk liefern. Durch oberflächliche Beobachtung wird man ihn nie entlarven.«

»Meine Beobachtung«, protestierte Panner, »war bestimmt nicht oberflächlich.«

Luckys Stimme klang bitter. »Ich bin zu der Ansicht gekommen, daß nur ein erfahrener Robotik-Fachmann mehr als oberflächliche Beobachtung leisten kann.«

Sie schritten über eine im Jupiterlicht schimmernde Fläche, die an irdischen Schnee erinnerte, und Bigman sah mit Erstaunen auf seine Füße.

»Das Zeug schmilzt ja!« sagte er. Er bückte sich und nahm etwas in die behandschuhte Hand. Es schmolz wie Butter in der Sonne und tropfte wieder zu Boden. Er bemerkte, daß seine Schritte tiefe Abdrücke hinterlassen hatten.

»Es sieht aus wie Schnee«, sagte Lucky, »ist aber gefrorenes Ammoniak. Sein Schmelzpunkt liegt bei 45 Grad unter null, und da dein Weltraumanzug Wärme ausstrahlt, schmilzt es auf der Stelle.«

Bigman rannte in großen Sprüngen auf eine Fläche voll ›Tiefschnee‹ zu. Seine Schritte hinterließen kleine Löcher. »Ah, das ist ein Spaß!« rief er begeistert.

Lucky rief ihm nach: »Sieh lieber erst nach, ob deine Heizung funktioniert, bevor du im Schnee spielst.«

»Sie ist an!« rief Bigman zurück. Mit langen Sätzen eilte er einen Abhang hinunter und warf sich dann in den Schnee. Er sah aus wie ein Wasserspringer in Zeitlupe.

Endlich landete er im Ammoniak und verschwand darin für einen Augenblick. Gleich darauf stand er wieder auf den Füßen. »Als ob man in eine Wolke tauchte, Lucky! Hörst du mich? Komm, probier es auch mal! Das macht mehr Laune als Sandskilaufen auf dem Mond!«

»Später, Bigman«, vertröstete ihn Lucky, der sich wieder an Panner wandte: »Haben Sie zum Beispiel einige der Männer irgendwie auf die Probe gestellt?«

Aus den Augenwinkeln beobachtete Lucky, wie sich Bigman zum zweitenmal in die Massen von Ammoniakschnee warf. Ein paar Augenblicke vergingen. Lucky wurde aufmerksam. Er rief: »Bigman!« Dann lauter und voll Besorgnis: »Bigman!«

Er rannte los.

Er hörte Bigmans Stimme. Sie war nur ein schwaches Keuchen. »Luft ... bin verletzt ... auf Felsen gefallen ... unten im Fluß ...«

»Halt aus! Ich komme!« Lucky und Panner eilten mit langen Schritten auf die Unglücksstelle zu.

Lucky war natürlich sofort klargeworden, was geschehen war. Die Temperatur auf Io war nicht weit von der Schmelztemperatur des Ammoniak entfernt. Unter den Ammoniakflächen konnte schmelzendes Ammoniak verborgene Flüsse speisen. Flüsse aus jener faulriechenden, erstickenden Substanz, die sich so reichlich auf den äußeren Planeten und ihren Satelliten findet.

Dann schlug Bigmans rasselnder Husten an sein Ohr. »Luftschlauch kaputt ... Ammoniak dringt ein ... ich ersticke ...«

Lucky erreichte das Loch, das Bigman bei seinem Tauchsprung aufgerissen hatte, und schaute in die Tiefe. Deutlich war der Ammoniakfluß zu sehen. Blasen schlagend floß er langsam über scharfe Felskanten hügelabwärts. An einer dieser Kanten mußte Bigman sich den Luftschlauch aufgerissen haben.

»Bigman, wo bist du?«

Eine ersterbende Stimme antwortete: »Hier!« Aber Bigman war nirgends zu entdecken.

13
Sabotage an Bord

Mit Todesverachtung sprang Lucky in den freigelegten Fluß. Bei der schwachen Schwerkraft auf Io sank er nur langsam hinunter. Er war wütend. Über den verzögerten Fall. Über Bigmans plötzliche kindische Begeisterung.

Über sich selber. Er hätte Bigman doch rechtzeitig zurückhalten können!

Lucky fiel in den Fluß. Hochauf spritzte der Ammoniak und sank mit überraschender Schnelligkeit wieder herunter. In der dünnen Atmosphäre fielen die Tropfen trotz der geringen Anziehungskraft sofort herab.

Schwimmen war im Ammoniakfluß ausgeschlossen. Lucky hatte es nicht anders erwartet. Flüssiges Ammoniak besitzt weniger Dichte als Wasser und weniger Auftrieb.

Dafür war allerdings auch die Strömung schwach. Ohne die Beschädigung seines Luftschlauchs hätte Bigman nicht die geringste Schwierigkeit gehabt, aufzustehen, aus dem Fluß zu steigen und den Hang hinaufzuwaten.

Aber unter diesen Umständen ...

Lucky rannte planschend flußabwärts. Irgendwo da vorn kämpfte der kleine Marsianer mit schwindenden Kräften gegen das giftige Ammoniak. Wenn das Loch im Schlauch so groß war, daß die Flüssigkeit eintreten konnte, würde Lucky zu spät kommen.

Vielleicht war es jetzt schon zu spät! Bei diesem Gedanken legte sich ein eiserner Ring um Luckys Brust.

Ein Körper schoß an Lucky vorbei und stürzte sich in die Ammoniakmassen. Schon war er verschwunden. Langsam bröckelte festes Ammoniak in den entstehenden schmalen Tunnel.

»Panner!« rief Lucky.

»Hier bin ich.« Von hinten legte sich die Hand des Chefingenieurs auf Luckys Schulter. »Das war eben Mutt. Als Sie schrien, kam er angerast. Wir waren ja beide auf seiner Wellenlänge.«

Auf der Spur des Hundes kämpften sie sich beide durch das Ammoniak weiter. Da kam ihnen der Hund auch schon entgegen.

»Er hat Bigman!« rief Lucky erregt.

Kläglich genug hatte Bigman sich mit beiden Armen an die vom Raumanzug umschlossenen Flanken des Hundes gehängt. Und obwohl dadurch Mutts Bewegungsfähigkeit stark eingeschränkt war, kam der Hund allein dank seiner starken Schultermuskeln und begünstigt durch die niedrige Schwerkraft gut voran.

Als Lucky sich zu Bigman herabbeugte, verließen den kleinen Marsianer vollends die Kräfte. Er mußte den Hund loslassen und fiel zu Boden.

Lucky hob ihn hoch. Er verlor keine Zeit mit Fragen oder

Untersuchungen. Es gab nur eine Möglichkeit, ihn zu retten. Er drehte den Sauerstoffzufluß an Bigmans Raumanzug auf Maximum, legte sich den Kleinen über die Schulter und lief mit ihm zum Schiff zurück. Noch nie im Leben war er beim Laufen so an die Grenzen seiner Leistungsfähigkeit gegangen. So kurz und kraftvoll stieß er sich nach jedem rasenden langen Schritt vom Boden ab, daß es von weitem so aussah, als flöge er darüber hin.

Panner folgte ihm keuchend in einigem Abstand, während Mutt aufgeregt an Luckys Fersen blieb.

Noch während des Laufens verständigte Lucky über die Gemeinschaftswelle die anderen, und in aller Eile wurde ein luftdichtes Zelt hergerichtet.

Im vollen Lauf warf sich Lucky in das Zelt. Hinter ihm schloß sich der Eingang. Noch einmal pumpten sie Luft hinein, um den Verlust auszugleichen, der durch die kurz geöffnete Tür entstanden war.

Mit fliegenden Fingern schraubte Lucky dem bewußtlosen Bigman den Helm ab. Etwas langsamer schälte er ihn dann aus dem Raumanzug.

Er legte ihm die Hand auf die Brust und fühlte zu seiner großen Erleichterung sein Herz schlagen. Das Zelt war natürlich für Erste Hilfe eingerichtet. Er injizierte ihm ein kreislaufstärkendes Mittel und wartete dann ab, daß Wärme und viel Sauerstoffzufuhr ihre Wirkung taten.

Endlich begannen Bigmans Augenlider zu flattern. Sie hoben sich, und sein Blick suchte Lucky. Seine Lippen bewegten sich. Sie formten das Wort »Lucky«, aber kein Ton war zu vernehmen.

Lucky lachte vor Erleichterung und dachte nun erst daran, sich seines eigenen Raumanzugs zu entledigen.

Wieder an Bord von *Jupitermond*, blieb Harry Norrich vor der offenen Tür stehen, hinter der Bigman sich allmählich erholte. Seine blicklosen porzellanblauen Augen schienen vor Freude Leben zu bekommen.

»Wie geht es dem Invaliden?«

Bigman richtete sich mühevoll auf und rief: »Gut! Beim heiligen Mars, mir geht's großartig! Ich wäre schon lange wieder auf den Beinen, wenn Lucky mich nur ließe!«

Lucky äußerte grunzend seine Zweifel.

Aber Bigman war in Fahrt. »He«, fuhr er fort, »lassen Sie Mutt reinkommen! Guter, alter Mutt! Hier, alter Junge, hier!«

Norrich ließ die Führleine los, und Mutt kam zu Bigman getrabt. Wild wedelte er dabei mit dem Schwanz, und seine klugen Augen blickten so verständig, daß man das Gefühl hatte, Mutt werde sich im nächsten Augenblick auch nach Bigmans Befinden erkundigen.

Bigman umarmte den Hund. »Ja, du bist ein echter Freund! Norrich, Sie haben gehört, was er geleistet hat, ja?«

»Alle haben es gehört!« Es war deutlich zu sehen, daß Norrich sich durch die Leistung seines Hundes auch persönlich geschmeichelt fühlte.

»Ich habe es gar nicht so richtig mitgekriegt«, berichtete Bigman, »weil ich gleich darauf das Bewußtsein verlor. Ich atmete Ammoniak ein und wurde damit nicht fertig. Ich rollte hangabwärts, immer durch den Ammoniakschnee. Dann kam da jemand hinter mir her. Ich hörte ihn. Ich nahm natürlich an, es sei Lucky. Dann wühlte der Jemand den Schnee ringsum so weit auf, daß etwas Licht vom Jupiter hereindrang, und ich erkannte Mutt. Das letzte, woran ich mich erinnere, ist, daß ich mich an ihn klammerte.«

»Und das war gut so«, bemerkte Lucky. »Denn ehe ich dich gefunden hätte, wärst du hinüber gewesen.«

Bigman zuckte die Achseln. »Ach, Lucky, übertreibe nur nicht! Wenn mein Luftschlauch nicht an der Felskante hängengeblieben und aufgeschlitzt worden wäre, dann hätte sich überhaupt nichts abgespielt. Auch damit wäre ich noch fertig geworden, wenn ich nur so viel Verstand besessen hätte, den Sauerstoffdruck voll aufzudrehen, um das Ammoniak rauszuhalten. Dieser erste Atemzug muß mich völlig umgeworfen haben. Ich konnte keinen klaren Gedanken mehr fassen.«

In diesem Augenblick kam Panner vorbei und schaute herein. »Wie geht es Ihnen, Bigman?«

»Beim heiligen Mars, ich glaube, ihr denkt alle, ich sei schon Invalide oder so was! Aber bei mir ist alles in Ordnung. Sogar der Commander war schon hier und rang sich ein paar mitfühlende Worte ab.«

»Nun«, sagte Panner, »vielleicht sind Sie ihm inzwischen sympathischer geworden.«

»Nie im Leben! Er will doch nur sichergehen, daß sein Jungfernflug nicht durch einen tödlichen Unfall überschattet wird. Es soll ein hundertprozentiger Erfolg für ihn werden, das ist alles.«

Panner lachte. »Sind Sie bereit für den Start?«

Lucky fragte: »Verlassen wir denn jetzt Io?«

»Kann nicht mehr lange dauern. Die Männer laden bereits alles wieder ein, was wir mit zurücknehmen, und sichern die Geräte, die hierbleiben. Ein Tip von mir: Kommen Sie mal in die Pilotenkanzel, wenn die Reise begonnen hat! Von da aus haben Sie den allerbesten Blick auf Jupiter.«

Er kraulte Mutt am Ohr und ging.

Über Funk benachrichtigten sie Jupiter 9 von der bevorstehenden Abreise – wie vor einigen Tagen von der Landung auf Io.

»Warum rufen wir nicht die Erde?« erkundigte sich Bigman. »Chefratsmann Conway sollte doch erfahren, daß wir es geschafft haben.«

»Genaugenommen«, sagte Lucky, »haben wir es erst geschafft, wenn wir auch den Rückflug nach Jupiter 9 hinter uns haben.«

Er verschwieg, daß er gar nicht darauf erpicht war, nach Jupiter 9 zurückzukehren, geschweige denn mit Conway zu sprechen. Schließlich hatte er auf dieser Reise bisher noch nichts erreicht.

Seine braunen Augen überwachten aufmerksam den Kontrollraum. Ingenieure und Besatzung saßen an ihren für den Start vorgesehenen Plätzen. Der Commander, seine beiden Offiziere und Panner waren im Kontrollraum.

Lucky zerbrach sich den Kopf über die Offiziere – wie schon so oft über all jene zehn Männer, die er nicht durch den V-Frosch hatte überprüfen können. Er hatte mit jedem von ihnen schon mal gelegentlich gesprochen, allerdings nicht so häufig wie Panner. Er hatte ihre Kabinen durchsucht. Er und Panner hatten ihre Personalakten eingesehen. Das Ergebnis war gleich Null.

Er würde zu Jupiter 9 zurückkehren, ohne den Roboter entdeckt zu haben. Danach würde es noch schwerer werden, ihn aufzuspüren. Und dann würde er eines Tages dem Hauptquartier des Rates mitteilen müssen, daß er einen Fehlschlag erlitten hatte.

In seiner Verzweiflung erwog er wieder einmal den Gedanken an eine Untersuchung mit Röntgenstrahlen und andere gewaltsame Methoden. Aber wie immer hielt ihn der Gedanke an die Möglichkeit ab, dabei vielleicht sogar eine atomare Detonation auszulösen.

Die Detonation würde den Roboter zerstören. Sie würde außerdem 13 Männer töten und ein unschätzbar wertvolles Schiff vernichten. Und was das schlimmste war, die vielen anderen humanoiden Roboter, die nach Luckys Gefühl mit Sicherheit an anderen Orten der Konföderation des Sonnensystems spionierten, würden weiterhin unentdeckt bleiben.

Da schreckte ihn Panners plötzlicher Ruf auf: »Wir starten!«

Schon hörte er das bekannte entfernte Zischen des ersten Schubs, spürte den schweren Druck der Beschleunigung und sah, wie sich Io schneller und schneller entfernte.

Der Bildschirm war zu klein, um den Riesenplaneten in seiner ganzen Größe aufzunehmen. Die Fernsehkamera konzentrierte sich deshalb auf den Großen Roten Fleck des Jupiter und folgte ihm bei seiner Rotation.

»Ja, wir haben wieder auf Agrav geschaltet, um von Io wegzukommen«, sagte Panner. »Das ist nur eine vorübergehende Maßnahme.«

»Aber wir stürzen doch noch immer auf Jupiter zu«, wandte Bigman ein.

»Das stimmt, aber nur bis zu einem bestimmten Punkt. Dann schalten wir auf Hyperatomantrieb und nähern uns Jupiter in einer hyperbolischen Kurve. Danach schalten wir die Triebwerke ab und lassen Jupiter die restliche Arbeit tun. Wir werden ihm ungefähr bis auf 240 000 Kilometer nahekommen. Seine Anziehungskraft wird uns so beschleunigen, als wären wir der Kieselstein in einer großen Schleuder. Zuletzt stößt er uns wieder in den Weltraum. An einem bestimmten Punkt schalten wir dann erneut den Hyperatomantrieb ein. Indem wir diesen Bumerang-Effekt ausnutzen, statt direkt von Io aus Kurs auf Jupiter 9 zu nehmen, sparen wir allerhand Energie und erhalten außerdem Gelegenheit zu zahlreichen Superfotos von Jupiter aus größter Nähe.«

Er sah auf seine Uhr. »In fünf Minuten«, sagte er. – Lucky erriet, daß er sich auf den Zeitpunkt bezog, wo man von Agrav auf die Hyperatommotoren schalten und damit in den hyperbolischen Umlauf um Jupiter eintreten würde.

Panner ließ den Blick nicht mehr von seiner Uhr. »Die Zeit ist so festgesetzt, daß uns der Bumerang-Effekt auf den kürzesten Weg in Richtung Jupiter 9 bringen wird. Je weniger Seitenkorrekturen nötig sind, um so mehr Energie sparen wir. Wir müssen so viel wie möglich von unserer gespeicherten Energie zurückbringen. Je mehr wir sparen, um so besser für den Erfolg des Agrav-Schiffs. Mein Ziel sind 85 Prozent. Wenn wir 90 Prozent schafften, wäre das Spitze.«

»Und wenn Sie mit mehr Energie nach Hause kämen, als Sie mitgeführt haben?« fragte Bigman. »Wie würden Sie das bezeichnen?«

»Das wäre Superspitze, Bigman. Aber es ist unmöglich. Dem steht etwas entgegen, was man das zweite Gesetz der Hyperdynamik nennt. Danach ist es ausgeschlossen, den Energiepegel völlig zu erhalten, geschweige denn ihn noch zu vermehren. Eine gewisse Einbuße ist unvermeidlich.« Er lächelte genüßlich und verkündete: »Noch eine Minute!«

Auf die Sekunde genau setzten die Hyperatommotoren ein und erfüllten das Schiff mit ihrem verhaltenden Dröhnen. Mit dem Ausdruck höchster Zufriedenheit steckte Panner seine Uhr ein. »Von jetzt an«, sagte er, »geschieht bis zu dem Landemanöver auf Jupiter 9 alles automatisch.«

Er hatte kaum ausgesprochen, als das Dröhnen aussetzte. Das Licht flackerte und ging aus. Fast sofort flammte es wieder auf. Aber jetzt leuchtete auf dem Kontrollschirm eine rote Schrift auf: NOTFALL.

Panner sprang auf. »Was im All . . .?«

Er rannte aus der Pilotenkanzel. Die Zurückbleibenden sahen ihm nach und tauschten dann Blicke aus, in denen sich die verschiedenen Stufen des Schreckens widerspiegelten. Der Commander war totenblaß geworden. Sein Faltengesicht wurde zu einer starren Maske.

Lucky faßte einen Entschluß. Er folgte Panner. Natürlich blieb ihm Bigman auf den Fersen.

Sie begegneten einem Ingenieur, der eben dem Maschinenraum entstieg. »Sir!« stieß er keuchend heraus.

»Was ist los, Mann?« rief Panner.

»Agrav ist ausgefallen. Es läßt sich nicht mehr aktivieren.«

»Was ist mit den Hyperatommotoren?«

»Kurzschluß in der Hauptleitung. Wir konnten gerade noch abschalten, sonst wäre alles explodiert. Und jetzt kann keiner mehr ran. Das Schiff würde zerrissen werden. Die gespeicherte Energie würde restlos explodieren.«

»Dann funktioniert nur noch der Notgenerator?«

»So ist es.«

Das Blut schoß Panner ins dunkle Gesicht. »Was soll das nützen? Mit dem Notgenerator können wir nicht in die Umlaufbahn um Jupiter einlenken. Aus dem Weg! Lassen Sie mich runter!«

Der Ingenieur machte Platz, und Panner stieg in den Schacht. Lucky und Bigman folgten dichtauf.

Seit jenem ersten Reisetag hatten Lucky und Bigman den Maschinenraum von *Jupitermond* nicht mehr aufgesucht. Die Szene hatte sich grundlegend verändert. Nichts mehr von jener erhabenen Stille, nichts von dem überwältigenden Gefühl schweigend arbeitender Riesenkräfte.

Statt dessen ein Gewirr aufgeregter Stimmen.

Panner betrat die 3. Etage. »Was ist passiert?« rief er. »Ich will genau wissen, wo der Fehler liegt.«

Die Männer traten zur Seite, um ihn durchzulassen. Dann drängten sich alle um einen komplizierten Mechanismus, der hinter einer göffneten Luke sichtbar war. Ihre hilflosen Gebärden drückten Wut und Verzweiflung aus.

Sie hörten einen Mann die Sprossen des Niedergangs herabkommen. Es war der Commander, der plötzlich unter sie trat.

»Was ist geschehen, Ratsmann?« fragte er Lucky, der ernst vor sich hinblickte. Es war das erste Mal seit der Abreise von Jupiter 9, daß Donahue das Wort an Lucky richtete.

»Eine äußerst schwerwiegende Panne, Commander«, sagte Lucky.

»Wie konnte das passieren? Panner!«

Panner war in die Betrachtung eines Gegenstandes versunken, den man ihm gerade zeigte. Jetzt richtete er sich auf und schrie in gereiztem Ton: »Was wollen Sie denn hier?«

Commander Donahue Nasenflügel bebten. »Wie konnten Sie diese Panne zulassen?«

»Ich habe hier keine Panne zugelassen.«

»Wie nennen Sie dann diese Schweinerei?«

»Sabotage, Commander! Heimtückische, mörderische Sabotage!«

»Was?«

»Fünf Schwerkraft-Relais sind völlig zerstört worden. Die Reserve-Relais wurden gestohlen und sind nicht aufzufinden. Die Hyperatommotoren wurden durch Kurzschluß so beschädigt, daß eine Reparatur ausgeschlossen ist. Das alles läßt nur eine Folgerung zu: Sabotage!«

Der Commander starrte seinen Chefingenieur an. Endlich sagte er mit hohler Stimme: »Was könnten Sie tun?«

»Vielleicht werden die fünf Reserve-Relais noch irgendwo gefunden. Oder wir können welche herstellen, indem wir andere Schiffsgeräte ausschlachten. Aber das ist eine unsichere Sache. Vielleicht kann man die Beschädigungen der Hyperatommotoren einigermaßen reparieren. Jedenfalls würde es mehrere Tage dauern, und ob es klappt, kann ich nicht garantieren.«

»Mehrere Tage!« rief der Commander. »Es darf nicht mehrere Tage dauern! Wir stürzen doch auf Jupiter zu!«

Für kurze Zeit herrschte völliges Schweigen. Dann sprach Panner aus, was alle befürchteten. »Das ist richtig, Commander. Wir stürzten auf Jupiter zu, und wir können diesen Sturz nicht mehr rechtzeitig abbremsen. Das bedeutet, daß wir geliefert sind, Commander. Wir sind so gut wie tot!«

14
Lucky übernimmt das Kommando

Tödliches Schweigen folgte Panners Worten. Lucky brach es schließlich. Er sprach mit schneidender Kommandostimme: »Niemand ist tot, solange er noch fähig ist zu denken. Wer versteht es am besten, mit dem Schiffscomputer umzugehen?«

»Major Brant«, antwortete Commander Donahue. »Er macht fast alle Kursberechnungen.«

»Ist er oben im Kontrollraum?«

»Ja.«

»Dann wollen wir raufgehen. Ich brauche das Planetarische Handbuch ... Panner, Sie bleiben hier und machen sich mit Ihren Männern an die Arbeit. Improvisieren Sie! Schlachten Sie alles aus, was nicht unbedingt gebraucht wird!«

»Was nützt uns das ...?« sagte Panner niedergeschlagen.

»Vielleicht nützt es uns nichts«, antwortete Lucky mit ungewohnter Schärfe. »Dann stürzen wir auf den Jupiter und haben eben vor unserem Tode noch ein paar Stunden mit Arbeit verbracht. Na und? Was ich Ihnen sagte, ist ein Befehl! Gehen Sie an die Arbeit!«

»Aber ...« Commander Donahue setzte zum Protest an. Doch nach diesem einen Wort stockte er.

»Als Mitglied des Wissenschaftsrates«, sagte Lucky, »übernehme ich die Befehlsgewalt über dieses Schiff. Wenn Sie sich widersetzen, wird Sie Bigman in Ihrer Kabine festsetzen. Ihre Ansicht können Sie dann später vor dem Kriegsgericht darlegen – falls wir mit dem Leben davonkommen.«

Lucky wandte sich ab und stieg schnell den Schacht hinauf. Bigman deutete Commander Donahue mit emporgerecktem Daumen an, ihm zu folgen, und schloß sich dann als letzter an.

Panner sah ihnen mit verzerrtem Gesicht nach und fuhr wutentbrannt seine Ingenieure an: »Nun aber los, ihr müden Faulenzer! Mit den Händen in den Hosentaschen rumstehen bringt uns nicht weiter. Ran an die Arbeit!«

Lucky stürmte in den Kontrollraum.

Der Offizier am Schaltpunkt fragte: »Was ist denn da unten schiefgegangen?« Seine Lippen waren blaß.

»Sie sind also Major Brant«, stellte Lucky fest. »Auf eine offizielle Vorstellung können wir wohl verzichten. Ich bin Ratsmitglied David Starr, und von jetzt an nehmen Sie Ihre Befehle von mir entgegen. Setzen Sie sich an den Computer, und tun Sie, was ich Ihnen sage! Und tun Sie es, so schnell Sie nur können!«

Lucky hatte das Planetarische Handbuch vor sich. Wie alle großen Nachschlagewerke war es in Buchform ausgedruckt und nicht als Film archiviert. Auf der Suche nach einer bestimmten Information gelangte man schneller zum Ziel, wenn man Seiten umblätterte, als wenn man einen Film von Anfang bis Ende abspulen mußte.

Mit geübter Hand blätterte er und suchte in den endlosen Zahlenreihen, die die genaue Position jedes Himmelskörpers im Sonnensystem von mehr als 15 Kilometern Durchmesser (und einiger wichtiger kleinerer) zu bestimmten Standardzeiten angaben – mitsamt den Daten ihrer Eigenrotation und ihrer Geschwindigkeit.

»Nehmen Sie die folgenden Koordinaten und den Vektor! Berechnen Sie den Bahnverlauf sowie die Position dieses Punktes von jetzt an für jede Sekunde der folgenden 48 Stunden!«

Die Finger des Majors flogen über die Tasten der Maschine, die den Lochstreifen für die Dateneingabe in den Computer herstellte.

Noch während der Computer die Angaben verarbeitete, gab Lucky den nächsten Befehl: »Berechnen Sie von unserer gegenwärtigen Position und Geschwindigkeit aus unseren Bahnverlauf in bezug auf Jupiter und den Schnittpunkt mit dem Objekt, dessen Bahn wir gerade ermittelt haben!«

Und wieder machte sich der Major an die Arbeit.

Der Computer spuckte einen Lochstreifen aus, der wurde

von einer Decodiermaschine in lesbare Zahlen verwandelt, die alsbald auf einem Bildschirm aufleuchteten.

»Wie groß ist der Zeitunterschied am Schnittpunkt zwischen unserem Schiff und dem Objekt?«

Wieder betätigte der Major die Tasten mit rasender Schnelligkeit. Nach einer Weile erklärte er: »Wir verfehlen es um vier Stunden, 21 Minuten und 44 Sekunden.«

»Rechnen Sie aus, wie die Geschwindigkeit des Schiffs geändert werden muß, um gleichzeitig mit dem Objekt am Schnittpunkt einzutreffen! Nehmen Sie als Zeitpunkt für die Geschwindigkeitsänderung eine Stunde, von jetzt an gerechnet!«

Commander Donahue mischte sich ein: »So nahe bei Jupiter können wir nichts mehr machen, Ratsmann. Die Kraftreserve reicht nicht aus, um uns aus seinem Schwerefeld zu befreien. Verstehen Sie das nicht?«

»Ich habe den Major nicht aufgefordert, einen Fluchtkurs zu berechnen, sondern er soll das Schiff in Richtung auf Jupiter beschleunigen, und zwar mit aller Energie, die unsere Reserven hergeben.«

Der Commander prallte unwillkürlich zurück. »In Richtung auf Jupiter?«

Inzwischen hatte der Computer die Rechenvorgänge beendet und spuckte jetzt die Ergebnisse aus. »Reicht die Reserve für die notwendige Beschleunigung aus?« fragte Lucky.

»Ich glaube, ja«, sagte Major Brant mit zitternder Stimme.

»Dann beschleunigen Sie!«

»In Richtung auf Jupiter?« fragte Commander Donahue abermals.

»Ja. Genau das. Io ist nicht der innerste Mond des Jupiter. Amalthea oder Jupiter 5 ist näher. Wenn wir seine Umlaufbahn richtig schneiden, können wir auf ihm landen. Wenn wir ihn verpassen, nun, dann sterben wir eben zwei Stunden früher.«

Plötzlich fühlte Bigman Hoffnung aufkeimen. Er verzweifelte nie, solange Lucky das Kommando hatte, aber bis zu diesem Augenblick war er aus Luckys Absichten nicht klug geworden. Jetzt fiel ihm ein früheres Gespräch ein, bei dem ihm Lucky eine Lektion über die Jupitermonde gehalten hatte.

Sie waren in der Reihenfolge ihrer Entdeckung numeriert worden. Amalthea war ein kleiner Satellit von nur 160 Kilometer Durchmesser. Er wurde erst nach den vier großen Monden entdeckt. So nannte man ihn Jupiter 5, obwohl er dem Jupiter am nächsten war. Aber irgendwie geriet das immer in Vergessenheit. Weil Io auch den Namen Jupiter I trug, dachte man unwillkürlich, daß zwischen ihm und dem Planeten kein weiterer Satellit mehr sei.

Eine Stunde später begann *Jupitermond* sein sorgfältig berechnetes Beschleunigungsmanöver, und den Männern war, als stürzten sie in eine tödliche Falle.

Die Bordteleskope waren nicht mehr auf Jupiter gerichtet. Obwohl er von Stunde zu Stunde größer wurde, zeigte der Bildschirm einen Himmelsausschnitt, der beträchtlich vom Rand Jupiters entfernt war. Man hatte die stärkste Vergrößerung eingestellt. In dieser Gegend mußte sich Jupiter 5 befinden, der dem Rendezvous mit einem Raumschiff entgegenflog, das mit wahnwitziger Geschwindigkeit auf Jupiter stürzte. Entweder würde das Schiff auf diesen Felsbrokken treffen und gerettet sein, oder es würde ihn verfehlen. Dann würde es elend zugrunde gehen.

»Da ist er!« rief Bigman aufgeregt. »Er zeigt die Form einer Scheibe.«

»Beobachtete Position und Geschwindigkeit berechnen!« befahl Lucky. »Dann mit der vorausberechneten Bahn vergleichen!«

Sein Befehl wurde unverzüglich ausgeführt.

»Irgendwelche Korrekturen erforderlich?« fragte Lucky.
»Wir müssen abbremsen um . . .«
»Die Zahlen interessieren mich nicht. Bremsen Sie ab!«

Jupiter 5 umkreiste den Planeten in zwölf Stunden mit einer Geschwindigkeit von fast 5000 Kilometer pro Stunde. Das war anderthalbmal so schnell wie Io, während seine Anziehungskraft nur ein Zwanzigstel der des Io betrug. Beides machte eine Landung unerhört schwierig.

Mit bebenden Händen bediente Major Brant die Tasten seines Schaltpults bei den alles entscheidenden Seitenkorrekturen, die den Kurs von *Jupitermond* an den Jupiter 5 heranführen sollten. Dann mußte die Geschwindigkeit der des Satelliten angeglichen werden. Nur so war zu erwarten, daß Jupiter 5 das Schiff in eine Umlaufbahn ziehen und ihm die Landung ermöglichen würde.

Jupiter 5 lag jetzt groß und hellschimmernd vor ihnen. Wenn er so blieb, war alles gut. Wenn er wieder kleiner werden würde, dann hätten sie ihn verfehlt.

Endlich sprach Major Brant flüsternd das erlösende Wort: »Wir haben es geschafft!« Er ließ die Schalthebel los und barg zitternd den Kopf in beiden Händen.

Auch Lucky zeigte Anzeichen von Erschöpfung und Freude. Für einen Moment schloß er wie überwältigt die Augen.

Der Aufenthalt auf Jupiter 5 gestaltete sich völlig anders als der auf Io. Dort hatte sich die gesamte Besatzung wie bei einer Besichtigung herrlicher Sehenswürdigkeiten gefühlt. Die Betrachtung des Sternenhimmels hatte Vorrang vor den gemächlichen Startvorbereitungen im Tal.

Auf Jupiter 5 dagegen verließ überhaupt keiner *Jupitermond*. Und niemand hatte Zeit, auf Sehenswürdigkeiten zu achten.

Die Männer blieben an Bord und arbeiteten fieberhaft an der Reparatur der beschädigten Maschinen. Nichts anderes zählte jetzt. Wenn es ihnen nicht gelang, die Motoren wieder in Gang zu bringen, würde die Landung auf Jupiter 5 ihr unvermeidliches Ende nur etwas hinauszögern und den Todeskampf verlängern.

Denn kein normales Raumschiff konnte zu einer Rettungsaktion auf Jupiter 5 landen. Ein zweites Agrav-Schiff aber würde es frühestens in einem Jahr geben. Bei einem Fehlschlag würden sie nur noch Gelegenheit haben, Jupiter und die übrigen Himmelswunder zu bestaunen, während sie auf das sichere Ende warteten.

Oh, dieser Himmel über Jupiter 5 war wirklich wunderbar! Wenn der Blick in den Sternenhimmel von Io aus schon überwältigte, dann galt das hier doppelt und dreifach.

Vom Landeplatz der *Jupitermond* gesehen, schien der untere Rand des Planeten den flachen, staubbedeckten Horizont des Satelliten zu streifen. Im luftleeren Raum wirkte der Riesenplanet so nahe, daß man meinte, man brauche nur die Hand auszustrecken, um ihn zu berühren.

Vom Horizont aus wölbte sich die gewaltige Kugel bis zur halben Höhe des Zenits empor. Als *Jupitermond* landete, war der Planet fast im vollen Stadium, und in das fast unerträglich blendende Gewoge glänzender Streifen und glühender Farben hätten nahezu 10 000 Vollmonde – so wie sie von der Erde zu sehen waren – hineingepaßt. Der Jupiter füllte hier fast ein Sechzehntel des gesamten Himmelsgewölbes aus.

Und da Amalthea in nur zwölf Stunden Jupiter umkreiste, schienen die hier sichtbaren vier Monde des Planeten sich dreimal so schnell vorwärtszubewegen wie auf Io. Das galt auch für die Sterne und alle übrigen Himmelskörper, mit der einzigen Ausnahme von Jupiter. Da der Satellit ihm immer die gleiche Halbkugel zuwandte, schien er am Himmel festgewachsen.

In fünf Stunden würde die Sonne aufgehen, genau wie auf

Io. In gleicher Größe und Leuchtkraft. Aber sie würde sich dreimal so schnell auf den viermal so großen Jupiter zubewegen, und ihre Finsternis würde hundertmal so aufregend schön sein!

Aber niemand hatte die Zeit, die Sonnenfinsternis auf Amalthea zu beobachten. Sie fand zweimal statt, solange *Jupitermond* da war, aber niemand schenkte ihr einen Blick. Sie hatten weder die Zeit noch den Nerv dazu.

Panner ließ sich auf einen Sitz fallen. Er hatte trübe Augen über geröteten Tränensäcken. Als er sprach, war es ein heiseres Flüstern.

»All right. Alle Mann auf Station! Wir machen einen Probelauf!« Er hatte seit 40 Stunden nicht geschlafen. Während die anderen sich schichtweise ablösten, hatte Panner sich weder Ruhe noch eine Mahlzeit gegönnt.

Bigman hatte sich als Handlanger nützlich gemacht. Er holte Werkzeug, er schleppte Material, er las nach Anweisung Skalen ab und wuchtete Hebel. Bei dem Probelauf war für ihn nichts zu tun, und eine Flugstation gab es für ihn nicht. So wanderte er bedrückt im Schiff umher. Er suchte Lucky und fand ihn im Kontrollraum in Gesellschaft von Commander Donahue.

Lucky hatte sein Hemd ausgezogen und trocknete sich Schultern, Arme und Gesicht mit einem großen Frotteehandtuch aus Kunststoff ab.

Als er Bigman erblickte, sagte er munter: »Das Schiff funktioniert wieder, Bigman. Wir starten in Kürze.«

Bigman riß die Augen auf. »Die Maschinen machen nur einen Probelauf, Lucky.«

»Es wird alles klappen. Dieser Jim Panner hat wahre Wunder vollbracht.«

»Ratsmann Starr«, sagte Commander Donahue formell. »Sie haben mein Schiff gerettet.«

»Nein, nein. Das ist Panners Verdienst. Er hat die halbe Maschine mit Kupferdraht und Spucke geflickt. Aber ich denke, sie wird halten.«

»Sie wissen, was ich meine, Ratsmann. Als wir alle in Panik verfielen und schon aufgeben wollten, haben Sie uns sicher nach Jupiter 5 gebracht. Sie haben mein Schiff gerettet! Und ich werde diese Tatsache ausdrücklich erwähnen, wenn ich vor das Kriegsgericht gestellt werde, weil ich die Zusammenarbeit mit Ihnen auf Jupiter 9 verweigerte.«

Lucky errötete. »Das kann ich nicht zulassen, Commander. Mitglieder des Wissenschaftsrats dürfen keine Publicity erhalten. Das ist wichtig! In dem offiziellen Bericht muß zu lesen sein, daß Sie jederzeit das Kommando hatten. Irgendwelche Maßnahmen von meiner Seite dürfen nicht erwähnt werden.«

»Unmöglich. Ich kann mir nicht die Lorbeeren ums Haupt flechten, die Sie verdient haben.«

»Sie müssen es tun. Das ist ein Befehl! Und kein Wort mehr vom Kriegsgericht!«

Commander Donahue richtete sich stolz auf. »Ich verlange, vor ein Kriegsgericht gestellt zu werden! Sie haben mich vor sirianischen Agenten gewarnt. Ich schlug Ihre Warnungen in den Wind, und was geschah? Die Agenten legten das Schiff durch Sabotageakte lahm.«

»Der Fehler liegt genauso bei mir«, sagte Lucky ruhig. »Ich war an Bord und habe die Sabotageakte nicht verhindert. Jetzt ist es entscheidend, den Saboteur zu ermitteln. Wenn uns das gelingt, können wir uns ein Kriegsgericht sparen.«

»Der Saboteur?« wiederholte der Commander. »Das kann ja nur der Roboter sein. Sie haben mich eindringlich vor ihm gewarnt. Wie konnte ich nur so blind sein?«

»Ich fürchte, Sie begreifen noch immer nicht. Es war nicht der Roboter!«

»Nicht der Roboter?«

»Kein Roboter hätte je im Schiff Sabotage verübt. Denn damit hätte er Menschen Schaden zugefügt. Das bedeutet eine Übertretung des ersten Gesetzes.«

Der Commander zog nachdenklich die Brauen zusammen. »Es könnte aber sein, daß er sich dessen nicht bewußt war.«

»Der Roboter kannte wie jeder Mann der Besatzung die Bedeutung von Agrav. Er hätte also gewußt, daß die Zerstörungen Menschen in Lebensgefahr bringen würden. Jedenfalls glaube ich, den Saboteur zu kennen – spätestens in wenigen Minuten.«

»Ja? Wer ist es, Ratsmann Starr?«

»Überlegen Sie mal! Wenn jemand die Schiffsmaschinen derartig beschädigt, daß es explodieren oder auf den Jupiter stürzen wird, muß er entweder verrückt oder übermenschlich fanatisch sein, um an Bord dieses Schiffes zu bleiben.«

»Das meine ich auch.«

»Seit der Abreise von Io wurden die Luftschleusen nicht ein einziges Mal geöffnet. Der Innenluftdruck wäre sonst um eine Kleinigkeit gefallen. Aber die Barometer verzeichnen nicht das geringste Nachlassen. Also ist der Saboteur auf Io gar nicht mehr an Bord gegangen. Er ist immer noch dort, falls er nicht abgeholt wurde.«

»Wer sollte ihn abholen? Außer diesem Schiff kann kein anderes bis Io gelangen.«

Lucky lächelte grimmig. »Kein irdisches Schiff.«

Der Commander riß die Augen auf. »Mit Sicherheit auch kein sirianisches Schiff.«

»Woher wissen Sie das?«

»Ich bin ganz sicher.« Der Commander runzelte die Stirn. »Und außerdem fehlte niemand beim Start auf Io. Wenn jemand beim Aufruf gefehlt hätte, wären wir gar nicht gestartet.«

»Wenn es so ist, müssen jetzt noch alle Mann an Bord sein.«

»Das wollte ich damit sagen.«

»Nun«, sagte Lucky, »Panner hat vorhin alle auf Flugstation befohlen. Während des Probelaufs muß also jeder an seinem Platz gewesen sein. Rufen Sie Panner, und fragen Sie ihn, ob jemand fehlt!«

Commander Donahue schaltete die Sprechanlage ein und rief Panner.

Es gab eine kurze Verzögerung. Dann ließ sich Panners Stimme vernehmen. Er schien todmüde zu sein, so klang es. »Ich wollte Sie gerade anrufen, Commander. Der Probelauf war okay. Wir können starten. Mit etwas Glück wird alles bis zur Landung auf Jupiter 9 halten.«

»Sehr gut«, antwortete der Commander. »Ihre Arbeit wird verdientermaßen gewürdigt werden. Eine andere Frage: Sind sämtliche Männer auf Station?«

Auf dem Bildschirm über der Sprechanlage wirkte Panners Gesicht plötzlich wie aus Stein gehauen. »Nein! Beim großen Weltraum, das wollte ich Ihnen ja noch melden! Wir können Summers nicht finden.«

»Red Summers!« kreischte Bigman wütend auf. »Dieser Dreckskerl von einem Mörder! Lucky ...«

»Einen Augenblick, Bigman! Dr. Panner, sagten Sie, daß Summers nicht in seiner Kabine sei?«

»Er ist nirgends. Wenn das nicht unmöglich wäre, würde ich sagen, daß er überhaupt nicht an Bord ist.«

»Ich danke Ihnen.« Lucky trennte die Verbindung. »Nun, Commander ...«

»Hör mal, Lucky«, unterbrach ihn Bigman. »Kannst du dich erinnern, wie ich dir einmal erzählte, daß ich ihn aus dem Maschinenraum kommen sah? Was hat er da unten getrieben?«

»Jetzt wissen wir es«, stellte Lucky fest.

»Und wir wissen auch, wie wir ihn uns schnappen können«, sagte der Commander, der totenblaß geworden war. »Wir landen auf Io und ...«

»Warten Sie«, sagte Lucky. »Das Wichtigste zuerst. Es gibt Wichtigeres als die Festnahme eines Verräters.«

»Was?«

»Die Sache mit dem Roboter.«

»Die kann warten.«

»Vielleicht auch nicht. Commander, Sie sagten, daß beim Aufruf vor dem Start auf Io alle Mann an Bord der *Jupitermond* waren. Demnach muß beim Aufruf gemogelt worden sein.«

»Ja und?«

»Ich meine, wir müßten zuerst feststellen, wie das zustande kam. Ein Roboter kann keinen Sabotageakt verüben. Aber wenn ein Mensch ohne Wissen des Roboters die Sabotage verübt hat, wäre es ein leichtes für den Roboter, den Mann von Bord zu schmuggeln, wenn er ihn darum bittet.«

»Ich verstehe, Sie meinen, der Roboter hat uns hinters Licht geführt. In Wirklichkeit war Summers beim Aufruf gar nicht an Bord!«

Lucky schwieg eine Weile. Er unterdrückte die aufkeimende Hoffnung, das empordrängende Triumphgefühl. Aber wie er es auch betrachtete, seine Theorie war hieb- und stichfest.

Schließlich sagte er: »Es scheint so.«

15
Der Verräter

»Major Levinson also«, sagte Commander Donahue tonlos. Seine Augen wurden dunkel. »Und doch kann ich es nicht glauben.«

»Was können Sie nicht glauben?« fragte Lucky.

»Daß er ein Roboter ist. Er hat die Anwesenheit der Männer beim Start geprüft. Er führt das Logbuch. Ich kenne ihn gut, und ich möchte schwören, daß er kein Roboter ist.«

»Wir werden ihn befragen, Commander. Und noch etwas ...« Lucky sprach sehr ernst. »Werfen Sie ihm nicht vor, ein Roboter zu sein! Fragen Sie ihn nicht danach! Erwähnen Sie diese Möglichkeit mit keiner Silbe! Er darf überhaupt nicht merken, daß er unter Verdacht steht.«

Der Commander war überrascht. »Warum nicht?«

»Die Sirianer haben ein Mittel gefunden, ihre Roboter vor Entlarvung zu schützen. Wenn der Major wirklich der Roboter ist, kann eine unvorsichtige Frage von unserer Seite einen in seinem Körper verborgenen Sprengstoff zünden.«

»Beim Weltraum!« rief der Commander erschrocken.

Auch Major Levinson zeigte deutlich Spuren von Streß wie alle anderen Besatzungsmitglieder, aber er stand in militärisch straffer Haltung vor Donahue.

Der Commander sagte vorsichtig: »Ratsmann Starr möchte Ihnen ein paar Fragen stellen.«

Major Levinson sah Lucky an. Er war genauso groß wie Lucky, vielleicht noch einige Zentimeter größer, hatte blondes Haar, blaue Augen und ein schmales Gesicht.

»Beim Start auf Io«, begann Lucky, »wurden alle Mann vollzählig an Bord gemeldet. Diese Meldung haben Sie abgefaßt. Ist das richtig, Major?«

»Ja, Sir.«

»Haben Sie die Anwesenheit der Männer persönlich festgestellt?«

»Nein, Sir. Ich benutzte die Sprechanlage. Jeder einzelne beantwortete meinen Aufruf entweder von seiner Flugstation oder aus seiner Kabine.«

»Wirklich jeder? Haben Sie jeden an seiner Stimme erkannt? Ich meine: jeden ohne Ausnahme?«

Major Levinson machte ein erstauntes Gesicht. »Das nehme ich an. So was merkt man sich im allgemeinen nicht.«

»Aber es ist äußerst wichtig. Deshalb fordere ich Sie auf, sich den Vorgang noch einmal ins Gedächtnis zu rufen.«

Der Major zog die Brauen zusammen. Nachdenklich senkte er den Kopf. »Na schön. Warten Sie! Ja, jetzt fällt es mir wieder ein! Summers antwortete nicht selber. An seiner Stelle meldete sich Norrich und sagte, Summers sei gerade im Badezimmer.« Plötzlich packte ihn Erregung. »Was ist los? Man sucht gerade nach Summers!«

Lucky hob eine Hand. »Das hat nichts zu sagen, Major. Würden Sie mir jetzt bitte Norrich raufschicken?«

Kurz danach kam Norrich. Levinson führte ihn selber herein. Norrich sah verwirrt aus. »Commander, es scheint, daß Red Summers nirgends zu finden ist. Was ist ihm zugestoßen?«

Lucky kam einer Antwort des Commanders zuvor. »Wir überprüfen das gerade«, sagte er schnell. »Haben Sie Summers als anwesend gemeldet, als vor dem Start auf Io alle Männer aufgerufen wurden?«

Norrich errötete. »Ja«, sagte er mit schmalen Lippen.

»Der Major sagt aus, Sie hätten gemeldet, daß sich Summers gerade im Badezimmer aufhielte.«

»Ja ... Aber das stimmte nicht, Ratsmann. Er war noch mal für einen Augenblick von Bord gegangen, um etwas zu holen, was er vergessen hatte. Er wollte deswegen nicht vom Commander angemeckert werden – entschuldigen Sie, Sir – und bat mich, die Sache zu vertuschen. Er sagte, zum Start werde er auf jeden Fall rechtzeitig an Bord sein.«

»Und war er das?«

»Ich ... ich nahm es jedenfalls an ... Ich hatte den Eindruck, daß er ordnungsgemäß da war. Mutt bellte nämlich, und da meinte ich, Summers komme zurück. Ja, und dann? Nun, ich habe keine besonderen Aufgaben beim Start wahrzunehmen. Deshalb legte ich mich ein bißchen aufs Ohr und vergaß die ganze Angelegenheit. Dann ereignete sich diese Katastrophe im Maschinenraum, und von dem Moment an dachte ich natürlich überhaupt nicht mehr an Summers.«

In diesem Augenblick kam Panners Stimme laut und klar über die Sprechanlage. »Achtung, Achtung! Chefingenieur an alle! Alle Mann auf Station! Wir starten!«

Und abermals erhob sich die *Jupitermond* in den Weltraum. Ihr mächtiger Schub befreite sie von den Fesseln der Anziehungskraft Jupiters. Dabei verbrauchte sie in kürzester Zeit soviel Energie, wie fünf normale Raumschiffe während ihrer gesamten Lebensdauer. Aber nur ein kaum wahrnehmbares Flattern in dem gewohnten Dröhnen der Hyperatommotoren verriet dem geübten Ohr, daß das Schicksal des Schiffes von improvisierten Reparaturen abhing.

Mit düsterer Miene überschlug Panner den Energieverbrauch seines Schiffs. »Wie es aussieht, werden wir nur 70 Prozent der ursprünglichen Energiemenge nach Hause bringen. Es hätten 85, ja 90 Prozent sein können! Wenn wir noch auf Io eine Zwischenlandung vornehmen, bleiben uns sogar nur 50 Prozent. Wobei ich mich nicht dafür verbürgen kann, daß unsere notdürftig geflickten Motoren der Beanspruchung durch einen erneuten Start standhalten.«

Aber Lucky blieb hart. »Wir müssen Summers aufgreifen. Und Sie wissen, warum.«

Als Io auf dem Bildschirm größer und größer wurde, sagte Lucky plötzlich skeptisch: »Weißt du, Bigman, es ist gar nicht so sicher, daß wir Summers wirklich finden werden.«

»Du glaubst doch nicht etwa, daß ihn die Sirianer tatsächlich abgeholt haben?« fragte Bigman ungläubig.

»Nein. Aber Io ist ein recht großer Himmelskörper. Wenn er sich zu irgendeinem vorher ausgemachten Treffpunkt begeben hat, kann es leicht sein, daß wir ihn nie wieder ausfindig machen. Allerdings rechne ich damit, daß er keine großen Wanderungen unternimmt. Er müßte ja sonst allerhand Vorräte an Luft, Lebensmitteln und Wasser mit sich schleppen. Also ist es schon logisch, wenn er an seinem Platz bleibt. Hinzu kommt, daß er ja mit unserer Rückkehr nicht rechnet.«

»Daß dieser Dreckskerl hinter allem steckt, hätten wir von Anfang an wissen müssen«, meinte Bigman. »Seine erste Handlung war ein Mordversuch an dir. Da war doch eigentlich klar, daß er im Sold der Sirianer stand, oder?«

»Nur zu wahr, Bigman. Aber erinnere dich, damals suchten wir nach einem Spion. Summers hatte keinen Zugang zu wichtigen Informationen. Dann stellte ich fest, daß der Spion nur ein Roboter sein kann. Damit war Summers wieder von jedem Verdacht befreit. Der V-Frosch hatte ja Gefühle bei ihm entdeckt. Er konnte also kein Roboter sein – und demnach auch nicht der gesuchte Spion. Das schloß natürlich nicht die Möglichkeit aus, daß er ein Verräter und Saboteur sein konnte. Insofern muß ich mich schuldig bekennen. Das übersah ich völlig bei meiner hektischen Suche nach dem Spion.«

Nachdenklich schüttelte er den Kopf. »Ein wirklich rätselhafter Fall. Immer wenn man glaubt, die Lösung am Horizont zu erblicken, kommt gleich darauf die kalte Dusche. Ausgerechnet Norrich mußte beim Aufruf für Summers antworten! Wäre es irgendein anderer gewesen, dann hätten wir unseren Roboter erwischt. Aber Norrich ist der einzige, der aus ehrenhaften Motiven Summers decken konnte. Er verdankte ihm viel. Er war sein Freund. Wir wissen das. Außerdem ist Norrich der einzige, dem man glauben muß, daß er nicht bemerkte, wie Summers entgegen seinem Versprechen auf Io zurückblieb. Denn ist er ja blind.«

»Außerdem zeigte er Gefühle«, bemerkte Bigman. »Also kann er kein Roboter sein.«

Lucky nickte. »Das ist nur zu wahr.« Danach versank er in Schweigen, und seine Stirn blieb umwölkt.

Und wieder gingen sie auf Io nieder. Sie landeten fast in den Spuren ihres letzten Starts. Die dunklen Punkte und Schatten im Tal entpuppten sich aus der Nähe als jene Geräte, die sie hier aufgebaut hatten.

Lucky betrachtete die Oberfläche des Satelliten aufmerksam am Bildschirm. »Haben wir eigentlich Luftzelte auf Io zurückgelassen?« fragte er.

»Nein«, antwortete der Commander.

»Dann haben wir, glaube ich, den Gesuchten schon entdeckt. Sehen Sie das Zelt hinter dem Felsmassiv da drüben? Haben Sie eine Liste über spurlos von Bord verschwundenes Material anfertigen lassen?«

Kommentarlos reichte ihm der Commander ein Blatt Papier. Lucky studierte es sorgfältig. Dann sagte er: »Bigman und ich werden ihn holen. Ich glaube kaum, daß wir Hilfe brauchen.«

Die winzige Sonne stand hoch am Himmel. Bigman und Lucky warfen sehr kleine Schatten. Jupiter war eine verblassende Sichel.

Lucky sprach auf Bigmans Wellenlänge: »Wenn er nicht gerade fest geschlafen hat, muß er die Landung des Schiffes bemerkt haben.«

»Falls er überhaupt noch hier ist.«

»Er ist bestimmt nicht weggekommen.«

Und da rief Bigman auch schon: »Bei den Sandstürmen des Mars, schau mal dorthin, Lucky!«

Eine Gestalt wurde oben auf dem Grat sichtbar. Sie stand als schwarzer Schattenriß vor der dünnen gelben Jupitersichel.

»Keine Bewegung!« Die Stimme in Luckys Kopfhörer war leise und klang sehr müde. »Ich habe einen Blaster!«

»Summers!« sagte Lucky. »Kommen Sie runter, und ergeben Sie sich!«

Bitterer Spott klang aus der erschöpften Stimme des anderen. »Habe ich also gleich die richtige Wellenlänge gefunden, wie, Ratsmann? Nun, es war einfach, Sie zu identifizieren. Ihr zwergenhafter Freund ist unverkennbar ... Gehen Sie zum Schiff zurück, oder ich töte Sie beide!«

»Lassen Sie den albernen Bluff!« rief Lucky. »Auf diese Entfernung treffen Sie uns nie!«

Bigman mischte sich wütend ein: »Ich bin auch bewaffnet, und ich treffe Sie auch aus dieser Entfernung. Denken Sie daran, und lassen Sie den Finger vom Auslöser!«

»Werfen Sie Ihren Blaster weg, und ergeben Sie sich!« forderte Lucky.

»Niemals!« versetzte Summers.

»Warum nicht? Wem halten Sie denn hier die Treue?« fragte Lucky. »Den Sirianern? Haben sie Ihnen versprochen, Sie abzuholen? Dann hat man Sie belogen und betrogen. Sie sind es nicht wert, daß man ihnen die Treue hält. Sagen Sie mir, wo sich der sirianische Stützpunkt im Jupitersystem befindet!«

»Sie wissen doch soviel! Finden Sie es selber heraus!«

»Welche Subwellen-Kombination benutzen sie, wenn sie mit Ihnen in Verbindung treten?«

»Das müssen Sie auch selber herausfinden! Kommen Sie nicht näher heran!«

»Summers«, sagte Lucky eindringlich, »wenn Sie uns jetzt helfen, lege ich für Sie später ein gutes Wort auf der Erde ein!«

Summers lachte leise. »Das Wort eines Ratsmannes?«

»Ja.«

»Darauf verlasse ich mich nicht. Gehen Sie zum Schiff zurück!«

»Warum bekämpfen Sie Ihre eigene Welt, Summers? Was haben Ihnen die Sirianer geboten? Geld?«

»Geld!« Die Stimme des anderen sprühte plötzlich vor Zorn. »Wollen Sie wissen, was sie mir boten? Ich sage es Ihnen. Die Chance, ein anständiges Leben zu führen.« Sie hörten, wie Summers mit den Zähnen knirschte. »Was hatte ich denn auf der Erde? Nichts als Elend! Ein übervölkerter Planet, der mir nicht die geringste Chance bot, mir einen Namen und eine Position zu schaffen. Wohin ich kam, traf ich auf Millionen anderer Menschen, die mit Krallen und Klauen um ihre Existenz kämpften. Und als ich mich dagegen zur Wehr setzte, steckten sie mich ins Gefängnis. Da schwor ich mir, daß ich es eines Tages der Erde heimzahlen würde.«

»Was erwarten Sie denn für ein anständiges Leben vom Sirius?«

»Sie luden mich ein, auf einen sirianischen Planeten auszuwandern, wenn Sie es unbedingt wissen wollen.«

Er hielt inne. Sein Atem kam pfeifend. »Das sind neue Welten. Saubere Welten. Da gibt es noch genügend Platz für die Menschen. Da werden tatkräftige, begabte Männer gebraucht. Da hätte ich eine Chance.«

»Sie werden nie hinkommen. Wann werden Sie denn abgeholt?«

Summers schwieg.

»Machen Sie sich nicht länger etwas vor, Mann!« sagte Lucky. »Die holen Sie nie ab! Sie bieten Ihnen kein anständiges Leben. Sie bieten Ihnen überhaupt kein Leben! Statt dessen hat man Sie zum Tode verurteilt. Sie hatten sie schon vor einiger Zeit erwartet, nicht wahr?«

»Nein.«

»Lügen Sie nicht! Das verbessert Ihre Lage auch nicht. Wir haben nachgeprüft, was für Vorräte in der *Jupitermond* fehlen. Daher wissen wir genau, wieviel Sauerstoff Sie aus dem Schiff rausgeschmuggelt haben. Sauerstoffflaschen sind sperrige Gegenstände. Auch bei der niedrigen Schwerkraft auf Io lassen sie sich nicht so einfach in aller Eile und dabei noch heimlich rausbefördern. Ihr Luftvorrat ist fast aufgebraucht, stimmt's?«

»Ich habe noch jede Menge Luft«, behauptete Summers.

»Und ich sage, Sie pfeifen auf dem letzten Loch«, widersprach Lucky. »Merken Sie denn nicht, daß die Sirianer gar nicht daran denken, Sie abzuholen? Ohne Agrav können sie nicht herkommen, und sie haben kein Agrav. Große Galaxis, sind Sie denn so verblendet von den sirianischen Welten, daß Sie sich mit einer derart primitiven Falle in den Tod locken lassen? Sagen Sie: was haben Sie denn für den Sirius getan?«

»Ich tat, worum man mich bat, und das war nicht viel«, antwortete Summers. »Und wenn ich etwas bereue«, rief er plötzlich herausfordernd, »dann nur, daß ich die *Jupitermond* nicht zerstört habe. Wie sind Sie überhaupt mit ihr zurechtgekommen? Ich habe sie doch kaputtgemacht, dieses elende, widerliche ...« Er brach ab und rang nach Luft.

Lucky winkte Bigman zu und rannte dann los, in jenem schwebenden Laufstil, der für Welten mit niedriger Schwerkraft typisch ist. Bigman folgte ihm, wobei er etwas zur Seite abschwenkte, damit er und Lucky nicht mit einem einzigen Schuß außer Gefecht gesetzt werden konnten.

Summers legte den Blaster an, und dann hörten sie das leise Plopp – mehr war in der dünnen Atmosphäre von Io nicht zu vernehmen. Sand stob auf, und einige Meter von dem schnell laufenden Lucky bildete sich ein kleiner Krater im Boden.

»Ihr fangt mich nicht!« schrie Summers mit nachlassender Wildheit. »Ich gehe nicht zur Erde zurück. Sie holen mich ab. Die Sirianer holen mich ab!«

»Rauf hier, Bigman!« rief Lucky. Er hatte den Fuß des Felsgebildes erreicht. Er sprang in die Höhe, packte eine vorstehende Kante und zog sich weiter hoch. Bei einem Sechstel der Erdschwerkraft kann ein Mensch sogar im Raumanzug schneller klettern als jede Bergziege.

Sie hörten noch einen dünnen Schrei von Summers. Er faßte sich mit den Händen an den Helm. Dann sprang er rückwärts und war verschwunden.

Lucky und Bigman kamen oben an. Auf der anderen Seite stürzte die Felswand steil ab. Nur ein paar scharfe Zacken unterbrachen die sonst glatten Klippen. Mit ausgestreckten Armen und Beinen schwebte Summers langsam in die Tiefe. Mehrmals stieß sein Körper gegen die Vorsprünge im Fels und prallte davon ab.

»Hinterher, Lucky!« rief Bigman und sprang, wobei er sich kräftig abstieß, um weit weg von der Felswand zu kommen. Lucky tat es ihm nach.

Auf der Erde, ja, auch auf dem Mars, wäre es ein Sprung in den sicheren Tod gewesen. Auf Io klapperten einem höchstens ein bißchen die Zähne bei der Landung.

Beim Aufsetzen fingen sie den Anprall mit tiefer Kniebeuge und einer Rolle vorwärts ab. Lucky war zuerst wieder auf den Beinen und eilte zu Summers, der reglos mit ausgestreckten Gliedern dalag.

Bigman kam keuchend hinterher. »He, war gar nicht so einfach, der Sprung ... Was ist los mit dem Kerl?«

»Er ist tot«, sagte Lucky grimmig. »Ich hörte an seinem Sprechen, daß sein Luftvorrat zur Neige ging. Zuletzt war er fast bewußtlos. Deshalb raste ich zu ihm rauf.«

»Aber so schnell stirbt man doch nicht«, wunderte sich Bigman.

Lucky schüttelte den Kopf. »Er beging Selbstmord. Er wollte nicht festgenommen werden. Kurz bevor er sprang, öffnete er den Helm und atmete die Giftatmosphäre von Io ein. Unterwegs prallte er noch mehrmals gegen die Klippen.«

Er trat zur Seite, und Bigman sah das zerschmetterte Gesicht des Toten.

»Armer Narr!« sagte Lucky.

»Armer Verräter!« Bigman schäumte. »Er kannte wahrscheinlich die Antwort und wollte sie uns nicht sagen. Nun schweigt er für immer.«

»Es macht nichts mehr aus, Bigman. Ich glaube, ich kenne die Antwort jetzt.«

16
Der Roboter wird entlarvt

»Ja?« Die Stimme des kleinen Marsmenschen rutschte wieder in höchste Töne. »Sag sie mir, Lucky!«

Aber Lucky antwortete: »Noch nicht.«

Er warf einen Blick auf Summers, dessen tote Augen leer in fremde Himmel starrten. »Eins hat Summers allen voraus. Er ist der erste Mensch, der auf Io starb.«

Er blickte auf. Die Sonne verschwand eben hinter Jupiter I Der Planet war nur noch eine schwach silbern glänzende Scheibe in der Dämmerung.

»Es wird bald dunkel sein«, sagte Lucky. »Laß uns zum Schiff zurückgehen!«

In ihrer Kajüte wurde Bigman von Ungeduld gepackt. Unentwegt schritt er auf und ab, drei Schritte in dieser Richtung, drei entgegengesetzt. »Aber wenn du es weißt, Lucky, warum machst du dann nicht . . .«

»Wenn ich etwas unternehme, riskiere ich, eine gefährliche Explosion auszulösen. Ich muß es auf meine Weise tun, Bigman, und zu der Zeit, die ich bestimme.«

Sein fester, entschlossener Ton beeindruckte Bigman. Der Marsbewohner wechselte das Thema. »Warum sitzen wir dann noch auf Io herum? Wegen dem Kerl da draußen? Der ist tot, und niemand kann ihm mehr helfen.«

»Etwas bleibt noch zu tun«, sagte Lucky. Das Türsignal leuchtete auf. »Öffne bitte, Bigman! Es wird Norrich sein.«

Er war es wirklich. Hinter seinem Führhund Mutt kam der blinde Ingenieur herein. Seine Lider über den blinden, blauen Augen blinzelten. »Ich habe von Summers gehört, Ratsmann«, sagte er. »Ein schrecklicher Gedanke, daß er versucht hat zu ... zu ... Wirklich schrecklich! Ein Verräter! Und doch tut er mir irgendwie leid.«

Lucky nickte. »Das dachte ich mir. Deshalb bat ich Sie herzukommen. Auf Io ist es jetzt dunkel. Sonnenfinsternis. Wenn sie vorüber ist, möchte ich gern Summers begraben. Würden Sie mitkommen?«

»Ja. Es ist das wenigste, was wir für den Mann tun können, nicht wahr?« Norrich legte die Hand wie trostsuchend auf Mutts Schnauze, und der Hund kam näher und schmiegte sich an die Beine seines Herm, als spüre er, daß der Mann Mitleid benötige.

»Ich rechnete damit, daß Sie gern mitkommen würden. Schließlich waren Sie sein Freund. Sie wollen ihm sicher die letzte Ehre erweisen.«

»Vielen Dank. Sie sagen es.« Norrichs blinde Augen waren feucht.

Als es draußen hell wurde, sagte Lucky zu Commander Donahue, bevor er sich den Helm aufsetzte: »Wir gehen jetzt zum letztenmal hinaus. Wenn wir wiederkommen, starten wir in Richtung auf Jupiter 9.«

»Gut«, sagte der Commander. Ihre Augen trafen sich wie in einem geheimen Einverständnis.

Lucky setzte den Helm auf. In einer anderen Ecke der Pilotenkanzel strichen Norrichs feinfühlige Hände sorgfältig über Mutts elastischen Raumanzug. Der Blinde vergewisserte sich, daß alle Verschlüsse gut gesichert waren. Durch das Blickfenster des merkwürdig geformten Helms sah man, wie Mutt zu bellen begann. Zu hören war nur wenig. Aber offensichtlich ahnte der Hund, daß es einen Ausflug in das Gebiet niedriger Schwerkraft geben sollte, und er freute sich darauf.

Das erste Grab auf Io war errichtet. Sie hatten es mit Hilfe von Kraftfeldspaten aus dem harten und steinigen Boden ausgehoben. Danach hatten sie den Grabhügel mit Kieseln bedeckt und einen ovalgeformten Felsstein daraufgewälzt.

Die drei Männer standen um das Grab, während Mutt sich auf Wanderschaft begab. Vergebens versuchte er die Umgebung mit der Nase zu erforschen, wie er es gewöhnt war, denn Metall und Glas blockierten den Geruchssinn.

Bigman wartete gespannt. Er hatte bestimmte Anweisungen von Lucky erhalten, ohne über ihren Sinn aufgeklärt worden zu sein.

Norrich stand mit gesenktem Kopf da und sagte weich: »Hier ruht ein Mann, der einem großen Traum nachjagte und sich davon auf Irrwege leiten ließ. Jetzt hat er dafür bezahlt.«

»Er führte Aufträge der Sirianer aus«, fügte Lucky hinzu. »Das war sein Verbrechen. Er beging Sabotage und . . .«

Lucky machte eine bedeutungsvolle Pause, und Norrichs Haltung wurde steif. »Und was?« fragte er.

»Und er sorgte dafür, daß Sie an Bord des Raumschiffs kamen. Er lehnte es ab, ohne Sie auf die Reise zu geben. Sie selber erzählten mir, daß Sie Ihre Teilnahme allein ihm verdanken.«

Luckys Stimme klang hart. »Sie sind ein Roboter-Spion der Sirianer! Ihre Blindheit machte sie für die anderen am Projekt Beteiligten unverdächtig. Aber Sie brauchten den Gesichtssinn gar nicht. Sie töteten den V-Frosch und deckten Summers, als er heimlich das Schiff verließ. Ihr eigener Tod bedeutete für Sie nichts, wenn es um die Ausführung von Befehlen ging, so wie es das dritte Gesetz vorschreibt. Und schließlich hielten Sie mich zum Narren, als der V-Frosch Ihre Gefühle abstrahlte. Es waren von den Sirianern eingebaute synthetische Gefühle!«

Das war das Stichwort, auf das Bigman gewartet hatte. Wild den Strahler schwingend, stürzte er auf Norrich los.

Der wollte protestieren, brachte aber keinen zusammenhängenden Satz heraus.

Doch plötzlich verwandelte sich Mutt in einen Strich in der von blaßweißem Licht erhellten Landschaft. Wie ein Rasender galoppierte er die etwa 400 Meter, die er sich von den Männern entfernt hatte. Deutlich war zu sehen, daß er auf Bigman zurannte.

Bigman kümmerte sich nicht um ihn. Mit einer Hand packte er Norrich an der Schulter. Die andere schwang den Blaster über seinem Kopf.

Da brach Mutt plötzlich zusammen!

Er war noch drei Meter von dem kämpfenden Paar entfernt, als ihm die Beine den Dienst verweigerten. Er torkelte, fiel und rollte, aus vollem Lauf gerissen, an den Männern vorbei. Durch die Sichtscheibe des Helms sah man die offene Schnauze, als wäre sie mitten im Bellen versteinert.

Aber auch Bigman behielt wie erstarrt seine drohende Haltung gegen Norrich ein.

Schnellen Schritts ging Lucky auf das Tier zu. Mit der Kraftfeld-Schaufel, die er zum Messer umfunktionierte, schnitt er Mutts Raumanzug vom Hals bis zum Schwanz auf.

Und dann schnitt er durch die Haut am Nacken und tastete mit den behandschuhten Händen. Seine Finger schlossen sich um eine kleine Kugel, die nicht zum Knochengerüst gehörte. Er hob die Kugel und spürte Widerstand.

Lucky hielt den Atem an. Vorsichtig bog er die Drähte zurück, die die Kugel festhielten, und stand auf. Erleichtert holte er tief Atem, aber die Knie waren ihm weich geworden. Die Schädelbasis war der logische Platz, einen Mechanismus unterzubringen, der vom Gehirn aus aktiviert werden sollte. Jetzt stellte Mutt keine Gefahr mehr dar.

Norrich schrie auf, als spüre er instinktiv, daß er soeben einen Freund verloren hatte.

»Mein Hund! Was machen Sie mit meinem Hund?«

Lucky sagte begütigend: »Es ist kein Hund, Norrich. Es ist nie einer gewesen. Es war ein Roboter. Komm, Bigman, führe Norrich zum Schiff! Ich trage Mutt.«

Später waren Lucky und Bigman in Panners Kabine. Die *Jupitermond* war gestartet, und Io blieb schnell hinter ihnen zurück. Schon war er nur noch eine helle Münze am Himmel.

»Wodurch hat er sich verraten?« fragte Panner.

»Durch viele Anzeichen, die ich leider nicht erkannte«, antwortete Lucky ernst. »So viele Fingerzeige deuteten auf Mutt. Aber ich war so darauf fixiert, einen Roboter in Menschengestalt zu entlarven, daß ich die Wahrheit übersah, obwohl sie mir gleichsam ins Gesicht starrte.«

»Aber wann durchschauten Sie ihn?«

»In dem Augenblick, als sich Summers in selbstmörderischer Absicht vom Felsen stürzte. Ich sah ihn unten am Boden liegen, und mir fiel Bigman ein, wie er von dem Bach aus Ammoniakschnee mitgerissen wurde und um ein Haar den Tod fand. Ich dachte: diesmal ist kein Mutt da, der ihn retten könnte ... Und da fiel es mir wie Schuppen von den Augen.«

»Aber wie? Ich begreife es nicht.«

»Wie hat denn Mutt Bigman gerettet? Als der Hund uns überholte, lag Bigman irgendwo unter dem Schnee begraben. Er war nirgends zu sehen. Aber Mutt warf sich hinein, fand Bigman ohne Suchen und zog ihn heraus. Wir dachten darüber nicht weiter nach. Irgendwie ist es für uns selbstverständlich, daß Hunde auch unsichtbare Objekte durch ihren Geruchssinn aufspüren. Aber Mutts Kopf war durch den Helm hermetisch abgeschlossen. Er konnte Bigman weder sehen noch riechen, und doch spürte er ihn ohne Schwierigkeit auf. Da hätten wir bereits erkennen müssen, daß hier eine ungewöhnliche Perfektionierung der Sinnesorgane im Spiele war. Genaue Einzelheiten darüber werden wir erfahren, wenn unsere Robotik-Experten den Kadaver obduzieren.«

»Jetzt, da Sie es erklären«, meinte Panner, »leuchtet es mir ein. Der Hund mußte sich unweigerlich verraten, weil das erste Gesetz ihn zwang, einem Menschen Hilfe zu leisten, der in Lebensgefahr geraten war.«

»Das ist richtig«, sagte Lucky. »Nachdem mein Verdacht endlich auf Mutt gefallen war, wurden mir noch einige andere Vorgänge nachträglich klar. Summers hatte dafür gesorgt, daß Norrich an Bord kam. Aber dadurch kam automatisch Mutt mit. Außerdem war es Summers, der Norrich überhaupt erst den Hund beschafft hatte. Ich möchte annehmen, daß auf der Erde ein Spionagering existiert, dessen einzige Aufgabe es ist, Roboterhunde dort einzuschmuggeln, wo Menschen an geheimen Forschungsprojekten arbeiten.«

»Hunde«, dozierte Lucky, »sind die perfekten Spione. Wenn Sie einen Hund dabei überraschen, wie er Ihre Aufzeichnungen durchstöbert oder durch eine supergeheime Abteilung Ihres Labors wandert, machen Sie sich da Gedanken? Sie werden den Hund eher streicheln und ihm einen Hundekuchen geben. Ich habe Mutt oberflächlich untersucht. Es scheint, daß man ihm einen Subäther-Sender eingepflanzt hatte, durch den seine sirianischen Meister ständig mit ihm in Verbindung blieben. Sie sahen, was er sah. Sie hörten, was er hörte. Zum Beispiel sahen sie mit Mutts Augen den V-Frosch. Sie erkannten die Gefahr, die von ihm ausging und befahlen Mutt, ihn zu töten. Sie befahlen ihm, mit einem Energieprojektor ein Türschloß zu zerstören. Selbst wenn er dabei ertappt worden wäre, hätten wir wahrscheinlich eine harmlose Erklärung gefunden: ein Hund spielt ahnungslos mit einer Waffe, die er gefunden hat.«

Lucky holte tief Atem, ehe er fortfuhr: »Aber nachdem mir das alles klar war, stand ich vor einem praktischen Problem. Ich mußte den Hund unversehrt in meine Gewalt bringen. Denn ich war sicher, daß jeder offen gezeigte Verdacht eine in seinem Körper verborgene Sprengladung auslösen würde.

Deshalb schlug ich vor, Summers zu begraben. Auf diese Weise konnte ich Norrich und Mutt unter einem Vorwand in sichere Entfernung vom Schiff verfrachten. Wenn nun Mutt detonierte, würden wenigstens Agrav-Schiff und Besatzung heil davon kommen. Natürlich hinterließ ich einen Brief, den Commander Donahue im Falle meines Todes öffnen sollte. Darin empfahl ich dringend, daß von der Erde aus alle Hunde in Forschungszentren zu überprüfen seien. Dann überfiel ich Norrich mit heftigen Anklagen ...«

»Bei den Sandstürmen des Mars«, platzte Bigman dazwischen, »eine Zeitlang glaubte ich, du meintest es wirklich im Ernst, daß Norrich den V-Frosch getötet und uns mit eingebauten synthetischen Gefühlen getäuscht habe.«

Lucky schüttelte den Kopf. »Nein, Bigman. Wenn er uns mit synthetischen Gefühlen aus Glatteis führen konnte, war es ja unnötig, den V-Frosch zu töten. Nein, ich wollte nur sicherstellen, daß Sirianer, die mithörten, davon überzeugt wurden, ich sei auf dem falschen Dampfer. Und außerdem baute ich eine Situation auf, die Mutt in einen unlösbaren Konflikt stürzen sollte.«

Lucky lächelte. »Sehen Sie, auf meine Anweisung hin stürzte Bigman auf Norrich los.

Mutt war darauf programmiert, seinen Herrn vor Angriffen zu schützen. Aber als Roboter mußte er auch dem zweiten Gesetz gehorchen.

Normalerweise ergeben sich daraus keine Probleme. Es kommt selten vor, daß jemand einen Blinden körperlich angreift. Und fast immer läßt er davon ab, sobald der Führhund nur knurrt und die Zähne zeigt.«

Ernster werdend, schloß Lucky: »Aber Bigman tat, als wollte er Norrich wirklich an den Kragen. Und so mußte Mutt zum erstenmal in seinem Dasein den Herrn ernsthaft schützen. Aber wie sollte er das bewerkstelligen? Er durfte

Bigman keinen Schaden zufügen – erstes Gesetz. Er durfte andererseits nicht zulassen, daß Norrich Schaden zugefügt wurde. Es war ein erstklassiges Dilemma, in dem er sich befand, und Mutt erlitt einen Kollaps. In diesem Zustand, so hatte ich von vornherein kalkuliert, konnte eine eingebaute Bombe nicht gezündet werden. Ich fand sie, entfernte sie, und wir waren in Sicherheit.«

Panner sog scharf den Atem ein. »Äußerst fein durchdacht.«

Lucky grunzte widerwillig. »Äußerst fein? Das hätte ich schon am Tag unserer Landung auf Jupiter 9 veranlassen können, aber irgendwie hatte ich meine fünf Sinne nicht beisammen. Dabei fiel mir damals die Lösung schon in den Schoß. Ich hatte den richtigen Gedanken. Nur entglitt er mir wieder.«

»Welcher Gedanke, Lucky? Ich weiß es immer noch nicht.«

»Die Sache war ganz einfach. Der V-Frosch entdeckte Gefühle bei Tieren ebenso wie bei Menschen. Das merkten wir schon kurz nach der Landung. Wir spürten den Heißhunger einer Katze. Kurz darauf lernten wir Norrich kennen, und er drängte dich, so zu tun, als wolltest du ihn schlagen, um Mutts Einsatzbereitschaft zu demonstrieren. Du bist darauf eingegangen. Der V-Frosch strahlte deine und Norrichs Gefühle dabei ab. Aber obwohl Mutt äußerlich erregt und wütend wirkte, konnte ich keine Gefühlsregung bei ihm entdecken. So frühzeitig hatte ich also bereits den endgültigen Beweis dafür in Händen, daß Mutt ohne Gefühle und daher ein Roboter war. Aber ich war überzeugt, daß der Roboter unbedingt ein menschliches Äußeres haben müsse, und so kam mir Mutts Entlarvung überhaupt nicht zu Bewußtsein ... Ach, lassen Sie uns essen gehen! Unterwegs möchte ich Norrich besuchen und ihm einen anderen Hund versprechen. Einen richtigen Hund diesmal.«

Sie erhoben sich, und Bigman sagte: »Es hat zwar etwas

lange gedauert, Lucky, aber auf jeden Fall haben wir die Sirianer endgültig gestoppt. «

»Gestoppt?« fragte Lucky ruhig. »Dessen bin ich nicht so sicher. Aber sicherlich haben wir sie vorübergehend zurückgeworfen.«

LUCKY STARR

UND DIE SATURNRINGE

1
Invasion auf Titan

Wie ein funkelnder Diamant stand die Sonne am Himmel, gerade groß genug, um vom bloßen Auge als etwas erkannt zu werden, das mehr war als ein Stern, eine winzige, weißglühende Kugel von Erbsengröße.

Hier in die unermeßliche Tiefe des Weltraums, nahe dem zweitgrößten Planeten des Sonnensystems, drang nur noch ein Prozent der Lichtmenge, die den Heimatplaneten der Menschheit, die Erde, erreicht. Dennoch war die Sonne auch hier der hellste Himmelskörper, so hell wie 4000 Vollmonde.

Nachdenklich betrachtete Lucky Starr den Bildschirm, dessen Mitte die ferne Sonne einnahm. Dabei beobachtete ihn John Bigman Jones, dessen kleine Gestalt sich auffallend von Luckys athletischer Figur abhob. Wenn John Bigman Jones sich zu voller Größe aufrichtete, erreichte er gerade 1,55 Meter. Aber der Kleine lehnte grundsätzlich den Zollstock als Maßstab ab und verlangte, ausschließlich mit seinem Mittelnamen angesprochen zu werden: Bigman.

»Ja, Lucky«, sagte er, »sie ist fast 1450 Millionen Kilometer entfernt. Die Sonne, meine ich. Ich bin noch nie so weit draußen gewesen!«

Der dritte Mann in der Pilotenkanzel, Ratsmann Ben Wessilewsky, schaute von seinem Platz an den Steuerungsgeräten grinsend über die Schulter. Auch er war hochgewachsen, wenngleich nicht ganz so groß wie Lucky. Sein blonder Haarschopf umrahmte ein Gesicht, das durch lange Dienstjahre beim Wissenschaftsrat weltraumgebräunt war.

»Was ist los, Bigman?« fragte er. »Haben Sie Angst – so weit weg von Mutti?«

»Beim sandigen Mars, Wess«, zeterte Bigman, »nehmen Sie die Hände von den Kontrollen, und sagen Sie das noch mal!«

Er schlängelte sich an Lucky vorbei und ging mit geballten Fäusten auf den Ratsmann los. Doch da packten ihn schon Luckys Hände bei den Schultern und hoben ihn mühelos in die Höhe. Vergeblich strampelte Bigman mit den Beinen. Lucky stellte seinen vom Mars stammenden Freund wieder dort auf den Boden, wo er vorher gestanden hatte.

»Bleib da stehen, Bigman!«

»Aber Lucky, hast du ihn nicht gehört? Der lange Kerl bildet sich ein, daß Körperlänge mit Männlichkeit identisch ist. Wenn dieser Wess 1,80 Meter groß sein sollte, dann hat er eben für 25 Zentimeter mehr Fett am Leibe als ich – und sonst nichts!«

»Schon gut, Bigman«, sagte Lucky. »Und du, Wess, spare dir deine Witze besser für die Sirianer auf!«

Er sprach mit beiden in ruhigem Tonfall, aber die Autorität war deutlich herauszuhören.

Bigman räusperte sich. Dann fragte er: »Wo ist der Mars?«

»Von hier aus auf der anderen Seite der Sonne.«

»Du weißt auch alles«, sagte der Kleine ärgerlich. Aber plötzlich erhellte eine Idee sein Gesicht. »Hör mal, Lucky, wir befinden uns 160 Millionen Kilometer außerhalb der Sonnenbahn. Da müßten wir den Mars doch unter der Sonne, sozusagen von hinten, erkennen.«

»Eigentlich ja. Tatsächlich steht er ungefähr einen Grad von der Sonne entfernt. Aber so nahe an ihrem Strahlenglanz wird er unsichtbar. Dafür kannst du, glaube ich, die Erde sehen.«

Auf Bigmans Gesicht erschien ein Ausdruck hochmütiger Ablehnung. »Wer im Weltraum möchte schon die Erde sehen? Auf ihr gibt es nichts als Leute. Leute wie Erdferkel, die nie höher als hundert Kilometer gekommen sind. Ich würde sie mir nicht ansehen wollen, wenn sie der einzige Himmelskörper am Firmament wäre. Soll doch Wess sie sich begucken! Ist ja seine Kragenweite.«

Und verärgert wandte er sich vom Bildschirm ab.

»He, Lucky«, sagte Wess, »willst du dir nicht mal jetzt Saturn ansehen? Ich sage dir, du wirst begeistert sein.«

»Ich weiß nicht so recht, ob der Anblick des Saturn in diesen Tagen wirklich so begeisternd ist«, wehrte Lucky ab.

Er sagte es leichthin. Aber nach seinen Worten legte sich eine ungemütliche Stille über die enge Pilotenkanzel der *Shooting Starr*.

Alle drei spürten den Stimmungswechsel. Saturn bedeutete Gefahr. Saturn war für die Menschen des Sonnensystems Symbol einer ständigen Bedrohung. Für die sechs Milliarden Menschen auf der Erde und die vielen Millionen auf dem Mars, dem Mond, der Venus, den wissenschaftlichen Stationen auf Merkur, Ceres und den äußeren Jupitermonden war Saturn neuerdings etwas Unheimliches und Lebensfeindliches geworden.

Lucky schüttelte als erster den Druck ab. Er setzte die hochsensiblen elektronischen Fühler im Rumpf der *Shooting Starr* in Bewegung, und zuverlässig wie immer rotierten sie mit Blick aufs Universum. Sofort veränderte sich der Ausschnitt im Bildschirm.

Die Sterne wanderten in einer stetigen Prozession über ihn hinweg. Haß kräuselte Bigmans Oberlippe, als er fragte: »Ist Sirius dabei, Lucky?«

»Nein, wir kämmen gerade die südliche Hemisphäre des Himmels durch, und Sirius gehört zur nördlichen. Würdest du gern Canopus sehen?«

»Nein. Warum sollte ich?«

»Es hätte ja sein können, daß du interessiert bist. Schließlich ist es der zweithellste Stern, und du hättest dir einbilden können, es sei Sirius.« Lucky lächelte schmal. Er fand es komisch, daß der patriotische Bigman den Sirius, den Heimatstern der großen Feinde des Sonnensystems, die selber von der Erde stammten, besonders deshalb haßte, weil er der hellste Stern am irdischen Nachthimmel war.

»Sehr komisch!« sagte Bigman. »Los, Lucky, hol Saturn auf den Bildschirm! Dann kannst du, wenn wir wieder auf der Erde sind, in einer Fernsehshow auftreten und allen Zuschauern einen fürchterlichen Schreck einjagen.«

Weiter bewegten sich die Sterne, wurden langsamer und blieben schließlich stehen. »Da ist er – in natürlicher Größe«, sagte Lucky.

Wess schaltete den Autopiloten ein und wandte sich im Drehstuhl herum, um auch auf den Bildschirm zu schauen.

Man sah einen Halbmond, schon etwas im dritten Viertel, der ein sanftes helles Licht ausstrahlte, das in der Mitte schwächer war als an den Rändern.

»Wie weit ist er entfernt?« fragte Bigman erstaunt.

»Ungefähr 160 Millionen Kilometer, glaube ich«, antwortete Lucky.

»Irgend etwas stimmt doch da nicht«, meinte Bigman. »Wo sind denn die Ringe? Gerade die wollte ich sehen.«

Die *Shooting Starr* befand sich hoch über dem Südpol des Planeten. Aus dieser Position mußten die Ringe eigentlich zu beobachten sein.

Aber Lucky erklärte: »Bei so großer Entfernung verschmelzen die Ringe mit der Saturnkugel, Bigman. Da müssen wir das Bild schon vergrößern.«

Der Lichtfleck, den der Planet bildete, vergrößerte sich und dehnte sich nach allen Richtungen aus. Er wurde zum Halbmond und löste sich dann in drei Teile auf.

Die Halbkugel in der Mitte. Außen herum zog sich, ohne Saturn irgendwo zu berühren, ein breites Lichtband, das durch eine dunkle Linie in zwei ungleiche Hälften zerlegt wurde. Auf der Nachtseite des Saturn hörte das Lichtband wie abgeschnitten auf.

»Ja, Mr. Bigman«, sagte Wess im Tonfall eines Schulmeisters, »der Durchmesser des Saturn beträgt nur 125000 Kilometer. Auf 150 Millionen Kilometer Entfernung schrumpft er zu einem Lichtpünktchen zusammen. Aber zusammen mit seinen Ringen ergibt das eine reflektierende Oberfläche von mehr als 300 000 Kilometern Durchmesser.«

»Das weiß ich doch alles«, sagte Bigman ungnädig.

Wess überhörte den Einwurf und fuhr fort: »Und außerdem wird bei 150 Millionen Kilometer Entfernung der 11 000 Kilometer breite Abstand zwischen Saturnoberfläche und dem inneren Rand der Ringe unsichtbar. Ganz zu schweigen von dem nur 4000 Kilometer breiten Abstand zwischen den beiden Ringen. Man nennt ihn die Cassini-Lücke, müssen Sie wissen, Bigman.«

»Ich habe gesagt, daß ich das alles weiß!« schrie Bigman. »Hör mal, Lucky, dieser Kerl tut gerade so, als hätte ich keine Ahnung. Mit meiner Schulbildung mag es nicht weit her sein, aber über den Weltraum kann er mir nichts Neues erzählen. Los, Lucky, laß mich an den Kerl ran! Ich zerdrücke ihn wie eine Wanze.«

»Jetzt ist Titan zu erkennen«, sagte Lucky.

»Wo?« fragten Bigman und Wess gleichzeitig.

»Dort drüben!« Am Rand des Bildschirms zeigte sich Titan als winziger Halbmond – ungefähr so groß wie vorhin Saturn mit seinen Ringen ohne Vergrößerung.

Titan war der einzige größere Saturnmond. Aber nicht deswegen betrachteten ihn Wess und Bigman, der erste neugierig, der andere voller Haß.

Nein, das hatte einen gewichtigeren Grund. Soviel die drei Raumfahrer wußten, war Titan der einzige Himmelskörper im Sonnensystem, der von Menschen bewohnt war, die die Oberhoheit der Erde nicht anerkannten. Plötzlich und unerwartet hatte er sich in eine feindliche Welt verwandelt.

Sie spürten die Gefahr, die von ihm ausging.

»Wann erreichen wir das Sonnensystem, Lucky?« fragte Bigman.

»Kommt darauf an, was du unter dem Sonnensystem verstehst, Bigman. Im allgemeinen zählt man dazu den Raum bis zu dem äußersten Himmelskörper, der seiner Anziehungskraft unterliegt. Danach befinden wir uns noch außerhalb des Saturnsystems.«

»Die Sirianer meinen allerdings ...«, begann Wess.

»Ins Sonnenfeuer mit den sirianischen Schurken!« schrie Bigman dazwischen und schlug wütend mit der flachen Hand gegen den Schaft eines Hüftstiefels.

»Wer kümmert sich schon um deren Meinung?« Und wieder schlug er gegen die Hüftstiefel, als zerklatsche er dabei alle Sirianer wie Fliegen. Die Stiefel stammten original vom Mars. Ihre unverschämt auffallende Farbe, orange und schwarz in einem gewundenen Schachbrettmuster, verriet eindeutig, daß ihr Träger in den Farmen und Kuppelstädten des Mars seine Kindheit und Jugend verbracht hatte.

Lucky schaltete den Bildschirm aus. Die ausgefahrenen Sensoren wurden in den Schiffsrumpf eingezogen. Nun wirkte das schimmernde Schiff von außen wieder glatt und wie aus einem Guß, bis auf die Ausbauchung am Heck, in der die Agrav-Anlage der *Shooting Starr* steckte.

»Den Luxus einer solchen Haltung können wir uns leider nicht erlauben, Bigman«, verwies ihn Lucky. »Die Meinung der Sirianer ist durchaus von Bedeutung für uns, denn im Augenblick haben sie die Oberhand. Mag sein, daß wir sie zu guter Letzt aus dem Sonnensystem vertreiben werden. Aber im Augenblick müssen wir uns schon ein wenig nach ihnen richten.«

»Es ist unser Sonnensystem«, murmelte Bigman rebellisch.

»Sicher. Aber Sirius hält einen Teil davon besetzt, und bis es zu einer interstellaren Konferenz kommt, kann die Erde nichts dagegen tun – es sei denn, sie riskierte einen Krieg.«

Keiner sagte mehr etwas dazu. Die Tatsachen waren unbestreitbar. Wess begab sich wieder an seine Kontrollen. Mit einem Minimum an Raketenschub und unter größtmöglicher Ausnutzung der Anziehungskraft des Saturn stieß die

Shooting Starr mit hoher Geschwindigkeit auf die Polarregion des Planeten zu.

Hinab, hinab, immer tiefer in den Herrschaftsbereich einer jetzt sirianisch gewordenen Welt, in der es von Raumschiffen wimmelte, die mehr als 50 Billionen Kilometer von ihrem Heimatstern Sirius entfernt waren und sich der Erde bis auf 700 Millionen Kilometer genähert hatten. Mit einem einzigen Riesensprung hatten die Sirianer 99,999 Prozent der Entfernung zwischen ihrer Heimat und der Erde überwunden und im Vorhof der Erde einen Militärstützpunkt eingerichtet.

Wenn man sie nicht wieder vertrieb, wurde die Erde von einem Augenblick zum anderen zu einer zweitrangigen Macht absteigen, deren Existenz zudem von der Gnade des Sirius abhing. In einer solchen interstellaren politischen Situation waren die gesamte gigantische Rüstung der Erde, ihre mächtigen Raumschiffe und ihre furchterregenden Waffen nicht in der Lage, etwas gegen diese Drohung zu unternehmen.

Nur drei Männer in einem kleinen Raumschiff wagten aus eigenem Antrieb und ohne jede Vollmacht der Erde einen letzten verzweifelten Versuch. Allein durch ihre Fähigkeiten, Kenntnisse und ihren Mut wollten sie die unerträgliche Situation grundlegend ändern. Sie wußten, daß sie im Fall ihrer Gefangennahme unverzüglich als Spione hingerichtet werden würden – von fremden Eindringlingen in ihrem eigenen Sonnensystem – und daß die Erde nicht das mindeste zu ihrer Rettung unternehmen konnte.

2
Die Verfolgung

Noch vor einem Monat hatte man auf der Erde nichts von der Gefahr geahnt. Als die Erdregierung dann die Wahrheit erkannte, kam die Erschütterung einer Explosion gleich. Mit methodischer Gründlichkeit hatte der Wissenschaftsrat das Netz der Roboterspione zerschlagen, das die Erde und ihre Kolonien überspannt hatte und dessen Stärke zum erstenmal von Lucky Starr auf den Schneefeldern des Io gebrochen worden war.

Es hatte harte Arbeit erfordert. Und oft war es erschrekkend zu erkennen, wie raffiniert und wirkungsvoll das Spionagenetz gewoben war. Um ein Haar hätte es der Erde nicht wiedergutzumachenden Schaden zugefügt.

Als die Lage schon bereinigt schien, ereignete sich eine neue Katastrophe. Mitten in der Nacht weckte Hector Conway, der Chef des Wissenschaftsrates, Lucky. Er schien sich in großer Eile angekleidet zu haben, und sein schönes weißes Haar war ungekämmt.

Schlaftrunken bestellte Lucky Kaffee und fragte verwundert: »Große Galaxis, Onkel Hector« – so nannte ihn Lucky seit seinen Kindertagen, da er als Waise unter der Obhut von Conway und Augustus Henree aufgewachsen war –, »funktionieren die Bildtelefone nicht mehr?«

»Auf das Bildtelefon wollte ich mich lieber nicht verlassen, mein Junge. Wir sind in einer schrecklichen Klemme.«

»Was ist geschehen?« fragte Lucky mit ruhiger Stimme. Aber dabei zog er sich schon die Schlafanzugjacke aus und begann sich zu waschen.

Bigman kam gähnend herein. »He, seid ihr denn vom Mars verlassen, solchen Krach zu machen?« In diesem Augenblick erkannte er den Ratsvorsitzenden und war sofort hellwach. »Was Schlimmes passiert, Sir?«

»Agent X ist uns durch die Lappen gegangen.«

»Agent X? Der geheimnisvolle Sirianer?« Luckys Augen wurden schmal. »Als ich das letzte Mal von ihm hörte, war der Rat gerade zu der Einsicht gekommen, daß es ihn gar nicht gibt.«

»Das war, als wir noch nichts von den Roboterspionen wußten. Er hat es raffiniert angestellt, Lucky, verdammt raffiniert! Man muß schon ein sehr raffinierter Spion sein, um dem Rat weiszumachen, daß man gar nicht vorhanden ist. Ich hätte dich auf seine Fährte setzen sollen. Aber du hattest immer wichtige andere Aufträge. Jedenfalls ...«

»Ja?«

»Für die Roboterspione mußte es irgendwo eine zentrale Leitstelle geben, die alle Informationen sammelte. Alles deutete darauf hin, daß sie sich auf der Erde befand. Das brachte uns wieder auf die Spur von Agent X. Einer der Hauptverdächtigen war ein Mann namens Jack Dorrance von der Firma Acme Air Products hier in International City.«

»Das ist mir völlig neu.«

»Es gab noch andere Verdächtige. Aber dann setzte sich dieser Dorrance in einem Privatschiff von der Erde ab, obwohl wegen eines Notfalls allgemeines Startverbot herrschte. Es war noch ein glücklicher Zufall, daß sich gerade ein Ratsmann im Raumschiffhafen befand, der kurz entschlossen die Verfolgung aufnahm. Als wir die Nachricht von der Flucht des Raumschiffs erhielten, stellten wir in wenigen Minuten fest, daß sich von allen Verdächtigen nur Dorrance der Überwachung entzogen hatte. Er war uns entwischt. Auch einige weitere Indizien deuteten auf ihn. Kurzum, er ist Agent X, dessen sind wir jetzt sicher.«

»Na schön, Onkel Hector. Er ist also auf und davon. Wem schadet das?«

»Wir haben noch mehr herausgefunden. Er hat eine Kapsel herausgeschmuggelt, die zweifellos alle Informationen des Spionagenetzes enthält, die er bisher noch nicht an seine

Sirius-Bosse übermitteln konnte. Wir wissen genau, um welches Material es sich handelt. Wenn es in die Hände seiner Auftraggeber vom Sirius gelangt, ist die Erde ihnen schutzlos preisgegeben.«

»Du sagtest, daß er verfolgt wurde. Hat man ihn eingeholt und zurückgebracht?«

»Nein.« Der von Sorgen gequälte Ratsvorsitzende zog ein verdrossenes Gesicht. »Sonst wäre ich doch nicht hier!«

»Ist das Schiff, in dem er floh, für den Großen Sprung ausgerüstet?« fragte Lucky in einer plötzlichen Eingebung.

»Nein!« rief der Ratsvorsitzende erschrocken. Sein Gesicht war vor Erregung gerötet, und er strich sich glättend über sein weißes Haar, als hätte es sich beim Gedanken an den Großen Sprung vor Entsetzen gesträubt.

Erleichtert atmete Lucky auf. Der Große Sprung – das war natürlich der Flug durch den Hyperraum. Dabei verließ das Schiff den normalen Weltraum und erreichte ihn nur wenige Sekunden später wieder, aber viele Lichtjahre weiter.

Mit einem solchen Schiff wäre Agent X mit größter Wahrscheinlichkeit uneinholbar gewesen.

»Er arbeitete also allein«, sagte Conway. »Auch seine Flucht bewerkstelligte er ganz allein. Das ist einer der Gründe, warum er uns durch die Lappen ging. Deshalb besorgte er sich auch einen Einmannkreuzer für interplanetarischen, Verkehr.«

»Aha. Einmannkreuzer sind nicht für Hyperraumflüge ausgerüstet. Jedenfalls bisher nicht. Aber, Onkel Hector, wenn er sich für ein solches Schiff entschied, dann braucht er wahrscheinlich kein anderes.«

Lucky hatte sich gewaschen und zog sich in aller Eile an. Er wandte sich an Bigman. »Was ist mit dir? Spring in deine Kleider!«

Bigman hatte auf der Couch gesessen. Jetzt sprang er auf. So blitzartig, daß er fast einen Salto dabei schlug.

»Wahrscheinlich«, fuhr Lucky fort, »wartet irgendwo im

Weltraum ein Schiff vom Sirius auf ihn, das durch den Hyperraum fliegen kann.«

»Genau. Und da er in einem schnellen Schiff sitzt und einigen Vorsprung hat, kann es passieren, daß wir ihn nicht mehr einholen – ja, nicht mal auf Schußweite an ihn herankommen. Die einzige Möglichkeit . . .«

». . . ist die *Shooting Starr*. Das ahnte ich schon, Onkel Hector. In einer Stunde kann ich starten, und wenn Bigman bis dahin angezogen ist, begleitet er mich. Besorge mir bitte Position und Kurs des Schiffes von Agent X und seines Verfolgers! Mehr brauche ich nicht.«

»Gut.« Einige Sorgenfalten auf Conways Gesicht glätteten sich. »Und, David« – wie immer, wenn er aufgeregt war, benutzte er Luckys wirklichen Vornamen –, »du wirst doch vorsichtig sein?«

»Hast du die anderen Besatzungen auch darum gebeten?« fragte Lucky freundlich.

Bigman hatte in der Zwischenzeit einen seiner Hüftstiefel angezogen und hielt den zweiten in der Hand. Er tätschelte die kleine Halfter in der samtbezogenen Innenseite des Stiefels. »Geht's jetzt los, Lucky?« fragte er. Tatendurst glänzte in seinen Augen, und sein Koboldgesicht verzog sich zu grimmigen Falten.

»Gleich geht es los!« bestätigte Lucky, und dabei zauste er Bigmans sandfarbenes Haar. »Wie lange haben wir auf der Erde gefaulenzt? Sechs Wochen? Na, das ist lange genug!«

»Ganz meiner Meinung«, rief Bigman fröhlich und zog sich den anderen Stiefel an.

Erst jenseits der Umlaufbahn des Mars bekamen sie zufriedenstellenden Subäther-Kontakt mit den Verfolgerschiffen. Dabei wurde für das Gespräch der Zerhacker benutzt.

Es war Ratsmann Ben Wessilewsky, der ihnen von Bord der *T. S. S. Harpoon* antwortete.

»Lucky!« rief er erfreut. »Schließen Sie sich uns an? Großartig!« Auf dem Bildschirm erschien sein grinsendes Gesicht. Er kniff ein Auge zu. »Haben Sie auf Ihrem Bildschirm noch Platz für Bigmans häßliche Visage? Oder ist er nicht mit Ihnen?«

»Hier bin ich«, rief Bigman und schob sich vor Lucky. »Denken Sie, Chef Conway ließe diesen langen Kerl ohne mich losziehen? Wer sollte dann aufpassen, daß er nicht über seine großen Füße stolpert?«

Lucky packte Bigman und klemmte sich den kreischenden Kleinen unter einen Arm. »Haben Sie die Position des Schiffes, hinter dem wir her sind, Wess?«

Wess wurde sofort ernst und gab die Position durch. »Das Schiff ist die *Net of Space*. Ein Privatkreuzer mit ordnungsgemäßen Papieren. Agent X muß sie unter falschem Namen gekauft und seit langer Zeit für den Notfall vorbereitet haben. Sie ist ein feines Schiff und hat seit dem Start die Geschwindigkeit ständig beschleunigt. Wir bleiben zurück.«

»Wie sind denn seine Treibstoffvorräte?«

»Wir haben uns bei der Herstellerfirma erkundigt. So, wie er mit seinem Treibstoff umgeht, kann er nicht mehr lange durchhalten. Er muß entweder bald die Triebwerke abstellen, oder er büßt an Manövrierfähigkeit ein, wenn er sein Ziel erreicht. Wir rechnen damit, daß wir ihn in diese Zwangslage treiben können.«

»Andererseits kann er schlau genug gewesen sein, zusätzliche Treibstofftanks einzubauen.«

»Wahrscheinlich ja«, sagte Wess. »Aber auch dann kann er nicht auf die Dauer in dieser Form weiterjagen. Ich mache mir eher Sorgen, daß er sich durch Asteroidenspringen unserer Ortung entzieht.«

Lucky kannte diesen Trick. Man brachte einen Asteroiden zwischen sich und den Verfolger, und sofort sprach dessen Masse-Detektor auf den Asteroiden an und nicht auf das verfolgte Schiff. Kam der nächste Asteroid in Sicht, brachte sich das Schiff hinter ihm in Sicherheit. Indessen orteten die Instrumente des Verfolgers immer noch den ersten Asteroiden.

»Für dieses Manöver hat er zuviel Tempo drauf«, wandte Lucky ein. »Er müßte schon einen halben Tag lang die Geschwindigkeit herabsetzen.«

»Es wäre ein Wunder, wenn es ihm gelänge«, gab Wess freimütig zu. »Aber langsam beginne ich an Wunder zu glauben. Denn es war auch ein Wunder, daß wir ihm überhaupt auf die Spur gekommen sind.«

»Erzählen Sie doch mal! Der Chef erwähnte, daß gerade wegen eines Luftnotfalls ein allgemeines Startverbot herrschte.«

»Ganz recht.« Wess erzählte die Geschichte kurz und eindrucksvoll. Dorrance oder Agent X – Wess nannte ihn mal so, mal so – hatte die Lichtschranken-Überwachung durch ein besonderes Instrument außer Kraft gesetzt. Sie hatten das Instrument später gefunden. Aber es war so zerstört worden, daß nicht einmal zu bestimmen war, ob es auf der Erde oder auf einem sirianischen Planeten hergestellt worden war.

Jedenfalls erreichte Agent X sein Schiff *Net of Space* ohne Schwierigkeiten. Er war startbereit – der Protonen-Mikroreaktor war aktiviert, Motor und Skalen waren gecheckt, der Luftraum über ihm frei –, genau da war ein durch Meteortreffer beschädigtes Frachtschiff in der Stratosphäre aufgetaucht und hatte verzweifelt um freie Landebahn gebeten.

Sofort wurde allgemeines Startverbot angeordnet. Alle Schiffe mußten im Hafen bleiben. Wer noch nicht abgehoben hatte, mußte den Countdown unterbrechen.

Die *Net of Space* kümmerte sich nicht um das Startverbot. Lucky Starr konnte sich gut in die Gefühle des Agenten X hineinversetzen. Er besaß die heißesten Informationen aus dem Sonnensystem. Für ihn zählte jede Sekunde. Nun, da er enttarnt war, konnte es nicht lange dauern, und der Rat würde ihm auf den Fersen sein.

Ein Abbruch der Startvorbereitungen würde eine Verzögerung von unbestimmter Dauer bedeuten. Er müßte die Notlandung des angeschlagenen Schiffs abwarten. Erst wenn die Krankenwagen und Hilfsfahrzeuge das Feld geräumt hatten, konnte er den Mikroreaktor wieder aktivieren. Ein neues Durchgehen der Checkliste wäre unumgänglich. Nein, diese Verzögerung konnte er sich nicht leisten. Also ließ er die Turbinen an und hob ab.

Vielleicht wäre Agent X sogar unerkannt entkommen. Zwar heulten die Alarmsirenen, und die Polizei schickte der *Net of Space* wilde Funksprüche hinterher. Aber nur Ratsmann Wessilewsky, der gerade Routinedienst im Raumschiffhafen versah, ergriff die richtigen Maßnahmen. Er hatte bei der Suche nach Agent X mitgewirkt; und als da ein Schiff in einer Verzweiflungsaktion gegen das allgemeine Startverbot verstieß, kam er auf die Idee, das müsse Agent X sein. Es war ein Schuß ins Blaue. Aber er handelte unverzüglich.

Gestützt auf die Autorität des Wissenschaftsrats – die höchste Gewalt, abgesehen von einem direkten Befehl des Präsidenten der Terranischen Föderation –, schickte er Wachschiffe in den Weltraum, setzte sich mit dem Hauptquartier des Rats in Verbindung und ging selber an Bord der *T. S. S. Harpoon,* um die Verfolgung zu leiten. Er befand sich schon seit einigen Stunden im Weltraum, ehe die Ermittlungen zu einem Ergebnis führten. Und da erhielt er die Nachricht, daß er in der Tat niemand anders als Agent X verfolge und man ihm weitere Schiffe zur Unterstützung nachsenden werde.

Lucky hatte schweigend zugehört. Jetzt sagte er ernst: »Es war ein kühner Entschluß von Ihnen, Wess, aber er hat sich gelohnt. Sie haben genau richtig gehandelt. Gut gemacht!«

Wess grinste zufrieden. Ratsmänner vermieden aus Tradition jede Publicity und die Fangstricke öffentlichen Ruhms. Aber die Anerkennung von Ratskollegen tat jedem wohl.

»Ich setze die Verfolgung fort«, sagte Lucky. »Lassen Sie eins Ihrer Schiffe Massekontakt mit mir halten!«

Er beendete das Gespräch. Wie liebkosend schlossen sich seine kräftigen, wohlgeformten Hände um die Kontrollen seines Schiffs – seiner *Shooting Starr*, die in vieler Hinsicht das hervorragendste Schiff im Weltraum war.

Die *Shooting Starr* besaß die stärksten Protonen-Mikroreaktoren, die in ein Schiff dieser Größe eingebaut werden konnten. Diese Reaktoren konnten sie fast auf die Geschwindigkeit eines Schlachtkreuzers beschleunigen. Und es fehlte nicht viel daran, daß sie den Großen Sprung durch den Hyperraum bewältigt hätten.

Der Ionen-Antrieb des Schiffs wirkte gleichmäßig auf sämtliche Atome an Bord ein, einschließlich der lebenden Körper von Lucky und Bigman. Dadurch wurden die meisten üblichen Erscheinungen bei heftiger Beschleunigung aufgehoben.

Die größte Errungenschaft aber war der kürzlich entwickelte und noch nicht ganz ausgereifte Agravmotor, der ein freies Manövrieren auch innerhalb der gewaltigen Schwerefelder großer Planeten ermöglichte.

Und jetzt dröhnten die mächtigen Motoren der *Shooting Starr* ein wenig schriller, und Lucky fühlte den leichten Andruck, den der Ionen-Antrieb nicht völlig ausgleichen konnte. Das Schiff steuerte in die fernen Räume des Sonnensystems, schneller, schneller, immer schneller ...

Noch immer zehrte Agent X von seinem Vorsprung. Die *Shooting Starr* holte nur langsam auf. Als der Hauptteil des Asteroidengürtels hinter ihnen lag, sagte Lucky: »Es sieht schlecht aus, Bigman.«

Der schaute ihn überrascht an. »Aber wir holen ihn ein, Lucky!«

»Mir gibt seine Fahrtrichtung zu denken. Ich hatte angenommen, daß ein sirianisches Mutterschiff irgendwo im Verborgenen lauert, ihn aufnimmt und dann den Großen Sprung heimwärts unternimmt. Es würde entweder weit außerhalb der Sonnenbahn oder im Asteroidengürtel auf ihn warten. Dort wäre es ziemlich sicher vor Entdeckung. Aber Agent X bleibt innerhalb der Sonnenbahn und verläßt den Asteroidengürtel!«

»Vielleicht will er uns abschütteln, bevor er Richtung auf das Mutterschiff nimmt.«

»Vielleicht«, sagte Lucky. »Oder aber die Sirianer haben einen Stützpunkt auf einem unserer äußeren Planeten.«

»Nun mach mal halblang, Lucky!« Der kleine Marsmensch kicherte herablassend. »Direkt vor unserer Nase?«

»Ja. Was direkt vor unserer Nase vorgeht, entgeht einem besonders leicht. Jedenfalls fliegt er genau auf Saturn zu.«

Bigman überzeugte sich an den Schiffscomputern, die den Kurs des anderen ständig kontrollierten. »Hör mal, Lucky, der Kerl fliegt seit 36 Millionen Kilometern ohne Motorenkraft auf einem rein ballistischen Kurs. Vielleicht ist ihm der Treibstoff ausgegangen.«

»Oder er spart sich den Treibstoff für Manöver im Saturnsystem auf. Denn dort gibt es gewaltige Schwerkraftfelder. Wenigstens *hoffe* ich, daß er sich Treibstoff aufspart. Große Galaxis, ich hoffe es stark!« Luckys schmales, hübsches Gesicht war von tiefem Ernst überschattet, und er preßte die Lippen aufeinander.

Bigman sah ihn erstaunt an. »Bei den Sandstürmen des Mars, Lucky, warum?«

»Wenn es im Saturnsystem einen sirianischen Stützpunkt gibt, kann nur Agent X uns dort hinführen. Saturn besitzt einen Riesenmond, acht große Trabanten und einige Splitterkörper. Der Möglichkeiten gibt es also viele.«

Bigman zog die Brauen zusammen. »Der Kerl wird doch nicht so dumm sein, uns hinzuführen!«

»Oder sich vielleicht von uns fangen zu lassen ... Bigman,

berechne mal seinen Kurs bis zum Eintritt in die Umlaufbahn des Saturn!«

Bigman gehorchte. Es war eine leichte Routinearbeit für den Computer.

»Und jetzt brauche ich Saturns Position zu dieser Zeit«, sagte Lucky. »Wie weit wird das Schiff des Agenten X dann von Saturn entfernt sein?«

Bigman mußte erst einige Daten nachschlagen, dann gab er sie in den Computer ein. Dessen Rechenvorgang dauerte nur wenige Sekunden. Plötzlich sprang Bigman erschrocken auf.

»Lucky, bei den Sandstürmen des Mars!«

Lucky brauchte gar nicht erst nach Einzelheiten zu fragen. »Offenbar verfolgt Agent X den einzig möglichen Kurs, um uns von dem sirianischen Stützpunkt abzulenken. Wenn er auf seiner ballistischen Flugbahn verbleibt, stürzt er auf Saturn – und damit in den sicheren Tod.«

3
Tod in den Ringen

Stunden bewiesen die Richtigkeit von Luckys Voraussage. Auch in den Schiffen der Verfolgerflotte, die weit hinter der *Lucky Starr* zurückgeblieben waren, herrschte Aufregung. Wegen der großen Entfernung zum Schiff des Agenten X lieferten ihre Masse-Detektoren keine einwandfreien Ergebnisse.

Ratsmann Wessilewsky nahm Verbindung mit der *Lucky Starr* auf. »Sagen Sie mal, Lucky«, fragte er, »wohin fliegt er denn?«

»Direkt auf Saturn zu, scheint mir«, antwortete Lucky.

»Glauben Sie, daß beim Saturn ein Schiff auf ihn wartet?

Ich weiß, daß der Planet viele tausend Kilometer Atmosphäre hat mit einem Luftdruck von Millionen von Tonnen, und ohne Antigrav-Motoren ist es reinweg unmöglich ... Lucky, haben die etwa Antigrav-Motoren und Kraftfeldblasen?«

»Ich glaube, daß er eine Bruchlandung machen will, um der Gefangennahme zu entgehen.«

»Wenn er so scharf darauf ist zu sterben«, bemerkte Wess trocken, »wäre es vernünftiger, mit uns zu kämpfen. Da könnte er doch eventuell noch ein oder zwei von uns mit in die Hölle nehmen.«

»Daran hab ich auch schon gedacht«, sagte Lucky. »Und warum schließt er nicht seine Motoren kurz und fliegt 160 Millionen Kilometer am Saturn vorbei? Es gibt mir wirklich zu denken, daß er uns mit aller Gewalt zum Saturn lenkt.« Lucky schwieg und dachte nach.

Wess hatte eine Idee! »Vielleicht können Sie ihm den Weg abschneiden, Lucky? Bei der heiligen Galaxis, *wir* sind zu weit zurück.«

Bigman schaltete sich von seinem Platz am Instrumentenbord ein. »Bei den Sandstürmen des Mars, Wess, es ist nicht zu schaffen. Wenn wir unseren Ionenantrieb auf Touren bringen, werden wir zu schnell und haben keine Chance, ihm den Weg zum Saturn abzuschneiden.«

»Menschenskinder, tut doch irgendwas!«

»Beim Weltraum, das ist ein intelligenter Auftrag«, mekkerte Bigman. »Wirklich Klasse. ›Menschenskinder, tut doch irgendwas!‹«

»Bleiben Sie auf Kurs, Wess«, sagte Lucky. »Ich *werde* irgendwas tun.«

Er beendete das Gespräch und fragte Bigman: »Hat er irgendwie auf unsere Signale reagiert?«

»Überhaupt nicht.«

»Okay. Konzentriere dich bitte darauf, seine Sendefrequenz ausfindig zu machen!«

»Ich meine, daß er bisher noch keine benutzt hat, Lucky.«

»Dann wird er es im letzten Augenblick tun. Muß er ja, weil er seinen Leuten noch was mitzuteilen hat. Inzwischen werde ich auf ihn schießen.«

»Wie denn?«

»Ein Schrotkorn mit Raketenantrieb.«

Und damit war Lucky an der Reihe, den Computer zu füttern. Da die *Net of Space* antriebslos auf einer ballistischen Flugbahn im Bereich des Saturn flog, war es kein großes Kunststück, Abschußwinkel und Geschwindigkeit eines Schrotkorns zu berechnen.

Lucky lud das Geschoß. Kein Explosivgeschoß! War ja auch nicht nötig. Es hatte nur einen Durchmesser von sechs Millimetern. Aber der Abschuß durch den Protonen-Mikromeiler verlieh ihm eine Geschwindigkeit von 800 Kilometern in der Sekunde. Im Vakuum des Weltraums würde sich dieses Tempo nie verringern. Das Schrotkorn würde beim Aufprall durch die Hülle der *Net of Space* fahren wie ein heißes Messer durch Butter.

Aber Lucky hatte gar nicht die Absicht, das Schiff des Agenten X zu treffen. So klein das Geschoß war, würde es doch von den Masse-Detektoren der *Net of Space* erfaßt werden. Automatisch würde das Schiff seinen Kurs ändern, um dem Geschoß zu entgehen. Aber diese Kursänderung würde seine Flugbahn wieder vom Saturn entfernen. In der Zeit, die Agent X brauchte, den neuen Kurs zu berechnen und wieder in den alten einzulenken, konnte die *Lucky Starr* ihm vielleicht nahe genug kommen, um einen magnetischen Enterhaken nach ihm auszufahren.

Es war nur eine geringe, eine hauchdünne Chance, aber eine andere Möglichkeit gab es nicht.

Lucky drückte einen Knopf. Ein lautloser Blitz flammte auf. Das winzige Geschoß jagte davon. Der Zeiger auf der Skala des Masse-Detektors schwang wild aus und fiel dann langsam auf Null zurück, als sich das Geschoß entfernte.

Lucky lehnte sich zurück. Es würde zwei Stunden dauern, bis das Geschoß sein Ziel – beinahe – erreichte. Plötzlich fiel Lucky noch eine andere Möglichkeit ein. Vielleicht hatte Agent X keinen Treibstoff an Bord! Dann würde das Schiff auf das automatisch angeordnete Ausweichmanöver nicht reagieren. Das Geschoß würde das Schiff treffen, vielleicht sogar zerstören. Zumindest aber bliebe sein Kurs weiterhin in Richtung Saturn.

Doch ernsthaft rechnete er nicht damit. Er konnte nicht glauben, daß Agent X auf Kollisionskurs mit dem Planeten gegangen war, wenn er seine Treibstoffvorräte erschöpft hatte. Nein, nein, er mußte noch etwas in Reserve haben!

Tödlich langsam schlichen die Stunden des Wartens dahin. Tief unten auf der Erde wurde Hector Conway ungeduldig. Die in regelmäßigen Abständen gefunkten Bulletins waren ihm zu nichtssagend. Er nahm Subäther-Verbindung mit Lucky auf.

Besorgt fragte er: »An welchem Punkt des Saturnsystems vermutest du denn den feindlichen Stützpunkt?«

Lucky äußerte sich sehr vorsichtig. »Falls es überhaupt einen gibt und Agent X uns nicht mächtig an der Nase herumführt, würde ich auf Titan tippen. Es ist der einzige wirklich große Saturnmond. Er besitzt die dreifache Masse unseres Mondes und die doppelte Oberflächengröße. Wenn die Sirianer sich dort eingegraben haben, wird es eine verflucht lange Zeit dauern, den ganzen Titan nach ihnen abzusuchen.«

»Ich kann kaum glauben, daß sie sich zu einem solchen Wagnis hinreißen ließen. Es wäre ja bereits ein kriegerischer Akt!«

»Mag schon sein, Onkel Hector. Aber es ist ja auch noch nicht lange her, daß sie versuchten, auf Ganymed einen Stützpunkt zu errichten.«

Ein scharfer Ruf Bigmans: »Lucky, er bewegt sich!«

Lucky sah überrascht zu ihm hin. »Wer bewegt sich?«

»Die *Net of Space*. Der Lump vom Sirius.«

»Ich melde mich später wieder, Onkel Hector«, sagte Lucky hastig und beendete das Gespräch. »Aber du mußt dich irren, Bigman«, sagte er. »Er kann unser Geschoß noch gar nicht entdeckt haben.«

»Sieh es dir selber an, Lucky. Ich sage dir, er weicht vom Kurs ab!«

Mit einem Sprung war Lucky an den Masse-Detektoren der *Shooting Starr*. Die Instrumente waren jetzt seit Stunden auf das verfolgte Schiff eingestellt, das antriebslos durch den Weltraum flog.

Und seit Stunden zeichnete es sich auf dem Bildschirm als kleiner heller Punkt ab.

Jetzt war der Punkt in Bewegung geraten und zu einem kurzen Strich geworden.

Luckys Stimme war sanft, aber eindringlich. »Große Galaxis, jetzt ist mir alles klar! Selbstverständlich, so macht es Sinn! Wie konnte ich nur annehmen, daß es ihm in erster Linie darum ging, der Gefangennahme zu entgehen? Bigman . . .«

»Ja, Lucky, was ist?« Bigman war zu jeder Tollkühnheit bereit.

»Er hat uns ausmanövriert. Wir müssen ihn jetzt abschießen. Auch auf die Gefahr hin, daß wir selber auf dem Saturn zerschellen.«

Vor einem Jahr waren die Ionenstrahldüsen auf die *Shooting Starr* montiert worden. Jetzt setzte Lucky diesen zusätzlichen Antrieb zum erstenmal ein. Das Schiff taumelte, als es mit einem riesigen Zusatzstrahl fast bis zur Grenze seiner Möglichkeiten beschleunigte. Bigman rang nach Luft. »Aber worum geht es denn eigentlich, Lucky?«

»Sein Ziel ist gar nicht Saturn, Bigman. Er hat sich nur sämtliche Kräfte seines Schwerefeldes zunutze gemacht, um den Vorsprung vor uns zu halten. Nun steuert er vom Planeten weg in eine Umlaufbahn. Sein Ziel sind die Ringe, die

Ringe des Saturn!« Das Gesicht des jungen Ratsmanns war hart und angespannt. »Stell dich auf seinen Kommunikationsstrahl ein, Bigman! Er wird jetzt sprechen. Er muß es tun! Jetzt oder nie!«

Bigman fühlte, wie sein Herz schneller schlug, als er sich über den Wellenanalysator beugte. Beim besten Willen konnte er nicht begreifen, warum die Ringe des Saturn Lucky so in Unruhe versetzten.

Das winzige Geschoß der *Shooting Starr* verfehlte sein Ziel um mehr als 80 000 Kilometer. Aber inzwischen war die *Shooting Starr* selbst zu einem Geschoß geworden, das sein Ziel verzweifelt suchte ...

Und es auch verfehlen würde.

»Wir schaffen es nie«, stöhnte Lucky. »Der Abstand ist zu kurz ...«

Saturn stand mittlerweile riesig am Himmel. Die Ringe wirkten wie dünne Schmisse auf seinem Antlitz. Die gelbe Kugel des Planeten erschien nahezu voll, als die *Shooting Starr*, die Sonne im Rücken, auf sie zuschoß.

Und plötzlich explodierte Bigman. »Dieser verfluchte krumme Hund! Er versteckt sich in den Ringen! Jetzt verstehe ich, was du meinst, Lucky.«

Wie ein Wilder betätigte er den Masse-Detektor. Aber es war bereits hoffnungslos. Sobald er einen Teil der Ringe aufs Korn nahm, erschien jeder einzelne der unzähligen Trümmerbrocken, aus denen die Ringe bestanden, als heller Punkt auf dem Bildschirm. Nach kurzer Zeit war der Schirm blendend weiß und die *Net of Space* verschwunden.

Lucky schüttelte den Kopf. »Das Problem ist immer noch zu lösen. Wir sind so dicht hinter ihm, daß wir Sichtkontakt aufnehmen können. Aber ich befürchte etwas anderes ... Ich bin sicher, daß er es tut ...«

Bleich vor Konzentration hatte Lucky den Bildschirm im Schiffsbug auf stärkste Vergrößerung eingestellt. Er sah nun die *Net of Space* als einen winzigen Metallzylinder, der hinter den Gesteinsbrocken der Ringe zwar manchmal schwer zu sehen, aber nie völlig verborgen war. Die Ringe waren im allgemeinen aus Materie zusammengesetzt, deren Bestandteile selten größer als Kieselsteine waren. Sie funkelten als winzige Punkte im Licht der fernen Sonne.

»Lucky!« meldete sich Bigman. »Ich bin auf seinem Nachrichtenstrahl ... Nein, nein, warte doch mal! Ja, jetzt hab' ich ihn!«

In der Kanzel war eine verzerrte Stimme zu hören, aber man konnte sie nicht verstehen. Störungen überlagerten sie, und die Geräusche ergaben keinen Sinn.

Mit geschickten Fingern bediente Bigman den Antizerhacker, und von Sekunde zu Sekunde näherte er sich den bisher unbekannten Bereichen des sirianischen Zerhackersystems.

Manchmal wurde die Stimme fast unhörbar. Dann kam sie wieder zurück. Dann wieder war nur das schwache Summen des Aufnahmegeräts zu hören, das ständig jeden Laut von außen registrierte.

Und dann verstanden sie Wortfetzen: »... kei ... Sorge ... hinter mir ...«

Eine Pause trat ein, während der Bigman wie ein Wilder an seinen Schaltern fummelte.

»... die verfolgt ... konnte nicht abschütteln ... bin erledigt ... muß übermitteln ... rns Ringe, normaler Uml ... on abgeworfen ... dinaten ... bitte merken ... Koordinaten sind wie folgt ...«

Und genau an diesem Punkt brach alles ab: die ferne Stimme, die Störungen, eben alles.

»Beim Mars«, heulte Bigman, »hier ist was kaputt!«

»Hier nicht«, sagte Lucky beruhigend. »Aber auf der *Net of Space.*«

Er hatte es bereits gesehen. Es ereignete sich zwei Sekunden nach der Funkstille. Der Zeitunterschied erklärte sich aus der Lichtgeschwindigkeit von ›nur‹ 300 000 Kilometern pro Sekunde und der fast unbegrenzten Geschwindigkeit im Subäther.

Das Licht brauchte zwei Sekunden, um den Bildschirm in Luckys Schiff zu erreichen. Dann sah er mit an, wie das hintere Ende der *Net of Space* kirschrot aufglühte, sich öffnete und in einer Blüte schmelzenden Materials verging.

Bigman bekam noch den Schluß der Katastrophe mit. Wortlos sahen er und Lucky die *Net of Space* verglühen.

Kopfschüttelnd sagte Lucky: »Wie ist das zu deuten? Er war noch nicht mitten in den Ringen, sondern erst an ihren Rändern. Aber schon da begegnet man einer Menge von fliegenden Kieselsteinen. Vielleicht hatte er nicht mehr genügend Treibstoff, um einem auszuweichen. Vielleicht kamen auch mehrere aus verschiedenen Richtungen auf ihn zu, und er zerschellte zwischen ihnen. Auf jeden Fall war er ein tapferer Mann. Aber wir dürfen nicht vergessen, daß er vor allem ein Feind war, der mit allen Wassern gewaschen war.‹

»Ich begreife das alles nicht, Lucky. Was hat er bezweckt?«

»Du begreifst es immer noch nicht? Ich gebe zu, ich bin auch erst spät darauf gekommen. Es war nicht so, daß er den Tod unbedingt der Gefangenschaft vorzog. Diese Alternative war in seinen Überlegungen nicht vorrangig. Für ihn stand an erster Stelle, daß seine gestohlenen Nachrichteninformationen zum Sirius gelangten! Sollte er alles über den Subäther funken? Informationen, die mehrere tausend Wörter umfaßten? Noch dazu mit Verfolgerschiffen hinter sich, die möglicherweise seinen Nachrichtenstrahl anzapften? Nein. Er entschied sich für ein praktischeres Verfahren. Er sorgte dafür, daß eine Kapsel, die alle gestohlenen Informationen enthielt, in die Hände der Sirianer gelangen mußte.«

»Aber wie brachte er so etwas fertig?«

»Denke an das, was wir von seiner Botschaft auffingen! ›Normaler Uml‹ – heißt natürlich ›normaler Umlauf‹. Und das folgende ›on abgeworf‹ lese ich als ›schon abgeworfen‹!«

Bigman packte Luckys Arme. Seine kurzen Finger schlossen sich fest um dessen sehnige Gelenke. »Er hat die Kapsel in den Ringen abgeworfen, stimmt es, Lucky? Und jetzt ist sie ein Kieselstein unter Trillionen anderer Kieselsteine, wie ein Sandkorn in der Wüste oder ein Tropfen im Ozean.«

»Oder«, fiel Lucky ein, »wie ein Kieselstein in den Ringen des Saturn – was von allem das schlimmste ist. Allerdings ereilte ihn der Tod, bevor er die Koordinaten des Umlaufs durchgeben konnte, den die Kapsel nimmt. Also wissen die Sirianer nicht mehr darüber als wir. Aber wir dürfen uns kein Zögern erlauben.«

»Mit der Suche beginnen? Gleich jetzt?«

»Sofort! Er schickte sich gerade an, die Koordinaten durchzugeben, obwohl er annehmen mußte, daß wir sie mithören konnten, weil wir dicht hinter ihm waren. Daraus folgt, daß er auch die Sirianer in der Nähe wußte ... Nimm Verbindung mit unserer Flotte auf, Bigman, und informiere sie!«

Als Bigman sich dem Nachrichtengerät zuwandte, glühte der Empfangsknopf rot auf. Das bedeutete, daß er Radiowellen auffing. Radiowellen. Normale Funkverbindung also. Da funkte offensichtlich jemand der sich in der Nähe befand, sicherlich innerhalb des Saturnsystems. Er schien keinerlei Wert auf Geheimhaltung zu legen. Denn im Gegensatz zu subätherischen Nachrichtenverbindungen waren Radiowellen beinahe von jedem Kind aufzufangen.

Luckys Augen verengten sich. »Geh auf Empfang, Bigman!«

Gleich darauf hörten sie die Stimme. Sie sprach mit jenem berüchtigten Akzent, den langgezogenen Vokalen und scharfen Konsonanten. Die Stimme eines Sirianers!

Sie sprach: »... ren Sie sich, da wir uns sonst gezwungen sehen, Sie einzufangen und in Schutzhaft zu nehmen. Sie haben 14 Minuten Zeit, den Empfang zu bestätigen.« Es folgte eine Minute lang Schweigen. Dann: »Im Namen der

Zentralmacht werden Sie aufgefordert, sich zu identifizieren, da wir uns sonst gezwungen sehen, Sie einzufangen und in Schutzhaft zu nehmen. Sie haben 13 Minuten Zeit, den Empfang zu bestätigen.«

»Empfang bestätigt«, antwortete Lucky kalt. »Hier ist die *Shooting Starr* von der Erdföderation auf Friedensflug innerhalb eigenen Gebiets.«

Diesmal herrschte eine, höchstens zwei Sekunden Stille. Radiowellen bewegen sich ja nur mit Lichtgeschwindigkeit. Dann antwortete die fremde Stimme: »Die Befehlsgewalt der Erdföderation kann nicht auf einem Himmelskörper anerkannt werden, der von Sirianern kolonisiert wurde.«

»Welcher Himmelskörper soll das sein?« fragte Lucky.

»Das bisher unbewohnte Saturnsystem wurde von unserer Regierung in Besitz genommen – nach dem interstellaren Gesetz, das jeden unbewohnten Himmelskörper dem zuspricht, der ihn als erster besiedelt.«

»Nicht jeden unbewohnten Himmelskörper. Sondern jedes unbewohnte Sonnensystem!«

Die Stimme ging auf diesen Einwand nicht ein. Sie kündigte unbewegt an: »Sie befinden sich jetzt innerhalb des Saturnsystems und werden aufgefordert, sich unverzüglich daraus zu entfernen. Jedes Verzögern Ihres Rückzugs wird zur Folge haben, daß Sie in Schutzhaft genommen werden. Sollten noch weitere Schiffe der Erdföderation in unser Gebiet eindringen, werden sie ohne vorherige Warnung in Schutzhaft genommen. Sie werden spätestens in acht Minuten mit dem beschleunigten Rückzug beginnen, oder wir treten in Aktion.«

Bigmans Gesicht zuckte vor ungebührlicher Vorfreude. Er flüsterte: »Ran und schnappen wir sie uns, Lucky! Zeigen wir ihnen, wie die alte *Shooter* zu kämpfen versteht.«

Aber Lucky beachtete ihn nicht. Er sagte laut: »Wir haben Ihre Botschaft erhalten. Wir erkennen die sirianische Herrschaft in diesem Gebiet nicht an, haben uns aber aus eigenem Willen dazu entschlossen, das Gebiet zu verlassen, und werden es jetzt tun.« Damit unterbrach er die Verbindung.

Bigman war entsetzt. »Bei den Sandstürmen des Mars, Lucky! Rennen wir vor einer Horde Sirianern davon? Lassen wir die Sirianer die Kapsel in den Ringen des Saturn auffischen?«

»Im Augenblick bleibt uns nichts anderes übrig, Bigman«, erwiderte Lucky. Er hielt den Kopf gesenkt, und sein Gesicht war bleich und von Qual gezeichnet. Aber in seinen Augen lag ein Ausdruck, der nicht zu einem geschlagenen Manne paßte. Alles andere als das.

4
Zwischen Jupiter und Saturn

Der höchste Offizier der Verfolgerflotte – abgesehen von Ratsmann Wessilewsky natürlich – war Captain Myron Bernold.

Der Offizier mit den vier Ärmelstreifen zählte keine 50 Jahre, wirkte aber durch seine athletische Gestalt noch zehn Jahre jünger. Sein Haar zeigte wohl einen Anflug von Grau, aber die Augenbrauen waren noch schwarz, und das glattrasierte Kinn schimmerte blau.

Er starrte den viel jüngeren Lucky Starr mit unverhohlener Verachtung an. »Und Sie haben den Rückzug angetreten?«

Die *Shooting Starr* war auf dem Rückweg den Schiffen der Verfolgerflotte halbwegs zwischen den Bahnen von Jupiter und Saturn begegnet. Lucky war an Bord des Flaggschiffs gegangen.

»Ich habe getan, was getan werden mußte«, entgegnete er ruhig.

»Wenn der Feind unser Sonnensystem angreift, kommt ein Zurückweichen überhaupt nicht in Frage! Kann sein, daß Sie im Weltraum verglüht wären, aber Sie hätten immer noch Zeit genug gehabt, uns zu warnen, und dann hätten wir den Kampf fortgesetzt.«

»Mit wieviel Resttreibstoff in Ihren Mikroreaktoren, Captain?«

Der Captain wurde rot. »Es hätte keine Rolle gespielt, wenn auch wir im Weltraum verglüht wären. Bevor sie uns abgeschossen hätten, hätten wir die Streitkräfte der Erde alarmiert.«

»Und damit einen Krieg vom Zaun gebrochen?«

»Das haben sie bereits getan, die Sirianer ... Ich habe mich entschlossen, den Flug zum Saturn fortzusetzen und anzugreifen.«

Luckys schlanke Gestalt straffte sich. Er war größer als der Captain, und sein kühler Blick wich dem des anderen nicht aus. »Wie Sie wissen, Captain, bin ich Ratsmann des Wissenschaftsrats und stehe daher höher im Rang als Sie. Ich werde keinen Angriffsbefehl erteilen. Ich gebe Ihnen den Befehl, zur Erde zurückzukehren.«

»Eher würde ich ...« Die Wut schien den Captain zu übermannen. Er ballte die Fäuste. Mit mühsam beherrschter Stimme sagte er: »Kann ich die Gründe für diesen Befehl erfahren, Sir?« Voll Ironie betonte er die respektvolle Anrede ›Sir‹. »Vielleicht sind Sie so gut, Sir, mir die ausgezeichneten Gründe zu nennen, die Sie zweifellos zu dieser Entscheidung bewogen haben, Sir. Mein eigener Entschluß wurde von einer unbedeutenden Tradition bestimmt, die zufälligerweise in der Flotte hochgehalten wird. Ich meine die Tradition, Sir, daß die Flotte niemals zurückweicht.«

»Wenn Sie meine Gründe erfahren wollen, Captain«, sagte Lucky, »dann nehmen Sie Platz, und Sie sollen sie hören. Und versuchen Sie nicht mir weiszumachen, daß die Flotte nie zurückweicht! Rückzug gehört zur militärischen Strategie. Ein kommandierender Offizier, der seine Schiffe lieber vernichten läßt, als den Rückzug anzuordnen, hat seine Stellung als Befehlshaber verwirkt. Ich möchte aber annehmen, daß nur der Zorn aus Ihnen sprach. Nun, Captain, sind wir bereit und in der Lage, Krieg zu führen?«

»Und ich sage Ihnen, die Sirianer führen bereits Krieg gegen uns. Sie haben die Invasion auf das Gebiet der Terranischen Föderation begonnen.«

»Nicht direkt. Sie haben einen unbewohnten Himmelskörper besetzt. Es ist leider so, Captain, daß der Große Sprung durch den Hyperraum uns bisher unerreichbar erscheinende Sterne sehr nahe gerückt hat. Daher haben die Menschen der Erde Planeten anderer Sterne besiedelt, während sie die entfernteren Teile ihres eigenen Sonnensystems unberührt ließen.«

»Erdmenschen sind auf Titan gelandet. Es war im Jahr ...«

»Ich weiß über den Flug von James Francis Hogg Bescheid. Er landete außerdem auf dem Uranusmond Oberon. Aber das war nur eine Expedition, der keine Besiedlung folgte. Das Saturnsystem blieb unbewohnt, und ein unbewohnter Himmelskörper gehört rechtlich der ersten Macht, die ihn in Besitz nimmt.«

»Nur unter der Bedingung«, wandte der Captain heftig ein, »daß der unbewohnte Planet oder das Planetensystem zu einem unbewohnten Sonnensystem gehört. Das ist bei Saturn nicht der Fall, wie Sie zugeben werden. Er ist Teil unseres Sonnensystems, und bei den heulenden Teufeln des Weltalls, unser Sonnensystem ist bewohnt!«

»Das stimmt. Aber soviel ich weiß, gibt es über diesen Punkt keine übereinstimmenden Rechtsauffassungen. Es könnte durchaus dahingehend entschieden werden, daß Sirius mit der Besetzung des Saturn rechtmäßig handelte.«

Der Captain schlug mit der Faust auf den Tisch. »Ich schere mich nicht darum, was die Weltraum-Rechtsgelehrten meinen. Saturn gehört uns, und jeder Erdmensch mit

Blut in den Adern wird mir zustimmen. Wir vertreiben die Sirianer und lassen die Waffen entscheiden, wer im Recht ist!«

»Aber gerade das will Sirius doch!«

»Um so besser. Erfüllen wir ihm den Wunsch!«

»Und stehen vor aller Welt als Aggressoren da ... Captain, es gibt 50 Himmelskörper in anderen Sternensystemen, deren Bewohner nie vergessen werden, daß sie mal zu unserem Kolonialreich zählten. Wir haben ihnen zwar alle Freiheit und Unabhängigkeit gegeben, ohne Krieg und äußeren Zwang. Aber dieser Umstand ist bei ihnen leider in Vergessenheit geraten. Dagegen steht ihnen ständig vor Augen, daß unsere Welt über die größte Bevölkerungszahl verfügt und am höchsten entwickelt ist. Wenn Sirius uns lauthals beschuldigt, einen Akt unprovozierter Aggression begangen zu haben, wird er alle anderen auf seiner Seite haben. Deshalb provozieren sie uns ja jetzt. Sie wollen von uns angegriffen werden! Und nur deshalb weigerte ich mich, ihnen in die Falle zu gehen, und trat den Rückzug an.«

Der Captain biß sich auf die Unterlippe. Bevor er antworten konnte, hatte Lucky wieder das Wort ergriffen.

»Wenn wir aber nicht angreifen, können wir die Sirianer der Aggression bezichtigen und damit die öffentliche Meinung der äußeren Welten stark beeinflussen. Spielen wir dann unsere Karten richtig aus, werden sie alle auf unserer Seite stehen.«

»Die äußeren Welten auf unserer Seite?«

»Warum nicht? In jedem Sonnensystem mit intelligenten Lebewesen gibt es Hunderte unbewohnter Himmelskörper aller Größen. Den Präzedenzfall, daß Bewohner eines Sonnensystems Stützpunkte in einem anderen errichten, fürchten alle gleichermaßen. Im Augenblick liegt der Vorteil also klar auf unserer Seite. Wir dürfen nur nicht den Eindruck erwecken, die Supermacht Erde wolle ihre früheren Kolonien einschüchtern. Dann wären alle sofort gegen uns.«

Der Captain erhob sich und ging in der Kabine auf und ab. Dann sagte er: »Ich bitte um Ihre Befehle.«

Doch vorher wollte Lucky wissen: »Verstehen Sie jetzt, warum ich den Rückzug antrat?«

»Ja. Und wie lauten Ihre Befehle?«

»Schön. Ich befehle Ihnen, die Hülse, die ich Ihnen hier anvertraue, dem Ratsvorsitzenden Hector Conway zu übergeben. Zweitens: Sie haben über die Ereignisse dieser Verfolgungsjagd gegen jedermann, sei es über Subäther, über Radio oder im normalen Gespräch, strengstes Stillschweigen zu bewahren. Drittens: Sie haben sich jeder feindlichen Handlung – ich wiederhole: jeder feindlichen Handlung – gegen sirianische Streitkräfte zu enthalten, es sei denn, Sie würden direkt angegriffen. Sollten Sie absichtlich die Konfrontation mit derartigen Streitkräften herbeiführen oder einen Angriff von ihrer Seite provozieren, bringe ich Sie vors Kriegsgericht und setzte alles daran, daß Sie verurteilt werden. Ist das klar?«

Das Gesicht des Captain war wie eingefroren. Als er sprach, schien sein Mund aus Holz geschnitzt und schlecht eingefügt. »Mit allem schuldigen Respekt, Sir, wäre es möglich, daß der Ratsmann das Kommando über meine Schiffe selber übernähme und die Botschaft persönlich übermittelt?«

Lucky Starr zuckte nur leicht mit den Schultern. »Sie sind sehr bockbeinig, Captain. Und ich muß sagen, daß mir diese Haltung sogar gefällt. Im Gefecht kann eine derartige Bockbeinigkeit manchmal von großem Nutzen sein ... Ich kann aber die Botschaft unmöglich selber überbringen, weil ich die Absicht habe, wieder an Bord der *Shooting Starr* zu gehen und Kurs auf Saturn zu nehmen.«

Die militärische Steifheit des Captain verschwand von einer Sekunde zur anderen. »Was? Bei den heulenden Raumteufeln, was?«

»Ich denke, ich habe mich klar ausgedrückt, Captain. Ich

habe dort noch etwas zu erledigen! Meine erste Aufgabe war, die Erde vor den drohenden politischen Gefahren zu warnen. Wenn Sie mir diese Aufgabe abnehmen, indem Sie die Hülse dem Empfänger überbringen, kann ich dort weitermachen, wo meine Anwesenheit jetzt dringend erforderlich ist – im Saturnsystem.«

Überraschend erschien ein breites Grinsen auf dem Gesicht des Captain. »Ach so, das ist was anderes! Ich würde gern mit Ihnen kommen.«

»Das weiß ich, Captain. Kämpfen fällt Ihnen leicht. Sich vor einem Kampf davonmachen, ist ein ungleich härterer Job. Aber ich denke, Sie sind an harte Jobs gewöhnt. Und darum erwarte ich von Ihnen, daß Sie ihn einwandfrei erledigen. Noch etwas: Alle Ihre Schiffe haben jetzt einen Teil ihrer Treibstoffvorräte an die Mikroreaktor-Einheiten der *Shooting Starr* abzugeben. Und ich benötige auch noch andere Vorräte.«

»Sie brauchen nur ein Wort zu sagen.«

»Sehr gut. Ich kehre jetzt in mein Schiff zurück. Und ich bitte Ratsmann Wessilewsky, mich bei meinem Unternehmen zu begleiten.«

Er schüttelte dem völlig verwandelten Captain kurz die Hand. Dann betrat er zusammen mit Ratsmann Wessilewsky den Verbindungsgang zwischen dem Flaggschiff und der angedockten *Shooting Starr*.

Die beiden Schiffe dockten in weitem Abstand. Der Gang durch den Verbindungsschlauch nahm mehrere Minuten in Anspruch. Er war luftleer. Trotzdem konnten sich die beiden Ratsmänner gut verständigen. Solange sich ihre Raumanzüge berührten, erreichten sie die Schallwellen des anderen. Zwar etwas quakend verzerrt, aber deutlich zu verstehen. Nichts auf der Welt kann vertraulichere Botschaften vermitteln als Schallwellen aus nächster Nähe. Deshalb benutzte

Lucky diese Gelegenheit zu einem geheimen Gespräch unter zweien.

Wess hörte sich alles aufmerksam an und fragte schließlich: »Hör mal, Lucky, eins ist mir unklar. Wenn die Sirianer einen kriegerischen Konflikt heraufbeschwören wollen, warum haben sie dich dann entkommen lassen? Warum haben sie dir nicht so lange zugesetzt, bis du gezwungen warst, Front zu machen und dich zum Kampf zu stellen?«

»Was das angeht, Wess, brauchst du dir nur die Tonbandaufnahme anzuhören. Allein die Sprache des sirianischen Schiffs! So gestelzt, so steif! Besonders auffällig: man bedrohte uns nicht mit irgendwelchen körperlichen Verletzungen. Nur mit dem Einfangen durch den magnetischen Enterhaken. Nach meiner Überzeugung handelte es sich um ein von Robotern bemanntes Schiff.«

»Roboter!« Wess riß die Augen weit auf.

»Ja. Deine eigene Reaktion ist typisch. Die Menschen der Erde haben eine übertriebene, durch nichts begründete Angst vor Robotern. In Wirklichkeit sieht es so aus, daß ein von Robotern bemanntes Schiff einem Raumschiff mit menschlicher Besatzung überhaupt nicht gefährlich werden kann. Das erste Roboter-Gesetz verhindert so etwas. Es schreibt vor, daß kein Roboter einem menschlichen Wesen Schaden zufügen darf. Das war ja der gemeine Trick von ihnen. Hätte ich angegriffen – wie sie wahrscheinlich erwarteten –, dann hätten sie ein großes Geschrei darüber erhoben, daß ich einen mörderischen und völlig unprovozierten Anschlag auf ein harmloses, ja, verteidigungsunfähiges Schiff geführt hätte. Und in den äußeren Welten anerkennt man die Roboter-Gesetze viel allgemeiner und strenger als auf der Erde. Nein, Wess, es gab nur eine Möglichkeit, ihren Plan zu vereiteln. Ich mußte Reißaus nehmen, und das tat ich ja denn auch.«

Inzwischen hatten sie die Luftschleuse der *Shooting Starr* erreicht.

Bigman erwartete sie. Wie üblich begrüßte er Lucky mit einem Lächeln, als fiele ihm bei seinem Anblick nach noch so kurzer Trennung jedesmal ein Stein vom Herzen.

»Hey«, sagte er, »ist es denn die Möglichkeit? Du bist nicht aus dem Verbindungsgang gefallen? Und ... Was will Wess hier?«

»Er kommt mit uns, Bigman. «

Der kleine Marsmensch war sofort verstimmt. »Wozu? Das ist ein Zweimannschiff.«

»Vorübergehend werden wir schon einen Gast unterbringen. Und jetzt müssen wir sofort die Vorbereitungen für die Übernahme von Treibstoff und anderen Versorgungsgütern treffen. Gleich danach beginnt der Countdown für den Start.«

Lucky sprach in einem Ton, der keine Widerrede duldete. Und so enthielt sich Bigman jeden weiteren Kommentars über Wess.

»Wird gemacht«, murmelte der Kleine, warf Ratsmann Wessilewsky noch einen bitterbösen Blick zu und begab sich dann in den Maschinenraum.

»Was für eine Laus ist ihm über die Leber gekrochen?« fragte Wess. »Ich habe kein Wort über seine geringe Größe gesagt.«

»Das mußt du verstehen«, sagte Lucky. »Obwohl er praktisch die Obliegenheiten eines Ratsmanns erfüllt, bekleidet er diesen Rang nicht offiziell. Er ist übrigens der einzige, dem dieser Widerspruch noch gar nicht zu Bewußtsein gekommen ist. Immerhin beunruhigt ihn die Anwesenheit eines zweiten Ratsmannes, weil er argwöhnt, daß wir beide zusammenhalten und vor ihm Geheimnisse haben würden.«

Wess nickte. »Das kann ich verstehen. Schlägst du vor, ihm zu sagen, daß ...«

»Nein.« Obwohl Lucky leise sprach, spürte man den Nachdruck, den er auf dieses Wort legte. »*Ich* sage ihm, was er unbedingt wissen muß. *Du* sagst ihm gar nichts.«

In diesem Augenblick kam Bigman in die Pilotenkanzel zurück. »Wir haben mit der Treibstoffübernahme begonnen«, meldete er. Dann sah er mißtrauisch von einem zum anderen und maulte: »Tut mir leid, wenn ich störe. Soll ich das Schiff verlassen, Gentlemen?«

»Dazu müßtest du mich erst niederschlagen, Bigman«, antwortete Lucky.

Bigman führte schattenboxend einige schnelle Fausthiebe aus. »Halb so wild, mein Junge. Du bildest dir doch nicht ein, daß 30 Zentimeter mehr Fett dich besonders stark machen?«

Lachend stieß Lucky mit dem Arm nach ihm. Doch Bigman kam ihm zuvor. Blitzschnell ging er in den Infight und landete – eins-zwei – links und rechts zwei Boxhiebe auf Luckys Körperpartien.

»Na, fühlst du dich jetzt besser?« fragte Lucky.

Bigman wich tänzelnd zurück. »Ich habe nicht richtig zugeschlagen, damit Ratsmann Conway mich später nicht beschuldigen kann, ich hätte dich verletzt.«

Lucky lachte. »Vielen Dank. Und jetzt habe ich eine Aufgabe für dich. Du mußt einen Flugkurs berechnen und ihn Captain Bernold übermitteln.«

»Na klar, wird gemacht.« Bigman schien völlig versöhnt. Er schmollte nicht mehr.

»Hör mal, Lucky«, sagte Wess, »ich bin bestimmt kein Schwarzseher, aber denk dran, wie dicht wir beim Saturn sind! Die Sirianer kennen bestimmt schon unsere jetzige Position. Und sie werden sofort mitkriegen, wann wir starten und wohin wir fliegen.«.

»Ganz meiner Meinung, Wess.«

»Dann möchte ich aber gern wissen, wie wir es fertigbringen sollen, zum Saturn zurückzufliegen, ohne daß sie es merken. Ich fürchte, sie werden uns nicht mehr ins Saturnsystem reinlassen. Wie willst du das verhindern?«

»Eine gute Frage. Ich war gespannt darauf, ob du meinen

Plan erraten würdest. Du bist nicht darauf gekommen, und deshalb bin ich ziemlich sicher, daß die Sirianer mir erst recht nicht auf die Schliche kommen, zumal sie sich im Sonnensystem bei weitem nicht so gut auskennen wie wir.«

Wess lehnte sich in den Pilotensitz. »Spiel hier nicht den Geheimnisvollen, Lucky!«

»Die Sache ist einfach. Die ganze Flotte, einschließlich uns, wird gleichzeitig die Raketen zünden und in dichtgeschlossener Formation losfliegen. Das hat zur Folge, daß uns die Sirianer auf die Entfernung mit ihren Masse-Detektoren nicht als einzelne Objekte, sondern nur als einen einzigen Punkt ausmachen. Wir behalten diese Formation bei und fliegen fast auf dem schnellsten Weg in Richtung Erde. Allerdings so, daß wir in den Bereich des Asteroiden Hidalgo kommen, der sich zur Zeit dem sonnenfernsten Punkt seiner Umlaufbahn nähert.«

»Hidalgo?«

»Stell dich nicht dumm, Wess! Du kennst doch Hidalgo! Dieser Asteroid war schon lange vor dem Raumfahrtzeitalter bekannt und registriert. Was ihn so interessant macht, ist der Umstand, daß er nicht ständig im Asteroidengürtel zu finden ist. An seinem sonnennächsten Punkt berührt er die Umlaufbahn des Mars. An seinem sonnenfernsten Punkt erreicht er beinahe die Bahn des Saturn. Wenn wir in seine Nähe kommen, werden die Masse-Detektoren der sirianischen Raumschiffe Hidalgo registrieren. Aus der Stärke des Ausschlags erkennen sie, daß es sich um einen Asteroiden handelt. Dann werden sie die Masse unserer Flotte entdecken, die auf dem Weg zur Erde für einige Zeit hinter Hidalgo verschwindet. Bald danach kommt sie wieder zum Vorschein. Aber es wird den Sirianern kaum auffallen, daß die Flotte knapp zehn Prozent ihrer Masse eingebüßt hat. Denn die *Shooting Starr* hat abgedreht und bewegt sich nun, von Hidalgo gedeckt, wieder von der Sonne weg. Allerdings können wir nur zwei Tage in Hidalgos Schatten bleiben, weil er nicht direkt auf Saturn zufliegt. Aber nach zwei Tagen, wenn wir ihn verlassen, weichen wir aus der Ekliptik ab und dürfen uns daher ziemlich sicher darauf verlassen, daß man uns auf unserem Weg zum Saturn nicht mehr aufspürt.«

Wess hob die Augenbrauen. »Hoffentlich klappt das, Lucky.«

Er hatte die Vorzüge des Plans sofort erkannt. Die Umlaufbahnen aller Planeten und die Routen der Handelsschiffe lagen sämtlich innerhalb der Ekliptik. Praktisch beobachtete niemand die außerhalb liegenden Zonen. Ein Raumschiff, das sich dem Saturn auf dem von Lucky gewählten Kurs näherte, konnte durchaus den sirianischen Instrumenten entgehen. Dennoch malten sich Zweifel auf Wess' Gesicht.

»Glaubst du, daß wir es schaffen?« fragte ihn Lucky.

»Vielleicht«, sagte Wess unsicher. »Aber selbst wenn ... Nun, Lucky, ich bin dabei und werde jederzeit meine Pflicht erfüllen, aber ich habe meine eigene Ansicht über das Unternehmen. Ich sage sie dir jetzt – und dann nie wieder. Ich glaube, wir sind schon so gut wie tot!«

5
Flucht

Und so blieb die *Shooting Starr* zwei Tage lang in Hidalgos Schatten, bis sie auf einem Kurs außerhalb der Ekliptik weiterflog. Jetzt steuerte sie wieder die Gegend um den Südpol, des zweitgrößten Planeten im Sonnensystem, an.

Niemals hatten sich Lucky und Bigman in der noch jungen Geschichte ihrer Weltraumabenteuer so lange Zeit pausenlos im All aufgehalten. Inzwischen war fast ein Monat vergangen, seitdem sie die Erde verlassen hatten. Aber die kleine Luft- und Wärmeblase der *Shooting Starr* war gewissermaßen ein Stück Erde, das sich für eine fast unbegrenzte Zeit lebensfähig erhalten konnte.

Ihr Treibstoffvorrat war von den übrigen Schiffen der Flotte völlig aufgefüllt worden. Er würde fast ein ganzes Jahr reichen, es sei denn, sie gerieten in eine echte Raumschlacht, Luft und Wasser, die durch die mitgeführten Algentanks ständig wiederaufbereitet wurden, reichten für ein ganzes Leben. Die Algen bildeten sogar eine Nahrungsreserve, falls ihnen einmal die normalen Lebensmittel ausgehen sollten.

Die einzige Unbequemlichkeit brachte die Anwesenheit eines dritten Mannes mit sich. Bigman hatte ja gleich darauf hingewiesen, daß die *Shooting Starr* für nur zwei Mann konstruiert war. Die ungewöhnliche Konzentration von Treibstoffvorräten, Schnelligkeit und Bewaffnung war durch eine spartanische Ausstattung der Besatzungsräume ermöglicht worden. Bei drei Mann an Bord mußte abwechselnd immer einer von ihnen auf einer Steppdecke in der Pilotenkanzel schlafen.

Lucky erklärte, diese kleine Unbequemlichkeit werde dadurch wettgemacht, daß statt der üblichen Sechs-Stunden-Wachen an den Kontrollen jetzt nur vierstündige Wachen nötig seien.

»Sicher«, erwiderte Bigman hitzig, »aber wenn ich versuche, auf dieser verdammten Decke Schlaf zu finden und Fettbacke Wess sitzt an den Kontrollen, dann leuchtet er mir andauernd mit den Signallampen ins Gesicht.«

»Zweimal während jeder Wache«, bestätigte Wess in aller Ruhe. »Ich überprüfe, ob alle Kontrollampen in Ordnung sind. Das ist Vorschrift.«

»Und außerdem«, beklagte sich Bigman, »pfeift er dauernd vor sich hin. Hör mal, Lucky, wenn er mir noch einmal den Refrain von ›Meine süße Aphrodite von der Venus‹ vorpfeift – nur ein einziges Mal –, springe ich auf und breche ihm beide Arme zwischen Schulter und Ellbogen und erschlage ihn mit den Stümpfen.«

»Wess, pfeif bitte keine Refrains mehr!« sagte Lucky ernst. »Wenn Bigman sich gezwungen sieht, dich zum Schweigen zu bringen, steht das Blut garantiert hinterher knöchelhoch in der Pilotenkanzel.«

Bigman schwieg. Aber als er das nächste Mal Wache hatte, während Wess auf der Steppdecke schlief und höchst unmelodisch schnarchte, brachte er es auf dem Weg zum Pilotensitz irgendwie fertig, Wess auf die Finger zu treten.

Mit einem tigerhaften Schrei fuhr Wess in die Höhe.

»Heiliger Mars!« sagte Bigman, hielt beide Hände abwehrend in die Höhe und rollte wie erschrocken mit den Augen. »Mir war doch eben so, als hätte ich mit meinen schweren Marsstiefeln auf irgend etwas getreten. Mein Gott, Wess, das waren doch nicht etwa ihre goldigen Fingerchen?«

»Von jetzt an sieh dich vor, du Sandratte vom Mars!« brüllte Wess schmerzgepeinigt. »Wenn ich Wache habe und erwische dich im Schlaf, dann zertrete ich dich wie eine Wanze!«

»Ich mache mir jetzt schon vor Angst in die Hosen«, wimmerte Bigman ironisch.

Der Krach weckte Lucky. Müde kam er aus seiner Kabine. »Hört mal beide her!« sagte er finster. »Wer von euch mich noch einmal aus dem Schlaf reißt, der verbringt den Rest unseres Fluges draußen – am Ende einer langen Leine!«

Als Saturn und seine Ringe näher ins Blickfeld kamen, saßen sie alle drei auf Beobachtungsposten in der Pilotenkanzel. Normalerweise näherte man sich der Äquatorseite des Saturn, und schon dann bot er den schönsten Anblick im Sonnensystem. Aber jetzt im Anflug auf die Polarregion ...

»Wenn ich mich richtig entsinne«, sagte Lucky, »landete

Hoggs Expedition auf Japetus und Titan. Das bedeutet, daß sie nur den Äquatorblick von Saturn genossen. Falls die Sirianer keinen anderen Anflug wählten, sind wir die ersten Menschen, die den Saturn so nahe aus dieser Richtung zu Gesicht bekommen.«

Wie auf Jupiter schien Saturns ›Oberfläche‹ ein sanftes gelbes Licht auszustrahlen. In Wirklichkeit handelte es sich um Sonnenlicht, das von den oberen Schichten einer mehr als 1500 Kilometer hoch reichenden, turbulenten Atmosphäre reflektiert wurde. Und wie auf Jupiter zeichneten sich die atmosphärischen Stürme als verschiedenfarbige Zonen ab. Aus dem üblichen Blickwinkel auf den Äquator erschienen sie streifenförmig. In Wirklichkeit aber, und das sahen die drei Raumfahrer erstmalig, bildeten sie braune, hellbraune und pastellgrüne konzentrische Kreise mit dem Pol als Mittelpunkt.

Aber sogar dieses Schauspiel verblaßte vor den Ringen. Aus ihrer augenblicklichen Entfernung erstreckten sich die Ringe über einen Bogen von 25 Grad, 50mal größer als der Vollmond, von der Erde aus gesehen. Ein Zwischenraum von 45 Bogenminuten trennte den inneren Rand der Ringe von dem Planeten. Der Vollmond hätte locker hineingepaßt.

Die Ringe, die den Saturn umgaben, berührten ihn – jedenfalls aus dem Blickwinkel der *Shooting Starr* – an keiner Stelle. Sie waren zu drei Fünfteln sichtbar. Der Rest lag im Saturnschatten. Ein dunkler Streifen, die sogenannte Cassinilücke, teilte die Ringe in einen breiteren Innen- und einen schmaleren Außenteil. Sie war ungefähr 15 Bogenminuten breit und tiefschwarz. Zwischen Saturn und dem inneren Ringrand schimmerte es funkelnd – der sogenannte Crepering, der nicht völlig in sich geschlossen war.

Die Ringe bedeckten auf dem Bildschirm eine achtmal größere Fläche als die Saturnkugel. Sie waren auch offenbar heller als der Planet selbst. Mindestens 90 Prozent des reflektierten Sonnenlichts stammten von ihnen. Insgesamt war Saturn samt Ringen hundertmal so hell wie der Vollmond. Lucky und Bigman hatten den Riesen Jupiter von seinem Planeten Io aus in erschreckender Nähe betrachten dürfen. Aber selbst dieses Erlebnis war ein Nichts gegen den Anblick, der sich ihnen jetzt bot. Als Bigman endlich die Sprache wiederfand, wagte er nur zu flüstern.

»Lucky, wic kommt es, daß die Ringe so hell sind?« fragte er. »Dagegen wirkt Saturn fast trübe. Ist das eine optische Täuschung?«

»Nein«, antwortete Lucky, »es ist wirklich so. Zwar erhalten Saturn und seine Ringe das Sonnenlicht in gleicher Stärke, aber sie reflektieren es unterschiedlich. Die Saturnatmosphäre besteht hauptsächlich aus Wasserstoff und Helium und in geringerem Maße aus Methan. Sie reflektiert ungefähr 63 Prozent des empfangenen Lichts. Die Ringe dagegen bestehen größtenteils aus festem Eis verschiedener Größe, die mindestens 80 Prozent Licht zurückstrahlen. Darum wirken sie viel heller. Es ist, als blicke man auf eine Schneelandschaft.«

»Und in dieser Schneelandschaft«, klagte Wess, »sollen wir nun eine einzelne Schneeflocke finden!«

»Aber eine dunkle Schneeflocke«, warf Bigman eilig ein. »Hör mal, Lucky, wenn die Ringe aus lauter Eisklümpchen bestehen und wir nach einer Metallkapsel suchen ...«

Lucky schüttelte abwehrend den Kopf. »Poliertes Aluminium reflektiert eher noch mehr Licht als Eis. Sie wird also ebenso hell glänzen.«

»Na, dann ...« Bigman sah resigniert auf die Ringe, die noch 800 000 Kilometer entfernt waren und doch schon so riesig wirkten, »... dann ist die Sache hoffnungslos.«

»Das werden wir sehen«, sagte Lucky leichthin.

Bigman saß an den Kontrollen und korrigierte den Flugkurs durch kurze, lautlose Stöße aus den Ionenraketen. Die

Agravanlage war eingeschaltet, so daß die *Shooting Starr* hier in der Nähe des Saturn mit seinem starken Schwerefeld viel weniger manövrieren konnte, als es jedem sirianischen Schiff möglich sein würde.

Lucky bediente den Masse-Detektor. Der hochempfindliche Sensor durchforschte den Weltraum nach Materie. Fand er welche, so bestimmte er ihre Position. Bei Körpern von geringem Gewicht, indem das Instrument ihre Reaktion auf die Anziehungskraft des Schiffes maß. Bei größeren Körpern auf die umgekehrte Art.

Wess war eben aufgewacht und kam in die Pilotenkanzel. Lautlos sank das Schiff dem Saturn entgegen. Bigman beobachtete Luckys Gesichtsausdruck aus den Augenwinkeln. Je mehr sie sich Saturn näherten, um so mehr hatte sich Lucky von allem anderen abgekapselt. Er war völlig in seine Aufgabe versunken. Für Bigman war das nichts Neues. Er kannte Lucky zu gut. Er ahnte, daß sein Freund unsicher war. Er spielte ein riskantes Spiel mit hohem Einsatz und wollte kein Wort darüber verlieren.

»Meiner Meinung nach brauchst du dich nicht so intensiv mit den Masse-Detektoren abzugeben, Lucky«, sagte Wess. »Hier sind bestimmt keine anderen Schiffe. Ja, wenn wir in die Nähe der Ringe kommen, dann werden wir welche finden! Wahrscheinlich eine ganze Menge. Die Sirianer suchen auch nach der Kapsel.«

»Soweit bin ich der gleichen Ansicht«, sagte Lucky.

»Vielleicht haben die Kerle sie sogar schon gefunden«, argwöhnte Bigman mit düsterem Gesicht.

»Sogar das ist möglich«, gab Lucky zu.

Ihr Schiff hatte die Richtung geändert. Von jetzt an würden sie in einem Abstand von 125 000 Kilometern um den Saturn fliegen. In der Ferne schienen die Ringe mit der Kugel des Riesenplaneten zu verschmelzen, so daß man ihren Innenrand nicht mehr sah. In der Nähe jedoch zeichnete sich der sogenannte Crepering jetzt erst deutlicher ab.

»Offengestanden«, sagte Bigman, »ich kann nicht erkennen, wo dieser innerste Ring eigentlich aufhört.«

»Wahrscheinlich hört er nirgends richtig auf«, meinte Wess. »Sein Rand ist nur knapp 10 000 Kilometer über dem Saturn, und so weit reicht wohl auch die Atmosphäre.«

»10 000 Kilometer!«

»Wenigstens ein Hauch von Atmosphäre, meine ich. Aber das genügt schon, um Schwerkraft auf ein paar Eisklumpen auszuüben und sie in eine engere Bahn um den Saturn zu zwingen. Daraus ist dann der sogenannte Crepering entstanden. Natürlich wird die Schwerkraft immer größer, je näher sie dem Saturn kommen, und so sinken sie allmählich immer tiefer. Es ist anzunehmen, daß überall zwischen Saturn und seinen Ringen Materiestücke kreisen, bis sie in den tiefer gelegenen, dichteren Atmosphäreschichten schließlich verglühen.«

»Dann werden die Ringe also nicht bis in alle Ewigkeit Bestand haben«, sagte Bigman.

»Wahrscheinlich nicht. Aber ein paar Jahrmillionen werden sie bestimmt noch bestehen. Lange genug für uns.« Ernst fügte er hinzu: »Viel zu lange.«

Lucky unterbrach seinen Gedankengang. »Ich verlasse jetzt das Schiff, Gentlemen!« kündigte er an.

»Bei den Sandteufeln des Mars, Lucky, wozu denn nur?« rief Bigman.

»Ich will mich draußen umschauen«, antwortete Lucky kurzangebunden. Dann zog er sich seinen Raumanzug an. Bigman sah schnell auf die automatischen Aufzeichnungen des Masse-Detektors. Keine Schiffe im Raum! Gelegentlich waren einige Ausschläge verzeichnet, aber nichts von Bedeutung. Sie stammten von einzelnen Meteoriten, die man überall im Sonnensystem traf.

»Übernimm den Masse-Detektor, Wess«, befahl Lucky, »und mach einen Rundum-Check!« Er setzte den Helm auf und verriegelte ihn. Er prüfte die Ventile auf der Brust, den

Sauerstoffdruck und schritt zur Luftschleuse. Seine Stimme kam jetzt aus dem kleinen Radioempfänger auf dem Kontrollpanel. »Ich benutze ein Magnetkabel. Also macht keine plötzlichen Antriebsstöße!«

»Während du im Weltraum schwebst – hältst du mich für verrückt?« rief Bigman.

Lucky kam an einem der Seitenfenster in Sicht. Hinter ihm schlängelte sich das Magnetkabel durch den Raum. In der Abwesenheit eines Schwerefeldes bildete es eine ungleichmäßige Kurve.

Der kleine Handreaktor in seiner behandschuhten Faust erwachte für wenige Sekunden zum Leben. Die Verbrennungsgase aus den Düsen wurden im bleichen Sonnenlicht in Form winziger Eisteilchen sichtbar. Die Pünktchen zerstoben rasch. Durch den Rückstoß flog Lucky ein Stück in die entgegengesetzte Richtung.

»Meinst du«, wandte sich Bigman an Wess, »daß irgend etwas mit dem Schiff nicht in Ordnung ist?«

»Die Kontrollen zeigen keine Unregelmäßigkeit an.«

»Was treibt denn dann der lange Kerl da draußen?«

»Ich habe keine Ahnung.«

Bigman warf Wess einen argwöhnischen Blick zu. Dann wandte er seine Aufmerksamkeit wieder auf Lucky. Dabei murmelte er: »Wenn du glaubst, nur weil ich kein Ratsmann bin ...«

Wess unterbrach ihn. »Vielleicht wollte er nur ein paar Minuten lang irgendwohin, wo er deine Piepsstimme nicht mitanhören muß, Bigman.«

Der Masse-Detektor durchforschte bei seiner automatischen Rundumbewegung methodisch das Gradnetz des sie umgebenden Raumes. Jedesmal, wenn die Sensoren sich auf den Saturn richteten, tauchte der Monitor in völliges Weiß.

Bigman zog eine Grimasse. Aber er war nicht in der Stimmung, Wess' spöttische Bemerkung mit gleicher Münze heimzuzahlen. »Ich wünschte, es würde endlich was passieren«, sagte er statt dessen.

Und da passierte es auch schon!

Wess richtete den Blick auf den Masse-Detektor und hörte plötzlich ein verdächtiges Piepsen aus dem Empfänger. Eilig stellte er das Instrument genau darauf ein, schaltete die zusätzlichen Energie-Detektoren ein und beobachtete gespannt zwei Minuten lang die Ergebnisse.

»Das ist ein Schiff, Wess!« rief Bigman aufgeregt.

»Sieht so aus«, gab Wess widerstrebend zu. Die Masseanzeige allein hätte auch von einem Meteoriten herrühren können. Aber die Instrumente verzeichneten aus derselben Richtung einen Energieausstoß, und der konnte nur von den Mikroreaktor-Maschinen eines Raumschiffes stammen. Das verrieten die ermittelte Energieform und die gemessene Qualität. Die Schiffe waren daran zu identifizieren wie Menschen an ihren Fingerabdrücken. Es war eine Leichtigkeit, sirianische von terranischen Schiffen zu unterscheiden. Das entdeckte Objekt stammte mit Sicherheit vom Sirius.

»Es steuert auf uns zu«, sagte Bigman.

»Nicht direkt. Wahrscheinlich wollen sie kein Risiko mit dem Schwerefeld des Saturn eingehen. Immerhin nähert es sich, und in etwa einer Stunde wird es in der Lage sein, eine Breitseite gegen uns abzufeuern ... Was in aller Welt stimmt dich so vergnügt, Farmboy vom Mars?«

»Das merkst du nicht, du Fettsack? Jetzt weiß ich doch, warum Lucky ausgestiegen ist. Er wußte, daß ein feindliches Schiff kommt und bereitet eine Falle vor.«

»Woher sollte er denn von diesem Schiff wissen?« fragte Wess verwundert. »Bis vor zehn Minuten hat der Masse-Detektor nichts angezeigt. Er war nicht mal auf die entsprechende Richtung eingestellt.«

»Typisch Lucky!« Bigman grinste. »Er weiß immer mehr als andere!«

Wess zuckte die Achseln, begab sich zum Pilotensitz und sagte über Sprechfunk: »Lucky! Hörst du mich?«

»Natürlich höre ich dich. Was ist los?«

»Der Masse-Detektor zeigt ein sirianisches Schiff an.«

»Wie weit entfernt?«

»Knapp 360 000, und es kommt näher.«

Aus dem Seitenfenster sah Bigman, daß Lucky seinen Handreaktor erstmals gezündet hatte. Diesmal entfernten sich die Eiskristalle vom Schiff. Lucky kehrte zurück.

»Ich komme rein«, sagte Lucky.

Lucky nahm den Helm ab. Dichtes braunes Haar und klare braune Augen kamen zum Vorschein. Bigman schoß gleich mit der Frage auf ihn zu: »Du wußtest, daß ein Schiff im Anflug ist, stimmt's, Lucky?«

»Nein, Bigman. Ich hatte keine Ahnung. Ich begreife immer noch nicht, wie sie uns so schnell entdecken konnten. Es kann doch wohl kein reiner Zufall sein, daß sie in dieser Gegend herumsuchen.«

Mit Mühe verbarg Bigman seine Enttäuschung. »Und jetzt vernichten wir sie, was, Lucky?«

»Ich möchte dir nicht noch einmal die politischen Gefahren eines kriegerischen Angriffs aufzählen, Bigman. Außerdem haben wir hier eine Aufgabe zu erfüllen, die wichtiger ist als eine Schießerei mit anderen Schiffen.«

»Ich weiß«, sagte Bigman ungeduldig. »Wir müssen diese Kapsel finden, aber ...«

Er schüttelte den Kopf. Eine Kapsel war eine Kapsel. Na schön, sie war wichtig, keine Frage. Aber ein scharfes Gefecht war ein scharfes Gefecht! Luckys politische Erwägungen sagten ihm wenig zu, wenn sie darauf hinausliefen, daß man sich vor einem scharfen Gefecht drücken solle. »Was soll ich nun tun?« fragte er. »Auf Kurs bleiben?«

»Und beschleunigen! In Richtung auf die Ringe.«

»Sie werden hinter uns herkommen.«

»All right. Dann gibt es ein Wettrennen.«

Bigman zog den Steuerknüppel langsam an, und das Tempo der Protonenzertrümmerung im Mikromeiler steigerte sich zur Höchstleistung. Das Schiff jagte in weitgezogener Kurve über die Kugel des Saturn hinweg. Im selben Augenblick wurden sie von Radiowellen angefunkt.

»Sollen wir auf Empfang gehen, Lucky?« erkundigte sich Wess.

»Nein, wir wissen ja, was sie uns sagen wollen. ›Ergeben Sie sich – oder wir nehmen Sie in Schutzhaft!‹«

»Also?«

»Unsere einzige Chance ist schnellste Flucht.«

6
Durch die Lücke

»Vor einem einzigen jämmerlichen Schiff?« beklagte Bigman sich.

»Für Gefechte haben wir später noch viel Zeit, Bigman. Das Wichtigste zuerst!«

»Aber das würde doch bedeuten, daß wir das Saturnsystem schon wieder mal verlassen.«

Mit wahnwitziger Geschwindigkeit raste ihr Schiff auf die Ringe zu. Lucky drängte Bigman vom Pilotensitz und übernahm die Kontrollen.

Wess meldete: »Weitere Schiffe im Anflug!«

»Wo? Welchem Mond sind sie am nächsten?«

Wess arbeitete schnell. »Sie sind alle in der Gegend der Ringe.«

»Nun«, murmelte Lucky, »dann suchen sie immer noch nach der Kapsel. Wie viele Schiffe sind es?«

»Bis jetzt fünf, Lucky.«

»Befinden sich welche zwischen uns und den Ringen?«

»Jetzt taucht gerade ein sechstes Schiff auf. Nein, Lucky, sie können uns nicht den Weg versperren. Sie sind sämtlich zu weit entfernt, um einen gezielten Schuß abzugeben. Aber irgendwann werden sie uns doch noch erwischen, falls wir uns nicht endgültig aus dem Saturnsystem davonstehlen.«

»Oder falls unser Schiff auf andere Art zugrunde geht, he?« bemerkte Lucky in grimmigem Ton.

Die Ringe wurden immer größer, bis sie den gesamten Bildschirm mit ihrem schimmernden Weiß ausfüllten. Und immer noch raste das Schiff mit unverminderter Geschwindigkeit auf sie zu. Lucky traf keine Anstalten zu bremsen.

Einen schrecklichen Augenblick lang dachte Bigman, Lucky werde das Schiff absichtlich in die Eisbrocken der Ringe jagen und zerstören. Unwillkürlich schrie er auf: »Lucky!«

Und dann verschwanden die Ringe wie von Zauberhand.

Bigman war verdattert. Er griff nach den Schaltern am Bildschirm. »Was ist passiert?« rief er. »Wo sind die Ringe geblieben?«

Wess, der über seinen Masse-Detektor schwitzte und gelegentlich mit fünf Fingern sein blondes Haar zerwühlte, rief über die Schulter zurück: »Cassini-Lücke!«

»Was?«

»Die Lücke zwischen den Ringen.«

»Oh!« Bigman gewann seine Fassung wieder. Er schaltete den Bildschirm auf Seitensicht, und das Weiß das Ringe kam erneut in Sicht. Vorsichtig steuerte er das Fernsehauge.

Da war zuerst ein Ring. Dann kam die schwarze Leere des Weltraums. Und dann der andere, nicht so helle äußere Ring, der aus etwas weniger Eisklumpen bestand. Zurück zu dem schwarzen Raum zwischen den Ringen! Cassini-Lücke! Dort gab es keine Eissplitter. Nur ein breites schwarzes Loch.

»Ziemlich breit«, urteilte Bigman.

Wess wischte sich den Schweiß von der Stirn und sah zu Lucky hinüber. »Fliegen wir da durch, Lucky?«

Der ließ die Augen nicht von den Kontrollen. »Ja, wir fliegen durch, Wess. In wenigen Minuten. Wir können nur das Beste hoffen.«

Wess wandte sich an Bigman. »Sicher, die Lücke ist breit. 4400 Kilometer, wie gesagt. Genügend Platz für einen Durchflug, falls du davor Angst haben solltest.«

»Wenn hier einer Angst hat, dann bist du es höchstens«, verwahrte sich Bigman.

»Für einen Kerl von 1,80 Meter Länge hast du eine auffallend nervöse Stimme. Fliegt Lucky vielleicht zu schnell für dich?«

»Hör mal, Bigman, wenn du so weitermachst, setze ich mich mal kurz auf deinen Kinderkopf!«

Bigman brach in kreischendes Gelächter aus. »Dann hast du mehr Gehirn unterm Hintern als in deinem Schädel!« rief er vergnügt.

»In fünf Minuten erreichen wir die Lücke«, kündigte Lucky an.

Bigman verstummte und beobachtete wieder den Bildschirm. »Ab und zu blitzt in der Lücke irgend etwas auf«, meldete er.

»Materieteilchen, Bigman«, erklärte Lucky. »Im Vergleich zu den Ringen ist die Cassini-Lücke leerer Raum, aber eben nicht hundertprozentig leer. Wenn uns so ein Bröckchen während des Durchflugs trifft . . .«

»Die Chancen dafür stehen 1:1000«, warf Wess achselzuckend ein.

»Sogar nur 1:1 000 000«, berichtete Lucky kühl. »Aber Agent X hatte eine genauso minimale Chance, mit der *Net of Space* von der Erde zu entkommen. Wir sind jetzt am Beginn der Cassini-Lücke.«

Seine Hand schloß sich fest um die Kontrollen.

Bigman holte tief Atem. Er machte sich darauf gefaßt, daß ein Steinchen den Schiffsrumpf aufreißen und den Protonen-Mikroreaktor durch Kurzschluß in eine explodierende Wolke roter Energie verwandeln würde. Wenigstens wäre alles blitzschnell vorüber ...

»Geschafft!« rief Lucky.

Wess atmete geräuschvoll aus.

»Sind wir schon durch?« fragte Bigman.

»Natürlich sind wir durch, du dummer Marsmensch«, belehrte ihn Wess. »Die Ringe sind nur 16 Kilometer dick, und was meinst du denn, wie viele Sekunden wir für 16 Kilometer brauchen?«

»Und jetzt sind wir auf der anderen Seite?«

»Na klar! Such mal die Ringe auf dem Bildschirm!«

Bigman schraubte das Fernsehauge erst zur einen, dann in die andere Richtung und wiederholte dieses Manöver, wobei er es immer weiter nach den Seiten schweifen ließ.

»Beim Sand des Mars, es ist nur noch ein schattenhafter Umriß zu erkennen.«

»Und mehr gibt's hier auch nicht zu sehen, kleiner Freund. Du bist jetzt auf der Schattenseite der Ringe. Die Sonne beleuchtet nur die andere Seite, und das Licht kann eine 16 Kilometer dicke Schicht von dichtgefügten Eisbrokken nicht durchdringen. Sag mal, Bigman, was hast du eigentlich in der Astronomiestunde in der Marsschule gelernt? Vielleicht den Schlager ›Es leuchten die Sterne‹?«

Bigman schob langsam die Unterlippe vor. »Weißt du, was ich gern möchte, Wasserkopf? Ich möchte dich mal eine Saison lang auf einer Marsfarm unter meiner Fuchtel haben. Hinterher wärst du dein ganzes Fett losgeworden. Und was würde übrigbleiben? Ungefähr zehn Pfund festes Fleisch – und das meiste davon in deinen Quadratlatschen.«

Lucky schaltete sich ein. »Wess, es wäre mir lieb, wenn du und Bigman einen Augenblick eure interessante Diskussion unterbrechen würdet. Merkt euch die Stelle, wo ihr gerade seid, und setzt sie später fort! Kannst du mal den Masse-Detektor ablesen, Wess?«

»Na sicher, Lucky. He, die Richtung ist ja ganz verschoben! Du hast wohl eine scharfe Kursänderung vorgenommen?«

»So scharf, wie das Schiff sie überhaupt aushält. Wir bleiben so lange wie möglich unter den Ringen.«

Wess nickte. »Okay, Lucky. Dann können uns die anderen nicht auf ihren Masse-Detektoren entdecken.«

Bigman grinste. Es lief großartig. Die *Shooting Starr* war durch die Masse der Saturnringe vor Entdeckung gesichert.

Lucky streckte seine langen Beine aus. Er reckte und dehnte den Rücken. Arm- und Schultermuskeln begannen sich zu entspannen.

»Ich glaube nicht«, sagte er, »daß ein sirianisches Schiff den Nerv aufbringt, uns durch die Cassini-Lücke zu verfolgen. Sie haben kein Antigrav.«

»Okay«, sagte Bigman, »so weit, so gut. Aber wohin steuern wir jetzt? Kann mir das jemand sagen?«

»Das ist kein Geheimnis«, antwortete Lucky. »Wir steuern Mimas an. Wir bleiben unter den Ringen, bis wir in seiner Nähe sind. Dann schießen wir durch die Cassini-Lücke geradewegs auf Mimas zu. Er ist nur knapp 50 000 Kilometer außerhalb der Saturnringe.«

»Mimas? Das ist einer der Monde des Saturn, stimmt's?«

»Richtig«, warf Wess ein, »der planetennächste.«

Der Kurs verlief nun wieder geradlinig. Immer noch umkreiste die *Shooting Starr* den Saturn, aber jetzt von West nach Ost und parallel zu den Ringen.

Wess setzte sich im Schneidersitz auf die Steppdecke und sagte zu Bigman: »Möchtest du ein bißchen Nachhilfeunterricht in Astronomie nehmen? Falls da noch Platz in deinem Spatzengehirn ist, erzähle ich dir gern, wie es zu dem Phänomen der Cassini-Lücke kam.«

Wissensdurst und Abneigung kämpften in dem kleinen

Marsmenschen. Schließlich entschied er: »Laß mal hören, ob du auf die schnelle etwas erfinden kannst, du ungebildeter Kerl! Los, fang an, ich durchschaue dich doch.«

»Da gibt's nichts zu durchschauen«, sagte Wess von oben herab. »Höre und lerne! Die inneren Teile der beiden Ringe umkreisen Saturn in fünf Stunden. Die äußersten Teile brauchen 15 Stunden. Gäbe es in der Cassini-Lücke einen Ring, so würde die Rotation hier zwölf Stunden dauern.«

»Na und?«

»Der Mond Mimas, den wir ansteuern, braucht 24 Stunden für einen Umlauf. Also doppelt so lange.«

»Na und?« wiederholte Bigman unbeeindruckt.

»Die Monde des Saturn üben ständig Anziehungskräfte auf das Material in den Ringen aus. Mimas am stärksten, weil er der nächste ist. In den meisten Fällen wirkt die Anziehung eine Stunde lang in der einen, die nächste Stunde in der entgegengesetzten Richtung. Das hebt sich also immer wieder auf. Gäbe es Materie in der Cassini-Lücke, würde sie allerdings nach jedem zweiten Umlauf Mimas an derselben Stelle am Himmel gegenüber haben. Er würde sie immer in dieselbe Richtung anziehen. Die Hälfte der Materie würde beständig nach außen gezwungen werden, bis sie im äußeren Ring landet. Die andere Hälfte wird in den inneren Ring gezogen. So kam es dazu, daß sich in der Mitte des ursprünglich einheitlichen Rings eine breite Lücke auftat. Peng – schon waren Cassini-Lücke und zwei geteilte Ringe entstanden!«

»Ist das wirklich so?« fragte Bigman schwach. Tatsächlich zweifelte er kaum an der Richtigkeit von Wess' Erklärung. »Aber wie kommt es dann, daß es immer noch Reste von Materie in der Cassini-Lücke gibt? Müßte nicht mittlerweile alles von den Ringen aufgesogen worden sein?«

»Ganz einfach«, antwortete Wess vom hohen Roß seiner geistigen Überlegenheit herab. »Außer Mimas wirken noch – wenn auch bedeutend schwächer – die Anziehungskräfte der übrigen Monde auf die Ringe ein. Dadurch werden beständig geringere Materieteile in die Cassini-Lücke hinein- und wieder hinausbefördert ... Hoffentlich hast du dir Notizen gemacht, Bigman. Vielleicht frage ich dich später ab.«

»Und vielleicht gerätst du mal in eine Supernova-Explosion«, murmelte Bigman ärgerlich.

Mit zufriedenem Lächeln wandte sich Wess seinen Masse-Detektoren zu. Er bediente einige Schalter. Das Lächeln verschwand von seinem Ledergesicht. Er beugte sich tiefer über die Instrumente. »Lucky!«

»Ja, Wess?«

»Die Ringe bieten uns keine Deckung.«

»Was?«

»Schau es dir selber an! Die Sirianer kommen näher. Die Ringe behindern sie gar nicht.«

»Wie ist das zu erklären?« überlegte Lucky laut.

»Es kann kein blinder Zufall sein, daß sich acht ihrer Schiffe auf unserer Umlaufbahn befinden. Wir haben eine Kursänderung um 90 Grad gemacht, und die haben sämtlich ihren Kurs dem unseren angeglichen. Sie müssen uns entdeckt haben.«

Lucky strich sich mit den Fingerknöcheln über das Kinn. »Wenn es so ist, dann, beim großen Weltall, ist es eben so. Hat keinen Sinn, weiterhin darauf zu bestehen, daß es unmöglich sei. Vielleicht besitzen sie etwas, von dem wir noch keine Ahnung haben.«

»Hat ja auch noch nie jemand behauptet, daß die Sirianer Papiertiger seien«, bemerkte Wess.

»Nein. Aber es schleicht sich manchmal bei uns die Tendenz ein, sie zu unterschätzen. Dann tut man so, als stamme jeder technologische Fortschritt aus den Gehirnen des Wissenschaftsrats und die Sirianer würden unwissend bleiben, wenn sie nicht hin und wieder unsere Geheimnisse ausspionierten. Ja, von Zeit zu Zeit lasse ich mich auch von diesem

Gedankengang verführen ... Nun, wie dem auch sei, wir fliegen.«

»Und zwar wohin?« fragte Bigman scharf.

»Das hab' ich dir doch schon gesagt, Bigman. Zum Mimas!«

»Aber sie sind uns auf der Spur.«

»Ich weiß. Wir müssen unser Ziel so schnell es irgend geht erreichen ... Wess, können sie uns den Weg zum Mimas verlegen?«

Wess arbeitete schnell. »Nur wenn sie dreimal so schnell fliegen wie wir, Lucky.«

»All right. Auch wenn ich den Sirianern alles mögliche zutraue, glaube ich nicht, daß sie dreimal so schnell wie die *Shooter* sind. Mit anderen Worten: Wir schaffen es!«

»Aber Lucky, das ist doch eine verrückte Idee«, wandte Bigman ein. »Ich bin dafür, daß wir uns entweder zum Kampf stellen oder machen, daß wir aus dem Saturnsystem verschwinden. Auf Mimas können wir nicht landen.«

»Tut mir leid, Bigman, wir haben keine Wahl. Wir müssen auf Mimas landen!«

»Aber sie haben uns bereits entdeckt. Sie werden uns einfach zum Mimas folgen, und dann müssen wir doch kämpfen. Warum dann nicht lieber gleich, solange wir sie durch unsere Antigrav-Motoren ausmanövrieren können?«

»Kann aber auch sein, daß sie uns nicht bis Mimas nachkommen.«

»Warum sollten sie nicht?«

»Nun, Bigman, sind wir in die Ringe geflogen, um die Überreste der *Net of Space* aufzufischen?«

»Das Schiff ist ja explodiert.«

»Eben.«

Schweigen herrschte in der Pilotenkanzel. Die *Shooting Starr* jagte durch das Weltall. Zuerst langsam, dann schneller entfernte sich ihre Bahn vom Saturn. Sie verließ den äußeren Ring und gewann den freien Raum. Vor ihr lag jetzt Mimas, ein winziger schimmernder Halbmond. Er maß nur 512 Kilometer im Durchmesser.

Noch in weiter Ferne sammelten sich die Schiffe der sirianischen Flotte.

Mimas wurde größer, und endlich wurden die Bremsraketen der *Shooting Starr* gezündet. Das Schiff verlangsamte seine Geschwindigkeit.

Bigman faßte sich an die Stirn. Für ihn war es nicht zu begreifen, daß sich der raumerfahrene Lucky so verrechnet hatte! Mit belegter Stimme sagte er: »Zu spät, Lucky! Wir schaffen es nicht mehr, für eine weiche Landung rechtzeitig abzubremsen. Wir müssen jetzt in eine spiralenförmige Umlaufbahn einschwenken, bis wir genügend Geschwindigkeit verloren haben. «

»Für Umläufe haben wir keine Zeit mehr, Bigman. Wir müssen Mimas direkt ansteuern.«

»Bei den Sandstürmen des Mars, das geht nicht! Nicht bei dieser hohen Geschwindigkeit!«

»Hoffentlich gelangen die Sirianer zu der gleichen Überzeugung.«

»Dann hätten sie aber recht, Lucky.«

»Bedaure, das sagen zu müssen«, ließ sich Wess vernehmen. »Aber ich stimme mit Bigman überein.«

»Jetzt können wir nicht mehr darüber diskutieren.« Damit schnitt Lucky jeden weiteren Einwand ab und beugte sich angespannt über die Kontrollen.

In atemberaubendem Tempo breitete sich Mimas auf dem Bildschirm aus. Bigman befeuchtete sich die Lippen. »Lucky, wenn du meinst, es ist besser, unterzugehen als uns von den Sirianern schnappen zu lassen, okay. Dagegen sage ich nichts. Aber, Lucky, wenn wir schon untergehen, warum dann nicht mit fliegenden Fahnen im Kampf? Vielleicht erwischen wir vorher eins ihrer Schiffe.«

»Ganz meine Meinung«, stimmte Wess zu.

Lucky aber schüttelte nur den Kopf und schwieg beharrlich. Seine Arme vollführten blitzschnelle Bewegungen, aber Bigman konnte nicht genau erkennen, was er eigentlich bezweckte. Das Tempo verlangsamte sich zwar weiterhin, doch es war viel zu spät.

Schon machte Wess Anstalten, um Lucky mit Gewalt von den Kontrollen wegzureißen. Aber rasch packte ihn Bigman an den Handgelenken. Obwohl Bigman ziemlich fest davon überzeugt war, daß sie in den sicheren Tod rasten, blieb sein Vertrauen zu Lucky unerschütterlich.

Sie bremsten, bremsten, bremsten. In jedem anderen Schiff als der *Shooting Starr* wären sie durcheinandergepurzelt und hätten sich sämtliche Knochen gebrochen. Aber gleichzeitig kam Mimas in atemberaubendem Tempo näher. Nein, die Bremsung würde bei weitem nicht ausreichen ...

Und so zerschellte die *Shooting Starr* auf der Oberfläche des Saturnmondes Mimas.

7
Auf Mimas

Nein. Entgegen aller menschlichen Voraussicht zerschellte sie nicht!

Statt dessen vernahm Bigman ein wohlbekanntes scharfes Zischen. Jenen Ton, der entsteht, wenn ein Raumschiff in die Atmosphäre eintaucht.

Atmosphäre? Aber das war unmöglich! Kein Himmelskörper von der geringen Größe des Mimas konnte eine Atmosphäre besitzen. Bigmans Blick fiel auf Wess, der sich plötzlich auf seiner Steppdecke zurücklehnte. Er sah bleich und gezeichnet aus. Aber ein Ausdruck der Erlösung malte sich auf seinem Gesicht ab.

Bigman sprang auf. »Lucky ...«

»Nicht jetzt, Bigman!«

Und plötzlich fiel es Bigman wie Schuppen von den Augen. Jetzt begriff er, was Lucky an den Kontrollen anstellte. Er schoß den Fusionsstrahl ab! Bigman rannte an seinen Bildschirm und stellte ihn auf Fahrtrichtung ein.

Kein Zweifel mehr! Alles war ihm nun klar. Der Fusionsstrahl war der gewaltigste Hitzeerzeuger, der je erfunden worden war. Er wurde im allgemeinen als Kurzstreckenwaffe eingesetzt. Sicherlich hatte ihn nie zuvor jemand zu einem so kühnen Experiment benutzt wie Lucky in diesem Moment.

Der Deuterium-Strahl, der vorn aus dem Schiff herausschoß, wurde durch ein starkes Magnetfeld zusammengepreßt und an einem Punkt, viele Kilometer voraus, durch die Mikroreaktoren zur Atomexplosion gezündet. Für die Zündung genügte eine Millionstelsekunde. Viel länger hätte der Mikroreaktor diese Leistung auch nicht aufrechterhalten können, ohne daß das ganze Schiff dabei draufgegangen wäre. Aber danach lief vorn am Fusionsstrahl eine Kettenreaktion ab, und das Deuterium verbrannte bei der unglaublichen Hitze von 300 Millionen Grad!

Die Hitzelanze bohrte sich mühelos in die Oberfläche des Mondes Mimas und brannte einen Tunnel in sein Inneres. Und mitten in diesen Tunnel hinein flog die *Shooting Starr*. Die von der Hitze verzehrte Materie des Mimas verdampfte und wurde zu jener Atmosphäre, die sie in dem Tunnel umgab, ihre Geschwindigkeit zu bremsen half, aber gleichzeitig auch die Temperatur des äußeren Schiffsrumpfes zu rotglühender Gefährlichkeit steigerte.

Lucky behielt das Thermometer im Auge und ordnete an: »Wess, mehr Wasserdruck in die Kühlschlangen!«

»Wir werden unseren gesamten Wasservorrat dabei verbrauchen«, warnte Wess.

»Macht nichts. Auf diesem Himmelskörper brauchen wir kein eigenes Wasser.«

Also ließ Wess die Kühlwasserpumpe auf vollen Touren laufen. Mit Hochdruck wurde das Wasser durch die äußeren Schlangen der Leitung gepreßt, wo es verdampfte und die entstandene Reibungshitze etwas milderte. Aber der Wasserverbrauch war enorm, und immer noch stieg die Temperatur der Außenhülle.

Allerdings langsamer jetzt. Dafür sank die Schiffsgeschwindigkeit rascher. Lucky drosselte den Deuterium-Strahl und stellte das Magnetfeld entsprechend ein. Der Punkt weit voraus, wo die Kernverschmelzung des Deuteriums ablief, verkleinerte sich. Der Zischton der umgebenden Atmosphäre wurde tiefer.

Endlich stellte Lucky den Fusionsstrahl völlig ab. Das langsam schwebende Schiff bohrte sich dank seiner eigenen Außenhitze einen Weg in das Innere des Mondes, bis es mit einem Ruck zum Stillstand kam.

Endlich lehnte Lucky sich zurück. »Gentlemen, ich bitte um Entschuldigung, daß ich euch nicht vorher informieren konnte. Aber es war ein Entschluß in letzter Minute, und von da an mußte ich mich völlig auf meine Instrumente konzentrieren. Jedenfalls willkommen im Innern des Mimas!«

Bigman pumpte einen tiefen Atemzug in seine Lungen und gestand: »Auf diese Idee wäre ich nie gekommen! Mit dem Fusionsstrahl einen Tunnel vor dem heranbrausenden Schiff in einen Himmelskörper zu bohren!«

»Normalerweise geht das auch nicht«, erklärte Lucky. »Aber Mimas ist ein Sonderfall. Genau wie Enceladus, der nächste Mond.«

»Wieso?«

»Sie sind nichts weiter als riesige Schneebälle. Die Astronomen hatten das schon vor Beginn des Raumfahrtzeitalters erkannt. Ihre Dichte ist geringer als die des Wassers, und da sie außerdem mehr als 80 Prozent des empfangenen Lichts reflektieren, war es den Beobachtern schon vor langer Zeit klar, daß sie nur aus Wasser und etwas gefrorenem Ammoniak bestehen konnten, und beides in ziemlich lockerem Zustand.«

»Genau«, bestätigte Wess. »Die beiden planetennächsten Satelliten sind wie die Ringe nichts als zusammengepapptes Eis. Darum ist Mimas vorhin so leicht geschmolzen.«

Aber schon mahnte Lucky: »Wir haben noch eine Menge Arbeit vor uns. Wir müssen wieder starten.«

Sie befanden sich im Grund einer Höhle, die durch den Fusionsstrahl geschaffen war und sich jetzt von allen Seiten um sie schloß. Der bei ihrem Eindringen entstandene Tunnel wuchs wieder in dem Maße zusammen, wie der Dampf kondensierte und gefror.

Der Masse-Detektor verriet ihnen, daß sie sich etwa 160 Kilometer unter der Oberfläche des Mimas befinden mußten. Selbst bei den niedrigen Schwerkraftbedingungen des Mondes bewirkte die Eismasse über ihnen, daß ihre Höhle langsam kleiner und kleiner wurde.

Langsam bahnte sich die *Shooting Starr* den Rückweg wie ein heißes Messer durch Butter. Als sie einen Punkt acht Kilometer unter der Oberfläche erreicht hatten, stoppten sie und errichteten an dieser Stelle eine Sauerstoffblase.

Treibstoffvorräte, Algentanks und Lebensmittel wurden in die Blase geschafft. Achselzuckend meinte Wess: »Na schön, wenn das hier für eine Weile mein Zuhause sein soll, will ich es mir doch wenigstens so gemütlich machen wie möglich.«

Gerade erwachte Bigman aus seiner Schlafperiode. Sein Gesicht verzerrte sich zu bitterem Vorwurf.

»Was ist los, Bigman?« erkundigte sich Wess. »Fängst du an zu weinen, weil du dich von mir trennen mußt?«

Bigman schnitt eine wilde Grimasse. »Darüber komme ich garantiert hinweg. In zwei, drei Jahren fliege ich mal an Mimas vorbei und werfe dir einen Brief runter.« Dann aber brach es ungestüm aus ihm hervor: »Ihr dachtet wohl, ich schlafe noch, wie? Ich habe euch aber heimlich flüstern hören. Was geht hier vor? Ratsgeheimnisse?«

Lucky schüttelte unangenehm berührt den Kopf. »Alles zu seiner Zeit, Bigman.«

Später, als Lucky mit Bigman allein im Schiff war, begann der junge Ratsmann: »Tatsächlich, Bigman, gibt es keinen Grund, warum du Wess hier nicht Gesellschaft leisten könntest.«

»Ja, sicher«, versetzte Bigman verdrossen. »Zwei Stunden allein mit ihm, und ich zerhacke ihn in kleine Stückchen und lasse sie in Eis einfrieren – für seine Verwandten.« In anderem Ton fuhr er fort: »Meinst du das ernst, Lucky?«

»Ziemlich ernst. Dir würden draußen größere Gefahren drohen als mir.«

»Ach ja? Und was mach' ich mir schon daraus?«

»Wenn du aber bei Wess bleibst, werdet ihr beide spätestens in zwei Monaten abgeholt – ganz unabhängig von meinem Schicksal.«

Bigman prallte zurück. Sein kleiner Mund zuckte. »Lucky, wenn du mir befiehlst hierzubleiben, weil ich eine wichtige Aufgabe zu erfüllen habe, okay. Ich erfülle sie, und danach sind wir wieder zusammen. Aber wenn ich nur zu meiner eigenen Sicherheit hierbleiben soll, während du dich in Gefahren begibst, dann sind wir geschiedene Leute. Dann will ich nichts mehr mit dir zu tun haben. Und ohne mich, du langer Kerl, bringst du überhaupt nichts zustande. Das weißt du ganz genau.«

»Aber, Bigman ...«

»All right. Die Sache wird lebensgefährlich. Soll ich dir eine Erklärung unterzeichnen, daß ich auf eigene Verantwortung und entgegen deinen Warnungen mitgeflogen bin? Mach ich sofort! Genügt das, Ratsmann?«

Lucky faßte freundschaftlich in Bigmans Haar und schüttelte sanft seinen Kopf hin und her. »Große Galaxis, es ist leichter, Wasser in eine Kiepe zu schaufeln, als dir einen Liebesdienst zu erweisen.«

Wess kam ins Schiff. Er meldete: »Die Pumpe ist in Betrieb.«

Die Eismassen des Mimas lieferten das Wasser, das jetzt in die Tanks der *Shooting Starr* geleitet wurde. So ersetzte man die Flüssigkeit, die man beim Tunnelflug zur Kühlung der Außenhülle verbraucht hatte. Etwas von dem neutralisierten Ammoniak kam in einen Außentank, wo es später als Stickstoffdünger für die Algen dienen konnte.

Und dann war die Einrichtung der Sauerstoffblase vollendet. Die drei sahen sich in der freundlichen runden Eishöhle um. Die Aufenthaltsräume wirkten tatsächlich einigermaßen gemütlich.

»Okay, Wess«, sagte Lucky schließlich und schüttelte ihm die Hand. »Ich denke, du bist voll eingerichtet.«

»Soweit ich das beurteilen kann, Lucky, ja!«

»Du wirst auf jeden Fall spätestens in zwei Monaten abgeholt – ganz gleich, was geschieht. Wenn alles gutgeht, wird es viel früher soweit sein.«

»Du hast mir den Job anvertraut, und ich werde ihn ausführen«, antwortete Wess kühl. »Konzentriere du dich auf deine Aufgabe! Ach, übrigens, achte ein bißchen auf Bigman, damit er nicht gleich aus seiner Koje fällt und sich weh tut!«

»Bildet euch bloß nicht ein, daß ich euer geheimnisvolles Ratsmann-Getue nicht durchschaue!« schrie Bigman. »Ihr beide habt einen Plan geschmiedet und wollt mich nicht einweihen und ...«

»Marsch ins Schiff, Bigman!« rief Lucky. Er packte Bigman an den Schultern und zwang ihn vorwärts. Der kleine Kerl zappelte und wollte unbedingt noch eine Antwort von sich geben.

Aber da waren sie schon im Schiff. »Bei den Sandstürmen des Mars, Lucky, da hast du was angerichtet! Schlimm genug, daß ihr eure Ratsgeheimnisse habt, jetzt läßt du es auch noch zu, daß der Dreckskerl das letzte Wort behält!«

»Laß ihm den kleinen Spaß, Bigman! Wir dürfen zu neuen Abenteuern starten, während er hier rumsitzen muß. Er hat den schlechteren Job.«

Sie durchstießen die Oberfläche von Mimas an einem Punkt, von dem aus weder Sonne noch Saturn zu sehen waren. Das größte Objekt am schwarzen Himmel war Titan, der tief über dem Horizont stand. Sein Durchmesser war nur ein Viertel des Erdmondes.

Die eine Hälfte des Titan lag in der Sonne. Ernst betrachtete Bigman sein Abbild auf dem Schirm. Sein Ärger war gewichen. »Und da haben sich die Sirianer also eingenistet.«

»Das nehme ich wenigstens an.«

»Und wohin fliegen wir? Zu den Ringen zurück?«

»Genau.«

»Und wenn sie uns wieder aufspüren?«

Wie aufs Stichwort meldete sich der Radioempfänger.

Lucky machte einen niedergeschlagenen Eindruck. »Sie haben uns zu schnell aufgespürt.«

Er ging auf Sprechkontakt. Diesmal vernahmen sie keine seelenlose Roboterstimme, die die Minuten ansagte. Statt dessen ertönte ein scharfes, vibrierendes Organ, voll von Leben. Unverkennbar die Stimme eines Sirianers.

».. rr, antworten Sie bitte! Ich suche Verbindung mit Ratsmann David Starr von der Erde. David Starr, antworten Sie bitte! Ich suche ...«

»Hier spricht Ratsmann Starr«, unterbrach Lucky. »Wer sind Sie?«

»Ich bin Sten Devoure vom Sirius. Sie haben die Aufforderung unserer automatisierten Schiffe nicht befolgt und sind in unser Planetensystem zurückgekommen. Damit sind Sie unser Gefangener.«

»Automatisierte Schiffe?« fragte Lucky.

»Von Robotern betrieben. Verstehen Sie das? Unsere Roboter können ziemlich gut mit Raumschiffen umgehen.«

»Das hab' ich gemerkt«, sagte Lucky.

»Läßt sich denken. Sie verfolgten Sie, als Sie sich aus unserem System zurückzogen und dann in Deckung des Asteroiden Hidalgo wieder anflogen. Sie verfolgten Sie auf Ihrem Flug außerhalb der Eklipse zum Südpol des Saturn, dann durch die Cassini-Lücke, unterhalb der Ringe und schließlich zum Mimas. Sie waren jede einzelne Sekunde unter Beobachtung.«

»Und wie konnten Sie eine so erfolgreiche Beobachtung aufrechterhalten?« fragte Lucky. Es gelang ihm, einen lässigen und gleichmütigen Tonfall zu bewahren.

»Das ist so typisch Erdmensch! Er kann sich nicht vorstellen, daß Sirianer über eigene Methoden verfügen! Aber lassen wir das! Nachdem Sie geschickt durch Kernwaffenbeschuß in den Mimas eingedrungen waren, warteten wir tagelang auf Ihren Abflug. Es machte uns richtiges Vergnügen, Sie in Ihrem Versteck zu wissen. Es wurden schon Wetten darüber abgeschlossen, wann Sie es endlich wagen würden, wieder die Nase herauszustrecken. Inzwischen umkreisten unsere Roboterschiffe aufmerksam den Mimas. Und jetzt werden Sie nach spätestens 150 Kilometer Flug zerblasen, wenn uns danach ist.«

»Bestimmt nicht von Ihren Robotern, die ja keinem menschlichen Wesen Schaden zufügen können.«

»Mein lieber Ratsmann Starr«, antwortete die sirianische Stimme mit unverkennbarem Hohn, »selbstverständlich fügen Roboter keinem Menschen Schaden zu, falls sie zufälligerweise davon unterrichtet sind, daß Menschen zu Schaden kommen könnten. Dazu darf ich Ihnen sagen: Die Roboter, die unsere Waffen bedienen, sind dahingehend programmiert, daß sich an Bord Ihres Schiffes ebenfalls nur Roboter befinden. Und sie haben keine Hemmungen, wenn es sich um die Zerstörung von Robotern dreht. Wollen Sie sich nicht lieber ergeben?«

Plötzlich beugte sich Bigman über den Nachrichtenübermittler und schrie: »Hören Sie genau zu, Mann! Was halten Sie davon, wenn wir erst mal ein paar Ihrer Konservendosen-Roboter außer Gefecht setzen? Wie würde Ihnen das schmecken?« Es war überall in der Galaxis bekannt, daß bei den Sirianern die Zerstörung eines Roboters fast auf eine Stufe mit Mord gestellt wurde.

Aber Sten Devoure war keineswegs beeindruckt. »Ist dies das Individuum, mit dem Sie angeblich freundschaftlich verbunden sind, Ratsmann? Ein gewisser Bigman? Wenn ja, so habe ich nicht den Wunsch, mich mit ihm zu unterhalten. Sie können ihm sagen, daß Sie kaum imstande sein werden, eins unserer Schiffe zu zerstören, bevor Sie Ihr eigenes Schicksal ereilt. Ihnen leuchtet das wohl auch ein. Sie haben fünf Minuten, um sich zu entscheiden: Kapitulation oder Zerstörung! Was mich angeht, Ratsmann, so wollte ich Sie schon lange kennenlernen. Darum hoffe ich aufrichtig, daß Sie sich für Kapitulation entscheiden. Also?«

Lucky stand einen Augenblick schweigend da. Seine Kinnmuskeln mahlten.

Bigman wartete mit vor der Brust gekreuzten Armen und beobachtete Lucky in völliger Ruhe.

Drei Minuten vergingen. Dann erklärte Lucky: »Ich übergebe Ihnen mein Schiff mit allem, was darin ist, Sir.«

Bigman sagte keinen Ton.

Lucky unterbrach den Radiokontakt und drehte sich zu dem kleinen Marsmann um. Vor Verlegenheit biß sich der Ratsmann auf die Unterlippe. »Du mußt mich verstehen, Bigman. Ich ...«

Bigman zuckte die Achseln. »Ich begreife es zwar nicht, Lucky, aber seit der Landung auf Mimas weiß ich, daß du ... daß du schon bei unserem Rückflug zum Saturn den Plan gefaßt hattest, dich den Sirianern zu ergeben.«

8
Gefangen

Lucky hob die Augenbrauen. »Woran hast du das gemerkt, Bigman?«

»Ich bin ja nicht auf den Kopf gefallen, Lucky.« Der kleine Mann vom Mars scherzte nicht. Er war todernst. »Denk mal daran, wie wir wieder Kurs auf den Südpol des Saturn nahmen! Plötzlich bist du aus dem Schiff geklettert, weißt du noch? Es war kurz vor dem Moment, als die Sirianer uns auf die Spur kamen und wir Reißaus in Richtung auf die Cassini-Lücke nahmen.«

»Ja.«

»Du hast den Spaziergang außerhalb des Schiffes nicht ohne Grund unternommen. Du hülltest dich allerdings in Schweigen. Na ja, das bin ich schon gewöhnt. Wenn du unter Streß stehst, behältst du am liebsten alles für dich, bis die Gefahr vorüber ist. Aber diesmal kam es nicht dazu. Wir mußten ja unentwegt vor den Sirianern flüchten. Dann errichteten wir die Unterkunft für Wess auf Mimas. Diese Gelegenheit benutzte ich dazu, den äußeren Rumpf der *Shooting Starr* genau zu untersuchen. Und was fand ich heraus? Du hattest dich an dem Antigrav-Motor zu schaffen gemacht! Und zwar so, daß du mit einem einzigen Handgriff am Umschaltknopf des Kontrolltisches die ganze Antigrav-Anlage sprengen konntest.«

»Die Antigrav-Anlage«, erklärte Lucky ruhig, »ist das einzige Staatsgeheimnis an Bord der *Shooter*.«

»Ich weiß. Und ich machte mir meine Gedanken darüber. Wenn du einen bewaffneten Kampf für möglich hieltest, so hätte er nur mit der völligen Vernichtung der *Shooting Starr* enden können, samt uns und der Antigrav-Anlage. Nun sah ich aber, daß du eine Sprengung von Antigrav vorbereitet hattest, bei der das übrige Schiff intakt bleiben würde. In diesem Augenblick war mir klar, daß du einen Kampf vermeiden wolltest. Du hattest dich zur Kapitulation entschlossen.«

»Und warst du deshalb auf Mimas ständig schlechter Laune?«

Bigman seufzte. »Lucky, ich halte immer zu dir, aber«, er sah zu Boden – »kapitulieren ist kein Spaß.«

»Das weiß ich auch«, sagte Lucky. »Aber weißt du eine andere Möglichkeit, auf ihren Stützpunkt zu gelangen? Vieles, was wir tun müssen, macht keinen Spaß!«

Kaum hatte Lucky ausgesprochen, so betätigte er den Umschaltknopf auf dem Kontrolltisch. Das Schiff erbebte leicht, als sich die außen angebrachten Teile der Antigrav-Anlage in eine weißglühende Masse verwandelten und vom Schiff lösten.

»Ach, willst du vielleicht den Kampf in die Höhle des Löwen tragen? Ist das der Grund deiner Kapitulation?«

»Zum Teil ja.«

»Und wenn sie uns sofort ins Weltall sprengen?«

»Daran glaube ich nicht. Das hätten sie ja schon tun können, als wir Mimas verließen. Mir kommt es so vor, als wollten sie uns lebendig haben ... Für diesen Fall haben wir Wess auf Mimas als eine Art Rückversicherung. Er mußte sich dort fest eingerichtet haben, ehe ich mir erlauben durfte, mich zu ergeben. Nur deshalb habe ich Kopf und Kragen beim Anflug auf Mimas riskiert.«

»Aber vielleicht wissen sie über Wess Bescheid, Lucky. Sie scheinen ja ziemlich umfassend informiert zu sein.«

»Möglich ist es schon«, meinte Lucky nachdenklich. »Andererseits wußte dieser Sirianer genau, daß du mein Partner bist. Wir sind als Zweiergespann bei ihnen bekannt, aber nicht als Terzett. Insofern war es ein Glück, daß du nicht, wie ich erst plante, zusammen mit Wess auf Mimas bliebst. Wäre ich allein gestartet, hätten die Sirianer nach dir gefahndet und Mimas gründlich abgesucht. Dann hätten sie euch beide gefunden. Trotzdem ... wenn ich mit Sicherheit gewußt hätte, daß sie euch kein Härchen krümmen würden ... Nein, sobald ich in ihrer Hand bin und keine Möglichkeit habe ...

Seine Stimme war zu einem Flüstern geworden. Die letzten Sätze sprach er nur noch zu sich selbst. Dann brach er ganz ab.

Auch Bigman sagte nichts mehr. Nach geraumer Zeit durchbrach ein metallischer Klang die Stille, der den stählernen Rumpf der *Shooting Starr* vibrieren ließ. Ein Magnetseil fesselte sie jetzt an ein anderes Schiff.

»Da kommt einer an Bord«, sagte Bigman tonlos.

Auf dem Bildschirm konnten sie ein Stück der Verbindungsleine erkennen. Eine Gestalt kam ins Blickfeld, die sich Hand über Hand heranhangelte. Jetzt verschwand sie wieder. Mit Getöse prallte sie gegen das Schiff. Im gleichen Augenblick leuchtete das Signal für die Luftschleuse auf.

Bigman bediente den automatischen Öffner der äußeren Schleusentür. Dann wartete er auf das nächste Signal. Als es kam, schloß er die äußere Tür und öffnete die innere.

Der Eindringling kam an Bord.

Er trug keinen Raumanzug, denn es war kein Mensch. Es war ein Roboter.

Auch innerhalb der Terranischen Föderation waren Roboter keine Seltenheit. Es gab sogar eine Reihe hoch entwickelter Exemplare. Aber meistens waren sie für Sonderaufgaben reserviert, bei denen sie außer mit ihren Aufsehern nicht mit Menschen in Berührung kamen. Deshalb hatte Bigman erst sehr wenige Roboter zu Gesicht bekommen.

Er starrte ihn neugierig an. Wie alle sirianischen Roboter war er groß und blitzte vor Sauberkeit. Seine äußere Form war von glatter, unverbindlicher Einfachheit. Die Gelenke waren so vortrefflich gearbeitet, daß sie kaum hervortraten.

Bigman erschrak, als der Roboter seine Stimme erhob. Es braucht seine Zeit, ehe man sich an die Tatsache gewöhnt, daß aus der Metallimitation eines Menschen eine fast hundertprozentig menschliche Stimme erklingt.

»Guten Tag«, sagte der Roboter. »Ich habe den Auftrag, Ihr Schiff und Sie sicher an Ihren Bestimmungsort zu bringen. Dazu benötige ich folgende Informationen: Ist die begrenzte Explosion, die wir an der Außenhülle Ihres Schiffes sahen, in irgendeiner Weiser geeignet, die Navigationsfähigkeit des Schiffes zu behindern?«

Die Stimme klang tief und musikalisch, aber völlig seelenlos. Der Akzent war deutlich sirianisch.

Lucky antwortete sofort: »Die Explosion beeinträchtigt die Raumtüchtigkeit des Schiffes in keiner Weise.«

»Was hat die Explosion verursacht?«

»Ich.«

»Aus welchem Grunde taten Sie das?«

»Das kann ich Ihnen nicht sagen.«

»Sehr gut.« Der Roboter wechselte sofort das Thema. Ein Mensch hätte nachgehakt, vielleicht sogar gedroht. Das konnte ein Roboter nicht. Statt dessen erklärte er: »Ich bin in der Lage, auf dem Sirius konstruierte Raumschiffe zu steuern. Wenn Sie mir die Funktion aller Instrumente und Schalter erklären, werde ich auch in der Lage sein, dieses Raumschiff zu steuern.«

»Beim tiefen Sand des Mars, Lucky«, rief Bigman, »wir brauchen diesem Dingsda doch nicht alles zu erklären, oder?«

»Zwingen kann er uns nicht dazu, Bigman. Aber da wir uns nun schon ergeben haben, was macht es dann aus, wenn wir uns dahin bringen lassen, wo sie uns haben wollen?«

»Dann versuchen wir mal, diesen Ort herauszufinden!« In scharfem Ton fragte Bigman plötzlich den Roboter: »Du! Roboter! Wohin bringst du uns?«

Der Roboter wandte sich zu Bigman um. Sein rotglühendes Auge war ausdruckslos. Er sagte: »Es ist mir verboten, Fragen zu beantworten, die sich nicht auf meine unmittelbare Arbeit beziehen.«

»Aber hör doch mal!« Der aufgeregte Bigman schüttelte Luckys Hand ab. »Wenn du uns zu den Sirianern bringst, werden sie uns Schaden zufügen, und unter Umständen sogar töten. Du willst doch nicht, daß man uns umbringt, stimmt's? Also, dann hilf uns zu fliehen! Komm mit uns ... He, Lucky, laß mich doch mit ihm reden!«

Während Lucky noch nachdrücklich den Kopf schüttelte, gab der Roboter bereits seine Antwort. »Man hat mir versichert, daß Ihnen kein Haar gekrümmt werden wird. Doch jetzt erklären Sie mir bitte die Funktionen auf diesem Kontrollbord, damit ich meine Aufgabe erledigen kann!«

Punkt für Punkt klärte Lucky ihn auf. Der Roboter bewies, daß er mit der gesamten Technologie wohlvertraut war. Mit vorsichtigen, erfahrenen Handgriffen überprüfte er jeden einzelnen Schalter, um sich zu vergewissern, daß Lucky ihn korrekt eingewiesen hatte. Als Lucky seinen Vortrag schloß, war erkennbar, daß der Roboter durchaus imstande sein würde, die *Shooting Starr* zu steuern.

Lucky lächelte. In seinen aufleuchtenden Augen war deutliche Bewunderung zu lesen.

Bigman zog ihn in ihre Kabine. »Was gibt es denn zu grinsen, Lucky?«

»Große Galaxis, Bigman, das ist eine wunderbare Maschine! In dieser Hinsicht muß man vor den Sirianern den Hut ziehen. Sie bauen Roboter, die wahre Kunstwerke sind.«

»Okay, aber leise jetzt! Das Ding soll nicht hören, was ich dir jetzt sage. Also: Du hast doch nur kapituliert, damit du auf den Titan gelangst und bei den Sirianern spionieren kannst. Aber vielleicht kommen wir da nie wieder weg, und was nützen uns dann die besten Informationen? Gar nichts! Es wäre viel besser, wenn wir diesen Roboter dazu bewegten, uns zur Flucht zu verhelfen. Dann hätten wir mit einem

Schlag alles, was wir brauchen. Der Roboter ist doch tonnenweise mit Informationen über die Sirianer programmiert. Durch ihn erfahren wir mehr als bei einer Landung auf Titan.«

Lucky schüttelte energisch den Kopf. »Das hört sich ganz gut an, Bigman. Aber wie willst du den Roboter zum Verrat überreden?«

»Erstes Robotik-Gesetz! Wir machen ihm klar, daß Sirius nur eine Bevölkerung von ein paar Millionen Menschen besitzt, während in der Terranischen Föderation mehr als sechs Milliarden leben. Daß es wichtiger ist, die Mehrheit der Menschheit vor Schaden zu bewahren, als eine kleine Minderheit zu beschützen. Er wird begreifen, daß das erste Gesetz für uns spricht. Verstehst du, Lucky?«

»Du vergißt leider, daß die Sirianer sich besser auf Roboter verstehen als jeder andere«, sagte Lucky. »Dieser Roboter hier ist wahrscheinlich eindeutig darauf programmiert, daß seine Handlungen keinem menschlichen Wesen den geringsten Schaden zufügen. Wenn du ihm von den sechs Milliarden Menschen der Erde erzählst, prallt das wirkungslos an ihm ab. Sein Programm nimmt diese Information einfach nicht auf. Er würde nur dann von seinen Instruktionen abweichen, wenn er tatsächlich sieht, wie ein Mensch dadurch in Lebensgefahr gerät.«

»Ich will es aber versuchen!«

»All right. Versuch es! Du kannst dabei nur an Erfahrung gewinnen.«

Bigman ging zu dem Roboter, der die *Shooting Starr* inzwischen auf ihren neuen Kurs gebracht hatte.

»Was weißt du von der Erde?« fragte Bigman. »Und was von der Terranischen Föderation?«

»Es ist mir verboten, Fragen zu beantworten, die sich nicht auf meine unmittelbare Arbeit beziehen.«

»Ich gebe dir den Befehl, deine früheren Instruktionen nicht zu beachten!«

Der Roboter zögerte einen Moment. Dann sagte er: »Es ist mir verboten, Befehle von Unbefugten entgegenzunehmen!«

Bigman ließ nicht locker. »Meine Befehle sollen verhindern, daß du menschlichen Wesen Schaden zufügst! Deshalb mußt du ihnen gehorchen.«

»Mir wurde versichert, daß keinem Menschen ein Haar gekrümmt werden wird. Ich bemerke auch keinerlei drohende Gefahr für einen Menschen. Es ist mir verboten, auf unbefugte Anweisungen zu antworten, wenn sie mehrfach wiederholt werden.«

»Nichts da! Hör mir genau zu! Es droht Gefahr für menschliche Wesen ...« Bigman redete sich noch eine Weile in Eifer, aber der Roboter nahm keine Notiz mehr von ihm.

»Bigman, das ist verlorene Liebesmüh«, rief Lucky.

Ärgerlich versetzte Bigman dem Roboter einen heftigen Fußtritt. Er traf ihn an seinem polierten Knöchel. Aber mit ebensoviel Erfolg hätte er die Stahlwände des Raumschiffs mit den Füßen bearbeiten können. Sein Gesicht war gerötet, als er zu Lucky zurückkam. »Und so was nennt sich Fortschritt!« schimpfte er. »So ein Stück Metall macht, was es will, und der Mensch steht hilflos daneben!«

»Das ist nichts Neues! Ähnliches ereignete sich seit Beginn des Maschinenzeitalters tagtäglich – lange, bevor es die ersten Roboter gab.«

»Wir wissen nicht einmal, wo wir hinfliegen!«

»Dazu brauchen wir den Roboter nicht. Ich habe den Kurs überprüft. Wir fliegen offenbar zum Titan.«

Während der letzten Stunden des Anflugs auf Titan drängten sich beide vor dem Bildschirm. Titan war der drittgrößte Mond im Sonnensystem. Nur der Jupitermond Ganymed und der Neptunmond Triton übertrafen ihn an Umfang, aber unwesentlich. Von allen Monden besaß Titan die dichteste Atmosphäre.

Schon von weitem machte sich seine Atmosphäre bemerkbar. Auf den meisten Monden – auch auf dem der Erde – bildet der Terminator, der Tag- und Nachtseite voneinander trennt, eine scharfe Grenze. Auf einer Seite erscheint der Mond schwarz, auf der anderen weiß. Bei Titan war es anders.

Auf Titan war der Terminator keine scharfe Linie, sondern eher ein verschwommener breiter Streifen.

»Seine Atmosphäre ist fast so dicht wie die der Erde«, bemerkte Lucky.

»Aber man kann sie nicht atmen, nicht wahr?«

»Nein. Sie besteht größtenteils aus Methan.«

Von allen Seiten näherten sich jetzt, bereits mit bloßem Auge sichtbar, andere Schiffe. Mindestens ein Dutzend von ihnen gaben ihnen Geleitschutz zum Titan.

Lucky schüttelte den Kopf. »Sie können also zwölf Schiffe allein für diesen Auftrag abkommandieren! Große Galaxis, sie müssen sich schon vor Jahren hier festgesetzt und seit dem ununterbrochen gebaut und geplant haben! Wie können wir sie nur jemals wieder verjagen, ohne einen Krieg vom Zaun zu brechen?« Bigman konnte keine Antwort darauf geben.

Jetzt tauchten sie in die Atmosphäre ein. Es war deutlich zu hören: dieser hohe Ton, den die Gase verursachten, als der stromlinienförmige Rumpf der *Shooter* durch sie hindurchjagte.

Mißtrauisch kontrollierte Bigman die Thermometer, die die Temperatur der Außenhaut anzeigten. Aber es bestand keine Gefahr. Der Roboter bediente die Kontrollen einwandfrei. Spiralenförmig umkreiste das Schiff Titan. Höhe und Geschwindigkeit nahmen gleichmäßig ab, so daß zu keiner Zeit die Rumpftemperaturen in der dichter werdenden Atmosphäre bedenkliche Werte erreichten.

Wieder war Lucky voll ehrlicher Anerkennung. »Der Roboter verbraucht beim Abstieg kaum Treibstoff. Ich glaube, er würde es schaffen, das Schiff so zu steuern, daß die Atmosphäre als einzige Bremse genügt.«

»Und das findest du auch noch gut, Lucky?« empörte sich Bigman. »Wenn die Roboter so tolle Raumschiffpiloten sind, wie können wir uns dann gegen die Sirianer behaupten?«

»Wir müssen eben unsere eigenen Roboterkonstruktionen verbessern, Bigman. Auch diese Roboter wurden von Menschen erdacht und fabriziert. Zufälligerweise handelt es sich bei diesen Menschen um Sirianer, ja, aber nichtsdestoweniger um Menschen, und so haben alle Menschen auf der Welt Grund, auf ihre Leistung stolz zu sein. Wenn wir uns vor den Auswirkungen ihres Erfindergeists fürchten, dann müssen wir eben alles daransetzen, gleichzuziehen oder sie sogar noch zu übertreffen. Dagegen wäre es sinnlos, ihre Leistung zu verkleinern.«

Bisher hatten Wolken die Oberfläche des Titan verborgen. Jetzt konnten sie einige Gebirgszüge erkennen. Es waren nicht die scharfgezackten Gipfel eines luftleeren Himmelskörpers, sondern abgeschliffene Formationen, die den Einfluß von Wind und Wetter verrieten. Die Grate Kämme und Wände waren nackt, aber in den Rinnen und in den Tälern lag Tiefschnee.

»Kein echter Schnee«, erklärte Lucky. »Gefrorenes Ammoniak.«

Natürlich war es eine lebensfeindliche Wüstenlandschaft. Auch die wellenförmigen Ebenen zwischen den Gebirgszügen zeigten entweder nacktes Gestein oder waren tief unter Schneemassen begraben. Nirgends regte sich Leben. Es gab keine Flüsse und keine Seen. Und dann ...

»Große Galaxis!« rief Lucky.

Eine Kuppel kam in Sicht, eine abgeflachte weite Kuppel. Ein Anblick, der auf den inneren Planeten keine Seltenheit war. Es gab solche Kuppelbauten auf dem Mars und in den seichten Gewässern der Venusmeere. Aber dies war doch eine andere Sache – so weit entfernt von der Sonne auf dem trostlosen Titan! Selbst auf dem seit langem bewohnten Mars hätte diese von Sirianern errichtete Kuppel als eine ansehnliche Wohnstadt gegolten.

»Wir haben selig geschlafen, während sie gewaltige Werke schufen«, stellte Lucky bedrückt fest.

»Wenn die Reporter davon Wind bekommen«, sagte Bigman, »dann steht der Wissenschaftsrat blamiert da, Lucky.«

»Stimmt. Außer es gelingt uns, die Sirianer vom Titan zu vertreiben. Aber es geschieht dem Rat ganz recht. Beim heiligen Weltraum, Bigman, es wäre doch seine Pflicht, jeden Himmelskörper im Sonnensystem in regelmäßigen Abständen zu erkunden – noch dazu einen Riesenmond wie Titan!«

»Wer hätte denn gedacht ...«

»Der Wissenschaftsrat mußte daran denken. Die Völker des Sonnensystems zahlen große Summen für den Unterhalt des Rats. Dafür dürfen sie erwarten, daß seine Mitglieder nicht faul auf der Bärenhaut rumliegen. Sie verlassen sich auf ihn. Auch ich muß mir Vorwürfe machen.«

Die Stimme des Roboters unterbrach sie. »Dieses Schiff wird nach einer weiteren Umkreisung des Mondes zur Landung ansetzen. Im Hinblick auf den Ionen-Antrieb, der sich an Bord befindet, sind keine besonderen Vorsichtsmaßnahmen nötig. Leichtsinn kann zu Verletzungen führen, und das darf ich nicht zulassen. Ich muß Sie daher ersuchen, sich flach hinzulegen und anzuschnallen.«

»Hör dir diese piepende Konservenbüchse an! Will uns erzählen, wie man sich bei der Landung nach einem Raumflug zu verhalten hat!«

»Wenn schon«, beruhigte Lucky seinen aufgebrachten Freund. »Leg dich lieber gleich hin! Sonst hilft er noch mit Gewalt nach. Es gehört ja zu seiner Aufgabe, uns vor jeglichem Schaden zu bewahren.«

»Sag mal, Roboter«, rief Bigman unvermittelt, »wieviel Menschen sind eigentlich auf Titan stationiert?«

Er bekam keine Antwort.

Der Mondboden kam immer näher, kam ihnen entgegen und nahm sie schließlich auf. Ein kurzes Anwerfen der Rückstoßdüsen genügte, um die *Shooting Starr* mit dem Heck nach unten weich zu landen.

Der Roboter verließ die Pilotenkanzel. »Sie sind soeben sicher und heil auf Titan gelandet. Damit ist meine Aufgabe beendet, und ich übergebe Sie nun den kommandierenden Herren.«

»Einem gewissen Sten Devoure?«

»Es ist einer unserer Herren. Sie können das Schiff jetzt verlassen. Temperatur und Luftdruck sind normal. Die Schwerkraft ist derjenigen, an die Sie gewöhnt sind, ziemlich angepaßt.«

»Wir können sofort aussteigen?« vergewisserte sich Lucky.

»Ja. Die Herren warten schon.«

Lucky nickte. Er konnte eine eigenartige Erregung nicht ganz unterdrücken.

Obwohl Sirius in seiner kurzen, aber stürmischen Karriere beim Wissenschaftsrat sein großer Widersacher gewesen war, war er noch nie einem lebenden Sirianer begegnet.

Er trat aus dem Schiff auf die ausgefahrene Gangway. Bigman war dicht hinter ihm. Plötzlich erstarrten beide. Grenzenlose Überraschung nahm ihnen den Atem.

9
Der Feind

Lucky setzte gerade den Fuß auf die oberste Sprosse der Leiter, die zum Boden hinabführte. Bigman schaute seinem großen Freund über die Schulter. Beiden blieb der Mund vor Erstaunen offenstehen.

Es war, als wären sie auf der Erde gelandet. Wenn sich ein Dach über ihnen wölbte – ein Kuppeldach aus hartem Metall und Glas –, so sah man es jedenfalls nicht. Denn dort oben breitete sich blauer Himmel aus, an dem – Illusion oder nicht – weiße Sommerwolken entlangsegelten.

Vor ihnen erstreckten sich Rasenflächen und Reihen weit voneinander entfernt stehender Häuser. Hier und da zeigte sich ein eingefaßtes Blumenbeet. Ein Flüßchen sprudelte lustig durch die anmutige Landschaft. Kleine Steinbrücken führten darüber hinweg.

Überall sah man Roboter – Dutzende! – geschäftig bei der Arbeit, jeder mit maschinenartiger Ausschließlichkeit auf seine Tätigkeit konzentriert. Ein paar hundert Meter weiter standen fünf Wesen – Sirianer! – in einer Gruppe beisammen und sahen neugierig zum Schiff herüber.

Und dann vernahmen Lucky und Bigman eine harte, befehlsgewohnte Stimme. »Ihr da oben! Kommt runter! Kommt runter, sage ich! Beeilung!«

Lucky sah nach unten. Am Fuß der Leiter stand ein hochgewachsener Mann, breitbeinig und die Arme vor der Brust verschränkt. Sein Gesicht hatte einen olivfarbenen Teint. Mit arrogantem Ausdruck blickte er sie an. Nach sirianischer Mode war das dunkle Haar millimeterkurz geschnitten. Der Schnurrbart war schmal, der Kinnbart gestutzt und gut gepflegt. Die farbenglitzernde Kleidung saß locker. Das Hemd stand am Hals offen, und die Ärmel ließen die Unterarme frei. »Wenn Sie es eilig haben, Sir, gern!« antwortete Lucky.

Er schwang, athletisch und mühelos zugleich, herum und rutschte, sich nur mit den Händen haltend, die Leiter hinab. Dann stieß er sich mit gewandtem Schwung vom Schiffsrumpf ab und sprang die letzten zwölf Stufen der Leiter mit einem Satz hinunter. In der Luft vollführte er eine Drehung, um beim Landen dem Mann auf dem Boden von Angesicht zu Angesicht gegenüberzustehen. Mit einer tiefen Kniebeuge fing er den Aufprall ab. Als er sich auf richtete, sprang er leichtfüßig zur Seite, um Bigman Platz zu machen, der in gleicher Weise herunterkam.

Der Mann, dem Lucky nun gegenüberstand, war hoch gewachsen, aber zwei oder drei Zentimeter kleiner als Lucky. Aus der Nähe machten seine Gesichtszüge einen weichen Eindruck. Überhaupt hatte er etwas Weichliches an sich.

Verächtlich rümpfte er die Nase. »Akrobaten! Affen!«

»Keins von beiden, Sir«, sagte Lucky mit ruhiger Freundlichkeit. »Erdmenschen.«

»Sie sind David Starr«, stellte der andere fest. »Aber man nennt Sie Lucky. Hat das im Slang der Erdmenschen die selbe Bedeutung wie in unserer Sprache?«

»Es bedeutet: der Glückliche.«

»Mit Ihrem Glück geht es offenbar zu Ende. Ich bin Sten Devoure.«

»Das hab' ich mir gedacht.«

»Die Umgebung hat Sie ziemlich beeindruckt, wie?« Devoures nackter Arm machte eine weit ausholende Geste. »Die Landschaft ist wunderschön.«

»Das ist sie. Aber wird dafür nicht unnötig viel Energie verschwendet?«

»Die Roboter arbeiten rund um die Uhr – das ist das ganze Geheimnis. Und Sirius hat noch ungeheure Energiereserven. Im Gegensatz zur Erde, wie ich meine.«

»Wir haben, was wir brauchen«, sagte Lucky. »Sie werden das noch selber feststellen.«

»Tatsächlich? Kommen Sie! Wir sprechen in meiner Wohnung weiter.« Hochmütig winkte er den fünf anderen Sirianern zu, die sich inzwischen unter neugierigen Blicken auf den Erdmann näher herangeschoben hatten, jenen Erdmann, der sich in den vergangenen Jahren als gefährlicher und erfolgreicher Gegner des Sirius ausgezeichnet hatte und nun zu guter Letzt ihr Gefangener geworden war.

Devoures lässige Geste beantworteten die Sirianer mit einem militärischen Gruß, machten kehrt und gingen ihrer Wege.

Devoure stieg in einen kleinen offenen Wagen, der geräuschlos auf einem diamagnetischen Kraftfeld-Band herangefahren war. Die flache Unterseite, die weder Räder noch andere Vorrichtungen aufwies, schwebte 20 Zentimeter über dem Boden. Ein zweiter Wagen näherte sich Lucky. Beide wurden natürlich von Robotern gelenkt.

Lucky stieg in den zweiten Wagen. Bigman wollte ebenfalls einsteigen, als der Roboter den Arm ausstreckte und ihn daran hinderte.

»He . . .«, rief Bigman.

Lucky unterbrach ihn. »Mein Freund wird mich begleiten, Sir.«

Zum erstenmal würdigte Devoure Bigman eines Blickes, und unerklärlicherweise verdüsterten sich seine Augen vor Haß. »Ich befasse mich nicht mit jenem Ding«, sagte er. »Wenn Sie seine Begleitung wünschen, sollen Sie sie noch eine Zeitlang haben. Aber ich wünsche nicht, damit belästigt zu werden.«

Weiß wie die Wand starrte Bigman den Sirianer an. »Ich werde Sie gleich jetzt belästigen, Sie Dre . . .«

Lucky packte ihn und flüsterte ihm mit großem Ernst ein paar Worte ins Ohr. »Du kannst jetzt nichts machen, Bigman! Große Galaxis, halt dich zurück und warte ab!«

Halb hob Lucky ihn in den Wagen, halb stieg Bigman selber ein. Devoure blickte stur nach vorn und kümmerte sich nicht darum.

Die Wagen fuhren pfeilschnell und ohne jede Erschütterung. Die Fahrt war rasant wie Schwalbenflug. Nach zwei Minuten hielten sie vor einem einstöckigen Gebäude aus glatten, weißen Silikonsteinen, das sich nur durch die dunkelrot gerahmten Fenster und Türen von den übrigen Häusern unterschied. Eine Auffahrt führte zum Eingang.

Während der kurzen Fahrt hatten sie kein weiteres lebendes Wesen erblickt, nur einige Roboter.

Devoure ging voran. Durch eine bogenförmige Tür gelangte man in ein kleines Zimmer mit einem Konferenztisch. In einer Nische stand eine breite Couch. Die Decke strahlte weißblaues Licht aus, gleich dem über den weiten Rasenflächen im Freien.

Ein wenig zu blau, dachte Lucky. Doch dann fiel ihm ein, daß Sirius größer und heißer als die Sonne war und der Himmel über seinen Planeten demnach von tieferem Blau war als über der Erde.

Ein Roboter brachte zwei Tabletts mit Essen und hohen, eisbeschlagenen Gläsern herein, die einen eisgekühlten milchweißen Drink enthielten. Ein milder Duft von Früchten lag in der Luft. Nach den langen Wochen der einförmigen Schiffsdiät freute sich Lucky auf die Mahlzeit. Ein Tablett wurde vor ihm niedergesetzt, eins vor Devoure.

»Mein Freund bekommt das gleiche«, sagte Lucky zu dem Roboter.

Der Roboter warf einen kurzen Blick auf Devoure, der in steinerner Kälte keine Notiz davon nahm. Daraufhin verschwand der Roboter und servierte nach kurzer Zeit das dritte Tablett. Während der Mahlzeit wurde kein Wort gewechselt. Erdmensch und Marsmensch langten kräftig zu.

Als das Geschirr abgeräumt war, sagte der Sirianer: »Zu Beginn muß ich feststellen, daß Sie Spione sind. Sie drangen in sirianisches Gebiet ein. Sie wurden aufgefordert, sich zurückzuziehen. Sie taten es, kehrten aber zurück, wobei sie sich größter Heimlichkeit befleißigten. Nach interstellarem Recht können wir Sie auf der Stelle hinrichten. Dies wird auch geschehen, falls Sie sich nicht durch Ihr weiteres Verhalten eines Gnadenerlasses für würdig erweisen.«

»Unser weiteres Verhalten?« fragte Lucky. »Erklären Sie das bitte näher, Sir!«

»Mit Vergnügen, Ratsmann.« Die dunklen Augen des

Sirianers belebten sich. »Es gibt da eine Kapsel voll Informationsmaterial, die unser Mann kurz vor seinem unglücklichen Ende in den Saturnringen auswarf.«

»Glauben Sie, daß ich sie hätte?«

Der Sirianer lachte. »Dazu hatten Sie nicht die geringste Möglichkeit. Wir ließen Sie nie unter der halben Lichtgeschwindigkeit in die Nähe der Ringe kommen. Aber schließlich sind Sie doch ein überaus erfahrener Ratsmann. Wir haben so viel von Ihnen und Ihren Heldentaten gehört – ja, sogar auf dem Sirius. Bei Gelegenheit haben Sie uns – wie soll ich sagen? – sogar ein wenig im Wege gestanden.«

Bigman stieß einen schrillen Wutschrei aus. »Ein wenig im Wege gestanden! Wie damals, als er Ihren Spion auf Jupiter 9 erwischte! Oder als er Ihre Verschwörung mit den Piraten der Asteroiden zerschlug! Oder als er Sie von Ganymed verjagte! Oder ...«

»Würden Sie das Ding zum Schweigen bringen, Ratsmann?« rief Sten Devoure in auflodemdem Zorn. »Mich stört das schrille Gequieke des Dings, das Sie bei sich haben.«

»Dann sagen Sie, was Sie zu sagen haben!« forderte Lucky ihn voll Würde auf, »ohne meinen Freund zu beleidigen.«

»Ich möchte, daß Sie mir bei der Suche nach der Kapsel helfen. Sie sind ein Mann von hoher Intelligenz. Raus mit der Sprache! Wie würden Sie es anstellen, die Kapsel zu finden?« Devoure stützte die Ellbogen auf den Tisch und sah Lucky erwartungsvoll an.

»Zunächst eine Frage«, meinte Lucky. »Was wissen Sie über die Kapsel?«

»Nicht mehr als Sie. Ich nehme an, Sie haben den letzten Funkspruch unseres Mannes ebenfalls aufgefangen.«

»Ja, das ist richtig. Nicht den ganzen allerdings. Aber aus den Bruchstücken ging hervor, daß er die Kapsel wirklich ausgeworfen hatte, aber nicht mehr dazu kam, Ihnen die Koordinaten durchzugeben.«

»Und?«

»Da der Mann sich lange Zeit auf der Erde aufhalten konnte, ohne von unseren Agenten aufgespürt zu werden – und da er seinen schwierigen Auftrag beinahe erfolgreich abgeschlossen hat –, nehme ich an, daß er besonders intelligent war.«

»Er war ein Sirianer!«

»Das«, erklärte Lucky mit ruhiger Höflichkeit, »ist nicht unbedingt dasselbe. In diesem Fall aber dürfen wir wohl ein umsichtiges Verhalten des Mannes voraussetzen. Er hat die Kapsel bestimmt so ausgeworfen, daß die Suche nach ihr nicht von vornherein unmöglich ist.«

»Und was folgern Sie daraus, Erdmensch?«

»Hätte er die Kapsel direkt in die Ringe geworfen, könnte sie nie wiedergefunden werden.«

»Glauben Sie?«

»Ja. Bleibt als einzige andere Möglichkeit, daß er sie in der Cassini-Lücke in eine Umlaufbahn brachte.«

Sten Devoure legte den Kopf in den Nacken und lachte laut. »Es ist wirklich erfrischend zu hören, in wie genialer Weise Lucky Starr, der große Ratsmann, ein Problem anpackt«, sagte er. »Ich hatte von Ihnen einen überraschenden, wenn nicht gar umwerfenden Gedankengang erwartet. Statt dessen nun dies! Dazu kann ich Ihnen sagen, daß wir auch ohne Ihre Hilfe auf der Stelle zu dem gleichen Schluß kamen. Unsere Schiffe suchten fast vom ersten Augenblick nirgendwo anders als in der Cassini-Lücke nach der ausgeworfenen Kapsel. Nun, Ratsmann, was sagen Sie dazu?«

Lucky nickte. Wenn der größte Teil der Besatzung von Titan dort mit der Suche beschäftigt war, so erklärte das wenigstens zum Teil die geringe Anzahl von Menschen auf dem Stützpunkt selbst. »Nun, ich gratuliere Ihnen zu dem Einfall und erinnere daran, daß die Cassini-Lücke sehr ausgedehnt ist und auch noch vereinzelte Stein- oder Eisbrokken beinhaltet. Außerdem ist die Umlaufbahn der Kapsel wegen der Anziehungskraft des Mimas nicht beständig. Je nach ihrer Position wird sie allmählich in den inneren oder in den äußeren Ring gezogen werden. Das heißt: Wenn Sie sie nicht schnell auffinden, wird sie für immer verloren sein.«

»Ihr Versuch, mir einen Schreck einzujagen, ist töricht und sinnlos. Auch in den Ringen würde die Kapsel weiterhin ein Gegenstand aus Aluminium bleiben, der sich deutlich von den Eisbrocken abhebt.«

»Die Masse-Detektoren können Aluminium und Eis aber nicht unterscheiden.«

»Die Masse-Detektoren Ihres Planeten können das nicht, Erdmensch. Haben Sie sich schon mal die Frage vorgelegt, wie es uns möglich war, Sie trotz Ihrer Tricks immer aufzuspüren? Ich meine den Trick, als Sie sich hinter Hidalgo versteckten, und dann den gefährlicheren Kniff auf Mimas!«

»Ich war überrascht«, gab Lucky mit steinerner Miene zurück.

Wieder lachte Devoure. »Das kann ich mir denken! Offenbar besitzt die Erde noch keine fortentwickelten Masse-Detektoren.«

»Ein Staatsgeheimnis?« fragte Lucky höflich.

»Was die zugrundeliegende Idee betrifft, nicht. Unser Detektor benutzt weiche Röntgenstrahlen, auf die verschiedenartige Materie verschiedenartig reagiert. Das hängt mit ihrem Atomgewicht zusammen. Ein Teil der Strahlen wird immer reflektiert. Durch Analyse dieser reflektierten Strahlung können wir ein stählernes Raumschiff von einem felsigen Asteroiden unterscheiden. Da verschwindet also ein Schiff hinter einem Asteroiden. Plötzlich registrieren wir bei ihm einen Anteil an metallener Materie, den er vorher nicht besaß. Na, da ist es nicht mehr schwer zu schließen, daß sich hinter dem Asteroiden ein Raumschiff verbirgt, dessen Besatzung nun glaubt, niemand könne sie aufspüren. Was meinen Sie, Ratsmann?«

»Das sehe ich ein.«

»Dann werden Sie auch begreifen, daß Sie sich nicht unter den Saturnringen vor uns verstecken konnten. Ja, nicht einmal hinter dem Planeten selbst wäre Ihnen das gelungen. Das Metall Ihres Schiffes hätte Sie uns immer verraten. In den Ringen befindet sich überhaupt kein Metall, ebensowenig wie auf der Oberfläche des Saturn und in seinem Inneren bis zu einer Tiefe von 16000 Kilometern. Selbst im Inneren des Mimas waren Sie vor unserer Entdeckung nicht sicher. Nur ein paar Stunden lang glaubten wir, Sie seien zerschellt. Dann entdeckten wir Metallspuren unter dem Eis des Mimas. Das konnten ohne weiteres die Trümmer Ihres Schiffes sein. Aber da setzte sich der Metallkörper plötzlich in Bewegung, und wir wußten, daß Sie noch lebten! Sie hatten sich mit dem Fusionsstrahl eine Bahn ins Innere des Mondes geschmolzen. Danach brauchten wir uns nur noch auf die Lauer zu legen.«

Lucky nickte.

»Bis jetzt haben Sie das Spiel gewonnen.«

»Und glauben Sie immer noch, daß wir die Kapsel nicht finden werden, weil sie allmählich in die Ringe gezogen oder womöglich gleich dort abgeworfen wurde?«

»Wie kommt es denn, daß Sie sie noch nicht gefunden haben?«

Für einen Augenblick verdüsterte sich Devoures Gesicht. Aber Luckys ruhiger Blick drückte keinen Spott, sondern nichts als steife Höflichkeit aus. So lautete die etwas verkniffene Antwort des Sirianers: »Wir werden sie finden. Das ist nur eine Sache der Beharrlichkeit. Sie können uns jedenfalls nicht helfen. Es gibt also keinen Grund, die Hinrichtung länger hinauszuzögern.«

»Das meinen Sie doch nicht im Ernst!« sagte Lucky. »Als Tote wären wir viel zu gefährlich für Sie.«

»Wenn ich die Gefahr, die Sie lebendig bedeuten, als Maßstab nehme, so ist Ihre Drohung lächerlich.«

»Wir sind Mitglieder des Wissenschaftsrats der Erde. Einen Mord an uns wird der Rat niemals vergeben oder vergessen. Übrigens würde sich die Vergeltung weniger gegen Sirius als vielmehr gegen Sie persönlich richten. Vergessen Sie das nie!«

»Na, da weiß ich wohl besser Bescheid als Sie«, versetzte Devoure. »Die Kreatur, die Sie da mit sich schleppen, ist kein Ratsmitglied!«

»Vielleicht nicht offiziell, aber ...«

»Lassen Sie mich bitte ausreden! Sie selber sind sogar etwas mehr als ein Ratsmann. Sie sind Adoptivsohn des Ratsvorsitzenden Hector Conway. Sie sind der ganze Stolz des Wissenschaftsrats. Und deshalb haben Sie vielleicht recht.« Devoures schmaler Schnurrbart wurde noch schmaler, als sein Besitzer freudlos lächelte. »Mir fällt gerade etwas ein! Unter gewissen Bedingungen wäre es ganz vorteilhaft für uns, Sie am Leben zu lassen.«

»Was für Bedingungen?«

»Die Erde hat vor einigen Wochen eine interstellare Konferenz der Nationen einberufen. Tagesordnung soll unsere angebliche Invasion auf euer Gebiet sein. Vielleicht wußten Sie das noch gar nicht.«

»Die Konferenz geht auf meinen Vorschlag zurück. Ich machte ihn, sowie ich von der Existenz Ihres Stützpunktes erfuhr.«

»Gut. Sirius hat die Einladung angenommen. Die Konferenz wird in kurzem auf Ihrem Asteroiden Vesta stattfinden.« Devoures Lächeln wurde breiter. »Die Erde scheint es eilig zu haben. Wir sind mit allem einverstanden. Denn wir brauchen uns vor den Beschlüssen einer solchen Konferenz nicht zu fürchten. Die äußeren Welten hegen ganz allgemein keinerlei Sympathien für die Erde. Sie haben ja auch keinen Grund dafür. Unsere Position ist rechtlich unangreifbar. Aber natürlich könnten wir unsere Sache noch durch einen dramatischen Effekt verbessern. Wir brauchen nur anhand eines unwiderleglichen Beweises die gemeine Heuchelei der Erde bloßzustellen. Sie berufen eine Konferenz ein. Sie behaupten, eine Lösung auf friedlichem Wege herbeiführen zu wollen. Und zur gleichen Zeit schicken sie ein Kriegsschiff zum Titan mit dem Auftrag, unseren Stützpunkt zu vernichten.«

»Diesen Auftrag habe ich nie erhalten. Ich handelte auf eigene Faust. Und ich hatte nie die Absicht, eine kriegerische Handlung zu begehen.«

»Darauf kommt es doch gar nicht an! Hauptsache, Sie treten als unser Kronzeuge auf und bestätigen das, was ich eben ausführte. Das wird bei der Konferenz wie eine Bombe einschlagen!«

»Als Zeuge kann ich nur die Wahrheit sagen und nichts als die Wahrheit.«

Devoure überging den Einwand. »Man könnte sich sogar davon überzeugen, daß wir Sie keiner Gehirnwäsche unterzogen und nicht unter Drogen gesetzt haben«, fuhr er mit grober Stimme fort. »Treten Sie aus eigenem freien Willen als unser Zeuge auf! Sagen Sie so aus, wie wir es haben wollen! Teilen Sie der Konferenz mit, daß der Supermann des Wissenschaftsrats, Conways eigener Sohn, von der Erde zu einem kriegerischen Unternehmen ausgesandt wurde – zur gleichen Zeit, als die Erde mit triefend frommen Reden eine Konferenz einberief und ihren unerschütterlichen Friedenswillen kundtat. Das wird alle Diskussionen mit einem Schlage ein für allemal erledigen.«

Lucky holte tief Atem und sah in das kaltlächelnde Gesicht des anderen. »Das wäre es also?« fragte er. »Eine falsche Aussage als Preis für mein Leben?«

»All right. Von mir aus dürfen Sie es so ausdrücken. Jetzt treffen Sie Ihre Wahl!«

»Es gibt keine Wahl. In einem solchen Fall würde ich nie eine unwahre Aussage machen!«

Devoures Augen verengten sich zu Schlitzen. »Ich glaube

doch. Unsere Agenten haben Ihre Lebensgewohnheiten ziemlich genau durchforscht, Ratsmann. Wir kennen Ihren schwachen Punkt. Es mag sein, daß Sie lieber sterben als mit uns gemeinsame Sache machen. Aber auch Sie haben die fatale Neigung der Erdmenschen, schwachen und behinderten Personen zu helfen. Sie werden tun, was wir vorschlagen ...«, und bei diesen Worten streckte der Sirianer plötzlich den Arm aus und deutete mit ausgestrecktem Zeigefinger auf Bigman ...« weil dieses Dingsda sonst stirbt!«

10
Die Erpressung

»Ganz ruhig, Bigman!« flüsterte Lucky.

Der kleine Marsmann saß zusammengeduckt. Seine Augen, die auf Devoure gerichtet waren, glühten.

»Wir wollen bei unseren Drohungen doch nicht kindisch werden«, sagte Lucky. »In einer Welt der Roboter ist eine Hinrichtung nicht so leicht durchzuführen. Die Roboter können uns nicht töten. Und ich kann mir nicht vorstellen, daß Sie oder einer Ihrer Kollegen kaltblütig einen Menschen umbringt.«

»Natürlich nicht, wenn Sie sich darunter vorstellen, daß wir ihm den Kopf abschlagen oder ihn erschießen wollten. Aber ein schneller Tod hat ja auch nichts Schreckliches an sich. Nehmen Sie dagegen mal an, unsere Roboter machen ein Weltraumschiff zum Start fertig, in dem alle üblichen Instrumente und Vorräte fehlen. Dann fesseln sie Ihren ... äh ... Begleiter, sagen wir, mit Ketten an eine Metallstrebe im Inneren des Schiffs. Selbstverständlich, ohne ihm weh zu tun! Das Schiff ist mit einem Autopiloten ausgestattet, der es aus dem Sonnensystem hinaussteuert. Die Chancen sind geringer als eins zu einer Billiarde, daß ihn jemand von der Erde je wiederfindet. Das Schiff wird seine Bahn bis in alle Ewigkeit verfolgen.«

»Lucky«, rief Bigman dazwischen, »es kommt nicht drauf an, was sie mit mir machen. Laß dich auf nichts ein!«

Devoure tat, als sei Bigman gar nicht vorhanden. »Ihr Begleiter wird genügend Atemluft und einen Wasserbehälter in Reichweite erhalten, aus dem er seinen Durst löschen kann. Das ist alles. Nahrungsmittel sind nicht an Bord. Verhungern dauert lange Zeit. Und ein Hungertod in der äußersten Einsamkeit des Weltraums muß schrecklich sein.«

»Es wäre unehrenhaft und grausam, einen Kriegsgefangenen so zu mißhandeln«, sagte Lucky.

»Da kein Krieg im Gange ist, seid ihr keine Kriegsgefangene, sondern nichts weiter als Spione. Und außerdem könnten wir die angedeuteten Maßnahmen ja leicht vermeiden, nicht wahr, Ratsmann? Sie brauchen nur ein Geständnis Ihrer Angriffsabsichten zu unterschreiben und sich einverstanden zu erklären, dieses Geständnis persönlich vor der Konferenz zu wiederholen. Das werden Sie doch tun, wenn das Ding, mit dem Sie sich angefreundet haben, Sie darum anfleht!«

»Anfleht!« Krebsrot vor Zorn sprang Bigman auf.

Devoure erhob plötzlich die Stimme. »Das Ding ist festzunehmen! Sofort!«

Schweigend tauchten zwei Roboter auf, nahmen Bigman in die Mitte, und jeder packte einen Arm. Bigman wehrte sich aus Leibeskräften. Er kämpfte so wild, daß er mehrmals den Boden unter den Füßen verlor. Aber seine Arme hingen wie in Schraubstöcken.

Einer der Roboter sagte zu ihm: »Der Herr wird gebeten, keinen Widerstand zu leisten. Sonst kann er sich trotz unserer Bemühungen Verletzungen zuziehen.«

»Ich gebe Ihnen 24 Stunden Bedenkzeit«, sagte Devoure. »Das ist reichlich, nicht wahr, Ratsmann?« Er warf einen

Blick auf das geschmückte Metallband an seinem linken Handgelenk, wo Leuchtzeichen zu sehen waren. »Inzwischen wird das leere Raumschiff startfertig gemacht. Vielleicht brauchen wir es nicht zu starten. Das erwarte ich sogar. Aber Robotern ist es gleich, ob ihre Arbeit nützlich oder sinnlos ist, nicht wahr, Ratsmann? Bleiben Sie sitzen! Sie können Ihrem Begleiter doch nicht helfen. Er wird zunächst nur in Sicherheit gebracht.«

Hilflos mußte Lucky mitansehen, wie Bigman mit Gewalt aus dem Haus geschleppt wurde.

In einem Kästchen auf dem Konferenztisch flammte ein Lichtzeichen auf. Devoure berührte es, und über dem Kästchen erschien das dreidimensionale Bild eines Männerkopfes. Eine Stimme sagte: »Soeben erfahren Yonge und ich, daß Sie den Ratsmann schon hier haben, Devoure. Warum wurden wir nicht schon vor der Landung in Kenntnis gesetzt?«

»Was macht das aus, Zayon? Sie wissen es jetzt. Kommen Sie her?«

»Selbstverständlich. Wir wollen den Ratsmann sehen.«

»Dann verfügen Sie sich in mein Büro!«

Eine Viertelstunde später kamen zwei Sirianer zur Tür herein. Sie waren ebensogroß wie Devoure, aber älter als er. Auch sie hatten einen olivfarbenen Teint – das Ergebnis der stärkeren ultravioletten Strahlung im Siriussystem, wie Lucky sich erinnerte.

Das kurze Stoppelhaar des einen Mannes war stahlgrau. Er hatte einen schmallippigen Mund und sprach rasch, aber sorgfältig artikuliert. Er stellte sich als Harrig Zayon vor, und seine Uniform verriet, daß er Mitglied des Sirius-Raumfahrtsyndikats war.

Der andere war schon fast kahlköpfig. Eine lange Narbe zog sich über seinen Unterarm. Er hatte den scharfen Blick des Weltraumveteranen. Es war Barrett Yonge, ebenfalls Mitglied des Syndikats.

»Ich glaube«, sagte Lucky, »Ihr Raumfahrtsyndikat ist ein Gegenstück zu unserem Wirtschaftsrat.«

»Ja, so ist es«, bestätigte Zayon ernst. »In diesem Sinne sind wir also Kollegen – Kollegen von der anderen Seite.«

»Syndikatsmann Zayon also! Und Syndikatsmann Yonge. Ist Mr. Devoure ...«

Devoure unterbrach ihn. »Ich bin nicht Mitglied des Raumfahrtsyndikats. Ich brauche es nicht zu sein. Man kann dem Sirius auch gute Dienste leisten, ohne zum Syndikat zu gehören.«

»Besonders«, sagte Yonge und legte eine Hand auf den Unterarm, als wolle er seine Narbe verbergen, »wenn man der Neffe des Direktors vom Zentralamt ist.«

Devoure erhob sich. »Soll das eine Spitze gegen mich sein, Syndikatsmann?«

»Durchaus nicht. Es war so gemeint, wie ich es sagte. Ihre Verwandtschaft ermöglicht es Ihnen, dem Sirius bessere Dienste zu erweisen.«

Aber Lucky hörte den Unterton aus dieser trockenen Erklärung deutlich heraus. Es kam ihm vor, als bestehe eine gewisse Feindseligkeit zwischen den beiden älteren Syndikatsmännern und dem jungen und zweifellos einflußreichen Neffen des sirianischen Oberhaupts.

Im Bemühen, dem Gespräch eine andere Wendung zu geben, wandte sich Zayon an Lucky mit der Frage: »Wurde Ihnen unser Vorschlag unterbreitet?«

»Sie meinen den Vorschlag, nach dem ich vor der interstellaren Konferenz unwahre Aussagen machen soll?«

Zayons Gesichtsausdruck änderte sich. Er schien verwirrt. »Nein, ich meine, daß Sie auf unsere Seite übertreten und ein Sirianer werden!«

»Bis zu diesem Punkt sind wir allerdings noch nicht gelangt, Syndikatsmann.«

»Na, dann überlegen Sie es sich mal! Wir vom Syndikat kennen Sie gut. Ihre Fähigkeiten und Leistungen finden unsere volle Anerkennung. Im Dienst der Erde aber vergeuden Sie nur Ihre Kräfte. Denn auf Grund biologischer Tatsachen ist dieser Planet zur Niederlage verdammt.«

»Biologische Tatsachen?« Lucky runzelte die Stirn. »Syndikatsmann Zayon, die Sirianer sind immerhin Nachkommen der Erdbewohner!«

»Stimmt. Aber nicht die Nachkommen aller Erdbewohner! Sie sind allein Nachfahren jener Elite, die Mut und Stärke zur Besiedlung ferner Sternensysteme aufbrachte. Und wir haben unsere Rasse rein erhalten. Wir sorgten für die Ausmerzung aller Schwächlinge und aller Kinder mit minderwertigem Erbgut. So entwickelten wir uns zu einer reinrassigen Nation starker, tauglicher und gesunder Menschen, während die Erde ein Sammelplatz von Kranken und Mißgeburten wurde.«

»Wir hatten gerade ein Beispiel dafür in diesem Zimmer«, sagte Devoure angeekelt. »Es handelte sich um den Begleiter des Ratsmanns. Ich mußte meine Abscheu überwinden, mit ihm in einem Raum zu verweilen. Ein Affe, die 1,50 Meter kleine Karikatur eines menschlichen Wesens, eine unförmige Mißgeburt ...«

»Er ist ein besserer Mann als Sie, Sirianer«, sagte Lucky langsam.

Devoure ballte die Fäuste und sprang zornbebend auf. Mit wenigen schnellen Schritten war Zayon an seiner Seite und legte ihm die Hand auf die Schulter. »Setzen Sie sich, bitte, Devoure, und lassen Sie mich fortfahren! Hier ist nicht der Ort für müßigen Streit!« Devoure schüttelte unwillig die Hand des anderen ab, nahm aber wieder Platz.

Syndikatsmann Zayon ergriff das Wort. »Ratsmann Starr, vom Standpunkt der äußeren Welten ist die Erde eine schreckliche Gefahr für alle. Eine biologische Pestbombe des Untermenschentums, die jeden Augenblick detonieren und die saubere Galaxis anstecken kann. Das wollen wir verhindern. Wir werden es auf keinen Fall zulassen. Dafür kämpfen wir. Für eine saubere Menschenrasse. Eine Rasse der Tauglichen!«

»Sie meinen: die Sie für tauglich halten«, entgegnete Lucky. »Aber Tauglichkeit tritt in jedweder Form und Gestalt auf. Die bedeutendsten Menschen der Erde waren ebensooft groß wie klein gewachsen. Sie hatten die verschiedensten Hautfarben, Kopfformen und stammten aus allen vorhandenen Sprachbereichen. Blutmischung ist unsere Rettung – und das Heil der gesamten Menschheit!«

»Sie plappern doch nur papageienhaft nach, was man Ihnen eingebleut hat. Ratsmann, merken Sie denn nicht, daß Sie in Wirklichkeit einer von uns sind? Sie sind groß und stark. Sie haben die Gestalt eines Sirianers. Sie haben den Mut und die Entschlossenheit eines Sirianers. Warum wollen Sie mit dem Abschaum von der Erde gegen Menschen Ihresgleichen kämpfen, nur weil der Zufall der Geburt Sie in jene Welt versetzt hat?«

»Das läuft alles auf dasselbe hinaus, Syndikatsmann«, sagte Lucky. »Sie wollen, daß ich bei der interstellaren Konferenz auf Vesta Aussagen zugunsten des Sirius mache.«

»Zugunsten des Sirius, ja! Aber wahrheitsgemäße Aussagen! Sie haben bei uns spioniert. Und Ihr Schiff starrt vor Waffen.«

»Aber Sie verschwenden Ihre Zeit. Über diese Angelegenheit habe ich bereits mit Mr. Devoure gesprochen.«

»Und Sie haben sich einverstanden erklärt, offiziell zu werden, was Sie eigentlich schon immer waren: ein Sirianer?« Zayon strahlte über das ganze Gesicht.

Lucky warf einen Seitenblick auf Devoure, der seine Fingerknöchel betrachtete und den Gleichgültigen spielte.

»Mr. Devoure hat den Vorschlag in etwas abgeänderter Fassung unterbreitet«, antwortete Lucky. »Vielleicht hat er Sie deshalb nicht rechtzeitig von meiner Ankunft unterrichtet. Er wollte die Angelegenheit wohl mit mir allein durchsprechen. So konnte er seine eigenen Methoden anwenden. Kurz und gut: Er hat mich vor die Wahl gestellt. Entweder trete ich bei der Konferenz als Parteigänger des Sirius auf, oder mein Freund Bigman wird gefesselt in einem steuerlosen, leeren Raumschiff ins Weltall katapultiert, wo er Hungers sterben soll.«

Langsam wandten sich die beiden Syndikatsmänner zu Devoure um, der immer noch ungerührt seine Finger betrachtete.

Yonge übernahm das Wort. Er sprach nur Devoure an. »Sir, die Tradition des Syndikats verbietet es ...«

Devoure fuhr hoch. Zorn flammte in seinen Augen. »Ich bin kein Syndikatsmann, und ich pfeife auf Ihre Tradition! Ich bin Kommandant dieses Stützpunkts und für seine Sicherheit verantwortlich. Sie beide wurden dazu bestimmt, mich als Delegierte und Repräsentanten des Syndikats zur Konferenz auf Vesta zu begleiten. Aber Chefdelegierter bin ich, und darum bin ich auch verantwortlich für den erfolgreichen Abschluß dieser Konferenz. Wenn diesem Erdmann die Todesart, die für seinen Affenfreund bestimmt wurde, nicht zusagt, braucht er nur in unseren Vorschlag einzuwilligen. Und er wird sehr bald darin einwilligen, weil er eine unverzeihliche Schwäche für dieses kleine Monster hat. Das Todesurteil wirkt viel stärker auf ihn als Ihr Angebot, ihn zu einem Sirianer zu machen.«

Devoure sprang von seinem Sessel auf. »Hören Sie gut zu!« Wütend marschierte er bis zur entfernten Zimmerwand. Hier drehte er sich heftig um und blickte zornig die beiden Syndikatsmänner an, die ihm in disziplinierter Haltung mit versteinertem Gesicht zuhörten.

»Ich bin Ihrer ständigen Einmischung satt. Das Syndikat hat genügend Zeit gehabt, den Wettlauf gegen die Erde zu gewinnen. Das Ergebnis ist katastrophal. Der Erdmann kann das ruhig mitanhören. Er weiß es sowieso besser als jeder andere. Das Syndikat hat bisher erbärmlich versagt. Ich war es, der diesen Starr überlistet und gefangengenommen hat, und nicht das Syndikat! Was Ihnen fehlt, meine Herren, ist etwas mehr Mumm! Aber keine Sorge, ich werde Ihnen den Marsch bla...«

In diesem Augenblick riß ein Roboter die Tür auf und meldete: »Meine Herren! Ich bitte um Entschuldigung für mein unbefugtes Eindringen. Aber ich habe Befehl, Ihnen eine Mitteilung über diesen kleinen Herrn zu machen, der uns in Gewahrsam gegeben wurde ...«

»Bigman!« schrie Lucky und sprang auf. »Was ist mit ihm?«

Kaum hatten die beiden Roboter Bigman mit Gewalt aus dem Haus gezerrt, da begann er fieberhaft zu überlegen. Dabei dachte er nicht etwa an Flucht. Er war ein Phantast, der es für möglich hielt, eine ganze Horde von Robotern abzuschütteln und allein von einem so gut organisierten militärischen Stützpunkt entfliehen zu können. Das war undenkbar, selbst wenn er die *Shooting Starr* zur Verfügung gehabt hätte – was nicht der Fall war. Seine Gedanken verliefen in anderer Richtung.

Sein Leben war der Köder, der Lucky zu unehrenhaftem Verrat verlocken sollte.

Er mußte es verhindern, daß Lucky diese furchtbare Wahl zu treffen hatte. Lucky durfte nicht zum Verräter werden, um Bigmans Leben zu retten. Er durfte aber auch nicht zur Rettung seiner eigenen Ehre Bigman opfern. Bis zu seinem Lebensende würde ihm die Bürde dieser Schuld auf dem Gewissen liegen.

Es gab nur einen Weg, um die beiden unerträglichen Möglichkeiten zu vermeiden. Er, Bigman, mußte sterben! Sein Tod durfte nichts mit Luckys Verhalten zu tun haben. Kein Makel durfte den langen Erdmann treffen. Auch das eigene

Gewissen mußte ihn frei von Schuld sprechen. Und danach gab es keinen Bigman mehr, mit dem sie ihn erpressen konnten.

Man bugsierte Bigman in ein Kraftfeldwägelchen und fuhr mit ihm los. Wieder dauerte die Fahrt zwei Minuten.

Aber diese kurze Zeit genügte. Bigman faßte einen kristallklaren Entschluß. Er hatte an Luckys Seite einige erregende, glückliche Jahre verbracht. Er hatte mehr Abenteuer bestanden als die meisten Menschen während eines langen Lebens. Mehr als einmal hatte er dem Tod furchtlos ins Auge geschaut. Und auch jetzt fühlte er angesichts des nahen Todes keine Furcht.

Er würde schnell sterben. Aber doch nicht so schnell, daß er sich nicht noch an Devoure revanchieren konnte. Niemand hatte ihn bisher ungestraft so tief beleidigen dürfen. Erst wenn die Bilanz ausgeglichen war, würde er ruhig aus dem Leben scheiden. Die Erinnerung an den arroganten Sirianer erfüllte Bigman mit ungezügelten Haßgefühlen. In diesem Augenblick hätte er nicht entscheiden können, was ihn denn nun wirklich zum Handeln trieb: seine Freundschaft für Lucky oder sein Haß auf Devoure.

Die Roboter hoben ihn aus dem Kraftfeldwagen. Dann ließ der eine seine Metallpfoten unaufdringlich, aber mit den Bewegungen des Experten, über den Körper des kleinen Marsmenschen gleiten. Er tastete ihn, wie es Vorschrift war, nach Waffen ab.

Panik erfaßte Bigman. Vergeblich versuchte er, den Arm des Roboters wegzustoßen. »Man hat mich schon nach der Landung im Schiff durchsucht!« brüllte er. Aber der Roboter ließ sich nicht beirren.

Als die Suche ergebnislos beendet war, packten ihn wieder beide Roboter, um ihn in ein anderes Gebäude zu bringen. Jetzt war es soweit! Wenn er erst einmal hinter Kraftfeldwänden in einer Gefängniszelle saß, würde alles viel schwerer sein.

Bigman warf mit der Kraft der Verzweiflung die Beine nach vorn und vollführte zwischen den beiden Robotern einen Salto rückwärts. Der Überschlag konnte nicht ganz vollendet werden, weil die Roboter seine Arme nicht losließen.

»Herr, ich bedaure, daß Sie sich in eine Lage gebracht haben, die Ihnen Schmerzen bereiten muß«, sagte der eine. »Wir bitten Sie, keine weitere Gegenwehr mehr zu leisten. Dann werden wir Sie so sanft wie möglich anfassen.«

Aber Bigman stieß mit den Beinen um sich und kreischte durchdringend: »Mein Arm!«

Die Roboter knieten sich hin und legten Bigman mit aller Umsicht auf den Rücken. »Haben Sie Schmerzen, Herr?«

»Ihr Dummköpfe habt mir den Arm gebrochen! Nicht anfassen! Holt einen Menschen, der etwas von Erster Hilfe versteht! Oder notfalls auch einen ausgebildeten Roboter ...« Seine Stimme ging in ein mitleiderregendes Stöhnen über, und sein Gesicht verzog sich vor Schmerzen.

Ohne den Blick von ihm zu lassen, traten die beiden Roboter zurück. Sie besaßen keinerlei Gefühle – woher auch? Ihr Positronengehirn beschränkte sich auf die Beachtung der drei Gesetze der Robotik. In Übereinstimmung mit dem zweiten Gesetz hatten sie einen Befehl ausgeführt. In diesem Fall: ein menschliches Wesen an einen bestimmten Ort zu bringen. Dabei aber hatten sie ein übergeordnetes Gesetz übertreten: das erste Gesetz, das ihnen verbot, einem menschlichen Wesen Schaden zuzufügen.

Dieses Ereignis mußte ein gelindes Chaos in ihren Positronengehirnen angerichtet haben.

»Holt Hilfe!« schrie Bigman gellend. »Beim Sand des Mars, holt Hilfe!«

Es war ein Befehl, der durch das erste Gesetz gedeckt war. Ein menschliches Wesen war ja verletzt worden. Die Roboter drehten sich um und machten sich auf den befohlenen Weg. Im selben Augenblick griff Bigman blitzschnell an den oberen Schaft seines rechten Hüftstiefels. Die Hand zwängte sich hinein und kam wieder hervor. Ein Nadelstrahler wärmte seine Handfläche.

Ein Geräusch verriet ihn. Ein Roboter wandte sich um. Als er sprach, klang seine Stimme mühsam und leicht verzerrt. »Is' der Herr doch nich' verletß?« Die Sprachhemmung war das Ergebnis der Verwirrung in seinem Positronengehirn. Auch der zweite Roboter blieb stehen und drehte sich um.

»Bringt mich zu euren sirianischen Herren zurück!« befahl Bigman.

Auch dies war ein Befehl. Aber er wurde nicht mehr durch das erste Gesetz gedeckt. Das menschliche Wesen war ja gar nicht verletzt, wie sich inzwischen herausgestellt hatte. Die Erkenntnis verursachte bei den Robotern weder Erstaunen noch Erschütterung. Der eine von ihnen sagte nur, und seine Sprache klang jetzt wieder so klar wie sonst: »Da Ihr Arm nicht gebrochen ist, müssen wir unseren ursprünglichen Befehl ausführen. Bitte, kommen Sie mit uns!«

Bigman verlor keine Zeit. Lautlos blitzte der Nadelstrahler auf, und der Kopf des Roboters war nur noch ein Klumpen geschmolzenen Metalls. Was von dem Maschinenwesen übriggeblieben war, plumpste zu Boden.

»Es ist sinnlos, unsere Funktionen zu zerstören«, sagte der zweite Roboter und ging auf Bigman los.

Selbstschutz gebot erst das dritte Gesetz. Allein auf dieser Grundlage konnte ein Roboter die Ausführung eines Befehls (zweites Gesetz) nicht verweigern. Also mußte er auch gegen einen auf ihn gerichteten Nadelstrahler losmarschieren. Zweifellos war sofort ein Funkspruch an andere Roboter ergangen, als Bigman behauptet hatte, sich den Arm gebrochen zu haben. Bald würden Roboter von allen Seiten herbeieilen.

Sie würden alle in die Geschosse des Nadelstrahlers marschieren. Aber es würden immer einige übrigbleiben, die

Bigman schließlich überwältigen und in eine Zelle einsperren würden. Kein rascher Tod für ihn – und Lucky würde weiterhin vor der unerträglichen Alternative stehen.

Es gab nur einen Ausweg. Bigman setzte den Nadelstrahler an seine Schläfe.

11
Bigman gegen alle

»Keinen Schritt näher!« warnte Bigman mit sich überschlagender Stimme. »Noch einen Schritt, und ich muß abdrükken. Dann habt ihr mich umgebracht!«

Dabei versuchte er, sich mit dem Äußersten abzufinden. Wenn nichts verfing, mußte er wirklich abdrücken.

Aber die Roboter erstarrten. Keiner ging weiter vor. Bigmans Augen wanderten langsam von rechts nach links. Ein Roboter ohne Kopf lag am Boden, ein Haufen nutzlosen Metalls. Einer stand in seiner Nähe und hatte die Arme schon halb nach ihm ausgestreckt. Einer war noch 30 Meter weg und hatte mitten im Schritt gestoppt.

Langsam drehte sich Bigman herum. Ein Roboter, der gerade aus einem Haus kam, hatte noch auf der Schwelle angehalten. Andere Roboter standen in größerer Entfernung. Es war, als wären sie plötzlich mitten in der Bewegung eingefroren, als hätte sie ein Blitzschlag gelähmt.

Das überraschte Bigman kaum. Es war das erste Gesetz. Alles andere war ihm untergeordnet: Befehle, ihre eigene Existenz, alles. Sie durften keine Bewegung machen, wenn eine Bewegung einem menschlichen Wesen Schaden zufügen würde.

»Alle Roboter kehren jetzt um!« befahl Bigman. »Außer diesem hier!« Er deutete auf den, der nahe vor ihm stand, den Gefährten des zerstörten Roboters. »Geht wieder an die Arbeit, mit der ihr gerade beschäftigt wart! Vergeßt mich und alles, was eben hier geschah! Nichtausführung dieser Befehle würde meinen Tod bedeuten.«

Also mußten alle bis auf einen umkehren. Es war ein sehr grober Befehl, und Bigman, der ihn mit grimmigem Gesicht erteilt hatte, erwartete eigentlich, der zur Ausführung nötige Protonen-Impuls könne das in Platin und Iridium gelagerte empfindliche Roboterhirn zerstören. Wie die Erdmenschen mißtraute er Robotern. Sie waren jetzt alle umgekehrt. Mit Ausnahme des einen. Noch immer lag die Mündung des Nadelstrahlers an Bigmans Schläfe.

»Bring mich zu deinem Herrn zurück!« sagte Bigman zu dem übriggebliebenen Roboter. Statt des Wortes ›Herr‹ hatte Bigman eigentlich einen verächtlichen Ausdruck gebrauchen wollen. Aber er überwand sich mit einiger Mühe. Was verstand ein Roboter denn schon von einer Beleidigung!

»Los!« trieb er ihn an. »Und ein bißchen fix! Unterwegs hast du auf keinen anderen Herrn oder Roboter zu hören, der uns begegnet. Ich habe diesen Nadelstrahler und werde damit auf jeden Herrn schießen, der uns in die Quere kommt. Und notfalls auf mich selber.«

»Ich führe die Befehle aus«, sagte der Roboter. Seine Stimme klang heiser. Dies war, wie Bigman von Lucky gelernt hatte, ein erstes Anzeichen positronischer Störungen im Roboterhirn. »Der Herr kann sicher sein, daß ich nichts tun werde, das ihm oder einem anderen Herrn Schaden zufügt.«

Er drehte sich um und ging zum Kraftfeldwagen voraus. Bigman folgte. Er war halb und halb darauf gefaßt, daß der Roboter auf dem Rückweg versuchen würde, ihn auszutricksen. Aber nichts dergleichen geschah. Er mußte sich wirklich dauernd vor Augen halten, daß ein Roboter eine Maschine war, die nach unabänderlichen Regeln arbeitete! Lügen und betrügen konnten nur menschliche Wesen.

Als sie vor Devoures Büro hielten, sagte Bigman: »Ich warte im Wagen. Ich gehe nicht weg. Du gehst rein und sagst dem Herrn Devoure, daß der Herr Bigman frei ist und auf ihn wartet!« Erneut kämpfte Bigman mit der Versuchung, und diesmal unterlag er. Er war zu dicht an Devoure herangekommen, um der Lockung erfolgreich zu widerstehen.

»Sag ihm«, fügte er hinzu, »er soll seinen aufgedunsenen, fetten Kadaver gefälligst nach draußen bemühen! Sag ihm, mir ist es gleich, ob er mit Nadelstrahler oder mit Fäusten gegen mich kämpft! Und sag ihm auch: Wenn er zu beidem zu feige ist, werde ich ihn mit einem Tritt in den Hintern bis zum Mars befördern!«

Ungläubig starrte Devoure den Roboter an. Sein dunkles Gesicht war wie im Krampf verzogen, und die Augen schleuderten unter den zusammengezogenen Brauen zornige Blitze.

»Du meinst, er wartet vor der Haustür? Frei und bewaffnet?« Er blickte zu den beiden Syndikatsmännern, die ebenso erstaunt schienen.

»Große Galaxis«, murmelte Lucky. Dieser Bigman gab doch nie auf! Er würde alles kaputtmachen – und dabei den Tod finden ...

Syndikatsmann Zayon erhob sich schwerfällig. »Was ist, Devoure? Sie glauben doch nicht etwa, daß die Roboter uns was vorlügen?« Er schritt zum Wandtelefon und drückte die Zahlen für den Notruf. »Wenn ein bewaffneter und zu allem entschlossener Erdmann frei auf dem Stützpunkt herumläuft, müssen wir schnellstens handeln!«

»Aber wie kommt er an eine Waffe?« Devoure wurde gedanklich mit der neuen Lage noch nicht fertig, ging aber zur Tür. Als Lucky sich ihm anschloß, wirbelte der Sirianer herum. »Bleiben Sie zurück, Starr!«

Dann sprach er den Roboter an. »Bleib bei diesem Erdmann! Er darf das Haus auf keinen Fall verlassen!«

Endlich schien Devoure zu einem Entschluß zu kommen. Er zog einen schweren Blaster und stürmte nach draußen. Zayon und Yonge zögerten. Sie warfen einen kurzen Blick auf Lucky und den Roboter. Dann gaben sie sich einen Ruck und folgten Devoure.

Vor Devoures Bürohaus dehnte sich ein großer, freier Platz, auf dem künstliches Licht von jener schwach bläulichen Färbung lag, wie sie der Sirius ausstrahlte. In der Mitte stand Bigman ganz allein. Fünf Roboter hielten sich in hundert Meter Entfernung auf. Von weiter weg näherten sich andere Roboter.

»Kommt!« schrie Devoure den nächststehenden Robotern zu und winkte heftig. »Holt euch das Ding!« Dabei deutete er auf Bigman.

»Die kommen mir nicht nahe!« schrie Bigman zurück. »Wenn sie eine Bewegung auf mich zu machen, brenne ich Ihnen das Herz aus dem Leibe, und die Roboter wissen das. Sie können nichts riskieren.« Er stand locker da und machte ein höhnisches Gesicht.

Devoure wurde purpurrot und hob den Blaster.

»Schießen Sie sich bloß nicht selber ins Knie!« spottete Bigman. »Sie halten den Blaster viel zu dicht am Körper!«

Bigmans rechter Ellbogen ruhte in der offenen linken Hand. Noch während er sprach, preßte er die rechte Faust ein wenig zusammen. Zwischen Zeige- und Mittelfinger ragte die Mündung des Nadelstrahlers hervor. Aus ihm schoß ein Deuteriumstrahl durch ein kurzfristig entstandenes magnetisches Feld. Es gehörte einzigartige Geschicklichkeit dazu, Daumenhaltung und Faustdruck hundertprozentig abzustimmen. Aber Bigman besaß sie. Niemand im Sonnensystem übertraf ihn in dieser Fertigkeit.

Die Mündung von Devoures Blaster wurde zu einem winzigen weißen Funken! Devoure stieß einen Schrei der Überraschung aus und ließ die Waffe fallen.

»Ich weiß nicht, wer die beiden anderen Kerle sind«, rief Bigman. »Aber wenn einer von ihnen eine verdächtige Bewegung macht oder gar einen Blaster zieht, dann ist er geliefert!«

Alle erstarrten. Nach einer Weile fragte Yonge: »Wie kommt es, daß Sie bewaffnet sind?«

»Ein Roboter«, erklärte Bigman, »ist nicht klüger als der Kerl, der ihn programmiert. Die Roboter, die mich auf dem Schiff und hier draußen nach Waffen abtasteten, wurden von einem Knilch programmiert, der keine Ahnung hat, daß Marsmänner noch andere Dinge in ihre Hüftstiefel stecken als nur ihre Beine!«

»Und wie entkamen Sie den Robotern?«

»Dazu mußte ich einen zerstören«, sagte Bigman kaltblütig.

»Sie haben einen Roboter zerstört?« Grauen packte die drei Sirianer.

Bigman wurde es allmählich unbehaglich. Von den Robotern befürchtete er nichts. Aber jeden Augenblick konnte irgendwo ein anderer Sirianer auftauchen und ihm aus sicherer Entfernung in den Rücken schießen.

Er fühlte ein Kribbeln zwischen den Schulterblättern und wartete auf den Schuß aus dem Hinterhalt. Na, wenigstens würde es schnell vorbei sein. Er würde gar nichts spüren. Und danach hätten sie nichts mehr in der Hand, um Lucky zu erpressen. Tot oder lebendig – er, Bigman, würde das Spiel gewinnen!

Nur hätte er sich gern noch an Devoure gerächt. An diesem qualligen sirianischen Dreckskerl, der mit ihm am Tisch gesessen und ihm Worte ins Gesicht geschleudert hatte, die kein Mensch im ganzen Weltall hinnehmen konnte, ohne sich dafür zu rächen.

»Ich könnte Sie jetzt alle über den Haufen schießen«, rief Bigman. »Wollen wir eine Vereinbarung treffen?«

»Sie werden nicht auf uns schießen«, entgegnete Syndikatsmann Yonge ruhig. »Denn wenn Sie schießen, bedeutet das, daß ein Erdmann auf einem sirianischen Planeten kriegerische Handlungen eröffnet hat. Und das könnte Krieg nach sich ziehen.«

»Außerdem«, brüllte Devoure dazwischen, »sind Sie vor den Robotern nicht mehr sicher, wenn Sie uns angreifen. Die werden lieber drei menschliche Wesen verteidigen – und nicht eins. Werfen Sie also den Nadelstrahler weg, und lassen Sie sich festnehmen!«

»All right. Schicken Sie die Roboter weg, und ich werde mich Ihnen ergeben.«.

»Die Roboter werden Sie festnehmen«, entschied Devoure. Lässig wandte er sich um und sagte zu den beiden anderen Sirianern: »Ich bekomme eine Gänsehaut, wenn ich mit dieser humanoiden Mißgeburt sprechen muß.«

Sofort blitzte Bigmans Nadelstrahler abermals auf. 30 Zentimeter vor Devoures Augen explodierte ein kleiner Feuerball. »Sagen Sie so was noch einmal, und Sie verlieren Ihr Augenlicht! Sollen die Roboter nur kommen! Ehe sie hier sind, habe ich Sie alle drei erwischt. Könnte sein, daß ein Krieg daraus entsteht. Aber Sie drei werden ihn nicht mehr erleben. Schicken Sie die Roboter weg! Ich werfe einem von Ihnen beiden meinen Nadelstrahler zu und ergebe mich Devoure. Dann wollen wir doch mal sehen, ob er mit mir fertig wird!«

Zayon sagte steif: »Das ist ein vernünftiger Vorschlag, Devoure.«

Devoure rieb sich noch immer die Augen. »Nehmen Sie ihm die Waffe ab! Gehen Sie hin, und nehmen Sie ihm die Waffe ab!«

»Warten Sie!« rief Bigman. »Keine Bewegung! Ich verlange Ihr Ehrenwort, daß mich niemand niederschießt oder den Robotern ausliefert. Nur Devoure darf mich festnehmen.«

Devoure explodierte. »Ihnen – mein Ehrenwort?«

»Ja, mir! Aber auf Ihr Ehrenwort verzichte ich. Ich nehme lieber das Wort eines der beiden anderen Männer entgegen. Sie tragen die Uniform des sirianischen Raumfahrtsyndikats, also kann ich mich auf ihr Wort verlassen. Falls ich Ihnen den Nadelstrahler übergebe, werden Sie sich dann heraushalten, wenn Devoure mich eigenhändig festnimmt?«

»Sie haben mein Wort«, sagte Zayon.

»Und meins auch«, fügte Yonge hinzu.

»Was soll das?« empörte sich Devoure. »Ich habe durchaus nicht die Absicht, diese Kreatur anzurühren!«

»Haben Sie Angst vor mir?« fragte Bigman freundlich. »Bin ich zu groß für Sie, Devoure? Sie haben mich beschimpft. Sind Sie ein Feigling? Hier ist mein Nadelstrahler, Syndikatsmänner!«

Er warf die Waffe Zayon zu. Der griff mit der Hand zu und fing sie geschickt auf.

Bigman wartete. Kam nun der Tod?

Aber Zayon steckte den Nadelstrahler in die Tasche.

»Roboter!« schrie Devoure.

Aber Zayon überschrie ihn: »Weg mit euch, Roboter!« Dann sagte er nachdrücklich zu Devoure. »Er hat unser Wort. Sie müssen ihn selber festnehmen.«

Devoure schnitt eine Grimasse, widersprach aber nicht. Dann ging er mit eiligen Schritten auf Bigman zu. Der kleine Marsmann erwartete ihn in leicht geduckter Haltung. Als der andere die Arme nach ihm ausstreckte, entging Bigman dem Zugriff durch einen flinken Seitenschritt. Im nächsten Augenblick schoß er wie ein Kastenteufel vor.

Seine Faust traf Devoures Kopf wie ein Hammer. Devoure taumelte zurück und setzte sich auf den Boden. Er starrte Bigman in fassungslosem Erstaunen an. Auf seiner rechten Wange zeigte sich ein roter Fleck, und aus dem Mundwinkel tropfte Blut. Er wischte mit den Fingern darüber und betrachtete sie dann ungläubig. Es wirkte fast komisch.

»Der Erdmann ist größer, als er aussieht«, bemerkte Yonge.

»Ich bin nicht von der Erde«, rief Bigman. »Ich bin Marsmensch ... Steh auf, Devoure! Oder bist du zu schlapp? Kommst du ohne Hilfe deiner Roboter überhaupt nicht zurecht? Müssen sie dir auch den Hintern abwischen?«

Devoure stieß einen heiseren Schrei aus und sprang auf die Füße. Aber diesmal stürmte er nicht auf Bigman los, sondern umkreiste ihn vorsichtig. Sein Atem ging schwer. Seine Augen waren blutunterlaufen.

Bigman drehte sich mit ihm. Er hörte ihn keuchen. Wohlleben und das ständige Umsorgtsein durch Roboter hatten den Mann verweichlicht. Bigman betrachtete die untrainierten Arme und die staksigen Beine. Er war ziemlich sicher, daß der Sirianer noch nie einen Boxkampf Mann gegen Mann ausgetragen hatte.

Wieder griff Bigman an. Mit raschem, zielsicherem Griff packte er den anderen beim Arm und drehte ihn auf den Rücken. Devoure heulte vor Schmerz auf. Bigman ließ ihn los, und sein Gegner fiel der Länge nach hin.

Bigman trat zurück. »Was ist denn los? Ich bin doch nicht mal ein Er. Ich bin doch nur ein Ding! Was hast du denn für Schwierigkeiten?«

Mit einem Blick, der Böses verhieß, schaute Devoure zu den beiden Syndikatsmännern hinüber. Er richtete sich auf, kam auf die Knie und preßte die Hand stöhnend an die Hüfte, mit der er auf den Boden aufgeschlagen war.

Die beiden Sirianer bewegten zu seiner Hilfe keinen Finger. Ungerührt sahen sie zu, wie Bigman ihn wieder und wieder zu Boden schlug.

Endlich griff Zayon ein. »Jetzt ist es genug, Marsmann! Wenn Sie so weitermachen, wird er noch ernsthaft verletzt werden. Wir hatten ausgemacht, daß Sie sich von Devoure mit bloßen Händen festnehmen lassen. Ich glaube, Sie wollten nur Ihr Mütchen an ihm kühlen. Jetzt ist es aber genug! Ergeben Sie sich mir, oder ich muß zum Nadelstrahler greifen.«

Doch Devoure fuhr ihn schweratmend an: »Weg mit Ihnen! Verschwinden Sie, Zayon! Dafür ist es zu spät. Machen Sie Platz, sage ich!« Und dann brüllte er mit sich überschlagender Stimme: »Roboter! Kommt sofort her!«

»Er wird sich mir ergeben«, sagte Zayon.

»Ergeben?« wiederholte Devoure. Er verzog das geschwollene Gesicht vor Schmerz und ungehemmter Wut. »Kommt nicht in Frage! Dafür ist es zu spät ... Du, Roboter! Du da drüben ... pfeif auf deine Seriennummer ... dich meine ich! Pack es ... pack dieses Ding!« Er zeigte auf Bigman, und seine Stimme wurde zu gellendem Geschrei. »Zerstöre es! Zerbrich es! Zerbrich es Stück für Stück!«

Der Roboter stand kerzengerade und rührte sich nicht vom Fleck.

»Du kannst keinem menschlichen Wesen Schaden zufügen, Roboter, ist doch klar«, sagte Devoure beschwörend. »Das verlange ich auch nicht von dir. Aber das hier ist kein menschliches Wesen!«

Der Roboter wandte sich Bigman zu und maß ihn mit langem Blick.

»Der Roboter glaubt dir nicht!« frohlockte Bigman. »Kann sein, daß du mich nicht als Menschen anerkennen willst, aber der Roboter weiß es besser.«

»Sieh dir das Ding an, Roboter!« sagte Devoure betont. »Es spricht und sieht menschenähnlich aus. Genau wie du, und trotzdem bist du kein menschliches Wesen. Ich beweise dir, daß das Ding nicht menschlich ist. Hast du schon jemals einen ausgewachsenen Menschen gesehen, der so klein war? Das ist der Beweis! Das Ding ist kein Mensch. Es ist ein Tier – und es hat mich angegriffen und verletzt. Du mußt es zerstören!«

»Der kleine Junge ruft nach seiner Robotermami!« spottete Bigman.

Der Roboter machte einen Schritt auf Bigman zu.

Da trat Yonge zwischen Bigman und den Roboter. »Ich kann das nicht zulassen, Devoure. Ein Roboter darf so etwas nicht tun. Schon deshalb nicht, weil der Streß einer solchen Handlung sein Positronengehirn unwiderruflich beschädigen würde.«

Devoure brachte nur noch ein heiseres Flüstern zustande. »Ich bin Ihr Vorgesetzter! Wenn Sie noch einmal versuchen, mir in den Arm zu fallen, dann sorge ich dafür, daß Sie aus dem Syndikat fliegen!«

Die lebenslange Gewohnheit des Gehorchens war zu stark. Yonge trat wortlos zurück. Aber sein Blick drückte deutlich Abscheu und Haß aus.

Der Roboter setzte sich in Bewegung, und Bigman wich vorsichtshalber einen Schritt zurück. Laut sagte er: »Ich bin ein menschliches Wesen!«

»Das Ding ist nicht menschlich!« brüllte Devoure wie von Sinnen. »Es ist nicht menschlich, sag' ich dir! Zerbrich es Stück für Stück – und ganz langsam!«

Ein Kälteschauer durchrieselte Bigman. Sein Mund wurde trocken. Damit hatte er nicht gerechnet. Ein schneller Tod, ja, aber dies ...

Er hatte keinen Nadelstrahler mehr, und die Flucht war ihm versperrt. Andere Roboter standen schon hinter ihm, und sie alle hatten vernommen, daß er kein menschliches Wesen sei ...

12
Die Kapitulation

Ein grimmiges Lächeln lag auf dem verbeulten und angeschwollenen Gesicht Devoures. Geistesabwesend tupfte er mit dem Taschentuch die aufgerissene Lippe an. Aber seine Augen hingen unverwandt an dem Roboter, der auf Bigman zuschritt, und er schien nichts anderes mehr wahrzunehmen.

Dem kleinen Marsmann blieben noch höchstens zwei Meter zum Rückzug. Devoure war es recht. Er trieb den Roboter nicht zu größerer Eile an, und er gab den Robotern hinter Bigman keinen Befehl zum Eingreifen.

Yonge machte noch einen Versuch. »Devoure, um Sirius' willen, Mann, das muß doch nicht sein!«

»Halten Sie sich raus, Yonge!« verwies ihn Devoure. »Dieser Humanoid hat einen Roboter zerstört und wahrscheinlich noch mehrere beschädigt. Wir müssen seinetwegen jeden Roboter, der Zeuge seiner Gewalttat wurde, einer Generalinspektion unterziehen. Er hat den Tod verdient.«

Zayon wollte Yonge zurückhalten, aber der stieß ungeduldig die Hand zur Seite. »Den Tod? All right. Dann lassen Sie ihn zum Sirius bringen, wo er nach dem geltenden Recht vor ein Gericht gestellt, verurteilt und hingerichtet werden wird. Oder setzen Sie hier auf dem Stützpunkt einen Prozeß gegen ihn an, und lassen Sie ihn dann ehrenhaft durch einen Blaster sterben! Aber dies ist nicht korrekt! Nur weil er Sie geschlagen ...«

»Genug!« brüllte Devoure in ausbrechendem Zorn. »Es reicht mir! Dauernd mischen Sie sich in meine Angelegenheit. Hiermit stelle ich Sie unter Arrest! Zayon, nehmen Sie ihm den Blaster ab, und werfen Sie mir die Waffe zu!« Er drehte sich ganz kurz um, wollte wohl keinen Blick von Bigman lassen. »Worauf warten Sie noch, Zayon? Sie führen meinen Befehl auf der Stelle aus, oder bei allen Teufeln des Weltalls, ich verhafte Sie beide!«

Das Gesicht umdüstert, hielt Zayon wortlos Yonge die Hand hin. Yonge zögerte. Seine Finger schlossen sich um den Griff des Blasters und zogen ihn langsam, zornig aus der Halfter.

»Nein, Yonge!« flüsterte Zayon ihm hastig zu. »Liefere ihm keinen Vorwand! Wenn sein Tobsuchtsanfall vorüber ist, hebt er den Arrest sowieso wieder auf. Er kann ja gar nicht anders.«

»Ich will den Blaster!« brüllte Devoure.

Mit behender Hand riß Yonge die Waffe heraus und warf sie, den Griff nach vorne, Zayon zu. Der fing sie und schleuderte sie Devoure vor die Füße. Devoure bückte sich und nahm den Blaster auf.

In der Zwischenzeit hatte Bigman kein Wort gesagt, sondern verzweifelt nach einem Ausweg aus seiner hoffnungslosen Lage ausgespäht. Als sich die monsterhafte Hand des Roboters um sein Handgelenk schloß, schrie er: »Faß mich nicht an! Ich bin ein Herr!«

Noch einmal zögerte der Roboter. Aber dann wurde sein Griff fester. Mit der anderen Hand suchte er Bigmans Ellbogen zu packen. Devoure lachte in schrillen, hektischen Tönen.

Yonge machte kehrt. Mit erstickter Stimme murmelte er: »Keinesfalls sehe ich mir dieses feige Verbrechen mit an!« Aus diesem Grunde versäumte er auch die folgenden Ereignisse.

Mit großer Anstrengung zwang sich Lucky zur Ruhe, als die drei Sirianer das Haus verließen. Er konnte unmöglich mit nackten Fäusten den Roboter niederschlagen. Aber irgendwo im Haus mußte es doch eine Waffe geben! Damit würde er den Roboter außer Gefecht setzen, ins Freie stürmen und notfalls die drei Sirianer über den Haufen schießen. Und danach? Nie würde ihm eine Flucht von Titan gelingen. Und es war schlechthin unmöglich, den ganzen Stützpunkt zu überwältigen.

Und was noch schlimmer war: wenn er getötet wurde – und so würde es wohl enden –, starb mit ihm sein Geheimplan. Und darauf durfte er es nicht ankommen lassen.

Mit ruhiger Stimme wandte er sich an den Roboter. »Was ist dem Herrn Bigman zugestoßen? Antworte – aber beschränke dich auf das Wesentliche!«

Der Roboter berichtete kurz. Lucky lauschte mit höchster Spannung. Er bemerkte, daß der Roboter zuweilen die Worte undeutlich aussprach, lispelte und stotterte, als er berichtete, wie Bigman durch Vortäuschung und Drohung von Schäden bei Menschenwesen sich die Roboter gefügig gemacht hatte.

Lucky mußte an sich halten, um nicht laut aufzustöhnen. Ein toter Roboter! Die volle Strenge des sirianischen Gesetzes würde Bigman treffen. Lucky wußte hinreichend über die Kultur der Sirianer und ihre Sympathie für Roboter Bescheid. Sie würden es Robotermord nennen und Bigman alle mildernden Umstände verweigern.

Wie konnte man den unbeherrschten kleinen Kerl jetzt noch retten?

Lucky dachte an seinen halbherzigen Versuch, Bigman auf Mimas zurückzulassen. Natürlich hatte er diesen Ablauf der Dinge nicht vorausgesehen. Aber er hatte schon damals befürchtet, daß Bigmans unbändiges Temperament sie in dieser verzwickten Situation in große Schwierigkeiten bringen würde. Er hätte darauf bestehen sollen, daß Bigman auf Mimas bliebe. Aber was nützten jetzt Selbstvorwürfe? Im übrigen ... das wurde ihm jetzt völlig klar ... brauchte er den Gefährten an seiner Seite.

Dann aber mußte er ihn jetzt retten. Irgendwie mußte er ihn retten!

Schnellen Schritts ging er auf den Ausgang zu. Der Roboter aber zögerte nicht. Er verstellte ihm den Weg. »Ich habe B'fehl, den Herrn unter keinen Umstell ... Umständen aus 'm Haus zu laschen ... lassen.«

»Ich geh ja nicht aus dem Haus«, sagte Lucky scharf. »Ich geh nur zur Tür. Du hast keinen Befehl erhalten, mich daran zu hindern!«

Nach kurzem Schweigen wiederholte der Roboter stur: »Ich habe Befehl, den Herrn unter keinen Umstell ... Umständen aus 'm Haus zu laschen ... lassen.«

Verzweifelt bemühte sich Lucky, ihn beiseite zu stoßen. Der Roboter packte ihn, so daß er sich nicht mehr rühren konnte, und schob ihn dann zurück.

Von Ungeduld verzehrt, biß Lucky sich auf die Lippe. Ein intakter Roboter, dachte er, hätte seinen Befehl begriffen und gehorcht. Dieser Roboter war bereits beschädigt. Er verstand nur noch die einfachsten Regeln der Robotik.

Aber es war unbedingt nötig, zu Bigman zu gelangen! Lucky wirbelte herum. Vor ihm stand der Konferenztisch. In seiner Mitte befand sich das dreidimensionale Bildwiedergabegerät. Devoure hatte es vorhin einmal in Betrieb gesetzt, als die beiden Syndikatsmänner ihn anriefen.

»Du! Roboter!« rief Lucky.

Der Roboter kam zum Tisch marschiert.

»Wie funktioniert dieses Gerät?« fragte Lucky.

Der Roboter reagierte langsam, und seine Sprache war nicht mehr ganz einwandfrei. Er sagte: »Die Kanöpfe sind in diß Ninische.«

»Welche Nische?«

Schwerfällig zog der Roboter eine Schiebetür auf und zeigte Lucky die Bedienungsknöpfe.

»All right«, sagte Lucky. »Kann ich das Gerät auf den Platz vor dem Haus einstellen? Zeig es mir! Stell ein!«

Er trat zur Seite. Der Roboter fummelte an den Knöpfen herum. »Is' eingestellt, Herr.«

»Dann wollen wir mal sehen.« Über dem Tisch war der freie Platz vor dem Haus sichtbar geworden. Mehrere kleine Gestalten waren zu erkennen. Der Roboter war zurückgetreten und schaute woandershin.

Lucky rief ihn nicht zurück. Der Ton war nicht angestellt. Doch während er nach dem Knopf faßte, der wahrscheinlich den Ton kontrollierte, nahm ein beginnender Kampf seine ganze Aufmerksamkeit in Anspruch. Devoure ging mit den Fäusten auf Bigman los. Er ließ sich mit Bigman ein!

Wie hatte es der kleine Kobold nur fertiggebracht, daß die beiden Syndikatsmänner seelenruhig dabeistanden und keine Miene machten einzugreifen? Denn natürlich verprügelte Bigman seinen Gegner nach Herzenslust. Aber Lucky konnte sich darüber nicht freuen.

Das Ende würde unweigerlich sein, daß sie Bigman töteten. Lucky nahm als sicher an, daß Bigman das auch wußte, sich aber nichts daraus machte. Um sein Mütchen an dem Mann zu kühlen, nahm der kleine Marsmann alles in Kauf, sogar seinen Tod ... Aha, jetzt trat ein Syndikatsmann dazwischen!

In diesem Augenblick fand Lucky den richtigen Knopf für den Ton. Gellende Laute klangen aus dem Gerät. Devoure schrie aufgebracht nach den Robotern. Und dann befahl er ihnen, Bigman in Stücke zu brechen.

Den Bruchteil einer Sekunde meinte Lucky, sich verhört zu haben. Aber dann war er sicher, daß es stimmte. Verzweifelt hämmerte er mit beiden Fäusten auf den Tisch. Wie gehetzt jagten sich seine Gedanken.

Er mußte hier raus! Aber wie?

Er war mit einem Roboter zusammengesperrt, dessen positronische Gehirnwindungen nur noch von einem Befehl beherrscht wurden: Lucky unter keinen Umständen rauszulassen.

Große Galaxis, gab es denn nichts, was diesem Befehl gegenüber Vorrang hätte? Er hatte ja nicht mal eine Waffe zur Hand, mit der er den Roboter ausschalten oder ihm Selbstmord androhen konnte.

Sein Blick fiel auf das Wandtelefon. Zuletzt war Zayon drangewesen. Als die Meldung über Bigman kam, hatte der Syndikatsmann irgend etwas über einen Notstand hineingerufen. »Schnell, Roboter! Was wurde hier vorhin angeordnet?«

Der Roboter kam heran, schaute auf die schwach rotglühenden Knöpfe und sagte mit quälender Langsamkeit. »Ein Herr or'nete Bereitschaft ßum Beßiehen der 'fechtsstaschonen für alle Roboter an.«

»Und welche Knöpfe muß man drücken, um die Roboter tatsächlich sofort auf ihre Gefechtsstationen zu schicken? Ein Befehl, der alle vorhergegangenen Befehle ungültig macht?«

Der Roboter starrte ihn an. In höchster Verzweiflung griff Lucky nach der Hand des Roboters und riß an ihr. »Sag es doch! Los! Sag es!«

Verstand der Roboter ihn überhaupt? Oder blockierte der eine Befehl noch immer das beschädigte Positronengehirn? War er außerstande, die Auskunft zu erteilen?

»Sag es mir! Oder tu es gleich! Los, tu es!«

Ohne ein Wort hob der Roboter den Arm und drückte mit unsicherem Finger langsam auf zwei Knöpfe. Dann zog er den Finger wenige Zentimeter zurück und erstarrte.

»Ist das alles?« fragte Lucky in fliegender Eile. »Hast du sie auf die Gefechtsstationen geschickt?«

Aber der Roboter blieb stumm. Er drehte sich und ging schwerfällig zur Tür. Den einen Fuß schleppte er nach. Und dann verschwand er ins Freie.

Mit raumgreifenden Schritten folgte ihm Lucky nach draußen und rannte, so schnell er konnte, zu Bigman und den drei Sirianern, die etwa hundert Meter entfernt waren.

Yonge wandte sich eben mit Grauen von einem Schauspiel ab, das den qualvoll langsamen, schaurig blutigen Tod eines menschlichen Wesens herbeiführen sollte. Seine Kopfhaut kribbelte, während er jeden Augenblick den ersten furchtbaren Schmerzensschrei des Gefolterten erwartete. Statt dessen vernahm er zwei andere Laute. Ein überraschtes Knurren von Zayon und einen wilden Schrei von Devoure.

Er machte kehrt. Der Roboter, der eben noch Bigman festgehalten hatte, hatte ihn losgelassen und rannte gewichtig davon. Aber nicht er allein. Alle Roboter, die im Blickfeld waren, rannten weg!

Und irgendwie war der Erdmann Lucky Starr ins Freie gelangt und stand bereits neben Bigman!

Lucky beugte sich über den kleinen Marsmann, der sich den schmerzenden linken Arm rieb und kopfschüttelnd hervorstieß: »Eine Minute später, Lucky ... nur eine Minute später, und ...«

Immer noch brüllte Devoure mit heiserer Stimme hinter den Robotern her, die sich nicht darum kümmerten. Plötzlich aber dröhnte eine Lautsprecherstimme über den weiten Platz.

»Commander Devoure! Bitten um neue Instruktionen. Unsere Instrumente melden keine feindlichen Streitkräfte. Bitten um Erklärung des Befehls, die Gefechtsstationen zu besetzen. Commander Devoure ...«

»Gefechtsstationen«, murmelte Devoure betroffen. »Kein Wunder, daß die Roboter...« Sein Blick fiel auf Lucky. »Das ist Ihr Werk!«

Lucky nickte. »Ja, Sir.«

Devoure preßte die geschwollenen Lippen aufeinander. Dann sagte er heiser: »Der erfahrene, der schlaue, der um keinen Ausweg verlegene Ratsmann! Sie haben Ihrem Affen das Leben gerettet – für den Augenblick.« Er zielte mit dem Blaster auf Luckys Körper. »Geht in mein Büro! Alle! Sie auch, Zayon! Allesamt!«

Das Gerät auf dem Konferenztisch gab einen ununterbrochenen Summton von sich. Offenbar hatten die verdutzten Unterführer Devoure im Büro zu erreichen versucht, und als er sich dort nicht meldete, das Lautsprechersystem benutzt.

Devoure stellte den Ton an, jedoch nicht das Bild. »Kommando zurück!« blaffte er. »Der Gefechtsbefehl war ein Mißverständnis.«

Der Mann am anderen Ende der Leitung sprudelte einige Worte heraus, aber Devoure unterbrach ihn in zurechtweisendem Ton: »Unsinn, das Bild ist in Ordnung. Nun machen Sie schon! Alles wieder an seine Arbeit!« Unwillkürlich hielt er die Hand vor sein Gesicht, als fürchte er, sein Gesprächspartner könne es vielleicht doch sehen und sich fragen, was Devoure zugestoßen sei.

Yonges Nasenflügel bebten. Langsam strich er sich über die große Narbe an seinem Unterarm.

Devoure setzte sich. »Stellt euch dahin!« befahl er und musterte düster die Gesichter der anderen. »Dieser Marsmensch wird so oder so sterben! Vielleicht nicht durch einen Roboter. Vielleicht nicht in einem Raumschiff. Ich lasse mir noch etwas einfallen. Bilden Sie sich nicht ein, Sie hätten ihn schon gerettet, Erdmann! Mir wird noch eine amüsantere Art einfallen, ihn vom Leben zum Tode zu befördern. Ich habe eine sehr lebhafte Phantasie!«

»Ich verlange, als Kriegsgefangener behandelt zu werden«, sagte Lucky.

»Hier ist kein Krieg!« schrie Devoure. »Er ist ein Spion und hat den Tod verdient. Außerdem ist er ein Robotermörder. Er hat zweimal die Todesstrafe verdient. « Plötzlich zitterte seine Stimme. »Er hat die Hand gegen mich erhoben. Er verdient ein dutzendmal den Tod!«

»Ich bin bereit, meinen Freund freizukaufen«, flüsterte Lucky.

»Ich gebe ihn nicht frei.«

»Aber ich kann einen sehr hohen Preis für ihn zahlen.«

»Wie denn?« Devoure grinste grausam. »Durch einen Zeugenauftritt bei der Konferenz gemäß unserem Vorschlag? Dazu ist es zu spät. Das genügt nicht.«

»Es stand sowieso nie zur Debatte«, erklärte Lucky. »Ich werde nie zum Nachteil der Erde eine falsche Aussage machen. Aber ich könnte die Wahrheit aussagen. Eine Wahrheit, die Sie nicht kennen.«

»Laß dich nicht auf einen Handel mit ihm ein, Lucky!« warnte Bigman.

»Der Affe hat ausnahmsweise recht«, sagte Devoure. »Ich lasse nicht mit mir handeln. Es gibt nichts, womit Sie ihn freikaufen können. Ich würde ihn nicht für die ganze Erde freilassen!«

Yonge unterbrach ihn streng. »Das ist er doch nicht wert! Lassen Sie den Ratsmann sprechen! Vielleicht gibt er uns wichtige Informationen, die wert sind, ihnen das Leben zu schenken.«

»Legen Sie sich nicht mit mir an!« drohte Devoure. »Sie stehen unter Arrest!«

Aber Yonge ließ sich nicht beirren. Er packte einen Stuhl und ließ ihn mit Gepolter fallen. »Ich bestreite Ihnen das Recht, mich unter Arrest zu stellen. Ich bin Syndikatsmann. Sie haben keine Verfügungsgewalt über mich. Und Sie werden es auch nicht wagen, und wenn ich mich noch so sehr mit Ihnen anlege. Sie können mich nur vor Gericht bringen. Und dort würde ich allerhand zur Sprache bringen.«

»Was denn zum Beispiel?« erkundigte sich Devoure voll Verachtung.

Und nun gab es kein Halten mehr. Der ältere Syndikatsmann machte aus seiner tiefen Abneigung gegen den jungen Aristokraten kein Hehl. »Zum Beispiel die eben erlebten Vorgänge. Wie ein knapp anderthalb Meter großer Terraner Sie windelweich schlug, bis Sie um Hilfe schrien. Wie Zayon sich dazwischenwerfen mußte, um Ihre Haut zu retten.

Zayon ist mein Zeuge. Und jeder einzelne im Stützpunkt wird sich daran erinnern, daß Sie tagelang Ihr Gesicht nicht in der Öffentlichkeit zeigten – oder haben Sie den Nerv, sich in diesem Zustand blicken zu lassen?«

»Ruhe!«

»Ruhe? Ja, ich werde ruhig sein, wenn Sie endlich aufhören, Ihre persönlichen Haßgefühle über das Wohl des Sirius zu stellen! Hören Sie, was uns der Ratsmann zu sagen hat!« Er wandte sich an Lucky: »Ich garantiere Ihnen ein faires Abkommen.«

Bigman fuhr in die Höhe. »Wie wollen Sie denn ein faires Abkommen garantieren? Sie und Zayon werden eines schönen Morgens aufwachen und feststellen, daß Sie bereits tot sind. Devoure wird über Ihren Tod sein herzlichstes Bedauern aussprechen und zentnerweise Blumen spenden. Aber dann gibt es keinen Zeugen mehr dafür, daß er sich hinter seinen Robotern verstecken muß, wenn ein Marsmann ihm an den stinkenden Kragen geht! Dann kann er mit uns verfahren, wie er will. Wozu also ein Abkommen treffen?«

»Dazu wird es ganz bestimmt nicht kommen«, widersprach Yonge. »Denn in der nächsten Stunde werde ich die ganze Geschichte im Gehirn eines bestimmten Roboters speichern. Devoure weiß nicht, bei welchem Roboter, und er wird es auch nie erfahren. Wenn nur einer von uns beiden, Zayon oder ich, auf gewaltsame Art zu Tode kommen sollte, wird die Geschichte unverzüglich auf dem öffentlichen Subätherkanal allen Sirianern bekanntgemacht werden. Ich möchte eher annehmen, daß Devoure von nun an um Zayons und mein Leben äußerst besorgt sein wird, damit die Geschichte für immer begraben bleibt.«

Zayon schüttelte den Kopf. »Das gefällt mir nicht, Yonge.«

»Es bleibt uns nichts anderes übrig, Zayon. Sie waren Zeuge der schmählichen, schimpflichen Prügel, die ihm dieses kleine Wesen verabfolgte. Und da bilden Sie sich noch ein, er werde Sie ungeschoren lassen, wenn Sie keine Gegenmaßnahmen treffen? Hören Sie, ich habe es satt, die Ehre des Syndikats durch den Neffen des Direktors besudeln zu lassen!«

Zayon sah unglücklich drein. »Nun gut. Dann aber heraus mit Ihrer Information, Ratsmann Starr!«

Mit leiser Stimme antwortete Lucky: »Es handelt sich um mehr als Informationen. Es handelt sich um eine Kapitulation. Es hält sich noch ein zweiter Ratsmann auf dem Gebiet auf, das Sie als sirianisch bezeichnen. Wenn Sie sich bereiterklären, meinen Freund als Kriegsgefangenen zu behandeln, den Zwischenfall mit den Robotern zu vergessen und seine Sicherheit zu gewährleisten, werde ich Sie zu diesem Ratsmann selber hinführen.«

13
Ehrlos!

Bis zuletzt hatte Bigman geglaubt, Lucky verfolge einen raffinierten Plan. Jetzt war er wie vom Donner gerührt. »Nein, Lucky!« protestierte er in einem Ton, der ans Herz griff, »nein! Auf solche Art will ich nicht befreit werden!«

Devoure zeigte offen seine Verwunderung. »Wo? Das kann nicht sein. Kein Schiff kann unbemerkt unsere Verteidigungsräume durchbrechen. – Das ist gelogen!«

»Ich bringe Sie zu dem Mann«, sagte Lucky müde. »Vorausgesetzt, wir kommen zu einer Einigung.«

»Beim Weltall!« schrie Yonge. »Wir sind uns schon einig!«

»Moment!« unterbrach Devoure ärgerlich. »Zugegeben, die Sache könnte interessant für uns sein. Aber habe ich Starr richtig verstanden? Will er freiwillig bei der Konferenz von Vesta aussagen, daß dieser andere Ratsmann in unser Gebiet eingedrungen ist und daß er, Starr, uns aus freien Stücken zu seinem Versteck führte?«

»Das werde ich aussagen. Denn es ist die Wahrheit!«

»Geben Sie Ihr Ehrenwort als Ratsmann?« fragte Devoure lauernd.

»Ich versprach, daß ich aussagen werde.«

»Na gut«, sagte Devoure. »Da unsere Syndikatsmänner es so haben wollen, schenke ich Ihnen beiden dafür das Leben.« Doch plötzlich sprühten seine Augen wieder vor Wut. »Auf Mimas! Stimmt das, Ratsmann? Mimas?«

»Das ist richtig.«

»Beim Sirius!« Devoure war so erregt, daß er aufsprang. »Das hätten wir beinahe übersehen. Und auch das Syndikat kam nicht auf diese Idee.«

»Mimas?« fragte Zayon nachdenklich.

»Das Syndikat begreift es immer noch nicht«, sagte Devoure und sah ihn bösartig an. »Offensichtlich waren drei Männer an Bord der *Shooting Starr*. Drei landeten auf Mimas. Zwei traten den Weiterflug an. Also blieb einer zurück. Ich glaube, es war Ihr Bericht, Yonge, in dem Sie die Tatsache unterstrichen, daß Starr immer nur zu zweit arbeitet.«

»Das stimmte auch bisher«, verteidigte sich Yonge.

»Und auf den Gedanken, er könne einmal in Abänderung des gewohnten Schemas einen Dritten mitnehmen, sind Sie nicht gekommen! Wie engstirnig! Dann fliegen wir jetzt also zum Mimas?« Angesichts der neuen Entwicklung schien Devoure seinen besessenen Wunsch nach grausamer Rache vergessen zu haben. Nun fand er auch wieder zu dem überlegenen, ironischen Ton zurück, mit dem er die beiden Terraner bei der Landung begrüßt hatte. »Und Sie wollen uns das Vergnügen Ihrer Gesellschaft gewähren, Ratsmann?«

»Aber ja, Mr. Devoure«, sagte Lucky.

Bigman wandte das Gesicht ab. Er fühlte sich elender als in jenem fürchterlichen Augenblick, als die Metallglieder des Roboters sich nach ihm ausstreckten, um ihm die Knochen einzeln zu brechen.

Und wieder flog die *Shooting Starr* durch den Weltraum, aber nicht frei, sondern im magnetischen Schlepptau eines sirianischen Begleitschiffs, dessen Motoren Richtung und Geschwindigkeit bestimmten.

Der Flug von Titan zu Mimas dauerte fast zwei volle Tage. Eine harte Zeit für Lucky, voll bitterer Gedanken und nie nachlassender Hochspannung.

Er vermißte die Gegenwart Bigmans, den man von ihm getrennt und in das sirianische Schiff gesteckt hatte. Devoure hatte darauf hingewiesen, daß auf diese Weise jeder als Geisel für das Wohlverhalten des anderen bürgte.

Harrig Zayon, der sirianische Syndikatsmann, war es, der Lucky Gesellschaft leistete. Er wirkte steif und zugeknöpft. Er versuchte nicht noch einmal, Lucky Starr zum Übertritt auf die andere Seite zu bewegen. Lucky konnte der Versuchung nicht widerstehen, das Thema seinerseits wieder anzuschneiden. Er fragte ihn, ob Devoure in Zayons Augen ein Beispiel für die überlegene Menschenrasse sei, die auf den sirianischen Planeten wohne.

Widerwillig gab Zayon zur Antwort: »Devoure hatte nicht den Vorzug, beim Syndikat ausgebildet zu werden. Ihm fehlte vor allem Disziplin. Er läßt sich zu sehr von seinen Gefühlen beherrschen.«

»Ihr Kollege Yonge hat wohl noch viel mehr an ihm auszusetzen. Jedenfalls macht er kein Hehl daraus, daß er sehr wenig von Devoure hält.«

»Yonge ist der Vertreter eines extremen Flügels unter den Syndikatsmännern. Erinnern Sie sich an die Narbe auf seinem Unterarm! Sie stammt aus der Zeit der Unruhen, die den Aufstieg des jetzigen Direktors der Zentrale zur Macht begleiteten.«

»Devoures Onkel?«

»Ja. Das Syndikat stand auf der Seite des vorigen Direktors, und Yonge kämpfte ehrenhaft gemäß den ergangenen Befehlen. Das neue Regime hat ihm diese Haltung nie vergessen und ihn bei jeder Beförderung übergangen. Und wenn sie ihn schon mal für das Komitee auswählen, das den Sirius auf Vesta vertreten soll, so sorgen Sie doch dafür, daß er nur ein Befehlsempfänger Devoures ist.«

»Des Direktors Neffe.«

»Ja. Und Yonge begehrt innerlich dagegen auf. Er will nicht einsehen, daß das Syndikat ein Organ des Staates ist, eine unpolitische Einheit. Das Syndikat erfüllt seine Aufgabe, ohne sich darum zu kümmern, welche Persönlichkeit oder Gruppe an der Regierung ist. In jeder anderen Hinsicht ist Yonge aber ein ausgezeichneter Syndikatsmann.«

»Sie haben mir immer noch nicht die Frage beantwortet, ob Devoure in Ihren Augen ein würdiger Vertreter der sirianischen Elite ist.«

Zayon wurde etwas ärgerlich. »Wie steht es denn bei Ihnen auf der Erde? Haben Sie nie unfähige oder gar böswillige Herrscher an Ihrer Spitze gehabt?«

»Mehr als genug«, gab Lucky zu. »Aber wir Erdmenschen sind ein ziemlich zusammengewürfelter Haufen. Bei uns gibt es Menschen jeder Art. Kein Herrscher hält sich lange bei uns, wenn er nicht Kompromisse schließt. Kompromißfreudige Herrscher sind vielleicht nicht gerade die dynamischsten, aber sie werden auch nie zu Tyrannen. Auf Sirius hat sich eine einheitliche Rasse entwickelt. Daher kann ein Herrscher dort bis zum Äußersten gehen. Diktatur und gewaltsame politische Umstürze gehören bei uns zu den seltenen Ausnahmen. Bei Ihnen sind sie die Regel.«

Zayon seufzte. Es vergingen viele Stunden, ehe er wieder das Wort an Lucky richtete. Da beherrschte Mimas schon den Bildschirm, und sie setzten als Vorbereitung zur Landung die Geschwindigkeit herab.

Plötzlich fragte Zayon: »Sagen Sie mir's ehrlich, Ratsmann! Ist das Ganze hier ein Trick von Ihnen?«

Luckys Magenmuskeln zogen sich zusammen, aber er stellte ruhig die Gegenfrage: »Was meinen Sie mit Trick?«

»Ist wirklich ein Ratsmann auf Mimas versteckt?«

»Ja! Was haben Sie denn erwartet? Daß ich auf Mimas ein geheimes Kraftfeld installiert habe? Ein Kraftfeld, das uns bei der Landung alle in winzige Stücke zerplatzen läßt?«

»Irgend etwas in dieser Art.«

»Und was würde ich dabei gewinnen? Durch die Zerstörung eines einzigen sirianischen Schiffes und vielleicht eines Dutzends Sirianer?«

»Sie hätten Ihre Ehre gerettet.«

Lucky zuckte die Achseln. »Mir geht es um den Handel, den ich abgeschlossen habe. Ja, wir haben dort unten wirklich einen Ratsmann sitzen. Ich werde ihn aufsuchen und herausholen. Er wird keinen Widerstand leisten.«

Zayon nickte. »Sehr schön. Ich finde es im nachhinein auch besser, daß Sie Erdmensch bleiben wollten. Sie hätten doch keinen guten Sirianer abgegeben.«

Lucky zwang sich ein bitteres Lächeln ab. Das also war der Grund für Zayons schlechte Laune! Das war so typisch für den steifnackigen Syndikatsmann! Luckys Verhalten widersprach seinen starren Begriffen von Ehre. Und es versöhnte ihn nicht einmal die Tatsache, daß der Sirius Vorteile daraus zog.

Im Zentralhafen von International City auf der Erde.

Hector Conway, der Vorsitzende des Wissenschaftsrates, wartete auf den Abflug nach Vesta. Seit die *Shooting Starr* in den Schatten von Hidalgo eingetaucht war, hatte er nichts mehr von Lucky gehört. Jedenfalls nicht direkt.

Die Botschaft, die Captain Bernold in einer Kapsel überbracht hatte, war kurz und bündig gewesen, typisch für Luckys gesunden Menschenverstand und seine klare Einschätzung der Lage. Sein Vorschlag, die Einberufung einer interstellaren Konferenz, war wirklich der einzige Ausweg. Der Präsident hatte das sofort eingesehen. Und als einige

Kabinettsmitglieder sich widersetzten, waren sie überstimmt worden.

Sogar Sirius griff den Vorschlag begierig auf. Auch das hatte Lucky vorausgesagt. Die Konferenz entsprach offenbar genau den sirianischen Wünschen. Denn sie würde mit Sicherheit für die Erde ein Fehlschlag werden und einen Krieg nach sich ziehen, bei dem Sirius die äußere Welt auf seiner Seite hatte. Die Gegner schienen nun mal die besseren Karten in der Hand zu haben.

Daraus entstand die bittere Notwendigkeit, alles nach Möglichkeit vor der eigenen Bevölkerung geheimzuhalten. Wären die Einzelheiten haarklein als Nachricht über den Subäther gegangen, so hätte ein Sturm nationaler Entrüstung die Regierung unweigerlich zur Kriegserklärung an die gesamte übrige Galaxis gezwungen. Das Bekanntwerden der Konferenz hätte die Sache noch schlimmer gemacht. Man hätte ihr Zustandekommen als einen feigen Kniefall vor den Sirianern gedeutet.

Aber völlige Geheimhaltung war natürlich unmöglich. Schon jetzt reagierte die Presse auf die nichtssagenden offiziellen Regierungsverlautbarungen verärgert und aufsässig. Es wurde schlimmer mit jedem Tag.

Bis zum Konferenzbeginn mußte der Präsident sie irgendwie hinhalten. Aber nach einem Fehlschlag würde eine Lage entstehen, mit der verglichen die jetzige noch Gold war.

Empörung würde herrschen. Der Krieg wäre unausweichlich. Der Wissenschaftsrat hätte jeden Kredit eingebüßt und würde aufgelöst werden. Mit ihm würde die Erdföderation ihre stärkste Waffe gerade in dem Moment einbüßen, wo sie ihrer am meisten bedurfte.

Seit Wochen fand Hector Conway nur noch mit Hilfe von Tabletten Schlaf. Zum erstenmal in seiner Laufbahn dachte er ernsthaft an Rücktritt.

Er erhob sich nicht ohne Mühe und begab sich auf den Weg zum Schiff, das gerade startklar gemacht wurde. In einer Woche würde er auf Vesta sein und vorbereitende Gespräche mit Doremo führen. Dieser alte Staatsmann mit den roten Augen würde bei der Schlußabstimmung den Ausschlag geben. Daran gab es keinen Zweifel. Gerade die militärische Schwäche seiner kleinen Welt verlieh ihm politische Macht. Wenn es in der Galaxis eine ehrenhafte und völlig neutrale Persönlichkeit von Rang und Namen gab, so kam er dieser Vorstellung am nächsten. Sogar die Sirianer würden auf ihn hören. Wenn er nur vor Konferenzbeginn Conway ein Ohr leihen würde ...

Conway war so in seine Gedanken vertieft, daß er fast mit dem Mann zusammengeprallt wäre, der auf ihn zugetreten war. »He, was ist denn?« meinte Conway erschrocken.

Der Mann berührte kurz seine Hutkrempe. »Jan Dieppe vom Trans-Subäther, Chef. Darf ich Ihnen ein paar Fragen stellen?«

»Nein, nein. Ich will gerade an Bord gehen.«

»Weiß ich, Sir. Deshalb habe ich Sie ja hier angesprochen. Ist doch die letzte Gelegenheit für ein Interview. Sie fliegen natürlich nach Vesta?«

»Ja, natürlich.«

»Um schärfstens gegen die Übergriffe im Saturnsystem zu protestieren?«

»Wie bitte?«

»Was erwarten Sie von den Teilnehmern der Konferenz, Chef? Glauben Sie, daß Sirius Wahlentscheidungen und Beschlüsse respektieren wird?«

»Ja, das glaube ich durchaus.«

»Glauben Sie, daß eine Abstimmung zuungunsten des Sirius verlaufen wird?«

»Ganz gewiß. Gestatten Sie jetzt, ich muß an Bord!«

»Entschuldigung, Sir, aber da gibt es noch eine äußerst wichtige Angelegenheit, über die die Völker der Erde unterrichtet werden müssen.«

»Bitte! Sie brauchen mir nicht zu erklären, worüber die

Völker der Erde unterrichtet werden müssen. Ich versichere Ihnen, daß mir das Wohl der Völker am Herzen liegt.«

»Und trotzdem will der Wissenschaftsrat fremden Regierungen gestatten, durch ihre Stimmabgabe zu entscheiden, ob das Hoheitsgebiet der Terranischen Föderation verletzt worden ist oder nicht? Ist diese Frage nicht eigentlich allein von uns zu entscheiden?«

Der Reporter war zwar hartnäckig, stellte seine Fragen aber in durchaus höflichem Ton. Dennoch hörte Conway den drohenden Unterton heraus. Über die Schulter des anderen sah er den Außenminister. Er stand etwas näher beim Schiff und sprach zu einer Gruppe von Journalisten.

»Worauf wollen Sie hinaus«, fragte Conway.

»Es tut mir leid, Chef, aber ich fürchte, die Öffentlichkeit beginnt am guten Willen des Rates zu zweifeln. Und weil wir gerade dabei sind, Trans-Subäther hat soeben eine Rundfunkmeldung des Sirius aufgefangen. Bevor wir sie veröffentlichen, möchten wir Ihren Kommentar dazu hören.«

»Kein Kommentar! Wie käme ich dazu, eine Rundfunkmeldung des Sirius, die für seine eigenen Hörer bestimmt ist, zu kommentieren?«

»Die Meldung war ziemlich umfassend. Wo hält sich zum Beispiel Ratsmann David Starr, der legendäre Lucky, auf? Na, wo ist er?«

»Was?«

»Na, sagen Sie es schon, Chef! Ich weiß, die Agenten des Rates scheuen jede Publicity, aber stimmt es, daß Ratsmann Starr in geheimer Mission zum Saturn entsandt wurde?«

»Wenn es so wäre, junger Mann, glauben Sie wirklich, daß ich mich dazu äußern würde?«

»Ja, weil der Sirius sich bereits dazu geäußert hat! Ihnen blieb die geheime Mission nicht verborgen. Sie teilten mit, daß Lucky Starr beim Eindringen in das sirianische Saturnsystem gefangengenommen wurde. Trifft das zu?«

Conway blieb zugeknöpft. »Der augenblickliche Aufenthaltsort des Ratsmanns Starr ist mir nicht bekannt.«

»Ist das so zu verstehen, daß er im Saturnsystem sein könnte?«

»Es ist so zu verstehen, daß ich seinen derzeitigen Aufenthaltsort nicht kenne.«

Der Reporter rümpfte die Nase. »All right. Wenn Sie es als Vorsitzender des Wissenschaftsrats für gut und richtig halten, jede Kenntnis über den Aufenthaltsort eines Ihrer wichtigsten Agenten abzuleugnen, so ist das Ihre Sache. Aber die allgemeine Stimmung richtet sich in steigendem Maße gegen den Rat. Die Kritik reibt sich besonders an der Unfähigkeit des Rates, die Invasion des Saturn durch den Sirius zu verhindern. Und es herrscht allgemeine Empörung darüber, daß der Rat jede Verantwortung in dieser Angelegenheit ablehnt, nur um seine politischen Posten zu retten.«

»Jetzt werden Sie beleidigend. Guten Tag, Sir.«

»Die Sirianer behaupten mit großem Nachdruck, Lucky Starr im Saturnsystem gefangengenommen zu haben. Wollen Sie dazu einen Kommentar abgeben?«

»Nein. Lassen Sie mich durch!«

»Weiterhin kündigen die Sirianer einen Auftritt Lucky Starrs bei der Konferenz an.«

»Ach ja?« Jetzt konnte Conway sein aufflackerndes Interesse nicht ganz verhehlen.

»Ah, da horchen Sie auf, Chef! Das Unangenehme an dieser Nachricht ist nur, daß er nach Mitteilung der Sirius-Seite zu ihren Gunsten aussagen will.«

»Das«, sagte Conway mit Mühe, »wird sich noch herausstellen.«

»Geben Sie zu, daß er zur Konferenz kommen wird?«

»Darüber weiß ich nichts.«

Der Reporter gab ihm den Weg frei. »All right, Chef. Allerdings verbreiten die Sirianer darüber hinaus, Starr habe ihnen bereits wertvolles Material übergeben, auf Grund dessen sie eine Verurteilung der Erde als Aggressor erreichen würden. Ich frage mich: Was tut der Rat eigentlich? Arbeitet er für uns oder gegen uns?«

Conway hielt es nicht länger aus. Er murmelte nochmals: »Kein Kommentar« und setzte sich in Bewegung.

Der Reporter rief ihm nach: »Starr ist doch Ihr Adoptivsohn, nicht wahr, Chef?«

Conway stoppte und wandte sich halb um. Aber nur für eine Sekunde. Dann schritt er wortlos weiter.

Was sollte er dazu sagen? Was konnte er sagen? Vor ihm lag eine interstellare Konferenz, die für die Zukunft der Erde bedeutungsvoller war als jedes Treffen von Staatsmännern zuvor. Und fast alle Vorteile lagen beim Sirius. Unerträglich groß erschien die furchtbare Möglichkeit, daß in der Folge alles zerbrechen würde: der Friede, der Wissenschaftsrat, ja, sogar die Terranische Föderation.

Die letzte schwache Hoffnung ruhte auf Lucky.

Ein Gedanke deprimierte Conway mehr als alles andere, mehr als die Aussicht auf einen verlorenen Krieg. Denn wenn die Sirianer recht behielten und die Konferenz einen anderen Verlauf nahm als den von Lucky beabsichtigten, dann würde Lucky obendrein als der größte Verräter der Erde in die Geschichte eingehen! Und nur sehr wenige würden es besser wissen ...

14
Auf Vesta

Außenminister Lamont Finney war ein Karrierepolitiker, der mehr als 15 Jahre der gesetzgebenden Versammlung angehört hatte und nie besonders freundschaftliche Beziehungen zu dem Wissenschaftsrat gepflegt hatte. Er war schon recht betagt. Seine Gesundheit ließ zu wünschen übrig. In letzter Zeit neigte er zum Nörgeln.

Offiziell führte er die Delegation der Erde auf Vesta an. Doch Conway war sich klar darüber, daß im Falle eines Fehlschlags er als Vorsitzender des Rates die volle Verantwortung übernehmen mußte.

Noch bevor ihr Schiff, eins der größten Raumpassagierschiffe der Erde, abhob, bezog Finney ausdrücklich diesen Standpunkt.

Er bemerkte nämlich: »Die Presse ist kaum noch zu kontrollieren. Conway, Sie gehen einen schweren Gang.«

»Nicht ich, sondern die ganze Erde.«

»Nein, Sie, Conway.«

»Nun, ich mache mir keine Illusionen«, sagte Conway düster. »Wenn die Sache schlecht ausgeht, kann der Rat wohl keine Unterstützung von Regierungsseite erwarten.«

»Ich fürchte, Sie haben recht.« Mit peinlicher Sorgfalt schnallte sich der Außenminister für den Start an und vergewisserte sich, daß seine Tabletten gegen die Raumkrankheit in Reichweite waren. »Eine Regierung, die sich in diesem Fall hinter Sie stellte, würde unweigerlich gestürzt werden. Und in Zeiten drohender Kriegsgefahr können wir uns keine politische Schwäche leisten.«

Er fährt ohne jede Hoffnung zur Konferenz, dachte Conway. *Er hat sich schon mit dem Kriegsausbruch abgefunden.*

Laut sagte er: »Hören Sie, Finney, wenn der schlimmste Fall eintritt, benötige ich einige angesehene Stimmen, die einen Rufmord an Ratsmann Starr verhind ...«

»Unmöglich!« Finney hob den grauen Kopf für einen Augenblick von dem hydraulischen Kissen und sah den anderen aus sorgenvollen, blassen Augen an. »Ihr Ratsmann flog auf eigene Faust ins Saturnsystem. Ohne Zustimmung der Behörden, ohne entsprechende Befehle. Er übernahm das gesamte Risiko freiwillig. Wenn die Sache in die Hosen geht, ist er erledigt. Wie könnten wir anders handeln?«

»Aber Sie wissen doch, daß er

»Nichts weiß ich«, unterbrach ihn der Politiker heftig. »Offiziell weiß ich gar nichts. Sie stehen lange genug im öffentlichen Leben, um zu wissen, daß das Volk in bestimmten Situationen jemand braucht, dem man alle Schuld am allgemeinen Mißgeschick in die Schuhe schieben kann. Und dieses Recht läßt es sich nicht nehmen. Ratsmann Starr wird für jedermann der Alleinschuldige sein.«

Er ließ den Kopf ins Kissen sinken und schloß die Augen. Auch Conway lehnte sich in die Polster. Andere Delegierte waren im Schiff verteilt. Das ferne Donnern der Maschinen nahm an Lautstärke zu und wurde zu einem schrillen Getöse, als das Schiff von der Startrampe abhob und in den Himmel stieg.

In 1500 Kilometer Entfernung von Vesta ließ sich die *Shooting Starr* von der geringen Anziehungskraft des Asteroiden einfangen und umkreiste ihn langsam mit gestoppten Motoren. Sie war mit einem kleinen Rettungsboot des sirianischen Mutterschiffs verbunden.

Zayon befand sich nicht mehr an Bord. Er war inzwischen zu der sirianischen Konferenzdelegation umgestiegen. Seinen Platz nahm jetzt ein Roboter ein. Im Rettungsboot befanden sich Bigman und Syndikatsmann Yonge.

Erstaunt hatte Lucky aufgeblickt, als Yonges Gesicht zum erstenmal auf dem Übermittlerschirm auftauchte. »Was machen Sie denn im Weltraum? Ist Bigman bei Ihnen?«

»Ja. Ich bewache ihn. Sie haben wohl einen Roboter erwartet!«

»Ja, allerdings. Oder traut man sich nicht, Bigman mit einem Roboter allein zu lassen?«

»Nein, das ist nur ein Vorwand Devoures, mich von der Konferenz fernzuhalten. Eine Beleidigung des Syndikats!«

»Syndikatsmann Zayon wird teilnehmen«, sagte Lucky.

»Zayon!« Yonge schnüffelte. »Er ist ein tüchtiger Mann, aber ein Jasager. Er begreift nicht, daß mehr zum Syndikatsmann gehört, als blind den Befehlen der Vorgesetzten zu gehorchen. Wir sind berufen, darüber zu wachen, daß Sirius nach den unveräußerlichen Grundsätzen der Ehre regiert wird, die das Syndikat stark gemacht haben.«

»Wie geht es Bigman?« erkundigte sich Lucky.

»Einigermaßen. Glücklich ist er nicht. Seltsam, daß so eine sonderbare Figur mehr Pflichtbewußtsein und Ehre im Leibe hat als ein Mensch wie Sie.«

Lucky preßte die Lippen aufeinander. Er hatte nicht mehr viel Zeit. Jedesmal, wenn einer der beiden Syndikatsmänner über Luckys verlorene Ehre nachzudenken begann, bekam er das kalte Grausen. Wie leicht konnten sie bei intensivem Nachdenken auf die Idee kommen, daß Lucky in Wirklichkeit seinen Ehrenschild rein erhalten hatte. Dann würden sie unweigerlich über seine wahren Absichten nachgrübeln, und dann ...

Yonge zuckte die Achseln. »Na ja, ich habe nur angerufen, um mich zu überzeugen, daß alles klargeht. Ich bin nämlich für Ihr Wohlergehen verantwortlich, bis Sie im Konferenzsaal eintreffen.«

»Warten Sie, Syndikatsmann! Sie haben mir auf Titan einen Dienst erwiesen ...«

»Ich habe nichts für Sie getan. Ich tat nur meine Pflicht.«

»Nichtsdestoweniger haben Sie Bigman das Leben gerettet und mir vielleicht auch. Wenn die Konferenz vorbei ist, kann es sein, daß Sie selber Ihr Leben bedroht sehen werden.«

»Ich? Mein Leben?«

Lucky wählte seine Worte mit Bedacht. »Wenn ich meine Aussage gemacht habe, kann es verschiedene Gründe für Devoure geben, sich Ihrer zu entledigen. Selbst auf die Gefahr hin, daß seine schmähliche Niederlage gegen Bigman dann überall auf den Siriusplaneten bekannt wird.«

Yong lachte nur bitter. »Er ließ sich auf der ganzen Reise nicht einmal blicken. Er tat keinen Schritt aus seiner Kabine. Er wartete nämlich ab, daß seine Wunden heilten. Nein, mir kann nichts passieren!«

»Wie dem auch immer sei, sobald Sie sich bedroht fühlen sollten, wenden Sie sich an Hector Conway, den Vorsitzenden des Wissenschaftsrates! Er wird Ihnen politisches Asyl gewähren – mein Wort darauf!«

»Ich nehme zu Ihren Gunsten an, daß Sie es gut mit mir meinen«, erwiderte Yonge. »Aber wenn diese Konferenz vorüber ist, wird es Conway sein, der uns um politisches Asyl bittet!« Und damit beendete Yonge das Gespräch.

Trübsinnig starrte Lucky auf die schimmernde Vesta. Wie die Dinge standen, hatte Yonges Voraussage die weit größere Wahrscheinlichkeit für sich.

Vesta gehörte zur Gruppe der größten Asteroiden. Nicht so groß wie Ceres, der mehr als 800 Kilometer Durchmesser hatte und ein Riese unter den Asteroiden war. Mit ihren 344 Kilometern Durchmesser gehörte sie wie Pallas und Juno zur zweiten Größenklasse.

Für den Beobachter auf der Erde war Vesta der hellste Asteroid. Das kam daher, weil ihre Kruste größtenteils aus Kalziumkarbonat bestand. Die anderen Asteroiden waren aus dunkleren Silikaten und oxidierten Metallen zusammengesetzt.

Die Gelehrten waren sich noch nicht einig, wie es zu dieser merkwürdigen Abweichung gekommen war. Vor der ersten Landung hatten die Astronomen angenommen, Vesta sei von einem Eismantel oder von gefrorenem Kohlenstoffdioxyd bedeckt. Die Journalisten hatten die schöne Bezeichnung ›Marmorwelt‹ erfunden.

In den Anfangstagen des Kampfes mit den Weltraumpiraten des Asteroidengürtels wurde die ›Marmorwelt‹ in einen

Militärstützpunkt umgebaut. Die Naturhöhlen unter der Oberfläche wurden vergrößert und luftdicht abgeschlossen. So schaffte man Platz für eine ganze Schiffsflotte und Ausrüstung für zwei volle Jahre.

Der Stützpunkt bestand nicht mehr. Aber durch geringe Umbauten hatte man ihn in einen geeigneten Konferenzort für die Delegierten der gesamten Galaxis verwandelt.

Die Wasserversorgung war gesichert. Lebensmittel wurden eingeflogen – in Hülle und Fülle. Die neu hergerichteten Räume erstrahlten in einem Luxus, von dem die Soldaten früherer Zeiten nicht zu träumen gewagt hätten. Nach dem Passieren der marmorähnlichen Oberfläche gelangte man im Inneren des Asteroiden in eine Umgebung, wie sie die besten Hotels der Erde kaum bieten konnten.

Die Delegierten der Erdföderation waren Gastgeber. Vesta lag deutlich auf dem Gebiet der Erde. Das wurde nicht einmal von den Sirianern bestritten. Man hatte allen Teilnehmern Quartiere zugewiesen, die ihren heimatlichen Wetter- und Schwerkraftbedingungen angepaßt waren. Zum Beispiel sorgte die Klimaanlage dafür, daß die Delegierten von Warren in ihren Zimmern die kühlen Temperaturen ihres Heimatplaneten wiederfanden.

Es war kein Zufall, daß man sich um die Delegation von Elam am meisten Mühe gemacht hatte. Elam war ein kleiner Planet, der sich um einen roten Zwergstern drehte. Seine Lebensbedingungen waren extrem lebensfeindlich.

Elam erhielt so wenig Licht von seiner Zwergsonne, daß dort kaum Pflanzen gedeihen konnten. Seine Bewohner züchteten bei künstlichem Licht neue Pflanzensorten. Der Erfolg gab ihnen recht. Ihr Getreide und ihr Gemüse waren den Erzeugnissen der übrigen Galaxis nicht nur gleichwertig, sondern übertrafen sie an Qualität. Der Überschuß aus einem starken Agrarexport schuf einen Wohlstand, den andere von der Natur weit mehr begünstigte Welten nie erreichten.

Wegen der geringen Leuchtkraft der Sonne von Elam fehlte es den dortigen Einwohnern vollständig an Pigmenten; ihre Haut war fast völlig weiß.

Der Leiter ihrer Delegation zum Beispiel war ein fast reiner Albino. Er hieß Agas Doremo und war seit mehr als 30 Jahren anerkannter Führer der neutralistischen Kräfte in der Galaxis. In jeder Streitfrage, die zwischen Erde und Sirius, den beiden feindlichsten Gruppen der Milchstraße, entstand, wirkte er nach Kräften ausgleichend.

Auch jetzt rechnete Conway auf Doremos Fähigkeiten als Vermittler. Als er das Quartier der Elamiten betrat, trug er Sorge dafür, daß alles die Anzeichen eines Freundschaftsbesuches trug.

Er reichte jedem die Hand, vermied aber klug jegliche aufdringlichen Sympathiebeteuerungen. Angestrengt blinzelte er in dem ungewohnt trüben, rotstichigen Licht und nahm ein Glas mit Elam-Gebräu entgegen.

Doremo eröffnete das Gespräch. »Ihr Haar ist weiß geworden – fast so weiß wie meins.«

»Unsere letzte Begegnung liegt viele Jahre zurück, Doremo.«

»Es ist also nicht erst in den letzten Monaten weiß geworden?«

Conway lächelte wie ein ertappter Schüler. »Es war schon vorher weiß, aber sonst haben Sie recht.«

Doremo nickte und trank einen Schluck. »Die Erde hat sich in eine kritische Situation drängen lassen.«

»So ist es. Wir stehen mit dem Rücken zur Wand. Und doch ist nach allen Regeln und Gesetzen das Recht auf unserer Seite.«

»Ja?« Doremo gab nicht zu erkennen, ob er Conway glaubte oder nicht.

»Ich weiß nicht, wieviel Ihrer wertvollen Zeit Sie der Streitfrage gewidmet haben . . .«

»Beträchtlich viel Zeit.«

»... oder ob Sie bereit sind, Vorverhandlungen mit mir zu führen ...«

»Warum nicht? Die Sirianer sind ja auch schon an mich herangetreten.«

»Ach ja? Schon?«

»Auf dem Herflug machte ich eine Zwischenlandung auf Titan.« Doremo neigte den Kopf hin und her. »Sie haben dort wirklich eine wunderschöne Kolonie gegründet. Zuerst merkte ich es nicht. Dieses schreckliche Blaulicht vom Sirius hinderte mich, die ganze Schönheit zu erfassen, bis sie mir dunkle Sonnengläser gaben. Das müssen Sie zugeben, Conway, wenn sie etwas tun, dann hat es Klasse.«

»Sind Sie zu dem Schluß gekommen, daß die Sirianer das Recht haben, Saturn zu kolonisieren?«

»Mein lieber Conway«, sagte Doremo, »ich bin einzig und allein zu dem Schluß gekommen, daß ich Frieden haben will. Krieg ruiniert uns alle. Aber natürlich ist eins unabänderlich: Die Sirianer haben das Saturnsystem besetzt. Wie kann man sie ohne Krieg wieder hinausbefördern?«

»Es gibt eine Möglichkeit«, sagte Conway. »Wenn alle anderen Außenwelten Sirius als Aggressor brandmarken, würde er gegen die gesamte Galaxis auf verlorenem Posten stehen.«

»Aber wie soll man die Außenwelten dazu bringen, gegen Sirius zu stimmen?« fragte Doremo. »Seien Sie mir nicht böse, aber die meisten hegen ein traditionelles Mißtrauen gegen die Erde. Und sie werden natürlich zu dem Schluß kommen, daß Saturn noch nicht kolonisiert war.«

»Dem muß ich aber die Hegel-Doktrin entgegenhalten. Seitdem die Außenwelt von der Erde Freiheit und Unabhängigkeit erhielt, herrschte Einverständnis darüber, daß als kleinste unabhängige Einheit ein Sonnensystem gilt. Ein unbewohntes Planetensystem ist unantastbar, wenn das dazugehörige Sonnensystem bereits bewohnt ist.«

»Da stimme ich Ihnen zu. Das galt bisher als stillschweigendes Übereinkommen. Aber es wurde noch nie durch einen konkreten Fall auf seine Stichhaltigkeit überprüft.«

Conway dämpfte seine Stimme. »Halten Sie es für klug, das Übereinkommen auszulöschen? Soll man einen neuen Grundsatz anerkennen, wonach es rechtens ist, jedweden unbewohnten Planeten oder Planetoiden zu besetzen?«

»Nein«, sagte Doremo mit Nachdruck. »Davon halte ich nichts. Meiner Ansicht nach liegt es im allgemeinen Interesse, daß ein Sonnensystem als unteilbar gilt. Aber ...«

»Aber was?«

»Diese Konferenz wird emotionell von einer Strömung beherrscht werden, die den Delegierten wenig Raum für logische Folgerungen erlaubt. Wenn ich der Erdföderation einen Rat geben darf ...«

»Tun Sie es! Inoffiziell! Er wird in keinem Kommunique erscheinen.«

»Ich nehme an, daß Sie bei der Konferenz keine Unterstützung finden werden. Überlassen Sie also vorläufig Saturn dem Sirius! Irgendwann werden die Sirianer übermütig werden – und dann werden Sie eine neue Konferenz einberufen, bei der Sie die besseren Chancen haben!«

Conway schüttelte den Kopf. »Unmöglich! Wenn wir diesmal scheitern, werden wir fortan stets alle gegen uns haben. Schon jetzt neigt sich die Waage der Meinungen zu unseren Ungunsten.«

Doremo zuckte die Achseln. »Vorurteile auf beiden Seiten! Das stimmt mich äußerst pessimistisch.«

Conway machte einen letzten Versuch. »Wenn Sie selber der Ansicht sind, daß Sirius auf Saturn nichts zu suchen hat, warum können Sie dann nicht die anderen davon überzeugen? Sie sind ein Mann, dessen Wort in der Galaxis Gewicht hat. Ich möchte auf keinen Fall, daß Sie gegen Ihre eigene Überzeugung stimmen. Aber denken Sie daran: Ihre Entscheidung ist das Zünglein an der Waage zwischen Krieg und Frieden.«

Doremo stellte sein Glas ab und tupfte sich die Lippen mit der Serviette. »Genau das wäre mein Ziel, Conway. Aber bei dieser Konferenz wage ich es nicht anzusteuern. Sirius genießt alle Sympathien. Und ausgerechnet Elam sollte sich gegen ihn stellen? Wir sind nur eine kleine Welt ... übrigens, Conway, Sie haben eine Friedenskonferenz einberufen. Warum haben Sie zur selben Zeit Kriegsschiffe ins Saturnsystem entsandt?«

»Ist das die Version der Sirianer, Doremo?«

»Ja. Sie führten mir jede Menge Beweismaterial vor. Ich sah, wie ein gekapertes Erdschiff im Magnetschiff eines sirianischen Schiffs zur Vesta gebracht wurde. Und ich erfuhr, daß kein anderer als Lucky Starr an Bord war. Ein Mann, der sogar auf Elam ein Begriff ist. Nach meinen Informationen umkreist er zur Zeit Vesta und wartet darauf; als Zeuge aufgerufen zu werden.«

Conway nickte bedächtig.

»Falls Starr zugibt, daß er kriegsähnliche Handlungen gegen Sirius verübte, wird die Konferenz geschlossen für Sirius stimmen. Und er wird in diesem Sinne aussagen! Dafür sorgen die Sirianer schon. Sie haben, glaube ich, ein starkes Druckmittel in der Hand. Lucky Starr ist Ihr Adoptivsohn!«

»Sozusagen ja«, flüsterte Conway.

»Um so schlimmer. Sie werden behaupten, daß er ohne Genehmigung der Erdföderation handelte ...«

»So ist es«, sagte Conway. »Aber ich kann Ihnen jetzt noch nicht enthüllen, was ich vor der Konferenz dazu sagen werde.«

»Okay, es würde Ihnen doch keiner glauben, weil er Ihr Adoptivsohn ist. Die äußeren Welten werden in den gemeinsamen Schrei ausbrechen: ›Die Erde ist Aggressor!‹ Man wird sich die Mäuler zerreißen über das treulose Verhalten der Erde. Sirius wird die Affäre künstlich hochspielen, und ich kann das nicht verhindern. Nicht einmal ich kann zugunsten der Erde stimmen ... Die Erde muß diesmal nachgeben.«

Conway schüttelte den Kopf. »Niemals!«

»Dann kommt es zum Krieg«, sagt Doremo unendlich traurig. »Und dann, Conway, steht die Erde allein gegen alle!«

15
Die Konferenz

Conway trank sein Glas leer, stand auf und reichte dem anderen mit melancholischem Gesichtsausdruck die Hand.

Dann sagte er: »Immerhin haben wir Luckys Zeugenaussage noch nicht gehört. Vielleicht wird sie gar nicht so katastrophal für uns ausfallen, wie Sie annehmen. Vielleicht wird sie sogar ganz harmlos sein. Würden Sie in diesem Falle für die Bewahrung des Friedens eintreten?«

Doremo zuckte die Achseln. »Sie greifen jetzt nach jedem Strohhalm. Aber ja, ja, in dem unwahrscheinlichen Falle, daß die Aussage Ihres Pflegesohns harmlos ausfällt, werde ich mein Bestes für den Frieden tun. Ich sagte Ihnen doch schon, daß ich im Grunde auf Ihrer Seite stehe.«

»Ich danke Ihnen, Sir.« Noch einmal reichten sie sich die Hand.

Doremo sah dem Ratsvorsitzenden nach und schüttelte traurig den Kopf. Draußen vor der Tür blieb Conway einen Augenblick stehen, um Luft zu schöpfen. Er hatte alles erreicht, was er hatte erreichen wollen. Wenn jetzt nur die Sirianer auch wirklich Lucky zur Zeugenaussage vorführten!

Wie erwartet, begann die Konferenz in einer steifen und förmlichen Atmosphäre. Jeder benahm sich peinlich korrekt. Als die Delegation der Erde den Saal betrat, um ihre Plätze vorn und am äußersten rechten Flügel der Halle einzunehmen, erhoben sich sämtliche Delegierten, die bereits saßen, von den Plätzen. Sogar die Sirianer – vorn und auf der äußersten linken Seite – schlossen sich von dieser Geste der Höflichkeit nicht aus.

Für die gastgebende Partei sprach der Außenminister die Begrüßungsworte. Er erging sich in Allgemeinplätzen über den Frieden, der die Tür für eine weitere Expansion der Menschheit in der Milchstraße öffne, über die gemeinsame Abstammung und die Brüderschaft aller Menschen und über das schreckliche Unglück, das ein Krieg allen bringen würde.

Vorsichtig vermied er jede Andeutung des aktuellen Streitfalls, erwähnte den Sirius nicht namentlich und enthielt sich vor allem jeder Drohgebärde.

Er bekam freundlichen Beifall. Dann wählte die Versammlung Agas Doremo zum Vorsitzenden der Konferenz. Er war der einzige Kandidat, der die Unterstützung beider Seiten erhielt. Und nun begann die eigentliche Tagesordnung.

Die Konferenz fand unter Ausschluß der Öffentlichkeit statt. Aber die Pressebänke waren von Reportern aller hier vertretenen Welten besetzt. Allerdings durften sie keine Interviews mit einzelnen Delegierten machen. Doch ihre Berichte wurden nicht zensiert.

Wie üblich bei interstellaren Versammlungen benutzte man in Rede und Diskussion Interlingua, die Weltsprache, die überall in der Galaxis verstanden wurde.

In einer kurzen Ansprache empfahl Doremo Kompromißbereitschaft und bat eindringlich, lieber in einigen Punkten vom eigenen Standpunkt abzurücken, als durch Unnachgiebigkeit einen Krieg heraufzubeschwören. Dann erteilte er dem Außenminister der Erde erneut das Wort.

Diesmal sprach der Minister als Parteigänger. Kraftvoll und eindringlich vertrat er die Interessen der Erde.

Doch schon jetzt war die feindselige Haltung der übrigen Delegationen zu verspüren. Wie ein düsterer Nebel hing sie über der Versammlung.

Conway saß neben dem Redner. Das Kinn sank ihm auf die Brust. Normalerweise wäre es ein schwerer taktischer Fehler der Erde gewesen, ihren Hauptredner gleich zu Beginn alle ihre Argumente vortragen zu lassen. Es hieß, seine beste Munition verschießen, bevor man noch das genaue Ziel erkannt hatte. Es würde Sirius Gelegenheit zu einer vernichtenden Entgegnung geben

Aber diesmal war es genau das, was Conway wollte.

Er zog ein Taschentuch hervor, fuhr sich damit über die Stirn, steckte es rasch wieder ein und hoffte, daß man die Geste nicht bemerkt hatte. Er wollte auf keinen Fall den Eindruck erwecken, er sei besorgt.

Sirius behielt sich seine Stellungnahme für einen späteren Zeitpunkt vor. An seiner Stelle meldeten sich, zweifellos nach vorheriger Absprache, die Vertreter von drei äußeren Welten zu Wort, die unter dem politischen Einfluß des Sirius standen. In ihren kurzen Ansprachen gingen sie nicht auf den Kernpunkt des Problems ein. Vielmehr prangerten sie allgemein die Aggressionsgelüste der Erde und ihren Ehrgeiz an, ein neues galaktisches Weltreich unter ihrer Herrschaft aufzurichten. Sie bereiteten gewissermaßen den Boden für den späteren sirianischen Großauftritt vor. Danach war es Zeit zur Mittagspause.

Sechs Stunden waren seit der Eröffnung vergangen, als schließlich dem Sirius auf seinen Wunsch das Wort erteilt wurde. Langsam erhob sich Sten Devoure. Mit ruhigen, festen Schritten steuerte er das Rednerpodium an. Von dort sah er, stolzes Selbstbewußtsein im olivfarbenen Gesicht, auf die Delegierten hinab. Von seinem Zusammenstoß mit Bigman waren keine Spuren mehr sichtbar.

Im Plenum herrschte aufgeregtes Stimmengewirr, das sich erst nach einigen Minuten legte. Devoure wartete in aller Ruhe ab, bis völlige Stille eingetreten war.

Conway war überzeugt, daß sämtliche Delegierten über die bevorstehende Zeugenaussage Lucky Starrs Bescheid wußten. Sie warteten in erregter Vorfreude auf die damit verbundene vollständige Demütigung der Erde.

Dann endlich begann Devoure zu sprechen. In sehr ruhigem Ton entwarf er einen geschichtlichen Rückblick. Er schilderte die Nöte und das Leid jener Tage, da der Sirius noch eine Kolonie der Erde war. Die Hegel-Doktrin, die Sirius und sämtlichen anderen Kolonien die Freiheit verschafft hatte, kritisierte er als unaufrichtig. Zum Beweis führte er Punkt für Punkt angebliche Versuche der Erde an, die Weltherrschaft wieder an sich zu reißen.

Das brachte ihn in die Gegenwart. »Man beschuldigt uns, eine unbewohnte Welt kolonisiert zu haben«, rief er. »Wir bekennen uns schuldig. Man klagt uns an, eine öde und leere Welt besetzt und in eine wunderschöne Wohnstatt für Menschen verwandelt zu haben. Wir bekennen uns schuldig. Man verklagt uns, der Menschheit neue Räume auf einem Himmelskörper erschlossen zu haben, um den sich bisher niemand kümmerte. Wir bekennen uns auch in diesem Punkte schuldig!

Dagegen hat man uns nicht beschuldigt, bei unseren Aktionen irgendwelche Gewalt ausgeübt zu haben. Wir wurden nicht beschuldigt, im Vollzug unserer Besetzung durch kriegerische Handlungen Verluste an Toten und Verwundeten herbeigeführt zu haben. Mit einem Wort: Niemand klagte uns eines Verbrechens an. Man wies eigentlich nur auf die Tatsache hin, daß sich mehr als eine Milliarde Kilometer von der Welt, die wir friedlich besetzten, eine andere bewohnte Welt namens Erde befindet.

Nach unserer Ansicht berührt diese Tatsache unsere Welt Saturn überhaupt nicht. Wir drohen der Erde nicht mit Gewalt, und sie hat uns auch keine Gewalt nachgesagt. Wir verlangen aber, daß man sich nicht in unsere Angelegenheiten einmischt. Wir versichern gern, daß wir uns dafür auch aus den Angelegenheiten anderer Welten heraushalten werden.

Sie behaupten nun, Saturn gehöre ihnen. Warum? Haben sie seine Monde irgendwann besiedelt? Nein. Haben Sie überhaupt Interesse daran gezeigt? Nein. Jahrtausendelang hatten sie Gelegenheit, Saturn in Besitz zu nehmen. Haben sie es überhaupt erwogen? Nein. Erst nach unserer Landung entdeckten sie plötzlich, daß es ihre Interessensphäre sei. Sie verweisen nun darauf, daß Saturn und Erde um dieselbe Sonne kreisen. Zugegeben, das ist so. Aber es ist für diesen Fall ohne jede Bedeutung. Ein unbewohnter Himmelskörper ist ein unbewohnter Himmelskörper, ganz gleich, auf welcher Bahn er durch das All zieht. Wir waren die ersten Kolonisten, und darum gehört er uns.

Wie Sie nun wissen, besetzte Sirius das Saturnsystem auf friedliche Weise, ohne jede Anwendung oder auch nur Drohung von Gewalt. Friedliche Gesinnung kennzeichnete alle unsere Handlungen. Zwar führen wir das Wort Frieden nicht so häufig im Mund wie die Politiker der Erde, dafür leben wir es praktisch vor. Als die Erde eine Konferenz vorschlug, erklärten wir uns um des Friedens willen sofort einverstanden, obwohl auf unserem Anspruch auf das Saturnsystem nicht der kleinste Schatten eines Zweifels liegt.

Wie steht es dagegen mit der Erde? Wie will sie ihre Ansprüche rechtfertigen? Sie spricht unablässig vom Frieden, doch ihre Handlungen strafen ihre Worte Lügen. Während sie Friedensgesänge anstimmte, griff sie zum Mittel des Kriegs. Während sie eine Friedenskonferenz verlangte, bereitete sie eine kriegerische Unternehmung vor. Kurz und gut: Während Sirius aus Friedensliebe seine eigenen Interessen hintanstellte, führte die Erde als Dank einen Angriffskrieg gegen uns. Ich bin in der Lage, Ihnen den Beweis zu liefern – aus dem Mund eines Mitglieds des Wissenschaftsrats der Erde!«

Während dieses letzten Satzes hob er den Arm. Es war seine erste und einzige Geste während der ganzen Rede. Mit dramatischer Gebärde deutete er auf eine Tür, auf die sich ein Scheinwerfer richtete. Im Lichtkegel stand Lucky Starr in voller Größe und trotziger Haltung zwischen zwei Robotern.

Nach der Landung auf Vesta hatte es für Lucky ein kurzes Wiedersehen mit Bigman gegeben. Der kleine Marsmann lief auf ihn zu, was Yonge aus einiger Entfernung mit säuerlicher Miene ansah.

»Lucky«, flehte Bigman, »bei den Sandteufeln des Mars, geh nicht zur Konferenz! Sie können dich nicht zur Aussage zwingen, wenn du nicht willst. Mein eigenes Schicksal ist dabei ohne Bedeutung.«

Langsam schüttelte Lucky den Kopf. »Gedulde dich, Bigman! Warte noch einen Tag!«

Yonge trat heran und ergriff Bigman am Arm. »Nichts für ungut, Starr, aber wir brauchen ihn noch, bis Sie Ihre Aufgabe hier zufriedenstellend erfüllt haben. Devoure sichert sich gern durch Geiseln ab. In diesem Fall gebe ich ihm sogar recht. Sie werden als Ehrloser Ihren eigenen Leuten in die Augen blicken müssen, und das ist alles andere als leicht.«

Es war wirklich nicht leicht, aber Lucky hatte sich innerlich gewappnet, als er jetzt in der Tür stand und aller Augen auf sich ruhen sah. Er spürte, wie sie den Atem anhielten. Schweigen herrschte. Da er vom Licht geblendet wurde, sah er die Delegierten nur als eine riesige schwarze Masse. Erst als die Roboter ihn zum Zeugenstand führten, erkannte er einzelne Gesichter. Dann sah er Hector Conway in der vordersten Reihe.

Einen Augenblick lang lächelte Conway ihm freundlich zu, aber Lucky wagte es nicht, das Lächeln zu erwidern. Jetzt ging es um alles! Vorsicht war geboten, damit die Sirianer nicht noch in letzter Sekunde Verdacht schöpften.

Mit hungrigem Blick maß Devoure den Mann von der Erde. Er genoß im voraus den kommenden Triumph. »Gentlemen«, kündigte er an, »ich möchte für kurze Zeit die Konferenz nach den Regeln eines Gerichtshofs führen. Hier ist mein Zeuge! Sie alle sollen ihn hören! Seine Aussage soll meine vorhergegangenen Behauptungen beweisen oder widerlegen – ein Mann der Erde und ein bedeutender Agent des Wissenschaftsrats.«

Dann wandte er sich direkt an Lucky und sagte mit plötzlicher Schärfe: »Ihr Name, Ihre Staatsangehörigkeit und Ihren Rang, bitte!«

»Ich heiße David Starr, stamme von der Erde und bin Mitglied des Wissenschaftsrats.«

»Wurden Ihnen Drogen verabreicht? Hat man Sie einer Gehirnwäsche unterzogen? Hat man irgendwelche anderen geistigen Zwangsmittel angewendet, um Sie zu Ihrer Aussage zu zwingen?«

»Nein, Sir.«

»Sie treten also aus freien Stücken als Zeuge auf und werden die reine Wahrheit aussagen?«

»Ich trete aus freien Stücken als Zeuge auf und werde die reine Wahrheit aussagen.«

Devoure wandte sich an die Delegierten. »Der eine oder andere von Ihnen könnte auf den Gedanken kommen, daß Ratsmann Starr ohne sein Wissen einer Gehirnwäsche unterzogen wurde. Oder daß er sie ableugnet, gerade weil er sie erlitten hat. Sollte dies der Fall sein und wird eine Untersuchung daraufhin gewünscht, so ist jeder Delegierte mit medizinischer Vorbildung – und ich weiß, daß viele Mediziner unter uns sind – eingeladen, ihn gründlich zu untersuchen.«

Doch niemand stellte diesen Antrag. Also fuhr Devoure fort, indem er sich wieder an Lucky wandte: »Wann entdeckten Sie erstmals den sirianischen Stützpunkt im Saturnsystem?«

Kurz und ohne jede Erregung, die Augen starr nach vorn gerichtet, erzählte Lucky von seinem ersten Besuch im Saturnsystem und der an ihn gerichteten Aufforderung, das Gebiet wieder zu verlassen.

Mit einem leichten Kopfnicken nahm Conway zur Kenntnis, daß Lucky den Agenten X, seine Spionagetätigkeit und die verhängnisvolle Kapsel unerwähnt ließ. Agent X hätte ja auch ein Verbrecher von der Erde sein können. Offenbar wünschte Sirius zu diesem Zeitpunkt keine Andeutung eigener Spionagetätigkeiten, und ebenso klar war es, daß Lucky ihm diesen Dienst nur zu gern erwies.

»Und sind Sie der Aufforderung gefolgt?«

»Ja, ich drehte um, Sir.«

»Und Sie verließen endgültig das Saturnsystem?«

»Nein, Sir!«

»Was taten Sie dann?«

Lucky berichtete von seinem Trick mit Hidalgo, den Anflug auf den Südpol des Saturn und den Flug durch die Ringlücke zum Mimas.

Hier unterbrach ihn Devoure. »Haben wir Ihnen irgendwann mit Gewaltanwendung gedroht?«

»Nein, Sir.«

»Sie brauchen sich nicht allein auf die Worte des Ratsmanns zu verlassen«, sagte Devoure zu den Delegierten. »Ich habe hier Telefotos. Sie wurden während der Verfolgung seines Schiffs zum Mimas geschossen.«

Während Lucky im Spotlicht verblieb, wurde der übrige Saal verdunkelt. Dann konnten die Delegierten dreidimensionale Fotos betrachten, auf denen die *Shooting Starr* auf dem Weg zu den Ringen des Saturn gezeigt wurde. Schließlich verschwand sie in einer Lücke, die aus dem Fotowinkel nicht sichtbar war.

Die nächsten Fotos zeigten, wie das Schiff geradewegs auf Mimas zuraste und dort in einer rötlichen Licht- und Qualmwolke verschwand.

Zu dieser Zeit mußte Devoure die wachsende Bewunderung für die Tollkühnheit des Erdmannes gespürt haben, denn er beeilte sich mit einem Anflug von Ärger zu erklären: »Wir konnten den Ratsmann trotz sofortiger Verfolgung nicht einholen, weil sein Schiff mit Antigrav-Motoren ausgerüstet war. Daher waren alle Flugmanöver in Saturnnähe für uns weit schwieriger auszuführen als für ihn. Aus demselben Grunde hatten wir uns vorher Mimas noch nie genähert, und seine Kursänderung traf uns unvorbereitet.«

Als Conway ihm zuhörte, hätte er am liebsten laut gerufen: »Du Narr!« Devoure würde für seine durch Neid verursachten Bemerkungen einen teuren Preis zu bezahlen haben. Natürlich war seine Erwähnung der Antigrav-Motoren darauf abgezielt, bei den äußeren Welten die Angst vor den technischen Errungenschaften der Erde zu schüren. Doch das mochte sich schließlich als taktischer Fehler erweisen. Nämlich dann, wenn die Angst vor der Erde stärker wurde als die Abneigung gegen sie.

»Sagen Sie nun der Konferenz, was geschah, als Sie Mimas wieder verließen!« forderte Devoure seinen Zeugen auf.

Lucky beschrieb seine Gefangennahme. Devoure erwähnte geschickt die hochentwickelten Masse-Detektoren des Sirius und stellte die nächste Frage an Lucky: »Haben Sie uns nach der Landung auf Titan weitere Einzelheiten über Ihre Tätigkeit auf Mimas enthüllt?«

»Ja, Sir. Ich verriet Ihnen, daß sich noch ein anderer Ratsmann auf Mimas aufhielt. Und dann begleitete ich Sie dorthin.«

Das war den Delegierten anscheinend völlig neu. Es erhob sich ein Sturm der Entrüstung, dem Devoure schließlich Einhalt gebot. Er rief: »Ich habe hier eine komplette Serie von Telefotos, auf denen zu sehen ist, wie wir den zweiten Ratsmann von Mimas wegholten, wo er den Auftrag hatte, einen geheimen Militärstützpunkt einzurichten. Und das zur gleichen Zeit, in der die Erde zu dieser Konferenz einlud, die doch angeblich der Sache des Friedens dienen sollte!«

Wieder verdunkelte sich der Saal. Und wieder erschienen gestochen scharfe Fotos in dreidimensionaler Wiedergabe. In allen Einzelheiten erlebte die Konferenz die Landung auf Mimas mit, sah die Oberfläche des Mondes zerschmelzen und Lucky in dem entstandenen Tunnel im Inneren verschwinden. Man sah, wie Ratsmann Ben Wessilewsky heraufgebracht und in das Schiff geführt wurde. Die letzten Aufnahmen zeigten den Aufenthaltsort von Wess tief im Inneren von Mimas.

»Sie sehen, ein vollständig eingerichteter Stützpunkt«, unterstrich Devoure, ehe er sich wieder an Lucky wandte: »Kann man sagen, daß Sie Ihre gesamte Aktion mit voller Billigung der Erde durchführten?«

Es war eine Suggestivfrage, und es bestand kein Zweifel, welche Antwort gewünscht und erwartet wurde. Aber Lucky zögerte mit der Antwort. Die Versammlung wartete in atemlosem Schweigen. Auf Devoures Stirn erschienen einige Falten.

Endlich sprach Lucky. »Ich will Ihnen die volle Wahrheit sagen. Ich hatte keine direkte Erlaubnis für mein zweites Eindringen ins Saturnsystem. Aber ich wußte genau, daß jede meiner Aktionen hundertprozentig die Billigung des Wissenschaftsrats finden würde.«

Kaum hatte er das Geständnis beendet, als die Reporter in Bewegung gerieten und eine ungeheure Aufregung sich der Versammlung bemächtigte. Die Delegierten sprangen auf und verlangten mit lautem Gebrüll eine sofortige Abstimmung.

Es sah ganz danach aus, als habe die Konferenz mit einer Niederlage der Erde geendet.

16
Die Kapsel

Auch Agas Doremo war aufgesprungen. Er schwang den traditionellen Hammer, um die Ordnung wiederherzustellen. Aber es war sinnlos. Er konnte sich kein Gehör verschaffen.

Da bahnte sich Conway den Weg nach vorn, ohne sich durch die wütenden Buh-Rufe und drohend gereckten Fäuste beeindrucken zu lassen. Er setzte mit einem Fingerdruck die Sirene in Gang, mit der in früheren Jahren vor bevorstehenden Piratenüberfällen gewarnt wurde. Der schrille, auf- und abschwellende durchdringende Heulton traf die Delegierten überraschend und brachte sie endlich zum Schweigen.

Conway schaltete die Sirene wieder ab, und in die plötzliche Stille sprach Doremo schnell: »Ich gebe nunmehr dem Ratsvorsitzenden Hector Conway von der Erdföderation Gelegenheit, Ratsmann Starr ins Kreuzverhör zu nehmen.«

Ein paar Stimmen schrien: »Nein! Nein!« Aber Doremo fuhr unbeeindruckt fort: »Ich bitte die Delegierten, die Würde der Versammlung zu wahren und eine faire Verhandlung zu gewährleisten. Der Ratsvorsitzende hat mir zugesichert, daß er sich kurz fassen wird.«

Füße scharrten. Ein Raunen ging durch den Saal. Conway richtete das Wort an Lucky. Er tat es lächelnd, aber unter Wahrung kühler Förmlichkeit.

»Ratsmann Starr, Mr. Devoure hat Sie nicht nach Zweck und Ziel Ihrer Unternehmung gefragt. Deshalb frage ich jetzt: Warum drangen Sie in das Saturnsystem ein?«

»Ich wollte Mimas besiedeln, Chef.«

»Glaubten Sie, ein Recht darauf zu haben?«

»Es war ein unbewohnter Himmelskörper, Chef.«

Conway warf einen kurzen Seitenblick auf die Delegierten und begegnete schweigenden, verwirrten Gesichtern.

»Würden Sie das noch einmal wiederholen, Ratsmann Starr?«

»Ich wollte menschliche Wesen auf Mimas landen, auf einer bis dahin unbewohnten Welt, die zur Erdföderation gehört, Chef.«

Devoure sprang auf. »Mimas ist ein Teil des Saturnsystems!« schrie er wütend dazwischen.

»Genau«, sagte Lucky. »So, wie Saturn Teil des Sonnensystems der Erde ist. Nach Ihrer Auslegung jedoch ist Mimas nichts als ein unbewohnter Himmelskörper. Erst vor wenigen Minuten gaben Sie öffentlich zu, daß vor meiner Landung sich sirianische Schiffe niemals in die Nähe von Mimas begeben haben.«

Conway lächelte. Also hatte auch Lucky diesen taktischen Fehler in Devoures Erklärungen sofort bemerkt.

»Mr. Devoure«, sagte Conway, »Ratsmann Starr war bei Ihrer Rede nicht zugegen. Ich wiederhole darum wörtlich einen Satz daraus: ›Ein unbewohnter Himmelskörper ist ein unbewohnter Himmelskörper, ganz gleich, auf welcher Bahn er durch das All zieht. Wir waren die ersten Kolonisten, und darum gehört er uns.‹«

Der Ratsvorsitzende wandte sich an die Delegierten und sagte mit großem Bedacht: »Wenn der Standpunkt der Erdföderation zutrifft, gehört Mimas zur Erde, weil er um einen Planeten kreist, der seinerseits unsere Sonne umläuft. Wenn der Standpunkt des Sirius zutrifft, gehört Mimas ebenfalls zur Erde, weil er unbewohnt war und wir ihn als erste kolonisierten. Die Tatsache, daß ein anderer Saturnmond vom Sirius kolonisiert wurde, hat selbst nach Ansicht des Sirius mit dem Fall Mimas überhaupt nichts zu tun.

Indem die Sirianer auf einen Himmelskörper vorstießen, der der Erde gehört, und unseren Kolonisten entführte, begingen sie einen kriegerischen Akt. Das beweist ihre wahre Heuchelei. Denn sie verweigern anderen die Rechte, die sie für sich selber in Anspruch nehmen.«

Und wieder entstand heftige Bewegung im Saal. Als nächster ergriff Doremo das Wort. »Gentlemen, ich habe noch etwas zu sagen! Die Darlegungen der Ratsmänner Starr und Conway sind unwiderlegbar. Sie zeigen uns die drohende Anarchie auf, in die uns ein Obsiegen des sirianischen Standpunkts unweigerlich stürzen würde. Jeder unbewohnte Felstrümmer im All würde zum Zankapfel, jeder Asteroid zur Bedrohung des Friedens werden. Durch ihre eigenen Taten bewiesen die Sirianer, daß sie es nicht ehrlich meinen . . .«

Die plötzliche Wendung der Dinge war vollständig.

Hätten sie genügend Zeit gehabt, wäre es den Sirianern vielleicht noch gelungen, eine Reihe von äußeren Welten wieder auf ihre Seite zu ziehen. Aber Doremo brachte als erfahrener und geschickter Parlamentarier die Abstimmung zustande, als die Pro-Sirianer noch wie vor den Kopf geschlagen waren. Er ließ ihnen keine Gelegenheit zu der Überlegung, ob sich der Versuch lohnen würde, die eben enthüllten Tatsachen durch Argumente abzuschwächen.

Nur drei Welten stimmten für Sirius: Penthesilea, Duvam und Mullen, kleine Reiche, die seit langem unter dem politischen Einfluß des Sirius standen. Alle übrigen – es waren über 50 – gaben ihre Stimme der Erde. Sirius erhielt die Auflage, die gefangenen Erdmenschen freizulassen. Binnen eines Monats war der Stützpunkt auf Titan abzubauen und das Sonnensystem zu verlassen.

Die Ausführung dieser Beschlüsse hätte natürlich nur

durch Gewalt erzwungen werden können. Aber die Erde wäre in einer kriegerischen Auseinandersetzung jetzt am längeren Hebel gewesen, weil der Sirius auf die Hilfe der äußeren Welten nicht mehr rechnen konnte. Unter diesen Umständen erwartete niemand sirianischen Widerstand auf Vesta.

Schwer atmend und mit verzerrtem Gesicht stand Devoure noch einmal Lucky gegenüber. »Es war ein hinterhältiger Trick!« schnaufte er. »Sie haben uns in eine Falle gelockt...«

»Und Sie zwangen mich dazu«, versetzte Lucky ruhig, »indem Sie Bigman zu töten drohten. Erinnern Sie sich noch? Oder möchten Sie, daß die Vorgänge in allen Einzelheiten veröffentlicht werden?«

»Wir haben immer noch Ihren Affenfreund«, tobte Devoure voll Bosheit. »Abstimmung hin, Abstimmung her...«

Lächelnd unterbrach ihn der Ratsvorsitzende Conway, der in der Nähe gestanden hatte. »Wenn Sie Bigman meinen, Mr. Devoure, den haben Sie nicht mehr! Er ist wieder bei uns. Er kam in Begleitung eines Syndikatsmanns. Dieser Mann, der sich Yonge nennt, berief sich auf eine Zusage des Ratsmanns Starr, ihm im Notfall politisches Asyl zu verschaffen. Yonge fühlt sich angesichts Ihrer augenblicklichen Gemütsverfassung bei einer Rückkehr zum Titan in Ihrer Gesellschaft nicht mehr seines Lebens sicher. Ich mache Ihnen einen Vorschlag. Vielleicht überlegen Sie mal, ob Sie selber nach Rückkehr zum Sirius nicht auch in Gefahr schweben? Falls Sie ebenfalls um politisches Asyl ersuchen wollen...«

Devoure blieb die Sprache weg. Er drehte sich brüsk um und verließ den Saal.

Als Doremo sich von Conway und Lucky verabschiedete, strahlte er über das ganze Gesicht.

»Ich denke, Sie brennen darauf, die Erde wiederzusehen, junger Mann.«

Lucky nickte eifrig. »In einer Stunde geht es mit dem Linienschiff heimwärts, Sir. Die arme alte *Shooter* fliegt im Schlepptau mit. Offengestanden, ich bin wunschlos glücklich.«

»Gut! Nehmen Sie auch meine Glückwünsche entgegen. Sie haben hervorragende Arbeit geleistet. Als Ratsvorsitzender Conway mich zu Beginn der Sitzung um die Erlaubnis für ein Kreuzverhör ersuchte, sagte ich es ihm zwar zu, meinte aber insgeheim, er müsse wohl verrückt geworden sein. Als Sie Ihre Aussage beendet hatten und er sich verabredungsgemäß zum Wort meldete, war ich fest davon überzeugt, daß er völlig den Verstand verloren hatte. Aber offenbar hatten Sie den ganzen Ablauf im voraus geplant.«

»Lucky hatte mir eine Nachricht geschickt, worin er mir seine Absichten auseinandersetzte«, sagte Conway. »Aber natürlich waren wir uns bis eine Stunde vor der endgültigen Entscheidung nicht sicher, ob es wirklich klappen würde.«

»Ich meine, Ihr Vertrauen in den Ratsmann wurde belohnt«, sagte Doremo. »Bei unserer Vorbesprechung fragten Sie mich, ob ich auf Ihrer Seite stehen würde, wenn Luckys Aussage nicht die vom Sirius gewünschte katastrophale Wirkung hätte. Damals verstand ich natürlich nicht, was Sie meinten. Aber als es dann soweit war, war mir alles klar.«

»Ich danke Ihnen für Ihr Eintreten.«

»Sie hatten Ihren Rechtsanspruch eindeutig bewiesen ... Sie sind ein raffinierter Gegner, junger Mann«, sagte er zu Lucky.

Der lächelte. »Ich habe mich einfach auf die Unaufrichtigkeit der Sirianer verlassen. Hätten sie wirklich nach ihrer offiziell verkündeten Rechtsmeinung gehandelt, dann hätten sie meinen Ratskollegen unangefochten auf Mimas wohnen lassen. Was hätten wir dann von all unseren Bemühungen gehabt? Einen kleinen Eismond und einen kaum zu gewinnenden Krieg.«

»Ganz recht. Bis zu ihrer Rückkehr werden wohl viele Delegierte schon wieder ihre Meinung geändert haben. Manche werden in ihrem Innern die Erde und mich verfluchen und sich selber vorwerfen, daß sie sich überfahren ließen. Doch bei klarer Überlegung werden sie schließlich erkennen, daß wir hier ein wichtiges Grundsatzurteil gefällt haben. Die Unteilbarkeit eines Sonnensystems bringt Vorteile mit sich, die verletzten Stolz und Voreingenommenheit klar überwiegen. Historiker späterer Zeiten werden dieser Konferenz einen hohen Rang beimessen, weil sie einen dauerhaften Frieden und eine lange Blütezeit für die Galaxis begründete. Ich bin sehr zufrieden.«

Und er schüttelte beiden kräftig die Hand.

Lucky und Bigman waren wieder vereint. Und trotz der vielen anderen Passagiere an Bord des großen Schiffes hielten sie sich meist abseits. Schon lag der Mars hinter ihnen. Fast eine Stunde lang hatte Bigman seinen Anblick genossen. Die Erde war nicht mehr fern.

Aber etwas lag Bigman noch auf der Seele. Er druckste lange herum, ehe er die richtigen Worte fand. »Beim großen Weltall, Lucky, ich habe zu keiner Zeit mitgekriegt, warum du dieses und jenes tatest. Nicht ein einziges Mal. Ich dachte ... Nein, ich sag' dir lieber nicht, was ich manchmal dachte. Aber bei den Sandstürmen des Mars, du hättest mir ja auch mal einen Wink geben können!«

»Unmöglich, Bigman. Es war das einzige, was ich nicht tun durfte. Siehst du es nicht ein? Ich mußte die Sirianer dazu bringen, Wess von Mimas zu entführen, ohne daß sie die Folgen ahnten. Sie durften nicht merken, daß ich die Entführung wollte. Sonst hätten sie die Falle gespürt. Es mußte so aussehen, als ob mich die Umstände zu einem bitteren, mit Zähneknirschen gefaßten Entschluß zwangen. Zu Anfang war ich mir selber über mein Vorgehen nicht ganz im klaren. Aber eins wußte ich von vornherein: Hätte ich dich in meinen Plan eingeweiht, dann hättest du ihn irgendwann verraten.«

Bigman war empört. »Ich hätte den Plan verraten? Schurke von einem Erdmenschen, nicht mal mit vorgehaltenem Blaster hätte man mir ein Sterbenswörtchen entlocken können!«

»Das weiß ich. Keine Folter hätte dich zum Reden gebracht. Du hättest schon vorher alles freiweg ausgeplappert. Du bist nämlich ein ganz schlechter Schauspieler, und das weißt du selbst. Sobald die Wut dich packt, redest du hemmungslos. Deshalb wollte ich halb und halb, daß du auf Mimas bleibst, erinnerst du dich? Ich konnte dich nicht in meinen Plan einweihen, wußte aber, daß du meine Handlungen falsch auslegen und deshalb Höllenqualen ausstehen würdest. Aber heute kann ich dir sagen, daß du mir unersetzlich warst, ein gottgesandter, wertvoller Helfer.«

»Ja? Weil ich diesen Dreckskerl vermöbelt habe.«

»Indirekt ja. Dadurch konnte ich es so hinstellen, als wollte ich ernsthaft Wess' Freiheit für dein Leben eintauschen. Ohne dich wäre es sehr viel schwieriger gewesen. Ich hätte zu bühnenreifer Schauspielkunst auflaufen müssen, um das Tauschgeschäft mit Wess unverdächtig in Gang zu bringen. Wie sich die Dinge mit dir entwickelten, brauchte ich schließlich gar nicht zu schauspielern. Es lief großartig.«

»Ach, Lucky ...«

»Ja, Bigman. Du warst über mich so verzweifelt, daß ihnen nicht der kleinste Argwohn in den Sinn kam. Ein Blick auf dich – und jeder war überzeugt, daß ich wirklich ein Verräter der Erde war.«

»Beim Sand des Mars, Lucky!« Bigman war zutiefst betroffen. »Wie konnte ich nur an dir zweifeln! Ich habe mich wie ein Idiot benommen.«

»Zum Glück!« betonte Lucky und fuhr dem Kleinen freundschaftlich durchs Haar.

Beim Abendessen saßen sie mit Conway und Wess zusammen. Wess berichtete: »Dieser Bursche Devoure wird in seiner Heimat einen frostigen Empfang erleben. Über den Subäther kommen laufend die Artikel, die auf der Erde über uns veröffentlicht wurden – vor allem über dich natürlich.«

Lucky zog die Stirn in Falten. »Das gefällt mir nicht. Es macht unsere Aufgabe in Zukunft nur schwerer. Publicity! Überleg doch mal, was sie im umgekehrten Falle schreiben würden! Die Sirianer hätten nur eine Idee schlauer zu sein brauchen. Dann wären sie nicht in die Konferenzfalle getappt. Oder sie hätten noch in letzter Minute meinen Auftritt abgesagt.«

Conway schauderte zusammen. »Daran denke ich lieber nicht. Es wäre uns nicht anders ergangen, als es jetzt Devoure ergeht.«

»Sie werden ihm den Kopf nicht abreißen«, vermutete Lucky. »Sein Onkel wird die Hand über ihn halten.«

»Jedenfalls«, sagte Bigman, »wird er uns nie mehr behelligen.«

»Meinst du?« sagte Lucky ernst. »Ich bin da nicht so sicher.«

Schweigend aßen sie.

Um die leicht bedrückte Stimmung wieder aufzuheitern, sagte Conway: »Im Grunde konnten die Sirianer aber gar nicht anders handeln. Sie durften Wess nicht auf Mimas sitzen lassen, weil sie ja noch immer die Kapsel in den Ringen suchten. Sie mußten befürchten, daß Wess, der nur knapp 50 000 Kilometer von den Ringen entfernt ...«

Bigman ließ die Gabel fallen. Seine Augen wurden groß wie Untertassen. »Potz Raketen, Blitz und Donner!«

»Was ist denn los? Bigman?« erkundigte sich Wess mit falscher Freundlichkeit. »Hast du dir das Hirn verrenkt, weil du zum erstenmal nachgedacht hast?«

»Halt den Mund, Lederkopf!« verwies ihn Bigman. »Mensch, Lucky, in dem ganzen Durcheinander haben wir ja völlig die Kapsel von Agent X aus den Augen verloren! Die kreist immer noch in den Ringen, falls die Sirianer sie nicht inzwischen bergen konnten. Wenn nicht, haben sie noch ein paar Wochen Zeit, sie zu suchen.«

Conway fiel ihm ins Wort. »Das habe ich mir schon überlegt, Bigman. Meiner Meinung nach ist sie für immer verloren. In den Ringen findet man nichts wieder.«

»Aber Chef, hat Ihnen denn Lucky nichts von den neuen Masse-Detektoren erzählt, die sie auf Sirius haben? Die arbeiten mit Röntgenstrahlen und ...«

Er brach ab und starrte wie die anderen Lucky an. Der sah aus, als wisse er nicht, ob er lachen oder fluchen solle. »Große Galaxis!« rief er schließlich. »Das habe ich doch völlig vergessen!«

»Die Kapsel?« fragte Bigman. »Die hast du vergessen?«

»Nein. Ich vergaß, daß ich sie ja habe! Hier ist sie.« Und Lucky zog eine Metallkugel von knapp drei Zentimeter Durchmesser aus der Tasche und legte sie auf den Tisch.

Bigmans flinke Finger griffen zuerst nach ihr. Er drehte sie herum und betrachtete sie von allen Seiten. Die anderen taten es ihm später nach.

»Das ist die Kapsel?« fragte Bigman. »Bist du sicher?«

»Ziemlich sicher. Wenn wir sie geöffnet haben, wird es sich herausstellen.«

»Aber wann? Wie? Wo?« Die Fragen prasselten nur so auf ihn ein.

Er winkte ab. Ruhe trat ein. »Entschuldigt bitte! Wie kann man nur so vergeßlich sein! Erinnert ihr euch noch an die letzten Worte des Agenten X? Wir fingen sie auf, bevor sein Schiff zerschellte. Manches waren nur Wortfetzen. Einer lautete: ›normaler Uml . . .‹. Wir kamen überein, daß dies ›normaler Umlauf‹ heißen sollte. Die Sirianer verstanden das Wort ›normal‹ als ›üblich‹. Sie schlossen daraus, daß die Kapsel den üblichen Umlauf der Ringe mitmachte und starteten ihre große Suchaktion in den Ringen.

Der Ausdruck ›normal‹ bedeutet in diesem Zusammenhang aber auch die Nord-Süd-Richtung. Die Saturnringe drehen sich in westöstlicher Richtung. Also kreiste die Kapsel in einem ›normalen‹ Umlauf in Nord-Süd- oder eventuell auch in Süd-Nord-Richtung. Es erschien mir vernünftig, denn auf diese Weise konnte sie nicht unter den zahllosen Gesteinstrümmern der Ringe verlorengehen.

Diese Kreisbahn, wie sie im einzelnen auch beschaffen sein mochte, mußte in jedem Fall über die beiden Pole des Saturn verlaufen. Als wir auf den Südpol zuflogen, hielt ich am Masse-Detektor Wache. Da über den Polargebieten kaum irgendwelche Körper kreisen, rechnete ich mir eine gewisse Chance aus, die Kapsel zu entdecken. Allerdings behielt ich das für mich, um bei den anderen keine falschen Hoffnungen zu erwecken.

Und dann verzeichnete der Masse-Detektor einen Gegenstand! Auf die Gefahr hin, mich zu irren, glich ich ihm die Geschwindigkeit des Schiffes an und kletterte dann aus dem Schiff. Bigman kam später auf die Idee, mein Ausflug habe dazu gedient, die Antigrav-Motoren für eine Sprengung bei der späteren Kapitulation vorzubereiten. Das stimmte. Aber außerdem fischte ich dabei die Kapsel auf.

Auf Mimas versteckte ich sie in den Röhren der Klimaanlage, die wir für Wess' Behausung einrichteten. Bei meiner Rückkehr holte ich die Kapsel aus dem Versteck und verbarg sie in meiner Tasche, bevor ich Wess an Devoure auslieferte. Ich wurde zwar, als ich wieder ins Schiff stieg, wie üblich nach Waffen durchsucht. Aber der Roboter sah in der kleinen Kugel keine Waffe . . . Es war ja auch keine, aber eine genauere Untersuchung wäre angezeigt gewesen. . . Es hat eben seine starken Nachteile, wenn man sich allzu sehr auf Roboter verläßt. Ja, das ist die ganze Geschichte.«

»Und warum erzählst du sie uns erst jetzt?« empörte sich Bigman.

Lucky überlegte. »Ich wollte es gleich tun. Ehrlich! Aber kaum war ich mit der Kapsel wieder im Schiff, da hatten uns die Sirianer aufgespürt, und wir mußten zusehen, daß wir davonkamen. Und danach hatten wir ja keinen Augenblick mehr Ruhe. Andauernd passierte was Neues. Irgendwie kam ich nie dazu, euch von dem Fang zu erzählen – bis ich die Sache ganz vergaß.«

»Was für ein Spatzengehirn du hast!« meinte Bigman herablassend. »Kein Wunder, daß man dich ohne mich nicht frei herumlaufen läßt.«

Lachend klopfte Conway dem kleinen Marsmann auf die Schulter. »Genauso ist es, Bigman! Paß nur weiter gut auf den langen Kerl auf und sag ihm, wo oben und unten ist!«

»Aber vorher«, fiel Wess ein, »erkundigst du dich besser bei einer kompetenten Persönlichkeit, denn du weißt es ja auch nicht!«

In diesem Augenblick tauchte das Schiff in die Erdatmosphäre ein, und alle machten sich zur Landung bereit.

ENDE